Versuchung der Finsternis

Die Autorin

Ronda Thompson lebte mit ihrem Mann und ihren beiden Kindern in Texas, USA. In ihrer Heimat war sie mit ihren Büchern sehr erfolgreich, ihre Romane tauchten regelmäßig auf der New York Times Bestsellerliste auf.
Versuchung der Finsternis ist der erste Band aus der paranormalen Serie um die charismatischen Brüder Wulf.

Ronda Thompson

Versuchung der Finsternis

Roman

Aus dem Amerikanischen von
Ulrike Moreno

Weltbild

Die amerikanische Originalausgabe erschien 2005 unter dem Titel
The Dark One
bei St. Martin's Press, New York.

Besuchen Sie uns im Internet:
www.weltbild.de

Genehmigte Lizenzausgabe für Verlagsgruppe Weltbild GmbH,
Steinerne Furt, 86167 Augsburg

Dieses Werk wurde im Auftrag von St. Martin's Press LLC durch die
Literarische Agentur Thomas Schlück GmbH, 30827 Garbsen, vermittelt.
Übersetzung: Ulrike Moreno
Umschlaggestaltung: Johannes Frick, Augsburg
Umschlagmotiv: © Franco Accornero via Thomas Schlück GmbH, Garbsen;
© Jeffrey Banke
Gesamtherstellung: CPI Moravia Books s.r.o., Pohorelice
Printed in the EU
ISBN 978-3-86800-451-9

2013 2012 2011 2010
Die letzte Jahreszahl gibt die aktuelle Lizenzausgabe an.

Dieses Buch ist meinen Weggefährtinnen gewidmet: Marilynn Byerly, Barbara Cary, Susanne Marie Knight, Diane Drew, Delores Fossen, Debbie Gafford, Liz George, Katherine Greyle, Anita Lynn, Kathy Ishcomer, Katriena Knights, Gael Morrison, Norah-Jean Perkin, Laura Renken, Catherine Sellers, Patricia White und Karen Woods. Eure Unterstützung in den vergangenen Jahren, eure Hilfsbereitschaft, euer Wissen und eure Fachkenntnisse zu teilen, insbesondere aber eure Freundschaft, hat mir sehr viel mehr bedeutet, als ihr je erfahren werdet. Weiter so, Ladys!

Besondere Danksagungen

An Linda Krueger, weil sie immer für mich da war, meine Träume mit mir teilte und an mein Talent glaubte. Du warst eine großartige Agentin, aber du bist eine sogar noch großartigere Mutter.

An Monique Patterson, meine Herausgeberin, weil sie etwas Besonderes in mir sah. Du bist die Beste!

Verdammt sei die Hexe, die mich mit diesem Fluch bestrafte.
Ich hielt ihr Herz für rein.
Ach, keine Frau fühlt Verpflichtung,
sei es gegenüber Familie, Namen oder Krieg.
Ich fand keinen Weg, den Fluch zu brechen,
keinen Trank, keinen Spruch und keine Tat.
Vom Tag an, da sie den Bann über mich sprach,
bedroht er jedes Kind und Kindeskind.

Verraten von der Liebe, von meiner eigenen falschen Zunge,
hieß sie den Mond, mich zu verwandeln.
Der Familienname, einst mein ganzer Stolz,
wird zum Tier, das mich bedrängt.
Und in der Stunde ihres Todes
rief die Hexe nach mir.
Unversöhnlich, ohne Erbarmen,
sprach sie dann, bevor sie starb:

»Suche und finde deinen ärgsten Feind,
sei tapfer und laufe nicht davon.
Liebe ist der Fluch, der dich bezwingt,
doch auch der Schlüssel, der dich befreit.«

Dein Fluch und Rätsel war mein Verderben,
ach Hexe, die ich liebte und doch nicht freien konnte.
Gefechte, die ich ausgetragen und gewonnen habe,
und dennoch hinterlasse ich nur Niederlagen.
Die Wulfs, die meine Sünden büßen,
die Söhne, die weder Mensch noch Tier sein können,

müssen nun enträtseln, was ich nicht konnte,
um erlöst zu sein von diesem Fluch.

Ivan Wulf,
Im Jahr des Herrn siebzehnhundertfünfzehn

1. Kapitel

London, 1821

Sein Herz war wie die tiefste, finsterste Kluft der Hölle. Ein kalter, einsamer Ort, wo Träume und Hoffnungen schon seit langem zu Grabe getragen worden waren. Und was war ein Leben ohne Träume, ohne Hoffnung? Aber ach, warum kümmerte es ihn überhaupt? Armond Wulf, der Marquis von Wolfglen und Earl von Bumont, war ein Teil der Gesellschaft, bewegte sich frei unter seinen Zeitgenossen und wenn auch nur wie ein Gespenst – eine finstere, die Lebenden verfolgende Präsenz – und wartend, immer darauf wartend, dass die Sünden der Vergangenheit ihn einholten.

Obwohl von Adel und vermögend, war die Familie Wulf verflucht und ihre Zukunft leer und düster. Männer wurden geboren, um Risiken einzugehen, um die Grenzen ihrer Stärken und ihrer Schwächen zu erproben. Armond konnte weder das eine noch das andere tun. Eine normale Existenz kam für ihn nicht in Frage. Das Überleben alleine ließ ihn weitermachen. Einen Fuß vor den anderen zu setzen. Achtlos weiterzutrotten zu keinem speziellen Ziel. Ach, zum Teufel damit, nicht einmal ihm war heute nach seinen düsteren Gedanken zumute.

Und es begeisterte ihn auch nicht gerade, auf dem ersten Ball der Saison bei den Greenleys ganz allein herumzustehen, nur weil Langeweile ihn gezwungen hatte, sich in Gesellschaft zu begeben – nein, nicht Langeweile, musste er sich eingestehen, sondern schlicht und einfach das Bedürfnis, etwas Leben um sich herum zu spüren. Niemand wagte es, sich ihm zu nähern. Er war ein von Geheimnis, Mord und Wahnsinn umwitterter Mann. Aber immer noch nur ein Mann … oder zumindest jetzt noch.

Leises weibliches Kichern drang zu Armonds überempfindlichem Gehör vor. Dass er der Gegenstand des Interesses mehrerer Damen war, entging ihm keinesfalls. Er konnte es gar nicht vermeiden, den Duft ihrer weiblichen Erregung wahrzunehmen, diesen erdigen, etwas moschusartigen Geruch einer Frau, den die meisten von ihnen mit reichlich Rosenwasser zu überdecken versuchten.

Wenn er die Augen schloss und sich konzentrierte, konnte er sogar das aufgeregte Pochen ihrer Herzen und das Blut durch ihre Adern rauschen hören. Doch Armond quälte sich nicht mit seinen seltsamen Talenten. Er hatte sein Schicksal, seine Stellung innerhalb der Gesellschaft – oder vielmehr seine *nicht* vorhandene – akzeptiert.

Trotz seiner geheimnisvollen Anziehungskraft auf die Damen war keine mutig genug, sich ihm zu nähern. Wahrscheinlich war auch dies ein weiterer Fluch, mit dem er leben musste ... oder vielleicht auch einfach nur eine Folge des Familienfluchs, der bereits auf ihm lastete. Des Fluchs der Wulfs.

»Lord Wulf, ich freue mich, Euch zu sehen, mein Junge. Doch warum steht Ihr so allein herum? Ihr solltet jungen Damen hinterherlaufen oder zumindest doch in einem der Hinterzimmer mit den älteren Herren Karten spielen.«

Ein selten zu sehendes Lächeln erschien um Armonds Lippen, als er den Blick auf die Herzoginwitwe von Brayberry senkte und ihr in die schon etwas müden Augen blickte. Die Dame war eine alte Freundin der Familie und die einzige Adelige in London, die nicht zu misstrauisch war, um ihn anzusprechen. Es bereitete ihr sogar Vergnügen, in der Gesellschaft Aufsehen zu erregen, indem sie sich weigerte, Armond zu schneiden, so wie alle anderen es taten. Und dafür war er ihr sehr dankbar.

»Wie soll man heutzutage jungen Damen noch hinterherlaufen, Euer Gnaden, wenn sie es schlicht und einfach ablehnen davonzulaufen«, scherzte er. »Und die alten Männer in den Hinterzimmern sind sogar noch fantasieloser. Sie könnten mir genauso gut ihr Geld sofort aushändigen.«

Das etwas gackernde Gelächter der Herzoginwitwe übertönte das Stimmengewirr, als sie Armond einen Klaps mit ihrem Fächer gab. »Ihr seid der Teufel selbst, Armond, mein Junge. Auch wenn Ihr ausseht wie ein Engel. Es ist gerade dieser Gegensatz, glaube ich«, fügte sie mit einem nachdenklichen Blick auf ihn hinzu, »den die Damen so faszinierend an Euch finden.«

Es war seine Gleichgültigkeit, und das wusste Armond nur zu gut. Er müsste nur vorgeben, tatsächlich an einer jungen Dame der Gesellschaft interessiert zu sein, und schon würde sie die Flucht ergreifen. Seine Familiengeschichte, die Gerüchte und Geheimnisse, faszinierte die Frauen, schreckte sie jedoch gleichzeitig auch ab.

»Seid Ihr Eurer neuen Nachbarin schon begegnet?«, unterbrach die Herzoginwitwe seine Überlegungen. Ihr Haar wurde bereits schütterer, stellte er, hochgewachsen, wie er war, fest. Er konnte ihre Kopfhaut unter den straff aus ihrem Gesicht zurückgekämmten dünnen grauen Strähnen sehen.

Armond war nicht einmal bewusst, dass er eine neue Nachbarin hatte. Er hatte auch den vorigen Besitzer des neben ihrem liegenden Anwesens nicht gekannt. Chapman hatte er geheißen, wenn er sich recht entsann, und sie hatten nicht ein einziges Wort miteinander gewechselt, seit er und seine Mutter vor zehn Jahren in den Stadtpalais eingezogen waren.

»Hat Chapman das Haus verkauft?«

Die alte Dame schüttelte den Kopf. »Er kann es nicht verkaufen. Seine Mutter, die Herzogin, erbte das Haus nach dem Tod ihres Gatten, dem Herzog von Montrose. Während Eurer Abwesenheit kam Chapmans Stiefschwester nach London, um bei ihm zu leben. Das Mädchen hatte den größten Teil ihres Lebens bisher zurückgezogen auf dem Land gelebt. Nun da ihr Vater verstorben ist, muss sie ihren Platz in der Gesellschaft einnehmen.

Sie ist eine reiche Erbin. Sie ist vermutlich ziemlich unscheinbar, wenn sie vermögend ist. Aber Ihr könntet eine Chance bei ihr haben.«

»Eine Chance wozu?«, entgegnete Armond spöttisch. »Wenn es nichts Unanständiges ist, bin ich nicht interessiert. Schließlich will ich meinen schlechten Ruf nicht ruinieren, das solltet Ihr Euch doch denken können.«

Ihre schmalen Lippen zuckten, obwohl sie natürlich vorgab, seine Antwort schockierend zu finden. »So ein unartiger Junge! Ich spreche von einer möglichen Heirat. Ihr besitzt noch immer Titel, Güter und Vermögen, Armond. Es interessiert mich nicht, was die Gesellschaft denkt. Ich finde jedenfalls, dass ein Mädchen eine schlechtere Partie machen könnte. Wenn Ihr sie also umwerben und ihr mit Eurem vollends vergeudeten guten Aussehen das Herz stehlen würdet, bevor sie lange genug hier ist, um die Gerüchte über Eure bedauernswerte Familie zu hören, hättet Ihr womöglich eine Chance bei ihr.«

Im gleichen trocknen Ton wie schon zuvor versetzte er: »Und wie kommt Ihr darauf, dass es alles nur Gerüchte sind? Vielleicht sind wir Wulfs ja wirklich allesamt verrückt wie tolle Hunde.«

Sie versetzte ihm wieder einen Klaps mit ihrem Fächer, der aber ein bisschen zu fest war, um noch als spielerisch durchgehen zu können. »So ein Unsinn. Ihr und Eure wilden Brüder seid nicht im Mindesten verrückt. Ihr habt wohl eher den perfekten Plan ausgeheckt, um Junggesellen zu bleiben – und alle Frauen gleichzeitig zu Füßen liegen zu haben!«

Die Frauen lagen ihm ja wohl kaum zu Füßen ... solange sie nicht starben. Und es war auch nicht so, dass er und seine Brüder einen Plan ausgeheckt hätten. Vielmehr hatten sie gemeinsam eine Vereinbarung über ihre Vorgehensweise getroffen, an die sie sich alle hielten. Alle außer Sterling, dem jüngsten, und der war nach London geflohen, kurz nachdem der Fluch zum ersten Mal das Wulfsche Haus heimgesucht hatte. Die übrigen Brüder,

Armond, Gabriel und Jackson, hatten einen Pakt miteinander geschlossen, dass keiner von ihnen je sein Herz an eine Frau verlieren würde.

Denn Liebe war angeblich der Fluch und auch der Schlüssel. Was zum Teufel das auch immer heißen mochte. Der einzige Hinweis auf den Fluch, der auf ihrer Familie lastete, war ein altes Gedicht, das sie in einem Buch gefunden hatten, das früher einmal ihrem Vater gehört hatte. Armond vermutete, dass dieses Gedicht ein Rätsel enthielt. Leider war es keinem von ihnen bisher gelungen, die Botschaft zu entschlüsseln.

Die Herzoginwitwe benötigte offenbar eine Erinnerung daran, dass er und seine Brüder sich in den Augen der Gesellschaft noch ganz anderen Dingen zu stellen hatten. »Und was ist mit dieser anderen Geschichte?«, fragte er. »Mit der, die erst vor acht Monaten passiert ist? Und mit einem Mord zu tun hatte?«

Der Schalk in den Augen der Herzoginwitwe verblasste. Sie sah sich um, als befürchtete sie, jemand könne ihre Unterhaltung hören. »Ihr tut Euch keinen Gefallen damit, diese unerfreuliche Geschichte wieder aufzuwärmen, Lord Wulf. Es war Euer Pech, das arme Mädchen zu finden. Niemand konnte Euch etwas beweisen. Ihr und Eure Brüder hatten alle Alibis. Was Ihr braucht, ist eine Ehefrau. Ein nettes Mädchen aus gutem Hause, das all diese finsteren Gerüchte über Eure Familie widerlegen wird. Eure Eltern, Gott sei ihren Seelen gnädig, mögen dem Wahn verfallen gewesen sein, aber in Euren Augen sehe ich nichts als Intelligenz, Armond. Warum also bürdet Ihr Euch ihre Sünden auf? Lasst die Vergangenheit ruhen. Lebt Euer Leben weiter. Beweist den Snobs, dass sie sich irren.«

Aber genau das war das Problem. So einfach war die Sache nicht aus der Welt zu schaffen. Es stimmte zwar, dass er die arme Frau, die er vor acht Monaten sterbend in seinen Stallungen gefunden hatte, nicht umgebracht hatte, aber trotzdem konnte er nicht sicher sein, dass ihr Blut seinen Familiennamen nicht beschmutzte. Wenn nun einer seiner Brüder gelogen hatte? Oder wenn die Sterbende ihnen mit voller Absicht untergeschoben worden war, um noch schlimmere Sünden über das Haus Wulf zu bringen?

In den letzten Monaten hatte Armond versucht, die Unschuld seiner Familie bezüglich dieser Angelegenheit zu beweisen, doch die Spur, die zu dem Mörder der Frau führte, war bereits erkaltet. Und was seine Eltern anging, lag die Gesellschaft mit ihren Gerüchten ziemlich richtig. Sie *hatten* beide den Verstand verloren; die vornehme Gesellschaft wusste nur nicht, *was* sie in den Wahn getrieben hatte. Aber Armond wusste es. Alle seine Brüder wussten es.

»Lord Wulf?«

Als er seinen Namen hörte, unterbrach er die Unterhaltung mit der Herzoginwitwe. Die Dame, die ihn angesprochen hatte, stand hinter ihm, und der Klang ihrer Stimme ließ ihn erschaudern. Irgendetwas in ihrem Ton, seine Weichheit oder vielleicht die leichte Heiserkeit darin, umschmeichelte ihn, schien ihn bis ins Innerste zu durchströmen und berührte einen Nerv in ihm. Langsam drehte er sich um und stand unmittelbar vor seinem Verderben.

Wer immer die Vision in Weiß dort vor ihm war, sie war die reine, geschickt unter dem Deckmantel der Unschuld verborgene Sünde. Wenn es auf dieser Welt eine Frau gab, die einen Mann seine Prinzipien, seine Schwüre, seine finstersten Versprechen vergessen lassen konnte, war es diese hier. Armonds Blut verwandelte sich in Feuer, ein schon fast schmerzhaftes Ziehen durchzuckte seine Lenden und – der Himmel stehe der Dame bei, aber es gelang ihr, was noch keiner Frau vor ihr gelungen war: Im Bruchteil von Sekunden hatte sie ihn ganz und gar betört.

»Ich hasse es, so forsch zu sein«, sagte die junge Frau. »Aber ich kann niemanden finden, der mich Euch auf angemessene

Weise vorstellen könnte. Und daher fürchte ich, mir bleibt nichts anderes übrig, als die Sache selbst in die Hand zu nehmen.«

Sie hätte gern etwas anderes von ihm in die Hand nehmen können, dachte Armond ... und in ihren Mund und diesen süßesten, geheimsten Teil von ihr. Ihm fehlten die Worte. Er war so fasziniert, dass er sie nur sprachlos anstarren konnte.

Ihr Haar war schwarz wie die Nacht. Ihre vollen, sinnlichen, einladenden roten Lippen würden selbst einen Heiligen in Versuchung führen. Ihre violetten, leicht mandelförmigen Augen blickten unter dichten schwarzen Wimpern zu ihm auf. Ihre helle Haut war weich und glatt – cremig wie leicht angeschlagene Sahne. Armond begehrte sie fast augenblicklich. Keine Reaktion, die ein Mann, der so stolz auf seine Selbstbeherrschung war, gern zugab.

»Ihr seid in der Tat forsch, meine Liebe«, bemerkte die Herzoginwitwe, da Armond die Stimme verlassen zu haben schien. »Ich wage zu behaupten, dass das Mädchenpensionat, das Ihr besucht habt, Euch bezüglich Eurer Erziehung jämmerlich im Stich gelassen hat.«

Den Blick noch immer kühn auf ihn gerichtet, erwiderte die junge Frau: »Ich habe fast mein ganzes Leben auf dem Land verbracht. Verzeiht mir meine ungehörigen Manieren, doch Zeit ist äußerst wichtig. Ich brauche in einer dringenden Angelegenheit Lord Wulfs Hilfe.«

Atemlos vor Verlangen und bebend vor innerer Erregung, vergaß Armond für einen Augenblick seine Versprechen, seine Pakte, seine Schwüre. Dies war eine Frau, die nur mit dem kleinen Finger zu winken brauchte, um die Welt zu ihren Füßen liegen zu haben, und sie brauchte seine Hilfe? Was könnte er schon für sie tun, was ihr makelloser Teint, ihr schimmerndes dunkles Haar und ihr sündiger Mund nicht konnten?

Nur mit Mühe gelang es ihm, sein rasendes Herz zu beruhigen und sich nach außen hin beherrscht zu geben. »Wie kann ich Euch behilflich sein, Miss ...?«

»Rutherford«, antwortete sie ein bisschen atemlos. »Lady Rosalind Rutherford.«

»Ah, Eure neue Nachbarin«, fiel die Herzoginwitwe ein und erinnerte Armond, dass die alte Dame sich noch immer an ihrem Gespräch beteiligte. »Die junge Erbin, von der ich Euch gerade erzählt hatte, Armond.«

»Die Zuchtstute«, berichtigte Lady Rosalind, und dann errötete sie, als sei ihr erst in diesem Moment bewusst geworden, wie sehr sie sich ihre Erbitterung anmerken ließ. Sie fasste sich jedoch rasch wieder. »Da wir in der Tat nun Nachbarn sind, Lord Wulf, finde ich, dass es nicht unangebracht wäre, wenn wir miteinander tanzen würden.«

Da seine gesamte Aufmerksamkeit der jungen Dame galt, hatte Armond nicht einmal bemerkt, dass die Musik eingesetzt hatte. Ihm schwirrte der Kopf von all den Dingen, die er gern mit Rosalind Rutherford täte, doch auf seiner Liste stand Tanzen nicht unbedingt an erster Stelle.

Armond tanzte nie. Er sah für sich auch keinen Sinn darin. Männer tanzten nur, um Frauen zu gefallen oder um sie zu umwerben oder zu verführen. Und er hatte nicht die Absicht, das eine oder andere zu tun. Oder es zumindest nicht bis heute Abend vorgehabt.

Es gelang ihm einfach nicht, den Blick von ihren üppigen, durch den tiefen Ausschnitt schon beinahe ein bisschen skandalös zur Schau gestellten Kurven abzuwenden. Sie registrierte sein Interesse wie wahrscheinlich auch die Begierde, die ihm bestimmt nur allzu deutlich ins Gesicht geschrieben stand, denn sie trat unwillkürlich einen Schritt zurück, was bewies, dass sie sich ein gewisses Maß Vernunft bewahrte. Aber dann straffte sie die Schultern und trat wieder vor, was ungefähr das Schlimmste war, was sie nun hätte tun können.

Seine Vernarrtheit wuchs, vorausgesetzt, Vernarrtheit ließe sich tatsächlich mit der Reaktion gleichsetzen, die in diesem Augenblick unter seiner Hose stattfand. Was machte sie mit ihm? Was immer es auch war, er musste dem einen Riegel vorschieben.

»Bedauere, Lady Rosalind, aber weder tanze ich, noch bin ich ein guter Nachbar.« Er hatte sich mit diesen Worten rüde von ihr abwenden wollen, aber sie berührte ihn am Arm.

Die leichte Berührung durchzuckte ihn wie ein Schock. Seine Sinne schärften sich, alles an ihr war Armond beinahe schmerzhaft stark bewusst – sogar ihr wilder Pulsschlag. Um genau zu sein, war es besonders dieser schnell pochende Puls am Ansatz ihrer Kehle. Sie wirkte ängstlich, doch entschlossen, und wieder war er fasziniert von dieser Kombination.

Armond erlaubte der jungen Frau, ihn ein Stückchen von der Herzoginwitwe fortzuziehen, die ein beleidigtes Gesicht machte, weil man ihr so offensichtlich die weitere Teilnahme an der Konversation verweigerte.

»Würdet Ihr mich betteln lassen?« Lady Rosalind hielt inne, um ihre Lippen zu befeuchten. Beim Anblick ihrer rosa Zunge, die auf so sinnliche Art und Weise über ihre Lippen strich, war Armond in der Tat versucht zu betteln. »Möchtet Ihr, dass sie mich angesichts Eures offensichtlichen Affronts alle auslachen? Was immer sie auch über Euch sagen, so grausam seid bestimmt nicht einmal Ihr.«

»Was sagen sie denn über mich?«, versetzte er. Wenn sie viel wusste, wusste sie, dass Lord Wulf den Gerüchten zufolge keine Skrupel hatte, Frauen betteln zu lassen, und dass man von ihm, einem vermutlichen Mörder und von Geisteskrankheit geschlagenen Mann, wohl kaum eine Charaktereigenschaft wie Mitgefühl erwarten konnte.

»Ich weiß, dass Ihr Armond Wulf seid, der Marquis von Wulfglen – einer der wilden Wulfs von London. Der älteste von vier Brüdern. Von Männern gefürchtet, für Frauen tabu. Ein Mann, mit dem keine anständige junge Debütantin Umgang pflegen würde.«

Armond blinzelte sie verwundert an. »Und Ihr wollt mit mir tanzen?«

Sie straffte demonstrativ die Schultern und drückte ihre Brust heraus. Armonds Blick glitt zu den beiden üppigen Rundungen, die aus ihrem freizügigen Dekolleté fast herauszufallen drohten, und er brannte geradezu darauf, sie aufzufangen.

»Ich möchte mehr, Lord Wulf, als nur mit Euch zu tanzen«, erklärte sie. »Ich wäre Euch überaus verbunden, wenn Ihr meinen guten Ruf ruinieren würdet.«

Armond bemühte sich, seine gelangweilte Miene aufrechtzuerhalten, obwohl er sich so fühlte, als hätte ein Pferd ihm gerade einen ordentlichen Tritt versetzt. »Hier?«, fragte er.

Die junge Dame streckte ihr hübsches kleines Kinn vor. »Hier und jetzt«, bestätigte sie. »Noch heute Abend. In diesem Raum, vor allen diesen Leuten.«

War das irgendein bizarrer Traum? Armond war fast versucht, sich in den Arm zu kneifen. Frauen machten ihm keine solchen Angebote, oder zumindest doch nicht *diese* Art von Frauen. Lady Rosalind Rutherford, so verführerisch und verlockend sie auch war, war entweder genauso verrückt, wie seine Familie es angeblich war, oder sie führte irgendetwas im Schilde. Er wandte den Blick von ihrem sündhaft schönen Mund ab und versuchte Fassung zu bewahren. Es war etwas, was er konnte ... sich beherrschen.

Wegen dunkelhaariger Engel verlor er nicht den Kopf. Denn damit lief man Gefahr, auch sein Herz zu verlieren, und das konnte Armond sich nicht leisten ... niemals.

»Habt Ihr mir zugehört, Lord Wulf?«

Da sich in dem großen Ballsaal anscheinend alle nicht mehr um ihre eigenen Angelegenheiten kümmerten, sondern neugierig zu ihnen herüberblickten, nahm Armond Lady Rosalinds Arm und führte sie zur Tanzfläche.

Wie nicht anders zu erwarten, waren die Leute schockiert,

einen Wulf tanzen zu sehen. Armond aber versuchte, sich nur auf die Schritte zu konzentrieren, die er vor so langer Zeit gelernt hatte. Er war überrascht, dass er es noch so gut beherrschte, und in solch perfekter Übereinstimmung mit der jungen Dame über die Tanzfläche wirbelte, als ob der eine Körper nur eine Verlängerung des anderen wäre.

»Ihr tanzt sehr gut«, bemerkte seine neue Nachbarin und biss sich auf ihre volle Unterlippe. »Aber ich hatte mir mehr erhofft.«

»Mehr?« Er kam sich plötzlich wie ein Idiot vor, der in ihrer Gegenwart keinen vernünftigen Satz herausbringen konnte.

»Ihr haltet mich sehr korrekt«, gab sie ihm zu verstehen. »Eingedenk Eures Rufs hatte ich allerdings gedacht, Ihr würdet nicht so förmlich sein. Ich kann nichts Schockierendes an Euren Manieren finden.«

Armond hielt es für seine Pflicht, sie aufzuklären. »Ich versichere Euch, die bloße Tatsache, dass Ihr mit mir tanzt, ist für die Anwesenden heute Abend schon schockierend genug.« Da seine Äußerung sie offensichtlich nicht zufriedenzustellen schien, fragte er: »Wollt Ihr, dass ich Euch entehre?«

Zwischen ihren perfekt geformten schwarzen Brauen erschien eine steile Falte, und sie presste die Lippen zusammen, als würde sie überlegen. »Ich hatte gehofft, solch drastische Maßnahmen vermeiden zu können, doch nun glaube ich, dass sie vielleicht in der Tat erforderlich sein werden. Könntet Ihr das tun? Ich meine, würde es Euch sehr viel ausmachen?«

Beinahe wäre er gestolpert. Ob es ihm etwas *ausmachen* würde? War die junge Dame blöd? Nein, sie war nicht blöd; ihre schönen Augen funkelten vor Intelligenz.

»Was für ein Spielchen treibt Ihr, Lady Rosalind?«

Anstatt zu antworten, ließ sie ihren Blick über die Menge schweifen. Er folgte ihrem Beispiel, wobei sein Blick auf eine Gruppe junger Debütantinnen fiel, die sie mit hochroten Gesichtern anstarrten und völlig außer sich vor Aufregung darüber schienen, dass er tanzte. Ging es bei Lady Rosalinds Bitte vielleicht um irgendeine Wette, die sie mit ihren Freundinnen abgeschlossen hatte? Oder eine Mutprobe? Hatte sie beschlossen, ihr Debüt in der Gesellschaft im großen Stil zu geben?

Vielleicht wollte sie einfach nur Beachtung – einen Abend, an dem sie sich von allen anderen schönen jungen, heiratsfähigen Damen, die für eine Saison nach London gekommen waren, unterscheiden würde?

»Es ist mein aufrichtiges Begehr, Lord Wulf«, sagte sie, als ihre Blicke sich wieder trafen. »Und bisher bin ich ziemlich enttäuscht über Eure guten Manieren. Euer Benehmen heute Abend entspricht den Erwartungen, die ich mir dank Eures Rufs gemacht hatte, leider keineswegs. Wenn Ihr nicht den Wunsch habt, mir zu helfen, sollte ich mir vielleicht jemand anderen suchen, der es tut.«

Sein Entzücken über die schöne junge Frau ließ ein wenig nach. In den letzten zehn Jahren war Armond der vollen Wucht der Scherze der Gesellschaft ausgesetzt gewesen. Es machte ihm nichts aus, dass die Leute ihn fürchteten oder über ihn tuschelten, aber er würde sich nicht zum Narren machen lassen. Als Lady Rosalind Anstalten machte, sich abzuwenden, als habe sie die Absicht, ihn einfach auf der Tanzfläche stehen zu lassen, zog er sie mit einer abrupten Bewegung an sich.

»Wenn Ihr kompromittiert zu werden wünscht, habt Ihr Euch an den richtigen Mann gewandt«, versicherte er ihr. »Und ich verspreche Euch, dass Ihr nicht enttäuscht sein werdet, Lady Rosalind.«

Er steuerte sie auf den Rand der Tanzfläche zu und fragte sich, wo sie ungestört sein könnten. Lady Rosalind hatte törichterweise seine Leidenschaft entfacht. Sie hatte ihm gewissermaßen den Fehdehandschuh zugeworfen, und wenn sie mit ihren blöden Freundinnen etwas zu lachen haben wollte, dann würde er ihr den Anlass dazu todsicher auch liefern.

2. Kapitel

Lord Wulf führte Lady Rosalind durch zwei Seitentüren, die offen standen, um die frische Nachtluft in den stickigen Ballsaal einzulassen. Sprachlos über ihre eigene Courage, folgte Rosalind ihm durch einen kleinen Garten auf die Straße hinaus, wo in einer langen Reihe Kutschen für die Rückkehr ihrer Besitzer bereitstanden. Ihr Herz klopfte so laut und schnell, dass es ihr aus der Brust zu springen drohte. Trotz ihrer noch vor wenigen Minuten demonstrierten Kühnheit zitterten ihr die Knie. Sie war verzweifelt, und Verzweiflung konnte oft auch als Courage missverstanden werden.

Als Rosalind Armond Wulf unter den Gästen des Greenley'schen Balls entdeckt hatte, hatte sie das Gefühl gehabt, ihr müssten buchstäblich die Augen aus dem Kopf fallen. Nie hatte sie einen attraktiveren Mann gesehen. Er war groß und schlank, wie eine Raubkatze. Sein Haar, dessen satter Goldton sie an ihr Zuhause auf dem Land und den Weizen erinnerte, der dort auf den Feldern reifte, fiel ihm bis auf die Schultern. Seine Augen waren blau – dunkel und unruhig wie der Himmel während eines Gewittersturms.

Sein Gesicht war fein geschnitten, sein Kinn markant und eckig. Sein Mund konnte nur als sehr bemerkenswert beschrieben werden; seine Lippen waren weder zu voll noch zu schmal, vielmehr ausgesprochen sinnlich. Seine Augenbrauen und Wimpern waren für einen blonden Mann erstaunlich dunkel, und seine Haut war so tief gebräunt, als verbrächte er sehr viel Zeit im Freien. Als er bei den Greenleys eingetroffen war, hatten sich alle Frauen im Ballsaal nach ihm umgedreht und ihn bewundernd angestarrt ... Und dann hatte das Getuschel angefangen.

Als sie seinen Namen erfahren hatte, war Rosalind sofort klar gewesen, dass er der Nachbar war, vor dem ihr Bruder Franklin sie gewarnt hatte, sich von ihm fernzuhalten. Wulf war seit ihrer Ankunft in London nicht mehr in der Stadt gewesen, doch seine Rückkehr ausgerechnet an diesem Abend hätte sich für sie gar nicht günstiger gestalten können. Denn Rosalind hatte einen Plan geschmiedet. Einen Plan, mit dem sie die Absichten ihres Stiefbruders für sie zu durchkreuzen hoffte, um damit wieder auf das Landgut ihres verstorbenen Vaters zurückverbannt zu werden. Sie wünschte sich nichts sehnlicher, als möglichst bald dorthin zurückzukehren.

»Thomas, steig ab und such dir etwas zu tun«, rief Wulf dem Fahrer zu, als sie sich seiner Kutsche näherten.

Rosalind errötete heiß. Was musste der Mann von ihr denken? Aber darüber durfte sie sich jetzt nicht den Kopf zerbrechen. Nicht in diesem Augenblick.

»Für wie lange, Euer Lordschaft?«, erkundigte sich der Mann.

Langsam ließ Wulf seinen Blick über Rosalinds Körper gleiten. »Eine Weile.«

Rosalind blickte sich derweil nervös zu dem Haus hinter ihnen um. Franklin könnte herauskommen, um sie zu suchen, und ihr alles verderben. »Könnten wir nicht ein Stückchen fahren, während wir ... ich meine, während ...« Sie konnte sich nicht dazu überwinden, ihre Frage zu beenden.

»Interessant«, sagte Wulf. »Der Plan wurde geändert, Thomas. Fahr uns einfach ein bisschen durch die Gegend; und wenn ich an die Decke klopfe, bringst du uns wieder zurück.«

Thomas nickte. »Briggs ist mit den anderen Dienern ein Bier trinken gegangen. Soll ich Euch die Tür öffnen, Mylord?«

»Nein.« Wulf öffnete selbst die Kutschentür und statt Rosalind beim Einsteigen zu helfen, hob er sie einfach hoch und setzte sie in die Kutsche. Dann stieg auch er ein und schlug die Tür hinter sich zu.

Es war ein peinlicher Moment. Rosalind wusste nicht, was sie zu erwarten hatte. Sie spürte, dass Lord Wulf verärgert war, aber verärgert über was? Sie hatte sich ihm angeboten. War es nicht das, was alle Männer wollten? Bei der ersten sich bietenden Gelegenheit einer Frau unter den Rock greifen?

Laut Aussage ihres Stiefbruders war es genau das, was Männer wollten. Die Kutsche machte einen jähen Satz nach vorn. Rosalind warf einen Blick zur Tür. Sie fuhren noch nicht schnell genug, um sich ernsthaft zu verletzen, falls sie jetzt noch aus dem Wagen springen sollte.

»Ihr habt Euch Euer Bett gemacht. Nun müsst Ihr darin liegen.«

Sie sah ihn an. Im Inneren der Kutsche war es dunkel, da die Lampen noch nicht angezündet waren, und sie konnte Armonds Gesichtsausdruck nicht sehen. »Mein Angebot war ernst gemeint. Ich werde meinen Teil der Abmachung erfüllen.«

Lord Wulf seufzte. »Wir sind von den Greenleys aus nicht mehr zu sehen. Wir müssen jetzt nicht mehr den Schein wahren.«

Den Schein? Hatte er ihre Einladung etwa missverstanden? Rosalind brauchte ihn, damit er ihr einen Dienst erwies, und dachte, er hätte diesen kleinen Tauschhandel verstanden. Er hatte sie vorhin so angesehen, als sei er durchaus bereit dazu. Überall, wo seine Blicke sie berührt hatten, hatte Hitze sie durchflutet, aber keine Hitze der Verlegenheit, sondern etwas völlig anderes. Etwas, auf das ihre behütete Existenz sie überhaupt nicht vorbereitet hatte. Etwas ... Sündiges.

»Aber Ihr solltet lernen, dass nicht alle Männer mit sich spielen lassen. Mich mit eingeschlossen, Lady Rosalind.«

Dann glaubte er also nicht, dass sie ihr Angebot ernst gemeint hatte? Natürlich glaubte er das nicht. Rosalind nahm an, dass es nur äußerst selten vorkam, dass eine Dame aus gutem Hause einen Mann ansprach und ihn bat, ihren Ruf zu ruinieren. Vielleicht gab es ja noch eine Möglichkeit, den Weg, den sie gewählt hatte, wieder zu verlassen.

»Vielleicht hätte ich mir die Sache besser überlegen sollen«, gab sie zu und suchte in der Dunkelheit der Kutsche seinen Blick. »Wenn wir schnell zurückkehren, bleibt unsere Abwesenheit möglicherweise unentdeckt.«

Er lachte, aber seine Antwort klang nicht ehrlich. »Das ist jetzt nicht mehr möglich, Lady Rosalind. Ihr wolltet einen Skandal verursachen und habt es auch getan. Und Ihr habt mich dazu benutzt, was immer auch Ihr damit zu erreichen hofftet. Obwohl ich mir beim besten Willen nicht vorstellen kann, was das sein könnte. Vielleicht wärt Ihr ja so freundlich, mich darüber aufzuklären?«

Das konnte Rosalind nicht. Und es ging ihn eigentlich auch gar nichts an. Sie hatte ihn nur gebeten, ihr eine Bitte zu erfüllen; danach würde sie ihn nie wiedersehen. Aber sie hatte ihn um ihres eigenen Vorteils willen angesprochen. Um ihre Freiheit wiederzugewinnen. Um ihrem Stiefbruder und seinen niederträchtigen Plänen für sie zu entkommen. Um Franklin zu entkommen, und das um jeden Preis.

Von frischem Mut erfasst, sagte Rosalind: »Ich bin überrascht, dass Ihr Erklärungen verlangt, Lord Wulf. Ich bezweifle, dass ein anderer Mann das täte.« Sie konnte spüren, wie er sich ihr zuwandte, um sie anzusehen. Und obwohl sie wusste, dass er sie im Dunkeln nicht sehen konnte, schob sie ihr Kinn ein wenig vor. »Ich dachte, ich könnte mich auf Euch verlassen. Ihr ...«

Sein Mund fand in der Dunkelheit plötzlich den ihren. Da Rosalind gerade noch gesprochen hatte, waren ihre Lippen geöffnet. Sie versuchte, sie zu schließen, aber Lord Wulf umfasste ihr Kinn auf eine Art und Weise, die ihr keine Möglichkeit mehr ließ, ihn nicht zum Zug kommen zu lassen. Er schmeckte nach Champagner und frischen Erdbeeren.

Der Kuss war strafend, als ob er ihr die Lektion erteilen wollte, die sie seiner Meinung nach noch lernen musste. Rosalinds instinktive Reaktion war, sich gegen ihn zur Wehr zu setzen. Ein ängstlicher kleiner Laut entrang sich ihren Lippen. Armond ließ augenblicklich von ihr ab und starrte sie im Finstern an.

»Ihr tut mir weh«, flüsterte sie.

Schnell nahm er auch seine Hand von ihrem Kinn. So sachte und fast unmerklich wie die Berührung eines Schmetterlingsflügels glitten seine Fingerspitzen über ihre Wange. Dann neigte er seinen Kopf langsam wieder in ihre Richtung, und diesmal berührten seine Lippen ihren Mund ausgesprochen sanft. Sie empfand den unerwarteten Kontrast jedoch als beunruhigend. Missbrauch war Rosalind gewöhnt; von Verführung allerdings verstand sie ganz und gar nichts. Armond dagegen ganz offensichtlich schon.

Suchend strich seine warme, feuchte Zunge über ihre Unterlippe. Rein instinktiv öffnete sie ihren Mund noch ein bisschen weiter, und seine Zunge drang in ihre warme, feuchte Mundhöhle ein und rief schockierende Gefühle in ihr wach, die sie noch nie zuvor empfunden hatte.

»Gott, bist du bezaubernd«, murmelte er an ihren Lippen, und das leise, etwas heisere Timbre seiner Stimme durchflutete sie mit einer Hitze, die sich irgendwo ganz tief in ihrem Innersten zu bündeln schien.

Als er erneut ihren Mund suchte, ließ Rosalind sich von ihm führen, folgte seinem Beispiel und genoss das Gefühl, wie vollkommen ihre Lippen miteinander zu verschmelzen schienen. Rosalind war erst einmal geküsst worden – von dem Sohn des Gärtners, als sie zwölf gewesen war. Ihr erster Kuss war ungeschickt und alles andere als eindrucksvoll gewesen. Aber dies war etwas völlig anderes. Wie nichts, was sie bis dahin je erlebt oder sich vielleicht auch je nur vorgestellt hatte.

Wulf presste seinen Mund auf den ihren und vertiefte seinen Kuss, und sie schlang ihm die Arme um den Nacken und schob ihre Finger in sein langes, dichtes Haar. Sie hatte Mühe, normal zu atmen, genau wie er offenbar auch, denn die stille Kutsche war erfüllt von den Geräuschen ihres rauen, angestrengten Atmens. Plötzlich durchströmte sie eine Hitzewelle, und es störte sie absolut nicht, was er mit ihr tat. Ganz und gar nicht.

Aber dann geriet die Kutsche ins Schlingern, und der Ruck riss sie auseinander. Rosalind landete rücklings auf ihrem Sitz, aber im Bruchteil von Sekunden war Wulf wieder da und ihr so nahe, dass er beinahe auf ihr lag. Sie hätte selbst nicht sagen können, warum seine Nähe, ohne in der Dunkelheit sein Gesicht sehen zu können, sie dermaßen erregte. Nur dass es so war. Er hatte etwas in ihr entfesselt, das seit Jahren in ihr geschlummert hatte, und sie hatte keine Ahnung, was sie tun konnte, um wieder zur Besinnung zu kommen. Und er beugte sich sogar noch weiter zu ihr vor.

Ein Prickeln durchrieselte sie, als seine Zähne ihren Nacken streiften. An dem heftig pochenden Puls an ihrer Kehle hielt er inne. Sie wusste nicht, warum, aber dass er es tat, alarmierte sie vorübergehend. Doch dann bedeckte er wieder ihren Mund mit seinem, und alle Furcht verflog.

Als er plötzlich ihre Brüste umfasste, gewann Rosalind ein bisschen der Vernunft zurück, die er ihr offenbar gestohlen hatte. Fast hätte sie sich ihm abrupt entzogen. Was aber ausgesprochen dumm gewesen wäre, wie sie sich kurz darauf schon eingestehen musste. Denn wenn sie ihm nicht erlauben konnte, sie intim zu berühren, wie in aller Welt sollte sie ihm dann erlauben, sie ihrer Unschuld zu berauben?

Fest entschlossen, ihren guten Ruf zu zerstören, hielt sie also still. Er küsste sie wieder – ein langer, bedächtiger Kuss, der sie beinahe vergessen ließ, wo seine Hände ruhten … Sein Daumen glitt unter ihr großzügiges Dekolleté und berührte ihre Brustspitze. Instinktiv fuhr sie zurück, aber er ließ sich von ihrer Reaktion nicht abschrecken. Langsam umkreiste sein Daumen ihre empfindsame Brustspitze, bis sie sich zu einer harten kleinen Knospe aufrichtete. Das Gefühl entlockte Rosalind ein leises

Stöhnen, und sie bog sich ihm entgegen, als könne sie so eine noch intimere Nähe zu ihm erzwingen.

Im Nebel ihrer Leidenschaft bemerkte sie nicht, dass Wulf ihr die Träger ihres Kleids über die Schultern gestreift hatte, bis sie die kühle Nachtluft auf ihrer erhitzten Haut spürte. Sofort versuchte sie, die Arme zu heben und ihre entblößten Brüste zu bedecken. Er kam ihrer Reaktion jedoch erneut zuvor, ergriff ihre beiden Handgelenke und zog sie über ihren Kopf.

»Hast du Angst vor mir?«, fragte er.

Ja, wollte Rosalind erwidern, aber eigentlich war das nicht ganz die Wahrheit. »Ich habe Angst vor den Gefühlen, die du in mir weckst«, antwortete sie.

»Soll ich aufhören?«

Wieder war sie versucht, mit Ja zu antworten. Seine schon von Natur aus tiefe Stimme war sogar noch eine Oktave tiefer geworden. Ihr warmes Timbre ging ihr durch und durch und erfüllte sie mit einem geradezu verzweifelten Verlangen. Sie hatte sich schon vorher nach etwas gesehnt, nach einem Zuhause, einer Familie, aber noch nie nach einem Mann. Das Beste wäre, ihn zu bitten aufzuhören, aber sie musste gegen die Moralvorstellungen ankämpfen, die man sie gelehrt hatte. Rosalind durfte ihn nicht aufhalten, wenn sie ihre Chancen, eine gute Partie zu machen, wirklich ganz und gar zunichte machen wollte. Welcher halbwegs vernünftige Mann würde sie noch haben wollen, wenn sich erst einmal herumgesprochen hatte, dass sie … verdorben worden war?

»Nein. Hör nicht auf, bitte.«

Er zögerte lange genug, um sie zu ängstigen. Und wenn er sich nun weigerte? Was sollte sie dann tun? Und wie demütigend, sich einem Manne anzudienen, der sie nicht haben wollte. Als er nicht weitermachte, begann sie sich zu sorgen, dass das Problem möglicherweise nicht bei ihr, sondern bei ihm lag. Sie hatte von solchen Dingen schon mehr als einmal gehört.

»Hast du ein Problem mit deinem ...« Sie war sich nicht ganz sicher, wie sie es bezeichnen sollte.

»Gewissen?«, fragte er.

Halb nackt unter ihm zu liegen, erweckte in ihr ein Gefühl von Hilflosigkeit und Verletzlichkeit. Das Problem musste gelöst werden, und zwar schnell. Es wäre sinnlos, weiter zu insistieren, falls sie wirklich auf dem Holzweg war.

»Kannst du vielleicht nicht?«

Er presste sich an sie. »Nein. Damit habe ich kein Problem.«

Armond Wulf mochte kein Problem haben, ganz im Gegensatz zu ihr selbst, wie Rosalind sich inzwischen eingestehen musste. Es war kein leeres Versprechen gewesen, als er ihr vorhin versichert hatte, sie würde nicht enttäuscht werden. Sie konnte jetzt den eindrucksvollen Beweis seiner Begierde spüren und musste gegen ihre plötzliche Beklommenheit ankämpfen.

»Dann mach nun bitte weiter«, bat sie ihn.

Langsam senkte er den Kopf auf ihre Brüste, nahm eine ihrer harten kleinen Brustspitzen zwischen seine Lippen und zupfte sanft daran. Rosalind sprang beinahe vom Kutschensitz auf. Armond hielt sie jedoch darauf fest und widmete sich zunächst ihrer einen Brust und dann der anderen. Seine Mund vollführte ein unerhört sinnliches Spiel mit ihrer Brustwarze. Er umspielte die empfindsame Knospe mit der Zunge, saugte daran und zog sie zwischen seine Zähne.

Ihre Bauchmuskeln zogen sich zusammen, als ob sein Mund, der an ihren Brüsten zupfte, irgendwie mit dieser Reaktion verbunden wäre. Sogar zwischen ihren Schenkeln konnte sie eine warme, feuchte Hitze spüren. Sie bog sich ihm entgegen und hätte ihre Finger unter sein Haar geschoben, wenn sie in der Lage gewesen wäre, ihre Arme zu bewegen. Wulf hob den Kopf, um sie erneut zu küssen. Während seine Zunge zwischen ihre Lippen und in die warme Höhlung ihres Mundes glitt, pressten sich seine Hüften an ihren Unterkörper und begannen sich in einem derart aufreizenden Rhythmus zu bewegen, dass ihr der Atem stockte und sie sich in einer stummen Einladung an ihn drückte.

Sie begehrte ihn, sehnte und verzehrte sich nach ihm, stürzte in einen Abgrund erotischer Verzückung, in dem sie sich nur noch seiner, ihrer selbst und ihrer beiderseitigen leidenschaftlichen Reaktion bewusst war. Er zerrte an ihrem Kleid und zog es ihr noch weiter über die Taille hinunter. Dann löste er sich von ihr, setzte sich, um sich aus seinem Rock zu kämpfen, und zog sein feines weißes Hemd aus seiner eng anliegenden Hose. Und während er ungeduldig an seinen Sachen zerrte, starrte er sie unablässig an. In der Dunkelheit der Kutsche konnte Rosalind sein Gesicht nicht genau erkennen, doch merkwürdigerweise sah sie seine Augen.

Sie glühten ... wie die Augen eines Tiers bei Nacht. Gänsehaut kroch über ihre Arme. In einer vielleicht unbewussten Geste legte sie schützend eine Hand an ihre Kehle.

Plötzlich tauchte das Licht einer Straßenlaterne das dämmrige Innere der Kutsche in scharfe Helligkeit. In dem aufblitzenden Licht konnte Rosalind Wulf deutlich sehen. Er war noch immer atemberaubend gut aussehend; unter seinem offenen Hemd war glatte, braun gebrannte Haut zu sehen, aber seine Augen ... seine Augen hatten sich nicht verändert. Sie waren nach wie vor von einem leuchtend blauen Licht erfüllt. Dieser absonderliche Anblick verschlug Rosalind den Atem.

Abrupt wandte Wulf den Blick von ihr ab; dann nahm er seinen Spazierstock und klopfte laut ans Wagendach.

»Zieh dich an.«

Er knurrte sie buchstäblich an. Beschämt über ihren halb nackten Zustand, den die Straßenlaterne ihm kurz zuvor noch offenbart hatte, rappelte Rosalind sich hoch. Noch immer ganz benommen von dem, was gerade zwischen ihnen geschehen war – und auch von dem, was nicht geschehen war – zog sie das Kleid über ihre Brüste.

»Sobald wir zurück sind, wirst du zu deiner Kutsche gehen und deinen Fahrer auffordern, dich heimzubringen«, wies Wulf sie an. »Du wirst mit niemandem sprechen. Ich werde deinem Stiefbruder eine Nachricht überbringen lassen. Dir wurde plötzlich übel, hörst du? Und du hast dich sofort von deinem Fahrer nach Hause fahren lassen, nachdem ich dich zu deiner Kutsche hinausbegleitet hatte.«

Sie unterbrach ihre nervösen Bemühungen, ihr Äußeres in Ordnung zu bringen. Er gab ihr ein Alibi, das sie nicht wollte. »Soll das heißen, ich soll lügen und verheimlichen, wo ich gewesen bin und was ich gemacht habe?«

Während er seine eigenen Kleider glatt strich, antwortete er: »Nur bei den Leuten, die von Bedeutung sind, sollst du den Mund halten. Ansonsten kannst du unter dem Siegel der Verschwiegenheit deine Erfahrungen ruhig mit deinen Freundinnen teilen. Ich hoffe, ich habe dir das, was du wolltest, gegeben.«

Das hatte er nicht getan. Sie war immer noch genauso keusch, wie sie es beim Verlassen des Balls mit ihm gewesen war. Keusch, wenn auch vielleicht nicht mehr ganz unberührt. Und Rosalind hatte keine Freundinnen, denen sie ihre Geheimnisse anvertrauen konnte. Was wollte er damit sagen und, schlimmer noch, warum beendete er nicht, was er begonnen hatte?

»Du willst mich nicht.« Plötzlich verstand sie. Irgendetwas an ihr hatte ihn abgestoßen. Vielleicht, dass sie so forsch gewesen war?

Wulf wandte sich ihr wieder zu, um sie anzusehen, aber sie konnte seine Augen diesmal im Dunkeln nicht sehen und fragte sich, ob sie dieses seltsame Leuchten in ihnen überhaupt gesehen hatte. Vielleicht hatte der Mondschein es ja nur so erscheinen lassen.

»Das Spiel ist aus, Lady Rosalind.« Armonds Ton war kalt, obwohl sie die Hitze seines Körpers noch immer spüren konnte. »Ich habe mitgespielt. Ich habe Euch etwas gegeben, worüber

Ihr mit Euren rückgratlosen kleinen Freundinnen klatschen könnt. Ich habe Eure Einführung in die Gesellschaft zu einer unvergesslichen gemacht. Seid froh, dass ich Euch nicht mehr gegeben habe, als Ihr erwartet hattet.«

Die Kutsche hielt. Wulf sprang heraus und hielt Rosalind die Tür auf. Sie ließ sich von ihm aus dem Wagen helfen, weil sie zu verwirrt war, um etwas anderes zu tun als ihm zu folgen. Sie hatte weiche Knie, was entweder eine Reaktion auf die leidenschaftliche Begegnung zwischen ihnen war oder mit ihrer Angst davor zusammenhing, mit den Folgen ihrer Handlungsweise konfrontiert zu werden. Armond führte sie an den wartenden Kutschen vor dem Haus vorbei.

»Welche ist die Ihre?«

Noch immer sehr benommen, deutete Rosalind mit einer Kopfbewegung auf eine Kutsche in unmittelbarer Nähe. Wulf begleitete sie zu dem Gefährt, öffnete die Tür und half ihr einzusteigen. Sie dachte, dann würde er einfach nur die Tür zuschlagen und gehen, aber er blieb stehen und blickte von der Straße zu ihr auf.

»Gute Nacht, Lady Rosalind. Es war mir ein Vergnügen.«

Erst dann schloss er die Tür. Rosalind hörte, wie er ihrem Fahrer die Anweisung gab, sie nach Hause zu fahren. Die Kutsche machte einen Satz nach vorn. Rosalind beeilte sich, zum Fenster zu rücken, die Vorhänge zurückzuziehen und ihren Kopf hinauszustrecken. Armond stand noch immer, wo sie ihn zurückgelassen hatte, und sah der abfahrenden Kutsche nach.

Ihre Blicke trafen sich. Sie sah das bereits schwächer werdende Begehren, das noch immer in seinen Augen brannte, das schnelle Heben und Senken seiner Brust, als würde er einen Kampf mit sich selbst ausfechten. Und obwohl sie zwar noch unschuldig sein mochte, begann ihre Unschuld doch sehr schnell dahinzuschwinden. Armond begehrte sie. Aber warum hatte er dann so plötzlich abgebrochen? Warum hatte er sich nicht genommen, was sie ihm angeboten hatte?

Besaß er womöglich trotz der über ihn kursierenden Gerüchte tatsächlich ein Gefühl für Anstand? Hatte er ihr Liebesspiel abgebrochen, weil er sich noch immer an den Ehrenkodex einer Gesellschaft hielt, die ihn beinahe vollständig im Stich gelassen hatte? Wenn ja, hätte sie heute Nacht die falsche Wahl getroffen. Wenn ja, hatte er der vornehmen Gesellschaft schon eine ganze Weile etwas vorgemacht. Ärger ersetzte ihre Verwirrung und die Leidenschaft, die noch immer in ihr glühte.

Er hatte mit ihr gespielt. Schlimmer noch, er hatte ihre Pläne durchkreuzt, und sie würde sich noch heute Abend den ernsthaften Folgen ihrer Handlungsweise gegenübersehen. Nur leider nicht genügend ernsthaften, um in Schmach und Schande aufs Land zurückgeschickt zu werden, wie sie gehofft hatte.

»Es gibt *ein* Gerücht über Euch, das mir heute Abend nicht zu Ohren gekommen ist, Lord Wulf«, sagte sie zu sich selbst. »Niemand hat mir gesagt, dass Ihr ein Feigling seid.«

3. Kapitel

Die Kraft des Schlags ließ Rosalind zurücktaumeln. Tränen des Schmerzes und der Demütigung brannten in ihren Augen, als sie eine Hand an ihre glühende Wange legte.

»Wie konntest du es wagen, dich heute Abend so zu benehmen!«, brüllte Franklin Chapman. »Du solltest dir einen reichen, adligen Ehemann an Land ziehen und nicht mit jemandem wie Armond Wulf einen Skandal verursachen!«

»Es war doch nur ein Tanz«, wisperte Rosalind. Was würde Franklin tun, wenn er die ganze Wahrheit erfahren würde und wüsste, was tatsächlich zwischen ihr und Lord Wulf vorgefallen war? Trotz der zu erwartenden Konsequenzen würde sie es Franklin jetzt sagen, wenn ihre Pläne ihr gelungen wären, was jedoch leider nicht der Fall war. Deshalb sah sie auch keinen Anlass, ohne guten Grund den Wutausbruch ihres Stiefbruders zu erdulden.

Franklin war aus ihrem Leben verschwunden, als Rosalind noch ein Kind gewesen war. Er war ein ungezogener junger Mann gewesen und hatte sich zu einem sogar noch ungezogeneren Erwachsenen entwickelt. Und ihr Vater lebte nun nicht mehr, um sie vor Franklin zu beschützen. Ihr Stiefbruder hielt es für Rosalinds Pflicht, ein Familienvermögen zurückzugewinnen, das er rücksichtslos verschleudert hatte ... Rosalinds eigenes Erbe.

Sie für einen hohen Brautpreis mit einem reichen Mann zu verheiraten, war die einfachste Lösung ... zumindest in den Augen ihres Stiefbruders. Die Vorstellung zu heiraten störte Rosalind gar nicht mal so sehr, doch es störte sie sehr wohl, dazu gezwungen zu werden, und nur, weil Franklin in den vergangenen Jahren so viele Spielschulden angehäuft hatte, dass er nun bis über beide Ohren verschuldet war.

»Nur ein Tanz?«, wiederholte er. An seiner ansonsten glatten Stirn pochte eine Ader. Drohend tat er einen Schritt in ihre Richtung. »Du hast mit ihm den Ball verlassen! Und alle haben es gesehen! Ich hatte dir befohlen, dich von ihm fernzuhalten. Jegliche Assoziation mit diesem verdammten Mann wird deinen Ruf gefährden. Außerdem würde er dich nur benutzen, um dich gleich darauf wieder fallen zu lassen. Armond Wulf ist sehr gefährlich!«

Rosalind dachte, dass wohl kaum ein Mann gefährlicher sein konnte als Franklin Chapman. Ihre Kindheitserinnerungen an Franklin waren verschwommen, aber sie wusste noch, dass er schon früher ein Tyrann gewesen war. Sie hatte gedacht, er hätte sich geändert, als er sie vor drei Monaten auf dem Land besuchte, aber er hatte ihr nur etwas vorgemacht.

Er hatte ihr erzählt, seine Mutter läge im Sterben und wünschte Rosalind ein letztes Mal zu sehen. In der kurzen Zeit, in der die Herzogin von Montrose unter demselben Dach wie Rosalinds Vaters gelebt hatte, war sie sehr nett zu ihr gewesen, ja, eigentlich sogar schon fast wie eine Mutter. Deshalb hatte Rosalind den Landsitz verlassen und war mit Franklin nach London gefahren. Seinem Bericht getreu befand sich seine Mutter in einem der oberen Zimmer, siechte langsam vor sich hin und war sogar bereits zu schwach, um sich mit Rosalind zu unterhalten. Doch den wahren Grund, warum er Rosalind unter seinem Dach haben wollte, hatte Franklin wohlweislich verschwiegen.

»Nach deinem unmöglichen Auftritt heute Abend hat es jede Menge Klatsch gegeben. Du lässt mir keine andere Wahl, als deine Einführung in die Gesellschaft abzubrechen und ein Angebot für dich zu akzeptieren, das Viscount Penmore mir unlängst gemacht hat. Du erinnerst dich an ihn? Wir sind ihm letzte Woche in der Stadt begegnet, als wir bei der Modistin waren.«

Sich an den Viscount zu erinnern war nicht schwer. Franklin hatte Rosalind nur selten den Genuss von Geselligkeit gegönnt, bis er sie in die Gesellschaft einführte. Mit dem Ball der Greenleys an diesem Abend war dann endlich die Saison eröffnet worden. Lord Penmore war ein kleiner, fetter, schon fast kahlköpfiger Mann, der sabbernd ihre Hand geküsst und sie auf eine Art und Weise gemustert hatte, bei der ihr eine Gänsehaut über den Rücken gelaufen war.

»Er ist alt genug, um mein Vater zu sein«, gab sie zu bedenken. »Wenn du mich schon zwingst zu heiraten, hatte ich gehofft, ich könnte mir meinen Ehemann vielleicht zumindest selbst aussuchen.«

Franklin streckte die Hand aus und zwickte sie mit seinen kalten Fingern in die Wange. »Und was sollte ein Landei wie du denn schon darüber wissen, nach welchen Kriterien man einen Ehemann auswählt? Dein großer Bruder allerdings weiß, was das Beste für dich ist. Ich werde über dein Leben bestimmen, bis ich es für angebracht halte, es in die Hände eines anderen Mannes zu legen.« Seine Finger zwickten sie sogar noch fester. »Vorausgesetzt natürlich, dass du dir deine Chancen bei Penmore mit deinem unerhörten Benehmen heute Abend nicht bereits verdorben hast.«

»Ich sagte dir doch schon, es war völlig harmlos«, log sie. »Auf der Tanzfläche wurde mir plötzlich übel, und Lord Wulf hat mich lediglich zu unserer Kutsche begleitet, bevor ich mich in eine peinliche Situation bringen konnte.«

Was hatte sie sich nur dabei gedacht? Sie wusste, dass Franklin zu Gewalttätigkeit ihr gegenüber fähig war. Er hatte sie geschlagen, als sie sich geweigert hatte, das geradezu unerhört tief ausgeschnittene Kleid zu tragen, das er ihr für diesen Abend hatte anfertigen lassen. So erzürnt wie jetzt hatte sie ihn allerdings noch nie zuvor erlebt. Wenn sie sich ihren Ruf tatsächlich von Armond Wulf hätte ruinieren lassen, war sie sich nicht einmal mehr sicher, ob Franklin sie nicht vielleicht sogar umgebracht hätte.

Franklin zog seine Hand zurück, aber seine Augen blieben kalt wie die Augen einer Schlange. »Du tätest besser daran, mich nicht zu belügen. Deine Unberührtheit ist von größter Wichtigkeit, um einen angemessenen Ehemann für dich zu finden. Halt dich also bloß von Armond Wulf fern. Wenn es dir heute Abend gelungen ist, nicht von ihm entehrt zu werden, kannst du dich zu einer der wenigen glücklichen Frauen zählen, die sich nachts mit ihm davonmachen und unberührt zurückkehren … oder überhaupt zurückkehren.«

Obwohl Rosalind das Gespräch lieber beendet und sich in die Sicherheit ihres Zimmers geflüchtet hätte, siegte ihre Neugier. »Was sagst du da?«

Ihr Stiefbruder lächelte sein falsches Lächeln. »Ich hätte dir mehr über Lord Wulf erzählen sollen. Vor ein paar Monaten hat er eine Frau in seinen eigenen Stallungen ermordet. Er hat sie kaltherzig umgebracht und wurde für das Verbrechen nie zur Rechenschaft gezogen.«

Ein Frösteln durchlief Rosalind. »Mord«, flüsterte sie. »Aber er und ich – ich meine, er erschien mir wie der perfekte Kavalier, als er mich zur Kutsche begleitete.« Das mit dem ›perfekten Kavalier‹ war natürlich eine Lüge, aber sie war mit Armond Wulf allein gewesen und hatte keinen Augenblick lang das Gefühl gehabt, als wäre ihr Leben in Gefahr … ihre Tugend ja, aber nicht ihr Leben. Eine kurze Erinnerung durchzuckte sie. Das Gefühl von Armonds Zähnen an ihrer Kehle. Da hatte sie ganz kurz den Eindruck gehabt, er hätte vor, sie zu beißen.

»Alle haben euch zusammen den Ball verlassen sehen«, erinnerte Franklin sie. »Er ist bestimmt nicht so dumm zu glauben, er könnte ein zweites Mal mit einem Verbrechen davonkommen, nicht, wenn jedermann gesehen hatte, wie er dich hinausbegleitete. Was mich wieder zu Penmore zurückbringt. Er wird übermorgen zum Tee bei Lady Pratt erscheinen. Sei also bitte nett zu ihm.«

In Gedanken immer noch bei Wulf, erwiderte sie ruhig: »Ich werde höflich sein. Vorausgesetzt natürlich, dass er bessere Manieren als bei unserer letzten Begegnung an den Tag legt.«

Franklin griff nach ihr und bohrte seine Finger in die zarte Haut an ihren Schultern, womit er Rosalinds volle Aufmerksamkeit sofort wieder zurückgewann. »Du wirst bezaubernd sein, egal, wie Penmore dich behandelt. Er und ich haben eine Art geschäftliche Vereinbarung. Er bekommt von mir noch eine beträchtliche Summe Spielschulden. Unter anderem«, fügte er wie zu sich selbst hinzu. »Ich hatte keine Ahnung, dass er derart angetan von dir sein würde. Aber er mag eben hübsche Dinge.«

Für Franklin war Rosalind also nur ›ein Ding‹. Nicht ein Mensch mit Träumen, Hoffnungen und Gefühlen. Er war schon immer ein Tyrann gewesen. Schon als Kind hatte sie Angst vor ihm gehabt. Sie vermutete, dass Franklin der Grund dafür war, dass ihr Vater und ihre Stiefmutter nicht sehr lange unter demselben Dach gelebt hatten. Aber so reizend die Herzogin auch zu Rosalind gewesen war, ihren bösartigen Sohn hatte die Frau geradezu abgöttisch geliebt.

»Vielleicht sollte ich noch einmal nach deiner Mutter sehen«, sagte Rosalind, schon auf dem Weg zur Treppe. »Ich bin sicher, dass Mary eine kleine Pause von ihrer Krankenwache bei der armen Frau gebrauchen kann.«

»Meine Mutter weiß nicht einmal, wer du bist«, schnaubte Franklin. »Stattdessen gehe ich jetzt lieber mit dir in dein Zimmer und helfe dir bei der Auswahl des Kleids, das du zu Lady Pratts Tee tragen wirst. Du musst möglichst hübsch aussehen, Rosalind. Aussehen ist alles.«

Sie konnte sehr gut verstehen, warum Franklin die äußere Erscheinung eines Menschen für wichtiger als sein Wesen hielt. In Gegenwart anderer konnte ihr Stiefbruder ungemein charmant sein. Nur sie wusste, was für eine Art von Mensch er wirklich war. Sie selbst und auch ihr Vater, wie sie annahm, da er Franklin und seine Mutter schließlich fortgeschickt hatte. Rosalind wollte Franklin nicht in ihrem Zimmer haben. Es war der einzige Ort in diesem Haus, an dem sie sich vor seinen Quälereien sicher fühlte.

»Ich bin durchaus in der Lage, meine eigene Wahl zu treffen«, sagte sie. »Du brauchst dich wirklich nicht mit solch unwichtigen Angelegenheiten zu beschäftigen.«

»Diese Art von Beschäftigung ist mir ein Vergnügen«, versetzte Franklin glatt. »Meine Gläubiger werden schon bald auftauchen, um die beträchtliche Summe zu kassieren, die ich für deine neue Garderobe ausgegeben habe. Dein Geschmack war mir ein bisschen zu schlicht. Du musst deine Vorzüge zur Schau stellen, Rosalind. Wer könnte dir besser sagen, welche Kleider diesen Zweck erfüllen, als ein Mann?«

Als Franklin in der Erwartung voranging, dass sie ihm wie ein gehorsames kleines Haustier folgte, stampfte Rosalind mit dem Fuß auf. »Ich will dich nicht in meinem Zimmer haben, Franklin. Mein Vater hat dieses Haus bezahlt, auch wenn es rein rechtlich gesehen deiner Mutter gehört. Er hätte ihr mein zukünftiges Leben niemals anvertraut, wenn er geahnt hätte, dass sie so kurz nach seinem Tod erkranken würde.«

Ihr Stiefbruder blieb ruhig und mit dem Rücken zu ihr vor der Treppe stehen. »Ja, es ist ein Jammer mit der Herzogin. Aber ihre Anwälte stimmten mir zu, dass sie nicht mehr in der Verfassung ist, über deine Zukunft oder dein Erbe zu bestimmen. Diese Verantwortung haben sie mir nur allzu gerne übertragen.«

Als er sich ihr zuwandte, war sein Gesicht gerötet, und die Ader pochte immer noch an seiner Stirn. »Ich habe die Kontrolle über dich, Rosalind. Dein liebender Papa lebt nicht mehr und kann mich also auch nicht mehr aus diesem Haus hinauswerfen. Du wirst genau das tun, was ich dir sage, oder du wirst die Konsequenzen tragen müssen. Konsequenzen, die dir gewiss nicht angenehm sein werden, denke ich … oder vielleicht doch? Möchtest du es herausfinden?«

So tapfer Rosalind auch gern gewesen wäre, auf seine Erklärung hin trat sie zurück und senkte den Blick. Was Franklin sagte, stimmte. Ihre Vormundschaft war ihrem Stiefbruder übertragen worden. Er verwaltete ihr Vermögen, was bedeutete, dass ihr gesamtes Erbe für sie buchstäblich verloren war. Franklin war spielsüchtig. Nur deshalb hatte sie auf dem Ball der Greenleys auch unbemerkt mit Armond Wulf das Haus verlassen können. Weil Franklin in den Hinterzimmern gespielt hatte, statt sie zu beaufsichtigen, wie es seine Pflicht gewesen wäre. Aber sie konnte sich sehr gut vorstellen, dass er diesen Fehler nicht noch einmal machen würde.

Ihr Stiefbruder wandte sich wieder ab und stieg die Treppe hinauf. »Kommst du, Schwesterchen?«

Rosalinds Blick glitt durch die Eingangshalle, und für einen Moment war sie versucht, einfach wegzulaufen. Aber sie hatte kein eigenes Geld, keinen Ort, an den sie gehen konnte. Nur aufs Land hätte sie zurückkehren können, allerdings konnte sie die Fahrt dorthin nicht bezahlen. Im Augenblick war sie Franklin hilflos ausgeliefert. Aber sie hatte ihre Idee, seine Pläne für sie zu vereiteln, noch nicht aufgegeben. Wie sie das anstellen würde, ohne ihn so sehr gegen sich aufzubringen, dass er sie wieder schlagen würde, wusste sie noch nicht. Aber ihr würde schon noch etwas einfallen.

»Rosalind«, rief er in gebieterischem Ton. »Komm und tu, was ich dir sage.«

Mit hängenden Schultern folgte sie ihm, fürchtete sich vor der in zwei Tagen bevorstehenden Begegnung mit Lord Penmore und spürte immer noch das Brennen von Franklins Ohrfeige auf ihrer Wange.

»Er ist all das, was Ihr von ihm behauptet; das gestehe ich Euch gerne ein. Er ist kerngesund und quicklebendig. Ein wirklich wundervolles Tier«, lobte Lord Pratt.

Armond zupfte einen nicht vorhandenen Flusen von seinem dunklen Reitrock und fragte sich, wieso die Leute angesichts seines guten Rufs als Pferdezüchter noch immer überrascht von seiner Redlichkeit schienen. Wenn er mit diesen schwachköpfigen Leuten keine ehrlichen Geschäfte machen würde, besäße er nicht den Ruf, den er als Züchter hatte.

Er war erst kürzlich von seinem Landgut Wulfglen zurückgekehrt, wo er mit ganz besonderer Sorgfalt die zum Verkauf nach London mitgebrachten Pferde ausgesucht hatte. Die Wulfs mochten zwar hinter vorgehaltener Hand als Mörder oder Schlimmeres bezeichnet werden, aber sie waren unvergleichlich gute Pferdezüchter.

»Lasst uns hineingehen«, schlug der Earl vor. »Wir werden in meinem Arbeitszimmer einen Brandy trinken, und dann machen wir den Kaufvertrag für dieses Pferd.«

»Es ist noch nicht mal Zeit zum Tee«, erinnerte Armond den Mann. »Außerdem bin ich kein Freund von Alkohol. Lasst uns also die Bezahlung regeln, und ich mache mich dann wieder auf den Weg.«

Der Earl nickte, vermutlich froh darüber, auf solch taktvolle Art von seinen Pflichten als Gastgeber entbunden zu werden. Armond folgte seinem Kunden über einen mit Platten ausgelegten Pfad zum Haus. Kaum waren sie eingetreten, ließ sich ein leises Stimmengewirr aus dem vorderen Salon vernehmen.

»Meine Frau gibt eine Teegesellschaft«, bemerkte der Earl. »Um die Tochter des verstorbenen Herzogs von Montrose mit den passenden Mitgliedern der Gesellschaft bekanntzumachen. Oh, aber das hätte ich ja fast vergessen: Ihr habt die junge Dame ja schon auf dem Ball der Greenleys kennengelernt, nicht wahr?«

Nach dem hintergründigen Funkeln in den Augen des Earls zu urteilen, wusste er nur allzu gut, dass Armond und Rosalind sich schon begegnet waren. Er hoffte wohl nur, ein bisschen mehr aus Armond herauskitzeln zu können.

»Ja, sie ist eine reizende junge Frau«, hörte Armond sich erwidern. »Schade nur, dass die gebratene Ente ihr gar nicht gut bekommen ist. Ich sah mich gezwungen, Lady Rosalind in aller Eile zu ihrer Kutsche zu begleiten, damit sie sich nicht vor aller Augen in Verlegenheit bringen musste.«

»Oh.« Der Earl seufzte. »Na ja, das kam mir bereits zu Ohren. Sie ist allerdings ein bisschen keck«, fügte er hinzu. »Mit einem Mann zu tanzen, dem sie zuvor nicht einmal richtig vorgestellt wurde, ist doch ziemlich unüblich.«

»Mit mir zu tanzen, meint Ihr wohl«, entgegnete Armond gedehnt. »Die Dame ist meine Nachbarin. Sie hat ein sehr behütetes Leben auf dem Land geführt und wusste nicht, dass ich kein angemessener Partner war. Ich hätte ihr die Verlegenheit ersparen sollen, die sie zweifellos verspürte, als sie es erfahren musste. Andererseits hat ja aber auch sicher niemand ein taktvolleres Verhalten von mir erwartet.«

»Natürlich nicht«, stimmte der Earl ihm zu, wurde sich im selben Moment bewusst, was er gesagt hatte, und errötete vor Verlegenheit. »Dann folgt mir also bitte in mein Arbeitszimmer.«

Die dicken Teppiche in der Halle dämpften ihre Schritte. Sie mussten allerdings den Salon passieren. Dessen Türen standen offen, und Armond kämpfte mit sich, um nicht einen Blick hineinzuwerfen.

»William!«

Der Earl verhielt abrupt den Schritt und zwang damit natürlich auch Armond, stehen zu bleiben.

»Du hast versprochen, zu meiner Teeparty zu kommen, und mir gesagt, die Sache mit dem Pferd würde nicht allzu lange dauern.«

Lady Pratt, die Frau des Earls, stutzte, als sie Armond Wulf in ihrer Eingangshalle erblickte, und legte ein bisschen erschrocken eine Hand an ihre Brust. »Oh, mir war gar nicht bewusst, mein Lieber, dass du noch geschäftlich mit Lord Wulf zu tun hattest. Bitte verzeiht die Unterbrechung.«

Armond schenkte der nervösen Frau ein Lächeln, von dem er wusste, dass es sie noch mehr entnerven würde. »Und ich bitte um Verzeihung, dass ich Euren Gatten von seinen Verpflichtungen abhalte.«

Mit einem Nicken nahm sie seine Entschuldigung zur Kenntnis, aber ihre Hand verharrte immer noch auf ihrer Brust, als hätte sie einen wirklich gehörigen Schreck erlitten und sich noch nicht davon erholt.

»Ich bot Lord Wulf einen Brandy an, woraufhin er mich klugerweise darauf hinwies, dass es noch zu früh für alkoholische Getränke ist. Es wäre daher sicher angemessen, meine Liebe, dem Herrn eine Tasse Tee anzubieten, während ich mich um die Finanzierung meines neuen Pferdes kümmere.«

Der Earl versuchte offensichtlich, seine Frau für irgendeine frühere Verfehlung zu bestrafen. Aber Armond lag nichts daran, das Werkzeug für diese Form der Vergeltung zu sein.

»Aber natürlich ist Lord Wulf sehr herzlich eingeladen, eine Tasse Tee mit uns zu trinken«, krächzte Lady Pratt, und ihr banger Blick richtete sich auf Armond. »Es wäre mir eine Ehre, wenn Ihr uns Gesellschaft leisten würdet.«

Sie wäre außer sich, wenn er es täte, und das wusste Armond. Er vermutete aber auch, dass die Dame ihrerseits wusste, dass er nie an etwas so tödlich Langweiligem wie einer Teeparty teilnahm. »Und mir wäre es eine Ehre, Eurer Einladung nachzukommen, Lady Pratt.«

Er konnte selbst nicht glauben, dass er das gesagt hatte. Und Lady Pratts weit aufgerissenen Augen nach zu urteilen konnte auch sie es kaum glauben. Armond war versucht, seine Zusage auf der Stelle wieder zurückzunehmen, doch das erlaubte sein verdammter Stolz ihm nicht. Und wenn er ehrlich sein wollte, musste er zugeben, dass er Lady Rosalind Rutherford wiedersehen wollte … und bei Gott, genau das war jetzt gewährleistet.

4. Kapitel

Armond folgte Lady Pratt in den Salon. Das eben noch so laute Stimmengewirr verwandelte sich im Bruchteil von Sekunden in ein Flüstern. Er war nicht für einen formellen Besuch gekleidet, doch selbst wenn er es gewesen wäre, bezweifelte er, dass die Anwesenden weniger schockiert gewesen wären, ihn zu sehen.

»Lord Wulf«, kündigte ihn die Dame des Hauses an. »Der Herr wird uns beim Tee Gesellschaft leisten, während mein Mann einen Pferdehandel zum Abschluss bringt.«

Lady Pratt musste den Grund für Armonds Anwesenheit deutlich machen oder riskieren, sich wegen ihres schlechten Geschmacks in der Auswahl ihrer Teegäste zum Gegenstand des Gespötts zu machen. Der zum Familiengut gehörende Titel Wulfglen war schon seit Jahren auf den Familiennamen Wulf abgekürzt worden, weshalb Armond in der Gesellschaft mehr als Lord Wulf als Lord Wulfglen bekannt war. Er suchte sich einen Platz ein wenig abseits von den anderen Gästen und nahm dankend eine zierliche Teetasse entgegen, die in seinen großen Händen ein bisschen fehl am Platze wirkte.

Als sich das allgemeine Getuschel etwas gelegt hatte, blickte er sich über den Rand seiner Tasse suchend um. Er erkannte Lady Rosalind sofort, obwohl sie ihm den Rücken zuwandte. Sie hielt sich gut und sehr gerade. Eine Kaskade schimmernder Locken fiel ihr über den Rücken. Auf dem Kopf saß ein kleiner blauer Hut mit einem kurzen Schleier. Eine Schande, dachte Armond, ein Gesicht wie dieses zu verbergen.

Durch den dunklen Schleier wirkte ihre Haut blasser, ihre hohen Wangenknochen und großen, ausdrucksvollen Augen verschwammen hinter dem dünnen Gewebe, doch ihr Mund – oh

Gott, Armonds Blick konzentrierte sich fast zwangsläufig auf ihre vollen roten Lippen. Er erinnerte sich, wie sie sich angefühlt hatten. Sie waren süß wie in der Sonne gereifte Beeren.

Als würde sie seinen prüfenden Blick spüren, wandte Lady Rosalind sich zu ihm um. Ihre Blicke begegneten sich, obwohl ihr Schleier jede Reaktion verbarg, die er vielleicht in ihren schönen Augen hätte wahrnehmen können. Aber dann wandte sie sich rasch wieder der allgemeinen Unterhaltung zu und beachtete ihn nicht weiter. Sie hatte offensichtlich ihre Lektion gelernt, dass es ratsam war, mit gefährlichen Männern wie ihm kein falsches Spiel zu treiben. Ein Jammer, dachte er. Er würde ihr nur zu gerne eine weitere Lektion erteilen.

Als sie sich aus der Gruppe löste und den Raum durchquerte, um die Gemälde zu betrachten, die eine ganze Wand bedeckten, konnte Armond nicht umhin, seinen Blick auf ihre Figur zu richten. Lady Rosalind war nicht groß, aber auch nicht klein. Ihre Taille war schmal, ihre Hüften zeichneten sich unter dem Kleid sanft gerundet ab.

Obwohl sie dezent gekleidet war, weckten die vollkommenen Rundungen ihrer Brüste, die ihr Oberteil so wunderbar betonte, in einem Mann alle möglichen erotischen Gedanken und den Wunsch, all diesen schimmernden Taft zu entfernen, um ihre nackte Haut zu sehen. Armond war schon mehr als nur ein Blick auf ihre großzügigen Reize vergönnt gewesen. Er hatte von ihren Verlockungen bereits kosten dürfen. Und er wollte mehr.

Er stand auf und stellte seine Teetasse beiseite, doch statt das Zimmer zu verlassen, wie er es eigentlich vorgehabt hatte, ertappte er sich dabei, dass er in ihre Richtung ging. Sie zog ihn wie ein Magnet an. Ob er sich nun von ihr angezogen fühlen wollte oder nicht.

»Wie ich sehe, habt Ihr Euch vom Ball bei den Greenleys erholt«, bemerkte er, während er sich an ihre Seite stellte. »Und offensichtlich trotz Eurer gewagten Eskapade auch sehr gut, denn sonst wärt Ihr heute Nachmittag nicht hier.«

Ihr Kopf fuhr zu ihm herum. »Bitte sprecht nicht mit mir«, sagte sie und wandte sich dann rasch wieder den Bildern zu.

Normalerweise hatte Armond keine Schwierigkeiten, Frauen aus dem Weg zu gehen. Es war eigentlich ganz einfach. Im Grunde brauchte man nur wegzugehen. Aber er trat näher und tat so, als erregte das grellbunte Gemälde, das sie gerade betrachtete, sein Interesse.

»Vor zwei Tagen habt Ihr mich gebeten, Euch zu kompromittieren. Ihr hättet mir wahrscheinlich sogar erlaubt, Euren guten Ruf unwiederbringlich zu ruinieren. Heute verlangt Ihr von mir, so zu tun, als ob wir uns noch nie begegnet wären. Frauen! Sie sind einfach unberechenbar.«

»Euch anzusprechen war offenbar ein Fehler meinerseits«, erwiderte sie mit schmalen Lippen. »Wenn Ihr auch nur ein bisschen Anstand besitzt, dann tut, worum ich Euch bitte, und lasst mich in Ruhe.«

Er kratzte sich am Kinn und überlegte. »Tut mir leid. Ich besitze keinen Anstand. Ich dachte, Ihr wüsstet das.«

Sie rückte einen Schritt von ihm ab und blieb vor einem anderen Gemälde stehen. »Ich fürchte, da bin ich anderer Meinung. Ihr besitzt durchaus Anstand, auch wenn Ihr die Gesellschaft lieber etwas anderes glauben lasst.«

Also hatte sie der ganzen Sache doch zumindest ein paar Momente ihrer Gedanken gewidmet. Und wenn auch nur ein paar Momente. »Ich pfeife darauf, was die Gesellschaft denkt«, versetzte er. »Glaubt Ihr allen Ernstes, ich wüsste nicht, was Ihr auf dem Ball bei den Greenleys im Schilde geführt habt? Ihr habt mich einer Wette wegen angesprochen. Ihr habt Euch selbst als Anreiz dargeboten, um die Gunst Eurer Freundinnen zu gewinnen. Ihr hattet Glück, dass ich das Spiel nicht weiter geführt habe. Ihr hättet sonst ganz schön dumm dagestanden.«

»Glück?« Als würde ihr bewusst, dass sie zu laut gesprochen hatte, rückte sie einen weiteren Schritt von ihm ab. »Mit Glück hatte das nichts zu tun. Trotz Eures schlechten Rufs wusste ich, dass ich mich nicht in ernsthafter Gefahr befand. Kein Mann ist ignorant genug zu glauben, dass er eine Unschuldige verführen könnte, ohne entsprechende gesellschaftliche Auswirkungen befürchten zu müssen. Nicht einmal Ihr.«

»Und ich bin ein Feigling.«

Ihr Kopf fuhr wieder in seine Richtung. »Was habt Ihr gesagt?«

Armond beugte sich ein wenig vor. »Ihr haltet mich für einen Feigling«, wiederholte er. »Ihr glaubt, ich hätte die Situation aus Furcht vor irgendwelchen Vergeltungsmaßnahmen nicht ausgenutzt. Ihr habt recht. Aber die Vergeltung, die ich fürchte, ist nicht das, was Ihr vielleicht denkt. Ich bin stark versucht, um eine zweite Chance zu bitten, und wenn auch nur, um zu beweisen, dass Ihr Euch geirrt habt.«

Eine leise Röte stieg in ihre Wangen. »Es wird keine zweite Chance geben«, sagte sie. »Ich habe einen Fehler gemacht. Einen, den ich nicht zu wiederholen gedenke.«

Als sie wegging, folgte Armond ihr nicht. Er besaß immer noch ein gewisses Maß an Vernunft, obwohl es ihn in Rosalinds Gesellschaft im Stich zu lassen schien. Aus dem Augenwinkel beobachtete er sie weiterhin. Sie sprach leise mit der Frau des Earls, ließ sich irgendeinen Weg beschreiben und verließ den Raum. Wahrscheinlich will sie sich in die Sicherheit der Damentoilette zurückziehen, dachte er.

Und er musste jetzt auch gehen. Er hatte ein Geschäft zu beenden, und je eher, desto besser. Er wollte raus aus diesem Haus, weg von Lady Rosalind und dem Bann, in den sie ihn gezogen hatte. Er kannte sich nur allzu gut mit Bannen, Flüchen und dergleichen aus und wusste, dass sie ernst zu nehmen waren.

Im Flur stieß er beinahe mit Rosalind zusammen. Sie versuchten einander auszuweichen, jeder machte einen Schritt zur gleichen Seite, dann wieder zurück zur anderen Seite. Es war schon beinahe komisch.

»Sollen wir wieder tanzen?«, scherzte er.

Sie lächelte nicht. »Bitte lasst mich vorbei.«

Seine Heiterkeit verflog. »Ihr seid nicht annähernd so freundlich wie bei unserer ersten Begegnung«, sagte er. »Gehört es zu Euren Angewohnheiten, Euch Männern anzubieten, die Ihr nicht kennt? Sollte das nämlich so sein, fühle ich mich verpflichtet, Euch zu warnen, dass es beim nächsten Mal nicht so glimpflich für Euch ausgehen könnte.«

»Ich sagte Euch doch schon, dass es kein nächstes Mal geben wird, Lord Wulf«, erwiderte sie kühl. »Unsere letzte Begegnung war ein Fehltritt meinerseits, der, so vermute ich zumindest, damit zusammenhing, dass mir der Champagner nicht sehr gut bekommen ist. Jedenfalls hat man mir anschließend geraten, nicht nur auf alkoholische Getränke zu verzichten, sondern auch, mich nie wieder in Eurer Gesellschaft sehen zu lassen. Denn weder das eine noch das andere, das weiß ich nun, ist der Gesundheit einer Dame zuträglich.«

Das Licht auf dem Flur war nicht sehr hell, aber Armond sah auch im Dunkeln ungewöhnlich gut. Nun, da sie einander gegenüberstanden, statt es wie im Salon so aussehen zu lassen, als unterhielten sie sich nicht, glaubte er unter ihrem Schleier etwas zu sehen, das ihn beunruhigte. Als er nach dem dünnen Stück Stoff griff, zuckte sie zusammen. Ungeachtet ihrer Reaktion hob er den Schleier jedoch etwas an. Was er sah, ließ Armonds Blut gefrieren.

»Was ist mit Eurem Gesicht passiert?«

Sie stieß seine Hand weg und zog den Schleier rasch wieder hinunter. »Das geht Euch gar nichts an, Lord Wulf. Ich fordere Euch noch einmal auf, mich vorbeizulassen.«

Als sie versuchte, an ihm vorbeizugehen, verstellte Armond ihr den Weg. »Das habe doch wohl nicht ich getan, oder?« Er wusste, dass er leidenschaftlich gewesen war, aber er hoffte doch sehr, dass er sie in seiner Sinnenlust nicht verletzt hatte.

Der Ausdruck in ihren Augen, die kaum durch den Schleier zu sehen waren, wurde weicher. »Nein«, versicherte sie ihm. »Ich bin nur schrecklich ungeschickt. Ich stolperte, als ich nach dem Ball nach Hause kam, und dabei schlug ich mir die Wange an einem Sessel an. Es ist nichts Schlimmes, wirklich nicht.«

Armond hob ihren Schleier wieder an und berührte sanft die kleine, runde Prellung. »Ich habe noch nie eine Frau gesehen, die sich anmutiger bewegt als Ihr, wenn Ihr durch ein Zimmer geht. Ihr seht aus wie eine Prinzessin, die vor ihren Untertanen Hof hält.«

Sie senkte ihre langen Wimpern. »Kommt es oft vor, Lord Wulf, dass Ihr Frauen beleidigt und ihnen im nächsten Augenblick Gedichte vortragt?«

»Nein«, antwortete er ehrlich. »Nie. Und du kannst mich ruhig Armond nennen. Uns in Formalitäten zu ergehen, erscheint mir ein bisschen merkwürdig in Anbetracht all dessen, was wir miteinander erlebt haben.«

Sie schaute auf, und in ihren Augen flackerte etwas auf. Armond war sich nicht sicher, ob es Ärger ... oder Verlangen war. »Ich habe Euch mehr als einmal gebeten, es zu vergessen.«

»Ich habe es versucht«, gestand er. »Hundert Mal.«

Ihre Hand glitt zu ihrem Kragen. »Dann müsst Ihr Euch mehr Mühe geben. Ihr versteht nicht. Mir war nicht bewusst, in welche Gefahr ...«

»Verstehe«, unterbrach Armond sie, und das tat er auch. Wie konnte er glauben, dass sie auch nur für einen Moment die Gerüchte ignorieren und ihn gerecht beurteilen würde. Er fühlte sich wie ein Narr. »Aber man hat Euch zweifellos inzwischen darüber aufgeklärt, mit was für einer Sorte Mann Ihr auf dem Ball der Greenleys Eure Spielchen getrieben habt.«

Er war überrascht, als sie den Kopf ein wenig schief legte und ihn eindringlich durch ihren Schleier musterte. »Seid Ihr ein Mörder, Lord Wulf?«

Armond war an das Getuschel hinter seinem Rücken gewöhnt. Nur selten war aber jemand mutig genug, um ihm direkt ins Gesicht zu sagen, was er dachte. »Was denkt Ihr?« Es irritierte ihn, dass er ihre Antwort wirklich hören wollte. Und es irritierte ihn ebenso, dass es ihn auf einmal kümmerte, was irgendjemand von ihm dachte.

»Ich denke, wenn Ihr ein Mörder wärt, dann würden wir dieses Gespräch hier vielleicht nicht führen.«

Er lächelte über ihre kluge Antwort.

Sie überraschte ihn erneut, indem sie sagte: »Das solltet Ihr öfter tun. Wenn Ihr lächelt, seht Ihr gar nicht mehr so Furcht erregend aus.«

Das ernüchterte Armond. Sie mochte den Gerüchten, dass er angeblich ein Mörder war, vielleicht keinen Glauben schenken, aber sie kannte auch nicht die ganze Wahrheit. Sie wusste nichts von dem Fluch, der auf ihm lastete. Sie wusste nicht, wie absurd es für ihn war, auch nur ein Gespräch mit ihr zu führen. Sie war für ihn tabu. So tabu wie er für sie.

»Versprecht mir, dass Ihr von heute an aufpasst, zu wem Ihr in eine Kutsche steigt, Lady Rosalind.«

Rosalinds Gesicht brannte plötzlich. Sie erkannte, dass sie mit ihm flirtete, obwohl sie nicht viel Übung darin besaß. Sie flirtete und erinnerte sich …

An das Gefühl seiner Hände auf ihrer Haut, seiner Lippen an ihrem Mund. Er *war* gefährlich, aber Lord Wulf konnte ja nicht wissen, dass sie sich vorhin auf die von Franklin ausgehende Gefahr für sie bezogen hatte. Als sie Lord Wulf auf dem Ball der Greenleys gesehen hatte, war sie von seinem gut aussehenden

Gesicht zu fasziniert gewesen, um das Geflüster zu beachten. Sie hatte nur genug gehört, um zu erkennen, dass er geradezu perfekt dazu geeignet war, ihren guten Ruf zu ruinieren. Aber Franklin hatte sie gewarnt, sich von ihm fernzuhalten, und wenn er sie mit ihm erwischte ...

»Lord Wulf.« Sie versuchte, ihre Haltung wiederzugewinnen und das Gespräch möglichst schnell zu beenden. »Ich muss Euch dankbar sein. Es war gut, dass einer von uns vernünftig war. Dass Ihr das Spiel nicht weitergeführt habt, meine ich. Ich glaube, ich kann mich glücklich schätzen, dass Ihr ... dass Ihr ...«

»Dass ich ein Feigling bin?«

Ein Frösteln lief über ihren Rücken. Woher wusste er, dass sie das über ihn gesagt hatte? Er konnte es unmöglich gehört haben. »Ich wollte sagen, dass Ihr ein anständiger Mann seid. Aber irgendwie ist das ja auch nicht ganz die Wahrheit.«

»Ihr habt darum gebeten«, erinnerte er sie. »Ich war Euch nur zu Diensten.«

Er war ihr keineswegs zu Diensten gewesen, aber sie wollte das Thema nicht noch einmal ansprechen. Rosalind musste zu der Teeparty zurück. Sie konnte Armonds Mund nicht ansehen, ohne sich an seine Küsse zu erinnern. Sie konnte seine Hände nicht ansehen, ohne sich daran zu erinnern, wie sie sich auf ihrer nackten Haut angefühlt hatten. Und sie hatte geglaubt, sich lediglich eingebildet zu haben, wie gut er aussah, erkannte aber nun, dass sie sich geirrt hatte. Er war geradezu sündhaft attraktiv.

»Wenn Ihr mich so anseht, bedaure ich den Verlauf unserer ersten Begegnung.«

Sie senkte rasch den Blick. »Ich schäme mich auch für mein Verhalten. Wir müssen beide zu vergessen versuchen, was geschehen ist.«

»Ich meinte, ich bedaure, dass nicht mehr geschah.«

Rosalind hob wieder den Blick zu ihm. Er hatte einen völlig

falschen Eindruck von ihr. Welcher Mann hätte das nicht? Sie war sich nicht einmal mehr sicher, was sie selber denken sollte. Noch nie in ihrem Leben hatte sie sich so schamlos einem Mann gegenüber benommen. Sie hatte gedacht, das Ganze würde eine kalte, unpersönliche Geschichte sein, aber jetzt wusste sie es besser.

»Ihr seid kein Gentleman, Lord Wulf.«

Er griff nach ihrer Hand und hob sie an seine Lippen. »Das ist etwas, was du schon vorher wusstest«, sagte er, und dann drehte er ihre Hand in seiner und drückte seine Lippen auf ihr Handgelenk. Ihr Puls begann zu rasen. Sie entriss ihm ihre Hand, als hätte sie sich verbrannt.

»Steckst du in Schwierigkeiten, Rosalind?«

Rosalind versteifte sich und warf einen Blick über Armonds Schulter hinweg. Genau das, wovor sie Angst gehabt hatte, war eingetreten. Franklin stand da und starrte sie an, und obwohl sein Gesichtsausdruck noch relativ entspannt war, konnte sie die verräterische Ader an seiner Schläfe pochen sehen.

»Nein, Franklin«, antwortete sie. »Ich war gerade wieder auf dem Weg in den Salon.«

Armond drehte sich zu Lady Rosalinds Stiefbruder um. Er war ihm aus den Clubs bekannt, obwohl sie noch nie ein Wort miteinander gewechselt hatten. »Ich muss um Verzeihung bitten, dass ich Lady Rosalind von der Teegesellschaft ferngehalten habe. Wir sind einander zufällig hier draußen auf dem Flur begegnet. Da ich bei den Greenleys ja mit ihr getanzt habe und ihr kurz darauf übel wurde, wollte ich sie nur fragen, wie es ihr danach ergangen ist.«

»Ihr geht es bestens«, erwiderte Chapman kühl. Sein Blick glitt zu Rosalind, und Armond sah ein kurzes Aufflackern von Wut in seinen dunklen Augen. »Oder zumindest noch im Moment jedenfalls.«

Mit jener intuitiven Sicherheit, die ihn selten trog, spürte Armond sofort eine beunruhigende Spannung zwischen Rosalind und ihrem Stiefbruder.

»Geh zurück in den Salon, Rosalind«, befahl Chapman. »Ich bin gleich bei dir.«

Rosalinds Blick glitt von einem Mann zum anderen. »Ich dachte, du würdest mich vielleicht dorthin zurückbegleiten, Franklin.«

»Geh und tu, was ich dir gesagt habe«, versetzte Chapman kurz.

Armond sah Rosalind nach, während sie an ihnen vorbei den Gang hinunterging. Sein Blick glitt tiefer, auf ihre sich leicht wiegenden Hüften. Es war ihm nicht einmal bewusst, aber als er es bemerkte, erhob er rasch wieder seinen Blick zu Chapman.

»Sie ist hübsch«, stellte dieser fest.

»Sehr«, stimmte Armond zu.

Rosalinds Bruder maß ihn mit einem finsteren Blick. »Haltet Euch von ihr fern.«

Obwohl Armond dem Mann eigentlich kaum verübeln konnte, dass er versuchte, seine Stiefschwester zu beschützen, stieß ihm irgendetwas an Chapmans Verhalten unangenehm auf. Beleidigungen waren Armond nicht fremd, aber er war es nicht gewohnt, bedroht zu werden. Es war kein Problem, einer Auseinandersetzung aus dem Weg zu gehen. Man musste sich nur abwenden und gehen. Jetzt jedoch bedachte Armond Chapman mit einem gleichermaßen kalten Blick.

»Lady Rosalind hat von mir nichts zu befürchten … und ich hoffe, dass Sie auch von Euch nichts zu befürchten hat.« Armond wusste nicht, warum er Letzteres hinzugefügt hatte. Vielleicht schon wieder rein instinktiv.

Chapman errötete. »Ich weiß nicht, was Ihr damit anzudeuten versucht, aber meine Schwester ist meine Sache.«

»Sie ist doch Eure Stiefschwester, oder nicht?«, stachelte Armond ihn weiter an.

Chapman änderte die Taktik und lächelte, aber es war ein Lächeln, das seine dunklen Augen nicht erreichte. »Ja. Und obwohl es wahr sein mag, dass wir keine Blutsverwandten sind, kann ich Euch versichern, dass Rosalind mir sehr am Herzen liegt. Ich möchte, dass sie in dieser Saison eine gute Partie macht. Ihr wisst, dass jegliche Aufmerksamkeit ihr gegenüber von Eurer Seite Klatsch verursachen und ihren guten Ruf gefährden wird. Ich bezweifle, dass Ihr ein Ehrenmann seid, möchte Euch aber dennoch bitten, Rosalinds künftiges Wohlergehen zu berücksichtigen und es aus diesem Grund zu vermeiden, an irgendwelchen gesellschaftlichen Veranstaltungen dieser Saison teilzunehmen.«

Die Dreistigkeit des Mannes überraschte sogar Armond. Die Tatsache, dass er ohnehin nur selten an gesellschaftlichen Veranstaltungen teilnahm, spielte dabei keine Rolle. Bisher war es zumindest doch noch seine eigene Entscheidung gewesen.

»Ihr habt natürlich recht«, sagte Armond und erwiderte Chapmans Lächeln mit einer ähnlichen ausdruckslosen Miene. »Ich bin kein Ehrenmann.«

Damit wandte Armond sich ab und ging weiter den Gang entlang, wo er irgendwo das Arbeitszimmer des Earls zu finden hoffte. Er spürte Chapmans scharfen Blick im Rücken, und da es noch etwas gab, was er dem Mann zu sagen hatte, blieb er stehen und drehte sich noch einmal zu ihm um.

»Lasst in Zukunft die Finger von Eurer ›lieben Schwester‹, oder Ihr bekommt es mit mir zu tun. Und ich versichere Euch, dass das etwas ist, was Ihr selbst Eurem schlimmsten Feind nicht wünschen würdet.«

Franklin Chapman gab keine Antwort, aber im Grunde hatte Armond auch gar keine erwartet. Obwohl er sich viel darauf zugute hielt, sich mit seinem Schicksal abgefunden zu haben und sich, was die Gesellschaft anbetraf, im Hintergrund zu halten, war er nicht der Typ Mann, der tatenlos dabeistehen und zusehen würde, wie eine Frau misshandelt wurde. Vielleicht hatte Rosalind sich die Verletzung ja tatsächlich selbst zugefügt, aber Armond hegte den Verdacht, dass das nicht der Fall war.

Er würde die Situation im Auge behalten, sich auf sein Gefühl verlassen und sehen, ob er wie gewöhnlich recht hatte, was seine Intuition betraf. Und falls Chapman es noch einmal wagen sollte, Hand an Rosalind zu legen, würde *er* derjenige sein, der es bereute.

Armond hielt in seinen Gedankenspielen inne, da er sich in diesem Moment der Absurdität seiner Ideen bewusst geworden war. Er und Lady Rosalind beschützen? Außerdem war er sich nicht einmal sicher, dass sie seinen Schutz überhaupt benötigte.

Es hätte ihn weitaus mehr beunruhigen sollen, wer sie vor *ihm* beschützen würde. Auf dem Ball der Greenleys hatte er in ihrer Gegenwart fast vollständig die Kontrolle über sich verloren. Noch nie hatte er sich stärker zu einer Frau hingezogen gefühlt, in seinem ganzen Leben nicht. Er hatte bereits mehrmals gedacht, wie kurz der Weg über die zwischen ihren Häusern liegende Rasenfläche doch war. Eine wirklich armselige Schranke – und absolut kein Hindernis für einen Mann mit seinen Fähigkeiten.

Lady Rosalind hatte sich ihm gegenüber eben deutlich kühler als beim letzten Mal verhalten. Er wollte wieder ihre Hitze spüren, die in ihren Augen erwachende Begierde und ihre sich einladend öffnenden Lippen sehen. Er wollte alles, was sich in jener Nacht nach ihrer ersten Begegnung ereignet hatte … und noch mehr. Und er würde zu ihr gehen. Das wusste er mit der gleichen Sicherheit, mit der er sich über den Fluch im Klaren war, der auf seiner Zukunft lastete. Möge Gott ihm beistehen, aber er konnte der Versuchung einfach nicht mehr widerstehen.

5. Kapitel

Rosalind hätte nicht erleichterter sein können, als Franklin ohne Armond Wulf in Lady Pratts Teesalon zurückkehrte. Irgendetwas an diesem Lord Wulf war überaus verlockend. Nein, musste sie sich in Gedanken korrigieren, alles an ihm war verlockend. Aber sie war gezwungen, ihn zu meiden.

Es hatte keinen Sinn, Franklin wegen dieser Sache zu verärgern. Als Lord Penmore durch den Raum zu ihr hinüberkam, musste sie sich dann aber trotzdem fragen, warum Armond Wulf, im Gegensatz zu diesem widerwärtigen Mann, den Franklin sie womöglich zwingen würde zu heiraten, nicht zu den guten Partien auf dem Heiratsmarkt gezählt wurde.

»Lady Rosalind«, begrüßte der Viscount sie überschwänglich, während er ihre Hand ergriff und sie wieder einmal mit seinem feuchten Mund besabberte. »Ich bin ja so froh, dass ich Euch nicht verpasst habe. Ich bin geradezu erbärmlich spät dran.«

Erbärmlich war tatsächlich das einzige Attribut, das ihr in seinem Zusammenhang einfiel, aber ihr gelang es trotz allem, Penmore anzulächeln. »Schön, Euch wiederzusehen, Mylord.« Rosalind entzog ihm ihre Hand und wischte sie an ihrem Rock ab.

»Einen schönen guten Nachmittag, Penmore.« Franklin trat zu ihnen. »Je später die Stunde, desto schöner die Gäste«, bemerkte er spöttisch. »Schade, dass du nicht ein bisschen früher da warst, um den Wolf zu verjagen.«

Penmore zog erstaunt die Augenbrauen hoch. »Was für einen Wolf?«

»Lord Armond Wulf«, erwiderte Franklin gedehnt. »Es sieht ganz so aus, als interessiere er sich für meine arme kleine Schwester.«

Rosalind war schockiert, dass er die Angelegenheit so offen vor dem Viscount zur Sprache brachte. Der kleine Mann blähte sich zu allem Überfluss auch sofort wie eine Kröte auf und wetterte: »Dieser verfluchte Kerl hat noch nie Interesse an jemandem aus unseren Kreisen gezeigt. Prostituierte sind wohl mehr nach seinem Geschmack«, erklärte er und zwinkerte dabei Rosalind zu, die nicht nachvollziehen konnte, was er an seiner Bemerkung humorvoll fand.

»Die Frau, die tot auf seinem Besitz gefunden wurde, war eine Prostituierte«, warf Franklin erklärend ein.

Rosalind verstand noch immer nicht, was so lustig daran sein sollte. Ein bisschen nervös strich sie die Falten ihres Kleides glatt. »Ich glaube nicht, dass Lord Wulf oder ... Frauen dieser Sorte ein geeignetes Gesprächsthema für eine Teegesellschaft sind.«

Beide Männer warfen ihr einen bösen Blick zu, als ob sie kein Recht auf eine eigene Meinung hätte. Schließlich zuckte Penmore mit den Schultern.

»Verzeiht uns unsere schlechten Manieren«, sagte er. »Wir können sicher ein erfreulicheres Gesprächsthema finden als die Wulfs. Ist Euch der Fluch bekannt, der auf den Brüdern lastet?«

Obwohl das Thema damit keineswegs gewechselt war, war Rosalinds Neugier geweckt. »Ein Fluch?«

»Wahnsinn«, erklärte Lord Penmore. »Der Vater nahm sich das Leben. Die Mutter folgte ihm kurz darauf ins Grab, und sie war vollkommen verrückt, ehe sie starb. Die Söhne, vier an der Zahl, obwohl ich nicht weiß, was aus dem jüngsten geworden ist, sind vom gleichen verdorbenen Geblüt, und da es von beiden Seiten kommt, glaube ich nicht, dass sie dem Wahn entgehen können. Keine anständige Frau würde sich an eine Familie mit derartigen Makeln binden. Soviel ich weiß, haben die Brüder geschworen, nie zu heiraten. Was meiner Ansicht nach eine sehr kluge Entscheidung ist.«

»Vielleicht sollten wir wirklich lieber über etwas anderes sprechen«, wandte Franklin ein. »Wie wär's mit einer Runde durch die Clubs, sobald wir diese spießige Teegesellschaft hier verlassen können?«

Penmore nickte. »Eine ausgezeichnete Idee. Und du wirst mich natürlich begleiten, Chapman. Vielleicht kannst du wenigstens einen Teil des Vermögens zurückgewinnen, das du mir bereits schuldig bist.«

Lord Penmores Hinweis darauf, wie tief Franklin in seiner Schuld stand, entging Rosalind nicht, aber abgesehen davon interessierte sie das folgende Gespräch kaum. Sie dachte über Armond Wulf nach. Wie schrecklich für ihn. Vom Wahnsinn heimgesucht zu werden. War er womöglich jetzt schon geisteskrank? Sie konnte es sich eigentlich nicht vorstellen. Aber wenn sowohl sein Vater wie auch seine Mutter diese Krankheit gehabt hatten, würde auch er eines Tages daran erkranken. Hatte er wirklich geschworen, unverheiratet zu bleiben? Und war dies überhaupt sein eigener Entschluss? Vielleicht war es ja die Gesellschaft, die diese Angelegenheit für ihn entschieden hatte.

»Werdet Ihr uns morgen begleiten?«

Plötzlich merkte sie, dass Lord Penmore seine Frage an sie gerichtet hatte. »Pardon?«

»Ich halte das für keine gute Idee«, erwiderte Franklin an ihrer Stelle.

»Ach, komm, Chapman, wir werden doch bei ihr sein. Nichts wäre mir lieber, als wenn Wulf versuchen würde, sie in eine unpassende Situation zu bringen. Wir könnten ihn dann zu Brei schlagen.«

Franklin lächelte angesichts dieser Aussicht, aber Rosalind war immer noch nicht sicher, wovon die Männer eigentlich sprachen. »Es tut mir leid, aber ich habe nicht ganz verstanden, wohin ich Euch begleiten soll, Viscount.«

»Nun ja, ich dachte daran, ein neues Gespann für meine Kutsche zu erwerben«, erklärte er. »Es ist durchaus möglich, dass Wulf ein Mörder ist und demnächst dem gleichen Wahnsinn verfallen wird wie seine verfluchten Eltern, aber er ist auch ein hervorragender Pferdezüchter. Ich dachte, Ihr würdet mich und Euren Stiefbruder bei diesem Unternehmen vielleicht gern begleiten.«

Nun verstand Rosalind auch Lady Pratts Bemerkung, dass ihr Mann noch einen Pferdehandel abzuschließen hätte. Sie konnte Armonds Haus vom Balkon ihres Schlafzimmers aus sehen und hatte sich schon über die erstaunlich großen Stallungen gewundert, die für ein Stadthaus ziemlich untypisch waren.

Aber Penmore und ihren Stiefbruder dorthin begleiten? Lieber nicht. »Pferdekäufe überlässt man besser Männern«, sagte sie, obwohl sie in Wahrheit ganz und gar nicht dieser Meinung war. Sie war eine erfahrene Reiterin und verstand die guten oder schlechten Eigenschaften eines Pferdes sehr gut einzuschätzen.

»Aber ich möchte Euch dabeihaben«, sagte Penmore schmollend. Mit etwas ernsterer Miene wandte er sich dann Franklin zu. »Ich möchte, dass sie mitkommt, Chapman.«

Ihr Stiefbruder starrte den Viscount einen Moment lang schweigend an, dann zuckte er die Schultern. »Ich sehe keinen Grund, warum sie nicht mitkommen sollte. Schließlich wird sie ja, wie Ihr bereits sagtet, Geleitschutz haben.«

Rosalind begriff, dass sie in dieser Angelegenheit nichts zu sagen hatte, als die beiden Männer sich wieder dem Thema Clubs zuwandten und darüber debattierten, welche sie nach der Teegesellschaft aufzusuchen gedachten. Rosalind versuchte sich Franklin und Penmore in einem Kampf mit Lord Wulf vorzustellen, bei dem sie die Oberhand gewannen. Aber obwohl sie Wulf in der Nacht des Balls bei den Greenleys für einen Feigling gehalten hatte, konnte sie ihn sich beim besten Willen nicht als Verlierer in einer tätlichen Auseinandersetzung vorstellen. Und am nächsten

Tag würde sie ihn sehen. Allein schon der Gedanke daran brachte ihren Puls zum Rasen.

»Ich werde dich nach der Gesellschaft von unserem Kutscher heimfahren lassen«, informierte Franklin sie. »Wir sehen uns, wenn ich von meiner Runde durch die Clubs zurückgekehrt bin. Und dann können wir uns über den Zwischenfall in der Eingangshalle unterhalten.«

Wie dumm von ihr zu glauben, dass ihr Stiefbruder die Angelegenheit auf sich beruhen lassen würde! Würde er sie schlagen, nur weil sie unglücklicherweise Lord Wulf dort draußen in der Halle begegnet war? Rosalind drehte sich bei diesem Gedanken der Magen um. Der Nachmittag versprach ein sehr langer zu werden, während sie auf Franklins Rückkehr wartete – und auf was auch immer für eine Bestrafung er diesmal für sie vorgesehen hatte.

Um ihre Nerven zu beruhigen, ging Rosalind auf und ab, während ihre Kammerzofe Lydia ihrer Arbeit nachging und das Bettzeug wechselte. Rosalinds Ansicht über Lord Penmore hatte sich nicht geändert. Sie fand ihn noch genauso widerlich wie schon bei ihrer ersten Begegnung. Ihre Meinung über Armond Wulf hingegen hatte sich geändert. Sie dachte nun nicht mehr, dass er ein Feigling war. Im Grunde hätte sie überhaupt nicht an ihn denken sollen. Doch noch während sie sich das sagte, trat Rosalind an die Balkontüren und starrte zum Nachbargrundstück hinüber.

»Was soll ich nur tun?«

»Ihr solltet tun, was Euer Stiefbruder will, und Euch einen Ehemann suchen«, antwortete Lydia, ihre Kammerzofe, als wäre die Frage an sie gerichtet gewesen, obwohl es im Grunde nur ein Gedanke gewesen war, den Rosalind laut ausgesprochen hatte. »Ich habe gesehen, wie er Euch anschaut, wenn Ihr gerade mal nicht hinseht. Es wird nicht mehr lange dauern, bis er sich bei Nacht in Euer Zimmer schleicht und in Euer Bett steigt.«

»Lydia!«, rief Rosalind schockiert. »Du darfst so was nicht sagen.« Die Kammerzofe durfte vor allem deswegen nicht so reden, weil Rosalind nicht einmal die Möglichkeit ins Auge fassen wollte, dass es Franklin vielleicht auch noch nach ihr gelüstete. Dass er sie misshandelte, war schlimm genug. Sie hatte der Zofe zu viele Freiheiten eingeräumt, denn ansonsten hätte Lydia sich nie erlaubt, dergleichen auch nur anzudeuten. Aber die junge Frau war die einzige Freundin, die Rosalind gefunden hatte, oder überhaupt je finden würde, seit Franklin sie mit einer List dazu gebracht hatte, ihn nach London zu begleiten – und sie seitdem buchstäblich in seinem Haus gefangen hielt. Rosalind schätzte Lydias Freundschaft, auch wenn der Rest der Gesellschaft eine derartige Beziehung kritisieren würde.

Von Rosalinds Warnung gänzlich unbeeindruckt, zuckte Lydia nur mit den Schultern. »Glaubt Ihr vielleicht, ich wüsste nichts von den Vorlieben des gnädigen Herrn?«, entgegnete das Mädchen und erschauderte dabei sichtlich. »Er nimmt sich, was er will, dieser Mann. Als er mich das letzte Mal in sein Bett bestellte, dachte ich, er würde mich umbringen, so grob war er. Ich habe eine ganze Woche lang geblutet.«

Rosalind wollte ihren Ohren nicht trauen. Sie hatte ein sehr behütetes Leben auf dem Land geführt. Natürlich hatte sie auch ab und zu ein bisschen vulgäres Geschwätz der Küchenmägde mitbekommen, aber so etwas, was Lydia da gerade angedeutet hatte, war ihr noch nie zu Ohren gekommen.

»Lydia, versuchst du mir damit zu sagen, dass Franklin ... dass er sich dir aufgezwungen hat?«

»Er glaubt, keine Frau könne die Avancen eines so gut aussehenden Mannes ablehnen.« Lydia, die gerade eins der Kissen aufschüttelte, hielt inne und wandte sich zu Rosalind um. »Aber wir beide wissen, dass er innerlich nicht so schön und edel ist, nicht wahr, Mylady?«

Rosalind ging durch das Zimmer zur Zofe hinüber. »Warum

hast du es nicht jemandem erzählt, Lydia? Wieso bist du geblieben, wenn er dich zu Dingen zwang, die du nicht wolltest?«

Wieder zuckte das Mädchen mit den Schultern. »Ich habe keine Familie; das wisst Ihr. Und ich brauche diese Arbeit. Der gnädige Herr hat gesagt, wenn ich nicht täte, was er verlangt, würde ich kein gutes Empfehlungsschreiben von ihm erhalten. Er mag zwar nicht so hochwohlgeboren sein wie Ihr, Lady Rosalind, aber er kann mir das Leben schwerer machen, als es ohnehin schon ist.«

Rosalind strich sich mit zitternder Hand über die Schläfe. »Das ist ein völlig unannehmbares Benehmen. Er kann sich nicht erlauben, dich so zu behandeln, als ob du kein Mitspracherecht bei einer solch intimen Angelegenheit hättest. Als ob du nur ein Gegenstand wärst, der ausschließlich dazu da ist, ihm zu Willen zu sein, egal, wie abscheulich du deine Pflichten auch findest.«

Lydia legte eine Hand auf Rosalinds Schulter. »Er hat es sich aber erlaubt. Und ich habe Angst um Euch. Solange Ihr Euch unter seinem Dach befindet, seid Ihr vor nichts sicher. Tut, was er sagt, und rettet Euch, solange es noch möglich ist. Wenn er mich wieder in sein Bett ruft, dann schwöre ich Euch, dass ich eher von diesem Balkon dort springe, als mich noch einmal so von ihm malträtieren zu lassen. Keine Frau sollte eine solche Demütigung erleiden müssen.«

Rosalinds Blick glitt zum Balkon, als sie sich unwillkürlich fragte, ob sie nicht auch eher herunterspringen würde, als ein Leben in ständiger Angst, was Franklin ihr als Nächstes antun könnte, zu führen. Oder diesen grässlichen Lord Penmore zu heiraten. Wie die arme Lydia hatte auch sie keine Familie mehr. Keinen liebevollen Onkel, der ihr zu Hilfe eilen würde, keine Cousins, bei denen sie Zuflucht suchen könnte. Sie war genauso allein auf dieser Welt wie ihre Kammerzofe.

»Es tut mir leid, Lydia«, sagte sie leise. »Ich bedaure zutiefst, was du dank meines Stiefbruders erleiden musstest. Aber du kannst dir sicher sein, dass ich mit ihm darüber sprechen werde.«

»Nein, Mylady«, flüsterte Lydia. »Wenn er erfährt, dass ich gepetzt habe, wird er mich nur noch schlimmer behandeln. Stellt Euch nicht gegen ihn. Nicht für jemanden wie meinesgleichen.«

Rosalind wollte ihr schon widersprechen, aber da ertönte ein kurzes Klopfen an ihrer Zimmertür, und so wie der Teufel nie sehr weit ist, wenn man von ihm spricht, trat Franklin ein. Lydia senkte sogleich den Blick und schlich zur Tür. Und dann war Rosalind auch schon mit ihrem Stiefbruder allein.

»Wir müssen miteinander reden, Schwesterchen.«

Obwohl Rosalind noch immer mit ihrer Empörung über das zuvor Gehörte kämpfte und überlegte, ob sie trotz Lydias Bitte, nichts zu sagen, eine Erklärung von ihrem Bruder fordern sollte, ertappte sie sich dabei, dass sie stattdessen augenblicklich in die Defensive ging.

»Es war purer Zufall, dass ich Lord Wulf während Lady Pratts Teegesellschaft auf dem Korridor begegnet bin«, sagte sie. »Nach deiner Warnung hätte ich ganz gewiss nie ein Gespräch mit ihm gesucht.«

Franklin zog nur eine Augenbraue hoch. Und obwohl er es nach außen hin nicht zeigte, wusste Rosalind, dass er entzückt darüber war, sie wie ein rückgratloses Dummerchen ihre Unschuld beteuern zu hören. Die Angst hatte einen Feigling aus ihr gemacht. Aber dennoch konnte sie nicht schweigen, was das Dienstmädchen betraf.

»Und ... du darfst Lydia nicht mehr anrühren.«

Franklin selbstgefälliger Gesichtsausdruck verschwand. »Was hat diese kleine Hure dir erzählt?«

Rosalind trat instinktiv einen Schritt zurück, als er sich näherte. »Sie ... ich ... das heißt ...« Sie zwang sich, stehen zu bleiben. »Es ist ihr ganz unbeabsichtigt entschlüpft, dass du Dinge von ihr gefordert hast, die du nicht von ihr verlangen darfst, Franklin. Sie sagte, sie wäre nicht dazu bereit gewesen und du hättest sie gezwungen.«

Er packte sie an den Schultern und bohrte seine starken Finger in ihr Fleisch. Rosalind zuckte zusammen, aber sie dachte nicht daran, sich einschüchtern zu lassen.

»Die Dienerschaft in diesem Haus geht dich nichts an«, stieß er erbost hervor. »Wirst du einer Dienstmagd, einer Hure, mehr glauben als mir? Ich kann dir nur sagen, dass sie in mein Bett geschlichen kam, weil sie wohl hoffte, sie könnte sich etwas dazuverdienen. Ich habe nichts genommen, was sie nicht bereit zu geben war. Was unterstehst du dich überhaupt, mich auf ein solches Thema anzusprechen! Du hast hier nichts zu sagen, Rosalind, nicht unter meinem eigenen Dach, hörst du!«

Je härter seine Finger sich in ihre Haut bohrten, desto schwerer wurde es für Rosalind, ihrem Feind gegenüber stark zu bleiben. Und Franklin war ihr Feind. Daran hegte sie nicht den geringsten Zweifel. Als er noch fester zupackte, konnte sie ein Aufstöhnen nicht mehr unterdrücken. »Ich verstehe«, flüsterte sie. »Bitte, Franklin, du tust mir weh.«

Er verharrte noch einen Moment in derselben brutalen Position, ließ dann aber endlich von ihr ab und wandte ihr den Rücken zu. »Du stellst meine Geduld auf eine harte Probe, Rosalind. Du scheinst immer wieder zu vergessen, dass deine Verhältnisse jetzt völlig andere sind als die, an die du gewöhnt bist. Dein Vater hat mich einst aus seinem Haus geworfen. Und weißt du was? Mir gefällt der Gedanke, dass heute ich derjenige bin, der dich hinauswerfen, dich den Hunden vorwerfen oder was auch immer mit dir anstellen kann.«

»Es ist lange her, dass Vater dich seines Hauses verwiesen hat«, erinnerte ihn Rosalind und rieb sich die schmerzenden Stellen an ihren Schultern. »Damals war ich noch ein Kind und du ein junger Mann, der den kurzen Hosen gerade mal entwachsen war. Ich habe sogar sehr geweint, als die Herzogin mir gesagt hat, dass sie gehen müsste. Ich habe deine Mutter in all diesen Jahren in liebevoller Erinnerung behalten. Das war schließlich auch der Grund, warum ich mit dir hierher gekommen bin, weil ich sie sehen wollte, oder etwa nicht?«

»Natürlich weiß ich, dass du sie gern hattest und sie dich auch. Deshalb wusste ich ja, dass du mitkommen würdest. Du bist mir in die Falle gegangen, du kleine Närrin«, spottete er. »Aber nun zurück zu wichtigeren Angelegenheiten. Morgen früh wirst du mich und Penmore nach nebenan zu Lord Wulfs ganzem Stolz – seinen Stallungen – begleiten. Ich hoffe nur, dass wir kein weiteres Geplänkel zwischen dir und Lord Wulf erleben werden. Ich möchte ihn wirklich nicht verprügeln müssen. Wie ich Penmore schon erzählt habe, bekam Wulf ganz schön Angst vor mir, als ich ihn davor warnte, dich noch einmal zu belästigen.«

Rosalind schwieg, obwohl sie ernsthaft bezweifelte, dass ihr Stiefbruder jemandem wie Armond Wulf Angst einjagen konnte. Aber im Moment war sie bereit, so gut wie alles zu versprechen, damit Franklin sie in Ruhe ließ. Wenn sie zusammen waren, kam es selten vor, dass sie ihn einmal nicht in Wut brachte.

»Wenn du wünschst, dass ich euch begleite, werde ich es tun«, sagte sie. »Darf ich heute Nachmittag deine Mutter sehen? Ich war ein bisschen nachlässig mit meinen Besuchen und möchte es gern wiedergutmachen.«

Franklin zuckte mit den Schultern. »Wenn du meinst, du müsstest das tun, will ich dir nicht im Weg stehen. Ich habe ihr gerade Tee aufbrühen lassen. Es ist eine besondere Mischung, die sie immer gerne mochte. Grüß sie von mir.«

Seine letzten Worte klangen ausgesprochen höhnisch, aber Rosalind war zu froh, ihn gehen zu sehen, um sich darum zu kümmern. Sie ging zum Spiegel, trug Puder auf, um die kleine Prellung an ihrer Wange zu verdecken, nahm ihr Nähkörbchen und ging damit zum zweiten Stock hinauf.

Die Herzogin döste in einem Sessel neben dem Fenster. Die

Reste ihres Morgentees standen auf einem kleinen Tisch zu ihrer Linken. Mary, die Haushälterin, war damit beschäftigt, das triste Zimmer aufzuräumen.

»Geht es ihr heute besser?«, erkundigte sich Rosalind.

Die ältere Frau schüttelte den Kopf. »Obwohl ich mir alle Mühe gegeben habe, hat sie seit zwei Tagen kein Wort gesprochen. Sie ist in Gedanken ganz woanders. Und sie ist immer so müde, dass ich sie kaum dazu bringen kann, aufzustehen und sich wenigstens für eine Weile in den Sessel zu setzen, damit sie sich nicht auch noch wund liegt.«

Rosalind kniete sich vor ihre Stiefmutter und ergriff die kalte Hand der Frau. »Guten Tag, Euer Gnaden. Es tut mir leid, dass ich in den letzten Tagen nicht öfter bei Euch war. Aber ich verspreche Euch, mich zu bessern.« Sie wandte sich an Mary. »Ich werde eine Weile bei meiner Stiefmutter bleiben. Du hast gewiss noch viele andere Dinge zu erledigen.«

»Danke, Mylady, das habe ich tatsächlich«, gab die Haushälterin zu. »Er führt ein strenges Regiment, der gnädige Herr. Wir sind nur noch so wenige hier im Haus, dass wir gerade mal das Allernotwendigste erledigen können.«

Die ständig abnehmende Dienerschaft sowie die immer spärlicher werdende Einrichtung im Erdgeschoss waren ganz offensichtlich eine Folge von Franklins mittlerweile sehr beschränkten Mitteln. Rosalind war sicher, dass ihr Bruder alles von Wert im Haus verkauft hatte, um seine Spielsucht und sein geradezu jämmerlich zusammengeschrumpftes Häufchen Personal zu finanzieren.

Nachdem Mary das Zimmer verlassen hatte, versuchte Rosalind, sich etwas Erfreuliches einfallen zu lassen, worüber sie in Gegenwart ihrer Stiefmutter plaudern konnte. Dass die alte Dame sich mit ihr unterhielt, erwartete sie nicht einmal. Die Augen der Herzogin zeigten immer einen etwas glasigen Blick, als würde sie schon gar nicht mehr in dieser Welt leben, sondern hätte sich bereits in eine andere geflüchtet. Im Augenblick wünschte Rosalind, das Gleiche tun zu können. Sie bemühte sich, ihre Gefühle unter Kontrolle zu halten, aber ihre noch immer schmerzenden Schultern und die Aussicht, auch weiterhin in einem Haus leben zu müssen, in dem Misshandlungen schon fast etwas Alltägliches geworden waren, machten ihre Tapferkeit schließlich doch zunichte. Sie senkte den Kopf und erlaubte sich die Schwäche, ihren Tränen freien Lauf zu lassen. Und kurz darauf spürte sie die Hand ihrer Stiefmutter auf ihrem Haar.

Diese sanfte Berührung in einer Welt, die grausam und gewalttätig geworden war, ließ die Tränen jedoch noch stärker fließen. Rosalind weinte wie ein Schlosshund, während die Dame, deren glasiger Blick noch immer geradeaus ins Leere gerichtet war, fortfuhr, ihr sanft über das Haar zu streichen.

So verharrten sie eine ganze Weile; dann sank die Hand der Herzogin kraftlos herab, und Rosalind merkte, dass die alte Dame eingeschlafen war. Rosalind erhob sich schwerfällig, holte eine Daunendecke vom Bett und deckte die Herzogin behutsam damit zu. Dann nahm sie wieder ihre Stickarbeit zur Hand, bis Mary zurückkehrte, um ihre Krankenwache bei der bedauernswerten alten Dame wiederaufzunehmen.

Abends ließ Mary Rosalind ein warmes Bad hinaufbringen, dessen angenehm duftendes Wasser zumindest ihre äußeren Schmerzen linderte. Es gab jedoch nichts, was ihren inneren Aufruhr beschwichtigen konnte. Sie brauchte einen Retter.

Eine Vision von Armond Wulfs männlich schönem Gesicht erschien plötzlich vor ihr. Vielleicht, weil er mit seinem langen, goldblonden Haar das Aussehen eines Engels hatte. Aber nein. Sie schüttelte den Kopf, um den Gedanken zu vertreiben. Er war kein Engel. Aber war er ein Mörder? War er geisteskrank?

All diese Fragen spukten in Rosalinds Kopf herum, als sie ins Bett ging. Sie war schon fast eingeschlafen, als sie spürte, dass sie nicht allein in ihrem Zimmer war. Ihr erster Gedanke war, dass Lydia bezüglich Franklins unnatürlichen Neigungen ihr gegenüber recht gehabt hatte und es ihm gelungen war, trotz des Riegels vor der Tür in ihr Zimmer einzudringen. Sie setzte sich auf und blickte sich im Raum um, der voller dunkler Schatten war. Ein besonders dunkler Schatten stand neben der Tür ihres Balkons.

»Franklin?«, flüsterte sie, während die eisigen Finger kalter Furcht nach ihrem Herzen griffen.

Er trat in einen Streifen Mondlicht, der durch die offene Balkontür fiel, sodass Rosalind nun sah, dass es nicht ihr Stiefbruder war. Vielleicht hätte sie sogar noch mehr Furcht über *seine* Anwesenheit verspüren müssen, doch seltsamerweise empfand sie nur Erleichterung.

»Was tust du hier, und wie bist du hier hereingekommen?«

Armond Wulf, der ein besticktes weißes, am Hals weit offenstehendes Hemd und eng anliegende schwarze Hosen trug, trat einen Schritt näher. »Du solltest nicht bei offenen Türen schlafen«, sagte er. »Und das Spalier da draußen ist nicht schwer zu erklimmen. Nicht, wenn ein Mann entschlossen genug ist.«

Rosalind zog die Decke noch höher unter das Kinn. »Entschlossen genug zu was?«

Er starrte sie einen Moment lang an, lange genug, um eine schier unerträgliche Spannung zwischen ihnen zu erzeugen, und dann sagte er: »Um ungestört mit dir zu sprechen.«

»Mit mir zu sprechen?« Schwang da etwa ein Anflug von Enttäuschung in ihrer Stimme mit? »Worüber willst du mit mir sprechen?«

Armond kam noch näher. »Über den blauen Fleck an deiner Wange. Er hat mich sehr beunruhigt.«

Ihre Nasenflügel bebten ein wenig, als er näher kam. Lord Wulf hatte einen unverwechselbaren Duft. Keinen unangenehmen, ganz und gar nicht. Und er stammte auch nicht von irgendeinem Duftwasser, sondern war etwas ganz und gar Natürliches. Rosalind konnte ihn nicht näher beschreiben, aber er weckte Gedanken an Gefahr in ihr. An Männlichkeit. An etwas Wildes.

»Ich habe dir doch schon von meiner Ungeschicklichkeit erzählt«, erinnerte sie ihn. »Du dürftest gar nicht hier sein. Und du hast bestimmt genug Manieren, um das genau zu wissen.«

»Dürfte dein Stiefbruder denn hier sein?«, fragte er. »Zu dieser späten Nachtstunde in deinem Zimmer? Für einen Moment hast du mich für ihn gehalten.«

Sie hoffte, dass die Dunkelheit die heiße Röte verbarg, die sie in ihre Wangen steigen spürte. »Warum sollte ich das auch nicht?«, versetzte sie. »Er ist der Hausherr hier. Da ist es doch durchaus einleuchtend, dass ich annahm, du wärst Franklin, der vielleicht hinaufgekommen war, um noch einmal nach mir zu sehen.«

»Ist das eine Angewohnheit von ihm?«

Rosalind schnappte nach Luft, als Armond dreist genug war, sich auf ihre Bettkante zu setzen. Sie rückte so weit von ihm ab, wie die Matratze es ihr erlaubte. »Nein, das ist es nicht, und selbst wenn es so wäre, ginge dich das gar nichts an. Du musst jetzt auf der Stelle gehen. Es gehört sich nicht, dass du in meinem Zimmer bist.«

»Habe ich vergessen zu erwähnen, dass ich nicht nur ein Feigling ohne Ehre und Manieren bin, sondern dass es mir zudem auch piepegal ist, was sich für gehört?«

»Das musstest du nicht extra erwähnen, das war mir ohnehin schon klar«, versicherte sie ihm. Rosalind dachte, dass es vielleicht das Beste wäre, laut zu schreien. Aber Franklin wäre der einzige Mann, der ihr zu Hilfe kommen würde. Und irgendwie hatte sie das Gefühl, dass Armond Wulf das kleinere der beiden Übel war. Dennoch konnte sie ihn unmöglich im Glauben lassen, es sei auch nur annähernd vertretbar, sich mitten in der Nacht in ihr Schlafzimmer zu schleichen. »Wenn du nicht sofort wieder gehst, rufe ich meinen Stiefbruder. Er erwähnte, dass du eine ganz gehörige Angst vor ihm hättest.«

Armonds Zähne blitzten hell im Dunkeln, als er lachte. »Und das glaubst du ihm?«

Sein spöttischer Tonfall bestätigte ihr nur ihre Vermutungen, was das betraf. Armond Wulf brachte sie ziemlich durcheinander, aber Rosalind glaubte nicht, dass das Flattern in ihrem Magen und ihre Unfähigkeit, normal zu atmen, auf Angst vor ihm zurückzuführen war.

»Was willst du?«, fragte sie.

Er musterte sie eingehend. »Du weißt, was ich will.«

6. Kapitel

Ormond hatte sich einzureden versucht, dass er nur gekommen war, um sie wegen der Prellung an ihrer Wange zu befragen. Dass es seine Pflicht war, dafür zu sorgen, dass die junge Dame nicht misshandelt wurde. Aber er hatte sich etwas vorgemacht. Was er wirklich wollte, war, sie wieder zu berühren. Sie zu küssen. Diese Hitze wie in jener Nacht auf dem Ball der Greenleys wieder zwischen ihnen aufflammen zu spüren. Sie erweckte Emotionen in ihm, die er schon lange geglaubt hatte, kontrollieren zu können. Gefühle und Begehren. Sie brachte ihn dazu, sich wie ein Narr aufzuführen.

»Ich habe dir ein falsches Bild von mir vermittelt«, sagte Rosalind und versuchte, noch weiter von ihm wegzurutschen. »Denn trotz meines Verhaltens auf dem Ball der Greenleys bin ich nicht die Art von Frau, die einem Mann, der unaufgefordert in mein Zimmer kommt, erlauben würde, auch einfach so zu mir ins Bett zu schlüpfen. Diese Geschichte muss ein für alle Mal zwischen uns geklärt werden.«

Er wusste, was für eine Art von Frau sie war. Ihre Küsse in der Nacht des Balls waren – obwohl sie ihn stärker beeindruckt hatten als die sämtlicher erfahrener Frauen, mit denen er je zusammen gewesen war –, ausgesprochen unschuldig gewesen. Ihre Reaktion auf ihn war zu echt gewesen, um nicht neu für sie zu sein. Sie war eine unschuldige junge Frau, die vorgegeben hatte, frivol zu sein. Aber warum hatte sie das Spiel so weit getrieben? Das war ihm immer noch ein Rätsel. Um Aufmerksamkeit zu erringen? Nun, die hatte sie bekommen, und er sollte sie vielleicht daran erinnern, dass Aufmerksamkeit nicht immer unbedingt gut war, wenn man es mit der vornehmen Gesellschaft oder jemandem wie ihm zu tun hatte.

»Diese Förmlichkeit mir gegenüber passt gar nicht zu dir«, bemerkte er. »Nicht nachdem ich weiß, was für ein Feuer in dir brennt. Bist du nicht wenigstens ein klein wenig versucht, mich deine Hitze noch mal spüren zu lassen?«

Sie hob die Hand, um den schlichten Ausschnitt ihres Nachthemds noch ein wenig fester zuzuziehen. Ihre kleine rosa Zunge befeuchtete ihre Lippen, in einer gänzlich unbewussten Geste, die Armonds Blick aber auf ihren sündhaft schönen Mund zog.

»Wenn ich die Zeit zurückdrehen und ändern könnte, was nach dem Ball zwischen uns geschehen ist, dann würde ich es tun. Ich weiß inzwischen, wie dumm es von mir war, mit dir zu gehen. Ich weiß, dass ich an jenem Abend nicht nachgedacht habe und mir über die Auswirkungen von etwas so Gewagtem einfach nicht im Klaren war. Ich habe dich für meine eigenen Zwecke benutzt, und ich habe mich dafür entschuldigt. Was verlangst du noch von mir?«

Noch sehr viel mehr, dachte er, doch trotz ihres geradezu sündhaften Mundes haftete ihr noch immer etwas so Unschuldiges an, dass sich sein Gewissen regte. Ihr dunkles Haar fiel ihr in schimmernden Wellen auf die Schultern; die üppigen Rundungen ihres Körpers waren unter ihrem schlichten Nachthemd nur zu deutlich zu erkennen. Wie konnte sie an seinen Anstand appellieren und gleichzeitig etwas derart Wildes in ihm zum Leben erwecken? Was sollte er noch mehr von ihr verlangen? Nicht so viel, wie er es gern getan hätte, aber mehr, als er es tun sollte. Langsam beugte er sich zu ihr vor.

»Einen Kuss.«

»Einen Kuss?«, flüsterte sie atemlos, und dann hob sie ihre Hand, wie um ihn aufzuhalten. »Nur einen Kuss und weiter nichts? Dann wirst du mich in Ruhe lassen?«

»Wenn du es wünschst.« Tatsache war, dass Armond sie in Ruhe lassen *musste*. Weil sie gefährlich für ihn war. Er würde nicht so dumm sein, sich vorzumachen, sie sei es nicht. Doch wahrscheinlich spielte auch er gern mit dem Feuer, denn genau das war es, was er gerade tat.

Langsam senkte sie die Hand wieder. Was nur bedeuten konnte, dass er sie küssen durfte. Doch nun, wo er ihre Erlaubnis hatte, war Armond sich gar nicht mehr so sicher, ob er nicht lieber die Flucht ergreifen sollte. Konnte er sie küssen und dann nicht mehr von ihr begehren? Konnte er sie küssen und sie von heute Abend an in Ruhe lassen? Das war äußerst unwahrscheinlich. Aber er ließ es trotzdem darauf ankommen.

Wie könnte Rosalind *nicht* wissen wollen, ob die Nacht in Wulfs Kutsche nicht irgendein seltsames, magisches Ereignis war, wie sie es vermutlich nie wieder erleben würde? Oder ob Armond Wulf etwas in ihr erweckt hatte, das all diese Jahre schon in ihr geschlummert hatte? Rosalind spürte, dass sie seinem Wort vertrauen konnte, vielleicht, weil er die Situation in jener Nacht nicht ausgenutzt hatte, obwohl er es durchaus gekonnt hätte. Sie glaubte sich verhältnismäßig sicher in seiner Gegenwart ... bis er sie wieder küsste.

Seine Lippen waren fest, sein offener Mund feucht und seine Zunge warm und suchend. Rosalind öffnete sich ihm wie eine Blume im Sonnenschein. Ihr war, als verzehrte sie sich vor Verlangen zwischen der ersten zarten Berührung ihrer Lippen und seiner vollkommenen Inbesitznahme von ihr. Das Feuer in ihr loderte schlagartig auf, suchte sich seinen Weg in ihre Knochen, züngelte an ihrer Haut empor und durchflutete sie mit Hitze, bis sie überall zu brennen glaubte.

»Rosalind«, flüsterte er ihren Namen. »Wie kann ich dir versprechen, dich nicht um mehr als diesen einen Kuss zu bitten, wenn alles an dir mich nach mehr verlangen lässt? Mehr Hitze, mehr Haut, mehr als mein verfluchtes Leben mir bescheren kann?«

Und da erinnerte sie sich an den Fluch, der auf seiner Familie lag. Obwohl seine Küsse sie alles andere vergessen zu lassen drohten. War er geistig umnachtet? Falls ja, war seine Krankheit ansteckend. Denn sie selbst war mit Sicherheit genauso wahnsinnig wie er, ihn in ihr Zimmer, ihr Bett und in einen Teil ihres Inneren hineinzulassen, von dem sie nicht einmal gewusst hatte, dass es ihn gab. Doch während sie bereits versuchte, ihn von sich zu schieben, umklammerten ihre Hände den Kragen seines Hemds und zogen ihn noch näher.

»Das ist Wahnsinn«, gelang es ihr zwischen zwei Küssen zu flüstern. »Es ist falsch, so etwas zu empfinden. Ich kenne dich ja nicht einmal.«

Er zog sich abrupt von ihr zurück. Im Schein der verlöschenden Glut des Kaminfeuers sah sie sein Gesicht – und seine Augen. Für einen kurzen Augenblick funkelten sie und füllten sich mit einem irisierenden blauen Licht; dann verschwand das Glühen genauso schnell, wie es erschienen war.

»Nein, du kennst mich nicht«, stimmte er ihr zu.

Armond löste ihre Hände sanft von seinem Kragen. Dann erhob er sich und durchquerte ohne ein Wort den Raum, trat durch ihre offene Balkontür und verschwand. Für einen flüchtigen Moment fragte Rosalind sich, ob sie träumte. Ob er überhaupt in ihrem Schlafzimmer gewesen war. Mit einer Hand betastete sie ihre Lippen. Sie waren geschwollen und brannten. *Sie* brannte. Unter dem Baumwollstoff ihres schlichten Nachthemds gingen ausgesprochen unschickliche Dinge vor sich.

Ihre Brüste waren ganz seltsam schwer und schmerzten. Zwischen ihren Beinen konnte sie eine warme Feuchte spüren. Sie wollte mehr als das, was Armond ihr gegeben hatte. Und sie war zutiefst verwirrt darüber, dass er derartige Empfindungen in ihr erzeugen konnte. Und vielleicht sogar ein bisschen ärgerlich darüber, dass er immer einfach so wieder weggehen konnte. Was würde es erfordern, diese anscheinend so übermenschliche

Kontrolle zu zerstören? Und was für ein Teufel ritt sie, es überhaupt herausfinden zu wollen? Sie hatte genug Probleme in ihrem Leben. Armond Wulf war nur ein weiteres, das sie nicht brauchen konnte.

Und da kam ihr plötzlich der Gedanke, dass nichts an Armond Wulf die Bedürfnisse einer Frau ansprach, aber alles an ihm die Wünsche und Begierden einer Frau anregte. Schon in jener ersten Nacht, als sie ihm begegnet war, hatte er sie vor der Gefahr gewarnt, mit Männern wie ihm ein falsches Spiel zu treiben. Mit Männern wie ihm? Sie war sich nicht einmal sicher, was für eine Art von Mann er war, aber sie spürte, dass es, wenn überhaupt, nur sehr wenige seiner Sorte gab.

7. Kapitel

Rosalind war erschöpft. Die vergangene Nacht war zu ereignisreich gewesen, und sie hatte nur mit Mühe einschlafen können, nachdem Armond gegangen war. Später hatte sie Albträume gehabt. Albträume, die sie im Schlaf hatten aufschreien lassen – oder zumindest nahm sie an, dass sie es war, die geschrien hatte. Sie wusste nicht mehr, worum es in dem Traum gegangen war, nur dass Armond Wulf darin vorgekommen war.

Beim Frühstück hatte sie Franklin angefleht, zu Hause bleiben zu dürfen, aber er hatte ihre Bitte abgelehnt. Und nun war sie hier, auf Armond Wulfs Besitz, und gezwungen, die Gesellschaft von zwei ihr zutiefst verhassten Männern zu ertragen, und dies auch ausgerechnet noch in Lord Wulfs Stallungen. Einem Ort, an dem eine Frau zu Tode gekommen war.

Rosalind wusste nicht, ob es diese düsteren Gedanken waren, die ihr Unbehagen einflößten, oder vielleicht einfach nur die Tatsache, dass sie Lord Penmores Gesellschaft ertragen musste, was sie so nervös machte. Die Blicke, mit denen der Viscount sie an diesem Tag bedachte, waren nicht weniger aufdringlich als bei ihren beiden früheren Begegnungen. Und Franklin benahm sich im Moment sogar noch eigentümlicher als sonst. Sie hatte ein schlechtes Gefühl deswegen ... ein wirklich sehr schlechtes Gefühl.

»Ah, da seid Ihr ja, Lord Wulf.«

Rosalind wandte ihren Blick von dem Pferd ab, das sie gerade bewundert hatte. Mit dem Rücken zu ihr stand Armond den beiden anderen Männern gegenüber. Sein maßgeschneiderter Rock betonte seine breiten Schultern und brachte seine beeindruckende Gestalt hervorragend zur Geltung. Zu seinem eleganten Rock trug er eine eng anliegende Hose, die in hohen schwarzen

Stiefeln steckte, die die Aufmerksamkeit auf seine langen, muskulösen Schenkel lenkten. Armond Wulf war ein Mann, der immer ausgesprochen imponierend wirkte, ob man ihn nun von vorne oder von hinten sah.

Eine süße, träge Hitze breitete sich in ihrem Magen aus, die auf alle ihre Glieder übergriff und sich tief in ihrem Innersten zu bündeln schien. Zum Teufel mit dem Mann! Wie konnte er sie derart aus der Fassung bringen, obwohl er sie doch nicht mal ansah? Und wie sollte sie sich ihm gegenüber verhalten, nachdem er gestern Nacht in ihrem Schlafzimmer gewesen war und sie geküsst hatte?

»Was wollt Ihr hier, Chapman?«

Wohl kaum die Art und Weise, mit der ein Geschäftsmann potenzielle Kunden begrüßte, dachte Rosalind. Es erforderte wirklich keine große Intelligenz, um zu erkennen, dass Armond ihren Stiefbruder genauso wenig wie dieser ihn mochte.

»Ich bin als Penmores Gast mitgekommen«, antwortete Franklin. »Ich und meine Schwester.«

Da Franklin in ihre Richtung nickte, rechnete Rosalind damit, dass Armond sie nun ansehen würde. Worauf sie jedoch nicht gefasst war, war die jähe Hitze, die in seinen Augen aufflackerte, als ihre Blicke sich begegneten. Für einen schon fast peinlich langen Augenblick standen sie da und starrten sich nur schweigend an.

»Ich habe die Grauen anspannen lassen, Penmore«, sagte Armond, als er endlich seinen Blick von Rosalind abwandte. »Ich dachte, Ihr würdet sie bestimmt gern ausprobieren, bevor Ihr eine endgültige Entscheidung trefft.«

Der widerwärtige kleine Mann nickte so eilfertig, dass seine Hängebacken hin und her wackelten. »Prima Idee, Wulf. Vielleicht können die junge Dame und ich uns ja ein bisschen durchschütteln lassen«, erklärte er und erlaubte sich ein anzügliches Grinsen in Richtung Rosalind.

»Ich gestatte Frauen das Mitfahren nicht, wenn Pferde ausprobiert werden«, griff Armond mit einem grimmigen Blick auf den Viscount ein. »Das ist zu gefährlich. Ich nehme doch an, Ihr wollt sie richtig laufen lassen, um zu sehen, was sie können?«

Penmore schürzte sichtlich ärgerlich die Lippen, aber schließlich nickte er und wandte sich an Franklin. »Aber du wirst mich doch begleiten, Chapman? Ich wollte wirklich eine zweite Meinung hören und halte es für zwecklos, dass du mitgekommen bist, sofern du nicht geneigt bist, mir eine zu geben.«

»Es wäre unziemlich, Rosalind allein zu lassen«, sagte Franklin. »Ich werde hier auf deine Rückkehr warten.«

»Es macht mir nichts aus, allein zu bleiben«, wandte Rosalind rasch ein. Sie wäre nur allzu froh und glücklich, ihren Stiefbruder zumindest für ein paar Minuten los zu sein. Und trotz der grausigen Gedanken an den hier geschehenen Mord, die ihr nicht mehr aus dem Sinn gehen wollten, liebte sie es, den vertrauten Stallgeruch zu atmen und den Pferden die samtigen Nüstern zu streicheln. Es erinnerte sie an ihr Leben auf dem Land und erfüllte sie mit Heimweh.

»Ich bin mir sicher, dass Lady Rosalind hier sehr gut aufgehoben ist«, sagte Armond zu den Männern. »Doch falls Ihr lieber ein andermal kommen möchtet, Penmore, würde ich das auch verstehen. Vielleicht sind die Tiere dann ja noch zu haben.«

Wieder schürzte Penmore seine feisten Lippen. »Komm schon, Chapman«, wandte er sich an Franklin. »Ihr wird schon nichts passieren, während wir die kurze Ausfahrt machen. Ich zerreiße sogar deine Schuldscheine von gestern Abend, wenn du mir diesen Gefallen tust.«

Das Angebot des Viscount war offenbar zu verlockend für Franklin, um es zurückzuweisen, denn er nickte. »Also gut. Dann lass uns fahren, damit wir schnell wieder zurück sind.«

Als die Männer den Stall verließen, hätte Rosalind vor Freude jubeln können. Endlich hatte sie ein bisschen Zeit für sich allein, ohne sich in ihrem Zimmer aufhalten zu müssen! Sie konnte wieder atmen; sie konnte herumtanzen und herumwirbeln, so viel sie wollte. Vielleicht konnte sie sogar eins von Armonds edlen Pferden stehlen und die Flucht ergreifen. Aber mit diesem Gedanken befasste sie sich nur ganz kurz. Sie hatte keine Freunde, keinen Ort, wohin sie fliehen konnte. Sie hatte kein Geld bei sich, keinen Proviant und keine Kleider zum Wechseln. Wenn sie wirklich fliehen wollte, würde sie das Ganze besser planen müssen.

Und so ging sie zu der Araberstute zurück, strich ihr sanft über den Kopf, bewunderte ihr seidig glänzendes Fell, ihre dichte weiche Mähne und ihre seelenvollen dunklen Augen. Rosalind wünschte, sie hätte ihr eigenes Pferd bei sich in London. Sie war eine passionierte Reiterin gewesen, als sie auf dem Land gelebt hatte, und ihre täglichen Ausritte fehlten ihr.

»Ihr habt einen guten Geschmack bei Pferden.«

Überrascht fuhr sie herum. Armond stand hinter ihr und beobachtete sie. »Ich war davon ausgegangen, dass Ihr selbst die Kutsche lenken würdet«, sagte sie. »Ich meine, ich dachte ...«

»Das dachten Penmore und Euer Stiefbruder wohl auch«, unterbrach er sie mit einem schwachen Lächeln. »Aber mein Kutscher ist durchaus geeignet, ihnen meine Tiere vorzuführen. Ich sah keinen Grund, zwei Männer zu begleiten, deren Gesellschaft mir auf die Nerven geht.«

»Oh«, sagte Rosalind und fühlte sich wie ein Idiot, der keinen intelligenten Satz zustande bringen konnte. Aber was hätte sie auch sagen können? Jedenfalls ganz bestimmt nichts über die vergangene Nacht. Und nun, da sich der Nebel klärte, der ihr immer dann den Verstand zu trüben schien, wenn Lord Wulf in ihrer Nähe war, begriff sie auch, dass sie nicht mit ihm allein sein dürfte. Franklin würde sehr verärgert sein.

»Lasst Euch nicht durch mich von Euren Pflichten abhalten«, sagte sie deshalb schnell. »Ich kann auch gut allein hier warten.«

»Habt Ihr Angst?«

»Angst?«

Er kam langsam auf sie zugeschlendert und lehnte sich an die Box neben der Araberstute. Ein kastanienbrauner Hengst streckte den Kopf über das Gatter und strich mit seinen weichen Lippen über Armonds Nacken. Rosalind verspürte den seltsamen Impuls, es dem Pferd nachzutun.

»Mit mir allein zu sein«, verdeutlichte Armond.

»Müsste ich das denn?«, versetzte Rosalind.

Er schenkte ihr ein mutwilliges Lächeln. Doch im nächsten Augenblick wurde er wieder ernst. »Ich meine hier. Wo eine Frau gestorben ist.«

Plötzlich schien Kälte die Luft zu erfüllen, und Rosalind fröstelte. »Wo habt Ihr sie gefunden?«

Armond deutete mit dem Kopf auf das Ende des Stallganges, wo es noch sehr viel dunkler war. »Dort hinten. Ich kann die Pferde dort jetzt nicht mehr unterbringen. Sie scheinen immer noch das Blut zu wittern.«

Wieder erschauderte sie. »Kanntet Ihr die Frau?«

Lord Wulf drehte sich zu der Box um, an der er gelehnt hatte, und streichelte die Nüstern des Fuchses. »Ihr Name war Bess O'Conner, und nein, ich kannte sie nicht. Sie war eine Prostituierte, niemand von Bedeutung, denn sonst wäre bestimmt mehr unternommen worden, um ihren Mörder ausfindig zu machen.«

»Wie kam sie hierher?« Rosalind ging zur Mitte des Stalls und blickte den langen Gang hinunter.

»Ich weiß es nicht. Ich war an jenem Abend ausgegangen und hatte den Stallknechten, die zu einer Hochzeitsfeier wollten, freigegeben. Als ich heimkam und mein Pferd versorgen wollte, hörte ich ein Stöhnen. Und da fand ich sie.«

Rosalind rieb sich die Arme. »Hat sie noch irgendetwas zu Euch gesagt?«

Als er nichts erwiderte, sah sie ihn an. Er schien in Gedanken verloren. Als hätte er ihren Blick gespürt, straffte er sich dann aber und wandte sich von dem kastanienbraunen Pferd ab.

»Nein. Die Frau war übel zusammengeschlagen worden. Ich versuchte, mehr über sie herauszufinden, nachdem es geschehen war. Ich war wie besessen von dem Wunsch, den Mann zu finden, der ihr das angetan hatte, und wollte ihm das gleiche Leid zufügen, das er ihr angetan hatte.«

Die Leidenschaftlichkeit in seiner Stimme bewegte Rosalind, ihm zu glauben. Sie dachte, dass Bess O'Connors Mörder sich wirklich glücklich schätzen konnte, nicht von Armond Wulf gefunden worden zu sein.

»Rosalind!«

Erschrocken fuhr sie herum und sah Franklin und Penmore in der Stalltür stehen. Ihr Herz schlug fast schmerzhaft hart gegen ihre Rippen, und sie vermutete, dass sie leichenblass geworden war. Ihr Stiefbruder war rot vor Wut.

»Schon zurück?«, fragte Armond, während er zur Mitte des Stalls hinüberging und sich direkt zwischen Rosalind und die beiden Männer stellte. »Ich war gerade dabei, Lady Rosalind meine Pferde zu zeigen. Die kleine Araberstute gefällt ihr ganz besonders gut. Möchtet Ihr, dass ich sie zu einem Proberitt für Eure Schwester satteln lasse?«

Franklins Gesicht verfärbte sich noch dunkler. »Ihr habt uns ganz bewusst getäuscht«, beschuldigte er Armond. »Wir dachten, Ihr würdet die Kutsche lenken. Wenn ich gewusst hätte, dass Ihr nicht mitkommt, hätte ich Rosalind nie erlaubt hierzubleiben, und das wisst Ihr sehr genau.«

Im Gegensatz zu Rosalind schrak Armond natürlich nicht vor Franklins aufgebrachtem Ton zurück. Aber Armond hatte ja auch noch nie die Rückseite von Franklins Hand zu spüren bekommen.

»Lady Rosalind hat in dieser kurzen Zeit, die sie in meiner Gesellschaft verbracht hat, keinen Schaden genommen, wie Ihr selber sehen könnt.«

»Das ist nicht der Punkt«, stieß Franklin ärgerlich hervor.

»Nein?«, erwiderte Armond mit hochgezogener Augenbraue. »Worum geht es dann, Chapman?«

Franklin trat drohend einen Schritt auf Armond zu. »Hätte irgendjemand Euch hier allein mit meiner Stiefschwester gesehen, wäre das ein gefundenes Fressen für alle Klatschmäuler gewesen. Penmore beabsichtigt, ein Angebot für sie zu machen. Er würde keine Frau wollen, deren Name bereits mehrmals durch den Schmutz gezogen wurde.«

Ohne sich auch nur im Mindesten von Franklin einschüchtern zu lassen, richtete Armond seinen Blick auf den Viscount. »Ist das richtig, Penmore? Habt Ihr die Absicht, ein Angebot für Lady Rosalind zu machen? So wie Ihr mir ein Angebot für meine Pferde machen werdet?«

Penmore hatte während der Auseinandersetzung der beiden anderen Männer eher amüsiert gewirkt. Armonds letzte Worte schienen ihn jedoch zu ernüchtern. »Hütet Eure Zunge, Wulf. Was ich mit Lady Rosalind vorhabe, ist eine Sache zwischen mir und ihrem Stiefbruder.« Er zog eine seiner buschigen Augenbrauen hoch. »Denn Ihr gedenkt doch bestimmt nicht um die Hand der Dame anzuhalten?«

Rosalinds Blick war während des Wortwechsels von einem Mann zum anderen geglitten, aber nun verweilte er auf Armond, und für einen kurzen Augenblick wünschte sie mit aller Kraft, er möge sagen: »Doch, genau das will ich.« Warum sie das dachte, war ihr selbst nicht sofort klar. Na ja, abgesehen vom Offensichtlichen natürlich. Ein großer blonder Gott von einem Mann, verglichen mit einem kleinen, korpulenten, langsam kahl werdenden Viscount. Aber in ihrem Herzen wusste Rosalind, dass es mehr als Verzweiflung sein musste, was sie dazu trieb, eine derartige Reaktion herbeizusehnen. War es Respekt? Doch selbst diese Option wurde ihr genommen, als Armond seinen Blick von dem Viscount abwandte.

»Dachte ich's mir doch«, schnaubte Penmore. »Ihr wisst es besser, als Euch einer Dame von Stand zu nähern. Keine Frau will einen Verrückten als Ehemann, der seine schlechten Eigenschaften dann auch noch an ihre Kinder vererbt. Sollten wir uns jetzt also nicht lieber um den Verkauf der Pferde kümmern?«

Armond bei diesem Wortwechsel zu beobachten, brach Rosalind fast das Herz. Penmores Worte hatten Armond ganz offensichtlich etwas von seiner gewohnten Arroganz genommen. Für einen Moment wirkte er geradezu beschämt. Aber dann kaschierte er diese Schwäche rasch, indem er seine gut aussehenden Züge unter Kontrolle brachte und wieder eine gleichgültige Miene aufsetzte.

»Wenn Ihr alle zum Haus hinüberkommen würdet, lasse ich Tee für Chapman und Lady Rosalind servieren, während wir den Verkauf abschließen«, sagte Armond.

Franklin trat vor. »Euer Haus wäre wohl kaum ein passender Ort für meine Stiefschwester, denke ich. Wir werden also in der Kutsche warten, Penmore. Wenn Rosalind nicht wäre, könnten wir den kurzen Weg nach Hause auch zu Fuß gehen. Doch das feuchte Gras wird ihre Schuhe ruinieren.«

Armond wandte sich fragend Rosalind zu. »Und ist das für Euch ein annehmbares Arrangement, Mylady? Da die Luft so feucht geworden ist, dachte ich, dass Ihr es in meinem Salon bei einer heißen Tasse Tee bestimmt bequemer haben würdet.«

Hol ihn der Teufel! Rosalind hatte das deutliche Gefühl, dass er sie ganz bewusst gegen Franklin aufbrachte. Vielleicht, um sich dafür zu revanchieren, dass sie Zeugin seiner Schwäche gewesen war. Und nun war sie gezwungen, ihre eigene zu offenbaren.

»Ich warte gerne in der Kutsche«, sagte sie und vermied es, Armond dabei anzusehen.

»Unsinn«, sagte Penmore schließlich. »Chapman, du vergisst jetzt mal deine Abneigung gegen Wulf, und ihr beide kommt mit mir ins Haus. Ich will mich bei den Verhandlungen nicht beeilen müssen, weil ich mir Sorgen mache, deine Schwester könnte sich den Tod holen, während sie hier draußen auf mich wartet. Ich hatte gehofft, mit ihr über eine gewisse Angelegenheit zu sprechen, sobald ich hier fertig bin, und danach habe ich auch noch eine weitere Verabredung, die keinen Aufschub duldet.«

Rosalind richtete den Blick auf Franklin. Ihr Stiefbruder funkelte den Viscount grimmig an, doch nach kurzem Überlegen nickte er dann zustimmend. Rosalind fand das ausgesprochen merkwürdig. Sie wusste, dass Franklin dem Viscount viel Geld schuldete, konnte es aber trotzdem kaum glauben, dass ihr Stiefbruder sich von irgendjemandem zu irgendetwas zwingen ließ. Er war doch immer derjenige, der andere einschüchterte und schikanierte. Und sie kam sich plötzlich so vor, als wäre *sie* die Waffe, die alle benutzten, um gegenseitig ihre männlichen Egos zu malträtieren.

Sie hätte Armonds Einladung zum Tee energisch abgelehnt, und wenn auch nur, um keinen weiteren Anlass für Reibereien zwischen den Anwesenden zu bilden, aber sie war natürlich auch neugierig auf sein Zuhause. Sie war viel zu neugierig auf alles, was mit Armond Wulf zusammenhing, erkannte sie. Penmore kam auf sie zu und reichte ihr seinen drallen Arm.

»Gehen wir?«

Obwohl sie den Mann lieber nicht angefasst hätte, war Rosalind doch viel zu gut erzogen, um davon Abstand zu nehmen. Ihr entging auch Armonds angewiderter Gesichtsausdruck nicht, als sie ihre Hand auf Penmores Arm legte. Und sie war sich auch durchaus der Tatsache bewusst, dass es nicht Armond gewesen war, der vorgetreten war und ihr angeboten hatte, sie zu seinem Haus zu führen.

»Der Weg zum Haus ist felsig.« Armond stand plötzlich vor ihnen. »Und da ich vertrauter mit dem Terrain bin, sollte ich es wohl sein, der Lady Rosalind zum Haus begleitet. Ich möchte nicht, dass sie den Halt verliert.«

Er ließ niemandem Zeit für Widerspruch, sondern nahm Rosalinds Hand von Penmores Arm, legte sie auf den seinen und wandte sich mit ihr zum Ausgang der Stallungen. »Hier entlang.«

Rosalind spürte Franklins wutschäumenden Blick in ihrem Nacken, während sie alle auf das Haus zugingen. Sie war überrascht, dass sie außer Armonds muskulösem Arm unter ihrer Hand noch irgendetwas anderes spüren konnte. Überrascht, dass sie überhaupt noch in der Lage war, klar zu denken, so eingehüllt, wie sie von seinem Duft war, der ihr geradezu die Sinne zu vernebeln schien. Sandelholz. So viel konnte sie gerade noch erkennen, aber das war auch schon das Einzige, was sie neben Armonds ganz persönlichem Duft bestimmen konnte.

Als sie das Haus erreichten, öffnete ihnen augenblicklich ein Bediensteter, als ob er dort gestanden und einzig darauf gewartet hätte, dass Armond wiederkam. Er wirkte überhaupt nicht überrascht, zu sehen, dass Armond Gäste hatte. Er ließ auch keine andere Emotion erkennen, als Armond sie alle in das Haus führte.

Die Einrichtung war nicht so, wie Rosalind erwartet hatte. Für einen so geheimnisumwitterten Mann wie Armond Wulf, über den so viel gemunkelt wurde, lebte er in einem ganz normalen Haus. Keine schwarzen Katzen strichen durch die Halle, keine Spinnweben hingen von der Decke, und es warteten auch keine Skelette darauf, aus den Schränken herauszufallen, zumindest keine, die sie sehen konnte.

»Hawkins, begleite meine Gäste in den vorderen Salon«, forderte Armond seinen Diener auf. »Ich begebe mich derweil mit Penmore ins Arbeitszimmer.«

Hawkins antwortete mit einem Nicken. Armond ging mit Penmore den Korridor hinunter, und Rosalind und Franklin wurden in einen großen Salon geführt. Ein anheimelndes Feuer brannte im Kamin. Der Raum war sehr geschmackvoll eingerichtet. Die Sofas waren elegant und sehr bequem, die Teppiche makellos, die Gemälde an den Wänden sehr beeindruckend. Besonders von einem Porträt, das über dem großen Kamin hing, fühlte sich Rosalind wie magisch angezogen.

Dass es die Familie Wulf darstellte, war nicht zu übersehen. Sie erkannte Armond sofort, obwohl er auf dem Gemälde noch ein junger Bursche war. Außer ihm waren noch drei weitere Jungen auf dem Bild zu sehen, von denen einer hübscher als der andere war.

»Komisch, dass sie alle ganz normal aussehen«, bemerkte Franklin, der neben sie getreten war.

»Vielleicht *sind* sie ja alle ganz normal«, erwiderte Rosalind. »Nur weil die Eltern ... ich meine, deswegen müssen die Brüder die Krankheit doch nicht auch haben.«

»Ich bezweifle ernsthaft, dass das möglich ist, und offensichtlich denken sie nicht anders. Du hast gehört, was Penmore sagte; sie haben alle der Ehe abgeschworen. Warum sollten sie das tun, wenn sie nicht völlig sichergehen wollen, dass der Fluch sie nicht betrifft? Aber dann wiederum ... wer weiß schon, wie es wirklich war? Vielleicht waren es ja diese unschuldig aussehenden jungen Burschen, die ihre Eltern in den Wahnsinn getrieben haben.«

Es war schwer zu glauben, dass diese blonden Engel, die von dem Bild auf sie herabblickten, irgendeine Schuld an irgendetwas tragen könnten. Sie wirkten geradezu vollkommen ... zu vollkommen vielleicht sogar. »Wo sind die anderen Brüder heute?«, hörte sie sich fragen.

»Weg.«

Rosalind fuhr zu Armond herum, der hinter sie getreten war und mit dem silbernen Tablett in seinen Händen ein bisschen fehl am Platz wirkte.

»Lord Gabriel und Lord Jackson leben beide auf unserem Landgut. Das hält sie davon ab, in Schwierigkeiten zu geraten. Bitte lasst mich Euch den Tee servieren.« Er deutete auf ein mit Samt bezogenes kleines Sofa. »Penmore sieht noch die Papiere durch. Hawkins ist es nicht gewöhnt, Gäste zu bedienen, darum übernehme ich das lieber selbst.«

Obwohl Franklin Armond vor den Kopf stieß, indem er dessen freundliche Aufforderung ignorierte und im Raum stehen blieb, setzte Rosalind sich. Es hatte etwas ganz besonders Reizendes, fand sie, wenn ein Mann die Rolle eines Dieners übernahm. Obwohl Armond große Hände mit außergewöhnlich langen und schlanken Fingern hatte, hantierte er verblüffend geschickt mit dem zierlichen Porzellan.

»Das sind nur zwei«, sagte sie. »Habt Ihr nicht drei Brüder?«

Für einen Moment flackerte ein schmerzlicher Ausdruck in Armonds Augen auf. »Sterling, der jüngste, ging schon vor Jahren von zu Hause fort.«

»Er ist der Vernünftigere, wenn Ihr mich fragt«, sagte Franklin. »Angesichts des Fluchs, der auf Euren Häuptern lastet, verstehe ich nicht, warum Ihr anderen nicht ebenfalls aus der Stadt verschwindet. Es ist ja schließlich nicht so, als ob man Euch hier vermissen würde.«

Armond, der gerade in eine zweite Tasse Tee einschenkte, blickte auf. »Ich habe Euch nicht nach Eurer Meinung gefragt.« Und dann brüskierte er Franklin richtig, indem er einen Schluck von dem gerade eingeschenkten Tee trank, statt ihn seinem Gast anzubieten.

Franklin stammelte irgendetwas, dann marschierte er wütend auf die Tür zu, die aus dem Salon hinausführte. »Komm mit, Rosalind. Ich stehe doch nicht hier herum und lasse mich von jemandem wie ihm beleidigen! Wir werden in der Kutsche auf Penmore warten, wie ich es wohlweislich vorgeschlagen hatte.«

Nachdem sie ihre Tasse abgesetzt hatte, erhob sich Rosalind. Sie wusste es besser, als sich Franklin zu widersetzen. »Danke für Eure Gastfreundschaft«, sagte sie zu Armond.

Er nahm ihre Hand, hob sie tapfer an seine Lippen und hauchte einen Kuss auf ihr Handgelenk.

»Während Euer Stiefbruder hier nicht willkommen ist, seid Ihr natürlich herzlich eingeladen, mich zu besuchen, wann immer Ihr es wünscht.«

Sein Blick war so heiß, dass er sie förmlich zu versengen drohte. Und da erst merkte sie, dass Armond nicht höflich war, sondern sie an den Kuss von letzter Nacht erinnerte. An diesen Kuss, an den keiner von ihnen heute noch denken dürfte. Es ärgerte sie, dass er sie zwar an ihren Austausch von Intimitäten erinnerte, aber nicht auf Penmores herausfordernde Bemerkung eingegangen war, sie ernsthaft zu umwerben.

Brüsk entzog Rosalind ihm ihre Hand. »Ich würde mich nicht darauf verlassen«, erwiderte sie steif und schickte sich dann an, an ihm vorbeizugehen.

»Oh, aber das tue ich«, hörte sie ihn so sanft und leise sagen, dass sie wusste, seine Worte waren ausschließlich für sie bestimmt.

Ein Frösteln lief ihr über den Rücken, das absolut nichts mit der Kälte der Luft zu tun hatte. An Franklin vorbei eilte sie ins Foyer, wo Hawkins, als wäre er aus dem Nichts heraus aufgetaucht, ihnen schon die Eingangstür aufhielt.

Kaum waren sie in die Kutsche eingestiegen, begann Franklin sie auch schon augenblicklich zu verhören. »Was ist passiert, als du allein mit Wulf dort drüben in den Ställen warst?«

»Nichts«, antwortete sie. »Wir haben uns nur die Pferde angesehen.«

»Ihr habt doch über irgendetwas gesprochen, als ich kam. Über den Mord, der dort geschehen war. Was hat er dir darüber erzählt?«

Rosalind zuckte mit den Schultern. »Nicht viel. Er kannte die Frau nicht. Er hatte keine Ahnung, wie sie dorthin gekommen war. Allerdings sucht er wohl nach dem Mörder.«

Franklin fuhr sich mit einer Hand über das Gesicht. »Wer weiß, ob nicht er selbst es war, der sie getötet hat. Im Grunde würde ich sogar jede Wette eingehen, dass er der Mörder ist. Entweder er oder einer seiner wilden Brüder. Ich muss darauf bestehen, dass du dich von ihm fernhältst, Rosalind. Mit diesem Mann in Verbindung gebracht zu werden, egal, in welcher Form auch immer, könnte deinen Ruf zerstören. Penmore mag zwar so tun, als kümmere es ihn nicht, was die Gesellschaft von ihm denkt, aber glaub mir, es kümmert ihn sogar sehr.«

Rosalind blickte durch das Fenster der Kutsche in den trüben, regnerischen Tag hinaus. Von Penmore war nirgendwo etwas zu sehen. »Apropos Penmore«, sagte sie. »Ich mag ihn nicht, Franklin. Ich mag es nicht, wie er mich ansieht. Als wäre ich ein wohlgenährtes Schwein, das auf dem Fleischmarkt zum Verkauf ausliegt.«

Ihr Stiefbruder seufzte. »Ich habe dir doch schon gesagt, dass es mir egal ist, was du von ihm hältst. Penmore ist interessiert, und du solltest verdammt noch mal so tun, als würdest du sein Interesse erwidern. Er mag dir wie ein drolliger Kerl erscheinen, aber das ist er keineswegs. Er ist ein Mann, der gewöhnt ist zu bekommen, was er will, und es ist ihm völlig gleichgültig, wen er dabei zerstören muss. Ich stehe tief in seiner Schuld. Und auch wenn es mir noch so sehr zuwider ist, ich muss nach seiner Pfeife tanzen.«

Wenn es nicht Penmore wäre, unter dessen Fuchtel Franklin stand, hätte Rosalind die Ironie des Ganzen sogar genießen können. Offensichtlich wusste auch ihr Stiefbruder, wie es sich anfühlte, einem anderen Menschen ausgeliefert zu sein. Aber sie konnte sich über die Situation nicht freuen. Denn obgleich sie Penmore noch nicht sehr gut kannte, verabscheute sie doch schon alles, was sie von ihm wusste.

Der Gegenstand ihres Gesprächs riss plötzlich die Tür der Kutsche auf. »Arroganter Mistkerl«, brummte Penmore, als er seinen beleibten Körper auf die Sitzbank neben Rosalind hievte. »Ich habe meine Pferde, allerdings zu einem weitaus höheren

Preis, als ich gehofft hatte, für sie zahlen zu müssen. Wulf lachte bloß über mein Angebot, stand auf und ging hinaus. Ich musste ihm durch die ganze Halle nachlaufen, um unseren Handel abzuschließen.«

»Der Kerl müsste aus London verjagt werden«, stimmte ihm Franklin zu. »Er hat kein Recht, sich derart selbstbewusst in unseren Kreisen zu bewegen, als hafte kein dunkler Makel seinem Namen an. Es sind schon bedeutendere Männer wegen weniger als der finsteren Geschichten, die über die Gebrüder Wulf umgehen, aus der Gesellschaft ausgeschlossen worden.«

»Mit Pferden kennt er sich aber aus«, gab der Viscount widerstrebend zu bedenken. »Es gibt keinen besseren Züchter im Land. Auch wenn es verdammt schwierig ist, einen Handel mit ihm abzuschließen. Weißt du, dass er sagte, falls er je erfahren sollte, dass mein Kutscher diese Pferde misshandelt, würde er kommen und sie zurückholen? Das muss man sich mal vorstellen!«

In diesem Moment, auch wenn Rosalind klar war, dass es vielleicht besser wäre, es nicht zu tun, bewunderte sie Armond Wulf, den Verteidiger der armen, der Gnade des vielleicht grausamsten aller Raubtiere – des Menschen – ausgelieferten Kreaturen.

»Werde ich Euch übermorgen bei Lady LeGrandes Gesellschaft sehen, meine Liebe?«

Rosalind brauchte einen Moment, um zu begreifen, dass Penmore sich an sie gewandt hatte und ihm vor lauter Gier der Speichel übers Kinn lief, während er sie von oben bis unten musterte.

»Das wirst du«, antwortete ihr Stiefbruder für sie. »Tatsächlich darfst du sogar die Ehre haben, Rosalind dorthin zu begleiten, wenn auch mit mir als Anstandsdame selbstverständlich.«

Rosalind biss sich auf die Zunge, um ihm nicht zu widersprechen.

Penmore zog seinen gewohnten Flunsch. »Ich hatte gehofft,

ein wenig Zeit allein mit Lady Rosalind zu haben«, sagte er. »Ich würde sie gern besser kennenlernen.«

»Du weißt so gut wie ich, dass eine unverheiratete junge Dame sich in der Öffentlichkeit nicht ohne irgendeine Art von Anstandswauwau sehen lassen kann«, entgegnete Franklin. »Zu gegebener Zeit wirst du sie schon noch ganz für dich allein haben. Aber vorher musst du sie umwerben. Es wird nichts vom Kuchen probiert, bevor du dich mit dem Verkäufer nicht über den Preis geeinigt hast.«

»Müsst ihr über mich reden, als ob ich gar nicht da wäre?« Rosalind konnte jetzt nicht länger den Mund halten. »Und müsst ihr auf eine solch beleidigende Weise über mich reden? Ich ...«

Das war alles, was sie herausbekam, bevor Franklins Hand vorschoss und sie mitten ins Gesicht traf. Rosalind schnappte entsetzt nach Luft und hielt eine Hand an ihre brennende Wange. Beschämt, gedemütigt und in der Hoffnung, dass er sie verteidigen würde, glitt ihr Blick zu Penmore.

Der runzelte die Stirn. »Wenn du deine Stiefschwester züchtigen musst, Chapman, dann schlag sie doch nicht ins Gesicht. Sie ist viel zu hübsch, um mit blauen Flecken herumzulaufen, oder zumindest blauen Flecken, die man sieht. Also reiß dich zusammen, auch wenn ich weiß, dass das nicht gerade deine starke Seite ist.«

Beide Männer wechselten einen Blick. Rosalind war jedoch zu entsetzt darüber, dass Penmore Franklins Quälerei zu akzeptieren schien, um irgendeine verborgene Bedeutung in dem Blick zu erkennen. War dies die Art von Ehemann, den sie wollte? Einer, der tatenlos dabeistehen und zusehen würde, wie ein anderer Mann sie erniedrigte? Einer, der es anscheinend durchaus in Ordnung fand, eine Frau zu schlagen, solange die blauen Flecken nicht zu sehen waren? Angewidert wandte Rosalind den Blick von beiden Männern ab.

Ihre Augen brannten, ihr Herz tat weh. Was immer Armond

Wulf auch war, er war auf jeden Fall kein Mann, der so etwas erlauben würde. Das wusste sie, weil er sie nach dem blauen Fleck gefragt hatte, den sie als Ergebnis ihrer eigenen Ungeschicklichkeit zu erklären versucht hatte.

Was, wenn er der Mann gewesen wäre, der neben ihr saß, als Franklin sie gerade geschlagen hatte? Sie konnte sich nicht vorstellen, dass Armond so unbeteiligt geblieben wäre, wie Penmore es gewesen war. Vielleicht hätte sie Armond die Wahrheit sagen sollen, als er sie nach der Prellung an ihrer Wange gefragt hatte. Aber was hätte er schon tun können? Er war kein Verwandter, nicht einmal ein richtiger Verehrer. Trotzdem war sie sich nicht sicher, ob sie es ihm nicht doch sagen würde, sollte sie noch einmal Gelegenheit dazu bekommen, und wenn auch nur, um zu sehen, aus was für einem Holz er tatsächlich geschnitzt war.

8. Kapitel

Lydia war nicht gekommen, um Rosalind beim Ankleiden für die Soiree bei den LeGrandes zur Hand zu gehen. Mary hatte ihr erzählt, dass Franklin das Dienstmädchen entlassen hatte. Rosalind fühlte sich hundeelend, weil sie wusste, dass die Vorwürfe, die sie ihrem Stiefbruder seiner Behandlung der jungen Frau wegen gemacht hatte, zu seiner Entscheidung geführt haben mussten. Sie hoffte nur, dass Lydia woanders eine Stellung finden und ihr Arbeitgeber gut zu ihr sein würde.

Rosalind wünschte genauso, sie hätte wenigstens Gelegenheit gehabt, sich von Lydia zu verabschieden, bevor diese das Haus verlassen hatte. Würde Rosalind über eigenes Geld verfügen, hätte sie es der jungen Frau gegeben, bis sie eine neue Anstellung gefunden hatte. Rosalind hatte sich den ganzen Abend sehr darüber aufgeregt, bis Penmore erschienen war, um sie zu der Gesellschaft bei den LeGrandes abzuholen.

Nun zupfte sie nervös an dem Rock ihres seidenen Kleids herum und versuchte, Interesse an den Gesprächen um sie herum vorzutäuschen. Die Soiree der LeGrandes schien ein Erfolg zu sein, und die meisten Gäste schienen sich ganz im Gegensatz zu ihr auch großartig zu amüsieren. Sie fand es sehr befremdlich, dass diese blasierte Gesellschaft ihr Erscheinen an Penmores Arm mit Anerkennung gezollt hatte, obwohl dieser Grobian an ihrer Seite nicht einmal halb so akzeptabel war wie Armond Wulf, den alle schnitten.

»Wie war es denn?«, flüsterte Lady Amelia Sinclair, eine junge Frau aus bestem Hause, der Rosalind kurz zuvor erst vorgestellt worden war.

»Pardon?« Rosalind fragte sich, ob sie vielleicht irgendwie den Faden der langweiligen Konversation verloren hatte.

»Mit Lord Wulf zu tanzen«, erläuterte die junge Frau so leise, dass Rosalind sie kaum verstehen konnte. »Und mit ihm hinauszugehen.«

Ihr Fauxpas von jenem ersten Abend, an dem sie in die Gesellschaft eingeführt worden war, war also offenbar noch nicht vergessen. »Ein Fehler«, murmelte Rosalind und versuchte dann, Interesse für ein anderes Gespräch in ihrer Nähe vorzugeben.

»Ihr habt nichts getan, was die meisten von uns nicht auch schon mal gern getan hätten«, gestand die junge Dame. Dann überraschte sie Rosalind, indem sie ihren Arm nahm und sie von der kleinen Gruppe plaudernder Gäste fortführte. »Und was geschah, als Ihr mit ihm allein wart?«

Die Frage machte Rosalind nervös. Sie musste die richtige Antwort geben, wenn sie nicht riskieren wollte, dass noch mehr Klatsch über sie verbreitet wurde. »Nichts. Er hat sich wie ein musterhafter Kavalier benommen«, log sie.

Lady Amelia zog die Augenbrauen hoch. Ein spitzbübisches Funkeln erschien in ihren Augen, als sie sagte: »Wie enttäuschend. Findet Ihr das nicht auch ganz schrecklich? Dass der bestaussehendste Mann in London für uns tabu ist, meine ich?«

Erstaunt über die Freimütigkeit der jungen Dame, konnte Rosalind nur nicken. Aber sie fasste sich sofort wieder und dachte besorgt, dass Lady Amelia möglicherweise nur versuchte, ihr Informationen zu entlocken. Belastende Informationen. »Ich halte seinen Ruf, ein gefährlicher Mann zu sein, auf jeden Fall für maßlos übertrieben. Ich glaube wirklich nicht, dass die Aufmerksamkeit, die ich durch das Tanzen mit ihm zu gewinnen suchte, die Mühe wert war.«

»Doch genau da irrt Ihr Euch«, widersprach Lady Amelia, nachdem sie sich kurz umgesehen hatte. »Alle haben Euch bemerkt. Ich zum Beispiel war ganz grün vor Neid auf Eure Kühnheit. Ich fand es geradezu unvorstellbar, dass jemand den

Mut aufbrachte, mit dem Teufel selbst zu tanzen! Niemand wird Euch je vergessen, Lady Rosalind, dessen könnt Ihr Euch ganz sicher sein.«

Rosalind hegte den Verdacht, dass die Versicherungen der jungen Frau nicht unbedingt als Kompliment zu betrachten waren. Doch was die vornehme Gesellschaft von ihr dachte, kümmerte sie ohnehin nicht sehr. Denn wenn Franklin seinen Willen durchsetzte, würde sie schon bald mit Penmore verlobt sein. Und dann war ihr guter Ruf kein Thema mehr.

»Ich fand Eure Kühnheit jedenfalls sehr bewundernswert«, fuhr Lady Amelia fort. »Und erfrischend. Zumindest seid Ihr nicht wie diese anderen farblosen Debütantinnen, in deren Kreisen ich mich bewegen muss, und die es niemals wagen würden, etwas zu tun, das Kritik oder gar Klatsch auslösen könnte. Ich finde sie alle furchtbar langweilig.«

Rosalind lachte. »Mit dieser Einstellung demonstriert Ihr selbst ganz schönen Mut.«

Lady Amelia zuckte mit den Schultern. »Na ja, wahrscheinlich schon. Meine Mutter sagt mir oft genug, dass eine junge Frau mit meiner unziemlichen Einstellung sich höchstens ins Verderben stürzen kann. Ich hoffe, sie hat recht.«

Wieder lachte Rosalind. Zu ihrer eigenen Überraschung stellte sie fest, dass sie Lady Amelias Gesellschaft richtig genoss. Rosalind hatte nur wenige Freundinnen. Sie war in der oft etwas überfürsorglichen Obhut ihres Vaters auf dem Land aufgewachsen. Und hier in der Stadt hatte Franklin ihr verboten, sich mit jungen Damen ihres eigenen Alters anzufreunden. Wahrscheinlich befürchtete er, sie würde dadurch vielleicht irgendwie Hilfe finden, um ihm zu entkommen. Und wenn Rosalind geglaubt hätte, dass ihr eine Flucht gelingen könnte, dann würde sie auch zweifelsohne jede Hilfe annehmen.

»Euer Stiefbruder scheint Euch ja ziemlich kurz zu halten«, stellte Lady Amelia fest. »Ich sehe ihn gerade auf uns zukommen, und er sieht nicht erfreut darüber aus, dass wir so schnell Freundinnen geworden sind.«

Rosalind blickte in die Richtung, in der sie Franklin und Penmore zuletzt zusammen gesehen hatte. Keiner der beiden Männer war beliebt, das war offensichtlich, auch wenn Penmore durchaus gesellschaftliche Achtung zu genießen schien. Aber auch das wahrscheinlich nur seines Titels oder seines Reichtums wegen.

»Sind wir denn Freundinnen?«, fragte Rosalind die hübsche blonde Frau. Es stimmte sie verlegen, wie hoffnungsvoll sie klang. Sie brauchte eine Freundin, nachdem nun sogar Lydia für sie verloren war. Sie brauchte sogar dringend eine.

Lady Amelia nahm Rosalinds Hand und drückte sie. »Nur wenn Ihr versprecht, nicht so langweilig wie die anderen zu werden. Wer weiß, vielleicht werde ich den gut aussehenden Lord Wulf dann auch zum Tanzen auffordern, falls er sich in dieser Saison noch einmal bei einer Gesellschaft sehen lässt.«

Nachdem Lady Amelia sich kurz darauf zu einer streng blickenden Frau, die in der Nähe stand und sie mit einem missbilligenden Stirnrunzeln bedachte, umgesehen hatte, drückte sie noch einmal Rosalinds Hand. »Meine Mutter missbilligt Euch«, sagte sie freimütig. »Doch das dürft Ihr nicht persönlich nehmen. Meine Mutter billigt so gut wie nichts und niemanden. Sie sagt, ich müsse Lord Collingsworth heiraten. Sie meint, er sei genau der Richtige für mich.«

Mit einem weiteren nervösen Blick auf Franklin, der in ihre Richtung strebte, fragte Rosalind: »Und was meint Ihr?«

Die junge Frau runzelte die Stirn. »Ich werde ihn wahrscheinlich heiraten. Ich bin wie Ihr die Tochter eines Herzogs. Ich muss eine standesgemäße Ehe schließen.«

Das Leben der beiden jungen Frauen hatte so gar keine Ähnlichkeiten. Lady Amelia hatte eine Mutter, die sich um sie kümmerte, und einen Vater, der kluge Entscheidungen für sie traf. Rosalind wusste, dass ihr Vater, wenn er noch am Leben wäre,

Penmore nie als Ehemann für seine Tochter akzeptieren würde. Er würde zumindest versuchen, jemanden zu finden, bei dem der Altersunterschied zu ihr nicht ganz so groß wäre, und er würde keinen Mann gutheißen, der beide Augen zudrückte, wenn ein anderer Mann sie schlug.

»Entschuldigt meine Stiefschwester jetzt bitte. Ihr Begleiter für heute Abend wurde in einer dringenden Angelegenheit weggerufen, und es ist meine Aufgabe, dafür zu sorgen, dass sie den Ball auch genießt.« Franklin packte sie brutal am Arm.

Lady Amelia wandte sich ab und eilte zu ihrer Mutter zurück wie ein tapferes Küken, das sich zu weit vom Nest entfernt hatte und nun Schutz vor einem Fuchs sucht.

»Penmore hat mich darauf hingewiesen, dass ich wieder einmal meiner Aufgabe als Anstandsdame nicht richtig nachgekommen bin«, erklärte Franklin. »Da er weggerufen worden ist, werden wir jetzt einmal miteinander tanzen, bevor ich dich nach Hause bringe.«

Rosalind war nicht enttäuscht, dass Penmore sie nicht heimbegleiten würde, ärgerte sich aber sehr darüber, dass ihr Gespräch mit Lady Amelia Sinclair so abrupt beendet worden war. »Bei mir war alles in bester Ordnung«, beteuerte Rosalind. »Ich habe mich sogar mit einer jungen Dame angefreundet.«

»Du brauchst keine Freundinnen«, versetzte Franklin knapp. »Und wenn, wird Penmore sie für dich auswählen, sobald ihr verheiratet seid.«

Da sie sich in der Gesellschaft so vieler Menschen sicher fühlte, wagte Rosalind zu entgegnen: »Ich habe noch nicht zugestimmt, ihn zu heiraten, Franklin. Was wäre, wenn ich mich für einen anderen entscheiden würde? Für jemanden, der bereit wäre, deine Schulden zu begleichen und mich auch ohne Mitgift oder Aussteuer zur Frau zu nehmen?«

Sie hatten den Rand der Tanzfläche erreicht, und Franklin zog sie in die Menge der Tanzenden hinein. Dabei zerquetschte er ihr fast die Hand. »Du verlässt dich zu sehr auf dein hübsches Gesicht und deine gute Herkunft, Rosalind. Außerdem hast du diese Möglichkeit gar nicht mehr. Du hattest sie, bis Penmore dich erblickt hat, aber nun, da er dich kennt, ist deine Zukunft bereits entschieden. Das hat er mir heute Abend nur allzu deutlich zu verstehen gegeben.«

Wieder war Rosalind überrascht, dass irgendjemand Franklin dermaßen unter seiner Fuchtel haben konnte. Andererseits jedoch war es auch verständlich. Falls er Penmore eine Menge Geld schuldete, Spielschulden, die jeden Moment zurückgefordert werden oder ihn in ernsthafte Schwierigkeiten bringen konnten, würde wahrscheinlich nicht einmal Franklin die Pläne dieses Manns vereiteln. Ihr ganzer Mut verließ sie angesichts dieser Erkenntnis.

»Ich kann nicht behaupten, dass es mir leidtut, dass er weggerufen wurde«, gab sie tapfer zu. »Er ist mir widerwärtig, Franklin. Wenn er wenigstens freundlich wäre ...«

»Hör auf zu jammern«, fiel ihr Stiefbruder ihr ins Wort und drückte wieder schmerzhaft ihre Hand. »Deine Wünsche, das habe ich dir schon oft genug gesagt, spielen für mich keine Rolle. Doch falls es dir ein Trost sein sollte, ich kenne da ein kleines Geheimnis unseres Viscounts.«

Sie blickte zu Franklin auf, der größer war als sie, wenn auch längst nicht von so beeindruckender Statur wie Armond Wulf. »Ein Geheimnis?«

Franklin lächelte auf sie herab, und für jeden, der sie beobachtete, war es nichts anderes als das liebevolle Lächeln eines Stiefbruders, auch wenn seine Augen wie immer leer und leblos waren. »Unser Viscount hat Schwierigkeiten mit seiner Männlichkeit. Ich bezweifle, dass er ihn lange genug hochkriegt, um Eure Ehe zu vollziehen. Obwohl er sich ausgezeichnet zu verstellen versteht und gern so tut, als ob er noch so brünstig wäre wie ein junger Hengst.«

Rosalind war nicht mehr unerfahren genug, um nicht zu wissen, was Franklin ihr zu verstehen geben wollte. Doch obwohl es die Ehe mit dem Mann vielleicht ein bisschen weniger unerträglich machen würde, verursachte der Gedanke an sein lüsternes Grinsen und seine grabschenden Hände ihr noch immer Übelkeit. Und da stellte sie sich zum ersten Mal die Frage, warum ihr guter Ruf eigentlich so wichtig war für einen Mann, der seinen ehelichen Pflichten ohnehin nicht nachkommen konnte.

»Ich weiß, was du denkst«, bemerkte Franklin gedehnt. »Penmore ist schon so lange Junggeselle, dass es ihm aus irgendeinem Grund sehr wichtig ist, eine junge Dame von gutem Ruf und guter Abstammung zu heiraten. Ich muss dich allerdings warnen, dass die Kinder, die du vielleicht einmal mit ihm haben wirst, mit Sicherheit von einem Mann, den er dazu bestimmt hat, gezeugt werden.«

Bei dieser Vorstellung drehte sich Rosalind der Magen um, und für einen Moment befürchtete sie, dass ihr mitten auf der Tanzfläche schlecht werden würde, was paradoxerweise genau die Ausrede war, die Armond sich in jener Nacht, als sie sich kennenlernten, ausgedacht hatte, um ihren guten Ruf zu wahren.

Als hätte der bloße Gedanke an Armond ihn herbeigerufen, sah sie einen großen blonden Mann am Rand der Tanzfläche vorübergehen. Er zog so unwiderstehlich ihren Blick an, wie er wahrscheinlich auch die Blicke aller anderen Anwesenden anzog. Er war ein Mann, der Aufsehen erregte, auch wenn dies gar nicht seine Absicht war.

Er war wie immer ganz in Schwarz gekleidet, das in auffallendem Kontrast zu seinem hellen Haar und seiner braun gebrannten Haut stand. Sein langes Haar war zurückgebunden, was seine fein gemeißelten Gesichtszüge noch deutlicher zur Geltung brachte. Sein Blick war geradewegs auf Rosalind gerichtet, als er sich bewegte – nein, nicht sich bewegte, sondern sich an sie heranpirschte wie ein Tier, das seine Beute erspäht hatte. Dass sie der Gegenstand von Armonds Interesse war, war unmöglich zu übersehen, falls irgendjemand darauf achtete. Was natürlich alle taten.

»Sieh ihn nicht an«, zischte Franklin. »Ist dir nicht klar, was für ein Schauspiel ihr hier aufführt?«

Schauspiel? Wie konnte sie ein Schauspiel aufführen, wenn gute zehn Schritte zwischen ihr und Armond lagen? Aber dann dachte Rosalind, dass es ihr vermutlich doch gelungen war, da sogar die Luft um sie herum mit einem Mal vor Spannung knisterte. Was sie jedoch absolut nicht kümmerte, wie sie im selben Augenblick erkannte. Und sie konnte auch ihren Blick nicht von Armond abwenden. Tatsächlich kam sie sich wie ein Kaninchen vor, das wie hypnotisiert von dem Blick eines Raubtiers war, das sich darauf vorbereitete, sein Opfer zu verschlingen.

Ihr Blut begann zu rasen, eine heiße Röte stieg ihr ins Gesicht. Sie vergaß alles. Ihre gute Erziehung, die Tatsache, dass sie mit einem Mann tanzte, der ihr das Leben zur Hölle machte und es auch weiterhin, solange sie ihm ausgeliefert war, tun würde. Franklin brachte sie in die Wirklichkeit zurück, indem er ihre Hand so fest zusammendrückte, dass sie beinahe aufschrie.

»Zeit, uns zu verabschieden und zu gehen«, knurrte er. »Dieser Mann macht dich noch ganz verrückt. Ich werde nicht zulassen, dass er alles verdirbt! Hörst du, Rosalind? Er wird schon noch herausfinden, dass ich kein Mann bin, den man unterschätzen sollte. Und mit Penmore sollte er sich schon gar nicht anlegen.«

Er zerrte sie förmlich von der Tanzfläche. »Franklin«, stieß sie atemlos aus, als sie plötzlich wieder zur Besinnung kam und sich beeilte, mit ihm Schritt zu halten. »Wenn du mich jetzt gleich von der Gesellschaft wegbringst, wirst du derjenige sein, der hier ein Schauspiel bietet. Alle werden darüber reden, wie du vor Lord Wulf davongelaufen bist. Bitte lass mir ein bisschen Würde und überdenk deine Entscheidung noch einmal.«

Rosalind hatte Angst, jetzt gleich mit Franklin heimzufahren.

Es war besser für sie, wenn er Zeit hatte, sich ein bisschen abzuregen, und sie die Gelegenheit, ihn zu beschwichtigen, indem sie vorgab, sich nicht für Armond Wulf zu interessieren. Falls ihr das überhaupt gelingen würde. Aber die Erinnerung daran, wie er Penmores herausfordernden Worten in den Ställen ausgewichen war, würde ihr dabei ein klein bisschen helfen.

Franklin verlangsamte seine Schritte. »Ich glaube, du hast offenbar doch ein bisschen Grips in deinem hübschen kleinen Schädel«, sagte er. »Wulf benutzt dich zweifellos, um mich zu ärgern. Der Mann genießt es, mich herauszufordern, aber er wird bald schon lernen, dass das ein Fehler ist. Wir werden uns nun wieder zu den Gästen gesellen und so tun, als würden wir uns angeregt miteinander unterhalten. Nachdem eine ausreichend lange Zeit verstrichen ist, werden wir uns verabschieden und gehen.«

Obwohl sie lieber in der Menge untergetaucht und Franklin aus dem Weg gegangen wäre, war es immer noch besser, seine Gesellschaft hier, wo er es nicht wagen würde, sie zu schlagen, ertragen zu müssen, als zu Hause mit ihm allein zu sein. Und wenn sie auch noch so stark versucht war, zu Armond hinüberzublicken, sie würde den Impuls beherrschen. Das hoffte sie zumindest.

»Ihr seid ein unartiger Junge, Armond Wulf«, rügte ihn die Herzoginwitwe. »Da dachte ich, Ihr wärt unschuldig und der Klatsch würde Euch zu Unrecht treffen. Und nun beweist Ihr, dass ich mich gründlich getäuscht habe!«

Armond zwang sich, seinen Blick von Rosalind zu lösen und die stirnrunzelnde Herzoginwitwe anzusehen. Da er nicht sicher war, auf welche Sünden sie sich gerade bezog, hob er nur fragend eine Augenbraue. Sie nickte in die Richtung, in die er beinahe unablässig gestarrt hatte, seit er auf Lady LeGrandes Soiree eingetroffen war.

»Ihr löst die schlimmsten Vermutungen mit diesen heißen Blicken aus, die ihr Lady Rosalind beständig durch den Raum zuwerft.«

Stirnrunzelnd erwiderte er: »Habe ich sie etwa angestarrt?« Natürlich wusste er, dass er es getan hatte, fühlte sich irgendwie aber völlig machtlos, damit aufzuhören. Sie sah bezaubernd aus in ihrem rosafarbenen Seidenkleid, das ihre helle Haut und ihr dunkles Haar betonte. Er konnte seinen Blick einfach nicht von ihr lösen.

»Ach du meine Güte«, gluckste die alte Dame. »Armond Wulf hat endlich sein Herz verloren. Na, das wurde ja auch langsam Zeit. Ich hatte Euch ja schon gesagt, dass die junge Dame eine gute Partie für Euch abgeben würde.«

Ihre Mutmaßungen veranlassten Wulf, sich der Herzoginwitwe wieder zuzuwenden. »Es ist nicht mein Herz, das zu mir spricht, wenn ich Lady Rosalind ansehe, das kann ich Euch versichern.«

Die alte Dame versetzte ihm einen Klaps mit ihrem Fächer. »Böser Junge. Liebe beginnt oft mit einer starken körperlichen Anziehung. Ihr solltet allerdings versuchen, Eure sinnliche Begierde in der Öffentlichkeit zu beherrschen. So wie Ihr die junge Frau anstarrt, könntet Ihr sie auch gleich ausziehen und es vor der versammelten Gesellschaft mit ihr treiben. Macht Ihr alles derart ... gründlich?«

Er dachte einen Moment über die Frage nach. »Ja«, erwiderte er schließlich.

Die Herzoginwitwe lachte. »Ihr Stiefbruder wird von Minute zu Minute aufgebrachter. Ihr solltet Euch ein bisschen mäßigen, Armond. Ihr wisst, dass sie an dem fetten Arm des abscheulichen Lord Penmore hängt? Ich hoffe doch wirklich sehr, dass die junge Erbin jemand Besseren als ihn finden wird. Es wäre ein Jammer, sie an einen solchen Schuft verschwendet zu sehen.«

Rosalind hatte diesem Widerling erlaubt, sie zu der Soiree zu begleiten? Sie war die schönste Frau, die er je gesehen hatte. Warum sollte sie sich mit Penmore zufrieden geben? Sie könnte jeden Mann in London haben. Jeden außer Armond Wulf.

Er zwang sich, seinen Blick wieder von ihr abzuwenden. »Kommt ja nicht auf die Idee, mich zu Dummheiten zu verleiten, was diese junge Frau angeht«, warnte er die Herzoginwitwe. »Ihr wisst, dass ich geschworen habe, nie zu heiraten.«

»Ihr macht auch so schon genug Dummheiten«, gab die alte Frau zurück. »Warum seid Ihr hier, Armond? Um mich zu sehen? Wohl kaum. Ihr seid gekommen, um sie zu sehen; gebt zumindest so viel zu.«

Armond hatte nicht die Absicht, dergleichen vor der Herzoginwitwe zuzugeben, auch wenn es die Wahrheit war. Er hatte sich schon gedacht, dass Rosalind an der Soiree teilnehmen würde. Aber er hatte kein Recht, hier zu sein. Er war nicht einmal eingeladen, obwohl sich das gewöhnlich nicht als Problem für ihn erwies. Die Leute hatten Angst, ihn abzuweisen. So war er trotzdem gekommen, als könnte er sich der geradezu magischen Anziehungskraft, die Rosalind auf ihn ausübte, einfach nicht entziehen.

»Natürlich bin ich gekommen, um Euch zu sehen«, sagte er und wandte seinen ganzen Charme und seine Aufmerksamkeit der alten Dame zu, die eine gute Freundin seiner Eltern gewesen war und deren Kinder nicht im Stich gelassen hatte, als der Fluch auf seine Familie herabgekommen war. »Ich vergöttere Euch, und wenn es eine Frau in London gibt, die mich in Versuchung führen könnte, meinen Schwur, niemals zu heiraten, zu brechen, dann wärt Ihr das, meine Liebe.«

Die Herzoginwitwe, die ihre besten Jahre schon lange hinter sich hatte, errötete wie ein junges Mädchen. »So ein unartiger Junge«, sagte sie und gab ihm wieder einen spielerischen Klaps mit ihrem Fächer.

Rosalinds Entschlossenheit hatte deutlich nachgelassen, als sie bemerkte, dass Armond die Soiree verlassen hatte. Wie anscheinend auch jeder anderen Frau an diesem Abend war es ihr nahezu unmöglich gewesen, nicht zu ihm hinüberzublicken. Er war geradezu sündhaft schön, und als er mit der Herzoginwitwe sprach, war sein Gesicht entspannt und sein Lächeln, das er der alten Dame schenkte, so charmant, dass es Rosalind buchstäblich den Atem raubte.

Kurz nachdem Armond gegangen war, hatte auch Franklin die Gesellschaft verlassen wollen. Nun fuhren sie schweigend nach Hause. Ihr Stiefbruder schien noch immer wütend vor sich hinzubrüten, was Rosalind nicht ungelegen kam. So konnte sie selbst die Augen schließen und die Ereignisse des Abends in Gedanken noch einmal Revue passieren lassen.

Armond hatte sie nicht mehr beachtet, nachdem er sich zu der Herzoginwitwe gesellt hatte. Obwohl Rosalind eigentlich hätte froh sein müssen, dass er Franklin mit seiner Aufmerksamkeit nicht weiter erzürnte, fühlte sie sich im Grunde doch ein wenig gekränkt von Armonds Gleichgültigkeit ihr gegenüber. Vielleicht, weil sie es nahezu unmöglich fand, ihm gegenüber die gleiche Teilnahmslosigkeit zur Schau zu tragen.

Sie waren nicht gut für sie, diese Gefühle, die jedes Mal in ihr erwachten, sobald sie in Armond Wulfs unmittelbarer Nähe war. Franklin hatte bereits über ihre Zukunft entschieden, und selbst wenn er es nicht getan hätte, wäre Armond Wulf der letzte Mann, dem er erlauben würde, sie ernsthaft zu umwerben. Und anscheinend hatte Armond auch gar nicht vor, ihr auf stilvolle Weise den Hof zu machen, sondern sich stattdessen dazu entschieden, sich auf sogar äußerst stillose Weise an sie heranzumachen.

Das Pferdegetrappel lullte Rosalind in einen leichten Schlaf. Im Traum erinnerte sie sich an eine andere Nacht, an eine andere Kutschfahrt. An einen anderen Mann. In der Dunkelheit hinter ihren Augenlidern kam Armond wieder zu ihr. Sie spürte wieder seine Lippen auf den ihren, sanft, aber gebieterisch. Ihre Brüste wurden seltsam schwer, als erinnerten sie sich noch an seine Hände ... seine Zunge ... seinen Mund. Oh ja, sie erinnerte sich noch sehr genau, wie sie sich in seinen Armen gefühlt hatte, oder wie er sich so dicht und fest an ihrem Körper angefühlt hatte. An die Hitze, die zwischen ihnen aufgeflammt war, an das sinnliche Verlangen. Das Geräusch ihres eigenen leisen Stöhnens erschreckte sie, und sie schlug abrupt die Augen auf.

Franklin starrte sie mit einem Gesichtsausdruck an, der sie an den einer Katze erinnerte, die eine schlafende Maus betrachtete. »Wovon hast du gerade geträumt?«, fragte er leise. »Oder sollte ich vielleicht besser fragen, von wem?«

Rosalind setzte sich gerader auf. »Ich muss eingedöst sein. Sind wir schon zu Hause?« Mit viel Getue begann sie die Kutschenvorhänge zurückzuziehen, um in die dunkle Nacht hinauszuspähen. Sie war froh, das nur schwach beleuchtete Haus zu sehen. »Oh ja, wie ich sehe, sind wir bereits da. Nun, das freut mich. Ich bin hundemüde.«

»Glaub ja nicht, du könntest einfach zu deinem Zimmer hinaufflitzen und der Strafe für dein Benehmen heute Abend entgehen«, sagte Franklin. »Ich habe mir schon Gedanken darüber gemacht, was eine angemessene Bestrafung wäre.«

Rosalind hätte nie geglaubt, dass bloße Worte ihr das Blut in den Adern gefrieren und ihr das Herz in die Kehle steigen lassen könnten, doch genau so war es. Trotz ihres plötzlichen Entsetzens jedoch war sie fest entschlossen, sich zur Wehr zu setzen.

»Ich bin eine erwachsene Frau, Franklin«, sagte sie. »Ich lasse mich nicht mehr wie ein Kind bestrafen. Weder von dir noch von irgendeinem anderen Mann.«

Auf ihre kühnen Worte hin zog er nur eine Augenbraue hoch, und sein gelassener Gesichtsausdruck war beängstigender, als wenn er einen Wutanfall bekommen hätte. »Wir werden sehen«, sagte er. Dann beugte er sich vor, öffnete die Kutschentür und sprang hinaus. Als er Rosalind die Hand reichte, um ihr hinauszuhelfen, weigerte sie sich, sie zu nehmen.

»Du wirst mich nicht mehr schlagen«, sagte sie fest. »Ich lasse mir deine Misshandlungen nicht länger gefallen.«

Franklins gelassene Fassade bröckelte, und für einen Moment loderte nur mühsam unterdrückter Zorn in seinen Augen auf. »Du wagst es, mir zu sagen, was du dir unter meinem Dach gefallen lassen wirst oder nicht?«

Der Kutscher trat zu ihnen, um ihnen aus dem Wagen zu helfen, sah, dass Franklin bereits ausgestiegen war, und ging zu den Pferden, um sie an den Zügeln in das Kutschenhaus zu führen. Franklin streckte die Hand aus, packte Rosalind am Arm und riss ihn fast aus dem Gelenk, als er sie aus dem Wagen zog. Sie zog scharf den Atem ein vor Schmerz.

Als die Kutsche sich von ihnen fortbewegte, wollte Rosalind den Fahrer rufen, ihn um Hilfe bitten, aber das Rattern und Poltern des Gefährts hätte ihre Stimme übertönt, und Franklin wäre nur noch wütender geworden.

Panik erfasste sie, und sie versuchte, wegzulaufen. Wohin sie laufen wollte, wusste sie nicht. Also wandte sie sich dem Nachbarhaus zu und kam tatsächlich ein paar Meter weit, bevor ihr Stiefbruder sie einholte.

»Du glaubst, er kann dir helfen?«, zischte er ihr ins Ohr. Dann drückte er ihren ohnehin schon schmerzenden Arm, und sie stieß ein gequältes Wimmern aus. »Niemand kann dir helfen, Rosalind.«

In ihrer Verzweiflung wisperte sie Penmores Namen, während Franklin sie zum Haus zerrte. Ihr Stiefbruder lachte nur.

»Den stört das nicht, solange man die Prellungen nicht sieht.« Franklins Blick glitt langsam über sie. »Natürlich werden wir dir dazu das Kleid ausziehen müssen. Es hat ein Vermögen gekostet, und ich möchte nicht, dass es zerrissen oder gar befleckt wird.«

Rosalind versuchte die zierlichen Absätze ihrer Schuhe in den

Erdboden zu stemmen, ohne Erfolg, Franklin war zu stark. Falls Mary ihnen die Haustür öffnete, würde sie sie um Hilfe bitten, obwohl Rosalind nicht einmal wusste, was die Dienstmagd für sie tun konnte. Doch niemand öffnete die Tür, und Rosalind fiel ein, dass Mary zu dieser späten Stunde natürlich schon längst oben bei der Herzogin war.

Franklin zerrte Rosalind ins Haus, zog sie zur Treppe und dann nach oben zu den Schlafzimmern. Beide blieben jedoch wie angewurzelt stehen angesichts des Anblicks, der sie dort erwartete.

An den Dachbalken, die entlang der hohen Decke des Korridors verliefen, hing ein Seil, an dem ein Körper langsam hin und her schwang. Die Leiche war die einer Frau. Rosalind hätte sie womöglich nicht einmal wiedererkannt; ihr Gesicht war blau angelaufen, Prellungen ließen ihre toten Augen wie schwarze Löcher wirken und verzerrten ihre Gesichtszüge. Doch dann erkannte Rosalind sie trotzdem. Es war Lydia.

9. Kapitel

Armond war vor wenigen Minuten von einer Partie Karten heimgekommen und zog gerade seinen Rock aus, als er das Geräusch hörte. Er wandte sich mit einem Ohr dem offenen Fenster zu. Und da hörte er es wieder. Es klang wie ein entferntes Weinen.

Er war sich seines scharfen Gehörs und seines sogar noch ausgeprägteren Geruchssinns stets bewusst gewesen. Er hatte sich nie sehr viel dabei gedacht, oder zumindest nicht, bevor er von dem Fluch erfahren hatte. Heute wusste er, warum seine Sinne schärfer als die normaler Menschen waren. Es war das Tier in ihm ... das Tier, das darauf wartete, befreit zu werden.

Warum weinte sie? Denn dass es Rosalind war, daran hegte er nicht den kleinsten Zweifel. Sollte er ihr zu Hilfe eilen? Oder weinte sie womöglich nur wegen irgendeiner Belanglosigkeit? Einer kleinen Gehässigkeit wegen, die ihr jemand auf der Soiree der LeGrands zugefügt hatte? Aber nein, sie weinte von ganzem Herzen und aus tiefster Seele. Irgendetwas stimmte dort drüben ganz und gar nicht, und er würde hingehen und herausfinden, was es war.

Ohne sich noch länger mit seinem Gehrock aufzuhalten, verließ er sein Schlafzimmer. Er hatte nur wenige Bedienstete in seinem Stadthaus. Und alle waren Männer. Frauen fürchteten sich zu sehr davor, für ihn zu arbeiten. Er sah niemanden, als er die Treppe hinunterging und dann durch die Vordertür das Haus verließ.

Das Gras war feucht. Nebel hing in der Luft. Ein leichter Nieselregen fiel. Er würde bis auf die Haut durchnässt sein, bevor er Rosalinds Zimmer erreichte. Je näher er ihrem Wohnsitz kam, desto besser konnte er ihr schmerzerfülltes Schluchzen hören. Er beeilte sich.

Mühelos erklomm er das Spalier zu ihrem Balkon und hoffte nur, dass sie ihre Türen nicht verriegelt hatte. Glücklicherweise waren sie angesichts der kalten Nachtluft zwar geschlossen, aber nicht verriegelt. Leise öffnete er eine und trat ein. Seine Augen passten sich mühelos der Dunkelheit im Zimmer an. Er sah, dass sie zusammengekauert unter ihren Decken lag.

»Rosalind?«

Jäh schlug sie die schweren Decken zurück und richtete sich auf.

»Armond?«

»Was ist mit dir?«

»Oh, Armond.« Sekunden später war sie aus dem Bett gesprungen und kam quer durchs Zimmer auf ihn zugestürmt. Er hätte nicht überraschter sein können, als sie sich in seine Arme warf. »Es war schrecklich!«

Seine Hand glitt wie von selbst zu ihrem offenen Haar. Es fühlte sich wie feinste Seide unter seinen Fingern an. »Was war schrecklich? Und warum weinst du?«

»Lydia!«, stieß sie zwischen zwei Schluchzern hervor. »Sie hat sich aufgehängt.«

Armond führte Rosalind zum Bett zurück und half ihr, sich hinzusetzen, bevor er sich neben ihr niederließ. »Lydia? War sie eine Freundin von dir?«

»Meine Zofe«, antwortete sie. »Sie war vor einigen Tagen entlassen worden, aber heute Nacht, als wir von den LeGrandes nach Hause kamen, da hing sie plötzlich an den Deckenbalken.«

Als Rosalind mit beiden Händen ihr Gesicht bedeckte und wieder heftig aufschluchzte, legte Armond einen Arm um ihre Schultern.

»Es ist meine Schuld«, flüsterte sie. »Franklin hat sie wegen mir entlassen. Ich kann nur vermuten, dass sie keine andere Stellung finden konnte und dann … Na ja, dann muss ihr irgendetwas zugestoßen sein, worauf sie offenbar beschloss, dass der

Tod verglichen mit ihren düsteren Zukunftsaussichten das kleinere Übel war.«

Rosalinds tiefer Kummer über das Schicksal einer Bediensteten überraschte Armond. Was sie gesehen haben musste, würde sicher jedem nahegehen, aber die meisten jungen Damen der Gesellschaft hätten wahrscheinlich nur ein paar Tränen über den Zwischenfall vergossen und die Sache dann schnell wieder vergessen.

»Hat sie einen Abschiedsbrief hinterlassen? Irgendeine Erklärung, warum sie sich gezwungen sah, ihrem Leben ein Ende zu bereiten?«, fragte er.

Rosalind schüttelte den Kopf. »Nein. Oder jedenfalls hat niemand etwas in dieser Hinsicht gefunden. Sie ...«

»Sie was?«

»Sie hatte blaue Flecke.«

Eine Warnglocke schrillte in Armonds Kopf. »Blaue Flecke?«

»In ihrem Gesicht«, fuhr Rosalind fort. »Es sah so aus, als wäre sie erst kürzlich geschlagen worden, und das sehr schlimm, Armond. Franklin sagte, sie hätte sich mit einer ziemlich rauen Clique abgegeben. Ich hörte ihn zu dem Polizisten sagen, einer ihrer Freunde hätte sie in stark betrunkenem Zustand vermutlich verprügelt. Möglicherweise hätte er ihre Beziehung auch beendet. Und vielleicht wäre das neben ihrer Entlassung ein weiterer Grund dafür, warum sie sich erhängte.«

»Chapman war den ganzen Abend mit dir bei den LeGrands, nicht wahr?«

Sie nickte. »Ja. Aber warum fragst du?«

Armond mochte ihrem Stiefbruder zwar das Schlimmste zutrauen, aber offenbar war der Mann den ganzen Abend mit Rosalind auf der Soiree gewesen. Er konnte also unmöglich für den Tod der jungen Frau verantwortlich gewesen sein. Oder zumindest konnte er sie nicht umgebracht haben.

»Stand diese Frau dir nahe?«

Rosalind schluckte, und ihre Augen standen voller Tränen, als sie zu ihm aufschaute. »Ich dachte, wir wären Freundinnen. Wir standen uns näher als die meisten anderen Menschen unterschiedlicher Gesellschaftsklassen, schätze ich. Aber von ihrem Privatleben hat sie mir eigentlich nie sehr viel erzählt.«

»Aus welchem Grund wurde sie entlassen?«

Plötzlich wandte Rosalind ihren Blick von ihm ab und antwortete nicht. Armond wollte sie schon zu sich herumdrehen, doch kaum berührte er ihren Arm, da zuckte sie zusammen.

»Was ist mit deinem Arm?«

»Ich muss mich wohl verletzt haben«, antwortete sie leise, weigerte sich aber nach wie vor, ihn anzusehen.

»Wie?«

»Das habe ich vergessen.«

Ein Verdacht stieg in ihm auf, eine Vermutung, die ihm auch vorher schon einmal gekommen war. Und diesmal musste er es wissen. Er musste sich Gewissheit verschaffen. Deshalb streckte er urplötzlich die Hand aus, griff nach dem Ärmel ihres Nachthemds und riss ihn einfach ab. Rosalind schnappte nach Luft und versuchte ihm zu entkommen, aber das ließ Armond nicht zu. Im sanften Schein des nächtlichen Kaminfeuers sah er den hässlichen blauen Fleck, den Abdruck harter Finger auf ihrer zarten Haut. Sein Blut begann zu kochen.

»Wer hat dir das angetan, Rosalind?«

Ihre Augen füllten sich wieder mit Tränen. Im ersten Moment dachte er, sie würde es ihm nicht sagen. Aber dann atmete sie tief ein und sagte: »Franklin. Er hat mir auch schon vorher wehgetan. Er ist sehr jähzornig.«

Armond fluchte, stand auf und ging in Richtung Tür. »Dann wollen wir doch mal sehen, wie gut er sich gegen einen anderen Mann behaupten kann.«

Rosalind sprang auf, beeilte sich, Armond einzuholen, und stellte sich vor die Tür, bevor er sie erreichte. »Nein, Armond, tu das bitte nicht. Er ist ja nicht einmal zu Hause. Nachdem der Gendarm gegangen und Lydias Leiche abgeholt worden war, ist er zu den Clubs gefahren.«

Armond aber ließ sich von ihren Einwänden nicht beirren, drehte sich um und ging zu den Balkontüren. Seine Wut wurde von Sekunde zu Sekunde größer. »Dann werde ich ihn suchen.«

»Bitte lass mich nicht allein.«

Ihre tränenerstickte Bitte ließ ihn augenblicklich innehalten. Sie sah so zerbrechlich, so verängstigt aus, als er sich umdrehte, um sie anzusehen. In ihrem zerrissenen Nachthemd, das von einer ihrer makellosen Schultern hing, stand sie zitternd mitten in dem Raum. Er hatte die Tür offengelassen, und die Kälte der Nacht kroch bereits ins Zimmer. Armond beeilte sich, sie zu schließen, ehe er zu Rosalind trat.

»Geh wieder ins Bett zurück«, befahl er sanft. »Sonst holst du dir noch den Tod.«

Nur einen Moment später schlüpfte sie unter die Decken. Armond setzte sich zu ihr auf die Bettkante. Sein Hemd war nass vom Regen, was er in seiner Wut bisher nicht registriert hatte. Mit einem Mal kroch ihm jetzt jedoch eine unangenehme Kälte durch die Glieder.

»Du bist in jener Nacht nach dem Ball der Greenleys gar nicht gestolpert und dabei gegen einen Stuhl geprallt, nicht wahr?«

»Nein«, antwortete sie. »Franklin hat mich geohrfeigt, weil ich … weil ich mit dir fortgegangen war.«

»Und du bist auch nicht mit mir fortgegangen, um deinen Freundinnen zu imponieren?«

»Ich habe keine Freundinnen«, gestand sie. »Franklin wird mich zwingen, jemanden zu heiraten, weil er Geld braucht. Ich dachte, wenn du mich ruiniert hättest, würde mich kein Mann mehr haben wollen, und Franklin würde mich wieder aufs Land zurückkehren lassen.«

Armond seufzte und fuhr sich mit den Fingern durch sein

feuchtes Haar. »Rosalind, es muss doch Menschen geben, die dir helfen werden. Familienan...«

»Ich habe niemanden.« Sie richtete sich plötzlich auf. »Mein Vater ist tot. Er legte meine Zukunft in die Hände meiner Stiefmutter, weil er wusste, dass sie mich liebte und sich um mich kümmern würde, aber nun ist sie sehr, sehr krank, und ihre Anwälte haben Franklin die Vormundschaft für mich übertragen. Er hat bereits mein Erbe durchgebracht. Und nun gedenkt er mich noch weiter zu benutzen.«

Verglichen mit ihren Eingeständnissen war Armonds Verdacht noch milde. Großer Gott, wie war es ihr unter solch erbärmlichen Bedingungen überhaupt gelungen, zu überleben? Sie war eine Gefangene in diesem Haus gewesen, der Gnade eines Mannes ausgeliefert, der sie schamlos zu seinem eigenen Vorteil benutzte und sie darüber hinaus auch noch misshandelte. Armond wollte Chapman umbringen. Wollte mehr als ihn nur umbringen. Er wollte ihm mit seinen Zähnen an die Kehle gehen und sie zerfetzen.

»Warum hast du mir nicht von Anfang an die Wahrheit gesagt?«

Rosalind senkte den Blick auf ihre Hände. »Ich kenne dich kaum. Ich habe nicht geglaubt, dass es mir etwas nützen würde, dir alles zu erzählen.« Sie blickte auf. »Und ich glaube es noch immer nicht.«

Sie hatte recht. Was konnte er schon für sie tun, außer vielleicht den Mann zu töten, der es wagte, sie so zu behandeln? Die Gesellschaft wartete doch nur auf eine Gelegenheit, beweisen zu können, dass er ein Mörder war. Wie konnte er ihr seinen Schutz anbieten, ohne ihr zugleich auch seinen Namen anzubieten? Und seinen Namen konnte er ihr nicht anbieten. Er konnte ihr weder eine glückliche Zukunft noch Kinder oder all die anderen Dinge, die Rosalind verdiente, bieten.

»Du zitterst wieder«, bemerkte er. Armond hüllte sie noch fester in die Decken, aber sie zitterte trotzdem am ganzen Leib und auch ihre Lippen waren ganz blau. Sie brauchte mehr Wärme, als das Kaminfeuer ihr spenden konnte. Und so zog er rasch sein feuchtes Hemd aus, bevor er sich neben sie legte und sie in seine Arme nahm. Sie versteifte sich. »Hab keine Angst vor mir«, flüsterte er an ihrem Haar. »Ich möchte dich nur ein bisschen wärmen.«

Nachdem er sie eine Weile ruhig in seinen Armen gehalten hatte, entspannte sie sich schließlich. Aber er wollte mehr über Chapman erfahren. »Du hast mir noch nicht gesagt, warum das Dienstmädchen entlassen worden war«, erinnerte er sie. »Oder warum du glaubst, es sei deine Schuld, dass sie entlassen wurde.«

Rosalinds Kopf ruhte unter seinem Kinn. Ihr Haar duftete nach Lavendel und kitzelte ihn an der Brust. »Sie erzählte mir, dass Franklin sich ihr … aufgezwungen hatte. Ich stellte ihn deswegen zur Rede, worauf er schrecklich wütend wurde. Und bevor ich wusste, was geschah, erfuhr ich von Mary, der Haushälterin, dass Franklin Lydia entlassen hatte.«

Ein Vergewaltiger und ein Mann, der eine Frau mit seinen Fäusten schlug? Je mehr Armond über Chapman erfuhr, desto mehr dachte er über Bess O'Conner nach. Er hatte sich bisher keinen Reim darauf machen können, wie sie in seine Stallungen gekommen war. Jetzt allerdings schien es plötzlich eine plausible Erklärung zu geben: Einmal angenommen, sie hätte versucht, aus diesem Haus zu fliehen, dann hätte sie sehr gut über den Rasen laufen können, um sich drüben auf seinem Anwesen zu verstecken. Chapman war nicht verdächtigt worden. Warum auch, wenn der Mord doch auch einem Mann angehängt werden konnte, der ohnehin schon einen fragwürdigen Ruf in der Gesellschaft hatte.

»Wirst du für ein Weilchen bei mir bleiben?«, fragte Rosalind. »Nur bis ich einschlafe?«

Er konnte es kaum erwarten, Chapman aufzuspüren – und

dem Kerl zumindest eine anständige Tracht Prügel zu verpassen. Ihm vielleicht sogar zu drohen, dass er, sollte er je wieder die Hand gegen Rosalind erheben, noch weitaus Schlimmeres zu erwarten hatte. Aber sie zitterte noch immer in seinen Armen, und wenn sie sich durch seine Anwesenheit sicherer fühlte, wenigstens für eine kleine Weile, würde er bleiben. Es war alles, was er ihr geben konnte.

»Ja, ich bleibe«, antwortete er deshalb und streichelte ihr weiches Haar. Dann kam ihm plötzlich eine Frage in den Sinn. »Was für eine Rolle spielt Penmore in dieser ganzen Geschichte?«

Sie erschauderte heftig, aber Armond wusste nicht, ob es wegen der Kälte oder der Erwähnung dieses Mannes war. »Franklin schuldet ihm eine Menge Geld. Im Ausgleich für die Spielschulden will er mich.«

»Dann wird dein Stiefbruder dich also eintauschen wie eine gebrauchte Reisetasche?«

Sie erwiderte nichts darauf. Er wusste, dass es sie zutiefst beschämte, dass Armond ihre Geheimnisse aufgedeckt hatte. Das machte ihn sogar noch zorniger, obwohl er schon vorher so wütend wie selten gewesen war. Er musste Rosalind aus dieser Situation befreien und zwar so schnell wie möglich.

»Die Herzoginwitwe«, erinnerte er sich plötzlich. »Ich könnte dich bei ihr unterbringen. Sie ist alt und gebrechlich, aber sie kann auch bösartig wie eine Glucke sein, wenn jemand, den sie unter ihre Fittiche genommen hat, bedroht wird.«

»Ich glaube nicht, dass Franklin mich gehen lassen würde«, sagte Rosalind. »Nicht ohne einen Kampf.«

Armond zog sie noch fester an sich, als sich wieder die Beschützerinstinkte in ihm regten. »Wenn er einen Kampf will, wird er ihn auch verdammt noch mal bekommen!«

☆ ☆ ☆

Rosalind hatte sich gefragt, was Armond tun würde, sollte sich ihr eine zweite Chance bieten, ihm die Wahrheit über ihren Stiefbruder zu sagen. Nun wusste sie es. Sie fühlte sich in Armonds Armen gebergen, ja zum ersten Mal seit Monaten glaubte sie sich in Sicherheit. Obwohl sie schrecklich aufgewühlt war, registrierte sie das gleichmäßige Pochen seines Herzens unter ihrem Ohr ganz genau. Seine glatte, warme Haut. Seinen Duft, der ihre Sinne weckte.

Sie fragte sich wie schon so häufig, ob sie, wenn sie in jener Nacht auf dem Ball der Greenleys ihren gewagten Plan nicht ausgeführt hätte, sich genauso zu ihm hingezogen fühlen würde? Aber eigentlich kannte sie die Antwort schon lange. Hatte sie sich doch auf den ersten Blick zu ihm hingezogen gefühlt, noch bevor sie seinen Namen kannte. Bevor sie das finstere Gerede über ihn zu hören bekommen hatte. Wer hätte da gedacht, dass Armond Wulf einer Frau zu Hilfe eilen würde? Dass er vielleicht sogar achtbarer war als die, die ihn so ablehnten?

Erschöpfung übermannte sie. Es hatte sie ihre ganze Kraft gekostet, so bitterlich um die arme Lydia zu weinen, und nun schloss Rosalind die Augen und erlaubte Armond, sie zu halten. Er streichelte ihr sanft das Haar, und eingelullt von dieser tröstlichen Berührung schloss sie ihre Augen. Sie wollte nicht an den nächsten Morgen denken. An den Kampf, der hier bald toben würde, wenn Armond versuchte, sie aus Franklins Haus und seiner grausamen Kontrolle zu befreien. Das alles würde ohnehin früh genug kommen.

10. Kapitel

Der Morgen dämmerte schon, als Armond aufstand und sein noch immer feuchtes Hemd über den Kopf zog. Dabei betrachtete er Rosalind aufmerksam. Sie schlief auf der Seite, mit den Händen unter ihrer Wange. Ihr Haar war ein wildes Durcheinander dunkler Locken, ihre vollen Lippen waren leicht geöffnet. Er konnte nicht glauben, dass er sich die ganze Nacht damit begnügt hatte, sie nur in den Armen zu halten, obwohl er sich nichts sehnlicher gewünscht hatte, als sie zu lieben.

Er hatte Chapman irgendwann sehr spät nach Hause kommen hören und wäre am liebsten auf der Stelle zu ihm gegangen, um ihn zur Rede zu stellen. Aber er wollte jedes Aufsehen vermeiden, um den Klatschmäulern keine Chance zu geben. Das Gerede wäre fürchterlich, wenn jemand erfahren würde, dass er sich zu einer solch ungewöhnlichen Zeit im Hause dieses Mannes und zu allem Überfluss auch noch im Zimmer seiner Stiefschwester befand. Und Rosalind hatte wirklich schon genug gelitten.

Armond würde ihren guten Ruf nicht ruinieren, obwohl genau das ihr eigener Plan gewesen war, als sie ihn in der Nacht des Balls der Greenleys angesprochen hatte. Inzwischen war ihm zwar klar, wie verzweifelt sie gewesen sein musste, um sich zu einem derartigen Vorhaben hinreißen zu lassen. Er hasste Chapman umso mehr dafür, dass er sie buchstäblich dazu gezwungen hatte, solch drastische Maßnahmen zu ergreifen.

Armonds Plan war, sich umzuziehen, sobald er zu Hause war, dann zu einer angemessenen Stunde der Herzoginwitwe einen Besuch zu abzustatten und ihre Hilfe zu gewinnen, um Rosalind aus Chapmans Fängen zu befreien. Inzwischen fertig angekleidet, wollte Armond gerade auf die Balkontüren zugehen, als Rosalind sich bewegte. Also ging er zum Bett zurück und wartete, bis sie ruhig weiterschlief. Irgendetwas regte sich in ihm, als er so vor ihr stand und wartete. Etwas Unbekanntes, gänzlich Neues. Eine Fürsorglichkeit, wie er sie noch nie zuvor für eine Frau empfunden hatte. Er beugte sich vor und küsste sie behutsam auf die Wange, ehe er sich zwang, sich von ihr abzuwenden.

Auf dem Balkon blickte er sich prüfend um, und als er sah, dass sich weder vor dem Haus noch im Garten etwas regte, kletterte er geschickt das Spalier hinunter. Er hatte schon beinahe seine Stallungen erreicht, als er etwas Eigenartiges bemerkte. Seine Stallburschen standen alle aufgeregt miteinander redend draußen im Hof. Henry, ein junger Bursche, der schon über ein Jahr bei Armond war, sah ihn, bevor er die Stalltore erreichte. Der Junge machte große Augen und gab Armond mit einer Handbewegung zu verstehen, besser zurückzubleiben.

Armond verlangsamte seine Schritte. Im nächsten Moment traten zwei Männer, die er sofort erkannte, aus dem Stall. Es waren die Polizeiinspektoren, die ihn in der Nacht von Bess O'Conners Tod verhört hatten. Beim Anblick der beiden richteten sich seine Nackenhaare auf. Einer der Männer blickte in seine Richtung.

»Da ist er!«, schrie er. »Versucht gar nicht erst zu fliehen, Lord Wulf!«

Warum hätte er fliehen sollen? Aber er kannte die Antwort bereits. Er roch das Blut. Und natürlich lief er nicht davon, sondern ging stattdessen direkt auf die Männer zu.

»Lord Wulf«, sagte der Inspektor mit ernster Stimme. »Ihr seid festgenommen wegen Mordverdacht.«

Armond ging an dem Mann vorbei in den Stall hinein. Dort lag auf dem Boden eine Frau, übersät mit Prellungen und tot. Die Schminke auf ihren Wangen und Lippen wie ihre Kleidung verrieten, dass es sich genau wie bei Bess O'Conner um eine Prostituierte handelte.

»Ich kann sehen, dass sein Hemd ganz feucht ist«, sagte einer der Inspektoren zu dem anderen. »Er wird wohl versucht haben, das Blut herauszuwaschen, denke ich.«

»Lord Wulf, gibt es jemanden, der bezeugen kann, wo Ihr dieses Mal die ganze Nacht gewesen seid?«, fragte der zweite Mann in ungemein sarkastischem Tonfall.

Armond hatte schon beim letzten Mord nicht das Gefühl gehabt, dass die Polizeibeamten ihm glaubten, dass er nichts mit dem schrecklichen Vorfall zu tun gehabt hatte. Für sie war entweder er oder einer seiner Brüder der Schuldige.

Für diese Nacht hatte Armond nun aber tatsächlich jemanden, der bezeugen konnte, wo er gewesen war. Aber Rosalind durfte er natürlich nicht erwähnen. Sonst wäre ihr Leben ganz und gar ruiniert.

»Nein«, antwortete er.

»Dann werdet Ihr uns begleiten müssen.«

Zwei Männer nahmen ihn in ihre Mitte und drehten ihm die Arme auf den Rücken.

»Henry, sorg dafür, dass Hawkins mir ein paar saubere Kleider auf die Wache bringt«, sagte Armond. »Ihr anderen kümmert euch um die Pferde ... sobald die Dame fortgebracht worden ist.«

Dann wurde er von den Polizisten abgeführt. Er blickte noch einmal über die Schulter und fragte sich, ob er sein Zuhause jemals wiedersehen würde ... oder auch nur irgendetwas anderes als die Schlinge eines Henkers und die grauen Mauern von Newgate.

Rosalind war überrascht, Franklin bei einem späten Frühstück anzutreffen. Gewöhnlich schlief er fast den ganzen Tag, da er meist erst in den frühen Morgenstunden nach Hause fand. Mary gelang es kaum, die Tränen zurückzuhalten, während sie Kaffee einschenkte, und auch Rosalind war immer wieder kurz davor loszuweinen. Franklin dagegen machte nicht einmal den Eindruck, als wäre irgendetwas Ungewöhnliches in der Nacht zuvor in seinem Haus geschehen. Tatsächlich wirkte er an diesem Morgen sogar ganz uncharakteristisch heiter.

»Ich habe Neuigkeiten von unserem Nachbarn«, sagte er, während er sorgfältig ein Brötchen mit Butter bestrich. »Es scheint, dass Lord Wulf heute Morgen wegen Mordes festgenommen wurde. Man hat heute früh eine weitere tote Frau in seinem Stall gefunden.«

Im ersten Moment nahm Rosalind Franklins Bemerkung gar nicht richtig wahr. Ihre Gabel schon auf halbem Weg zu ihren Lippen, hielt sie dann jedoch abrupt inne und starrte ihren Stiefbruder fassungslos an.

»Offenbar hat er diesmal niemanden, der ihm für sein Verbrechen ein Alibi verschaffen kann. Niemand, ich selbst mit eingeschlossen, hat ihn gestern Abend in den Clubs gesehen. Die Stallknechte sagten alle, sie hätten bis Mitternacht, als sie eine Partie Karten beendeten und nach Hause gingen, nichts Ungewöhnliches bemerkt. Und der zum Nachtdienst eingeteilte Stallbursche hatte sich anscheinend bis zur Besinnungslosigkeit betrunken und nichts gehört.«

»Er war es nicht«, flüsterte Rosalind.

Franklin sah sie spöttisch an. »Wie kannst du das wissen? Weil er ein gut aussehender Mann ist? Weil er dir gefällt? Weil du wünschst, es wäre so?« Er lachte, bevor er sich wieder seinem Frühstück zuwandte. »Nicht einmal alle Wünsche dieser Welt werden ihm dieses Mal den Hals retten können, Rosalind. Ich kann nicht behaupten, dass ich es bedauern würde, wenn er nun endgültig gehängt werden sollte. Vielleicht kann ich dann sogar einen höheren Preis für dieses Haus erzielen, falls ich mich entschließen sollte zu verkaufen ... natürlich erst, nachdem meine liebe Mutter nicht mehr unter uns weilt.«

Rosalind war froh, dass sie noch nichts gegessen hatte, weil sie sicher war, dass ihr das Frühstück auf der Stelle wieder hochgekommen wäre. Es hatte einen zweiten Mord gegeben, eine zweite tote Frau war in Armonds Stall gefunden worden. Rosalind versuchte sich zu erinnern, wann er ihr Bett verlassen hatte, und war sicher, dass es früh am Morgen gewesen war. Er konnte die Frau gar nicht getötet haben. Er war die ganze Nacht bei ihr gewesen. Nur hatte er nicht ausgesagt, dass er bei ihr gewesen war, wurde ihr nun plötzlich klar.

»Entschuldige mich«, sagte sie, während sie ihre Serviette auf den Tisch legte und aufstand. »Ich gehe wieder in mein Zimmer. Ich bin noch immer schrecklich traurig wegen der armen Lydia.«

»Weißt du …« Franklin zögerte und biss in sein Brötchen. »Ich bin mir gar nicht sicher, ob er nicht auch etwas mit ihrem Tod zu tun hatte. Wir können uns nicht leiden, er und ich. Daher würde ich es ihm durchaus zutrauen, dass er sie, als grausamen Streich gewissermaßen, dort von unseren Deckenbalken herunterbaumeln ließ.«

»Der Himmel stehe uns bei«, flüsterte Mary.

Rosalind eilte aus dem Raum. Sie hastete die Treppe hinauf, stürzte in ihr Schlafzimmer und verriegelte die Tür hinter sich. Dann sank sie auf den Boden, zu entsetzt, um sich vom Fleck zu rühren. Warum hatte Armond der Polizei nicht gesagt, wo er die ganze Nacht gewesen war? Um ihren guten Ruf zu wahren? Allmächtiger, der Mann besaß mehr Anstand als all die feinen Herren der vornehmen Gesellschaft zusammen! Der Gedanke verursachte ihr Übelkeit.

Ja, es machte sie ganz krank, dass er bereit war, sich für ihren guten Ruf zu opfern. Für einen Ruf, den sie auf dem Ball der Greenleys höchstpersönlich ruiniert haben würde, wenn er sich nicht auch schon in jener Nacht als so unglaublich anständig erwiesen hätte.

Sie konnte und wollte das nicht durchgehen lassen. Sie konnte aber auch nicht zu Franklin gehen und ihm die Wahrheit sagen.

Er würde niemals zulassen, dass sie sich für Armond Wulf ruinierte. Wahrscheinlich würde er sie sogar halb zu Tode prügeln, wenn sie zugab, dass sie Armond nicht nur einmal, sondern sogar zweimal in ihr Schlafzimmer gelassen hatte. Doch was konnte sie schon tun? Franklin hatte ihr nie die nötige Freiheit gelassen, um sich allein in dieser großen Stadt zurechtzufinden.

Rosalind nahm ihre ganze Kraft zusammen. In den letzten drei Monaten hatte ihr Stiefbruder sie kontrolliert, mit Drohungen und Misshandlungen ihren Willen geschwächt und ihr auch fast ihren gesamten Mut gestohlen. Doch damit war jetzt Schluss. Sie würde sich nicht weiter von ihm fertigmachen lassen. Armond hatte ihr gestern Nacht wieder etwas Hoffnung geschenkt. Die Hoffnung, zu entkommen. Nun musste sie für ihn das Gleiche tun.

Nachdem Rosalind sich aufgerappelt hatte, ging sie zu ihrem Balkon, öffnete eine der Türen und trat hinaus. Prüfend betrachtete sie das mit wildem Wein bewachsene Gitterwerk, das sich neben dem Balkon befand. Armond hatte ihr gesagt, wenn ein Mann entschlossen genug war, sei es nicht allzu schwierig zu erklimmen. Und für eine zu allem entschlossene Frau sollte es auch kein Problem sein, dachte Rosalind. Und so ging sie zum Geländer, raffte ihre Röcke und hob vorsichtig ein Bein über die Balustrade, bevor sie eine Hand nach dem Spalier ausstreckte.

Die Stelle am Arm, wo Franklin sie so hart angepackt hatte, schmerzte noch, aber sie biss die Zähne zusammen und umklammerte das Gitterwerk. Dann ließ sie sich vorsichtig vom Balkon herab und begann den Abstieg. Was gar kein leichtes Unterfangen war, auch wenn Armond ihr das Gegenteil versichert hatte. Aber Armond hatte sich ja auch nicht mit einem Kleid und zwei Unterröcken plagen müssen.

Sobald sie den Erdboden erreichte, drückte Rosalind sich flach gegen das Haus und sah sich um. Niemand war zu sehen. Franklin saß bestimmt noch bei seinem Frühstück. Sie glaubte allerdings nicht, dass sie so einfach in seinen Stall marschieren und seine wenigen Bediensteten herumkommandieren konnte. Sie musste sich also woanders Hilfe suchen. Über den Hof warf sie einen raschen Blick zu Armonds Haus hinüber. Hawkins, sein Diener, würde ihr vielleicht behilflich sein. Das würde er sogar ganz bestimmt, wenn sie ihm sagte, dass sie Informationen hatte, die seinen Herrn entlasten würden. Oder zumindest hoffte sie, dass er sich dann entgegenkommend zeigen würde.

Armond war von den Beamten stundenlang vernommen worden. Man hatte ihm immer wieder die gleichen Fragen gestellt, auf die er immer wieder die gleichen Antworten gegeben hatte. Er wäre gestern Nacht allein gewesen, ja, und nein, er wäre nicht verantwortlich für den Tod dieser Frau, und er hätte auch keine Zeugen, die dies bestätigen könnten. Es überraschte ihn, dass er nicht bereits nach Newgate überstellt worden war, aber seiner Titel und seines Reichtums wegen erhielt anscheinend sogar ein Wulf eine Sonderbehandlung, was diese Mordsache betraf.

Ein leises Klopfen ertönte an der Tür, und einer der Kriminalbeamten erhob sich, um zu öffnen. Rosalinds Duft erreichte ihn schon, bevor sie noch den Raum betreten hatte. Armond richtete sich erschrocken auf. Was zum Teufel wollte Rosalind hier auf der Wache?

Er hörte ein kurzes Gespräch, das er mit seinem unnatürlich guten Gehör auch mühelos hätte verstehen können, wenn er nicht viel zu verblüfft über ihr Erscheinen gewesen wäre, um es auch nur zu versuchen. Einen Moment darauf trat sie dann ein.

»Diese Dame hat Informationen, die Lord Wulf betreffen«, sagte einer der Inspektoren zu dem anderen. »Anscheinend weiß sie etwas darüber, wo er sich gestern Abend aufgehalten hat.«

»Nein, Rosalind«, befahl Armond ihr ruhig.

Aber sie straffte nur die Schultern und beachtete ihn nicht weiter.

»Und Ihr seid wer?«, wollte der am Schreibtisch sitzende Beamte wissen.

»Lady Rosalind Rutherford, die Tochter des verstorbenen Herzogs von Montrose und Lord Wulfs Nachbarin.«

Der Inspektor zog die Brauen hoch. »Ihr könntet also gestern Nacht etwas gesehen haben – sagen wir, von einem Eurer Fenster aus vielleicht?«

»Nein, gesehen habe ich nichts«, gab Rosalind zu. »Aber ich weiß, wo Lord Wulf die Nacht verbracht hat.«

»Rosalind«, warnte Armond sie erneut. »Überleg dir, was du sagst.«

»Bitte schweigt, solange Lady Rosalind spricht«, sagte einer der Beamten zu Armond. »Denn sonst müssten wir Euch hinausbringen, bis die Dame wieder gegangen ist.«

»Sie lügt«, sagte er zu den Kriminalbeamten.

Beide bedachten ihn mit einem finsteren Blick. »Wie könnt Ihr wissen, dass sie lügt, obwohl sie uns noch nichts gesagt hat?«, fragte einer der Männer.

»Weil ich schon zu wissen glaube, was sie sagen wird«, erwiderte Armond. »Ich hoffe nur, ich irre mich«, setzte er noch einmal nachdrücklich und mit einem scharfen Blick auf Rosalind hinzu.

Sie vermied es jedoch nach wie vor, ihn anzusehen.

»Lady Rosalind, Ihr glaubt also zu wissen, wo Lord Wulf sich gestern Nacht aufgehalten hat«, ermutigte sie der Inspektor. »Wenn Ihr ihn aber weder von Eurem Fenster noch von Eurem Garten aus gesehen habt, wie könnt Ihr denn dann wissen, wo er war?«

Ihr Blick glitt flüchtig zu Armond, aber dann richtete sie ihn sofort wieder auf den Inspektor. »Ich weiß es, weil er bei mir war«, erwiderte sie, wobei sie bezaubernd errötete. »In meinem eigenen Schlafzimmer«, erklärte sie. »In meinem Bett.«

Wenn die Lage nicht so ernst gewesen wäre, hätte Armond

sich über den Gesichtsausdruck der beiden Männer amüsieren können. Rosalind würde sich mit ihrem Eingeständnis ruinieren. Sich so gründlich ruinieren, dass nicht einmal er ihr dann noch helfen konnte.

»Seid Ihr bereit, das zu beschwören, Lady Rosalind?« Einer der Kriminalbeamten fasste sich nun endlich wieder. »Auch wenn eine solche Aussage zweifellos Gerede in der Gesellschaft verursachen wird, das Euch ... nun ja ...«

»Das mich vollkommen ruinieren wird«, half Rosalind ihm weiter. »Ich bin mir der Konsequenzen meiner Handlungsweise durchaus bewusst, Inspektor. Aber ich kann nicht zulassen, dass ein Unschuldiger eines Verbrechens beschuldigt wird, das er nicht begangen hat. Es ist meine Pflicht, mich als Zeugin zu melden, oder etwa nicht?«

»Darf ich die Dame kurz unter vier Augen sprechen?«, bat Armond. Er musste Rosalind dazu bewegen, ihre Aussage zurückzunehmen. Er musste ihr begreiflich machen, dass nicht einmal mehr die Herzoginwitwe ihr würde helfen können, wenn sie selbst auf diese Weise ihren Ruf in aller Öffentlichkeit vernichtete. Damit wäre sie auf Gedeih oder Verderb ihrem Stiefbruder und auch seiner vermutlich rasenden Wut über das, was sie getan hatte, ausgeliefert.

»Lord Wulf, bis wir diese Angelegenheit geregelt haben, wäre es sehr dumm von uns, einen mutmaßlichen Frauenmörder mit Lady Rosalind allein zu lassen«, erwiderte einer der Männer verächtlich schnaubend.

»Mir wird schon nichts geschehen«, versicherte Rosalind dem Mann. »Weil Lord Wulf nämlich kein Mörder ist. Er hat ... er war bereits bei mehr als einer Gelegenheit in meinem Zimmer.«

»Dann seid Ihr also gewissermaßen ... ein Liebespaar, Mylady?«

Wieder färbten sich ihre Wangen rot. »So könnte man es nennen«, erwiderte sie ruhig.

Armond hätte sie am liebsten angeschrien. Natürlich wollte er nicht – und schon gar nicht mit seinem Leben – für die Morde an zwei Frauen bezahlen, die er nicht einmal gekannt hatte. Aber er wusste auch, wohin Rosalinds Auftritt führen würde, sah die einzige Wahl, die Rosalind ihm ließ, und war sich gar nicht mal so sicher, ob Newgate und der Galgen nicht die ungefährlicheren Optionen waren. Er hatte sich etwas geschworen. Und Rosalind hatte ihn gerade dazu gezwungen, diesen Schwur zu brechen.

»Und Ihr werdet eine eidesstattliche Aussage unterschreiben?«, beharrte der Inspektor.

Rosalind hob stolz den Kopf. »Das werde ich.«

Der Inspektor, der Armond gegenübersaß, blies seine Wangen auf und stieß die Luft aus. Dann richtete er einen kalten Blick auf Armond. »Lord Wulf, ständig tauchen tote Frauen auf Eurem Besitz auf, und dennoch gelingt es Euch immer wieder straffrei auszugehen, nur weil Euch zufällig jedes Mal gerade noch rechtzeitig ein Alibi geliefert wird.«

»Irgendjemand versucht ganz offensichtlich, mir diese scheußlichen Verbrechen anzuhängen«, bemerkte Armond mit scheinbarer Gelassenheit, obwohl er innerlich alles andere als ruhig war. »Wenn ich hier herauskomme, wird es mein leidenschaftlichstes Anliegen sein, herauszufinden, wer das ist und warum er so etwas tut.«

»Und selbstverständlich auch das unsere«, versicherte ihm der Polizeibeamte, bevor er sich dann wieder Rosalind zuwandte. »Wir brauchen Eure genaue Adresse, Lady Rosalind. Und es wird auch nötig sein, dass Ihr eine eidesstattliche Aussage unterschreibt, dass Lord Wulf besagte Nacht bei Euch verbracht hat.«

»Ich lebe bei meiner Stiefmutter und meinem Stiefbruder«, antwortete Rosalind. »Sein Name ist Franklin Chapman.«

Der Inspektor, der bereits nach Papier und Tinte kramte, hob abrupt den Kopf. »Chapman? Gestern Abend starb doch noch eine andere Frau, und das in Eurem eigenen oder vielmehr

Chapmans Haus. Der Gendarm hat uns darüber in Kenntnis gesetzt, auch wenn er meinte, es habe so ausgesehen, als hätte die Frau sich selbst erhängt.«

Rosalinds Augen füllten sich mit Tränen. »Ja, das war ein Dienstmädchen namens Lydia. Sie war entlassen worden, und ich vermute, dass sie sich deshalb das Leben genommen hat. Genau deshalb ist Armond auch zu mir gekommen. Um mich zu trösten.«

Die Inspektoren wechselten einen Blick. Armond vermutete, dass sie sich mit ihrer schmutzigen Phantasie einig waren, auf welche Art er Rosalind getröstet hatte.

»Ihr Stiefbruder hat Lord Wulf durch die Haustür eingelassen?«, fragte einer der Männer misstrauisch.

Rosalind schüttelte den Kopf. »Nein. Neben dem Balkon vor meinem Schlafzimmer gibt es ein Spalier. Wenn Lord Wulf mich besucht, steigt er dort hinauf. Mein Stiefbruder weiß nichts von seinen Besuchen.«

»Verstehe.« Der Inspektor schob ihr ein Blatt Papier, eine Feder und ein Tintenfässchen zu. »Euch ist doch sicherlich bewusst, dass Mr. Chapman nun von Lord Wulfs nächtlichen Besuchen erfahren wird?«

»Ja, Rosalind, das ist dir doch bewusst?«, fragte Armond sicherheitshalber noch einmal. »Es ist noch nicht zu spät, deine Aussage zurückzunehmen.«

Endlich sah sie Armond an, und ihre Augen wurden weicher. »Ich könnte nicht mehr mit mir leben, wenn ich dich zwänge, deine Freiheit, ja, vielleicht sogar dein Leben zu opfern, nur um meinen guten Ruf zu wahren. Das sollst du über mich wissen, Armond.«

Ihre verdammte Güte! Sie hatte ihn in die Enge getrieben, und er konnte nur noch einen Ausweg sehen, oder zumindest für sie. »Und du sollst eins über mich wissen: Wenn du diese Aussage unterschreibst, erklärst du dich zugleich auch damit einverstanden, meine Frau zu werden, Rosalind.«

Sie erblasste. »Was?«

»Du weißt, dass ich dich nicht so unwiderruflich zugrunde richten und dich dann einfach deinem Schicksal überlassen kann. Oder gar der Gnade deines Stiefbruders«, fügte er bedeutungsvoll hinzu. »Denk also sehr lange und sehr gründlich nach, bevor du eine Bindung zu mir eingehst. Weil ich dich nämlich nicht liebe, Rosalind.« Und obwohl ihr bestürzter Blick ihm fast das Herz zerriss, glaubte er noch hinzufügen zu müssen: »Und dich auch niemals lieben werde.«

Rosalinds Hände begannen zu zittern. Der ihr gegenübersitzende Inspektor raunte: »So ein Lump!« Dies war ein Armond Wulf, den sie noch nie gesehen hatte – oder Moment, vielleicht ja doch. Er war jetzt wie der Armond Wulf, der sie in der Nacht nach dem Ball der Greenleys in der Kutsche fast verführt hätte. Ein Mann, der seine Wärme im Bruchteil von Sekunden an- und abstellen konnte. Sie hatte geglaubt, ihn seit jener Nacht viel besser kennengelernt zu haben. Und in der vergangenen Nacht hatte er sie getröstet. Er hatte sie in seinen Armen gehalten und war ihres Kummers wegen sehr aufgebracht gewesen. Er hatte ihr sogar eine Lösung für ihre Probleme angeboten. Und nun bot er ihr eine weitere an.

Doch im Gegensatz zu jener anderen Lösung war diese hier mit einer Bedingung verknüpft. Er liebte sie nicht, und wahrscheinlich musste sie es ihm sogar hoch anrechnen, dass er aufrichtig genug war, um es zuzugeben. Er würde sie niemals lieben. Das war hart. Andererseits jedoch wäre Liebe in einer Ehe wahrscheinlich ohnehin zu viel verlangt gewesen, solange Franklin ihre Zukunft in den Händen hielt. Zumindest würde Armond sie nicht schlagen oder zulassen, dass andere ihr Schmerz zufügten. Und sie fühlte sich wenigstens zu ihm hingezogen.

Natürlich würde sie gesellschaftlich gemieden werden, wenn

sie seine Frau wurde. Aber es war immer noch besser, als mit Armond verheiratete Frau gemieden zu werden, als weiterhin unter dem Dach ihres Stiefbruders leben oder sich auf eine Ehe mit dem widerwärtigen Penmore einlassen zu müssen.

Sie versuchte, das Zittern ihrer Hände zu beherrschen, als sie ihre Erklärung unterschrieb, dass Armond die ganze Nacht, in der der Mord verübt worden war, bei ihr verbracht hatte. Dann beschwor sie ihre Aussage bei dem guten Namen ihres Vaters. Als sie fertig war, legte sie die Feder beiseite und straffte sich.

»Ihr könnt nun gehen, Lord Wulf«, sagte der Inspektor. »Aber denkt daran, dass wir Euch im Auge behalten werden, und lasst uns hoffen, dass keine weiteren toten Frauen auf Eurem Besitz gefunden werden.«

Armond stand auf und ging zur Tür. Rosalind wandte sich ab, um ihm zu folgen.

»Gott erbarme sich Eurer Seele, Lady Rosalind«, sagte der Inspektor leise. »Ich hoffe nur, Ihr wisst, was Ihr da tut.«

Sie hatte keine Ahnung, was sie tat. Ihr Verstand war wie betäubt. Vor einiger Zeit, in Armonds Stall, hatte Rosalind sich gewünscht, dass er wenigstens so tat, als trüge er sich mit dem Gedanken, ihr einen Heiratsantrag zu machen. Nun hatte sie sich bereit erklärt, ihn zu heiraten, einer Sache wegen, die nichts mit Liebe zu tun hatte. Vor ihren eigenen Augen schien er sich spürbar von ihr zurückgezogen zu haben. In der Nacht zuvor war sie noch von seinen Armen umfangen worden; nun spürte sie nur noch Kälte von ihm ausgehen.

Sie verließen das Kommissariat. Draußen wartete Armonds Kutsche. Als Rosalind nach ihrer Flucht Armonds Haus erreicht hatte, war Hawkins dabei gewesen, seinem Herrn Kleider zum Wechseln und einige persönliche Gegenstände einzupacken, die er möglicherweise brauchen würde. Rosalind hatte den Mann angefleht, sie in der Kutsche mitfahren zu lassen, und ihm gesagt, sie habe Beweise, die Armond von dem Mordvorwurf entlasten würden. Der Mann hatte nur mit seinem üblichen ausdruckslosen Nicken reagiert und den Kutscher angewiesen, ihr beim Einsteigen zu helfen.

»Wo fahren wir hin?«, fragte sie Armond jetzt, als sie auf die Kutsche zugingen.

»Zum Erzbischof von Canterbury«, antwortete er. »Ich werde mir eine Sondererlaubnis von ihm geben lassen, damit wir heute noch getraut werden können.«

»Heute noch?«, krächzte Rosalind.

Armond warf ihr einen Blick zu. »Du glaubst doch wohl nicht, dass dein Stiefbruder uns erlauben würde, das Aufgebot zu bestellen oder gar ein Hochzeitsfest zu geben?«

»Nein«, stimmte sie zu, und der bloße Gedanke, wie wütend Franklin werden würde, wenn er herausfand, dass sie Lord Wulf geheiratet und damit all seine Pläne zerstört hatte, verursachte ihr Übelkeit. Übelkeit und Angst. »Aber der Erzbischof gewährt eine Sondererlaubnis doch nur nach eigenem Ermessen«, stellte sie dann fest. »Glaubst du wirklich, dass er uns eine erteilen wird?«

»Wie ich hörte, hängt sein eigenes Ermessen erheblich davon ab, wie viel jemand für die Sondererlaubnis zu zahlen bereit ist. Ich werde dafür sorgen, dass er sich einverstanden erklärt.« Armond öffnete die Tür der Kutsche und half Rosalind hinein. Nachdem er dem Fahrer Anweisungen gegeben hatte, setzte er sich zu ihr. Nun sitze ich also wieder mal in Armonds Kutsche, dachte sie. Nur dass sie sich dieses Mal nicht vorstellen konnte, dass er versuchen würde, sie zu verführen.

»Du musst das nicht tun, Armond«, sagte sie, als die Kutsche sich in Bewegung setzte. »Ich war nicht mit der Absicht zum Kommissariat gekommen, dich zu einer Ehe mit mir zu zwingen. Ich wollte dir helfen, so wie du mir gestern Abend helfen wolltest, oder hast du das bereits vergessen?«

Armond fuhr sich mit einer Hand durchs Haar. Es fiel ihm

offen auf die Schultern, so wie Rosalind es gerne hatte. »Ich will dir nicht wehtun«, sagte er leise. »Ich hatte mir nur geschworen, nie zu heiraten. Und diesen Schwur gedachte ich zu halten. Es gibt einen guten Grund, warum ich der Ehe abgeschworen habe.«

Und Rosalind war sich sogar ziemlich sicher, diesen Grund zu kennen. »Deiner Familie und des Fluches wegen?«

»Ja«, antwortete er nur.

»Vielleicht werden du und deine Brüder ja von dem Wahnsinn, der deine Eltern befallen hat, verschont bleiben«, gab Rosalind zu bedenken.

Er überraschte sie, indem er lachte. Es war das gleiche Lachen, das sie in der Nacht des Greenley-Balls von ihm gehört hatte. Ein wenig humorvolles Lachen. Und gleich darauf wurde er auch schon wieder ernst. »Die gesamte Londoner Gesellschaft glaubt, die Brüder Wulf wären dazu verflucht, dem Wahnsinn zu erliegen. Aber darum geht es bei dem Fluch gar nicht.«

Rosalind war verwirrt. »Worum geht es dann?«

Armond wandte seinen Blick ab. »Ich kann nur hoffen, dass du das nie herausfinden wirst.«

Das war alles, was er dazu sagte, und so wie er durch das Kutschenfenster auf den dichten Verkehr der Straßen Londons hinausstarrte, schien das Thema damit auch für ihn beendet. Und jetzt, wo Rosalinds Benommenheit etwas nachgelassen hatte, stieg unwillkürlich die Frage in ihr hoch, ob sie soeben den größten Fehler ihres Lebens begangen hatte, oder ob in dem unbeteiligten Mann, der ihr gegenübersaß, noch irgendetwas von dem Armond Wulf steckte, den sie gerade erst kennenzulernen begonnen hatte, bevor sie vom Schicksal zusammen in diese stürmischen Gewässer geschleudert worden waren. Aber sie ahnte, dass sie das schon sehr bald in Erfahrung bringen würde.

11. Kapitel

Es war schon mitten in der Nacht, als Armonds Kutsche vor seinem Haus anhielt. Rosalind schreckte aus dem Schlaf auf. Der Tag war ereignisreich gewesen, und sie war fast sofort eingeschlafen, nachdem sie die knapp zwei Fahrstunden von London entfernte, kleine Gemeinde verlassen hatten. Sie waren von dem Pfarrer dort getraut worden, wobei ein Schmied und sein Sohn ihnen als Trauzeugen gedient hatten. Nun drehte sich Rosalind vor Angst beinahe der Magen um. Würde Franklin sie daheim erwarten? Und wenn ja, was würde dann geschehen? Und was genau erwartete Armond von ihr, nun da sie seine Frau war?

Sie konnte sich nur schwach an die Zeremonie erinnern, mit der sie sich für immer an Armond Wulf gebunden hatte. Weil sie noch immer völlig unter Schock gestanden hatte, wie ihr jetzt klar wurde. Weil sie zu fassungslos gewesen war, um irgendetwas anderes als »Ja« auf die Frage zu antworten, die sie zu der Gemahlin eines Fremden machte. Und er *war* ein Fremder. Schließlich kannte sie ihren Mann erst seit wenigen Tagen.

Armond half ihr aus der Kutsche. Er hielt ihre Hand, während sie auf die Tür zugingen, die sich augenblicklich öffnete, da der ausdruckslose Hawkins wie immer treu auf seinem Posten stand.

»Bereite das Schlafzimmer neben dem meinen für Myla ... für Lady Wulf vor«, trug Armond Hawkins auf.

Der gelangweilte Gesichtsausdruck des Mannes veränderte sich nicht mal um eine Nuance. »Sehr wohl, Mylord. Ich habe ein kaltes Abendessen für Euch im Speisezimmer auftragen lassen, falls Ihr heute Abend noch nach Hause kommen solltet. Ich dachte, Ihr würdet dann vielleicht hungrig sein.«

»Du denkst aber auch an alles, Hawkins«, lobte Armond, bevor er Rosalind durch das dunkle Haus führte.

Das Speisezimmer wurde von einem einzelnen, in der Mitte des Tischs platzierten Kerzenleuchter erhellt. Rosalind bemerkte, dass nur ein Gedeck aufgelegt war. Armond führte sie zu dem Platz neben dem seinen am Kopf des langen Tischs.

»Wir werden uns das Essen teilen, da Hawkins nicht mit dir gerechnet hat«, sagte er. »Bist du hungrig, Rosalind?«

Sie kam um vor Hunger. »Ja«, antwortete sie.

Armond nahm einige Scheiben Schinken und Käse sowie einen kalten Hähnchenschenkel von einer Platte, richtete alles hübsch auf seinem Teller an und nahm sich dazu ein großes Stück feines weiches Brot. Dann hob er einen Kelch an seine Lippen und trank einen Schluck, bevor er Rosalind den Kelch anbot.

Die Atmosphäre war ungemein intim. Rosalind nahm den Kelch und trank daraus. Ihr leerer Magen sorgte dafür, dass der süße Wein ihr sofort zu Kopf stieg.

»Es gibt Angelegenheiten, die wir besprechen sollten«, meinte Armond.

Ganz recht, dachte Rosalind. Wie zum Beispiel die Frage, was er von ihr erwartete und was sie in Bezug auf Franklin zu tun gedachten. Und dann war da auch noch die Sache mit ihrer Stiefmutter. Rosalind hätte ihre Verpflichtung der alten Dame gegenüber fast vergessen.

»Ich muss auch weiter meine Stiefmutter besuchen«, sagte sie. »Ich muss sie regelmäßig sehen. Ich rechne nicht damit, dass sie noch sehr lange leben wird.«

Armond nahm sich ein Stückchen Schinken, bevor er wieder nach dem Weinkelch griff. »Du darfst das Nachbarhaus nicht wieder betreten, solange ich nicht bei dir bin oder du dir nicht völlig sicher sein kannst, dass dein Stiefbruder nicht zu Hause ist«, erklärte er.

»Ja«, stimmte Rosalind ihm zu. »Ich will nicht mehr mit ihm allein sein. Nie wieder.«

»Und auch, wenn du ausgehen möchtest oder an einer Gesellschaft teilzunehmen wünschst – was nun, da du meine Frau geworden bist, falls überhaupt, wahrscheinlich leider nur sehr selten vorkommen wird –, werde ich dich zu diesen Anlässen begleiten. Wenn du einkaufen möchtest, kann auch Hawkins dich begleiten. Ich möchte nicht, dass du das Gefühl hast, als wärst du nun meine Gefangene, Rosalind. Ich will dich nur beschützen, so wie ich es mir zu tun geschworen habe.«

Er klang viel steifer, als er bisher je mit ihr gesprochen hatte. Steif, aber galant. »Und was ist mit unserer Ehe?«, erkundigte sie sich tapfer. »Was für eine Art von Ehe wird es sein?«

Das Kerzenlicht spiegelte sich in seinen Augen wider, als er seine langen Wimpern hob und Rosalind ansah. »Du möchtest wissen, ob ich von dir erwarte, dass du das Bett mit mir teilst?«

An der Hitze, die in ihre Wangen stieg, spürte sie, dass sie errötete. Aber na ja, natürlich wollte sie das wissen. »Ja«, antwortete sie.

Er strich sehr langsam mit einem Finger über den Rand des Kelchs, während er sie ansah. »Nein.«

Fasziniert von der verführerischen Art, mit der er diesen Kelch befingerte, zwang sie sich, ihren Blick zu seinen Augen zu erheben. »Nein?«

Er lächelte ein wenig, woraufhin ihr bewusst wurde, dass sie wohl ein bisschen enttäuscht geklungen hatte.

»Nicht heute Nacht oder überhaupt niemals?«, versetzte sie.

»Ich denke mal, das liegt bei dir«, erwiderte er. »Würde ich eheliche Rechte von dir fordern, solange ich für dich noch wie ein Fremder bin? Nein. Aber würde ich zu unfairen Mitteln greifen, um diese Rechte zu erlangen? Zweifelsohne, meine Liebe.«

»Und was ist mit Kindern?«, fragte Rosalind, etwas gereizt angesichts seiner letzten Worte. Irgendwie hatte sie das Gefühl, dass er sogar zu sehr unfairen Mitteln greifen konnte, wenn er wollte.

»Kinder kommen nicht in Frage«, erwiderte Armond. Dann

wandte er seinen Blick von ihr ab und murmelte: »Und vom Tag an, als sie ihren Fluch aussprach, wird er von Kind zu Kindeskindern weitergegeben werden.«

Er sprach so leise, dass sie seine Worte kaum verstand. »Was hast du gesagt?«

Er richtete seinen Blick wieder auf sie, trank einen weiteren Schluck Wein und starrte sie über den Rand des Kelches an. »Würdest du Chapman zutrauen, dass er einen Mord begeht?«

Rosalind verschluckte sich beinahe an dem Bissen Huhn, den sie gerade im Mund hatte, und würgte ihn ungekaut hinunter. »Einen Mord?«

Armond reichte ihr den Wein. »Ich glaube, dass er Bess O'Conner getötet oder ihr zumindest die Verletzungen zugefügt hat, die zu ihrem Tod geführt haben. Ich glaube, dass er mir die Tote, die heute Morgen auf meinem Besitz gefunden wurde, untergeschoben hat, um es mir heimzuzahlen, oder vielleicht auch, um mich aus dem Weg zu räumen.«

»Aber was könnte er dir so sehr übel nehmen, um etwas derart Schreckliches zu tun?«

Er zuckte mit den Schultern. »Ich glaube, es hängt mit dir zusammen. Vielleicht dachte er, du würdest dich irgendwann um Hilfe an mich wenden. Oder vielleicht bin ich auch einfach nur eine leichte Zielscheibe für sein Spiel. Dass Bess O'Conner in meinen Stallungen gefunden wurde, kann ich mir eigentlich nur so erklären, dass sie versucht hat, Zuflucht bei mir zu suchen.«

Rosalind trank noch ein Schlückchen Wein, als sie über Armonds Vermutungen nachdachte. Sie klangen durchaus einleuchtend. Franklin war grausam, boshaft und gehässig, aber war er auch ein Mörder? Bei dem Gedanken schauderte es Rosalind. »Ich weiß nicht«, antwortete sie. »Ich weiß nur, dass ich Angst vor ihm hatte, dass er sehr zornig werden und seine Wutanfälle manchmal nicht beherrschen kann. Dennoch möchte ich mir nicht mal vorstellen, dass er dazu fähig wäre, eine … eine Frau zu töten.«

»Vielleicht irre ich mich ja«, sagte Armond. »Aber das glaube ich eigentlich nicht. Wie würdest du dich fühlen, wenn ich den Beweis erbringen könnte, dass dein Stiefbruder die Morde begangen hat, in die ich selbst verwickelt worden bin?«

Rosalind war sich nicht sicher. Ihrer Stiefmutter wegen würde es ihr furchtbar leidtun, aber andererseits schien die alte Dame ja sowieso kaum noch zu wissen, was um sie herum geschah. Rosalind nahm an, dass es ihrer Verbindung zu Franklin wegen natürlich auch ihrem eigenen Ruf schaden würde, obwohl – auch das hätte sie schon beinahe vergessen –, ihr eigener Ruf ja ohnehin kein Thema mehr war. Sie war erstaunt, dass dieser Umstand ihr kaum etwas ausmachte. Jemand wie Lady Amelia Sinclair wäre wahrscheinlich am Boden zerstört, wenn sie gesellschaftlich gemieden würde, egal, wie tapfer die junge Frau sich vielleicht auch geben mochte.

»Wie gedenkst du zu beweisen, dass Franklin schuldig ist?«, fragte sie Armond. »Und wann werden wir ihn mit unserer Eheschließung konfrontieren? Er wird inzwischen sicher längst gemerkt haben, dass ich nicht zu Hause bin.«

Armond biss in sein Brot. »Wir werden uns morgen früh mit ihm auseinandersetzen. Ich war überrascht, dass er uns nicht bereits erwartet hat. Und was den Beweis für seine Schuld betrifft, so werde ich ihn auf Schritt und Tritt verfolgen und ihn irgendwann auf frischer Tat ertappen.«

Rosalind stockte der Atem. Sie hasste die Aussicht, Franklin gegenübertreten zu müssen, obwohl ihr natürlich klar war, dass das unvermeidbar sein würde. Außerdem machte sie sich große Sorgen über Armonds Pläne, ihren Stiefbruder zu beschatten. »Franklin zu bespitzeln könnte sehr gefährlich sein«, gab sie mit sorgenvoller Miene zu bedenken. »Falls mein Stiefbruder in der Tat so tief gesunken sein sollte, eine Frau zu ermorden, hätte er gewiss auch keinerlei Bedenken, einen Mann zu töten.«

»Das ist mir durchaus bewusst«, versicherte Armond. »Doch

ungeachtet deines ersten Eindrucks von mir bin ich alles andere als ein Feigling, Rosalind.«

Die Erinnerung an jene erste Nacht mit ihm ließ sie wieder heiß erröten. Wahrscheinlich hatte sie ihn doch völlig falsch eingeschätzt. »Ich weiß jetzt, dass du nur – im Gegensatz zu mir – vernünftig warst«, gab sie zu.

Er streckte eine Hand aus und strich mit dem Daumen über ihre Lippen, die noch feucht vom Wein waren. »Ich wollte es eigentlich gar nicht sein«, gestand er und hob seinen Daumen dann an seinen eigenen Mund und nahm ihn zwischen seine Lippen.

Und plötzlich wusste Rosalind, dass er wirklich *nicht* fair spielen würde. Er hatte mit seinen Verführungskünsten bereits begonnen … Er hatte sie schon in jener ersten Nacht eingesetzt, in der sie ihm begegnet war. Sie fühlte sich körperlich zu ihm hingezogen – es wäre sinnlos, sich etwas anderes einreden zu wollen –, aber sie brauchte mehr. Sie wollte und verdiente mehr, und auch Armond verdiente mehr. Doch wie sollte sie ihm das begreiflich machen?

»Pardon, Mylord, aber Lord Gabriel ist soeben eingetroffen.«

Überrascht blickte Rosalind auf und drehte sich zu Hawkins um, der lautlos eingetreten war.

»Gabriel?« Auch Armond schien überrascht. »Was tut mein Bruder hier?«

»Ich nahm mir die Freiheit heraus, Eure Brüder holen zu lassen, nachdem man Euch heute Morgen festgenommen hatte«, antwortete Hawkins. »Ich dachte, Ihr hättet sie wahrscheinlich gerne hier.«

Seinem Gesichtsausdruck nach zu urteilen schien Armond das genaue Gegenteil zu denken. »Dann schick ihn herein«, erwiderte er seufzend.

Während Armond nach dem Kelch griff und ihn in einem Zug leerte, saß Rosalind da und starrte auf die Tür. Sie hörte langsam näher kommende Schritte. Dann betrat ein Mann den Raum, ein blonder Hüne, der genauso groß wie Armond war, von seiner kräftigen Statur her aber eher einem Bauernburschen oder Landarbeiter glich.

Rosalind konnte gar nicht anders, als ihn verwundert anzustarren. Gabriel Wulf erschien ihr wie ein sehr viel weniger distinguierter Mann als sein ältester Bruder, aber was ihm an Schliff fehlen mochte, machte er durch sein auffallend gutes Aussehen und seine markanten Gesichtszüge mehr als wieder wett. Er trug einen Backenbart, der ein starkes Kinn beschattete, das wie aus Granit gemeißelt aussah. Sein Haar war dunkler als Armonds, mehr rötlichblond als blond, aber durchsetzt mit einigen solch hellen Strähnen, dass sie im Kerzenlicht fast weiß erschienen. Allein die Kraft seiner Präsenz raubte ihr nahezu den Atem.

»Was zum Teufel ist heute Morgen geschehen, und wie …«

Der Mann unterbrach sich mitten im Satz, als er Rosalinds gewahr wurde.

»Gabriel«, begrüßte Armond ihn ein bisschen kühl. »Das ist Lady Rosalind, meine Frau. Rosalind, das ist Lord Gabriel.«

»Deine Frau?«, versetzte der Mann, ohne Rosalind auch nur einen Blick zu widmen. »Bist du jetzt vollkommen verrückt geworden?«

»Geh schon mal in mein Arbeitszimmer«, wies Armond seinen Bruder an. »Ich komme in ein paar Minuten nach.«

»Aber wann hast du diese Frau geheiratet? Und warum in Herrgotts Namen solltest du so etwas tun? Wir hatten doch ausgemacht …«

»Gabriel«, sagte Armond warnend. »Begrüß meine Gattin, wie es sich gehört, und geh.«

Man merkte sofort, dass Armond der Älteste war. Sein Bruder schien sich plötzlich wieder seiner Manieren zu entsinnen, da er tatsächlich unverzüglich die Schultern straffte und ein paar Schritte weiter ins Zimmer trat.

»Lady Wulf«, begrüßte er Rosalind dann knapp, während er sich steif vor ihr verbeugte.

»Ihr dürft mich Rosalind nennen«, bot sie ihrem neuen Schwager lächelnd an.

Aber er erwiderte ihr Lächeln nicht. »Wenn Ihr es wünscht«, erwiderte er in einem Ton, der noch immer ohne jede Wärme war. Nach einem weiteren finsteren Blick auf seinen Bruder wandte er sich ab und ging hinaus.

»Gabriel hat keine Manieren«, sagte Armond. »Er verbringt zu viel Zeit auf dem Land. Das Gut ist seine einzig wahre Liebe. Er würde sich zu Tode schuften, wenn Jackson nicht da wäre, um ihn zum Essen und hin und wieder einer Partie Karten mitzuschleppen.«

Rosalind hatte das Gefühl, dass ihre Ehe keinen guten Anfang nahm. »Ich würde mich jetzt gern zurückziehen«, sagte sie, denn jetzt, wo der Wein seine Wirkung getan hatte, merkte sie, wie erschöpft sie war.

»Hawkins wird dir dein Zimmer zeigen.« Armond erhob sich, zog ihren Stuhl zurück und reichte ihr die Hand, um ihr beim Aufstehen zu helfen. Als sie ein bisschen schwankte, zog er sie an sich. Rosalind schaute zu ihm auf. In seinen Augen lag wieder dieses eigenartige Funkeln. Vielleicht sah es im Schein der Kerzen aber auch nur so aus.

»Gute Nacht, Rosalind.«

Armond hielt den Kopf so tief gesenkt, dass seine Lippen fast die ihren streiften. Auch sie senkte ganz unbewusst die Lider und lehnte sich an ihn, selbst ein wenig überrascht darüber, dass sie ihn mit ihrer Reaktion geradezu zu einem Kuss einlud. Und sie war sogar noch überraschter, als sich ihre Lippen gierig unter den seinen öffneten. Der Wein verbunden mit ihrer Erschöpfung ließ sie ihren Vorsatz, sich ihm nicht auszuliefern, schlicht und ergreifend vergessen.

Seine Lippen strichen spielerisch für einen Moment über ihre, bevor er sie dann endlich richtig küsste. Der Wein war nichts, verglichen mit der Macht seines Mundes an dem ihren, dem sanften Eindringen seiner warmen Zunge, dem wohligen Gefühl seiner starken Hände, die über ihren Rücken glitten und die ihre Hüften an die seinen pressten.

Sie wusste, dass er erregt war, da sie seine pulsierende Härte an sich spüren konnte. Doch das beunruhigte sie weniger, als dass es sie vielmehr selbst ungemein erregte. Ihr Körper schmiegte sich wie von selbst an ihn, ihre Hände glitten seine Brust hinauf und legten sich um seinen Nacken, ihre Finger schoben sich unter sein dichtes Haar.

»Ich erinnere mich«, murmelte er an ihren Lippen. »Ich erinnere mich noch, wie du dich anfühlst und wie süß du schmeckst. Du verfolgst mich bis in meine Träume.«

Auch sie erinnerte sich ... an das Gefühl seiner heißen Lippen an ihren Brüsten, an die Art, wie ihre Brustspitzen sich aufgerichtet hatten und an das aufregende Prickeln zwischen ihren Schenkeln. Sie wollte seine Hände wieder auf ihrer nackten Haut und seinen Mund auf ihren Brüsten spüren. Sie wollte alles, was sie in jener ersten Nacht miteinander getan hatten, und noch viel mehr als das ...

Ein lautes Räuspern ließ sie erschrocken auseinanderfahren. Hawkins stand in der Tür. »Lord Gabriel wird ungeduldig und bat mich nachzusehen, warum Ihr noch nicht zu ihm gekommen seid. Ich habe Myladys Zimmer vorbereitet. Sollte ich sie jetzt also vielleicht hinaufbegleiten?«

Ach du liebe Güte, dachte Rosalind, ich muss wirklich sehr betrunken sein. Ansonsten hätte sie es auf keinen Fall zwischen ihr und Armond zu derartigen Intimitäten kommen lassen, hatte sie doch vorhin noch festgestellt, dass sie mehr als körperliche Lust von ihm brauchte. Sie fragte sich, ob ihr Körper diese Botschaft vielleicht einfach nicht empfangen hatte. Oder ob Armond tatsächlich ein so unwiderstehlich guter Verführer war. Es kostete ihn jedenfalls nicht die kleinste Mühe. Er brauchte nur im selben Raum mit ihr zu sein und sie zu küssen, und schon vergaß sie sich.

»Ich fände es freundlich, wenn Sie mich begleiten, Hawkins«, sagte sie und ging dann auf den Diener zu. »Gute Nacht, Armond«, fügte sie hinzu, ohne sich jedoch noch einmal nach ihm umzusehen.

Sie spürte seinen eindringlichen Blick auf ihrem Rücken, aber nicht scharf wie ein Messer, sondern warm und zärtlich wie ein Streicheln. Er erwiderte nichts, und sie eilte Hawkins nach wie ein vor dem Feind davonlaufender Feigling, der es auf einen Streit angelegt, aber dann sehr schnell begriffen hatte, dass er nicht gewinnen konnte. Der Weg die Treppe in den ersten Stock hinauf half ihr ein wenig, ihren Kopf zu klären, die träge Hitze, die Armond in ihr ausgelöst hatte, aus ihren Gliedern zu vertreiben und ihre Gedanken wieder auf den rechten Weg zu bringen.

Hawkins öffnete eine Tür, und Rosalind folgte ihm in einen großen Raum, der sehr geschmackvoll eingerichtet war, auch wenn die Möbel recht altmodisch waren. Die Tür zum angrenzenden Zimmer ließ darauf schließen, dass dies hier früher einmal das Schlafzimmer von Armonds Eltern gewesen war. Falls das Haus ihnen tatsächlich einmal gehört hatte. Aber das würde sie Armond fragen müssen.

Ein erst gerade angezündetes Feuer brannte im Kamin, und Rosalind rieb sich ihre Arme, da es immer noch ziemlich kalt im Zimmer war. Eins von Armonds Hemden lag auf dem Bett bereit. Rosalind warf Hawkins einen fragenden Blick zu, da sie sich nicht sicher war, was dieses Hemd dort sollte.

»Wie ich sah, habt Ihr kein Gepäck, Mylady. Lord Wulfs Hemd ist das Beste, was ich Euch anstelle eines Nachtgewandes bieten kann. Ich hoffe, es wird für die heutige Nacht genügen.«

»Das wird es ganz bestimmt«, erwiderte Rosalind. »Und danke, dass Sie so freundlich waren, daran zu denken.«

»Wir haben hier leider keine Kammerzofe«, informierte Hawkins sie. »Doch falls Ihr es wünscht, bin ich Euch gern behilflich.«

Wie immer sah er vollkommen ernsthaft aus und behielt sogar seine gleichmütige Miene bei. Rosalind konnte sich diesen sauertöpfischen Mann beim besten Willen nicht in der Rolle einer Kammerzofe vorstellen.

»Ich komme schon zurecht«, versicherte sie ihm.

»Wäre das dann alles, Lady Wulf?«

»Ja – und danke, Hawkins.«

Nach einer angedeuteten Verbeugung wandte er sich in Richtung Tür. »Ich kann Euch morgen früh ein Bad bereiten und hinaufbringen lassen. Wäre Euch das recht, Mylady?«

»Sehr«, antwortete sie und wünschte, sie könnte noch an diesem Abend ein Bad nehmen, aber die Mühe wollte sie dem Mann zu dieser späten Stunde nicht mehr zumuten. »Gute Nacht, Hawkins.«

Wieder verneigte er sich leicht, bevor er endgültig den Raum verließ. Erst als er gegangen war, wurde Rosalind die Ungeheuerlichkeit ihrer Situation bewusst. Sie war verheiratet. Verheiratet mit Armond Wulf. Und lebte nun in seinem Haus. Sie trat vor den Kamin, um ihre Hände über dem Feuer zu wärmen. Dabei glitt ihr Blick zu der angrenzenden Tür. Es war kein Schloss daran zu sehen. Aber selbst wenn es eins gäbe, könnte sie Armond nicht aussperren. Er war ihr Ehemann. Und um es positiv zu betrachten, war Armond Wulf allemal besser als dieser abscheuliche Viscount Penmore …

Der Gedanke führte ihr erneut die Realität ihrer Situation vor Augen. Franklin würde wütend sein, dass es ihr gelungen war, seine Pläne für sie letztendlich doch noch zu durchkreuzen. Und Penmore! Wahrscheinlich würde auch er zutiefst erbost darüber sein, dass er sie nun nicht mehr zur Frau bekommen würde, und wenn auch nur, weil er es gewöhnt war zu bekommen, was er haben wollte. Würde er nun das Geld zurückfordern, das Franklin ihm schuldete, und ihren Stiefbruder ins Gefängnis bringen? Das wäre eine erfreuliche Möglichkeit. Denn dann würden sie und Armond sich wenigstens nicht mit Franklin auseinandersetzen müssen.

Rosalind fragte sich, wie es ihrem Ehemann gerade mit seinem eigenen Bruder ergehen mochte. Lord Gabriel hatte alles andere als erfreut gewirkt, als er die Nachricht von der Heirat seines Bruders hörte.

12. Kapitel

»Ich frage dich noch einmal. Hast du den Verstand verloren?« Armond schenkte seinem Bruder ein Glas Brandy ein, durchquerte das Arbeitszimmer, um Gabriel, der es sich in einem Ledersessel vor Armonds Mahagonischreibtisch bequem gemacht hatte, das Glas zu reichen. Dann setzte er sich in den Sessel neben seinem Bruder.

»So heißt es doch zumindest, oder?«, entgegnete er trocken. Dann seufzte er, stützte die Ellbogen auf die Knie und fuhr sich mit der Hand über das Gesicht. »Es ist eine komplizierte Geschichte, Gabriel. Rosalind lebt im Nachbarhaus – oder besser hat dort zumindest gelebt. Bei zwei Gelegenheiten habe ich sie in ihrem Schlafzimmer besucht, und eine dieser Gelegenheiten war zufällig gestern Nacht. Ich habe die ganze Nacht mit ihr verbracht, aber nur, um sie zu trösten«, fügte er hinzu. »Und als ich dann heute Morgen nach Hause kam, erwarteten mich zwei Polizeibeamte mit einer weiteren Frauenleiche in meinem Stall.«

»Aha«, sagte Gabriel. »Dann ist deine Nachbarin also dein Alibi?«

»Sie ist bei der Polizei aufgetaucht, ohne mich zu fragen«, berichtete Armond. »Sie hat sich vollkommen für mich ruiniert, obwohl sie und ich nicht einmal intim gewesen waren … oder zumindest doch nicht *so* intim. Was konnte ich also anderes tun, als sie zu heiraten?«

Gabriel schnaubte. »Spielst du immer noch den Kavalier, Armond? Wozu? Das macht doch keinen Unterschied für die Gesellschaft. Die, mit denen unsere Eltern einst so gut befreundet waren, fallen uns heute mit Vergnügen in den Rücken. Jede Herde braucht ihr schwarzes Schaf. Ansonsten würden sie sich in ihrem unbedeutenden kleinen Leben zu Tode langweilen.«

Und Armond hatte geglaubt, *er* sei der Zyniker in der Familie. Er richtete sich etwas gerader auf und rieb sich den Nacken. »Da ist noch mehr in Bezug auf Rosalind. Ich vermute stark, dass ihr Stiefbruder die Schuld am Tod von Bess O'Conner trägt, und auch am Tod der Frau, die er mir heute Morgen als Überraschung dagelassen hat. Er hat Rosalind nicht nur misshandelt, sondern zudem auch noch versucht, sie dazu zu zwingen, einen miesen Burschen namens Penmore zu heiraten. Sie benötigt meinen Schutz.«

Gabriel schüttelte den Kopf. »Du kannst es dir nicht leisten, den Galan zu spielen, Armond. Keiner von uns kann noch der Kavalier sein, zu dem unsere Eltern uns erzogen haben, weil wir nicht mehr die sind, die wir einmal waren. Du bist schon halb in sie verliebt, das kann ich sehen. Wer wird deine Frau vor *dir* beschützen, Armond?«

Gabriels Frage traf Armond bis ins Mark. Wie hatte er auch nur einen Augenblick lang glauben können, er könnte Rosalind eine bessere Zukunft bieten, als die, die im Haus ihres Bruders oder an Penmores Seite vor ihr lag? Er würde sie nicht schlagen. Und er würde sich ihr auch nicht aufdrängen. Aber wenn es ihn überkommen sollte, dann würde er sie womöglich sogar umbringen. Er durfte sich nicht verlieben; mehr gab es dazu nicht zu sagen. Er konnte sie nicht lieben. Nie und nimmer.

»Was geschehen ist, ist geschehen«, sagte er zu Gabriel. »Es lässt sich nicht mehr rückgängig machen. Ich werde Rosalind Zuflucht geben, und ich werde ihren Stiefbruder jagen, wie der Wolf in mir ihn jagen will. Zumindest werde ich ein falsches Gerücht über uns Brüder widerlegen.«

Gabriel stand auf und ging zur Bar, um sich nachzuschenken. »Wir haben noch ein weiteres Problem. Jackson ist verschwunden.«

Armond nahm an, dass sein jüngerer Bruder einfach nur zu wild darauf gewesen war, die Londoner Bordelle zu besuchen, um vorbeizuschauen und zu fragen, ob Armond schon wegen

Mordes zum Tod durch den Strang verurteilt worden war. »Seit wann wird er vermisst?«

»Seit kurz nach deiner Abreise. Ich dachte, er hätte beschlossen, dir nachzufahren, und vermutete ihn hier, doch Hawkins sagte mir, dass er Jackson nicht mehr gesehen hat, seit du nach Hause zurückgekehrt bist.«

»Das ist richtig, seitdem habe auch ich ihn nicht gesehen«, sagte Armond. Jackson bereitete ihm große Sorgen. Sein kleiner Bruder war der Grund, warum die Brüder Wulf einen so schlechten Ruf hatten. Er war ein eitler, arroganter Schürzenjäger, der bedauerlicherweise viel zu viel Geschmack am Alkohol gefunden hatte, seit er vor acht Monaten von einem Auslandsaufenthalt zurückgekehrt war. Er hatte keinerlei Interesse an dem Landgut. Außer für Alkohol und Frauen interessierte er sich auch sonst offenbar für kaum etwas.

»Ich wollte dir nichts davon sagen, solange ich keine Beweise hatte, die ich leider noch nicht habe, aber ich glaube, dass Jackson irgendetwas zugestoßen ist, als er im Ausland war. Etwas, das ihn unwiderruflich verändert hat«, sagte Gabriel.

Armond gefror das Blut in den Adern. »Du glaubst, es hat ihn übermannt?«

Gabriel ließ sich wieder in den Sessel sinken. »Er scheint jedenfalls eine Menge Zeit in den Wäldern hinter dem Landgut zu verbringen. Besonders, wenn wir Vollmond haben.«

Armond schoss plötzlich ein Gedanke durch den Kopf. Ein Gedanke, von dem er wünschte, er wäre ihm nie gekommen. Jackson war hier in ihrem Stadthaus gewesen, als die erste Leiche entdeckt worden war. Nun war eine weitere Tote gefunden worden, und Jackson wurde vermisst und lief vielleicht in London Amok. Armond gefiel dieser Gedanke nicht. Er gefiel ihm ganz und gar nicht.

»Wir müssen ihn finden«, sagte er. »Wir werden uns gleich morgen früh auf die Suche nach ihm machen.«

Gabriel nickte. Dann richtete er einen vielsagenden Blick zur Zimmerdecke. »Und was ist mit deiner Frau dort oben, die allein in ihrem Zimmer sitzt und auf ihren Bräutigam wartet? Was für eine Art von Ehe kannst du mit dieser Frau führen, Armond? Was für eine Art von Ehe kann schon irgendeiner von uns führen?«

»Es ist nur eine Vernunftehe«, erklärte Armond. »Mehr nicht.«

Gabriel lachte spöttisch. »Na ja, vernünftig scheint das Fräulein ja zu sein. Und auch sehr hübsch, wie ich bemerkte.«

»Vielleicht solltest du nicht so viel an ihr bemerken.« Armonds Stimme hörte sich schon beinahe wie ein Knurren an. Er wandte den Blick ab, als er die überraschte Miene seines Bruders sah. »Rosalind ist *mein* Problem. Ich werde mich schon um sie kümmern.«

»Vergiss nur nicht, was unserem Vater passiert ist, als seine Vernunftehe sich in mehr verwandelte, sogar nach all diesen Jahren des Zusammenlebens mit unserer Mutter noch. Du warst genauso dort wie jeder andere von uns. Willst du dich in so etwas verwandeln?«

Armond erinnerte sich nur allzu gut daran. Und nein, er wollte sich ganz bestimmt nicht in … *so etwas* verwandeln. »Wenn wir Jackson finden, möchte ich, dass ihr beide unverzüglich auf das Gut zurückkehrt. Ich werde meine eigenen Gefechte austragen.«

»Womöglich ist es das ja«, sagte Gabriel ruhig. »Dieses eine Gefecht, das uns vielleicht alle retten könnte.«

Daran hatte Armond noch gar nicht gedacht – an das Rätsel in dem Gedicht, das der erste vom Fluch betroffene Wulf seinen Nachkommen hinterlassen hatte. Armond hatte sich nicht auf die Suche nach dem Feind gemacht, aber vielleicht hatte der Feind ja den Entschluss gefasst, zu ihm zu kommen?

»Gute Nacht, Bruder.« Gabriel stand auf. »Es wäre schön, wenn ich dich jetzt auf meinen Schultern die Treppe hinauftragen und dich mit guten Wünschen bei deiner Braut abliefern könnte. Aber das kann ich leider nicht. Wir sind keine normalen Männer, Armond. Sorg also dafür, dass sie dich das nicht vergessen lässt mit ihren vollen roten Lippen und ihren ausdrucksvollen veilchenblauen Augen.«

Armond erwiderte nichts, und sein Bruder erwartete auch offensichtlich keine Antwort. Als er das Arbeitszimmer verließ, blickte Armond wie Gabriel kurz zuvor zur Zimmerdecke auf. Er hatte Rosalind gesagt, ob sie sein Bett teilen würde oder nicht, sei ihre eigene Entscheidung, aber er fragte sich nun doch, ob er auf seiner Seite der Tür bleiben konnte, die ihre Zimmer miteinander verband. Er fragte sich, ob es ihm gelingen würde, ihr zu widerstehen, und das sogar schon in der kommenden Nacht.

Das Bad war wundervoll, es fehlte nur die parfümierte Seife, die Rosalind leider nicht dabeihatte. Hawkins hatte ihr ein Stück Seife gegeben, die nach Armond roch. Und einem Hauch von Sandelholz. Na ja, dachte sie, sie würde sich wohl damit begnügen müssen, bis sie ihre Sachen von nebenan herüberholen konnte. Sie erschauderte bei dem Gedanken, Franklin gegenüberzutreten. Sie würde keins von den Kleidungsstücken mitnehmen, die er für sie hatte anfertigen lassen, als sie nach London gekommen war. Die Kleider waren ohnehin nicht nach ihrem Geschmack. Sie sollten nur ihre Figur zur Geltung bringen und dienten ausschließlich dazu, die Männer zu betören – und einen von ihnen vielleicht zu einer Ehe zu verleiten.

Und nun hatte sie das Gefühl, als ob ihr genau das schließlich auch gelungen wäre. Und sie war sich nicht sicher, ob Armond Wulf der Typ Mann war, den eine Frau als guten Fang betrachten konnte. Seine Stimme war kalt gewesen, als er gesagt hatte, dass er sie nicht liebte – und sie auch niemals lieben würde –, und doch entstand sofort diese fieberhafte Hitze zwischen ihnen, wenn er sie küsste oder sie berührte. In der vergangenen Nacht war sie irgendwann aufgewacht und hatte das Gefühl gehabt, als würde jemand über ihr stehen und auf sie herabstarren.

Im Nachhinein erinnerte sie sich jedoch nur noch verschwommen daran, als hätte sie es vielleicht nur geträumt, aber als sie im Dunkeln die Augen geöffnet hatte, hatte sie die Silhouette eines Mannes und statt seiner Augen zwei bläulich glühende Punkte in der Dunkelheit gesehen. Wieder durchlief sie ein Frösteln, und sie spürte, dass das Badewasser inzwischen kalt geworden war. So griff sie schnell nach dem Handtuch, das Hawkins für sie bereitgelegt hatte, stand auf und hüllte sich rasch in das weiche Frottee ein. Sie wollte sich gerade abtrocknen, als die Verbindungstür zum Nebenzimmer plötzlich aufging.

Ihr Blick begegnete dem ihres Ehemanns. Er errötete weder, angesichts der Tatsache, dass er ihre Privatsphäre verletzt hatte, noch wandte er sich taktvoll ab. »Entschuldige die Störung, Rosalind«, sagte er nur. Sein Blick glitt langsam über ihren Körper, verweilte einen Moment auf ihren nackten Beinen und suchte schließlich wieder ihr Gesicht. »Es wird Zeit, nach nebenan zu gehen und deine Sachen zu holen. Danach habe ich noch etwas anderes zu erledigen.«

Rosalind vergaß für einen Moment, dass sie nur notdürftig bekleidet war. »Nach nebenan? Heute Morgen?«

Er trat noch weiter in den Raum. »Ich habe dir doch gestern Abend schon gesagt, dass dies der erste Punkt auf unserer Tagesordnung ist. Du brauchst schließlich deine Sachen.«

»Vielleicht könnte ich ja auch einfach für den Rest meines Lebens immer nur dasselbe Kleid tragen«, sagte sie. »Und in deinen Hemden schlafen.«

Armond ging zum Bett, auf dem sie sein Hemd abgelegt hatte, hob es auf und legte es, nachdem er es einen Moment an sein Gesicht gehalten hatte, wieder hin. »Ich bin nicht arm,

Rosalind. Ich kann dir alles neu bestellen, wenn du willst. Ich dachte nur, du hättest vielleicht persönliche Dinge, die dir wichtig sind.«

»Mir ist kaum etwas Persönliches geblieben.« Rosalind schlang das Handtuch noch ein wenig fester um ihren Körper. Sie hätte weinen können, als sie vor zwei Monaten ihre Schmuckkassette geöffnet hatte, um zwei Perlenohrringe herauszunehmen, die einmal ihrer Mutter gehört hatten, und feststellen musste, dass sie verschwunden waren. Und mit ihnen auch jeder andere Schmuck von Wert. Franklin hatte ihn versetzt, und als sie ihn deswegen zur Rede stellte, hatte er nur achselzuckend geantwortet, dass er das Geld benötigte.

»Aber ich habe noch eine silberne Haarbürste und einen Kamm, die meiner Mutter gehörten, und die würde ich tatsächlich gerne haben.«

»Hast du gut geschlafen?« Armond wechselte so schnell das Thema, dass sie völlig überrascht von seiner Frage war. »J-ja«, stammelte sie. »Würde es dir etwas ausmachen, Armond …?«, fügte sie mit einem vielsagenden Blick auf ihren nur notdürftig bekleideten Körper hinzu.

»Oh, mich stört das ganz und gar nicht«, erwiderte er, und seine sinnlichen Lippen verzogen sich zu einem kleinen Lächeln.

»Nun, mich aber schon«, sagte sie. »Ich weiß, dass ich jetzt deine Frau bin, aber ich hoffe, das bedeutet nicht, dass ich nun keine Privatsphäre mehr haben kann.«

Er kam langsam auf sie zu. »Hawkins ist schon ganz unglücklich darüber, dass wir keine Zofe für dich haben. Ich dachte, meine Hilfe würde dir vielleicht genügen, bis ich jemanden einstellen kann … vorausgesetzt, dass ich überhaupt eine Frau finde, die bereit ist, in diesem Haus zu arbeiten.«

Der Gedanke, sich von Armond beim Ankleiden behilflich sein zu lassen, ließ sie heiß erröten. Er erinnerte sie aber auch daran, wie er ihr schon einmal geholfen hatte, sich zu entkleiden.

Und deshalb wandte sie ihm rasch den Rücken zu. »Ich komme schon allein zurecht.«

Sie spürte ihn hinter sich, so nahe, dass seine Körperwärme auf ihre kühle Haut überging. Er strich ihr das Haar zur Seite und berührte mit den Lippen die empfindsame Stelle zwischen ihrer Schulter und ihrem Nacken. »Weißt du überhaupt, wie schön du bist? Wie in jeder Hinsicht geradezu vollkommen? Weißt du auch, wie sehr ich dich begehre?«

Rosalind unterdrückte das Bedürfnis, die Augen zu schließen und sich an ihn zu lehnen. Die Art, wie seine Stimme in Momenten leidenschaftlicher Erregung eine Oktave tiefer wurde, hatte eine ganz eigenartige Wirkung auf sie, fast so, als ob er sie verzaubern könnte. Sie rief sich ihre Entscheidung in Erinnerung, dass sie mehr von Armond wollte und brauchte als nur körperliche Freuden.

»Du hast gesagt, dass es meine Entscheidung wäre, ob wir intim miteinander werden«, erinnerte sie ihn, obwohl der etwas heisere Klang ihrer Stimme und das leichte Zittern ihrer Beine sie doch sehr verlegen machten. »Es scheint fast eine kleine Ewigkeit her, seit ich eigene Entscheidungen treffen konnte. Ich will mehr als das, was du mir geben willst, Armond.« Sie spürte, dass er sich nicht nur rein körperlich von ihr zurückzog, als er von ihr abrückte.

»Ich kann dir nicht mehr geben«, sagte er. »Ich habe dich nicht belogen, Rosalind. Ich habe nie versucht, dir etwas vorzumachen. Das Vergnügen, das wir einander schenken können, mag in deinen Augen zwar vielleicht nur ein jämmerlicher Ersatz für Liebe sein, aber es ist alles, was wir je zusammen haben können. Das habe ich dir bereits gesagt, bevor wir unsere Gelübde sprachen.«

Seine Aufrichtigkeit war bewundernswert. Und herzzerreißend. Rosalinds Zukunft war nach wie vor sehr ungewiss und düster. »Dann waren die Gelübde, die wir abgelegt haben, falsch«, sagte sie. »Es ist alles falsch an unserer Ehe. Da hätte ich genauso gut auch Lord Penmores Frau werden können.«

Sie war nicht darauf gefasst, als Armond urplötzlich die Hand ausstreckte und sie zu sich herumdrehte. Seine Miene war bestürzt. »Glaubst du das wirklich?«

Sofort stieg Schuldbewusstsein in ihr auf. Ihre Zukunft war längst nicht mehr so düster, wie sie es einmal gewesen war. »Nein«, gestand sie seufzend. »Es tut mir leid, dass ich das gesagt habe, Armond. Es ist einfach nur zu viel zu schnell geschehen. Ich brauche Zeit, mich daran zu gewöhnen. Ich bin sehr froh über die Vorstellung, endlich wieder meine eigenen Entscheidungen treffen zu können.«

Was sie ihm nicht sagte, war, dass sie sich zwar zum ersten Mal seit langer Zeit wieder einigermaßen sicher fühlte, sich aber auch von jemandem geliebt fühlen wollte. Rosalind wusste, sie würde alles ertragen können, was die Zukunft ihr vielleicht brachte, wenn sie nur wieder eine tiefe Beziehung zu einem anderen Menschen hätte. Eine, die erwidert wurde.

»Und deshalb wirst du auch wieder deine eigenen Entscheidungen treffen«, sagte Armond, obwohl er nicht allzu glücklich über die wirkte, die sie bereits getroffen hatte. Er ging zur Tür. »Komm zu mir ins Speisezimmer, wenn du angezogen bist. Du hast gestern Abend nicht viel gegessen. Ich habe Hawkins angewiesen, uns ein kräftiges Frühstück bereiten zu lassen. Gabriel wird uns dabei Gesellschaft leisten.«

Sie klang fast wie eine Warnung, diese letzte Feststellung.

Ihr Handtuch noch immer fest umklammernd, nickte Rosalind.

Armond ließ noch einmal langsam seinen Blick über sie wandern, bevor er endgültig den Raum verließ. Als er fort war, stieß Rosalind einen tief empfundenen Seufzer aus. Es war wirklich schwierig, Armonds Frau zu sein, aber nicht genügend Zeit gehabt zu haben, um von ihm umworben zu werden und ihn besser kennenzulernen. Sie hatte plötzlich das Gefühl, als wären sie zwei höfliche Fremde, die einander vorsichtig umtänzelten. Aber wahrscheinlich war es der Moment, wenn die Musik abbrach, über den sie sich eher Gedanken machen sollte.

Und deshalb vergegenwärtigte sie sich, dass sie im Augenblick ganz andere Sorgen hatte, und beschloss, ihre Aufmerksamkeit auf diese zu konzentrieren. Vielleicht sollte sie Armond fragen, ob er eine Pistole hatte und ob er wusste, wie man damit umging. Das Gespräch, das sie beim Abendessen gestern Nacht mit Armond geführt hatte, fiel ihr plötzlich wieder ein. War ihr Stiefbruder ein Mörder? Sie wollte es nicht glauben, dass er zu solchen Gräueltaten fähig war, aber sicher war sie sich natürlich nicht. Ein Mann, der Frauen so wenig Achtung entgegenbrachte, dass er sie sogar körperlich misshandelte, könnte durchaus auch imstande sein, sie umzubringen.

Ihr Magen knurrte und erinnerte sie daran, dass das Frühstück unten wartete. Das Frühstück und Armonds Bruder, der am vergangenen Abend alles andere als erfreut gewirkt hatte, von der Heirat seines Bruders zu erfahren. Rosalind seufzte und begann sich zurechtzumachen. Nachdem sie ihr Haar aufgesteckt hatte, zog sie die gleichen Kleidungsstücke an, die sie auch gestern schon getragen hatte. Ihre Unterwäsche war eine weitere dringende Notwendigkeit, die sie aus dem Nachbarhaus holen musste.

Sobald sie angezogen war, verließ Rosalind ihr Zimmer und begab sich in das Erdgeschoss. In der Eingangshalle hörte sie das Klappern von Geschirr und folgte diesem Geräusch ins Speisezimmer. Armond und sein Bruder saßen schon am Tisch. Keiner sprach mit dem anderen. Als würde er ihre Anwesenheit spüren, blickte Armond prompt auf.

»Komm, setz dich zu mir, Rosalind«, wies er sie an.

Er stand auf, warf seinem Bruder einen finsteren Blick zu, der Gabriel dazu veranlasste, sich ebenfalls zu erheben, obwohl ihm deutlich anzusehen war, dass er es nur widerwillig tat. Bei Tageslicht ist Gabriel sogar noch gut aussehender, aber dennoch nicht so attraktiv wie Armond, dachte Rosalind. Oder vielleicht war es auch nur die Tatsache, dass sie Armond gewogener war, was die Brüder in ihren Augen unterschied. Gabriel trug sein Haar relativ kurz, sodass es gerade noch bis zu seinem Kragen reichte. Seine Augen waren von einem lebhaften Grün, und wieder war Rosalind fasziniert von seiner eindrucksvollen Erscheinung.

»Guten Morgen, Lord Gabriel«, sagte sie, als sie zu Armond hinüberging. Ihr Mann zog ihren Stuhl für sie zurecht, und sie bemerkte, dass er auch schon einen Teller für sie hatte füllen lassen.

»Morgen«, brummte Gabriel, setzte sich und wandte sich augenblicklich wieder seinem Frühstück zu.

Ein unangenehmes Schweigen breitete sich aus. Rosalind nahm ihre Gabel und begann in ihrem Frühstück herumzustochern. Nach einem Tischgespräch bestand unter den Brüdern Wulf ganz offensichtlich kein Bedarf. Rosalind hielt es jedoch für wichtig, die Kluft zwischen ihr und Gabriel zu überbrücken, und wenn nur Armond zuliebe. Aber worüber konnte sie mit diesem grimmig dreinblickenden Mann bloß reden? Armond hatte einmal gesagt, das Landgut sei seine einzig wahre Liebe.

»Wie ist Wulfglen, Lord Gabriel?«, fragte sie. »Ich liebe das Landgut meines Vaters. Ich war sehr glücklich dort, solange ich ... solange ich dort leben konnte.« Ihr kam auf einmal der Gedanke, dass Armond nun auch für Montrose verantwortlich sein würde, selbst wenn er nicht den Titel ihres Vaters erben konnte. Der würde an ihren Erstgeborenen übergehen ... doch Armond hatte ja gesagt, sie würden keine Kinder haben.

»Es ist schön«, gab Gabriel eher widerstrebend zu. »Das Land ist gutes Ackerland, auch wenn wir dort nicht sehr viel anbauen. Aber es ist auch ausgezeichnetes Weideland für die Pferde, mit sehr viel Platz, auf dem sie sich frei bewegen können.«

»Ich liebe Pferde«, sagte Rosalind. »Am besten gefällt mir die

Araberstute in Armonds Stall. Habt Ihr sie von Geburt an aufgezogen?«

Gabriel legte seine Gabel beiseite. »Ja, das habe ich, und sie ist noch immer eine Jungstute, die noch keine Fohlen geboren hat. Armond und ich haben uns sogar schon wegen ihr gestritten. Ich wollte sie behalten, um Hengstfohlen mit ihr aufzuziehen, aber er fand, sie sei zu zierlich und würde sich sehr viel besser zum Reitpferd einer Dame eignen.«

»Sie *ist* zierlich, das stimmt«, gab Rosalind zu. »Doch sie hat einen geradezu vollkommenen Körperbau und sehr ausgeprägte Araber-Rassenmerkmale mit ihren geblähten Nüstern und der perfekten Biegung ihres Nackens. Wenn Ihr sie von einem nur wenig größeren Hengst decken lassen würdet, könntet Ihr so vielleicht Fohlen mit ihren charakteristischen Merkmalen, aber etwas stämmigerem Körperbau züchten.«

»Das ist genau das, was ich Armond vorgeschlagen habe«, sagte Gabriel, und Rosalind sah ihn endlich einmal positiv reagieren. »Siehst du, sogar Lady Wulf denkt so«, bemerkte er zu seinem Bruder.

Sie warf Armond einen Blick zu und sah einen etwas verwirrten Ausdruck auf seinem Gesicht. Das freute Rosalind, weil es ihr verriet, dass ihre Taktik, Gabriel gesprächiger zu machen, ihrem Mann gefiel.

»Rosalind gefällt diese Stute so gut, dass ich beschlossen habe, sie ihr zu schenken«, sagte Armond. »Und daher liegt es jetzt bei ihr, ob sie das Pferd einmal decken lassen möchte oder nicht. Das müsstet ihr dann schon untereinander ausmachen.«

Rosalind schüttelte den Kopf. »Du willst sie mir schenken? Nein, Armond, dazu ist sie viel zu wertvoll. Das könnte ich nicht …«

»Natürlich kannst du«, unterbrach Armond. »Du bist meine Frau. Es ist nichts daran auszusetzen, wenn ein Ehemann seiner Frau etwas schenkt, das ihr gefällt.«

Obwohl ihr Herz bei dem Gedanken, die schöne weiße Stute zu besitzen, höher schlug, sah Rosalind an Gabriels plötzlichem Stirnrunzeln, dass die Erinnerung an die Heirat seines Bruders das Gespräch verdorben hatte. Deshalb wandte sie sich wieder ihrem Teller zu, und bis zum Ende des Frühstücks herrschte kühles Schweigen.

Irgendwann erschien Hawkins mit zwei Männern, von denen Rosalind annahm, dass sie Küchenhilfen waren, die das Geschirr abräumen würden. Fall es den alten Diener ärgerte, in einem so offensichtlich von Männern dominierten Bereich plötzlich eine Frau zu haben, ließ er es sich jedenfalls nicht anmerken. Er bedachte sie alle drei gleichermaßen mit seinem undurchdringlichen Blick, bevor den beiden Burschen Anweisungen erteilte. Armond erhob sich und zog ihren Stuhl für sie hervor.

»Es wird Zeit, deine Sachen abzuholen, Rosalind.«

Ihr Magen verkrampfte sich bei dem Gedanken. »Hast du eine Pistole, Armond? Ich habe keine Ahnung, wie mein Stiefbruder reagieren wird. Ich fürchte, dass es, falls er nicht sogar versucht, dich zu erschießen, zumindest doch zu Handgreiflichkeiten kommen wird.«

»Ich leihe dir meine Fäuste.« Plötzlich kam wieder Leben in Gabriel. »Wir Wulfs kümmern uns um einander.«

»Ich hätte wirklich nichts dagegen, wenn du mir den Rücken deckst«, sagte Armond zu seinem Bruder.

Gabriel stand auf der Stelle auf, und zu dritt verließen sie das Speisezimmer. Je näher sie der Eingangstür kamen, desto aufgeregter wurde Rosalind. Armond, sah sie, wirkte kein bisschen nervös, sondern einfach nur entschlossen. Über die Schulter warf sie einen Blick auf Gabriel. Er schien sogar fast schon erfreut über die Möglichkeit, dass es zu einer Auseinandersetzung kommen könnte.

Hawkins hielt ihnen die Tür auf. Draußen erwartete sie herrlicher Sonnenschein, was so gar nicht zu Rosalinds mittlerweile düsterer Stimmung passen wollte. Sie waren noch keine zwei Schritte weit gekommen, als eine Kutsche vorfuhr und Franklin und Penmore ausstiegen. Als Franklin Rosalind mit Armond sah, lief sein Gesicht rot an, und er stürmte wütend auf sie zu.

»Ihr gebt jetzt auf der Stelle meine Stiefschwester heraus!«, schrie er. »Ihr hattet kein Recht, sie mir zu nehmen!«

Statt etwas zu sagen, marschierte Armond geradewegs auf Franklin zu und versetzte ihm einen Faustschlag ans Kinn. Ihr Stiefbruder taumelte zurück und hatte sich kaum wieder gefangen, als Armond ihm auch schon einen zweiten Schlag verpasste.

»Ich sollte Euch umbringen!«, hörte sie Armond sagen. »Und das werde ich auch tun, falls Ihr es jemals wieder wagt, sie anzufassen!«

»Also, ich muss schon sagen, Wulf!«, stammelte Penmore und trat einen Schritt vor.

Gabriel, der neben Rosalind gestanden hatte, trat neben seinen Bruder. »Was habt Ihr gesagt?«, fragte er in gedämpftem Tonfall.

Penmores rundes Gesicht lief puterrot an, und er trat schnell einen Schritt zurück.

»Feigling«, fauchte Franklin den Viscount an.

»Nenn mich ruhig feige, aber mit diesem Hünen kannst du dich wirklich gerne allein anlegen, Chapman.« Und damit eilte Penmore auch schon zurück zur Kutsche, stieg hinein und schlug die Tür hinter sich zu.

Von der Feigheit seines Freundes noch erzürnter geworden, griff Franklin in seinen Rock und zog eine hässlich aussehende Pistole heraus. Rosalind schrie fast auf.

Dann hörte sie, wie hinter ihr der Hahn einer weiteren Pistole gespannt wurde. Als sie herumfuhr, sah sie Hawkins, der eine Waffe auf ihren Stiefbruder gerichtet hielt.

»Ich glaube nicht, dass Ihr hier willkommen seid, Sir«, sagte

Hawkins steif, doch sein sonst immer so gelangweilter Gesichtsausdruck hatte sich zu einer Maske der Entschlossenheit verhärtet. Rosalind hegte keinen Zweifel, dass Hawkins ihren Stiefbruder erschießen würde, falls es sich als notwendig erweisen sollte.

Franklin senkte seine Waffe; seine kalten Augen funkelten vor Hass, als er Rosalind ansah. »Du hast alles verdorben!«, blaffte er sie an. »Aber glaub ja nicht, dass du schon gewonnen hast. Der Mann, den du geheiratet hast, ist ein Mörder. Er wird wieder töten; daran hege ich nicht den geringsten Zweifel. Und beim nächsten Mal, Schwesterlein, wirst du vielleicht das Opfer sein.«

»Ich verbiete Euch, je wieder mit meiner Frau zu sprechen«, fuhr Armond ihn an. »Ihr werdet nicht einmal mehr einen Blick in ihre Richtung werfen. Ich bin kein Mörder, aber Ihr weckt in mir den Wunsch, einer zu werden. Also strapaziert meine Nerven nicht zu sehr, Chapman.«

Der Fehdehandschuh war geworfen. Franklin bewegte sich rückwärts auf die Kutsche zu – es war Penmores, erkannte Rosalind nun, weil die beiden Grauschimmel davorgespannt waren –, und dann drehte er sich um und stieg schnell ein. Penmore schrie seinem Fahrer etwas zu, und die Kutsche setzte sich in Bewegung.

Rosalind atmete erleichtert auf. Die erste Konfrontation war überstanden, und die Kutsche holperte auch glücklicherweise in Richtung Stadt. So konnte sie problemlos ihre Sachen holen und sogar ihre Stiefmutter noch kurz besuchen.

Armond stand noch immer in angespannter Haltung da und starrte der Kutsche nach. Rosalind trat vor und berührte ihn am Arm. »Er ist weg«, sagte sie leise.

»Für den Augenblick«, stimmte Armond zu, ohne den Blick von der sich entfernenden Kutsche abzuwenden. »Aber ich glaube nicht, dass es schon vorbei ist, Rosalind. Wirst du mich hassen, wenn ich ihn am Ende töte?«

Das meint er völlig ernst, dachte sie. »Ich hoffe, es kommt nicht so weit«, sagte sie deshalb schnell. »Vielleicht hast du ihm ja Angst gemacht.«

»Männer wie er sind nicht leicht einzuschüchtern«, stellte Armond fest. »Er ist es nicht gewohnt, dass ihm jemand in die Quere kommt. Was ihn angeht, solltest du immer vorsichtig sein. Und vielleicht besser auch, was mich angeht«, fügte er hinzu, als er sich endlich umdrehte, um sie anzusehen.

Das war eine weitere Seite von Armond, die sie noch nie gesehen hatte. Eine gefährliche Seite, da sie seinen nur mühsam unterdrückten Ärger förmlich spüren konnte. Sie spürte auch sein Verlangen, Franklin stante pede zu folgen, um zu beenden, was die beiden gerade begonnen hatten. Und sie zweifelte auch nicht daran, dass sie wieder und wieder aneinandergeraten würden, bis einer von ihnen nicht mehr lebte.

»Ist das das Haus?«, versuchte Gabriel ihre Aufmerksamkeit zu gewinnen und blickte zum Stadthaus ihrer Stiefmutter hinüber.

»Ja«, antwortete Rosalind. »Lasst uns rasch hineingehen, solange er noch weg ist.«

Armond blickte sich zu Hawkins um. »Schick eine Kutsche nach nebenan, um Lady Wulfs Truhen abzuholen.« Dann wandte er sich wieder an Rosalind. »Gehst du mit mir zu Fuß? Ich muss jetzt dringend etwas überschüssige Energie loswerden.«

Sie nickte, denn auch sie schien plötzlich viel zu viel Energie zu haben.

»Ich komme mit«, beschloss Gabriel. »Es kann nicht schaden, wenn ich an der Tür Wache halte.«

Zu dritt machten sie sich auf den Weg zum Nachbarhaus. Gabriel blieb ein Stückchen hinter ihnen zurück, und Rosalind hatte Mühe, mit Armond Schritt zu halten. Als er es merkte, ging er etwas langsamer. Im Gehen betrachtete sie ihn verstohlen von der Seite. Seine Gesichtszüge waren hart, an seinem Kinn zuckte ein Muskel. Mit jeder Pore seines Körpers strahlte er Gefahr aus, und zu Rosalinds eigenem Erstaunen merkte sie, dass sie das höchst erregend fand. *Er* erregte sie. Er war also doch kein Feigling. Ganz und gar nicht.

Es hatte ihr große Genugtuung verschafft zu sehen, wie ihr Stiefbruder Armonds Faustschläge hatte einstecken müssen. Franklin hatte sie drei Monate lang terrorisiert, und sie war ihm völlig hilflos ausgeliefert gewesen. Nun hatte sie einen Beschützer. Rosalind wusste nicht, wieso sie sich dazu veranlasst fühlte, ihre Hand in Armonds zu schieben, als sie weitergingen. Er sah sie an, und sie spürte, wie sich sein Ärger verflüchtigte. Dann wandte er den Blick wieder von ihr ab, aber seine Hand entzog er ihr nicht, und als sie dem Nachbarhaus immer näher kamen, drückte er sie sogar mehrmals beruhigend.

Wenn sie sich jetzt umdrehte, um Gabriel anzusehen, dachte Rosalind, würde er vermutlich wieder die Stirn über sie runzeln. Warum mochte er sie nicht? Warum konnte er sich nicht darüber freuen, dass Armond geheiratet hatte? Hatte es womöglich etwas mit dem Fluch zu tun? Plötzlich erinnerte Rosalind sich wieder, dass alle vier Brüder geschworen hatten, unverheiratet zu bleiben.

Sie musste mehr über diesen Fluch herausfinden, der auf den Brüdern Wulf lastete. Hatten Armonds Eltern schon Anzeichen von Wahnsinn erkennen lassen, bevor sie gestorben waren? Sie würde es herausfinden. Falls sie und Armond sich irgendwann verliebten – und da sie geheiratet hatten, hoffte sie trotz Armonds gegenteiliger Beteuerungen, dass es so sein würde –, wollte sie Kinder mit ihm haben. Blonde kleine Jungen, die so hübsch waren wie ihr Vater.

Das Bild, das ihr vor Augen erschien, entlockte ihr ein Lächeln. Aber ein anderer Gedanke ließ es beinahe auf der Stelle wieder ersterben. Sie hatte schon fast vergessen, dass Armond, als sie ihn nach dem Fluch gefragt hatte, gesagt hatte, die Gesellschaft irre sich mit ihren Vermutungen.

Was war es denn dann? Er hatte gesagt, sie solle beten, dass es sie nie herausfinden würde. Aber sie *würde* es herausfinden. Sie war seine Frau, und wenn sie jemals glücklich miteinander werden wollten, musste sie über seine Ängste, seine Zweifel und Geheimnisse im Bilde sein. Und ich werde sie alle ergründen, schwor sie sich im Stillen. Und sobald mir das gelungen ist, werde ich ihn vielleicht auch dazu bringen können, mich zu lieben, hoffte sie.

13. Kapitel

Als Rosalind mit Marys Hilfe ihren bescheidenen persönlichen Besitz in Truhen verpackt hatte – denn Rosalind dachte nicht einmal daran, die Kleider, die Franklin für sie hatte anfertigen lassen, mitzunehmen –, ging sie hinunter, um Armond zu bitten, den Kutscher hinaufzuschicken, damit er die Truhen hinunterbrachte. Dank Franklin und seiner Habgier würde sie mit einer kleinen Aussteuer in die Ehe gehen. Sie vermutete, dass es sogar ihr eigenes Geld gewesen war, mit dem ihr Stiefbruder die für sie bestellten Kleider bezahlt hatte, aber es war auf jeden Fall sein schlechter Geschmack gewesen, der ihre Machart und die Auswahl der Stoffe diktiert hatte.

»Ich muss noch mit der Herzogin sprechen, bevor ich gehe«, unterrichtete sie Armond, bevor sie wieder die Treppe zu Mary hinaufeilte, die sie in dem trostlosen Raum im zweiten Stock bereits erwartete.

Der Herzogin schien es weder besser noch schlechter zu gehen. Rosalind hockte sich vor sie hin und ergriff ihre kalten Hände. »Ich habe geheiratet«, berichtete sie ihrer Stiefmutter, die jedoch in keinster Weise auf die Nachricht reagierte. »Ich werde nicht mehr hier im Haus wohnen, aber ich verspreche, Euch zu besuchen, so oft ich kann.« Wieder keine Reaktion. Rosalind seufzte, richtete sich auf und drehte sich zu Mary um. »Mary, ich möchte dich um einen Gefallen bitten.«

Die Haushälterin stand in einiger Entfernung und betupfte sich mit einem Taschentuch die Augen. »Es tut mir so leid, dass es so gekommen ist«, schluchzte sie. »Dass Ihr gezwungen wart, die Frau dieses undurchsichtigen Manns zu werden. Wer weiß, was Euch alles passieren wird, Mylady.«

»Mir wird schon nichts passieren«, versuchte Rosalind die

Haushälterin zu beruhigen. »Aber ich muss meine Stiefmutter auch weiterhin besuchen. Sie war einmal sehr gut zu mir. Ich weiß, es ist vielleicht ein bisschen viel verlangt, aber könntest du mich täglich wissen lassen, wann Franklin das Haus verlässt, damit ich sie besuchen kann?«

Mary knetete nervös ihr Taschentuch. »Ihr wollt, dass ich nach nebenan komme, Mylady? In den Schlupfwinkel des Wolfs gewissermaßen?«

Rosalind hatte keine Lust, auf Marys unsinniges Gerede einzugehen. »Dir wird nichts geschehen. Ich werde sogar dem Diener meines Mannes sagen, dass er dich an der Tür erwarten soll. Du brauchst ihn nur zu bitten, mir zu sagen, dass dein Herr das Haus verlassen hat.«

»Ich weiß nicht«, sagte Mary ängstlich. »Wenn Mr. Chapman erfährt, dass ich hinter seinem Rücken ...«

»Ich habe eine andere Idee«, unterbrach Rosalind sie. »Wenn Franklin aus dem Haus ist, hängst du einfach ein Laken über das Balkongeländer meines früheren Zimmers. Das wird ein Zeichen für mich sein, und sollte mein Stiefbruder es je entdecken, kannst du sagen, du hättest das Bettzeug ausgelüftet.«

»Na ja, ich denke mal, das kann ich tun«, stimmte Mary zu. »Und ich glaube, Eure Stiefmutter weiß, dass Ihr hier seid, auch wenn es ihr am Gesichtsausdruck nicht anzumerken ist. Ich glaube, Eure Anwesenheit ist ihr ein Trost.«

Rosalind ging noch einmal zu der alten Dame und legte eine Hand auf ihre Schulter. »Ich hoffe, sie weiß, dass ich ihr sehr zugetan bin«, sagte sie. »Besucht Franklin sie eigentlich jemals, Mary?«

»Selten«, erwiderte die Frau. »Er lässt mich allerdings jeden Tag ihren ganz besonderen Tee für sie aufbrühen, so wie sie ihn gerne mag, und das ist wohl immerhin etwas, denke ich.«

»Na ja, wahrscheinlich schon«, erwiderte Rosalind. »Sie hat weiß Gott genug für ihn geopfert. Wie ihre Ehe mit meinem Vater. Als er von ihr verlangte, Franklin fortzuschicken, hielt sie zu ihrem Sohn und verließ mit ihm das Gut. Ich weiß, wie schwer ihr diese Entscheidung gefallen ist. Ich hoffe, meinem Stiefbruder ist bewusst, wie innig sie ihn liebt.«

Mary gab ein schnaubendes Geräusch von sich. »Verzeiht bitte, dass ich das sage, aber Mr. Chapman interessiert sich für niemand anderen als sich selbst. Doch ich nehme an, das wisst Ihr schon.«

Eine Antwort war nicht nötig. Rosalind vermutete, dass Mary über Franklins Misshandlungen und Quälereien im Bilde war. Vor Dienstboten konnte man wenig geheim halten. In einem Zimmer gleich neben dem der Herzogin zu schlafen hatte Mary aber hoffentlich davor bewahrt, alles zu erfahren, was im Haus vorging, wenn es dunkel wurde. Rosalind dachte plötzlich an Armonds Verdacht in Bezug auf Bess O'Conner und Franklin.

»Mary, hast du je irgendwelche verdächtigen Vorgänge in diesem Haus beobachtet? Hat Franklin beispielsweise Frauen mit hierher gebracht?«

»Er hatte früher häufig Gäste«, sagte sie. »Bevor Ihr kamt. Er wollte mich aber nicht hier haben, wenn er seine Freunde einlud. Meistens schickte er mich dann über Nacht zu meiner Tochter. Und ich bin seinen Aufforderungen natürlich auch nicht ungern nachgekommen. Das war ja, bevor die Herzogin erkrankte.«

»Wann genau waren bei meiner Stiefmutter eigentlich die ersten Anzeichen ihrer Krankheit zu erkennen?«

Mary runzelte ihre faltige Stirn. »Das ist schon eine Weile her. Sie war ein bisschen komisch, bevor sie krank wurde. Ich erinnere mich noch, dass sie und ihr Sohn damals sehr häufig stritten. Ich glaube, sie mochte weder seine Freunde noch die Feste. Aber andererseits hatten sie sich ja noch nie sehr gut verstanden.«

»Rosalind? Deine Truhen sind im Wagen.«

Armonds Stimme drang aus dem Treppenhaus zu ihr hinauf. Und da sie eine weitere Auseinandersetzung mit Franklin befürchtete, falls sie noch länger blieben, nahm Rosalind noch einmal die Hand ihrer Stiefmutter und drückte sie.

»Ich lasse Euch nicht im Stich, Euer Gnaden. Ich werde kommen, so oft ich kann. Und wenn ich auch nur für eine Sekunde dächte, dass Franklin es erlauben würde, würde ich Euch aus diesem Haus und diesem Zimmer fortbringen lassen.« Traurig blickte Rosalind sich in dem schäbig eingerichteten Gefängnis ihrer Stiefmutter um. Denn genau das war es, was aus diesem Raum geworden war, erkannte sie.

Sie konnte sich nicht sicher sein, doch kurz bevor sie die Hand der alten Dame wieder losließ, hatte sie das Gefühl, dass diese den Druck ganz sachte erwiderte. Es gab Rosalind ein wenig Hoffnung, das zumindest zu glauben.

»Ihr solltet besser gehen, bevor Mr. Chapman zurückkommt«, warnte Mary.

Rosalind umarmte die Haushälterin, bevor sie den Raum verließ. Sie ging die Treppe hinunter und an ihrem früheren Zimmer vorbei, ohne auch nur einen Blick hineinzuwerfen. Sie würde nichts an diesem Haus vermissen, außer ihrer Besuche bei der Herzogin und Marys Liebenswürdigkeit. Es war, als ob sie endlich aus einem Albtraum erwacht wäre. Armond stand schon wartend am nächsten Treppenabsatz, um sie nach unten zu begleiten.

Er sah so gut aus, dass er ihr den Atem raubte. War sie verrückt, sich gegen das zu sträuben, was er ihr geben konnte, und mehr zu fordern? In London wurden alljährlich schließlich genug Vernunftehen eingegangen. Unzählige Ehefrauen waren mit nichts als ihrer Verpflichtung im Sinn ins Ehebett gestiegen. Doch Teil dieser Verpflichtung war natürlich, Erben für ihre Ehemänner zu gebären. Rosalind war keine derartige Verpflichtung auferlegt worden. Ja, stattdessen war ihr sogar eine Wahl gelassen worden.

Eine Wahl, die gewiss schwer auf ihr lasten würde in den nächsten Tagen unter Armonds Dach und in einem Zimmer, das nur durch eine unverschließbare Tür von seinem eigenen getrennt war.

14. Kapitel

Nachdem Armond Rosalind heimbegleitet hatte, sich davon überzeugt hatte, dass sie den Nachmittag mit Auspacken verbringen würde und Hawkins Anweisung gegeben hatte, ein Auge auf sie zu haben, machten Armond und Gabriel sich auf die Suche nach ihrem jüngeren Bruder Jackson.

»Wo sollen wir uns zuerst umschauen?«, fragte Gabriel, während er sein Pferd sattelte.

»Ich bin erstaunt, dass du das auch nur fragst«, versetzte Armond trocken.

»Ich meinte, in welchem der Bordelle, von denen London förmlich übersät ist«, klärte Gabriel ihn auf.

Armond, der für sich selbst den Fuchs sattelte, erwiderte: »Wir wissen beide, dass Jackson einmal eine ziemliche Vorliebe für das ›Queenie's‹ hatte. Wenn ich mich richtig erinnere, liegt es irgendwo in den Randbezirken. Also werden wir dort beginnen, denke ich.«

»Er hat eine Vorliebe für viele Orte«, erinnerte ihn Gabriel. »Ich verstehe den Jungen nicht.«

Armond zog eine Braue hoch. »Es ist nichts dagegen einzuwenden, sich hin und wieder mit einer bereitwilligen Frau ein bisschen zu vergnügen, Gabriel. Und es ist wohl auch nichts daran auszusetzen, wenn man ab und zu mal etwas trinkt oder auch mal Karten spielt.«

»Aber«, wandte Gabriel ein, bevor Armond den Satz beendet hatte, »alles immer nur in Maßen. Und das ist etwas, was Jackson einfach nicht kapieren will.«

»Da hast du wohl recht«, stimmte Armond zu.

Die Männer schwangen sich auf ihre Pferde und ritten aus dem Stall. Armond versuchte, nicht zu der Stelle hinüberzusehen, an der vor kurzem die tote Frau gefunden worden war. Obwohl er sie nicht gekannt hatte, ja, sogar kaum einen Blick auf ihren leblosen Körper geworfen hatte, verspürte er eine maßlose Empörung ihretwegen und auch seinetwegen. Die erste Frau hätte noch ein Unfall gewesen sein können, vielleicht war sie einfach nur in den Stall gegangen, um ihrem Angreifer zu entkommen, doch diese letzte Tote war ganz bewusst dort hingelegt worden, um ihn in diesen Mordfall zu verwickeln.

Chapman hätte einen Grund, so etwas zu tun. Aus purer Boshaftigkeit, dachte Armond. Doch warum sollte er sich für eine so offensichtliche Vorgehensweise entschieden haben, und das auch noch unmittelbar nachdem das Dienstmädchen in seinem eigenen Haus gestorben war? Er musste doch wissen, dass so etwas auch auf ihn hinweisen würde. Es machte einfach keinen Sinn.

»Deine Frau ist nett«, bemerkte Gabriel plötzlich. »Unter anderen Umständen würde ich sie sogar mögen.«

»Und unter anderen Umständen würde *ich* sie sogar lieben«, erwiderte Armond.

Gabriel zog eine Braue hoch, bevor er feststellte: »Der Stiefbruder allerdings braucht eine ordentliche Tracht Prügel, oder besser noch, eine Kugel zwischen seine Augen.«

Gabriel meinte seine Worte völlig ernst. Er liebte einen guten Kampf. So war er schon immer gewesen. Er kämpfte gern und arbeitete gern, aber Jacksons Begeisterung für Huren teilte er nicht. Oder zumindest nicht, soweit Armond es wusste.

Dann ritten die Brüder schweigend nebeneinander her. Nach einer Weile erreichten sie die von Menschen nur so wimmelnden Straßen von Londons Zentrum.

»Wir erregen wie immer das übliche Aufsehen«, sagte Gabriel. »Was erwarten sie? Dass uns plötzlich Reißzähne und Klauen wachsen und wir sie angreifen?«

Armond blickte sich auf der belebten Straße um. Ein Großteil der Leute hielt tatsächlich in ihren Beschäftigungen, ob sie nun spazieren gingen oder einen Wagen beluden oder Gemüse verkauften, inne, um sie anzugaffen. Sein Blick fiel zufällig auf eine junge Frau, die er mit Rosalind auf der Soiree der LeGrandes hatte sprechen sehen. Lady Amelia Sinclair war ihr Name, soweit er sich erinnern konnte. Eine der Töchter der Londoner Aristokratie. Die junge Frau starrte sie mit unverhohlener Neugier an, als sie vorbeiritten, und erhielt dafür von ihrer Anstandsdame oder ihrer Mutter einen Klaps auf den Hinterkopf.

»Wer war das?«, wollte Gabriel wissen.

»Wer?«

»Die hübsche Blonde mit den kühnen Augen.«

»Ich glaube, eine Freundin von Rosalind. Ich habe sie zumindest vor einigen Tagen auf einer Gesellschaft angeregt miteinander plaudern sehen.«

Gabriel klappte fast die Kinnlade herunter. »Du meine Güte, du gehst jetzt neuerdings auch noch zu Gesellschaften? Was ist nur in dich gefahren, Armond? Du weißt, je mehr wir uns zurückhalten, desto besser ist es für uns alle.«

Aber Armond war nicht in der Stimmung, sich schon wieder verhören lassen zu müssen, und schon gar nicht von seinem eigenen Bruder. »Ich war einsam«, gab er zu. »Fühlst du dich denn niemals einsam, Gabriel?«

»Nein«, antwortete sein Bruder. »Ich fühle mich nicht einsam, weil ich mir nicht erlaube, mich einsam zu fühlen. Ich lasse mich nicht mit Frauen ein, weil ich ihnen gar nicht erst erlaube, mir so nahe zu kommen. Du hättest besser daran getan, meinem Beispiel zu folgen, Armond. Der Älteste zu sein macht dich nicht notwendigerweise auch zum Klügsten.«

Armond war froh, den Stadtrand vor ihnen auftauchen zu sehen. Bald würden sie bei Queenie's sein. Das Letzte, was er im Moment hören wollte, waren Vorhaltungen von Gabriel. Er hatte genügend andere Sorgen, die ihn beschäftigten, nachdem er

Rosalind geheiratet hatte. Wie, zum Henker, sollte er sie auf Distanz halten, wenn er ihr doch in Wirklichkeit nur näherkommen wollte?

Queenie öffnete selbst die Tür, als Armond und Gabriel anklopften. Es war einige Jahre her, seit Armond zum letzten Mal in ihrem Etablissement gewesen war. Die Bordellwirtin sah bei Tageslicht und ohne Schminke im Gesicht alt aus. Den dunklen Rändern unter ihren Augen nach zu urteilen, schien sie es nicht gewöhnt zu sein, am frühen Nachmittag schon aufstehen zu müssen.

»Ach, kommt heute Abend wieder«, brummte sie, als sie die beiden Männer vor der Tür stehen sah. »Die Mädchen müssen auch mal schlafen, oder?«

Und damit wollte sie die Tür schon wieder schließen, doch Armond schob rasch seinen Fuß dazwischen. »Wir suchen unseren Bruder. Wir dachten, dass er vielleicht hier sein könnte.«

Die Madame kniff die geröteten Augen zusammen und ließ ihren Blick über Armond und Gabriel gleiten. »Ich habe euch Jungs schon einige Zeit nicht mehr gesehen, aber euer Bruder ist tatsächlich oben.«

»Könnten wir ihn bitte sprechen?«, bat Armond.

Sie seufzte. »Na schön, dann kommt rein. Aber seid bloß ruhig. Hier schläft nämlich noch alles.«

Sie folgten der Frau in einen Salon, der völlig aus rotem Samt zu bestehen schien. »Ihr kennt den Weg«, sagte sie und deutete in Richtung Treppe. »Die erste Tür links. Er ist ganz schön ausdauernd, euer Bruder. Die Mädchen mögen ihn alle. Ich fürchte, sie ließen ihn nicht einmal bezahlen, wenn ich nicht darauf achten würde.«

»Das klingt nach Jackson«, sagten Armond und Gabriel wie aus einem Munde.

»Ihr findet später ja bestimmt allein hinaus«, erklärte Queenie und kratzte sich ihr breites Hinterteil. »Ich gehe jedenfalls wieder ins Bett zurück«, erklärte sie und schlurfte dann in den hinteren Teil des Hauses.

Armond wandte sich zur Treppe. »Es ist nicht nötig, dass wir beide in eine zweifellos sehr delikate Situation hereinplatzen«, sagte er zu Gabriel. »Warte also lieber hier auf mich.«

Gabriel nickte. »Beeil dich aber. Hier riecht es nach abgestandenem Alkohol und ... na ja, du weißt schon, wie es riecht.«

Er hatte recht. Ihren besonderen Eigenschaften verdankten sie es, diese Gerüche sogar noch intensiver wahrnehmen zu müssen. Armond ging die Treppe hinauf. Im Zimmer, in dem er laut Queenie seinen Bruder finden würde, war es dunkel. Er hatte leise angeklopft, aber das Schnarchen, das er im Korridor hatte hören können, ließ ihn bezweifeln, dass sein Klopfen über den Lärm überhaupt gehört worden war.

Sein Bruder lag im Bett. Sein zerzaustes blondes Haar ließ ihn ironischerweise seltsam unschuldig aussehen, wenn man bedachte, wo er sich befand, und angesichts der Tatsache, dass eine Frau an seiner Seite schlief. Eine Frau, die so laut schnarchte, dass Armond nicht verstand, wie Jackson neben ihr schlafen konnte ... bis er noch zwei weitere Frauen im Bett entdeckte. Nur ein Mann, der sehr erschöpft war, konnte bei diesem Lärm hier schlafen.

Keine der Frauen sah nach dieser Nacht mit seinem Bruder auch nur im Geringsten mitgenommen aus, bemerkte Armond, als er zum Rand des Bettes ging und seinen Bruder anstieß.

»Wach auf, Jackson.«

Verschlafene dunkle Augen blickten zu ihm auf. »Armond? Was machst du denn hier?«

»Ich könnte dich das Gleiche fragen, aber was du hier tust, ist wohl mehr als offensichtlich«, erwiderte er mit einem Nicken zu den schlafenden Frauen hinüber. »Jetzt weiß ich, wem wir unseren Ruf verdanken – dir.«

Jackson lächelte, und seine jungenhaften Grübchen unterstrichen sein unschuldiges Aussehen sogar noch. »Ich mag Frauen eben. Ist das eine Sünde?«

»Ich glaube, die Sünde, Bruder, ist, gleich drei zur selben Zeit im Bett zu haben. Und nun zieh dich an. Ich muss dich sprechen.«

»Woher wusstest du, dass ich hier bin?«, fragte Jackson, während er vorsichtig aus dem Bett stieg, um seine Spielgefährtinnen nicht zu wecken.

»Gabriel ist unten. Hawkins ließ euch zwei nach London rufen wegen einer Angelegenheit, die wir besprechen werden, sobald wir wieder zu Hause sind. Als Gabriel feststellte, dass du nicht im Stadthaus warst, ja, dass ich dich sogar schon länger nicht gesehen hatte, rechneten wir uns aus, dass wir dich hier oder an einem anderen deiner Lieblingsorte finden würden.«

Jackson streckte sich. »Ich hatte mich gelangweilt«, erklärte er. »Und ich war auf der Suche nach etwas. Ich wollte sicherstellen, meinen Teil an Frauen und Alkohol gehabt zu haben, bevor ich diese Welt verlassen muss.«

Armond konnte Jacksons Bemerkungen über das Schnarchen der Frau fast nicht hören. »Zieh dich an und komm zu uns nach unten«, wies er seinen Bruder an, bevor er leise aus dem Zimmer trat.

Er und Gabriel mussten länger auf Jackson warten, als sie angenommen hatten. Dem Geräusch des laut quietschenden Betts über ihnen zufolge war mindestens eine der Frauen aufgewacht, bevor Jackson aus dem Zimmer schlüpfen konnte. Aber irgendwann erschien er schließlich doch und nahm sich offenkundig zusammen, als er die Treppe hinunterkam.

»Das wurde aber auch langsam Zeit«, blaffte Gabriel ihn an. »Dir war wohl offenbar nicht klar, dass wir hier unten festsaßen und alle möglichen widerlichen Dinge riechen mussten, die gestern Nacht hier stattgefunden haben, während du da oben versucht hast, einer Hure zu imponieren, Herrgott noch mal!«

Um Gabriel zu ärgern, schenkte Jackson ihm eins seiner spitzbübischen Lächeln. »Die Pflicht rief. Was konnte ich anderes tun, als ihrem Ruf zu folgen? Und ich wollte der Dame auch nicht imponieren, sondern ihr lediglich Vergnügen bereiten.«

»Wozu das denn?«, schnaubte Gabriel. »Ich dachte, das wäre ihre Aufgabe.«

»Lasst uns gehen«, forderte Armond seine Brüder auf, bevor zwischen ihnen wieder mal Streit ausbrechen konnte. Er wusste, dass sie gerne und häufig miteinander stritten, da sie ja die meiste Zeit sehr abgeschieden auf dem Landgut lebten, oder zumindest doch, bis Jackson es sich in den Kopf gesetzt hatte, dagegen aufzubegehren.

Jackson verbrachte einen Großteil des Ritts zurück damit, sich über seinen dicken Kopf zu beklagen. Er gab freudig zu, am Abend zuvor so betrunken gewesen zu sein, dass er geglaubt hatte, er sei mit der gleichen Frau zusammen und sähe sie nur dreifach, obwohl er sich schon ein bisschen gewundert hatte, dass sie derart unersättlich war. Armond hätte die Kapriolen seines Bruders vielleicht amüsant gefunden – normalerweise war es so –, wenn ihm nicht andere, düsterere Gedanken die gute Laune gründlich verdorben hätten. Er wollte die jüngsten Ereignisse auch während des Rückritts nicht mit Jackson besprechen, obwohl der nicht aufhörte, ihn mit Fragen zu löchern. Da Armond es jedoch für besser hielt, dieses Gespräch in seinem Arbeitszimmer im Stadthaus zu führen, schwieg er eisern.

Hawkins hielt ihnen schon die Tür auf, noch bevor sie das Haus erreicht hatten, und die Stallknechte eilten herbei, um ihnen die Pferde abzunehmen, als sie vor dem Haus anhielten. »Wie geht es Lady Rosalind?«, fragte Armond seinen Diener.

»Sie hält ein Mittagsschläfchen, glaube ich«, erwiderte der. »Es hat bislang noch keine Schwierigkeiten gegeben, Mylord.«

Jackson stutzte und runzelte die Stirn. »Wer in aller Welt ist Lady Rosalind?«, fragte er.

»Ins Arbeitszimmer«, befahl Armond.

»Ich werde Euch unverzüglich ein Bad bereiten lassen, Lord Jackson«, sagte Hawkins naserümpfend.

Als die Brüder sich im Arbeitszimmer versammelt hatten, schloss Armond die Tür und ging zu seinem Schreibtisch. Jackson begab sich sofort zur Bar. »Also wer ist denn nun diese Lady Rosalind, und was tut sie hier?«

Armond wappnete sich innerlich. »Rosalind ist meine Frau.«

Das Glas, das Jackson sich gerade genommen hatte, glitt ihm aus den Fingern. Es landete jedoch auf dem dicken Teppich, ohne zu zerbrechen. »Deine Frau?«

Es kam nur selten vor, dass Jackson die Worte fehlten. Aber nun starrte er seinen Bruder an, als wären dem plötzlich Hörner gewachsen. Bevor die Fragerei losgehen konnte, hob Armond schnell zu der gleichen Erklärung an, die er schon Gabriel am Abend zuvor gegeben hatte. Er erzählte Jackson auch von Rosalinds Stiefbruder und seinem Verdacht bezüglich dieses Manns.

Jackson nahm sich ein neues Glas und schenkte sich einen ordentlichen Schluck Whiskey ein. »Und ich dachte, ich sei es, der den Ärger förmlich anzieht. Herrgott noch mal, Armond, aber selbst ich bin klug genug, mich an unseren Schwur zu halten, nie zu heiraten. Du hast dieser Frau doch nicht etwa dein Herz geschenkt? Du spürst doch noch nichts von den Auswirkungen?«

»Nein«, versicherte Armond seinem jüngeren Bruder. »Sie ließ mir keine andere Wahl. Ich musste sie beschützen und ihr meinen Namen geben, aber das ist alles, was sie je von mir bekommen wird.«

Jackson betrachtete die bernsteinfarbene Flüssigkeit in seinem Glas, bevor er sie mit einem Schluck hinunterstürzte. »Das hoffe ich, Armond. Dir zuliebe hoffe ich, dass es dir gelingen wird, keine tieferen Empfindungen für diese Frau zu entwickeln.

Ich glaube nicht, dass es dir sehr gut ergehen würde, wenn du dich verlieben würdest.«

Da Jackson das Thema angeschnitten hatte, fragte Armond: »Und was ist mit dir, Jackson? Gabriel hat Besorgnis geäußert über dein Verhalten, seit du aus dem Ausland zurück bist. Ist irgendetwas vorgefallen, als du in Paris warst?«

Der jüngere Bruder warf Gabriel einen bösen Blick zu, bevor er sich an Armond wandte. »Nur das Übliche. Ich habe gespielt, gehurt und gejagt, und nicht notwendigerweise auch in dieser Reihenfolge.«

Doch so leicht war Armond nicht vom Thema abzubringen. »Hast du jemanden kennengelernt? Jemanden, der dir etwas bedeutet hat?«

»Willst du wissen, ob ich mich verliebt habe?« Jackson zog eine Augenbraue hoch. »Du meine Güte, ja, ich verliebe mich ja schließlich Nacht für Nacht. Um *mich* brauchst du dich wirklich nicht zu sorgen, Armond. Schließlich bin nicht ich derjenige, der sich auf eine Ehe eingelassen hat.«

Seine Brüder waren alles andere als erfreut über seine Heirat, aber im Grunde hatte Armond ja auch gar nichts anderes erwartet.

Mit ernster Miene fragte Jackson: »Wann lerne ich deine Frau denn kennen? Mir könnte auch ein Nickerchen nicht schaden. Vielleicht sollte ich nach oben gehen, zu ihr ins Bett steigen und mich vorstellen.« Er schenkte Armond ein breites Grinsen.

Armond bedachte seinen jüngeren Bruder mit einem Blick, der andere Männer in die Flucht geschlagen hätte.

Jackson aber zuckte nur die Schultern. »Wie ich sehe, hat diese Ehe dich sogar deinen Sinn für Humor verlieren lassen«, sagte er. »Ich kann nur hoffen, großer Bruder, dass das alles ist, was du verlierst.«

Gabriel, der bisher geschwiegen hatte, meldete sich nun zu Wort. »Was machen wir mit diesem lumpigen Stiefbruder deiner

Frau? Ich würde vorschlagen, wir alle gehen noch heute Nacht hinüber, um seinen Drohungen ein Ende zu bereiten.«

»Ist es wirklich nötig, dass wir alle gehen?«, murrte Jackson. »Kämpfen ist nicht meine starke Seite, ich bin mehr ein Liebhaber, wie ihr wisst. Falls ihr aber nicht allein klarkommt, werde ich mich der Situation natürlich gewachsen zeigen.«

»Du verbringst viel zu viel Zeit damit, *dich der Situation gewachsen zu zeigen*, Jackson«, brummte Gabriel. »Vielleicht ist es besser, dass Armond und ich uns um die Sache kümmern.«

Plötzlich hatte Armond einen Geistesblitz, was der Grund dafür sein könnte, dass sein jüngerer Bruder so verantwortungslos war. Armond erkannte, dass er und Gabriel einen Großteil ihres Erwachsenenlebens damit verbracht hatten, sich um alles zu kümmern, was zu tun war. Jackson hingegen hatte nie etwas wirklich Wichtiges tun müssen.

»Ich kann kämpfen«, versicherte Jackson seinen Brüdern.

Und da fasste Armond einen Entschluss, vielleicht nicht den weisesten, aber einen, der Hand in Hand mit seiner Position als Oberhaupt ihrer Familie einherging. »Das ist meine Sache«, sagte er. »Ich werde mich allein darum kümmern. Ich möchte, dass ihr beide morgen auf das Gut zurückkehrt und bleibt, wo euch nichts passieren kann.«

Beide Brüder begannen augenblicklich zu widersprechen, aber Armond brachte sie mit erhobener Hand zum Schweigen. »Ich habe das untrügliche Gefühl, dass die Morde, nachdem sie jetzt wieder begonnen haben, weitergehen werden. Bleibt wenigstens auf dem Gut, bis ich den Mörder gefasst habe. Man wird mich verdächtigen. Wenn ihr beide in London seid, wird man auch euch verdächtigen. Ich werde besser denken können, wenn ich mir nicht auch noch um euch Sorgen machen muss.«

»Wenn du dir nicht um mich Sorgen machen musst, meinst du«, versetzte Jackson. »Aber ganz im Gegensatz zu dem, was ihr beide glaubt, kann ich auch verantwortungsbewusst sein, wenn es nicht anders geht.«

Armond sah ein, dass es unumgänglich war, unter vier Augen mit seinem jüngeren Bruder zu sprechen. »Gabriel, würdest du mich und Jackson für einen Moment entschuldigen? Ich möchte allein mit ihm sprechen.«

Gabriel wollte schon Protest erheben, das konnte Armond sehen, aber am Ende beugte er sich dann doch der Autorität seines älteren Bruders und verließ das Arbeitszimmer. Armond ging zu seinem Schreibtisch, lehnte sich dagegen und gab Jackson mit einer Handbewegung zu verstehen, Platz zu nehmen. Mit resignierter Miene ließ sein Bruder sich in den Ledersessel fallen.

»Was für eine Strafpredigt kommt denn nun, Armond? Trinke ich zu viel? Ja, wahrscheinlich tue ich das, aber was macht das schon? Mir ist im Leben wenig geblieben, auf dass ich mich noch freuen kann. Befasse ich mich auch zu sehr mit Frauen? Ja, aber ich treffe Vorsichtsmaßnahmen, um mich vor Krankheiten zu schützen, und natürlich sorge ich auch dafür, dass nicht ein einziger Tropfen meines Samens in den fruchtbaren Schoß einer Frau gelangt. Du siehst also, dass ich durchaus über ein gewisses Verantwortungsbewusstsein verfüge, oder zumindest doch in den Dingen, die ich kontrollieren kann.«

Für einen Moment war Armond versucht, die Hand auszustrecken und seinem Bruder über den blonden Kopf zu streichen. Jackson war gerade erst aus den kurzen Hosen herausgewachsen gewesen, als der Fluch ihnen ihren Vater und kurz darauf auch ihre Mutter genommen hatte. Nun war Jackson ein Mann, und Armond erkannte, dass er und Gabriel ihn meistens noch immer wie einen kleinen Jungen behandelten.

»Ich muss dir eine ernste Frage stellen, Jackson.« Armond wollte ihn nicht fragen, wollte nicht einmal für eine Sekunde glauben, dass Jackson etwas mit dem Mord an Bess O'Conner oder dem an der zweiten toten Frau in seinem Stall zu tun haben könnte, aber er musste sich ganz sicher sein. »Es geht um die Morde.«

Jackson, der mit hängenden Schultern in seinem Sessel gehockt hatte, richtete sich nun auf. »Glaubst du, wegen des Umgangs, den ich neuerdings habe, könnte ich möglicherweise mit dieser Person in Kontakt gekommen sein? Dass ich vielleicht etwas gesehen haben könnte und nicht erkannt habe, dass es wichtig war?«

Armond konnte sich nicht dazu überwinden, seinen Bruder anzusehen. »Nein. Ich muss dich fragen, ob du in irgendeiner Weise etwas mit diesen Morden zu tun hast.«

Als Jackson nichts erwiderte, sah Armond ihn an. Jackson runzelte die Stirn, als versuchte er, die Frage zu verstehen. Plötzlich richteten sich seine dunklen Augen auf Armond. »Du glaubst, ich hätte diese Frauen umgebracht?«

»Du warst hier, als der erste Mord begangen wurde. Nun bist du wieder hier. Und Gabriel macht sich Sorgen, dass du dich nicht ganz normal verhältst. Ob ich glaube, dass du eine Frau umbringen würdest? Nein, nicht du, wie ich dich kenne. Nicht du, wie ich dich liebe«, fühlte er sich gezwungen hinzuzufügen. »Aber falls du uns nicht die Wahrheit sagst und ...«

»Ein Trinker, ein Schürzenjäger, warum also nicht auch ein Mörder, meinst du das?« Jackson erhob sich aus seinem Sessel. Jeder Anschein jugendlicher Unschuld, die seine Grübchen ihm sonst verliehen, war aus seinem Gesicht verschwunden. »Das ist es, was ich zu deinen Anschuldigungen zu sagen habe: Geh zum Teufel, Armond, und nimm Gabriel gleich mit.«

»Jackson«, rief Armond ihm nach, als sein Bruder zur Tür stürmte und sie aufriss. Sekunden später schlug sie mit einem lauten Knall hinter ihm zu. Armond rieb sich die Stirn. Das hatte er nicht gut hingekriegt. Jackson hatte jedes Recht, so aufgebracht zu sein. Er hätte seinem Bruder vertrauen müssen. Ihm vertrauen müssen ungeachtet dessen, was ihm oder Gabriel auch vielleicht verdächtig vorkommen mochte. Das war ein Fehler, den Armond nicht noch einmal begehen würde.

Es klopfte an der Tür, und Hawkins streckte seinen Kopf ins Zimmer. »Gehe ich richtig in der Annahme, dass Lord Jackson nicht bleiben wird, um das Bad zu nehmen, das ich ihm bereiten ließ?«, fragte er. »Er hat das Haus verlassen.«

»Dann nehme ich das Bad an seiner Stelle«, sagte Armond. Er würde Gabriel Jackson hinterherschicken. Wenn er Glück hatte, befand sich sein jüngerer Bruder schon wieder auf der Heimreise zurück zum Gut. Wenn Jackson und Gabriel aus dem Weg waren, konnte er sich auf andere Dinge konzentrieren. Auf seine Frau. Und all die Probleme, die ihm die Heirat mit ihr eingebracht hatte.

15. Kapitel

Rosalind schlief, als Armond nach ihr sah. Ihr dunkles Haar war wie ein seidener Schleier auf dem weißen Leinen ausgebreitet. Ihre langen Wimpern warfen dunkle Schatten auf ihre blassen Wangen. Sie war ein Bild der Unschuld und Versuchung.

Ihre Lippen waren leicht geöffnet und schienen ihn zu rufen, auch wenn kein Laut zwischen ihnen hervordrang. Er wollte sich über sie beugen und sie küssen, die kleine Reihe Knöpfchen an ihrem Nacken öffnen und mit den Lippen ihre nackte Haut berühren. Er wollte zu ihr ins Bett schlüpfen und den Rest des Nachmittags damit verbringen, sie zu lieben.

Während er sie beobachtete, öffnete er seinen Rock und knöpfte sein Hemd auf. Bevor er der Versuchung jedoch erliegen konnte oder seine wachsende Bewunderung zu schmerzhaft wurde, durchquerte er den Raum und betrat durch die offenstehende Tür sein eigenes Zimmer. Ein dampfend heißes Bad erwartete ihn dort. Er musste seine fast schmerzhafte Anspannung von dem warmen Wasser lindern lassen, obwohl er lieber zwischen Rosalinds langen Beinen Entspannung gesucht hätte. Seit er sie an diesem Morgen nackt gesehen hatte, konnte er das Bild ihrer Beine einfach nicht mehr aus seinem Kopf verdrängen.

Wie würde es sich anfühlen, diese langen, schlanken Beine um seinen Körper geschlungen zu spüren? In Rosalinds feminine Weichheit einzudringen und den Sorgen zu entfliehen, die ihn plagten? Gabriel hatte seine wenigen Sachen gepackt und sich auf die Suche nach Jackson gemacht, der, wie Armond hoffte, seiner Anweisung gefolgt und nach Wulfglen zurückgekehrt war. Armond hatte das Haus jetzt ganz für sich allein … oder jedenfalls beinahe.

Durch die offene Tür starrte er zu Rosalind hinüber. Sie hatte sich nicht bewegt, schien tief und fest und, zum ersten Mal seit Monaten wahrscheinlich, auch sehr ruhig zu schlafen. Eine ungewohnte Fürsorglichkeit regte sich in ihm. Kein Mann würde ihr jemals wieder wehtun ... hoffte er. Wie paradox, dass sie von ihm selbst möglicherweise mehr zu befürchten hatte als von ihrem gewalttätigen Stiefbruder. Aber das würde nicht geschehen, versuchte er sich einzureden. Sich in der Gewalt zu haben, war etwas, was er gut beherrschte. Er konnte seine Gefühle für Rosalind bezwingen und sichergehen, dass sie nicht über körperliches Verlangen hinausgingen. Er musste es tun. Es könnte geradezu unvorstellbare Konsequenzen haben, wenn er es nicht tat.

Rosalind schlief keineswegs. Unter ihren dichten Wimpern beobachtete sie Armond verstohlen durch die offene Tür. Er hatte sein Hemd ausgezogen und trug jetzt nur noch seine eng anliegende Hose und Stiefel, die ihm bis zu den Knien reichten. Noch nie hatte sie einen so gut aussehenden Mann gesehen. Und obwohl sie zugeben musste, dass sie so gut wie gar keine Erfahrung mit halb bekleideten Männern besaß, spürte sie doch, dass es nichts Alltägliches war, was sie sah.

Bei ihrer ersten Begegnung an jenem anderen Abend hatte sie ihn schon mit einer großen Raubkatze verglichen: schlank, geschmeidig, mit ansehnlichen Muskeln unter seinen feinen Kleidern. Vielen Muskeln, bedeckt von einer wundervoll gebräunten Haut. Sein Gesicht war so anziehend, dass Rosalind hätte seufzen können vor Dankbarkeit darüber, dass es einen Mann wie Armond gab. Und dass ein solcher Mann sogar der ihre war.

Aber er war keineswegs der ihre, musste sie sich streng ermahnen, um ihre Fähigkeit zu denken nicht ganz und gar zu verlieren. Er hatte ihr schließlich unmissverständlich zu verstehen gegeben, dass er sein Äußeres mit ihr teilen würde, aber nicht sein Inneres. Nicht sein Herz. Sein Herz schien allerdings nicht mehr ganz so wichtig, als er seine Stiefel auszog und seine Hose aufknöpfte. Rosalind wusste, dass sie jetzt die Augen schließen müsste, aber er hielt sie ganz und gar in seinem Bann.

Er streifte die Hose über seine schlanken Hüften und entblößte glatte, ebenfalls sehr schön gebräunte Haut, was entweder bedeutete, dass er sich nackt wie am Tag seiner Geburt in der Sonne aufhielt oder dass es die natürliche Farbe seiner Haut war. Dieser Haut, von der er immer mehr entblößte. Rosalind schluckte, um ihre Kehle von dem Kloß zu befreien. Seine Beine waren lang und muskulös, mit feinem hellem Haar bedeckt, und sie konnte sich wirklich sehr gut vorstellen, dass diese Beine ihm bei einem Wettlauf mit Leichtigkeit zum Sieg verhelfen würden.

Langsam ließ sie ihren Blick an ihnen hinauf zu einer Stelle gleiten, die sie bisher vermieden hatte anzusehen. Eine Stelle, die ihr den endgültigen Beweis seiner Männlichkeit liefern würde, obwohl es absolut nichts Feminines an ihm gab, abgesehen von diesen langen goldblonden Locken vielleicht, die auf seine breiten Schultern fielen. Er wandte sich allerdings von ihr ab, bevor ihre Augen ihr Ziel erreichten, und gönnte ihr stattdessen einen beeindruckenden Blick auf seine Kehrseite.

Und die *war* beeindruckend. Vom Spiel seiner Rückenmuskeln, als er nach einem Glas griff, das er auf den Kaminsims gestellt hatte, bis hin zu der Stelle, wo seine schmalen Hüften sich verjüngten und in wohlgeformte, feste Pobacken übergingen. Sie waren es, worauf ihr Blick sich konzentrierte, als Armond vom Kamin wegtrat und sich zu ihr umdrehte. Sie hätte fast nach Luft geschnappt. Und wenn der Laut auch vielleicht gar nicht wirklich über ihre Lippen kam, so tat sie es im Geist doch ganz bestimmt.

Es gibt nichts an mir auszusetzen, Lady Rosalind. Sie erinnerte sich, dass er das auf dem Ball der Greenleys zu ihr gesagt hatte, und das mit gutem Grund. Der Teil seines Körpers, der seine männliche Erregung zeigte, war lang und hart und im Grunde sogar ziemlich einschüchternd, aber zugleich auch faszinierend anzuschauen.

Und seltsamerweise schien er sich, je länger sie ihn anstarrte, sogar noch zu vergrößern.

»Hast du genug gesehen, Rosalind?«

Ihr Blick fuhr zu seinem Gesicht hoch, und sie sah, dass er sie aufmerksam beobachtete. Sie dabei beobachtete, wie sie ihn betrachtete. Eine heiße Röte stieg ihr ins Gesicht. Aber sie war nicht einmal annähernd so heiß wie die feuchte Wärme, die sie zwischen ihren Schenkeln spürte. Ihre Brustspitzen hatten sich zu fast schmerzhaft harten Knospen aufgerichtet, die unter dem abgetragenen Baumwollstoff ihres alten Kleids bestimmt zu sehen waren. Jetzt ärgerte sie sich, dass sie sich, nachdem sie mit dem Auspacken und Einräumen ihrer Sachen fertig gewesen war, nicht umgezogen hatte.

»Nein.«

Hatte sie Nein gesagt? Sie hatte Ja sagen und sich von ihm abwenden wollen, doch da sie es tief im Innersten genoss, seinen Körper zu betrachten, war sie wohl noch nicht bereit dazu gewesen, ihre visuelle Entdeckungsreise zu beenden.

»Ich kann gern noch länger hier stehen bleiben, während du mich mit deinen Blicken buchstäblich verschlingst, aber da ist ein Körperteil von mir, der offenbar nicht unberührt von deiner Neugier bleiben kann.«

Sie wusste, welchen Körperteil er meinte, und konnte nur mit Mühe ihren Blick auf sein männlich schönes Gesicht gerichtet halten. Es war Neugierde, ja, natürlich war sie neugierig und sah auch keinen Grund, warum sie deshalb lügen sollte.

»Ich habe noch nie einen nackten Mann gesehen«, erklärte sie.

»Und du wirst auch keinen anderen mehr sehen«, entgegnete er, und sie war sich nicht ganz sicher, aber sie hatte das Gefühl, als läge etwas sehr Besitzergreifendes in seiner Stimme. Auch er schien zu spüren, dass seine Wortwahl nicht sehr geschickt gewesen war, und wandte seinen Blick rasch wieder von ihr ab.

»Wenn du genug gesehen hast, werde ich in die Wanne steigen, bevor das Wasser kalt wird. Es sei denn, ich könnte noch irgendetwas anderes für dich tun?«

Sie hatte keine Vorstellung davon, worin dieses *andere* bestehen könnte, aber andererseits benahm sie sich ja auch wirklich ausgesprochen dumm. Sie spürte, wie sie wieder heiß errötete. »Nein, das wäre alles.« Jetzt war es an ihr, sich ihrer Worte zu schämen. Sie hatte ihn entlassen, als wäre er ein Dienstbote. »Ich wollte sagen, vielen Dank.«

Seine Mundwinkel zuckten. »Gern geschehen«, sagte er, um sich im nächsten Moment ihrem Sichtfeld zu entziehen.

Rosalind drehte sich auf den Rücken und blickte zur Zimmerdecke hoch. Hatte sie ihm gerade gedankt? Gott, er benebelte ihren Verstand, wenn er in ihrer Nähe war, und vor allem, wenn er splitterfasernackt war. Sie hörte ein leises Plätschern, als er in die Wanne stieg. Warum hatte er die Tür nicht zugemacht? Nachdem sie noch eine Weile regungslos dagelegen hatte, erkannte sie, dass ein Bett nicht gerade der beste Aufenthaltsort war, während ihr sehr gut aussehender und von der Natur gut ausgestatteter Ehemann im Nebenzimmer badete.

Die Vorstellung weckte Bilder in ihr. All diese hübsch gebräunte, nasse Haut auf den frischen weißen Leinenlaken … Rosalind stand auf, ging zum über der Kommode hängenden Spiegel und begann ihr Haar zu ordnen. Sie war erst einmal kurz mit den Fingern durch die Strähnen gefahren, als ihr auffiel, dass der Spiegel ihr ein wunderbares Bild von Armond bot. Sie wandte ihren Blick rasch wieder ab. Aber dann merkte sie, dass er ihr den Rücken zukehrte. Ihm würde also nicht einmal bewusst sein, dass sie ihn wieder beobachtete.

Das Wasser lief in kleinen Rinnsalen über seinen muskulösen

Rücken. Seine braun gebrannte Haut glitzerte vor Nässe, und um ihn herum stiegen Dampfschwaden auf. Die Wanne war nicht besonders lang, sodass er die Beine nicht ganz ausstrecken konnte. Es war dieselbe Wanne, in der sie heute Morgen gebadet hatte. Sie nackt. Er nackt. Beide in derselben Wanne. Rosalind begann sich mit der Hand Luft zuzufächeln.

»Da du noch immer neugierig auf mich zu sein scheinst, könntest du mir vielleicht den Rücken einseifen, Rosalind?«

Sie fuhr zusammen. Hatte er Augen im Hinterkopf? »Was sagtest du bitte?«, rief sie. »Ich ordne gerade ein paar Sachen hier auf der Kommode.«

»Ich kann dich sehen.«

Ein wenig widerwillig verließ sie ihren Platz vor dem Spiegel und ging zur Tür, um einen Blick zu ihm hineinzuwerfen. Und da bemerkte sie, dass ein Spiegel in Armonds Zimmer so platziert war, dass er darin den ihren sehen konnte. Aber diesmal weigerte sie sich zu erröten und sich in Verlegenheit bringen zu lassen. Stattdessen betrat sie tapfer seinen Raum, ging zur Wanne und kniete sich hinter Armond auf den Boden.

»Die Seife bitte«, sagte sie knapp.

Er drehte sich nicht um, um sie anzusehen, sondern reichte ihr nur das Stück Seife, das auch sie heute Morgen schon hatte benutzen müssen. Die Seife, die so roch wie er. Rosalind atmete tief ein und begann dann seinen Rücken einzuseifen. Seine Haut fühlte sich glatt und heiß unter ihren Händen an. Es gefiel ihr, ihn so zu berühren.

»Worauf bist du sonst noch neugierig, Rosalind?«

Seine leiser gewordene Stimme erregte ihre Sinne und ließ ihr Herz noch schneller schlagen. »Allgemein neugierig, meinst du?«, fragte sie.

»In Bezug auf meinen Körper«, erklärte er.

»Auf nichts«, log sie. Seine breiten Schultern gingen in muskulöse Arme über. Arme, die er auf beide Seiten des Wannenrands gestützt hatte. Eine Frau würde meinen, dass er der Sittsamkeit wegen seine Hände strategisch etwas günstiger platzieren würde. Aber Armond kannte anscheinend keine Sittsamkeit.

»Du lügst«, sagte er leise. »Es wäre unnatürlich, wenn du nicht neugierig wärst. Du darfst also gerne alles an mir näher erforschen, womit du dich vertrauter machen möchtest.«

Oh nein, auf diesen Trick würde sie ganz sicher nicht hereinfallen. »Worauf du es dann zweifelsohne auch als gerechtfertigt betrachten würdest, das Gleiche auch mit mir zu tun.«

»Nicht, wenn du es nicht willst«, erklärte er. »Ich habe dir doch gesagt, dass es deine eigene Entscheidung ist, wie weit wir gehen. Und zu meinen Worten stehe ich, ganz gleich, was du jetzt mit mir tust.«

Rosalind glaubte ihm natürlich nicht. Aber sie *wollte* ihm glauben, weil sie ihre Entdeckungsreise wirklich gerne fortgesetzt hätte. »Es wäre falsch«, beschloss sie dennoch.

Er zuckte mit den Schultern, und sie betrachtete wieder das Spiel der Muskeln unter seiner nassen Haut. »Wir sind verheiratet. Nichts, was wir von jetzt an in diesen Räumen zusammen tun, ist falsch.«

Sie hatte schon fast vergessen, dass sie seine Frau war. Moralische Überlegungen galten nun ja eigentlich nicht mehr für sie. Aber es war gerade das Körperliche, was sie zu vermeiden versuchte, bis Armond bereit war, ihr mehr als das zu geben. »Ich fände das nicht fair«, sagte sie. »Ich bin nicht bereit ... unsere Ehe zu vollziehen, und dich auf intime Weise zu berühren, könnte dich dazu verleiten zu glauben, ich wäre es. Es wäre wie ... wie ...«

»Getändel«, warf er hilfreich ein. »Wie Liebesspiel.«

»Liebesspiel? Was ist das?«

Sie hörte ihn leise lachen. »Komm und sieh mich an, dann zeige ich es dir.«

Durfte sie das wagen? Sie erinnerte sich, dass sie schon einiges in seiner Gegenwart gewagt hatte. Sie hatte gewagt, den Ball der Greenleys mit ihm zu verlassen. Sie hatte gewagt, eine Kutschenfahrt mit ihm zu unternehmen, die zu erheblich mehr Intimitäten geführt hatte, als sie seither miteinander geteilt hatten. Sie hatte es gewagt, ihn zu heiraten. Und sie hatte es gewagt, sich insgeheim zu schwören, dass er sie eines Tages lieben würde. Nicht nur mit seinem Körper, sondern auch mit seinem Herzen.

»Schwörst du, dass ich alles mit dir tun kann, was ich will, und dass du nicht verlangen wirst, das Gleiche auch bei mir zu tun?«

»Ich bin mir zwar sicher, dass ich dann den Wunsch haben werde, mit dir zu schlafen, das tue ich jetzt schon, aber ich schwöre dir, dass ich darauf verzichten werde, den Forderungen meines Körpers nachzugeben, bis auch du dazu bereit bist. Ich habe mich sehr gut unter Kontrolle. Wenn dem nicht so wäre, wärst du längst die meine. Dann hättest du schon in jener ersten Nacht nach dem Ball der Greenleys mir gehört.«

Rosalind empfand es wie einen Schlag ins Gesicht, daran erinnert zu werden, dass sie damals durchaus willens gewesen und dann von ihm verschmäht worden war. Aber damals hatte sie ihn ja nicht einmal gekannt und ihn eigentlich nur benutzen wollen, um ihre Pläne, Franklin zu entkommen, voranzutreiben. Und letztendlich hatte er ihr ja auch geholfen zu entkommen. Aber wohin zu entkommen? In eine Ehe ohne Liebe? Eine Ehe, in der ihre gemeinsame Zukunft einzig und allein auf einer gegenseitigen körperlichen Anziehungskraft basieren würde? Und die Selbstgefälligkeit, mit der er von seiner Kontrolle sprach, ging ihr auf ihre ohnehin schon äußerst angespannten Nerven. Denn anders als er hatte sie sich überhaupt nicht unter Kontrolle, wenn sie sich mit den Gefühlen konfrontiert sah, die er in ihr weckte.

Er hatte ihr einen Grund gegeben, genau das zu tun, was sie wollte, und gleichzeitig auch seine Vertrauenswürdigkeit zu erproben. Rosalind erhob sich aus ihrer knienden Stellung hinter ihm und ging um die Wanne herum, um Armond anzusehen. Ihre

Blicke begegneten sich, und obwohl er es zu verbergen suchte, konnte sie sehen, dass ihre Entscheidung ihn doch überraschte. Ohne den Blick von seinen Augen abzuwenden, beugte Rosalind sich über die Wanne.

Sie hatte die Seife noch immer in der Hand und begann nun damit über seine nackte Brust zu reiben, um sie gründlich einzuseifen, bevor sie ihre Hände folgen ließ, um Muster in den Schaum auf seiner Haut zu zeichnen. Durch den Dampf kräuselte sich ihr das Haar ins Gesicht, aber es gelang ihr einfach nicht, den Blickkontakt mit Armond lange genug zu unterbrechen, um es sich aus den Augen zu streichen.

Als ihre Fingerspitzen seine Brustwarzen streiften, hörte sie ihn scharf die Luft einziehen, aber er hielt sie immer noch mit seinem Blick gefangen. Sie hätte gern seine Brust betrachtet. Die Muskeln, die flachen runden, kupferfarbenen Brustwarzen. Sein Oberkörper war glatt, bis auf einen Streifen weichen Haars, der unter seinem Brustbein begann und sich bis zu seinem Bauch hinunterzog. Zu seinem Bauch, der sie an ein Waschbrett erinnerte, und zu einer Stelle, wo das Haar um sein hervorstehendes Glied ein wenig dunkler war. Rosalind war gar nicht bewusst, dass ihre Hand ihren Gedanken gefolgt war ... diesem schmalen Streifen dunkleren Haars gefolgt war, bis Armonds Blick noch durchdringender wurde, während er ihr beständig in die Augen sah.

Ihre Hand war unter der Wasseroberfläche verschwunden und lag nun direkt über der kleinen Vertiefung seines Nabels. Durfte sie es wagen, ihn *dort* zu berühren? Sie wollte es, wie sie schon lange nichts mehr gewollt hatte. Sie wollte die Form und das Gewicht dieses Körperteils von ihm, das ihn so männlich machte, unbedingt spüren. Und so ließ sie langsam ihre Finger tiefer gleiten und legte sie um seinen harten Schaft. Wieder zog er scharf den Atem ein, und seine Augen glühten förmlich.

Sie konnte nicht einmal ihre Finger um ihn schließen, so groß war er, und sie war ungemein verblüfft über die zarte Haut, die seine Männlichkeit bedeckte. Die Spitze war größer, die Haut dort fast so weich wie Samt. Ein wenig zaghaft ließ sie ihre Hand an ihm hinauf- und wieder hinuntergleiten. Sein Körper zuckte unwillkürlich zusammen, aber auch diesmal unterbrach er den Blickkontakt mit ihr nicht.

»Tut es weh, wenn ich das tue?«, flüsterte sie, weil er die Zähne zusammenbiss und überhaupt nicht mehr belustigt über ihre Neugier schien.

»Es macht mich verrückt«, antwortete er. »Du machst mich verrückt. Schon dein bloßer Anblick. Dein Duft.«

Kein Mann könnte ihr so eindringlich in die Augen sehen und lügen. Rosalind beugte sich noch weiter zu ihm vor, so weit, dass ihr Atem sich vermischte. Seine Hand umfasste plötzlich ihren Hinterkopf. Und dann küsste er sie.

Inmitten des heißen Wasserdampfs drang er mit seiner Zunge in die warme Höhlung ihres Mundes ein und vollführte dort einen aufreizenden Tanz mit ihrer. Rosalind war nicht einmal bewusst, dass ihre Hand, die seinen Schaft noch immer fest umschlossen hielt, den Bewegungen seiner Zunge folgte. Sie merkte auch nicht, dass er ihr Kleid bis zur Taille aufgeknöpft hatte, bis sie seine Hände in ihrem Mieder spürte.

Eine ihrer fast schmerzhaft angespannten Brüste drängte sich gegen seine Hand, ihre zarte Knospe versteifte sich in sinnlicher Erwartung. Armond strich mit seiner schwieligen Handfläche darüber, bis sie sich noch mehr verhärtete und Rosalind vor Wonne zu vergehen glaubte. Dann war sein Mund an ihrem Nacken, wo er einen heißen Pfad aus Küssen und sanften kleinen Bissen über ihre Haut beschrieb, bis er schließlich die Vorderseite ihres Kleids ganz öffnete und ihr Hemd herunterzog, um ihre Brüste zu entblößen.

»Entzückend«, hörte sie ihn murmeln, bevor er eine ihrer Brustspitzen zwischen die Lippen nahm.

Sie bog sich ihm entgegen, drückte und streichelte ihn mit

ihrer Hand und hörte sein tiefes Aufstöhnen an ihren Brüsten. Plötzlich schloss sich seine andere Hand unter dem Wasser um die ihre und beendete ihre intimen Liebkosungen.

»Was machst du mit mir?« Er lehnte sich zurück, um sie anzusehen. »Was hast du schon mit mir gemacht?«

Sie verstand nicht, was er meinte. »Ich weiß nicht.«

»Du weißt genug«, versicherte er ihr. »Genug, um meine Kontrolle zu erschüttern. Du musst jetzt aufhören, Rosalind. Hör auf, bevor du mich unter deinen unschuldigen Liebkosungen die Kontrolle verlieren siehst.«

Die Kontrolle verlieren? Was meinte er damit? Und sie sehnte sich noch immer so nach ihm. Nicht nur ihre Brüste, die begierig auf weitere seiner Zärtlichkeiten warteten, sondern auch die Stelle dort unten zwischen ihren Beinen. Sie hatte geglaubt, wenn er ihr die Kontrolle überließ, würde sie auch ihre eigenen Empfindungen kontrollieren können. Aber sie hatte sich geirrt. Es war letztlich doch ein Trick gewesen. Wie hätte sie aber auch wissen können, dass er, indem er ihr erlaubte, ihn zu berühren, sie dazu bringen würde, auch von ihm berührt werden zu wollen?

Rosalind nahm ihre Hand von seiner pulsierenden Härte und wich abrupt vor ihm zurück. Sie verspritzte sogar Wasser auf ihr Kleid, als sie es hastig zuknöpfte.

»Es tut mir leid«, flüsterte sie. »Ich . . . ich kann nicht.« Das war alles, was sie herausbekam, bevor sie sich vom Boden aufrappelte, in ihr Zimmer lief und die Tür hinter sich zuschlug.

Zitternd lehnte sie sich an die Tür und kämpfte gegen die Versuchung an, sie wieder zu öffnen und hineinzugehen, zu verlangen, dass er die Kontrolle verlor, was immer das auch heißen mochte. Halb fürchtete sie, halb wünschte sie, dass er versuchen würde, die Tür zu öffnen, ja, dass er sich vielleicht sogar mit seinem ganzen Gewicht gegen sie werfen und sich selbst so mitten in ihr Zimmer katapultieren würde.

Sie hatte sich schamlos und frivol aufgeführt. Aber eigentlich hatte er ihr dieses Verhalten geradezu erlaubt. Außerdem war sie seine Frau und besaß doch damit sogar das Recht, schamlos zu sein, wenn ihr der Kopf danach stand. Was konnte sie nun erwarten? Nichts anderes, als dass er in ihr Zimmer stürmte und sich von seiner schlimmsten Seite zeigte … oder vielleicht eher von seiner besten.

16. Kapitel

Armond hatte dem Bedürfnis widerstanden, in Rosalinds Zimmer zu stürmen und zu beenden, was sie begonnen hatten. Stattdessen hatte er sich für den Abend angezogen und war ausgegangen. Er hatte Chapmans Kutschenhaus beobachtet, und als Rosalinds Stiefbruder in seinem Phaeton herauskam, war Armond ihm gefolgt. Es überraschte Armond nicht, dass es Chapman zu dieser späten Stunde noch nach Covent Garden trieb. Die Gegend war ein berüchtigter Treffpunkt für Prostituierte.

Auch Bess O'Conner war früher regelmäßig an diesem Ort gewesen, wie Armond vor acht Monaten herausgefunden hatte. Er vermutete, dass auch die erst kürzlich in seinem Stall gefundene Tote eine Straßenhure gewesen war. Es erstaunte ihn, dass Chapman keinen kostspieligeren Geschmack hatte, wenn es um weibliche Gesellschaft ging. Aber vielleicht dienten diese Frauen seinen Zwecken sogar besser, falls er die Frauen wirklich schlug, bevor oder nachdem er intime Beziehungen mit ihnen hatte.

Der Einspänner vor Armond verlangsamte die Fahrt, als sie sich einer Ecke näherten, an der vier Frauen standen. Eine von ihnen löste sich aus der Gruppe und schlenderte auf den Wagen zu. Ihr Kleid war sehr freizügig geschnitten, wie es für eine Frau ihres Gewerbes üblich war. Armond schloss die Augen und konzentrierte sich darauf, das Gespräch zu hören. Es war ein seltsames Talent, das er nun aber als Geschenk betrachtete.

»Suchst du Gesellschaft, Süßer?«, sprach die Prostituierte Chapman an.

»Ja«, antwortete Chapman. »Aber nicht deine. Schick mir die braunhaarige Frau in dem roten Kleid herüber. Sie ist schlanker und mehr nach meinem Geschmack.«

»Sie ist dürr«, widersprach die Frau. »Ich dagegen bin schön mollig, was die Männer, glaub ich, mehr mögen als solch knochige Vogelscheuchen wie die da drüben. Du wirst doch etwas haben wollen, woran du dich festhalten kannst, mein Süßer.«

»Hier hast du Geld, damit du tust, was ich dir sage«, blaffte Chapman. »Und jetzt schick mir die Dunkelhaarige herüber und beeil dich bitte.«

Für einen Moment herrschte Schweigen. Armond öffnete die Augen, spähte in die Dunkelheit und sah die Frau, die sich Chapman genähert hatte, mit einer anderen Prostituierten sprechen – einer schlanken Brünetten, die ein leuchtend rotes Kleid trug. Die Dunkelhaarige näherte sich Chapman.

»Molly sagt, du interessierst dich für mich«, sagte sie. Dann blickte sie über ihre Schulter und murmelte: »Die fette Kuh. Ich habe ein Zim ...«

»Ich brauche kein Zimmer«, unterbrach Chapman die Frau. »Ich habe einen Ort, wo wir zur Sache kommen können.«

Die Dunkelhaarige stützte eine Hand auf ihre Hüfte. »Und wie komme ich danach zurück? Ich laufe nicht durch die ganze Stadt ...«

»Ich werde dafür sorgen, dass du zurückgebracht wirst«, versicherte ihr Chapman. »Und nun steig ein.«

Die Brünette zögerte nicht. Sie ging um den Wagen herum und kletterte hinein. Chapman hat eine Brutstätte für Frauen gefunden, die ihn ohne Fragen zu stellen begleiten und nicht genug Vernunft besitzen, um zu wissen, dass sie das nicht tun sollten, dachte Armond.

Er vermutete, dass viele Leute in London, die Behörden selbst mit eingeschlossen, wahrscheinlich der Ansicht waren, dass Frauen wie diese Brünette sich des Risikos bewusst waren und gewöhnlich auch bekamen, was sie verdienten, wenn sie dumm genug waren, ihren Körper auf der Straße zu verkaufen. Auch das kam Chapman sehr zugute, falls er tatsächlich Bess O'Conner und die erst kürzlich in Armonds Stallungen aufgefundene andere Frau ermordet hatte.

Chapman setzte den Phaeton in Bewegung, und Armond nahm seine Verfolgung wieder auf, wobei er jedoch genügend Abstand zwischen sich und Chapman ließ, um nicht bemerkt zu werden. Wohin auch immer er die Frau zu bringen gedachte, er fuhr jedenfalls nicht in Richtung seines eigenen Hauses. Tatsächlich wurde die Umgebung im Lauf der Fahrt sogar immer finsterer. Hätte Armonds Aufmerksamkeit nicht ausschließlich dem Phaeton gegolten, den Chapman fuhr, und seinen Bemühungen, mit ihm Schritt zu halten, hätte er vielleicht die Gefahr bemerkt, die ihm in dieser unwirtlichen Gegend drohte. Aber so sah er sie viel zu spät.

Fünf Männer lösten sich aus den Schatten und stürzten auf ihn zu. Sein Pferd scheute, und während Armond das Tier noch unter Kontrolle zu bringen versuchte, gelang es einem der Männer, ihn am Bein zu packen und vom Pferd zu reißen. Armond landete auf dem harten Kopfsteinpflaster und prallte dabei mit dem Kopf auf die Steine.

»Sucht seinen Geldbeutel«, hörte er einen der Männer sagen. »Warum sollten wir uns all die Mühe machen, ohne noch was extra zu verdienen?«

Flinke Hände durchsuchten Armonds Taschen. Er ließ sich die Betatscherei gefallen, bis sein Kopf wieder etwas klarer wurde. Die Gesichter der über ihn gebeugten Kerle waren noch immer leicht verschwommen, aber er streckte die Hand nach oben aus und packte einen Mann am Kragen. Dann zog er die Faust zurück und hieb sie dem Mann direkt auf die Nase. Blut spritzte und befleckte Armonds Kleider.

Der Mann taumelte zurück. »Verdammter Mist, verflucht! Er hat mir die Nase gebrochen!«

Irgendetwas an dem Blut, an dem Geruch des Blutes spornte Armond an und verlieh ihm die Kraft, vier Männer von sich zu stoßen und sich wieder aufzurappeln. Armond war beigebracht worden, faire Faustkämpfe zu führen, als er noch ein kleiner Junge gewesen war, aber das würde ihm in dieser Nacht nichts nützen. Nicht bei diesen Männern. Alle waren stämmige, hartgesotten aussehende Burschen, die ihn wie ein Rudel hungriger Wölfe umkreisten.

»Pack ihn dir von hinten!«, schrie ein Mann einem anderen zu.

Armond fuhr herum, trat aus und landete einen harten Schlag gegen den Kopf des hinter ihm stehenden Mannes. Der Straßenräuber brach zusammen. Armond wandte sich blitzschnell wieder den anderen vor ihm zu, hob seine Fäuste an und wartete.

»Habt ihr gesehen, wie der sich bewegt?«, fragte einer der Männer die anderen. »So was hab ich noch nie bei einem Mann gesehen.«

»Schnappt ihn euch!«, brüllte jemand, und zwei Männer griffen Armond von vorne an, während einer auf seinen Rücken sprang und ihn mit seinen muskulösen Armen zu umschlingen versuchte. Armond steckte einen Schlag ans Kinn ein, aber er warf den Kopf zurück und ließ ihn gegen das Gesicht des Mannes krachen, der ihn festhielt. Der Mann heulte vor Schmerz auf und ließ von Armond ab.

Endlich wieder frei, versetzte Armond einem weiteren Mann einen Faustschlag in den Magen. Mit einem laut vernehmbaren Pfeifen entwich die Luft aus den Lungen seines Angreifers. Ein weiterer Mann griff Armond an, den er mit einem wohlgezielten Tritt von seinen Füßen riss. Armonds Blut sang in seinen Adern, und er merkte, dass er kämpfte, wie er noch nie zuvor gekämpft hatte. Seine Sinne waren so geschärft, dass er schon fast das Gefühl hatte, die Absichten der Männer erraten zu können, bevor sie sie ausführen konnten.

Er wusste, dass der Mann vor ihm ihn angreifen würde, noch bevor er es tatsächlich tat. Aber was Armond nicht erwartete, war, den Mann urplötzlich innehalten oder sein Gesicht in der Dunkelheit ganz bleich werden zu sehen.

»Großer Gott, seht euch seine Augen an! Solche Augen habe ich noch nie gesehen.«

Und Armond rechnete auch nicht mit dem heftigen Schlag, der seinen Hinterkopf traf, während er sich auf den vor ihm stehenden Mann konzentrierte und sich fragte, was den Dieb so sehr an ihm erschrecken mochte. Der Schmerz ließ Armond in die Knie gehen. Die Gestalten der ihn umgebenden Männer verschwammen; dann sah er nur noch Dunkelheit.

☆ ☆ ☆

Rosalind war gerade dabei, ihr Haar aufzustecken, als sie die merkwürdigen kleinen roten Flecken sah. Sie beugte sich näher zum Spiegel vor und warf ihr Haar über die Schulter, um ihren Nacken besser sehen zu können. Komisch, dachte sie. Zwei kleine rote Abdrücke verunzierten ihre ansonsten makellose Haut. Abdrücke von Zähnen vielleicht, nur glaubte sie nicht, dass normale Zähne diese beiden kleinen Vertiefungen erzeugen konnten. Sie sahen eher aus wie ... Bisswunden. Wie Bisswunden von Hundezähnen vielleicht.

Sie erinnerte sich, dass Armond am vergangenen Tag ihren Nacken geküsst und dann hineingebissen hatte, während sie sich ihm so schamlos während seines Bads gewidmet hatte. Die Erinnerung trieb ihr die Röte in die Wangen. Sie hatte erwartet, dass Armond danach in ihr Zimmer stürmen und seine ehelichen Rechte verlangen würde, doch das hatte er nicht getan. Tatsächlich hatte sie ihren Mann seit diesem intimen kleinen Zwischenspiel nicht mal mehr gesehen.

Ihr Blick glitt zu der noch immer geschlossenen Tür, die ihre Zimmer verband – oder sie trennte, je nachdem, wie man es sehen wollte. Sie hatte bisher auch keinerlei Geräusche aus seinem Zimmer gehört und ging deshalb nun zur Tür, um zu lauschen. Nichts. Dann legte sie die Hand auf den Türknauf und versuchte ihn langsam umzudrehen, damit er kein Geräusch verursachte. Die Tür quietschte leise, als Rosalind sie öffnete. Aber das Zimmer war leer, als sie hineinging. Ihr Ehemann war nicht da.

Die Badewanne vom Tag zuvor war fortgebracht worden. Der Raum war aufgeräumt, das Bett gemacht. Sie setzte sich auf die Bettkante und dachte, dass dies das Bett war, in dem Armond schlief. Wo sie, wenn sie das Gefühl hatte, dass der rechte Augenblick gekommen war, was vermutlich dann sein würde, wenn sie sicher sein konnte, dass er mehr als körperliche Lust für sie empfand, ihre Ehe vollziehen würden. Ein Bild seines nackten Körpers kam ihr in den Sinn, und sie fächelte sich Luft zu, weil ihr plötzlich ganz warm geworden war.

Sie hoffte, dass es keine Sünde war, an einen Mann zu denken und sich zu fragen, wie es sich anfühlen würde, seinen nackten Körper an ihrem eigenen zu spüren. Dann fiel ihr wieder ein, dass dieser Mann ihr Ehemann war und man es daher wohl kaum als sündhaft bezeichnen konnte. Rosalind stand wieder auf und strich eine Falte auf der Bettdecke glatt, die ihren Aufenthalt in Armonds Zimmer hätte verraten können. Dann ging sie langsam durch den Raum, blieb stehen, um seine Haarbürste, sein Rasierzeug und einige andere seiner persönlichen Gegenstände zu betrachten.

Ein leises Klopfen ertönte an der Tür, bevor sie sich öffnete und Hawkins im Zimmer stand. »Guten Morgen, Lady Wulf«, begrüßte er sie höflich und schien überhaupt nicht überrascht, sie im Schlafzimmer seiner Lordschaft zu sehen. »Ich wollte Lord Wulf nur sagen, dass das Frühstück aufgetragen ist«, bemerkte er, ohne sie anzusehen.

»Er ist nicht hier«, sagte Rosalind. »Ist er nicht unten?«

Der Diener runzelte die Stirn. »Nein, Mylady. Ich habe ihn nicht mehr gesehen, seit er gestern Abend das Haus verließ.«

Rosalind warf einen Blick auf das Bett. »Hat Lord Wulf die Angewohnheit, sein Bett selbst zu machen?«

»Wohl kaum«, erwiderte der Diener.

Was dies alles bedeutete, war mehr als offensichtlich. Armond hatte die Nacht ganz sicher nicht in seinem eigenen Bett verbracht. Rosalind wusste nicht, wie sie darauf reagieren sollte. Sie kannte Armond nicht gut genug, um 18 beurteilen zu können, ob dies sein übliches Verhalten war, oder ob sie sich Sorgen um sein Verbleiben machen müsste. Dann dachte sie, dass sie als seine Frau auf jeden Fall beunruhigt sein müsste, dass er die Nacht nicht in seinem Bett verbracht hatte. Denn wenn er nicht in seinem Bett geschlafen hatte, stellte sich die Frage, in wessen Bett er die Nacht dann verbracht hatte.

»Sie sagten, das Frühstück ist aufgetragen?«, bemerkte sie, weil ihr das Schweigen langsam unangenehm wurde.

»Ja, Mylady. Werdet Ihr hinunterkommen, oder soll ich Euch ein Tablett hinaufbringen lassen?«

»Ich komme hinunter«, beschloss Rosalind. Sie folgte Hawkins, obwohl sie ihr Haar nicht aufgesteckt hatte, wie sie es eigentlich vorgehabt hatte. Aber es aufzustecken, würde nur unnötige Aufmerksamkeit auf die merkwürdigen Spuren an ihrem Nacken lenken.

Sie ertappte sich dabei, dass sie hoffte, Armond würde plötzlich von irgendwoher erscheinen, als sie das Speisezimmer betrat. Sein Platz blieb jedoch leer. Sie setzte sich und versuchte etwas zu frühstücken. Nach einer Weile merkte sie jedoch, dass sie nur in dem Essen herumpickte und im Grunde gar nichts aß. Als Hawkins irgendwann vorbeikam, rief sie ihn.

Der Diener verhielt den Schritt und sah sie mit erhobener Augenbraue an. »Ist Lord Wulf zurück?«, fragte sie ihn.

Hawkins wandte seinen Blick ab. »Nein, Mylady.«

»Danke«, entließ sie ihn, ein bisschen verlegen, dass sie sich erst zwei Tage nach ihrer Heirat schon nach dem Verbleib ihres Ehemanns erkundigen musste. Rosalind gab es auf, etwas essen zu wollen. Je länger sie über Armonds Abwesenheit nachdachte, desto schlimmer drehte sich ihr der Magen um. Sie hoffte, dass Franklin nicht irgendwie verantwortlich für sein Verschwinden war. Wenn Armond nicht bald nach Hause kam, würde sie vielleicht sogar den Mut aufbringen, zum Nachbarhaus zu gehen und ihren Stiefbruder zu fragen.

Nervös verließ sie das Speisezimmer und ging wieder nach oben. Dort holte sie ihr Nähkörbchen, in der Hoffnung, dass die Arbeit an ihrer Stickerei die Zeit ein wenig schneller verstreichen lassen würde. Dass sie sich nicht konzentrieren konnte, machte ihre Aufgabe jedoch nicht gerade leichter. Nach einer Weile klopfte es leise an ihrer Tür. »Ja?«, rief sie.

Hawkins trat ein. Rosalind hielt den Atem an und hoffte, dass er hinaufgekommen war, um ihr zu sagen, dass Armond endlich heimgekommen war. Aber seine Botschaft überraschte sie.

»Unten erwartet Euch ein Gast, Mylady«, sagte er und überreichte ihr eine Visitenkarte. Rosalind war so verblüfft, dass sie im ersten Moment nicht wusste, was sie sagen sollte.

Doch dann erwiderte sie: »Ich komme sofort hinunter«, und bevor Hawkins den Raum verließ, bat sie ihn noch: »Es wäre nett, wenn Sie Tee im Salon servieren könnten, Hawkins, falls es Ihnen nicht zu viel Mühe macht.«

Er nickte zustimmend und schloss die Tür. Rosalind überprüfte im Spiegel noch einmal kurz ihr Aussehen, bevor sie dann hinunterging. Als sie den Salon betrat, sah sie eine in einen Umhang mit Kapuze gehüllte Gestalt, die vor dem Porträt der Familie Wulf stand, das über dem Kaminsims hing.

»Lady Amelia?«

Die junge Frau drehte sich um, schlug die Kapuze ihres Capes zurück und sah Rosalind lächelnd an. »Ich konnte die Gerüchte, Ihr hättet Lord Wulf geheiratet, nicht glauben. Deshalb musste ich einfach herkommen und mich selbst von ihrer Wahrheit überzeugen.«

Rosalind sah sich nach der Anstandsdame der jungen Frau um

und fragte sich, wie Lady Amelia die Erlaubnis erhalten hatte, Rosalind, oder genauer gesagt, Rosalind in Armond Wulfs Haus zu besuchen.

»Ich habe mich davongeschlichen«, sagte die junge Frau, als hätte sie Rosalinds Gedanken erraten. Dann kam sie zu ihr und ergriff ihre beiden Hände. »Ich muss Euch ehrlich sagen, dass Ihr in aller Munde seid. Man kritisiert nicht nur Eure Kühnheit, Armond Wulf zu heiraten, sondern erzählt auch, dass Ihr schon seine Geliebte wart, bevor die Hochzeit stattfand. Ich für meinen Teil jedoch kann Euch zu Eurem Mut nur gratulieren.« Ihre hübschen blauen Augen funkelten. »Ich wusste bereits auf dem Ball der Greenleys, dass mehr zwischen Euch und Lord Wulf war, als Ihr mir sagen wolltet. Und wie er Euch dann bei den LeGrandes von der anderen Seite des Raums anstarrte ...« Sie hielt inne, um dramatisch aufzuseufzen. »Er bringt Euch eine solche Leidenschaft entgegen!«

Rosalind hätte über Lady Amelias theatralische Art gelächelt, wenn sie nicht plötzlich das Gefühl gehabt hätte, als würde ihr das Herz brechen. Leidenschaft empfand Armond für sie, das stimmte zweifellos, aber keine Liebe.

Als Hawkins mit dem Teeservice hereinkam, trug er, ungeachtet der Tatsache, dass ein normalerweise reiner Männerhaushalt plötzlich von Frauen erobert wurde, wie immer seinen üblichen gelangweilten Gesichtsausdruck zur Schau. »Soll ich einschenken, Mylady?«

»Nein, das erledige ich schon selbst«, sagte Rosalind. »Danke, Hawkins.«

Der Diener nickte und zog sich wieder zurück.

Lady Amelia kicherte. »Wenn sein Rücken noch gerader wäre, würde ich sagen, er hat einen Stock verschluckt.« Die hübsche Blonde blickte sich um. »Euer Gatte ist nicht hier, nicht wahr?«

Die Erinnerung, dass Armond immer noch vermisst wurde, verdarb Rosalind die Freude an Lady Amelias Besuch. »Nein, im

Augenblick nicht«, antwortete sie. Während sie den Tee einschenkte, entstand ein ungemütliches Schweigen. Schließlich sprang Lady Amelia auf und ging zum Kamin, in dem ein kleines Feuer brannte.

»Ich muss gestehen, dass ich noch einen anderen Grund hatte, Euch zu besuchen, als die Freundschaft zwischen uns zu festigen.«

Rosalind seufzte enttäuscht. Sie hatte sich eine Freundin erhofft, vermutete nun aber, dass es Lady Amelia anscheinend nur darum ging, möglichst viele pikante Informationen zu sammeln, um sie anschließend mit ihren Freunden betratschen zu können. »Was kann ich für Euch tun, Lady Amelia?«, fragte sie in kühlem Ton.

Die junge Frau drehte sich nicht zu ihr um. »Zunächst einmal möchte ich Euch bitten, mich Amelia zu nennen. Warum so förmlich unter Freundinnen? Und dann könnt Ihr mir etwas von ihm erzählen«, sagte sie und zeigte auf das Porträt der Wulfs.

Rosalind war erfreut, dass Amelia ihre Freundschaft bestätigt hatte, gleichzeitig aber auch ein bisschen verwirrt. »Lord Gabriel?«, fragte sie.

Amelia errötete, als sie sich wieder zu ihr umdrehte. »Ich sah ihn mit Eurem Gatten in der Stadt. Er ist so gut aussehend, dass es mir fast den Atem raubte. Ich konnte nicht mehr aufhören, an ihn zu denken, was äußerst unschicklich ist, wenn man bedenkt, dass ich nicht einmal dann aufhören kann, an ihn zu denken, wenn ich bei Lord Collingsworth bin, der um meine Hand anhalten wird, soviel ich weiß.«

Ihrem Dilemma hätte Rosalind vielleicht mehr Anteilnahme entgegengebracht, wenn es da nicht schon einen Mann gegeben hätte, an den auch sie schier unaufhörlich denken musste. Ihr Ehemann. Wo steckte Armond bloß?

17. Kapitel

Mit dröhnendem Kopf und noch immer leicht benommen, kam Armond allmählich wieder zu sich. Nachdem er feststellen musste, dass er nicht wusste, wo er war, versuchte er sich so gut wie möglich zusammenzureißen. Trotzdem hatte er Mühe, sich zu erinnern, wie er in sein Bett gekommen war. Er erinnerte sich nicht einmal mehr, am vergangenen Abend heimgekehrt zu sein. Für einen Moment erinnerte er sich an gar nichts mehr von der letzten Nacht. Als er sich umdrehte, sah er, dass Rosalind neben ihm schlief. Sie wandte ihm den Rücken zu, und ihr dunkles Haar war wild zerzaust.

Was tat sie in seinem Bett? Er streckte die Hand aus, berührte ihre nackte Schulter und versuchte sie zu wecken. »Rosalind?«

Sie antwortete nicht, und erst da bemerkte er, dass ihre Haut ganz kalt war. Armond setzte sich auf und beugte sich über sie, um sie anzusehen. Ihre Augen standen offen und starrten blicklos geradeaus. Ein dünnes Rinnsal Blut lief aus ihrem Mundwinkel zu ihrem Kinn. Zu ihrem Kinn, das fast vollständig von einem großen blauen Fleck verunziert war.

»Oh Gott!« Armond wich entsetzt vor ihr zurück. Die Frau an seiner Seite war nicht Rosalind. Die Frau war eine Tote. Fieberhaft ließ er seinen Blick durch das ihm unbekannte Zimmer gleiten. Bis auf eine auf den Boden geworfene Matratze – auf der er offenbar die Nacht verbracht hatte –, und die tote Frau an seiner Seite war es leer. Armond rappelte sich auf. Sofort wurde das Pochen in seinem Kopf noch unerträglicher.

Wieder blickte er sich in dem leeren Zimmer um, versuchte sich zu erinnern, wie er hierher – wo auch immer das sein mochte – gekommen war, und wieso er neben einer toten Frau lag. Sein Blick glitt noch einmal zu ihrer leblosen Gestalt. Sie war nackt, aber irgendjemand hatte eine dünne Decke über sie geworfen. Armond erhob sich und holte tief Luft, bevor er um die Matratze herumging und sich über die Tote beugte.

Behutsam schloss er ihre leeren Augen. Und genau in diesem Moment überfluteten die Ereignisse der Nacht zuvor sein Gedächtnis. Er war Chapman nach Covent Garden gefolgt. Er hatte Chapman mit einer Prostituierten wegfahren sehen … einer, die ebenso dunkelhaarig gewesen war, wie die Frau vor ihm. Armond befühlte seinen Hinterkopf, bis eine große Beule ihn zusammenfahren ließ. Er war von Straßenräubern überfallen worden. Er tastete in seinen Taschen nach seiner Geldbörse. Sie war nicht mehr da.

Einer der Männer hatte ihn mit irgendetwas, einem Stein vermutlich, auf den Hinterkopf geschlagen. Aber wie war er hierher gekommen? Und warum war er hierher gekommen? Als er draußen Stimmen hörte, horchte er auf, ging zu einem schmutzigen, trüben Fenster und warf einen Blick hinaus. Er befand sich im ersten Stock eines scheinbar leer stehenden Hauses. Unter ihm auf dem Hof sah er einen Mann, der mit einem jungen Paar in Richtung Haustür kam. Armond versuchte das Fenster aufzuschieben, aber es war so dreckverkrustet, dass es klemmte.

Er schloss die Augen und versuchte das Gespräch, das unter ihm geführt wurde, zu hören.

»Das Haus ist in keinem guten Zustand, aber gerade deshalb ist die Miete ja so günstig. Ich denke, dass ein nettes junges Paar wie Sie hier gut zurechtkommen würde. Sie müssen nur ein bisschen sauber machen und renovieren, und schon werden Sie hier ein hübsches Heim haben.«

»Die Nachbarschaft ist nicht sehr gut«, bemerkte die Frau leise. »Ich hatte mir ein Zuhause gewünscht, wo ich nachts schlafen kann, ohne Angst haben zu müssen, dass jemand einbricht und mir die Kehle durchschneidet.«

»So schlimm ist es nun auch wieder nicht, Emma«, sagte der

jüngere Mann. »Und das Haus ist größer als alle anderen, die wir zu diesem Preis gesehen haben.«

Armond hörte das Klirren von Schlüsseln.

»Na so was; es ist nicht einmal verschlossen«, bemerkte der ältere Mann mit einem nervösen kleinen Lachen. »Ich muss vergessen haben, es abzuschließen, als ich das Haus das letzte Mal Interessenten zeigte.«

»Siehst du, Emma«, sagte der jüngere Mann. »Es ist nicht einmal verschlossen, und nicht ein einziges zerbrochenes Fenster ist zu sehen. So schlimm ist die Nachbarschaft gar nicht.«

Armond begriff, dass er in Schwierigkeiten war. Und er begriff nun auch, dass er ganz bewusst in diese Situation gebracht worden war. Er hörte die Leute im Erdgeschoss herumspazieren. Es war nur eine Frage der Zeit, wann sie nach oben kommen würden – nach oben, wo sie ihn in einem Raum mit einer toten Frau entdecken würden. Erneut versuchte er, das Fenster hochzuschieben. Er war ungewöhnlich stark, aber er konnte das verdammte Ding nicht von der Stelle bewegen. Bei einem weiteren Blick hinaus bemerkte er, dass das schräge Dach zu allem Übel auch noch relativ weit vom Fenster entfernt war. Selbst wenn es ihm gelänge, es zu öffnen und hinauszusteigen, hätte er einen Sprung in verdammte Tiefe vor sich.

»Oben sind noch zwei weitere Zimmer. Eins würde sich, glaube ich, sehr gut für ein Kinderzimmer eignen.«

Die Leute kamen die Treppe herauf. Wenn es hier oben nur zwei Räume gab, konnte es auch keinen nennenswerten Flur geben. Keinen Platz also, an dem Armond sich verstecken und versuchen konnte, sich aus dem Haus zu schleichen, sobald das Paar und der ältere Herr in eins der Zimmer gegangen waren. Armond hasste Heimlichkeiten, aber man hatte ihn in diese Situation gebracht, um ihn in einen weiteren Mordfall zu verwickeln. Er durfte sich hier auf keinen Fall erwischen lassen.

Er durfte nicht riskieren, identifiziert zu werden. Denn diesmal hatte er wirklich niemanden, der bezeugen konnte, was ihm gestern Abend zugestoßen war. Diesmal würde seine Aussage, der die Polizeibeamten ohnehin niemals Glauben schenken würden, gegen sehr vernichtende Beweise stehen.

Er versuchte noch einmal, das Fenster aufzuschieben. Aber es gab nicht nach.

»Wo ist mein Stiefbruder?«

Mary zeigte ein überraschtes Gesicht, als sie Rosalind vor der Tür stehen sah. »In seinem Arbeitszimmer, Lady Wulf, aber ich dachte, Ihr würdet nicht hierher kommen, solange er zu Hause ist.«

»Ich muss ihn sprechen.« Rosalind trat ein und ging in Richtung des hinteren Hausteils, in dem Franklin ein kleines Arbeitszimmer hatte. Sie fürchtete sich vor dem Wiedersehen mit ihm, insbesondere, weil sie allein war. Noch sehr viel größere Sorgen machte sie sich jedoch um Armond. Es war bereits Nachmittag, und er war noch immer nicht zu Hause. Selbst Hawkins schien besorgt zu sein, auch wenn er seine Gefühle sehr gut zu verbergen wusste.

Rosalind hatte das schreckliche Gefühl, dass Armond etwas zugestoßen war. Und sie hatte guten Grund zu der Vermutung, dass Franklin mit dem Verschwinden ihres Ehemanns etwas zu tun hatte.

Die Arbeitszimmertür stand offen. Franklin saß an seinem Schreibtisch und sah Papiere durch. Rosalind straffte die Schultern und trat ein.

»Was hast du mit meinem Mann gemacht?«, herrschte sie ihn an.

Franklin blickte auf. »Rosalind«, sagte er. »Wie schön, dich wieder mal zu sehen.«

»Wo ist er?«, beharrte sie, ohne sich auch nur sekundenlang

von der Freundlichkeit ihres Stiefbruders täuschen zu lassen. »Ich weiß, dass du ihm etwas angetan hast.«

Franklin erhob sich von seinem Schreibtisch und kam auf sie zu. »Ich habe deinen Mann nicht mehr gesehen seit unserer letzten Begegnung an dem Morgen, an dem du davonliefst, um diesen Schuft zu heiraten. Womit du mich übrigens in eine äußerst peinliche Situation gebracht hast, möchte ich noch hinzufügen, Rosalind. Aber meine Gefühle interessieren dich ja sowieso nicht, oder?«

»Nein«, erwiderte sie ehrlich. »Genauso wenig wie die meinen dich interessieren. Armond kam gestern Abend nicht nach Hause, und ich habe den Verdacht, dass du irgendwie dafür verantwortlich bist, Franklin.«

Ihr Stiefbruder zog eine Braue hoch. »Schon jetzt hast du Probleme, Rosalind? Ich habe keine Ahnung, wo dein Mann steckt, und es interessiert mich auch nicht ein bisschen. Du kennst den Mann doch kaum. Vielleicht verbringt er die Nacht ja öfter auf der Pirsch. Vielleicht zieht er erfahrenere Frauen dir kleinem Landei vor, Rosalind. Hast du das denn überhaupt nicht bedacht, bevor du hier hereingestürmt bist und mich beschuldigt hast, ihm etwas angetan zu haben? Nicht, dass ich das nicht gerne täte«, fügte er hinzu. »Er hat mir schließlich etwas weggenommen, das mir gehört.«

Rosalind schob ärgerlich das Kinn vor. »Ich gehöre dir nicht, Franklin. Ich habe dir noch nie gehört.« Sie wusste jetzt, dass er ihr keine Auskunft über Armond geben würde. Es war ausgesprochen dumm von ihr gewesen, zu glauben, er würde es vielleicht tun. Aber sie war so besorgt um Armond gewesen, dass sie einfach nicht klar hatte denken können. Sie wandte sich ab, um das Arbeitszimmer zu verlassen. Doch Sekunden später stand Franklin auch schon vor ihr und verstellte ihr den Weg.

»Hast du auch nur eine Ahnung, wie ärgerlich ich auf dich bin?«

Leider ja. Sie konnte ihm seinen Ärger nur zu deutlich ansehen. Der Puls an seiner Schläfe pochte heftig. »Lass mich vorbei«, forderte sie ihn auf. »Ich stehe nicht mehr unter deiner Fuchtel. Du wirst dich schon allein aus der Bredouille bringen müssen, Franklin. Mich kannst du dazu jetzt nicht mehr benutzen.«

»Du kleines Flittchen«, knurrte er. Und dann hob er die Hand, um sie zu schlagen. Sofort versteifte Rosalind sich in Erwartung seines Schlags. Er kam allerdings nicht. Die Hand zum Schlag erhoben, blickte Franklin aus weit aufgerissenen Augen an ihr vorbei.

»Wenn Ihr sie schlagt, wird es das Letzte sein, was Ihr je getan habt, Chapman.«

»Armond«, flüsterte Rosalind und fuhr zu ihrem Mann herum, der plötzlich hinter ihr stand. Sie war so erleichtert, dass ihre Knie beinahe nachgaben. Seine Kleider waren zerknittert, und er hatte eine hässliche Prellung an der Schläfe, aber sie war in ihrem ganzen Leben noch nie so froh gewesen, jemanden zu sehen. »Ich habe mir solche Sorgen um dich gemacht. Ich ...«

»Geh nach Hause, Rosalind«, unterbrach Armond sie, ohne seinen eisigen Blick von Franklin abzuwenden. »Geh sofort nach Hause.«

Franklin hatte sich von seiner anfänglichen Überraschung schon wieder erholt. »Ihr habt hier nichts zu suchen, Wulf. Also raus mit Euch.«

»Und Ihr habt kein Recht, meine Frau zu schlagen«, gab Armond zurück. »Nie wieder, hört Ihr? Wenn Ihr sie auch nur noch einmal anhaucht, bringe ich Euch um.«

Ihr Stiefbruder zog sich hinter seinen Schreibtisch zurück und setzte sich, als hätte ihm nicht gerade jemand mit dem Tod gedroht. »Gut geschlafen gestern Nacht, Wulf?«, fragte er.

Rosalind hatte keine Ahnung, was Franklin damit sagen wollte, merkte aber, wie zornig Armond darauf reagierte. »Ihr habt diese Frau getötet!«, hörte sie ihn dann auch schon wütend sagen.

Ihr Stiefbruder lächelte nur. »Beweist es.«

»Das werde ich«, versicherte Armond. »Komm, Rosalind.«

Armond nahm ihre Hand und führte sie aus dem Arbeitszimmer. Ihr schossen viele Fragen durch den Kopf, aber sie wartete, bis Mary ihnen die Tür aufgehalten hatte und sie hinausgetreten waren, bevor sie sprach.

»Was ist passiert, Armond? Wo warst du gestern Nacht, und über was für eine Frau hast du gerade geredet?«

»Nicht jetzt«, erwiderte Armond nur knapp. »Wenn wir zu Hause sind.«

Zu Hause. Armonds Haus fühlte sich nicht wie ihr Zuhause an, oder doch zumindest jetzt noch nicht. Sie hoffte, dass sie es eines Tages als Heim empfinden würde. Die Tortur ihres Lebens bei Franklin hatte Rosalind bewusst gemacht, wie sehr sie eine wirkliche Familie vermisste, wie sehr sie lieben und wiedergeliebt werden wollte. Sie wusste tief in ihrem Innersten, dass dies der Grund war, warum sie so bereitwillig zugestimmt hatte, Franklin zu begleiten, um seine Mutter zu besuchen. Die Herzogin war die einzige Person, die Rosalind geblieben war, von der sie dachte, dass sie sie vielleicht wirklich liebte.

Hawkins öffnete ihnen die Tür. Obwohl er sich alle Mühe gab, beim Anblick seines endlich heimkehrenden Dienstherrn ungerührt zu bleiben, konnte Rosalind doch sehen, wie erleichtert er war.

»Ich werde eine Menge Wasser brauchen, um mich zu säubern«, sagte Armond zu ihm. »Bring mir bitte eine Schüssel in mein Zimmer.«

»Sofort, Mylord«, erwiderte Hawkins.

Rosalind folgte Armond in den ersten Stock. Sie hatten sein Zimmer kaum betreten, als er auch schon die Tür schloss und sie zornig anstarrte. »Habe ich dir nicht gesagt, du solltest niemals ohne mich nach nebenan gehen, oder zumindest, wenn du nicht mit Sicherheit weißt, dass Chapman nicht zu Hause ist?«

Armonds Wut verblüffte sie. »Nun ja, das schon«, räumte sie ein. »Aber ich war besorgt um dich. Ich dachte, Franklin ...«

»Es ist mir gleich, warum du dich veranlasst gefühlt hast, zu ihm hinüberzugehen«, unterbrach er sie. »Du hast dich in Gefahr begeben, Rosalind. Das war ausgesprochen töricht.«

Sich den ganzen Morgen lang zu sorgen und danach auch noch beinahe von Franklin angegriffen zu werden, hatte Rosalind sehr dünnhäutig gemacht. Ihre Augen füllten sich mit Tränen. »Verzeih, dass ich mir Sorgen gemacht habe, dir könnte etwas zugestoßen sein«, sagte sie, und dann ging sie ärgerlich zu der Verbindungstür, trat hindurch und schlug sie zu.

Eine Sekunde später öffnete Armond die Tür und stürmte in ihr Zimmer. »Ich entschuldige gar nichts. Wenn ich nicht unmittelbar nach meiner Rückkehr zu Chapman gegangen wäre, um ihn zur Rede zu stellen, hätte er dich geschlagen, Rosalind. Oder dir vielleicht sogar noch Schlimmeres angetan. Begreifst du nicht, dass du es hier nicht nur mit einem Tyrannen, sondern mit einem Mörder zu tun hast?«

Rosalinds Herz begann wie wild zu pochen. »Woher weißt du das? Mit Sicherheit, meine ich? Was ist gestern Nacht geschehen?«

»Mylord?«, rief Hawkins aus dem angrenzenden Raum. »Ich habe die Waschschüssel gebracht. Soll ich Euch behilflich sein?«

Ohne Rosalind zu antworten, kehrte Armond in sein Schlafzimmer zurück. Rosalind folgte ihm und blieb an der Tür stehen, als Armond seinen zerknitterten Rock und sein schmutziges Hemd auszog. Sie schnappte entsetzt nach Luft, als sie sah, dass er mehrere kleine blutige Schnittwunden am Nacken und an den Händen hatte. Was war ihm zugestoßen? Sie ertrug es nicht, es nicht zu wissen, aber Hawkins hatte schon ein Tuch in die Waschschüssel getaucht, offensichtlich um die Verletzungen seines Herrn zu versorgen.

Sie bezweifelte, dass Armond in Hawkins Anwesenheit über

die Vorfälle der vergangenen Nacht reden würde. Und so beschloss sie, die Sache selbst in die Hand zu nehmen, und näherte sich dem Diener.

»Bitte erlauben Sie mir, mich selbst um meinen Mann zu kümmern«, sagte sie zu ihm.

Hawkins sah Armond fragend an.

»Schon gut, Hawkins«, sagte Armond. »Rosalind kann meine Wunden säubern.«

»Sehr wohl, Mylord.«

Sobald Hawkins Rosalind das feuchte Tuch in die Hand gedrückt und den Raum verlassen hatte, wandte sie sich an Armond. »Woher hast du diese Verletzungen? Und wo warst du die ganze Nacht? Und woher weißt du, dass Franklin in der Tat verantwortlich für diese Morde ist?«

Armond bemühte sich noch immer, seine Emotionen unter Kontrolle zu bringen. Normalerweise war er auch sehr gut darin, aber er war auch noch nie mit den Herausforderungen konfrontiert worden, denen er sich gegenübersah, seit Rosalind in sein Leben getreten war. Kontrolle und Verantwortung machten keine Schwierigkeiten, wenn man nichts empfand. Aber genau das tat er plötzlich.

»Ich war gezwungen, mich durch ein Fenster zu zwängen und dann aus ziemlicher Höhe auf den Boden zu springen.«

Rosalind sah verwundert blinzelnd zu ihm auf. »Ich bin erstaunt, dass du dich nicht umgebracht oder dir nicht zumindest ernsthaftere Verletzungen zugezogen hast.«

Das beunruhigte auch Armond. Er hatte keine andere Wahl gehabt, als sich durch das geschlossene Fenster zu stürzen, doch kaum hatte er das gemeistert, war er vom Dach gerutscht und mit angezogenen Knien und in einer zusammengekauerten Haltung, bei der er sich eigentlich die Beine hätte brechen müssen, auf dem Boden gelandet. Das Springen war ihm ganz normal erschienen. Aber die Art, wie er auf dem Boden aufgekommen war, war … unnatürlich. Als er merkte, dass Rosalind darauf wartete, dass er ihr die nächtlichen Ereignisse schilderte, und dass sie auf den Zehenspitzen stehen musste, um die Schnittwunden an seinem Nacken zu erreichen, führte er sie zum Bett, wo sie beide sitzen konnten.

»Warum musstest du dich durch ein Fenster stürzen, Armond? Bitte erzähl mir, was geschehen ist.«

Das feuchte Tuch brannte an seinen Wunden. Ihm schwirrte noch der Kopf von allem, was am Abend zuvor und heute Morgen geschehen war, als er an einem fremden Ort neben einer toten Frau aufgewacht war. Wo sollte er beginnen? Er beschloss, von Anfang an zu berichten. Aber dann fragte er sich, wie viel er Rosalind erzählen sollte.

Sollte er ihr sagen, dass er glaubte, Chapman habe als eine Art perverse Symbolik ausgerechnet eine Frau gesucht, die Rosalind ähnlich sah? Und dass er glaubte, ihr Stiefbruder habe vor, sie umzubringen und ihm den Mord anzuhängen, so wie er schon bei den Prostituierten vorgegangen war? Oder irrte er sich, was das betraf? Chapman hatte auf jeden Fall geplant, dass man ihn, Armond, heute Morgen in diesem Haus entdeckte.

»Mein Gott«, flüsterte Rosalind. »Ich kann es kaum glauben – ich meine, er hätte dich genauso leicht auch umbringen können, Armond. Du warst bewusstlos; warum hat er es dann nicht getan?«

Armond erkannte plötzlich etwas, das ihm bisher entgangen war. »Es war eine Falle«, sagte er. »Er wusste, dass ich anfangen würde, ihn zu beschatten. Die Straßenräuber waren von ihm angeheuert. Ich erinnere mich jetzt wieder, dass einer von ihnen sagte, sie würden mich berauben, um sich noch ein bisschen was dazuzuverdienen.«

Er betastete die Beule an seinem Hinterkopf, vielleicht einfach nur, um sich zu überzeugen, dass er auf der richtigen Spur war. Aber ihm war auch noch ein anderer Verdacht gekommen.

»Es ist ein Spiel für ihn«, erklärte er Rosalind. »Er hat Mord in ein Spiel verwandelt.«

Sie erschauderte, und in ihren schönen, veilchenfarbenen Augen sah er ihre Furcht und ihr Entsetzen. Armond war so ärgerlich auf Rosalind gewesen, weil sie Chapman nach seinem Verbleib gefragt und sich in Gefahr begeben hatte, dass ihm nicht einmal in den Sinn gekommen war, wie viel Mut es ihr abverlangt haben musste, nach nebenan zu gehen. Sie hatte einen Mann aufgesucht, vor dem sie furchtbare Angst hatte, und das nur ihm zuliebe.

Sein Blick glitt über ihre schönen Züge. Sie hätte die Frau sein können, die heute Morgen neben ihm gelegen hatte. Tot. Er streckte die Hand aus, um Rosalinds Lippen zu berühren, strich mit dem Zeigefinger ihre Konturen nach und berührte ihre Wange, nur um die Wärme unter ihrer Haut zu spüren, die ihm versicherte, dass sie noch am Leben war. Zärtlich strich er ihr das lange Haar über die Schulter. Und da sah er es.

»Was ist das da an deinem Nacken?«

Rosalinds Hand glitt augenblicklich zu der Stelle und rieb sie kurz. »Ich bin mir nicht ganz sicher. Es scheint ein Biss zu sein.«

Armond schob ihre Hand beiseite und sah genauer hin. »Ein Biss von was?«

Als sie nicht antwortete und sich zurücklehnte, um ihn anzusehen, stieg ihr eine leichte Röte in die Wangen. »Von dir, glaube ich.«

18. Kapitel

Es begann gerade dunkel zu werden, als Armond in Covent Garden ankam. Chapman hatte ihn herausgefordert zu beweisen, dass er die Frau in der vergangenen Nacht getötet hatte, und Armond glaubte, einen Weg gefunden zu haben, dies zu tun. Da es noch nicht so spät war, hielten sich sogar mehr Prostituierte als am Vorabend in dieser Gegend auf. Er allerdings suchte eine ganz bestimmte namens Molly.

Er entdeckte sie am anderen Ende der Straße, wo sie mit wiegenden Hüften und wieder sehr viel Bein zeigend, langsam auf und ab ging. Armond lenkte sein Pferd in ihre Richtung. Als er es neben ihr zügelte, blieb sie stehen und musterte ihn interessiert.

»So viel Glück kann ich gar nicht haben, dass Ihr Gesellschaft sucht, mein Lieber«, meinte sie. »Nicht ein so gut aussehender Mann wie Ihr.«

Armond saß ab und hielt sein Pferd am Zügel, während die Frau noch näher kam. »Bist du Molly? Ist das dein Name?«

Die Frau blieb stehen. »Woher wisst Ihr das?« Aus schmalen Augen musterte sie ihn argwöhnisch. »Ich hatte noch nie etwas mit Euch zu tun. Sonst würde ich mich an Euch erinnern, schöner Mann.«

»Ich möchte dir ein paar Fragen stellen.«

»Dazu habe ich nun wirklich keine Zeit«, schnaubte die Frau. »Ich muss hier Geld verdienen.«

»Ich bezahle dich für deine Zeit«, bot Armond ihr an, während er aus seiner Hosentasche die Geldbörse hervorzog, eine neue, da die alte ihm ja in der Nacht zuvor gestohlen worden war.

Die Frau zuckte mit den Schultern. »Na ja, Reden ist einfacher als mich hinzulegen, obwohl ich absolut nichts dagegen hätte, mich für Euch hinzulegen. Womöglich würde ich sogar *Euch* dafür bezahlen, mit den Fingern durch Eure blonden Locken fahren zu können.«

Das Angebot der Frau verlockte ihn nicht im Geringsten. »Gestern Nacht stand eine Frau bei dir an dieser Ecke. Eine schlanke Dunkelhaarige in einem roten Kleid.«

Molly verdrehte die Augen. »Wieso Männer an dieser Vogelscheuche interessiert sind, ist mir wirklich unbegreiflich, wo ich doch so viel üppigere Kurven zu bieten habe.«

»Die Frau wurde ermordet.«

Armond erwartete eine Reaktion von Molly. Allerdings nicht die, die er dann bekam. Sie lachte. »Dann dürfte es wohl ihre Leiche sein, die da die Straße hinaufkommt.«

Armond wandte sich in die Richtung, in die Molly blickte. Eine Frau kam langsam auf sie zustolziert. Eine Brünette in dem gleichen roten Kleid, das sie auch gestern Abend schon getragen hatte.

»He, Lily, ich dachte, du wärst tot. Was machst du also hier an meiner Ecke?«, rief Molly der Frau zu.

Lily kam mit wiegenden Hüften auf sie zugeschlendert und musterte Armond so misstrauisch, wie Molly es zuvor getan hatte. »Wer behauptet hier, ich wäre tot?«

Armond hatte diese Entwicklung völlig aus dem Konzept gebracht. »Ich habe dich hier gestern Nacht mit einem Mann wegfahren sehen, in einem Phaeton.«

»Dieser Mistkerl«, brummte Lily. »Der hat mich bloß in seinem Einspänner herumgefahren, bevor er mich wieder hierher zurückbrachte und mich aussteigen ließ. Er hat mich nicht mal für die verlorene Zeit bezahlt.«

Ein weiterer Trick? Falls Chapman gemerkt hatte, dass Armond ihm folgte, musste er auch gewusst haben, dass Armond die Hure Molly dazu bringen könnte auszusagen, dass Chapman der Letzte war, mit dem die tote Prostituierte gesehen worden war. Chapman hatte ihn in eine Falle gelockt, diese Frau dann zurückgebracht, sich eine andere gesucht, sie getötet und neben ihn ins Bett gelegt. Für einen Mann, der ein tödliches Spiel trieb, kam Armond das wie eine Menge Arbeit vor.

»Ich muss mich wohl geirrt haben«, sagte Armond zu den Frauen. »Es tut mir leid, dass ich euch belästigt habe.« Er nahm ein paar Geldstücke aus der Börse und gab sie den beiden Frauen.

»Und Ihr seid wirklich nicht auf ein bisschen Spaß aus?«, fragte Molly. »Ich hätte nämlich nichts dagegen, mir das Geld auch zu verdienen, das Ihr mir gegeben habt.«

»Danke, heute nicht, ein andermal vielleicht«. sagte Armond rasch, um die Frauen nicht zu kränken. Er konnte nur noch an Rosalind denken und wie sehr er darauf brannte, zu ihr heimzukehren. Er hatte Hawkins beauftragt, seine Pistole zu holen und sie stets bereitzuhalten, solange er außer Haus war. Er hatte dem Diener befohlen, jeden Mann – außer Armond selbst natürlich –, zu erschießen, der das Haus betrat. »Es wird mir ein Vergnügen sein, Mylord«, hatte Hawkins nur darauf geantwortet.

Während des Rückritts hatte Armond Zeit, in Ruhe nachzudenken. Chapman hatte sich sehr viel Mühe gegeben, um ihn als Mörder hinzustellen. Aber was konnte er gegen ihn haben, einmal abgesehen davon, dass er Rosalind geheiratet hatte? Seine Stiefschwester gegen einen hohen Brautpreis mit Penmore zu verheiraten und dadurch seine Schulden loszuwerden, war jetzt nicht mehr möglich ... es sei denn, Rosalind verwitwete.

Armond nahm sich vor, gleich am nächsten Tag seine Anwälte aufzusuchen und Arrangements zu treffen, damit Rosalind zumindest finanziell versorgt war, falls ihm irgendetwas zustoßen sollte. Und wenn er schon einmal dabei war, würde er auch gleich noch etwas anderes überprüfen. Er würde feststellen, wie schwer es war herauszufinden, welche Häuser in London und Umgebung zu vermieten oder zu verkaufen waren.

Worüber Armond *nicht* nachdenken wollte, war die Art und Weise, wie er aus einem Fenster im ersten Stock gesprungen und auf den Füßen aufgekommen war … sicher und geschmeidig wie ein Tier. Woran er ebenfalls nicht denken wollte, war das Entsetzen, das die Männer, die ihn gestern Nacht überfallen hatten, ergriffen hatte, bevor ihn der hinter ihm Stehende niedergeschlagen hatte. Und er wollte auch nicht über die merkwürdigen Bisswunden am hübschen Nacken seiner Frau nachdenken.

Rosalind saß im Salon und versuchte sich auf ihre Lektüre zu konzentrieren, als sie die Eingangstür aufgehen hörte und sah, wie Hawkins, der sich vor der Tür postiert hatte, eine Pistole unter seinem Rock hervorzog, sich dann aber gleich darauf wieder entspannte.

»Guten Abend, Euer Lordschaft.« Hawkins steckte die Pistole wieder ein. »Lady Wulf ist im Wohnzimmer. Soll ich Euch irgendetwas bringen?«

Armond kam in den Salon. »Einen Brandy hätte ich jetzt ganz gern. Möchtest du auch einen, Rosalind?«

Außer einem Glas Champagner zu seltenen Gelegenheiten hatte Rosalind noch nie Alkohol getrunken. Sie hatte aber aufreibende Stunden hinter sich, genau wie Armond, dessen gut aussehendem Gesicht die Anstrengungen des Tages deutlich anzusehen waren.

»Ja, ich glaube, ich hätte auch gern einen«, sagte sie zu Hawkins. Der Diener nickte und ging, um die Getränke zu holen.

Armond ließ sich in einen samtbezogenen Sessel ihr gegenüber fallen und fuhr sich mit der Hand über das Gesicht. »Chapman hat seine Spuren von gestern Nacht sehr gut verwischt.«

Rosalind legte ihr Buch beiseite. Ein gemütliches Feuer prasselte im Kamin, sie hatte ihre Schuhe ausgezogen und die Beine auf dem Sofa ausgestreckt. »Wie ist es dir in Covent Garden ergangen? Hast du die Frau gesehen, die Franklin gestern Abend angesprochen hat?«

Er nickte. »Ja, und ich habe auch mit der toten Frau gesprochen.«

»Was?«

Armond seufzte müde. »Irgendwann hat Chapman die Frau nach Covent Garden zurückgebracht, sie dort abgesetzt und ist dann noch irgendwo anders hingefahren, wo er eine andere Brünette gefunden haben muss. Die hat er dann, nachdem er sie ermordet hatte, zu einem leer stehenden Haus gebracht und sie dort auf einer schmutzigen Matratze neben mir liegen lassen.«

Rosalind richtete sich gerader auf. Es war eine geradezu unglaubliche Geschichte, die er da erzählte. »Das klingt nach einer Menge Arbeit für einen einzigen Mann«, bemerkte sie.

Armond fuhr sich mit der Hand durchs Haar. »Genau das habe ich auch gedacht«, gab er ihr recht.

Hawkins kam mit einem silbernen Tablett, auf dem sich zwei mit einer bernsteinfarbenen Flüssigkeit gefüllte Gläser befanden. Schweigend stellte er das Tablett vor Rosalind und ging wieder hinaus.

Armond stand auf, reichte Rosalind ein Glas und nahm sich dann das andere. Dabei warf er einen Blick auf das Buch, das sie beiseite gelegt hatte.

»Ich hoffe, du hast nichts dagegen«, sagte sie. »Ich war in deinem Arbeitszimmer. Hawkins sagte, du hättest eine sehr ansehnliche Büchersammlung, und ich brauchte etwas, womit ich mir die Zeit vertreiben konnte.«

Ihr Ehemann zuckte mit den Schultern. »Du hast zu allen Zimmern dieses Hauses freien Zugang, Rosalind.«

»Also was gedenkst du jetzt zu tun?« Sie trank einen Schluck von dem angewärmten Brandy und erstickte fast daran. Armond lächelte. »Das brennt«, sagte sie, als sie wieder zu Atem kam.

»Es wärmt«, berichtigte er sie und ließ sich neben ihr nieder. »Ich habe morgen verschiedene Dinge zu erledigen. Aber ich lasse dich nicht gern allein hier. Nicht mit Chapman direkt nebenan.«

»Oh.« Rosalind fiel plötzlich wieder etwas ein, und sie griff nach der Einladungskarte, die sie in ihr Buch gesteckt hatte. »Die Herzoginwitwe hat mich für morgen zum Tee gebeten. Lady Amelia war hier und sagte, auch sie hätte eine Einladung erhalten, die natürlich schon Wochen zuvor verschickt worden war.«

»Lady Amelia?«

»Lady Amelia Sinclair«, erklärte Rosalind. »Die Tochter des Herzogs von Ravenhill. Sie ist meine Freundin.« Entweder wurde ihr ganz warm von dem Brandy, oder vielleicht auch nur, weil sie jetzt von einer Bekannten als Freundin sprechen konnte.

»Die hübsche Blonde mit den großen blauen Augen«, stellte Armond fest. »Ich weiß schon, wer sie ist.«

Etwas, das Eifersucht sehr ähnlich war, stieg in ihm auf.

»Ach ja?«

»Sie war mir auf der Soiree bei den LeGrandes aufgefallen, woraufhin ich die Herzoginwitwe nach ihr gefragt habe.«

»Sie ist dir aufgefallen?« Rosalind lockerte ihren Griff um den Stiel ihres Glases und trank noch einen Schluck Brandy.

Armond lächelte. »Nur weil sie mit dir sprach«, antwortete er. »Damals wollte ich wissen, wem du in der Nacht des Balls der Greenleys imponieren wolltest, aber jetzt weiß ich natürlich, dass du niemanden zu beeindrucken versucht hast.«

»Oh.« Rosalind wurde ganz warm ums Herz vor Freude. Sie ließ die bernsteinfarbene Flüssigkeit in dem Kognakschwenker kreisen und dachte, dass sie Brandy mochte.

Armond beugte sich plötzlich zu ihr vor. »Habe ich dir schon gesagt, dass ich dich heute sehr begehre?«

Sie hatte gerade einen weiteren Schluck getrunken und verschluckte sich beinahe schon wieder. Nachdem die Themen Mord und Gesellschaftliches vom Tisch waren, begann er offenbar wieder all seine Verführungskünste aufzubieten. Und darin war er wahrlich ein Meister.

»Soll ich morgen zu dem Tee gehen?«, versuchte sie das Thema zu wechseln.

»Ja. Dort wirst du sicher sein«, erwiderte er und glitt mit seiner Zungenspitze in ihr Ohr.

Rosalind fuhr fast aus der Haut vor Wonne. Als er an ihrem Ohrläppchen knabberte, fragte sie: »Habe ich dir schon gesagt, dass Amelia ganz angetan von Gabriel ist? Sie erwähnte, dass sie ihn mit dir über die Straße reiten gesehen hat.«

Armonds Zunge beschrieb einen heißen, feuchten Pfad an ihrem Nacken hinunter. »Sie verschwendet ihre Zeit«, bemerkte er. »Gabriel ist nur an der Leitung unseres Landguts interessiert. Ich habe ihn wieder dorthin zurückgeschickt und hoffe, dass er bei seiner Ankunft auch meinen jüngeren Bruder Jackson auf Wulfglen antreffen wird.«

Um nicht vor Entzücken zu erschauern, sagte Rosalind: »Es ist wahrscheinlich auch ganz gut, dass Gabriel sich nicht mehr in der Stadt aufhält. Amelia wird sowieso einen jungen Mann namens Lord Collingsworth heiraten.«

Armonds Hand glitt an Rosalinds Oberkörper hinauf und verweilte dann direkt unter ihrer Brust. »Ich kenne ihn. Collingsworth Manor grenzt sogar unmittelbar an Wulfglen an. Als Kinder haben wir zusammen gespielt, obwohl es ihm, soweit ich mich erinnere, nie sehr leichtfiel, mit uns Schritt zu halten. Er war schon immer etwas kränklich.«

Rosalind versuchte, nicht zu atemlos zu klingen, als sie fragte: »Ihr seid Freunde?«

»Früher ja.« Seine Hand glitt höher und umfasste ihre Brust. »Aber heute nicht mehr.«

Sie wandte den Kopf, um ihn anzusehen. »Und warum nicht mehr?«

Sein Daumen strich über ihre Brustspitze, worauf sie einen leisen Seufzer ausstieß. »Wegen der Sache mit meinen Eltern. Die Menschen, die uns in ihren gesellschaftlichen Kreisen immer freudig akzeptiert hatten, kehrten uns schon kurz darauf den Rücken zu. Die Gesellschaft mag keine Skandale, weißt du.«

Rosalinds Brustspitze richtete sich auf, und es kostete sie große Mühe, Armonds Daumen zu ignorieren, mit dem er sie unablässig durch den Stoff liebkoste. »Dann hast du also keine Freunde mehr?«

Seine Hand glitt höher und bewegte sich zu den Knöpfen an ihrem Nacken. »Nein.«

Ihr Herz zog sich zusammen, und tiefer, zwischen ihren Schenkeln, zog sich auch etwas zusammen. »Na ja, ich hatte auch nicht viele«, gab sie zu. »Aber nun habe ich Amelia und die Herzoginwitwe, falls sie mir erlaubt, ihre Freundin zu sein. Und ich könnte auch deine Freundin sein.«

Während er die Knöpfe an ihrem Rücken löste, schaute er ihr unablässig in die Augen. Für einen Moment hatte Rosalind das Gefühl, dass der Ausdruck seiner Augen weicher wurde, als er sich zu ihr vorbeugte und fragte: »Tun Freunde so etwas?«

Und dann küsste er sie. Der Geschmack des Brandys auf seinen Lippen fachte das in ihrem Inneren brennende Feuer nur noch an. Der Kuss war angenehm, so wohltuend wie das Feuer im Kamin und die behagliche Umgebung. Aber dann presste er seinen Mund auf den ihren, um den Kuss zu vertiefen, und mit einem Mal war alles anders. Das gemütliche Feuer hätte sich genauso plötzlich in ein flammendes Inferno verwandeln können.

Sein Kuss war ein Meisterwerk der Verführung. Er nahm ihre Unterlippe zwischen seine Zähne und zog sie sanft in seinen Mund. Als er sie wieder frei gegeben hatte, neckte er sie mit seiner Zunge, und als Rosalind die Herausforderung annahm, zog er auch ihre Zunge in seinen Mund. Ganz tief in seinen Mund. Das gefiel ihr, und so begann sie nun ihrerseits, virtuos mit seiner Zunge zu spielen. Ein leiser Laut entrang sich seiner Kehle.

Er hatte sie derart mit seinen wunderbaren Küssen abgelenkt, dass sie nicht einmal gemerkt hatte, wie mühelos er die vielen Knöpfchen an ihrem Rücken geöffnet hatte. Oder zumindest nicht, bis er den Stoff beiseite schob und ihr die Ärmel von den Schultern rutschten. Dann hauchte er einen warmen Kuss auf ihre nackte Schulter.

»Armond«, flüsterte sie. »Die Tür ist offen. Hawkins ...«

»Hawkins!«, brüllte Armond plötzlich. »Mylady und ich möchten jetzt nicht gestört werden!«

Von irgendwo aus dem Haus hörte sie Hawkins zurückrufen: »Sehr wohl, Mylord!«

Armond begann wieder mit den Lippen ihre nackte Schulter zu liebkosen. Doch plötzlich hielt er noch einmal inne. »Hawkins, denk daran, die Tür im Auge zu behalten!«

»Sehr wohl, Mylord!«

»Alle Türen außer dieser hier!«, setzte Armond hinzu.

»Sehr wohl, Mylord!«

Rosalind kicherte, als Armond sich von ihr löste, aufstand und die Salontür zuzog. Er lächelte sie an, als er wie eine träge Katze zu ihr zurückgeschlendert kam, aber dann, als er sich neben sie aufs Sofa setzte, nahmen seine Augen wieder dieses eigenartige Glühen an.

»Wo waren wir stehen geblieben?«, erkundigte er sich schelmisch. »Ah ja, ich weiß. Wir waren hier.«

Wieder beugte er sich vor und küsste ihre nackte Schulter. Das Gefühl seiner Lippen an ihrer Haut ließ Rosalind erschauern. Die wenigen Schlückchen Brandy, die sie getrunken hatte, halfen ihr, sich zu entspannen, wobei der Alkohol ihr nicht zu Kopf gestiegen war. Es war Armond, der ihr zu Kopf stieg. Sein berauschender Duft, die von ihm ausgehende Wärme, ja, sogar das warme Glühen in seinen Augen.

»Du schmeckst wunderbar«, sagte er. »Und ich möchte überall von deiner Süße kosten.«

Mit diesen Worten zog er ihr Kleid noch tiefer hinab und

beschrieb mit seinen Lippen einen heißen Pfad zu ihren Brüsten. Durch den Stoff ihres Hemds hindurch begann er ihre Brustspitzen zu liebkosen. Das war ein noch viel aufreizenderes Gefühl, als wenn er ihr das Hemd einfach zusammen mit ihrem Kleid herabgezogen hätte. Die von seinem Mund hinterlassenen feuchten Kreise auf dem Stoff bewirkten, dass ihre Brustspitzen sich sogar noch mehr versteiften.

»Ich will dich nackt sehen.«

Seine Bemerkung erinnerte sie daran, dass sie ihn bereits nackt gesehen hatte. Und sie erinnerte sich auch nur zu gut daran, wie außerordentlich gut er ausgesehen hatte. Würde ihr Körper ihm ebenso sehr gefallen, wie seiner ihr gefallen hatte? Als wüsste er, dass sie zu viel dachte, küsste er sie wieder. Das Denken fiel ihr schwer, wenn er sie küsste, doch das Fühlen fiel ihr dabei umso leichter.

Während sein Mund sie um ihr Denkvermögen brachte, zog er ihr Hemd hinunter, umfasste mit beiden Händen ihre Brüste und vollführte mit seinen Daumen wahre Kunststücke an ihren inzwischen ganz und gar entblößten Brustspitzen. Sie stöhnte leise und schmiegte sich an ihn. Er hob sie hoch und setzte sie sich so auf den Schoß, dass ihre Knie ganz dicht an seine muskulösen Schenkel gepresst wurden, was äußerst unanständig war.

Sie wollte ihn gerade darauf aufmerksam machen, als er sie wieder anhob, bis ihre Brüste sich in Höhe seines Munds befanden. Und dann begann er sie zu liebkosen und erstickte ihren Protest schon im Keim, indem er eine ihrer harten kleinen Spitzen zwischen seine Lippen nahm. Rosalind verschränkte ihre Hände unter seinem dichten Haar und zog ihn an sich. Er umspielte die Knospe mit der Zunge, saugte daran und hielt sie zwischen seinen Zähnen fest, bis sie kaum noch atmen konnte, ihre Finger nur noch fester unter seinem Haar verschränkte und sich an ihm festhielt.

Und da ließ er sie auf sich herab und suchte wieder ihren

Mund. Ihr Kleid hatte er so weit hochgeschoben, dass ihre Unterwäsche nun direkt an seiner Hose lag. Und durch diese Hose spürte sie den eindeutigen Beweis für seine Erregung. Seine große Erregung. Er presste sich an sich, und die prompt folgende Reaktion zwischen ihren Beinen überraschte sie. Dieses Kribbeln war zwar nicht unangenehm, aber ein klein bisschen frustrierend. Wie ein Juckreiz, dem man nur mit Kratzen beikommen konnte.

Als er sich wieder an sie presste, erwiderte sie den Druck. Sie spürte, wie ihm der Atem stockte. Dann legte er seine Hände um ihr Gesicht und hielt ihren Kopf ganz sachte, während er sie küsste. Es schien, als hätte sich der untere Teil ihres Körpers selbstständig gemacht. Je fester sie sich an ihn presste, desto heftiger wurde das Kribbeln – ein heißes, aufregendes Kribbeln, das sie buchstäblich verrückt zu machen drohte.

»Was ist es, was ich will?«, flüsterte sie atemlos an seinem Mund.

»Das«, sagte er, während seine Hand an ihrem Bauch hinunterglitt, unter ihren Schlüpfer fuhr und sie dort berührte, wo die süße Qual am größten war. Das sanfte Streicheln seiner Finger an einer Stelle, an der sie noch nie zuvor von einem Mann berührt worden war, erschreckte sie im ersten Augenblick. Sie hätte vielleicht sogar aufbegehrt und sich ihm zu entziehen versucht, aber seine Finger hatten etwas Magisches.

Er berührte sie an einer Stelle, an der sich all ihre Empfindungen zu bündeln schienen, und das, gepaart mit dem aufreizenden Kreisen seiner Hüften und dem Druck seines harten Schafts an ihrer intimsten Körperstelle, ließ sie auf jede seiner Zärtlichkeiten mit wachsendem Verlangen reagieren. Sie bog sich seiner Hand und seiner pulsierenden Härte entgegen, und ihre eigene sinnliche Erregung steigerte sich bis schier ins Unerträgliche. Er hörte nicht auf, sie zu küssen, obwohl es gar nicht leicht war, ihre Lippen vereint zu halten, da keiner von ihnen noch richtig atmen konnte.

»Lass dich gehen, meine Schöne«, flüsterte er mit einer Stimme, die so samtig weich und leise war, dass sie Rosalind in schwindelnde Höhen der Ekstase brachte.

Der Druck, der sich in ihr aufgebaut hatte, löste sich. Ein Gefühl, wie sie es noch nie zuvor erfahren hatte, begann sie zu durchfluten, und noch immer presste sie sich in wilder Lust noch fester an Armond. Ihre Finger gruben sich in seine Schultern, ihre Zähne in seinen Nacken, und ihre Welt, so wie sie sie bisher gekannt hatte, brach definitiv und unabänderlich zusammen. Sie konnte die leisen Seufzer und unverständlichen Worte, die von ihren Lippen strömten, nicht zurückhalten. Sie konnte nicht mehr aufhören zu zittern.

Sie klammerte sich an Armond, als wäre er das Einzige, das sie noch bei Verstand hielt. Er strich ihr übers Haar, und dann glitt seine Hand aus ihrem Schlüpfer ihren Bauch hinauf und streichelte und liebkoste ihre Brust.

»Was ist da gerade geschehen?«, gelang es ihr zu sagen.

»Du bist zum Höhepunkt gekommen«, antwortete er. »Und ich war nahe dran, deinem Beispiel zu folgen, wie ein pickliges Jüngelchen vor dem ersten Beischlaf.«

Wie war es dazu gekommen, dass sie, nachdem sie eigentlich nur geredet und Brandy getrunken hatten, nun plötzlich bis zur Taille nackt auf seinen Schenkeln saß und noch immer dieses merkwürdige Pulsieren zwischen ihren Beinen spürte? Und was würde jetzt geschehen, da sie unter sich noch immer seine unverkennbare männliche Erregung spürte? Würde er ihre Ehe mit oder ohne ihre Zustimmung vollziehen? Ein Teil von ihr ahnte, dass, so schön das gerade Erlebte auch gewesen war, noch immer etwas fehlte.

Liebe. Das war es, was noch fehlte.

Er zog ihr Hemd und Kleid wieder zurecht, hob sie auf und schaffte es, mit ihr in seinen Armen aufzustehen.

»Was hast du vor?«, erkundigte sie sich argwöhnisch.

»Ich bringe dich ins Bett«, antwortete er.

19. Kapitel

Rosalinds Herz schlug wild, als Armond sie die Treppe hinauftrug. Er würde sie jetzt sicher nehmen, ob sie ihre Ehe nun voll und ganz vollziehen wollte oder nicht. Sie hatte ihn zu weit getrieben, ihm zu viele Freiheiten erlaubt, um sich ihm jetzt noch zu verweigern. Bittere Tränen brannten in ihren Augen. Armond hatte ihr eben gezeigt, dass das Geben und Nehmen zwischen einem Mann und einer Frau etwas Wunderbares sein konnte. Aber wie viel wunderbarer könnte es noch sein, wenn der Mann und die Frau sich auch liebten? Das würde sie wahrscheinlich nie erfahren.

Sowohl ihre wie auch seine Zimmertür stand offen. Hawkins war offenbar schon da gewesen, um Feuer in den Kaminen anzuzünden und die Betten aufzudecken. Armond trug sie zu ihrem eigenen Bett statt zu seinem. Nachdem er sie sanft darauf abgelegt hatte, beugte er sich über sie, um sie zu küssen. Sie erwiderte den Kuss jedoch nur halbherzig und fragte sich, wann er sich wohl entkleiden und sich auf sie stürzen würde.

»Gute Nacht, Frau Gemahlin«, sagte er, sich in Richtung seines Zimmers wendend.

Rosalind stützte sich verblüfft auf die Ellbogen. »Gute Nacht? Du lässt mich allein?«

Mit hochgezogener Augenbraue wandte er sich um. »Du möchtest, dass ich bleibe?«

»Nein, nein«, stammelte sie. »Oder doch … na ja, ich meine, ich weiß es nicht.«

Er verzog seinen Mund zu einem sinnlichen Lächeln. »Wenn du es weißt, bin ich im Zimmer nebenan.«

Und dann zog er die Tür hinter sich zu. Eine lange Weile starrte Rosalind sie an. Dann begann sie innerlich zu kochen. Sie war halb versucht, zu ihm hineinzustürmen und zu verlangen, dass er mit ihr schlief – die Ehe mit ihr vollzog – auch wenn sie innerlich noch nicht bereit war, diesen Schritt zu tun. Sie war schon beinahe aus dem Bett, als sie erkannte, dass er sie genau dahin bekommen hatte, wo er sie hatte haben wollen. Er hatte gesagt, dass er nicht fair spielen würde, und das hatte er auch nicht getan. Statt die Zügel in der Hand zu halten, hatte er sich zurückgezogen, weil er wahrscheinlich vermutete, dass er damit genau diese Reaktion bei ihr erzeugen würde.

»Das war sehr schlau von dir«, sagte sie zu der geschlossenen Tür. »Aber längst nicht schlau genug.«

Rosalind legte sich in die Kissen zurück und fühlte sich sehr überlegen, weil sie nicht auf seinen Trick hereingefallen war. Sie lag einen Moment da, bevor ihr bewusst wurde, dass sie noch angezogen war und noch einmal würde aufstehen müssen, um sich zu entkleiden und ihr Nachthemd anzuziehen. Das schaffst du schon, ermutigte sie sich im Stillen. Das konnte sie, ohne in Versuchung zu geraten, die Verbindungstür zwischen ihren Zimmern zu öffnen. Nachdem sie sich das wieder und wieder versichert hatte, stieg sie aus dem Bett, begab sich geradewegs zu Armonds Tür und riss sie auf.

Armond wandte sich von der Waschschüssel ab. Er hatte sein Hemd ausgezogen, und über seine Brust rannen dicke Wassertropfen. Er nahm ein kleines Handtuch und trocknete sich damit ab.

»Wolltest du etwas?«

Ihr Blick glitt über seine braun gebrannte Haut, und sie schluckte heftig. »Ich hatte vergessen, dir gute Nacht zu sagen. Gute Nacht … Herr Gemahl.«

Sie schloss die Tür wieder, lehnte sich dagegen und kam sich wie eine verdammte Idiotin vor. Er hatte nicht den Eindruck erweckt, als ob er sie erwartet hätte. Als ob er ihr Kommen erwartet hätte, nachdem er sie zurückgewiesen hatte. Vielleicht hatte er sich ja in der Tat so gut unter Kontrolle, wie er behauptete. Plötzlich spürte Rosalind, wie sich der Türknauf, der sich in ihren Rücken bohrte, langsam drehte. Sie hielt den Atem an. Der Knauf rieb schon beinahe schmerzhaft an ihrer Haut, bewegte sich dann aber plötzlich nicht mehr und sie glaubte Armonds leises Fluchen auf der anderen Seite der Tür zu hören.

Armond war denkbar schlecht gelaunt. Er hatte in der vergangenen Nacht kaum geschlafen, und das Pochen in seinem Kopf, unter dem er schon seit dem Aufwachen litt, trug nicht unbedingt zu einer Verbesserung seiner Stimmung bei. Rosalind machte ihn wahnsinnig. Er begehrte sie, wie er noch nie zuvor eine Frau oder irgendetwas anderes begehrt hatte. Ihr leises, lustvolles Stöhnen, als er ihr Erfüllung geschenkt hatte, gefährdete seine Kontrolle und ließ ihn sich fragen, was für ein Teufel ihn geritten hatte, ihr eine Wahl hinsichtlich ihrer Schlafordnung zu lassen.

Er hatte sie in der letzten Nacht so unbedingt besitzen wollen, dass er fast das bisschen Vertrauen zerstört hätte, das sie zu ihm gefasst hatte. Die Versuchung war so groß gewesen, dass sie die Oberhand gewonnen hatte und er das Versprechen, das er ihr gegeben hatte, beinahe gebrochen hätte. Wenn er ihr schon nicht seine Gefühle schenken und sie nicht lieben konnte, wie sie es verdiente, würde eine rein körperliche Beziehung zwischen ihnen auch genügen. Zumindest war er zu diesem Schluss gelangt. Aber es schien, als ob ihm selbst die versagt bleiben würde. Und das hatte er seinen eigenen verfluchten Worten ihr gegenüber zu verdanken.

Armond betrat das Büro eines Immobilienmaklers. Es war schon das fünfte Maklerbüro, das er an diesem Tag aufsuchte. Am Morgen war er bei seinem Anwalt gewesen und hatte Arrangements für Rosalinds finanzielle Versorgung getroffen, für den Fall, dass ihm etwas geschehen sollte. Ein schmächtiger Mann mit einer tief auf der Nase sitzenden Brille und einem großen Schlüsselbund am Gürtel empfing ihn in dem schäbigen Büro.

»Guten Tag, Sir. Was kann ich für Sie tun?«

Armond erkannte die Stimme des Mannes. Er war derselbe Mann, der dem jungen Paar das Haus gezeigt hatte, in dem Armond tags zuvor buchstäblich in der Falle gesessen hatte.

»Ich wäre daran interessiert, diverse Immobilien zu erwerben«, sagte Armond. »Was haben Sie mir anzubieten?«

Die Augen des Mannes funkelten hinter seinen Brillengläsern plötzlich vor Habgier. »Dann nehmt doch bitte Platz, Sir.« Er deutete auf einen Stuhl vor einem verkratzten Schreibtisch, der schon längst als Feuerholz hätte dienen müssen. Armond setzte sich. Der Mann begab sich eilig hinter seinen Tisch, zog eine Schublade auf und nahm ein großes Auftragsbuch heraus.

»Ich habe einige Immobilien anzubieten, wie Ihr selbst sehen könnt.« Er zeigte ihm die Liste. »Wir brauchen sie nur einzuschränken auf das, woran Ihr interessiert seid. Wie die Nachbarschaft, den Preis der Immobilie und diese Art von Dingen.«

Armond hatte eine ungefähre Vorstellung davon, wo er sich gestern Nacht befunden hatte. Seine Flucht aus dem Haus hatte ihm nicht die Zeit gelassen, sich genauer umzusehen, aber er war gezwungen gewesen, zu Fuß zu gehen, bis er einen Teil der Stadt erreicht hatte, in dem wieder Mietkutschen unterwegs waren. Er hatte keine Ahnung, was aus seinem Pferd geworden war, vermutete aber, dass es sich nun im Besitz der Männer befand, die ihn aus dem Hinterhalt überfallen hatten.

»Irgendwas im östlichen Teil der Stadt«, erläuterte er. »Ich möchte nicht viel zahlen, aber die Miete, die ich einnehmen könnte, sollte ausreichen, um einen solchen Kauf rentabel zu machen.«

»Selbstverständlich«, stimmte der dünne Mann ihm zu und senkte den Blick wieder auf seine Liste. »Ich habe verschiedene Objekte in der Gegend, die Euch interessiert«, bemerkte er.

»Diese Häuser sind größtenteils an Fabrikarbeiter vermietet. Einige sind in ziemlich schlechtem Zustand«, meinte er stirnrunzelnd.

»Haben Sie irgendetwas, dessen Kaufpreis kürzlich erst gesenkt wurde?«, erkundigte Armond sich beiläufig. Er war ziemlich sicher, dass das junge Paar, das sich das Haus am vergangenen Tag angesehen hatte, schreiend davongelaufen war. Die Polizei musste verständigt worden sein, und daraufhin würde es sich schnell herumgesprochen haben, dass eine tote Frau in diesem Haus gefunden worden war. Und das war alles andere als gut für den Hausbesitzer.

Der Makler strich sich eine fettige Haarsträhne aus der Stirn. Das Zittern seiner Hand war nicht zu übersehen. »Zufällig habe ich sogar tatsächlich eine Immobilie, von der ihr Eigentümer sich so schnell wie möglich trennen möchte. Tatsächlich hat er gerade heute Morgen erst den Preis gesenkt, da – nun ja, da es dort gestern einen ziemlich unglücklichen Vorfall gegeben hat.«

Armond hob ermutigend eine Augenbraue.

»Mord«, flüsterte der Makler. »Im Haus lag eine tote Hure. Ich führte gerade potenzielle Mieter herum, als wir sie fanden. Das junge Paar war ungemein entsetzt über den Anblick. Der Mörder entkam durch eins der oberen Fenster.« Der Mann erschauderte. »Stellt Euch vor, ich war im selben Haus wie er!«

»Habt Ihr den Mann gesehen?«, fragte Armond.

»Nein«, erwiderte der Makler. »Ich stand viel zu sehr unter Schock, um zum Fenster zu laufen und ihm nachzusehen. Außerdem fiel die arme junge Frau in diesem Moment auch noch in Ohnmacht.«

»Oh weh, oh weh«, murmelte Armond verständnisvoll. »Hatten Sie noch andere Interessenten für diese Immobilie?«

Der Mann schüttelte den Kopf. »Nur ein oder zwei Anfragen. Tatsächlich hätte ich heute eigentlich einen Besichtigungstermin dort gehabt. Ich hätte das Haus dem Interessenten auch gestern schon gezeigt, musste ihm aber sagen, dass ich bereits eine Verabredung mit Mietern hatte, die sich das Haus ansehen wollten, und dass unsere Besichtigung daher entweder nach diesem Termin oder erst heute stattfinden könnte. Der Kunde hatte sich für heute entschieden, ist jedoch nicht gekommen. Ich nehme an, dass er schon von dem unglücklichen Zwischenfall gehört hat und nicht mehr interessiert ist.«

Die Ausführungen des Maklers bestätigten Armonds Vermutung, wie leicht es für Chapman gewesen sein musste, ein passendes Haus zu finden und herauszufinden, wann Leute kamen, um es sich anzusehen. Nun kam der schwierigere Teil.

»Dieser Kunde, der sich für die Immobilie interessierte, war nicht zufällig ein Mann namens Franklin Chapman?«

Nichts in den Augen des Maklers ließ erkennen, dass der Name ihm etwas sagte, bevor der Mann errötete. »Das sind Informationen, die ich nicht weitergeben kann«, sagte er. »Ich habe verschiedene Kunden, die sich mit dem An- und Verkauf von Immobilien befassen, und all meine Geschäfte mit ihnen sind streng vertraulich.«

»Selbstverständlich«, entgegnete Armond knapp. »Es ist nur so, dass er ein Nachbar von mir ist und ich weiß, dass er solche Geschäfte tätigt. Ich wollte nur nicht gegen ihn antreten, falls er es sich wegen dieser Immobilie doch noch anders überlegen sollte. Da wir doch schließlich Nachbarn sind und so«, erklärte er.

»Dann seid Ihr also an dem Objekt interessiert?« Die Augen des Mannes funkelten wieder vor Interesse.

»Vielleicht.« Armond erhob sich. »Ich werde es mir überlegen und Ihnen Bescheid geben, falls ich mich zu einem Kauf entscheiden sollte.«

»Und Euer Name, Sir?«

Armond gab ihm keine Antwort. Er verließ das Büro des Mannes und ging zu seiner wartenden Kutsche. Vor einer guten Stunde hatte er Rosalind zum Tee bei der Herzoginwitwe begleitet. Sie war sehr nervös gewesen, hatte an ihrem Kleid herumgezupft und gesagt, es sei hoffnungslos veraltet und dass sie nur hoffen könnte, dass niemand es bemerken würde. Armond nahm sich vor, in einem Laden auf der Bond Street vorbeizufahren und eine Schneiderin für Rosalind anzufordern, bevor er sie bei der Herzoginwitwe abholte.

Es war etwas, womit Armond noch nie etwas zu tun gehabt hatte, aber er wollte nicht, dass Rosalind sich ihrer veralteten Garderobe wegen genierte auszugehen. Er trug jetzt die Verantwortung für sie, und wenn er ihr schon sein Herz nicht schenken konnte, so würde er ihr doch zumindest geben, was er konnte. Er fragte sich plötzlich, wie es ihr bei ihrer ersten gesellschaftlichen Veranstaltung als seine Frau ergehen mochte.

Die Teeparty war eine Katastrophe. Rosalind wünschte, sie hätte die Einladung der Herzoginwitwe nicht angenommen. Sie verstand nun, wie Armond sich fühlte, wenn er sich dazu entschied, an einer Gesellschaft teilzunehmen. Die Damen tuschelten hinter vorgehaltenen Händen, während sie vielsagende Blicke in ihre Richtung warfen. Sie saß ganz allein in einer Ecke des großen Salons der Herzoginwitwe, trank ihren Tee und wünschte, Armond würde früher kommen, um sie abzuholen.

Franklin, so sehr sie ihn auch verabscheute, hatte recht gehabt. Ihre Garderobe war furchtbar altmodisch, und sie kam sich wie ein Bauerntrampel unter Mitgliedern der königlichen Familie vor. Amelia hatte ihr ein paarmal flehentliche Blicke zugeworfen. Bittende, um Verzeihung heischende Blicke, weil sie in Anwesenheit ihrer Mutter anscheinend nicht den Mut besaß, sich offen zu ihrer Freundschaft zu bekennen. Rosalind versuchte zu verstehen und tolerant zu sein. Leicht fiel ihr das nicht, war es für sie schon schlimm genug, eine so offensichtliche Geächtete unter den anwesenden Damen zu sein.

»Wie geht es Armond?« Die Herzoginwitwe war zu Rosalind herübergekommen und setzte sich neben sie. »Ich wusste schon auf dem Ball der Greenleys, wie betört er von Euch war. An diesem Abend habe ich zum ersten Mal erlebt, dass sogar er um Worte verlegen sein kann. Ich habe ihm schon damals gesagt, dass Ihr beide ein schönes Paar abgeben würdet.«

»Und was hat er darauf geantwortet?«, fragte Rosalind interessiert.

Die alte Dame runzelte die Stirn. »Irgendetwas Unanständiges, soweit ich mich erinnern kann. Er liebt es, mich zum Erröten zu bringen, was angesichts meines Alters wirklich nicht einfach ist.«

Rosalind konnte sich blendend vorstellen, mit welch zweideutiger Art Armond die Ehestiftungsversuche der Herzoginwitwe pariert hatte. »Wie sind Sie und Armond eigentlich Freunde geworden?«, erkundigte sie sich. »Ihr scheint doch irgendwie ein etwas sonderbares Paar zu sein, wenn ich es mal so ausdrücken darf.«

»Ich war eine sehr gute Freundin seiner Mutter«, erwiderte die alte Dame. »Und ich mochte auch seinen Vater. Sie waren ein schönes Paar, wie Ihr Euch sicher vorstellen könnt, wenn Ihr euch ihre Kinder anschaut. Vier Söhne, und alle geradezu teuflisch gut aussehend. Ein Jammer, dass sich die Dinge so entwickeln mussten.«

Rosalind wusste, wie unhöflich es von ihr war, die Zeit der Herzoginwitwe derart zu beanspruchen, vor allem, da sie die Gastgeberin war, aber sie hatte noch so viele Fragen über Armond und seine Familie. Fragen, die sie Armond noch nicht zu stellen gewagt hatte. »War seine Mutter wirklich geisteskrank?«

Die Herzoginwitwe seufzte. »Am Ende sogar sehr. Auch wenn es meiner Ansicht nach der Kummer war, der sie in den Wahn getrieben hat. Ich glaube nicht, dass auch nur einer von Armonds Eltern von Natur aus oder durch irgendeinen ererbten Makel geisteskrank war. Sie waren einfach nur nicht stark genug, die Schwierigkeiten, die sie überwinden mussten, durchzustehen. Zum Schluss vernichteten sie alle beide.«

Fasziniert beugte Rosalind sich zu der alten Dame vor. »Und was für Schwierigkeiten waren das?« Was konnte einen Mann dazu veranlassen, sich das Leben zu nehmen und seine arme Frau in den Wahnsinn zu treiben?

»Das ist eine Geschichte, die Armond Euch besser selbst erzählt«, sagte die Herzoginwitwe. »Oh, das hätte ich fast vergessen. Lady Amelia bat mich, Euch zu sagen, dass Ihr Euch mit ihr in dem vorderen Gästezimmer oben treffen sollt. Ich glaube, sie hat ihrer Mutter gesagt, sie müsste sich frisch machen.« Die alte Dame runzelte die Stirn. »Ich hatte gehofft, sie würde ein bisschen Rückgrat entwickeln, diese Amelia Sinclair. Sie besitzt das Potenzial, sich hin und wieder ein wenig schockierend zu benehmen und damit zu einer faszinierenderen Person zu werden, aber leider glaube ich inzwischen, dass ihr der Mut dazu fehlt. Ein Jammer, finde ich.«

»Ich hätte Euch nicht so lange von Euren anderen Gästen fern halten sollen«, entschuldigte sich Rosalind. Dann stellte sie ihre Teetasse beiseite und stand auf. »Deshalb werde ich nun besser hinaufgehen und Lady Amelia suchen.«

»Ihr wart der einzige Gast, an dem ich heute interessiert war«, gab die Herzoginwitwe offen zu. »Ich wollte sichergehen, dass es Armond gut ergeht, und natürlich auch der Gesellschaft zeigen, dass ich Euch genauso herzlich aufnehme wie ihn, ob sie es billigt oder nicht.«

»Ich bin Euch dafür dankbar«, sagte Rosalind. »Ihr bildet eine absolute Ausnahme in dieser Gesellschaft. Ich danke Euch auch für Eure Loyalität Armond gegenüber. Er verdient das Schicksal nicht, mit dem er geschlagen ist. Er ist anständig und liebenswürdig, auch wenn ich nicht glaube, dass er das weiß.«

Die Herzoginwitwe lächelte sie an. »Ihr liebt ihn«, stellte sie leise fest. »Ich kann es in Euren schönen Augen sehen, wenn Ihr von ihm sprecht. Er verdient es, geliebt zu werden. Womöglich wird nur auch er leider wie sein Vater nie erkennen, dass wahre Liebe bedingungslos und vorbehaltlos ist. Aber vielleicht wird er das mit Eurer Hilfe lernen.«

Etwas verstört von den Bemerkungen der Herzoginwitwe, fiel Rosalind beim besten Willen keine Antwort ein. Liebte sie Armond? Konnte sie ihn nach so kurzer Zeit schon lieben? Und welche verborgenen Botschaften hatte die Herzoginwitwe ihr zu vermitteln versucht? Rosalind murmelte noch rasch etwas zum Abschied und verließ den Raum. Sie war kaum die Treppe hinaufgestiegen, als Amelia auch schon ihren Kopf aus einem der Zimmer streckte und ihr aufgeregt bedeutete, zu ihr zu kommen.

Rosalind betrat das Gästezimmer, und Amelia zog die Tür hinter ihr zu. »Bitte sag jetzt nicht, dass du mich hasst«. sagte ihre Freundin bittend. »Mutter hat mir verboten, heute auch nur Notiz von dir zu nehmen. Ich habe versucht ihr die Stirn zu bieten und ihr gesagt, dass du meine Freundin bist. Sie hat daraufhin erklärt, deine Freundin zu sein, würde meine Chancen schmälern, Lord Collingsworth zu heiraten. Was hätte ich anderes tun können, als mich an ihre Anweisungen zu halten?«

Rosalind war nicht in der Stimmung, sich mit einem weiteren von Amelias Dilemmas zu befassen. Sie hatte nämlich den Verdacht, dass Amelia Dramen liebte. Ihrer eigenen Erziehung wegen konnte sie Amelia aber auch nicht dafür verurteilen, dass sie in die vornehme Gesellschaft hineingeboren worden war. Es gab Regeln, und wenn Rosalinds Mutter oder Vater noch am Leben wären, wäre auch sie gezwungen, diese Regeln zu befolgen.

»Ich verzeihe dir«, sagte sie zu Amelia. »Du darfst dich unserer Freundschaft wegen nicht mit deiner Familie entzweien. Du kannst gar nicht wissen, wie wichtig sie dir sind und wie sehr sie dir am Herzen liegen, bis du sie eines Tages nicht mehr hast.«

Amelias große blaue Augen füllten sich plötzlich mit Tränen. »Du hast ein gutes Herz, Rosalind, und bist auch noch so tapfer. Ich verdiene es nicht, dich meine Freundin nennen zu dürfen.«

Ihre Begegnung war viel zu emotional geworden. Darüber hinaus schwirrte Rosalind immer noch der Kopf angesichts der Möglichkeit, dass sie ihren Mann tatsächlich liebte. »Natürlich werden wir Freundinnen bleiben«, sagte sie zu der jungen Frau, während sie ihre Hand nahm und sie drückte. »Selbst wenn du dich heimlich zu mir nach Hause schleichen musst, um mich zu sehen.«

»Ich kam mir ganz schön ungezogen vor, als ich das tat«, gestand Amelia, deren Augen nun wieder vor Schalk funkelten. »Und es gefällt mir sogar sehr, mich unartig zu fühlen.« Sie ging zum Spiegel und tat so, als striche sie ihre stets perfekten blonden Locken glatt. »Ist Lord Gabriel noch bei euch?«, fragte sie wie nebenbei.

Rosalind lächelte. Amelia war eine miserable Schauspielerin. »Nein, ich fürchte, er ist zum Landgut der Familie zurückgekehrt. Was mich übrigens daran erinnert, dass ich dich fragen wollte, ob du weißt, dass Collingsworth Manor direkt neben Wulfglen, dem Landgut der Familie meines Mannes, liegt?«

Amelia wandte sich vom Spiegel ab. »Nein, das wusste ich nicht. Robert hat das mir gegenüber nie erwähnt.«

»Wenn du Lord Collingsworth heiratest, wirst du Lord Gabriel Wulfs Nachbarin. Wäre das nicht drollig?«

Amelia runzelte die Stirn. »Jetzt wirst du sarkastisch, Rosalind. Denn es sieht ganz so aus, als würde ich Lord Collingsworth tatsächlich heiraten. Er hat meinen Vater gestern Abend um meine Hand gebeten. Meine Eltern sind begeistert.«

Rosalind spürte, dass die Eltern begeisterter über den Antrag waren als Amelia. »Du liebst ihn nicht?«

»Ich kenne ihn doch kaum«, antwortete Amelia. »Er ist sehr altmodisch für einen jungen Mann. Er hat noch nie versucht, mich zu küssen. Bin ich es nicht wert, geküsst zu werden, Rosalind? Bin ich nicht hübsch?«

»Natürlich bist du hübsch«, versicherte ihr Rosalind. »Lord Collingsworth ist offenbar ein Kavalier der alten Schule. Er muss dir enormen Respekt entgegenbringen, wenn er bisher noch nicht einmal versucht hat, dich zu küssen.«

Wieder runzelte Amelia die Stirn. »Respekt? Was für ein kaltes Wort.« Ihre Augen funkelten plötzlich mutwillig. »Ich könnte mir vorstellen, dass Gabriel Wulf bestimmt nicht so zugeknöpft ist. Ich glaube, *er* würde eine Frau küssen, wenn ihm danach wäre, und darauf pfeifen, dass sich das nicht schickt.«

Sollte sie Amelia warnen, dass Gabriel Wulf mehr daran lag, das Landgut der Familie zu verwalten, als Frauen zu küssen? Etwas in der Art hatte Armond ihr gegenüber jedenfalls angedeutet. Vielleicht sage ich doch lieber nichts, dachte Rosalind. Sollte Amelia sich doch ruhig ihre Träume über Gabriel Wulf bewahren und heiraten, wen ihre Eltern für sie ausgesucht hatten. Ihr Leben würde weit weniger kompliziert werden als Rosalinds.

Es klopfte leise an der Tür. »Rosalind, meine Liebe, Armond ist soeben eingetroffen, um Euch abzuholen, und er geht schon ungeduldig in meinem Vorgarten auf und ab. Meine Gäste haben plötzlich alle das Bedürfnis, die Sonne, die durch die Fenster hereinströmt, zu genießen. Dieser Mann ist eine echte Ablenkung. Ich dachte, Ihr würdet jetzt vielleicht gern gehen wollen.«

Rosalind trat zur Tür, öffnete sie einen Spalt und bedachte die Herzoginwitwe mit einem liebevollen Lächeln. »Vielen Dank, dass Ihr mich heute eingeladen habt. Ich hoffe, wir werden so gute Freunde, wie Ihr und mein Gemahl es seid.«

»Bitte besucht mich, wann immer Euch danach ist«, erwiderte die alte Dame. »Ihr seid stets willkommen in meinem Haus.«

»Und ihr in meinem«, entgegnete Rosalind und kam sich ein bisschen komisch vor, als sie das sagte. Die Herzoginwitwe wandte sich ab und ging wieder die Treppe hinunter. Rosalind warf Amelia einen raschen Blick zu. »Wirst du mir auch bald wieder mal einen Besuch abstatten?«

»Versprochen«, antwortete Amelia. »Ich lasse dir eine Nachricht bringen, damit du weißt, wann ich komme.«

»Ich kann es kaum erwarten«, sagte Rosalind. Dann verließ sie den Raum und eilte hinunter, vorbei an dem Salon, in dem noch immer reges Stimmengewirr herrschte und die Frauen sich verdächtig nahe an den Fenstern versammelt hatten, von denen man den Vorgarten sehen konnte, und bei der Tür, die der Diener der Herzoginwitwe für Rosalind aufhielt. Die Sonne glitzerte in Armonds blondem Haar, während er unruhig hin und her ging. Er schien ganz in Gedanken versunken, und sie fragte sich, was er wohl zu erledigen gehabt hatte, während sie bei der Herzoginwitwe gewesen war.

Bevor sie ihn erreichte, blickte er auf, als spürte er Rosalinds Gegenwart. Die Herzoginwitwe hatte recht. Er war eine echte Ablenkung. Das leise Lächeln, mit dem er sie begrüßte, war von unbewusster Sinnlichkeit. Alles an ihm war sinnlich. Sie konnte sich gut vorstellen, dass die Damen, die sich um die Fenster drängten, ihre Fächer aufgeklappt hatten und einen ziemlichen Wind im Salon der Herzoginwitwe verursachten. Obwohl sie sich selbst ein bisschen ungezogen vorkam wegen ihrer Heuchelei, stellte Rosalind sich auf die Zehenspitzen und küsste Armond zur Begrüßung auf den Mund.

Seine Augen glühten vor Verlangen, als sie wieder zurücktrat und er auf sie hinunterblickte. »Habe ich dir schon gesagt, dass ich dich heute sehr begehre?«, fragte er.

20. Kapitel

Nun war es Rosalind, die einen Fächer brauchte. »Lass uns heimfahren«, sagte sie, und zum ersten Mal klang es gar nicht mehr so fremd für sie. Armond nahm ihren Arm und führte sie zu seiner Kutsche. Zwei hübsche Braune, deren glänzendes Fell in der Sonne schimmerte, waren vor das Gefährt gespannt. »Wir sollten irgendwann mal ausreiten«, schlug sie vor. »Hat meine Stute einen Namen?«

»Gabriel nennt sie Sahara, ihrer stolzen Herkunft nach«, antwortete er. »Wenn du möchtest, können wir einen Ausritt in den Hyde Park machen, wenn wir nach Hause kommen. Rotten Row ist ein schöner Weg.«

Diese Aussicht erfüllte sie mit freudiger Erregung. Es war Monate her, seit sie zum letzten Mal auf einem Pferd gesessen hatte. »Montrose hat einen sehr anständigen Stall«, erzählte sie Armond. »Es ist ein wunderbarer Besitz. Du weißt, dass nun die Pachten vom Landgut und dergleichen auf dich übergehen werden ... und du den Besitz an sich wahrscheinlich auch erben wirst, falls wir keine Söhne haben sollten. Du solltest mit den Anwälten meiner Stiefmutter darüber reden.«

»Das werde ich«, versprach er, bevor er Rosalind in seine Kutsche half. Als sie eingestiegen war, setzte Armond sich neben sie. »Wie war es auf der Teegesellschaft?«

Obwohl er nur ganz beiläufig gefragt hatte, spürte Rosalind, wie wichtig ihre Antwort für ihn war. Sie beschloss jedoch, ihm die Wahrheit trotzdem nicht zu sagen. Es war nicht Armonds Schuld, dass sie seine Frau war. Alles, was er getan hatte – sogar ein Versprechen zu brechen, das er sich selbst gegeben hatte –, hatte er für sie getan. Sie wollte nicht, dass er sich schlecht fühlte, weil sie nun ebenso gemieden wurde wie er selbst.

»Es war wunderbar«, log sie. »Die Herzoginwitwe und ich verstehen uns hervorragend, und Lady Amelia war mit ihrer Mutter dort. Wir haben uns sehr nett unterhalten.«

»Schön, dass du dich amüsiert hast«, sagte er. »Als ich heute Morgen unterwegs war, war ich auch in einem sündhaft teuren Geschäft auf der Bond Street und habe einen Termin mit einer Schneiderin für dich ausgemacht. Ich dachte, du würdest dir vielleicht gerne ein paar neue Kleider machen lassen. Oder was immer du dir an Garderobe wünscht.«

Auch wenn Armond mit seinen Gefühlen ihr gegenüber geizte, so war er doch in allen anderen Dingen ganz und gar nicht geizig. Zuerst das schöne Pferd, und nun neue Kleidung, die Rosalind dringend brauchte. Sie legte ihre Hand über seine.

»Danke, Armond. Mir war gar nicht bewusst, wie schäbig meine Kleider sind. Auf dem Land brauchte ich keine eleganten Sachen, und die wenigen Kleider, die Franklin für mich nähen ließ, entsprachen nicht meinem Geschmack. Deshalb habe ich sie nicht mitgebracht, als ich meine Sachen abholte.«

»Ich möchte, dass du glücklich bist, Rosalind«, sagte Armond und verschränkte seine Finger mit ihren. »Du kannst auch das Haus neu einrichten, wenn du möchtest. Ich weiß, dass die Möbel alle ziemlich veraltet sind, aber Junggesellen kümmern solche Dinge nicht.«

Es schien, als würde er ihr alles geben, was ihr Herz begehrte. Alles außer seinem Herzen. Sie fand, das war ein trauriges Geschäft, verzichtete jedoch darauf, etwas dazu zu sagen. Rosalind versuchte noch immer, sich über ihre eigenen Gefühle für ihn klar zu werden. Liebte sie Armond? Sie wusste, dass sie ganz krank vor Sorge gewesen war in der Nacht, als er nicht heimgekommen war. Sie wusste, dass sie heftige Eifersucht empfinden konnte, was Armond anging. Sie wusste, dass sie ihn begehrte. Aber ergaben all diese Gefühle Liebe?

Die Kutsche fuhr am Haus ihrer Stiefmutter vorbei, und Rosalind wandte ihren Blick vom Fenster ab, um nicht hinauszusehen. Das Haus ließ sie heute innerlich erschaudern, als würde etwas Böses innerhalb seiner Mauern leben. Etwas Böses, das darauf aus war, ihrem Mann und vermutlich auch ihr selbst zu schaden. Es ärgerte sie, so viele Dinge gleichzeitig bewältigen zu müssen. Ihre Ehe war schon kompliziert genug. Sie wünschte, sie bräuchte sich um nichts anderes zu sorgen, als Armond dazu zu bringen, sie zu lieben. Aber das große Glück mit ihm zu finden würde warten müssen, bis sie mit Franklin fertig waren und ihre Stiefmutter sich entweder erholte oder starb.

Als Rosalind sich plötzlich daran erinnerte, welche Anweisungen sie Mary gegeben hatte, warf sie rasch noch einmal einen Blick hinaus, bevor die Kutsche um die Kurve bog, die sie und Armond zu ihrer Haustür führen würde. Sie konnte die Rückseite des Nachbarhauses und das weiße Laken sehen, das über die Balkonbrüstung ihres früheren Schlafzimmers gehängt worden war.

»Mary hat mir das vereinbarte Signal gegeben«, sagte sie zu Armond. »Franklin ist nicht zu Hause, sodass ich ohne jede Gefahr die Herzogin besuchen kann. Könnten wir unseren Ausritt in den Park auf später verschieben, wenn ich nach meiner Stiefmutter gesehen habe?«

»Ich werde die Pferde satteln lassen, während du sie besuchst«, sagte Armond. »Und ich behalte selbstverständlich auch das Haus im Auge. Falls Chapman zurückkehren sollte und du noch immer dort bist, bin ich im Nu bei dir und hole dich ab.«

Knarrend hielt die Kutsche vor dem Haus. Rosalind beschloss, rasch hinaufzulaufen und ihre Reitkleidung anzuziehen, bevor sie ihre Stiefmutter besuchte. Sie wollte gleich nach ihrem Besuch fertig für den Ausritt sein. Armond wartete unten auf sie. Er sagte gerade etwas zu Hawkins, aber als er sie sah, kam er zu ihr und begleitete sie hinaus und über den Rasen zum Nachbarhaus.

»Es wird nicht lange dauern«, versprach Rosalind. »Der Herzogin geht es nicht gut genug, um mit mir zu sprechen. Sie schläft die meiste Zeit oder starrt ins Leere, als wäre sie in Gedanken ganz woanders. Es ist sehr traurig, aber ich hoffe, sie weiß zumindest, dass ich sie besuche und mich um sie sorge. Sie war einmal sehr gut zu mir.«

»Es ist erstaunlich, dass eine so liebenswürdige Dame einen so grausamen Sohn hervorgebracht hat, oder«, bemerkte Armond. »Aber dann wiederum denke ich, dass selbst das normalste Ehepaar vermutlich eine wahre Ausgeburt des Teufels zeugen kann.«

Es beunruhigte Rosalind, dass er das sagte. »Ich hoffe doch, du meinst nicht dich damit«, versuchte sie zu scherzen. »Du bist nicht das Ungeheuer, als das dich die Gesellschaft hinstellen will. Das hast du mir wieder und wieder selbst bewiesen.«

»Ich habe dir gegenüber nichts als meine Pflicht getan«, entgegnete er. »Hüte dich vor dem Haustier, das du auf den Schoß nimmst und mit deinen Händen fütterst. Eines Tages könnte es dich nämlich beißen.«

Er konnte deprimierend düster sein, wenn ihm gerade danach war. Rosalind passte diese Stimmung nicht. Doch je näher sie dem Nachbarhaus kam, desto deutlicher glaubte sie zu spüren, wie diese Düsternis nun auch von ihr Besitz ergriff. Sie gingen zur Hintertür, und Rosalind betätigte die Klingel, die normalerweise nur Lieferanten und die Dienerschaft benutzten. Mary öffnete die Tür und lächelte, als sie sie sah.

»Ich begann mich schon zu fragen, ob Ihr mein Signal womöglich nicht bemerkt hattet«, sagte sie. Dann sah sie Armond und das Lächeln erstarb sofort. »Ich hoffe, *er* kommt nicht herein.«

»Dann lasse ich dich jetzt hier und bereite unseren Ausritt vor«, sagte Armond zu Rosalind. »Halte dich bitte nicht zu lange auf. Es wäre mir lieber, wenn du überhaupt nicht hier wärst.«

Rosalind nickte und ging ins Haus, wo sie Mary mit einem ärgerlichen Blick bedachte. »Ich werde nicht dulden, dass du so unhöflich zu meinem Mann bist, Mary. Er ist überhaupt nicht so, wie die finsteren Gerüchte über ihn ihm unterstellen. Er ist ein netter, anständiger Mann.«

Mary errötete schuldbewusst. »Verzeiht, Mylady, aber das geht eben nur einfach schon eine ganze Weile so.«

»Na, dann wird es höchste Zeit, dass es sich ändert«, sagte Rosalind. »Wie geht es der Herzogin?«

»Wie immer«, erwiderte die Frau. »Ich wollte ihr gerade etwas Tee hinaufbringen.«

»Ich bringe ihr das Tablett«, bot Rosalind an. »Dann brauchst du nicht auch noch in den zweiten Stock hinaufzusteigen.«

»Möge der Himmel es Euch vergelten«, sagte Mary. »Meine alten Beine sind schon ganz erschöpft vom vielen Treppensteigen. Ich hoffe immer noch, dass Mr. Chapman irgendwann dazu kommt, eine weitere Hilfe einzustellen. Aber jetzt, wo Ihr nicht mehr im Haus seid, glaubt er wohl, ich könnte alles ganz alleine schaffen.«

Geizig, grausam und, falls Armond recht hatte, zudem auch noch ein Mörder. Rosalind nahm das Tablett, auf dem nur eine kleine Teekanne und eine Tasse mit einer Untertasse standen.

»Achtet bitte darauf, dass sie ihn trinkt«, rief Mary ihr nach. »Mr. Chapman hat gesagt, es sei so ungefähr das Einzige, was sie noch am Leben erhalten würde, und ich bin geneigt, ihm darin zuzustimmen. Ich schaffe es neuerdings kaum noch, ihr zumindest etwas Brühe einzuflößen.«

»Ich werde mein Bestes tun«, versprach Rosalind, bevor sie ging. Sie trug das Tablett in den zweiten Stock hinauf und war froh, dass die Zimmertür ihrer Stiefmutter offen stand, da sie beide Hände voll hatte. Die Herzogin saß an ihrem gewohnten Platz im Sessel am Fenster und starrte wie üblich ins Leere.

»Guten Tag, Euer Gnaden«, rief Rosalind fröhlich. »Ich habe Euch Euren Tee gebracht.« Die alte Dame reagierte nicht, was Rosalind im Grunde aber auch gar nicht erwartet hatte. Sie stellte das Tablett auf den neben dem Sessel stehenden Tisch und schenkte Tee ein.

Es stieg kein Dampf von der Tasse auf, was Rosalind verriet, dass er nicht heiß genug war, um ihrer Stiefmutter die Zunge zu verbrennen. Aber sie wollte dennoch sichergehen, dass er eine angenehme Temperatur hatte, und wenn sie keinen Finger in die Tasse stecken wollte, blieb ihr gar nichts anderes übrig, als ein Schlückchen davon zu trinken. Er schmeckte ein bisschen nach Nelken, aber sie konnte nicht behaupten, dass ihr der Geschmack behagte. Sie trank noch einen weiteren Schluck, aber auch der blieb fad und vielleicht sogar ein wenig bitter.

Langsam, um den Tee nicht zu verschütten, ging sie zu ihrer Stiefmutter und hielt ihr die Tasse an die Lippen. »Ich möchte, dass Ihr etwas trinkt, Euer Gnaden. Ihr braucht etwas Nahrhaftes. Ihr seid ja spindeldürr geworden.«

Zu ihrer Überraschung trank die alte Dame aus der Tasse, fast schon gierig, erschien es Rosalind. Geduldig wartete sie, bis ihre Stiefmutter die ganze Tasse ausgetrunken hatte. Dann versuchte sie, sich irgendetwas Fröhliches einfallen zu lassen, worüber sie ihr erzählen konnte, aber angesichts des immer schlechter werdenden Gesundheitszustandes der Herzogin war das keine leichte Aufgabe. Außerdem schwirrte Rosalind noch immer der Kopf von der Teegesellschaft bei der Herzoginwitwe – oder genauer gesagt von dem, was die alte Dame ihr gegenüber angedeutet hatte.

»Ich wünschte, es ginge Euch besser, Euer Gnaden. Ich wünschte, Ihr könntet mit mir reden. Es macht mich sehr traurig, keine Mutter mehr zu haben. Ich vermisse den Rat, den Ihr mir vielleicht geben könntet, und einen liebevollen Arm um meine Schultern, der mir das Gefühl gibt, dass alles gut werden wird.«

Die Herzogin hatte die Augen geschlossen. Sie war vermutlich bereits wieder eingeschlafen. Rosalind ging zum Tisch und stellte die leere Teetasse auf das Tablett zurück.

»Ich bin vielleicht verliebt«, fuhr Rosalind dann leise fort. »Da ich verheiratet bin, sollte man meinen, das wäre ich ohnehin, aber natürlich sind nicht alle Ehen das Ergebnis von solch zärtlichen Gefühlen. Ich wünschte, Ihr könntet mir sagen, was Ihr glaubt, was Liebe ist. Oder ich könnte Euch beschreiben, was ich fühle, und dann könntet Ihr mir Eure Meinung dazu sagen. Ich fühle mich manchmal so allein.«

Rosalind rieb sich die Arme, um die Gänsehaut, die darüberkroch, zu vertreiben. Dann erinnerte sie sich, dass Armond sie erwartete. Der Gedanke hob ihre mit einem Mal so düstere Stimmung. Sie nahm das Tablett, trat zur schlafenden Herzogin und betrachtete die arme Frau mit einem liebevollen Blick.

»Ich muss jetzt gehen, aber ich komme wieder. Bitte versucht, wieder gesund zu werden. Ich brauche Euch.«

Sie war überzeugt, dass ihre Stiefmutter die Bitte nicht einmal gehört hatte. Traurig wandte sie sich ab, um zu gehen, aber dann drehte sie sich doch noch einmal um und sah eine einzelne Träne über die eingefallene Wange der alten Dame rinnen.

Armond wollte Rosalind gerade abholen, als er sie über den Rasen auf die Stallungen zukommen sah. Er winkte ihr zu. Sie im Nachbarhaus zu wissen, hatte ihm ein ungutes Gefühl gegeben, obwohl er sich sicher sein konnte, dass Chapman nicht zu Hause war. Nachdem Rosalind nämlich ins Haus gegangen war, hatte er sich um Chapmans Kutschenhaus herumgeschlichen und einen Blick hineingeworfen. Seine Kutsche und sein Fahrer waren fort.

Rosalind stolperte, und Armond tat sofort einen Schritt in ihre Richtung, aber sie fing sich wieder und war auch gleich darauf bei ihm. Die Pferde waren gesattelt, und er hielt einen Korb in der Hand, den Hawkins für sie vorbereitet hatte.

»Was hast du da?«, fragte Rosalind.

»Hawkins hat uns etwas zu essen eingepackt. Ich dachte, wir machen vielleicht ein Picknick? Es ist so ein schöner Tag heute.«

Rosalinds bezauberndes Gesicht hellte sich auf. »Ich liebe Picknicks. Ich habe schon seit Ewigkeiten keins gemacht, eigentlich sogar seit ich ein kleines Mädchen war nicht mehr.«

»Bist du so weit?«

Sie nickte und er stellte den Korb ab, um ihr aufs Pferd zu helfen. Rosalind hatte gerade erst den Fuß in den Steigbügel gesetzt, als sie plötzlich nach hinten kippte. Armond konnte sie gerade noch auffangen. Verwundert legte sie eine Hand an ihren Kopf. »Ach du meine Güte. Da ist er ja schon wieder.«

»Was hast du, Rosalind?«

Sie wirkte ein bisschen benommen, als sie zu ihm aufblickte. »Der Schwindel. Ich habe ihn schon eben, als ich gestolpert bin, gespürt, aber er schien dann schnell wieder vorbeizugehen.«

Ihr blasses Gesicht beunruhigte Armond so sehr, dass er sofort beschloss, auf den Ausritt zu verzichten. »Du musst ins Haus«, sagte er. »Du musst dich hinlegen.«

»Nein«, protestierte Rosalind. »Ich will uns den Ausflug nicht verderben. Ich freue mich doch so darauf. Es wird schon gehen.«

Aber Armond wollte ihre Gesundheit nicht gefährden. »Wir reiten ein andermal aus«, versprach er ihr. »Zu reiten ist wirklich gefährlich, wenn dir schwindelig ist. Du könntest stürzen und dich verletzen.«

»Aber ich …« Rosalind schwankte wieder, bevor sie ihren Satz beenden konnte. »Na ja«, sagte sie seufzend. »Dann werde ich mich wohl besser doch ein bisschen hinlegen.«

Henry, einer der Stallburschen, hielt die Pferde. Armond drückte ihm auch den Picknickkorb in die Hand und sagte: »Bring die Pferde weg – und hier ist ein leckeres Mittagessen für dich und die anderen Stallburschen.«

Dann hob er Rosalind auf die Arme und wandte sich mit ihr in Richtung Haus.

»Ich kann allein gehen, Armond«, regte sie sich auf. »Ich weiß nicht, was mich da gerade überkam. Ich bin normalerweise gesund wie ein Pferd.«

»Der Pfad zum Haus ist ein bisschen steinig, wie du weißt«, sagte er. »Ich möchte nicht, dass du hinfällst, weil du wieder einen Schwindelanfall hast. Du bist vermutlich nur erschöpft, meine Liebe. Schließlich hast du in den letzten Tagen sehr viel durchgemacht.«

»Wahrscheinlich«, stimmte sie ihm zu. »Ich bin tatsächlich ein bisschen müde, und ein ausgiebiges Nachmittagsschläfchen klingt ziemlich verlockend.«

Sie wog nicht viel, und Armond trug sie mühelos zum Haus und dann hinein. Mit Ausnahme von seinen Brüdern hatte er noch nie für einen anderen Menschen die Verantwortung getragen. Diese Verantwortung war neu für ihn, und neu war auch die Besorgnis, die damit einherging. Hawkins eilte ihnen nach, als Armond auf die Treppe zuging, um Rosalind in ihr Zimmer zu bringen.

»Braucht Mylady irgendetwas?«, fragte er. »Soll ich einen Arzt holen lassen?«

»Das ist nicht nötig, Hawkins«, sagte Rosalind über Armonds Schulter. »Ich muss mich nur ein bisschen ausruhen. Bitte machen Sie sich meinetwegen keine Mühe.«

»Mylord?«

»Ich glaube, Lady Wulf wird sich besser fühlen, wenn sie ein paar Stunden geschlafen hat. Falls ich dich brauchen sollte, rufe ich dich, Hawkins.«

»Sehr wohl, Mylord«, erwiderte der Diener.

Armond ging die Treppe hinauf und dann in Rosalinds Zimmer, wo er sie sanft auf ihrem Bett ablegte. Ihr Reitkostüm war nicht nur altmodisch, sondern an gewissen Stellen auch noch viel zu eng. Was für ihn persönlich natürlich ein verlockender Anblick war, aber er wusste, dass es für Rosalind sehr unbequem sein würde, in diesem Kleid zu schlafen. Und so setzte er sich neben sie, drehte sie zu sich herum und begann sich mit ihren Knöpfen zu befassen.

»Darf ich fragen, was Ihr da tut, Mylord?«, fragte sie mit schon etwas undeutlicher Stimme.

»Ich entkleide Euch, damit Ihr zu Bett gehen könnt, Mylady«, antwortete er.

Als sie nichts weiter dazu sagte, wandte er sich wieder den Knöpfen zu. Schließlich streifte er ihr das Kleid über die Schultern und öffnete die Schlaufen vorne an ihrem Korsett.

»Im Entkleiden von Frauen scheinst du ja wirklich sehr geschickt zu sein«, bemerkte sie.

Er lächelte. »Ich bin kein Heiliger. Das wusstest du, als du mich geheiratet hast.«

Sie runzelte die Stirn. »Eins der wenigen Dinge, die ich über dich wusste. War das das Zimmer deiner Mutter?«

»Ja«, antwortete er. »Manchmal, wenn ich die Augen schließe und mich konzentriere, kann ich noch immer ihr Parfum riechen.«

Er war noch nie so versucht gewesen, Rosalind zu erklären, dass er anders als normale Männer war. Dass er ganz besondere Talente hatte. Talente, die sich offensichtlich immer mehr verstärkten. Aber Armond wollte nicht darüber nachdenken. Nicht jetzt.

»Wie schön für dich«, sagte sie aufrichtig. »Ich erinnere mich an nichts von meiner Mutter. Sie starb bei meiner Geburt. Die Herzogin entsprach in meinem Leben noch am ehesten einer Mutter, und sie lebte leider nur sehr kurz auf unserem Gut.«

Armond erhob sich, kniete sich vor sie hin und zog ihr ihre weichen Rehlederstiefel aus. Dann beugte er sich vor, um ihr auch das Reitkleid abzustreifen. Nur noch mit ihrem Hemd, Korsett und einem dünnen Unterrock bekleidet, saß sie vor ihm. Er streckte die Hand aus und zog die Nadeln aus ihren Locken. Das

Haar fiel ihr wie schwarze Seide über den Rücken. Am liebsten hätte Armond sein Gesicht darin vergraben und es an seiner nackten Haut gespürt.

»Du bist so schön.«

Er wusste, dass dies nicht der richtige Augenblick für Komplimente war, aber er konnte gar nicht anders, als es ihr zu sagen. Sie lächelte, legte ihre Hand an seine Wange und strich mit den Fingern über sein Gesicht.

»Du auch.«

Und plötzlich fiel ihre Hand kraftlos hinunter, sie schwankte wieder, und Armond legte sie behutsam aufs Bett. Sie war schon eingeschlafen, noch bevor er sie richtig zugedeckt hatte. Eine Weile blieb er bei ihr sitzen und betrachtete sie, beobachtete, wie ihre Brust sich hob und senkte, und sagte sich, dass sie nur ganz normal schlief. Um jedoch sicher sein zu können, nahm er ihr Handgelenk und fühlte ihren Puls. Er schlug ruhig und kräftig, und Armond entspannte sich. Bevor er sie wieder loslassen konnte, schob sie ihre Hand in seine.

Ihre Hände waren ausgesprochen unterschiedlich. Rosalinds war weich und weiß und glatt. Seine war groß, braun und an harte Arbeit gewöhnt, trotz seiner Titel und seines beachtlichen Vermögens. Seine Sicht verschwamm, als er ihre Hände anstarrte, und einen Moment lang sah seine Furcht äußerst erregend aus: mit rauem blondem Haar bedeckt und Krallen, die aus den Fingerspitzen herausragten. Armond zog seine Hand hastig zurück und hielt sie mit wild pochendem Herz vor seine Augen. Aber dann klärte sich seine Sicht, und seine Hand sah wieder ganz normal aus.

Was war bloß mit ihm los? Dieser Sprung aus einem Fenster, bei dem er trotz des tiefen Falls völlig unverletzt auf seinen Füßen aufgekommen war? Oder wie seine ohnehin schon ungewöhnlich scharfen Sinne sich während des Kampfes mit den Straßenräubern sogar noch verschärft zu haben schienen, und die

Gesichter der Männer, als sie mit einem Ausdruck des Entsetzens vor ihm zurückgewichen waren? Er ahnte, was in ihm vorging – und das war nur die Vorbereitung darauf, irgendjemand oder vielmehr irgendetwas anderes zu werden. Aber *warum* geschah es? Wieder blickte er auf Rosalind hinunter, die ruhig schlief, unschuldig, aber dennoch überaus verführerisch, und obwohl er wusste, warum der Fluch ihn nun bedrohte, wollte und konnte er nicht einmal sich selbst die Wahrheit eingestehen. Weil die Konsequenzen zu abscheulich wären.

21. Kapitel

Lärm ließ Rosalind aus dem Schlaf aufschrecken. Helle Lichtstrahlen durchzuckten das Zimmer, dann lautes Donnergrollen und ein explosionsartiges Geräusch, das sie zusammenfahren ließ. Für einen Moment war sie völlig desorientiert, blickte sich in ihrem ansonsten dunklen Schlafzimmer um und versuchte herauszufinden, wo sie war und auch warum. Ihr Blick glitt zu den Umrissen eines Mannes, der neben ihrem Fenster stand und hinausblickte. Helle Lichtstrahlen umgaben ihn. Die in schneller Folge aufzuckenden Blitze verzerrten seine Gesichtszüge und verliehen ihm ein unheilvolles Aussehen. Sie kannte ihn aber doch, oder nicht?

»Armond?«

»Geht es dir besser?« Er trat ins Dunkle und näherte sich dem Bett. »Du hast lange geschlafen.«

Langsam begann sie sich wieder an die Ereignisse des Tages zu erinnern. An den Schwindel, der sie überfallen hatte, bevor sie zu ihrem Ausritt und ihrem Picknick hatten aufbrechen können. An Armond, wie er sie zu ihrem Zimmer hinaufgetragen hatte … und ihr dann beim Ausziehen geholfen hatte.

»Ist es schon spät?«, fragte sie.

»Kurz vor Mitternacht.« Er stand jetzt neben ihrem Bett. »Ich dachte schon, du würdest bis morgen früh durchschlafen.«

»Ich bin von dem Gewitter aufgewacht.« Sie fröstelte, als wieder Donner grollte. »Ich mag Gewitter nicht. Sie machen mir Angst.«

Armond verließ sie für einen Moment und ging zum Kamin, um das Feuer zu schüren und Holzscheite nachzulegen. Der gelbe Schein der aufzüngelnden Flammen half die Schatten aus dem Zimmer zu vertreiben, und Rosalind fühlte sich fast augenblicklich besser. Nun in ein weiches Licht getaucht, sah Armond wieder wie der gut aussehende Mann aus, den sie geheiratet hatte.

»Bist du hungrig? Du hast seit dem Frühstück nichts gegessen.«

Ihr Magen knurrte prompt. »Ich habe einen Bärenhunger«, gab sie zu.

»Dann habe ich genau das Richtige«, sagte er und ging in sein Schlafzimmer, um kurz darauf mit einem Picknickkorb zurückzukehren. Rosalind lachte vor Entzücken, als er den Korb ans Bett brachte. »Ich wollte dich wegen des ausgefallenen Picknicks ein bisschen trösten, also habe ich noch mal eins herrichten lassen«, sagte er.

Es kam ihr fast ein bisschen ungehörig vor, im Bett zu picknicken, und sogar noch ungehöriger, einen Mann bei diesem Festessen dabeihaben zu wollen. Aber sie durfte nicht vergessen, dass Armond nicht nur irgendein Mann war, sondern ihr Ehemann.

»Du wirst mir doch Gesellschaft leisten, oder?«, fragte sie. »Das ist ein großer Korb, und er enthält bestimmt mehr, als ich essen kann.«

Armond setzte sich aufs Bett und streifte seine Stiefel ab. »Ich will nicht den Stall in dein Bett mitbringen«, scherzte er. »Aber ein Picknick für einen allein macht keinen Spaß, nicht wahr?«

Wieder lachte sie. Dann setzte sie sich auf und strich sich ihr langes Haar hinter die Ohren. »Nein. Also, was hast du mir denn mitgebracht?«

Armond griff in den Korb. »Ich habe hier zwei Fleischpasteten, Käse, Brot, Wein und Apfelspalten.«

Ihr Magen knurrte noch vernehmlicher.

»Donnert es etwa wieder?«, scherzte Armond wieder. »Was möchtet Ihr zuerst, Mylady?«

»Die Pastete«, sagte sie. »Und etwas Wein. Mein Mund ist wie ausgetrocknet.«

»So sieht er aber gar nicht aus«, entgegnete Armond, während er ein Glas und eine Karaffe aus dem Korb nahm, sie entstöpselte und etwas von dem Wein in Rosalinds Glas goss. Er blickte auf, bevor er es ihr gab. »Deine Lippen erinnern mich immer an reife Beeren mit glitzernden Tautropfen darauf. Und sie schmecken auch genauso süß.«

Sie konnte spüren, wie sie vor Freude errötete. »Du hast mich damals bei Lady Pratts Teeparty belogen«, beschuldigte sie ihn lächelnd. »Du bist ja doch ein Poet. Oder vielleicht auch einfach nur ein Verführer unschuldiger junger Frauen«, fügte sie hinzu, um auch ihn ein bisschen aufzuziehen.

»Letzteres wohl eher«, erwiderte er trocken und reichte ihr mit einer kleinen Gabel die Pastete.

Rosalind begann mit Appetit zu essen. Armond dagegen schenkte sich nur ein Glas Wein ein, streckte sich neben ihr auf dem Bett aus und beobachtete sie. Im Schein des Feuers, das ihn in sein goldenes Licht tauchte, erinnerte er sie an eine große, anmutige Katze.

»Bist du heute Abend ausgegangen?«, fragte Rosalind.

»Nein, bei Einbruch der Dunkelheit hat es schon angefangen zu gewittern. Ich bezweifelte, dass viele Frauen bei diesem Wetter unterwegs sein würden. Außerdem bist du meine erste Pflicht. Ich wollte dafür sorgen, dass es dir gut ergeht, Rosalind.«

Das Wort *Pflicht* kann genauso kalt klingen wie *Respekt*, dachte sie. »Es geht mir schon viel besser«, versicherte sie ihm. »Ich hatte mich wohl ein bisschen übernommen, obwohl ich mich noch nie zuvor in meinem Leben so komisch gefühlt habe. Na ja, oder wenn, dann höchstens nach einem Glas Brandy«, fügte sie mit einem kleinen Lächeln hinzu.

»Es ist nichts Schlimmes dabei, wenn eine Frau sich hin und wieder einen Brandy genehmigt«, versetzte er. »Mir jedenfalls hat es großen Spaß gemacht, gestern Abend ein Schlückchen mit dir zu trinken.«

Rosalind wollte dieses Thema nicht unbedingt vertiefen. »Du isst ja gar nichts«, sagte sie deshalb ein bisschen vorwurfsvoll.

»Nein, aber ich schwelge«, sagte er, während er langsam seinen Blick über sie gleiten ließ. »Ich schwelge in deinem Anblick, Rosalind.«

Plötzlich fiel ihr auf, dass sie in nichts anderem als ihrer Unterwäsche vor ihm saß und ihr Haar ihr völlig aufgelöst auf ihre Schultern fiel. Aber ihr kam auch der Gedanke, dass ihm nach allem, was sie gestern Nacht miteinander gehabt hatten, ein plötzlicher Anfall von Sittsamkeit lächerlich erscheinen würde.

»Gehört es zu deinen Gepflogenheiten, kranke Frauen zu verführen, Armond?«

Er streckte sich wie eine träge Katze. »Du hast gesagt, es ginge dir schon besser.«

Sie verbarg ihr Lächeln, indem sie einen weiteren Schluck Wein trank. Schweigen breitete sich zwischen ihnen aus, während sie ihre Pastete aß und an einem Stückchen Apfel knabberte. Sie konnte weder die vergangene Nacht vergessen noch wie geschickt er sie gestreichelt hatte … oder zu welch schwindelerregenden Höhen der Ekstase er sie geführt hatte, an deren Existenz sie nicht einmal in ihren kühnsten Träumen geglaubt hätte. Und sie konnte auch den Kampf nicht vergessen, den er mit sich ausgefochten hatte, als sie gespürt hatte, wie der Knauf an ihrer Tür sich drehte.

»Warum nimmst du dir nicht einfach, was du willst?«, fand sie schließlich den Mut zu fragen.

Er trank einen Schluck Wein, bevor er antwortete. »Ist das eine Einladung?«

»Nein«, sagte sie fest, um seine Spielchen zu beenden. »Aber du bist mein Mann. Niemand würde es dir verübeln, wenn du deine ehelichen Rechte fordern würdest.«

»Niemand außer dir«, sagte er und starrte sie über den Rand seines Glases hinweg an. »Ich habe dir ein Versprechen gegeben, und das werde ich nicht brechen. Egal, wie sehr du mich verlockst«, fügte er hinzu, und das schon vertraute Glühen der Leidenschaft erschien wieder in seinen Augen. »Du scheinst erbost darüber, dass ich dir noch widerstehen kann. Ist es das, worüber du auf einmal so verärgert bist?«

War sie verärgert? Es erschien ihr albern, ihm zu verargen, dass er ein ihr einmal gegebenes Versprechen hielt. Vielleicht war es einfach nur die Kontrolle, die er so scheinbar mühelos über sich bewahrte, während sie selbst in seinen Armen jegliche Vernunft verlor. Vielleicht war es, weil sie vermutete, dass sie ihn liebte, und weil er geschworen hatte, dass *er* sie niemals lieben würde.

Rosalind stellte ihr Weinglas auf den kleinen Tisch neben ihrem Bett. »Warum hast du gesagt, dass du mich niemals lieben würdest?«, fragte sie und wünschte sich im selben Moment, sich die Frage verkniffen zu haben. Denn damit offenbarte sie ihm viel zu viel von ihren eigenen Bedürfnissen, ihren eigenen Wünschen und ihren Träumen.

Er wandte den Blick von ihr ab. »Ich habe dir gesagt, warum.«

»Das war nur ein Vorwand«, entgegnete sie. »Und dann hast du irgendetwas über den Fluch gesagt und ich sollte beten, dass ich nie herausfinden würde, worum es dabei wirklich geht.«

»Lass die Sache ruhen«, riet er ihr. »Nimm, was ich dir geben kann, und verlang nicht mehr.«

»Was kannst du mir denn geben?«, versetzte sie. »Schutz? Verantwortungsbewusstsein? Schöne Kleider und ein geschmackvoll eingerichtetes Zuhause? Warum denn keine Kinder, Armond? Warum keine Liebe? Alles andere scheint doch kaum mehr als ein kalter Austausch ...«

»Kalt?«, unterbrach er sie. Plötzlich war er neben ihr und ähnelte in keinster Weise mehr einer trägen Katze. Er streifte nämlich rasch sein Hemd ab, nahm Rosalinds Hand und legte sie an seine Brust. »Fühle ich mich etwa kalt an? Ich brenne vor Verlangen nach dir. Und du brennst vor Verlangen nach mir. Es war nichts als Hitze zwischen uns, seit wir uns das erste Mal begegnet sind. Warum genügt dir das denn nicht?«

Die von ihm ausgehende Hitze versengte wirklich beinahe ihre Haut. Sein Duft breitete sich aus, um sie zu verführen. Er beugte sich vor und ergriff Besitz von ihrem Mund, wie um ihr zu beweisen, dass was immer sie auch miteinander teilten, absolut nichts Kaltes war. Er schmeckte nach Wein, und seine Lippen waren mindestens ebenso berauschend. Er schob das Essen mit einer einzigen Bewegung seines Arms vom Bett; dann war er auf ihr – presste sich an sie und gab etwas von seiner Wärme an sie ab.

Er küsste ihren Nacken, umfasste mit beiden Händen ihre Brüste und setzte den erotischen Angriff auf ihre Sinne fort. Falls er ihr eine Lektion erteilen wollte, war sie eine mehr als nur bereitwillige Schülerin. Ihre Hände glitten über seinen breiten Rücken und spürten, wie seine Muskeln sich zusammenzogen, als sie ihn dort berührten. Seine Haut war weich wie Samt. Und dann geschah etwas sehr Eigenartiges. Als sie mit den Fingern über seinen Rücken strich, spürte sie, wie seine Wirbelsäule sich bewegte … wie sie sich ausdehnte und dann jäh an ihren Platz zurückschnappte.

Bevor sie sich weitere Gedanken über diese seltsame Begebenheit machen konnte, glitt Armond ein wenig höher und schob ihr Hemd hinauf, um ihre Brüste zu liebkosen. Sie verschränkte ihre Finger in seinem Haar und drückte ihn an sich. Die kreisenden Bewegungen seiner Zunge um ihre Brustspitzen drohten ihr beinahe den Verstand zu rauben. Schamlos bog sie sich ihm entgegen, um seinen Körper noch fester, noch intimer an ihrem eigenen zu spüren.

Er hatte sie schon irgendwie von ihrem Korsett befreit und wollte ihr gerade das Hemd über die Schultern streifen, als sie merkte, dass sie in wenigen Augenblicken ganz nackt sein würde. So nackt und willig, wie er wollte. Oder wie auch sie es vielleicht wollte. Hatte er recht? War Liebe vielleicht gar nicht so wichtig, wenn sie diese Hitze, diese Leidenschaft, dieses sinnliche Verlangen füreinander spürten?

»Nein«, flüsterte sie. »Das genügt mir nicht.«

Für einen Moment hielten seine Finger an den Trägern ihres Hemdes inne, und sie dachte schon, er würde es ihr vom Körper reißen. Als er zu ihr aufblickte, stand nicht nur das ihr schon bekannte Glühen in seinen Augen, vielmehr brannten sie geradezu. Rosalind fürchtete sich plötzlich. Vor dem Feuer, das in seinen Augen loderte, vor dem Ausdruck unverhohlener Wildheit, der ihm im Gesicht geschrieben stand. Er rang nach Atem, und zwischen seinen geöffneten Lippen sah sie etwas aufblitzen … etwas, das ihr fast wie Reißzähne erschien. Aber dann schloss er die Augen, atmete tief durch und legte sich wieder neben sie.

»Verzeih mir«, bat er leise. »Was auch immer für ein Teufel mich da gerade geritten hat, das war nicht ich. Ich würde dir niemals wehtun, Rosalind. Ich würde mir niemals etwas nehmen, was du mir nicht aus freien Stücken geben willst.«

Mit wild pochendem Herzen lag sie neben ihm und weigerte sich zu glauben, dass sie irgendetwas Unnatürliches gesehen hatte. Der Armond, den sie kannte, mochte sie vielleicht nicht lieben, aber sie hatte absolut nichts von ihm zu befürchten. Und deshalb zwang sie sich, sich auf die Seite zu drehen und ihn anzusehen.

Das Feuer brannte nicht mehr ganz so hell, und in seinem sanften Schein erschien er ihr genau wie immer. Gut aussehend. Sinnlich. Unwiderstehlich.

»Sieh mich an«, befahl sie leise.

Er kam ihrer Bitte nach, und sie konnte jetzt kein Feuer mehr in seinen Augen lodern sehen, sondern nur noch den sanften Widerschein des Feuers im Kamin.

»Sag etwas«, bat sie.

»Was soll ich denn sagen?«

Auch seine Zähne sahen ganz normal und wie immer aus.

»Hasst du mich?«

Er lachte, streckte die Hand nach ihrer aus und legte sie auf die Ausbuchtung in seiner Hose. »Fühlt sich das so an, als würde ich dich hassen?«

»Aber du liebst mich nicht?«

»Das hier liebt dich«, versicherte er ihr.

Sie hätte ihre Hand zurückziehen können, stellte aber fest, dass sie das gar nicht wollte. An dem Nachmittag, als sie ihn, während er nackt in seiner Badewanne saß, berührt hatte, war sie sehr erstaunt gewesen, wie er sich anfühlte. Er hatte gesagt, ihre unschuldigen Berührungen drohten ihn die Kontrolle über sich verlieren zu lassen. Meinte er damit das Gleiche, was ihr gestern Nacht geschehen war, als er sie so intim gestreichelt hatte?

»Darf ich dich anfassen?«, wagte sie zu fragen.

Er stöhnte. »Warum musst du mich so quälen?«

»Ich meinte nur, ob ich für dich tun darf, was du gestern Abend für mich getan hast.«

Er drehte sich auf die Seite, sodass er ihr nun gegenüberlag. »Nur wenn du es willst. Ich würde dich niemals dazu zwingen, etwas zu tun, was du nicht tun willst, Rosalind. Das habe ich dir gesagt. Du schuldest mir gar nichts. Ich war derjenige, der damit angefangen hat.«

»Ich bin aber neugierig«, gestand sie. Und das war die reine Wahrheit. Sie war neugierig auf seinen Körper und neugierig, ob sie ihm das gleiche sinnliche Vergnügen schenken konnte wie er ihr. Damit würde es nicht zum Vollzug ihrer Ehe kommen. Aber natürlich war sie auch nicht ganz so unerfahren, um sich einzureden, dass es harmlos war.

»Sag mir, was ich tun soll«, bat sie ihn.

☆ ☆ ☆

Wenn Armond auch nur einen Funken von Vernunft besitzen würde, würde er jetzt aufstehen, in sein Zimmer gehen und die Tür hinter sich zumachen. Nein, nicht einmal das wäre klug genug. Er würde das Haus verlassen, trotz des draußen tobenden Unwetters. Es war nichts, verglichen mit dem Sturm, der in ihm selber tobte. Einen Moment zuvor hatte ihn irgendetwas überkommen. Lust. Animalische, gedankenlose, pure, unverfälschte Lust. Er war versucht gewesen, nein, hatte sich geradezu dazu *getrieben* gefühlt, Rosalind zu nehmen, ob sie dazu bereit war oder nicht. Dazu getrieben, sich mit ihr zu paaren.

Es war ihm gerade noch gelungen, seinem alles verzehrenden Verlangen nach ihr zu widerstehen. Für einen Moment war sie keine Frau mit einem Gesicht und einem Herz gewesen, und mit Gefühlen, die er mühelos vernichten könnte. Sie war einfach da gewesen. Das beängstigte ihn. Dieser vorübergehende Verlust seiner Beherrschung bestürzte ihn. Und nun hatte Rosalind ihm eine weitere Gelegenheit geboten, die Beherrschung zu verlieren. Er hatte fast ein bisschen Angst davor, sie zu ergreifen.

»Ich bin zu forsch gewesen«, sagte sie, und als sie ihre Hand schon wieder zurückziehen wollte, griff er rasch danach.

»Ich bin dein Mann. Du kannst gar nicht zu forsch in meiner Gegenwart sein.«

Er erlaubte ihr, seine Hose zu öffnen. Er erlaubte ihr, ihre Hand hineinzuschieben und ihn zu berühren. Das Gefühl ihrer zarten Finger, die sein Glied sanft umfassten, ließ ihn beinahe die Kontrolle verlieren, bevor er überhaupt bereit dazu war.

»Er ist so groß«, sagte sie. »Falls wir ... ich meine, wenn wir es tun, wird es mich dann umbringen?«

Er lachte, obwohl ihm nicht danach zumute war. »Nein, ich verspreche dir, dich nicht damit umzubringen«, scherzte er. »Du bist von Natur aus so beschaffen, dass du mich in dir aufnehmen kannst«, versicherte er ihr. »Das wirst du selbst feststellen, wenn der richtige Moment gekommen ist.«

»Wie kann ich dir Vergnügen bereiten?«, fragte sie und ließ ihre Hand wieder an seinem Schaft auf- und abgleiten, so wie sie es schon während er badete getan hatte. Er zuckte zusammen. Als er wieder zu Atem kam, sagte er: »Mach einfach weiter so.«

Und genau das tat sie auch.

☆ ☆ ☆

Das Gefühl von seiner Männlichkeit in ihrer Hand, so hart und lang und heiß, erregte Rosalind. Sie fuhr fort zu tun, was er gesagt hatte, und beobachtete ihn dabei genauso unablässig wie er sie. Durch ihre plötzliche Kühnheit ermutigt, beugte sie sich vor und küsste ihn, strich mit der Zunge über seine Lippen, bis er sie öffnete. Er gewährte ihr das berauschende Gefühl, die Verführerin zu sein, anstatt verführt zu werden. Sie entlockte ihm ein Stöhnen, ein tiefes, kehliges Geräusch, das ihr eigenes sinnliches Verlangen weckte.

Unter seiner Führung lernte sie, ihre Hand an seiner pulsierenden Härte rhythmisch auf und nieder zu bewegen. Und sie begann auch die lustvolle Reaktion ihres eigenen Körpers auf diese intimen Zärtlichkeiten zu verstehen. Die feuchte Wärme, die sich zwischen ihren Schenkeln ausbreitete, ihr immer schwerer werdender Atem, während sie Armond beobachtete. Die Eindringlichkeit seines Blicks, der sich anfühlte wie Flammen, die an ihrem Körper emporzüngelten, der Anblick seiner festen, vollen Lippen, die leicht geöffnet waren, als er nach Atem rang.

Der Feuerschein warf einen goldenen Glanz auf seine braun gebrannte Haut, und noch nie hatte er schöner für sie ausgesehen. So animalisch, männlich, stark und mächtig. Und er war der ihre. Oder zumindest doch in diesem Augenblick.

Instinktiv verstärkte sie den Druck ihrer Hand und bewegte sie in schnellerem Rhythmus. Armond schloss die Augen, sodass seine langen Wimpern wie schwarze Halbmonde seine hohen

Wangenknochen streiften. Rosalind sah den angespannten Zug, der um sein Kinn erschien, und wusste, dass er sich gegen sie und ihre Macht über ihn wehrte. Sie umfasste ihn noch fester und beschleunigte die Bewegungen noch einmal deutlich. Ein Aufstöhnen entrang sich seinen Lippen. Seine Finger glitten unter ihr Haar, und er zog ihren Kopf zu sich heran, um sie zu küssen.

Der Kuss war wild und hart, aber der Schmerz verging, bevor Armond seine Lippen wieder von ihr löste, seinen Körper von ihrem abwandte und mit seinen großen braunen Händen das frische weiße Bettlaken umklammerte. »Hör nicht auf«, gelang es ihm gerade noch zu sagen, woraufhin sie ihre aufreizenden Zärtlichkeiten fortsetzte.

Sein Glied schien sogar noch größer und härter in ihrer Hand zu werden, falls das überhaupt noch möglich war; dann gab er einen leisen Laut von sich ... einen fast schon tierisch klingenden Laut, bevor sie spürte, wie er sich versteifte und ein heftiges Erschauern ihn durchlief. Sie hielt sein Geschlecht in ihrer Hand, während sie mit der anderen seinen Rücken streichelte, der dicht an ihrem Körper lag. Das Pulsieren hörte nicht auf, und sie wusste, dass er seinen Samen auf ihren frischen weißen Bettlaken verströmte.

Eine Weile blieben sie so liegen, und sie schlang ihre Arme um ihn, als wollte sie ihn beschützen, während er völlig ermattet und erschöpft dalag. Sie konnte das schnelle Pochen seines Herzens hören.

Draußen tobte das Gewitter, aber hier drinnen fühlte Rosalind sich geborgen, warm und merkwürdig zufrieden. Heute Abend hatte sie Armond ein Stück seines Ichs gestohlen. Sie spürte es mit ihrem weiblichen Instinkt und wusste es in ihrem Herzen: Er *würde* sich in sie verlieben. Es war nur noch eine Frage der Zeit.

22. Kapitel

Es war nur noch eine Frage der Zeit. Zeit, die langsam knapp für ihn wurde, wie Armond nur allzu bewusst war. Gestern Abend war er in Rosalinds Armen eingeschlafen. Irgendwann vor Tagesanbruch war er aufgewacht und hatte sich wie ein Feigling aus ihrem Bett geschlichen. Wenn er schon wegen des Verlusts seiner Kontrolle gestern Nacht besorgt gewesen war, so war er noch weit beunruhigter über die Gefühle, die sich in ihm geregt hatten, als er in ihren Armen erwacht war. Es hatte sich so gut, so richtig, so natürlich angefühlt, dass sie dort bei ihm gewesen war.

Und die Gefühle, die sie ihn ihm weckte, waren nicht sexueller Natur, sondern bisher tief in seinem Herz vergrabene Empfindungen. In einem Herzen, das er ihr nicht schenken durfte. Ein Herz, das sie ihm aber vielleicht stehlen würde, ob er bereit war, es ihr zu geben oder nicht. Neben seinen Anweisungen an Hawkins, seine Frau während seiner Abwesenheit an diesem Morgen sehr gut zu bewachen, hatte Armond ihn auch gebeten, ein Schloss an der Tür zwischen ihren Zimmern anzubringen. Armond hatte gedacht, er könne Rosalind mit seinem Körper lieben, ohne sich gefühlsmäßig zu engagieren. Doch nun hatte er den Verdacht, dass er mit dieser Einschätzung wahrscheinlich völlig falsch gelegen hatte.

Er hatte sich nie für feige gehalten, aber heute Morgen hatte er lieber das Haus verlassen, als Rosalind beim Frühstück zu begegnen. Er war gegangen, weil er befürchtete, dass sie ihm in die Augen schauen und dort seine wahren Gefühle für sie erkennen würde – oder, was noch schlimmer wäre, dass sie ihm in die Augen schauen und ein Ungeheuer in ihnen entdecken würde.

Und so schlenderte Armond nun mit keinem bestimmten Ziel im Sinn die Bond Street entlang. Die Zeitungen hatten noch nichts über die in der vergangenen Nacht ermordete Prostituierte gebracht. Heute Abend würde er Chapman wieder auf den Fersen bleiben, aber diesmal würde er vorsichtiger sein und sich in keinen Hinterhalt mehr locken lassen. Tatsächlich hatte er sogar schon eine Idee, wie er selbst Chapman eine Falle stellen konnte.

Eine Kutsche hielt neben ihm. »Armond, mein Junge, kommt und sprecht mit mir«, rief die Herzoginwitwe ihm zu.

Er lächelte, als er die alte Dame sah, und trat zu ihrer Kutsche. Der Diener sprang vom Bock und öffnete die Tür.

»Steigt ein«, verlangte sie.

»Aber Euer Ruf«, warnte er mit gespielt ernster Miene. »Wie ich sehe, habt Ihr keine Anstandsdame bei Euch.«

Sie beugte sich aus der Kutsche und schlug nach ihm, diesmal nicht mit einem Fächer, sondern mit ihrer von Altersflecken übersäten Hand. »Hört auf, eine alte Dame zu veralbern, Armond, und steigt schon ein.«

Er reagierte auf ihre Bitte mit einer formvollendeten Verbeugung, bevor er in die Kutsche stieg. »Und wie geht es Euch denn heute an diesem schönen Tag, Madam?«

»Schön?«, erwiderte sie mürrisch. »Ich bin mit den Vorbereitungen für meinen bevorstehenden Ball beschäftigt und habe eingesehen, dass ich zu alt bin, um noch derartige Feste zu veranstalten. Sie erfordern einfach zu viel Arbeit.«

»Eure Gesellschaften sind immer großartig«, versicherte er ihr.

»Ihr habt Eure Einladung doch schon vor Wochen erhalten, oder nicht?«

Armond dachte, dass sie irgendwo in seinem Arbeitszimmer liegen musste. »Ja, vielen Dank, dass Ihr mich eingeladen habt. Rosalind wird sicher gerne kommen.«

»Oh, das ist gut«, sagte die alte Dame mit sichtlicher Erleichterung. »Ich hatte schon Angst, dass das, was auf meiner Teeparty vorgefallen ist, ihr womöglich jede Lust auf weitere Gesellschaften verderben könnte.«

Verwundert fragte Armond: »Was wollt Ihr damit sagen, Madam?«

»Nun, dass die Damen sie natürlich alle gemieden haben«, erwiderte die alte Dame. »Aber sie hat sich gut gehalten. Sie ist ganz schön robust, Eure hübsche kleine Ehefrau. Sie begrüßte sogar diese hochnäsige Amelia Sinclair, obwohl die junge Dame vor aller Augen nicht mit ihr sprechen wollte. Sie hat ein Herz aus Gold, Eure Rosalind.«

Das hatte sie, musste er sich im Stillen eingestehen. Sie hatte ihm nicht einmal die Wahrheit über die Teeparty gesagt. Sie hatte ihn nicht aufregen oder beschämen wollen. Seinetwegen hatte sie Chapman zur Rede gestellt; sie hatte ihren eigenen Ruin und sogar ihr eigenes Leben für ihn riskiert. Gott Allmächtiger, sie verdiente so viel mehr, als er ihr geben konnte!

»Ja, sie ist etwas ganz Besonderes«, sagte er zu der Herzoginwitwe. »Würdet Ihr mir einen Gefallen tun?«

»Alles, außer mit Euch zu schlafen«, erwiderte sie milde. »Ihr seid jetzt ein verheirateter Mann«, erklärte sie. »Ach, zum Teufel damit; ich würde trotzdem mit Euch schlafen.«

Armond lachte. Die Herzoginwitwe lächelte, und er kam zur Sache. »Rosalind braucht neue Kleider. Ich möchte ihr ersparen, zum Maßnehmen und zur Anprobe in die Läden gehen zu müssen, wo sie die Zielscheibe von Tuscheleien wäre und Röcke gerafft würden, damit die sogenannten anständigen Damen sich nicht an ihr beschmutzen. Könnte ich die Schneiderinnen in Euer Haus kommen lassen, damit sie Rosalinds Maße nehmen? Ich bezweifle, dass ich eine von ihnen dazu bewegen könnte, zu mir zu kommen, egal, wie viel ich ihnen zahlen würde.«

Die Augen der Herzoginwitwe wurden weicher. »Aber natürlich, Armond. Ich werde dafür sorgen, dass Eure Frau ausgestattet wird wie eine Königin.«

»Bei unserer ersten Begegnung dachte ich, dass sie wie eine Prinzessin aussieht«, bemerkte er.

Die Herzoginwitwe nahm plötzlich seine Hand und drückte sie. »Ich bin so froh für Euch, dass Ihr sie gefunden habt, Armond. Sie liebt Euch. Also erwidert ihre Liebe.«

Für eine Sekunde stockte ihm das Herz. »Woher wollt Ihr wissen, dass sie mich liebt?«, fragte er dann leise.

Die alte Dame verdrehte die Augen. »Das sieht doch jeder Narr. Und jeder Narr kann sehen, dass auch Ihr in sie verliebt seid. Wartet also nicht zu lange, um es ihr zu sagen.«

Panik übermannte ihn. Seine Kehle war plötzlich wie zugeschnürt, und er konnte nicht mehr atmen. »Ich kann es ihr nicht sagen«, stieß er rau hervor. »Ich kann sie nicht lieben.«

»Natürlich könnt Ihr das«, widersprach die Herzoginwitwe. »Euer Vater war schwach. Ihr seid es nicht, Armond.«

Ein unnachgiebiger Blick erschien in ihren Augen. Armond spürte, wie sich ihm die Nackenhaare sträubten. »Ihr wisst es also.«

»Ich war die engste Freundin Eurer Mutter«, erinnerte sie ihn. »Ich war es, die bei ihr saß, als sie an einem gebrochenen Herzen starb. Euer Vater hat ihr keine Wahl gelassen. Er glaubte das Schlimmste von sich selbst und auch von ihr. Begeht also bitte nicht den gleichen Fehler, Armond.«

Das Gefühl zu ersticken wurde schlimmer. Armond zerrte an seiner Schalkrawatte; dann öffnete er die Kutschentür und stürzte geradezu hinaus. Er verabschiedete sich nicht einmal von der Herzoginwitwe. Er musste die Flucht ergreifen. Er musste nachdenken. Er musste weg, nur weg.

Rosalind befürchtete schon fast, verrückt zu werden. Ihr Ehemann war wieder einmal unauffindbar. Und zu allem Übel hatte Hawkins auch noch einen der Stallburschen hinaufgeschickt, um ein Schloss an der Verbindungstür zwischen ihrem und Armonds Zimmer anbringen zu lassen. Ein Schloss, das sich an Armonds Seite der Tür befand. Sie hätte vielleicht noch verstehen können, dass er befürchtete, die Kontrolle zu verlieren und wieder in ihr Zimmer und ihr Bett zu kommen, aber ihr zu unterstellen, dass er Schutz vor *ihr* benötigte, war mehr als nur beleidigend.

Sie war im Salon und versuchte zu lesen, aber die Worte bedeuteten ihr nichts. Das Einzige, woran sie denken konnte, war die vergangene Nacht und ob ihre Kühnheit Armond gegenüber ihn vielleicht irgendwie Abscheu vor ihr eingeflößt hatte. Was dachte er? Was sollte sie denken? Der Mann trieb sie noch in den Wahnsinn.

»Lady Amelia ist hier, um Euch zu sehen, Mylady.«

Dem Himmel sei Dank für die Ablenkung! »Dann schicken Sie sie herein, Hawkins.«

»Soll ich wieder Tee servieren?«

Rosalind wollte schon bejahen, aber dann kam ihr eine andere Idee. »Nein, wir hätten lieber Brandy.«

Er verzog keine Miene. »Sehr wohl, Mylady.«

Kurz darauf eilte Amelia herein, wie immer in ihr wehendes schwarzes Cape gehüllt, in dem sie beinahe wie eine schwarze Krähe aussah. »Tut mir leid, dass ich keine Nachricht schicken konnte«, sagte sie. »Ich war nicht sicher, ob ich mich hinausschleichen konnte, ohne meine Mutter oder meine Anstandsdame auf den Fersen zu haben. Ich habe meiner Mutter gesagt, ich würde unter Kopfweh leiden und für den Rest des Nachmittags in meinem Zimmer bleiben wollen. Weißt du, dass ich einen Baum hinabgeklettert bin, um dich zu sehen?«

Beeindruckt zog Rosalind eine Braue hoch.

»Na ja, es war ein ziemlich kleiner Baum, im Grunde nur ein Strauch – mein Zimmer liegt im Erdgeschoss des Hauses –, aber trotzdem brach mir fast der Schweiß aus.«

Rosalind lachte. Amelia war irgendwie schon ganz schön mutig, auch wenn sie nicht das Rückgrat hatte, das die Herzoginwitwe so gern an ihr gesehen hätte. »Komm und setz dich zu mir, Amelia. Deine Gesellschaft hat mir sehr gefehlt.«

Nachdem sie das Cape abgelegt hatte, das sie von Kopf bis Fuß verhüllte, setzte Amelia sich zu Rosalind. »Und du hast mir gefehlt.« Sie griff nach Rosalinds Händen und drückte sie. »Außerdem brauche ich deinen Rat.«

Hawkins kam mit einem Tablett, auf dem zwei Gläser mit angewärmtem Brandy standen. Er stellte es wortlos neben Rosalind und ging wieder hinaus.

»Was ist das?«, fragte Amelia sofort.

»Brandy«, antwortete Rosalind.

»Für uns?«

Rosalind nahm eins der Gläser und reichte es der jungen Frau. »Ich hatte einen anstrengenden Tag«, erklärte sie.

Amelia schnupperte an dem Alkohol und rümpfte die Nase. »Man hat mir nie erlaubt, etwas anderes als Wein oder Champagner bei besonderen Anlässen zu trinken, aber auch dann immer nur ein halbes Glas.«

»Ich rate dir, langsam zu trinken«, sagte Rosalind. »Es brennt nämlich ein bisschen.«

Amelia hob das Glas an ihre Lippen und trank seinen Inhalt in ein paar sehr undamenhaft großen Schlucken. Dann stellte sie das Glas beiseite, ohne zu husten oder auch nur eine Miene zu verziehen.

»So, und nun zu dem Rat, den ich benötige«, sagte sie. »Es ist etwas Persönliches. Da du jetzt eine verheiratete Frau bist, dachte ich, ich könnte mich mit meinem Dilemma an dich wenden.«

Rosalind trank einen Schluck von ihrem Brandy, weil sie wusste, dass eine Antwort nicht vonnöten war. Amelia würde wahrscheinlich ohnehin von sich aus weiterreden. Und genau das tat sie auch.

»Gestern Abend war ich ein paar Minuten mit Lord Collingsworth allein. Wir werden noch vor dem Ende der Saison unsere Verlobung bekannt geben. Ich dachte, da wir jetzt bald verlobt sein werden, würde er bestimmt versuchen, mich zu küssen. Aber da er nichts dergleichen tat, beschloss ich, die Sache selbst in die Hand zu nehmen und küsste ihn. Er schien zutiefst schockiert darüber. Und sogar noch mehr, als ich meine Zunge zwischen seine Lippen schob. Es ist etwas, was die Franzosen tun«, erklärte sie Rosalind, als wüsste diese womöglich nichts darüber. »Er bezeichnete mich als schamlos. Er sagte, eine anständige Ehefrau würde nicht einfach ihren Mann küssen, wann immer sie das Bedürfnis danach hat. Ist das wahr, Rosalind? Küsst du Lord Wulf nicht, wann immer dir danach ist? Musst du ihn erst um Erlaubnis bitten?«

Die Ironie der Situation ließ Rosalind beinahe hysterisch auflachen. Sie bemühte sich jedoch, ihre eigenen verwirrten Emotionen schnell wieder in den Griff zu bekommen. »Ich denke schon, dass eine Ehefrau ihren Mann küssen darf, wann immer ihr danach zumute ist, und umgekehrt natürlich auch. Lord Wulf sagt, dass nichts verkehrt ist, was zwei Menschen miteinander tun, wenn sie verheiratet sind.« Er hatte aber offenbar gelogen, da sie anscheinend sogar etwas *sehr* Verkehrtes getan hatte, aber davon wollte sie Amelia lieber nichts erzählen.

»Ja, das denke ich eigentlich auch«, stimmte Amelia zu. »Ich habe Leidenschaften, Rosalind. Ich dachte, ein Ehemann würde so etwas zu schätzen wissen, aber es scheint ganz so, als würde ich einen Mann heiraten, der das nicht tut. Was soll ich also tun?«

Rosalind stärkte sich mit einem weiteren Schluck Brandy. »Vielleicht solltest du darauf verzichten, ihn zu heiraten«, schlug sie vor.

Amelia dachte höchstens zwei Sekunden darüber nach. »Ich muss ihn heiraten. Ich habe bereits zugestimmt. Meine Eltern sind endlich wieder einmal mit mir zufrieden. Es würde den schlimmsten Klatsch auslösen, wenn ich plötzlich die Verlobung löse. Glaubst du, dass Robert vielleicht leidenschaftlicher wird, wenn wir erst einmal verheiratet sind?«

Rosalind war dem jungen Mann noch nie begegnet. Aber Amelia war eine schöne junge Frau. Und ihre Figur war so, wie Männer sie gern hatten. Rosalind konnte sich nicht vorstellen, dass Amelias Zukünftiger ihren Reizen noch sehr viel länger würde widerstehen können … was sie wieder zu Armond und dem Schloss an seiner Tür zurückbrachte.

»Ich bin sicher, dass du keinen Grund hast, dich zu sorgen«, beruhigte sie ihre Freundin. »Lord Collingsworth ist offensichtlich schüchtern. Ich bezweifle nicht, dass er dich schier unaufhörlich küssen wird, wenn ihr erst einmal verheiratet seid.«

Ihre Freundin seufzte. »Ich kann nur hoffen, dass du recht hast, Rosalind.« Sie saßen einen Moment lang schweigend da, und dann sagte Amelia: »Könnte ich noch einen Brandy haben? Der war gar nicht schlecht. Ich bekomme davon das gleiche angenehme warme Gefühl im Magen wie bei dem Gedanken an Gabriel Wulf.«

Wieder musste Rosalind sich fragen, ob Amelia überhaupt eine Ehe eingehen sollte. Und sie musste sich die gleiche Frage stellen, die Amelia sich zu stellen schien. Was hatte sie falsch gemacht gestern Abend, um Armond heute Morgen derart in die Flucht zu schlagen? Ihn zu dem Entschluss zu bringen, sie auszusperren? In einem Augenblick versuchte er sie zu verführen, im nächsten benahm er sich, als wäre er es, der Gefahr lief, seine Unschuld zu verlieren.

Oder war es gar nicht seine Unschuld, die er zu verlieren fürchtete? Vielleicht, und wenn auch nur vielleicht, war es ja sein Herz, das er vor ihr zu beschützen versuchte. Diese Möglichkeit wärmte sie weit mehr, als es der Brandy jemals könnte.

»Wenn du heiratest, Amelia«, beschloss sie plötzlich zu fragen, »würdest du es dann seltsam finden, ein Ehebett mit einem Mann zu teilen, den du fast nicht kennst?«

Amelia nahm Rosalinds Glas und trank einen Schluck Brandy, bevor sie antwortete. »Ich gehe davon aus, dass gerade das eine der Freuden der Ehe sein dürfte«, sagte sie. »Mutter hat mir natürlich schon einen Vortrag über meine Pflichten gehalten und mich darüber aufgeklärt, dass ich einfach nur dazuliegen brauche, wenn mein Ehemann seine Bedürfnisse befriedigt. Aber ich habe auch Bedürfnisse und kann es kaum erwarten, sie endlich erfüllt zu sehen.«

»Dann wirst du ihn nicht um etwas Zeit bitten?« Rosalind wollte Klarheit haben. »Zeit, um ihn besser kennenzulernen?«

»Wozu?«, fragte Amelia. »Ich werde den Rest meines Lebens haben, um ihn besser kennenzulernen. Ich möchte ihn genießen, solange er jung, gut aussehend und aktiv ist. Besser kennenlernen kann ich ihn auch noch, wenn er seine Zähne verloren und einen dicken Bauch bekommen hat.«

Rosalind kicherte. Sie wusste nicht, ob Amelias manchmal schockierende Freimütigkeit sie so amüsierte oder ob der Brandy ihr zu Kopf gestiegen war. Amelia lächelte sie an, setzte dann aber gleich wieder eine ernste Miene auf und zog ihre feingezeichneten Augenbrauen nachdenklich zusammen.

»Erzähl mir nicht, dass du und dein sehr gut aussehender Ehemann die Ehe noch nicht vollzogen habt?«

Nein, das würde sie ihr ganz sicher nicht erzählen, auch wenn Rosalind befürchtete, dass die Hitze, die ihr in die Wangen stieg, sie vermutlich ohnehin verraten würde. Und sie hatte richtig vermutet. Amelia seufzte theatralisch.

»Ich dachte nur, wegen der Gerüchte, dass ihr schon vor Eurer Hochzeit ein Liebespaar gewesen seid. Worauf wartest du denn bloß noch, Rosalind?«

»Auf die Liebe«, erwiderte sie matt.

Amelia leerte Rosalinds Glas auf einen Zug. »Auf die Liebe? Du meine Güte, ich glaube nicht einmal daran! Leidenschaft, oh ja, Begehren, sinnliches Verlangen, all diese Dinge sind real genug, aber ich glaube nicht an Liebe.«

Rosalind war schockiert. Sie hatte angenommen, eine so stark von ihren Gefühlen geleitete Frau würde sich auch leicht verlieben, vielleicht sogar von Tag zu Tag aufs Neue. »Lieben deine Eltern sich denn nicht?«

»Wohl kaum.« Amelia schnaubte sehr undamenhaft. »Sie haben geheiratet, weil es eine gute gesellschaftliche Verbindung war. Sie respektieren einander, aber das heißt noch lange nicht, dass sie sich lieben. Meine Mutter versichert mir immer wieder, dass Liebe ein vergängliches Gefühl ist, das nichts mit Glücklichsein zu tun hat. Sie sagt, auch nur an Liebe zu glauben, könne einem Menschen die schlimmste Art von Schmerz bescheren. Und davor will sie mich bewahren.«

Obwohl sie es traurig fand, dass Amelias Mutter eine solche Einstellung zur Liebe entwickelt hatte, musste Rosalind sich innerlich eingestehen, dass diese scheinbar abgeklärte Frau mit ihrer Haltung nicht ganz falsch lag. Vielleicht war es ja tatsächlich Liebe, was Rosalind empfand, denn sie war sehr unglücklich.

»Ich muss jetzt gehen«, verkündete Amelia plötzlich. »Ich habe mein ganzes Monatsgeld verbraucht, um unseren Kutscher zu bestechen, damit er mich heimlich herbringt. Ich bin sicher, dass meine Mutter irgendwann an meine Tür klopfen wird, um nach mir zu sehen.«

»Danke, dass du gekommen bist, Amelia. Unsere Unterhaltung war sehr aufschlussreich.«

Rosalind begleitete Amelia zur Tür. Die beiden jungen Frauen umarmten sich, bevor Amelia wieder ihr Cape umlegte und zu ihrer wartenden Kutsche hinauseilte. Der Tag war sonnig, und die Luft roch nach dem Gewitter in der vergangenen Nacht herrlich frisch. Rosalind wollte nicht wieder hineingehen und Däumchen drehen, bis Armond zurückzukehren gedachte und sie ihn wegen des Schlosses, das er an seiner Tür hatte anbringen lassen, zur Rede stellen konnte.

Und so ging sie stattdessen um das Haus. Auf dem Hof blieb sie stehen und erfreute sich am Anblick der gepflegten Stallungen. Dabei blickte sie zufällig über den Rasen zum Nachbarhaus hinüber. Über dem Balkongeländer hing ein weißes Laken. Marys Zeichen.

23. Kapitel

Der Herzogin ging es nicht besser. Rosalind hatte nicht wirklich erwartet, sie in irgendeinem anderen Zustand vorzufinden als dem völlig teilnahmslosen, in dem sie sie schon nach ihrer Ankunft in London angetroffen hatte. Aber irgendwo tief in ihrem Innersten hatte sie wohl doch gehofft, irgendwann einmal diesen Raum zu betreten und die alte Dame rege und wohlauf zu sehen, um ihre vor so vielen Jahren begonnene Beziehung mit ihr fortsetzen zu können.

Das würde aber offensichtlich nicht geschehen. Rosalind hatte Tee mit der Herzogin getrunken, um die Nachwirkungen des Brandys zu vertreiben. Der Tee hatte jedoch nichts dazu beigetragen, ihren Kopf zu klären, sondern sie stattdessen sogar noch lethargischer gemacht. Da sie in Gesellschaft der Herzogin auch von keiner lebhaften Unterhaltung wach gehalten wurde, ertappte sich Rosalind mehrmals dabei, dass sie einnickte, während ihre Stiefmutter leise schnarchend in ihrem Sessel neben dem Fenster saß.

»Ihr geht jetzt lieber, Lady Wulf.« Mary stubste Rosalind behutsam an. »Es wird allmählich spät, und ich habe keine Ahnung, wann Mr. Chapman wieder nach Hause kommt.«

Rosalinds Lider fühlten sich wie festgeklebt an. Sie hob sie mühsam, um einen Blick hinauszuwerfen, und sah, dass die Sonne bereits untergegangen war und es schon dämmerte.

»Ich muss eingenickt sein«, murmelte sie verschlafen. Ihre Knie fühlten sich wie Gummi an, als sie aufzustehen versuchte. Nur mit Mühe gelang es ihr, sich aus dem Sessel zu wuchten, bevor sie in Richtung Tür wankte.

»Alles in Ordnung, Mylady?«, fragte Mary und runzelte besorgt die Stirn.

»Es geht schon«, versuchte Rosalind sie zu beruhigen. »Meine Beine sind nur eingeschlafen.«

»Mary!«

Beide Frauen erstarrten.

»Mary! Ich will, dass du mir sofort etwas zum Abendessen machst! Ich habe heute Abend noch etwas vor!«

»Oh, mein Gott, er ist zu Hause!«, krächzte Rosalind.

»Er darf nicht wissen, dass ich Euch ein Zeichen gegeben habe, dass er nicht zu Hause war«, flüsterte Mary aufgeregt.

»Er darf mich nicht hier sehen.« Auch Rosalinds Stimme hatte sich zu einem besorgten Wispern gesenkt.

»Aber wie wollt Ihr hier herauskommen?«, fragte Mary. »Er ist unten, und wenn er nicht nach oben kommt und in sein Zimmer geht, könnte er Euch sehen, wenn Ihr zu gehen versucht.«

Rosalind konnte sich nur einen Fluchtweg vorstellen. »Das Gitterwerk neben meinem Balkon«, sagte sie. »Ich bin dort schon einmal hinuntergeklettert, ich kann es also wieder tun.«

»Oh weh, oh weh«, regte sich die Haushälterin auf. »Ich hätte Euch nicht so lange bleiben lassen dürfen. Aber Ihr habt so müde ausgesehen. Ich dachte, dieser Grobian von Eurem Ehemann hätte Euch die ganze Nacht nicht schlafen lassen und Euch mehr abverlangt, als Eure zarte Konstitution erlaubt. Ich dachte, Ihr könntet ein bisschen Ruhe brauchen.«

»Lord Wulf ist kein Grobian«, erklärte Rosalind im Brustton der Überzeugung. Er war nur ein Mann, der seine Tür vor ihr verschloss, doch daran durfte sie jetzt nicht denken. Sie musste aus diesem Haus verschwinden. »Mary, geh und stell dich an den Treppenabsatz im ersten Stock, um sicherzugehen, dass Franklin nicht nach oben kommt.«

Die Haushälterin nickte und eilte aus dem Zimmer. Rosalind warf einen Blick auf die Herzogin, die noch immer ruhig schlief und schnarchte. »Auf Wiedersehen, Euer Gnaden«, flüsterte sie und schlich dann leise zu der Treppe. Das war gar nicht leicht.

Irgendetwas stimmte mit ihren Augen nicht, manchmal schienen sich die Stufen unter ihren Füßen zu bewegen. Deshalb kam sie nur sehr langsam voran, aber sie schaffte es immerhin die Stufen hinunter und sah Mary am Ende des Gangs am Kopf der Treppe stehen, die ins Erdgeschoss hinunterführte.

Die Frau winkte sie weiter. Rosalind versuchte, sich ein bisschen schneller zu bewegen, aber ihre Füße verweigerten ihr die Mitarbeit.

»Beeilt Euch«, zischte Mary.

»Mary? Hast du mich nicht rufen gehört?«

Der Kopf der Haushälterin fuhr zur Treppe herum. »Verzeihung, Mr. Chapman, aber ich war oben im Zimmer Eurer Mutter.«

»Na, dann komm jetzt endlich runter und mach mir was zu essen. Ich habe heute Abend noch etwas vor und möchte, bevor ich gehe, noch abendessen.«

»Ja, Mr. Chapman«, sagte Mary und ging langsam die Treppe hinab. »Kommt Ihr herauf, Sir?«, fragte sie übertrieben laut.

»Natürlich komme ich herauf«, fauchte Franklin. »Ich möchte mich ja schließlich vor dem Essen umziehen.«

»Sehr wohl, Sir.«

Rosalind zwang sich, schneller zu gehen. Franklin kam herauf, und falls sie es nicht bis in ihr Zimmer und zu dem Balkon schaffte, bevor er den ersten Stock erreichte, würde er sie sehen. Ihr war wieder schwindlig, und sie musste sich mit der Hand an der Wand abstützen, um das Gleichgewicht zu halten. Sie hörte die Haushälterin fragen, was Mr. Chapman zum Abendessen wünsche. Wahrscheinlich wollte die gute Seele ihr ein bisschen mehr Zeit für die Flucht verschaffen.

Endlich hatte sie ihr Zimmer erreicht, öffnete die Tür und schlüpfte schnell hinein. Die einzigen angenehmen Erinnerungen, die sie an den Raum hatte, waren die an Armonds nächtliche Besuche. Sie schaute sich kurz um. Alles sah wie immer aus. Die

Balkontüren hatte Mary offen gelassen, als sie das Laken über das Geländer gehängt hatte. Rosalind ging auf den Balkon und trat zur Seite, wo gerade genug Platz war, um sich dicht an die Wand neben dem Gitterwerk zu pressen.

Sie wartete einen Moment und versuchte, ihren aufgeregten Herzschlag zu beruhigen und die merkwürdige Benommenheit abzuschütteln. Dann warf sie einen Blick über das Geländer neben dem Spalier. Der Weg nach unten erschien ihr endlos weit. Plötzlich hörte sie Schritte. Oh Gott, sie hatte die Tür offen gelassen! Aber vielleicht war Franklin nur hereingekommen, weil sie ihre Tür früher immer geschlossen hatte und Mary das wahrscheinlich auch tat, seit sie nicht mehr da war.

Sie hörte, wie er durch das Zimmer ging, wie er Schubladen öffnete und sie dann wieder schloss. Wie erstarrt vor Angst, presste Rosalind sich noch fester an die Wand und hoffte, dass er sie nicht auf dem Balkon entdecken würde. Kurz darauf vernahm sie seine Schritte erneut, diesmal entfernten sie sich, so glaubte sie zumindest. Aber ein paar Minuten verhielt sie sich trotzdem noch still und wagte kaum zu atmen. Als sie keinerlei Bewegung mehr im Zimmer hörte, streckte sie die Hand nach dem Spalier aus. Doch jedes Mal, wenn sie nach unten schaute, begann sich in ihrem Kopf wieder alles zu drehen.

Mit diesem Schwindelgefühl war es sehr riskant, den Abstieg zu versuchen, doch zu bleiben wäre noch gefährlicher. Die beiden Unterröcke, die sie unter ihrem Kleid trug, würden ihr, wie sie aus Erfahrung wusste, den Abstieg noch erschweren. Und deshalb griff sie unter ihren Rock, zog die lästigen Kleidungsstücke rasch hinunter und ließ sie zu ihren Füßen liegen, bevor sie erneut die Hand ausstreckte und eine Sprosse des Spaliers ergriff.

Sie hob ein Bein über das Geländer und versuchte einen festen Halt für ihren Fuß zu finden. Sobald ihr dies gelungen war, hielt sie sich gut fest und zog sich hoch, um auch ihr anderes Bein über die Balkonbrüstung zu schwingen. Sie rutschte jedoch ab, und für einen Augenblick hing sie an dem Gitterwerk und schwenkte wild die Füße, um wieder einen festen Halt zu finden. Sie blickte nach unten, und augenblicklich wurde ihr wieder schwindelig. Sie würde abstürzen und sich das Genick brechen.

Unter Aufbietung ihrer ganzen Kraft hielt sie sich am Spalier fest, bis ihre Füße wieder zwischen den mit wildem Wein bedeckten Sprossen steckten. Schritt für Schritt begann sie sich herabzulassen. Die Weinranken waren noch so nass vom Regen der letzten Nacht, dass ihre Füße immer wieder abrutschten.

Das Schwindelgefühl hielt an, und sie hatte das Gefühl, als müsste sie sich jeden Augenblick erbrechen, was den Abstieg nur noch komplizierter machen würde. Sie war schon beinahe unten, als einer ihrer Füße wieder abrutschte. Der Schwindel wurde nun so schlimm, dass ihr Griff sich unwillkürlich lockerte und sie plötzlich stürzte.

Starke Arme fingen sie auf. »Was zum Teufel soll das, Rosalind?«

»Armond.« Sie befreite sich aus seinen Armen, nahm seine Hand und zog ihn an die Hauswand.

»Rosalind, ich fragte …«

»Sei still!«, warnte sie. »Franklin ist zu Hause«, wisperte sie dann. »Ich musste irgendwie entkommen, ohne von ihm gesehen zu werden.«

»Ich pfeife darauf, ob er mich sieht«, erklärte Armond und begann sich von der Hauswand zu entfernen.

Aber Rosalind zog ihn zurück. »Aber ich nicht«, sagte sie. »Wenn er weiß, dass ich heimlich herkomme, kann ich nicht mehr wiederkommen. Dann kann ich die Herzogin nicht mehr besuchen. Es wäre zu gefährlich.«

»Es ist auch so schon riskant genug«, entgegnete Armond. »Mir ist fast das Herz stehen geblieben, als ich dich eben von diesem Spalier dort baumeln sah. Ich dachte, ich würde es nicht mehr schaffen, rechtzeitig bei dir zu sein, bevor du abstürzen und dir deinen hübschen Hals brechen würdest.«

»Du sprichst zu laut«, warnte Rosalind erneut. »Wir können später darüber reden.«

»Worauf du dich verlassen kannst«, versicherte ihr Armond.

Sie warteten im Schatten des Hauses, bis Rosalind es für sicher hielt, den Rückzug anzutreten. Da sie auf dem Weg über den Rasen aber leider immer wieder stolperte und Armond stehen bleiben und ihr helfen musste, war es alles andere als ein schneller Rückzug. Schließlich nahm Armond sie kurzerhand auf die Arme und trug sie wie schon am Tag zuvor, als sie eigentlich hatten reiten gehen wollen.

Sobald sie in seinem Haus waren, wandte er sich in Richtung Treppe. Hawkins eilte herbei, um zu fragen, was geschehen war, aber nach einem einzigen Blick in das Gesicht seines Dienstherrn zog er sich sofort wieder zurück.

Armond trug sie durch die offene Tür in ihr Zimmer und ging zum Bett, wo er sie erstaunlich sanft auf die Matratze legte, obwohl sein Gesichtsausdruck alles andere als zärtlich war.

»Hawkins hatte keine Ahnung, wo du abgeblieben warst«, begann er sie sofort zu tadeln. »Er dachte, du wärst vielleicht mit deiner Freundin weggefahren. Ich war auf dem Weg zu den Ställen, um ein Pferd zu satteln, als ich das Signal der Haushälterin für dich sah. Und im nächsten Moment sah ich dich an dem Spalier baumeln.«

»Ich war eingenickt«, erklärte Rosalind. »Ich habe Hawkins nicht gesagt, wohin ich gehe, weil ich eigentlich nur ein paar Minuten bleiben wollte. Dann kam Franklin nach Hause, und mir blieb nichts anderes übrig, als über das Spalier zu fliehen. Mir war schon wieder schwindlig, und deshalb verlor ich dann das Gleichgewicht.«

Etwas von der Angespanntheit wich aus Armonds gut aussehendem Gesicht. »Ich werde einen Arzt kommen lassen, Rosalind. Diese Schwindelanfälle treten eindeutig zu häufig auf.«

»Bisher ist es doch nur zweimal vorgekommen«, widersprach Rosalind. Doch dann fiel ihr plötzlich etwas Merkwürdiges auf. »Und beide Male, nachdem ich meine Stiefmutter besucht hatte.« Sie überlegte kurz und suchte nach einer Verbindung. Aber ihr fiel keine ein ... außer vielleicht einer. »Der Tee«, flüsterte sie.

Armond setzte sich neben sie. »Der Tee? Wovon sprichst du, Rosalind?«

Ihre Schwindelanfälle begannen nun endlich einen Sinn zu ergeben, und wenn es tatsächlich so war, wie sie dachte, war die Herzogin womöglich gar nicht krank. »Er gibt ihr Drogen«, sagte sie. »Da ist etwas in dem Tee, den er Mary täglich für sie aufbrühen lässt.«

»Erklär mir das genauer«, bat Armond.

Ein weiterer Schwindelanfall übermannte Rosalind, und sie legte eine Hand an ihren Kopf. Armond drückte sie aufs Bett zurück. »Vielleicht solltest du jetzt lieber schlafen.«

»Nein«, beharrte sie. »Ich möchte dir erklären, was meiner Meinung nach mit der Herzogin geschehen ist.«

»Also gut.«

»Ich glaube, in dem Tee, den Franklin Mary für seine Mutter aufbrühen lässt, ist irgendetwas, das stark genug ist, um sie in diesen anhaltenden apathischen Zustand zu versetzen. An dem Tag, an dem wir ausreiten wollten, hatte ich einen Schluck von ihrem Tee getrunken, um sicherzugehen, dass er nicht zu heiß war. Heute wollte ich eine ganze Tasse trinken, weil Amelia mich besucht hatte und wir ein Glas Brandy miteinander getrunken hatten. Ich dachte, der Tee würde mir helfen, einen klaren Kopf zu bekommen, aber er machte alles nur noch schlimmer. Daher schlief ich wohl auch ein und blieb viel länger, als ich wollte. Der Tee hat einen bitteren Geschmack, den ich nicht mochte, und darum trank ich nur eine halbe Tasse. Meine Stiefmutter trinkt zwei oder drei Tassen davon am Tag.«

»Aber warum sollte Chapman seine Mutter unter Drogen setzen?«, fragte Armond.

Rosalind dachte kurz darüber nach. »Vielleicht, um die Vormundschaft über mich zu erlangen?«, meinte sie.

»Das könnte sein«, stimmte er ihr zu. »Entweder das, oder sie weiß irgendetwas.«

»Du meinst, über die Morde?«

»Über Bess O'Conner.« Er schaute Rosalind nachdenklich an. »Wenn deine Stiefmutter wüsste, dass ihr Sohn eine Frau getötet hat, was würde sie dann tun?«

Rosalind überlegte, konnte aber nicht mit Gewissheit antworten. »Sie hat Franklin immer vergöttert, egal, wie boshaft er zu allen anderen war. Ich weiß, dass sie Prinzipien hat. Aber ich bin mir nicht sicher, was sie tun würde.«

»Vielleicht war er sich ja auch nicht sicher«, bemerkte Armond.

Rosalinds Augenlider wurden schwer und ihre Gedanken entglitten ihr. Aber da war noch etwas gewesen, das sie Armond erzählen wollte ... Und plötzlich fiel es ihr auch wieder ein. »Franklin geht heute Abend aus«, sagte sie mit schleppender Stimme. »Ich habe gehört, wie er das zu Mary sagte.«

»Dann gehe ich auch aus«, sagte Armond. »Ich möchte, dass du schläfst, bis die Wirkung der Droge nachgelassen hat, die Chapman seiner Mutter offenbar verabreicht.«

»Warum gibt er ihr Drogen?«, fragte sie. »Wenn er Angst hatte, dass sie ihn anzeigen könnte, warum bringt er sie dann nicht einfach um?«

Armond strich ihr das Haar aus dem Gesicht. »Vielleicht, weil sie seine Mutter ist. Oder vielleicht auch, weil es den Verdacht auf ihn lenken könnte, wenn es in seinem Umfeld so schnell hintereinander gleich mehrere Todesfälle gibt. Es wäre klüger, sie unter Drogen zu setzen, allen zu erzählen, dass sie nicht mehr lange zu leben hat, und sie dann, wenn der richtige Moment gekommen ist, umzubringen. Niemand würde Fragen über ihren Tod stellen, da ihr Zustand doch dann schon einige Zeit sehr schlecht war.«

Rosalind erschauderte, und Armond deckte sie behutsam zu. »Ich muss sie retten«, flüsterte sie.

»Schlaf jetzt, Rosalind.«

Ihre Lider wurden schwer, und vor ihren Augen begann es dunkel zu werden, aber da war noch immer irgendetwas, das sie Armond fragen wollte. Sie riss sich mit aller Kraft zusammen, bis sie sich wieder erinnerte, was es war: »Warum hast du mich ausgesperrt? Warum hast du mich aus deinem Schlafzimmer und aus deinem Herzen ausgesperrt, Armond?«

Sie konnte die Augen nicht mehr öffnen, um seinen Gesichtsausdruck zu sehen, konnte sich nicht mehr lange genug wachhalten, um seine Antwort zu hören. Der Schlaf hatte sie schließlich doch übermannt.

24. Kapitel

Vielleicht war er ja tatsächlich so verrückt, wie alle glaubten. Armond biss die Zähne zusammen und hielt sich am Fahrgestell von Chapmans Phaeton fest. Es war die einzige Möglichkeit, die er sah, sich an Chapman zu hängen, ohne von ihm gesehen zu werden. Die einzige Möglichkeit, sicherzugehen, dass der Schuft ihm nicht schon wieder eine Falle stellen konnte. Armonds Muskeln schmerzten von der Anstrengung, sich festzuhalten, doch irgendwie gelang es ihm. Dass kein normaler Sterblicher das, was er da gerade tat, tun könnte, zog er vor zu ignorieren.

Nicht ganz so leicht zu ignorieren waren die Fragen, die Rosalind ihm zugeflüstert hatte, bevor sie in einen tiefen Schlaf gesunken war. Was für eine Antwort konnte er ihr geben, die sie nicht gegen ihn aufbringen würde? Die sie nicht empören würde? Er hatte sie aus seinem Zimmer ausgesperrt, aber aus seinem Herzen konnte er sie nicht aussperren. Schon in der Nacht, als sie sich begegnet waren, hatte sie sich darin eingeschlichen. Er war verloren, und wenn sie ihn liebte, war auch sie verloren. Das jähe Abbremsen des Wagens brachte ihn in die Gegenwart zurück.

Der Phaeton hatte schon einmal angehalten, um einen Fahrgast aufzunehmen. An dem Duft und dem Cockney-Akzent der Frau erkannte Armond, dass sie eine Prostituierte war. Nun hielten sie wieder in einer dunklen Straße. In einer Straße, in der Armond nichts als Stille hörte.

»Ihr wollt, dass ich da reingehe?«, hörte er die Frau fragen. »Das sieht ja ganz verlassen aus.«

»Es dient unseren Zwecken«, versetzte Chapman knapp. »Ist es wirklich wichtig, wo du deine Beine spreizt, solange du das versprochene Geld dafür bekommst?«

»Ihr könntet durchaus weniger rüde mit mir umgehen«, gab die Frau zurück. »Aber wahrscheinlich habt Ihr recht, es ist wohl wirklich nicht so wichtig.«

Die Federung des Phaetons quietschte, als Chapman und die Frau ausstiegen. Armond wollte warten, bis sie im Haus waren, bevor er sich aus seinem Versteck schlich. Er wollte Chapman auf keinen Fall verscheuchen, nicht jetzt, wenn er ihn vielleicht endlich einmal auf frischer Tat ertappen konnte. Armond beabsichtigte, die Frau als Zeugin gegen Chapman zu benutzen. Vielleicht würde er ihm nicht all die in jüngster Zeit begangenen Morde anhängen können, aber er würde doch wenigstens beweisen können, dass Chapman vorgehabt hatte, diese Frau hier zu ermorden.

Als Armond vorsichtig über die Straße spähte, sah er in einem der Zimmer im Erdgeschoss des leer stehenden Hauses Licht. Und da ließ er sich endlich los und kroch unter dem Gefährt hervor. Er bewegte seine Arme, um die Muskeln zu entspannen, die übermäßig strapaziert worden waren, während er sich unter dem Phaeton festgeklammert hatte.

Die Straße war leer. Die meisten Häuser sahen ebenso verlassen aus wie das Objekt seines Interesses. Zum Glück hatte er sich ungefähr gemerkt, wie weit und in welche Richtung sie gefahren waren. Auf leisen Sohlen schlich er zu dem Haus und begab sich zu dem Seitenfenster, aus dem der schwache Lichtschein fiel. Dort angekommen schloss er die Augen und konzentrierte sich.

»Ihr wollt, dass ich das anziehe?«, fragte die Frau gerade. »Wozu das denn?«

»Der Herr, der uns Gesellschaft leisten wird, will, dass du wie eine Dame aussiehst.«

»Was für ein Herr? Ihr habt nichts davon erwähnt, dass noch jemand dazukommt.«

»Ach nein?«, erwiderte Chapman scheinheilig. »Tja, es ist aber nun mal so, dass uns noch ein weiterer Herr Gesellschaft leisten wird.«

»Moment mal!«, sagte die Frau. »Ich habe nie gesagt, dass ich zwei Herren zugleich bedienen werde. So was tue ich nicht.«

»Heute Abend aber schon«, versicherte ihr Chapman. »Und nicht uns beide gleichzeitig. Der Herr sieht vorher nämlich lieber zu, bevor er selbst aktiv wird.«

»Den Teufel wird er tun!«, schnaubte die Frau. »Ich mach jetzt nämlich, dass ich fortkomme.«

Fast unmittelbar darauf ertönte ein lautes, klatschendes Geräusch. Unwillkürlich ballte Armond die Hände zu Fäusten. Er musste seine ganze Selbstbeherrschung aufbieten, um nicht ins Haus zu stürmen und Chapman niederzuschlagen, weil er wieder eine Frau misshandelt hatte. Zu wissen, dass er das Gleiche auch mit Rosalind getan hatte, brachte Armonds Blut zum Kochen.

»Und jetzt zieh dieses verdammte Kleid an!«, fauchte Chapman. »Oder muss ich dich noch weiter überreden?«

»Nein«, sagte die Frau ängstlich. »Ich tue, was Ihr wollt, aber schlagt mich nur nicht wieder.«

»Das ist schon viel besser«, lobte Chapman. »Bei ungehorsamen Frauen verliere ich nämlich sehr schnell die Beherrschung. Also tu, was dir befohlen wird, und dir wird nichts geschehen.«

Danach wurde es still. Armond vermutete, dass die Frau das Kleid anzog, das Chapman an ihr sehen wollte. Er fragte sich, wann ›der andere Herr‹ eintreffen würde. Er hatte schon immer den Verdacht gehabt, dass zwei Männer an den Verbrechen beteiligt waren, und nun würde er schon bald den Beweis dafür bekommen.

»Nimm die Nadeln aus deinem Haar und trag es offen«, befahl Chapman. »Je mehr es dir ins Gesicht hängt, desto leichter wird es für ihn sein, sich vorzustellen, du wärst jemand anderes.«

»Wer ist denn dieser Herr, auf den wir warten?«

Die Frau erhielt eine weitere schallende Ohrfeige für ihre Frage. »Du hältst den Mund, solange du nicht aufgefordert wirst zu reden, klar? Du sprichst nicht wie eine kultivierte Dame, und genau das ist es, was er will. Er will seine schmutzigen Taten mit einer Dame durchführen, nur dass er das natürlich nicht kann. Oder jedenfalls nicht, solange er nicht mit ihr verheiratet ist.«

»Verstehe«, sagte die Frau, und Armond hörte die Furcht in ihrer Stimme.

»Zieh das Kleid hoch und entblöß dich für mich«, wies Chapman sie nun an. »Ich möchte mich vergewissern, dass du nicht die Pocken hast.«

»Ich habe Euch doch schon gesagt, dass ich völlig gesund bin«, erwiderte die Frau.

Und wieder erhielt sie einen Schlag.

»Tu es!«, fuhr Chapman sie an.

Chapman demütigte die Frau. Er trieb Armond dazu, zu früh zu handeln. Er musste wissen, wer der zweite Mann war, aber er schwor sich, nicht länger zu warten, falls Chapman die Frau noch einmal schlug.

»Glaubst du vielleicht, mir macht das Spaß?«, fragte Chapman sie. »Dieses Theater für ihn zu veranstalten? Nach seiner Pfeife zu tanzen? Am liebsten würde ich ihm seine fette Kehle durchschneiden!«

»Warum gehen wir zwei nicht einfach …«

»Habe ich dir erlaubt, etwas zu sagen?«, unterbrach Chapman die Frau.

Ihre Antwort darauf war ein Wimmern. Ihr Schrei Sekunden später ließ Armond zusammenfahren.

»Komm sofort zurück, du Miststück!«

Plötzlich klang es so, als würde im Haus ein Kampf stattfinden. Die Frau schrie wieder auf, und das Geräusch einer in zartes Fleisch hiebenden Faust erreichte Armonds überempfindliche Ohren. Fluchend stürmte er um das Haus herum und trat die Tür ein.

»Chapman!«, brüllte er. »Ihr lasst die Frau jetzt sofort los!«

Ein im Dunkeln abgegebener Pistolenschuss prallte an die Wand dicht neben Armonds Kopf. Er warf sich auf den Boden.

»Kommt herein, Wulf«, höhnte Chapman. »Nichts wäre mir lieber, als Euch eine Kugel in den Kopf zu jagen.«

Auch Armond hatte eine Pistole in seinem Hosenbund, aber obwohl er stark versucht war, sie nun zu benutzen, besaß er doch noch immer keinen stichhaltigen Beweis dafür, dass Chapman die beiden auf seinem Besitz gefundenen Frauen getötet hatte. Oder dass er wirklich vorhatte, die Frau, die er heute Abend hierher gebracht hatte, umzubringen. Armond hatte Franklin nicht sagen gehört, er habe vor, sie umzubringen. Also konnte Armond im Grunde nur sein Wort darauf geben, das allerdings weder bei der Polizei noch innerhalb der Gesellschaft sehr viel gelten würde.

»Lasst die Frau gehen, Chapman!«, rief er. »Lasst sie gehen, oder ich erschieße Euch!«

Chapman reagierte nicht, aber Armonds außergewöhnlich gute Nachtsicht ermöglichte es ihm, Chapmans Umrisse zu erkennen, und auch zu sehen, dass er die verängstigte Frau jetzt vor sich hielt und sie als Schild benutzte.

»Dann schießt doch, Wulf!«, forderte sein Widersacher ihn auch schon scharf heraus.

Das könnte ihm wohl so passen. Er wusste ja nicht, dass Armond ihn sehen konnte. Oder dass Armond wusste, dass er, sollte er einen Schuss abgeben, die Frau und nicht Chapman töten und damit dann für ihren Tod verantwortlich sein würde.

Und darum biss Armond die Zähne zusammen und wartete auf Chapmans nächsten Schritt. Dieser Mistkerl zwang die Frau, in Richtung offene Tür zu gehen. Als sie die Tür beinahe erreicht hatten, stieß er sie plötzlich von sich. Die Frau stolperte, prallte gegen Armond und beide stürzten zu Boden. Sie schwenkte wild die Hände und begann zu schreien. Armond kämpfte, um sie von sich fortzuschieben, und als er endlich wieder auf den Beinen war, hörte er eine Peitsche knallen und das Knarren des Phaetons, der sich vom Haus entfernte.

Als er hinausrannte, sah er den Wagen schon ein gutes Stück entfernt in einem Tempo die Straße entlangrasen, das Armond Chapmans jämmerlichen Gäulen niemals zugetraut hätte. Armonds Stiefel donnerten über das Kopfsteinpflaster, als er der Kutsche hinterherrannte, so schnell er konnte. Ein Teil von ihm wusste, dass es sinnlos war, einem wild dahinjagenden, von zwei erbarmungslos gepeitschten Pferden gezogenen Wagen nachzurennen, aber ein anderer Teil von ihm war ziemlich sicher, dass er sie, wenn er seine ganze Kraft aufbieten würde, noch einholen konnte.

Und so zwang er seine Beine, noch schneller zu laufen, sog tief die Luft in seine Lungen ein und stürmte weiter, während die dunklen Umrisse verlassener Häuser und stinkender Gassen in einer geradezu unglaublichen Geschwindigkeit an ihm vorüberflogen. Seine Sicht veränderte sich, und statt Formen sah er plötzlich Farben. Die Pferde vor ihm verschwammen zu roten Flecken in der Dunkelheit. Er sah ihr Blut durch ihre Haut.

Ein Blick nach links ließ ihn die ebenso roten Umrisse der Ratten erkennen, die durch die Gassen huschten. Er trieb sich bis an die Grenzen seiner Leistungsfähigkeit, und in seinem eigenen Kopf sah er sich nicht mehr als Mensch. Statt zwei Beinen hatte er nun vier, statt seiner Zähne lange Fänge. Krallen anstatt Fingernägeln. Fell statt seiner Haut. Er wurde eins mit der Nacht, eins mit dem lauten Pochen seines Herzens und dem Blut, das wild durch seine Adern raste.

Er hatte den Phaeton schon beinahe eingeholt und bereitete sich darauf vor, mit einem Satz hinaufzuspringen und sich festzukrallen. Genauso, wie er sich darauf vorbereitete, sich auf Franklin Chapman zu stürzen und ihm die Kehle zu zerreißen. Doch da tauchte von links plötzlich ein Mann auf. Armond konnte nicht mehr rechtzeitig anhalten, um ihm auszuweichen, und stieß direkt mit dem Kerl zusammen, worauf beide hart zu Boden stürzten.

Armond überschlug sich mehrmals und schrammte sich die Haut an dem groben Kopfsteinpflaster auf. Einen Moment lang lag er da und rang um Atem.

»Verdammter Idiot!« Der andere Mann rappelte sich auf und schwankte heftig, bevor er wieder richtig stand. »Pass doch auf, wohin du gehst! Das war so ein verdammter Zusammenprall, dass ich das Gefühl habe, den ganzen Gin von heute Abend wieder ausspucken zu müssen.«

Und genau das tat er auch – er ließ sich auf die Knie fallen und erbrach sich in die Gosse. Armond versuchte, das wilde Pochen seines Herzens zu beruhigen. Er war ein Mensch und nicht das Tier, das in seinem Kopf Gestalt angenommen hatte. Als er schließlich wieder zu Atem kam, erhob er sich.

»Alles in Ordnung?«, fragte er den Mann.

»Nein, dank Euch«, murmelte der Mann, und dann begann er erneut zu würgen.

Armond kehrte zu dem verlassenen Haus zurück. Er musste nach der Frau sehen. Doch das Haus war leer. Sie war geflohen, was er ihr auch nicht verübeln konnte. Er ging noch einmal in das Hinterzimmer, wo nach wie vor zwei Kerzen brannten. In einer Ecke lag zusammengeknüllt ein Kleid. Die Frau hatte es offenbar wieder ausgezogen, vielleicht, weil sie Chapman keinen Anlass geben wollte, sie noch einmal aufzuspüren.

Armond hob das Kleid auf, das fast augenblicklich wieder seine Sinne schärfte. Er kannte diesen Duft. Er schüttelte das Kleid aus und betrachtete es im Kerzenlicht. Es war das Abendkleid, das Rosalind getragen hatte, als sie sich auf dem Ball der Greenleys zum ersten Mal begegnet waren.

25. Kapitel

Als Rosalind die Augen aufschlug, sah sie einen Mann vor ihrem Bett stehen. Der Feuerschein warf einen goldenen Schimmer auf sein Haar, und ihr erster Gedanke war, dass Armond gekommen war, um nach ihr zu sehen. Als sie dann aber seine Gesichtszüge ein wenig deutlicher erkennen konnte, wurde ihr klar, dass dieser Mann nicht Armond war. Verblüfft zog sie den Atem ein und versuchte sich aufzusetzen.

»Erschreckt nicht«, sagte der Mann leise. »Habt keine Angst. Ich bin Lord Jackson, Euer Schwager.«

Es war leicht, den Mann beim Wort zu nehmen. Denn jetzt, wo sie ihn genauer sehen konnte, bemerkte sie die Ähnlichkeit zu Armond und Gabriel und auch die Grübchen, die zu dem Jungen auf dem Porträt der Wulfs dort unten im Salon gehörten.

»Was tut Ihr hier?« Das hielt sie für eine durchaus angebrachte Frage.

»Dies ist das Haus meiner Familie«, erinnerte er sie.

»Ich meinte, hier in meinem Zimmer«, erklärte Rosalind, während sie die Decke fester um sich zog, obwohl sie im nächsten Augenblick bemerkte, dass sie nicht ihr Nachthemd, sondern nach wie vor noch ihre Tageskleidung trug.

Jackson, der nicht weniger kühn als sein ältester Bruder zu sein schien, setzte sich zu ihr aufs Bett. »Bedauerlicherweise hatte ich keine Gelegenheit, Euch kennenzulernen, als ich das letzte Mal hier war. Denn damals wart Ihr auch im Bett. Ich habe das Gefühl, als verbrächtet Ihr viel Zeit im Schlafzimmer – und ich weiß, wenn Ihr die meine wärt, dann würdet Ihr es auch tun –, also was blieb mir anderes übrig, als zu Euch hinaufzukommen, um mich vorzustellen?«

»Weiß Armond, dass Ihr hier seid?«

Er schenkte ihr wieder ein überaus charmantes Lächeln, das seine Grübchen hervorragend zur Geltung brachte. »Ihr meint, hier im Haus oder hier in Eurem Schlafgemach?«

»Sowohl als auch«, erwiderte sie.

»Weder noch«, versicherte er ihr. »Ich glaube nicht, dass es ihm recht wäre, dass ich hier oben bin. Als ich das letzte Mal vorschlug, hinaufzugehen, zu Euch ins Bett zu kriechen und mich Euch vorzustellen, hat er mich ziemlich angeblafft.«

Rosalind musste sich ein Lächeln verkneifen. »Ach wirklich?«

»Er hat nie gern geteilt«, vertraute Jackson ihr an. »Aber ich fand, dass ich Euch kennenlernen sollte, bevor ich mich auf meine Suche mache.«

»Ich glaube, Armond ist der festen Überzeugung, Ihr wärt zu Eurem Landgut heimgekehrt.«

»Er irrt sich eben ziemlich oft«, informierte Jackson sie. »Hat er Euch viel von mir erzählt?«

Rosalind schüttelte den Kopf.

»Typisch«, murmelte er und sah sie aus den dunkelsten und unergründlichsten Augen an, die Rosalind je gesehen hatte. »Ich bin das schwarze Schaf unserer Familie«, teilte er ihr mit. Dann runzelte er die Stirn. »Aber da jeder denkt, wir wären alle schwarze Schafe, bin ich wahrscheinlich nur das schwärzeste der Herde. Ich trinke, spiele, bin ein Faulenzer und ein Schürzenjäger. Oh, und nun denkt Armond, dass ich zudem auch noch ein Mörder bin.«

»Ich glaube nicht, dass Armond auch nur eine Sekunde glaubt, dass Ihr ein Mörder seid«, klärte Rosalind ihn auf. »Er verdächtigt vielmehr meinen Stiefbruder.«

»Aber er hat mich gefragt, ob ich etwas mit den ermordeten Frauen zu tun hätte, die auf unserem Besitz gefunden wurden. Und ich war beide Male in London, wisst Ihr. Was mich in den Augen meines Bruders offenbar zwangsläufig zu einem Verdächtigen macht.«

»Was für ein Schlawiner«, entgegnete Rosalind kokett.

Jackson bedachte sie erneut mit seinem gewinnenden Lächeln. »Das *ist* er«, stimmte er ihr zu. »Auf jeden Fall ist er nicht gut genug für Euch. Es wäre besser gewesen, wenn Ihr zuerst mir begegnet wäret.«

Rosalind setzte sich auf und strich sich übers Haar. »Ich wage zu behaupten, dass es vermutlich besser so ist, wie es ist.« Hätte ich nämlich Jackson statt Armond auf dem Ball der Greenleys angesprochen, wäre ich, was meine Tugend angeht, wahrscheinlich nicht so glimpflich davongekommen, dachte sie.

»Für uns beide, denke ich«, erklärte er, nun wieder ernst geworden. »Ich glaube, er hat sich auf den ersten Blick in Euch verliebt.«

Rosalind errötete. Sollte sie ihn korrigieren? Irgendwie hatte sie sofort das Gefühl gehabt, Jackson Wulf vertrauen zu können. Und sollte er tatsächlich ein derartiger Schürzenjäger sein, wie er behauptete, dann war es vielleicht gerade diese Eigenschaft an ihm, die Frauen zu so leichten Opfern für ihn machte.

»Ich bin mir sicher, dass er Euch erzählt hat, aus welchem Grund er mich zur Frau genommen hat. Weil ich meinen guten Ruf vernichtet hatte, als ich ihm ein Alibi an dem Morgen gegeben habe, an dem eine weitere tote Frau in seinen Stallungen aufgefunden wurde.«

»Ja, das hat er mir erzählt«, gab Jackson zu. »Und ich hätte ihm vermutlich auch geglaubt, bevor ich Euch begegnet bin.«

Wieder errötete sie heiß. »Setzt Ihr denn alles daran, eine Frau verführen zu wollen, obwohl sie die Ehefrau Eures Bruders ist?«

Er schien darüber nachzudenken. »Da Ihr die erste Ehefrau in unserer Familie seid, kann ich eigentlich nur davon ausgehen, dass die Antwort ›Nein‹ lauten sollte.«

Rosalind kicherte.

Schon wieder lächelte er sie strahlend an, fragte dann aber sachlich: »Liebt Ihr Armond?«

Rosalind starrte in seine dunklen Augen und hatte wieder das Gefühl, ganz ehrlich zu ihm sein zu können. »Ja. Aber er verschließt sein Herz vor mir. Und jetzt verschließt er auch noch seine Tür. Ich dachte, ich könnte ihn dazu bringen, mich zu lieben, aber …«

Jackson legte einen Finger an ihre Lippen. »Manchmal ist Liebe kein gesprochenes Wort, sondern verrät sich in der Art, wie ein Mann dir in die Augen sieht, und in den Dingen, die er für dich tut. Vielleicht solltest du einfach mal genauer hinsehen, Rosalind.«

Sie hätte ihn umarmen können. Aber sie war klug genug zu erkennen, dass Frauen Jackson Wulf nicht einfach so umarmten, wenn sie nicht weit mehr als das damit erreichen wollten.

»Ich mag dich«, sagte sie deshalb nur.

Er lächelte. »Natürlich tust du das. Schließlich bist du eine Frau.« Dann beugte er sich vor und küsste sie auf die Stirn. »Ich mag dich auch, Rosalind. Du verdienst es, glücklich zu sein. Und Armond verdient es auch, obwohl ich derzeit ganz schön ärgerlich auf ihn bin. Und jetzt sogar noch fester als je zuvor entschlossen bin, alles zu tun, um unsere Familie zu retten. Armond war immer der Verantwortungsbewusste, Gabriel der harte Arbeiter und ich der Nichtstuer. Mir wurde bisher niemals etwas Wichtiges anvertraut.«

»Was ist es denn, wovor du deine Brüder retten willst?«, fragte Rosalind.

Jackson schaute ihr tief in die Augen, bevor er antwortete. »Das wirst du hoffentlich nie erfahren.« Und mit diesen Worten erhob er sich vom Bett. Er war groß wie alle Wulfs, aber nicht so ein Hüne, wie Gabriel es war, und er war auch schmaler als Armond. Dennoch war er ausgesprochen attraktiv. »Sag Armond, dass ich vorbeigekommen bin. Sag ihm, dass ich mich auf die Suche gemacht habe, um einer Hexe den Garaus zu machen.«

Rosalind schaute verwundert blinzelnd zu ihm auf. »Um einer

Hexe den Garaus zu machen? Gibt es so etwas denn überhaupt?«

Er beugte sich plötzlich vor, bis sein Gesicht nur noch Zentimeter von ihrem entfernt war. »Du wärst überrascht, was es da draußen im Dunkeln alles gibt, Rosalind. Und wenn es nach mir geht, wirst du es auch nie erfahren.«

Jackson hätte mich beinahe geküsst, dachte sie. Und mit einem gewissen Maß an Panik erkannte sie, dass sie ihm diese Freiheit vielleicht sogar gestattet hätte. Es war fast so, als hätte er sie in seinen Bann gezogen, der auch überhaupt nicht schwächer wurde, bis er aus ihrer Tür hinausspaziert und verschwunden war.

Armond strich über Rosalinds weiche Wange. Sie schlief noch immer in den Kleidern, die sie schon am Vortag getragen hatte. Ihre Lider flatterten, als sie die Augen aufschlug und ihn schläfrig ansah.

»Jackson?«

Armonds Hand erstarrte an ihrer Wange. »Hast du mich gerade Jackson genannt?«

Sie schüttelte den Kopf, als versuchte sie ihre Gedanken zu sortieren. »Ist etwa schon Morgen?«

»Hast du mich gerade Jackson genannt?«, beharrte er.

Rosalind stützte sich auf ihre Ellbogen und warf einen Blick zum Fenster, durch das helle Sonnenstrahlen ins Zimmer drangen. »Ich hatte einen äußerst merkwürdigen Traum heute Nacht. Ich habe geträumt, dass dein Bruder Jackson hier in meinem Zimmer war und mit mir gesprochen hat.«

»Das ist komisch, vor allem angesichts der Tatsache, dass du Jackson bisher noch nicht begegnet bist.«

Rosalind strich sich mit einer Hand das Haar zurück. »Zumindest glaube ich, dass ich es geträumt habe. Hast du Jackson wegen der Morde befragt?«

Armond beschlich ein starkes Schuldbewusstsein. »Ja, und das hat ihn ungemein verärgert. Das ist auch der Grund, warum er wieder weggegangen ist, bevor ich euch einander vorstellen konnte.«

»Dann war es also doch kein Traum, denn sonst könnte ich das gar nicht wissen«, sagte sie. »Er hat mich gebeten, dir auszurichten, dass er sich auf eine Suche begeben würde. Eine Suche, um einer Hexe den Garaus zu machen und eure Familie zu retten.« Aus ihren veilchenfarbenen Augen schaute sie fragend zu ihm auf. »Das macht doch keinen Sinn, Armond. Deswegen dachte ich, es könnte nur ein Traum gewesen sein.«

Jacksons Bekenntnisse mochten zwar für Rosalind keinen Sinn ergeben, aber Armond wusste nur zu gut, was Jackson plante. Es war ein sinnloses Unternehmen. Und dieser Entschluss seines jüngeren Bruders hätte auch zu keinem ungünstigeren Zeitpunkt kommen können.

»Ich hatte gehofft, dich auf das Landgut schicken zu können«, sagte Armond zu Rosalind. »Ich war der Meinung, dass du da draußen bei Gabriel und Jackson sicherer als hier sein würdest. Nur ist Jackson offenbar nicht auf dem Gut, und wenn Gabriel ihn bei seiner Heimkehr nicht dort angetroffen hat, würde es mich gar nicht wundern, wenn er sich schon wieder auf dem Rückweg in die Stadt befindet, um ihn zu suchen.«

»Du willst mich auf das Gut schicken?« Rosalind warf die Decke beiseite und richtete sich auf. »Aber ich kann hier nicht weg, Armond! Noch nicht. Ich muss der Herzogin beistehen.«

»Du bist in Gefahr, Rosalind!« Armond hatte sie nicht so anfahren wollen, aber er war überaus besorgt um sie. Er hatte begonnen, zwei und zwei zusammenzuzählen, was Chapman und seinen bis dahin noch unbekannten Komplizen anbetraf. Das Kleid, die Frauen, die ihrer Ähnlichkeit mit Rosalind wegen ausgesucht worden waren – für Armond war es nur zu offensichtlich, dass entweder ihr Stiefbruder oder sein Komplize wie besessen von ihr waren. Und dann waren da auch noch all diese merkwürdigen Dinge, die mit ihm selbst geschahen. Vielleicht war Rosalind nicht länger sicher im selben Haus mit ihm. Vielleicht war sie ja nicht einmal in London sicher.

»Was ist passiert, als du gestern Nacht ausgegangen bist?«, wollte sie wissen.

Er wollte es ihr nicht erzählen. Besonders nicht die Sache mit dem Kleid. Und schon gar nicht, was ihm selbst widerfahren war, wie er über eine verlassene Straße einem davonjagenden Wagen nachgerannt war und es sogar beinahe geschafft hätte, ihn einzuholen, wenn nicht dieser Betrunkene aus der Gasse getaumelt und ihm direkt in den Weg gelaufen wäre.

»Ich habe ihn leider nicht erwischt«, erwiderte er daher nur.

Rosalinds sanfte Hand an seiner Wange ließ ihn aufschrecken und den Blick auf sie richten. »Du siehst vollkommen erledigt aus, Armond. Hast du überhaupt etwas geschlafen?«

»Nein«, gestand er und dachte, dass sie in ihrer zerknitterten Kleidung und dem wirren Haar ganz bezaubernd aussah.

»Das solltest du aber tun«, verlangte sie. »Ich werde dir von Hawkins ein heißes Bad bereiten lassen, und dann solltest du den Tag im Bett verbringen.«

»Wirst du mir bei meinem Bad wieder behilflich sein?«, erkundigte er sich mit erhobener Augenbraue.

Sie lächelte nicht über seinen Scherz, sondern blickte ihm nur ruhig in die Augen. »Wirst du mich wieder aussperren?«

Seine Entscheidung hatte sie verletzt, erkannte er. Sie wusste nicht, dass er das Schloss nur zu ihrem eigenen Schutz hatte anbringen lassen. Dass es vielleicht sogar klüger gewesen wäre, das Schloss an ihrer Seite anzubringen, konnte er ihr allerdings nicht gut erklären, ohne ihr mehr zu sagen, als er bereit war zu verraten.

»Manchmal ziehe ich es eben vor, ganz ungestört zu sein«, sagte er.

Ihr Blick blieb fest, aber ihre Augen füllten sich mit Tränen. »Hat meine Kühnheit neulich nachts dich angewidert? Flöße ich dir jetzt Abscheu ein?«

In diesem Augenblick brach Armond fast das Herz. Rosalind durfte nicht denken, es sei ihre Schuld, dass er beschlossen hatte, ihr zu widerstehen. »Du könntest mir nie Abscheu einflößen«, sagte er und strich mit den Fingern durch ihre ungekämmten Locken. »Du bist die begehrenswerteste Frau, die ich je gekannt habe. Und auch die tapferste.«

Ihre fein gezeichneten Augenbrauen zogen sich zusammen. »Warum dann also?«

Er konnte wenigstens in Bezug auf seine Entscheidung ehrlich sein. »Weil du mehr verdienst, als ich dir geben kann«, antwortete er. »Und weil ich nicht von dir verlangen werde, dich mit weniger zu begnügen. Du hast mir angeboten, mein Freund zu sein. Vielleicht wäre das das Beste.«

Sie wandte ihr Gesicht rasch von ihm ab, aber trotzdem nicht schnell genug, um die Tränen, die über ihre Wange rannen, vor seinen Augen zu verbergen. Sie zerrissen ihm fast das Herz, diese Tränen, für die allein er der Grund gewesen war.

»Verdammt sei mein verfluchtes Leben«, flüsterte er, und da er es einfach nicht ertragen konnte, sie so traurig zu sehen, stand er auf, trat durch die Tür zu seinem Zimmer und zog sie zu und schloss sie ab.

26. Kapitel

Rosalind nahm an, dass Armond schlief. Aber er hatte sie ausgesperrt, und deshalb konnte sie es nicht sicher wissen. Dann war da auch noch die Sache mit ihrer Stiefmutter, um die sie sich so schnell wie möglich kümmern musste, und die Tatsache, dass Armond schrecklich aufgebracht sein würde, falls sie auf eigene Faust etwas unternahm. Doch je eher sie Mary anwies, der Herzogin nicht mehr die spezielle Teesorte zu servieren, die Franklin ihr verordnet hatte, desto eher hoffte sie auch die alte Dame auf dem Weg der Besserung zu sehen.

Fest entschlossen, sich sofort um diese Angelegenheit zu kümmern, machte Rosalind sich auf die Suche nach Hawkins. Als Diener war er nicht befugt, sie aufzuhalten, aber diesmal würde sie ihn wenigstens darüber informieren, wo sie hinzugehen gedachte. Er wollte schon Einwände erheben, das war nicht zu übersehen, aber er kannte seine Grenzen und sagte daher nur, falls sie nicht bald wieder zurückkäme, würde er Lord Wulf aufwecken.

Es war gerade erst hell geworden, und Rosalind konnte sich nicht vorstellen, dass Franklin um diese frühe Zeit schon auf sein würde. Sie wollte eigentlich nur zum Hintereingang gehen, wo sie Mary in der Küche anzutreffen hoffte, und sie bitten, ihrer Stiefmutter nicht mehr diese ganz spezielle Sorte Tee zu servieren. Rosalind hielt sich so dicht wie möglich an der Hecke zwischen den Grundstücken, aber dann kam der Moment, in dem sie den Rasen überqueren musste und von beiden Häusern aus gesehen werden konnte. Sie lief, so schnell sie konnte.

Ihr Herz raste, als sie schließlich vor dem Hintereingang des Nachbarhauses stand. Sie brauchte nur einmal kurz die Lieferantenklingel zu betätigen, als Mary auch schon öffnete. Die Haushälterin runzelte die Stirn, als sie Rosalind erblickte.

»Was macht Ihr hier, Mylady?«, flüsterte sie. »Ich habe das Laken doch gar nicht herausgehängt. Mr. Chapman liegt noch oben im Bett.«

»Ich muss dich sprechen«, erwiderte Rosalind genauso leise, während sie eintrat. In der Küche sah sie sich dann hastig um und entdeckte auch sogleich die Dose mit den Teeblättern, die Mary für den Tee der Herzogin benutzte. Rosalind ging zu der Anrichte, auf der die Dose stand, und nahm den Deckel ab. Der Tee hatte einen durchdringenden Geruch.

»Was macht Ihr hier, Mylady?«, wiederholte Mary.

»Dieser Tee«, wisperte Rosalind. »Ich glaube, dass er die Ursache für diese eigenartige Lethargie der Herzogin ist. Ich vermute, Franklin setzt sie unter Drogen.«

Mary machte große Augen. »Aber warum sollte er so etwas tun?«

Rosalind konnte jetzt nicht auf Einzelheiten eingehen, was ihren Verdacht hinsichtlich ihres Stiefbruders betraf. Außerdem war sie sich auch gar nicht sicher, ob Mary ihr glauben würde, was sie und Armond argwöhnten.

»Ich möchte, dass du diese Dose ausleerst und sie mit ganz normalem Tee auffüllst. Lass uns einfach sehen, ob ich recht habe, Mary, und ob sich der Zustand der Herzogin verbessert, wenn sie Franklins merkwürdige Teemischung nicht mehr trinkt. Und danach werde ich dir alles erklären. Jetzt reicht leider die Zeit dazu nicht.«

»Ach, ich weiß nicht, Mylady«, sagte Mary händeringend. »Den Wünschen meines Herrn zuwiderzuhandeln …«

Doch Rosalind blieb fest. »Bitte, Mary. Falls mein Verdacht sich nicht bestätigt, wird es der Herzogin nicht schaden. Und sollte ich richtig liegen, wovon ich recht überzeugt bin, wird es ihr schon sehr bald wieder besser gehen.«

Mary biss sich auf die Lippe. »Also gut«, stimmte sie zu. »Aber wenn Mr. Chapman herausfindet, dass ich seine Anweisungen nicht befolgt habe, wird er mich entlassen, und wer kümmert sich dann um die arme Frau?«

»Ich hoffe sehr, dass die Herzogin sich schon bald wieder um sich selber kümmern kann.« Und sie hoffte auch, dass ihre Stiefmutter, sollte sie tatsächlich von den üblen Taten ihres Sohnes wissen, dafür sorgen würde, dass er für seine Verbrechen zur Verantwortung gezogen wurde. Dann würde Rosalind sich zumindest nicht mehr sorgen müssen, was er Armond oder vielleicht sogar ihr selbst antun würde, falls er Gelegenheit dazu bekam.

»Mary! Ich habe schon zweimal nach dir geklingelt! Wo zum Teufel steckst du bloß?«

Rosalind stockte der Atem, und Mary wurde kreidebleich. Franklin kam ihn Richtung Küche. Sie hörten seine lauten Schritte auf dem Korridor.

»Geht!«, bedrängte Mary sie.

»Dann würde er mich auf dem Rasen sehen und wissen, dass ich hier gewesen bin«, flüsterte Rosalind besorgt.

Mary schob sie auf eine Tür zu, die in den Keller und zu den Dienstbotenquartieren führte. Es gab nur zwei solcher Räume, und in einem von ihnen hatte Lydia vor ihrer Entlassung gewohnt.

»Bleibt unten, bis ich gesehen habe, was er will«, forderte Mary sie auf.

Rosalind schlüpfte gerade durch die Tür, als sie Franklin in die Küche kommen hörte.

»Da bist du ja!«, schrie er. »Mir dröhnt so sehr der Kopf, dass ich nicht schlafen kann. Ich denke, eine Tasse von dem Tee, den ich für meine Mutter kaufe, würde mir wahrscheinlich guttun. Sieh also zu, dass du schleunigst welchen aufbrühst und mir hinaufbringst.«

»Sehr wohl, Mr. Chapman, ich bringe den Tee sofort«, erwiderte Mary dienstbereit. »Ich wollte ohnehin gerade eine Kanne für Eure liebe Frau Mutter aufbrühen und sie ihr hinaufbringen.«

Für einen Moment war es ganz still im Raum. Rosalind legte ihr Ohr an die Tür und lauschte angespannt.

»Wo ist denn eigentlich die Dose? Sie ist nicht da, wo du sie sonst hinstellst.«

Zu ihrem großen Entsetzen bemerkte Rosalind, dass sie ebendiese Dose immer noch in ihren Händen hielt.

»Dann muss ich sie wohl irgendwo anders hingestellt haben«, murmelte Mary. »Aber ich werde sie schon finden, keine Sorge, Sir. Und dann bringe ich Euch sofort den Tee hinauf.«

»Ich kann dir nur raten, die Dose zu finden«, warnte Franklin. »Diese Mischung ist sehr teuer, und ich werde meinen Zorn an dir auslassen, falls der Tee verschwunden sein sollte.«

»Die Dose ist bestimmt nicht verschwunden«, versicherte ihm Mary. »Nur verlegt, wie ich schon sagte. Geht also ruhig wieder zu Bett, Sir.«

Rosalind hielt den Atem an, bis sie sich entfernende Schritte hörte. Dann blickte sie die dunkle Treppe hinunter. Früher hatte auch Mary hier unten gewohnt, oder zumindest hatte sie ihr das erzählt. Erst nachdem die Herzogin erkrankt war, war Mary in ein kleines Zimmer neben dem der alten Dame umgezogen. Es hingen schon Spinnweben an der jetzt nur noch selten benutzten Treppe, und Rosalind fühlte sich wie magisch angezogen von dem Zimmer dort unten, das Lydia einst bewohnt hatte.

Rosalind wollte sichergehen, dass Franklin genügend Zeit blieb, sich wieder nach oben zu begeben, bevor sie sich aus ihrem Versteck herauswagte. Deshalb ging sie die Treppe hinunter und öffnete die Tür zu Lydias Raum. Er hatte ein einziges kleines Fenster, durch das nur ein schmaler Streifen Licht in das triste kleine Zimmer fiel. Ein arg verschrammter Kleiderschrank nahm fast eine gesamte Wand des Raums ein. In einer Ecke stand ein kleiner Tisch. Das Bett war kaum mehr als eine schmale Pritsche … und zudem auch ungemacht. Das Bettzeug war ganz merkwürdig zerwühlt.

Rosalind ging zu dem Kleiderschrank und öffnete ihn leise. Darin befanden sich noch Lydias Kleider. Rosalind ließ beinahe die Dose Tee fallen, so irritiert war sie über den Anblick der Sachen. Warum hatte die junge Frau sie nicht mitgenommen, als Franklin sie entlassen hatte?

Vielleicht weil Lydia das Haus gar nicht verlassen hatte. Oder falls doch, vielleicht nicht freiwillig. Ein kalter Schauder lief Rosalind über den Rücken. Sie versuchte sich an die Nacht zu erinnern, in der sie von lauten Schreien geweckt worden war. Aber Franklin konnte Lydia nicht an den Deckenbalken aufgehängt haben. Er war an jenem Abend mit Rosalind bei den LeGrandes gewesen.

»Lady Wulf«, flüsterte Mary oben an der Treppe. »Beeilt Euch; er ist jetzt weg. Ich brauche diese Dose!«

Rosalind schlüpfte aus dem kleinen Raum, ging rasch die Treppe hinauf zur Küche und gab Mary die Blechdose mit der Teemischung. »Warst du seit Lydias Entlassung noch einmal in ihrem Zimmer?«

»Nein«, bekannte Mary und errötete schuldbewusst. »Es müsste sicher einmal ordentlich gereinigt werden. Ich dachte aber, ich könnte damit warten, bis der gnädige Herr einen Ersatz für Lydia einstellt. Schließlich habe ich hier oben schon genug zu tun.«

»Natürlich«, stimmte Rosalind ihr zu. »Brüh jetzt meinem Stiefbruder einen Tee mit diesen Blättern auf, aber denk bitte daran, dass du sie für meine Stiefmutter nicht mehr benutzen darfst.«

Die Haushälterin nickte, und Rosalind verließ das Haus. Als sie über den Rasen eilte, beunruhigte sie erheblich mehr als nur die Tatsache, dass Lydia all ihre Sachen zurückgelassen hatte. Franklin glaubte, dass eine Tasse dieses Tees ihm helfen würde einzuschlafen. Rosalind wusste, dass sie auf der richtigen Spur war, was ihren Verdacht betraf, dass ihre Stiefmutter mit Drogen betäubt worden war.

Sie wollte es Armond sagen, sobald er aufgewacht sein würde. Aber ihr Mut sank, je näher sie dem Haus kam. Er wollte sie fortschicken. Er wollte die Tür zwischen ihnen verschlossen halten. Er wollte ihr Freund sein. Ihre gemeinsame Zukunft sah nicht besonders rosig aus. Und wenn Franklin erreichte, was er wollte, würden sie nicht einmal eine gemeinsame Zukunft haben.

Rosalind hatte das Gefühl, als sei ihr Leben ihrer Kontrolle wieder vollkommen entglitten. Und sie fühlte sich außerstande, es wieder auf den rechten Weg zu bringen. Ihre Erinnerung an Jacksons nächtlichen Besuch war nur noch verschwommen, da sie vermutlich noch unter den Nachwirkungen des Tees gelitten hatte, dem irgendwelche Drogen beigemischt worden waren. Hatte sie Jackson gesagt, dass sie Armond liebte? Sie befürchtete es und fühlte sich nur noch elender, ihre Gefühle – und vermutlich auch ihren Kummer darüber, dass Armond sie nicht erwiderte –, offenbart zu haben.

Aber dann fiel ihr plötzlich wieder ein, was Jackson gesagt hatte. Er hatte erklärt, dass sich die Liebe eines Mannes oft nicht in seinen Worten, sondern in seinen Augen und in seinen Taten widerspiegeln würde. Rosalind sann darüber nach, dachte an Armonds Besorgnis um sie, an seine Entschlossenheit, sie zu beschützen, und vor allem auch an seine eigene Erklärung für das Schloss auf seiner Seite der Tür.

Sie hatte sich ganz auf seine letzten Worte an sie konzentriert, auf seinen Vorschlag, Freunde zu werden, und die Bedeutsamkeit des wahren Grunds, warum er ein Schloss zwischen ihnen hatte anbringen lassen, als unerheblich abgetan.

Armond war der Meinung, dass sie mehr verdiente, als er ihr geben konnte, und er hatte gesagt, er werde nicht von ihr verlangen, sich mit weniger zu begnügen. Er hatte die körperliche Beziehung, die er mit ihr gewollt hatte, aus Respekt vor ihren Wünschen, Träumen und Bedürfnissen geopfert. Wie musste ein Mann sein, der so etwas für eine Frau tat? Es schien nur eine

Antwort darauf zu geben, und es war eine Antwort, die sie plötzlich mit solcher Freude und Zärtlichkeit für ihn erfüllte, dass sie hätte weinen können.

Armond liebte sie. Er wollte sie vielleicht nicht lieben, und trotzdem tat er es. Aber wie konnte sie die Barrieren einreißen, die er zwischen ihnen errichtet hatte? Wie konnte sie ihm begreiflich machen, dass nichts verkehrt daran war, wenn sie ihn liebte und er sie wiederliebte? Dass kein dummer Fluch sie einer glücklichen gemeinsamen Zukunft berauben konnte. Dass es keinen Grund gab, warum sie nicht Freunde, Partner und zugleich auch Liebende sein konnten.

Amelias schockierte Bemerkung über Rosalinds noch nicht vollzogene Ehe kam ihr plötzlich wieder in den Sinn. ›*Worauf wartest du denn bloß noch, Rosalind?*‹ Auf die Liebe, hatte sie darauf geantwortet, und nun hatte die Liebe sie gefunden. Sie würde nicht länger abwarten. Heute Nacht würde sie die Mauern einreißen, mit denen Armond Wulf sein Herz umgeben hatte. Heute Nacht würde sie ihn ganz und gar für sich gewinnen.

Armond hatte unruhig geschlafen. Wieder und wieder hatte er beängstigende Träume von Rosalind in einem leer stehenden Haus gehabt, in dem sie dasselbe Kleid wie auf dem Ball der Greenleys getragen und tot auf einer schmutzigen Matratze auf dem Boden gelegen hatte. Manchmal handelte einer dieser Träume aber auch von ihm, und dann hatte er sein eigenes Spiegelbild gesehen. Mit Reißzähnen, zottigem Fell und einem blauen Glühen in seinen Augen hatte er sich in einem Spiegel an der Wand gesehen.

Seit er Rosalind zum ersten Mal begegnet war, hatte sich seine Welt verändert, und er konnte einfach das Gefühl nicht loswerden, als würde er förmlich seinem eigenen Untergang entgegenrasen, ohne Zügel in den Händen, um die wilde Jagd zu bremsen, ohne Kontrolle, um das Unvermeidliche noch aufzuhalten. Er musste Chapman aufhalten. Er musste ihn aufhalten, auch wenn es bedeutete, ihn zu töten, ohne den Beweis dafür bekommen zu haben, dass Rosalinds Stiefbruder ein Mörder war. Armond würde Rosalind retten, selbst wenn das seine eigene vollständige Zerstörung nach sich zog. Die Geisterstunde nahte. Die Augen vor der Wahrheit zu verschließen, würde ihn nicht retten.

Das wusste er inzwischen.

Ein leises Klopfen ertönte an Rosalinds Seite der Tür. »Armond? Bist du wach? Ich muss dich sprechen.«

Er hielt es für das Beste, sie zu ignorieren.

»Armond?«, rief sie erneut. »Ich habe im Nachbarhaus etwas entdeckt, das du erfahren solltest.«

Was zum Teufel hatte sie im Nachbarhaus getrieben? Er hatte ihr verbieten wollen, sich je wieder dorthin zu wagen, selbst wenn Chapman nicht zu Hause war. Armond wollte nicht einmal daran denken, dass Rosalind sich in diesem Hause aufhalten könnte. Und vielleicht war dies genau der richtige Moment, ihr seine diesbezüglichen Gedanken mitzuteilen.

Splitterfasernackt, schlang Armond sich nur das Laken um die Taille und ging zu der Tür, die er vorher abgeschlossen hatte. Er schloss sie auf und öffnete sie einen Spalt. Aber Rosalind drängte sich sofort an ihm vorbei in sein Zimmer hinein.

»Ich war nach nebenan gegangen, um Mary zu sagen, dass sie den Tee nicht mehr benutzen soll, den Franklin sie für seine Mutter tagtäglich aufbrühen lässt«, berichtete sie. »Ich …« Sie unterbrach sich mitten im Satz und ließ langsam ihren Blick über Armond gleiten. »Wieso bist du nackt?«

Er lächelte sie an, wartete auf ihr Erröten und registrierte ein bisschen überrascht, nicht eine Spur davon sehen zu können. »Ich schlafe nackt«, erklärte er. »Ich habe schon den ganzen Tag geschlafen.«

»Oh«, sagte sie. »Gut. Aber wie ich bereits sagte, bin ich kurz nach nebenan gegangen und habe dort etwas wirklich Unglaubliches herausgefunden. Es betrifft Lydia.«

Hatte sie *›gut‹* gesagt? Armond ging zum Bett zurück und ließ sich auf der Kante nieder. »Ich wollte sowieso mit dir über deine Besuche nebenan sprechen. Ich weiß, wie besorgt du um deine Stiefmutter bist, aber ich erlaube dir nicht, dich weiterhin ihretwegen in Gefahr zu bringen.«

»Willst du nicht wissen, was ich herausgefunden habe?«

Sie hatte sich über seinen Aufzug gewundert; nun wurde er vorübergehend abgelenkt von ihrem. Sie trug eine Art Umhang, und ihre grazilen Hände hielten das Kleidungsstück so fest zusammen, dass ihre Knöchel weiß hervortraten.

»Armond«, sagte sie, um seine Aufmerksamkeit zu gewinnen. »Lydias Sachen waren noch in ihrem Zimmer. Ich glaube nicht, dass sie das Haus überhaupt jemals verlassen hat. Oder sie ist möglicherweise gegen ihren eigenen Willen fortgeschleppt worden. Ich habe in jener Nacht ja schließlich auch Schreie gehört, auch wenn ich damals dachte, es wäre nur ein Albtraum.«

Armond löste seinen Blick von ihren Händen, die ihren Umhang umklammerten. »Ich hatte die ganze Zeit schon den Verdacht, dass es Chapman war, der sie so zugerichtet hatte«, sagte er. »Ich konnte mir nur nicht vorstellen, wie er sie hat aufhängen können, da er doch den ganzen Abend mit dir bei den LeGrandes gewesen war.«

Rosalind runzelte die Stirn. »Das ist wahr. Aber denkst du nicht auch, dass Franklin eventuell einen Komplizen bei seinen Verbrechen haben könnte?«

Armond dachte das nicht nur, er *wusste* es. »Ja, ich bin mir dessen mittlerweile sogar ziemlich sicher«, antwortete er. »Aber warum sollte jemand, auch wenn er mit deinem Bruder unter irgendeiner schmutzigen Decke steckt, ausgerechnet in Chapmans Haus den Selbstmord einer ehemaligen Angestellten vortäuschen?«

Rosalind zuckte mit den Achseln, und dabei rutschte ihr Umhang von einer ihrer Schultern und entblößte ihre blasse, cremefarbene Haut. In Armonds Kehle bildete sich ein Kloß. Er schluckte ihn, bevor er fragte: »Was trägst du eigentlich unter diesem Umhang, Rosalind?«

Sie biss sich auf die Unterlippe, anstatt zu antworten. Dann kam sie langsam auf ihn zu. Als sie vor ihm stehen blieb, bemerkte er, dass sie nackte Füße hatte, genau wie er.

»Am Abend nach unserer Hochzeit hast du gesagt, du würdest mich nicht dazu zwingen, unsere Ehe zu vollziehen. Du hast gesagt, die Entscheidung darüber, wann es geschehen sollte, läge ganz bei mir.« Sie tat einen unsicheren Atemzug und ließ den Umhang los, den sie bisher so fest umklammert hatte. Er glitt an ihrem Körper hinunter zu Boden. »Ich habe mich entschieden. Ich will, dass es heute Nacht geschieht, Armond.«

Er registrierte ihre Worte kaum. Wie sollte er auch? Sie stand vor ihm so nackt, wie er es unter seinem Laken war. Seine Augen weideten sich an ihrer Schönheit. Sein Blick glitt von ihren kleinen zarten Füßen zu ihren langen schlanken Beinen, von ihrer von weichem dunklem Haar bedeckten Weiblichkeit zu ihren schlanken Hüften, ihrer schmalen Taille und den runden, festen Brüsten. Sie war ein Kunstwerk. Sie war das, wovon alle Männer träumten, und bereit, sich ihm zu schenken. Aber durfte er nehmen, was sie bereit war, ihm zu geben, wenn sie noch immer keine Ahnung hatte, was für einer Art von Mann sie sich hingeben würde?

»Du hast gesagt, dass du mehr willst«, erinnerte er sie. »Wieso hast du es dir also plötzlich anders überlegt?«

Sie schob das Kinn vor. »Ich weiß, was in meinem Herzen vorgeht. Und ich glaube auch zu wissen, was mit deinem los ist. Du wirst mich doch nicht abweisen, Armond?«

Er musste seinen Blick von ihr abwenden. Seine Willenskraft war in Gefahr, aber das war nicht das Schlimmste. Er konnte spüren, wie sich das Tier unter seiner Haut regte. Das Tier, das ihre sexuelle Anziehungskraft auf ihn witterte. Das Tier, das nur Begierde kannte und nichts von Liebe wusste.

»Geh wieder in dein Zimmer«, befahl er leise. »Was immer auch in deinem Herzen ist, an mich ist es auf jeden Fall verschwendet.«

Im ersten Moment antwortete sie nicht, und Armond hatte Angst, sie anzusehen. Angst, dass ihre Augen wieder feucht vor Tränen waren und er in sie in seine Arme ziehen würde. Wenn er sie berührte, war er verloren.

Aber Rosalind berührte ihn. Sie griff nach seiner Hand und zog sie an ihre Brust, so wie er es neulich nachts mit ihr getan hatte. »Bist du sicher?«

Seine Finger schlossen sich um einen der verführerischen Hügel ihrer Brüste, ihre harte kleine Spitze kitzelte die Innenseite seiner Hand. Alles in ihm verzehrte sich nach ihr. Eine fast schmerzhafte Erregung hatte ihn im selben Augenblick erfasst, in dem sie zu ihm hereingekommen war. Sie war eine Sirene … und er der von ihren Liedern eingelullte Seemann.

»Du weißt nicht alles, was es über mich zu wissen gibt«, warnte er sie, ohne seine Hand von ihrer Brust zu nehmen. »Ich bin ein Verdammter, Rosalind.«

Ihre Augen wurden sichtlich weicher. »Dann bin ich eben auch verdammt. Versage dich mir nicht länger, Armond. Ich liebe dich. Ich gebe mich dir freudig hin.«

Diese Worte aus ihrem Mund zu hören, war mehr als bittersüß. Ein Teil von ihm jubelte; ein anderer Teil weinte. Weinte über die Ungerechtigkeit des Lebens und die Qual der Liebe, deren Zukunft schwarz und leer sein würde. Er würde sie freigeben, beschloss er. Wenn es passierte, und das würde es … schon bald, das wusste er, dann würde er verschwinden. Sie liebte vielleicht den Mann, den sie jetzt so zärtlich ansah, aber sie würde *nicht* lieben, was er sehr bald schon werden würde. Keine

Frau wäre dazu imstande. Seine eigene Mutter mit eingeschlossen.

Seine Hand glitt langsam von ihrer Brust zu ihrer Taille. Dann zog er sie neben sich aufs Bett und warf sie auf den Rücken.

»Ich dachte, du hättest schon bei unserer ersten Begegnung gelernt, dir genau zu überlegen, was du dir wünschst. Weil es sich nämlich erfüllen könnte«, sagte er.

27. Kapitel

Rosalind lächelte ihn an. »Das sagst du ständig«, erwiderte sie. »Aber heute Nacht werden wir keine Spielchen treiben und uns auch nicht um die Konsequenzen scheren. Diese Nacht ist nur für uns, ganz allein für uns.«

Armonds geschmeidiger Körper glitt auf ihren, das Laken, in das er sich gehüllt hatte, lag verheddert zwischen ihnen. Seine Haut war glatt und heiß unter ihren Fingern, als sie über seinen Rücken strichen. Ihre Brüste lagen so fest an seinem Oberkörper, dass sie das Pochen ihrer beider Herzen spüren konnte. Und dann küsste er sie, so ausgiebig und langsam, dass seine Geduld in krassem Gegensatz zu dem wilden Pochen seines Herzens stand.

Der Kuss war sanft, aber gleichzeitig auch überaus besitzergreifend. Er lullte sie ein, brachte sie dazu, sich zu entspannen, bis er den Kuss vertiefte und sie zwang, mehr als nur ein wohliges Gefühl zu spüren. Seine Zunge streichelte ihre, bis sie reagierte und sich zu einem aufreizenden Tanz mit ihm vereinte. Dann wurden sie beide von einer durch nichts mehr zu beherrschenden Leidenschaft ergriffen.

Rosalind stöhnte unter seinem offenen Mund, ihre Nägel gruben sich in die glatte Haut an seinen Schultern. Sie spürte Armond nun am ganzen Körper, da das Laken, das Armond gerade noch um die Hüften getragen hatte, auf wundersame Weise verschwunden war. Sie spürte seine pulsierende Härte an ihrem Bauch, und aus einem ihr bis dahin nie bewusst gewordenen Instinkt heraus bog sie sich ihm entgegen und ließ ihre Hüften kreisen.

»Noch nicht«, flüsterte er. »Ich möchte dich zuerst auf die Vereinigung mit mir vorbereiten.«

Er küsste ihren Nacken, zupfte mit den Zähnen sanft an ihrer Haut und glitt dann tiefer, um seine Hand um ihre Brust zu schließen, bevor er ihre Brustspitzen nacheinander zwischen die Lippen nahm und sie mit seiner Zunge liebkoste. Er neckte und reizte sie erbarmungslos, umkreiste langsam mit der Zunge ihre Brustspitzen, bevor er wieder eine zwischen seine Lippen zog und behutsam daran saugte. Jede seiner Liebkosungen steigerte noch den Druck, der sich tief in ihrem Innersten aufzubauen begonnen hatte. Sie grub ihre Nägel noch tiefer in seine Schultern, und wieder konnte sie das Bedürfnis nicht unterdrücken, sich ihm in einer stummen Aufforderung entgegenzustrecken.

Armond Hand glitt zwischen ihre Beine, und er berührte Rosalind, wo er sie schon einmal berührt hatte, streichelte und reizte sie mit seinen geschickten Fingern auf die gleiche Weise, die sie schon einmal vor Wonne schier hatte zerfließen lassen. Sie verstand den Rhythmus jetzt und wusste auch, wonach sie strebte, und deshalb war sie mehr als nur bereit, sich mit ihm, an ihm zu bewegen, oder was auch immer nötig war, um diesen lustvollen Druck noch zu erhöhen und die sich in ihr aufbauende Anspannung zu lindern. Aber dann drang er mit einem Finger in sie ein, und für einen Moment versteifte sie sich erschrocken.

»Ich werde dir nicht wehtun«, sagte Armond dicht an ihrem Ohr. »Ich möchte dich nur ein bisschen dehnen und dich auf mich vorbereiten.«

Allmählich wich ihre Beklommenheit, als Armond nicht aufhörte, mit seinem Daumen die empfindsame kleine Knospe zwischen ihren Schenkeln zu liebkosen, während er mit dem Finger noch ein wenig tiefer in sie eindrang. Die Kombination dieser schier unglaublich aufreizenden Zärtlichkeiten steigerte ihre leidenschaftliche Erregung ins fast Unerträgliche, brachte sie immer näher an den Rand des Wahnsinns, und bald schon merkte sie, dass sie sich wieder an ihm bewegte und den zweiten Finger, mit dem er in sie eindrang, nun sogar begrüßte.

Mit einem lustvollen kleinen Aufstöhnen bog sie sich seiner Hand entgegen und versuchte seine Finger noch viel tiefer in sich aufzunehmen. Sie wusste, wie feucht sie dort war, wo er sie berührte, wie heiß und feucht und beinahe schmerzhaft begierig schon, ihn endlich wirklich und wahrhaftig in sich aufzunehmen.

»Armond«, flüsterte sie. »Ich brauche …« Sie war nicht sicher, was sie brauchte. »Ich möchte …«

»Ich weiß«, erwiderte er mit leiser, rauer Stimme. Dann glitt er mit den Fingern sanft aus ihr hinaus, beugte sich über sie und spreizte mit den Knien ihre Beine noch ein Stück weiter, um sie seine pulsierende Härte an ihrer intimsten Körperstelle spüren zu lassen.

Sie spürte den Widerstand ihres Körpers, als er mit der Spitze seines Glieds versuchte, in sie einzudringen. Ganz unbewusst, aus purem Überlebenswillen vielleicht, versuchte sie ihm zu entkommen, was er aber nicht zuließ. Seine großen Hände schlossen sich um ihre Taille und sorgten dafür, dass sie stillhielt.

»Du darfst dich nicht verkrampfen«, riet er ihr. »Entspann dich; wehr dich nicht gegen mein Eindringen. Es wird nur ganz kurz wehtun.«

Wehtun? Er hatte vor, ihr wehzutun? Da Rosalind ohne Mutter aufgewachsen war, wusste sie so gut wie nichts über intime Beziehungen zwischen einem Mann und einer Frau. Sie wusste nur mehr oder weniger, wie sie vonstatten gingen. Aber nicht, dass sie auch schmerzhaft waren.

»Weh?«, fragte sie. »Du wirst mir wehtun?«

Er starrte auf sie hinunter, und sie sah, dass seine Augen wieder glühten. »Ich werde dich nehmen«, erwiderte er und tat es auch.

Bevor sie begreifen konnte, was dieses ›*Nehmen*‹ möglicherweise alles mit sich brachte, drang er mit einer einzigen Bewegung in sie ein. Ein messerscharfer Schmerz durchzuckte sie und entriss ihren Lippen einen Schrei. Lippen, die er Sekunden später schon mit Küssen bedeckte, obwohl er kaum in der Lage war, seinen Mund mit ihrem zu vereinen, ohne den Kuss zu unterbrechen, um nach Luft zu schnappen. Er presste seine Stirn an ihre, als ob auch er ganz überwältigt vom Schock ihrer Vereinigung wäre.

Rosalind kamen die Tränen. Der Schmerz war so schneidend und unerwartet gewesen, dass er ihr die Leidenschaft geraubt und die lustvollen Empfindungen verdorben hatte, die sie bis zum Augenblick seines Eindringens in seinen Armen empfunden hatte. Sie war froh, dass es vorüber war, und das sagte sie ihm auch.

Seine Lippen glitten zu ihrem Ohr, und er biss ihr sanft ins Ohrläppchen. »Es ist weit entfernt davon, vorbei zu sein«, murmelte er. »Es hat gerade erst begonnen, Rosalind.«

Dann bewegte er sich, und sie machte sich auf weiteren Schmerz gefasst. Aber er stellte sich nicht ein. Armond füllte sie so perfekt, so ganz und gar vollkommen aus, dass seine Kraft ihr schier die Luft aus den Lungen trieb, wann immer er leicht aus ihr hinausglitt, nur um sogleich wieder in sie einzudringen. Aber es war nicht schmerzhaft, was er tat. Oder zumindest doch kein Schmerz, den sie verstehen konnte oder schon einmal verspürt hatte. Ihre eigene Feuchte machte ihn glatt und seidig, und er bewegte sich mit relativer Leichtigkeit, was sie bei seiner Größe wirklich überraschte.

Als sie merkte, dass der stechende Schmerz nicht wiederkam, war sie endlich wieder in der Lage, sich auf sich und ihn zu konzentrieren – auf die Empfindungen, die er mit seinen Bewegungen in ihr bewirkte, auf das Prickeln an der Stelle, wo ihre Körper eins geworden waren, auf den Druck, der sich wieder in ihr aufbaute, als er mit langsamen, gleichmäßigen Bewegungen aus ihr heraus- und gleich wieder in sie hineinglitt.

Sein harter Schaft rieb die empfindsame kleine Knospe an

ihrer intimsten Stelle, und Rosalind merkte schnell, dass der Kontakt durch bestimmte Bewegungen noch intensiver, das Gefühl noch ausgeprägter wurde. Und das war auch der Grund, warum sie sich nun ganz und gar den Empfindungen überließ, die Armond in ihr weckte.

Ihre Hemmungen verflogen, verdrängt von etwas ausgesprochen Ursprünglichem und ganz und gar Natürlichem in ihr. Etwas, das auch Armond beherrschte, wie sie merkte. Es kamen keine gewisperten Koseworte oder Schmeicheleien mehr von ihm. Er schien sich auf ein einziges Ziel und absolut nichts anderes zu konzentrieren. Auf ihr Vergnügen und auf sein eigenes. Auf die Vollendung dessen, was sie miteinander begonnen hatten. Sein Atem wurde schwerer, sein Körper glitzerte vor Schweiß, als er den langsamen, gleichmäßigen Rhythmus fortsetzte, der sie so schnell an einen Ort versetzte, an dem es nur noch sinnliche Bedürfnisse, nur noch leidenschaftliches Verlangen, nur noch ihn und sie gab, hier in seinem Zimmer und verborgen vor der Welt.

Ihre Nägel strichen über seinen Rücken, ihre Hände glitten zu den festen Muskeln seines Pos. Sie drückte ihn an sich und schlang ihre Beine um ihn, als hätte sie diesen Akt schon tausendmal mit ihm vollzogen, als wüsste sie ganz genau, was sie beide wollten.

Er flüsterte, nein, knurrte förmlich ihren Namen. Es war ein leises, kehliges Geräusch, das tief aus seiner Kehle kam und sie auf schwindelerregende Höhen der Ekstase brachte. Seine Zähne gruben sich in ihren Hals, nicht schmerzhaft, aber besitzergreifend, so wie sie es bei den Katern auf dem Gut während der Paarungszeit beobachtet hatte. Es war wie eine Demonstration seiner Überlegenheit, seiner vollkommenen Inbesitznahme von ihr. Und in Besitz nahm er sie wirklich. Ihr Herz, ihr Körper und ihre Seele, alle eng miteinander verknüpft, und alle rangen um Dominanz in ihr.

Ihr Körper siegte. Armonds rhythmische Bewegungen steigerten ihre sinnliche Erregung schier bis ins Unerträgliche, beherrschten jede Faser ihres Seins und verdrängten jeden anderen Gedanken. Sie dachte einzig und allein, wie bemerkenswert harmonisch sie sich miteinander bewegten. Sie schienen füreinander gemacht zu sein, obwohl sie vor kurzem noch geschworen hätte, dass das völlig ausgeschlossen wäre. Aber er war so perfekt, so vollkommen eins mit ihr geworden, dass sie sich wirklich nicht beklagen konnte.

Er füllte sie so restlos aus, dass sie geradezu zu bersten glaubte, und als sie ihm die Hüften entgegenstreckte, um das Tempo zu beschleunigen, merkte sie, dass er ihr noch längst nicht alles von sich gegeben hatte. Doch nun tat er es und glitt so tief in sie hinein, dass sie innerlich zu zerreißen glaubte, und trotzdem war es eine völlig andere Art von Schmerz. Eine angenehme Art von Schmerz. Ein Schmerz, der ihr keine andere Wahl ließ, als die schmale Grenze zwischen Vernunft und Wahnsinn zu passieren.

Auch ihr Körper war schweißnass, als sie sich in wilder Lust noch enger an Armond presste, sich aufbäumte und sich ihm entgegenbog, bis das sich in ihr aufbauende Gefühl so heftig wurde, dass es sich nicht mehr unterdrücken ließ.

Sie erbebte und spürte, wie sich alles in ihr plötzlich zusammenzog. Unbeschreibliche Lust durchflutete sie in Wellen, die sich durch seine immer schneller werdenden Bewegungen sogar noch zusätzlich zu intensivieren schienen. Ihre Nägel bohrten sich so tief in seinen Rücken, dass er blutete, und sie rief seinen Namen und biss ihn in die Schulter, während immer heißere Lustschauer sie durchliefen.

»Nimm deine Beine von mir.«

Seine Stimme kam wie von sehr weit her. Rosalind konnte sich nicht bewegen, sondern sich nur noch an ihm festklammern, als wäre er das einzige Solide auf der Welt. Sie hatte Angst, ihn loszulassen, Angst, irgendwohin zu entschwinden, von wo es kein Zurück mehr gab.

»Rosalind«, knurrte er wieder, während seine Stöße sogar noch tiefer, schneller, härter wurden. Er kämpfte, um sich von ihr freizumachen, erkannte sie, jedoch zu spät, um zu begreifen, dass er sich nur aus ihrer Umklammerung befreien wollte.

Dann, als sie so tief, so vollkommen vereint miteinander waren, dass sie sich fragte, ob er sich je wieder von ihr würde lösen können, versteifte er sich plötzlich, und ein Fluch entrang sich seinen Lippen. Ein schlimmer, sehr, sehr schlimmer Fluch. Der schlimmste, den sie je vernommen hatte. Ein Erschauern durchlief seinen Körper, und tief in sich spürte sie die warmen Fluten seines Höhepunkts.

Wieder erkannte sie zu spät, dass sie der Grund gewesen waren, warum er sich von ihr hatte befreien wollen. Um seinen Samen außerhalb ihres Körpers zu verströmen. Dort wo er harmlos war. Es war, als spürte sie, wie sich ihr Schoß ihm öffnete. Ihn einlud, seine Saat in ihr zu säen, wie es seine Aufgabe im Leben war, und die ihre, seinen Samen zu empfangen.

Er zog sich nach und nach aus ihr zurück und ließ sich, einen Arm über seinen Augen, auf den Rücken fallen, wo er schweigend liegen blieb, bis seine Atemzüge sich beruhigt hatten.

»Gott, was habe ich getan?«, murmelte er dann schließlich.

Trotz ihrer Unerfahrenheit in solchen Situationen erkannte Rosalind natürlich intuitiv, dass das nichts war, was eine Frau von einem Mann hören wollte, nachdem er mit ihr intim gewesen war. Da ihre Emotionen an diesem Abend jedoch von Kühnheit regiert zu werden schienen, erwiderte sie ruhig: »Ich glaube, du hast getan, worum ich dich gebeten hatte. Und trotz meiner Unwissenheit in diesen Dingen glaube ich, dass du es sogar ausgesprochen gut getan hast.«

Er blieb für eine Weile stumm. Dann sagte er: »Beim nächsten Mal, wenn ich dich nehme, darfst du mir nicht erlauben, in dir zu kommen, Rosalind. Mein Samen ist verdorben, und ich möchte nicht erleben, dass er Wurzeln treibt.«

Auch das waren keine Worte, die eine Frau nach dem Liebesakt von ihrem Gatten hören wollte. Im nächsten Moment aber konnte Rosalind die Sache auch von einem anderen Blickwinkel betrachten. »Wird es ein nächstes Mal geben?« Sie stützte sich auf ihre Ellbogen, um Armond anzusehen. »Heute Nacht noch, meine ich?«

Er nahm seinen Arm von seinen Augen. Sie hatten immer noch ein leichtes Glühen. Je länger Rosalind ihn ansah, desto heller leuchteten sie in der sie umgebenden Dunkelheit. »Natürlich werde ich wieder mit dir schlafen«, sagte er. »Und danach noch einmal, und vielleicht sogar noch einmal vor dem Morgen. Ich habe dir ja bereits mehrmals gesagt, dass du vorsichtig mit deinen Wünschen sein sollst.«

Sie seufzte verträumt und legte sich wieder neben ihn. »Na ja, wenn du meinst, du musst ...«

Er war plötzlich wieder über ihr. »Ich muss«, versicherte er ihr.

28. Kapitel

Er hatte sie zweimal gehabt, bevor der erste Schmerz ihn überfiel. Schweißbedeckt und am ganzen Körper zitternd, kauerte Armond nun in einer Ecke des Schlafzimmers, während seine Frau den Schlaf der Erschöpften in seinem Bett schlief. Und obwohl sein ganzer Körper sich vor Schmerz verkrampfte, begehrte er sie schon wieder. War es der Mann, der nicht genug von ihr bekommen konnte, oder war es das Tier, das derart unersättlich war?

Er liebte sie. Er hatte es schon vor den zurückliegenden Stunden gewusst, noch bevor sie eins miteinander geworden waren. Er hatte es von Anfang an gewusst, als er sie auf dem ersten Ball der Saison bei den Greenleys kennengelernt hatte. Er hatte geglaubt, seine Empfindungen zu verleugnen würde ihn vor dem Fluch bewahren. Doch nun hatte der ihn schon fast im Griff. Armond blickte aus dem Fenster, dessen Gardinen sich in der leichten Brise bewegten, als würden sie im Dunkeln tanzen. Er konnte den Mond sehen, der schon beinahe voll war. Wie lange blieb ihm noch? Eine Nacht? Zwei? Höchstens drei.

Rosalind bewegte sich und murmelte im Schlaf seinen Namen. Er konnte nicht zu ihr gehen, nicht in diesem Zustand, nicht, solange er ankämpfte gegen das, was er schon sehr bald werden würde. Und dann dachte er an seinen Vater. Dessen Verzweiflung konnte er nun verstehen. Dessen Angst, womöglich gar seine eigene Frau und Kinder zu verletzen. Die Pistole war zum Schluss sein einziger Freund gewesen. Und dann dachte Armond darüber nach, was die Herzoginwitwe ihm in Bezug auf seine Mutter gesagt hatte.

Sie war an einem gebrochenen Herz gestorben. Sein Vater hatte ihr keine Wahl gelassen an dem Tag, an dem er sich das

Leben nahm. So wie Armond auch Rosalind keine lassen würde, sobald er sich gezwungen sah, aus ihrem Leben zu verschwinden. Doch es gab da etwas, was er unbedingt noch erledigen musste, bevor er ging. Er musste Chapman töten. Und seinen Komplizen ebenfalls.

Armond hatte ausführlich darüber nachgedacht und war zu dem Schluss gekommen, bereits zu wissen, wer Chapman bei seinen an diesen armen Frauen verübten Verbrechen unterstützte. Es war im Grunde nur zu offensichtlich. Morgen, falls der Schmerz nachließ und er der Welt wieder eine normale Fassade präsentieren konnte, würde er sich Gewissheit darüber verschaffen.

»Armond?« Rosalind richtete sich plötzlich im Bett auf, und er sah, wie sie ihren Blick durch das dunkle Zimmer schweifen ließ. Unter ihrer Haut sah er das Blut durch ihre Adern fließen. Er kniff die Augen zu, zwang sich, ganz tief durchzuatmen, damit das Zittern aufhörte, und versuchte den Schmerz zu ignorieren, der ihn innerlich zu zerreißen drohte.

Eine sanfte Hand berührte seine Braue. »Was machst du denn hier auf dem Boden?«

Was konnte er darauf erwidern? Die Wahrheit? Rosalind würde die Wahrheit nicht einmal begreifen können. Das konnten die meisten Leute nicht. Es war egoistisch von ihm, aber er wollte in dem Bewusstsein von ihr gehen, dass sie ihn noch immer liebte. »Ich versuche nur zu verhindern, dich erneut zu lieben«, antwortete er. »Denn sonst denkst du noch, ich sei ein Tier.«

»Wenn du eins bist, hast du auch mich zu einem Tier gemacht«, erwiderte sie leise und beugte sich zu ihm vor, um ihn zu küssen. Armond zog sie zu sich herab und war über ihr, noch bevor ihr Mund den seinen berühren konnte.

Großer Gott. Rosalind fühlte sich wie gerädert. Es gab keine Stelle an ihrem Körper, die nicht schmerzte. Irgendwann in der Nacht hatte Armond sie zu ihrem eigenen Bett gebracht, aus Rücksichtnahme vielleicht, damit sie nicht auf den blutbefleckten Laken schlafen musste, oder vielleicht auch einfach nur aus Rücksichtnahme auf sie selbst. Waren alle Männer so ... viril? Als er sie auf dem Boden genommen hatte, war er unersättlich gewesen. Er war animalisch, ja, fast wild gewesen, und hatte Empfindungen in ihr geweckt, die seinen gleich zu sein schienen.

Er hatte noch etwas getan, was sie verwundert hatte. Er hatte wieder das getan, wovon er ihr gesagt hatte, er dürfte es nie wieder tun. Im Augenblick höchster Ekstase hatte er sich wieder nicht aus ihr zurückgezogen. Warum tat er das, wenn er doch keine Kinder wollte? Vielleicht hatte er seine Meinung ja geändert, diese Hoffnung keimte in ihr. Konnte eine einzige Liebesnacht so viel verändern? Wenn ja, hätte sie ihn vielleicht schon früher dazu bringen sollen, ihre Ehe zu vollziehen.

Ein diskretes Klopfen ertönte an der Tür, und Hawkins rief: »Lord Wulf hat ein Bad für Euch bestellt, und ich habe es in seinem Zimmer vorbereiten lassen, da er sagte, Ihr dürftet nicht zu früh gestört werden.«

Rosalind konnte ein schönes warmes Bad gebrauchen. Und dann auch noch in Armonds Zimmer? Würde er ihr dabei Gesellschaft leisten? Sie stand auf, zog ihren Morgenmantel an und öffnete die Verbindungstür zwischen den Zimmern. Wie von Hawkins angekündigt, stand mitten im Raum eine Wanne voller dampfend heißem Wasser. Das Bett war gemacht, und der Gedanke an die blutbefleckten Laken, die zweifellos bereits ausgetauscht worden waren, ließ sie heiß erröten. Hawkins würde wissen, was sie und Armond in der Nacht zuvor und bis in die frühen Morgenstunden hinein in diesem Raum getan hatten. Alles in dem Zimmer sah sehr ordentlich und aufgeräumt aus, alles war wieder da, wo es hingehörte, alles bis auf eins ... ihr Ehemann.

Die Enttäuschung darüber verdrängte ihre freudigen Gedanken. Sie hatte gehofft, wenigstens mit Armond frühstücken zu können, bevor er das Haus verließ, um zu erledigen, was auch immer er zu erledigen hatte, wenn er nicht zu Hause war. Rosalind ging zu der Wanne, legte ihren Morgenmantel ab und ließ ihren wunden Körper in das dampfend heiße Wasser sinken. Ihre Seifen waren für sie herausgelegt worden, und der Lavendelduft entfaltete schon kurz darauf seine beruhigende Wirkung. Sie lehnte sich zurück und schloss die Augen. Die Erinnerung an den Liebesakt mit Armond zauberte ein leises Lächeln auf ihre Lippen.

Sie hatte von ihm Besitz ergriffen und er von ihr. Dass ihr Tag nicht so begonnen hatte, wie sie es sich gewünscht hätte, bedeutete nicht, dass ihre Beziehung sich nicht so weiterentwickeln würde, wie Rosalind es sich erhoffte. Sie versuchte sich ihre gute Laune zu bewahren. Sie versuchte, nicht an das Nachbarhaus und den dunklen Fleck zu denken, der auch ihr Glück beeinträchtigte. Wenn sie doch nur unwiderlegbare Beweise für Franklins Schuld hätte, dann könnten sie und Armond zu den Behörden gehen und es ihnen überlassen, sich um ihren Stiefbruder zu kümmern.

Rosalind fragte sich, wie es ihrer Stiefmutter ohne ihre tägliche Dosis des ihr von Franklin aufgedrängten Tees ergehen mochte. Hatte die Wirkung der Betäubungsmittel inzwischen vielleicht schon etwas nachgelassen? Würde die alte Dame bald wieder gesunden und in der Lage sein, mit Rosalind zu sprechen? Würde die Aussage der Herzogin gegen Franklin genügen, um die Polizei und das Gericht von seiner Schuld zu überzeugen? Und würde die alte Dame überhaupt gegen ihren Sohn aussagen?

All diese Fragen, die ihr durch den Kopf gingen, machten es Rosalind fast unmöglich, sich in dem warmen Wasser zu entspannen. Sie seifte sich ein, wusch ihr Haar und spülte es nach, dann stieg sie aus der Wanne und trocknete sich mit einem weichen

Frotteehandtuch ab, das Hawkins für sie bereitgelegt hatte. Nachdem sie ihren Morgenmantel wieder angezogen hatte, ging sie in ihr Zimmer, um sich anzukleiden. Als sie so weit war, kehrte sie in Armonds Zimmer zurück. Wieder ging sie durch den Raum und berührte seine persönlichen Sachen, auch wenn sie nur ein trauriger Ersatz für seine Anwesenheit waren.

Auf ihrer Wanderung durch das Zimmer entdeckte sie in einem der offenen Fächer seines Sekretärs ein Buch. Es sah sehr alt aus, und neugierig nahm sie es heraus und überlegte, ob sie es sich ausleihen sollte. Das andere, das sie sich aus Armonds Bibliothek geholt hatte, hatte sie nicht wirklich interessant gefunden. Als sie nun durch die abgegriffenen Seiten blätterte, flatterte ein verblasstes, gelbliches Blatt Papier zu Boden. Rosalind bückte sich und hob es auf.

Der Text darauf war in Latein geschrieben, aber da ihr Vater sie in all den Jahren auf dem Land von Privatlehrern hatte unterrichten lassen, fiel es ihr nicht schwer, die handgeschriebenen Worte zu entziffern. Es schien sich um ein Gedicht zu handeln.

Hawkins klopfte wieder leise an die Tür. »Seid Ihr angekleidet, Lady Wulf?«

Rosalind steckte das Blatt rasch wieder in das Buch und legte es in Armonds Sekretär zurück. »Ja, Hawkins, Sie können hereinkommen.«

Der Diener trat ein. »Lord Wulf bat mich, Euch zu sagen, dass die Herzoginwitwe von Brayberry Euch heute Morgen mit ihrer Kutsche abholen lassen wird. Ich glaube, Ihr sollt zum Maßnehmen zu ihr kommen. Seine Lordschaft dachte, Ihr hättet vielleicht gern die Meinung einer anderen Frau zu den Kleidern, die Ihr Euch anfertigen lassen wollt.«

»Danke, Hawkins«, murmelte Rosalind. »Das war sehr aufmerksam von ihm.« Aber nicht so aufmerksam, wie es von Armond gewesen wäre, zu bleiben und das Frühstück mit ihr einzunehmen. »Würden Sie mir ein Tablett hinaufbringen, Hawkins? Da ich nun weiß, dass ich heute Morgen einen Besuch machen werde, sollte ich mir vielleicht etwas mehr Mühe mit meinem Äußeren geben.«

»Sehr wohl, Mylady«, antwortete Hawkins.

Als er gegangen war, glitt Rosalinds Blick wieder zu dem Buch. Armond hatte ihr gesagt, sie habe völlig freie Hand im Haus. Ob es ihn wohl stören würde, wenn sie sich das Buch auslieh? Sie zog es rasch wieder aus dem Fach und nahm es mit in ihr Zimmer. Dort legte sie es auf das Bett, aber das Gedicht auf dem zusammengefalteten Zettel darin schien sie wie magisch anzuziehen.

Wieder blätterte sie in den Seiten und fand das alte Pergament. Sie hatte gerade erst die erste Zeile übersetzt, als sie schon wieder Hawkins' Klopfen hörte.

»Euer Frühstück, Lady Wulf«, rief er von der anderen Seite der Tür. »Darf ich eintreten?«

Rosalind steckte das Gedicht wieder in das Buch zurück und ging zur Tür, um sie dem Bediensteten zu öffnen.

»Die Kutsche wird Euch in einer halben Stunde abholen, Mylady«, sagte er. »Ich hoffe, das wird reichen.«

Mit seinem kritischen Blick auf ihr unfrisiertes Haar wollte Hawkins ihr wohl zu verstehen geben, dass sie etwas mehr Sorgfalt auf ihr Äußeres verwenden sollte. Rosalind nickte. Sie würde sich beeilen müssen, um ihr Frühstück einzunehmen und ihre Haare aufzustecken. Es blieb ihr keine Zeit mehr, um sich das Gedicht noch einmal vorzunehmen, nahm sich aber vor, sich intensiv damit zu beschäftigen, sobald sie wieder zu Hause war. Schon die erste Zeile hatte sie fasziniert.

Verdammt sei die Hexe, die mich mit diesem Fluch bestrafte.

Die Worte gingen ihr einfach nicht mehr aus dem Kopf, nicht als sie ihr Toastbrot mit Orangenmarmelade aß und die heiße Schokolade trank, und auch nicht während sie sich frisierte. Eine Hexe. Wie merkwürdig, dass Jackson ihr gesagt hatte, er begebe sich auf die Suche nach einer Hexe, um ihr den Garaus zu machen. Und der Fluch? Die Wulfs waren angeblich mit einem Fluch gestraft, mit dem des Wahnsinns, hatte sie geglaubt, doch Armond behauptete, das würde nicht stimmen. Selbst die Herzoginwitwe hielt den Wahnsinn, der Armonds Eltern dahingerafft hatte, nicht für erblich. Nach ihrer Meinung war er vielmehr dem nicht immer leichten Schicksal zu verdanken, das diese bedauernswerten Menschen hatten durchstehen müssen.

Was für Schicksalsschläge das wohl gewesen sein mochten? Und was hatte es mit diesem Fluch auf sich? Rosalinds Neugier war geweckt, sie wollte nur noch so schnell wie möglich zu der Herzoginwitwe und ihrer Anprobe, um bald wieder zu Hause zu sein und noch mehr von dem Gedicht lesen zu können. Vielleicht würde es ihr ja Aufschluss über Armonds Heimlichtuerei hinsichtlich dieses Fluchs geben. Auch wenn sie natürlich gar nicht wissen konnte, ob das vergilbte Pergament überhaupt etwas mit Armond und seinen Brüdern zu tun hatte.

»Die Kutsche Ihrer Gnaden ist soeben eingetroffen«, rief Hawkins vom Flur.

Rosalind ging zum Kleiderschrank und nahm einen Schal heraus, von dem sie hoffte, dass er ihr altmodisches Kleid ein wenig verbergen würde. Dann ging sie quer durch den Raum zur Tür, wobei sie sich mehr als ein Mal umdrehte, um sich zu vergewissern, dass das Buch an Ort und Stelle lag. Schließlich öffnete sie die Tür und folgte Hawkins in die Eingangshalle. Er begleitete sie hinaus, doch sobald der Bedienstete der Herzoginwitwe abgestiegen war und ihr die Kutschentür aufhielt, wünschte Hawkins ihr einen schönen Tag und kehrte zu seinen Aufgaben zurück.

Rosalind ließ sich von dem Diener in den Wagen helfen und dachte, dass es eine ausgesprochen elegante Kutsche war. Aber irgendetwas veranlasste sie, einen Blick über die Schulter auf das Nachbarhaus zu werfen, wo auf dem Balkongeländer ihres früheren Schlafzimmers ein weißes Laken im Wind flatterte.

»Ach, du meine Güte«, wisperte sie erschrocken.

»Mylady?«, fragte der livrierte Diener.

Marys Signal löste einen Wirbel widerstreitender Emotionen in ihr aus. Armond hatte gesagt, sie dürfte nie wieder allein zum Nachbarhaus hinübergehen. Aber dieser dumme Mann blieb ja auch niemals lange genug daheim, um zu verhindern, dass sie sich in ebendiesem Dilemma wiederfand. Was, wenn die alte Dame mittlerweile aus ihrer Lethargie erwacht war und mit ihr reden konnte? Rosalind lehnte die Hilfe des Dieners ab und stieg allein rasch wieder aus der Kutsche.

»Mir ist gerade eingefallen, dass ich vorher noch eine andere Verabredung habe«, sagte sie zu ihm. »Bitte richtet Ihrer Gnaden aus, dass ich sie vielmals um Entschuldigung bitte.«

Da es dem Bediensteten natürlich nicht zustand, irgendwelche Fragen zu stellen, nickte er nur steif, schloss die Tür und ging um die Kutsche herum, um dem Fahrer mitzuteilen, dass sie heimfahren konnten.

Als die Kutsche sich rumpelnd in Bewegung setzte, war Rosalind wieder hin- und hergerissen und wusste nicht, was sie tun sollte. Sie vermutete, dass Armond Hawkins gesagt hatte, sie dürfte nicht mehr allein zum Nachbarhaus hinübergehen, was bedeutete, dass der Diener sich nun womöglich doch das Recht nehmen würde, ihr zu verbieten hinzugehen. Sie würde aber auf jeden Fall hingehen, beschloss sie. Sie würde hinübergehen und Mary sagen, dass sie das Laken nur noch im äußersten Notfall über das Balkongeländer hängen sollte. Wenn Rosalind ihre Stiefmutter sehen musste, würde sie Armond eben einfach bitten müssen, in Zukunft etwas Raum für sie in seinem ausgefüllten Tagesplan zu schaffen, um sie zu begleiten.

Nicht, dass Franklin sie etwa freudig unter seinem Dach willkommen heißen würde. Diese Tatsache ließ sie über noch ganz andere Möglichkeiten nachsinnen, als sie den steinigen Pfad an den Stallungen hinunterging, die Hecke passierte und dann schnell den Rasen überquerte.

Mary hatte die Hintertür offen gelassen, sodass Rosalind das Haus wie immer durch die Küche betreten konnte. Trotz des herausgehängten Lakens war sie jedoch sehr vorsichtig, als sie leise durch den Flur ging und die Treppe hinaufstieg. Franklins Zimmertür stand offen. Der Raum war aber leer. Rosalind eilte die nächste Treppe hinauf und in das Zimmer ihrer Stiefmutter, wo sie zu ihrem Schrecken sah, wie Mary mit der alten Dame rang.

»Nun beruhigt Euch doch, Euer Gnaden!«, sagte die Haushälterin schweratmend. »Ihr verletzt Euch noch, wenn Ihr Euch so herumwerft!«

»Du liebe Güte!«, flüsterte Rosalind und lief dann rasch zu Mary, um ihr beizustehen. »Was geht hier vor?«

»Ich wusste mir nicht mehr zu helfen und habe Euch deshalb das Signal gegeben«, erwiderte Mary völlig außer Atem. »Ich habe ihr gestern den ganzen Tag und auch heute Morgen nicht den Tee gegeben, wie Ihr mir befohlen hattet, und Ihre Gnaden ist plötzlich vollkommen verrückt geworden! Ich wage es nicht, Mr. Chapman über ihren Zustand zu informieren, weil er dann vielleicht herausfinden würde, dass ich seinen Anweisungen zuwidergehandelt habe.«

Rosalind gelang es, die Herzogin an ihren mageren Schultern auf das Bett zurückzudrücken. Dann setzte sie sich neben sie. »Ihr müsst still liegen, Euer Gnaden. Ihr werdet Euch verletzen.«

»Der Tee«, flüsterte die alte Dame mit vom langen Nichtgebrauch ganz rauer Stimme. »Ich brauche meinen Tee.«

Obwohl Rosalind bestürzt war, die Herzogin in einem solch desolaten Zustand anzutreffen, schlug ihr Herz doch gleichzeitig vor Freude höher, dass die alte Dame endlich wieder sprach. »Ihr dürft den Tee nicht trinken, Euer Gnaden«, erklärte sie. »Man hat Euch monatelang Betäubungsmittel mit diesem Tee verabreicht.«

Die Stirn der Herzogin war mit einem feinen Schweißfilm überzogen. Und trotzdem zitterte sie vor Kälte. »Er hat mich abhängig gemacht«, sagte sie zähneklappernd. »Ohne diesen Tee ist mir, als würde ich durchdrehen.«

Als Rosalind Mary angewiesen hatte, den Tee nicht länger aufzubrühen, hatte sie dabei gar nicht in Betracht gezogen, dass die Herzogin unter Entzugserscheinungen leiden könnte. Sie hätte Mary anweisen sollen, den Tee nach und nach ein wenig schwächer aufzubrühen, begriff sie nun. Sie wandte sich ihr fragend zu. »Hast du den Tee noch, den mein Stiefbruder dir für seine Mutter gegeben hat?«

Mary nickte. »Ich hatte Angst, ihn wegzuwerfen, falls der gnädige Herr noch einmal eine Tasse für sich selbst verlangen sollte und merken würde, dass er nicht derselbe ist.«

»Gut«, sagte Rosalind. »Dann lauf hinunter und brüh der Herzogin eine Tasse auf, aber nur sehr schwach«, wies sie die Haushälterin an. »Es war falsch von uns, ihren Konsum dieses Tees so plötzlich zu unterbrechen. Sie hat Entzugserscheinungen.«

»Ich werde ihn so schnell wie möglich bringen«, versicherte Mary ihr. »Der Herd ist noch warm vom Frühstück, da dürfte es nicht allzu lange dauern, bis das Wasser kocht.«

Nachdem Mary gegangen war, um Tee zu kochen, strich Rosalind ihrer Stiefmutter über das Haar und versuchte sie mit sanften Worten zu beruhigen. Obwohl ihr die Entzugserscheinungen der alten Dame Sorge bereiteten, war Rosalind gleichzeitig erleichtert, die Herzogin zum ersten Mal, seit sie in London war, wieder halbwegs lebendig zu sehen. Das ließ sie wieder etwas Hoffnung schöpfen, beunruhigte sie aber auch ein wenig. Was war, wenn ihre Entscheidung der alten Dame mehr geschadet hatte als der Tee?

»Es tut mir so leid«, flüsterte sie, den Tränen nahe. »Ich wollte Euch nur helfen, Euer Gnaden.«

Zu ihrem Erstaunen griff die Herzogin nach ihrer Hand und drückte sie. »Ich habe immer gewusst, dass du hier bei mir warst«, murmelte sie. »Du warst mir ein großer Trost.«

Rosalind zog die magere Hand der alten Dame an ihre Wange. »Er wird damit nicht ungestraft davonkommen«, versprach sie ihrer Stiefmutter. »Dafür werde ich schon sorgen.«

Ein heftiges Zittern schüttelte den ausgemergelten Körper ihrer Stiefmutter. »Du bist in Gefahr«, flüsterte sie. »Er ist ein Ungeheuer. Ich dachte, ich könnte ihn noch ändern, aber leider habe ich versagt.«

»Versucht jetzt lieber nicht zu reden«, sagte Rosalind. »Spart Euch Eure Kraft.«

Mary kam hereingeeilt. »Hier ist der Tee, Mylady«, sagte sie.

Zusammen halfen Rosalind und Mary der Herzogin beim Trinken, und als sie die Tasse geleert hatte, ließ sie sich auf die Kissen zurücksinken und schlief fast augenblicklich wieder ein.

»Ich glaube, jetzt wird sie ruhiger schlafen«, meinte Rosalind zu der Haushälterin. »Gib ihr später noch ein bisschen mehr, aber mach jede Tasse schwächer als die letzte, bis ihr Körper ohne die Droge zurechtkommt.«

»Zumindest spricht sie wieder«, stellte Mary fest. »Und bewegt sich, was sie schon seit Monaten nicht mehr getan hat.«

Rosalind verließ die alte Dame nur sehr ungern, aber sie war sowieso schon zu lange geblieben. »Mary, häng das Laken nur noch über den Balkon, wenn du mich unbedingt sehen musst. Ansonsten kann ich nur noch kommen, wenn Armond mich begleitet. Mein Stiefbruder ist gefährlich«, klärte sie die Haushälterin auf. »Du musst dich sehr vor ihm in Acht nehmen, und er darf auf keinen Fall erfahren, was du und ich mit seiner Mutter tun.«

»Dass er nicht ganz richtig im Kopf ist, habe ich mir eigentlich schon immer gedacht«, erklärte Mary. »Im Grunde bin ich nur der Herzogin zuliebe hier geblieben.«

»Ich muss jetzt gehen.« Rosalind erhob sich von dem Bett ihrer Stiefmutter. »Falls ihr Zustand sich verschlechtert, Mary, hängst du wieder das Laken heraus. Dann komme ich, so schnell ich kann.«

Die Haushälterin nickte. Rosalind eilte aus dem Zimmer und schlich die Treppe hinunter. Sie atmete erst wieder auf, als sie die Hecke zwischen den beiden Anwesen erreichte und sich dann wieder auf dem steinigen Weg zu dem Haus befand. Sie hoffte, Armond zu Hause anzutreffen, als sie das Haus betrat. An der Stille erkannte sie jedoch, dass er noch nicht wieder heimgekehrt war. Hawkins schien überrascht darüber, sie zu sehen.

»Schon wieder zurück, Mylady?«

Sie murmelte nur ein schuldbewusstes ›Ja‹ und flüchtete sich in ihr Zimmer. Sobald sie die Tür hinter sich geschlossen hatte, begann sie unruhig auf und ab zu gehen. Wo war Armond? Sie musste mit ihm reden. Sie war zu dem Schluss gekommen, dass es erforderlich sein könnte, die Herzogin ohne Franklins Wissen aus dem Haus herauszuholen. Rosalind musste ihren Zustand überwachen und stets in ihrer Nähe sein, um notfalls einen Arzt kommen zu lassen. In ihrer gegenwärtigen Lage konnte sie so gut wie gar nichts für die alte Dame tun.

Doch der Tag verstrich, und Armond kam nicht heim. Wo war er nur?

29. Kapitel

Armond saß in seiner Kutsche und beobachtete das Büro des Immobilienmaklers. Männer waren gekommen und gegangen, aber nicht der Mann, den Armond suchte. Der Schmerz, der ihn gestern Nacht beinahe innerlich zerrissen hatte, hatte nachgelassen, sodass er einen ganz normalen Tag hatte verbringen können. Er fragte sich, wann der Schmerz sich wieder einstellen würde. Wann er nicht mehr in der Lage sein würde, die Auswirkungen des Fluches, der ihn heimzusuchen drohte, abzuwenden. Er hatte das Gefühl, als ob die Zeit schon knapp würde, und er hatte immer noch die Angelegenheit mit Chapman und seinem Komplizen schnell und wirkungsvoll zu regeln.

Er bückte sich, um einen kleinen Beutel aufzuheben, bevor er aus der Kutsche stieg und zu dem Büro hinüberging. Der Makler blickte auf, als Armond eintrat, und seinen Augen hinter den Brillengläsern war anzusehen, dass er den Besucher gleich erkannte.

»Ihr seid also zurückgekommen?«

Armond ging zum Schreibtisch des Mannes, setzte sich ihm gegenüber und beschloss, nicht lange um den heißen Brei herumzureden. »Gehört Viscount Harry Penmore zu Ihren Kunden?«

Der Makler blinzelte, bevor er stammelte: »Ich habe Euch doch schon gesagt, dass ich Euch keine Informationen über meine Kunden geben kann.«

Zu spät. Am Gesicht des Mannes hatte Armond schon gesehen, dass der Makler Penmores Namen kannte. »An was für einer Immobilie ist er derzeit interessiert?«, beharrte Armond.

»Das kann ich Euch nicht sagen«, sträubte sich der Mann. »Wer seid Ihr? Und mit welchem Recht ...«

»Ich bin Lord Wulf, der Marquis von Wulfglen und Graf von

Bumont«, unterbrach er den Mann. Dann bückte er sich nach dem mitgebrachten Beutel, öffnete ihn und nahm mehrere Bündel Geldscheine heraus, die er auf den Tisch des Mannes legte. »Ich möchte das Haus kaufen, nach dem Penmore sich zuletzt erkundigt hat.«

Der Makler machte große Augen. »Aber Ihr habt ja nicht mal nach dem Preis gefragt.«

»Ich denke, das dürfte mehr als ausreichend sein, oder nicht?«

Der Mann leckte sich über die Lippen, als er nach den Bündeln griff. »Ja«, stimmte er zu.

»Ich will von Ihnen die Adresse des Hauses und den Schlüssel, und zwar jetzt sofort.«

»Selbstverständlich.« Das strähnige Haar des Mannes wippte wild auf seinen Schultern, als er nickte.

Armond schlug mit der flachen Hand auf die des Mannes. »Und Sie werden niemandem – und ganz besonders Viscount Penmore nicht – erzählen, dass der Besitz bereits verkauft ist.«

»Der kauft doch sowieso nie was«, beklagte sich der Makler. »Er will bloß wissen, was gerade leer steht.«

Und Armond wusste auch sehr gut, warum Penmore sich einzig und allein dafür interessierte. Aber diesmal würde *er* Chapman und Penmore eine Falle stellen. Diesmal würde er sich hinter dem Haus verstecken, das sie für ihre finsteren Taten benutzen wollten. Diesmal würden sie ihm nicht entkommen.

Mit der Besitzurkunde und dem Schlüssel für die gerade erstandene Immobilie verließ er das Büro des Maklers. Armond wollte rasch noch einen kurzen Rundgang durch das Haus machen, das ihm jetzt gehörte, bevor er zu der Herzogin fuhr, um zu sehen, wie weit Rosalind mit ihrer Anprobe gekommen war.

Rosalind. Der bloße Gedanke an sie brachte sein Blut schon in Wallung. Ein leises Schuldbewusstsein beschlich Armond bei der Erinnerung daran, wie rücksichtslos er in der vergangenen Nacht gewesen war. Ihr jungfräulicher Körper war noch nicht an die

Ansprüche gewöhnt, die er an sie gestellt hatte. Er hatte sich heute Morgen dazu zwingen müssen, das Haus zu verlassen, um nicht erneut über sie herzufallen. Nun, da sie sich ihm hingegeben hatte, konnte er ihr nicht mehr widerstehen. Er konnte nicht genug von ihr bekommen. Er fragte sich, ob das überhaupt jemals geschehen würde. Aber andererseits würde ihm diese Möglichkeit ja ohnehin schon bald genommen werden. Rosalind würde ihm genommen werden. Ja, selbst sein Leben, so wie er es bisher gekannt hatte, würde ihm schon bald genommen werden.

Ein Leben, das ohnehin nichts Großartiges gewesen war, bis Rosalind aufgetaucht war. Sobald der Fluch ihn heimsuchte und übermannte, würde er sie verlassen. In der Hoffnung, dass seine Brüder keiner Menschenseele etwas über seinen Verbleib verrieten, würde er Zuflucht auf dem Landgut der Familie suchen. Gabriel würde seinen Platz in der Welt einnehmen, und Armond würde erdulden, was immer auch von seinem Leben übrig blieb. Rosalind könnte dann wieder heiraten, vorausgesetzt, sie fände einen Mann, der bereit war, über ihre alles andere als akzeptable erste Ehe hinwegzusehen.

Der Gedanke an Rosalind als Ehefrau eines anderen Mannes ließ Armond seine Finger noch fester um den Beutel schließen, den er noch immer in der Hand hielt. Er wollte nicht, dass ein anderer sie berührte, aber seine Wünsche waren mehr als egoistisch. Sie sollte alles haben, was sie verdiente. Ein wunderbares Leben, eine glückliche Ehe und Kinder. *Kinder*. Bei diesem letzten Gedanken verkrampften sich seine Finger noch fester in den Beutel. Was für ein Teufel hatte ihn geritten, sich gestern Nacht nicht nur einmal, sondern sogar zweimal in ihr zu verströmen? Aber er wusste nur zu gut, was von ihm Besitz ergriffen hatte. Er brauchte jetzt nur noch darauf zu warten, dass es ihn voll und ganz in Besitz nahm.

Rosalind beschäftigte sich derweil mit dem Gedicht, das sie in ihrer Sorge um die Herzogin schon fast vergessen hatte. Es war schwieriger zu übersetzen, als sie ursprünglich gedacht hatte. Der Abend nahte, und draußen begann es schon langsam dunkel zu werden. Sie trat noch näher ans Fenster. Einige Zeilen waren weniger verblasst als andere und zogen als erste ihren Blick auf sich. Sie las sie laut.

»›*Verraten von der Liebe, von meiner eigenen falschen Zunge,/ hieß sie den Mond, mich zu verwandeln./Der Familienname, einst mein ganzer Stolz,/ wird zum Tier, das mich bedrängt.*‹«

Welcher Familienname? Ihr Blick glitt zu der Signatur unter dem Gedicht. Sie hatte den Namen des Autors bisher überhaupt nicht beachtet, weil gerade der letzte Teil des Gedichts besonders verblasst war. Rosalind kniff die Augen zusammen, bis sie die Unterschrift schließlich entziffern konnte. »Wulf«, flüsterte sie.

Auf ihren Armen bildete sich eine Gänsehaut. Die feinen Härchen an ihrem Nacken richteten sich auf, und ihre Augen wurden feucht. Sie blinzelte und starrte aus dem Fenster, bis sie wieder klarer sehen und weiterlesen konnte. Sie wollte sich gerade wieder dem Text zuwenden, als ihr Blick, der gerade noch ziellos durch die Gegend gestreift war, am Nachbarhaus hängen blieb. Das dort über dem Balkon hängende Laken ließ das Gedicht erneut in den Hintergrund treten.

Wenn Mary das Laken wieder aufgehängt hatte, musste etwas vorgefallen sein. Vielleicht hatte sich der Zustand ihrer Stiefmutter verschlechtert? Die alte Dame könnte im Sterben liegen, und Mary würde nicht wissen, was zu tun war. Rosalind lief zu ihrem Nachttisch und legte das Blatt mit dem Gedicht wieder auf das Buch. Sorge verdrängte jetzt die beklemmenden Worte, die sie gelesen hatte, und sie rannte die Treppe hinunter, flog buchstäblich durchs Haus und aus der Eingangstür, über den steinigen Pfad am Stall entlang, an den Hecken vorbei und über den die beiden Grundstücke verbindenden Rasen.

Sie keuchte, als sie das Nachbarhaus erreichte. Die Hintertür stand offen, wie fast immer, wenn Mary ihr ein Zeichen gab und dann wieder zu der Patientin zurückeilen musste. Rosalind betrat und durchquerte schnell die Küche, hastete durch das Speisezimmer und an dem vorderen Salon vorbei zur Treppe. Sie hatte schon fast den zweiten Treppenabsatz erreicht, als eine Stimme sie plötzlich innehalten ließ.

»Hallo, Rosalind.«

Erschrocken schnappte sie nach Luft und fuhr herum. Franklin stand mitten im Korridor, trat dann zu ihr und versperrte ihr so den Weg zurück nach unten.

»Wo ist Mary?«, keuchte sie und versuchte, wieder zu Atem zu kommen und ihre jäh aufsteigende Panik zu verbergen.

»Ich fand, dass sie ihre Tochter wieder einmal besuchen sollte«, antwortete er. »Ich sagte ihr, ich würde mich heute Abend schon selbst um meine arme Mutter kümmern.«

Rosalinds Blick glitt zur Treppe, die zum Zimmer der Herzogin hinaufführte.

»Sie schläft, wie immer«, sagte Franklin. »Ich wollte dich sehen, Rosalind. Ich weiß von dem Laken, und du hättest auch deine Unterröcke nicht einfach so auf dem Balkon herumliegen lassen sollen. Ich habe sie gefunden, als ich an jenem Tag kurz nach dir das Haus verließ. Heute Morgen habe ich so getan, als ginge ich, habe aber gewartet, um zu sehen, ob Mary das Laken wieder hinaushängen würde. Als sie es tat und ich dich kurz darauf über den Rasen eilen sah, wurde mir klar, was hier gespielt wird. Dass du jedes Mal, wenn ich aus dem Haus war, meine Mutter besucht hast.«

»Du hast mir eine Falle gestellt«, flüsterte Rosalind.

Er schenkte ihr ein Lächeln, das aber seine Augen nicht erreichte. »Du hast mir leider keine andere Wahl gelassen. Penmore ist die ewigen Stellvertreterinnen leid. Er will dich.«

»Penmore?« War dieser abscheuliche Mann Franklins Komplize bei den Morden? Das war durchaus vorstellbar. Der Mann hatte mehr als nur die Spielschulden gegen ihren Stiefbruder in der Hand. Kein Wunder, dass Franklin derart unter Penmores Fuchtel stand. »Er trägt genauso viel Schuld wie du«, sagte sie.

Franklin zuckte mit den Schultern. »Aber sein Titel und sein Reichtum machen sein Wort gewichtiger als meins. Er spielt gern Spielchen, Rosalind. Lydia war als Zeichen für mich gedacht, dass ich ihm besser nichts verweigern sollte, nicht mal dich. Er zwang mich, später noch einmal auszugehen und eine weitere tote Frau in Wulfs Stallungen zu hinterlassen, damit ich wegen der in meinen eigenen vier Wänden aufgefundenen Toten nicht unter Verdacht geriet. Er ist rücksichtslos, wenn es um das Durchsetzen seiner Interessen geht. Ein Jammer, dass er sich ausgerechnet für dich interessieren musste, Rosalind.«

»Warum hast du mich nach London geholt?« Sie verstand Franklins Motive jetzt nicht mehr. Denn wenn er nur einen hohen Brautpreis für sie hätte erzielen wollen, um seine Spielschulden zu begleichen, hätte Penmore immer noch den Mord an Bess O'Conner, mit dessen Aufdeckung er Franklin drohen konnte.

»Ich hatte schon einen Plan gefasst, ihm zu entkommen«, gab er zu. »Ich dachte, wenn ich dich zu einem hohen Brautpreis loswürde, das Haus verkaufte und die Erbschaft meiner Mutter von deinem Vater einkassieren würde, nachdem ich ihr genügend Zeit gelassen hatte, ihrer langen Krankheit zu erliegen, könnte ich ihm entkommen. Dann hätte ich mit genügend Geld ins Ausland gehen können, um mir einen Titel zu kaufen und das Leben zu führen, das dein Vater mir verweigert hatte. Ich hatte nur leider nicht damit gerechnet, dass Penmore dich sehen und beschließen würde, dass er ausgerechnet dich haben musste.«

Franklins Geständnis brachte Rosalind in Wut. Er würde jeden zu seinem eigenen Vorteil benutzen. Er besaß nicht das kleinste bisschen Herz. »Wenn du deine eigene Mutter umbringen würdest, um finanziell von ihrem Tod zu profitieren, bist du ein ebensolches Ungeheuer wie dieser Penmore.«

»Ich weiß«, gab Franklin zu, aber dann zuckte er mit den Schultern. »Die Welt ist voller Ungeheuer, Rosalind. Mein Vater war eins. Das wusstest du nicht, was? Er hat meine Mutter geschlagen, er hat mich geschlagen. Was für ein Pech für ihn, dass er mich an jenem Tag im zarten Alter von zehn Jahren auf die Jagd mitgenommen hat und ich das Gewehr auf ihn gerichtet und ihn erschossen habe. Ich glaube, meine Mutter hat damals gedacht, dass ich nach dem Tod meines Vaters vielleicht noch eine Chance hätte, aber sie hat sich geirrt. Zu der Zeit war es schon zu spät. Ich hatte bereits gelernt, dass ich mich nur dann gut fühlte, wenn ich die Kontrolle über andere Menschen hatte, wenn ich ihre Schwächen ausnutzen und sie quälen konnte, so wie er es immer tat.«

Für Franklin zählte sie zu den Schwachen. Das war schon immer so gewesen, wurde Rosalind nun klar. Wahrscheinlich hielt er sogar alle Frauen für schwach. Aber sie war nicht schwach, auch wenn er sie so tyrannisiert hatte, dass sie beinahe den Mut verloren hatte. Aber dann hatte Armond sie gerettet und der Gedanke an ihn ließ sie auch jetzt wieder ihre Angst niederringen. Sie konnte sich nicht entsinnen, ob sich an der Tür der Herzogin ein Schloss befand. Einen Versuch war es wert, auch wenn sie Franklin nur für kurze Zeit aufhalten konnte. Vielleicht würde sie irgendetwas in dem Zimmer finden, das sie als Waffe gegen ihn benutzen konnte. Sie stürzte auf die Treppe zu.

Franklin holte sie ein, bevor sie auch nur halb oben war. Er packte sie an ihrem langen Haar und zerrte sie zurück. Sie schrie, worauf er mitleidlos eine Hand auf ihren Mund presste. Obwohl sie sich mit aller Kraft zur Wehr setzte, zerrte er sie die Treppe ins Erdgeschoss hinunter.

Rosalind trat nach ihm und biss ihn in die Hand, mit der er ihr den Mund zuhielt. Er fluchte wild und ließ sie los. Sie kam jedoch nur ein paar Schritte weit, bevor er sie erneut an den Haaren packte, sie zu sich herumriss und sie schlug. Sie so hart schlug, dass bunte Flecken vor ihren Augen tanzten, bevor alles um sie herum in vollkommener Dunkelheit versank.

30. Kapitel

Armond war schlecht gelaunt, als er nach Hause kam. Er war zu der Herzoginwitwe gefahren, um Rosalind abzuholen, hatte dort aber erfahren müssen, dass sie nicht einmal erschienen war. Der Diener der alten Dame hatte ihm erzählt, seine Frau habe sich plötzlich an eine andere Verabredung erinnert, die sie ganz vergessen hatte. Was für eine Verabredung? Zu Hause erwartete Hawkins ihn schon an der Tür.

»Ist Lady Wulf zu Hause?«

Der Diener blinzelte. »Ich denke schon, Mylord. Ich habe sie allerdings nicht mehr gesehen, seit ich vor einiger Zeit hinaufging, um ihr zu sagen, wann das Abendessen aufgetragen wird.«

Armond ging an Hawkins vorbei und wandte sich zur Treppe. In seinem Zimmer hing noch der Lavendelduft von Rosalinds morgendlichem Bad in der Luft. Einen Moment lang atmete er ihn ein, dann ging er in ihr Zimmer. Aber sie war nicht dort. Als er sich umblickte, entdeckte er ein Buch auf ihrem Nachttisch, auf dem ein zusammengefaltetes Stück Pergament lag. Armonds Herz begann wild zu pochen. Nachdem er einmal tief durchgeatmet hatte, ging er auf den Nachttisch zu. Er wusste, was es war, bevor er es in die Hand genommen und sich vergewissert hatte. Das Gedicht. Das vor langer Zeit von dem ersten Wulf, den der Fluch getroffen hatte, geschriebene Gedicht.

Dann wusste Rosalind es also schon. Bestimmt hatte sie das Gedicht gelesen und erkannt, dass es mit ihm, seinen Brüdern und dem Familienfluch zusammenhing. Armonds Hand zitterte, als er das vergilbte Stück Papier wieder auf das Buch zurücklegte. Er musste mit ihr darüber reden, ihr erklären, was er wusste, sie warnen vor dem, was kommen würde, und sie bitten, ihm zu vergeben, dass er es ihr nicht schon früher gesagt hatte. Und er konnte nur noch hoffen, dass sie ihn nicht hassen oder, was noch schlimmer wäre, fürchten würde. Aber wo war sie überhaupt? War sie in panischer Angst davongelaufen? Und wenn ja, wo würde sie dann Zuflucht suchen?

Armond beschloss, erst einmal das ganze Haus zu durchsuchen. Wenn Hawkins Rosalind nicht hatte weggehen hören, versteckte sie sich vielleicht nur. Der Gedanke verursachte ihm Übelkeit. Dass sie sich irgendwo vor ihm versteckte, weil sie glaubte, er könnte ihr womöglich etwas antun. Und er wusste nicht einmal mit Sicherheit, dass er es nicht tun würde, wenn die Bestie erst einmal Besitz von ihm ergriffen hatte. Armond begann mit einer gründlichen Durchsuchung des Hauses und versuchte seine wachsende Besorgnis vor seinem Diener zu verbergen. Er fand seine Frau aber nicht und roch sie auch in keinem der unbenutzten Räume oder in den Zimmern, die seine Brüder zu bewohnen pflegten, wenn sie sich in der Stadt aufhielten.

Schließlich beendete er seine Suche in Rosalinds Zimmer und suchte dort wieder nach Hinweisen, wohin sie sich geflüchtet haben könnte. Er ging im Raum herum und folgte ihrem Duft, den er an bestimmten Stellen, an denen sie sich zuletzt aufgehalten haben musste, stärker wahrnahm als an anderen. Eine dieser Stellen lag direkt neben dem Fenster. Völlig durcheinander, blieb er vor dem Fenster stehen und starrte hinaus. Er hatte gehofft, wenigstens noch eine Nacht mit ihr zu haben, noch einen Tag, an dem sie ihn ansehen konnte und nur einen Mann vor Augen haben würde. Wenn sie wirklich nicht mehr da war, wie war sie dann aber von hier fortgekommen?

Ein Besuch in den Stallungen schien ihm der nächstliegende Schritt zu sein. Vielleicht hatte sie ihr Pferd genommen. Armond wollte sich schon abwenden, als sein Blick plötzlich an etwas hängen blieb. An einem Laken, das über die Balkonbrüstung des Nachbarhauses geworfen war. Das Signal der Haushälterin an

Rosalind, dass Chapman nicht zu Hause war und sie die Herzogin besuchen konnte.

Armond wandte sich vom Fenster ab und ging rasch zur Treppe. Er merkte, dass er schon beinahe rannte. Und kaum hatte er das Haus verlassen, rannte er tatsächlich, jagte buchstäblich den steinigen kleinen Pfad entlang und an den Stallungen vorbei. Die Hintertür des Nachbarhauses war geschlossen und verriegelt. Er lief zum Vordereingang, der aber ebenfalls geschlossen war. Armond benutzte den schweren Türklopfer, um auf sich aufmerksam zu machen. Niemand öffnete ihm. Wieder rannte er um das Haus herum zum Kutschenhaus und warf einen raschen Blick hinein. Die Kutsche stand noch dort, der Phaeton aber fehlte. Und in dem Gebäude waren auch keine Dienstboten zu hören oder zu sehen.

Armond hob den Blick zum Balkon, an dem das Laken in der leichten Brise flatterte. Entschlossenen Schritts ging er zum Spalier und begann daran hinaufzuklettern. Die Balkontüren waren unverschlossen. Er durchquerte Rosalinds früheres Zimmer und trat dann auf den Gang hinaus. Das Haus war wie ausgestorben. Aber jemand musste da sein. Rosalinds Stiefmutter, die Herzogin. Armond wandte sich zur Treppe und eilte in den zweiten Stock hinauf. Die Tür stand offen, der Raum war schwach erleuchtet, und die alte Dame lag schlafend im Bett. Er trat zu ihr und blickte nachdenklich auf sie herab.

Irgendetwas sagte ihm, dass Rosalind sich in Gefahr befand. Ihr Duft war in dem Haus … und Chapmans auch. Er schüttelte die alte Frau ein wenig. Sie schlug die Augen auf und blickte zu ihm auf.

»Wo ist Rosalind, Euer Gnaden? Wisst Ihr, wo sie ist?«, fragte er.

Die Herzogin schloss die Augen wieder. Armond wandte sich zum Gehen. Er würde das ganze Haus auf den Kopf stellen …

»*Er* hat sie«, ertönte eine raue Stimme vom Bett. »Ich habe sie schreien gehört, konnte aber nichts tun, um ihr zu helfen. Ihr müsst sie retten. Er ist ein Ungeheuer.«

Armonds Blut gefror in seinen Adern. Chapman hatte Rosalind? Erneut trat er an ihr Bett. »Wo ist Eure Haushälterin? Ich kann Euch nicht allein hier lassen.«

»Ich glaube, er hat sie für den Abend weggeschickt«, kam die leise Antwort. »Sie weggeschickt, damit er seine schmutzigen Taten begehen kann. Ihr müsst ihn aufhalten. Er ist verrückt. So verrückt, wie es sein Vater war. Ich habe gehofft, dass er sich ändern wurde. Ich habe versucht, seine Seele zu retten, es aber nicht geschafft. Das ist mir klar geworden, als er diese arme Frau in meinem eigenen Haus so furchtbar geschlagen hat. Ich habe ihre Schreie gehört. Es ist auf einer seiner Partys geschehen, die wie so häufig außer Kontrolle geraten war. Er wollte jemand anderem die Schuld daran in die Schuhe schieben. Ich habe ihm gesagt, das könnte er nicht tun. Ich habe ihm gesagt, er müsste seine Verbrechen gestehen und die Verantwortung übernehmen. Und da wandte er sich auch gegen mich.«

»Ich kann Euch nach nebenan zu mir nach Hause bringen, Euer Gnaden«, bot Armond der alten Dame an.

»Nein«, erwiderte sie fest. »Mein Leben ist vorbei. Aber Rosalinds hat eben erst begonnen. Sie ist verliebt. Sie hat es mir erzählt. Allerdings konnte sie nicht wissen, dass ich sie gehört und verstanden habe. Ihr müsst Euch unverzüglich auf die Suche nach ihr machen und sie vor diesem Ungeheuer retten.«

Die Herzogin hatte recht. Er durfte keine Zeit verlieren. Gott sei Dank wusste er, wohin Chapman Rosalind bringen würde. Und Gott sei Dank besaß er auch den Schlüssel zu dem Haus. Er würde Chapman heute Abend töten. Ihn töten, weil er es gewagt hatte, Rosalind noch einmal anzurühren. Ihn töten, damit er sie nie wieder bedrohen konnte.

Als Rosalind die Augen aufschlug, sah sie ihren Stiefbruder, der an einer Wand lehnte und sie anstarrte. Kerzen flackerten in dem beinahe völlig leeren Raum. Sie selbst lag auf einer schmutzigen Matratze auf dem Boden. Ihr Kinn tat weh. Wahrscheinlich war es mit Prellungen übersät. Ihre Hände waren hinter dem Rücken gefesselt und auch ihre Füße hatte Franklin an den Knöcheln mit einem Seil zusammengebunden.

»Was hast du mit mir vor?«, fragte sie und hasste das Zittern in ihrer Stimme, vor allem weil es Franklin zu einem hämischen Grinsen veranlasste.

»Ich weiß nicht, ob du das wirklich wissen willst«, gab er zurück. »Aber andererseits möchte ich es dir doch gerne sagen, und deshalb werde ich es auch tun. Du erinnerst dich vielleicht, dass ich dir irgendwann erzählt habe, dass Penmore ein Problem mit seiner Männlichkeit hat.«

Sie nickte.

»Tja, in diesem Zusammenhang habe ich dir aber noch nicht alles gesagt.« Er löste sich von der zerbröckelnden Wand, an der er lehnte, und begann vor Rosalinds Matratze auf und ab zu gehen. »Das Problem hat Penmore in der Tat, aber durch puren Zufall entdeckte er in jener Nacht, in der er und diese Bess O'Conner bei mir zu Gast waren, dass es etwas gibt, das ihm bei seinem Problem eine enorme Hilfe ist.«

Rosalind versuchte ihre Hände, die sich schon völlig taub anfühlten, zu bewegen. Franklin stieß ihr jedoch sofort seine Stiefelspitze in die Rippen und zwang sie stillzuliegen.

»Hör zu, wenn ich mit dir rede. Du kannst mir ohnehin nicht entkommen«, versicherte er ihr. »Wo war ich stehen geblieben? Ah ja. Wir tranken und spielten Karten, und als ich beschloss, dass ich Bess O'Conner haben wollte, nahm ich sie dort direkt im Salon. Es erregte Penmore anscheinend sehr, mir dabei zuzusehen, aber als er sich Bess vornehmen wollte, weigerte sie sich, seinen Wünschen zu entsprechen. Ich schlug sie ein bisschen, um ihr klarzumachen, dass sie auch Penmore zu Diensten zu stehen hatte, aber dieses kleine Miststück fing an zu schreien und wehrte sich mit aller Kraft.

Meine Mutter schlief oben, daher konnte ich sie natürlich nicht weiterschreien lassen. Und so schlug ich sie noch ein bisschen kräftiger.« Er seufzte. »Ich schlug sie sogar ziemlich heftig. Und ich würgte sie dann auch. Es erregte Penmore noch weitaus mehr, mich die Frau schlagen zu sehen, als mich mit ihr beim Geschlechtsakt zu beobachten. Ich dachte, ich hätte sie umgebracht. Penmore nahm sie, als er sie bereits für tot hielt. Und da hörte ich plötzlich meine Mutter von der Treppe rufen. Da ich verhindern musste, dass sie in den Salon kam und die Tote sah, bin ich schnell zu ihr hoch gegangen und habe mich eine Zeit lang mit ihr unterhalten. Penmore, der Idiot, machte sich einen starken Drink und wandte Bess O'Conners blutigem, zerschlagenem Körper den Rücken zu.«

»Aber sie war noch gar nicht tot«, sagte Rosalind.

Franklin bückte sich mit einem Mal und legte ihr die Hände um die Kehle. »Ich erzähle die Geschichte! Also halt den Mund!«

Rosalind rang nach Atem. Franklin merkte offenbar, dass er sie beinahe umbrachte und gab ihren Hals wieder frei. Dann richtete er sich auf, zupfte seinen Rock zurecht und begann von neuem unruhig auf und ab zu gehen.

»Die Hure ist durch die Hintertür entkommen und hat es tatsächlich geschafft, sich bis zum Nachbarhaus und in die Ställe deines Herrn Gemahls zu schleppen. Ich lief ihr nach, sah dann aber den Schuft nach Hause kommen. Und da wurde mir plötzlich klar, was für ein unglaubliches Glück ich hatte. Jeder weiß, dass diese Wulfs gefährlich sind, dass sie allesamt verrückt wie tolle Hunde sind. Lord Wulf würde noch verdächtiger erscheinen als je zuvor, wenn er so unvernünftig wäre, die Polizei zu rufen, was er aber selbstverständlich sofort tat. Und damit war die Sache für mich ausgestanden, dachte ich.«

Aber Penmore wollte mehr, hätte Rosalind nun gerne eingewandt, traute sich aber nicht, noch etwas zu sagen. Nicht, solange sie gefesselt und Franklin Chapman hilflos ausgeliefert war.

»Penmore hatte das Ganze so gut gefallen, dass er sagte, wenn wir es nicht wieder täten, würde er mich wegen Mordes an den Galgen bringen. Immerhin war ich derjenige, der Bess O'Conner verprügelt hatte und somit auch die Schuld daran trug, dass sie starb. Und dadurch hatte er mich in der Hand, nicht nur wegen der Spielschulden, die ich ihm zurückzahlen musste, sondern auch wegen dem Mord.«

Franklin hielt inne, um sich mit dem Rockärmel den Schweiß von der Stirn zu wischen. »Wir versuchten eine Zeit lang, jene Nacht zu wiederholen, ohne die Huren dabei zu töten. Aber das genügte Penmore nicht. Sein Glied blieb wieder schlaff, und wir mussten uns immer neue Spielchen ausdenken, um ihn bei Laune zu halten. Er zog die Prostituierten gern wie Damen an. Dann konnte er so tun, als nähme er sich eine unschuldige junge Dame der Gesellschaft vor, was er ohne schwerwiegende Folgen natürlich niemals hätte tun können ... oder zumindest nicht, bis du hier aufgetaucht bist.

Ich hätte es kommen sehen müssen«, gab er zu, als wäre das, was er erzählte, nur ein kleiner Fauxpas, für den er kaum mehr als einen Klaps verdiente. »Er wusste, dass du außer mir und meiner Mutter, die ich übrigens unter Drogen setzen musste, damit sie den Mund hielt, keine Familie mehr hast. Als meine Mutter von der toten Frau erfuhr, die nebenan gefunden worden war, wusste sie, dass ich die Frau getötet hatte. Sie versuchte mich dazu zu bringen, zur Polizei zu gehen, die Wahrheit zu gestehen und die Verantwortung für meine Tat zu übernehmen. Ich tat, als zöge ich es in Betracht, aber nur so lange, bis ich sie von dem speziell für sie gemischten Tee abhängig gemacht hatte. Von diesem mit Opium versetzten Tee. Den Rest kennst du.«

»Aber warum war Penmore so versessen darauf, mich zu heiraten?«, fragte Rosalind.

»Um beides auf einmal zu haben, Schwesterherz. Eine junge Dame der Gesellschaft, die er wie eine Hure behandeln kann und die niemanden mehr hat, der ihr zu Hilfe kommen könnte. Deine Eltern sind tot. Du hast niemanden mehr außer mir. Und zweifelsohne wäre ich derjenige gewesen, der deine Kinder gezeugt hätte, Rosalind. Selbst wenn Penmore den Akt an sich zustande bringen würde, glaubt er nicht, dass sein Samen stark genug wäre, um eine Frau zu schwängern.«

Es war mehr als Furcht, was Rosalind erschaudern ließ; sie erschauderte vor Ekel. »Was hast du mit mir vor?«, wiederholte sie ihre ursprüngliche Frage.

Franklin hockte sich wieder neben sie. »Was immer wir auch wollen.«

Plötzlich hörte sie Schritte, die sich dem Zimmer näherten, und kurz darauf trat Penmore ein. Er grinste breit, als er sie sah. »Lady Rosalind – oder vielmehr Lady Wulf«, berichtigte er sich. »Wie schön, Euch heute Abend hier zu sehen.«

»Das könnt ihr euch nicht erlauben«, sagte Rosalind zu den beiden Männern. »Mein Mann weiß, was du vorhast, Franklin. Und er weiß auch, dass Ihr daran beteiligt seid, Penmore.« Sie war sich dessen nicht ganz sicher, nahm aber an, dass Armond sich das inzwischen zusammengereimt hatte.

»Euer Mann ist wirklich ziemlich lästig«, stellte Penmore bissig fest. »Und ich werde ihm auch nie verzeihen, dass er mir mein rechtmäßiges Eigentum gestohlen hat. Er hat alles verdorben.«

»Er wird Euch umbringen, wenn einer von Euch mich auch nur anrührt«, versicherte sie ihnen.

Die beiden Männer sahen sich an und lächelten milde. »Der Clou ist«, sagte Penmore, »dass wir es so aussehen lassen werden, als hätte *er* Euch umgebracht. Euch und alle anderen in letzter Zeit hier ermordet aufgefundenen Frauen. Ihr hättet leben können«, fuhr er fort, wobei seine fischartigen Lippen sich wieder zu einem abstoßenden Flunsch verzogen. »Hättet Ihr Euch nicht dazu entschlossen, Wulf zu heiraten, hättet Ihr meine Frau sein können und wärt einfach nur gezwungen gewesen, Euren Stiefbruder und mich zu amüsieren, bis wir keine Lust mehr auf das Spielchen gehabt hätten. Was aber lange Zeit ganz sicher nicht geschehen wäre, wie ich einräumen muss. Ihr seid sehr schön, Rosalind.«

»Und Ihr seid wahnsinnig!«, stieß sie hervor. »Alle beide.«

»Macht Euch an die Arbeit, Chapman«, befahl Penmore plötzlich. »Dieses ganze Gerede reicht mir jetzt. Ich will die Reize dieser jungen Dame erproben und brauche zusätzliche Anregung dazu.«

Franklin beugte sich über sie und starrte ihr in die Augen, und Rosalind startete den Versuch, an sein Pflichtgefühl zu appellieren. »Franklin, tu das bitte nicht«, flüsterte sie. »Ich bin deine Schwester. Deine Verwandte.«

Einen Moment lang sah er fast ein bisschen traurig aus; dann glitten seine kalten Augen über ihren Körper. »Ich habe lange Zeit darauf gewartet«, gestand er ihr. »Erinnerst du dich an den Tag, als wir in der Scheune gespielt haben und ich dich gefragt habe, ob du etwas ganz Besonderes mit mir spielen wolltest?«

Rosalind versuchte sich zu erinnern. »Nein«, antwortete sie.

»Nun, dein Vater würde sich daran erinnern, wenn er noch am Leben wäre. Ich hätte dich damals schon genommen, aber so ein dummer Stallknecht hatte unsere Unterhaltung mitbekommen und nichts Besseres zu tun, als loszurennen und deinen Vater zu holen. Das war der Tag, an dem er mich von seinem Anwesen verwiesen hat, und an dem er gesagt hat, er würde mich nie wieder sehen wollen.«

Franklins Geständnis verursachte ihr Übelkeit. »Ich war damals noch ein Kind, Franklin.«

»Ein sehr hübsches Kind«, verteidigte er sich. »Und als Frau bist du sogar noch schöner. Ich werde das hier sehr genießen.«

Und damit streckte er auch schon die Hand aus und zerriss mit einem Ruck das Mieder ihres Kleids. Rosalind schnappte entsetzt nach Luft. Sie versuchte sich zu wehren, aber ihre Fesseln machten ihr jede Bewegung beinahe unmöglich. Er zog das Kleid vorn auseinander, und dann nahm er ein Messer, das in seinem Gürtel steckte. Rosalind dachte schon, er würde ihr die Kehle durchschneiden, und zog es vor zu sterben, als über sich ergehen zu lassen, was er und Penmore ihr vermutlich antun würden. Aber dann benutzte Franklin das Messer nur, um die Bändchen ihres Korsetts zu durchtrennen; danach schob er die Klinge unter die dünnen Träger ihres Hemdes und zerschnitt auch sie. Innerhalb weniger Momente war Rosalind bis zur Taille nackt.

»Lass sie mich sehen«, zischte Penmore. »Ich will sie ansehen.«

Gedemütigt verfolgte Rosalind, wie Franklin zurücktrat, um Penmore näher an sie heranzulassen. Speichel sammelte sich in den Mundwinkeln des Mannes, als er seine scharfen kleinen Augen über ihren nackten Oberkörper wandern ließ. »Perfekt«, krächzte er. »Sie ist genauso, wie ich sie mir vorgestellt hatte.«

Franklin streckte die Hand aus, umfasste eine ihrer Brüste und drückte sie so schmerzhaft hart zusammen, dass Rosalind der Atem stockte. Dann griff er wieder nach seinem Messer, bückte sich und schnitt das dünne Seil um ihre Knöchel durch. Kaum waren ihre Füße frei, trat Rosalind mit aller Kraft nach ihm. Es gelang ihr tatsächlich seinen Arm zu treffen, woraufhin ihm das Messer in hohem Bogen aus der Hand flog. Fluchend griff er nach ihren Beinen und zwang sie auseinander, bevor er sich dann plötzlich auf sie warf.

Sein Gewicht nahm Rosalind den Atem. Er versuchte weder, sie zu küssen noch ihre Brüste zu berühren, oder in irgendeiner anderen Weise auch nur so zu tun, als wären noch andere Empfindungen mit seinen fleischlichen Begierden verbunden als der

Wunsch, sie zu erniedrigen, zu vergewaltigen und seine Macht über sie auszuüben. Er hob seinen Körper gerade lange genug an, um ihr das Kleid bis zur Taille hinaufzuschieben; dann zerrte er an den Bändchen ihres Schlüpfers. Rosalinds Arme schmerzten von dem zusätzlichen Gewicht, das auf ihnen lastete. Dieser Schmerz verlor allerdings an Bedeutung, als Franklin ihren Schlüpfer öffnete und ihn herabzuziehen versuchte. Obwohl ihre Hände nach wie vor gefesselt unter ihrem Rücken lagen, begann sie sich wieder mit aller Kraft zu wehren.

»Halt still, verdammt noch mal!«, schrie er sie an.

»Schlag sie«, ermunterte Penmore ihn, während er auf sie hinunterblickte. »Bestraf sie, wie all die braven kleinen Gesellschaftshuren bestraft zu werden verdienen.«

Mit erhobenen Fäusten holte Franklin aus. Rosalind kniff entsetzt die Augen zu.

»Schlag sie, dann lasse ich dich noch mehr leiden, bevor ich dich umbringe.«

Rosalind spürte, wie Franklin über ihr erstarrte. Sie schlug die Augen auf und sah, dass auch Penmore vollkommen reglos dastand. Ihr Herz schlug höher. Armond war gekommen! Armond würde sie vor diesen Ungeheuern retten. Sie fiel fast in Ohnmacht vor Erleichterung, die Stimme ihres Ehemanns zu hören.

»Runter von meiner Frau, Chapman!«, befahl Armond. »Ich möchte nicht, dass die Pistole losgeht, die ich auf deinen Kopf gerichtet halte, und Rosalind mit Blut bespritzt wird.«

Franklin richtete sich langsam auf.

»Penmore, du gehst jetzt mit Chapman in die Ecke da drüben, wo ihr ruhig stehen bleibt«, befahl Armond.

»Da liegt irgendwo ein Messer auf dem Boden«, warnte Rosalind ihren Mann. »Ich habe es Franklin aus der Hand getreten.«

»Und ich bin sicher, dass einer von den beiden oder sogar

beide eine Pistole bei sich haben«, erwiderte Armond gedehnt. »Also macht schon eure Röcke auf.«

Beide Männer taten, was er sagte. Penmore hatte eine Pistole. Armond befahl ihm, sie vorsichtig aus dem Hosenbund zu ziehen, sie auf den Boden zu legen und sie dann mit dem Fuß zu ihm hinüberzuschieben. Sekunden später hatte er die Waffe in seine Jacke gesteckt. Dann, ohne die Mündung seiner eigenen Pistole auch nur sekundenlang von ihnen abzuwenden, ging Armond zu den Männern hinüber und bückte sich, um das Messer aufzuheben. Erst danach warf er einen Blick auf Rosalind. Wilder Zorn loderte in seinen Augen auf, als er sie mit nackten Brüsten und dem bis zur Taille hochgeschobenen Kleid dort auf dem Boden liegen sah.

Ohne die beiden Männer in der Ecke aus den Augen zu lassen, ging er zu Rosalind hinüber und bückte sich, um ihr das Kleid hinunterzuziehen. Dann legte er das Messer neben sie, zog seinen Rock aus und breitete ihn behutsam über ihre nackte Brust, bevor er ihr half, sich aufzusetzen.

»Wie hast du mich gefunden?«, fragte sie ihn verwundert.

»Ich habe dieses Haus heute gekauft. Es war gar nicht so schwer, den Makler dazu zu bringen, mir zu sagen, nach was für einer Immobilie sich Penmore gerade erst erkundigt hatte. Ich musste nur das Doppelte seines eigentlichen Kaufwerts auf den Tisch legen, um es zu erwerben.«

Franklin warf Penmore einen vorwurfsvollen Blick zu, wahrscheinlich, weil er diese Entwicklung nicht vorausgesehen hatte, und trat dann mutig einen Schritt in ihre Richtung. Armond hob seine Pistole.

»Ich wäre entzückt, wenn einer von euch versuchen würde, eine Dummheit zu begehen, während ich die Fesseln meiner Frau durchtrenne«, sagte er. »Es kostet mich bereits enorme Überwindung, euch nicht jetzt auf der Stelle zu töten, aber ich möchte wirklich nicht, dass Rosalind notgedrungen euren Tod mit ansehen muss.«

»Lass mich die Polizei holen, Armond«, bat Rosalind. »Ich will nicht, dass ihr Blut an deinen Händen klebt.«

Für einen Moment sah er ihr in die Augen, und sie registrierte nicht nur den Schweiß auf seiner Stirn, sondern auch das Zittern seiner Hand, mit der er ihre Fesseln an den Handgelenken zu durchtrennen versuchte. Er sieht richtig krank aus, dachte sie.

»Ich könnte dir erlauben, das zu tun«, stimmte er ihr zu, bevor er seinen Blick wieder auf Franklin und Penmore richtete. »Deine Mutter fühlt sich schon viel besser, Chapman. Rosalind hat Gott sei Dank erkannt, dass du sie mit Drogen vollgepumpt hast, und die Haushälterin angewiesen, ihr diesen Tee nicht mehr zu geben. Es war deine Mutter, die mir gesagt hat, dass du meine Frau in die Finger bekommen hättest.«

Für einen kurzen Augenblick verspürte Rosalind so etwas wie Genugtuung, als sie sah, dass Franklin leichenblass wurde und ein Muskel an seiner Wange zuckte.

»Franklin hat mir von dem Mord an Bess O'Conner erzählt«, sagte Rosalind zu Armond. Dankbar spürte sie, wie das Blut wieder in ihre Hände zurückströmte, als es ihm endlich gelang, sie von den Fesseln zu befreien. Sie wandte den beiden anderen Männern ihren Rücken zu, als sie in Armonds Gehrock schlüpfte. »Er hat mir dargelegt, in welcher Weise Penmore beteiligt war. Die beiden haben auch Lydia getötet.« Ihre Stimme brach.

»Ich möchte, dass du so schnell wie möglich von hier verschwindest«, sagte Armond. »Nimm mein Pferd und reite los.«

»Um die Polizei zu holen?«, beharrte Rosalind.

»Nein«, erwiderte er leise. »Geh zu deiner Stiefmutter und pass gut auf sie auf. Sie ist ganz allein im Haus. Ich komme nach, so bald ich kann.«

Er würde Franklin und Penmore umbringen. Er würde sie ihretwegen töten. Könnte sie es ertragen, ihren Tod auf dem Gewissen zu haben? Könnte sie es ertragen, ihr Blut an den Händen ihres Mannes zu wissen? Sie hasste sie, Franklin sogar noch weitaus mehr als Penmore. Aber sie zu töten …

»Armond«, flüsterte sie und legte eine Hand auf seinen Arm. »Das wird uns für den Rest unseres Lebens keine Ruhe mehr lassen. Überlass ihre Bestrafung den Gerichten.«

»Darüber werde *ich* entscheiden!«, fauchte er sie an. Dann wandte er sich ihr zu, um sie anzusehen, und sie sog scharf den Atem ein. Ein seltsam blaues Glühen stand in seinen Augen. Und als er gesprochen hatte, war ihr aufgefallen, dass seine Eckzähne länger und auch spitzer waren.

»Armond«, wisperte sie. »Was ist mit dir?«

Er krümmte sich plötzlich vor Schmerzen, rang nach Atem und versuchte sich wieder gerade aufzurichten. Dann drückte er ihr die beiden Pistolen in die Hände, hob das Messer auf und schleuderte es durch den Raum.

»Geh!«

Franklin machte eine Bewegung auf sie zu. Rosalind hatte es aus dem Augenwinkel gesehen, fuhr zu ihm herum und richtete beide Waffen auf ihn und Penmore. Sie kannte sich mit Pistolen aus, da ihr Vater ihr beigebracht hatte, damit umzugehen. Sie entsicherte zuerst die eine, dann die andere Waffe. »Bleibt zurück!«, sagte sie warnend.

»Geh, Rosalind!«, befahl Armond, aber dann krümmte er sich schon wieder, ganz offensichtlich unter großen Schmerzen.

»Oh nein, das werde ich nicht tun«, widersprach sie, während ihr Blick zwischen ihrem Ehemann und den beiden Männern hin und her wanderte, die sie beide umbringen würden, sobald sie eine Chance dazu bekämen. »Ich lasse dich nicht allein, wenn es dir so schlecht geht!«

Er keuchte vor Schmerzen, aber schaffte es noch gerade, zu ihr aufzublicken. Für einen Augenblick klärte sich sein Blick. »Ich liebe dich, Rosalind. Das war schon immer so. Doch nun ist der Fluch über mich gekommen. Also geh jetzt bitte.«

31. Kapitel

Tränen brannten in Rosalinds Augen, aber sie blinzelte schnell, um sie zu zurückzudrängen und Franklin und Penmore nicht aus der Sicht zu verlieren. Der Fluch? Sie erinnerte sich an die wenigen Zeilen aus dem Gedicht, die sie bereits gelesen hatte. Irgendetwas über den Mond, der ihn verwandelte, und auch über ein Tier. Aber glaubte sie überhaupt an solche Dinge?

Rosalind hatte das Gefühl, als wären sie beide zu verwundbar, sie auf der Matratze hockend und Armond ganz in ihrer Nähe auf dem Boden kauernd. Deshalb glitt sie von der Matratze und stand auf, ihre Waffen nach wie vor auf Penmore und ihren Stiefbruder gerichtet, die ihren Mann beobachteten wie Aasgeier, die nur darauf warteten, sich auf ein verendendes Tier zu stürzen.

Plötzlich verkrampfte sich Armonds Körper. Aufstöhnend schloss er die Augen und begann an seinen Kleidern herumzuzerren. Erst da fiel Rosalinds Blick wieder auf seine Hände – und auf seine Fingernägel, die nun wie Krallen aus seinen Fingerspitzen herausragten. Sie schnappte entsetzt nach Luft und zog sich langsam in die andere Zimmerecke zurück, wobei sie jedoch nach wie vor mit den Pistolen auf ihre potenziellen Mörder zielte.

»Was zum Teufel geht da mit ihm vor?«, fragte Penmore.

Franklin war offenbar zu bestürzt, um etwas zu erwidern. In ungläubigem Entsetzen beobachtete Rosalind, wie irgendetwas von ihrem Ehemann Besitz ergriff. Er wand sich stöhnend auf dem Boden, während sein Körper langsam seine Form veränderte. Sein Haar wurde vor ihren Augen länger – es wuchs und wuchs, bis es ihn von Kopf bis Fuß bedeckte. Er war wie ein Mann zu Boden gegangen, doch als er sich jetzt wieder erhob, stand er auf allen Vieren. Er war ein Wolf.

Ein Wolf mit blau glühenden Augen und langen Reißzähnen, die er böse bleckte, als er Franklin und Penmore anknurrte.

»Erschieß ihn, Rosalind!«, schrie Franklin.

Eine der Pistolen in Rosalinds Händen fuhr zu der zähnefletschenden Bestie herum. Der Wolf blieb gerade lange genug stehen, um einen Blick zu ihr zurückzuwerfen. Sie starrte dem Tier in die Augen und wusste, dass Armond noch irgendwo im Körper dieses Tieres existierte. Er war darin gefangen. *Das* war der Fluch. Großer Gott, sie hatte Angst, sie könnte jeden Augenblick bewusstlos werden. Aber das durfte auf keinen Fall passieren. Deshalb richtete sie die Pistole schnell wieder auf Franklin.

»Nein«, flüsterte sie. »Ich werde ihn nicht töten.«

Penmore unternahm einen Fluchtversuch in Richtung Tür. Der Wolf sprang los und griff ihn an. Penmores Schreie schallten durch das leer stehende Haus. Plötzlich stürzte sich Franklin auf Rosalind und versuchte ihr eine der Pistolen zu entreißen. Sie wusste, wenn ihm das gelang, würde er auf den Wolf schießen und ihn – und damit Armond – töten. Erstaunt merkte sie, wie viel Kraft in ihr steckte. Das Adrenalin brodelte wie verrückt in ihren Adern, und sie versuchte, auch die andere Pistole in Position zu bringen und Franklin zu erschießen. Aber er schlug sie ihr aus der Hand und brach ihr dabei offenbar das Handgelenk. Auf jeden Fall stöhnte sie auf vor Schmerz, versetzte ihm aber trotzdem schnell noch einen harten Tritt.

Er schlug nach ihr und stieß sie gegen die Wand, worauf ihr auch noch die andere Pistole aus der Hand fiel. Franklin wollte sich schon danach bücken, doch plötzlich stand der Wolf vor ihnen und richtete mit einem drohenden, tief aus der Kehle kommenden Knurren seinen schillernd blauen Blick auf Franklin.

Statt nach der Pistole zu greifen, packte Franklin Rosalind und zog sie vor sich, sodass sie nun Auge in Auge mit der Bestie stand. Das Knurren hörte augenblicklich auf, als sie dem Tier beschwörend in die Augen sah. »Armond«, wisperte sie. »Bitte tu mir nichts.«

Unwillkürlich glitt ihr Blick dann zu Penmore, der versuchte, über den Boden fortzukriechen. Er hielt eine Hand an seinen Hals gepresst, an dem hellrotes Blut aus einer Wunde strömte. Bittere Galle stieg in Rosalinds Kehle auf, und ihr Blick glitt zu dem Wolf zurück. Aber der sah an ihr vorbei zu Franklin und bleckte seine tödlich scharfen Zähne.

Franklin benutzte Rosalind als Schild, hielt sie zwischen sich und der Bestie, als er sich langsam mit ihr in Richtung Tür bewegte. Der Wolf knurrte wieder tief in seiner Kehle und folgte ihnen, ohne jedoch anzugreifen. Das Tier hätte an Rosalind vorbeigemusst, um an Franklin heranzukommen, und trotz ihrer panischen Angst erkannte sie, dass es sie nicht angreifen würde. Penmore gab erstickte Laute von sich und versuchte auf sie zuzukriechen.

»Lasst mich nicht hier«, flehte er mit einer Stimme, die kaum mehr als ein Gurgeln war.

Nachdem Penmore den Wolf so wieder auf sich aufmerksam gemacht hatte, stürzte das Tier sich erneut auf ihn. Franklin nutzte Penmores Ableben zu seinem eigenen Vorteil und zog Rosalind blitzschnell durch die Tür, stieß sie von sich und zog die Tür zu, bevor der Wolf darauf reagieren konnte. Rosalind hörte das laute Poltern des sich wütend gegen die Tür werfenden Tiers.

Franklin fuhr herum, packte Rosalind am Arm und zog sie mit sich durch das Haus. Die Eingangstür stand offen, und plötzlich waren sie draußen und eilten auf den Phaeton zu, der neben dem Haus abgestellt war. Dort stand auch noch ein zweiter Wagen und eins von Armonds Pferden, dessen Zügel lose auf dem Boden hingen.

Franklin schob sie zum Phaeton, hob sie hoch und setzte sie in den Wagen. Dann nahm er die Zügel und ließ sie auf die Pferderücken klatschen, woraufhin die Tiere losgaloppierten. Sie jagten gerade eine verlassene Straße hinunter, als Rosalind ganz plötzlich der Gedanke kam, dass sie mit einem Mann geflohen war, der ziemlich sicher vorhatte, sie in dieser Nacht zu töten. Sie stand noch unter Schock, das war die einzige Erklärung. Und der Wagen fuhr zu schnell, um hinauszuspringen. Aber wenn sie sowieso sterben musste, war es wahrscheinlich sogar besser, selbst Hand an sich zu legen, als sich von Franklin totschlagen zu lassen. Sie hatte sich gedanklich bereits auf den Sprung eingestellt, aber ihr Körper zögerte noch, was sie schon Sekunden später sehr bereute.

Als ob ihr Stiefbruder geahnt hätte, was sie vorhatte, holte er aus und schlug sie mitten ins Gesicht. Rosalind schwankte und glaubte, schließlich doch noch über den Rand des Phaetons in den Tod zu stürzen, bevor ihr schwarz vor Augen wurde.

Als sie erwachte, lag Rosalind in einem Bett in einem Zimmer, das sie kannte. In ihrem früheren Zimmer in Franklins Haus. Sie versuchte sich aufzurichten, zuckte aber zusammen unter dem Schmerz in ihrem Handgelenk und in ihrem Gesicht, in das Franklin sie nicht nur einmal, sondern schon des öfteren geschlagen hatte, seit er sie durch einen Trick dazu gebracht hatte, ihre Stiefmutter zu besuchen. Der Verursacher von Rosalinds Qual saß in einem Sessel vor dem erloschenen Kamin und starrte sie böse an.

»Warum zum Teufel hast du ihn geheiratet?«, fragte er. »Dieses Ungeheuer?«

Ihr Verstand hätte am liebsten gleich wieder alles verworfen, was sie in den vergangenen Stunden mit angesehen hatte. Was auch immer Armond war – und selbst Rosalind war sich dessen nicht so sicher –, so war er doch trotz allem nicht ein solches Ungeheuer wie der Mann, der ihr jetzt gegenübersaß. Armond hatte sie erkannt, und deshalb hatte er sie nicht angegriffen und sogar versucht, sie zu beschützen, selbst dann noch, als die Bestie bereits von ihm Besitz ergriffen hatte.

»Es ist der Fluch.« Sie verstand es plötzlich. Der Fluch, über den Armond nie mit ihr hatte sprechen wollen. Der Fluch, über den sein Vorfahr ein Gedicht geschrieben hatte. Rosalind wünschte, sie hätte sich die Zeit genommen, das ganze Gedicht zu lesen. Sie hatte keine Ahnung, womit sie es zu tun hatte – oder womit Armond es zu tun hatte.

»Ich dachte, er wäre dazu verdammt, dem Wahnsinn zu verfallen. Was ich gesehen habe, ist dagegen schlicht unmöglich«, stellte Franklin fest, und sie merkte, dass die Belastung des Gesehenen selbst bis in seine finstere Seele vorgedrungen war. Seine Hände zitterten sichtlich, als er sich mit ihnen durch die Haare fuhr. »Wenn irgendwer die Wahrheit wüsste, würden sie ihn jagen wie das Tier, das er ist, und ihn erschießen«, sinnierte er weiter. »Das wird sich alles nur zu meinem Vorteil auswirken.«

Ihr Stiefbruder hatte nicht lange gebraucht, um seine Aufmerksamkeit wieder seiner größten Sorge zuzuwenden ... sich selbst. »Und wie gedenkst du das zu deinem Vorteil auszunutzen, Franklin?«, fauchte Rosalind. »Du bist ein Mörder. Das kann ich selbst bezeugen. Und deine Mutter kann es auch.«

Er winkte ab. »Ihr seid beide völlig nebensächlich. Ich habe meine Mutter schon gezwungen, noch mehr von dem Tee zu trinken. Sie schläft jetzt wieder. Als Mary vorhin kam, habe ich sie sofort wieder fortgeschickt. Jetzt bleibt nur noch die Frage, was ich mit dir machen werde, Rosalind.«

Rosalind fragte sich, ob Franklin gemerkt hatte, dass es sich bei dem Tee in der Dose nicht mehr zum seine ganz spezielle Mischung handelte. Sie schaute zu den Balkontüren hinüber und sah zu ihrer Überraschung, dass die Morgenröte schon den Himmel färbte. Sie musste stundenlang ohnmächtig gewesen sein.

»Ich bin mir ziemlich sicher, dass Penmore nicht mehr unter

den Lebenden weilt«, sagte Franklin. »Seine Leiche wird in einem Haus gefunden werden, das niemand anderem als Eurem Ehemann gehört. Lord Wulf ist jetzt ein Tier. Er wird doch wohl so bleiben, oder?«

Oh Gott, daran hatte sie noch nicht gedacht. *Würde* er so bleiben? Aber nein, sein Vorfahr, der das Gedicht geschrieben hatte, war ja schließlich auch verflucht gewesen. Ein Tier konnte keine Gedichte schreiben. Armonds Vater war ebenfalls verflucht gewesen. Und er hatte sich umgebracht. Ein Tier konnte sich keine Pistole an den Kopf halten und den Abzug drücken. Sie hatte keine Ahnung, was Armond in ebendiesem Augenblick sein mochte – ein Mann oder immer noch ein Wolf.

Was sie allerdings ganz sicher wusste, war, dass er ihr, falls es ihm irgend möglich war, in der einen oder anderen Gestalt zu Hilfe kommen würde. Aber wie konnte sie am Leben bleiben, bis er kam?

»Niemand weiß, dass du noch irgendeine andere Beziehung zu Penmore hattest als eure gemeinsame Vorliebe fürs Spielen«, sagte sie. »Aber wenn du mich und deine Mutter tötest, wird man zweifelsohne dich verdächtigen.«

»Meine Mutter wird noch ein bisschen länger im Sterben liegen«, sagte er und wandte ihr seine kalten Augen zu. »Aber wenn du tot aufgefunden wirst und Penmores Leiche in einem erst kürzlich von deinem Mann erworbenen Haus entdeckt wird, werden alle glauben, ihr wärt zwei weitere von Lord Wulfs Opfern.«

Und Franklin würde ungestraft davonkommen. Sie musste sich irgendwie Zeit verschaffen. »Wie kommst du darauf, dass ich bei einem Mann bleiben möchte … der kein Mann mehr ist?«, fragte sie, während unendlich viele Emotionen sie bestürmten. Furcht, Schock und, schlimmer noch, die Sorge um Armond und was aus ihm geworden war und was in Zukunft aus ihm werden würde. »Vielleicht könnten wir ja eine Vereinbarung treffen.«

Franklin zog eine Braue hoch. »Netter Versuch, Rosalind«,

sagte er. »Du wolltest die Bestie nicht erschießen, nicht einmal dann, als dein eigenes Leben in Gefahr war. Du liebst ein Ungeheuer.«

Sie dachte über Franklins Worte nach. Ihre Gefühlslage war wund, empfindlich und angekratzt wie ihr Gesicht. Sie musste tief in ihr Herz blicken; sie musste Armond nach dem beurteilen, was sie vor der vergangenen Nacht von ihm kennengelernt hatte. Er hatte ihr nicht die Wahrheit gesagt, aber hätte sie sie ihm geglaubt, wenn sie nicht mit eigenen Augen gesehen hätte, was aus ihm geworden war? Er hatte sie beschützt, für sie gesorgt und mit ihr das Bett geteilt. Er hatte zwar geschworen, dass er sie niemals lieben würde, aber tief im Innersten hatte sie gewusst, dass er es tat, und gestern Abend hatte er es ihr sogar gesagt. Er hatte getan, was getan werden musste, als Franklin und Penmore ihr Leben bedroht hatten, zuerst in menschlicher Gestalt und dann auch noch als Wolf.

»Er mag vielleicht ein Ungeheuer sein«, räumte sie leise ein. »Aber nicht einmal halb so sehr, wie du eins bist.«

»Es hätte nicht so enden müssen.« Franklin stand auf und ging zum Bett, auf dem sie saß. »Du hättest mich nicht verlassen sollen, Rosalind. Unter meinem Dach hättest du zumindest leben können.«

Sie erwiderte ruhig seinen Blick. »Unter deiner Tyrannei zu stehen, misshandelt und benutzt zu werden, für was auch immer du denkst, mich vielleicht gebrauchen zu können, bezeichne ich nicht als Leben, Franklin.«

Er lächelte sie fast ein bisschen traurig an. »Dann wird es dir ja sicher auch nicht so viel ausmachen zu sterben.«

Als Armond nackt und frierend zu sich kam, sah er, dass er neben dem toten Penmore lag, und rollte sich schnellstens von ihm weg. Die leblosen Augen des Mannes und die klaffende Wunde an seiner Kehle verursachten ihm Übelkeit. Verwundert blickte er sich in dem leeren Zimmer um, in dem die Kerzen längst zu Wachspfützen heruntergebrannt waren. Dann erinnerte er sich wieder. An Rosalind. Und Chapman. Und den Fluch, der über ihn hereingebrochen war, während er versucht hatte, seine Frau vor ihren mutmaßlichen Mördern zu beschützen.

Armond nahm die Decke von der Matratze und schlang sie um seinen frierenden Körper. Vor Angst und Sorge verkrampfte sich sein Magen, Übelkeit stieg in ihm auf. Er warf einen Blick auf die geschlossene Tür. Was würde er dahinter finden? Er fürchtete sich vor dem, was er dort möglicherweise entdecken würde. Er konnte sich nicht erinnern, was geschehen war, nachdem der Fluch ihn in ein Tier verwandelt hatte. War Rosalind vielleicht schon am Schock gestorben, mit ansehen zu müssen, wie er sich in eine Bestie verwandelt hatte?

An der Tür befanden sich tiefe Kratzspuren, und unwillkürlich senkte Armond den Blick auf seine Hände. Seine Fingerspitzen waren blutig, seine kurzen Nägel abgebrochen und eingerissen. Er erinnerte sich allerdings noch an die letzten Worte, die er an Rosalind gerichtet hatte. Er hatte ihr gesagt, dass er sie liebte, aber hatte er sie danach auch getötet? Langsam stand er auf und ging zu der geschlossenen Tür.

Mit einem Ruck riss er sie auf und blickte über den kurzen Gang zu der offen stehenden Eingangstür. Das Tageslicht bemühte sich, die dunklen Schatten im Hausflur zu durchdringen. Als er kurz hinausschaute, sah er ein Pferd und einen Wagen neben dem Haus stehen, und auch sein Pferd stand dort mit hängendem Kopf und lose herabhängenden Zügeln. Der Phaeton, der bei seiner Ankunft in der letzten Nacht dort gestanden hatte, war nirgends mehr zu sehen.

Franklin war entkommen … und Armond war sich plötzlich ziemlich sicher, dass er Rosalind mitgenommen hatte. Sie war in Gefahr, falls Chapman sie nicht bereits umgebracht hatte … aber nein, das konnte Armond so nicht akzeptieren. Sie musste noch am Leben sein; er würde ihr einfach nicht erlauben, tot zu sein. Und er musste sie retten, auch wenn er sich im Moment nur noch davonschleichen und vor der ganzen Welt verstecken wollte. Um sich in dem Selbstmitleid zu suhlen, das ihn zu überwältigen drohte. Aber das konnte er nicht tun. Noch nicht. Rosalind brauchte ihn.

Deshalb wandte er sich um und ging über den Gang zurück in das Zimmer, in dem Penmores Leiche lag. Armonds Kleider lagen zerrissen auf dem Boden. Er hatte keine andere Wahl, als Penmore seine blutigen Sachen auszuziehen. Armond tat es schnell und versuchte, den Mann dabei nicht anzusehen. Er wollte sich nicht schuldig fühlen. Dass ein Tier ein anderes tötete, war schließlich etwas ganz Natürliches. Penmores Hose war ihm zu weit und zu kurz, aber er konnte die Stricke, mit denen Rosalind gefesselt gewesen war, als Gürtel nutzen. Dann zog er Penmore den Gehrock aus. Auf das blutdurchtränkte Hemd des Mannes verzichtete er lieber. Armond zog seine eigenen Stiefel an und rollte Penmore in die Decke ein. Anschließend hievte er sich die schwere Leiche auf die Schulter, trug sie hinaus und warf sie in Penmores Wagen, bevor er sich den Pferden näherte. Glücklicherweise waren es nicht die Grauschimmel, die er ihm selbst verkauft hatte, sondern zwei nicht einmal annähernd so schöne Rappen.

Die Pferde schnaubten und scheuten, als er auf sie zukam. Selbst sein eigenes Pferd, der kastanienbraune Hengst, den er genommen hatte, weil er das schnellste Tier in seinem Stall war, scheute ängstlich vor ihm zurück. Sein Geruch musste sich verändert haben, schloss Armond aus der Reaktion der Pferde. Die Tiere hatten Angst vor ihm. Und Rosalind – wenn er sie fand und rettete, würde sie ihn dann genauso fürchten? Daran durfte er jetzt nicht denken. Er durfte nur noch daran denken, sie zu finden und dafür zu sorgen, dass ihr nichts geschah.

Chapman hatte sie mit Sicherheit zu seinem Haus gebracht. Der Mann hatte gewiss nicht weniger erschüttert und schockiert als Rosalind und Penmore auf seine Verwandlung in ein Tier reagiert und war deshalb bestimmt nicht in der Lage gewesen, klar genug zu denken, um Rosalind an einen anderen Ort zu bringen.

Armond scheuchte die Kutschpferde davon, und mit ihrem toten Besitzer hinter sich im Wagen jagten sie die Straße entlang, zurück in ihren vertrauten Stall, wie Armond hoffte. Dann näherte er sich seinem ängstlichen Kastanienbraunen und redete ganz sanft auf ihn ein, damit das Tier ihn wiedererkannte. Er streckte seine Hand aus, und das Pferd schnupperte daran. Der Hengst war immer noch nervös, aber Armond hatte keine Zeit mehr, ihn noch länger zu beruhigen. So schwang er sich auf den Rücken des Tieres und galoppierten durch die menschenleeren Straßen. Er musste zu Rosalind. Das war der einzige Gedanke, den er sich erlaubte. Ihn und ein Gebet, dass es, wenn er sie fand, noch nicht zu spät sein möge.

32. Kapitel

»Ich werde nicht still und leise aus dem Leben treten«, erklärte Rosalind ihrem Stiefbruder. »Ich werde mich weder vor deinen Schlägen ducken noch mir von dir Angst machen lassen. Mich zu töten, wird dich in keinster Weise befriedigen, Franklin. Darauf kannst du dich verlassen.«

Sein Lächeln verblasste. »Mutige Worte für eine Frau«, erwiderte er höhnisch. »Wir werden ja sehen, wie tapfer du bist, wenn ich dich dort auf dieses Bett werfe und dich nehme.«

Mutige Worte, in der Tat. Obwohl die Vorstellung, von Franklin missbraucht zu werden, Rosalind mit Ekel durchflutete, bot sie ihm trotzig die Stirn: »Ich wurde von einem Mann geliebt, den ich mir selbst ausgesucht und dessen Liebe ich erwidert habe, von einem Mann, der mein Herz gewonnen hat. Nichts, was du auch anstellen magst, Franklin, wird die Erinnerung an das beschmutzen, was wir miteinander hatten.«

Das Gesicht ihres Stiefbruders lief vor Wut rot an. Wie frustrierend sein Leben gewesen sein musste, seit sie Armond geheiratet hatte. Sie so nahe, aber trotzdem außerhalb seiner brutalen Reichweite zu haben. Oh ja, sie würde den Preis für seine aufgestaute Wut bezahlen. Daran hegte Rosalind nicht den geringsten Zweifel, während sie sich innerlich gegen die bevorstehenden Schmerzen wappnete. Gegen die Demütigung, die er ihr zufügen würde. Aber sie würde ihre ganze Kraft und Stärke aufbieten und den Stolz zurückgewinnen, den er ihr einst genommen hatte. Den Stolz, den Armond ihr zurückgegeben hatte.

Sie zwang sich, Franklins Blick ruhig zu erwidern, als er auf sie zukam. Aber sie krümmte ihre Finger, als wären sie Krallen, hoffte, dass ihre Nägel ihm die Haut zerreißen würden, und wünschte sich in diesem Augenblick, ebenso verflucht zu sein, wie Armond verflucht war. Denn dieser Fluch war gestern Nacht wie ein Geschenk gewesen. Ein Geschenk, das sie davor bewahrt hatte, von zwei Männern missbraucht zu werden.

»Du wirst sie nicht anrühren, Franklin.«

Der Befehl überraschte Rosalind. Genauso wie er Franklin überraschte, der sich abrupt umdrehte. Am Tührrahmen lehnte die gebrechliche Herzogin.

»Du dürfest gar nicht hier sein«, knurrte Franklin.

Seine Mutter schien sich mit purer Willenskraft ein wenig gerader aufzurichten. »Ich hätte Rosalind schon viel früher zu Hilfe kommen müssen«, widersprach sie mit noch immer etwas rauer Stimme. »Seit Monaten hältst du mich gefangen mit dieser Sucht, die du mir aufgezwungen hast. Ich wusste, dass sie hier war. Ich wusste, dass sie mich besuchte, dass sie traurig war, dass du grausam zu ihr warst, aber ich konnte den Fesseln meiner Abhängigkeit nicht entkommen, um ihr beizustehen, ja, nicht einmal, um ihr sagen, dass ich ihr Leid verstand.«

Rosalinds Augen wurden feucht. Sie hatte gehofft, dass ihre Stiefmutter bemerken würde, dass sie bei ihr war und wie viel ihr an der alten Dame lag. Wie furchtbar für sie, gefangen zu sein in einem Körper, der nicht reagierte, obwohl ihr Verstand noch immer in der Lage war, die Ungerechtigkeiten zu verstehen, die um sie herum stattfanden. Die Ungerechtigkeiten, die selbst ihr von ihrem eigenen Sohn zugefügt worden waren.

»Ich hätte dich schon lange beseitigen sollen, Mutter«, sagte Franklin. »Dich zum Schweigen bringen, damit ich deine ach so gütige Stimme, aus der dein Verantwortungsbewusstsein nur so trieft, nie wieder hören muss. Du bist schwach. Und so wie du meinem Vater nie die Stirn geboten hast, wenn er dich oder sogar mich verprügelt hat, so wirst du dich auch mir heute nicht entgegenstellen. Also geh jetzt wieder in dein Zimmer. Um dich werde ich mich später kümmern.«

»Nein«, sagte die Herzogin, und ihre Stimme klang schon

etwas kräftiger. »Diesmal nicht, Franklin. Ich dachte, ich könnte dir helfen, aber dir ist nicht mehr zu helfen. Du bist deines Vaters Sohn, und alles, was du an ihm gehasst hast, verkörperst du jetzt selbst. Rosalind ist immer ein liebes Kind gewesen. Sie ist fehlerfrei geblieben und hat all der Düsternis getrotzt, die wir in ihr Leben brachten. Dir kann ich nicht mehr helfen, aber sie werde ich retten.«

Und bei diesen letzten Worten zog die alte Dame eine Pistole hinter ihrem Rücken hervor. Woher die Herzogin die Waffe hatte, wusste Rosalind nicht, und es interessierte sie auch nicht. Sie wurde nur von einer überwältigenden Erleichterung erfasst. Rosalind wollte sich schon vom Bett erheben und zu ihrer Stiefmutter hinübergehen, als Franklin zuschlug. Blitzschnell war er bei seiner Mutter und stürzte sich auf sie, bevor sie den Hahn spannen und einen Schuss abgeben konnte. Brutal schlug er sie nieder. Rosalind schrie auf und war mit einem Satz vom Bett gesprungen. Sie warf sich auf Franklins Rücken und bearbeitete ihn mit den Fäusten, um ihn davon abzuhalten, seine Mutter noch schlimmer zu verletzen.

Außer sich vor Empörung, von zwei Frauen bedroht zu werden, griff Franklin hinter sich, schaffte es, Rosalind am Haar zu packen und zerrte sie von seinem Rücken. Sie kam hart auf dem Boden auf, und ihre Kopfhaut brannte, wo Franklin ihr beinahe die Haare ausgerissen hatte. Plötzlich stand er über ihr, und die Wut in seinem Blick verriet ihr, dass er sie nicht mehr missbrauchen würde. Dass er nicht mehr die Geduld aufbrachte, ihren Tod noch länger hinauszuschieben. Er bückte sich, legte ihr die Hände um den Hals und drückte ihr die Kehle zu.

Rosalind krallte sich an seine Hände und rang nach Atem, aber es drang keine Luft in ihre Lungen. Das Splittern von zerbrechendem Glas veranlasste Franklin, sich zur Balkontür umzusehen. Dabei lockerte er seinen Griff ein wenig, und Rosalind schnappte jäh nach Luft. Durch tränennasse Augen sah sie einen

Mann vom Fußboden hochschnellen. Einen hochgewachsenen Mann, dessen lange blonde Mähne ihm offen auf die Schultern fiel. Er trug nichts als einen viel zu kleinen Rock auf der nackten Haut seiner breiten Brust. Er sah wie ein Pirat aus und schien halb verrückt vor Sorge. Rosalind war noch nie in ihrem Leben so froh gewesen, ihn zu sehen.

»Wulf!«, murmelte Franklin entgeistert und ließ von Rosalind ab, um sich zu Armond umzudrehen.

»Ich habe dir ja schon mehrmals gesagt, dass ich dich umbringe, wenn du sie noch einmal anzurühren wagen würdest«, sagte Armond. »Du bist ein toter Mann, Chapman.«

»I-ihr seid ein Wolf«, stammelte Franklin. »Das habe ich mit eigenen Augen gesehen!«

»Und nun bin ich wieder ein Mann.« Armond ging zu ihrem Stiefbruder hinüber. »Ein Mann, der sicherstellen wird, dass du Rosalind nie wieder bedrohst.«

Franklin versuchte zu fliehen, aber im Bruchteil von Sekunden hatte Armond ihn auch schon gepackt. Ihr Ehemann mochte an diesem Morgen zwar mehr ein Mensch als eine Bestie sein, aber er zeigte kein Erbarmen. Er bearbeitete Franklin mit seinen Fäusten, bis dieser besinnungslos zusammenbrach; dann packte Armond ihn am Kragen, zog ihn wieder auf die Beine und begann von neuem auf ihn einzuschlagen. Rosalind hegte nicht den geringsten Zweifel in Bezug auf Franklins Schicksal. Auf Händen und Füßen kroch sie zur Herzogin hinüber, die noch immer auf dem Boden lag.

»Euer Gnaden«, schluchzte sie und zog den Kopf ihrer Stiefmutter vorsichtig auf ihren Schoß. »Habt Ihr Euch verletzt?«

Die alte Dame öffnete die Augen. »Verzeih mir, Rosalind«, bat sie. »Verzeih mir, dass ich das Instrument war, das mein Sohn benutzt hat, um dich in dieses Haus zu locken. Mir brach das Herz, als ich deinen Vater und dich verlassen habe. Ich war immer noch so dumm zu glauben, ich könnte meinem Sohn helfen – ich dachte, ich könnte seinen Charakter noch formen, der aber schon lange vorher von Gewalttätigkeit verbogen worden war.«

»Psst«, flüsterte Rosalind. »Ihr dürft Euch nicht die Schuld daran geben. Ihr wart einmal sehr gut zu mir, sehr liebevoll und so lange ich Euch hatte, die Mutter, die ich mir immer ersehnt habe. Ich würde Euch nie die Schuld an Franklins Grausamkeit mir gegenüber geben. Und ich werde Euch von hier fortbringen.«

Die alte Dame schloss gequält die Augen und griff nach Rosalinds Hand. »Meine Zeit ist vorüber. Deine dagegen hat gerade erst begonnen.«

Tränen kullerten über Rosalinds Wangen, denn sie befürchtete, dass ihre Stiefmutter im Sterben lag. Und den Geräuschen von Armonds Fausthieben nach zu urteilen, würde auch Franklin nicht mehr lange leben. Aber der Herzogin musste noch irgendwie zu helfen sein.

»Armond! Wir müssen einen Arzt holen!«

Ihr Mann schien ihre Bitte nicht zu hören, da er offensichtlich einzig und allein damit beschäftigt war, Franklin totzuschlagen, ihn umzubringen. Ihr Stiefbruder sah aus, als wäre er schon ohnmächtig. Rosalind sprang auf und lief zu Armond. Als er zu einem weiteren harten Schlag ausholte, griff sie nach seiner Faust.

»Armond!«, schrie sie, um den Nebel der Raserei zu durchdringen, der ganz offensichtlich sein Bewusstsein trübte. »Meine Stiefmutter! Sie stirbt. Wir müssen Hilfe für sie holen!«

Für einen Moment sah Armond Rosalind nur an, als könne er sich nicht lange genug konzentrieren, um zu verstehen, was sie ihm sagen wollte. Schließlich senkte er seine Faust und ließ Franklin auf den Boden gleiten. Rosalind zog Armond zu der Herzogin, die noch immer auf dem Boden lag. Seite an Seite beugten sie sich über sie.

»Franklin hat ihr einen schweren Schlag versetzt«, erklärte

Rosalind ihrem Mann. »Ich fürchte, dass sie das nicht überleben wird.«

»Euer Gnaden?«, fragte Armond sanft. »Könnt Ihr mich hören? Ihr müsst bei uns bleiben.«

Die alte Dame öffnete ihre Augen wieder und sah Armond an. »Ich kenne Euch«, flüsterte sie. »Ihr seid von nebenan. Ich habe Dinge über Euch gehört, aber wenn Rosalind Euch liebt, müsst Ihr ein gutes Herz haben. Passt gut auf sie auf.«

»Nein!« Rosalinds Stimme brach. »Lasst mich nicht allein, Euer Gnaden! Alle Menschen, die ich liebe, verlassen mich.«

»Ihr müsst beide gehen.« Ihre Stiefmutter unternahm plötzlich einen schwachen Versuch, sich wieder aufzurichten. »Ich will nicht, dass diese Sache Rosalind verfolgt. Ich habe das oberste Stockwerk schon in Brand gesetzt.«

Rosalind war zu sehr mit den Vorgängen um sie herum beschäftigt gewesen, um den Geruch von Rauch und Feuer wahrzunehmen. Doch nun bemerkte sie ihn. »Wir müssen hier raus«, sagte sie aufgeregt zu Armond.

Er nickte und ging rasch um die alte Dame herum, damit er ihr besser aufhelfen konnte. Rosalind fragte sich, warum die Gräfin so komisch an ihr vorbeistarrte. Warum sich ihre Augen plötzlich weiteten. Aber dann drehte Rosalind sich um und sah, dass Franklin blutüberströmt und vollkommen erledigt hinter ihr stand, den Feuerhaken vom Kamin zum Schlag erhoben.

»Nein!«, schrie Armond, doch bevor er die Herzogin loslassen und sich auf Franklin stürzen konnte, ertönte schon ein Schuss. Ein kleines Loch öffnete sich auf Franklins Stirn; dann fiel er leblos auf den Rücken. Rosalind fuhr herum, um Armond anzusehen. Er hatte keine Pistole in der Hand. Es war der Herzogin gelungen, sie wieder aufzuheben und ihren Sohn zu töten. Schmerz verzerrte ihr Gesicht; dann richtete sich ihr Blick auf Rosalind, die zu ihrem Entsetzen das Lebenslicht darin verblassen sehen konnte.

»Werde glücklich«, flüsterte die Sterbende noch, bevor sie in Armonds Armen erschlaffte und ihre toten Augen blicklos in die Ferne starrten.

»Euer Gnaden!« Rosalind schlug die Hände vors Gesicht. Sekunden später spürte sie Armonds Hände auf ihren Schultern.

»Sie ist nicht mehr, Rosalind. Wir müssen hier raus. Sofort!«

Der Rauch war bereits so erstickend, dass Rosalind husten musste. Und bevor sie wusste, wie ihr geschah, hatte Armond sie auch schon aufgehoben und rannte mit ihr über den Korridor auf die Treppe zu, die ins Erdgeschoss hinunterführte. Rosalind klammerte sich an ihm fest, und ihre Lungen brannten, da der Rauch nun auch schon durchs Untergeschoss waberte. Vor der Tür setzte Armond sie ab und beeilte sich, das Schloss zu öffnen. Er riss die Tür weit auf, nahm Rosalind an der Hand und zog sie rasch hinaus. Draußen hob er sie wieder auf die Arme und rannte mit ihr über den Rasen.

An den Stallungen hielt er kurz inne, um seinen Stallknechten zuzurufen, sie sollten die Pferde holen und fortbringen. Dann trug er Rosalind über den steinigen Pfad. Als Hawkins nicht gleich öffnete, fluchte er lauthals, da er sie wieder absetzen musste, um die Tür selbst aufzuschließen. Rosalind lief noch vor ihm ins Haus.

»Hawkins!«, schrie Armond.

Der Diener kam sofort angerannt und schaute seinen aufgebrachten Herrn erstaunt an.

»Das Nachbarhaus steht in Flammen. Behalte es im Auge. Das Feuer könnte sich ausbreiten.«

»Sehr wohl, Mylord«, sagte Hawkins und eilte rasch hinaus.

Armond nahm Rosalind an der Hand und führte sie nach oben. Als sie in seinem Zimmer waren, begann er seine schlecht sitzenden Kleider abzustreifen. Rosalind sah jetzt auch, warum. Es waren Penmores Kleider. Sobald Armond sich ausgezogen und die Kleider auf einen Haufen geworfen hatte, sagte er: »Verbrenn sie, Rosalind.«

Und dann zerrte er seine eigenen Sachen aus dem Schrank. Rosalind begriff, dass sie noch immer unter Schock stand, da sie nichts anderes tun konnte, als dazustehen und zuzusehen, wie er sich hastig anzog.

»Ich werde dich von meinem Kutscher zur Herzoginwitwe bringen lassen«, sagte er, während er ein Hemd über den Kopf zog. »Du wirst allen sagen, dass ich, nachdem ich dich in Sicherheit gebracht hatte, noch einmal zurückgegangen bin, um deinen Stiefbruder und deine Stiefmutter zu retten. Danach hast du mich nie wieder gesehen, verstehst du?«

Sie blinzelte verwirrt. »Was? Nein, das verstehe ich nicht.«

Er kam nicht mehr in ihre Nähe. »Es ist besser so, Rosalind. Jetzt weißt du, warum ich dich nicht lieben kann und warum ich dir auch keine Kinder schenken will. Der Fluch wird von Sohn zu Sohn weitergegeben. Das möchte ich meinen Söhnen nicht antun. Das möchte ich dir nicht antun.«

Nach allem, was geschehen war, nach allem, was sie gezwungen gewesen war mit manzusehen, begriff sie noch immer nicht ganz, was er meinte. Doch dann verstand sie plötzlich. »Du verlässt mich.«

»Ich verschone dich«, berichtigte er sie. »Pack zusammen, was du zur Herzogin mitnehmen musst. Ich habe finanziell für dich vorgesorgt, Rosalind. Du bist jetzt wieder frei. Penmore und Chapman können dich nie wieder bedrohen. Du kannst dein Leben führen.«

»Aber nicht mit dir«, murmelte sie.

Er wandte den Blick ab. Einen Moment lang glaubte sie ein feuchtes Schimmern in seinen Augen gesehen zu haben. »Nein. Nicht mit mir. Leb wohl, Rosalind. Behalte den Mann Armond in Erinnerung und nicht das Ungeheuer, zu dem ich geworden bin.« Und damit wandte er sich ab und ging hinaus. Rosalind blieb vollkommen reglos stehen. Sie musste erst noch begreifen, was seit der vergangenen Nacht alles passiert war. Ihr Verstand musste erst noch Dinge akzeptieren, die sie gesehen hatte, die panische Angst, Penmore und Franklin hilflos ausgeliefert zu sein, was Armond zugestoßen war, als er gekommen war, um sie zu retten, und nun auch noch den Tod der Herzogin. Dennoch gab es eins, was Rosalind mit Sicherheit wusste. Und das war, dass es so nicht enden konnte. Sie stürzte aus Armonds Zimmer zu der Treppe, die nach unten führte.

»Armond!«, schrie sie, ihre Stimme rau vor Emotion.

Aber er war schon nicht mehr da.

33. Kapitel

Es tut mir leid, meine Liebe«, sagte die Herzoginwitwe von Brayburry und drückte Rosalinds Hand. »Ich bin der Herzogin vor Jahren gelegentlich begegnet, und sie war mir sehr sympathisch.«

Rosalind nippte an dem Tee, den die Herzoginwitwe gleich nach ihrer Ankunft für sie hatte aufbrühen lassen. »Sie war eine liebenswerte Dame«, erwiderte sie abwesend. Sie war noch immer wie betäubt von den Geschehnissen.

»Euren Stiefbruder hingegen kannte ich allerdings nicht gut«, bemerkte die Herzoginwitwe behutsam.

»Ich trauere nicht um ihn.« Rosalind trank einen weiteren Schluck Tee, froh über die wohltuende Wärme in ihrer Kehle und in ihrem Magen. »Und deshalb möchte ich auch nicht über ihn sprechen.«

Es breitete sich ein kurzes Schweigen aus. »Wo ist Armond, Rosalind?«, fragte die alte Dame schließlich. »Erledigt er diese Angelegenheit für Euch?«

Rosalind blickte auf ihre Teetasse hinab, als könnte sie in ihr eine passende Antwort finden. »Er sagt, ich solle allen sagen, er sei tot.«

Die Tasse der Herzoginwitwe landete klirrend auf ihrer Untertasse. »Was geht hier eigentlich vor sich, Rosalind?«

Zögernd hob sie ihren Blick. »Armond ist ... er ist nicht mehr er selbst.«

»Ach Gott«, sagte die Herzoginwitwe leise. »Dann ist es also doch geschehen. Genau wie er befürchtet hatte.«

Noch immer vorsichtig ihre Worte wählend, fragte Rosalind: »Ihr wusstet das mit ihm? Und seinen Eltern?«

Die alte Dame nickte. »Nur was mir seine Mutter in jenen düsteren Tagen, als sie dahinsiechte, erzählt hat. Eine schockierende Geschichte. Man hätte sie für verrückt halten können, so etwas zu erzählen.«

»Nur wusstet Ihr, dass sie es nicht war«, bemerkte Rosalind. »Liebte sie ihren Mann noch immer?«

»Ihr meint, nachdem der Fluch Besitz von ihm ergriffen hatte oder nachdem er sich deswegen das Leben genommen hatte?«

»Nachdem er Besitz von ihm ergriffen hatte«, sagte Rosalind.

Das traurige Lächeln der Herzoginwitwe rührte Rosalind. »Oh ja. Aber er ließ ihr keine Zeit mehr, ihm zu sagen, dass es für sie nichts änderte. Er vermutete das Schlimmste. Und ich glaube, er befürchtete, dass er sie und seine eigenen Kinder verletzen könnte. Er wählte die einfachste Lösung seines Problems, wie Männer es ja so häufig tun.«

Wie Armond es ganz offensichtlich auch getan hatte. Eins hatte Rosalind während der letzten Monate in London jedenfalls gelernt: Das Leben war nicht einfach, und Liebe offenbar schon gar nicht. Sie hatte noch keine Zeit gehabt, so richtig zu erfassen, was mit Armond geschehen war und ob es ihre Gefühle für ihn verändert hatte. Es schien absurd, wenn es nicht so gewesen wäre, und dennoch schmerzte ihr Herz weitaus mehr als ihr wunder Körper. Ihr Herz verzehrte sich nach Armond und der Zukunft, die das Schicksal ihnen offenbar nicht vergönnte.

»Ihr seht sehr mitgenommen und erschöpft aus, meine Liebe«, bemerkte die Herzoginwitwe. »Und ihr riecht nach Rauch. Erlaubt mir, Euch ein schönes warmes Bad bereiten zu lassen, und dann müsst Ihr Euch ein bisschen ausruhen. Ich habe schon ein Gästezimmer für Euch vorbereiten lassen.«

»Ich bin müde, ja«, gab Rosalind zu. »Und ich weiß Eure Gastfreundschaft zu schätzen, Euer Gnaden.«

»Es war richtig, dass Armond Euch zu mir geschickt hat. Kommt jetzt, meine Liebe.«

Rosalind setzte ihre Teetasse ab und stand auf. Müde folgte sie der Herzoginwitwe die Treppe hinauf zu einem Gästezimmer. Das Bett winkte, aber sie wartete geduldig, als die alte Dame ihre Bediensteten losschickte, um Rosalind ein Bad zu bereiten und es ihr so bequem wie möglich zu machen. Sie stellte ihr eine junge Kammerzofe vor, die ihr behilflich sein würde. Es schien unendlich lange her zu sein, seit Rosalind diesen Luxus genossen hatte. Auf jeden Fall nicht mehr, seit Lydia gestorben oder beziehungsweise von Rosalinds Stiefbruder ermordet worden war.

Sie ließ sich verwöhnen, sich entkleiden und in die Badewanne helfen. Sie hatte ihr zerrissenes Kleid und ihre Unterwäsche gewechselt, bevor sie sich von Armonds Kutscher zu der Herzoginwitwe hatte bringen lassen. Nun stieg Rosalind in eine Wanne voll herrlich heißem Wasser und ließ sich von Kopf bis Fuß von der Kammerzofe waschen. Danach kroch sie zwischen die kühlen Laken ihres Betts, in dem sie schon kurz darauf in einen erschöpften Schlaf sank.

Sie schlief tief und fest, während der Nachmittag in den Abend überging. Als sie aufwachte, dachte sie an Armond. Was dachte er? Was tat er? Was sollte *sie* denken und tun? Sollte sie tun, was er verlangte, und allen erzählen, er sei in dem Feuer umgekommen? Obwohl sie wusste, dass es das Beste wäre, oder zumindest doch für sie das Beste, war Rosalind sich gar nicht sicher, ob sie die Bande zwischen sich und Armond Wulf für immer würde durchtrennen können.

Sie musste ihn wiedersehen. Wenn sie ihn sah, würde ihr Herz sprechen. Sie hatte ihrer Stiefmutter gesagt, dass alle, die sie je geliebt hatte, sie verlassen hatten. Und nun wollte auch ihr Ehemann sie verlassen. Konnte sie zulassen, dass er ihr und der Liebe, die er seiner eigenen Aussage nach für sie empfand, den Rücken kehrte? Konnte *sie* ihm den Rücken kehren? Konnte sie ihn, selbst wenn er verflucht war, einfach aufgeben und ihn vergessen?

All das waren Fragen, auf die sie eine Antwort finden musste.

Fragen, die auch Armond beantworten musste. Rosalind stand auf und fand ihre Kleider ordentlich zusammengelegt am Fußende ihres Betts. Nachdem sie sich rasch angezogen hatte, ging sie hinunter, um der Herzoginwitwe für ihre Gastfreundschaft zu danken und sie zu fragen, ob sie ihre Kutsche ausleihen dürfe.

»Fast hätte ich vergessen, es Euch zu sagen«, bemerkte die Herzoginwitwe, als sie Rosalind hinausbegleitete. »Als Ihr gestern Euren Termin mit der Schneiderin versäumt hattet, habe ich einfach schon einmal ein paar Schnitte und Stoffe für Euch ausgesucht. Ich kann Kleidergrößen recht gut einschätzen, und ich hoffe, es stört Euch nicht, aber ich dachte, dass Ihr einige Dinge sicher gleich benötigt. Sie müssten in den nächsten Tagen geliefert werden, und ich werde sie Euch so bald wie möglich hinüberschicken.«

Schöne Kleider erschienen Rosalind jetzt nicht mehr ganz so wichtig. Sie hatte nur für Armond gut aussehen wollen. »Danke, Ma'am.«

»Seid Ihr sicher, dass Ihr nicht noch eine Weile bleiben wollt – vielleicht wenigstens noch über Nacht?«

Rosalind schüttelte den Kopf. »Ich denke, ich sollte jetzt besser zu Hause sein.«

Die Herzoginwitwe berührte Rosalind am Arm und runzelte die Stirn. »Seid Ihr sicher, dass Ihr dort nicht in Gefahr sein werdet, Rosalind?«

Ihr erster Impuls war, die Frage zu verneinen, aber tief in ihrem Herzen wusste sie, dass Armond, wer oder was auch immer er jetzt war, ihr niemals etwas antun würde. »Ihr braucht Euch keine Sorgen um mich zu machen«, versuchte sie die Herzoginwitwe zu beruhigen. »Ich werde Euch schon bald besuchen.«

Rosalinds Beklommenheit nahm zu, als die Kutsche sie durch die Londoner Straßen nach Hause fuhr. Es war schon beinahe dunkel. Würde Armond sich heute Nacht wieder in das Tier verwandeln? Würde er sich nun jede Nacht verwandeln? Sie musste ihn nach dem Fluch fragen. Und sie musste das Gedicht endlich ganz lesen.

Das Haus, das ihr Vater ihrer Stiefmutter gekauft hatte, lag in Trümmern. Rauch stieg noch immer von der schwarzen Asche auf, die den Boden bedeckte. Das Feuer schien sich allerdings nicht ausgedehnt zu haben, stellte Rosalind erleichtert fest. Armonds Stallungen waren noch genauso unverändert wie das Haus, das sie miteinander teilten – oder geteilt hatten.

Hawkins hielt ihr schon die Tür auf, als sie noch auf das Haus zuging. Seine unverändert steife Haltung war Rosalind ein kleiner Trost. »Ist Lord Wulf zu Hause?«

»Er ist oben, seit Ihr weggefahren seid«, informierte Hawkins sie. »Er sagte, er wünsche für den Rest des Abends nicht gestört zu werden und ich solle mir bis morgen freinehmen … Soll ich meine Pläne ändern, Lady Wulf?«

»Das wird nicht nötig sein, Hawkins«, erwiderte sie. »Ich wünsche nämlich auch nicht gestört zu werden.«

»Na schön, Mylady. Ich habe ein kaltes Abendessen bereitgestellt, falls Ihr oder Seine Lordschaft später vielleicht noch Appetit bekommen solltet.«

»Danke, Hawkins. Gute Nacht«, rief sie, als er die Treppe hinaufging.

Armonds Tür war verschlossen. Beide Türen, merkte Rosalind schon kurz darauf. Sie ging zu ihrem Nachttisch, auf dem das Gedicht noch auf dem Buch lag, das sie aus Armonds Zimmer mitgenommen hatte, nahm das vergilbte Pergament und las:

Verdammt sei die Hexe, die mich mit diesem Fluch bestrafte.
Ich hielt ihr Herz für rein.
Ach, keine Frau fühlt Verpflichtung,
sei es gegenüber Familie, Namen oder Krieg.
Ich fand keinen Weg, den Fluch zu brechen,
keinen Trank, keinen Spruch und keine Tat.

Vom Tag an, da sie den Bann über mich sprach,
bedroht er jedes Kind und Kindeskind.

Verraten von der Liebe, von meiner eigenen falschen Zunge,
hieß sie den Mond, mich zu verwandeln.
Der Familienname, einst mein ganzer Stolz,
wird zum Tier, das mich bedrängt.
Und in der Stunde ihres Todes
rief die Hexe nach mir.
Unversöhnlich, ohne Erbarmen,
sprach sie dann, bevor sie starb:

»Suche und finde deinen ärgsten Feind,
sei tapfer und laufe nicht davon.
Liebe ist der Fluch, der dich bezwingt,
doch auch der Schlüssel, der dich befreit.«

Dein Fluch und Rätsel war mein Verderben,
ach Hexe, die ich liebte und doch nicht freien konnte.
Gefechte, die ich ausgetragen und gewonnen habe,
und dennoch hinterlasse ich nur Niederlagen.
Die Wulfs, die meine Sünden büßen,
die Söhne, die weder Mensch noch Tier sein können,
müssen nun enträtseln, was ich nicht konnte,
um erlöst zu sein von diesem Fluch.

Rosalind blinzelte, als sie die letzte Zeile las. *Erlöst zu sein von diesem Fluch?* Dann bestand also vielleicht noch Hoffnung? Warum hatte Armond ihr nicht gesagt, dass der Fluch sich brechen ließ? Dass nicht alles nur Finsternis und Verderben war, wie er sie glauben machen wollte? Ich werde ihn danach fragen und zwar jetzt sofort, dachte Rosalind.

Sie drehte sich zu der Tür um, die sie trennte, und war erstaunt zu sehen, dass er dort auf der Schwelle stand und sie beobachtete.

»Du hättest bei der Herzoginwitwe bleiben sollen«, sagte er. »Es ist schon beinahe dunkel. Du wirst nicht sicher bei mir sein.«

»Warum hast du mir nicht gesagt, dass der Fluch gebrochen werden kann?«, fragte sie nachdrücklich und ohne seine Warnung zu beachten.

»Weil wir leider noch nicht herausgefunden haben, wie man ihn brechen kann.«

Mit dem Gedicht in ihrer Hand, ging Rosalind zu ihm. »Das Gedicht weist dir den Weg. Es rät dir, deinen ärgsten Feind zu suchen, tapfer zu sein und nicht vor ihm zu fliehen.«

Er fuhr sich mit einer Hand durch sein zerzaustes Haar. »Ich habe meinen ärgsten Feind gesucht. Ich bin Penmore und Chapman entgegengetreten und nicht geflohen, Rosalind. Jeder, der dir wehtut, ist mein ärgster Feind.«

»Aber das war gestern Nacht. Du hast dich ihnen *gestern* Nacht entgegengestellt. Vielleicht wird es nun nicht mehr geschehen.«

Er blickte mit ernster Miene auf sie hinunter. »Ich will dich nicht im Haus haben«, sagte er. »Ich will dich nirgendwo in meiner Nähe haben.«

Seine Worte verletzten sie, weil sie befürchtete, er könnte damit nicht nur die kommende Nacht meinen. Sie hatte Angst, er könnte meinen, dass sie sich überhaupt nie mehr wiedersehen durften. »Warum kämpfst du nicht?«, fragte sie. »Warum kämpfst du nicht für uns?«

Ganz unvermittelt packte er sie an den Schultern und zog sie an sich. »Den Fluch zu brechen, kann gar nicht so einfach sein. Hast du das ganze Gedicht gelesen? Die Stelle, wo er über gewonnene Gefechte spricht, die trotzdem Niederlagen sind. Wenn dich das nicht überzeugt, sieh mich an. Sieh mich sehr genau an, Rosalind.«

Sie blickte zu ihm auf. Seine Zähne waren länger. Sie senkte ihren Blick auf seine Hände, die auf ihren Schultern ruhten. Auch seine Fingernägel sahen wieder aus wie Krallen. »Nein«, flüsterte sie, und ihr brach beinahe das Herz.

»Doch«, zischte er. »Es kommt sogar jetzt schon über mich, zu so früher Stunde. Du bist bei mir nicht sicher. Ich würde mir lieber das Leben nehmen, als dir jemals wehzutun. Ich weiß jetzt, warum mein Vater seinen Entschluss getroffen hat.«

»Aber er hat deiner Mutter keine Wahl gelassen«, sagte sie. »Genau wie du mir die Entscheidung abnehmen willst. Du sagst, dein ärgster Feind sei jeder, der mir wehtun würde, Armond. Dann bist *du* mein ärgster Feind. Wie bereitwillig du auf die Liebe verzichtest, die wir für einander empfinden, verletzt mich weitaus mehr, als es die Faust oder das Messer eines anderen Mannes jemals könnten. Wenn du dich von deiner Furcht besiegen lässt, wenn du dir dein und mein Leben entreißen lässt, dann bist du selbst dein ärgster Feind.«

Er ließ sie los und ging wieder in sein Zimmer. »Geh jetzt, Rosalind. Fahr zu der Herzoginwitwe und bleib dort, bis ich meine Brüder ausfindig machen und ihnen von den Ereignissen erzählen kann.« Er wandte sich ihr zu, und in seinen Augen stand wieder ein blaues Glühen. »Du verdienst mehr als das.« Mit einer ungeduldigen Handbewegung deutete er auf sein Gesicht.

Rosalind zog scharf den Atem ein und trat unwillkürlich einen Schritt zurück. Ihre Furcht verletzte ihn. Sie erkannte ihren Fehler allerdings zu spät. Er hatte die Hand schon auf die Türklinke gelegt. Rosalind trat hastig vor. »Was ist deine größte Furcht, Armond?«

Er hielt inne, und seine Augen glühten in der zunehmenden Dunkelheit. »Dass ich dich verletzen könnte. Ich habe gesehen, was ich mit Penmore gemacht habe. Ich weiß nicht mehr, was ich tue, wenn die Bestie Besitz von mir ergreift. Wenn sie mir den Verstand raubt, wie soll ich sie dann kontrollieren? Wie soll ich wissen, ob ich mich nicht auf dich stürzen und dir die Kehle zerreißen würde?«

»Du hättest mich schon gestern Nacht verletzen können«, erwiderte sie ruhig. Sie erinnerte sich nun wieder, dass Franklin sie als Schild benutzt hatte, da sie als Einzige nichts von dem Wolf zu befürchten hatte. »Du würdest mir niemals etwas antun, Armond. Ganz gleich, in welcher Gestalt auch immer.«

»Das weiß ich nicht!«, schrie er sie an; dann schnappte er plötzlich scharf nach Luft und krümmte sich vornüber. Er taumelte in sein Zimmer und fiel dort auf den Boden.

Rosalind erinnerte sich nun wieder an den Schmerz, der ihn auch in der vergangenen Nacht befallen hatte. Wenn der Schmerz kam, begriff sie nun, war auch der Wolf nicht mehr sehr weit. Sie hatte Armond gesagt, er müsse auf sich selbst vertrauen; nun musste sie die Kraft aufbringen, es ebenfalls zu tun. Sie musste auf Armond vertrauen, wenn er schon nicht auf sich selbst vertrauen konnte. Rosalind atmete tief durch, betrat sein Zimmer, zog die Tür hinter sich zu und schloss sich mit ihm ein.

34. Kapitel

Der Schmerz raubte Armond den Atem und benebelte ihm den Kopf. Er zog die Knie an die Brust. Er spürte, wie sich seine Knochen unter der Haut umformten. Da er aus dem Raum, in dem Chapman ihn mit Penmore eingeschlossen hatte, nicht herausgekommen war, hatte er angenommen, dass er auch aus seinem eigenen Zimmer nicht entkommen könnte, wenn beide Türen fest verschlossen waren. Trotz der Schmerzen gelang es ihm, sein Hemd über den Kopf zu ziehen; dann knöpfte er mit den inzwischen völlig entstellten Fingern seine Hose auf und streifte sie rasch ab.

Der Schmerz war so fürchterlich, dass er kaum noch einen vernünftigen Gedanken fassen konnte. Aber bald würden seine Gedanken ohnehin nicht einmal mehr seine eigenen sein. Dennoch durchdrang Rosalinds Duft für einen Moment seine gequälten Sinne, und er erkannte, dass sie bei ihm in seinem Zimmer war. Es würde ihn vernichten, wenn er sie verletzte. Jahrelang hatte er sein Herz bewacht, und dann war sie in sein Leben getreten und hatte es ihm schon in wenigen Sekunden in jener Nacht auf dem Ball der Greenleys gestohlen. Er liebte sie mehr, als er sein eigenes Leben liebte. Er musste gegen den Schmerz ankämpfen und dafür sorgen, dass sie ging … solange das noch möglich war.

Er zwang seine Kehle zu arbeiten und die Worte über seine Lippen kommen zu lassen, als der Schmerz bereits seine ganze Aufmerksamkeit fordern wollte. »Lass mich allein, Rosalind! Flieh, solange du noch kannst!«

Wie von sehr weit her drang ihre Stimme zu ihm vor. »Ich vertraue auf dich, Armond. Ich weiß, dass du mich nicht verletzen wirst.«

Verdammt! Die Qual zu wissen, dass sie bei ihm bleiben würde, ganz gleich, was aus ihm wurde, vermischte sich mit der Freude über die Erkenntnis, wie tief und stark ihre Liebe zu ihm war. Sein Leben war einst ein kalter, dunkler Ort gewesen, an dem die Leute über ihn getuschelt hatten und ihm ausgewichen waren, um ja nicht in Kontakt mit ihm zu kommen. Rosalind hatte alles und doch nichts verändert. Sie vermochte den Fluch nicht aufzuhalten, der ihn jetzt schon wieder überkam. Und er konnte ihn auch nicht aufhalten, obwohl er sich mit aller Kraft dagegen wehrte.

Er zwang sich, die Augen zu öffnen, und ließ seinen Blick durchs Zimmer gleiten, während sein Körper von Krämpfen geschüttelt wurde und sich zur Vorbereitung auf seine Verwandlung schon verrenkte und verdrehte. Was er sah, war nicht mehr Rosalind, sondern nur noch die Umrisse ihres Körpers und das rot schimmernde Blut in ihren Adern. Bilder von Penmores leblosem Körper schossen Armond durch den Kopf. Er sah wieder die klaffende Wunde an der Kehle des Mannes. Er versuchte Rosalind anzuschreien, vor ihm davonzulaufen, sich in Sicherheit zu bringen, aber der einzige Laut, der aus seiner Kehle kam, war ein ersticktes Aufheulen.

Rosalind hatte in der letzten Nacht schon mit angesehen, wie Armond sich verwandelte. Allerdings hatte sie unter Schock gestanden und erinnerte sich daher nur noch sehr verschwommen. Nun war der Beweis für das, was er zu sein behauptete, nur zu real. Sie konnte sich nicht einmal vorstellen, welche Qualen er erleiden musste, während seine Knochen sich verlagerten und sich zu einer Gestalt umformten, die der eines Menschen nicht einmal mehr ähnlich war. Während ihm überall Haare sprossen und sich zu Fell verdichteten, verkürzte sich seine hochgewachsene Gestalt und nahm das Aussehen eines Wolfes an. Doch selbst als er sich auf alle Viere erhob und der Mann nun ganz und gar verschwunden war, musste Rosalind sich eingestehen, dass Armond selbst in Gestalt eines Wolfes bemerkenswert schön war.

Ihr sträubten sich die Nackenhaare, als das Tier die Zähne bleckte und sie anknurrte. Sie hoffte nur, dass diese Reaktion nicht mehr als die letzten Reste von Armonds Verärgerung darüber war, dass sie seine Aufforderung zu fliehen nicht befolgt hatte. Rosalind schluckte den Kloß in ihrer Kehle hinunter und starrte in die glühenden Augen des beeindruckenden Tiers. Irgendwo in diesem Wesen befand sich noch Armond, und das durfte sie auf keinen Fall vergessen.

Sie stand mit dem Rücken zu der Tür, ihre Hand zur Sicherheit schon auf dem Knauf. Es erforderte fast mehr Willenskraft, als sie besaß, die Tür nicht zu öffnen, in ihr Zimmer zurückzuschlüpfen und den Wolf auszusperren. Aber das war nicht ihr Ziel. Ihr Ziel war, Armond zu beweisen, dass er ihr niemals etwas antun würde. Sie betete und hoffte nur, dass sie ihr Vertrauen in ihn nicht mit ihrem Leben bezahlen würde.

Allmählich ließ das leise Knurren des Wolfes nach. Das Tier starrte sie einfach nur noch an. Rosalind starrte zurück, bis das Spiel ihr zu ermüdend wurde. Obwohl ihr Herz fast schmerzhaft hart gegen ihre Rippen pochte und sich ein dünner Schweißfilm auf ihrer Stirn gebildet hatte, drehte sie den Türknauf hinter ihrem Rücken und öffnete die Tür. Rosalind trat rückwärts in ihr Zimmer, zog die Tür aber nicht hinter sich zu. Langsam ging sie weiter und entfernte sich nach und nach von dem Wolf. Die Tür ließ sie aber offen stehen. Das Tier kam nicht herein. Es blieb in Armonds dunklem Zimmer, und seine glühenden Augen beobachteten sie aus der Entfernung.

Sie versuchte, ganz alltägliche Dinge zu tun, obwohl sie vernünftig genug war zu erkennen, dass ihr Leben alles andere als alltäglich war. Ihre Stickarbeit lag in ihrem Nähkörbchen, und sie nahm sie heraus und versuchte, daran weiterzuarbeiten. Ihre Hände zitterten jedoch so heftig, dass ihre Bemühungen sinnlos waren. Schließlich stellte Rosalind den Korb beiseite und nahm das Buch von ihrem Nachttisch. Sie versuchte zu lesen, aber ihr Blick glitt immer wieder zum Nebenzimmer und den glühenden Augen, die sie von dort beobachteten.

Es würde eine lange Nacht werden.

Armond erwachte auf dem kalten Boden. Er hatte sich zu einer Kugel zusammengerollt und die Knie an die Brust gezogen. Er war nackt und fror wie an dem Morgen, als er neben Penmores Leiche erwacht war. Mit schier unerträglicher Klarheit erinnerte er sich an die vergangene Nacht und auch an Rosalind, die bei ihm in seinem Zimmer gewesen war, als er sich zu verwandeln begonnen hatte. Er sprang so schnell vom Boden auf, dass ihm das Blut in den Kopf schoss und er taumelte.

Er blickte sich in seinem Zimmer um, aber Rosalind war nirgendwo zu sehen. Dann sah er, dass die Tür zu ihrem Zimmer offen stand. Er ging hinein und fröstelte wieder in der morgendlichen Kälte. Rosalind lag auf dem Bett. Sein Herz begann wild zu pochen, als er sich ihr langsam näherte. Er starrte ihre blasse Schönheit an, ihr dunkles Haar, das auf dem blütenweißen Kissen lag. Ihre Lider flatterten, und sie öffnete die Augen.

Seine Knie versagten ihm fast den Dienst vor Erleichterung darüber, Rosalind lebend und, soweit er feststellen konnte, unverletzt zu sehen. Seine Zähne klapperten so heftig, dass er nicht einmal etwas zu ihr sagen konnte. Wahrscheinlich war es die neuerliche Verwandlung vom Tier zum Menschen, die diese Reaktion verursachte. Das und der Umstand, dass wegen Hawkins' Abwesenheit keine Feuer in den Kaminen ihrer Zimmer angezündet worden waren. Auch Rosalind sagte nichts, aber ihr Verhalten war beredter als Worte. Sie schlug die Decke zurück und lud ihn mit einer Handbewegung ein, zu ihr ins Bett zu kommen.

Er kam ihrer Offerte nur zu gerne nach, und wenn auch nur, weil er ihre Wärme brauchte, um sein unkontrollierbares Zittern zu bezwingen. Er musste in der Lage sein, sie anzuschreien, weil sie sich seiner Anweisung zu gehen widersetzt hatte. Sie war noch immer voll bekleidet ... eine kluge Entscheidung, falls sie mitten in der Nacht hätte fliehen müssen, um ihm zu entkommen. Ihre Körperwärme blieb jedoch unter ihrer Kleidung, und so versuchte Armond mit zitternden Händen, sie ihr auszuziehen.

Rosalind schien zu verstehen, was er brauchte, denn sie schob seine Hände weg und richtete sich lange genug auf, um sich bis auf ihre Unterwäsche auszuziehen und sich dann wieder neben ihn zu legen. Dann zog sie ihn an sich, nahm ihn in die Arme und gab ihm etwas von der Wärme ihres Körpers ab. Sein Kopf ruhte an der sanften Wölbung ihrer Brüste. Sie roch nach Lavendel, und unter seinem Ohr hörte er das ruhige Klopfen ihres Herzens. Nach und nach ging ihre Wärme auf ihn über, und ihm wurde bewusst, welches Opfer sie in der letzten Nacht für ihn gebracht hatte. Sie hatte ihm ihr Leben anvertraut. Ihm vertraut, als er nicht einmal sich selbst vertrauen konnte.

Sein Herz zog sich zusammen vor Liebe zu ihr, und an einer etwas tieferen Körperstelle reagierte er ebenfalls auf ihre intime Nähe, so wie jeder heißblütige Mann es täte. Da sein Kopf an ihren Brüsten ruhte, erschien es ihm nur ganz natürlich, das Gesicht zu drehen und durch den dünnen Stoff ihres Nachthemdes hindurch eine ihrer Brustspitzen zwischen die Lippen zu nehmen. Und obwohl sie scharf den Atem einsog, stieß sie ihn nicht fort.

Ihre Brustspitzen waren klein und rosig und richteten sich unter seiner Zunge auf. Von einem drängenden Verlangen nach mehr erfasst, zog er Rosalinds Nachthemd herunter, um ihre Brüste zu entblößen. Er küsste und liebkoste erst die eine Brust und dann die andere. Rosalind verschränkte die Finger in seinem Haar und bog sich ihm entgegen; ihre kleinen Seufzer schürten das Verlangen, das sein Blut heiß durch seine Adern rauschen ließ.

Langsam bewegte er sich an ihr hinunter und schob dabei behutsam ihre Unterwäsche zur Seite. Er bedeckte ihren Bauch mit heißen Küssen, ehe er noch tiefer glitt und ihren berauschenden femininen Duft einatmete. Rosalind versuchte ihre Knie zusammenzupressen, aber er hielt sie auseinander und beugte sich vor, um ihre Süße zu kosten, ihren empfindsamsten Punkt zu suchen und ihn mit seiner warmen Zunge zu liebkosen.

Ihr scharfes Einatmen verwandelte sich in ein lustvolles Stöhnen. Seine Liebkosungen wurden intimer, wieder und wieder strich er mit der Zunge über ihre wundervolle Feuchtigkeit, zupfte mit den Lippen sanft an ihrer empfindsamen Knospe und spürte, wie die ersten Schauer der Erfüllung sie durchliefen. Sie rief seinen Namen und bog sich in lustvoller Ekstase seinem Mund entgegen, bis ihre Finger, die immer noch in seinem Haar verschränkt waren, seinen Kopf zu ihrem Mund hinaufzogen.

Er küsste sie, als er sie nahm. Sie war warm, feucht und eng, und es war der Himmel auf Erden, sich ganz und gar von ihr umfangen zu fühlen. Langsam drang er noch tiefer in sie ein und begann sich sehr behutsam zu bewegen, bis die Wellen ihrer lustvollen Erregung schwächer wurden und ihr Körper wieder auf seinen reagierte. Im kalten Licht der Morgendämmerung rollte er sich zur Seite und zog sie auf sich.

Ihre schönen Augen weiteten sich vor Überraschung, und sie schnappte erstaunt nach Luft, als sie ihn sogar noch tiefer, intensiver in sich spürte. Er zeigte ihr, wie sie sich bewegen musste, wie sie ihm Vergnügen schenken und dabei gleichzeitig auch ihr eigenes finden konnte. Und obwohl sie nach wie vor recht unerfahren war, begriff sie ganz erstaunlich schnell, worum es ging.

Rosalind spürte, dass die Machtverhältnisse zwischen ihnen umgekehrt worden waren. Armond ließ sie den Rhythmus ihres Liebesspiels bestimmen, sie mit Bewegungen experimentieren, die sie stimulierten, und ertrug ihre Unerfahrenheit mit verblüffender Geduld. Sie bewegte ihre Hüften, langsam zunächst nur, dann aber immer schneller, als sie die damit bei ihm erzeugte Wirkung sah. Seine Augen glühten vor Verlangen, und er biss die Zähne zusammen, als kämpfte er mit aller Kraft darum, die Kontrolle zu bewahren.

Eine Zeit lang ließ er sie gewähren, dann legte er die Hände auf ihre Hüften, um sie ihre Bewegungen verlangsamen zu lassen, damit der bevorstehende Höhepunkt noch überwältigender als der vorangegangene wurde. Sie erreichte ihn vor ihm und bog sich ihm entgegen, als ein herrliches Prickeln sie durchflutete. Einen Augenblick später drang er plötzlich ganz tief in sie ein, und dann hob er sie von sich. Ermattet sank sie auf ihn und spürte seine pulsierende Härte an sich, als er seine Leidenschaft nicht in ihr, sondern auf ihrem Bauch verströmte.

Während sie dort lag, ihren eigenen aufgeregten Herzschlag und den seinen spürte, wurde ihr bewusst, dass sie die ganze Zeit über kein Wort gesprochen hatten. Und sie dachte auch, dass ihre Bereitwilligkeit, an diesem Morgen mit ihm zu schlafen, nach einer Nacht, in der sie ihr Vertrauen in ihn und in sich selbst erprobt hatte, der beste Beweis dafür war, was in ihrem Herz vorging. Sie liebte ihn. Und sie würde ihn immer lieben. Sie würde nicht zulassen, dass dieser Fluch, der auf ihm lastete, zwischen ihnen stand und ihnen die glückliche Zukunft raubte, die sie schon so lange mit ihm zu finden hoffte. Aber konnte sie ihn dazu bringen, das Gleiche zu empfinden?

»Das hätte nicht geschehen dürfen.«

Rosalind seufzte und blickte zu ihm auf. »Obwohl du ein großartiger Geliebter bist, lässt die Wahl deiner Worte nach dem Liebesakt doch sehr zu wünschen übrig. Warum musst du mir immer das Gefühl geben, als wäre ich zu bedauern, Armond?«

Er nahm eine Locke ihres Haars und wickelte sie um seinen Finger. »Vielleicht, weil ich mich angesichts der Macht unseres Liebesakts sehr klein und unbedeutend fühle. Oder weil ich dich und all das Glück, das du mir schenkst, nicht zu verdienen glaube.«

»Nun, das ist schon besser«, gab sie zu. Dann wurde sie ernst. »Wir müssen miteinander reden.«

Mit der Locke um seinen Finger zog er ihr Gesicht zu sich heran. »Später«, sagte er und küsste sie dann wieder.

35. Kapitel

Später sprachen sie miteinander. Allerdings redeten sie mehr über Dinge, die zu erledigen waren, als über ihre gemeinsame Zukunft. Das Nachbarhaus war bis auf die Grundmauern abgebrannt. Es gab keine Leichen zu bestatten, aber Rosalind wollte zumindest einen Gedenkstein für ihre Stiefmutter aufstellen lassen.

»Du wirst auch für Chapman einen aufstellen lassen«, kündigte Armond zu ihrer Überraschung an. »Es ist nicht nötig, dass die ganze Welt erfährt, dass er kein liebvoller Sohn war.«

Armonds Geste erstaunte sie und verstärkte ihre Liebe zu ihm sogar noch, brachte er doch ein ziemlich großes Opfer. Er könnte die Gerüchte über seine Familie als mutmaßliche Mörder zum Verstummen bringen, indem sie beide der Polizei erzählten, was sie wussten. Stattdessen aber hatte ihr Mann beschlossen, die Erinnerung an ihre Stiefmutter zu ehren.

»Das musst du nicht tun«, sagte Rosalind leise.

»Wenn ich gehe, will ich nicht, dass noch mehr als nur die Ehe mit mir deine Zukunft beeinträchtigt, Rosalind.«

Er hätte ihr genauso gut auch einen Fausthieb in den Magen geben können. Die zärtlichen Gefühle, die sie für ihn hegte, wichen auf der Stelle Ärger. »Du schläfst mit mir, und dann erzählst du mir, dass du noch immer vorhast, mich im Stich zu lassen? Es ist in Ordnung, wenn ich deine Hure bin, aber nicht in Ordnung, wenn ich deine Frau bin?«

Sein durchdringender Blick suchte den ihren, als er sie über den Tisch hinweg ansah, an dem sie ein kaltes Abendessen zu sich nahmen. »Ich habe dir doch schon gesagt, dass es ein Fehler war.«

Seine Antwort erzürnte sie noch mehr. Sie stand abrupt auf.

»Und war auch das zweite Mal oder das dritte Mal, als du heute mit mir geschlafen hast, ein Fehler?«

Armond wandte den Blick von ihr ab und fuhr sich mit einer Hand durchs Haar. »Ich wollte mich wie ein Mann fühlen, und nur wie ein Mann.«

»*Du* wolltest?«, wiederholte sie und wurde immer aufgebrachter. »Was ist mit dem, was ich will, Armond? Was ist mit unserer gemeinsamen Zukunft? Was ist mit den Kindern, die ich in meinen Armen halten möchte? Was ist mit …«

»Was ist mit dem Fluch?«, brüllte er plötzlich. »Verdammt, Rosalind, ich werde nicht von dir verlangen, meine Sünden oder meine Schande mit mir zu erleiden! Dazu liebe ich dich zu sehr.«

Obwohl ihr Herz in Anbetracht seines Eingeständnisses eigentlich hätte höher schlagen müssen, konnte sie sich nicht darüber freuen. »Wenn du mich wirklich liebst, wirst du verstehen, dass nichts schlimmer für mich sein könnte, als dich zu verlieren. Habe ich dir nicht gestern Nacht bewiesen, dass du mir niemals wehtun würdest, Armond? Du kannst mir nichts zuleide tun, weil du ein Herz mit der Bestie teilst.«

»Und du willst dein Leben mit ihr verbringen?«, fragte er. »Du willst, dass dieser Fluch auch unsere Söhne trifft? Wie könntest du das wollen, obwohl du so viel mehr vom Leben haben könntest? Obwohl du doch einen normalen Mann und ein normales Leben haben könntest?«

Sie ging um den Tisch herum, um streng auf ihn hinunterzublicken. »Bist du sicher, dass du das willst, Armond? Dass ich mit einem anderen Mann zusammen bin? Dass ich ihm alles gebe, was ich dir geben möchte? Dein Vater hat diesen Fehler bei deiner Mutter gemacht. Er hat ihr keine Chance gegeben. Mit seiner Entscheidung hat er ihr Leben zerstört.«

»Der Fluch hat sie zerstört«, widersprach Armond. »Was meine Mutter mit ansehen musste, und die Erkenntnis, dass es eines Tages auch ihre eigenen Söhne befallen würde. Das war es, was meine Mutter zerstört hat.«

Rosalind schüttelte den Kopf. »Nein. Er hat ihr das Herz gebrochen, so wie du mir nun meins brechen willst. Er hat eine Entscheidung für sie beide getroffen. Es war die falsche Entscheidung. Ich hoffe und bete, dass du nicht den gleichen Fehler machst«, sagte Rosalind und wandte sich zum Gehen.

»Wo willst du hin?«, rief er ihr nach.

Rosalind hatte gesagt, was zu sagen war. Armond wusste, dass sie ihn liebte, dass sie ihn trotz des Fluches liebte, der wegen seiner Liebe zu ihr über ihn hereingebrochen war. Sie konnte ihn nicht ins Licht zwingen, ihren schönen, rätselhaften Ehemann. Er musste selbst um sein Glück kämpfen. Er musste um seine und ihre Zukunft kämpfen. Er musste seinem ärgsten Feind, sich selbst, ins Auge sehen.

»Ich werde bei der Herzoginwitwe sein. Sie kann mir bei der Suche nach einem Grabstein für meine Stiefmutter helfen. Die Entscheidung liegt jetzt ganz bei dir, Armond. Du kannst gehen und dich ins Dunkel der Nacht davonstehlen, oder du kannst mit mir an deiner Seite ins Licht der Sonne treten. Dieser Fluch, der auf dir lastet, ist zweifellos sehr lästig, aber gemeinsam würden wir vielleicht einen Weg finden, um ihn zu brechen. Getrennt können wir gar nichts erreichen.«

Armond sah ihr nach, als sie den Raum verließ. Sie gehen zu lassen war das Schwierigste, was er in seinem Leben je getan hatte. Aber dass er sein eigenes Glück zu opfern bereit war, geschah nur ihr zuliebe. Zwei Nächte lang den Anblick der Bestie, in die er sich verwandelte, ertragen zu müssen, mochte ihr vielleicht gar nicht mal so entmutigend erscheinen. Aber es ein ganzes Leben lang zu sehen?

Was sollte er tun? Egoistisch sein? Sich nehmen, was er mehr als alles andere wollte, und sich einen Teufel darum scheren, was das für Rosalind bedeuten würde? Er hatte geschworen, sie zu beschützen. Bedeutete das denn nicht, sie vor allem zu beschützen, was ihr schaden könnte? Worte konnten ebenso verletzen wie ein Messer. Das wusste er nur allzu gut. Ihr Kinder zu verweigern würde sie verletzen, aber wäre es nicht ein weitaus größerer Schmerz für sie, seine Söhne zu gebären und zu wissen, dass sie schon von Geburt an verdammt waren?

Seine Entscheidung schien das Beste für sie zu sein. Mit der Zeit würde sie jemand anderen finden. Doch nicht einmal dieser Gedanke brachte ihm Frieden. Er erhob sich vom Tisch und begann unruhig auf und ab zu gehen. Die Vorstellung, dass ein anderer Mann sie halten, sie berühren, mit ihr schlafen könnte, war ihm schlicht und einfach unerträglich. Sie gehörte ihm, verdammt! Sie war seine Liebe. Sein Leben. Aber der Gedanke an ihr Glück ließ seinen Zorn erlöschen. Er wollte, dass sie glücklich war. Und damit sie das Leben führen konnte, das er ihr wünschte und sie verdiente, musste er sie gehen lassen.

»Lord Wulf?« Hawkins stand steif im Eingang.

»Was gibt es, Hawkins?«

»Lady Wulf hat mich gebeten, die Kutsche vorfahren zu lassen. Sie packt einige Sachen …«

»Ja«, unterbrach Armond ihn knapp. »Sie wird ein paar Tage bei der Herzoginwitwe verbringen.«

»Und das ist Euch recht, Lord Wulf?«

Hawkins war seit fast zehn Jahren bei ihm und hatte sich noch nie zuvor in Armonds Angelegenheiten eingemischt.

»Warum sollte es mir nicht recht sein, Hawkins?«, erwiderte er barsch.

»Ich dachte nur … ich dachte, nach allem, was Mylady durchgemacht hat, würde sie bei Euch sein wollen, Mylord. Das Haus wird mir irgendwie ganz seltsam leer ohne sie erscheinen.«

Und es würde noch viel seltsamer werden. »Für die nächsten

paar Nächte wünsche ich nach dem Abendessen allein gelassen zu werden. Du wirst nicht heraufkommen, Hawkins … ganz gleich, was du auch hörst.«

»Sehr wohl, Mylord.« Hawkins hatte seine gewohnte Förmlichkeit zurückgewonnen. Er wandte sich ab, hielt dann aber wieder inne und drehte sich noch einmal um. »Ihr seid Euch wirklich sicher, dass Ihr Mylady gehen lassen wollt?«

Nein, er wollte sie ganz und gar nicht gehen lassen. Aber es war das Beste, oder zumindest für sie. »Ja«, bestätigte er ruhig.

Es war das erste Mal, dass er Hawkins buchstäblich in sich zusammensacken sah. Dann ging der Diener.

Armond blieb im Speisezimmer, bis er Rosalind abfahren hörte. Es war gespenstisch still im Haus, aber andererseits war es das ja auch gewesen, bevor Rosalind bei ihm eingezogen war. Er hatte Gabriel eine Nachricht überbringen lassen mit der Bitte, in die Stadt zu kommen, aber noch keine Antwort von ihm erhalten, und erschienen war sein Bruder auch noch nicht. Armond hatte ihn Jackson nachgeschickt. Falls Gabriel sich ihm auf die Spur geheftet hatte, war nicht vorauszusehen, wohin ihn diese Reise führen konnte.

Armond hatte das Haus seit dem Brand nebenan nicht mehr verlassen. Nur Hawkins wusste, dass er zu Hause war, und Armond vermutete, dass selbst Hawkins, wenn es an der Zeit war, mit einer hübschen Summe dazu überredet werden konnte, in den Ruhestand zu gehen. Und was dann? Dann würde er auf dem Landgut Zuflucht suchen und sich dort vor der Welt verstecken. Ein für Armond alles andere als verlockender Gedanke. Gabriel schätzte das Einsiedlerleben auf dem Land, aber Armond hatte immer Menschen und Trubel um sich gebraucht, auch wenn er immer mehr Zuschauer als Teilnehmer gewesen war.

Na ja, berichtigte er sich selbst, ich war ein Zuschauer, bis Rosalind in mein Leben getreten ist und mich gezwungen hat, daran teilzunehmen. Er lächelte bei der Erinnerung an ihre kühne Annäherung in der Nacht des Balls der Greenleys. Was wäre, wenn sie ihn nicht angesprochen hätte? Wäre sie ihm dann in der Menge aufgefallen? Würde er auch sein Herz an sie verloren haben, wenn sie nie ein Wort mit ihm gewechselt hätte? Ja, irgendwie wusste er, dass das Schicksal sie zusammengebracht hätte, und wenn nicht in jener Nacht, dann eben in einer anderen.

Und nun riss das Schicksal sie wieder auseinander. Armond trat an eins der Fenster und blickte zu den Stallungen hinüber. Rosalind hatte ihre edle weiße Araberstute noch nicht geritten. Sie hatten weder ein Picknick im Park gemacht noch irgendeine gesellschaftliche Veranstaltung als Ehepaar besucht. Er fühlte sich bestohlen. Andererseits jedoch empfand er es auch als ein Geschenk, Rosalind zumindest gekannt und sie geliebt zu haben, und wenn auch nur für kurze Zeit.

Sie hatte ihn gebeten, mit ihr in den Sonnenschein hinauszutreten. Konnte die Sonne für ihn überhaupt noch jemals scheinen? Für einen Verfluchten? Er hatte es nie geglaubt – hatte sich nie auch nur zu erträumen oder zu erhoffen gewagt, dass sein Leben erfüllter sein könnte, als es war, bevor er ihr begegnete. Und das war es, was sie von ihm verlangte. Diese Verbitterung abzulegen, die ihn zum Gefangenen seiner eigenen Ängste gemacht hatte.

Er hatte Rosalind aus ihrer finsteren Welt gerettet, und sie ihn aus der seinen. Konnte er sie gehen lassen? Oder konnte er das Geschenk annehmen, das sie ihm anbot? Ihn trotz allem zu lieben? Bedingungslos zu lieben? All das waren Fragen, die er sich in den nächsten Tagen immer wieder stellen und zu beantworten versuchen würde, während der Mond immer mehr zunehmen und er der Bestie in sich hilflos ausgeliefert sein würde.

In London brodelte die Gerüchteküche. Während ihres Aufenthalts bei der Herzoginwitwe von Brayberry hatte Rosalind erfahren, dass der Viscount Penmore ermordet worden war. Die Leiche des Mannes war in einem von zwei verängstigten Pferden gezogenen Phaeton vor seiner Haustür aufgetaucht. Fast vollständig entkleidet und mit durchschnittener Kehle, war er offenbar ein Opfer von Straßenräubern geworden. Doch niemand schien sich über seinen Tod besonders aufzuregen. Der Viscount war zwar reich, aber nicht beliebt gewesen.

Die Herzoginwitwe half Rosalind beim Aussuchen der Grabsteine für ihre Stiefmutter und ihren Stiefbruder. Nach allem, was sie inzwischen über die Vergangenheit der Herzogin wusste, ließ Rosalind den Stein in Montrose neben dem ihrer Mutter und ihres Vaters aufstellen. Franklin, beschloss sie, konnte seinen Stein neben dem seines verhassten Vaters haben. Des Vaters, dessen Grausamkeit er geerbt hatte.

Die Päckchen mit ihren neuen Kleidern waren angekommen, und sie enthielten sogar neue Unterwäsche, Umhänge und Handschuhe. Die Herzoginwitwe hatte offenbar keine Kosten und Mühen gescheut und Armonds Geld mit vollen Händen ausgegeben. Die alte Dame hatte auch ein gutes Gespür für Kleidergrößen, sodass die Schneiderin, die mit den Päckchen gekommen war, nur einige geringfügige Änderungen vornehmen musste.

Nun stand Rosalind in einem dieser neuen Kleider, einem apfelgrünen Musselinkleid, das ihren makellosen Teint betonte und ihr wie angegosssen passte, im Garten der Herzoginwitwe und genoss den warmen Sonnenschein. Die sich überall öffnenden Blüten waren für Rosalind wie eine Art Symbol der Hoffnung. Der Anblick dieser zarten, aber vor Leben sprühenden Blumen ließ sie jedes Mal wieder ein wenig Mut schöpfen, wenn er sie völlig zu verlassen drohte. Eine Woche war vergangen, und sie hatte noch kein Wort von Armond gehört.

Und sie war auch nicht ein einziges Mal ausgegangen. Sie hatte die Herzoginwitwe gebeten, über Armonds Schicksal nichts verlauten zu lassen. Wenn es nicht anders ging, dachte Rosalind, dann würde sie tun, worum er sie gebeten hatte, und bekannt geben, dass er in dem Feuer umgekommen war, das auch ihre Stiefmutter und Franklin Chapman das Leben gekostet hatte. Armonds Tod würde für sie die Freiheit von ihrer Ehe bedeuten, aber das war eine Freiheit, die sie gar nicht haben wollte. Ihre Monatsblutungen hatten ausgesetzt. Sie war sich ziemlich sicher, dass schon jene erste gemeinsame Nacht mit Armond nicht ohne Folgen geblieben war. Trotz des Fluchs, der auf seiner Familie lastete, konnte sie es nicht bedauern, dass sie vielleicht ein Kind von ihm erwartete. Sie würde beten, dass es eine Tochter werden würde, aber auch einen Sohn würde sie nicht weniger lieben und vergöttern.

Um eine geradezu vollkommene Rose zu bewundern, blieb Rosalind stehen, beugte sich über die Blume und atmete ihren Duft tief ein. Sie spürte schon, dass sie nicht allein im Garten war, noch bevor sie aufschaute und sich umblickte. Ein Mann stand im Schatten der Bäume und beobachtete sie. Ihr Herz schlug schneller. Er war groß, und als er in die Sonne trat, tanzten Lichtstrahlen auf seinem blonden Haar. Gott, wie hatte sie ihn vermisst! Trotzdem wagte Rosalind noch nicht zu hoffen. Warum war er gekommen?

Als er auf sie zukam, erinnerte er sie wieder an eine große gelbbraune Katze, anmutig und auch gefährlich. Seine blauen Augen blickten geradewegs in die ihren, und sein Gesichtsausdruck ließ nichts von dem erkennen, was er vielleicht gerade dachte. Und plötzlich stand er vor ihr, ohne seinen eindringlichen Blick auch nur sekundenlang von ihr gelöst zu haben.

»Ich habe beschlossen, in den Sonnenschein hinauszutreten, Rosalind.«

Sie warf sich in seine Arme. Tränen des Glücks strömten über ihre Wangen, und sie umklammerte ihn mit aller Kraft, weil sie nie wieder auf das Gefühl von seinen starken Armen umfangen zu sein, auf seinen Duft, seine leise, tiefe, angenehme Stimme verzichten wollte.

»Was hat diese Sinnesänderung bewirkt?«, flüsterte sie mit gebrochener Stimme.

»Deine Worte.« Er strich ihr über die Haare, dann lehnte er sich etwas zurück, um auf sie hinuntersehen zu können. »Du hattest recht, Rosalind. Ich bin mein ärgster Feind. Jahrelang habe ich mein Herz bewacht und mich in Selbstmitleid gesuhlt. Ich habe nichts unternommen, bis ich gezwungen war zu handeln. Das ist kein Leben, und all das, was du mich gelehrt hast, war nötig, um es mich endlich einsehen zu lassen. Mein Vater hat die falsche Entscheidung getroffen. Er hätte bleiben und kämpfen sollen. Sich dem Dunkel zu überlassen, besiegte uns alle, bevor wir alt genug werden konnten, um zu begreifen, dass es mehr Mut braucht zu bleiben. Deine Tapferkeit beflügelt meine eigene, Rosalind. Ich werde mein Leben der Bestie nicht überlassen, aber dir werde ich bedingungslos mein Herz überlassen.«

Ihr Herz machte einen Sprung. Er hatte sie gerettet, und nun würde sie ihn retten. »Was die Zukunft uns auch immer bringen mag, Armond, wir werden es gemeinsam überstehen. Zwei Herzen sind immer stärker als eins.«

Er beugte sich vor, um sie zu küssen. Seine Lippen berührten jedoch kaum die ihren, als er plötzlich scharf den Atem einzog, von ihr zurücktaumelte und sich mit beiden Händen seinen Magen hielt, bevor er auf die Knie fiel.

»Armond!«, schrie Rosalind und ließ sich rasch neben ihm nieder. »Was ist mit dir?«

»Ich dachte, es wäre fürs Erste vorbei«, keuchte er. »Seit zwei Tagen bin ich abends als Mann zu Bett gegangen und morgens auch als Mann wieder aufgewacht. Aber der Schmerz ...« Er unterbrach sich, um nach Luft zu schnappen. »Es ist derselbe.«

»Wie kann das sein?« Rosalind blickte zu dem klaren, sonnigen Himmel auf. »Es ist helllichter Tag!«

Armond antwortete nicht. Sein Körper verrenkte sich. Trotzdem versuchte er noch aufzustehen, doch plötzlich flog er jäh zurück und prallte gegen eine hohe, mit dichtem Efeu bewachsene Steinsäule.

Rosalind blinzelte erstaunt. Als sie seine letzte Verwandlung mit angesehen hatte, war so etwas nicht geschehen. Armond stöhnte vor Schmerz; dann schoss sein Körper vor und schlug hart auf dem mit Ziegelsteinen ausgelegten Pfad auf, der durch den Garten der Herzoginwitwe führte. Es war, als ob irgendeine unsichtbare Macht Besitz von ihm ergriffen hätte und einen ebenso unsichtbaren Kampf mit ihm ausfechten würde.

Wieder eilte Rosalind zu ihm. Er rollte sich auf den Rücken und versuchte zu Atem zu kommen, den es ihm bei dem harten Sturz verschlagen hatte. Während Rosalind ihn sich noch völlig hilflos fühlend beobachtete, öffnete sich sein Mund noch weiter – weiter, als es menschenmöglich war. Seine Brust hob und senkte sich, sein Rücken bog sich durch, und aus seinem Mund strömte plötzlich ein helles Licht.

Rosalind schrie auf und taumelte zurück. Das aus seinem Mund strömende Licht nahm Gestalt und Form an, auch wenn es kein echtes Wesen war, da Rosalind durch sie hindurchsehen konnte. Sie sah sich Auge in Auge mit einem Wolf. Er erhob sich auf alle Viere und starrte sie an. Sie starrte fasziniert zurück, wie hypnotisiert von seinen glühenden Augen, die heller waren als das verschwommene Licht seines Körpers. Sogar noch heller als das Tageslicht. Sie wusste nicht, warum das Tier da stand und sie anstarrte, aber sie wusste, dass sie es irgendwie vertreiben musste.

»Hinweg!«, flüsterte sie. »Hinweg mit dir!«

Der Geist, denn es konnte nur ein Geist sein, wandte seinen Kopf, um Armond anzusehen, der beängstigend still auf dem Boden lag. Dann schlich der Wolf davon, durch die Blumen, die Gebüsche und das Strauchwerk, und über die Mauer, die den stillen kleinen Garten der Herzoginwitwe umgab. Rosalind saß einen Moment lang wie vom Donner gerührt da; dann kam sie wieder zur Besinnung und kroch auf Armond zu.

»Armond«, rief sie und versuchte ihn wachzurütteln. »Armond!«

Er atmete nicht.

Rosalind hämmerte mit den Fäusten auf seine Brust. »Armond!«

Plötzlich seufzte er, sog tief den Atem ein und öffnete die Augen. »Was ist passiert?«

Sie schluchzte vor Erleichterung darüber, dass er gesprochen hatte, dass er atmete. »Ich weiß es nicht«, flüsterte sie. »Aber Gott sei Dank bist du am Leben.«

Er hob eine Hand und berührte zärtlich ihre Wange. Einen Moment lag er ganz still, dann sagte er: »Es ist weg, Rosalind. Ich spüre es nicht mehr. Mein ganzes Leben war es in mir und wartete darauf, hinauszukommen, und nun ist es verschwunden.«

Mit Tränen in den Augen, die auch ungehindert über ihre Wangen strömten, sagte sie: »Der Fluch ist gebrochen. Du hast ihn gebrochen, Armond.«

Er schüttelte den Kopf. »Nein. Du hast ihn gebrochen, Rosalind. Meine Liebe zu dir hat ihn gebrochen. Liebe ist der Fluch, aber sie ist auch der Schlüssel. Du hast mich gezwungen, mich meinem ärgsten Feind zu stellen, meine Zweifel, meine Ängste, mein Selbstmitleid beiseitezuschieben, für eine Chance zu lieben und geliebt zu werden.«

»Ich liebe dich«, flüsterte sie.

Er zog sie an sich, um den Kuss zu beenden, den sie vor diesem merkwürdigen Zwischenfall begonnen hatten.

Epilog

Es war ihr erster Ball als Lady Wulf. Ein wirklich glanzvolles gesellschaftliches Ereignis, das die Herzoginwitwe an jenem Abend gab, und Rosalind wusste, dass sie und Armond nur deshalb eingeladen waren, weil die alte Dame sie geradezu vergötterte. Ihre Anwesenheit verursachte natürlich Gerede, aber das kümmerte Rosalind nicht. Es gab in ganz London keinen so gut aussehenden Mann wie ihren Ehemann.

»Kannst du hören, was sie über uns sagen?«, fragte sie Armond. Er hatte ihr von den seltsamen Talenten erzählt, die er seit seiner Kindheit gehabt hatte.

Er hielt inne, um zu lauschen. Dann lächelte er sie an. »Kein Wort.«

»Vielleicht ist das ganz gut so«, sagte sie. »Außerdem ist es mir egal, was sie sagen. Ich bin heute Abend die glücklichste Frau. Und auch die beneidenswerteste.«

»Du siehst bezaubernd aus«, sagte Armond und sah ihr lächelnd in die Augen. »Die Herzoginwitwe hat mein Geld sehr gut angelegt.«

Auch er war wunderschön, obwohl er, als sie ihm das gesagt hatte, erwidert hatte, Männer seien nicht schön. Aber da irrte er sich.

»Ich kann es kaum erwarten, Wulfglen zu sehen«, sagte sie. »Schöne, ruhige Flitterwochen auf dem Land klingen wunderbar.«

Armond runzelte die Stirn. »Ich habe noch immer nichts von Gabriel gehört, aber falls er sich auf die Suche nach Jackson gemacht hat, weiß ich, dass er als Erstes auf das Gut zurückkehren wird. Es ist seine einzig wahre Liebe.«

Das Gespräch über Gabriel veranlasste Rosalind, sich unwillkürlich nach Lady Amelia Sinclair umzusehen. Sie entdeckte ihre Freundin auf der anderen Seite des Raums, wo sie neben einem ziemlich dünnen, blassen jungen Mann stand. Als würde sie Rosalinds Interesse spüren, blickte Amelia in ihre Richtung. Die hübsche Blonde errötete, dann wandte sie den Blick rasch wieder ab.

Dass Amelia sie immer noch nicht öffentlich zur Kenntnis nahm, tat weh, aber Rosalind war fest entschlossen, sich von nichts und niemandem den Abend verderben zu lassen.

»Ich möchte mein Pferd reiten«, sagte sie zu Armond. »Und ich möchte dich dabei an meiner Seite haben. Ich möchte ein Picknick mit dir machen.«

Er lächelte. »Ich würde auch gern wieder ein Picknick machen. In deinem Bett.«

Ihr wurde ganz heiß unter dem sinnlichen Blick, mit dem er sie betrachtete. Sie verbrachten sehr viel Zeit miteinander im Bett. Aber sie war weit entfernt davon, sich zu beklagen. Ihre monatliche Regel war noch immer nicht gekommen. Intuitiv wusste sie ziemlich sicher, dass sie ein Kind erwartete. Aber sie wollte es Armond noch nicht sagen. Sie wollte sich zuerst ganz sicher sein.

»Rosalind?«

Sie wandte sich um und war überrascht, Amelia plötzlich vor sich stehen zu sehen. Die hübsche junge Frau atmete tief ein, trat vor und nahm Rosalinds Hände in die ihren. »Es hat mir so leid getan, von deinem Verlust zu hören. Ich hätte dich schon früher besuchen sollen, aber ich war völlig überlastet mit der ganzen Arbeit meiner Hochzeitsvorbereitungen.«

Rosalind zog eine Braue hoch. »Dann heiratest du also Lord Collingsworth?«

Amelia seufzte. »Ja, ich werde meinen Eltern und der Gesellschaft den Gefallen tun, aber heute Abend rebelliere ich noch mal.« Sie wandte sich an Armond. »Ich habe Eurer Frau bereits gesagt, dass ich Euch, sollten wir uns je wieder bei einer Gesellschaft begegnen, zum Tanzen auffordern würde.«

Armond lächelte Amelia an. »Ihr seid mutig.«

»Ja«, stimmte sie zu. »Die Herzoginwitwe vertraut ganz fest darauf, dass ich die schockierendste Frau in ganz London werde. Ich will sie nicht enttäuschen.«

Während er die Hand nach Rosalinds ausstreckte, sagte Armond: »Ich würde sehr gern mit Euch tanzen, Lady Amelia, doch vorher muss ich noch mit meiner bezaubernden Frau Gemahlin tanzen.«

»Natürlich«, entgegnete Amelia. »Ich werde hier auf Eure Rückkehr warten.«

Rosalind kicherte, als Armond sie auf die Tanzfläche führte. Er nahm sie in die Arme und begann mit ihr zu tanzen, und wie in der Nacht, in der sie sich begegnet waren, gaben sie einfach ein zauberhaftes Paar ab. Sie bewegten sich in vollkommener Harmonie und sahen sich dabei unablässig in die Augen. Rosalind wandte nur lange genug den Blick ab, um zu bemerken, dass sich mehrere junge Damen Amelia angeschlossen hatten. Sie hatte das Gefühl, dass ihr Mann in dieser Nacht deutlich häufiger tanzen würde als sie selbst. Vielleicht würde die Gesellschaft sich ja doch noch eines Besseren besinnen.

Als sie Armond wieder ansah, blickte er ihr lächelnd in die Augen, beugte sich ein wenig zu ihr vor und flüsterte ihr ins Ohr: »Habe ich dir heute schon gesagt, dass ich dich liebe?«

ENDE

Süßer Rausch der Finsternis

Die Autorin

Ronda Thompson lebte mit ihrem Mann und ihren beiden Kindern in Texas, USA. In ihrer Heimat war sie mit ihren Büchern sehr erfolgreich, ihre Romane tauchten regelmäßig auf der New York Times Bestsellerliste auf.
Süßer Rausch der Finsternis ist der zweite Band aus der paranormalen Serie um die charismatischen Brüder Wulf.

Ronda Thompson

Süsser Rausch der Finsternis

Roman

Aus dem Amerikanischen von
Ulrike Moreno

Weltbild

Die amerikanische Originalausgabe erschien 2006 unter dem Titel
The Untamed One
bei St. Martin's Press, New York.

Besuchen Sie uns im Internet:
www.weltbild.de

Genehmigte Lizenzausgabe für Verlagsgruppe Weltbild GmbH,
Steinerne Furt, 86167 Augsburg

Dieses Werk wurdevermittelt durch die
Literarische Agentur Thomas Schlück GmbH, 30827 Garbsen.
Übersetzung: Ulrike Moreno
Umschlaggestaltung: Johannes Frick, Augsburg
Umschlagmotiv: © Franco Accornero via Thomas Schlück GmbH, Garbsen;
© Gabriela
Gesamtherstellung: CPI Moravia Books s.r.o., Pohorelice
Printed in the EU
ISBN 978-3-86800-451-9

2013 2012 2011 2010
Die letzte Jahreszahl gibt die aktuelle Lizenzausgabe an.

Dieses Buch ist in liebevoller Anerkennung den »Tanten« gewidmet. Georgia, Lola, Nela, Lisa, Rose, Dora und Myriam, eure Unterstützung in den vergangenen Jahren hat mir mehr bedeutet, als ihr jemals wissen werdet. Danke, dass ihr immer für mich da wart.

Verdammt sei die Hexe, die mich mit diesem Fluch belegte.
Ich hielt ihr Herz für rein.
Ach, keine Frau fühlt Verpflichtung,
sei es gegenüber Familie, Namen oder Krieg.
Ich fand keinen Weg, den Fluch zu brechen,
keinen Trank, keinen Spruch und keine Tat.
Vom Tag an, da sie den Bann über mich sprach,
wird er sich vererben, von Saat zu Saat.

Verraten von der Liebe, von meiner eigenen falschen Zunge,
hieß sie den Mond, mich zu verwandeln.
Der Familienname, einst mein Stolz,
steht jetzt für die Bestie, die mich bedrängt.
Und in der Stunde ihres Todes
rief die Hexe nach mir.
Unversöhnlich, ohne Erbarmen,
sprach sie dann, bevor sie starb:

»Suche und finde deinen ärgsten Feind,
sei tapfer und laufe nicht davon.
Liebe ist der Fluch, der dich bezwingt,
doch auch der Schlüssel, der dich befreit.«

Ihr Fluch und Rätsel sind mein Verderben,
ach Hexe, die ich liebte und doch nicht freien konnte.
Schlachten habe ich ausgetragen und gewonnen,
und dennoch hinterlasse ich nur Niederlagen.
Ihr Wulfs, die ihr meine Sünden büßt,

Söhne, die ihr weder Mensch noch Tier sein könnt,
löst das Rätsel, das mir verschlossen blieb,
und werdet erlöst von diesem Fluch.

Ivan Wulf,
Im Jahr des Herrn siebzehnhundertfünfzehn

1. Kapitel

Der Wald von Whit Hurch,
England, 1821

Die Musketenkugel hatte seine Schulter durchschlagen. Blut schoss aus der Wunde, das sich warm und klebrig an Jackson Wulfs Haut anfühlte. Die Bauern von Whit Hurch waren abergläubische Irre, die ganze verdammte Bagage. Sie jagten ihn noch immer, mit zornig erhobenen Stimmen und Augen voller Blutgier, um ihn zu töten. Die Dorfbewohner glaubten, dass er eine Art Ungeheuer war – ein Mann im hellen Licht des Tages und ein Wolf, wenn der Mond des Nachts voll und rund am Himmel prangte.

Und diese verdammten Idioten hatten recht.

»Da ist er!«

Eine Muskete krachte. Die Kugel zersplitterte keine drei Zentimeter von Jacksons Gesicht entfernt an einem Baum. Verdammt. Sein gutes Aussehen war die einzige Gabe, die ihm in seinem verfluchten Leben mitgegeben worden war. »Nicht ins Gesicht, ihr verfluchten Mistkerle!«, brüllte er. »Schießt, wohin ihr wollt, aber nicht in mein Gesicht!«

Eine weitere Kugel pfiff vorbei, diesmal tiefer. *Auch da nicht!*, dachte Jackson und begann wieder zu rennen.

Plötzlich erhob sich eine schrille Frauenstimme hinter ihm. »Bringt ihn nicht um, Papa! Ich liebe ihn!«

Es war die süße kleine Hollis, das Schankmädchen aus der Taverne, in der Jackson die letzten fünf Nächte übernachtet hatte. Das Wirtshaus und die Zimmer darüber, von denen Jackson in dieser letzten Woche eines bewohnt hatte, gehörten ihrem Vater. Die Tochter hatte ihm hinter dem Rücken ihres Vaters den einen oder anderen Krug Bier zukommen lassen und ihm zu verstehen gegeben, dass sie nichts dagegen hätte, im Gegenzug dafür auch von Jackson etwas zu bekommen. Und er war durchaus versucht gewesen, da Frauen eine seiner vielen Schwächen waren, doch er war standhaft geblieben und hatte sich weiter auf sein Ziel konzentriert.

Frauen waren der Knackpunkt seiner Probleme und waren es immer schon gewesen. Ein Jahr zuvor, bevor er ins Ausland gereist war, hatte er sein Herz törichterweise einer jungen Dame der Gesellschaft geschenkt. Lady Anne Baldwin verkörperte alles, was ein wahrer Gentleman sich bei einer Frau nur wünschen konnte. Schönheit, Anmut, Liebenswürdigkeit. Er war betört gewesen von ihr und ihrer großherzigen Freundschaft zu einem Mann, der nahezu von der gesamten Gesellschaft geschnitten und gemieden wurde. Letztendlich hatte die junge Dame nie erfahren, dass sie sein Herz gestohlen hatte, und schon gar nicht, dass sie sogar den alten Familienfluch auf ihn herabgebracht hatte.

Vor Jahrhunderten waren alle männlichen Wulfs von einer Hexe verflucht worden. Eine Hexe hatte sie verflucht – und womöglich würde der Tod einer Hexe sie von dem gleichen Fluch befreien können, dachte Jackson. Gerüchte hatten ihn zu der kleinen Siedlung Whit Hurch geführt, wo angeblich eine Hexe unter den Dorfbewohnern lebte. Durch vorsichtige Fragen hatte er herausgefunden, dass die Frau vor einigen Monaten verschwunden war, sich aber vermutlich noch irgendwo in den Wäldern um das Dorf herum versteckte.

Jackson hatte sie noch nicht gefunden, sich aber geschworen, es zu tun. Seine Zukunft und die seiner Brüder konnten davon abhängen, diese Frau zu töten. Ein Gedicht, das der erste von dem Fluch getroffene Wulf seinen Nachkommen hinterlassen hatte, enthielt ein Rätsel, welches zukünftigen männlichen Wulfs riet, ihren ärgsten Feind zu suchen und zu finden, tapfer zu sein und nicht davonzulaufen. Falls Jackson die Hexe also fand, die früher einmal in dem Dorf gelebt hatte, konnte ihr Tod den Fluch für ihn und seine Brüder vielleicht ein für alle Mal brechen. Vorausgesetzt natürlich, dass er lange genug am Leben blieb, um sie zu töten.

Hinter ihm fielen wieder Schüsse. Jackson rannte, bis ihm der Schweiß auf die Stirn trat. Seine verletzte Schulter brannte, und der Blutverlust machte ihn benommen. Als er aufschaute, bemerkte er, dass es noch eine ganze Weile dauern würde, bis es dunkel wurde. Normalerweise wünschte er sich den Vollmond nicht herbei, doch um zu überleben, brauchte er jetzt den Wolf, der sich in ihm erheben würde.

Was ihn in seine derzeitige Notlage gebracht hatte, war eine solche Verwandlung gewesen, die von einem der Dorfbewohner am Vorabend beobachtet worden war, während sich Jackson allein im Wald geglaubt hatte. Er hatte leider keinerlei Kontrolle über diese Dinge. Vielleicht hätte er gelernt, damit zu leben, wenn er es hätte steuern können, doch wie bei seiner ausgeprägten Vorliebe für Alkohol und Frauen beugte er sich letzten Endes immer einer Kraft, die stärker war als sein Wille. Und das musste ein Ende haben.

Jacksons ältester Bruder, Armond, hatte geheiratet. Es war eine Vernunftehe, oder zumindest hatte Armond das behauptet, aber Jackson wusste es besser. Wenn Armond nicht schon jetzt rettungslos verliebt war in seine junge Braut, dann war es nur noch eine Frage der Zeit. Und deshalb hatte Jackson den Entschluss gefasst, sie alle zu retten.

Es war von enormer Wichtigkeit für ihn, den Bann zu brechen, der ihn und seine Brüder um ein normales Leben brachte. Den Fluch, der ihnen ihre Eltern und ihre gesellschaftliche Stellung in der Londoner Oberschicht genommen hatte. Jackson hatte keine wirklich bedeutende Aufgabe in seinem Leben … nichts als sein Streben, den Fluch, der auf seiner Familie lastete, zu entkräften. Und er war wild entschlossen, das zu schaffen. Er würde die Hexe finden und sie töten, wenn er dadurch den Fluch außer Kraft setzen konnte. Aber der Wald war groß, und nicht einmal seine überlegenen Instinkte und sein Spürsinn hatten ihn bisher zu der Frau geführt, nach der er auf der Suche war.

Erschöpft hielt Jackson inne und lehnte sich an einen Baum, um Atem zu holen. Mit dem Ärmel seines eleganten Gehrocks wischte er sich den Schweiß von seiner Stirn. Die leichte Brise frischte auf, und für einen Moment lang schloss er die Augen und ließ sich von der nun etwas kühleren Luft beleben. Doch dann trug der Wind plötzlich einen Duft zu ihm hinüber. Den Duft einer Frau. Selbst schwindlig und benommen durch den Blutverlust konnte Jackson den Duft einer Frau erkennen, wenn er ihn wahrnahm. Auch sein Gehör war weitaus besser als das eines normalen Menschen, und so lauschte er nun angestrengt.

Er hörte ein leises Stöhnen, ein weibliches Seufzen und dann das Geräusch von schwerem Atmen. Geräusche, die eine Frau vielleicht von sich geben mochte, wenn sie mit einem Liebhaber beschäftigt war. War es die Hexe? Das fiel ihm schwer zu glauben, denn in seiner Vorstellung war die Frau, die er suchte, alt und hässlich. Mit ihrem struppigen Haar und warzenübersäten Gesicht könnte eine solche Frau höchstens dann einen Mann ins Bett bekommen, wenn sie ihn mit einem Zauberspruch belegte.

Trotzdem fühlte Jackson sich wie magisch angezogen von ihrem Duft. Es war der Geruch nach Frau, nach Sonne, Erde und Regen, vermischt mit einem kaum merklichen Duft nach Geißblatt und, erstaunlicherweise, auch nach Blut. Die Geräusche schwerer Schritte, die durchs Dickicht stolperten, und die vor Aufregung und Jagdfieber erhobenen Stimmen verblassten schlagartig, und plötzlich hörte Jackson nur noch *sie*. Sie durchdrang ihn mit ihrer Gegenwart und lullte ihn ein mit den leisen Lauten, die sie von sich gab, sodass er bereitwillig zu ihr hinging, beinahe so, als ob das Schicksal es verlangte.

Während er sich zwischen den Bäumen hindurchschlängelte, kämpfte er gegen den Schmerz seiner Schussverletzung an, ignorierte das geronnene Blut unter seinem Hemd und drängte weiter. Die kleine Bauernkate, auf die er wenig später stieß, war kaum mehr als eine armselige Hütte und so stark von wildem Wein und anderen Ranken überwuchert, dass sie vor der dichten Wand des Waldes fast nicht zu erkennen war.

Jackson roch weder ein Küchenfeuer, noch sah er verräterische Rauchfähnchen aus dem zerfallenden Schornstein aufsteigen. Er nahm keine Anzeichen von Leben wahr, nicht einmal unter den Tieren dieses Waldes. Jackson sträubten sich die Nackenhaare, so unheimlich war diese Stille.

Aber die Frau war in der Kate; das spürte er.

Jackson griff nach dem Messer, das er an seinem Gürtel trug. Doch es war nicht da. Kein Messer, keine Waffe. Ein schöner Mörder war er. Die Dörfler hatten ihn überrascht. Es war ihm gerade noch gelungen, sich anzukleiden und aus seinem Zimmer über der Schenke zu entkommen, bevor sie die Jagd auf ihn eröffnet hatten.

Wenn es sein musste, würde er die Frau mit bloßen Händen töten, beschloss Jackson. Vorausgesetzt, dass diese Frau tatsächlich die Gesuchte war und ihr Tod ein normales Leben für ihn und seine Brüder bedeuten würde, konnte er das ruhigen Gewissens tun. In seinem Vorhaben bestärkt, schlich Jackson zu der Tür der Kate und öffnete sie vorsichtig.

Das Innere der Hütte war nur schwach beleuchtet, doch

Jacksons Augen waren weitaus schärfer als die eines normalen Mannes. Eine Frau lag auf einem Strohsack auf dem festgestampften Lehmboden. Ihre Knie waren gebeugt und weit gespreizt, ihre Beine nackt. Die große Wölbung ihres Bauches bewegte sich unter dem schmutzigen Kleid, das sie bis zu den Oberschenkeln hinaufgezogen hatte. Es war kein Liebhaber, mit dem sie beschäftigt war, sondern der Schmerz und die Qual der Wehen.

Jacksons Blick glitt über ihren aufgeblähten Leib, vorbei an der wirren Mähne roter Locken, die ihr bis zu den Schultern reichten, und zu ihrem Gesicht. Ihre Blicke begegneten sich, ließen einander nicht mehr los, und es war, als verschlüge es ihnen beiden gleichzeitig den Atem.

»Ihr seid also schließlich doch gekommen«, flüsterte sie. »Tötet mich, aber tut dem Kind nichts an. Er ist unschuldig.«

Wieder sträubten sich die Haare in Jacksons Nacken. Wenn sie wusste, wozu er hergekommen war, dann war dies die Frau, die er gesucht hatte. Die Hexe. Seine schlimmste Feindin. Aber sie sah ganz anders aus, als er sie sich vorgestellt hatte. Sie war weder alt noch bucklig, und sie hatte auch keine Warzen oder Haare im Gesicht. Sie war schön. Sogar schweißbedeckt, mit ihrem zerzausten Haar und ihrer alten, abgetragenen Kleidung war ihre Schönheit nicht zu übersehen.

Ihre Augen waren von einem tiefen Grün, grün wie der Wald, der sie beschützte. Die wirren Locken, die ihr über die Schultern hingen, waren so glutrot wie ein Sommersonnenuntergang. Und obwohl ihr Leib durch die Schwangerschaft stark angeschwollen war, war sie so feingliedrig und zartknochig, dass Jackson sie mühelos hätte zerbrechen können.

»Noch nicht«, sagte sie, als erriete sie, was er dachte. »Lasst mich zuerst mein Kind zur Welt bringen. Ich flehe Euch an, ihm nichts zu tun. Wenn Ihr mich getötet habt, dann bringt ihn zu einer Familie in dem Dorf. Sagt ihnen nicht, woher Ihr ihn habt, nur dass er allein ist und jemanden braucht, der für ihn sorgt.«

Ihre Worte verunsicherten Jackson. Sie schien zu akzeptieren, was er als seine Pflicht ansah. Als sei ihr das eigene Schicksal gleichgültig, nicht aber das ihres Kindes. Und dennoch konnte er immer noch nicht wirklich glauben, dass es diese Frau war, die er suchte.

»Bist du eine Hexe?«

Ihre Augen wurden schmal. »Ihr wisst, dass ich eine bin«, erwiderte sie. »Deswegen seid Ihr schließlich hier, nicht wahr?«

Schmerz verdunkelte ihre Augen, bevor Jackson ihr eine Antwort geben konnte, und sie biss sich so fest auf ihre volle Unterlippe, dass Blut hervortrat. Ihr Bauch spannte und bewegte sich, und sie hob die Hüften an und presste – jedoch ohne Erfolg, wie Jackson sehen konnte.

»Er steckt fest«, keuchte sie schließlich, als sie auf das Strohlager zurücksank und nach Atem rang. »Das Kind muss gedreht werden. Lasst mich Eure Hände sehen.«

Wie benebelt – entweder durch den eigenen Blutverlust, durch das Wissen der Frau, dass er wegen ihr gekommen war, oder einfach nur, weil er mitansehen musste, wie eine Frau unter völlig anderen Umständen als den von ihm gewohnten ihre Beine spreizte –, zeigte Jackson ihr seine Hände.

»Das wird gehen«, keuchte sie. »Eure Finger sind lang und schlank und Eure Hände feingliedrig trotz Eurer Größe. Ihr müsst in mich hineingreifen und das Kind drehen, damit es seinen normalen Weg gehen kann.«

Jacksons Finger waren natürlich schon in einer Frau gewesen, doch niemals zu dem von ihr vorgeschlagenen Zweck. Ihre Bitte behagte ihm überhaupt nicht. Mit finsterer Miene blickte er auf sie hinab und schüttelte den Kopf. »Das kann ich nicht«, erklärte er. »Ich verstehe nichts von diesen Dingen.«

Als eine neue Wehe sie durchzuckte, tastete die Frau nach einem Stock und schob ihn zwischen ihre Zähne, bis der Schmerz verging. »Dann tut eben nichts«, keuchte sie. »Steht einfach nur da und seht zu, wie ich sterbe, und das Kind mit mir. Das wird leichter sein, als uns nachher umbringen zu müssen.«

Was sie sagte, stimmte. Jackson hatte noch nie in seinem Leben eine Hand gegen eine Frau erhoben. Dieser Gedanke hatte ihn während seiner gesamten Suche gequält – die tatsächliche Vernichtung der Feindin, der er gegenübertreten und die er besiegen musste, um den Fluch zu brechen. Er hatte gewusst, dass er sie, um als Sieger hervorzugehen, töten musste, aber was das Töten selbst anging, so hatte er sich bisher nicht einmal erlaubt, darüber nachzudenken … oder sich zu fragen, ob er dazu fähig war. Spielte das Schicksal ihm jetzt in die Hände? Doch wenn die Natur ihr das Leben nahm und nicht er, wäre der Fluch dann trotzdem noch gebrochen?

Jackson kam plötzlich der Gedanke, dass es, wenn es ein Kind gab, auch irgendwo einen Mann geben musste. Er schnupperte, nahm aber keinen Geruch von irgendjemand anderem als der Frau wahr, die das Haus bewohnte.

»Wo ist der Vater des Kindes?«, fragte er.

Sie starrte ihn aus großen Augen an. »Das wisst Ihr nicht? Er hat Euch nicht geschickt?«

Jackson schüttelte verwirrt den Kopf. »Nein. Ich bin gekommen, weil ich eigene Gründe habe, dich zu töten. Wegen dem, was du meiner Familie angetan hast … du selbst oder andere deinesgleichen.«

Falls sie eine Antwort darauf hatte, ging diese in der nächsten Wehe unter. Sie drückte den Rücken durch, ihr Bauch hob sich, und ein heftiges Erschauern durchlief sie. Ein leises Stöhnen entrang sich ihrem offenen Mund. Er sah, wie sie presste und presste, mit all ihrer Kraft, die nicht mehr sehr groß war, und wieder geschah nichts.

»Habt Ihr eine Waffe?«, keuchte sie.

Etwas betreten schüttelte er den Kopf.

Die Frau runzelte die Stirn, und ihr schmerzerfüllter Blick glitt über ihn. »Also hattet Ihr vor, mich mit bloßen Händen umzubringen.« Sie richtete sich auf die Ellbogen auf. »Dann tut es jetzt! Wenn Ihr schon nicht mit Euren Händen in mich hineingreifen wollt, dann legt sie mir wenigstens um den Hals und beendet diese Qual für mich. Ohne Eure Hilfe sind das Kind und ich sowieso verloren.«

Ein Gnadentod? Für Jackson klang das weitaus besser als ein kaltblütiger Mord. Sie hatte recht, er sollte ihre Qual beenden. Sie leiden zu sehen bereitete ihm kein Vergnügen, ja, verschaffte ihm nicht einmal Genugtuung. Es machte ihn nur krank. Aber sie umzubringen, um ihr Leiden zu beenden … damit könnte er doch leben, oder nicht?

Jackson schwankte ein wenig, ihm war schwindlig, als er sich langsam ihrer Strohmatratze näherte. Dabei wandte er den Blick von ihrer unteren Körperhälfte ab, die vor seinen Augen voll und ganz entblößt war, was ihn unter anderen Umständen zweifellos erfreut hätte, und kniete sich neben sie. Mit schmerzerfülltem Blick, doch frei von Furcht, blickte sie zu ihm auf. Verdammt, sie besaß mehr Courage als er selbst!

»Tut es«, drängte sie und legte den Kopf in den Nacken, um ihm besseren Zugang zu ihrer schlanken Kehle zu verschaffen. »Ich habe schon lange vermutet, dass ich wegen meines Andersseins eines Tages ein solches Ende finden würde. Ich habe mich mit meinem Schicksal abgefunden.«

Die Passivität der Frau empörte ihn. Wo blieb ihr Überlebenswille? Wo ihr Zorn darüber, dass ihr ein so völlig anderes Leben als allen anderen beschieden gewesen war? Warum bot sie ihm ihre Kehle an, wenn sie sich doch bis zum bitteren Ende gegen ihn hätte wehren müssen? Vielleicht verdiente sie es, zu sterben. Wenn sie dem Leben so wenig Wert beimaß, warum sollte er ihr dann nicht den Gefallen tun?

Ihre Haut war zart und warm, als er ihr die Hände um den Hals legte. Die Berührung ließ Funken sprühen, vibrierte wie die spannungsgeladene Luft vor einem Gewitter. Auch die Frau spürte es, denn ihre Augen, die sie vorher noch geschlossen hatte, öffneten sich jäh.

»Ihr seid auch anders«, flüsterte sie. »Ihr seid kein Mensch. Aber Ihr seid auch kein Tier. Ihr seid beides.«

Jackson sah keine Veranlassung, ihr zu widersprechen, obwohl es ihn ein wenig aus der Fassung brachte, dass sie ihn als das erkannte, was er war. Sein Gesicht hatte ihm bisher immer gute Dienste geleistet – es war eine hervorragende Tarnung, die seine dunklere Natur verbarg.

»Ich werde bald wieder ein Mensch sein«, versicherte er ihr. »Und *nur* ein Mensch, wenn du durch meine Hand dein Ende findest.«

Sie befeuchtete ihre Lippen, und er bemerkte, wie voll und weich sie waren, obwohl sie sie in ihrem Schmerz schon fast zerbissen hatte. »Aber was für eine Art Mensch werdet Ihr sein?« Ihre beunruhigenden, mandelförmigen, ja, fast schon katzenhaften Augen musterten ihn prüfend. »Einer, der danach noch mit sich leben kann?« Sie beugte sich vor und schnupperte an ihm. »Der Alkohol, den ich in Eurem Atem rieche, beantwortet mir meine Frage. Ihr werdet darin ertrinken. Am Ende werdet Ihr durch ihn noch weniger ein Mann sein, als Ihr es bislang seid.«

Jackson umklammerte ihren Hals noch fester. Ihre Worte trafen ihn. Die Wahrheit darin. Selbst heute Morgen hatte er gleich nach dem Aufstehen schon einen Schluck getrunken. Nur um die Kälte aus seinen Knochen zu vertreiben, hatte er versucht, sich einzureden. Er hatte sich eine Menge einzureden versucht, seit seine Neigung zu Alkohol und Frauen sein Leben bestimmte.

Die Frau vor ihm stöhnte auf vor Schmerz. Ihre Hände legten sich über seine, und sie presste seine Finger an ihren Hals. »Bitte«, wisperte sie.

Frauen hatten ihn schon oft um Gnade angefleht, aber immer nur in lustvoller Verzückung, nie im Schmerz. Jackson versuchte, sich dazu zu zwingen zuzudrücken. Aber seine Finger wollten ihm nicht gehorchen. Nur des Kindes wegen, sagte er sich. Die Hexe hatte recht. Das Kind in ihr trug nicht die Schuld an den Sünden seiner Mutter. Jackson zog seine Hände wieder von ihrem Hals zurück.

Aus tränenfeuchten Augen sah sie zu ihm auf. »Was immer Ihr auch seid, es ist nicht so schlimm wie das, wozu Ihr gerade werdet«, brachte sie hervor. »Wollt Ihr dasitzen und zusehen, wie wir für eine wie auch immer geartete Sünde leiden, die ich Eurer Meinung nach gegen Euch begangen habe?«

»Nein«, versicherte er ihr und ließ sich seufzend zwischen ihren Beinen nieder. Es war eine Stellung, die ihm normalerweise gar nicht fremd war, aber eine Sachlage, die sein Verständnis beinahe überstieg. »Sag mir, was ich tun soll.«

2. Kapitel

Lucinda war den Tränen nahe, als der Mann die Hände von ihrer Kehle nahm. Seine Weigerung, ihrem Leiden ein schnelles Ende zu bereiten, kam für sie nicht überraschend. Den Menschen, und besonders den Männern, schien es zu gefallen, wenn sie litt. Sie war eine Hexe, und sie versuchte nicht einmal, den Begriff zu umschreiben oder zu beschönigen, indem sie sich als Heilerin bezeichnete, obwohl sie auch ein gewisses Geschick auf diesem Gebiet besaß. Sie war dafür bezahlt worden, Menschen mit einem Zauber zu belegen, ihnen die Zukunft vorauszusagen und ihnen Geburtshilfe zu leisten. Ihre Mutter war eine Hexe gewesen, so wie es ihre Großmutter und all die anderen Frauen in ihrer Familie schon seit Jahrhunderten gewesen waren.

Die Menschen mieden sie im hellen Licht des Tages, doch im Schutz der Dunkelheit schlichen sie sich zu ihrem Haus im Dorf. Frauen baten sie um Zaubertränke, um anziehender zu wirken, sie holten sie zu einer schwierigen Geburt und einer Reihe anderer Dinge, aber Lucinda wusste nur zu gut, dass bei einer Missernte oder wenn das Wetter sich verschlechterte, sie die Erste war, der man die Schuld daran zuschrieb.

Und nun, wo alles voll Düsternis und Hoffnungslosigkeit gewesen war, begann sie plötzlich wieder neuen Mut zu fassen. Der Fremde würde ihr helfen ... was wenig Sinn ergab, sofern er nach wie vor die Absicht hatte, sie zu töten. Selbst zu sterben machte Lucinda nicht viel aus, aber das Kind, das unschuldige Kleine, das durch eine schändliche Tat gezeugt worden war, während sie ohnmächtig im Haus des Grundherrn gelegen hatte, trug nicht die Schuld an ihren Sünden oder denen seines Vaters.

Sie hatte gedacht, dass Lord Cantley jemanden geschickt hatte, um sie zu töten – um sich ihrer und des Kindes zu entledigen, damit es nicht eines Tages eine Bedrohung für die Krone darstellte –, aber der Fremde hatte offenbar seine eigenen Gründe, ihren Tod zu wollen. Sie würde jetzt seine Hilfe annehmen und ihm später Fragen stellen.

»Schiebt Eure Hände in mich hinein, sucht das Kind und dreht es um. Ich vermute, dass er versucht, verkehrt herum auf die Welt zu kommen.«

Jackson warf einen Blick zwischen ihre Beine und erschauderte. »Meine Hände werden dort nicht hineinpassen.«

»Das werden sie«, beharrte sie. »Und sorgt Euch nicht wegen des Schmerzes, den Ihr mir vielleicht zufügt. Wenn ich sowieso sterben muss, wäre es doch sinnlos, vorsichtig zu sein. Es geht mir nur um das Kind. Ich will, dass er am Leben bleibt.«

Der Mann zog eine Braue hoch. »Er?«

»Es ist ein Junge«, versicherte sie ihm. »In dem Korb dort drüben in der Ecke liegt eine Flasche Alkohol. Reinigt damit Eure Hände – aber trinkt ihn nicht«, fügte sie hinzu, als käme ihr gerade erst dieser Gedanke. »Oder zumindest nicht, bis Ihr das Kind zur Welt gebracht und mich ermordet habt, während ich hier liege und zu schwach bin, mich zu wehren. Danach könnt Ihr dann Eure mutige Tat, eine hilflose Frau ins Jenseits befördert zu haben, von mir aus gern in aller Ruhe feiern.«

Der Mann blickte stirnrunzelnd auf sie hinab, ging dann aber zu der besagten Ecke und holte die Flasche aus dem Korb. Lucinda beobachtete, wie er seine Hände mit dem Brandy übergoss. Und sie sah auch, wie sehnsüchtig er die Flasche betrachtete, fast schon so begehrlich, wie ein Mann eine schöne Frau ansah. Schließlich stellte er sie aber wieder in den Korb und kam zu ihr zurück. Der Fremde legte seinen Rock ab, der sehr elegant und gut geschnitten war, wie sie bemerkte, und rollte dann die Ärmel seines nicht minder feinen Leinenhemdes hoch.

»Als ich dich hier fand, dachte ich zuerst, du wärst sehr tapfer«, sagte er. »Doch nun sehe ich, dass du einfach nur mit Dummheit geschlagen bist. So inständig um das Leben deines Kindes zu betteln, um mich dann im nächsten Atemzug derart herabzusetzen, ist deiner momentanen Lage nicht gerade förderlich.«

Lucinda hatte schon immer eine scharfe Zunge gehabt. Man hatte sie nie gelehrt, die Dinge zu beschönigen. Sie war keine hochwohlgeborene, wohlerzogene junge Dame, die gelernt hatte, für einen Mann zu erröten, um ihren Willen durchzusetzen. Lucinda sagte für gewöhnlich, was sie dachte, ohne Rücksicht auf die Konsequenzen. Es war ja schließlich nicht so, als ob die Leute eine gute Meinung von ihr haben müssten. Sie hatten schon seit dem Tag ihrer Geburt schlecht von ihr gedacht.

Der Schmerz riss sie aus ihren Überlegungen. »Jetzt!«, keuchte sie. »Greift in mich hinein, und dreht das Kind!«

Sie spürte, wie seine Hände sie erforschten, sanft zunächst, dann fester, als der Schmerz sie scharf die Luft einziehen und nach Atem ringen ließ. Er hatte allerdings recht gehabt; eine Hand von ihm war schon beinahe mehr, als sie ertragen konnte. Zwei Hände würden nie in sie hineinpassen.

»Ich fühle es«, sagte er. »Ich spüre den Kopf, aber er befindet sich nicht in der falschen Lage.«

Das verwirrte Lucinda. Sie hatte schon vielen Kindern auf die Welt geholfen und schon im zarten Alter von dreizehn Jahren mit Geburtshilfe begonnen. Sie war sicher, dass die Lage des Kindes das Problem sein musste. Aber dann kam ihr ein anderer Gedanke.

»Könnt Ihr seinen Hals ertasten? Hat sich vielleicht die Schnur darum verwickelt, und er kann sich deshalb nicht bewegen?«

»Die Schnur? Was für eine Schnur?«

»Versucht einfach, seinen Nacken zu ertasten«, beharrte sie. Der grauenhafte Schmerz überkam sie wieder, doch wenn es dem Mann gelänge, die Nabelschnur vom Hals des Kindes zu entfernen, könnte die Geburt normal vonstatten gehen. »Spürt Ihr dort etwas?«

»Ja«, antwortete er endlich. »Etwas Schnurähnliches, aber auch sehr Glitschiges.«

»Das ist sie«, keuchte sie. »Könnt Ihr sie lockern?«

»Ich werde es versuchen.«

Seine Versuche brachten sie fast um. Lucinda ergriff wieder den Stock und schob ihn erneut zwischen ihre Zähne, um nicht aufzuschreien. Der Mann würde vielleicht aufhören, wenn er wüsste, wie sehr er sie verletzte – doch andererseits, warum sollte er? Er wollte, dass sie starb. Er wäre wahrscheinlich nur nie auf die Idee gekommen, dass er sie auf diese Weise töten würde.

»Ich habe es geschafft!« Spürbare Aufregung klang in seiner Stimme mit. »Ich habe die Schnur vom Hals des Kindes gelöst.«

Und das keinen Augenblick zu früh. Der Drang zu pressen überkam Lucinda, und die natürlichen Instinkte ihres Körpers ließen sich nicht mehr steuern. Sie hatte so gut wie keine Kraft mehr, doch sie richtete sich auf die Ellbogen auf und presste, presste so fest sie konnte. Das Kind begann sich zu bewegen.

Sie spürte die Veränderung in sich, und das Wissen, dass sie nun eine gute Chance hatte, ihren Sohn zu retten, ließ in Lucinda eine Kraft aufwallen, die eigentlich schon längst hätte verbraucht sein müssen.

Für einen Moment legte sie sich zurück, um sich auszuruhen und auf den nächsten Schmerz zu warten. Er kam schnell, beinahe zu schnell, um auch nur tief durchzuatmen.

»Du musst fester pressen«, sagte der Mann.

Hätte Lucinda noch die Kraft dazu gehabt, hätte sie den

Fremden mitten in sein gut aussehendes Gesicht getreten. Es ärgerte sie, dass ihr sein gutes Aussehen selbst unter den gegebenen Umständen nicht entgangen war. Aber sein attraktives Äußeres war ja auch wirklich kaum zu übersehen. Man müsste schon blind oder tot sein, dachte Lucinda, um unberührt von diesem Gesicht zu bleiben.

Doch ihr blieb keine Zeit mehr, über das bemerkenswert gute Aussehen des Fremden nachzudenken. Weder über die weizenblonden Strähnen in seinem Haar, die glatte, leicht gebräunte Haut, die samtig dunkle Farbe seiner Augen, noch über die erstaunlich langen Wimpern oder ausgeprägten Grübchen rechts und links an seinen Wangen. Lucinda musste wieder pressen, und sie versuchte es mit der allerletzten Kraft, die ihr geblieben war.

»Fester!«, befahl der Mann. »Streng dich an, oder du wirst nicht lange genug leben, um dein Kind zu sehen. Press, so fest du kannst, und ich verspreche dir, dass ich mich darum kümmern werde, dass der Kleine gut versorgt wird.«

Eine leise Hoffnung versuchte sich gegen ihre Verzweiflung durchzusetzen. Konnte sie dem Wort eines Mannes vertrauen, der offen zugegeben hatte, sie umbringen zu wollen? »Versprecht es mir«, flüsterte sie. »Versprecht mir, dass Ihr Euch um meinen Jungen kümmern werdet. Versprecht mir, dass er niemals Hunger leiden, frieren oder ohne ein Dach über dem Kopf sein wird.«

»Ich verspreche es«, sagte der Mann. »Und nun press endlich, verdammt!«

Als der nächste Schmerz kam, schloss Lucinda die Augen und presste mit aller Kraft.

»Ich kann schon den Kopf sehen!«, rief der Mann. »Er kommt!«

Lucinda presste weiter. Der Druck war so groß, dass sie das Gefühl hatte, innerlich auseinandergerissen zu werden. Fast schrie sie auf, aber sie wollte ihre Energie nicht umsonst verbrauchen und presste nur umso fester. Noch zweimal drückte und presste sie mit aller Macht, und schließlich glitt das Kind aus ihr hinaus.

»Ich habe den glitschigen kleinen Kerl – was soll ich jetzt mit ihm tun?«

Noch immer schwer nach Atem ringend, wies sie den Fremden an: »Haltet ihn an den Füßen hoch, und gebt ihm einen Klaps auf seinen Po.«

Sekunden später erfüllte der süßeste Laut, den sie je gehört hatte, die kleine Kate. Ein wutentbrannter Schrei. Ein Lebensschrei. Ihr Sohn war geboren. Auf die Ellbogen gestützt, sah Lucinda zu, wie der Fremde das Kind in seinen feinen Überrock einpackte. Mit einem Ausdruck des Erstaunens auf seinen gut aussehenden Zügen starrte der Mann auf ihren Sohn hinab, als hätte er Lucindas Existenz vergessen.

»Er ist perfekt«, flüsterte er.

»Hat er alles, was er haben sollte?«, veranlasste ihr Mutterinstinkt sie zu fragen.

Der Fremde zählte Fingerchen und Zehen. »Ja. Obwohl er, was seine männlichen Attribute angeht, vielleicht sogar ein bisschen *zu* gut bedacht ist.«

Ein irrationales Bedürfnis zu lachen überwältigte sie beinahe. Unter den gegebenen Umständen hätte Lucinda eigentlich nichts, was der Fremde sagte, lustig finden dürfen. »Das ist normal bei Neugeborenen«, erklärte sie. »Ich denke, sie wachsen in ihre männlichen Körperteile schnell genug hinein. Oder in einigen Fällen vielleicht sogar darüber hinaus.«

Der Fremde blickte auf. »Nicht in allen Fällen«, versicherte er ihr.

»Ihr müsst die Nabelschnur durchtrennen«, sagte sie. »Ich möchte ihn halten.«

Der Mann runzelte die Stirn. »Womit durchtrennen? Ich sagte doch schon, dass ich keine Waffe bei mir habe.«

Es war dumm, ihm zu vertrauen, doch was blieb Lucinda anderes übrig? Falls er tatsächlich vorhatte, sie zu töten, wollte sie wenigstens einmal ihren Sohn in den Armen gehalten haben, bevor es so weit war. »In dem Korb.« Sie nickte wieder zu der Ecke hinüber. »Dort ist alles, was wir brauchen, um meinen Jungen zu versorgen. Der Schmerz überkam mich so plötzlich, dass ich hinfiel und keine Zeit mehr hatte, den Korb zu holen.«

Der Fremde legte ihren Sohn behutsam auf den Boden, holte den Korb und kniete sich dann neben sie. Lucinda erklärte ihm, was er zu tun hatte, wie er die Nabelschnur verknoten und sie danach durchtrennen musste, damit der Säugling nicht verblutete. Es waren saubere Tücher in dem Korb, und während der Fremde den Säugling reinigte, betrachtete Lucinda ihren eigenen bedauernswerten Zustand.

Da ihr Kleid nicht mehr zu retten war, blieb ihr nichts anderes übrig, als dem Mann den Rücken zuzukehren und ihre blutigen Sachen auszuziehen. Sie griff in den Korb nach einem sauberen Kleid, frischer Unterwäsche und den dicken Lappen, die ihre Blutung stillen würden. Während der Fremde sich auf die Säuberung des Neugeborenen konzentrierte, kümmerte sie sich um ihre eigene Körperpflege. Sie hatte allerdings kaum Zeit, das saubere Kleid überzustreifen. Es stand vorne, wo die Knöpfe waren, noch immer offen, als er plötzlich bei ihr war und ihr den Säugling überreichte.

Der Anblick ihres Sohnes ließ Lucinda alles andere vergessen. Er war wunderschön. In jeder Hinsicht ganz und gar vollkommen. Dann sah Lucinda das Muttermal an seinem Schenkel, und das Blut gefror ihr in den Adern. Es war das Geburtsmal seines Vaters – ein kleiner roter Drache. Und es bedeutete das Todesurteil für ihr Kind. Der Graf von Cantley hatte verwandtschaftliche Beziehungen zur Krone. Er war der Cousin des Königs. Der Gutsherr würde niemals zulassen, dass ein Bastard eines Tages den englischen Thron bedrohte oder alles in Gefahr brachte, was er seinen legitimen Erben eines Tages zuteil werden lassen wollte. Das war der Grund, warum er ihren Tod befohlen hatte, noch bevor das Kind geboren war.

Nachdem sie bei zweien von Lord Cantleys legitimen Söhnen Geburtshilfe geleistet hatte, hatte Lucinda keine Mühe, das Geburtsmal zu erkennen. So wie jeder andere es erkennen würde, der es sähe. »Mein armer Kleiner«, flüsterte sie und drückte das Kind an ihre Brust. Das Neugeborene schrie, glitt suchend mit dem Mündchen über ihre Brüste und begann an einer ihrer Brustwarzen zu saugen. Vom ersten schwachen Zug an entspann sich ein Band zwischen ihnen.

Mit in Tränen schwimmenden Augen und einem solch überwältigenden Glücksgefühl, dass es ihr schier den Atem raubte, blickte Lucinda auf das Kind hinab. Und in dem Moment erwachte endlich auch wieder der Überlebenswille in ihr, ein wildes, leidenschaftliches Verlangen, dieses Kind vor allem Unrecht zu beschützen. Und nicht nur das Neugeborene, sondern auch sich selbst. Unter halb gesenkten Lidern betrachtete sie den Fremden. Doch er sah nicht sie an, sondern schien völlig fasziniert von dem Anblick des an ihrer Brust nuckelnden Kindes.

»Ich hatte vergessen, dass sie auch noch anderen Zwecken als meinem Vergnügen dienen«, bemerkte er gedehnt. »Vielleicht beginnt die Faszination eines Mannes für die Brüste einer Frau schon in dem Moment, in dem er geboren wird.«

Lucindas Blick glitt zu dem scharfen Messer, das er auf den Boden neben dem Strohsack gelegt hatte. »Wer seid Ihr?«, fragte sie nun endlich.

Den Blick noch immer auf das Kind gerichtet, antwortete er: »Lord Jackson Wulf.«

Seinen Namen, oder besser gesagt seinen Familiennamen, hatte Lucinda schon gehört. Sogar in den Dörfern war der Klatsch über die feinen Kreise der Londoner Gesellschaft ein sehr beliebtes Thema. Wahrscheinlich hätte sie aber auch ohne die Kenntnis seines Namens geahnt, dass er von hoher Geburt war. Seine Kleidung, seine Sprache, seine Manieren, all das sprach von einer höheren Stellung im Leben. Lucinda hatte von den wilden Wulfs von London schon gehört. Es hieß, sie wären verflucht und zum Wahnsinn verdammt. Aber so war das keineswegs, erkannte sie. Sie waren mit etwas weitaus Schlimmerem gestraft. Nur was hatte das alles mit ihr zu tun?

»Warum seid Ihr auf der Suche nach Vergeltung?«, fragte sie. »Ich kenne Euch nicht, und Ihr kennt mich nicht.«

Ihn an seine Absichten zu erinnern war nicht sehr klug, wie sie zu spät erkannte. Sein Blick glitt von dem Kind zu ihrem Gesicht hinauf, und in seinen Augen stand plötzlich ein Glühen, das da vorher nicht gewesen war. Zum ersten Mal bemerkte Lucinda nun auch seine Verletzung – das schon geronnene Blut, das die Schulter seines feinen Hemdes befleckte ... ziemlich viel Blut, wie sie bemerkte.

»Ich kenne deinesgleichen«, erwiderte er bitter. »Es gibt da ein Rätsel. Ich muss mich meinem ärgsten Feind stellen und als Sieger hervorgehen. Es war eine Hexe, die meine Familie vor hundert Jahren verfluchte. Der Tod einer Hexe befreit uns vielleicht wieder von dem Fluch.«

Nicht alle von Lucindas Art waren schlecht und verfluchten Menschen. Sie selbst war eine weiße Hexe, wie ihre Mutter sie genannt hatte. Sie konnte keinen bösen Zauber durchführen oder Schaden mit ihrer Magie anrichten. Doch eine schlechte Tat blieb immer leichter in Erinnerung als eine gute. Lucinda versuchte, eine tapfere Miene aufzusetzen. »Ich verstehe«, sagte sie. »Ich muss ja ungemein gefährlich auf Euch wirken, wie ich hier halb tot vom Blutverlust vor Euch liege und ein kleines, unschuldiges Kind an meine Brust drücke. Wenn Ihr vorhabt, mich zu töten, worauf wartet Ihr dann noch?«

Aber er hatte den Blick von ihr abgewandt und schien nicht mehr zuzuhören. »Sie kommen.«

Verwirrt, weil Lucinda nichts als eine unheimliche Stille wahrnahm, fragte sie: »Wer kommt?«

Er hatte ein sehr ausdrucksvolles Profil. Alle seine Gesichtszüge waren nahezu vollkommen. Sogar sein starkes Kinn und die sinnlich vollen Lippen standen nicht im Gegensatz zueinander, sondern befanden sich in perfektem Einklang miteinander. Seine Augenbrauen und Wimpern waren dunkel im Vergleich zu seinem mit blonden Strähnen durchzogenen Haar. Selbst der Schatten seines Bartes war dunkel. Dunkelheit und Licht. Er war ein Mann der Gegensätze, und sie spürte, dass diese Merkmale nicht nur äußerlich präsent waren. Und doch hatte sein Gesicht noch nie Gewalt erfahren. Nicht einmal die kleinste Narbe verunzierte seine männlich schönen Züge.

Falls er ihre Musterung spürte, ließ er es sich nicht anmerken. Er saß völlig reglos da und schien sich auf irgendetwas zu konzentrieren, das sich Lucindas Verständnis vollkommen entzog. Während er solchermaßen abgelenkt war, bewegte Lucinda ihre Hand ganz langsam auf das Messer zu, bekam den Griff zu fassen und zog die Waffe näher.

»Die Dorfbewohner«, sagte er schließlich. »Sie machen Jagd auf mich. Sie hetzen mich, als wäre ich ein Tier.«

Lucindas Herz begann wild zu pochen. Die Dörfler waren hinter ihm her? Und er hatte sie zu ihrer Tür geführt? Lord Cantley hatte ein Kopfgeld auf sie ausgesetzt, um sicherzugehen, dass ihr niemand im Dorf Unterschlupf gewährte. Wenn Jackson Wulf sie jetzt nicht tötete, dann würde es zweifelsohne einer von Lord Cantleys Schergen tun, sobald sie ihm im Austausch gegen die Belohnung ausgeliefert worden wäre.

»Es wird dunkel.« Er sagte es leise, aber seine Stimme klang jetzt völlig anders als noch kurz zuvor. »Dir und deinem Kind droht Gefahr von mir, und denen da draußen auch.«

Seinem eigenen Eingeständnis nach war Lucinda schon von dem Moment an in Gefahr gewesen, als er die kleine Kate betreten hatte. Sie war gezwungen gewesen, sich in den letzten Monaten in dieser jämmerlichen Hütte zu verstecken. Die Lebensbedingungen hier waren sehr hart für sie gewesen. Sie hatte Angst gehabt, dass sie vielleicht sogar verhungern oder das arme Kind in ihr so klein zur Welt kommen würde, dass es keine Überlebenschance hätte.

»Sie werden jeden Moment hier sein.« Jacksons eigenartiger Blick wandte sich wieder Lucinda zu. »Die Dunkelheit bezwingt mich schneller, als die Füße dieser Narren sie hierher tragen können. Wenn ich dich jetzt töte, kann dieses Elend für meine Familie beendet sein.«

Da das Kind an ihrer Brust inzwischen eingeschlafen war, legte Lucinda den Kleinen vorsichtig beiseite und umklammerte das Messer in ihrer Hand noch fester. Jacksons glühende Augen beunruhigten sie. Seine Augen und die Art, wie sein Blick immer wieder zu ihren nackten Brüsten hinunterglitt. Kein Neugeborenes nuckelte dort noch. Und Jackson Wulf sah sie jetzt auf eine völlig andere Weise an. Er begehrte sie.

Wenn es sein musste, würde sie seine Schwäche gegen ihn benutzen, denn sie bezweifelte, dass sie ihn ohne das Überraschungsmoment auf ihrer Seite mit dem Messer töten könnte.

Es erforderte fast mehr Mut, als sie besaß, aber sie flüsterte: »Berührt sie. Berührt mich. Wenn ich schon sterben muss, dann schenkt mir Lust zusammen mit dem Schmerz.«

Wieder erhob er seine seltsam glühenden Augen zu ihrem Gesicht. Er berührte sie nicht, doch er beugte sich zu ihr vor. Sie war überrascht von dem Funken, der zwischen ihnen entflammte, als sein Mund den ihren streifte. Das unerwartete Gefühl ließ Lucinda zusammenfahren und vor ihm zurückweichen, aber dann holte sie tief Luft, beugte sich vor und presste ihre Lippen auf die seinen. Der Funke war noch da, überschattet nur von sehr viel dunkleren Gefühlen. Jackson legte eine Hand unter ihr Kinn und zwang sie sanft, den Mund zu öffnen.

Die streichelnde Berührung seiner Zunge in ihrem Mund brachte ihren Puls zum Rasen und ihren Magen vor Aufregung zum Kribbeln. Jackson benutzte seine Zunge, um sehr behutsam auch über die kleinen Bisswunden zu streichen, die sie an ihrer eigenen Unterlippe hinterlassen hatte. Sie hätte seinem Reiz vielleicht widerstehen können, wenn er das nicht getan hätte. Wenn er ihr nicht dieses kleine bisschen Mitgefühl entgegengebracht hätte. Mitgefühl war eine ebenso neue Erfahrung für sie wie die, einen Kuss zu *geben*, statt zu einem gezwungen zu werden. Die Hand des Fremden glitt unter ihr Haar, und er bewegte seinen Mund auf eine Weise, die sie einander irgendwie noch näher brachte und es ihm ermöglichte, noch tiefer in die warme Höhle ihres Mundes vorzudringen.

Das war zu viel für Lucindas normalerweise eher abgestumpften Sinne. *Er* war zu viel. Zu männlich. Zu erfahren. Zu gefährlich. Trotz allem, was sie schon erlitten hatte und er sie noch erleiden lassen wollte, stiegen Sehnsucht und Verlangen in ihr auf – beides Dinge, die sie noch nie bei einem Mann empfunden hatte, obwohl sie nun schon Mutter war.

Ihr Leben war keines mit behutsamer Werbung gewesen Es war derb und oft sogar vulgär. Alle Küsse, die ihr in der Vergangenheit abgerungen worden waren, waren immer gleich gewesen. Dieser Mann, dieses Tier, ihr möglicher Mörder, verstand es, eine Frau zu küssen. Wie konnten Lippen so fest und sanft zugleich sein? Süß wie Apfelkuchen, aber auch stark wie Apfelwein? Er hatte sie mit seinem Kuss in einen wahren Strudel gerissen, in dem sie nun, dem Wasser hilflos ausgeliefert, im Kreis herumwirbelte und keinen Boden mehr unter den Füßen fand.

Er überflutete sie mit unbekannten und unerwünschten Empfindungen, und wie eine Ertrinkende versuchte Lucinda, wieder an die Oberfläche zu gelangen und zu atmen. Ihre Arme glitten hoch und legten sich um seinen Nacken. Scheu berührte sie seine Zunge mit der ihren. Er gab einen Laut von sich, der tief aus seiner Kehle kam und sie bis ins tiefste Innere erbeben ließ. Sie verachtete ihn dafür, dass er ihr ein Gefühl abrang, und verachtete sich selbst, weil sie überhaupt keinen Hass auf diesen Mann verspürte, der die Absicht hatte, sie zu töten. Seine Augen waren geschlossen, sodass er das Messer in ihrer Hand nicht sehen konnte. Langsam hob Lucinda ihren Arm, brachte die Klinge in Position und stieß sie ihm in seinen Rücken.

3. Kapitel

Jackson spürte die Gefahr, bevor er wieder klar genug denken konnte, um zu reagieren. Die Klinge durchbohrte seine Haut, aber bei seinem jähen, scharfen Einatmen zögerte die Frau. Und ihr Zögern bewahrte ihn vor einer ernsthafteren Verletzung. Jackson fuhr zurück, entwand ihr das Messer und schleuderte es durch den Raum.

»Du wolltest mich umbringen!«, empörte er sich und war selbst überrascht, wie schwer er atmete, obwohl er doch nicht mehr getan hatte, als sie zu küssen.

»Ihr habt gesagt, Ihr wärt gekommen, um mich zu töten«, versetzte sie, und auch sie war völlig außer Atem.

»Aber so zu tun, als begehrtest du mich, ist niederträchtig.«

Sie schob ihr Kinn vor. »Nicht niederträchtiger, als eine Frau zu töten, nachdem sie gerade erst ihr erstes Kind zur Welt gebracht hat!«

Ihr Einwand hatte etwas für sich. Aber jetzt war keine Zeit, um Sünden zu vergleichen. Jacksons Haut hatte bereits zu jucken begonnen. Es war das Fell, das sich unter seiner Haut bildete. Das Fell, das seinen ganzen Körper überziehen und ihn mit dem Pelz eines Tieres – eines Wolfes – bedecken würde. Er stand schnell auf und zog sich aus. Wenn die Krallen aus seinen Fingerspitzen schossen, würde er seine Kleider durch die fieberhaften Bemühungen des Tiers, sie abzustreifen, ruinieren.

»Was tut Ihr da?«, flüsterte die Frau.

»Mich auf die Verwandlung vorbereiten«, antwortete er. »Nimm das Kind und geh. Ich werde dich ein andermal töten müssen.«

Für einen Moment sagte sie nichts. Dann gab sie ein sehr undamenhaftes, schnaubendes Geräusch von sich. »Das Kind nehmen und fliehen? Glaubt Ihr, ich hätte die Kraft, durch den Wald zu rennen? Ich habe gerade ein Kind zur Welt gebracht!«

Jackson kniete sich neben sie und brachte sein Gesicht ganz nahe an das ihre. »Wenn du leben willst und das Überleben deines Kindes sichern willst, wirst du diese Kraft finden, und zwar schnell!«

Sie hätte vielleicht noch weiter widersprochen, doch ein heftiger Schmerz durchzuckte plötzlich Jacksons Magen und zwang ihn, sich den Bauch zu halten.

»Was ist mit Euch?«, fragte sie.

Während er sich vor Schmerz vor- und zurückwiegte, erwiderte er: »Du meinst, außer der Kugel, die ein Loch in meine Schulter riss und jetzt auch noch der Stichwunde in meinem Rücken? Ich verwandle mich«, setzte er ernster hinzu. »Also verschwinde, solange du noch kannst.«

Jackson wusste, dass er binnen weniger Momente zu Boden fallen würde, weil der Schmerz dann unerträglich wurde. Er würde etwas Ähnliches wie sie zuvor erleben. Eine Geburt. Die Geburt des Wolfes. Solange er noch klar denken konnte, griff er nach seinen Stiefeln und zog sie aus. Da er nicht prüde war, dachte er sich nichts dabei, auch seine Hose abzustreifen. Falls er es schaffte, diese Nacht zu überleben, wollte er Kleider zum Anziehen haben, wenn er morgen nackt und vollkommen benebelt wieder zu sich kommen würde.

Die Frau, die noch immer auf dem Strohsack lag, drückte nun das Kind an ihre Brust und starrte Jackson offenen Mundes an.

»Nun geh schon!«, befahl er. »Und mach die Tür hinter dir zu. Vielleicht kann ich sie lange genug ablenken, damit ihr fliehen könnt.«

Sie schaute verwundert zu ihm auf. »Ihr wollt mich retten? Zuerst wollt Ihr mich töten, und nun wollt Ihr mich retten?«

Ein normales Gespräch zu führen war schwierig geworden. Jackson spürte, wie sich die Eckzähne in seinem Mund verlängerten. Vielleicht wäre es das Beste, sie der Frau zu zeigen, um sie aus ihrer Erstarrung aufzuscheuchen und in die Flucht zu schlagen. »Ich kann dich nicht von jemand anderem töten lassen«, erklärte er. »Das ist meine Aufgabe.« Wieder durchzuckte ihn ein wilder Schmerz und brachte ihn auf alle viere nieder. »Geh«, knurrte er. »Flieh, solange du noch kannst!«

Es war der Anblick seiner Zähne, der Reißzähne, die im dämmrigen Inneren der Kate aufblitzten, was Lucinda dazu bewegte, sich aufzurappeln und vor ihm zurückzuweichen. Sie hatte befürchtet, nicht die Kraft zu haben, sich von dem Strohsack zu erheben, aber sie hatte es getan, ohne auch nur einen Gedanken an ihre Erschöpfung zu verschwenden.

Ihre Beine waren schwach und zittrig unter ihrem Rock. Sie brauchte unbedingt ein Bad, doch dies war nicht der richtige Moment, um an Annehmlichkeiten zu denken. Nun durfte sie nur noch ans Überleben denken. An ihr eigenes und das ihres Sohnes, der ihr ohne eigene Wahl, ohne auch nur eine Erinnerung daran, wie sie ihn empfangen hatte, gegeben worden war.

Sie wich vor dem Mann zurück, der jetzt auf allen vieren auf dem Boden hockte. Viele hatten vergessen, dass die Welt ein Ort mit weißen Wundern und schwarzer Magie war. Doch die Dörfler klammerten sich noch immer an ihren alten Aberglauben. Und als Hexe, die sie war, hatte Lucinda sie darin sogar noch unterstützt. Der Anblick eines Mannes mit Reißzähnen und einem unter seiner Haut hervorsprießenden Fell irritierte sie zwar, aber er überraschte sie nicht.

Obwohl Lucinda von Natur aus neugierig war und allzu gern geblieben wäre, um die vollständige Verwandlung zu verfolgen, wusste sie, dass jedes längere Verweilen sie und auch ihr Kind das Leben kosten konnte. So bückte sie sich nach dem Korb, der ihre wenigen Besitztümer enthielt, und schlich vorsichtig, während Jackson Wulf sich weiter von der Gestalt eines Mannes in die eines Wolfes verwandelte, an den zerfallenden Mauern der Kate entlang zur Tür.

An der Schwelle hielt sie inne, und nur mit Mühe konnte sie einen Schrei unterdrücken, als sie einen Blick über die Schulter warf. Er befand sich jetzt auf allen vieren, alles Menschliche war vollständig verschwunden, und an seine Stelle war ein Wolf getreten. Seine Augen glühten in dem dämmrigen Inneren der Kate und musterten sie mit einem durchdringenden Blick. Wenn er sie tötete, während er in Wolfsgestalt war, könnte auch dann sein Fluch damit gebrochen sein?

Oder waren seine Behauptungen Unsinn? Wie konnte sie sein ärgster Feind sein, wenn sie sich bis heute noch nie begegnet waren? Sie hatte ihm nichts zuleide getan und keine Zaubersprüche über ihn verhängt. Doch er hatte ihr das Leben gerettet, ihr und ihrem Kind – konnte sie ihn dann guten Gewissens den Dörflern überlassen?

Das Kind in ihren Armen schrie leise auf, was Lucinda sehr bei ihrer Entscheidung half. Sie hatte jetzt nicht nur an ihr eigenes, sondern auch noch an ein weiteres Leben zu denken. Dieser Mann-Wolf – oder was immer er auch war – würde ihr auf den Fersen bleiben, wenn er überlebte. Männer waren nie ein angenehmer Teil ihres Lebens gewesen. Sie hatte ihren eigenen Vater nie gekannt und besaß nicht einmal einen Familiennamen. Und auch ihr armes Kind würde keinen haben. In einem Moment der Schwäche hatte der Fremde ihr geholfen; sie durfte im Gegenzug dazu jetzt nicht ebenfalls Schwäche zeigen.

Leise schlüpfte sie aus der Hütte und zog die Tür hinter sich zu. In der Ferne hörte sie das Geschrei der jagenden Männer.

Die Nacht war schon hereingebrochen, aber Lucinda kannte sich gut aus in diesem Wald, nachdem sie sich hier monatelang versteckt gehalten hatte. Sie eilte in die entgegengesetzte Richtung, aus der die Jäger kamen. Ihre Beine zitterten noch immer, aber irgendwie fand sie die Kraft in sich, weiterzulaufen, einen Fuß vor den anderen zu setzen und so viel Abstand wie nur möglich zwischen sich und die kleine Hütte zu bringen.

Hinter ihr ertönte ein Heulen, das ihr eine Gänsehaut über den Rücken jagte. Mit dem Kind in ihren Armen und dem Korb mit ihren wenigen Habseligkeiten hastete sie weiter. Ihr Haus im Dorf war viel schöner gewesen. Sie hatte Dinge besessen, die sie mit dem Geld all derer gekauft hatte, die gute Zaubersprüche und Geburtshilfe von ihr gewollt hatten. Aber dann hatte ihr eigener Fluch alles zerstört, wofür sie ihr Leben lang gearbeitet hatte. Ihres hübschen Aussehens wegen war der Gutsherr auf sie aufmerksam geworden. Als es Lucinda abgelehnt hatte, sich von einem verheirateten Mann den Hof machen zu lassen, hatte dieser Mann sich nicht gescheut, einen ihrer eigenen Zaubertränke gegen sie einzusetzen.

Lucinda hätte mit gutem Recht alle Männer hassen müssen. Sie hatten ihr nichts als Ärger eingebracht. Trotzdem verlangsamte sie den Schritt und drehte sich zu der Richtung um, in der die kleine Bauernkate lag. Sie hörte Schreie, dann Musketenschüsse. Der Lärm ließ sie zusammenfahren. Viel schlimmer aber war der plötzliche Geruch von Rauch, den sie wahrnahm. In der Ferne loderten Flammen auf. Die Männer aus dem Dorf hatten die aus Lehm und Stroh erbaute Hütte offenbar in Brand gesetzt.

Irgendwo tief in ihrem Innersten verspürte sie für einen Moment ein Gefühl des Verlusts, ja, fast sogar der Trauer. Sie wusste nicht, warum, und ihr blieb auch keine Zeit, darüber nachzudenken. Jackson Wulf, egal, wie gut aussehend und anziehend er war, hatte vorgehabt, sie umzubringen und ihr das sogar klipp und klar gesagt. Sein Tod musste eigentlich eine Erleichterung für sie bedeuten. Er würde sie nicht mehr verfolgen, und er würde sie auch nie wieder bedrohen.

Lucinda blinzelte, um die verräterischen Tränen zu verdrängen, die hinter ihren Lidern brannten, und wandte den Blick von dem rötlich glühenden Nachthimmel in der Ferne ab. Ihr schoss plötzlich durch den Kopf, dass sie nirgendwohin konnte, dass sie und ihr kleiner Junge nicht einmal mehr das erbärmliche Hüttendach über dem Kopf hatten. Jackson Wulf hatte versprochen, für das Kind zu sorgen. Er hatte Verantwortung übernommen, zumindest mit Worten. Sie konnte natürlich nicht wissen, ob er ihnen auch mit Taten beigestanden hätte.

Er hatte Familie. Die Brüder Wulf waren sehr bekannt. Und obschon sie gesellschaftlich geächtet waren, waren sie doch reich. Sollte sie zu ihnen gehen? Sie über den Tod ihres Bruders informieren? Vielleicht würden diese Leute sich ihr dann verpflichtet fühlen. Vielleicht würden sie sie sogar für das Überbringen der Neuigkeit bezahlen … doch es bestand natürlich auch die Möglichkeit, dass sie sie töten würden.

4. Kapitel

London, drei Monate später

Das Bett war viel zu groß für eine Frau allein. Aber es war weich und frisch bezogen. Lucinda räkelte sich wie eine zufriedene Katze. Sie schlief in einem Nachtgewand aus feinster Baumwolle, das am Ausschnitt mit seidenen Bändchen durchzogen war. Lucinda hatte noch nie Seide an ihrer Haut gefühlt. Im Kamin brannte ein Feuer, das seine angenehme Wärme in dem großen Schlafzimmer verbreitete. Zum ersten Mal in ihrem Leben fühlte sie sich sicher und zufrieden.

In dem Zimmer nebenan weinte leise ihr kleiner Sohn. Im ersten Moment erhob sich Lucinda fast, um zu ihm zu laufen, bevor sie sich erinnerte, dass die Amme sich um Sebastian kümmern würde. Lucindas Milch war nur einen knappen Monat nach der Geburt ihres Sohns versiegt, was ihr eine große Hilfe bei der mutigen Entscheidung gewesen war, die sie gefällt hatte, als sie in London eingetroffen war.

Buchstäblich mit einem Schlag war aus der armen Hexe ohne Familiennamen eine feine Dame geworden. Lucinda ließ sich auf das Bett zurücksinken und seufzte wieder vor Zufriedenheit. Ihr Sohn war jetzt still, wahrscheinlich saugte er zufrieden an Marthas großen Brüsten. Hawkins, der Butler der Familie, hatte diese Frau als Amme eingestellt. Jetzt hatte Lucinda keine Sorge mehr auf dieser Welt … zumindest nicht, bis die Besitzer dieses eleganten Stadthauses nach London zurückkehrten.

Aber darüber mochte Lucinda gar nicht nachdenken. Die vergangenen drei Monate waren wie der Himmel auf Erden gewesen. Sie hatte ein schönes Dach über dem Kopf, einen immer gut gefüllten Magen und Kleider zum Anziehen, die unendlich viel eleganter waren als alles, was sie je besessen hatte. Hawkins hatte ihr versichert, dass Lady Wulf nichts dagegen haben würde, wenn sie sich in ihrer Abwesenheit aus ihren prall gefüllten Kleiderschränken bediente. Lucinda fragte sich, ob die Dame wohl nackt auf Wulfglen, dem Landgut der Familie, herumspazierte – zu dem sie und der Hausherr sich zu ausgedehnten Flitterwochen hinbegeben hatten, wie Lucinda von Hawkins erfahren hatte.

Es war geradezu unvorstellbar für Lucinda, dass eine Frau so viele Kleider brauchte, wie sie sie im Kleiderschrank der Hausherrin vorgefunden hatte. Aber von all diesen und anderen Annehmlichkeiten einmal abgesehen, war Lucinda vor allem ausgesprochen dankbar, dass ihr Sohn in Sicherheit war und nicht irgendwo auf der Straße verhungern musste.

Lord Cantley käme nie auf die Idee, sie hier zu suchen. Vermutlich waren in London schon jede Menge Gerüchte über sie in Umlauf, schließlich waren Dienstboten bekannt dafür, zu tratschen, aber Lucinda war es gewöhnt, der Gegenstand von Klatsch zu sein. Und deshalb würde sie dieses Haus keine Sekunde eher verlassen, als sie musste, und sie wollte sich auch nicht den Kopf darüber zerbrechen, was geschehen würde, wenn ihre angeblichen Verwandten zurückkehrten und von Jackson Wulfs Tod und der jungen Frau und dem Sohn des Toten erfuhren.

Lucinda Wulf. Zum ersten Mal hatte sie einen Familiennamen, auch wenn es nur einer war, den sie sich einfach angeeignet hatte, und kein Name, der ihr von Rechts wegen zugestanden hätte. Aber sie wollte sich deswegen nicht schuldig fühlen. Was hätte sie denn sonst tun können? Jackson Wulf hatte zugegeben, dass er sie hatte töten wollen – und er hatte versprochen, für Sebastian zu sorgen. Was er nun in gewisser Weise ja auch tat.

Eingelullt von der Wärme des munter brennenden Feuers und dem Gefühl, dass ausnahmsweise einmal alles in Ordnung war in ihrer Welt, kuschelte Lucinda sich noch tiefer unter ihre Decke und döste wieder ein.

☆ ☆ ☆

Das Nachgeben der Matratze weckte Lucinda kurze Zeit später. Ihr blieb nicht einmal mehr Zeit, richtig zu sich zu kommen, bevor sie spürte, wie ein warmer Körper sich an ihren schmiegte. Lucinda versteifte sich im selben Moment wie der Körper neben ihr. Es war der Körper eines Mannes. Eines schamlos nackten Mannes. Lucinda begann zu schreien.

»Was in Herrgotts Namen …?«

Die Tür flog auf. Lucinda krabbelte aus dem Bett. Das nächtliche Kaminfeuer war heruntergebrannt und glimmte nur noch schwach, sodass sie Mühe hatte, das Gesicht des Unholds zu erkennen, der sich in das Haus und in ihr Bett geschlichen hatte.

»Eine Bewegung, und du bist ein toter Mann!«

»Hawkins.« Lucinda atmete erleichtert auf und lief zu dem Bediensteten hinüber, der eine Pistole in der Hand hielt.

»Steig langsam aus dem Bett, und komm ins Licht, wo ich dich sehen kann«, befahl Hawkins.

Das Rascheln von Bettzeug war zu hören; dann tat der Mann, wie ihm geheißen, und erhob sich wie ein dunkler Schatten in dem düsteren Schlafzimmer. Langsam ging er auf das Glimmen des kleinen Feuers zu, das im Kamin flackerte. Sein Gesicht lag noch im Schatten, aber der Feuerschein flimmerte über seine nackte, sonnengebräunte Haut, und Lucinda konnte gar nicht anders, als ihn anzustarren. Gott, wer immer er auch war, er hatte einen wundervollen Körper!

Eine Erinnerung regte sich in den tiefsten Winkeln ihrer

Gedanken. Hatte sie den nackten Körper dieses Mannes nicht schon einmal gesehen? Die Antwort durchfuhr sie nur Sekunden, bevor er noch näher an das Feuer trat und das schwache Licht sein gut aussehendes Gesicht erhellte.

»Lord Jackson«, sagte Hawkins mit seiner ausdruckslosen Stimme. »Wir dachten, Ihr wärt tot.«

Lucinda war noch nie in ihrem Leben ohnmächtig geworden, aber jetzt war sie gefährlich nahe daran. Ihre Knie versagten ihr fast den Dienst. Vor ihr, in seiner ganzen nackten Schönheit, stand der Mann, den sie als tot zurückgelassen hatte. Der Mann, dessen Namen sie sich angeeignet hatte. Der Mann, der sie hatte töten wollen. Der Mann, der mehr als nur ein Mann war ... der Mann, der sich vor ihren Augen in einen Wolf verwandelt hatte!

»Wir, Hawkins?«

Der Butler deutete auf Lucinda. »Eure bezaubernde junge Frau und ich.«

»Meine Frau?«

Lucindas sichere Welt brach völlig über ihr zusammen. Doch da sie eine Hexe und Geächtete war, hatte sie schon früh lernen müssen, sich im Leben durchzuschlagen. Und deshalb tat sie das Einzige, was ihr unter den gegebenen Umständen einfiel. Mit einem gespielten Freudenschrei lief sie zu Wulf und umarmte ihn stürmisch.

»Du lebst!«, rief sie Hawkins' wegen aus. »Ich kann es fast nicht glauben!«

Der Feuerschein tanzte in Jacksons Augen, als er ernst auf sie hinabschaute. »Und ich kann nicht glauben, dass ich, nachdem ich dich drei Monate vergeblich gesucht habe, schließlich aufgegeben habe und heimkomme, nur um dich wartend hier in meinem Bett zu finden.«

Seine nackte Haut versengte sie selbst durch den dünnen

Stoff ihres Nachtgewands hindurch. Er wirkte furchtbar einschüchternd, selbst wenn man nicht wusste, was er wirklich war. Lucinda versuchte, von ihm zurückzutreten, aber sein Arm legte sich um ihre Taille und drückte sie sogar noch fester an seinen Körper.

»Du siehst besser aus als beim letzten Mal, als ich dich sah«, bemerkte er mit einer Kälte in seiner Stimme, die ihre ohnehin schon angespannten Nerven erbeben ließ.

Ihr Blick glitt zu seiner Schulter, an der sie im Feuerschein die vernarbte Haut sehen konnte, wo er angeschossen worden war. Sie fragte sich, ob wohl auch noch die Stichwunde zu sehen war, die sie ihm am Rücken zugefügt hatte.

»Du auch«, entgegnete sie. »Eigentlich siehst du sogar völlig anders aus als beim letzten Mal, als ich dich sah.«

Eine ganze Weile sahen sie sich nur schweigend in die Augen.

Hawkins räusperte sich. »Dann will ich Euer Wiedersehen nicht länger stören«, sagte er. »Ich bin sehr froh, dass Ihr noch lebt, Lord Jackson.«

Falls der Mann tatsächlich froh war, war es ihm jedoch weder an seiner Stimme noch an seinem Ausdruck anzumerken. Lucinda hatte Hawkins bisher nur in Gegenwart ihres Sohnes ein wenig aus sich herausgehen sehen. Ansonsten war er in allem furchtbar steif. Die Tür schloss sich, und ihr blieb gar nichts anderes übrig, als sich mit dem Mann auseinanderzusetzen, von dem sie geglaubt hatte, sie würde ihn nie wiedersehen. Und dann auch noch als Ehemann!

»Wir müssen miteinander reden«, sagte Jackson Wulf.

»Du kannst mich nicht mehr töten«, erklärte sie mit einem trotzigen Blick zu ihm auf. »Ganz London glaubt nämlich, ich wäre deine Frau.«

Er verdrehte die Augen. »Dann werden sie ohnehin nichts

anderes von mir erwarten, als dich umzubringen. Die Wulfs heiraten nicht. Keine Frau, die auch nur ein Fünkchen Verstand besitzt, würde einen von uns nehmen.«

»Dein Bruder Armond ist verheiratet«, wandte Lucinda ein. »Er und seine Frau Rosalind verbringen ihre Flitterwochen auf dem Landgut. Das hat Hawkins mir erzählt.«

Jackson runzelte die Stirn. »Ja, verheiratet ist er, und falls er Rosalind sein Herz noch nicht geschenkt hat, wird er es mit Sicherheit bald tun. Und dann trifft auch ihn der Fluch. Ich hatte gehofft, ihn brechen zu können, bevor er auch sein Leben zerstört, aber jetzt ist es womöglich schon zu spät dazu.«

»Warum darf er nicht sein Herz verschenken?« Lucinda war neugierig, auch wenn ihre Beine unter ihrem Nachtkleid zitterten. Es war besser, Jackson am Reden zu halten, als ihn zu irgendwelchen Taten anzuspornen, die ihren Tod zur Folge haben könnten.

»Der Fluch«, erinnerte er sie. »Um sein Herz zu verschenken, muss ein Wulf sein Menschsein opfern. Unser Familienname, Wulf – er wird zu einer Bestie, die uns verfolgt.«

Was bedeutete, dass Jackson Wulf, da er von dem Fluch bereits getroffen war, sein Herz einer Frau geschenkt haben musste. Lucinda wusste aber, dass er nicht verheiratet war. Wo war dann diese Frau, die Jackson liebte? Wer war sie? Und wieso empfand Lucinda plötzlich so etwas wie Eifersucht?

»Ich glaube nicht, dass auf dem Landgut irgendetwas nicht in Ordnung ist«, beruhigte sie ihn. »Rosalind hat Hawkins einen Brief geschrieben, in dem sie ihn darüber informiert, dass sie nur deshalb noch nicht zurückgekommen sind, weil Gabriel anscheinend vermisst wird und sie annehmen, dass er als Erstes das Gut aufsuchen wird, wenn er zurückkehrt.«

»Dann besteht vielleicht noch eine Chance, Armond zu retten«, überlegte Jackson und ließ versonnen seinen Blick über

Lucinda schweifen. »Du hast es ja wirklich ausgesprochen geschickt angestellt, dich binnen kurzer Zeit in mein Leben hineinzudrängen.«

Sie hatte ihm zu viel erzählt – ihn daran erinnert, dass er einmal vorgehabt hatte, sie umzubringen, dass er es womöglich immer noch vorhatte. Sie hatte ihm nicht gerade geholfen, sich etwas anderes als ein schlechtes Bild von ihr zu machen. Natürlich war ihre eigene Meinung von ihm auch nicht besser. Abgesehen von seiner äußeren Erscheinung jedenfalls.

Sie hatte Mühe, seinem Blick standzuhalten. Er hielt sie immer noch fest, und sie war sich seiner Nacktheit unangenehm deutlich bewusst. »Könntest du dich bitte anziehen?«, fragte sie. »Ich mag zwar keine feine Dame sein, aber deine Geschmacklosigkeit beleidigt mich trotzdem.«

»Ach ja?« Er zog eine seiner Brauen hoch, die etwas dunkler waren als sein honigblondes Haar. »Wenn meine Nacktheit dich beleidigt, solltest du vielleicht lieber aufhören, bei jeder sich bietenden Gelegenheit hinzustarren.«

Lucinda spürte, wie ihr das Blut in die Wangen schoss, und versuchte, sich aus seinen Armen zu befreien. »Ich starre nicht hin«, versicherte sie ihm. »Nichts missfällt mir mehr als dein Anblick. Ich war sicher, dass die Dorfbewohner dich getötet hätten.«

»Tut mir leid, dass ich dich enttäuschen muss«, erwiderte er. »Ein Tier hatte unter den gegebenen Umständen eben doch bessere Aussichten als ein Mann, da ich, wie du sehen kannst, noch sehr lebendig bin.«

Es gab absolut nichts Enttäuschendes an Jackson Wulf ... zumindest nicht an seiner äußeren Erscheinung. Lucinda hatte noch nie einen Mann gesehen, der von der Natur großzügiger beschenkt gewesen wäre ... und das überall. Um nicht in Versuchung zu geraten, die Augen zu senken, um sich einen weiteren Blick zu gönnen, wandte sie ihm den Rücken zu.

»Ich hatte keine andere Wahl, als diesen Weg zu gehen. Ich konnte nirgendwohin, hatte kein Zuhause und kein Dach mehr über meinem Kopf. Ich musste an mein Kind und an das Versprechen denken, das du mir in Bezug auf ihn gegeben hattest. Zuerst hatte ich einfach nur gehofft, dass deine Brüder mich vielleicht für das Überbringen der Nachricht von deinem Tod bezahlen würden ... aber dann war niemand anderes hier als die Bediensteten.«

»Und da hast du Hawkins belogen. Du hast dich wie eine Diebin in das Haus meiner Familie eingeschlichen, und das alles, nachdem du mich als tot zurückgelassen hattest.«

Er ließ es weitaus schlimmer klingen, als es ihr erschienen war, während sie ihre Entscheidungen gefällt hatte. »Immerhin sagtest du, du hättest vor, mich umzubringen«, erinnerte sie ihn.

»Ja«, stimmte er leise zu. »Und das sollte ich vielleicht auch jetzt noch tun.«

Sie fuhr zu ihm herum und sah ihn an. Er hatte eine Hose angezogen, während sie ihm den Rücken zugekehrt hielt. Die zunehmende Dunkelheit im Zimmer verbarg jetzt seine Gesichtzüge vor ihr.

»Aber bevor ich irgendetwas unternehme, werde ich mir erst mal ordentlich einen hinter die Binde gießen.« Er ging zu einem Tisch in einer Ecke, wo Lucinda eine Karaffe und Gläser gesehen hatte. »Ich schlage vor, du nutzt die Zeit zur Flucht. Vielleicht werde ich dich ja niemals finden.«

Fliehen? Wohin? Und was war mit ihrem Kind? Sie konnte den Kleinen nicht mehr stillen – obwohl er in seinem Alter wahrscheinlich auch schon Haferbrei hätte vertragen können. Trotzdem. Was für eine Art von Leben konnte sie dem Jungen bieten?

»Und mein Kind?«, fragte sie Jackson.

Er wandte ihr seinen breiten Rücken zu, während er sich

einen Drink einschenkte. Seine Muskeln regten sich, als er die Schultern zuckte. »Ich habe dir etwas versprochen, und das werde ich auch halten. Lass den Jungen hier. Er wird hier gut versorgt werden.«

Lucinda war es, als würde ihr das Herz entzweigerissen. Ein Teil von ihr wusste, dass sie es nicht ertragen konnte, Sebastian aufzugeben; der andere, vernünftigere Teil von ihr sagte sich, dass das Kind sehr viel besser dran sein würde ohne sie. Lucinda wünschte plötzlich, Jackson wäre tot. Ihr Leben wäre ohne ihn viel einfacher.

Vielleicht würde er ja in ebendieser Nacht noch einen Unfall haben … Vielleicht würde er in volltrunkenem Zustand die dunkle Treppe hinunterfallen und sich den Hals brechen.

»Gedenkst du heute Nacht das Bett mit mir zu teilen?«

Seine Frage überraschte sie, und sie blickte durch den Raum zu ihm hinüber. Er lehnte jetzt an dem Tisch, nippte an seinem Getränk und starrte sie mit diesen merkwürdigen Augen an.

»Das glaube ich wohl kaum«, erwiderte sie kalt.

»Du hast recht, das könnte ungemütlich werden«, stimmte er ihr zu. »Wo wir uns doch beide gegenseitig umbringen wollen. Andererseits könnte es natürlich auch sehr prickelnd werden. Die Gefahr. Die Unsicherheit. Nicht zu wissen, ob der andere einen streicheln oder erwürgen will. Ob er einen küssen oder töten will.«

Hatte er erraten, was sie dachte? Besaß er größere Kräfte als die Fähigkeit, seine Gestalt zu wechseln?

»Ich schlafe nebenan bei meinem Kind«, sagte Lucinda und begann in Richtung Tür zu gehen. Aber Jackson bewegte sich so flink, dass er blitzschnell auf der anderen Seite des Zimmers stand und ihr den Weg verstellte.

»Wenn du klug bist, schläfst du heute Nacht überhaupt nicht«, sagte er. »Du solltest besser fliehen, solange du noch kannst.« Der

Ausdruck seiner seltsamen Augen wurde für einen kurzen Moment weicher. »Falls es einen Unterschied für dich macht, solltest du wissen, dass ich mich nur sehr ungern mit dem Gedanken trage, dich zu töten. Ich tue es nur um meines eigenen Überlebens willen und für meine Brüder und deren Zukunft.«

»Und was ist, wenn du dich irrst?«, gab Lucinda zu bedenken. »Was ist, wenn mich zu töten überhaupt nichts für dich ändert?«

Er runzelte die Stirn und trank einen Schluck. »Das ist der Haken an der Sache. Ich werde es nicht eher wissen, als bis ich es getan habe.« Er fuhr plötzlich herum und ging zu dem Tisch zurück, um sich einen weiteren Drink einzuschenken. »Ich schlage vor, du verschwindest jetzt, so schnell es geht. Leb wohl ... ich weiß nicht einmal, wie du heißt.«

»Lucinda.«

»Lucinda«, wiederholte er, und ihr gefiel die Art, wie er ihren Namen sprach. »Leb wohl, Lucinda. Ich hoffe, dass unsere Wege sich nie wieder kreuzen werden. Das wäre deiner Gesundheit auf jeden Fall zuträglicher.«

»Und der deinen vielleicht auch«, konnte sie sich nicht verkneifen zu erwidern. Er hatte es schließlich nicht mit einer Dame zu tun, und obwohl die Rolle Lucinda durchaus gefiel, erlaubte sie es sich nicht, ihm gegenüber auch nur die kleinste Schwäche oder Furcht zu zeigen. Nur so hatte sie es geschafft, die letzten zwanzig Jahre zu überleben. Ihre inzwischen längst verstorbene Mutter hatte ihr einmal gesagt, sie sei schon mit zehn Jahren eine alte Frau gewesen.

Jackson hob sein Glas und prostete ihr zu. »Wir sind beide gewarnt. Ich werde dir nie wieder meinen Rücken schutzlos ausliefern. Obwohl ich zugeben muss, dass der Geschmack deiner süßen Lippen das beinahe sogar wert war.«

Sie hasste ihn dafür, dass er sie an diesen Kuss erinnerte. Aber sie hasste noch mehr sich selbst, weil sie in den Monaten nach ihrer dramatischen ersten Begegnung viel zu oft an diesen Kuss gedacht hatte. Ihre Wangen brannten auch jetzt wieder, und da sie ihn nicht sehen lassen wollte, was er bei ihr bewirkte, öffnete sie die Tür und eilte auf den Korridor hinaus.

Martha, die Amme, war in einem Sessel am Kaminfeuer eingeschlafen. Lucinda schlich leise zu der hübschen Wiege, die Hawkins vom Dachboden heruntergeholt hatte, und blickte auf ihren Sohn hinab. Seine kleinen Wangen waren rund und rosa. Sogar im Schlaf noch machte er ein schmatzendes Geräusch mit seinem Mund. Manchmal konnte sie immer noch nicht glauben, dass er ihr gehörte. Ein solches Geschenk durch etwas derart Furchtbares zu erhalten … furchtbar in ihrer Vorstellung jedenfalls, da Lucinda sich nicht einmal an den Übergriff auf sie erinnern konnte.

Sie war zu Lord Cantleys Landhaus gegangen, um seiner Frau bei der Geburt ihres dritten Kindes beizustehen. Die Gräfin hatte schon zu lange in den Wehen gelegen, und da er sich Sorgen machte, seine Frau könne sterben, bevor sie ihm einen weiteren Erben schenkte, hatte er Lucinda holen lassen. Er hatte fast zu lange gewartet, aber nachdem Lucinda der Frau einen kräftigenden Trank bereitet hatte, war das Kind, eine Tochter, noch am späten Abend zur Welt gekommen.

Lady Cantley war sehr erschöpft gewesen, und aus Sorge um sie hatte Lucinda den Grafen um Erlaubnis gebeten, ihr einen Schlaftrunk verabreichen zu dürfen, damit die sehr geschwächte Dame nicht einmal dann erwachte, wenn ihr das Kind zum Stillen an die Brust gelegt wurde. Lord Cantley hatte sein Einverständnis dazu gegeben, und Lucinda hatte den entsprechenden Trank aus ihrem Korb geholt. Nachdem sie der Dame des Hauses ihre Medizin verabreicht hatte, war Lucinda wieder herausgekommen, um das Fläschchen zu ihren Sachen zurückzulegen. Lord Cantley hatte sie dabei beobachtet, was aber nichts Außergewöhnliches war, denn das tat er fast immer.

Lucinda hätte allerdings Verdacht schöpfen müssen, dass er etwas im Schilde führte, als sie später endgültig das Schlafzimmer seiner Frau verließ und er sie draußen auf dem Gang mit einer heißen Tasse Tee erwartete. Dankbar hatte sie den Tee getrunken, um sich für den langen Weg zurück ins Dorf zu rüsten. Aber als sie am Morgen darauf erwachte, erinnerte sie sich nicht einmal mehr an den langen Weg zurück zu ihrem kleinen Haus.

Lucinda erinnerte sich an gar nichts mehr außer dem Tee, den sie getrunken hatte, während der Graf sie angestarrt und gelächelt hatte, als wüsste er etwas Lustiges, das ihr verborgen blieb. Das Erste, was sie beim Erwachen in ihrem eigenen Haus bemerkte, war, wie wund ihre Brüste waren ... und wenn sie sich bewegte, auch die Wundheit weiter unten ... Sie hatte sofort vermutet, dass ihr etwas angetan worden war, und konnte sich auch denken, wer es gewesen war. Auf ihren Schenkeln waren noch Blutspuren zu sehen gewesen.

Nach zwei Monaten, in denen ihre Blutung ausgeblieben war, wusste Lucinda, dass sie ein Kind erwartete. Der Graf hatte sie betäubt, sie vergewaltigt und dann sein Leben fortgesetzt, als hätte er nichts Verwerfliches getan. Sie hatte ihn zur Rede gestellt. Da sie alles andere als ängstlich war, wollte sie natürlich nicht zulassen, dass er ein Verbrechen gegen sie beging und dann auch noch vorgab, nicht zu wissen, was er getan hatte.

Zuerst hatte Lord Cantley abgestritten, sie auch nur berührt zu haben. Doch wie alle Männer, die Vergnügen daraus zogen, Verbrechen zu begehen, hatte er sich am Ende sogar damit vor ihr gebrüstet. Er musste ihr einfach schildern, was er mit ihr gemacht hatte, während sie völlig hilflos und betäubt gewesen war. Dabei hatte dieser gemeine Mensch auch noch versucht, ihr das Gefühl zu geben, das alles sei ihre eigene Schuld gewesen. Hätte sie ihn nicht verführt, ihn nicht betört und verlockt, dann hätte er sie auch nicht mit allen Mitteln haben müssen. In einem Wutausbruch hatte Lucinda ihm von dem Kind erzählt, wobei er das mit der Zeit wahrscheinlich ohnehin erfahren hätte.

Ihr unbeherrschtes Naturell war etwas, womit sie schon ihr ganzes Leben zu kämpfen gehabt hatte. Und mit ihrem roten Haar, das Einzige, was ihr der Vater hinterlassen hatte. Lucinda hatte Drohungen gegen den Grafen ausgesprochen. Sie hatte ihm gesagt, sie werde sein Kind, ein *männliches* Kind, zur Welt bringen und dass ihr Sohn eines Tages auf alles, was der Graf besaß, Anspruch erheben werde. Das war ein Fehler gewesen.

Eine Woche später waren Lord Cantleys Männer gekommen. Lucinda, die die Gabe besaß, bisweilen Dinge vorauszusehen, bevor sie sich ereigneten, hatte bereits einige ihrer Sachen zusammengepackt und Zuflucht in dem Wald gesucht. Später erfuhr sie, dass Cantley ein Kopfgeld auf sie ausgesetzt hatte. Wegen Diebstahls, behauptete er. Aber Lucinda wusste, dass er begonnen hatte, sich darum zu sorgen, dass seine Frau von seiner Untreue und dem Sohn erfahren würde, der eines Tages vielleicht den englischen Thron bedrohen könnte, falls er das Geburtsmal seines Vaters trug.

Sebastian bewegte sich und brachte Lucinda aus der Vergangenheit in die Gegenwart zurück. Wie zufrieden er aussah, der kleine Wurm, wie warm, wie gut, wie wohlbehütet. Sie ertrug den Gedanken nicht, ihn zu entwurzeln, mit ihm auf den Straßen zu nächtigen und was immer tun zu müssen, um dafür zu sorgen, dass er keinen Hunger litt. Tränen, diese sonderbaren Anzeichen menschlicher Freude und menschlichen Kummers, waren nur selten ihre Gefährten, aber jetzt suchten sie sie heim.

Sie blinzelte, um sie zu verdrängen, und ging zu dem Bett, in dem Martha für gewöhnlich schlief. Obwohl sie bezweifelte, dass sie noch einmal Schlaf finden würde, legte Lucinda sich auf das weiche Bett. Sie hätte besser packen, in die Nacht hinaus fliehen und irgendwohin gehen sollen, wo Jackson Wulf sie niemals finden würde. Aber wieder war sie hin und her gerissen.

Warum hatte Jackson von den Toten wiederauferstehen müssen? Warum hatte er mit diesen so unschuldig aussehenden Grübchen, dieser straffen, sonnengebräunten Haut nackt vor ihr stehen müssen, als hätte er nichts, dessen er sich schämen müsste, keinen körperlichen Makel, den er vor ihr zu verbergen hatte? *Weil er keine körperlichen Makel hat*, beantwortete sie sich ihre eigene Frage. Aber er hatte Schwächen. Sein Alkoholproblem. Sein übertriebenes Selbstwertgefühl. Der Fluch, der auf ihm lastete.

Gedenkst du heute Nacht das Bett mit mir zu teilen? Wahrscheinlich war dies das erste Mal, dass eine Frau ihn abgewiesen hatte. Und er musste Lucinda auch noch an den Kuss von jenem ersten Tag erinnern. Er hatte gesagt, ihre Lippen seien süß. Lucinda strich unwillkürlich mit dem Finger über ihren Mund. Dieser Mann würde vermutlich alles sagen, um eine Frau ins Bett zu kriegen. Auch sie waren eine Schwäche von ihm – diese beeindruckend großen männlichen Attribute zwischen seinen Beinen.

Wenn es sein musste, könnte sie sich im Gegenzug dafür, dass er sie nicht tötete und ihr gestattete, bei ihrem Kind zu bleiben, ihm gegenüber willig zeigen. Aber bestimmt war ihm sein Fluch wichtiger als ein Schäferstündchen mit einer bereitwilligen Frau. Da müsste schon mehr als das zwischen ihnen sein. Es müsste so etwas sein wie … Liebe.

Plötzlich setzte sie sich auf. Wieso war sie nicht schon vorher darauf gekommen? Nun ja, zum einen hatte Lucinda natürlich nicht damit gerechnet, in eine solche Zwangslage mit Jackson Wulf zu kommen. Es war eigentlich ganz simpel. Sie brauchte nur dafür zu sorgen, dass Jackson sich in sie verliebte. Dass er ihr Sklave wurde und ihrem Zauber voll und ganz erlag. Aber sie würde sich beeilen müssen, denn seine Brüder konnten schon bald zurückkommen und ihren Plänen ein abruptes Ende setzen.

Lucinda erhob sich und verließ den Raum. Vor dem Zimmer, in dem sie vorher geschlafen hatte, blieb sie stehen und lauschte. Ihre Mundwinkel verzogen sich zu einem Lächeln, als sie Jacksons alkoholisiertes Schnarchen hörte. Leise öffnete sie die Tür und ging hinein. Er lag ausgestreckt auf dem Bett. Sie nahm sich einen Moment, um ihn zu betrachten. Was für eine Vollkommenheit. Was für eine beispiellose Männlichkeit. Und was für eine Schande, dass er ein Trinker und werdender Mörder war.

Lucinda schlich zu ihrem Nähkörbchen und nahm eine kleine Schere heraus. Dann ging sie zum Bett und beugte sich über Jackson Wulf. Ein schneller Schnitt, und sie hatte, was sie wollte: eine Locke seines hübschen blonden Haars. Sie würde das Ritual noch heute Nacht beginnen. Und morgen würde Jackson Wulf schon halb in sie verliebt sein …

5. Kapitel

Die Hexe war noch da. Jackson spürte ihre Gegenwart im Haus und nahm auch ihren verlockenden, femininen Duft wahr. Mit geschlossenen Augen und pochenden Schläfen vom Alkohol, den er in der Nacht zuvor konsumiert hatte, lag er im Bett und empfand eine ganz eigenartige Erleichterung darüber, dass sie nicht gegangen war, wie er es ihr geraten hatte. Warum er so erleichtert war, verstand er selbst nicht recht. Vielleicht, weil er, wenn sie das Kind zurückgelassen hätte, nicht gewusst hätte, wie er die Versprechen halten sollte, die er ihr gegeben hatte. Oder vielleicht, weil er, wenn sie blieb, mehr Zeit zum Überlegen haben würde, ob er in der Lage war, sie umzubringen oder nicht.

Vielleicht aber auch nur, weil diese Frau ihn faszinierte. Er hatte nicht die gleiche Wirkung auf sie, wie er auf andere Frauen hatte. Denn wenn es so wäre, wäre er heute Morgen nicht allein erwacht. Die Tatsache, dass diese Frau ihm widerstehen konnte, machte ihn neugierig … das und die Frage, warum sie gestern Nacht eine Locke von seinem Haar abgeschnitten hatte. Was mochte sie im Schilde führen?

Ein leises Klopfen ertönte an seiner Tür. Da Jackson glaubte, es sei Hawkins, der ihm Frühstück brachte, forderte er den Butler auf, hereinzukommen. Die Tür öffnete sich. Es war jedoch nicht der immer so ernst dreinblickende Hawkins, der den Raum betrat, sondern eine rothaarige junge Frau in einem hellgelben Kleid. Das Kleid betonte ihre Kurven und brachte die Figur, die sie in so kurzer Zeit schon wiedergewonnen hatte, hervorragend zur Geltung. Ihr Haar fiel ihr offen über die Schultern und erinnerte ihn an feinste, mit Goldfäden durchwirkte rote Seide.

Sein Interesse war sofort geweckt … oder besser gesagt,

etwas zog ihn an. Zugleich war er etwas verärgert, dass Lucinda nicht getan hatte, was er ihr in der Nacht zuvor so dringend angeraten hatte.

»Du bist entweder sehr mutig oder sehr dumm«, bemerkte er. »Ich war mir sicher, heute Morgen zu erwachen und dich hier nicht mehr anzutreffen.«

»Auch Euch einen schönen guten Morgen, Mylord«, entgegnete sie mit unverhohlenem Spott in ihrer Stimme. »Ich habe Euch Frühstück mitgebracht. Wir müssen miteinander reden.«

»Das haben wir gestern Abend schon getan«, erinnerte er sie. »Ich dachte, ich hätte mich klar und deutlich ausgedrückt.«

Sie stellte das Tablett auf den Tisch am Bett, bevor sie sich neben ihn setzte. Sie schien nicht einmal darüber nachzudenken, wie unpassend es für sie war, sich hier in seinem Zimmer aufzuhalten und in was für eine kompromittierende Situation sie sich damit brachte. Sie war zwar nicht von nobler Herkunft, doch ihre natürliche Schönheit raubte Jackson fast den Atem. In der Sonne, die durch die Gardinen fiel und ihr rotes Haar zum Leuchten brachte, sah sie aus wie eine Fee und nicht wie eine ganz normale Frau aus Fleisch und Blut. Und ganz bestimmt auch nicht wie eine Hexe.

»Ich habe nachgedacht«, sagte sie und reichte ihm eine Tasse stark riechenden Tee.

Jackson beäugte den Tee misstrauisch und griff an ihr vorbei, um die Tasse wieder auf das Tablett zu stellen. »Du scheinst mich ja für reichlich unbedarft zu halten«, sagte er. »Dieser Tee riecht ausgesprochen merkwürdig.«

Sie warf einen Blick auf seine Tasse. »Ich wünschte, ich hätte deine Nase oder sie irgendwann einmal gehabt. Hawkins hat einen ziemlich bemerkenswerten Kräutergarten. Ich habe dir heute Morgen eine besondere Mischung aufgebrüht ... um deine Kopfschmerzen zu lindern.«

Er hatte einen ziemlichen Brummschädel, das stimmte, aber ihm war nicht ganz klar, wie sie das wissen konnte. Andererseits war sie natürlich eine Hexe. Vielleicht konnte sie ja auch Gedanken lesen. »Als eine Art endgültige Lösung des Problems vielleicht?«, bemerkte er.

Sie seufzte übertrieben. »Ich habe nicht vor, dich umzubringen, aber ich dachte, ich könnte dir vielleicht helfen. Und was die Kopfschmerzen betrifft, so ging ich davon aus, dass ein Mann, der abends zu viel trinkt, am nächsten Morgen dafür büßen muss.« Lucinda hob die Tasse wieder auf und bot sie Jackson an. »Wenn ich dir helfen soll, musst du mir vertrauen.«

Statt ihr die Tasse abzunehmen, schaute er ihr prüfend in die Augen. Sie waren klar und grün wie Frühlingsgras. Er konnte keine bösen Absichten darin entdecken. Sein Blick glitt tiefer, zu ihrem herzförmigen Mund und ihren vollen, sinnlichen Lippen, die sehr süß und weich waren, soweit er sich erinnern konnte. Sein Blick wanderte noch tiefer und verweilte auf der Wölbung ihrer Brüste. Sie waren voll und fest, aber nicht prall gefüllt mit Milch, wie man es von einer Mutter, die einen Säugling stillte, erwartet hätte.

»Warum bist du gestern Nacht in diesem Raum eingeschlafen, statt im selben Zimmer wie dein Sohn? Wäre das nicht einfacher, um ihn während der Nacht zu stillen?«

»Mein Gesicht ist hier oben und nicht dort, wo du hinschaust«, sagte sie.

Er hob abrupt den Blick und sah das bezaubernde Erröten, das in ihre Wangen stieg. Er hätte nie gedacht, dass eine Hexe erröten würde. Auf jeden Fall keine Frau, die ein illegitimes Kind geboren hatte.

»Ich kann ihn nicht mehr stillen«, sagte sie. »Und das hat mich sehr in dem Entschluss bestärkt, mich als deine Frau und Sebastian als deinen Jungen auszugeben. Hawkins hat eine Amme für ihn eingestellt. Ich fürchte, es war der Umstand, dass ich halb verhungert war, als ich Sebastian zur Welt brachte, was meine Milch schon einen knappen Monat nach seiner Geburt versiegen ließ.«

»Wie schade für das Kind«, erwiderte Jackson und dachte, dass er absolut nichts dagegen hätte, sich eine kleine Kostprobe von diesen wundervollen Brüsten zu erlauben.

»Wirst du den Tee nun trinken oder nicht?«, kehrte Lucinda zu ihrem eigentlichen Thema zurück. »Wirst du es wagen, mir zu trauen?«

Jackson strich sich das Haar aus dem Gesicht und erinnerte sich an die Locke, die sie ihm gestern Nacht gestohlen hatte. »Es gibt viele Dinge, die ich wagen würde, mit dir zu tun, aber dir mein Leben anzuvertrauen gehört nicht dazu. Wieso bist du noch hier, Lucinda?«

Der Zauber, den Lucinda benutzt hatte, wirkte offensichtlich nicht. Der Tee war nur ein Test. Wäre Jackson plötzlich so betört von ihr gewesen, dass er nicht mehr vernünftig hätte denken können, dann wäre er von seiner Faszination für sie zu geblendet gewesen, um auf den Verdacht zu kommen, sie könne etwas in seinen Tee gegeben haben. Es war tatsächlich nur eine harmlose Kräutermischung, um die Nachwirkungen seines übermäßigen Alkoholkonsums zu lindern, aber trotzdem blieb er immer noch zu vorsichtig, um ihr zu trauen.

»Ich bin noch hier, weil ich nirgendwo anders hinkann«, antwortete sie und blinzelte, um das jähe Brennen in ihren Augen zu verdrängen, und straffte ihre Schultern. »Dem Kind würde es auf den Straßen von London nicht gut ergehen, und ich kann es nicht ertragen, den Kleinen jetzt schon hier zurückzulassen. Deshalb biete ich dir ein Tauschgeschäft an. Im Gegenzug für einen sicheren Unterschlupf für uns beide werde ich dir helfen, den Fluch zu brechen, der auf dir und deinen Brüdern lastet.«

Jackson zog die Knie an, und das dünne Laken, das ihn von der Taille an bedeckt hatte, rutschte ein Stück hinunter. Lucinda konnte sehen, dass er die Hose, die er in der Nacht zuvor getragen hatte, irgendwann ausgezogen hatte und jetzt völlig nackt unter den Laken war. Wie seltsam, dass der bloße Gedanke daran sie bereits derart durcheinanderbrachte!

Durch ihre Arbeit als Heilerin hatte Lucinda schon viele Männer in verschiedenen Stadien der Entkleidung gesehen. Der Anblick eines nackten Männerkörpers hatte sie noch nie berührt ... aber andererseits hatte sie ja auch noch nie ein solch beeindruckendes Exemplar vor sich gehabt.

»Glaubst du wirklich, du kannst den Fluch aufheben?««, fragte Jackson.

»Ich kann es versuchen«, antwortete sie. »Vielleicht ist es ja das, was dich zu mir geführt hat, und nicht diese verrückte Idee von dir, mein Tod würde den Fluch brechen.«

»Du sagtest, du wolltest einen sicheren Unterschlupf. Warum gehst du nicht zu dem Vater des Kindes und bittest ihn um Hilfe?«

Sie begann zu befürchten, dass sie Jackson zu viel erzählt hatte, als er in der Kate erschienen war und ihr geholfen hatte, Sebastian zur Welt zu bringen. Er würde sie bestimmt nicht bleiben lassen, wenn er wüsste, dass jemand sie und ihr Kind verfolgte. Ein weiterer Mann, der ganz versessen darauf war, sie beide aus der Welt zu schaffen. Die Mitglieder der besseren Gesellschaft waren dafür bekannt, dass sie zusammenhielten. Und deshalb würde sie lügen, wenn es nicht anders ging. Nicht sich selbst, aber ihrem Sohn zuliebe.

»Der Vater des Kindes will von uns nichts wissen. Er hat sich sein Vergnügen bei mir genommen, aber Vergnügen war auch schon alles, was er wollte. Danach hat er mich beschuldigt, eine Diebin zu sein, und ein Kopfgeld auf mich ausgesetzt, um den Verdacht, dass er der Vater des Kindes sein könnte, von sich abzulenken.«

Jackson bewegte sich, und das Laken um seine Hüften rutschte noch ein bisschen tiefer hinunter. »Warum sollte er so weit gehen? Er brauchte doch nur zu bestreiten, dass er der Vater deines Kindes ist. Das tun Männer doch andauernd.«

Sie hatte Mühe, ihren Blick von der glatten braunen Haut an seinen Seiten abgewandt zu halten. Das Laken bedeckte ihn noch, aber wirklich nur gerade eben noch. Die feine Linie dunklen Haars, die unter seinem Bauchnabel begann und sich nach unten hin ausdehnte, war ihr vorher gar nicht aufgefallen, aber jetzt fand sie sie aus irgendeinem Grund auf einmal ungeheuer faszinierend.

»Das geht nicht wegen des Geburtsmals an Sebastians Schenkel«, antwortete sie und zwang sich, sich wieder auf das Gespräch zu konzentrieren. »Wenn ein Kind damit geboren wird, so wie es bei Sebastian der Fall war, kennzeichnet es ihn als seinen Nachkommen. Alle im Dorf hätten es gewusst, und ich nehme an, der Vater dachte wohl, ich würde das Kind dazu benutzen, ihn jahrelang um Geld zu schröpfen. Der Mann hat eine Frau und eigene Kinder. Er brauchte nicht noch einen zusätzlichen Esser oder sogar zwei.«

»Hast du ihn geliebt?«

Sie erhob abrupt den Blick zu ihm. Im Licht des Tages waren seine Augen dunkel, beinahe schwarz, und bildeten einen auffallenden Kontrast zu seinem blonden Haar. Nur bei Nacht schimmerten sie blau. Seine Frage überraschte sie. Warum konnte ihn das interessieren? Sollte sie lügen und sich damit in einem etwas besseren Licht vor ihm darstellen? Sie hatte bei der Zeugung ihres Kindes nicht willentlich mitgemacht, doch sie bezweifelte stark, dass Jackson Wulf ihr das glauben würde. Er dachte auch so schon nur das Schlechteste von ihr, warum sollte sie ihn dann nicht einfach weiter in dem Glauben lassen?

»Nein«, antwortete sie. »Ich habe ihn nicht geliebt. Aber ich liebe meinen Sohn und möchte ihm ein besseres Leben ermöglichen, als ich allein ihm geben kann. Wenn du selbst Kinder hättest, würdest du das verstehen.«

»Ich brauche keine eigenen Kinder, um das zu verstehen«, erwiderte er ruhig. »Ich habe gesehen, wie die Liebe zu deinem Kind dich überwältigte, als du es zum ersten Mal in deinen Armen hieltest. In diesem Moment hast du wie ein Engel ausgesehen.«

Sie wandte ihren Blick von seinen Augen ab. »Wir wissen beide, dass ich kein Engel bin. Aber du bist ja schließlich auch keiner. Wirst du den Handel, den ich dir anbiete, nun also annehmen?«

»Mein Gesicht ist hier oben und nicht dort, wo du hinschaust.«

Lucinda errötete über und über. Sie hatte wieder das Laken angestarrt – oder vielmehr das, was sich unter dem Laken verbarg. Beschämt erhob sie ihren Blick zu Jackson Wulfs Gesicht.

»Und das Einzige, was du im Austausch dafür willst, ist, mit deinem Sohn zu bleiben? Ein Dach über dem Kopf und Essen, bis der Fluch gebrochen ist?«

Das war keineswegs das Einzige, was sie wollte, doch Lucinda wusste, dass es alles war, was sie verlangen konnte. Wenn ihr eine solche Möglichkeit offenstünde, wollte sie bei ihrem Sohn bleiben, bis er zum Mann heranwuchs. Aber ihr war natürlich klar, dass das unmöglich war. Trotz Jacksons Fluch und der Geheimnisse und Gerüchte, die seine Familie umgaben, lagen Welten zwischen ihm und ihr.

»Ja, das ist alles, was ich will«, antwortete sie.

Er starrte sie lange genug an, um Furcht in ihr hochkommen

zu lassen, dass sie trotz allem vielleicht noch zu viel verlangte. »Einverstanden«, sagte er schließlich, und sie sackte fast in sich zusammen vor Erleichterung.

»Warum hast du dir gestern Nacht etwas von meinem Haar genommen?«

Der plötzliche Themawechsel verunsicherte Lucinda. Sie hatte geglaubt, er sei halb besinnungslos vom Alkohol, als sie ihm das Haar abgeschnitten hatte. Welche andere Erklärung als die Wahrheit konnte sie ihm geben? Es kam ihr jetzt ausgesprochen albern vor, diesen Mann in sich verliebt machen zu wollen. Solche Zaubersprüche hielten selten lange an. Und abgesehen von dem Wunsch, bei ihrem Sohn bleiben zu dürfen, hatte Lucinda auch gar kein Interesse daran, der Gegenstand von Jacksons Zuneigung zu sein. Vor allem, wenn seine Zuneigung durch Magie erzeugt worden war, statt von selbst zu entstehen. Sie war so verängstigt und verzweifelt gewesen gestern Nacht, als ihr die Idee gekommen war, dass sie keinen klaren Gedanken mehr hatte fassen können.

»Ich wollte einen Zauber über dich verhängen«, gab sie zu und senkte den Blick auf ihre Hände, die nervös an dem geborgten gelben Kleid herumzupften. Ein unvergleichlich eleganteres Kleid, als sie je besessen hatte oder je besitzen würde. »Einen Liebeszauber«, fuhr sie leise fort und spürte, wie sie wieder heiß errötete.

Er zog eine dunkle Augenbraue hoch. »Zu welchem Zweck?«, fragte er interessiert. »Wenn du das Bett mit mir teilen möchtest, brauchst du es nur zu sagen.«

Lucinda blickte wieder zu ihm auf. »Ist es das, was du für Liebe hältst? Ein körperlicher Austausch von zwei Menschen? Eine sinnenfrohe Rangelei unter den Laken? Ich glaube nicht, dass ich Zaubersprüche brauche, um dich ins Bett zu locken. Ich kann mir vorstellen, dass allein die Tatsache, dass ich eine Frau bin, schon als Anreiz für dich reicht.«

Er legte eine Hand an sein Herz. »Du verletzt mich mit deiner scharfen Zunge. Du bist kein unschuldiges junges Mädchen mehr. Und ich bin kein Gentleman. Da wäre es doch eigentlich ganz natürlich für uns beide, in meinem Bett zu landen und miteinander Liebe zu machen.«

Seine Arroganz verärgerte sie … seine anmaßende Art und die Tatsache, dass sie den Blick nicht von seiner nackten Haut abwenden konnte. Sie sah so glatt, so warm, so überaus verlockend aus. Lucinda hatte sich noch nie von einem Mann angezogen gefühlt. Vielleicht war ja *er* derjenige, der *sie* verhext hatte.

»Was für ein hübsches Wort du dafür hast«, fauchte sie, als sie ihre Fassung wiederfand. Und dann sprang sie auf, weil ihr plötzlich bewusst wurde, dass sie sich ja gewissermaßen schon in seinem Bett befand. »Ich habe kein anderes Interesse an dir als die Vereinbarung, die ich gerne mit dir treffen würde. Sicher kannst du dein Vergnügen auch woanders finden. Ich habe schon erfahren, was bei solchen Torheiten herauskommt.«

»Ich werde aufpassen«, erbot er sich.

Wieder spürte Lucinda, wie das Blut ihr in die Wangen schoss. Sie war in ihrem ganzen Leben noch so gut wie nie errötet, und nun schien sie gar nicht mehr damit aufhören zu können. Erröten war etwas für unschuldige junge Mädchen und für Damen, aber nicht für sie.

»Das behaupten wahrscheinlich alle Männer, um zu bekommen, was sie wollen«, entgegnete sie spöttisch. »Das Bett mit dir zu teilen gehört nicht zu unserer Abmachung.«

Jackson wechselte wieder abrupt das Thema. »Und wie gedenkst du den Fluch zu brechen?«

Das war das Problem. Einen Fluch zu brechen, den jemand anderer verhängt hatte, würde äußerst schwierig sein. »Es gibt verschiedene Dinge, die ich versuchen kann«, erwiderte Lucinda vorsichtig. »Du sprachst von einem Rätsel. Ich muss mich eingehend damit befassen – mit dem Rätsel und mit dir. Das ist nichts, was ich über Nacht tun kann. Es ist keine leichte Aufgabe, das sage ich dir gleich. Du wirst voll und ganz mit mir kooperieren müssen. Glaubst du, dass du in der Lage dazu bist?«

»Meinen Brüdern zufolge bin ich jeder Situation gewachsen«, erwiderte er trocken.

Lucinda streckte ihm ihre Hand hin. »Dann wollen wir uns wie Männer die Hände schütteln, um unser Abkommen zu besiegeln.«

Ihre Hand glitt wie von selbst in die seine, als er danach griff. Es war keine Hand, fiel Lucinda sofort auf, die harte Arbeit kannte. Seine Haut war glatt und warm, seine Finger lang und schön geformt, wie die Hände eines Künstlers oder Musikers. Es war eine Hand, die sich auf dem Körper einer Frau sehr gut anfühlen würde. Statt ihr die Hand zu schütteln, zog Jackson sie zu sich auf das Bett.

»Du bist kein Mann, Lucinda«, sagte er, als sein Gesicht nur noch Zentimeter weit entfernt von ihrem war. »Und ich werde dich auch nicht wie einen behandeln. Du willst mein Heim, meinen Schutz, mein Vertrauen – du verlangst sehr viel. Ich will im Ausgleich dafür auch etwas von dir haben.«

Lucinda erinnerte sich in diesem Moment nicht an die Vergewaltigung, was sie in Panik hätte versetzen können, sie dachte nicht an die erlittenen Demütigungen, doch ihr Herz begann zu rasen, und trotz allem wurde sie von einer jähen Furcht ergriffen. Früher hatte ihr Körper immer nur ihr selbst gehört. Sie war nie versucht gewesen, ihn mit einem Mann zu teilen, weil sie wusste, dass ein solch intimer Akt ihr erheblich mehr abverlangen würde, als nur ihren Körper zu geben.

Sie hatte kein Herz, das sie anderen öffnen konnte – oder zumindest niemand anderem als ihrem Sebastian. Ihr Herz war misstrauisch, verletzt durch grausame Worte und noch viel grausamere Taten. Um zu geben und zu lieben, würde sie lernen müssen, weich zu sein. Sie konnte aber nicht weich sein und in einer so grausamen Welt überleben.

»Was immer auch du von mir willst, wirst du dir nehmen müssen«, sagte sie und erwiderte seinen intensiven Blick mit einem scharfen von sich selbst. »Du kannst vielleicht meinen Körper benutzen, aber meine Seele wirst du nie berühren.«

Er streckte die Hand nach ihrem Gesicht aus, und sie wich instinktiv zurück. Aber er schlug sie nicht, sondern umfasste nur sanft ihr Kinn und hob ihr Gesicht zu sich empor.

»Ich werde mir nichts von dir nehmen«, entgegnete er. »Ich bitte dich nur um einen Kuss. Einen, den du mir aus freiem Willen gibst, und ohne mit einem Messer nach meinem Rücken zu zielen. Ist das zu viel verlangt im Austausch für alles, was du von mir erbeten hast?«

Als sie in seine dunklen Augen blickte und sein schön geformter, sinnlicher Mund dem ihren schon so nahe war, dass sie die Wärme seines Atems spüren konnte, hatte Lucinda Mühe, klar zu denken. Ein Kuss war wirklich nicht zu viel verlangt. Für ein Zuhause für ihren Sohn, eine Zukunft für Sebastian war es so gut wie gar nichts. Langsam beugte sie sich zu Jackson vor.

6. Kapitel

Jackson brachte sie dazu, zu ihm zu kommen. Er kam ihr nicht entgegen, obwohl der Abstand zwischen ihnen wirklich nur noch minimal war. Sie berührte seinen Mund mit ihrem. Ihr Blut begann sofort zu prickeln, Wärme breitete sich in ihr aus. Seine Lippen waren weich und dennoch fest und passten sich den ihren an, als ob ihre Münder füreinander geschaffen wären. Als er keinen Versuch machte, den Kuss zu vertiefen, erkannte sie, dass er von *ihr* geküsst werden wollte.

Lucinda hatte noch nie aus freiem Willen einen Mann geküsst. Ihre Vergangenheit war voll unschöner Zwischenfälle mit Männern gewesen, die versuchten, sie zu begrabschen und ihre schmierigen, schlecht riechenden Münder auf den ihren zu pressen. Jacksons Mund war weder schmierig, noch roch er schlecht, und die Berührung zwischen ihnen war so leicht und sachte wie ein Flüstern. Seine Passivität machte ihr Mut und weckte ihre Neugierde.

War dieser Kuss, den er ihr drei Monate zuvor in einer heruntergekommenen Kate gegeben hatte, als ihr ganzer Körper wund und schwach und blutig gewesen war, wirklich so gut gewesen, wie sie sich zu erinnern glaubte? Es erschien fast unmöglich unter den damaligen Umständen. Das Begehren, das sie verspürt zu haben glaubte, musste eine falsch verstandene Emotion gewesen sein, denn keine halbwegs normale Frau konnte einen Mann begehren, nachdem sie gerade erst die Qualen einer Geburt durchstanden hatte. Das hatte sie sich in den letzten Monaten unzählige Male gesagt, wann immer sie an diesen Kuss zurückgedacht hatte. Und nun konnte sie sich Gewissheit verschaffen.

Sie verstärkte den Druck auf seine Lippen, bis sie sich unter den ihren öffneten. Ihr Atem vermischte sich mit seinem, und dann berührten sich auch ihre Zungen. Lucinda versuchte, sich zu erinnern, was er an jenem Tag in der Kate mit seiner Zunge in ihrem Mund getan hatte. Er hatte sie gestreichelt, ja, genau das hatte er getan, und deshalb tat sie jetzt das Gleiche. Ein Blick unter halb gesenkten Wimpern verriet ihr, dass er sie verwundert ansah – worauf sie den Kuss abrupt beendete.

»Wie kommt es, dass eine Mutter, eine erfahrene, aufgeklärte Frau, so küsst, als hätte sie noch nie in ihrem Leben einen Mann geküsst?«

Ihr stieg schon wieder dieses grässliche Erröten in die Wangen. Er hielt sie für erfahren. Wahrscheinlich glaubte er sogar, sie wäre eine Hure. Die meisten Männer taten das, ohne den geringsten Beweis für ihren Verdacht zu haben. Sie würde alles sein, was er von ihr glaubte, oder zumindest doch in diesem Augenblick. Lucinda legte ihre Hand um seinen Nacken und spürte das Kitzeln seines seidigen Haars an ihrem Handrücken. Sie zog ihn näher, schloss die Augen und tat ihr Bestes, ihn zu überzeugen, dass sie genau das war, wofür Lord Wulf sie hielt.

Als sie kühn mit der Zunge in seinen Mund eindrang und den Kopf ein wenig zur Seite legte, um den Kuss noch zu vertiefen, blickte sie wieder unter halb gesenkten Lidern zu ihm auf. Seine Augen waren geschlossen, seine langen Wimpern hoben sich dunkel von seinen hohen Wangenknochen ab. Es war wie ein Tanz, erkannte sie. Die Bewegung von Lippen an Lippen, wie Ebbe und Flut von einem Ozean. Sie kamen zusammen, trennten sich und fanden sich von neuem, während ihre Zungen ihren ganz eigenen Tanz aufführten.

Wie ihre Hand an seine nackte Brust kam, wusste Lucinda nicht, aber sie fühlte sich genau so an, wie sie bereits vermutet hatte. Warm, glatt und entweder völlig unbehaart oder mit so feinem, weichem Haar bewachsen, dass sie es weder sehen noch spüren konnte. Sein Herz schlug hart und schnell unter ihrer Hand. Eine seiner Hände umfasste ihren Hinterkopf, so wie sie den seinen hielt. Er verschränkte seine Finger in ihrem Haar, mit einem festen, aber nicht schmerzenden Griff. Und dann endlich erwiderte er den Kuss.

Indem er selbst aktiv wurde, erweckte er auch sie zum Leben. Zum Leben in einem Reich der Sinne, das Lucinda noch nie zuvor betreten hatte. Die Hitze ihrer sich berührenden Körper vermischte sich mit der kühlen Morgenluft und hüllte sie in einen Dunstschleier ein. Jacksons Mund verlangte Erwiderung von ihr, ganz gleich, ob sie sie geben wollte oder nicht. Leises Stöhnen, tiefe Seufzer, kleine Laute, die sich ihrer Kehle entrangen, ohne dass sie es verhindern konnte. Seine Hände glitten von ihrem Haar zu ihrem Nacken hinab, strichen über ihre Schultern und verbreiteten ihre Hitze sogar noch durch den Stoff ihres Kleids hindurch.

Lucinda verzehrte sich nach seiner Berührung, was sie bis zu diesem Augenblick nicht einmal gewusst hatte. Aber so stark wie die Zaubertränke, die sie bisher geschaffen hatte, war seine Anziehungskraft auf sie. Die Art, wie er sie dazu brachte, aus sich herauszugehen, dabeizustehen und zuzusehen, wie eine Fremde an ihre Stelle trat. Eine Frau, die nur fühlte, nur begehrte, nur ersehnte und sich nicht vor ihren Gefühlen schützen konnte. Eine Frau, die nicht ihr Herz vor ihm verschließen konnte.

Seine Hände glitten tiefer, über ihre Arme zu ihren Händen, wo er seine Finger fest mit ihren verschränkte, bis ihre Handflächen einander fast verbrannten. Ohne ihre Hände loszulassen, drehte er sie so, dass er sie neben sich auf das Bett ziehen konnte; dann war er über ihr und benutzte die Geschicklichkeit seines Mundes, seiner Zähne, seiner Zunge, um sie mit Gefühlen zu durchfluten und jeglichen vernünftigen Gedanken in ihr auszuschalten. Er raubte ihr den Atem, er setzte sie in Flammen, und der Druck seines harten Körpers auf dem ihren brachte ihr zu Bewusstsein, dass er auch die Absicht hatte, sie in Besitz zu nehmen.

Es war viel schwieriger für sie, als es hätte sein dürfen, und trotzdem kämpfte Lucinda mit aller Kraft um den letzten Rest ihrer Vernunft. Sie stieß Jackson gegen seine Brust, als sein langer, harter Körper sich auf ihren presste und nur das Laken und ihr dünnes Sommerkleid noch eine Barriere zwischen ihnen bildeten. »Du hast mich überlistet«, beschuldigte sie ihn. »Du versuchst, mich zu verführen!«

Seine dunklen Augen brannten vor Verlangen, als er auf sie hinabblickte und sagte: »Wenn ich mir wirklich Mühe gäbe, wärst du bereits nackt.«

»Geh von mir runter!«, verlangte sie. »Ich werde mich nicht erweichen lassen!«

»Nein?«, fragte er leise.

»Das gehört nicht zu unserer Abmachung«, erwiderte Lucinda mit zusammengebissenen Zähnen.

»Wie viel liegt dir daran, bei deinem Sohn zu bleiben?«

Lucinda erlahmte unter ihm. So sah das also aus? Das hätte sie sich eigentlich denken müssen. So war das Leben. Die Starken nahmen von den Schwachen. Die Aristokraten benutzten die Bürgerlichen für was immer ihnen auch gerade passte. Sie hätte wissen müssen, dass sie Jackson nicht vertrauen durfte. Er war ein Mann ... und schlimmer noch, er war ein Wolf.

»Du weißt, dass ich alles für Sebastian tun würde«, sagte sie. »Nimm dir, was du willst.«

Er starrte einen Moment auf sie hinab; dann seufzte er und rollte sich zur Seite. »Ich musste mir noch nie nehmen, was Frauen mir nur allzu gerne freiwillig geben. Und ich werde jetzt nicht damit beginnen. Mit der Zeit wirst du schon von allein zu mir kommen.«

Seine Arroganz entfachte ihre Wut. »Ohne Drohung oder Zwang werde ich mich dir niemals hingeben«, versicherte sie ihm, obwohl sie sich dessen gar nicht mal so sicher war. Vor einer Minute hatte sie sich noch unter ihm gewunden … und das nicht etwa, um ihm zu entkommen. »Wie ungeheuer männlich du dich fühlen musst.«

Er strich sich das Haar aus seinem gut aussehenden Gesicht. »Meine Männlichkeit stand niemals für mich zur Debatte«, bemerkte er. »Meine Vernunft dagegen ist eine völlig andere Sache. Ich bin ein Mann, der sich von seinen Emotionen leiten lässt. Sinnenlust und der Hang zur Sucht erwiesen sich bislang als meine stärksten.«

Er erhob sich vom Bett und überraschte Lucinda damit, dass er das Laken einfach liegen ließ. Splitterfasernackt ging er zur Bar und schenkte sich etwas zu trinken ein. Da er mit dem Rücken zu ihr stand, ließ Lucinda ihren Blick über seinen nackten Körper schweifen … und konnte spüren, wie sie einen trockenen Mund bekam.

Zum Glück begann Sebastian in diesem Moment im Nebenraum zu schreien und brach den Bann, in den Jacksons Nacktheit sie gezogen hatte. Lucinda sprang auf und verließ ohne einen weiteren Blick oder auch nur ein Wort des Abschieds Jacksons Zimmer. Sie knallte allerdings laut genug die Tür hinter sich zu, um ihm ihren Aufbruch mitzuteilen.

Jackson bemerkte das leichte Zittern seiner Hand, als er das Glas an seine Lippen hob. Aber das hatte nichts mit seinem Bedürfnis nach einem Drink zu tun … es war eine Reaktion auf Lucinda, die Hexe ohne Familiennamen. Einen Moment starrte er in die tröstliche bernsteinfarbene Flüssigkeit in seinem Glas, dann, mit mehr Mühe, als er es sich selbst eingestehen wollte, stellte er das noch unberührte Glas wieder auf den Tisch zurück.

Es war bloß ein Kuss, sagte er sich. Aber warum, in Herrgotts Namen, zitterte er dann wie ein Mann, der zu lange in der Kälte gelassen worden war? Weil es eben nicht nur ein Kuss war, musste er sich eingestehen. Er hatte unzählige Frauen geküsst und war mit unzähligen Frauen im Bett gewesen. Aber er hatte noch nie solche Gefühle dabei gehabt, wie Lucinda sie in ihm entfacht hatte. Als ob sie in ihn hineingegriffen und alles berührt hätte, was er schon so lange für tot gehalten hatte. Sie hatte ihn für einen Augenblick ins Leben zurückgebracht.

Jackson schüttelte den Kopf und ging zum Kleiderschrank. Er bewahrte immer einige Sachen zum Wechseln in dem Stadthaus auf, um sich das Packen zu ersparen, wenn ihn das Bedürfnis ergriff, London zu besuchen. Das Landgut reizte ihn nicht mehr, seit er als völlig veränderter Mann aus dem Ausland zurückgekehrt war. Gabriel, sein älterer Bruder, hielt ihn für faul, wenn es um die Pflege und Aufzucht der hervorragenden Pferde ging, die sie züchteten. Aber die Wahrheit war, dass die Pferde den Wolf in ihm spürten und sehr nervös in seiner Nähe wurden. Es hatte ihn sehr viel Zeit gekostet, dem Pferd, das er in Whit Hurch zurückgelassen hatte, beizubringen, seinen ganz besonderen Geruch zu tolerieren.

Jackson hatte befürchtet, dass Gabriel etwas merken würde. Einem Fluch zum Opfer zu fallen und dabei nicht einmal das dafür verantwortliche Mädchen zu gewinnen, hatte Jackson in große Verlegenheit gebracht. Lady Anne Baldwin, dieses sanfte, liebenswürdige Geschöpf, war der erste wirklich aufrichtige Wunsch in seinem Leben gewesen, der ihm versagt worden war. Und mit ihrer Zurückweisung war auch der Rest seiner Lebensverhältnisse ans Licht gekommen. Er wurde von der Gesellschaft gemieden. Er war keine gute Partie für eine Dame. Und obwohl er adlig war und reich, war er nicht einmal eine gute Partie für ein Mädchen aus dem Volk.

Jackson ging zum Bett und setzte sich. Versonnen blickte er durch das Zimmer zu dem noch unberührten Glas hinüber. Die in der Sonne glitzernde bernsteinfarbene Flüssigkeit verlockte ihn – aber nicht so sehr wie Lucindas leises Singen in dem Zimmer nebenan. Ohne dem Alkohol einen weiteren Blick zu gönnen, schlüpfte Jackson in eine saubere Hose, zog ein weißes Leinenhemd über den Kopf und ging barfuß in den Nebenraum.

Eine dickliche Frau mit fülligen Brüsten machte große Augen, als sie ihn an der Tür bemerkte. Jackson legte einen Finger an die Lippen, um ihr Schweigen zu gebieten. Die Amme huschte an ihm vorbei und lief über den Gang zu der Treppe, die nach unten führte. Lucinda saß mit dem Rücken zu ihm in einem Schaukelstuhl, unter dessen einer Armlehne der Zipfel einer kleinen Decke hervorschaute. Jackson blieb für einen Moment ruhig stehen und lauschte ihr. Sie hatte eine schöne Stimme. Sie war sanft und ein bisschen rau, und sie ging einem direkt ins Herz. Leise trat er hinter Lucinda und blickte ihr über die Schulter.

Der Junge, dem sie den Namen Sebastian gegeben hatte, war gewachsen. Seine Wangen waren rund und rosig. Eine seiner kleinen Fäuste umklammerte eine lange Locke seiner Mutter, und er schaute mit großen, ernsten Augen zu ihr auf, als sie ihm vorsang. Als der Kleine ihn bemerkte, verzog sich sein Gesicht zu einem Lächeln, und Jackson konnte gar nicht anders, als das Lächeln zu erwidern.

Lucinda warf einen Blick über die Schulter.

»Ein reizender Junge«, sagte Jackson.

Lucindas Augen waren so weich, dass er das Gefühl hatte, in ihnen zu ertrinken, bevor sie sich plötzlich wieder zu erinnern schien, wen sie da ansah. Und da wandte sie sich augenblicklich von ihm ab.

»Sebastian ist ein braves Kind. Er schreit so gut wie gar nicht, außer wenn er hungrig ist oder gewickelt werden muss.«

»Sieht er seinem Vater ähnlich?«, fragte Jackson interessiert.

Sie schwieg einen Moment. »Ja. Leider. Aber das werde ich ihm nicht ankreiden.«

»Dann tue ich es auch nicht«, sagte Jackson. »Er hat mich gerade angelächelt.«

Lucinda schnalzte mit der Zunge. »Er muss wohl sein Bäuerchen machen, vermute ich. Er ist zu jung, um schon zu lächeln.« Während sie sprach, legte sie das Kind an ihre Schulter und klopfte ihm sanft den Rücken. Ihre Bemühungen wurden belohnt, als das Kind schon kurz darauf laut rülpste und, sehr zu Jacksons Schreck, ein weißes Rinnsal Milch aus dem Mund des Kindes über die Schulter seiner Mutter lief.

»Ach, du liebe Güte!«, rief Lucinda erschrocken, während sie sich rasch erhob und Jackson den Kleinen in die Arme drückte. »Das ist nicht mein Kleid. Ich hätte daran denken sollen, ein Tuch über die Schulter zu legen, bevor ich ihn sein Bäuerchen machen ließ.«

Jackson hielt den Kleinen etwas unbeholfen in den Armen. Sebastian trat mit seinen kleinen Beinchen um sich, als Lucinda zu einer Waschschüssel lief, ein Tuch ins Wasser tauchte und dann versuchte, den Fleck an ihrer Schulter zu entfernen. Zwischendurch blickte sie in Jacksons Richtung und runzelte die Stirn.

»Du hältst ihn nicht richtig. Halte ihn so, dass sein Köpfchen in deiner Armbeuge ruht.«

Nach mehreren Versuchen gelang es Jackson, den Jungen so zu halten, wie seine Mutter ihn angewiesen hatte. Sebastian schaute mit den größten und blauesten Augen, die er je gesehen hatte, zu ihm auf. Flaumiges dunkles Haar bedeckte seinen Kopf. Der Kleine grinste ihn an, und wieder erwiderte Jackson das Lächeln.

»Also, ich glaube, er lächelt dich tatsächlich an«, bemerkte Lucinda, die noch immer mit dem Fleck an ihrem Kleid beschäftigt war. »Er mag dich. Auch wenn ich mir absolut nicht vorstellen kann, warum.«

»Vielleicht weil er weiß, dass er ohne mich nicht hier auf Gottes schöner Erde wäre.«

Er hatte nur gescherzt, aber als Lucinda nichts erwiderte, blickte Jackson durch den Raum zu ihr hinüber. Sie stand völlig reglos da, und er sah, dass ihr Gesicht aschfahl geworden war.

»Du hast recht«, flüsterte sie. »Ich weiß nicht, wie ich dir das jemals danken soll. Dass du mir das Leben meines Sohnes geschenkt hast.«

So hoch geschätzt zu werden war nicht nur ein unerwünschtes, sondern auch ein gänzlich unbekanntes Gefühl für Jackson Wulf. Soweit er wusste, hatte er in seinem ganzen Leben noch keine gute Tat vollbracht. Und angesichts dessen, was er der Mutter des Kindes noch vor kurzem in seinem Bett hatte antun wollen, war ihm klar, dass er ihre plötzliche Hochachtung auch nicht verdiente. Darum zuckte er die Schultern.

»Ach, uns wird bestimmt etwas einfallen, wie du dich erkenntlich zeigen kannst«, erwiderte er mit einem spitzbübischen Lächeln.

Die Farbe kehrte auf der Stelle in ihr Gesicht zurück. »Flegel«, hörte er sie murmeln und entspannte sich, da er mit Beleidigungen weitaus besser umgehen konnte als mit Lob. Sie blickte wieder auf den Fleck an ihrem Kleid, und er hatte das Gefühl, dass sie den Tränen nahe war. »Ich habe es verdorben«, sagte sie mit erstickter Stimme. »Ich habe das Kleid der Dame ruiniert. Ich hatte kein Recht, es zu tragen, aber Hawkins war sicher, dass es sie nicht stören würde, und ich hatte ja nichts außer den paar Lumpen, die ich mitbrachte.«

Jacksons Herz zog sich zusammen. Er nahm so viel für selbstverständlich hin. Und so sehr er auch in Selbstmitleid über das ihm auferlegte Schicksal schwelgte, konnte er sich dennoch sehr gut vorstellen, dass es noch schlimmer hätte kommen können. »Dann werden wir das ändern. Ich werde nicht zulassen, dass du in Lumpen herumläufst. Oder in geborgten Kleidern. Ich bin mir sicher, dass Hawkins Mittel kennt, um Flecken zu entfernen, von denen selbst die beste Wäscherin in London noch nichts gehört hat. Er wird sich darum kümmern. Also weine nicht.«

Sie straffte ihre Schultern. »Ich weine nicht«, behauptete sie. »Ich weine nie. Tränen sind etwas für die Schwachen.« Sie kam zu ihm und nahm ihm den kleinen Jungen aus den Armen. Als sie sich zu ihm vorbeugte, schloss er für einen Moment die Augen und atmete den lieblichen Duft ihrer Haare ein, die süß wie Geißblatt rochen.

»Tatsächlich werde ich mich auf der Stelle um deine neue Garderobe kümmern«, verkündete er dann. »Ich selbst verstehe nichts von Damenmode, aber ich kenne jemanden, der es tut.«

Lucinda blickte zu ihm auf. Meinte er es ernst? Er wollte sie neu einkleiden? Sie zog spöttisch eine Braue hoch. »Das kann ich mir vorstellen.« Und sie konnte sich auch vorstellen, dass die Kleider, die er ihr besorgen würde, mit ziemlicher Wahrscheinlichkeit die abgelegten einer Hure waren.

Er erlaubte sich ein schwaches Lächeln. »Sie ist die Liebe meines Lebens«, scherzte er. »Wir werden sie jetzt gleich besuchen. Zieh dich um, und gib dieses Kleid hier Hawkins, damit er sich darum kümmern kann. Wir sehen uns dann unten.«

7. Kapitel

Jemand in meiner Lage darf nicht wählerisch sein, dachte Lucinda, als sie und Jackson in einer eleganten Kutsche saßen, die von dem schönsten Gespann gezogen wurde, das Lucinda je gesehen hatte. Es war ein komisches Gefühl, auf solch noble Art herumkutschiert zu werden, ein weiteres schönes Kleid aus Rosalind Wulfs Kleiderschrank zu tragen und einem Mann gegenüberzusitzen, der wahrscheinlich der bestaussehende in ganz London war ... ja, vielleicht sogar der bestaussehende Mann auf Erden.

»Die Pferde«, bemerkte sie. »Mir fiel auf, dass sie scheuten, als du dich der Kutsche nähertest. Sie spüren wohl, dass irgendetwas nicht mit dir in Ordnung ist?«

»Was ein verdammtes Ärgernis ist angesichts der Tatsache, dass wir ausgerechnet diese Tiere züchten«, erwiderte er bitter. »Zum Verkauf«, fügte er erklärend hinzu. »Es gibt niemanden in England, der bessere Pferde züchtet als meine Familie.«

Lucinda war überrascht. »Ich dachte, du wärst schon reich geboren. Dass deine Familie schon immer reich war, meine ich.«

»Das sind wir«, gab er zu. »Aber ein Mann muss auch eine Beschäftigung haben. Und zumindest meine Brüder halten die Pferdezucht für ein achtbares Geschäft, um das Familienvermögen aufrechtzuerhalten.«

»Die Vorstellung, dass Sebastian mit Pferden arbeiten würde, gefällt mir«, gab Lucinda zu. »Das würde ihm Freude machen und ihm gut tun.«

Jackson lächelte traurig. »Ich habe es früher auch sehr gern getan. Bis die Tiere ...«

»Dagegen kann ich etwas tun«, erbot Lucinda sich. »Ich kann

ein Öl herstellen, welches, wenn du dich damit einreibst, den Geruch des Wolfes verdeckt, auf den die Pferde reagieren. Wir können es gerne einmal ausprobieren, wenn du möchtest.«

Er erhob sich plötzlich von seinem Sitz und hockte sich neben sie. »Riechst du es? Ich habe mich schon oft gefragt, ob ich nicht nur für die Pferde, sondern auch für andere Menschen komisch rieche.«

Lucinda war verblüfft, als er sich plötzlich zu ihr vorbeugte und seinen gestärkten hohen Kragen zurückzog. »Riech mal«, forderte er sie auf.

Sie war in ihrem Leben schon zu so manchen seltsamen Dingen aufgefordert worden, aber noch nie hatte ein Mann von ihr verlangt, an ihm zu riechen. »Ich glaube nicht, dass du anders riechst«, versicherte sie ihm. »Sonst hätte ich das schon bemerkt.«

»Vielleicht warst du ja zu abgelenkt«, versetzte er mit dem Anflug eines Lächelns um seinen beunruhigend verführerischen Mund. »Riech jetzt an mir, wo du dich voll und ganz darauf konzentrieren kannst.«

Sie war versucht, die Augen zu verdrehen. Aber stattdessen beugte sie sich zu ihm vor, brachte ihr Gesicht ganz dicht an seinen Hals und schnupperte. Sein Geruch wirkte überhaupt nicht abstoßend auf sie. Im Gegenteil. Er roch nach Seife, Wasser und einem Hauch von Sandelholz vielleicht.

»Du riechst sehr gut«, sagte sie.

»Du auch.« Er drückte seine Nase an ihr Haar. »Ist das Geißblatt?«

Lucinda straffte sich jäh und brachte wieder Abstand zwischen sie. »Ja. Ich trockne die Blüten, und dann zerstoße ich sie und füge das Pulver meinen Seifen hinzu.«

»Sehr angenehm«, bemerkte er mit leiser, rauer Stimme. »Du riechst zum Anbeißen gut, Lucinda.«

Sie war nicht sicher, wie sie auf das Kompliment reagieren sollte, und blickte deshalb aus dem Fenster auf den regen Londoner Verkehr und sagte gar nichts. Einen Moment darauf glaubte sie, Jackson leise lachen zu hören.

Sie war davon ausgegangen, dass seine Erfahrungen mit Frauen – und Mode – sie vielleicht zu einem versteckt am Stadtrand liegenden Bordell führen würden. Deshalb fiel ihr fast die Kinnlade herunter, als die Kutsche vor dem beeindruckendsten Stadthaus anhielt, das sie je gesehen hatte. Es war mehr wie ein Palast. Der sie begleitende Page öffnete ihnen die Kutschentür, und Jackson stieg aus und reichte Lucinda dann galant die Hand.

Er tat es, ohne nachzudenken, stellte sie fest. Er mochte zwar von sich behaupten, kein Gentleman zu sein, doch seine gute Erziehung war vorhanden, ob er sich dazu bekennen wollte oder nicht. Lucinda nahm seine Hand und ließ sich aus der Kutsche helfen. Schnell entfernte er sich mit ihr von dem Gefährt und den Pferden, die schon wieder nervös zu tänzeln begannen, und führte sie den langen Weg zu der Eingangstür hinauf.

»Wer lebt in solch einem Palast?«, flüsterte Lucinda, die sich sehr zusammennehmen musste, um das Haus nicht offenen Mundes anzustarren und sich dadurch selbst als jemand aus dem gemeinen Volk zu entlarven. »Der König?«

»Nein, nicht der König«, erwiderte Jackson. »Aber eine gute Freundin von mir.«

Er sprach das Wort »Freundin« mit einer Wärme aus, die ein ganz eigenartiges Gefühl in Lucinda erzeugte. Sie gefiel ihr nicht, die Vertrautheit, mit der er von dieser Frau sprach. War sie eine Geliebte von ihm? Oder schlimmer noch, war sie die Frau, der er sein Herz geschenkt hatte?

Sie und Jackson erreichten die mächtige Eingangstür, und die beiden Flügel schwangen auf. Ein Mann, der fast ebenso sauertöpfisch wie Hawkins dreinblickte, begrüßte sie.

»Ihre Gnaden erwartet Euch«, sagte er steif. »Wenn Ihr mir bitte folgen würdet.«

»Wieso erwartet sie uns?«, flüsterte Lucinda, während sie dem Mann ins Haus folgten.

»Ich habe ihr eine Nachricht überbringen lassen, bevor wir losfuhren«, erklärte Jackson. »Es gehört sich nicht, einfach unangemeldet bei jemandem hereinzuschauen.«

Ihn mit einem Mal so überaus korrekt zu sehen war interessant. Er war tadellos gekleidet, und obwohl Lucinda selbst eins von Rosalind Wulfs hübschen geblümten Kleidern trug, hatte sie den Eindruck, neben einem Mann wie Jackson zu verblassen.

Sie wurden in einen großen Salon geführt, wo eine alte Dame auf einem weich gepolsterten, mit Samt bezogenen Sofa saß. Ihr graues Haar lichtete sich bereits, und auf dem Oberkopf war sie schon beinahe kahl. Doch als sie Jackson ansah, lag ein Funkeln in ihren Augen, welches Lucinda einen kurzen Blick auf das junge Mädchen gewährte, das noch immer im Körper dieser alten Dame lebte.

Sie streckte eine ihrer von Altersflecken übersäten Hände aus. »Jackson, mein Junge! Ich habe so gebetet und gehofft, dass die Gerüchte über deinen Tod nicht stimmten. Sie brachen mir das Herz, und es ist viel zu lange her, dass ich dein hübsches Gesicht das letzte Mal gesehen habe.«

Er ging zu der Frau, nahm ihre Hände und ließ sich auf ein Knie vor ihr nieder. »Und Ihr, Herzogin, seid jedes Mal, wenn ich Euch sehe, noch schöner als zuvor.«

Sie kicherte wie ein junges Mädchen, bevor sie wieder eine ernste Miene aufsetzte. »Mein lieber Junge, was ist dir zugestoßen? Wo warst du nur in all der Zeit?«

Lucinda beobachtete Jackson scharf. Was für eine Erklärung würde er der alten Dame geben? Er schien sich seine Worte auf jeden Fall sehr gut zu überlegen.

»Ich war auf einer persönlichen Mission«, antwortete er nach kurzem Zögern. »In einem kleinen Dorf. Dort gab es einen Brand, und alle dachten, ich wäre darin umgekommen. Ich wurde aber nur verletzt, und es dauerte eine Weile, bis ich es nach Hause schaffte.«

Die klugen Augen der alten Dame wandten sich nun Lucinda zu. »Und was ist dran an den Gerüchten, du hättest geheiratet? Und dass du sogar ein Kind haben sollst?«

Nun war der Moment gekommen, um zu sehen, ob Jackson Wort hielt oder nicht. Lucinda zog eine Braue hoch, als er in ihre Richtung blickte. Zu bestreiten, dass Sebastian sein Sohn war, wäre bereits ein Bruch ihrer Vereinbarung. Er zupfte an seinem Kragen. »Das mit dem Kind ist wahr«, gab er zu. »Es ist ein Sohn. Aber ich habe seine Mutter nicht geheiratet.«

Die alte Dame schürzte ihre Lippen. »Und warum nicht, Jackson?«

Wieder glitt sein Blick zu Lucinda. »Weil sie … ein Mädchen aus dem Volk ist, Euer Gnaden.«

Als die Herzogin sie ansah, straffte Lucinda ihre Schultern. Sie mochte zwar keine Adlige sein, aber sie besaß Stolz. Er war so ziemlich das Einzige, was ihr noch geblieben war.

»Hat *sie* auch einen Namen?«, fragte die alte Dame, und ihre Mundwinkel verzogen sich zu einem feinen Lächeln, fast so, als billigte sie Lucindas abwehrende Haltung.

»Lucinda«, antwortete die jüngere Frau leise.

»Und ist es annehmbar für dich, Lucinda, dass dieser Mann dir beigelegen hat, dich bedenkenlos geschwängert hat und nun nicht einmal den nötigen Anstand besitzt, seine Sünden in Gottes Augen zu bereinigen?«

Lucinda wusste nicht, was sie darauf antworten sollte, und so sagte sie das Einzige, was ihr einfiel. »Ich denke, dass die Oberschicht es gewöhnt ist, sich so gut wie alles zu erlauben, Mylady.«

Zu ihrer Überraschung warf die alte Dame den schon fast kahlen Kopf zurück und lachte. »Wie recht du hast, meine Liebe – aber du musst mich mit ›Euer Gnaden‹ ansprechen. Ich bin die Herzoginwitwe von Brayberry. Gewöhnlichkeit ist nicht nur eine Sache von Geburt.«

Was für eine merkwürdige Frau, dachte Lucinda. Sich zuerst für ein Pferd einzusetzen, um ihm dann mitten im Rennen die Beine abzuschneiden! Aber die Frau war eine Respekt gebietende Persönlichkeit. Jeder, der Jackson Wulf mit seinen Vorwürfen derart in Verlegenheit bringen konnte, verdiente Respekt, fand Lucinda. »Ja, Euer Gnaden«, sagte sie.

»Du wirst das Mädchen heiraten, Jackson«, erklärte die Herzogin ganz unvermittelt.

Es war schwer zu sagen, wer schockierter aussah. Lucinda war sich sicher, dass sie kreidebleich geworden war. Und Jacksons Augen hatten sich geweitet.

»Nicht einmal Ihr, Euer Gnaden, könnt so etwas von mir verlangen«, sagte er.

Die alte Dame legte den Kopf zur Seite und betrachtete ihn versonnen. »Nicht von einem rechtlichen Standpunkt her, aber ich habe deiner Mutter einst versprochen, dass ich mich um dich kümmern würde. Dass ich dich in die richtigen Bahnen lenken würde, soweit es mir möglich wäre. Du bist ein Mann ohne Verpflichtungen, Jackson. Es wird Zeit, dass du Rechenschaft ablegst für deinen zügellosen Lebenswandel. Lucinda mag eine einfache Frau sein, aber du hättest es wahrhaftig schlechter treffen können – was du ja zweifellos auch schon getan hast, denke ich«, fügte sie kühl hinzu.

»Lucinda ist eine Hexe.«

Nun war es die Herzogin, die erblasste. Ihr scharfer Blick fuhr zu Lucinda. »Beleidigt dich der Junge nur, oder meint er wörtlich, was er da erzählt, mein Kind?«, fragte sie.

Lucinda schob ihr Kinn noch trotziger hervor. »Ich *bin* eine Hexe«, antwortete sie. »So wie meine Mutter und die ihre es schon waren, und alle anderen Frauen vor ihnen in meiner Familie.«

Die Herzoginwitwe starrte sie nur an. Lucinda bereitete sich schon darauf vor, aus diesem hohen Haus hinausgeworfen zu werden und dass die Herzogin jeden Gedanken an eine Heirat zwischen ihr und Jackson sogleich wieder verwerfen würde.

»Wie interessant«, antwortete sie dann aber zu Lucindas großer Überraschung. »Wie schon gesagt, der Junge könnte es wahrhaftig schlechter treffen. Du bist sehr hübsch, mein Kind.«

Obwohl Lucinda spürte, wie ihr die Röte ins Gesicht stieg, kämpfte sie dagegen an. Die alte Dame hatte das Spiel zu weit getrieben, und sicher meinte sie es nicht ernst, sondern wollte Jackson Wulf wahrscheinlich nur ein bisschen ärgern. »Ich glaube, ich könnte es auch besser treffen«, sagte sie in einem, wie sie hoffte, hochmütigen Ton. »Dass er sein Wort hält, sich um meinen Sohn zu kümmern und dafür zu sorgen, dass der Junge gut erzogen und nicht misshandelt wird, das ist das Einzige, was mich interessiert.«

»Ist es das tatsächlich, meine Liebe?«, fragte die alte Dame.

»Da diese Angelegenheit geregelt ist, können wir jetzt vielleicht darüber reden, warum ich Lucinda heute hergebracht habe«, unterbrach Jackson, und Lucinda dachte, dass er sehr erleichtert aussah, das Thema Ehe, Gewissen und Pflichtbewusstsein seiner Mutter gegenüber abschließen zu können. »Lucinda braucht eine neue Garderobe, und ich dachte, Ihr könntet ihr in dieser Hinsicht vielleicht behilflich sein, Euer Gnaden«, sagte er. »Ich verstehe nichts von Mode …«

»Nicht so schnell, mein Junge«, unterbrach ihn die Herzoginwitwe und wandte sich wieder Lucinda zu. »Du willst mir also sagen, es machte dir nichts aus, wenn dieser Mann dich, die

Mutter seines Kindes, wie er selbst gerade zugegeben hat, so behandelt, wie er eine Hure behandeln würde?«

»Natürlich macht es mir etwas aus«, erwiderte Lucinda spontan. »Aber«, fügte sie dann schnell hinzu, »wir haben eine Vereinbarung getroffen.«

Die alte Frau zog eine Braue hoch und richtete den Blick auf Jackson.

»Das ist richtig«, erklärte er. »Wir haben eine Vereinbarung.«

»Und worin besteht diese Vereinbarung?«, wollte die alte Dame wissen.

Lucinda fand, dass sie das eigentlich nichts anging, und Jacksons Antwort bewies, dass er das Gleiche dachte.

»Das ist etwas, das nur Lucinda und mich betrifft.«

»Hat es etwas mit dem Fluch zu tun?«

Jacksons Augen weiteten sich sekundenlang, bevor er sich wieder zusammennahm. »Wie ich bereits sagte, Euer Gnaden, und ohne respektlos sein zu wollen, es handelt sich um eine private Angelegenheit zwischen uns.«

»Du denkst, sie könnte den Fluch außer Kraft setzen«, mutmaßte die alte Dame ganz richtig. »Ist das die Vereinbarung, die ihr getroffen habt? Sie wird den Fluch brechen, und im Ausgleich dazu wirst du die Verantwortung für ein Kind übernehmen, für das du so oder so verantwortlich sein solltest?«

Ein unbehagliches Schweigen entstand. Jackson hatte sich an sein Wort gehalten, Sebastian als seinen Sohn anzuerkennen, selbst gegenüber einer Frau mit offenbar sehr engen Bindungen zu seiner Familie. Lucinda aber war keine solche Verpflichtung eingegangen. »Es ist nicht sein Kind«, sagte sie. »Ich will nur, dass Sebastian ein besseres Leben bekommt, als ich ihm geben kann. Jackson hat sich bereit erklärt, das für mich zu tun, und ich wiederum habe ihm versprochen, ihm im Ausgleich dazu bei seinem … Problem zu helfen.«

»Dann hat er dir von seinem Familienfluch erzählt?«, fragte die Herzoginwitwe. »Die ganze Wahrheit? Nicht nur das Gerücht?«

Jackson trat plötzlich vor und starrte auf die alte Frau hinab. »Was meint Ihr damit, Euer Gnaden?«

Die alte Dame erwiderte ruhig seinen Blick. »Ich kenne die Wahrheit, Jackson. Ich war die engste Freundin und Vertraute deiner Mutter. Ich weiß, was deinen Vater in den Selbstmord und deine Mutter in den Wahnsinn und später in den Tod getrieben hat.«

»Dann müsstet Ihr auch wissen, warum ich nicht heiraten kann«, erwiderte er steif, aber Lucinda sah, dass er sichtlich erschüttert war von dem Gehörten.

Die Herzoginwitwe winkte ab. »Armond ist auch verheiratet.«

»Und auf dem Weg in sein Verderben«, fauchte Jackson. »Das möchte ich ihm ersparen.«

Die alte Dame streckte beschwichtigend eine Hand nach ihm aus. »Jackson, Armond und Rosalind sind glücklich miteinander. Ich bin mir nicht ganz sicher, was zwischen den beiden vorgefallen ist. Auf jeden Fall nahmen sie an einem Ball teil, den ich gab, und dann erkrankte ich, und sie brachen zu eurem Landgut auf. Armond hat mir eine Nachricht geschickt, in der er versprach, mir nach ihrer Rückkehr einen ausführlichen Bericht zu geben. Was auch immer zwischen ihnen gestanden haben mag, existiert nicht mehr, soviel ich weiß. Oder hoffe und bete ich zumindest.«

Nach kurzem Zögern trat Jackson vor, ergriff die Hand, die sie ihm entgegenstreckte, und ließ sich wieder auf ein Knie vor ihr nieder. »Aber für wie lange? Und was wird mit ihren Kindern? Ihren Söhnen? Ihr werft mir vor, ich sei verantwortungslos, und das zu Recht, aber ich werde den Fluch, der auf meiner Familie lastet, brechen. Und wenn nicht für mich selbst, dann doch zumindest für Armond und Gabriel.«

Lucinda hatte das Gefühl, als störte sie in einem sehr privaten Augenblick. Die alte Dame drückte Jacksons Hand. »Das ist ein ehrenwerter Vorsatz, Jackson. Aber *nicht* ehrenwert ist deine Handlungsweise gegenüber dieser Frau, die du unter deinem Dach leben lassen willst. Gegenüber dieser Frau, deren Kind du als dein eigenes anerkennen wirst. Gib ihr deinen Namen. Deine Mutter würde es so wollen.«

Er senkte seinen blonden Kopf und schloss für einen Moment die Augen. Ohne aufzusehen, sagte er: »Meine Mutter hat uns im Stich gelassen. Ich lebe nicht, um die Toten zu erfreuen.«

»Oder die Lebenden«, fügte die Herzogin spöttisch hinzu. Aber dann wurden ihre Augen weicher. »Sie hat dich sehr geliebt, Jackson. Sie liebte euch alle. Sie war nur schwach. Du musst mehr Kraft haben, und die hast du auch. Ich kann sehen, dass du sie hast.«

Lucinda, die fasziniert war von dem Gespräch zwischen den beiden, konnte spüren, wie ihre Augen sich mit Tränen füllten. Jackson Wulf so schmerzerfüllt vor dieser Frau knien zu sehen berührte sie mehr, als ihr lieb war. Es war, als hätten die beiden vergessen, dass sie noch im Zimmer stand. Sie musste sie daran erinnern.

»Ich habe nicht den Wunsch, Jackson zu heiraten«, sagte sie zu ihnen. »Unsere Vereinbarung ist das Einzige, was mich interessiert.«

Jackson sah der alten Dame noch einen Moment in die Augen, bevor er ihre Hand losließ und sich erhob. Ein bisschen steif wandte er sich dann Lucinda zu. »Die Herzogin hat recht. Wir werden heiraten, aber unsere Vereinbarung bleibt auch weiterhin bestehen. Sobald du den Fluch gebrochen hast, wirst du gehen.«

Lucindas Knie gaben fast unter ihr nach. »Wir heiraten?«, flüsterte sie.

»Es war dein Werk, dass jetzt ganz London glaubt, wir wären schon verheiratet«, erinnerte er sie. »Außerdem wird es für Sebastian besser sein. Oder möchtest du, dass die Leute ihn hinter seinem Rücken einen Bastard nennen? Willst du, dass er mit dieser Schande leben muss?«

Lucinda hatte ihr ganzes Leben lang mit dieser Schande gelebt. Konnte sie Jackson Wulf heiraten? Sebastian zuliebe vermutlich schon, dachte sie, solange Jackson verstand, dass sich durch eine Heirat zwischen ihnen nichts ändern würde. »Aber nur auf dem Papier«, bekräftigte sie mit Nachdruck.

Er zuckte mit den Schultern. »Wenn das dein Wunsch ist.«

»Dann ist es also abgemacht!«, rief die Herzogin erfreut und sah ungemein zufrieden mit sich aus.

»Eine Sondererlaubnis für eine schnelle Heirat zu bekommen wird nicht einfach sein«, gab Jackson zu bedenken.

»Füll dem Erzbischof nur ordentlich die Taschen, dann wird es einfacher sein, als du denkst, mein Junge«, konterte die alte Dame.

Lucinda hatte ein ganz flaues Gefühl im Magen. Sie versuchte sich zu sagen, dass eine Heirat zwischen ihnen absolut nichts ändern würde. Im Grunde wäre es sogar gut. Gut für Sebastian. Und das war schließlich das Einzige, was zählte, oder nicht?

»Was wolltest du denn nun bezüglich einer neuen Garderobe für Lucinda besprechen?«, wandte Ihre Gnaden sich an Jackson.

»Sie braucht dringend neue Kleider«, erwiderte er geistesabwesend. »Und ich weiß, dass eine Schneiderin nicht zu uns ins Haus kommen würde, oder zumindest nicht allein. Ich dachte, Ihr könntet mir da vielleicht helfen.«

»Natürlich.« Die alte Dame betrachtete Jackson einen Moment. »Warum gehst du nicht einfach und überlässt es Lucinda und mir, uns darum zu kümmern? Du siehst aus, als könntest du jetzt einen ordentlichen Drink gebrauchen, Junge.«

Lucindas Herz begann in jäher Panik wild zu pochen. Sie wollte nicht mit einer Frau allein gelassen werden, die ihr noch so gut wie völlig fremd war. Aber andererseits war ja auch Jackson für sie fast noch ein Fremder. Würde er sie wirklich hier allein lassen?

Und da nickte er auch schon. »Ihr habt recht. Ich könnte tatsächlich einen Drink gebrauchen.«

»Wenn wir hier fertig sind, lasse ich Lucinda in meiner Kutsche heimfahren«, sagte die Herzogin. »Also ab mit dir, mein Junge.«

Lucinda wusste nicht, ob sie es wagen durfte, Jackson zu verstehen zu geben, dass sie in dieser fremden Umgebung und an einem Ort, an den sie so offensichtlich nicht passte, nicht allein bleiben wollte. Sie bemerkte, dass er sie anstarrte und offenbar auf ihre Erlaubnis wartete, sich zurückziehen zu dürfen. Sie wollte auf keinen Fall, dass er dachte, sie brauchte ihn. Sebastian brauchte ihn, aber nicht sie. Und wohin würde ein Drink ihn führen? In die Arme einer willigen Frau? Auch das hätte ihr eigentlich nichts ausmachen dürfen. Sie hatte ihm schließlich selbst gesagt, er solle sich sein Vergnügen woanders suchen. Warum störte es sie dann?

»Ich komme schon zurecht«, log sie.

Seine Mundwinkel zuckten. »Was mehr könnte sich ein Mann wünschen? Eine Ehefrau, die ihn bereitwillig ins Laster schickt.«

»Ich bin sicher, dass du auch ohne meine Hilfe den Weg dorthin finden würdest«, versetzte sie spitz. »Deine Vergangenheit ist Beweis genug dafür.«

Sie starrten sich noch einen Moment lang an, bis er sich schließlich abwandte und ging.

»Ach Gottchen«, bemerkte Ihre Gnaden. »Wie wunderbar die Funken zwischen euch jungen Leuten sprühen! Ich glaube, du wirst sehr gut für Jackson sein, mein Kind.«

Lucinda atmete tief ein. »Ich bin mir aber nicht so sicher, dass er auch für mich gut sein wird.«

Die alte Dame klopfte einladend neben sich auf das Sofa. »Komm und setz dich zu mir, Kind.«

Lucinda tat, wie ihr geheißen. Schweigend saßen sie eine Weile da, dann wandte sich die Herzogin ihr zu.

»Bist du wirklich eine Hexe?«

Lucinda seufzte. »Ja.«

»Kannst du mir etwas für meine Haare geben?« Die alte Dame senkte den Kopf, um Lucinda die kahlen Stellen zwischen dem dünnen, straff zurückgekämmten Haar zu zeigen. »Ich glaube nicht, dass es schon jemandem aufgefallen ist, aber ich werde langsam wirklich ziemlich kahl.«

Lucindas Mundwinkel zuckten, und sie hätte fast gelächelt. So traurig es auch war, aber sie konnte sich nicht erinnern, in ihrem Leben viel gelächelt zu haben. Als ihre Mutter noch lebte, hatte sie ihr hin und wieder ein Lächeln oder sogar ein Kichern entlocken können, aber die meiste Zeit war Lucinda ein ausgesprochen ernster Mensch.

»Ich glaube, dass ich Euch ein Einreibemittel für Euer Haar bereiten kann, das helfen wird«, entgegnete sie.

»Das wäre wunderbar, meine Liebe«, sagte die Herzogin. »Und nun steh auf, und lass mich dich noch einmal ansehen.«

Lucinda war es nicht gewohnt, zu tun, was andere ihr befahlen. Seit ihrem sechzehnten Lebensjahr war sie ganz auf sich allein gestellt gewesen, ganze vier Jahre schon, seit ihre Mutter verstorben war. Trotzdem erhob sie sich von dem Sofa, wie die alte Dame sie angewiesen hatte.

Die Herzogin ließ ihren Zeigefinger kreisen. »Dreh dich um.«

Wieder tat Lucinda wie geheißen.

»Zum Glück hast du sehr viel, womit wir etwas anfangen können, Kind. Dein Haar ist schön, obwohl rot natürlich nicht gerade *en vogue* in der Gesellschaft ist. Aber du hast eine gute Figur und eine makellose Haut. Frauen mit deinem hellen Teint haben sehr oft mit Sommersprossen zu kämpfen, aber deine Haut ist geradezu vollkommen. Ich kenne eine Schneiderin auf der Bond Street, die wissen wird, welche Farben deine Schönheit noch betonen und welche du vielleicht besser meiden solltest. Ich werde ihr sogleich eine Nachricht überbringen lassen und sie bitten, uns zu einer Anprobe hier aufzusuchen.«

»Heute noch?« Lucinda blinzelte überrascht. »Sie kommt heute noch?«

»Wenn ich sie darum bitte«, erwiderte die alte Dame leise lachend. »Ich habe sie im Laufe der Jahre sehr gut bezahlt für ihre Dienste. Sie weiß, auf welcher Seite ihr Brot gebuttert wird.«

»Das wäre wundervoll«, erwiderte Lucinda.

»Ich finde, du solltest ein ganz besonderes Kleid für deine Hochzeit haben.«

Lucinda wurde es wieder flau im Magen. »Das ist nicht nötig«, widersprach sie. »Es wird ohnehin nur eine kurze Ehe sein. Es besteht kein Grund, Gefühle in diese Angelegenheit zu investieren.«

Die Herzogin erwiderte nichts und starrte sie nur eine ganze Weile schweigend an. So lange, bis Lucinda nervös an den Falten ihres Kleids herumzuzupfen begann.

»Aber du wünschtest dir, es wäre mehr als das, nicht wahr?«

»Nein«, erwiderte Lucinda unwillkürlich. »Warum sollte ich?«

Die alte Dame zuckte mit den Schultern. »Und warum nicht? Jackson hat sich bereit erklärt, für das Wohlergehen deines Kindes zu sorgen. Glaubst du, es wird so einfach für dich sein, dich irgendwann von deinem Sohn zu trennen?«

Der Gedanke trieb Lucinda fast die Tränen in die Augen. »Nein«, antwortete sie. »Es wird mich umbringen, ihn zu verlassen. Ich liebe ihn so sehr.«

»Warum versuchst du dann nicht, aus dieser Ehe eine richtige zu machen?«, schlug die Herzoginwitwe vor. »Kannst du nicht einen Zauberspruch über den jungen Wulf verhängen?«

Lucinda senkte den Blick auf ihre rauen Hände. »Das habe ich schon versucht«, gestand sie. »Er scheint aber leider nicht zu wirken.«

»Ich hoffe nur, bei Haaren bist du besser«, bemerkte die alte Frau, tat ihren eigenen Einwand dann aber mit einer Handbewegung ab. »Dann wirst du Jackson eben auf die altmodische Weise gewinnen müssen. Mit Schönheit, Charme und Liebenswürdigkeit.«

»Wie kommt Ihr darauf, dass ich Jackson Wulf überhaupt als wahren Ehemann wollen könnte? Er ist arrogant, ganz zu schweigen von dem Fluch, der auf ihm lastet. Er ist ...«

»Ich weiß«, schnitt ihr die Herzogin das Wort ab. »Er ist ein ziemlicher Frauenheld, und manch einer hält ihn sogar für einen Trinker. Aber wenn du ihn von den Bordellen und der Flasche fernhältst, könnte er einen guten Ehemann abgeben. Und er ist ein ausgesprochen attraktiver Mann; daran besteht nicht der geringste Zweifel. All die jungen Wulfs sind geradezu sündhaft gut aussehend. Wenn du sagst, er sei nicht von angenehmem Äußeren, dann bist du entweder eine Lügnerin oder blind.«

»Ich bin nicht blind. Natürlich sieht er sehr gut aus«, gab Lucinda zu. »Aber sein gutes Aussehen ist nicht so wichtig für mich wie seine Taten. Außerdem sind wir beide sehr verschieden. Ich bin nicht aufgewachsen, wie er aufgewachsen ist. Ich verstehe nichts von Manieren und all den anderen Dingen, die eine Dame der Gesellschaft wissen muss.«

»Keine Angst«, erwiderte die Herzogin lachend. »Ich werde

dich schon unter meine Fittiche nehmen, Lucinda. Binnen kurzem wirst du genauso kultiviert sein wie die jungen Damen, die mit einem Silberlöffel in ihrem Mund geboren wurden. Ich werde eine Ehefrau aus dir machen, auf die Jackson stolz sein kann.«

Die Versicherungen der alten Dame kränkten Lucinda ein wenig. Was kümmerte es sie, ob Jackson Wulf sie anziehend fand? Wenn er wirklich mit der Zeit Gefühle für sie entwickeln sollte, warum konnte er sie dann nicht einfach so mögen, wie sie war? Sie schüttelte den Kopf. Was machte sie sich da für Gedanken? Sie hatten ein Übereinkommen getroffen. Die Zukunft ihres Sohnes war geregelt, und die ihre ebenfalls.

»Und er ist reich«, fügte die Herzoginwitwe nachdenklich hinzu. Dann lächelte sie ganz unvermittelt. »Wir werden sein Geld mit vollen Händen ausgeben, während er unterwegs einen Drink nimmt und – entschuldige bitte, dass ich das sage –, aber so wie ich ihn kenne, wahrscheinlich auch bei irgendeiner Hure ist.«

Letzterer Gedanke hätte Lucinda nicht im Mindesten beunruhigen dürfen. Schließlich hatte sie es ihm selbst gestattet. Trotzdem biss sie sich auf die Lippe und versuchte, die unerwünschte Eifersucht zu ignorieren, die in ihr aufkeimte. Als sie sich wieder gefasst hatte, wandte sie sich der alten Dame zu und lächelte sie an.

»Ja, Euer Gnaden, lasst uns Jacksons Geld mit vollen Händen ausgeben.«

8. Kapitel

Lucinda schwirrte der Kopf, als sie in der Kutsche der Herzoginwitwe zum Haus der Wulfs zurückgefahren wurde. Sie hatte alles nur Erdenkliche bestellt, von Unterwäsche bis Oberbekleidung, von feinsten Nachthemden bis hin zu eleganten Ballkleidern. Himmel, sie hatte bestimmt das gesamte Vermögen der Wulfs dafür ausgegeben. Die Herzogin hatte ihr jedoch immer wieder versichert, dass all diese Dinge nötig seien und Jackson es sich sehr gut leisten könne, sie stilgerecht mit allem, was sie brauchte, auszurüsten.

Nun war es Lucinda fast ein bisschen übel. Wenn ihr Aufenthalt bei Jackson wirklich nur vorübergehend war, wo sollte sie dann all diese wundervollen Sachen tragen, die jetzt für sie angefertigt wurden? Aber sie tröstete sich mit dem Gedanken, dass sie die Kleider notfalls immer noch verkaufen konnte. Sie war ein wenig überrascht, dass Hawkins die Tür nicht schon geöffnet hatte, bevor sie die Eingangsstufen erreichte. Der Butler besaß die schon fast unheimliche Fähigkeit, zu wissen, was sie brauchte, bevor sie auch nur daran dachte, einen Wunsch zu äußern. Als niemand kam, öffnete sie selbst die Tür.

Auf halbem Weg durch die Eingangshalle hörte sie Männerstimmen aus dem vorderen Salon. Dieser Raum war für sie der schönste in dem großen Haus. Sie liebte die exquisiten Möbelstücke dort, das immer munter prasselnde Feuer im Kamin und das eindrucksvolle Porträt der Familie Wulf, das über dem Kamin hing. Es war ein sehr gemütlicher und anheimelnder Raum. Lucinda bot sich ein herzerwärmender Anblick, als sie am Eingang des Salons den Schritt verhielt. Jackson hielt den kleinen Sebastian auf dem Schoß, während der sonst immer so steife Hawkins Gesichter für den Jungen schnitt, weil er vermutlich hoffte, ihm damit ein Lächeln abzuringen. Aber Sebastian verzog keine Miene.

»Ich glaube nicht, dass er Euch angelächelt hat, Lord Jackson«, sagte Hawkins und gab das Spielchen auf. »Er hat mich gern, und trotzdem sieht er mich immer nur genauso ernst an wie jetzt gerade.«

Lucinda bemühte sich, ihr Lächeln zu verbergen, als sie den Salon betrat. »Ich glaube, es ist Zeit für Sebastians Nickerchen«, sagte sie zu den beiden Männern.

»Lady Lucinda! Ich habe Euch gar nicht vorfahren gehört.« Hawkins machte ein Gesicht, als rechnete er mit fünfzig Peitschenhieben für seine Unaufmerksamkeit.

»Ich habe mich selbst hereingelassen«, beruhigte sie ihn lächelnd.

»Ich werde nachsehen, wie weit der Koch mit dem Abendessen ist«, sagte Hawkins steif, bevor er aus dem Zimmer eilte.

Lucinda ging zu Jackson, um ihm Sebastian abzunehmen. Die Augen des kleinen Jungen leuchteten auf, als er sie sah, und sie drückte ihn an sich und herzte und küsste ihn.

»Wie war die Anprobe?«

Jacksons Frage versetzte ihrer guten Laune augenblicklich einen Dämpfer. »Ich fürchte, du hast jetzt kein Vermögen mehr, das du verschleudern kannst«, gestand sie ihm und spürte, wie ihr wieder diese verflixte Röte in die Wangen stieg. »Die Herzoginwitwe beredete mich, dass ich sehr viel mehr bräuchte, als ich sonst in einem ganzen Leben besessen hätte.«

Jackson zuckte nur die Schultern. »Wenn sie der Meinung war, du bräuchtest es, dann brauchst du es auch. Das Vermögen der Wulfs reicht für jede Menge neuer Garderoben aus.«

Doch das änderte nicht viel an Lucindas Schuldgefühlen.

Einen Moment standen sie sich in etwas unbehaglichem

Schweigen gegenüber. Was sagte eine Frau zu einem Mann, der heute buchstäblich dazu gezwungen worden war, sie zur Frau zu nehmen? In Lucindas kleiner Welt in Whit Hurch war alles so ganz anders gewesen. Sie hatte natürlich auch dort Probleme gehabt, aber diese Welt hier war ihr völlig fremd.

»Die Heirat ändert überhaupt nichts«, sagte sie schließlich leise. »Aber Sebastians wegen bin ich dir dankbar, dass du dich dazu bereit erklärt hast, mich zu heiraten. Du hattest recht, ich würde nicht wollen, dass man ihn hinter seinem Rücken einen Bastard schimpft.«

»Na ja, es gibt Schlimmeres, als ein Bastard genannt zu werden«, entgegnete Jackson ruhig. »Das weißt du genauso gut wie ich. Die Hauptsache ist, dass wir uns beide im Klaren darüber sind, dass unsere ursprüngliche Vereinbarung auch danach noch gilt.«

»Ja«, stimmte Lucinda zu, worauf eine weitere lange Pause folgte.

»Und wann …?«, begann sie.

»Sobald ich uns eine Sondererlaubnis besorgt habe und du etwas Eigenes zum Anziehen hast. Wo und wie die Hochzeit stattfindet, entscheide ich dann später.«

Lucinda nickte. Wieder breitete sich ein drückendes Schweigen zwischen ihnen aus. Sebastian war an ihrer Schulter bereits eingeschlafen, was ihr den perfekten Vorwand bot, zu gehen.

»Was ist mit diesem Mittel, von dem du heute sprachst?«, hielt Jackson sie jedoch zurück. »Ich würde es wirklich gern mal ausprobieren. Es fehlt mir sehr, mit den Pferden arbeiten zu können.«

Lucinda war froh, dass er das Thema wechselte.

»Das Mittel ist nichts weiter als geschmolzenes Fett, welches ich mit Kräutern vermische, die ich vermutlich in Hawkins Garten finden werde. Daraus stelle ich dann entweder eine Seife oder Salbe her, die man direkt auf die Haut aufträgt. Ich werde mich darum kümmern, sobald ich Sebastian zu Bett gebracht habe.«

Jackson kam zu ihr und nahm ihr den Jungen ab. »Ich bringe ihn nach oben. Frag du den Koch nach allem, was du in der Küche brauchst.«

Der Koch war nicht erfreut gewesen, eine Frau in seiner Küche herumhantieren zu sehen. Und es war tatsächlich eine sehr beeindruckende Küche. Aus Tierfett und verschiedenen Kräutern, von denen sie wusste, dass sie Gerüche überdeckten, hatte Lucinda fünf Stück Seife hergestellt, die sie zum Abkühlen in der Küche stehen ließ, sowie ein Öl. Wie immer, wenn sie ihre Mittel herstellte, war sie ganz und gar in ihre Aufgabe vertieft gewesen. Und trotz Hawkins' missbilligender Miene hatte sie sogar das Abendessen in der Küche eingenommen. Nun nahm sie das Gefäß mit dem Öl und machte sich auf die Suche nach Jackson.

Sie fand ihn oben in seinem Zimmer. Die Tür stand offen, und er saß auf seinem Bett und sah sich etwas an, das wie ein altes Pergament aussah. Als Lucinda leise anklopfte, blickte er zu ihr auf.

»Ich habe das Öl für dich«, sagte sie.

»Komm herein.« Er legte das Pergament auf das Bett und kam ihr entgegen, als sie den Raum betrat. »Und du meinst, mit diesem Öl soll ich mich einreiben?«

»Überall«, wies sie ihn an.

Er nahm das kleine Gefäß und schnupperte daran. »Es riecht nach gar nichts.«

»Nein«, stimmte Lucinda zu. »Und es wird auch an dir keinen Geruch erzeugen. Zudem ist es sehr gut für die Haut. Für trockene Haut«, spezifizierte sie. »Obgleich deine Haut, oder zumindest das, was ich davon gesehen habe, nicht gerade trocken aussieht.«

»Wirst du, nachdem ich mich damit eingerieben habe, mit mir zu den Stallungen hinausgehen, um zu sehen, ob es wirkt?«

»Wenn du das gern möchtest«, erwiderte sie. »Während du dich ausziehst und mit dem Öl einreibst, werde ich veranlassen, dass Sebastian zu Bett gebracht wird.« Und damit wandte sie sich wieder ab und ging ins Nebenzimmer, in dem ihr Sohn und seine Amme schliefen.

Nachdem sie und Jackson ihre Vereinbarung getroffen hatten, hatte Lucinda Hawkins gebeten, das Schlafzimmer für sie herrichten zu lassen, welches dem Kinderzimmer gegenüberlag. Es musste dem Butler etwas merkwürdig erschienen sein, aber sein Gesichtsausdruck ließ nicht einmal andeutungsweise erkennen, dass es etwas Ungewöhnliches für ihn war, wenn ein junges Paar in getrennten Zimmern schlief. Und innerhalb der Oberschicht war es das ja vielleicht auch gar nicht.

In den kleinen Bauernkaten ihres Dorfes war es dagegen etwas ganz Alltägliches, dass Vater, Mutter und Kinder in demselben Bett schliefen, weil so wenig Platz vorhanden war, besonders bei sehr kinderreichen Familien.

Sebastian schlief bereits, und Martha saß mit einer Stickarbeit in einem Sessel am Kamin. Die Kinderfrau lächelte Lucinda an, doch sie sagte nichts, um den Jungen nicht zu wecken. Lucinda ging zu der Wiege und schaute lächelnd auf ihren schlafenden kleinen Sohn hinab. Allein sein Anblick machte sie schon glücklich. Er war ein Engel. Ein Engel, der das Geburtsmal eines Teufels trug. Aber von nun an würde Sebastian in Sicherheit sein ... oder nicht?

Wenn sie den Fluch nicht brechen konnte, könnte Jackson dem Jungen durchaus etwas antun, während ihn das Tier beherrschte. In ihrer Erleichterung darüber, dass Sebastian gut versorgt sein würde, hatte Lucinda noch gar nicht in Betracht gezogen, dass ihrem Jungen ausgerechnet von dem Mann Gefahr drohen könnte, der versprochen hatte, sich um ihn zu kümmern. Sie hatten dieses Thema bisher noch nicht angesprochen. Aber das würden sie zweifellos noch tun. Lucinda nickte Martha zu und eilte wieder aus dem Raum.

Ohne auch nur einen Gedanken daran zu verschwenden, dass Jackson vermutlich gerade dabei war, sich einzuölen, wie sie ihn geheißen hatte, und daher nur sehr dürftig bekleidet sein würde, stürmte sie ohne anzuklopfen in das Nebenzimmer.

»Gut, dass du hier bist. Ich komme nicht an meinen Rücken heran«, sagte er und hielt ihr das Töpfchen mit dem Öl hin. »Würde es dir etwas ausmachen ...?«

Und ob es ihr etwas ausmachte. Ihn zu berühren weckte ganz seltsame Empfindungen in ihr. Aus irgendeinem Grund vergaß sie sogar zu atmen, wenn sie ihn berührte. Aber wie hätte sie sich weigern können, ihm den Rücken einzuölen, ohne zugeben zu müssen, was für eine Wirkung er auf sie hatte?

»Ich muss mit dir über Sebastian reden«, sagte sie, ohne seine Frage zu beantworten.

Er drückte ihr den kleinen Behälter in die Hand und sagte: »Das können wir tun, während du mich einreibst.«

Indem er ihr seinen breiten Rücken zuwandte, blieb ihr kaum etwas anderes übrig, als zu tun, was er verlangte. Sie tauchte ihre Finger in das Töpfchen und schöpfte eine Hand voll dickflüssiges Öl heraus. Doch kaum berührten ihre Finger Jacksons Haut, bekam Lucinda weiche Knie. Sie liebte die warme, goldene Farbe seiner Haut. Er hatte eine schmale rote Schramme an der Stelle, wo sie ihm einmal das Messer in den Rücken hatte treiben wollen. Lucinda trug besonders viel von dem Öl auf die Schramme auf, damit sie besser abheilte.

»Was war es, das du mit mir besprechen wolltest?«

Lucinda war so in Gedanken versunken, dass sie einen Moment benötigte, um sich zu sammeln. Das Thema, welches sie mit Jackson besprechen wollte, war ein sehr ernstes, und darum versuchte sie, das Gefühl seiner Haut unter ihren Fingern vollständig aus ihrem Bewusstsein zu verdrängen.

»Wie kann ich sicher sein, dass du, wenn du in der Gewalt des Tieres bist, Sebastian nichts antun wirst?«

Die Muskeln an Jacksons Rücken versteiften sich sichtlich. »Ich dachte, du hättest vor, den Fluch zu brechen«, erinnerte er sie. »Wenn dir das gelingen sollte, wirst du keinen Grund zur Sorge haben.«

»Und wenn es mir nicht gelingt?«, beharrte sie. »Oder zumindest nicht, bevor der Flucht dich wieder übermannt?«

Er drehte sich ganz unvermittelt zu ihr um und starrte sie aus seinen dunklen Augen an. »Was immer du auch von mir denkst, du kannst dir sicher sein, dass ich Sebastian niemals in Gefahr bringen würde. Ich weiß, wann es mich überkommt. Es geschieht bei Vollmond, und normalerweise ziehe ich mich dann zurück und verbringe die paar Tage im Wald.«

Da Lucindas Hände noch voller Öl waren, erschien es ihr nur ganz natürlich, nun auch seine Brust mit ihrem Mittel einzureiben. »Hängt es eigentlich immer mit dem Mond zusammen?«

Jackson schüttelte den Kopf. »Als ich einmal sehr wütend war, überkam es mich auch, und damals war kein Vollmond da, der es hätte herbeiführen können. Aber ich bin nicht leicht in Wut zu bringen. Überdies merke ich es sofort, wenn es beginnt, und kann meiner menschlichen Vernunft nach handeln, bis es mich vollständig übermannt.«

Neugierig erhob Lucinda ihren Blick zu ihm. »Und wenn es so weit ist, sind deine Gedanken dann noch deine eigenen?«

Seine schön geformten Lippen wurden schmal. »Nein. Das

ist das Schlimmste daran. Nicht zu wissen, wozu ich fähig sein kann, wenn der Wolf Besitz von mir ergreift. Wen ich verletzen könnte. Das ist der Grund, warum ich nie in der Nähe der Menschen bleibe, die ich liebe, wenn ich weiß, dass die Verwandlung naht.«

Lucindas Hand war mittlerweile an seiner Brust hinaufgeglitten und verrieb das Öl auf seinem Nacken. »Wie lange haben wir noch?«

»Nicht lange. Drei Wochen oder so.«

Seine Stimme war sehr leise und rau geworden. Er blickte ihr in die Augen, und sie sah, wie ein bläuliches Schimmern in die seinen trat. Wie ihr jetzt erst auffiel, war die Nacht schon hereingebrochen, und Jackson hatte scheinbar Augen, die auch im Dunkeln sehen konnten.

»Wenn du dich nicht beeilst, werde ich nicht viel länger hier herumstehen und untätig bleiben können«, sagte er. »Deine Hände machen mich verrückt.«

Lucinda zog sie rasch zurück. »Das war nicht meine Absicht … Ich meine, ich wollte nicht …«

»Mir ist sehr wohl bewusst, dass du nicht die Absicht hast, mich zu verführen, Lucinda«, unterbrach er ihr Gestammel. »Aber es erfordert in letzter Zeit nicht viel, mich zu erregen. Es ist nicht deine Schuld.«

Sie hatte das merkwürdige Gefühl, dass er sie gerade beleidigt hatte. Ihre Wangen begannen zu brennen, und brüsk wandte sie sich von ihm ab. »Beeilst du dich bitte mit dem Anziehen? Ich bin müde und möchte mich schon bald zurückziehen.«

»Ich habe dich gekränkt.«

Sie hörte ihn hinter sich herumhantieren und nahm an, dass er mit dem Ankleiden begonnen hatte. »Womit solltest du mich gekränkt haben?«, fragte sie, als wüsste sie nicht, was er meinte.

»Mit meiner Bemerkung über meine gesteigerte Erregbarkeit. Ich bin schon ziemlich lange nicht mehr mit einer Frau zusammen gewesen und daher leichter zu erregen als normalerweise. Ich wollte dich mit dieser Bemerkung aber keineswegs beleidigen. Du bist überaus begehrenswert, Lucinda.«

Das Blut schoss ihr noch heißer in die Wangen, und sie war froh, dass er ihr Erröten nicht sehen konnte. »Ich dachte, du wärst heute ausgegangen, um eine deiner alten Freundinnen zu besuchen«, bemerkte sie ein wenig spitz. Dass sie ihn beim Nachhausekommen bei Sebastian angetroffen hatte, war ein Schock für sie gewesen, aber natürlich war sie selbst sehr lange fort gewesen und konnte deshalb nicht wissen, wie lange er schon zu Hause gewesen war.

»Ich gebe zu, dass ich daran gedacht habe«, gestand er. »Aber dann fiel mir wieder ein, dass bisher das Trinken bei mir für gewöhnlich Hand in Hand mit weiblicher Gesellschaft ging, und so beschloss ich, stattdessen heimzugehen. Ich sollte nicht mehr so viel trinken, denke ich. Das wäre ein schlechtes Beispiel für Sebastian, nicht wahr?«

Lucindas Ärger und Verlegenheit fielen von ihr ab, als ob sie niemals da gewesen wären, und sie drehte sich zu Jackson um. »Ja, das wäre es. Du hast einen klugen Entschluss gefasst.« Dass er bereit war, dies für ihren Sohn zu tun, für ein Kind, das nicht einmal das seine war, überraschte Lucinda sehr.

»Sollen wir gehen?«, fragte er.

Noch immer verblüfft, konnte sie nur nicken, und Jackson nahm ihren Arm und führte sie aus seinem Zimmer.

Jackson liebte den Geruch der Stallungen. Es war ein guter, anständiger Geruch nach Pferden, Heu und Leder, und die Verbindung all dieser Gerüche bewirkte ein ganz eigenartiges Gefühl in ihm. Ein Gefühl der Heimkehr. Henry, einer der Stallknechte, gabelte gerade frisches Heu in die Boxen, in denen die Pferde standen.

»Lord Jackson!«, rief Henry erstaunt, als er ihn sah. »Ich hörte schon, dass Ihr wieder da seid. Aber hier in den Ställen sieht man Euch ja nicht sehr oft.«

»Ich übernehme das jetzt«, sagte Jackson und deutete mit einer Kopfbewegung auf die Heugabel in Henrys Händen. »Du kannst ruhig schon nach Hause gehen.«

Henry machte ein überraschtes Gesicht, kam dann aber bereitwillig zu ihm herüber. Jackson hatte sich bisher noch nicht vom Eingang der Stallungen weggerührt, weil er nicht wusste, wie die Pferde auf ihn reagieren würden und er auch keine Zeugen dafür haben wollte. Oder jedenfalls niemand anderen als Lucinda.

Der Knecht reichte Jackson die Heugabel, tippte sich grüßend vor Lucinda an den Hut und beeilte sich, hinauszukommen. Als er nicht mehr zu sehen war, betrat Jackson den Stall und lehnte die Heugabel an eine Wand. Die Pferde streckten alle neugierig die Köpfe aus den Boxen und warteten auf ihre Fütterung. Sie beäugten ihn interessiert, aber bis jetzt schien keins der Tiere seine Anwesenheit als unangenehm zu empfinden.

Von ihrer Reaktion ermutigt, trat Jackson an die erste Box heran und streckte vorsichtig die Hand nach einem großen schwarzen Hengst aus. Das Tier beschnupperte seine Hand und drückte dann sein weiches Maul dagegen. Jackson strich dem Tier über die samtenen Nüstern, ließ seine Hand behutsam höher gleiten und kraulte den Hengst hinter den Ohren. Dann ging er zur nächsten Box weiter und streichelte auch ihren Bewohner, und auf die gleiche Weise begrüßte er nach und nach alle weiteren Tiere in der langen Reihe der Boxen entlang des Gangs.

»Siehst du, Lucinda?«, fragte er freudig erregt und sah sich nach ihr um, da sie noch immer am Eingangstor der Ställe lehnte und ihn beobachtete.

»Ja, ich sehe es«, erwiderte sie, und er dachte, dass sie ein wirklich hübsches Lächeln hatte, sehr weiblich und sehr sanft.

Jackson wandte sich wieder einer feingliedrigen grauen Stute zu und legte seine Wange an ihr seidiges Fell. Die Stute wieherte leise und schien seine Aufmerksamkeit zu begrüßen. Für einen Moment, als er dort stand, das Gesicht in der dichten Mähne des Tiers vergraben, wurden seine Augen feucht. Er hatte schon fast vergessen, wie es sich anfühlte, von Tieren akzeptiert zu werden. Manchmal vergaß er sogar, wie es war, nichts anderes als ein Mensch zu sein.

Frauen halfen ihm dabei, sich daran zu erinnern, musste er sich eingestehen. Dass sie ihn in ihren Armen willkommen hießen, war der Grund, warum er oft nur allzu bereitwillig zu ihnen ging. Er brauchte das Gefühl, sich wie ein Mann und nur wie ein Mann zu fühlen, obwohl ihm durchaus bewusst war, dass er den Damen gegenüber einen unfairen Vorteil besaß. Er hatte diesen Vorteil auch schon oft genug benutzt, was ihn irgendwie zu einem Heuchler machte. Jackson machte es nichts aus, den Fluch zu seinem Vorteil zu benutzen, obwohl er wünschte, er würde von ihm weichen, sobald er nicht nur mehr seinen eigenen Zwecken diente.

Sich zu betrinken und sich zwischen den Schenkeln einer Frau zu verlieren hatte ihm früher geholfen, die Qual seines scheinbar nutzlosen Lebens zu betäuben. Er hatte sich nach einer Möglichkeit gesehnt, mit einer Gesellschaft in Kontakt zu treten, die ihm den Rücken zugewandt hatte. Er hatte sich nach einer Berührung gesehnt, nach einem Kuss, nach einem Weg, sich als nichts anderes als ein Mensch zu fühlen.

Bei *einer* Frau jedoch schien seine fast schon magische Anziehungskraft auf Frauen nicht zu wirken. Jackson trat von der Stute zurück und sah sich nach Lucinda um. *Sie* hatte kein Verlangen nach seinen Küssen und Berührungen. Sie wusste, was er war. Und vielleicht war gerade die Tatsache, *dass* sie es wusste, der Grund, warum er sich ihre Aufmerksamkeit mehr als die aller anderen Frauen wünschte. Könnte auch nur eine Frau ihn so annehmen, wie er war? Trotz des Fluchs, der auf ihm lastete, und allem anderen?

Jackson ging zu der Stelle, wo er die Heugabel zurückgelassen hatte, und hob sie auf, um mit der Fütterung der Pferde zu beginnen.

Lucinda beobachtete Jackson bei der Arbeit. Sie sah das Spiel seiner Muskeln unter seinem Hemd und merkte, welch große Freude es ihr machte, ihn zu betrachten. Im Moment mochte er zwar wie ein Mann aussehen, aber er bewegte sich noch immer wie ein Tier. Anmutig und geschmeidig, selbst wenn er mit etwas so Alltäglichem beschäftigt war, wie Heu zu gabeln. Es waren eine Menge Pferde, die alle ihre Ration Heu erwarteten. Lucinda sah den Schweiß, der sich auf Jackson Stirn bildete und an seinen Schläfen hinunterrann.

Auf halber Höhe den Gang hinunter hielt er inne und zog sein Hemd aus. Er schien vollkommen vertieft in seine Arbeit, und Lucinda bezweifelte, dass er sich auch nur daran erinnerte, dass sie noch da war und ihn ansah. Sie konnte nicht umhin zu schlucken beim Anblick von so viel nackter maskuliner Haut. Seine Muskeln spannten sich, während er arbeitete, und ein dünner Schweißfilm schimmerte auf seiner honigfarbenen Haut.

Was hatte ein arbeitender Mann nur an sich, das einer Frau das Gefühl gab, als würde sie an seiner Seite ebenso schaffen? Waren es der Körper, die Bewegungen, die Konzentration?

Jackson hatte es bis zur letzten Box geschafft und gerade einen großen Haufen Heu hineingeworfen, als die Pferde plötzlich nervös zu stampfen und zu schnauben begannen.

Jackson warf Lucinda einen fragenden Blick zu.

»Du schwitzt«, rief sie ihm zu. »Das bringt deinen eigenen Geruch wieder zum Vorschein.«

Darauf trat er von der Box zurück und begann den langen Gang hinabzugehen. Als die Pferde nicht aufhörten zu stampfen und zu schnauben, lehnte er die Heugabel an eine Wand, bückte sich nach seinem Hemd und kam langsam auf Lucinda zu. Für einen Moment lang, als sein Blick den ihren suchte, begann auch sie ein leises Unbehagen zu verspüren.

Und als er dann vor ihr stand, nahm auch sie seinen Geruch wahr. Er wühlte sie genauso sehr auf wie die Tiere, wenn auch nicht in gleicher Weise. Ihre Haut wurde mit einem Mal ganz heiß und fiebrig, und ihr Herz begann zu rasen. Sie konnte spüren, wie ihre Brustwarzen sich aufrichteten und ein aufregendes Prickeln zwischen ihren Beinen erwachte. Lucinda hatte keine Ahnung, was Jackson sah, als er so vor ihr stand und ihr in die Augen schaute, aber sie war sich beinahe sicher, dass er sich seiner Wirkung auf sie sehr bewusst war.

Und da begann sie plötzlich zu verstehen. »Du benutzt deinen Geruch zu deinem Vorteil!«

Ohne etwas zu erwidern, legte er rechts und links von ihrem Kopf die Hände an die Wand, sodass sie nun zwischen seinen Armen und seinem Körper gefangen war. Das Licht der Laternen an den Stallwänden wurde von einer Sekunde auf die andere schwächer, als habe er die intimere Beleuchtung selbst befohlen.

Das bisschen Licht, das blieb, tanzte auf den langen Strähnen seines Haars und schimmerte auf seiner schweißbedeckten Brust. Lucinda kämpfte gegen das Bedürfnis an, diese Brust zu berühren und mit den Händen über seine warme, glatte Haut zu streichen. Was machte er mit ihr? Ihr gefiel das überhaupt nicht … oder doch?

»In uns allen steckt ein Tier, Lucinda«, sagte er leise. »Ich spreche das deine an, das ist alles.«

Er hatte recht. Er sprach etwas in ihr an, das noch nie einen Atemzug getan hatte, bis er das in ihr schlummernde Tier erweckt hatte. Versuchung, Verlangen, Sünde – all das vermochte er in ihr zu wecken. Ihre eigenen Kräfte oder Gaben, wie ihre Mutter sie genannt hatte, schienen dagegen armselig zu sein.

»Du hast einen unfairen Vorteil normalen Sterblichen gegenüber«, erwiderte sie vorwurfsvoll.

»Nicht nur einen«, erklärte er schmunzelnd und beugte sich vor, um ihre Lippen mit den seinen zu berühren.

Lucinda sank gegen die Wand in ihrem Rücken. Ihre Knie verloren ihre Kraft, aber sie versuchte verzweifelt, die Kontrolle über ihre Gefühle wiederzugewinnen. »Deine fragwürdigen Reize bewirken bei mir gar nichts«, behauptete sie, obwohl ihre Stimme heiser, atemlos und alles andere als sicher klang.

»Warum wehrst du dich so gegen mich?« Jacksons warmer Atem streichelte ihr Ohr. »Es ist ja nicht so, als ob du dich für jemanden aufsparen würdest.«

Was immer auch der Bann sein mochte, in den er sie geschlagen hatte, er war gebrochen worden von seinem ärgsten Feind und zugleich besten Werkzeug zur Verführung – seinem Mund. Lucinda stieß Jackson zurück. »Ich mag zwar keine Dame sein, aber ich bin auch keine Hure!«, fauchte sie ihn an. »Du tätest also gut daran, beim nächsten Mal, wenn du eine Frau in deinen Bann ziehen willst, daran zu denken, deinen Mund zu halten!«

Sie musste von ihm weg, und das so schnell wie möglich. Ohne ein weiteres Wort drängte sie sich an ihm vorbei und eilte aus dem Stall. Die Sommernacht war kühl und feucht und half ihr, wieder zur Besinnung zu kommen. Sie konnte hören, wie Jackson die Stalltore schloss, und kurz darauf gesellte er sich auf dem Weg zum Haus zu ihr.

»Danke für das Geschenk, das du mir heute Abend gemacht hast«, sagte er. »Ich kann wieder bei den Pferden sein, auch wenn ich darauf achten muss, nicht zu schwitzen, solange ich in ihrer Nähe bin.«

Und auch in ihrer Nähe sollte er es lieber nicht tun, dachte Lucinda. Doch sie hatte den Gedanken kaum beendet, da erschien auch schon ein Bild vor ihrem inneren Auge. Ein Bild von Jackson, wie er sich über sie beugte, mit schweißglänzendem Körper und vor Leidenschaft dunklen Augen. Lucinda schüttelte den Kopf, um dieses Bild aus ihrem Bewusstsein zu verdrängen. Manchmal sah sie Dinge, bevor diese geschahen. War das eine dieser Visionen, oder war es nur ihre Fantasie, die wieder einmal mit ihr durchgegangen war?

»Sobald wir im Haus sind, möchte ich, dass du in mein Zimmer kommst.«

Lucinda verhielt abrupt den Schritt und stützte die Hände in die Hüften. »Gibst du eigentlich nie auf? Ist es so unvorstellbar für dich, dass eine Frau dich nicht begehrt?«

Er wandte sich langsam zu ihr um. Der Nachthimmel hinter ihm war von Tausenden von Sternen übersät, die sich in seinen Augen widerspiegelten. »Du sagtest, du müsstest dir das Rätsel ansehen. Ich habe es vorhin gelesen und wollte es dir geben.«

Sie war froh, dass er in der Dunkelheit nicht sehen konnte, wie sie vor Verlegenheit errötete. »Oh«, sagte sie leise. »Natürlich muss ich dieses Rätsel sehen.«

Sie nahmen ihren Weg wieder auf. Lucinda dachte, Jackson würde mehr dazu sagen, sie vielleicht sogar damit aufziehen, wer von ihnen beiden an nichts anderes als den Liebesakt denken konnte. Aber das Schweigen breitete sich aus, als sie ihren Weg fortsetzten.

»Wie du siehst, habe ich deinen Rat schon beherzigt«, bemerkte Jackson nach einer Weile.

Lucinda warf ihm einen Blick zu, aber die Dunkelheit verbarg seinen Gesichtsausdruck vor ihr.

»Deinen Rat, den Mund zu halten«, antwortete er, obwohl sie nicht gefragt hatte, worauf er sich bezog.

9. Kapitel

Nachdem Lucinda Jackson damit überrascht hatte, dass sie lesen konnte und sogar das Lateinische beherrschte, da ihre Mutter, obschon eine Hexe, auch eine sehr gelehrte Frau gewesen war, hatte er ihr das Rätsel überlassen, damit sie es sich in Ruhe ansehen konnte. Es war eigentlich ein Gedicht. Lucinda hatte es bis spät in die Nacht hinein studiert und fühlte sich wegen des Schlafmangels an diesem Morgen wie gerädert und war ausgesprochen schlechter Laune. Sie wollte gerade aufstehen, um nach Sebastian zu sehen und zu frühstücken, als nach einem leisen Klopfen an der Tür ein großer Mann mit einem Säugling in den Armen ihr Zimmer betrat.

»Was hältst du von dem Rätsel?«

Sie hätte Jackson am liebsten angeschrien. Er hatte furchtbar schlechte Manieren, und wenn schon sie dieser Meinung war, dann war gar nicht auszudenken, was die vornehme Gesellschaft von ihm denken mochte.

»Ich muss doch sehr bitten!«, zischte sie, während sie die Decken bis unter das Kinn heraufzog. »Ich bin nicht einmal angezogen.«

Doch Jackson kam zu ihrem Bett und setzte sich. Seine dunklen Augen glitten prüfend über sie. »Du hast nichts, was ich noch nicht gesehen habe«, entgegnete er. »Und eigentlich habe ich sogar schon so gut wie alles von dir gesehen, wie mir gerade wieder einfällt.«

Lucindas Wangen brannten. »Ich wäre dir dankbar, wenn du das vergessen könntest«, murmelte sie düster.

»Es besteht kein Grund für dich, in meiner Gegenwart so scheu zu sein. Wir werden schließlich heiraten, Lucinda.«

»Nur auf dem Papier«, erinnerte sie ihn, aber es fiel ihr schwer, ihre Verstimmung aufrechtzuerhalten, als sie sah, wie zufrieden der kleine Sebastian auf Jacksons Schoß aussah. Wider Willen musste sie lächeln, als sie die Arme nach dem Kind ausstreckte. »Komm her, mein Schatz.«

»Wenn du mich schon so nett darum bittest …«, sagte Jackson und rutschte mit Sebastian über das Bett zu ihr.

»Doch nicht du«, erklärte sie mit einem ärgerlichen Blick auf ihn. »Die Einladung galt nur für meinen Sohn.«

Jackson reichte ihr Sebastian und runzelte die Stirn. »Du bist so kalt, Lucinda. Was braucht es, um das Eis um dein Herz zu zerschmelzen?«

»Es ist nicht mein Herz, woran du interessiert bist«, versetzte sie scharf. »Also tu auch bitte nicht so.«

»Nein«, stimmte er ihr zu. »Mein Herz zu verschenken lag wirklich nie in meinem Interesse.«

Was für einer Frau war es gelungen, das Herz dieses Mannes zu gewinnen? Lucinda war neugierig und, wenn sie ehrlich war, vielleicht sogar ein bisschen eifersüchtig. »Warum hast du sie nicht geheiratet? Weil sie deine Liebe nicht erwidert hat?«

Er antwortete zunächst nicht, und sie dachte schon, er würde es auch nicht tun, als er plötzlich sagte: »Sie wusste nicht einmal etwas davon.« Jackson erhob sich vom Bett. »Ich werde dir dein Frühstück holen, während du dich anziehst. Ich möchte gern mit dir darüber reden, was für einen Eindruck du von dem Gedicht hast. Und von dem darin versteckten Rätsel.«

Sein Gesichtsausdruck verriet ihr, dass das Thema damit für ihn abgeschlossen war. »Na schön«, gab sie nach. »Frühstück wäre jetzt wirklich gut.«

Er verließ den Raum, und nachdem Lucinda noch einen Moment ihren Sohn liebkost hatte, versuchte sie, sich voll und ganz auf das Gedicht zu konzentrieren.

»Verdammt sei die Hexe, die mich mit diesem Fluch belegte«, wiederholte sie die erste Zeile des Gedichts. Und dieser Zeile wegen hatte Jackson auch Lucinda verdammt. Ivan Wulf, der das Gedicht verfasst hatte und der Erste gewesen war, den der Fluch getroffen hatte, hatte nicht sich selbst, sondern einer Frau die Schuld an seiner Tragödie gegeben. Einer Hexe. Es war ein typischer Fehler von Männern, andere für ihre eigenen schlimmen Taten verantwortlich zu machen. Niemand wusste das besser als Lucinda.

Sie legte Sebastian in die Mitte des Betts, erhob sich und kleidete sich an. Sie war jedoch kaum mit einer Bürste durch ihr langes Haar gefahren, als Jackson auch schon wiederkam. Er trug das Tablett mit dem Frühstück allerdings nicht selbst, sondern Hawkins folgte ihm damit ins Zimmer.

»Ich dachte, Hawkins könnte Sebastian zu seiner Amme zurückbringen, damit der Kleine auch sein Frühstück bekommt«, erklärte Jackson.

Lucinda verdrehte die Augen. »Martha ist gleich nebenan«, erinnerte sie beide Männer.

»Hawkins bestand darauf.« Jackson warf ihr einen bedeutungsvollen Blick zu, der ihr riet, auf weitere Einwände zu verzichten.

»Na schön«, seufzte sie und beugte sich über das Bett, um Sebastian aufzuheben. Seine Lider waren so schwer, dass er vermutlich ohnehin gleich wieder einschlafen würde. Nachdem Hawkins ihr Frühstückstablett auf den Nachttisch gestellt hatte, übergab sie ihm das Kind. Die Mundwinkel des Mannes verzogen sich zu einem kleinen Lächeln, als er auf das Kind hinunterblickte; dann nahm er wieder seine übliche steife Haltung an und ging hinaus. Jackson folgte ihm zur Tür und schloss sie hinter ihm.

»So, und nun sag mir, was hältst du von dem Gedicht?«, fragte er Lucinda.

Sie setzte sich auf den Rand des Betts und deckte ihre Frühstücksteller auf. Der köstliche Duft, der von ihnen aufstieg, brachte ihren Magen zum Knurren. Sie vergaß nie, wenn ihr ein gutes Essen in diesem Haus serviert wurde, wie sie sich einst darum gesorgt hatte, woher ihre nächste Mahlzeit kommen würde. Sie nahm eine Gabel voll von dem herrlich lockeren Rührei und probierte es, bevor sie antwortete.

»Die Frau, die deinen Vorfahren verflucht hat, musste über sehr starke Magie verfügen, um einen Zauber verhängen zu können, der über so viele Jahre seine Wirksamkeit behielt. Und sie muss auch ungeheuer aufgebracht gewesen sein.«

»Ich hatte nichts damit zu tun«, sagte Jackson, als er zu ihr herüberkam und sich neben sie auf das Bett setzte. »Und trotzdem leide und büße ich für irgendwelche Sünden, die er gegen sie begangen haben mag.«

»Er wollte sie nicht heiraten«, entgegnete Lucinda. »Seiner gesellschaftlichen Stellung wegen«, fügte sie erklärend hinzu.

»Ich weiß, dass er sie in dem Gedicht ›Hexe, die ich liebte und doch nicht freien konnte‹ nennt. Und er schreibt auch: ›Verraten von der Liebe, von meiner eigenen falschen Zunge‹. Das heißt, dass er sie auch belogen hat.«

Das alte Pergament lag auf dem Tisch, auf dem Lucindas Frühstückstablett stand. Sie griff an Jackson vorbei und hob es auf. »Ja. Wahrscheinlich hat er sie dazu gebracht, zu glauben, dass er sie trotz ihrer Standesunterschiede eines Tages heiraten würde. Deshalb schreibt er: ›Ach, keine Frau fühlt Verpflichtung, sei es gegenüber Familie, Namen oder Krieg‹«, las Lucinda vor. Mit einem Seitenblick auf Jackson sagte sie: »Er entschied sich also anscheinend für eine andere, als es für ihn Zeit wurde, zu heiraten. Eine Frau, die besser seiner gehobenen Stellung entsprach und die Billigung seiner Familie finden konnte.«

»Auch das war nicht mein Fehler«, brummte Jackson. »Was

hältst du von dem Rätsel? ›Suche und finde deinen ärgsten Feind, sei tapfer und laufe nicht davon. Liebe ist der Fluch, der dich bezwingt, doch auch der Schlüssel, der dich befreit‹?«

Das Rätsel irritierte Lucinda. Sie war sich allerdings nicht sicher, ob sie das Jackson gegenüber zugeben wollte. Denn wenn er glaubte, sie könnte den Fluch nicht brechen, hatte er keinen Grund mehr, ihr zu erlauben, hierzubleiben. Es würde einige Zeit erfordern, ihm die gewünschten Antworten zu geben ... dafür würde sie schon sorgen, denn die Vorstellung, Sebastian aufzugeben, war für sie noch viel zu schmerzlich, um auch nur darüber nachzudenken. Aber ihr blieb nicht mehr viel Zeit, bis der nächste Vollmond Jackson wieder verwandeln würde.

»Es könnte Verschiedenes bedeuten«, erwiderte sie ausweichend. »In dem Gedicht steht nichts davon, dass du deinen ärgsten Feind *töten* musst, und später gibt dein Vorfahr sogar zu, Schlachten ausgetragen und gewonnen und gleichwohl nur Niederlagen hinterlassen zu haben. Ich könnte mir vorstellen, dass des Rätsels Antwort darin liegt, deinen ärgsten Feind zu erkennen, ihn aber vielleicht auf andere Weise als durch einen normalen Kampf oder durch seinen Tod zu besiegen.«

Jackson machte ein nachdenkliches Gesicht. »Und wie gedenkst du den Fluch dann außer Kraft zu setzen? In dem Gedicht steht auch, dass Ivan Wulf keinen Weg fand, ihn zu brechen, ›keinen Trank, keinen Spruch und keine Tat‹, was für mich bedeutet, dass er diesen Weg vielleicht schon mit einer anderen ...«

»... Hexe beschritten hatte«, schloss Lucinda für ihn. »Vielleicht hat er das auch getan. Aber ich bin mir nahezu sicher, dass für die andere Frau, die er aufsuchte, damit sie den Fluch außer Kraft setzte, bestimmt nicht so viel auf dem Spiel stand wie für mich.«

Einen Moment lang sahen sie sich schweigend in die Augen.

»Du wirkst auf mich gar nicht wie eine Hexe«, sagte Jackson dann. »Ich habe bisher noch keinen Beweis dafür gesehen, dass du Kräfte besitzt, die größer sind als meine eigenen.«

»Ich darf meine Kräfte nicht dazu benutzen, jemandem zu imponieren«, erklärte sie. »Ich bin eine weiße Hexe und darf daher nur gute Magie praktizieren. Glaub mir, wenn ich dich in eine Kröte verwandeln könnte, würde ich es tun, aber ich denke, das hat ohnehin bereits jemand getan.«

Lucindas Naturell war nicht minder glutvoll als die Farbe ihres Haars. Jackson war kein Narr, egal, was seine Brüder von ihm dachten. Es war ihm nicht schwergefallen, Lucinda zu glauben, dass sie eine Hexe war, als er ihr in der Hütte im Wald begegnet war. Aber seit er nach London zurückgekehrt war und erfahren hatte, dass sie sich dort als seine Ehefrau ausgab, erschien sie ihm wie eine ganz normale Frau. Als er dann jedoch ihre makellose Haut, ihr feuriges Haar und ihre wohlgeformten Rundungen betrachtete, berichtigte er sich in Gedanken schnell. Sie war *keine* gewöhnliche Frau, aber war sie deswegen auch eine Hexe?

Sie hatte gestern Abend das Einreibemittel für ihn hergestellt, aber jeder Heilkundige hätte möglicherweise genauso gut die richtige Mischung dafür kennen können.

»Du nimmst meinen Namen an und möchtest, dass ich deinen Sohn aufziehe. Ich will einen Beweis dafür, dass du wirklich all das bist, was du zu sein behauptest.«

»Ich habe mir schon etwas überlegt«, antwortete sie. »Übermorgen Nacht werden wir einen roten Mond haben. Ein roter Mond ist ungeheuer mächtig. Und da es der Mond ist, der dich durch den Fluch beherrscht, werde ich ihn dazu aufrufen, dich wieder freizugeben. Es ist ein Ritual, das um Mitternacht durchgeführt werden muss, und es darf von niemandem beobachtet werden.«

Jackson war noch immer skeptisch. »Aber ich werde nicht eher merken, ob es funktioniert hat, bis wir wieder Vollmond haben, oder?«

Lucinda runzelte die Stirn. »Gibt es bestimmte Eigenschaften des Wolfes, die du auch dann in dir spürst, wenn der Mond dich nicht beherrscht?«

Sein ganzes Leben, schon bevor der Fluch ihn heimsuchte, war Jackson sich seiner Andersartigkeit bewusst gewesen. Sie war etwas, das er und alle seine Brüder miteinander teilten. Armond hatte ein unnatürlich scharfes Gehör; und Gabriel ... nun ja, kein Normalsterblicher konnte von Sonnenaufgang bis Sonnenuntergang schuften und danach so aussehen, als hätte er den ganzen Tag nur tatenlos herumgesessen. Und alle Brüder konnten hervorragend im Dunkeln sehen.

Bei Jackson waren es die Frauen. Sie umschwärmten ihn, als gäbe er einen Duft ab, der sie anzog wie das Licht die Motten, und nach Lucindas gestriger Reaktion auf ihn war ihm klar geworden, dass es stimmte, was er schon so lange vermutet hatte. Die Frauen konnten ihm nicht widerstehen ... bis auf Lucinda und Lady Anne Baldwin, die sein Herz gestohlen hatte und es nie erfahren würde.

»Ja«, erwiderte er. »Ich glaube, ich würde es schon vor dem Vollmond merken, weil ich mich dann anders fühlen würde.«

»Dann werden wir es in zwei Tagen ja sehen«, sagte sie.

10. Kapitel

Die Nacht war dunstig, aber warm. Nebel stieg von dem Boden in Lucindas magischem Kreis auf. Sie hatte in den vier verschiedenen Himmelsrichtungen Kerzen aufgestellt. Jede trug die Farbe des Elements, für das sie stand. In der nördlichen Ecke zündete Lucinda die schwarze, in der südlichen die weiße, nach Osten hin die rote und nach Westen hin die graue Kerze an. Der Kreis, den sie gezogen hatte, hielt allen äußeren Elementen stand. Alle negative Energie war aus dem Kreis vertrieben.

Lucinda blickte zum Himmel auf, aber der Mond zog es scheinbar vor, sich vor ihr zu verbergen. Nun gut, dann würde sie eben für die Wolken singen und sie mit ihrem Gesang dazu bringen, sich zu teilen. Denn um den Mond beschwören zu können, seine Macht über Jackson aufzugeben, musste sie ihn sehen.

Sie sprach die uralten Worte, die ihre Mutter sie gelehrt hatte, und die zu einer Sprache gehörten, die nur noch diejenigen aus einer anderen Welt, aus einer anderen Zeit verstanden. Leise begann sie dann zu singen. Wie immer, wenn sie mit einem Element der Erde in Verbindung trat, schloss sie die Augen und erhob ihr Gesicht gen Himmel.

Der Nebel umwaberte und umhüllte sie, aber die Wolken über ihr ließen sich nicht dazu bewegen, ihr zu Willen zu sein. Sie sang noch inbrünstiger und wiegte sich zu dem schwermütigen, seufzenden Geräusch des Windes. Lucinda wandte sich nach Osten, Norden, Süden und Westen und konzentrierte sich noch stärker. Vor ihrem inneren Auge sah sie, wie sich die Wolken über ihr teilten und ihr den direkten Kontakt mit dem Mond ermöglichten. Aber als sie die Augen öffnete und zum

Himmel aufblickte, sah sie, dass sie die Wolken nicht hatte betören können und sie sich noch immer fest gegen sie zusammenballten.

Ihre Verführungskünste waren wirklich nicht die besten, musste sie sich eingestehen. Selbst Verlangen zu verspüren und es auch ganz bewusst in jemand anderem zu wecken, war etwas völlig Neues für Lucinda. Wieder schloss sie die Augen, aber diesmal ließ sie Jackson Wulfs Gesicht vor sich erstehen. Langsam hob sie ihre Arme über den Kopf und streckte sie nach dem Himmel aus, als versuchte sie, mit ihren Händen einen Geliebten zu erreichen. Von allen Hemmungen befreit und mit Jacksons Bild vor Augen, wiegte sie sich hin und her und sang, tanzte durch den magischen Kreis und legte ihre ganze Kraft in ihre magischen Beschwörungen.

Und da ihre Hemmschwelle gesunken war und es ihren Gedanken freistand, abzuschweifen, wohin Lucinda es ihnen für gewöhnlich nicht erlaubte, bekannte sie sich nun endlich auch zu ihren eigenen Wünschen und Begierden. Sie dachte an die Art, wie Jacksons Mund sich an dem ihren bewegte, wie seine nackte Haut sich unter ihren Fingerspitzen anfühlte; sie erinnerte sich an seinen Duft und wie ihr Körper darauf reagierte. Und plötzlich tanzte sie nicht länger für den Mond, sondern nur noch für ihn …

Jackson beobachtete Lucinda von seinem Schlafzimmer aus. Ihr Gesang hatte ihn geweckt und ans Fenster treten lassen, um ihr mitternächtliches Ritual dort draußen zu verfolgen. Er erinnerte sich, dass sie gesagt hatte, niemand dürfe ihr dabei zusehen, aber er konnte seinen Blick nicht von ihr abwenden. Der Nebel umhüllte sie, und ihr Körper wiegte sich zu einer Melodie, die er nicht hören konnte, aber dennoch gut verstand.

Die sinnlichen Bewegungen ihrer Hüften faszinierten ihn. Es war ein Tanz, der so alt war wie das Leben selbst. Ein Tanz, der dazu bestimmt war, einen Mann zu betören, und was immer auch der Zauber sein mochte, den sie heute Nacht dort ausprobierte, bei Jackson wirkte er. Sein Herz schlug schnell und hart gegen seine Rippen, sein schweres Atmen beschlug die Fensterscheiben, und mehr als einmal musste er sie abwischen, um Lucinda sehen zu können. Ein heftiges, fast schmerzhaftes Verlangen erfasste ihn. Er verfiel in einen Nebel sinnlicher Begierde, Sehnsucht und erotischer Verzückung. Für vernünftige Gedanken war in ihm kein Platz mehr. Nicht, wenn diese Frau die tiefsten und geheimsten Winkel seiner Seele ansprach.

Sie senkte nun ihre hellen, schlanken Arme, die sie ihm in der Dunkelheit entgegenstreckte, und öffnete die seitlichen Verschlüsse ihres Kleides. Wie ein schimmernder Schleier flatterte das Kleidungsstück zu Boden. Nun stand sie nackt im Nebel. Nackt und schön wie eine Göttin.

Sie war der Inbegriff der Weiblichkeit. Ihre Haut glänzte in dem Nebel, und die flackernden Flammen der sie umgebenden Kerzen tanzten über die Höhen und Täler ihres vollkommenen Körpers. Ihre Brüste waren fest und rund, die rosigen, harten kleinen Knospen schienen ihn heranlocken zu wollen. Auch er war hart. Fast schmerzhaft hart.

Ihre Taille war schmal und ging anmutig in Hüften über, die nach der Geburt wahrscheinlich etwas breiter waren als früher, aber immer noch fest, rund und ungemein verlockend wirkten. Ihre Beine waren lang und schlank, die Knöchel zart, ihre Füße klein und zierlich.

Sie war wie aus der Nacht geboren, die in auffallendem Kontrast zu ihrem hellen Körper stand, aber dennoch schien sie sich in der Dunkelheit zu Hause zu fühlen. In dem Moment begehrte Jackson sie, wie er noch nie in seinem Leben eine Frau begehrt hatte. Er legte seine Hände an das kühle Glas und wünschte, er könnte stattdessen Lucindas Haut berühren. Wusste sie, dass er sah, wie sie für sie ihn tanzte? Ihn verführte? Wusste sie, dass sie das Tier in ihm ansprach, das Tier, das in jedem Mann vorhanden war? Er war außerstande, sich noch länger zu beherrschen.

Das Einzige, woran er denken konnte, war, dass er sie haben musste. Sie beherrschen, sie besitzen wollte. Seine Nasenflügel bebten, als könnte er durch das Glas ihren Duft wahrnehmen. Dann wandte er sich vom Fenster ab, nackt, wie er aus dem Bett gekommen war, hart vor sinnlicher Begierde und außerstande, seine Menschlichkeit zurückzurufen. Er wollte Lucinda. Und er würde sie haben.

☆ ☆ ☆

Lucindas Körper war feucht vor Schweiß, das Haar hing wirr um ihre Schultern, und ihr Herz donnerte zu der heidnischen Musik in ihrem Kopf, als sie die Gegenwart von etwas ganz in der Nähe ihres Sanktuariums spürte. Sie hielt abrupt in der Bewegung inne, öffnete die Augen und sah Jackson gerade noch außerhalb ihres magischen Kreises stehen. Sie fragte sich, ob sie ihn mit ihren Gedanken an ihn heraufbeschworen haben mochte. War er vielleicht nur aus Nebel statt aus Fleisch und Blut? Aus *Fleisch*, beantwortete sie sich ihre Frage, als sie seinen nackten Körper anstarrte und ihr Blick zu der pulsierenden Härte zwischen seinen nackten Schenkeln glitt.

Es war ein Anblick, der eine Jungfrau in Ohnmacht fallen lassen oder eine Hure zum Lächeln gebracht hätte. Der Anblick seiner Nacktheit weckte keinerlei Verlegenheit in ihr. Sie staunte über Jacksons Vollkommenheit, selbst über die seiner männlichen Attribute. Sie betrachtete ihn ohne jede Scham, bevor sie den Blick zu seinem Gesicht erhob und ihm in die Augen sah, die im Nebel bläulich glühten. Sie sprachen von uralten Ritualen zwischen Mann und Frau, von sinnlichen Verheißungen, die sie sich nicht einmal in ihren kühnsten Fantasien vorstellen konnte.

»Komm her zu mir«, befahl er.

Lucinda wollte gehorchen. Sie wollte so unbedingt zu ihm, dass ihr ganzer Körper vor Verlangen bebte, welches stärker war als alles, was sie je zuvor erfahren hatte. Sie trat einen Schritt auf ihn zu, den ihre Füße aus eigenem Antrieb und ganz ohne ihre Erlaubnis machten. Das hier gehörte nicht zu ihrer Abmachung. Er nahm ihr jetzt schon viel zu viel. Er nahm ihr Leben, ihre Freude, ihren Sohn.

»Geh«, sagte sie leise.

Aber er rührte sich nicht von der Stelle.

»Lucinda.«

Die Art, wie er ihren Namen sagte, war wie eine Berührung, sanft, hypnotisierend und ungemein bezwingend. Aber sie schluckte nur und schüttelte den Kopf. »Ich will dich nicht«, sagte sie nachdrücklicher.

»Du lügst.« Es hörte sich schon beinahe wie ein Knurren an, obwohl seine Stimme auch jetzt noch weich und sehr bezwingend war. »Ich kann dein Verlangen in dem Nebel riechen. Lass uns das Spiel beenden. Komm zu mir, Lucinda.«

Ihre Knie wurden schwächer, aber trotzdem blieb sie standhaft. »Nein.«

Das Glühen in seinen Augen wurde für einen Moment noch stärker. »Dann komme ich zu dir.« Jackson machte einen Schritt, wobei er aber gegen die schützende Barriere ihres magischen Kreises stieß. Verwundert legte er seine Hand daran, als wäre sie aus Glas. »Lass mich herein«, bat er mit leiser Stimme.

Lucinda, die sich jetzt sicherer fühlte, weil er den Kreis ohne ihre Erlaubnis nicht betreten konnte, trat an die Barriere. »Ohne meine Einladung kannst du nicht herein, und ich habe nicht die Absicht, eine auszusprechen.«

Er ließ eine seiner Hände an der Barriere herabgleiten, als könnte er Lucindas Brust berühren. Und sie, die gern gewusst hätte, wie es sich anfühlen würde, dort von ihm berührt zu werden, trat näher und spürte die Wärme seiner Hand, als sie sich an die Barriere presste. Ihre Haut begann zu prickeln, und sie sog verblüfft den Atem ein.

»Lucinda«, wiederholte Jackson mit leiser, rauer Stimme. »Lass mich herein.«

Aber sie hatte nicht den Mut dazu, weil sie wusste, was geschehen würde, wenn sie es tat. Ihre niedrigere Hemmschwelle machte sie sehr anfällig für ihn. Sie würde sich ihm hingeben, eine Sklavin seiner und auch ihrer Leidenschaft werden. Er würde sie benutzen, wie alle Männer Frauen benutzten, ohne auch nur einen Gedanken daran zu verschwenden, was der Morgen bringen oder wer für die Sünden der Nacht würde büßen müssen.

Nachdem Lucinda ein gewisses Maß an Vernunft zurückgewonnen hatte, begann sie langsam vor Jackson zurückzuweichen. Er aber presste sich an die Barriere, und die Versuchung zog Lucinda erneut in ihren Bann. Wieder fragte sie sich, wie es sich wohl anfühlen würde, all diese Hitze und diesen harten, nackten Körper an ihrem zu spüren.

Sie hätte der Versuchung vielleicht widerstanden, wenn die Barriere nicht gewesen wäre. Wenn sie nicht mit Sicherheit gewusst hätte, dass Jackson sie nicht überwinden konnte. Die Barriere schützte sie nicht nur, sie verlieh ihr auch Kontrolle. Lucinda presste ihren Körper an den seinen. Seine Hitze sprang augenblicklich auf sie über und setzte sie in Flammen. Ein leises Aufstöhnen entrang sich ihrer Kehle.

Es gab nichts auf dieser Welt, was damit zu vergleichen war, erkannte sie mit einem Mal. Nichts Aufregenderes als die Berührung nackter Haut mit nackter Haut. Das berauschende Elixier geteilter Leidenschaft. Die Verschmelzung von Gedanken, Herz und Körper mit denen eines anderen. Zum ersten Mal in ihrem Leben verstand sie den natürlichen Drang der Menschen, sich zu paaren. Die sexuelle Anziehungskraft zwischen ihnen und warum nur wenige ihr widerstehen konnten. Für den Augenblick genügte es Lucinda, dies alles einfach nur zu fühlen und zu verstehen, aber es war nicht genug für ihn. Das Hämmern von Jacksons Fäusten gegen die unsichtbare Barriere riss sie aus ihrer Versunkenheit.

Lucinda entfernte sich rasch von der unsichtbaren Sperre. Jackson starrte sie an, mit glühenden Augen und einem gequälten Ausdruck auf seinem Gesicht. Zwischen seinen geöffneten Lippen konnte sie für einen kurzen Moment Fangzähne sehen, worauf sie sich ganz unwillkürlich an die Kehle griff und noch weiter zurücktrat, bis sie neben ihrem abgelegten Kleid stand. Ohne ihren Blick von Jackson abzuwenden, bückte sie sich und hob es auf, um es wie einen Schild vor sich zu halten.

Als sie zum Himmel aufschaute, sah sie, dass die Wolken noch immer den Mond verdeckten. Was ging hier vor? Wie hatte sie ohne den Vollmond, der den Fluch zum Ausbruch brachte, das Tier in ihm heraufbeschworen? Sie musste es wieder wegschicken und den Mann zurückrufen.

»Ich rufe dich zur Ordnung, Jackson Wulf«, sagte sie. »Und ich appelliere an das Tier, das in dir lebt. Lass mich nur den Mann sehen, und kriech wieder in ihn zurück, bis es deine Nacht ist, um zu herrschen. Ich verbanne dich von diesem Ort, Tier. Du bist hier nicht willkommen.«

Jacksons Fäuste hämmerten wieder gegen die Barriere, und Lucinda schrak zusammen. Sie musste Vertrauen in ihre Fähigkeiten haben. Zu schwanken würde ihre Kräfte nur noch weiter schwächen und es ihm vielleicht sogar ermöglichen, in den Kreis hineinzukommen. Mit dem Mann konnte sie vernünftig reden, mit dem Tier aber war das unmöglich. Und deshalb blieb sie standhaft. Furcht schwächte den Körper, die Seele, den Verstand. Furcht allein schon konnte sie bezwingen, falls sie ihr erlag.

Nach und nach erlosch das Glühen in Jacksons Augen, und seine Fangzähne zogen sich zurück. Aber Lucinda wagte nicht, erleichtert aufzuatmen, bis er sich abwandte und ging. Erst dann gaben ihre Knie nach, und sie brach zusammen. Das war kein gewöhnlicher Fluch, der Jackson Wulf heimsuchte. Anscheinend war es nicht nur der Mond, der ihn zum Ausbruch brachte. Jackson hatte selbst gesagt, er habe ihn auch schon einmal ohne Zutun eines Vollmondes übermannt.

Sie musste etwas über die näheren Umstände erfahren, die bei jener Gelegenheit das Tier in ihm hervorgerufen hatten. Und um ihre eigenen Schwächen von heute Abend zu vertuschen, würde sie einen Zauber über Jackson verhängen müssen, der ihn die Ereignisse der Nacht vergessen ließ. Morgen früh würde sie so tun, als ob von all dem nichts geschehen wäre.

Jackson saß bereits im Speisezimmer, als Lucinda am nächsten Morgen herunterkam. Sie blieb kurz in der Tür stehen, um ihre Gedanken zu sammeln. Obwohl es schien, als konzentrierte Jackson sich ganz auf sein Frühstück, hatte er noch nichts gegessen und sah auch nicht so aus, als hätte er das noch vor. Nach einem etwas unsicheren Atemzug trat Lucinda ein.

»Guten Morgen«, sagte sie mit falscher Fröhlichkeit.

Jackson blickte auf, sagte aber nichts. Als sie zu dem Stuhl neben ihm ging, erhob er sich und zog ihn für sie heraus, doch noch immer wirkte er so geistesabwesend, als erfüllte er nur rein gewohnheitsmäßig seine Pflicht als Kavalier. Lucinda setzte sich. Hawkins kam hereingeeilt und nahm die silbernen Deckel von den Platten, damit Lucinda ihr Frühstück auswählen und sich bedienen konnte. Als sie ihren Teller gefüllt hatte und Hawkins wieder ging, sah sie Jackson unter halb gesenkten Wimpern an.

»Du bist so still heute Morgen«, bemerkte sie.

»Ich habe gestern Nacht einen äußerst merkwürdigen Traum gehabt«, erwiderte er und erhob den Blick zu ihr. »Aber irgendwie habe ich das Gefühl, dass es vielleicht gar kein Traum gewesen ist.«

Dass er sich überhaupt erinnerte, überraschte Lucinda. Manche Menschen besaßen einen zu ausgeprägten Willen, als dass man einen wirkungsvollen Zauber über sie verhängen konnte, und Jackson war ganz offensichtlich so ein Mensch. Es verhieß nichts Gutes für sie oder ihn, falls das Tier in ihm einen ebenso starken Willen wie der Mann besaß. »Fühlst du dich irgendwie anders heute?«, fragte sie. Sie wusste zwar, dass das Ritual nicht gewirkt hatte, aber sie wollte es trotzdem von ihm selbst hören.

»Nein«, erwiderte er dann auch. »Es hat sich nichts geändert.« Seine dunklen Augen betrachteten sie ruhig. »Ich war dort, nicht wahr? Ich bin zu dir hinausgegangen, aber ich konnte nicht an dich heran.«

Lucinda versuchte, die Hitze zu unterdrücken, die in ihren Wangen aufstieg. Wenn Jackson sich an alles erinnerte, musste er sich auch an ihre Neugierde erinnern. Und wozu sie diese getrieben hatte ... Aber eine Frau, die sich nicht in seinem Bett wiederfinden wollte, verriet einem Mann wie Jackson Wulf so etwas nicht. »Das Ritual lässt sich nicht wiederholen«, wich sie wieder seiner Frage aus. »Dazu müssten wir den nächsten roten Mond abwarten. Wir werden etwas anderes versuchen müssen.«

»Ich habe dir Angst gemacht.«

Sie wollte den Blick von ihm abwenden, aber er streckte die Hand aus, umfasste sanft ihr Kinn und zwang sie so, ihn anzusehen. »Ich habe noch nie eine Frau geängstigt, oder zumindest nicht, soweit ich weiß. Aber gestern Nacht konnte ich mich einfach nicht beherrschen. Was geschieht mit mir, Lucinda?«

Zumindest diese Frage konnte sie ihm beantworten. »Der Wolf versuchte gestern Nacht, die Macht über dich zu gewinnen«, antwortete sie und stocherte in ihrem Rührei herum, auf welches sie inzwischen ohnehin keinen Appetit mehr hatte. »Du sagtest doch, das wäre schon einmal passiert. Warst du da auch mit einer Frau zusammen?«

Jackson schüttelte den Kopf. »Nein. Ich war gerade aus einer Wirtsstube gekommen und sah einen Mann auf der Straße, der brutal einen armen Waisenjungen verprügelte, nur weil der versucht hatte, ihm seine Geldbörse zu stehlen. Einen so großen, starken Mann ein hilfloses Kind schlagen zu sehen rief eine Wut in mir hervor, wie ich sie noch nie zuvor empfunden hatte. Ich stellte den Mann zur Rede. Daraufhin schlug er auch mich und sagte, ich solle mich um meine eigenen Angelegenheiten kümmern. Und da spürte ich, wie der Wolf in mir hochkam und wie er nach dem Blut des Mannes lechzte. Was immer der Mann gesehen haben mag, als er mich ansah, muss ihn in große Angst versetzt haben, ihn und das Kind, denn beide stürzten panisch in die Nacht davon.«

»Dann ist es also nicht der Mond allein, der das Tier in dir hervorbringt«, sagte Lucinda. »Auch Wut und …«

»Lust«, ergänzte er, was sie nicht aussprach. »Obwohl ich zugeben muss, dass ich noch nie zuvor solch starke Lust verspürt habe wie gestern Nacht. Hast du für mich getanzt, Lucinda?«

Da von ihm wegzusehen oder zu erröten ihm mehr verraten

hätte, als sie wollte, sah Lucinda ihn nur ruhig an und log. »Nein. Dein Frühstück wird kalt«, setzte sie dann schnell hinzu, damit er seinen glutvollen Blick von ihr abwandte und ihn auf etwas anderes richtete.

Jackson nahm seine Gabel in die Hand, aber sie zitterte so heftig, dass er das Besteck sofort wieder auf den Tisch zurücklegte. Lucinda wandte sich ihm fragend zu.

»Das ist der Alkohol«, erklärte er. »Oder besser gesagt, der Mangel daran.«

Seine Schwäche und offensichtliche Abneigung gegen diese stimmten Lucinda nachgiebiger und weicher. Dass ein Mann, der körperlich so stark war, so viele Schwächen haben konnte! »Ich kann dir auch dafür ein Mittel herstellen«, erbot sie sich. »Zur Linderung der ...«

»Nein«, unterbrach er sie. »Das ist etwas, womit ich selbst fertig werden muss. Ich will nicht die eine Sucht durch eine andere ersetzen.«

Impulsiv streckte Lucinda ihre Hand aus und legte sie über die seine. »Ich weiß, dass du es schaffen kannst«, versicherte sie ihm.

Auch Jacksons Ausdruck wurde weicher, als er Lucindas Hand an seine Lippen zog und ihre Finger küsste. Das Ergebnis dieser liebevollen kleinen Geste war ein jähes Aufflackern von Wärme, die sich rasend schnell von ihren Fingern über ihren Arm verbreitete.

»Gestern Nacht«, sagte er und sah ihr dabei fragend in die Augen. »Habe ich da nur geträumt, dass du zu mir kamst? Habe ich nur geträumt, dass du dich an mich schmiegtest? War es wirklich nur ein Traum, dass auch du mich wolltest?«

Es zu leugnen wäre sicherlich das Beste gewesen, doch Lucinda hatte das Gefühl, dass Jackson ihr an den Augen ansehen würde, dass sie log. »Ich war neugierig«, räumte sie daher leise ein. »Neugierig, ob ich mich bei einem anderen Mann anders fühlen würde.«

Jacksons Lippen wurden schmal, woran Lucinda sogleich erkannte, dass sie etwas Falsches gesagt hatte. Was sie gemeint hatte, war, dass sie sich gefragt hatte, ob sie sich von Jackson genauso abgestoßen fühlen würde, wie sie sich bei Lord Cantley gefühlt hätte, wenn dieser Mann sie je wieder berührt hätte. Vielleicht hatte sie sich tief in ihrem Innersten gefragt, ob der Kontakt mit Jacksons nacktem Körper womöglich Erinnerungen an das heraufbeschwören würde, was in der Nacht mit ihr geschehen war, in der Lord Cantley ihr die Unschuld geraubt hatte. Es gab Dinge, über die sie nicht mit Jackson sprechen wollte. Ihre Erniedrigung durch einen anderen Mann war eines dieser Dinge.

»Und, war es das?«, entgegnete er steif. »Anders?«

»Ich weiß es nicht«, sagte sie, obwohl sie nur zu gut wusste, wie anders es gewesen war. Jacksons Körper an ihrem zu spüren hatte sie überhaupt nicht abgestoßen. Ganz im Gegenteil sogar. »Und ich will auch nicht mehr darüber reden.«

Jackson öffnete den Mund, wie um zu widersprechen, aber da kam plötzlich Hawkins in den Speiseraum geeilt. »Eine Nachricht für Euch, Mylord«, sagte der Butler steif und überreichte ihm ein auf Hochglanz aufpoliertes silbernes Tablett mit einem kleinen Kuvert darauf.

Jackson nahm den mit Wachs versiegelten Umschlag und öffnete ihn. »Es ist eine Nachricht von der Herzogin«, bemerkte er zu Lucinda. »Das erkenne ich an ihrem Siegel.«

Lucindas Herz schlug schneller. War ein Teil ihrer neuen Garderobe vielleicht schon fertig? Sie freute sich schon so darauf, etwas anziehen zu können, das nicht Rosalind Wulf gehörte. Nicht, dass Lady Wulf keinen ausgezeichneten Geschmack gehabt hätte, aber Lucinda hatte immer Angst, sie könnte eins der schönen Kleidungsstücke ruinieren, die sie sich aus Rosalinds umfangreicher Garderobe borgte.

»Ihre Gnaden und die Schneiderin werden binnen kurzem hier sein. Das Notwendigste ist fertig, und die Schneiderin möchte sehen, ob noch irgendwelche Änderungen nötig sind.«

Lucinda war hocherfreut und entsetzt zugleich. »Hier?«, flüsterte sie erschrocken. »Sie kommen hierher ins Haus?«

Jackson sah sich um. »So schäbig ist das Haus nicht. Es ist zwar nicht einmal annähernd so feudal wie ...«

»Das meinte ich nicht«, unterbrach Lucinda ihn. Da Hawkins' Gegenwart sie immer ein bisschen verlegen machte, warf sie einen vielsagenden Blick in seine Richtung, worauf Jackson Hawkins rasch entließ. »Ich habe keine Ahnung, wie man eine Dame bewirtet«, fuhr Lucinda fort. »Wo soll ich sie empfangen? Was soll ich ihr servieren lassen ...?«

»Ihre Gnaden weiß, dass du dich in diesen Dingen noch nicht auskennst«, beruhigte Jackson sie. »Sie wird nicht von dir erwarten, dass du alles gleich aus dem Effeff beherrschst.

In diesem Moment entdeckte Lucinda etwas an sich, das ihr bis dahin nicht einmal bewusst gewesen war. Sie wollte wirklich ›alles gleich aus dem Effeff beherrschen‹, wie Jackson es genannt hatte, da sie weder ihn noch sich selbst in Verlegenheit bringen wollte. »Ich werde den Damen Tee servieren«, beschloss sie.

»Hawkins wird den Tee servieren«, sagte Jackson.

»Und ich muss den Damen auch welche von diesen kleinen glasierten Kuchen anbieten. Haben wir so etwas im Haus?«

Darüber musste Jackson lächeln. »Wenn nicht, schicke ich Hawkins rasch zu Gunter's, damit er welche holt.«

Lucinda vergaß das Frühstück und erhob sich, um nervös im Speisezimmer auf und ab zu gehen. »Sollte ich mein Haar besser aufstecken?« Das hatte sie in ihrem ganzen Leben noch nicht getan, aber vielleicht war es angebrachter, es zumindest im Nacken ein bisschen zusammenzunehmen.

»Nein«, sagte Jackson. »Ich mag es, wenn du dein Haar offen trägst. Es sieht wunderschön aus, wenn die Sonne darauf fällt und deine hübschen Locken wie mit Gold durchwirkt aussehen lässt. Du bist eine schöne Frau, Lucinda.«

Wenn er sie so ansah, war sie fast versucht, es ihm zu glauben. Sie selbst hatte sich nie für schön gehalten. Dazu war sie zu groß, zu drall und zu gewöhnlich, fand sie. Wenn Männer ihr früher Beachtung geschenkt hatten, dann nur, weil sie eine alleinstehende Frau war, und zudem noch eine, von der das Gerücht ging, sie sei genauso freigiebig mit ihren Reizen, wie es alle Hexen waren.

»Mit Schmeicheleien wirst du bei mir nichts erreichen«, erwiderte sie knapp.

»Das beginne ich langsam zu verstehen«, entgegnete er. »Aber du hast selbst zugegeben, dass du neugierig bist. Und das bin ich auch. Warum beseitigen wir die Unklarheiten also nicht?«

»Neugier ist schon so manchem zum Verhängnis geworden.«

»Sie kann einen aber auch viel weiterbringen«, versetzte Jackson lächelnd, während er sich erhob und langsam auf sie zukam.

Lucinda unterdrückte den Impuls zu fliehen. Als er vor ihr stehen blieb, musste sie den Kopf zurücklegen, um zu ihm aufschauen zu können. »Deine Neugier zu befriedigen gehört nicht zu unserer Abmachung«, erinnerte sie ihn. »Mir wäre es lieber, wenn wir unser Übereinkommen als eine Art geschäftliche Vereinbarung betrachten würden.«

»Es ist nichts Schlimmes, Geschäftliches mit Vergnüglichem zu verbinden«, sagte er, und ein wohliges Erschauern durchlief sie, als er mit einem Finger über ihre Schulter strich. »Wieso bringst du das Tier in mir hervor, Lucinda?«

Wie sie sah, meinte er es völlig ernst. »Ich dachte, alle Frauen brächten es in dir hervor?«

»Nicht so wie gestern Nacht«, erklärte er. »Hast du einen Zauberspruch über mich verhängt?«

Lucinda dachte an jene erste Nacht, in der er in dem Stadthaus eingetroffen war. War es möglich, dass der Zauber, den sie da über ihn verhängt hatte, doch seine Wirkung tat? Aber das war eigentlich nicht möglich, da sie einen Zauber benutzt hatte, der ihn in sie verliebt machen sollte. Jede halbwegs attraktive junge Frau hätte vermutlich Sinneslust in ihm hervorgerufen. Aber dann wiederum war ja vielleicht auch alles, was er mit Liebe in Verbindung brachte, nichts als körperliche Lust. Vielleicht kannte er den Unterschied gar nicht.

»Du bist offenbar immun gegen meinen Zauber«, antwortete sie.

»Wie du gegen den meinen«, entgegnete er, und dann, als wollte er ihr vielleicht nur beweisen, dass er selbst nicht glaubte, was er sagte, strich er mit dem Finger wieder sanft über ihr Schlüsselbein.

Und so sehr Lucinda sich auch bemühte, konnte sie doch nicht verhindern, dass ein weiteres Erschauern sie durchlief.

11. Kapitel

Lucinda verbrachte den Rest des Morgens mit Vorbereitungen für den Besuch der Herzogin.

Nachdem die Gäste schließlich eingetroffen waren und im großen Salon den Nachmittagstee eingenommen hatten, begaben sich Ihre Gnaden und die Schneiderin mit Lucinda in ihr Schlafzimmer. Die Herzoginwitwe hielt den kleinen Sebastian während der Anprobe auf ihrem Schoß und machte einen großen Wirbel um den Kleinen, den sie anscheinend schon vom ersten Moment an ins Herz geschlossen hatte.

»Ich finde, hier an der Taille könnte es noch etwas enger sein«, meinte die Schneiderin, während Lucinda vor einem großen Spiegel stand und die Handwerkskunst der Frau bewunderte. Das elfenbeinfarbene Satinkleid, welches sie gerade anprobierte, war, soweit sie wusste, von der Herzogin für ihren Hochzeitstag bestimmt worden. Es war ein sehr feines, sehr elegantes Kleid von exzellenter Qualität.

»Unbedingt«, stimmte die Herzogin der Schneiderin zu. »Lucinda sollte ihre Kurven zur Geltung bringen. Mit diesem Haar, dieser Haut und dieser Figur wird sie von ganz London gefeiert werden – oder auf jeden Fall von den Herren dieser Stadt«, schloss sie leise lachend.

»Ich bezweifle, dass ich je zur Londoner Gesellschaft gehören werde«, sagte Lucinda, die sich in Gegenwart der Schneiderin ein wenig unbehaglich fühlte, obwohl die Frau mit ihrer Arbeit fortfuhr, als würde sie das Gespräch gar nicht verfolgen. »Wenn es stimmt, was ich gehört habe, wird nicht einmal Jackson von der Londoner Gesellschaft akzeptiert.«

»Das mag schon sein«, räumte die Herzoginwitwe ein, während sie Sebastian unter seinem pummeligen Kinn kraulte, aber nicht mehr als einen durchdringenden Blick für ihre Bemühungen erhielt. »*Mir* schreibt jedoch niemand vor, wer an meinen gesellschaftlichen Veranstaltungen teilzunehmen hat, und mein Einfluss in unserer Gemeinschaft ist noch immer groß genug, sodass niemand wagen würde, meine Einladungen abzulehnen. Du wirst Gelegenheit dazu bekommen, diese schönen Kleider vorzuführen, das verspreche ich dir, mein Kind.«

Das war ein eher unerfreulicher Gedanke für Lucinda. Wenn Lord Cantley ein Beispiel für die oberen Zehntausend war, dann wollte sie mit ihnen nichts zu tun haben. Doch dann beschloss sie, sich nicht den Kopf darüber zu zerbrechen. Es war schließlich ohnehin sehr unwahrscheinlich, dass sie lange genug in London bleiben würde, um an Gesellschaften teilzunehmen, und selbst wenn es so wäre, bezweifelte sie, dass Jackson sich mit ihr in der Öffentlichkeit würde zeigen wollen.

»So, ich denke, wir sind so weit für heute«, sagte die Schneiderin, während sie Lucinda aus dem Kleid half. »Die restlichen Sachen müssten nächste Woche fertig sein.«

»Danke«, sagte Lucinda zu der Frau. Ihr ehemals leerer Kleiderschrank enthielt nun eine große Auswahl hübscher Tageskleider und eleganter Abendgarderobe, und die Schubladen ihrer Kommode waren bis an den Rand gefüllt mit feinster Spitzenunterwäsche, mit Strümpfen und mit Nachtgewändern. Es war kaum zu glauben, dass all diese schönen Dinge plötzlich ihr gehören sollten. Lucindas Mutter hatte ihr das Nähen beigebracht, aber die groben Stoffe und einfachen Kleider, die sie sich geschneidert hatte, waren geradezu schäbig im Vergleich zu ihrer jetzigen Garderobe.

Nachdem sie ihre neue Unterwäsche unter einem seidenen Morgenrock verborgen hatte, ging sie zu der Herzogin, um ihr Sebastian abzunehmen. Lucinda wusste, dass Hawkins irgendwo am oberen Treppenabsatz wartete, um die Damen wieder hinunter- und hinauszuführen.

»Du wirst mich doch schon bald besuchen kommen, nicht?«, fragte die Herzogin besorgt. »Wir müssen schnellstens mit dem Unterricht beginnen, bevor ich dich in die Gesellschaft einführe.«

»Natürlich«, log Lucinda. Wozu brauchte sie schon Unterricht in gesellschaftlicher Etikette? Trotzdem würde sie die alte Dame vorerst noch bei Laune halten. »Oh!« Mit Sebastian im Arm lief Lucinda plötzlich zu ihrer Frisierkommode hinüber, um ein kleines Tongefäß zu holen, welches sie der Herzogin unauffällig in die Hand drückte, als sie zu ihr zurückkam. »Für Euer Haar«, flüsterte sie. »Tragt es nachts auf, und schlaft mit einem Tuch um Euren Kopf.«

»Du hast daran gedacht!« Erfreut beugte sich die alte Dame vor und küsste Lucinda auf die Wange. »Du bist ein liebes Mädchen.«

Lucinda war so verblüfft über die Geste, dass sie nur noch sprachlos dastehen und zusehen konnte, wie die Herzogin und die Schneiderin den Raum verließen.

»Hawkins, hilf einer alten Dame die Treppe hinunter!«, hörte sie die Herzogin rufen.

Langsam hob Lucinda eine Hand an ihre Wange, wo die alte Dame sie geküsst hatte. Noch nie war sie von irgendjemandem mit einer solchen Liebenswürdigkeit behandelt worden. Selbst die Leute, denen sie einst in ihrem Dorf geholfen hatte, hatten ihr für gewöhnlich nur kurz dankend zugenickt, ohne sie jedoch wirklich dabei anzusehen. Weil sie wahrscheinlich Angst vor ihr gehabt hatten, erkannte Lucinda nun. Vielleicht hatte ja sogar Lord Cantley Angst gehabt, ihr auf eine Weise nachzulaufen, wie es Männer bei Frauen normalerweise taten.

Hatte er befürchtet, dass sie ihn verfluchen würde? Dass sie dafür sorgen würde, dass seine Geschlechtsteile verkümmerten und schließlich sogar abfielen? Wenn sie das nur könnte. Doch Lucindas Magie war eine weiße, keine schwarze. Ihre Gaben konnten nur für gute Taten verwendet werden, denn sonst würden sie ihr genommen werden.

»Was du da anhast, gefällt mir sehr.«

Lucinda warf einen überraschten Blick zur Tür und sah, dass Jackson, mit einer Schulter an den Türrahmen gelehnt, auf ihrer Schwelle stand. Auf ihren Blick hin entfernte er sich von der Tür und trat ein wenig näher. »Ich wollte sehen, wofür du das Familienvermögen ausgegeben hast«, erklärte er, während er prüfend seinen Blick über sie gleiten ließ. »Und ich kann das Ergebnis nur gutheißen.«

Lucindas Wangen brannten. Die feine Unterwäsche unter ihrem seidenen Morgenmantel offenbarte mehr, als sie verbarg. »Du hast kein Recht, mein Schlafzimmer ungebeten zu betreten«, tadelte sie ihn. »Die Kleider mögen zwar rein rechtlich dir gehören, aber was sich in ihnen befindet, gehört dir nicht.«

Er zog eine Augenbraue hoch. »Wir sind verheiratet. Weißt du denn nicht, dass gemäß englischem Gesetz nach einer Heirat alles mir gehört, was du besitzt?«

»Ich besitze nichts«, entgegnete sie schnell.

»Außer dem, was in dieser hübschen Unterwäsche steckt.« Er kam zu ihr, und seine Hand streifte wie zufällig ihre Brust, als er ihr Sebastian aus den Armen nahm. Lucinda fuhr zusammen, als ob er sie verbrannt hätte, trat einen Schritt zurück und zog ihren Morgenmantel noch ein wenig fester um sich.

»Wir haben eine Vereinbarung, schon vergessen?«

»Wie könnte ich das vergessen, wo du mich doch jedes Mal daran erinnerst, sobald ich nur in deine Nähe komme.« Er hielt den Säugling vor sich hoch und lächelte das Kind an, das vor Freude quiekte. »Ich wünschte, deine Mutter würde auch so für mich quieken«, sagte er zu Sebastian.

Lucinda trat stirnrunzelnd vor und nahm ihm rasch den kleinen Jungen ab. »Du regst ihn zu sehr auf. Es ist Zeit für sein Nachmittagsschläfchen. Du kannst dir den Inhalt meines Kleiderschranks ansehen, während ich Sebastian zu Martha bringe.«

Lucinda wollte fort von Jackson. Immer wieder drängte sich ihr die Erinnerung daran auf, wie sich sein Körper an dem ihren angefühlt hatte. Und wie ihr Körper auf ihn reagierte, wann immer dieser Mann in ihrer Nähe war. Er glaubte, sie habe einen Zauberspruch über ihn verhängt, aber sie war sich beinahe sicher, dass *er* es war, der *sie* verzaubert hatte.

Sie ging ins Kinderzimmer und übergab Sebastian Martha. Um Jackson jedoch Gelegenheit zu geben, sich ihre neue Garderobe anzusehen – und in der Hoffnung, dass er bei ihrer Rückkehr schon gegangen wäre –, blieb Lucinda noch ein Weilchen bei Martha und Sebastian.

Die Amme, die sich in einen Schaukelstuhl gesetzt hatte, knöpfte ihr Kleid auf und legte den Kleinen an ihre vollen Brüste. Die arme Frau hatte ihr eigenes Kind verloren, und Lucinda wusste nicht einmal, ob sie einen Ehemann hatte. Sie hatte sie nie danach gefragt, weil sie nicht neugierig wirken wollte.

Als sie nun zusah, wie Martha Sebastian stillte, wurde Lucinda von einer leisen Eifersucht beschlichen. Wie gerne hätte sie ihren Kleinen selbst genährt! Um sich von diesen traurigen Gedanken abzulenken, ging sie zu Sebastians Wiege und glättete die Decken, obwohl Martha das bereits getan hatte. Unwillkürlich dachte sie dabei wieder an Jackson, der in ihrem Zimmer nebenan wahrscheinlich gerade über die Stoffe ihrer neuen Kleider strich. Und dann schoss ihr plötzlich ein völlig anderes Bild durch den Kopf, ein Bild von seinem Mund an ihren Brüsten, und dies erzeugte eine gänzlich andere Reaktion in ihr als der Wunsch, ihren Sohn stillen zu können.

Ihre Brustwarzen verhärteten sich, und eine versengende Hitze stieg ihr vom Nacken in die Wangen. Warum kamen ihr solche Gedanken? Und warum war sie plötzlich so neugierig darauf, wie sich Jacksons Mund auf ihrer Haut anfühlen mochte? Sie hätte sich vergangene Nacht nicht in Dingen versuchen sollen, um die man besser einen großen Bogen machte. Schon bei ihrer ersten Begegnung war ein Funke zwischen ihnen übergesprungen. Wozu also noch Öl ins Feuer gießen?

Sie sah zu Martha hinüber. Die Amme hielt Sebastian jetzt über ihrer Schulter und klopfte ihm den Rücken, obwohl seine Augen fest geschlossen waren und er bereits zu schlafen schien. In der Hoffnung, Jackson genügend Zeit gegeben zu haben, ihre neue Garderobe zu begutachten, verließ Lucinda auf Zehenspitzen das Kinderzimmer. Als sie dann aber in ihr eigenes Zimmer kam, saß Jackson auf dem Bett und starrte die offenen Türen ihres Kleiderschrankes an.

»Ich dachte, du hättest inzwischen genug gesehen und wärst wieder gegangen«, sagte Lucinda, als sie zu dem Schrank hinüberging. Der Anblick all dieser edlen Stoffe und exquisiten Kleider verschlug ihr immer noch den Atem. »Was meinst du? Gefallen Sie dir?«, fragte sie Jackson.

Sein Blick glitt langsam an ihrem Körper hinab. »Wie bereits gesagt, kann ich das Ergebnis nur begrüßen.«

Er versuchte schon wieder, sie mit glutvollen Blicken und anzüglichen Bemerkungen zu verunsichern. Lucinda musste ihn erneut zur Ordnung rufen. Hoch erhobenen Hauptes ging sie zum Bett hinüber, wo sie, die Hände auf den Hüften, vor ihm stehen blieb.

»Mein Gesicht ist hier oben.«

»Ich weiß, wo dein Gesicht ist«, sagte er, ohne jedoch zu ihr aufzublicken. »Und es ist auch ein sehr hübsches Gesicht. Aber im Augenblick finde ich den Anblick dieser harten kleinen Knospen, die sich unter deinem dünnen Hemd abzeichnen, noch viel reizvoller.«

Lucinda hatte das Bild von seinem Mund an ihren Brüsten nicht ganz verdrängen können, bevor sie das Kinderzimmer verlassen hatte. Sie hätte sich mehr Zeit nehmen sollen, um ihre Emotionen zu bezwingen. Verlegen begann sie ihren Morgenrock noch fester über der Brust zusammenzuziehen, doch Jackson hielt sie davon ab.

»Nein«, sagte er und griff nach ihren Händen. »Tu das bitte ausnahmsweise einmal nicht.«

Lucinda dachte, er wolle sie nur ansehen, aber plötzlich beugte er sich vor und begann mit der Zunge eine ihrer Brustspitzen unter der dünnen Seide zu umkreisen. Sie unterdrückte den Seufzer, der in ihrer Kehle aufstieg. Er hatte kein Recht dazu. Sie konnte sich wehren. Aber sie tat es nicht. Vielleicht war ihre Vision nur ein Hinweis darauf gewesen, dass dies hier geschehen würde. Vielleicht hatte sie sogar gewollt, dass es geschah.

Manchmal hatte sie das Gefühl, noch sehr ahnungslos in Bezug auf Intimitäten zwischen Mann und Frau zu sein. Sie hatte zwar schon oft genug mit den Resultaten solcher Torheiten zu tun gehabt, aber noch nie selbst die Macht der Leidenschaft erfahren. Oder jedenfalls nicht, bevor sie Jackson kannte. Er weckte Gefühle in ihr, die ebenso unwiderstehlich und berauschend waren wie heißer, süßer Wein. Lucinda schloss die Augen und gönnte sich die kleine Sünde, diese wohligen Empfindungen zu genießen.

Als spürte er, dass er gewonnen hatte, ließ Jackson ihre Hände los und zog sie näher. Durch den Stoff ihres Hemdes hindurch spürte sie seinen heißen, feuchten Mund auf ihrer Brustwarze. Er nahm sie sanft zwischen seine Lippen und begann, daran zu saugen. Lucinda konnte das leise Aufstöhnen, das sich ihr entrang, nicht unterdrücken. Unwillkürlich hob sie ihre Hände und schob ihre Finger unter das seidige, lockige Haar, das ihm bis zu seinen breiten Schultern fiel.

Lucindas Hemd wurde oben von einem Samtband zusammengehalten, dessen hübsche kleine Schleife Jackson nun mit seinen Zähnen öffnete. Dann glitten seine Hände rechts und links von ihrer Taille zu ihrer Brust hinauf, zogen ihr das Hemd hinunter und entblößten ihre Brüste. Lucinda hielt die Augen fest geschlossen. Solange sie nichts sah, konnte sie wenigstens so tun, als wüsste sie nicht, was er da tat.

Seine großen, warmen Hände, die er nun um ihre Brüste legte, fühlten sich genauso gut an ihrer Haut an, wie Lucinda es sich vorgestellt hatte. Wieder nahm er eine ihrer harten kleinen Knospen zwischen die Lippen, und das Kitzeln seines seidigen Haars an ihrer Haut war fast ebenso elektrisierend wie die aufreizenden Zärtlichkeiten seines Munds an ihrer Brust. Lucindas Hände glitten noch tiefer unter sein langes Haar, und ihre Knie zitterten.

»Weißt du überhaupt, wie schön du bist?«, fragte Jackson, während er sein Gesicht an ihren Brüsten rieb. »Wie bezaubernd schön, Lucinda?«

Er war es, der ihr das Gefühl gab, schön zu sein. Als er ihr Hemd noch ein wenig tiefer hinunterzog, rutschte ihr seidener Morgenrock von ihren Schultern und blieb an ihren Ellbogen hängen. Und dann spürte sie für einen Moment lang Jacksons warme Zunge an der Unterseite ihrer Brüste, bevor er mit ihr einen heißen Pfad zu ihrem Bauch hinab beschrieb. Die Frage, wohin er mit dieser bemerkenswert geschickten Zunge wollte, ließ Lucinda die Augen wieder aufschlagen. Das Erste, worauf ihr Blick fiel, war die offene Zimmertür, was ungefähr die gleiche Wirkung auf sie hatte, als würde ihr ein Eimer kaltes Wasser ins Gesicht geschüttet.

»Die Tür!«, rief sie erschrocken und stolperte fast über ihren langen Morgenmantel, als sie Jackson abrupt zurückschob und sich von ihm abzuwenden versuchte.

»Ich schließe sie«, sagte er.

Er erhob sich und ging zur Tür, während Lucinda mit zitternden Fingern ihre Kleider in Ordnung brachte. Dann raffte sie mit einer Hand ihren Morgenmantel vor der Brust zusammen und eilte zu ihm, um ihn aufzuhalten, bevor er die Tür schließen konnte.

»Geh jetzt bitte, Jackson«, sagte sie mit belegter Stimme. »Ich ... wir hätten das nicht tun sollen.«

Er aber streckte nur wieder die Hand nach ihr aus und strich mit einem Finger über die Vorderseite ihres Morgenmantels. »Und warum hätten wir es nicht tun sollen? Mir hat es Freude gemacht, und dir war es, glaube ich, auch nicht ganz unangenehm, oder?«, fragte er, während er sich vorbeugte und ihr Ohr mit seinen Lippen streifte.

Lucindas Beine zitterten so heftig, dass sie Angst hatte, er würde es bemerken. Sie wollte die Kontrolle über ihr Leben und ihre Gefühle behalten. Lord Cantley hatte ihr diese Kontrolle und ihr Recht, ihn zurückzuweisen, genommen. Jackson mochte zwar nicht der Typ sein, der sich gewaltsam nahm, was eine Frau ihm nicht zu geben bereit war, doch er würde nicht davor zurückschrecken, sie zu verführen, um die gleichen Ziele zu erreichen. Lucinda wusste, dass es nicht nur seine Schuld war, was gerade zwischen ihnen vorgefallen war, aber trotzdem musste sie ihn und auch sich selbst daran erinnern, dass das nicht zu ihrer Abmachung gehörte.

»Es ist mein Körper«, sagte sie. »Was zwischen uns geschieht oder nicht, ist meine Entscheidung, Jackson.«

Er lehnte sich zurück und sah ihr in die Augen. »Ich habe nie das Gegenteil behauptet.«

»Aber du hast bei mehr als einer Gelegenheit versucht, mich zu verführen«, beschuldigte sie ihn.

»Ich habe nie gesagt, dass ich das nicht tun würde.«

Seine Gelassenheit, die er ihren aufgewühlten Emotionen gegenüber an den Tag legte, verärgerte Lucinda. Er hatte sich unter Kontrolle, und sie nicht. Sie wandte sich von ihm ab. »Bitte geh jetzt.«

»Warum fällt es dir so schwer, nachzugeben, Lucinda? Nachgiebiger zu sein und weich? Denn du bist doch weich. Deine Haut, dein Haar, alles außer deinem Herzen ist weich.«

Noch immer mit dem Rücken zu Jackson, erwiderte sie spöttisch: »Nun gibst du schon wieder Interesse an meinem Herzen vor, obwohl wir beide wissen, dass es nicht mein Herz ist, worauf du es abgesehen hast.«

Seine Hände, die plötzlich auf ihren Schultern lagen, ließen sie zusammenfahren. »Und wenn es so wäre, würdest du es mir dann geben, oder wärst du genauso knauserig damit wie mit dem Rest von dir?«

Lucindas Herz war sehr zurückhaltend. Es war schon immer sehr zurückhaltend gewesen. Nur Sebastian konnte einen berechtigten Anspruch darauf erheben, und am Ende würde sogar er ihr das Herz brechen, wenn auch nicht durch seine Schuld. Nach einem unsicheren Atemzug erwiderte sie: »Bitte tu, worum ich dich gebeten habe. Wir haben eine Vereinbarung, mehr nicht. Und das ist alles, was wir jemals haben werden, Jackson.«

Mit einem resignierten Seufzen nahm er seine Hände von ihren Schultern. »Pack ein paar Sachen für dich ein. Wir heiraten morgen und brechen schon bei Tagesanbruch auf.«

Lucinda drehte sich um und sah, dass er inzwischen an der Tür stand. »Wir brauchen eine Sondergenehmigung«, erinnerte sie ihn.

»Die habe ich. Und du wirst auch deine kostbare Vereinbarung bekommen. Ich hoffe nur, sie hält dich warm bei Nacht.«

Und damit fiel die Tür zu.

12. Kapitel

Die beschauliche kleine Dorfgemeinde war eine zweistündige Kutschfahrt von London entfernt. Der dortige Pfarrer hatte sich bereit erklärt, Jackson und Lucinda zu trauen, als Jackson ihm die Sondergenehmigung vorgelegt hatte, und seine Frau auf die Suche nach Trauzeugen für die Zeremonie geschickt. Lucinda saß nun in einem kleinen Zimmer und schaute durch das offene Fenster auf eine Wiese voller Feldblumen hinaus. Es war ein schöner, sonniger und warmer Tag. Sie hatte das elfenbeinfarbene Satinkleid aus ihrer Reisetasche genommen, in der Hoffnung, dass sich die Fältchen darin durch die feuchte Hitze wieder glätten würden.

Im Grunde war es albern, aber sie wollte heute ganz besonders hübsch aussehen. Sie hatte keinen Schleier, aber die schönen Blumen draußen zogen sie wie magisch an, und so stieg sie aus dem Fenster und begab sich zu der Wiese. Sie pflückte genügend Blumen, um einen kleinen Strauß zu binden, und dann noch einige mehr, um einen Kranz für ihr Haar daraus zu flechten. Als sie durchs Fenster wieder in das Zimmer stieg, traf sie dort die Frau des Pfarrers an, die nervös die Hände rang.

»Ich dachte schon, Ihr hättet es Euch anders überlegt und durch das Fenster dort die Flucht ergriffen«, sagte sie. »Das wollte ich dem gut aussehenden Herrn nicht sagen müssen.«

Hätte Lucinda die Wahl gehabt, davonzulaufen, so hätte sie es vermutlich auch getan. Aber so, wie die Dinge lagen, konnte sie sich nur mit dem Gedanken trösten, dass dies keine wirkliche Heirat, sondern lediglich ein Arrangement war, das sie miteinander trafen.

»Ich habe im Dorf ein Paar gefunden, das bereit ist, als Eure

Trauzeugen zu fungieren«, fuhr die Frau des Pfarrers fort. »Es wird Zeit, dass Ihr Euch fertig macht.«

»War es schwierig?«, fragte Lucinda, die sich auf einen wackeligen Schaukelstuhl gesetzt hatte, um ihren Blumenkranz zu flechten. »Jemanden zu finden, der bereit war, uns zu helfen, meine ich?«

Die Frau rang wieder die Hände. »Das ist nur so, weil er ein Wulf ist und dem Namen seiner Familie ein dunkler Fleck anhaftet«, flüsterte sie. »Aber wenn man die Brüder ansieht, könnte man sie glatt für Engel halten«, fügte sie fast ein bisschen sehnsüchtig hinzu.

Es hätte Lucinda eigentlich nicht überraschen dürfen, dass Jackson und sein charmantes Lächeln auch diese Frau bereits bezaubert hatten. Mit einem Seufzer wandte Lucinda ihre Aufmerksamkeit wieder dem Blütenkranz in ihrer Hand zu. Sie hatte das Flechten schon als Kind gelernt und brauchte daher nicht sehr lange, um den Kopfschmuck herzustellen.

»Ich werde mich jetzt anziehen«, verkündete sie und hoffte, dass die Frau sich nun zurückziehen würde.

»Ich bin hier, um Euch zu helfen.« Die Pfarrersfrau blickte zu dem Kleid hinüber, welches Lucinda auf einem kleinen Bett in der Zimmerecke ausgebreitet hatte. »Das ist ein schönes Kleid, das Ihr da heute tragen werdet. Ich denke, Ihr werdet Hilfe brauchen, um hineinzukommen.«

Lucinda war versucht, der Frau zu widersprechen, da es ihr unangenehm war, wenn andere ihr beim An- und Auskleiden behilflich waren. Das hatte sie auch Hawkins erklärt, der sich, als sie in dem Londoner Stadthaus erschienen war, ganz furchtbar darüber aufgeregt hatte, dass keine Zofe für sie zur Verfügung stand. Aber Lucinda musste zugeben, dass das Kleid wahrscheinlich nur noch mehr zerknittern würde, wenn ihr nicht jemand beim Zuknöpfen behilflich war.

»Also gut«, sagte sie. »Je eher ich mit dem Anziehen fertig bin, desto schneller ist die Trauung auch vorüber.«

Ein spitzbübisches Funkeln erschien in den Augen der Pfarrersfrau. »Ihr könnt die Hochzeitsnacht wohl kaum erwarten«, meinte sie und kicherte verschmitzt. »Was man Euch aber auch wirklich nicht verübeln kann, mein Kind.«

Eine Hochzeitsnacht würde es nicht geben, oder zumindest nicht im herkömmlichen Sinne. Lucinda hoffte nur, dass ihr gut aussehender Bräutigam das nicht vergaß.

Jackson musste feststellen, dass er wenig mit dem Dorfpfarrer gemeinsam hatte. Ihre etwas gestelzte Unterhaltung war schon nach wenigen Minuten verstummt, und das Paar, das in der Ecke stand, beäugte ihn, als erwarteten sie, dass er jeden Moment einen Tobsuchtsanfall bekommen, eine Axt ergreifen und ihre Köpfe auf einer Platte für sein Hochzeitsmahl servieren würde. Jackson hätte daran gewöhnt sein müssen, wie ein Aussätziger behandelt zu werden, aber es machte ihm noch immer sehr zu schaffen und erboste ihn.

Als er jedoch einen Blick zur Tür der bescheidenen Kirche warf, ließ seine schlechte Laune augenblicklich nach. Lucinda stand im Eingang, schön wie eine Vision. Das elegante, schlicht geschnittene Satinkleid brachte ihre weiblichen Rundungen hervorragend zur Geltung. Und mit dem Blumenkranz in ihrem Haar sah sie wie eine Fee aus einem Märchen aus. Ihr langes rotes Haar fiel ihr offen über die Schultern, und in ihren Händen hielt sie einen kleinen Blumenstrauß. Jackson kam sich wie ein Idiot vor, als er diese Blumen sah. Er hätte selbst daran denken sollen, sie zu pflücken und sie ihr zu überreichen.

Ohne seinen Blick von ihr zu wenden, ging er zu ihr hinüber und nahm ihre Hand, um sie zum Altar zu führen. Der Pfarrer war ein nüchterner Mann, der sich nicht mit langen Vorreden aufhielt, bevor er die Zeremonie begann. Als sie ihre Gelübde sprachen, klang Jacksons Stimme in der kleinen Kirche fast so hohl wie die seiner bezaubernd schönen Braut. Zum Glück hatte er wenigstens an den Ring gedacht, und er sah, wie Lucinda errötete, als er ihr den schmalen goldenen Reif an den Finger steckte. Es war Jackson fast ein bisschen unheimlich, wie perfekt er passte. Als gehörte er an ihren Finger.

Als sie die nötigen Papiere unterzeichnet hatten, griff er in seine Geldbörse und entlohnte großzügig die Trauzeugen, welche ihm gegenüber nun ein bisschen auftauten, als sie merkten, dass sie ihm vielleicht ihre nächste Kuh verdankten. Als Jackson das undichte Dach und den schlechten Allgemeinzustand der kleinen Dorfkirche bemerkte, übergab er auch dem Pfarrer und seiner Frau eine ansehnliche Spende.

»Gibt es hier in der Nähe ein Gasthaus, in dem wir die Nacht verbringen und etwas essen können?«, fragte er den Pfarrer.

»Das Crow's Foot liegt keine Stunde von hier entfernt«, antwortete der Mann. »Diese etwas schäbige Schenke ist allerdings auch für seine ziemlich derbe Stammkundschaft bekannt.«

Schenke? Bei dem Wort lief Jackson schon fast das Wasser im Mund zusammen.

»Vielleicht sollten wir dann doch besser nach Hause fahren«, gab Lucinda leise zu bedenken.

Er sah sie an und schenkte ihr ein angespanntes Lächeln. »Du hörst dich schon wie eine richtige Ehefrau an.«

Das Crow's Foot war tatsächlich nicht mehr als eine etwas heruntergekommene Taverne mit einer Wirtsstube voller derb aussehender Gäste. Jackson fragte sich, ob eine Narbe im Gesicht zu haben hier eine Art Passwort war, um Eintritt zu erlangen. Lucinda, die noch immer ihr elfenbeinfarbenes Kleid trug, wirkte so fehl am Platz in dieser düsteren, verrauchten Schenke, wie er es bei einem Schweinehüterwettbewerb gewesen wäre. Seit seiner spöttischen Bemerkung in der Kirche hatte sie kein Wort mehr mit ihm gewechselt, und er gab sich alle Mühe, so zu tun, als fände er den Geruch nach schalem Bier und saurem Wein nicht mindestens ebenso reizvoll wie seine frischgebackene junge Ehefrau.

»Was darf es sein? Ein Krug Bier, mein Hübscher?«

Eine Schankmagd, deren üppiger Busen fast aus ihrer fleckigen Bluse herausfiel, war an ihren Tisch getreten. Um Lucinda nicht zu kränken, tat Jackson so, als bemerkte er nicht einmal, dass bei der Frau sogar die Ränder der dunklen Warzenvorhöfe aus der Bluse herausschauten.

»Etwas zu essen«, erwiderte er und sah Lucinda an. »Was möchtest du trinken?«

»Milch«, antwortete sie leise.

Die Schankmagd machte ein verdrossenes Gesicht, aber sie nickte. »Es gibt Hirschschmortopf und dunkles Brot zum Abendessen. Dem Koch fehlen zwar ein paar Finger, aber er bereitet einen wirklich guten Schmortopf zu.«

Vorausgesetzt, die Finger schwimmen nicht in dem Schmortopf, dachte Jackson. »Dann nehmen wir das«, antwortete er.

»Und zu trinken, Mylord?«

Jackson war so stark versucht, ›Bier‹ zu sagen, dass er die Lippen zusammenkneifen musste, damit das Wort ihm nicht entschlüpfte. »Ich nehme auch Milch«, sagte er schließlich.

Er hasste Milch, aber die leichte Berührung von Lucindas Hand unter dem Tisch war es beinahe wert, auf das Bier zu verzichten.

Jackson sah sich um und bemerkte, dass sie der Gegenstand des Interesses fast aller Männer in der Schänke waren. Oder genauer gesagt, Lucinda.

»Ich wünschte, du wärst nicht so hübsch«, brummte er.

»Ich habe dir doch gesagt, dass wir nicht herkommen sollten«, flüsterte sie.

Er wandte sich ihr zu. »Kannst du nicht einen Zauberspruch über dich verhängen, damit alle, die dich ansehen, dich abscheulich finden?«

Sie verdrehte die Augen. »Wenn ich einfach nach Belieben für alle möglichen Zwecke Zaubersprüche verhängen könnte, dann hätte ich nicht so gelebt, wie ich gelebt habe.«

Das weckte Jacksons Neugierde, denn Lucinda sprach fast nie über ihre Vergangenheit. »War es ein schweres Leben, das du hattest?«

Sie senkte ihren Blick. »Nicht immer«, war alles, was sie darauf erwiderte.

Kurz darauf blickte sie wieder zu ihm auf. »Und was für ein Leben hattest du?«

Einen Vater, der sich eines Tages beim Abendessen in einen Wolf verwandelt und sich kurze Zeit darauf das Leben genommen hatte? Eine Mutter, die ihm ins Grab gefolgt war? Ein jüngerer Bruder, der vermisst wurde? Zwei ältere Brüder, die unerschütterlich einen Schicksalsschlag nach dem anderen hinnahmen und nie auch nur eine Träne vergossen? Und er selbst? Oh ja, er war unbestreitbar anders als sie alle. Er war das schwarze Schaf seiner Familie. Der Schelm. Der Trinker. Der Frauenheld. Jackson hatte geweint, als seine Eltern gestorben waren, hatte sich in seinem Zimmer verkrochen und geweint um sie und um die düstere Zukunft, die vor ihm und seinen Brüdern lag.

Aber dann hatte er gelernt, in anderen Dingen Trost zu finden. In Dingen, die töricht gewesen sein mochten, ihn aber auf jeden Fall davor bewahrt hatten, dem Wahnsinn zu verfallen.

»Mein Leben war wahrscheinlich besser als das deine, denke ich«, antwortete er.

»Hier ist Euer Essen.« Die Schankmagd stellte ein Tablett auf den zerkratzten Tisch. »Und Eure Milch«, fügte sie etwas missbilligend hinzu. Dann sah sie sich um. »Am besten nehmt Ihr schnellstens Euer Essen ein und verlasst das Gasthaus wieder.«

»Wir wollten uns hier eigentlich ein Zimmer nehmen«, sagte Jackson. »Heute ist unser Hochzeitstag.«

Die Frau runzelte die Stirn. »Ich würde Euch nicht raten, hierzubleiben.« Ein wenig vorgebeugt und mit gesenkter Stimme fügte sie hinzu: »Ich höre das Gerede an den Tischen. Einige der Kerle spielen schon mit dem Gedanken, an Eurer Stelle die Hochzeitsnacht mit Eurer jungen Braut hier zu verbringen. Je mehr sie bechern, desto waghalsiger werden sie. Ich kann Euch nur den Rat geben, zu essen und zu gehen, sobald Ihr fertig seid.«

Damit schlenderte sie davon. Lucinda wirkte sehr besorgt, wie Jackson feststellte. »Glaubst du, ich könnte dich nicht beschützen?«

»Ich glaube, es wäre dumm, es auch nur zu versuchen gegen diese Übermacht«, murmelte sie, während sie ein Stückchen Fleisch zum Mund führte. »Ich würde vorschlagen, wir befolgen den Rat der Frau und gehen, sobald wir aufgegessen haben. Wir können in der Kutsche auf dem Weg nach Hause schlafen.«

Obwohl die Frauen vermutlich recht hatten, widerstrebte es Jackson, sich einfach so verdrängen zu lassen. Er war kein Feigling. Wenngleich er im Grunde auch kein Kämpfer war, soweit er wusste. Sollte er Lucindas Sicherheit zuliebe seinen männlichen Stolz opfern? Als er zu den Kerlen hinübersah, die seine Braut so lüstern anstarrten, beschloss er, dass er das tun konnte und tun würde. Er trug jetzt schließlich die Verantwortung für eine Ehefrau ... oder immerhin doch für die Dauer ihrer Zeit mit ihm.

»Na schön«, gab er nach kurzer Überlegung nach. »Wir werden essen und uns dann auf den Heimweg machen.«

13. Kapitel

Lucinda war froh, dass Jackson vernünftig genug war, auf ihren Vorschlag einzugehen. Sie spürte die Blicke der Männer auf sich, die sie mit ihren Augen entkleideten. Ein Mann, der ein Gesicht wie Jacksons hatte und Hände, die nie mit harter Arbeit in Berührung gekommen waren, flößte ihr kein Vertrauen in seine beschützerischen Fähigkeiten ein. Seine Verführungskünste hingegen waren eine völlig andere Sache. Ihnen in einem Zimmer über dieser Taverne widerstehen zu müssen, war eine mindestens ebenso beängstigende Aussicht wie der Ärger, der sich, wie sie deutlich spürte, in der kleinen Wirtsstube zusammenbraute.

Sie beendete ihre Mahlzeit lange vor Jackson, nahm sich aber zusammen und drängte ihn nicht, sich zu beeilen. Wie bei den Tieren in den Wäldern, denen man keine Angst zeigen durfte, weil sie Schwäche spürten und zumeist mit einem Angriff darauf reagierten, wollte sie auch die anwesenden Männer hier nicht wissen lassen, wie sehr es ihr vor ihnen graute. Und sie wollte sich auch Jackson gegenüber nicht anmerken lassen, wie wenig Vertrauen sie in seine Fähigkeit setzte, sie zu beschützen.

Endlich schob er seinen Teller beiseite, legte etwas Geld auf den Tisch und half Lucinda, aufzustehen. Ein Chor beifälliger männlicher Stimmen und Geräusche folgte ihnen durch das Wirtshaus und zur Tür hinaus. Jackson bedachte die Männer mit finsteren Blicken, war aber zumindest klug genug, keinen von ihnen direkt herauszufordern.

Die frische Nachtluft war doppelt angenehm nach den Gerüchen von Männerschweiß und abgestandenem Bier in der Taverne. Lucinda atmete tief ein und begann sich endlich zu entspannen, als sie um die Schänke herum auf das Kutschhaus zugingen.

Sie hatten fast die relative Sicherheit des Kutschhauses erreicht, in welchem der Fahrer und der Diener samt Kutsche untergekommen waren und schliefen, als plötzlich fünf Schatten aus der Dunkelheit hervortraten und ihnen den Weg verstellten. Lucinda schnappte entsetzt nach Luft, und Jackson packte sie schnell am Arm und zog sie hinter sich.

»Wir wollen die Frau«, brach eine raue Stimme jäh das Schweigen.

»Ich auch«, erwiderte Jackson gedehnt. »Das Problem ist nur, dass die Dame darüber zu entscheiden hat, und ich glaube, sie zieht ihren Ehemann euch fünfen vor.«

»Ach, wir werden sie schon umstimmen«, meinte ein anderer Mann, worauf ein boshaftes Gekicher folgte.

»Nur über meine Leiche«, sagte Jackson nun mit sehr leiser, tödlich ernster Stimme.

Ein Messer erschien aus dem Dunkel, auf dessen Klinge sich der Schein des Halbmonds über ihnen brach. »Das ließe sich arrangieren«, versicherte der Mann mit dem Messer.

»Lasst uns in Ruhe!« Lucinda schlüpfte hinter Jackson hervor und trat den Schatten gegenüber. »Ich bin eine Hexe und werde euch alle verfluchen, wenn ihr uns etwas zuleide tut.«

Jackson zog sie wieder hinter sich.

»Ich weiß nicht, wie es mit den anderen steht«, sagte der Messerheld. »Aber ich lasse es bei der Hexe drauf ankommen. Für das, was sie unter diesem Kleid hat, lohnt es sich sogar, verflucht zu werden.«

Lucinda drehte sich der Magen um, und Jackson machte urplötzlich einen Satz nach vorn.

Sein schnelles Handeln überraschte sie, und ihre Angreifer ganz offensichtlich auch. Er trat dem Anführer das Messer aus der Hand und versetzte ihm einen Fausthieb gegen den Kopf, der den Mann zurücktaumeln ließ. Ein Knurren ertönte aus der Dunkelheit, aber Lucinda wusste nicht, ob es von Jackson oder einem seiner Widersacher kam. Wie ein Rudel wilder Tiere fielen die Schatten über Jackson her. Lucinda schrie fast auf, als sie ihn zu Boden rangen. Die Männer wurden jedoch einer nach dem anderen von ihm weggeschleudert, bevor sie ihrer Angst auch nur Ausdruck verleihen konnte. Irgendwie war Jackson wieder auf die Beine gekommen.

Während Lucinda seine Kraft schon ausgesprochen unnatürlich fand, waren die Schattenmänner offenbar viel langsamer in ihrem Denken. Sie griffen Jackson wieder an, und wieder schlug er sie mit Füßen und Fäusten zurück. Im Dunkeln war ein Schatten in dieser Gruppe von sechs sehr deutlich auszumachen. Lucinda konnte das blaue Glühen in Jacksons Augen sehen. Aber seine Angreifer, die jetzt von Blutgier getrieben wurden, schienen nicht zu bemerken, dass ihr Opfer kein Normalsterblicher war.

Jackson kämpfte mit Geschicklichkeit und Raffinesse, und Lucinda fragte sich, wie sie je an seinen Fähigkeiten, sie zu beschützen, hatte zweifeln können. Es war wohl eher der Rest der Menschheit, der Schutz benötigte … und zwar vor ihm. Sie war so abgelenkt von dem Kampf, dass sie nicht bemerkt hatte, wie sich ein Schatten von den anderen entfernt hatte. Sie roch ihn jedoch schon, bevor er ihr mit einer schmutzigen Hand den Mund zuhielt.

»Wir werden unseren Spaß miteinander haben, während die anderen beschäftigt sind«, flüsterte er ihr ins Ohr.

Lucinda erkannte in seiner Stimme die des Anführers. Zuerst war sie viel zu verblüfft, um sich zu wehren, aber als er sie von den anderen wegzuziehen versuchte, gewann ihr Instinkt die Oberhand über den Schock. Sie versuchte, nach dem Mann zu treten, wurde aber durch ihr langes Kleid behindert. Der Kerl hielt sie mit einem Arm unter der Brust umfasst und schnürte ihr fast den Atem ab. In Gedanken sah sie plötzlich wieder Lord Cantley vor sich, was die ganze, noch immer in ihr schwelende Wut zutage treten ließ. Sie hatte sich nicht wehren können, als der Graf sie missbraucht hatte, aber jetzt konnte sie kämpfen.

»Nein!«, keuchte sie. »Nie, nie wieder!«

Sie krallte ihre Fingernägel in den Arm des Mannes und schaffte es auch endlich, ihm einen Tritt gegen das Schienbein zu versetzen, der ihrer feinen Halbschuhe wegen jedoch nicht besonders wirksam war. Dennoch lockerte der Mann seinen Griff um sie und fauchte ihr einen derben Fluch ins Ohr. Lucinda war ihm schon beinahe entkommen, als er wieder nach ihr griff, sie an der Schulter packte und ihr Kleid zerriss, als er sie grob zu sich zurückziehen wollte.

Ein leises Knurren ertönte hinter ihr – und die Hand des Mannes löste sich von ihrer Schulter. Lucinda konnte nicht sehen, was sich hinter ihr befand, aber sie sah das Weiße in den Augen ihres Angreifers, als er entsetzt die Augen aufriss.

»Heilige Mutter Gottes«, flüsterte er und taumelte zurück. »Was *ist* der Kerl?«

Langsam drehte Lucinda sich zu dem um, was ihren Angreifer so aus der Fassung gebracht hatte. Es war Jackson, der da vor ihr stand, mit Augen, die bläulich glühten in der Finsternis, und langen Fangzähnen, die im Mondschein glitzerten. Sie wusste, was er vorhatte; sie erkannte es an seinem wutverzerrten Gesichtsausdruck. Er wollte den Anführer töten, ihm mit seinen Zähnen die Kehle aufreißen und sie zerfetzen. Und obwohl Lucinda kein Verlangen danach hatte, einen Mann zu verschonen, der sie hatte missbrauchen wollen, empfand sie doch Mitgefühl mit Jackson. Das Tier beherrschte jetzt seinen Kopf, aber statt des Tieres würde der Mensch die Folgen seiner Handlungsweise tragen müssen.

Deshalb trat sie auf ihn zu. »Nein, Jackson«, sagte sie leise. »Lass ihn gehen.« Statt einer Antwort knurrte er sie an, aber sie ließ sich nicht beirren. »Du bist ein Mensch«, fuhr sie fort. »Kein Tier, das keine Vernunft besitzt. Komm zurück zu mir, Jackson.«

Hinter sich hörte sie die Schritte des vor ihnen davonlaufenden Angreifers. Jacksons Kopf fuhr in diese Richtung, doch als er sich an die Verfolgung machen wollte, stellte Lucinda sich wieder zwischen ihn und den Fliehenden.

»Ich brauche dich jetzt hier bei mir«, verlangte sie, während sie tapfer vortrat und mit der Hand über Jacksons Wange strich. Dann begann sie leise zu singen, ein Schlaflied, das sie oft Sebastian vorsang, um ihn zu beruhigen.

Jackson war sichtlich hin- und hergerissen, denn sein glühender Blick heftete sich auf sie, um gleich darauf wieder an ihr vorbeizugleiten in die Dunkelheit, wo er den fliehenden Mann bestimmt noch immer sehen und hören konnte.

Lucinda sang weiter und versuchte, Jacksons Blick mit dem ihren festzuhalten, bis das eigenartige Licht in seinen Augen verblasste und seine langen Fangzähne sich nach und nach wieder zurückzogen. Sein Körper reagierte äußerst heftig – starke Zuckungen durchliefen seine hochgewachsene Gestalt, als ob ein Kampf zwischen Mensch und Tier in ihm vonstatten ginge. Dann fiel er auf die Knie, und Lucinda hockte sich neben ihn, nahm ihn im schwachen Schein des Mondes in die Arme und hielt ihn, bis die Schauer langsam abebbten.

Ihr war nicht einmal bewusst gewesen, dass sie auch zitterte, bis Jackson sich erhob und sie mit sich auf die Beine zog. Nachdem er sie einen Moment ganz fest an sich gedrückt hatte, nahm er sie auf die Arme, um sie zum Wirtshaus zurückzutragen. Lucinda wollte sich weigern, diesen Ort noch einmal zu betreten, doch ihre Zähne klapperten so heftig, dass sie kein Wort über ihre

Lippen brachte. Zwei Männer stolperten soeben aus der Tür, sodass Jackson selbst mit Lucinda auf den Armen problemlos in die schäbige kleine Schänke schlüpfen konnte.

Es herrschte plötzlich Totenstille in der Wirtsstube, als die noch verbliebenen Zecher Jackson und Lucinda in der Tür stehen sahen. Jackson, ein wahrer Lord, ignorierte sie einfach und erteilte Anweisungen über seine Schulter, während er die Treppe zu den Gästezimmern hinaufstieg und zweifelsohne auch erwartete, dass seine Anweisungen prompt befolgt wurden. Er ging in ein offenes Zimmer, in welchem auf einem genauso zerkratzten und wackeligen Tisch wie jenen unten eine Lampe brannte, die nach der Dunkelheit draußen ein willkommener Anblick war. Jackson trug Lucinda zu einem Bett mit einer klumpigen Matratze und legte sie sanft darauf ab.

Schließlich zog er seinen Gehrock aus, der jetzt längst nicht mehr so elegant aussah wie vorher. Behutsam deckte er Lucinda damit zu, und sie kuschelte sich dankbar in die angenehme Wärme, die sein Körper hinterlassen hatte.

Die Schankmagd von vorhin erschien mit einem Wasserkrug und einer Schüssel, sowie sauberen Tüchern zum Waschen, die sie sich über den Arm gehangen hatte. »Ich sagte Euch doch schon, dass sich da etwas zusammenbraute«, murmelte sie. »Ihr könnt beide von Glück sagen, dass Ihr nicht mit durchschnittener Kehle draußen hinter dem Wirtshaus liegt.«

»Stell die Schüssel hierher.« Jackson zeigte auf den Tisch. »Und bring mir ein Glas angewärmten Brandy.«

Die Frau schien ungehalten zu werden, aber Jackson ließ ihr keine Zeit dazu. »Bitte«, fügte er hinzu. »Ich werde dich auch gut bezahlen für deine Mühe.«

Die Magd nickte und eilte davon, um seine Wünsche zu erfüllen.

Lucinda sah, wie Jackson Wasser in die Schüssel goss, ein

Tuch eintauchte und es auswrang. Dann kam er zu ihr und begann behutsam ihr Gesicht und ihren Nacken abzuwaschen.

»Du brauchst das mehr als ich«, sagte sie mit klappernden Zähnen. »Deine Lippe blutet.«

»Das macht nichts«, entgegnete er. »Ich war so empört bei dem Gedanken, dass einer dieser Kerle es wagen könnte, dich anzurühren, dass ich die paar Hiebe kaum spürte, die sie mir versetzen konnten.«

»Ich muss mich bei dir entschuldigen«, sagte sie.

Jackson zog eine Augenbraue hoch.

»Ich dachte nicht ... na ja, ich meine, ich hatte nicht sehr viel Vertrauen in dich gesetzt. Aber ich habe mich geirrt.«

»Vertrauen ist ein Gefühl, das ich in wohl kaum jemandem wecke«, sagte er. »Ich hätte dich nicht hierher bringen sollen. Es wäre besser gewesen, gleich wieder heimzufahren, wie du es in der Kirche vorgeschlagen hattest.«

Die Schankmagd kam mit einem Mann zurück, der von seinem Aussehen her wahrscheinlich der Inhaber der Schänke war. Nachdem die Frau ein Glas mit einer goldenen Flüssigkeit auf den Tisch gestellt hatte, ging sie zu einem kleinen Kamin und kniete sich davor, um ein Feuer anzuzünden.

»Ich bin zutiefst bestürzt darüber, dass Ihr von einigen meiner etwas roheren Gäste überfallen wurdet«, sagte der Wirt. »Ich bitte Euch hiermit untertänigst, meine aufrichtige Entschuldigung anzunehmen.«

»Es ist ja nichts passiert«, erwiderte Jackson knapp. »Für meine Frau Gemahlin war der Zwischenfall allerdings sehr nervenaufreibend.«

Er ging zu dem Bett, nahm seinen Geldbeutel aus der Tasche seines Rocks und überreichte dem Wirt eine ansehnliche Summe. »Ich hoffe, das genügt, um uns eine ungestörte Nachtruhe zu gewährleisten.«

Die Augen des Mannes funkelten vor Zufriedenheit. »Ich werde meinen besten Mann am Fuße der Treppe postieren, damit niemand heraufkommt«, versprach er. »Obwohl das natürlich ein bisschen schwierig werden könnte«, fügte er dann wie aus einem nachträglichen Einfall heraus hinzu. »Falls noch jemand anderes ein Zimmer für die Nacht beziehen will, meine ich.«

Jackson nahm noch mehr Geldstücke für den Mann heraus. »Sie haben keine freien Zimmer mehr. Das Geld hier müsste für die ganze Etage reichen. Und schicken Sie auch jemand Vertrauenswürdigen zu meiner Kutsche hinaus, und lassen Sie unser Gepäck hinaufbringen und es vor unsere Zimmertür stellen.«

Der Wirt machte eine angedeutete Verbeugung. »Wie Ihr wünscht, Mylord.«

Sowohl der Inhaber des Gasthauses als auch die Dienstmagd zogen sich zurück. Jackson nahm das Glas mit dem Brandy, ließ ihn langsam darin kreisen und schnupperte daran. Lucinda beobachtete ihn schweigend und wartete darauf, dass er den Inhalt trank. Nach allem, was sie durchgemacht hatten, konnte sie ihm diesen kleinen Verstoß gegen die Disziplin auch wirklich nicht verübeln. Doch zu ihrer Überraschung kam Jackson mit dem Glas zum Bett herüber und setzte sich zu ihr.

»Es ist zwar nicht die Qualität, die ich mir gewünscht hätte, aber trink ihn trotzdem. Er wird dir guttun«, sagte er und reichte ihr das Glas.

»Der Brandy ist für mich?«, fragte sie verblüfft.

»Du dachtest doch wohl nicht, er sei für mich?«, scherzte er. »Ich trinke doch nicht, Lucinda.«

Normalerweise hätte sie sich vielleicht geweigert, den Brandy zu trinken, da sie noch nie Alkohol angerührt hatte, aber wie konnte sie ihm das in dieser Situation abschlagen? Außerdem befürchtete sie, dass eine solche Weigerung Jackson einen Grund geben könnte, den Brandy selbst zu trinken. Und es wäre auch nicht fair, das Glas herumstehen zu lassen und ihn in Versuchung zu führen. Deshalb schlug sie seinen wärmenden Rock ein Stück zurück und stützte sich auf die Ellbogen, um das ihr angebotene Glas zu nehmen. Vorsichtig hielt sie es an ihre Lippen und trank einen kleinen Schluck daraus. Der Alkohol brannte in ihrer Kehle und war so stark, dass sie glaubte, daran zu ersticken.

»Er ist gut, nicht?«, zog Jackson sie auf.

»Er ist abscheulich«, keuchte sie.

»Aber er wird dich aufwärmen«, versicherte er ihr. »Trink das Glas aus.«

Lucinda wappnete sich und stürzte den Brandy in einem Zug hinunter. Anschließend hustete sie einige Minuten, aber Jackson hatte recht: Eine wohlige Wärme begann sich nun in ihrem Magen auszubreiten. Jackson nahm das leere Glas, stand auf und ging zum Tisch zurück, auf dem der Krug und die Schüssel standen. Einen Moment betrachtete er das Glas, und Lucinda rechnete schon fast damit, dass er es an die Lippen setzen würde, um wenigstens noch einen letzten Tropfen zu erwischen. Aber er stellte es beiseite, öffnete die Tür und trat auf den Gang hinaus, um Sekunden später mit ihren Reisetaschen wieder hereinzukommen.

»Hast du ein Nachthemd mitgebracht?«

Lucinda schüttelte den Kopf. »Nein. Ich dachte ja, wir würden gleich nach der Trauung nach London zurückfahren.«

Jackson ging zurück zu dem Tisch mit der Schüssel und dem Krug und begann sein Hemd über den Kopf zu streifen. Lucinda sog scharf den Atem ein, jedoch nicht wegen der beeindruckenden nackten Brust, die sie so urplötzlich vor Augen hatte, sondern weil Jacksons Oberkörper mit Kratzern und Prellungen bedeckt war, die sich schon verfärbten. Wieder schlüpfte sie unter seinem warmen Rock hervor, stand auf und ging zu ihm hinüber.

»Lass mich dir helfen«, sagte sie und nahm das Tuch, das er in die Waschschüssel gelegt hatte, um es auszuwringen.

»Du solltest liegen bleiben«, widersprach er. »Es ist nichts Schlimmes. Bloß ein paar Kratzer und blaue Flecken.«

Lucinda ignorierte seinen Einwand und untersuchte zunächst einmal das Blut an seiner Lippe. Während sie es behutsam abtupfte und ihren Blick dabei auf seinen Mund gerichtet hielt, war sie wieder einmal fasziniert von seinen perfekt geformten Lippen. Die schlagartig in ihr aufblitzende Erinnerung daran, wie sich seine Zähne während des Überfalls verlängert hatten, versuchte sie zu ignorieren. Aber dann brachte er das Thema selbst zur Sprache.

»Es geschieht jetzt immer häufiger«, gestand er leise. »Was hat das zu bedeuten? Wird das Tier jetzt ganz und gar Besitz von mir ergreifen und der Mann verloren sein?«

Lucinda hatte eine Theorie dazu. »Ich kann nur vermuten, dass deine Gefühle momentan einfach stärker beteiligt sind«, antwortete sie. Als sie den Blick zu ihm erhob, sah sie die Unruhe in seinen dunklen Augen. »Der Mann ist aber immer noch der Stärkere von beiden. Das hast du heute Nacht bewiesen.«

»Aber stärker für wie lange noch?«

Da die Frage mehr an ihn selbst gerichtet schien als an Lucinda, erwiderte sie nichts. Im Zimmer schien es plötzlich viel zu warm zu sein, als sie mit dem feuchten Tuch behutsam seine Haut abtupfte. Es war der Alkohol, erkannte sie. Und es war auch gar kein unangenehmes Gefühl, musste sie sich eingestehen. Sie konnte spüren, wie ihre Hemmungen von ihr abfielen, und einmal vergaß sie sogar, das Tuch zu benutzen, und strich stattdessen mit der Hand über die harten Linien und Konturen seiner muskulösen Brust.

»Versuchst du, mich zu verführen, Lucinda?«, fragte Jackson leise.

Ihr Blick glitt augenblicklich wieder zu seinem Gesicht hinauf. »Nein«, entfuhr es ihr, ein bisschen zu verteidigend vielleicht. »Ich ... ich bin betrunken«, erkannte sie plötzlich und schwankte sogar ein wenig, sodass Jackson sie stützen musste. Seine warmen Hände versengten ihre Schultern, von denen die eine völlig unbedeckt war, nachdem der Angreifer ihr Kleid zerrissen hatte.

»Komm, lass uns dich ausziehen und ins Bett bringen«, sagte Jackson.

Noch immer etwas unsicher auf den Beinen, trat sie einen Schritt zurück. »Das hättest du wohl gerne, was?«, sagte sie mit undeutlicher Stimme. »Mich mit Alkohol betäuben und dann mit mir machen, was du willst, während ich völlig hilflos bin? Du bist wie alle Männer.«

Jackson streckte die Hand aus und stützte sie wieder. »Ich bin nicht wie alle Männer, und das weißt du«, entgegnete er. »Ich bin schon mit vielen betrunkenen Frauen im Bett gewesen, Lucinda, aber sie haben mir ihre Wünsche immer klar und deutlich zu verstehen gegeben, bevor es zu Intimitäten ...«

»Wie kannst du deiner Frau in ihrer Hochzeitsnacht so etwas sagen?«, unterbrach sie ihn. »Kein Wunder, dass deine Liebste dich nicht heiraten wollte.«

»Es ist keine wirkliche Hochzeitsnacht, Lucinda«, erinnerte Jackson sie. »Nicht, solange du nicht willst, dass es eine ist.«

»Du weißt, dass ich das nicht will« Sie versuchte zu gehen, doch sie stolperte, und Jackson musste sie wieder stützen. »Du magst zwar schon so manche Frau mit deiner silbernen Zunge verführt haben, aber mich wirst du damit nicht erobern.«

Jackson seufzte, als würde sie seine Geduld auf eine harte Probe stellen. Dann bückte er sich ganz unversehens, hob sie auf und trug sie zu dem Bett hinüber. »Du ahnst gar nicht, was ich alles erreichen kann mit meiner Zunge«, erklärte er, als er sie auf das Bett legte.

14. Kapitel

Jackson fand, dass seine frischgebackene Braut heute ganz besonders verführerisch aussah mit ihren zerzausten roten Haaren, ihren grünen Augen, die Funken sprühten, und der nackten Schulter unter ihrem zerrissenen Kleid. Er war stark versucht, sie zu küssen, bis sie endlich schweigen würde … sich ihm unterwerfen würde, aber nach seinem Benehmen in der Nacht ihres mitternächtlichen Rituals hatte er sich geschworen, sich Lucinda gegenüber eisern zu beherrschen. Und insbesondere heute Nacht, wo das Tier noch immer so dicht unter der Oberfläche lauerte, würde er diesen Schwur einhalten.

Lucinda hatte gesagt, seine Gefühle seien jetzt stärker beteiligt. Waren sie das? Und wenn ja, warum? Sie hatte ihm klargemacht, dass sie ihn nicht begehrte … aber zuweilen, wenn er ihr in die Augen blickte, glaubte er dort mehr zu sehen als einen kalten Handel zwischen ihnen. Und er hatte das Gefühl, dass es auch für ihn um mehr als nur das ging. Da war mehr als nur der Drang, den Fluch, der auf seiner Familie lastete, zu brechen. Mehr als nur der Wunsch, mit sich ins Reine zu kommen und etwas anderes zu werden, als er in der Vergangenheit gewesen war. War es Lucinda, die ihn wünschen ließ, ein besserer Mensch zu werden? Vielleicht wirkte der Zauberspruch ja doch, den sie, wie sie selbst gesagt hatte, in jener ersten Nacht über ihn verhängt hatte, als er ganz unerwartet heimgekommen war und sie in seinem Bett gefunden hatte.

Vielleicht war er aber auch einfach schon zu lange nicht mehr mit einer Frau zusammen gewesen. Und das aus freiem Willen, wie er jetzt erkannte. Auch das war etwas völlig Uncharakteristisches für ihn.

»Du hast es mir versprochen«, sagte Lucinda, aber das Feuer war in ihrem Blick erloschen, und ihre Lider wurden schwer. »Du hast mir versprochen, die Situation nicht auszunutzen. Du sagtest, unsere Ehe würde nur auf dem Papier bestehen.«

»Nein«, berichtigte er sie. »All das hast du gesagt. Ich habe nur gesagt, ich würde mich deinen Wünschen fügen, was immer diese Wünsche auch in jenem Moment waren. Ich habe nie versprochen, dass ich nicht versuchen würde zu erreichen, dass du anderen Sinnes wirst.«

»Ich bin heute Abend nicht Herrin meiner Sinne«, sagte sie. »Das verstehst du doch sicher nur zu gut, nicht wahr?«

Er strich ihr eine Locke aus der Stirn. »Schließ die Augen und schlaf, Lucinda. Du bist bei mir sicher. Oder immerhin doch heute Nacht.«

Sie wollte ihm nicht vertrauen. Er konnte sehen, dass sie gegen die Auswirkungen der Müdigkeit, des Schocks und des Brandys kämpfte, sich am Ende aber doch dem Schlaf ergab. Sie sah nicht so aus, als ob sie sich sehr behaglich fühlen könnte in ihrem zerrissenen Kleid. Wahrscheinlich trug sie ein Korsett darunter, wie die meisten Frauen, und würde ohne dieses Ding viel besser schlafen. Jackson drehte sie sanft herum, bis sie auf ihrem Bauch lag, und begann die Knöpfe hinten an ihrem Kleid zu öffnen.

Ihre Haut entzückte und betörte ihn. Sie war so hell und glatt und weich, dass jede zufällige Berührung der nackten Haut an ihrem Rücken ein schon fast schmerzhaftes Begehren in ihm weckte. Er versuchte, die Gefühle auszublenden und sich voll und ganz auf das zu konzentrieren, was er tat, und es nur als eine Aufgabe zu betrachten, die Lucindas Bequemlichkeit zuliebe erledigt werden musste.

Dass er sich selbst sehr unbehaglich dabei fühlte, spielte keine Rolle. Er konnte sich ihr Vertrauen verdienen. Er konnte vertrauenswürdig sein, wenn er sich nur genügend konzentrierte. Ihr Korsett war am Rücken verschnürt, und da Jackson sehr erfahren war in Dingen wie dem Auskleiden von Frauen, hatte er die Bändchen binnen kürzester Zeit gelockert. Er drehte Lucinda wieder auf den Rücken und begann ihr vorsichtig das Kleid herabzuziehen.

Die Seide ihrer Unterwäsche raschelte unter seinen Händen. Er hatte das Gefühl, dass ihre Haut sich sogar noch glatter anfühlen würde als Seide, und bemühte sich nach Kräften, sie nicht mehr als nötig zu berühren. Das Tier befand sich jedoch noch zu dicht unter der Oberfläche, um dies zu einem leichten Kampf für ihn zu machen.

Jackson schwitzte, als er Lucinda endlich das Kleid und die Unterröcke ausgezogen hatte. Als Nächstes streifte er ihr die zierlichen Schuhe ab und ließ seinen Blick über die dünne Seide ihrer Strümpfe wandern. Seine Hände zitterten fast, als sie an ihren schlanken Beinen zu der knielangen, seidenen Unterhose hinaufglitten, unter der mit ebenfalls seidenen Strumpfbändern ihre Strümpfe befestigt waren. Jackson versuchte zu ignorieren, wie warm und glatt sich ihre Oberschenkel anfühlten, aber es gelang ihm einfach nicht.

Seine Nerven lagen blank, und er hätte schreien können, als er seine Aufgabe erledigt hatte und sich erhob, um Lucindas abgelegte Kleidungsstücke über eine Stuhllehne zu hängen. Nachdem er noch ein wenig Feuerholz nachgelegt hatte, blieb er einen Moment vor dem Kamin stehen und starrte durch das Zimmer zu Lucinda hinüber.

Einige Erinnerungen an diese Nacht machten ihm immer noch zu schaffen. Der Kampf, seine Wut darüber, dass ein Mann es wagen wollte, Lucinda auch nur anzufassen. Oder vielmehr irgendein anderer Mann als *er*. Er erinnerte sich an etwas, das in jenen Augenblicken seine Wut durchdrungen hatte. Als die anderen Männer in der Nacht verschwunden waren und Lucinda mit ihrem Anführer gekämpft hatte, hatte sie gerufen: »Nein! Nie, nie wieder!« *Nie, nie wieder was?*, fragte er sich jetzt.

Sie bewegte sich, drehte sich auf die Seite und zog die Knie an. Jacksons Blick glitt zu ihren Brüsten, die fast aus ihrem tief ausgeschnittenen Hemd hervorquollen. Sie hatten die perfekte Größe für ihn, waren groß genug, um seine Hände zu füllen, aber trotzdem nicht zu üppig. Er erinnerte sich an das Gefühl von ihren rosigen kleinen Brustwarzen zwischen seinen Lippen und von ihren Händen unter seinem Haar …

Jackson ging zu dem Bett und starrte sehnsüchtig auf sie hinab. Er hatte zwei Möglichkeiten. Entweder er legte sich zu ihr und versuchte, noch etwas Schlaf zu bekommen … oder er zog sich ein Hemd an, ging wieder hinunter und betrank sich bis zur Besinnungslosigkeit.

☆ ☆ ☆

Lucinda erwachte mit einem brummenden Kopf und dem Gefühl von heißer, nackter Haut an ihrer. Sie schlug die Augen auf und erstarrte. Sie lag halb über Jackson. Das Einzige, was sie jedoch von ihm sah, war seine nackte Brust, da ihr Kopf unter seinem Kinn ruhte. Sofort versuchte sie, von ihm herabzurutschen, stieß dabei aber mit dem Kopf gegen sein Kinn. Sie hörte, wie seine Zähne zusammenschlugen und er gleich darauf verärgert fluchte.

Nachdem sie sich endlich aufgerappelt hatte, funkelte sie ihn böse an. »Was hast du mit mir gemacht?«

Jackson, der sich das Kinn rieb, sagte: »Du bist diejenige, die mir fast die Zähne ausgeschlagen hat.«

»Ich meinte nicht jetzt, sondern gestern Nacht«, erwiderte sie ärgerlich. »Was hast du mit mir gemacht?«

Ihr Herz hämmerte. Der Anblick von Jackson Wulfs nacktem

Oberkörper auf den weißen Laken reichte aus, um ihren Herzschlag zu beschleunigen. Statt zu antworten, senkte Jackson seinen Blick auf ihre Brust. Als sie an sich herabsah, merkte sie, dass auch sie nur halb bekleidet war. Und dass ihre Brüste fast aus ihrem Hemd hervortraten. Sie raffte es schnell über der Brust zusammen und fragte sich, wo das seidene Band geblieben war, das den Stoff zusammengehalten hatte.

»Du hast mich ausgezogen!«, warf sie Jackson vor.

»Ich wollte es dir nur bequemer machen«, erwiderte er.

»Dazu hattest du kein Recht!«

»Ich bin dein Ehemann.«

Ihr wild pochendes Herz geriet außer Kontrolle – um gleich darauf fast stehen zu bleiben. Wollte Jackson ihr zu verstehen geben, dass er das Recht gehabt hätte, sogar noch mehr zu tun, als sie nur zu entkleiden? Und dass er sich dieses Recht genommen hatte, während sie hilflos und vom Alkohol betäubt auf diesem Bett gelegen hatte? Bis auf die Kopfschmerzen fühlte sie sich nicht viel anders als vor ihrer Heirat ... sie war nicht wund an jenen Stellen, an denen sie wund gewesen war, als Lord Cantley sie entjungfert hatte. Aber hatte das etwas zu sagen?

»Hast du ...« Sie unterbrach sich, um tief durchzuatmen. »Hast du ...«

»Du meinst, ob ich meinen Spaß mit dir gehabt habe?« Er richtete sich plötzlich auf und beugte sich zu ihr vor. »Ob ich jeden Zentimeter deiner makellosen Haut geküsst habe? Ob ich meine Hände, meine Zunge und alles mögliche andere benutzt habe, um dir Vergnügen zu bereiten?«

Lucinda schluckte, als sie sich in die Augen schauten und sein Mund dem ihren immer näher kam.

»Ob ich dich dazu gebracht habe, meinen Namen zu schreien, als ich dich auf den Gipfel der Ekstase führte, und ob ich den deinen rief, als ich, von meinen eigenen lustvollen Empfindungen überwältigt, nicht mehr anders konnte, als mich ihnen ganz und gar zu überlassen?«

Sie konnte den Blick nicht von ihm abwenden. Es war, als ob er sie vollständig in seinen Bann gezogen hätte. Sie hätte heiß erröten müssen vor Verlegenheit, doch die einzige Hitze, die sie spürte, war die zwischen ihren Schenkeln. »Hast du es getan?«, flüsterte sie.

Jackson lehnte sich wieder zurück. »Nein. Aber ich wollte es«, fügte er ungeniert hinzu. »Ich habe die ganze Nacht damit verbracht, es mir zu wünschen.«

Sie saßen auf dem Bett und starrten einander lange schweigend an. Dann sagte Lucinda: »Ich möchte heimfahren. Ich vermisse meinen kleinen Sebastian.«

Jackson wandte den Blick von ihr ab und brach den Bann. »Dann lass uns diese elende Absteige verlassen und nach London zurückkehren.«

Lucinda wollte sich erheben, doch er legte eine Hand um ihren nackten Arm, und die Luft vibrierte vor Erotik bei seiner Berührung. »Ich habe meinen Teil der Abmachung eingehalten. Jetzt wird es Zeit, dass du auch deinen Teil erfüllst. Ich will von dem Tier befreit werden, das jetzt sogar schon Macht über mich erlangt, wenn wir keinen Vollmond haben. Und ich will, dass es auch aus dem Leben meiner Brüder verbannt wird. Falls du mich also mit Versprechungen hinters Licht geführt hast, die du nicht halten kannst, dann muss ich mich auch nicht an die meinen gebunden fühlen. Ist das klar?«

Sie nickte langsam. Dies war seine dunklere Seite, die er vor dem Rest der Welt verbarg. Dies war ein Mann, den man nicht unterschätzen durfte. Dies war nicht der Schelm oder Trinker oder Frauenheld. Dieser Mann war gefährlich. Und dieser Mann hielt die Zukunft ihres Kindes in der Hand ...

»Natürlich«, sagte sie.

Als sie kurz darauf die Pfarrgemeinde durchquerten, bemerkte Lucinda, dass die Dörfler furchtsame Blicke auf die Kutsche warfen, zu ihren Katen eilten und die Türen hinter sich zuschlugen. Sie sah zu Jackson hinüber, der ebenfalls aus dem Fenster geschaut hatte, und er lächelte sie an.

»Willkommen in der Welt der Verdammten.«

»Das ist eine Welt, die mir durchaus vertraut ist«, versicherte sie ihm. »Wer kann schon sagen, ob sie sich vor dir oder vor mir verbergen?«

»Der Wolf und die Hexe. Wir sind schon ein Pärchen, was?«

Für Jackson gab es wenigstens noch Hoffnung. Wenn es ihr gelang, den Fluch zu brechen, würde er kein Wolf mehr sein. Sie dagegen würde immer eine Hexe bleiben. Sie war schon so zur Welt gekommen, ohne Mitspracherecht und ohne Möglichkeit, zu ändern, wer sie war. Ihr war nur allzu gut bewusst, dass das Schicksal Jackson nie zu ihrer Tür geführt hätte, wenn er nicht verflucht gewesen wäre, und dass er sie nie auch nur eines zweiten Blickes gewürdigt hätte.

Und nun war sie sogar seine Frau. Im Moment zumindest. Da er sich gleich wieder abgewandt und hinausgeschaut hatte, ging sie davon aus, dass er keine Antwort von ihr erwartete. Die Kutsche verlangsamte sich, und Jackson, der wohl sehen wollte, was los war, streckte seinen Kopf aus dem Fenster. Lucinda, deren Neugier nicht geringer war, tat es ihm nach.

Ein Mann stand an der Straße und schwenkte aufgeregt die Arme in der Luft. Seiner Kleidung nach war er ein gewöhnlicher Bauer, doch sein Gesicht war leichenblass, und seine Augen blickten wie die eines Irren.

»Helft mir, bitte helft mir!«, rief er.

Die Kutsche kam rumpelnd vor dem Mann zum Stehen. Jackson sprang schon heraus, bevor der Diener auch nur die Tür erreichen konnte.

»Was ist, Mann?«, rief Jackson ihm zu.

»Meine Frau«, krächzte der Mann. Sein irrer Blick glitt an Jackson vorbei zu der Kutsche und zu Lucinda, die ihren Kopf noch immer aus dem Fenster streckte. »Bitte, gnädige Frau ... ob Ihr eine Hexe seid oder nicht, benutzt was immer auch für Kräfte Ihr besitzt, um sie zu retten. Sie liegt seit zwei Tagen in den Wehen, und das Kind kommt einfach nicht. Ich fürchte, ich verliere beide.«

Lucinda war im Nu bei ihm. »Wo ist sie?«

»Hier entlang.«

Der Mann machte kehrt und lief über die Straße. Lucinda wollte ihm nacheilen, aber als sie an Jackson vorbeikam, hielt der sie am Arm zurück. »Du bist jetzt meine Frau und keine gewöhnliche Dorfhexe«, mahnte er sie.

Seine Worte überraschten sie. Überraschten und empörten sie. »Oh, ich verstehe«, sagte sie. »Es ist also in Ordnung, eine Hexe zu sein, wenn es deinen Zwecken dient, aber nicht bei Problemen von jemand anderem.« Sie entriss ihm ihren Arm. »Ich mag jetzt zwar deine Frau sein, aber das ändert nichts an der Tatsache, dass ich eine Hexe bin. Genauso wenig, wie mein Ehemann zu sein etwas daran ändern könnte, was du bist.«

Nach kurzem Zögern schloss Jackson sich ihr an. Er erhob keine Einwände mehr, aber an seinem angespannten Gesichtsausdruck konnte Lucinda sehen, dass er nicht gerade froh über ihre Entscheidung war.

Die Bauernkate, zu der sie schließlich kamen, war klein – aber auch nicht kleiner als die meisten, dachte Lucinda; es erschien ihr nur so, weil sie jetzt in einem großen Stadthaus lebte. Sie trat in das verdunkelte Häuschen und nahm augenblicklich den Geruch des Todes wahr. Ihre Besorgnis verstärkte sich noch, als sie zu einem kleinen Raum weiterging und dort eine zerbrechliche junge Frau völlig reglos auf dem Bett liegen sah. Hätte sich die

Frau herumgeworfen, geschrien und gestöhnt, wäre es ein besseres Zeichen gewesen.

»Ihr müsst meine Miranda retten«, stammelte der Bauer mit erstickter Stimme. »Ich konnte ihr nicht viel bieten, seit wir Mann und Frau sind, aber mein Herz hat ihr immer gehört. Ich kann nicht leben ohne sie.«

Lucinda lächelte den Mann beruhigend an. »Ich werde tun, was ich kann«, versprach sie. »Zünde ein Feuer an. Es ist kalt hier drinnen.«

Es war nicht allzu kalt, aber Lucinda wollte dem Mann etwas zu tun geben, damit er beschäftigt war, während sie seine Frau untersuchte. Lucinda kehrte in das Schlafzimmer zurück und ging zu dem schmalen Bett des jungen Ehepaars. Als sie ihre Hand auf die Stirn der jungen Frau legte, war diese kalt und feucht. Auch das war ein sehr schlechtes Zeichen. Die junge Frau öffnete die Augen.

»Seid Ihr der Engel, der gekommen ist, um mich und mein Kind in den Himmel zu holen?«

»Nein«, beruhigte Lucinda sie. »Ich bin hier, um dir und deinem Kind zu helfen, in dieser Welt zu bleiben.«

»Ich meinte nicht Euch«, erwiderte die Frau zu ihrer Überraschung. »Ich habe ihn gefragt.«

Lucinda warf einen Blick über die Schulter und sah, dass Jackson hinter ihr stand.

»Ich bin kein Engel«, sagte er zu der Frau. »Aber ich bin dein Beschützer. Dein Mann hat mich geschickt, um über dich zu wachen.«

»Gerard?«, flüsterte sie. »Wo ist er? Ich möchte ihm Lebewohl sagen.«

Lucinda tastete den angeschwollenen Leib der Frau ab. Dann wartete sie und war zutiefst erleichtert, als sie nach einer Weile spürte, wie sich das Kind bewegte.

»Ich will nichts von Lebewohl sagen hören.« Jackson ging um

Lucinda herum und nahm die Hand der Frau, als er sich auf den Rand der Strohmatratze setzte. »Dein Mann ist draußen besser aufgehoben. Er wäre dir keine Hilfe, aber er hat mich gebeten, dir zu sagen, dass er dich liebt.«

Das blasse Gesicht der Frau hellte sich auf. »Er ist ein guter Mann, mein Gerard. Ich hatte so gehofft, ihm einen strammen Sohn zu schenken, damit er ihm später auf den Feldern helfen könnte.«

»Und das wirst du auch«, versprach ihr Jackson und sah Lucinda fragend an.

Sie hatte das Laken angehoben und untersuchte die Frau behutsam. Das Kind war noch nicht einmal unterwegs, stellte sie zu ihrem Schrecken fest. Der Geburtskanal der Frau war sehr eng, die Schwellung ihres Leibes enorm. Das Kind konnte nicht geboren werden. Nicht auf normale Art und Weise jedenfalls. Lucinda versuchte, Jackson diese traurige Nachricht mit ihren Augen zu vermitteln.

Er richtete seinen Blick wieder auf die Frau, lächelte sie an und drückte ihr beruhigend die Hand. »Habt ihr schon einen Namen für euer Kind?«

»Wir dachten an Gerard, nach seinem Vater, falls das Kind ein Junge ist. Natürlich müssten wir ihn dann Gerry nennen, damit die beiden nicht verwechselt werden.«

»Natürlich«, stimmte Jackson ihr lächelnd zu. »Und wenn das Kind ein Mädchen ist?«

»Elizabeth«, antwortete die Frau mit schwächer werdender Stimme. »Nach meiner Mutter.«

»Ein schöner Name«, sagte Jackson. Als er Lucinda wieder ansah, winkte sie ihn zu sich hinüber.

»Du musst dich jetzt ausruhen, Miranda«, sagte er leise und legte sanft die Hand der Frau aufs Bett. »Ruh dich aus, damit du deine Kraft zurückgewinnst.«

Die junge Frau schloss die Augen. Jackson stand auf und trat zu Lucinda ans Fußende des Bettes. »Kannst du nichts mehr für sie tun?«, flüsterte er. »Nicht einmal mit Hilfe deiner Magie?«

»Nur mit der Magie des Messers.«

Jackson machte große Augen. »Des Messers?«

Nach einem letzten Blick auf die schlafende Frau nahm Lucinda Jacksons Arm und führte ihn aus dem Zimmer. Der junge Ehemann der Frau starrte in das kleine Kaminfeuer, das er angezündet hatte. Als er Lucinda und Jackson sah, kam er zu ihnen hinübergelaufen.

»Könnt Ihr sie retten?«, fragte er Lucinda bang.

»Vielleicht«, antwortete sie. »Aber ich muss deine Frau aufschneiden, um das Kind herauszuholen. Das Kind wird nicht von selbst kommen, und dann werden sie beide verloren sein.«

»Sie aufschneiden?« Der Mann war völlig fassungslos. »Ihr seid eine Hexe, genau wie alle sagen. Und Ihr!« Er richtete seinen irren Blick auf Jackson. »Bei Euch weiß man ja nicht einmal, was ihr seid.«

Jackson trat vor und packte den Mann am Kragen. »Ich weiß, was ich bin. Ich bin kein Mann, der seine Frau und sein Kind aus Aberglauben sterben lassen würde. Und wenn ich meine Seele dem Teufel verkaufen müsste, würde ich es tun, um jemanden zu retten, den ich liebe.«

Der Mann schluckte, und Jackson ließ ihn wieder los. »Also gehen wir jetzt oder bleiben wir, um diesen Tag zu einem frohen statt einem traurigen für dich zu machen?«

Der völlig verzweifelte Mann rieb sich den Nacken und sah Lucinda an. »Tut, was Ihr für richtig haltet.«

Das Eis um ihr Herz war zersprungen, als Jackson seine leidenschaftliche Erklärung abgegeben hatte. Sie glaubte nicht, dass sie den jungen Bauern ohne Jacksons Hilfe hätte umstimmen können.

»Ich werde einige Dinge brauchen«, sagte sie. »Ein großes, scharfes Messer. Viele Tücher. Einen guten, starken Faden und eine große Nadel. Und Alkohol«, fügte sie hinzu.

»Das habe ich alles«, erwiderte Gerard. »Nur von dem Alkohol ist leider nicht mehr sehr viel in der Flasche. Ich verstecke sie, damit Miranda sich nicht aufregt, wenn ich hin und wieder ein Schlückchen trinke.«

»Pass nur auf, dass aus diesem Schlückchen hin und wieder nicht alle paar Minuten ein großer Schluck wird«, bemerkte Jackson trocken.

»Ich muss mir die Hände waschen«, sagte Lucinda. »Habt Ihr eine gute, starke Seife?«

Der Mann zeigte auf einen Krug und eine Wasserschüssel auf einem Tisch in einer Ecke. »Miranda macht eine Seife, die Euch die Haut von den Händen pellen wird.«

»Dann wollen wir uns an die Arbeit machen«, sagte Lucinda, während sie auf den Waschtisch zuging.

15. Kapitel

Lucindas Hände zitterten, als sie die Klinge an den Leib der Frau hielt. Das Feuer in dem angrenzenden Raum hatte das ganze Haus so stark erhitzt, dass Lucinda spüren konnte, wie ihr der Schweiß auf die Stirn trat. Sie hatte alles, was sie brauchte. Bis auf den Mut vielleicht, ihr Vorhaben auch wirklich auszuführen.

»Du hast das schon einmal getan, oder?«

Während sie innehielt, um sich mit dem Ärmel über die Stirn zu fahren, blickte sie zum Rand des Bettes, wo Jackson bei Miranda saß. »Ein Mal«, erwiderte sie ruhig. »Bei einer Kuh.«

Jackson sah die schlafende Frau an. Lucinda hatte die Hälfte des Alkohols benutzt, um ihre Hände und das Messer zu reinigen, und die andere Hälfte hatte Jackson der jungen Frau auf dem Bett eingeflößt. Lucinda wusste, dass er selbst gern etwas davon getrunken hätte, aber auch diesmal hatte er darauf verzichtet. Seine Willenskraft erstaunte sie.

»Hat das Kalb überlebt?«

»Ja«, antwortete sie und brachte das Messer wieder in Position. »Aber die Kuh nicht.«

Jackson fluchte unterdrückt. »Dir ist doch hoffentlich klar, dass sie uns kreuzigen werden, wenn du diese Frau umbringst, auch wenn sie so oder so gestorben wäre?«

»Das ist ein Risiko, das ich eingehen muss«, sagte sie. »Wenn du es nicht eingehen willst, kehrst du am besten zu der Kutsche zurück und machst dich beim ersten Anzeichen von Ärger aus dem Staub.«

»Ich werde nicht davonlaufen«, erwiderte er empört. »Und ich lasse dich auch nicht allein mit der Verantwortung für all das.

Was auch immer geschieht, wir werden es zusammen überstehen.«

Es war komisch, ihn so etwas sagen zu hören und plötzlich das Gefühl zu haben, als wäre sie doch nicht ganz allein auf dieser Welt. Lucinda war immer nur allein gewesen, seit ihre Mutter gestorben war. In einem kleinen Dorf freundete man sich nicht mit der einheimischen Hexe an, ohne zu riskieren, ebenso angegriffen und verfolgt zu werden wie sie selbst. Lucinda hatte noch nie eine Freundin gehabt. Nicht einmal in ihrer Kindheit.

»Du musst sie jetzt festhalten«, sagte sie zu Jackson. »Sie mag im Moment zwar halb betäubt sein, aber sie kann jeden Augenblick wieder erwachen. Ihre Kraft wird dich vielleicht überraschen, also geh mit deiner bitte nicht zimperlich um. Du musst sie festhalten und dafür sorgen, dass sie stillhält.«

Obwohl Lucinda das nur äußerst ungern tat, hatte sie die Beine der Frau mit ein paar Stofffetzen an die kurzen Bettpfosten gebunden. Sie konnte nicht riskieren, dass die junge Frau um sich trat oder versuchte, sich herumzuwerfen. Jacksons Anwesenheit wegen hatte Lucinda den Körper der Frau mit Tüchern abgedeckt, um ihr eine gewisse Würde zu bewahren, obwohl er wahrscheinlich ohnehin kaum seinen Blick von dem Gesicht der Frau abwenden würde. Den Ehemann hatte Lucinda auf die Suche nach einigen wild wachsenden Kräutern geschickt, die sie später brauchen würde. Sie wollte den Mann jetzt nicht im Haus haben, wo er die Schreie seiner Frau mitanhören würde.

»Ich werde jetzt beginnen.« Lucinda nahm das Messer noch fester in die Hand und drückte es unterhalb der Stelle, wo sie das Kind ertastet hatte, gegen die Haut der Frau. Sofort quoll Blut aus der Schnittwunde.

Ein leises Zischen kam von den Lippen der Frau; dann wurde sie mit einem Mal lebendig. Jackson hielt sie an den Schultern fest. Als Lucinda tiefer schnitt, schrie die Frau. Miranda schrie und schrie, doch dank Jacksons Kraft gelang es ihm, sie ruhig genug zu halten, damit Lucinda weitermachen konnte. Es waren sehr tiefe Schnitte nötig, um an die Gebärmutter heranzukommen. Oft musste sie innehalten und nach Tüchern greifen, um das Blut um die Wunde herum aufzusaugen.

Zum Glück wurde die Frau vor Schmerzen ohnmächtig, doch Jackson hielt sie weiterhin unerbittlich fest, für den Fall, dass sie wieder zu sich kommen sollte, und sprach die ganze Zeit mit leisen Worten beruhigend auf sie ein. Die Worte halfen auch Lucinda, ruhiger zu werden. Allein der Klang seiner tiefen Stimme war so beruhigend, dass er schon fast hypnotisch war.

Schließlich hatte Lucinda tief genug geschnitten, um mit den Händen in die Frau greifen und das Kind finden zu können. So behutsam, wie sie konnte, holte sie das Kind heraus. Die bläuliche Färbung seiner Haut gefiel ihr gar nicht. Ihre Hände waren glitschig von all dem Blut, und sie brauchte Jackson. Die Frau war noch immer bewusstlos, oder zumindest hoffte Lucinda, dass dies der Grund war, warum sie weder schrie noch sich bewegte.

»Du musst dich jetzt um das Kind kümmern«, sagte sie zu Jackson, während sie rasch die Nabelschnur verknotete und sie durchschnitt. Dann nahm sie ein großes Tuch und gab es Jackson zusammen mit dem Kind.

»Halt das Kind an den Füßen hoch, wie du es mit Sebastian getan hast«, wies sie ihn an. »Und dann nimmst du das Tuch und reibst das Kleine ab. Und tu es nicht zu sanft.«

»Es ist so still«, sagte er leise. »Ist es tot?«

»Nein, es ist nur noch nicht unter den Lebenden«, antwortete sie. »Ich muss jetzt schnell die Wunde der Frau vernähen, solange sie noch bewusstlos ist ... sie ist doch nur bewusstlos?«

Jackson beugte sich über das Gesicht der Frau. »Ja. Sie atmet noch, wenn auch nur sehr flach.«

»Wir können nur unser Bestes tun, Jackson«, sagte Lucinda. »Manchmal nimmt Gott, das Schicksal, oder wer immer auch darüber entscheiden mag, einen Menschen zu sich, egal, wie sehr auch andere darum kämpfen, ihn am Leben zu erhalten. Das musste ich schon in jungen Jahren lernen.«

Das Neugeborene gab plötzlich ein kleines, gicksendes Geräusch von sich, und Lucinda blickte von ihrem Vernähen auf. Jackson lächelte sie an und fuhr fort, das Kind abzureiben, bis aus den kleinen Gicksern empörte Schreie wurden. Und da musste auch Lucinda lächeln.

Von den Schreien geweckt, bewegte sich Miranda. »Ist das mein Kind?«, flüsterte sie mit schwacher Stimme. »Lebt er?«

Jackson hüllte das Kind in ein sauberes Tuch. »Das Kind ist gesund und schön, und er ist eine sie«, sagte er und hielt das Kind so, dass Miranda ihre Tochter sehen konnte. »So hübsch, wie Elizabeth ist, werdet ihr sie später wohl sehr gut behüten müssen«, scherzte er. »Vor schlechten Männern wie mir, die eines Tages kommen werden, um sie euch zu stehlen.«

Nur Liebe konnte den Schmerz abmildern, den die junge Frau verspüren musste, denn obwohl sie aufgeschnitten und sorgfältig wieder zusammengenäht worden war, bekam ihr Gesicht wieder Farbe, und sie strahlte ihr kleines Mädchen an.

»Miranda?«

Der junge Ehemann stand plötzlich in der Schlafzimmertür. Er hatte einen Sack voller Kräuter mitgebracht, der ihm aber augenblicklich aus den Händen fiel.

»Gerard«, flüsterte Miranda und schenkte ihrem Ehemann ein strahlendes Lächeln. »Komm und sieh dir deine Tochter an.«

Der Mann fiel auf die Knie, bedeckte sein Gesicht mit seinen Händen und begann zu weinen. Jackson legte das Neugeborene seiner Mutter in die Arme und ging dann zu Gerard, um ihm aufzuhelfen.

»Sei stark«, sagte Jackson. »Du hast eine Tochter aufzuziehen, die Kraft und Führung bei dir suchen wird.« Plötzlich wirkte er sehr abwesend und sah ungeheuer traurig aus. »Sei immer für sie da.«

Gerard nickte, wischte sich die Augen ab und lief zu seiner Frau. »Mein Gott, Miranda«, stammelte er mit erstickter Stimme. »Sieh sie dir nur an! Sie ist eine richtige kleine Schönheit.«

Lucinda säuberte die junge Frau, während sie und ihr Mann sich voller Staunen mit dem neugeborenen Kind beschäftigten. Lucinda warf Jackson einen Blick zu und sah, dass er an der Tür lehnte und die glückliche Familie beobachtete. Er sah noch immer traurig aus, fand sie, und auch ein bisschen melancholisch.

»Gerard«, sagte Lucinda. »Du solltest jetzt einen Kessel Wasser über das Feuer hängen, damit ich dir das Zubereiten von Heiltränken für deine Frau zeigen kann. Und sie muss im Bett bleiben und ruhen. Sie darf auf keinen Fall im Haus arbeiten oder schwere Wassereimer und Ähnliches hochheben, bis sie wieder ganz gesund ist.«

»Ich kann ihre Mutter herholen, damit sie hilft«, sagte Gerard. »Sie lebt keinen Tagesmarsch von hier entfernt.«

»Gut.« Lucinda warf die blutigen Tücher in einen Eimer. »Verbrenn die hier«, sagte sie und zeigte auf den Eimer. »In ein paar Tagen, wenn du fühlen kannst, dass die Wunde sich geschlossen hat, entfernst du vorsichtig die Fäden. Und nun setz den Kessel auf. Hast du die Kräuter gefunden, die ich haben wollte?«

Der junge Mann nickte. »Ja, es dauerte ein bisschen, aber ich habe sie gefunden.«

»Ich werde dir nun zeigen, wie du eine der Pflanzen auspressen und eine Salbe daraus herstellen kannst, um sie auf Mirandas Wunde aufzutragen. Sie wird die Heilung beschleunigen, obwohl sie von heute an natürlich eine Narbe tragen wird.«

Der junge Mann küsste seine Frau und seine neugeborene Tochter und erhob sich, um Lucindas Auftrag zu erfüllen. Bevor er jedoch hinausging, blieb er noch einmal vor Jackson stehen.

»Was immer Ihr auch seid, ein Teufel oder ein Heiliger, von heute an betrachte ich Euch als einen Freund. Und die feine junge Dame natürlich auch.«

Jackson klopfte dem Mann auf die Schulter. »Mir kam gerade der Gedanke, dass ich keine Freunde habe. Ich nehme deine Freundschaft also gerne an und schenke dir dafür die meine.«

Lucindas Augen wurden feucht, als sie den kurzen Wortwechsel hörte. »Jackson, geh mit Gerard und hilf ihm. Legt die Kräuter für mich bereit, damit ich sie aufsetzen kann und wir uns wieder auf den Weg machen können. Ich möchte nach Hause.«

Sie vermisste Sebastian ganz schrecklich, besonders nachdem sie gesehen hatte, wie die junge Frau ihr Neugeborenes in den Armen hielt und es voller Liebe und Staunen über das Wunder, das sie vollbracht hatte, betrachtete und an sich drückte.

Jackson zog den jungen Mann mit sich aus dem Schlafzimmer, und Lucinda, die mit ihrer Arbeit fertig war, setzte sich zu Miranda auf das Bett, um sich das kleine Mädchen zum ersten Mal richtig anzusehen. Jackson hatte recht. Sie sah wie eine kleine Prinzessin aus.

»Ich danke Euch, Mylady, für alles, was Ihr heute für mich getan habt«, sagte die junge Mutter leise, während sie Lucindas Hand nahm und sie drückte. »Eines Tages werde ich Elizabeth von der feinen Dame und dem Herrn erzählen, die ihr geholfen haben, auf die Welt zu kommen.«

Um ihre Ergriffenheit zu überspielen, begann Lucinda der frischgebackenen Mutter Anweisungen zu geben. »Das Aufstehen wird schmerzhaft sein, aber du musst es schon morgen versuchen. Überanstrenge dich nicht, aber je eher du dich bewegst, desto eher wirst du auch den Schmerz dabei ertragen. Lass dir von deiner Mutter oder deinem Mann das Kind für eine Weile bringen. Du kannst deine Tochter stillen und sie in den Armen halten, aber lass sie von jemand anderem versorgen, bis du deine Kraft zurückgewonnen hast. Du hast viel Blut verloren.«

»Wir wären fast gestorben, Elizabeth und ich, nicht wahr?«

Lucinda sah keinen Sinn darin, auf diese Frage zu antworten. Und so strich sie dem kleinen Mädchen nur über den blonden Kopf und wechselte das Thema. »Jackson hat recht. Ihr werdet die Kleine gut behüten müssen.«

Miranda blickte zu ihr auf. »Ich hielt ihn für einen Engel, Euren Jackson.« Wie um sich zu vergewissern, dass niemand sie belauschte, warf sie einen raschen Blick zur Tür. »Ich fand den Gedanken ans Sterben gar nicht so schlimm, wenn *er* gekommen wäre, um mich zu holen«, vertraute sie Lucinda an.

»Nicht alle Engel sind schön«, erwiderte Lucinda trocken. »Auch Teufel können gut aussehen. Ruh dich aus. Ich muss dich jetzt allein lassen und deinen Mann in allem unterweisen, was für dich getan werden muss.«

Die junge Frau nahm Lucindas Hand und drückte sie noch einmal. »Wie mein Mann betrachte auch ich Euch als eine Freundin, und Ihr seid uns stets willkommen in unserem bescheidenen Heim.«

Lucinda erlaubte es sich, ein wenig weicher zu werden. Noch nie waren ihr ihre Dienste mit einem solch wunderbaren Geschenk vergolten worden. Ergriffen erwiderte sie den Händedruck der jungen Frau, bevor sie sich erhob, um sich um die Zubereitung der stärkenden Kräutertränke zu kümmern und Gerard im Anwendungsbereich der verschiedenen Kräuter zu unterweisen.

Sie war seelisch erschöpft und auch ein bisschen überrascht

von Jackson, von dem sie gerade eine Seite gesehen hatte, die er bisher vor ihr verborgen gehalten hatte. Sie hatte einen Blick in sein Herz getan und fragte sich zum ersten Mal, ob es sich vielleicht nicht doch lohnte, zu versuchen, es zu gewinnen.

Jackson versuchte, Lucinda zu wecken. Er hatte sie auf dem gesamten Heimweg in den Armen gehalten und sie schlafen lassen, obwohl sie sich zweifellos dagegen gewehrt hätte, wenn sie nicht so erschöpft gewesen wäre. Er sah sie jetzt in einem neuen Licht. Und nicht nur sie, sondern auch die Welt sah er in einem neuen Licht. Dieses verliebte junge Paar mit einem Töchterchen beschenkt zu sehen hatte ihn zum ersten Mal wirklich begreifen lassen, wie verhasst ihm sein mühsames Leben war. Er hätte alles, was er besaß, den ganzen Wulf'schen Reichtum und noch mehr, dafür gegeben, ein ganz gewöhnlicher Bauer zu sein, mit einer Frau, die ihn liebte, und Söhnen, die nicht mit einem Fluch geschlagen waren.

Und Lucinda mochte zwar eine Hexe und von niedriger Herkunft sein, doch sie besaß die Gabe des Heilens und hatte ihm heute vor Augen geführt, was für ein Geschenk das war. Sie hatte zwei Leben gerettet. Sie hatte ein Wunder vollbracht. Und sie hatte es mit einer Kraft und Würde getan, die die meisten Männer bestimmt nicht aufbringen könnten. Wieder rüttelte er sie sanft und versuchte, sie zu wecken.

»Wach auf, Lucinda. Wir sind daheim.«

Sie schmiegte sich noch fester an ihn. Jackson war nicht so eitel zu glauben, dass sie ihm nahe sein wollte. Sie wollte seine Körperwärme. So wie sie eine Zukunft für ihr Kind wollte. Lucinda war eine Frau, die wusste, was sie wollte und wie sie es erlangen konnte. Für zarte Gefühle war bestimmt kein Platz in ihren Zukunftsplänen. Und dennoch wusste Jackson, dass sie welche hatte. Sie hatte sie ihm bei verschiedenen Gelegenheiten gezeigt. Und heute war eine dieser Gelegenheiten.

»Sebastian wird glauben, du hättest ihn im Stich gelassen. Wach auf, damit du ihn beruhigen kannst, Lucinda.«

Bei der Erwähnung ihres Sohnes regte sie sich endlich. Aber sie verkrampfte sich auch, als sie wach genug war, um zu bemerken, wie dicht sie neben Jackson saß, und rückte rasch ein Stückchen von ihm ab.

»Ich muss eingeschlafen sein«, murmelte sie. Während sie mit einer Hand durch ihr langes Haar fuhr, blickte sie zu der offenen Tür der Kutsche, vor der der Diener stand und wartete. Dass Jacksons Nähe sie so kalt ließ, wurmte ihn. Statt als Erster auszusteigen und ihr hinauszuhelfen, bedeutete er ihr, voranzugehen, und lächelte, als ihr nichts anderes übrig blieb, als sich ganz dicht an ihm vorbeizudrängen. Sie presste ihre vollen Lippen zusammen und warf ihm aus schmalen Augen einen ärgerlichen Blick zu. Aber er fuhr fort, sie anzulächeln, bis sie die Tür erreichte und der Diener ihr beim Aussteigen behilflich war.

Jackson folgte ihr gemächlich und beobachtete die Bewegungen ihrer Hüften. Es war schon weit nach Mitternacht, aber Hawkins war wie stets auf seinem Posten und öffnete ihnen schon die Tür, bevor sie sie erreichten.

»Ich habe Tabletts mit Abendessen in Eure Zimmer gebracht und zwei schöne heiße Bäder vorbereiten lassen«, verkündete er.

Jackson fragte sich, wie der Butler es geschafft haben mochte, die Bäder warm zu halten, aber es war ein ungemein verlockender Gedanke, seine verkrampften Muskeln in dampfend heißem Wasser zu entspannen. Langsam folgte er Lucinda die Treppe hinauf, überrascht, dass sie nicht immer gleich zwei Stufen auf einmal nahm, um ihren Sohn zu sehen. Denn dass sie das kaum erwarten konnte, konnte Jackson sehen. Und zu seiner eigenen Überraschung merkte er, dass auch er es kaum erwarten konnte, den kleinen Sebastian zu sehen.

Sie hatte das Kinderzimmer bereits erreicht und war hineingegangen, als Jackson den ersten Stock betrat. An der offenen Zimmertür blieb er stehen und lehnte sich dort an den Rahmen. Lucinda stand mit dem Rücken zu ihm vor der Wiege und blickte hinein, und er konnte sehen, wie jeder Muskel in ihrem Körper sich allmählich zu entspannen schien. Er erwartete schon halb, sie schier zerfließen zu sehen vor Erleichterung. Wie würde sie da je imstande sein, ihr Kind bei ihm zurückzulassen?

Als spürte Lucinda, dass sie beobachtet wurde, drehte sie sich um. Sie winkte ihn jedoch nicht herein, und Jackson begriff, dass sie seine Anwesenheit als Störung empfand. Und so entfernte er sich achselzuckend von der Tür und ging zu seinem eigenen Zimmer weiter.

Wie Hawkins versprochen hatte, erwartete ihn dort ein Tablett mit Schinken, Brot und Käse auf dem Tisch. Kein Wein, fiel Jackson auf. Eine dampfend heiße Wanne stand in der Mitte des Zimmers, und Jackson zog sich aus und stieg in die Wanne, wo er vor Zufriedenheit seufzte, als die Wärme des heißen Wassers in seine steifen Muskeln drang.

Während er in der Wanne lag, kam ihm ein Gedanke im Hinblick auf Lucinda und Sebastian. Wenn sie ihre Abmachung einhielt und den Familienfluch für Jackson und seine Brüder brach, konnte er doch trotzdem noch für sie und Sebastian sorgen. Er konnte ihnen ein hübsches eigenes Heim einrichten, dafür sorgen, dass Sebastian den besten Unterricht und alles andere bekam, was Reichtum ihm erkaufen konnte.

Wer war Sebastians Vater? Lucinda hatte gesagt, er sei ein Mann, der nur sein Vergnügen mit ihr hatte haben wollen. So ein Schuft. Er hatte sie berührt, mit ihr geschlafen. Er hatte alles bekommen, was sie Jackson, ihrem eigenen Ehemann, verweigerte. Als er sich in Gedanken noch einen Schritt weiterwagte, kam ihm die Idee, dass er Lucinda, falls sie dem Fluch ein Ende bereitete, weder Geld noch ein eigenes Haus anbieten musste, damit sie bei Sebastian bleiben konnte. Er konnte ihr auch anbieten, ihr derzeitiges Arrangement ganz einfach fortzusetzen. Sie könnte seine Frau bleiben und ihr Kind aufziehen …

Aber dann dachte er wieder an das junge Paar in der kleinen Bauernkate und an die Liebe zwischen ihnen. Könnte er sich mit Lucindas Kälte zufriedengeben, wenn eine andere Frau ihm vielleicht Liebe, Wärme und von ihm selbst gezeugte Kinder schenken würde? Er war schockiert, dass er sich mit derartigen Gedanken überhaupt befasste. Früher hatte er sich weder an eine Frau noch Kinder binden wollen, aber andererseits war ihm da ja auch so gut wie keine andere Wahl geblieben.

Falls Lucinda es schaffte, den Fluch zu brechen, würden sich die Dinge zwischen ihnen vielleicht ändern. Vielleicht würden sie sogar wieder von der Gesellschaft akzeptiert werden und ein normales gesellschaftliches Leben führen können. Armonds Frau Rosalind war von adliger Herkunft. Sie würde sich gut in die Gesellschaft einfügen. Aber Lucinda? Sie war nicht gewöhnlich; im Grunde genommen war sie vielleicht sogar zu *un*gewöhnlich. Jackson glaubte nicht, dass sie sich in einer Gesellschaft wohlfühlen würde, in der es so viele Regeln zu beachten galt, und wenn er ehrlich war, konnte er sich das auch bei sich nicht vorstellen. Oder jedenfalls heute nicht mehr. Früher einmal hätte er es vielleicht gekonnt, bevor er von dem Fluch gewusst hatte und dem Leid, das dieser über seine Familie brachte.

Das Wasser kühlte schneller ab, als er erwartet hatte, und so stieg er aus der Wanne, trocknete sich ab und schlüpfte in ein Paar saubere Hosen. Als er zu dem Tablett ging, das Hawkins für ihn bereitgestellt hatte, dachte er, dass er das Abendessen lieber mit Lucinda eingenommen hätte. Er hatte jetzt eine Frau und ein Kind, für die er sorgen musste, und trotzdem fühlte er sich noch genauso allein, wie er sich schon immer in diesem Haus gefühlt hatte.

Jackson ließ das Essen unangerührt stehen und ging zur Tür hinaus zu dem Kinderzimmer nebenan. Leise schlüpfte er hinein. Die Amme lag leise schnarchend in ihrem Bett. Auf Zehenspitzen ging er zu der Wiege und warf einen Blick hinein. Im schwachen Schein des nächtlichen Kaminfeuers sah Sebastian rosig und zufrieden aus. Der kleine Junge schlug die Augen auf und lächelte, als er Jackson sah. Leise, um die Amme nicht zu wecken, bückte Jackson sich und hob Sebastian auf.

»Du kannst wohl auch nicht schlafen, was?«, fragte er leise, während er über das feine blonde Haar des Säuglings strich und den Jungen an sich drückte. Sebastian roch nach seiner Mutter. Nach dem zarten Geißblattduft, mit dem sie ihre Seifen parfümierte. Jackson schloss die Augen und atmete tief ein. Komisch, dass allein schon dieser Duft so etwas wie ein Gefühl der Sehnsucht in ihm hervorrief.

»Du gehst jetzt besser schlafen, kleiner Mann.« Er küsste Sebastian auf das weiche Haar, legte ihn in die Wiege und deckte ihn gut zu. »Du bist jetzt ein Wulf. Also versuch, dem Namen mehr Ehre zu machen, als ich es getan habe.«

Als er sich umdrehte, sah er Lucinda in der offenen Tür stehen. Sie trug ihren seidenen Morgenmantel, ihr langes Haar war noch feucht von ihrem Bad. Wieder nahm Jackson einen Hauch dieses zarten Geißblattduftes wahr und fragte sich, wie lange sie schon dort gestanden und ihn beobachtet haben mochte. Der Feuerschein brachte einen weichen Glanz in ihre Augen. Für einen Moment lang, bevor sie sich abwandte und sich in die Sicherheit ihres eigenen Zimmers zurückzog, dachte Jackson, dass er auch in ihrem Blick Sehnsucht gelesen hatte. Eine Sehnsucht ähnlich jener, die er selbst empfand.

War sie genauso einsam wie er selbst? Hatte auch sie sich tief in ihrem Innersten hohl und kalt gefühlt, als sie in dem Dorf das junge Paar und seine Freude über das gemeinsame Kind gesehen hatte?

Warum verweigerte sie ihm sogar den Trost, den sie vielleicht für kurze Zeit in den Armen des anderen finden würden? Sie sagte, sie würde sich ihm niemals beugen. Sich ihm nie aus freiem Willen schenken. Was hatte sie denn überhaupt noch, was es zu beschützen galt? Ihr Herz? Vielleicht hatte sie in Bezug auf Sebastians Vater ja gelogen. Vielleicht hatte sie ihn geliebt, und er hatte ihr das Herz gebrochen.

Jackson verließ das Kinderzimmer und kehrte zu seinem leeren, einsamen Schlafzimmer zurück, wo er sich vor das Tablett setzte und sich eine dünne Scheibe Käse nahm. Bevor er sie jedoch an seine Lippen führen konnte, hielt er wieder inne, weil ihm plötzlich etwas eingefallen war.

Lucinda hatte gesagt, seinen ärgsten Feind zu suchen und ihn im traditionellen Sinne zu besiegen sei womöglich nicht der Schlüssel, um den Fluch zu brechen. Aber wenn er sie, die Hexe, weder durch Kämpfen noch Töten besiegen konnte, wie sollte er sie dann bezwingen? Durch ihr Herz? Durch ihre Kapitulation? Ein faszinierender Gedanke.

Verführung war etwas, worin Jackson ein wahrer Meister war. Bisher hatte er mit Lucinda nur gespielt. Er wollte sie in keinster Weise zu irgendetwas zwingen; das hatte er sich in jener Nacht geschworen, als er während ihres mitternächtlichen Rituals fast vollkommen die Kontrolle über sich verloren hatte. Aber er hatte auch noch nie eine Frau zu irgendetwas zwingen müssen. Er hatte nie mehr tun müssen, als ihr nahe genug zu kommen, dass sie ihn riechen konnte, um ihre Aufmerksamkeit zu erlangen … und normalerweise auch alles andere, was er wollte. Lucinda würde eine echte Herausforderung für ihn sein.

Sie war nicht wie andere Frauen. Sie war wie niemand, den er kannte.

Und er brauchte seiner Absichten wegen auch kein schlechtes Gewissen zu haben. Lucinda war keine unberührte kleine Jungfrau mehr. Er würde sich nichts nehmen, was sie nicht schon vorher freiwillig gegeben hatte. Sie würde keinen Schaden nehmen ... und er würde dafür sorgen, dass ihre Kapitulation zu nichts als ungetrübtem, sinnlichem Vergnügen für sie führte. Er könnte ihr nie das Leben nehmen. Nicht einmal, wenn er damit tatsächlich den Fluch brechen könnte, der über seiner Familie hing.

Aber sie zum Aufgeben zu bringen, sie wirklich und wahrhaftig zu verführen, würde ihr nicht schaden. Und wenn er damit tatsächlich den Fluch für sich und seine Brüder brach, wäre es in gewisser Weise trotzdem ihr Verdienst. Ihr Geschenk an ihn. Jackson ließ sich die Angelegenheit noch intensiver durch den Kopf gehen, während er sich dem von Hawkins bereitgestellten Essen widmete. Aber irgendetwas, das dem Gefühl von Schuld oder einem schlechten Gewissen verdächtig nahe kam, ließ ihm einfach keine Ruhe. Und dabei hatte er noch nie Gewissensbisse gehabt, wenn es um Frauen ging.

Sie gaben, und er nahm. Aber Lucinda war nicht so wie diese Frauen. Sie wollte nicht mehr von ihm als die nüchterne Vereinbarung, die sie getroffen hatten. Sie hatte ihren Teil jedoch noch nicht erfüllt, und Jackson begann sich langsam zu fragen, ob sie überhaupt dazu in der Lage war. Vielleicht wurde es Zeit, dass er die Sache selbst in die Hand nahm. Nachdem er diesen Entschluss getroffen hatte, begann er sich mit mehr Appetit seinem Abendbrot zu widmen. Für das, was er vorhatte, würde er seine ganze Kraft benötigen.

16. Kapitel

Zwei Tage später traf der Rest von Lucindas neuer Garderobe ein. Es war ein überwältigendes Gefühl, auf einmal so viel zu besitzen, nachdem sie früher immer nur das Allernotwendigste zur Verfügung gehabt hatte. Die Herzogin hatte außerdem die letzten beiden Tage damit verbracht, Lucinda in Dingen zu unterweisen, an denen diese überhaupt kein Interesse hatte. Sie sah einfach keinen Sinn darin, all das zu lernen, was die alte Dame ihr so unbedingt beibringen wollte – und dazu auch noch so schnell wie möglich.

»Bitte, Euer Gnaden, wenn ich heute noch eine einzige weitere Gabel sehe, schreie ich.«

Die Herzogin seufzte ergeben und führte Lucinda von dem Speisezimmertisch in den Salon. »Ich möchte, dass du vorbereitet bist, Kind.«

»Vorbereitet worauf?« Lucinda bemühte sich, ihren verdrossenen Ton etwas zu mäßigen. »Was für einen Sinn soll das hier eigentlich alles haben? Es ist ja schließlich nicht so, als ob ich irgendwo eingeladen würde ...«

»Oh, aber das wurdest du bereits«, unterbrach die Herzogin sie mit einem überlegenen Lächeln.

Lucindas Magen verkrampfte sich. »Was?«

»›Pardon‹ ist die korrekte Ausdrucksweise«, berichtigte die Herzogin sie. »Und um deine Frage zu beantworten – eine Bekannte von mir, eine Gräfin, gibt in zwei Wochen einen Ball. Ich erwähnte zufällig, dass ich nur sehr ungern allein an solchen Gesellschaften teilnehme und deshalb gern einen jungen Mann und seine frischgebackene junge Ehefrau mitbringen würde. Natürlich konnte sie nicht ablehnen. Das wäre unhöflich gewesen.«

»Ich kann nicht mitgehen«, flüsterte Lucinda. »Ich bin noch nicht so weit. Ich werde nie so weit sein.« Sie ging zu dem Sessel, in dem die Herzoginwitwe sich niedergelassen hatte. »Habt Ihr zufällig auch erwähnt, wer die Leute sind, die Ihr zu der Gesellschaft dieser Frau mitnehmen wollt?«

Die alte Dame runzelte die Stirn. »Nun ja, das nicht, aber sie hat auch nicht gefragt. Man sollte wirklich immer fragen«, setzte sie hinzu. »Und natürlich kannst du mitgehen. Du musst es sogar meiner Ansicht nach. Jackson zuliebe wenigstens, wenn schon nicht dir selbst zuliebe. Er muss hin und wieder mit Gleichgestellten Umgang pflegen. Du willst den Wulf-Brüdern doch ein normales Leben schenken, oder nicht?«

Darüber hatte Lucinda bereits nachgedacht, und das so fieberhaft und unermüdlich, dass ihr auch schon etwas eingefallen war, das funktionieren könnte ... auch wenn es Jackson wahrscheinlich nicht gefallen würde. Ganz und gar nicht.

»Ja«, antwortete sie. »Das ist unsere Abmachung. Wir haben aber auch vereinbart, dass ich Jackson verlassen werde, sobald ich den Fluch gebrochen habe. Und deswegen glaube ich, dass es besser für ihn ist – für später, meine ich –, wenn wir so wenig wie möglich zusammen gesehen werden.«

»Setz dich, meine Liebe«, wies die Herzoginwitwe sie an. »Du machst mich ganz nervös mit all deinem Hin- und Herlaufen. Ich wünschte, ich hätte deine Jugend.«

Lucinda setzte sich ihr gegenüber. Das Teegeschirr stand bereit, und Lucinda nahm es auf sich, den Tee zu servieren.

»Also, wie ich bereits sagte, du musst an diesem Ball teilnehmen, Lucinda. Wenn du all das wirst, was Jackson sich von einer Frau nur wünschen kann, wenn es dir gelingt, die Gesellschaft auf deine Seite zu bringen, mit meiner Hilfe natürlich, warum um Himmels willen solltest du dann jemals wieder fortgehen müssen?«

Der Gedanke fortzugehen zerriss Lucinda das Herz. Nicht der Gedanke, Jackson zu verlassen, sondern der Gedanke, Sebastian zu verlassen. Das Einzige, was sie ein wenig tröstete, war, was sie in jener Nacht im Kinderzimmer beobachtet hatte. Die liebevolle Art, mit der Jackson mit ihrem Sohn umging, die Zärtlichkeit, mit der er mit Sebastian sprach, wie er ihn an sich drückte, ja, ihn sogar aufs Haar küsste, all das hatte ihr das Herz gewärmt.

Zum ersten Mal war ihr bewusst geworden, wie gut es für Sebastian wäre, Jackson zum Vater zu haben, falls es ihr gelang, den Fluch zu brechen. Sie war an jenem Abend fast versucht gewesen, zu ihnen hineinzugehen und die beiden in die Arme zu nehmen ... aber sie hatte darauf verzichtet, wie sie immer darauf verzichtete, zu viel Gefühl zu zeigen.

»Ich will ja eigentlich gar nicht fortgehen«, gestand sie jetzt. »Die Vorstellung, ohne mein Kind leben zu müssen, zerreißt mir schier das Herz. Nicht zu wissen, was Sebastian tut. Nicht zu sehen, wie er aufwächst. Mir Sorgen zu machen, ob er an mich denkt und ob er sich fragt, wo ich wohl bin und warum ich ihn verlassen habe.« Lucindas Augen waren so feucht geworden, dass sie blinzeln musste, um die Tränen hinter ihren Lidern zu verdrängen. »Aber eine Vereinbarung ist eine Vereinbarung.«

»So wie ich es sehe, sind Vereinbarungen dazu gemacht, außer Kraft gesetzt zu werden«, belehrte sie die Herzogin. »Außerdem bin ich der Meinung, dass Vereinbarungen in Herzensangelegenheiten nichts zu suchen haben. Glaubst du, dass Jackson Gefühle für dich hat?«

Jackson hatte durchaus Gefühle für sie, nur leider keine, die etwas mit dem Herz zu tun hatten. Er führte etwas im Schilde, das spürte sie. Seit sie von ihrer Hochzeit zurückgekommen waren, war er immer nur charmant zu ihr gewesen. Oft ertappte sie ihn dabei, wie er sie anstarrte. Bei solchen Gelegenheiten, wenn ihre Blicke sich begegneten, fühlte sie sich plötzlich vollkommen konfus. Als könnte sie weder denken, sprechen noch irgendetwas anderes tun, als hilflos seine Blicke zu erwidern.

»Nicht die Art von Gefühlen, die ein Ehemann seiner Ehefrau entgegenbringen sollte«, erwiderte Lucinda schließlich steif. »Was macht Euer Haar, Euer Gnaden?«, wechselte sie dann rasch das Thema.

Die Herzogin spielte an ihrer Teetasse herum und vermied es, Lucinda anzusehen. »Nun, wenn ich ehrlich sein soll, kann ich den Geruch der Salbe nicht ertragen, die du mir gegeben hast. Sie riecht so stark, dass meine Augen davon brennen und mir die Nase läuft. Ich habe beschlossen, lieber kahl zu sein, als mich noch einmal dieser Tortur auszusetzen.«

Lucinda verbarg ein Lächeln hinter ihrer Teetasse. Die Salbe würde ohnehin nicht wirken; es gab eben leider nichts, das gegen Kahlheit half. Sie war schon von so vielen Männern und Frauen nach einem solchen Mittel gefragt worden, dass sie irgendwann beschlossen hatte, eine derart abscheulich riechende Salbe herzustellen, dass alle, die danach verlangten, sich lieber mit ihrer Kahlheit abfanden, als den Geruch der Salbe zu ertragen.

»Nun, diese Entscheidung müsst Ihr selbst treffen«, sagte sie.

»Ich glaube, man merkt sowieso noch nicht so viel davon«, meinte die Herzogin und wandte sich Lucinda wieder zu. »Was ist nun mit dem Ball? Du wirst doch kommen, nicht? Und ich will, dass du vorher hierherkommst, damit ich dir helfen kann, dich schön zu machen. Du wirst meine Zofe brauchen, um deine Haare aufzustecken. Du solltest wirklich langsam eine eigene Kammerzofe haben.«

Kammerzofe zu sein war eine Stellung, in der Lucinda sich selbst eher sehen konnte als in der der Hausherrin. Sie hielt derlei Dinge nicht für nötig. Sie hatte sie auch früher nicht gehabt.

Warum sich also an Bequemlichkeiten gewöhnen, die sie ohnehin bald würde aufgeben müssen?

»Nun ja, ich denke, wenn Jackson nicht dagegen ist, werden wir an dem Ball wohl teilnehmen«, gab Lucinda nach. »Aber ich befürchte, dass es Euch selbst zu einer Ausgestoßenen machen könnte, wenn Ihr Euch anderen Ausgestoßenen so öffentlich annehmt, Euer Gnaden.«

Die alte Dame tätschelte ihr beruhigend die Hand. »Ich bin zu alt, um von der Gesellschaft geächtet zu werden, mein Kind. Du hast mich sehr glücklich gemacht. Ich tue nichts lieber, als kleinen Fischen im großen Ozean zu helfen.«

Lucinda zog nur eine Augenbraue hoch und nippte wieder an ihrem Tee. Die meiste Zeit war die alte Dame genauso unhöflich, wie sie es Jackson vorwarf. Vielleicht war dies der Grund, warum sie sich so gut verstanden. Aber Lucinda konnte der Herzogin nicht böse sein. Im Grunde vergötterte sie die alte Frau sogar. Sie betrachtete sie als eine Freundin, und Freundinnen waren etwas, was Lucinda noch nie gehabt hatte.

»Ich muss dich bis zu der Gesellschaft täglich sehen, Lucinda«, verlangte die Herzogin. »Wir haben ohnehin zu wenig Zeit, dich richtig auf deinen ersten gesellschaftlichen Auftritt als Lady Lucinda Wulf vorzubereiten.«

Der Name erschreckte Lucinda fast ein wenig. Von einfach nur Lucinda, wie sie ihr Leben lang geheißen hatte, zu Lady Lucinda Wulf? Wie war sie so plötzlich in diese ihr so fremde Welt geraten? Durch ihre eigene Schuld, musste sie sich eingestehen. In der Nacht, als Jackson in sein Stadthaus zurückgekehrt war, noch sehr lebendig und sehr nackt, wie sie sich nur zu gut erinnerte, hätte sie Sebastian nehmen und die Flucht ergreifen sollen. Aber wo wäre sie heute, wenn sie es getan hätte? Sie erschauderte bei dem Gedanken. Doch ihr schauderte mindestens genauso bei der Vorstellung, in eine Gesellschaft eingeführt zu werden, die nie etwas anderes als misstrauisch und grausam ihr gegenüber gewesen war.

Da sie plötzlich unbedingt Sebastian sehen wollte, beendete Lucinda ihren Tee und verabschiedete sich von der Herzogin. Sobald sie das Stadthaus erreicht hatte, holte sie Sebastian in ihr Zimmer, um mit ihm zu spielen. Durch das Fenster sah sie Jackson unten in der Nähe der Stallungen. Er befand sich in einem ummauerten Bereich und ließ an einem langen Seil ein Pferd im Kreis herumtraben. Jackson wirkte dabei völlig ruhig und unbefangen. Er hatte offenbar die Seife benutzt, die sie ihm gegeben hatte. Das Pferd schien ihn und seinen Geruch – oder besser gesagt, seinen nicht vorhandenen Geruch – zu akzeptieren.

Lucinda konnte den Blick nicht von ihm abwenden. Selbst aus der Entfernung war er ein geradezu umwerfend gut aussehender Mann. Nach einer Weile zwang sie sich, das Fenster zu verlassen, legte sich mit Sebastian auf das Bett und begann seine geradezu vollkommenen Gesichtszüge zu betrachten. Sein Vater war vermutlich auch ein gut aussehender Mann, obwohl sie darauf nie wirklich geachtet hatte, da er von weitaus höherem Stand als sie und darüber hinaus auch noch verheiratet war. Und trotzdem bist du jetzt hier und trägst den Namen einer adligen Familie, dachte sie, als sie sich in ihrer prachtvollen Umgebung umsah und ihr Blick zu dem offenen Schrank glitt, der voller eleganter Abendkleider und hübscher Tageskleider war.

Hin und wieder überwältigten sie ihre Lebensumstände geradezu. *Oft*, berichtigte sie sich in Gedanken. Wenn sie sich vorstellte, in ihr früheres Leben zurückzukehren, überkam sie ein beängstigendes Gefühl der Leere. Sie würde ganz allein sein. Nicht einmal ihr Sohn würde bei ihr sein, um ihre düsteren Tage aufzuhellen. Der Kleine blickte gerade glucksend zu ihr auf, und sie lächelte ihn an.

»Was werde ich nur tun ohne dich?«, flüsterte sie ihm zu und küsste seine zarte kleine Wange, bevor sie sich mit ihm im Arm zurücklegte, um zur Zimmerdecke aufzuschauen. »Eine Abmachung ist eine Abmachung«, sagte sie, wie um sich das noch einmal gründlich in Erinnerung zu rufen. Sie hatte mehr und mehr über Jacksons Fluch nachgedacht und überlegt, was sie sonst noch tun könnte, um zu versuchen, ihn zu brechen.

Ein barbarischer Gedanke war ihr dabei in den Sinn gekommen. Sie war nicht sicher, ob sie in der Lage wäre, einen solchen Exorzismus durchzuführen. Aber er war jahrhundertelang dazu benutzt worden, Dämonen aus einem von ihnen besessenen Menschen auszutreiben. Vielleicht konnte sie beim Abendessen mit Jackson darüber sprechen.

Als Lucinda den Blick wieder auf Sebastian richtete, sah sie, dass er in ihren Armen eingeschlafen war. Und da schloss auch sie die Augen, um sich auszuruhen und innerlich vorzubereiten, falls Jackson wirklich zustimmen sollte, das Tier in ihm austreiben zu lassen. Sie würde dazu vielleicht mehr Kraft benötigen, als sie hatte.

Als Lucinda an jenem Abend das Speisezimmer betrat, blieb sie verblüfft im Eingang stehen. Nur ein Leuchter mit zwei flackernden Kerzen erhellte die lange Tafel. Normalerweise brannten die Gaslampen, und Hawkins und ein Bediensteter aus der Küche standen oder eilten in dem großen Raum herum. Heute war er jedoch leer. Aber nein, dort hinten in den Schatten konnte sie die Umrisse eines Mannes erkennen. Als er vortrat, schimmerte das Kerzenlicht auf seinem blonden Haar. Er hielt ein Glas Wein in der Hand. Lucinda fragte sich, ob es ihr noch rechtzeitig gelingen mochte, die steile Falte, die sich zwischen ihren Brauen bildete, zu glätten.

Jackson trat vor und reichte ihr das Glas. Sie nahm es, ohne lange zu überlegen. Er zog einen Stuhl für sie heran und bot ihr einen Platz an. Eine innere Stimme riet ihr, dankend abzulehnen. Abzulehnen und zu fliehen ... solange es noch möglich war.

Aber sie setzte sich. »Wo ... wo ist Hawkins?«, fragte sie ein wenig misstrauisch. Jackson sah fantastisch aus. Er war ganz in Schwarz gekleidet, trug eine eng anliegende Weste und ebenso eng anliegende Hosen, schwarze Stiefel und ein weißes, am Kragen offen stehendes Hemd.

»Ich werde dich heute Abend bedienen«, klärte er sie auf. »Ich fand, dass Hawkins einen freien Abend brauchen könnte. Ich habe ihn vorhin fortgeschickt.«

Das gefiel Lucinda ganz und gar nicht.

»Du siehst so aus, als fühltest du dich unbehaglich.« Jackson zog einen Stuhl sehr dicht zu ihrem heran und setzte sich. »Gebe ich dir ein ungutes Gefühl, Lucinda?«

»Nein.« Sie hatte keine Angst vor ihm. Aber sie fürchtete seine Fähigkeit, sie ganz und gar aus dem Konzept zu bringen. Seit dem Tag, an dem sie ihre Abmachung getroffen hatten, war Lucinda das Gefühl nicht losgeworden, als spielte er nur mit ihr. Wie eine Katze mit einer Maus spielte, bevor sie sie auffraß. Und nun kam es ihr plötzlich so vor, als wäre er des Spielens müde. »Was hat der Koch denn Schönes für uns zubereitet?«, fragte sie in einem, wie sie hoffte, möglichst unbefangenen Ton.

Jackson beugte sich noch weiter vor. »Wir werden als Erstes das Dessert probieren.«

Als Lucinda sich ihm überrascht zuwandte, sah sie, dass sein Mund den ihren schon beinahe berührte. »Das Dessert?«

Jackson streckte die Hand nach einer Schüssel reifer Erdbeeren aus und zog ein Schälchen Schlagsahne zu ihnen heran. Er nahm eine dicke rote Beere, tauchte sie in die Sahne und hielt sie an Lucindas Lippen. Und während sie ihm wie hypnotisiert in die Augen schaute, öffnete sie den Mund und ließ zu, dass er das eine Ende der Beere auf ihre Unterlippe legte. Und sie, anstatt hineinzubeißen, leckte instinktiv die Sahne von der Spitze ab – worauf das blaue Glühen in Jacksons Augen noch viel intensiver wurde.

Er nahm dieselbe Beere und tauchte sie aufs Neue in die Sahne, aber diesmal hielt er sie an seine eigenen Lippen. Für einen Moment umkreiste seine Zunge spielerisch die sahnige Spitze der Frucht, bevor er sie in den Mund steckte und die Sahne ableckte wie vorher schon Lucinda. Während sie ihn fasziniert beobachtete, konnte sie spüren, wie ihre Brustspitzen sich jäh verhärteten.

»Ist dir schon einmal aufgefallen, wie sehr Früchte Männern und Frauen ähneln?«, fragte er.

Lucinda konnte nur mit einem Kopfschütteln verneinen.

Daraufhin hielt er die Beere hoch. »Es ist die Form«, erwiderte er, »die sowohl das Männliche wie auch das Weibliche symbolisiert.« Er tauchte die Spitze der Beere wieder in die Sahne. »Siehst du, wie sehr sie der Brustspitze einer Frau ähnelt?«

Lucinda sah es, oh ja, und als er erneut die Sahne ableckte, kam es ihr so vor, als täte er genau das Gleiche auch mit ihr. Sie rutschte nervös auf ihrem Platz herum und weigerte sich, seine Frage zu beantworten. Aber Jackson ließ sich durch ihr Schweigen nicht beirren. Er suchte eine größere Beere aus, eine dicke, runde, tauchte sie in die Sahne und hielt sie an ihre Lippen. Lucindas Mund öffnete sich wie von selbst, und wieder fuhr sie mit der Zunge über die Frucht, um die köstliche Creme dort abzulecken.

»Bei einem Mann«, sagte er, »gleicht die Form der Spitze seines Schwanzes.«

Lucinda biss ab, wahrscheinlich vor lauter Schreck darüber, dass Jackson etwas so Vulgäres zu ihr sagte. Er zuckte leicht zusammen, aber als der süße Saft der Beere ihren Mund füllte, beugte er sich vor, zog die Frucht zurück und presste seine Lippen auf die ihren. Ihr blieb nicht einmal Zeit zu schlucken, bevor er mit der Zunge zwischen ihre Lippen glitt und das Stückchen Erdbeere mit ihr teilte. Es war das Sinnlichste, was Lucinda je erlebt hatte.

Er verweilte an ihren Lippen, streichelte, neckte und liebkoste sie, bis sie völlig außer Atem war. »Jackson«, versuchte sie ihn zu warnen, doch er brachte sie zum Verstummen, indem er nun ganz und gar von ihrem Mund Besitz ergriff. Es war nicht das erste Mal, dass er sie küsste, aber dieser Kuss war anders. Er war fordernd und bestimmt wie der eines Mannes, der sich nicht länger damit zufrieden geben wollte, den Verführer nur zu spielen. Lucinda mit ihrer begrenzten Erfahrung mit Männern war dem nicht gewachsen.

Ihr war es, als ob sie plötzlich den Boden unter den Füßen verloren hätte und in einen tiefen, dunklen Abgrund stürzte. Aber der Sturz missfiel ihr nicht. Jackson zog sie auf die Beine und umarmte sie, ohne auch nur sekundenlang ihre Lippen freizugeben. Der Rand des Tisches, der sich von hinten gegen ihre Beine presste, zwang sie, sich zu setzen, und der Rock ihres Kleides war weit genug, dass Jackson sich zwischen ihre Beine stellen konnte. Ihr war nur zu gut bewusst, wie äußerst unschicklich und provozierend diese Stellung war.

Wie seltsam also, dass sie an nichts anderes mehr denken konnte als an Jacksons Mund an ihrem und an das Gefühl seiner Hände an ihrem Nacken, die das hochgeschlossene Kleid, das sie trug, öffneten. Ohne Eile löste er einen Knopf nach dem anderen, und seine warmen Finger streiften jedes Mal die Haut, die er entblößte, bevor er sie zum nächsten Knopf bewegte. Lucindas Brüste wurden schwer, ihre Spitzen beinahe schmerzhaft hart vor sinnlicher Erwartung. Und auch, wenn sie noch immer ziemlich unerfahren war in diesen Dingen, war ihr doch durchaus bewusst, was er jetzt mit ihr vorhatte.

Er unterbrach den Kuss erst, als er ihr Kleid bis zur Taille aufgeknöpft hatte, schaute ihr in die Augen und fesselte sie mit seinem Blick, bevor er ihn dann sehr, sehr langsam zu ihren Brüsten hinunterwandern ließ. Ein sanfter Zug an dem Samtband öffnete ihr Unterkleid, dann streiften seine Finger den Stoff behutsam über ihre vollen Brüste. Jackson kniete sich zwischen ihre Beine, tauchte einen Finger in das Sahneschälchen und verstrich sie auf einer der harten kleinen Knospen ihrer Brüste.

Lucinda hielt den Atem an, als er seinen Finger durch seine Zunge ersetzte und die Sahne großzügig verteilte, bevor er die zarte Knospe zwischen seine Lippen nahm. Erst da stieß sie in einem Seufzer der Erleichterung den Atem wieder aus, schob ihre Finger unter sein langes Haar und zog seinen Kopf noch näher zu sich heran. Ihre Umgebung schien in einem Nebel der Empfindungen zu versinken, und das Einzige, was sie noch denken konnte, war, dass Jacksons Ruf ganz offensichtlich wohlverdient war. Er reizte und liebkoste abwechselnd ihre beiden Brustwarzen, bis sie sich schwer atmend an ihn drängte und das Pochen zwischen ihren Beinen so heftig wurde, dass sie nicht mehr wusste, wie sie das in ihr tobende Verlangen beruhigen sollte.

In einem fernen Winkel ihres Bewusstseins versuchte sich die Stimme der Vernunft zu melden, aber Jacksons Duft erstickte sie. Er strömte ihn jetzt aus wie süßes Gift, das dazu diente, sein Opfer zu betäuben. Lucinda fühlte sich, als träume sie, und dennoch viel lebendiger, als sie sich je zuvor gefühlt hatte. Jacksons Hände waren plötzlich auf ihren Beinen, schoben ihr Kleid hinauf, glitten über die Seide, die ihre Schenkel streichelte, und schlängelten sich an den Strumpfhaltern entlang zu ihrer Taille hinauf. Lucinda wusste, sie müsste jetzt irgendetwas sagen, protestieren, aber ihre Stimme und ihre Bereitschaft, sich zur Wehr zu setzen, wurden von seiner Macht über sie völlig unterdrückt. Sein Duft erfüllte sie, erregte sie, machte sie zu einer Gefangenen ihres eigenen Verlangens und des seinen.

Seine Hand glitt unter ihre seidene Unterhose, und sie sog scharf den Atem ein, als seine Finger ihre nackte Haut berührten. Sein Mund strich über ihren Nacken, und er richtete sich auf, um wieder ihre Lippen in Besitz zu nehmen. Langsam schob er seine Hand noch tiefer unter ihren Schlüpfer. Der aufreizende Tanz seiner Zunge mit der ihren machte es ihr nicht nur schier unmöglich, gegen seine Unverfrorenheit zu protestieren, sondern auch dies nur zu wollen. Sie wusste, dass sie die Kontrolle verlor, und genau das war Lucindas größte Angst.

Ihre Kontrolle war ihr schon einmal genommen worden. Die Erinnerung daran hatte sie selbst im Traum verfolgt und ihr womöglich noch viel schlimmere Dinge vorgespielt, als Lord Cantley ihr tatsächlich angetan hatte. Es war der Gedanke daran, wie hilflos, wie unfähig sie gewesen war, ihren Verstand und ihre Handlungen zu beherrschen, was Jacksons Zauber beinahe brach. Beinahe ... bis er sie berührte, wo ihre süße Qual am größten war.

Seine Berührung war sanft und zart, ganz anders, als Lord Cantley sie vermutlich berührt hatte. Aber dann wiederum war ja alles sanft und weich an Jackson Wulf, seine Haut, sein Haar, seine Augen. Als er sich an sie drückte, musste sie diesen Gedanken korrigieren. Nicht alles an ihm war sanft und weich ...

»Nein«, gelang es ihr zu flüstern. »Ich will das nicht, Jackson.«

Er küsste sie sehr zärtlich, aber er entfernte weder seine Hand, noch trat er einen Schritt zurück. »Ich werde dich nicht mit meinem Körper lieben«, sagte er. »Ich will dir nur Vergnügen schenken.«

Und während er dies noch sagte, fand er die verborgene kleine Knospe in ihr und begann sie innigst zu liebkosen. Lucindas Fingernägel bohrten sich in seine Schultern. Sie öffnete den Mund noch weiter unter dem seinen, und er küsste sie mit rückhaltloser Leidenschaft, während seine anderen, noch viel intimeren Zärtlichkeiten nichts als sanft und überaus … beharrlich blieben. Sie öffnete sich ihm auch dort noch weiter, spreizte ihre Beine und bog sich seiner Hand entgegen, um den Druck noch zu erhöhen. Er schien zu wissen, was sie dachte, wollte, *brauchte*, obwohl sie es selbst nicht wusste.

Die Anspannung in ihr nahm zu. Eine leidenschaftliche Begierde, die sie zittern und erbeben ließ, immer drängender wurde und sie in atemloser Spannung hielt. Jacksons warme Lippen glitten über ihren Nacken und zu ihrem Ohrläppchen hinauf. Während er sie mit einer Hand an ihrer intimsten Stelle liebkoste, legte er die andere um ihre Brust und umkreiste langsam mit dem Daumen ihre schon fast schmerzhaft harte Spitze.

»Du musst dich gehen lassen, Lucinda«, flüsterte er. »Überlass dich ganz deinen Empfindungen.«

Allein seine leisen, heiseren Worte brachten sie beinahe um den Verstand, aber sie kämpfte an gegen die Welle lustvoller Gefühle, die sie zu überfluten drohte. Sie fühlte sich, als ob sie vollkommen die Kontrolle über sich verlöre, und Panik durchdrang auf einmal den Nebel ihrer sinnlichen Verzückung. »Nein!«, schrie sie auf und stieß Jackson gegen die Brust. »Lass das!«

Er lehnte sich zurück, um ihr ins Gesicht zu sehen. Seine Miene war verblüfft, als glaubte er, er habe ihr ohne es zu wollen wehgetan. Lucinda zerrte an der Hand, die er unter ihren Schlüpfer geschoben hatte, und stieß ihn mit aller Kraft gegen die Brust, bis er endlich einen Schritt zurücktrat. Aufschluchzend zog sie ihr Kleid wieder über ihre Beine und raffte das Oberteil vor ihrer Brust zusammen.

»Habe ich dir wehgetan?«, fragte er.

Lucindas Kehle war wie zugeschnürt vor Aufregung, und ihre Augen füllten sich mit Tränen. »Ich kann nicht«, war alles, was sie über ihre Lippen brachte.

Jackson runzelte die Stirn. »Du kannst was nicht, Lucinda? Meine Berührungen genießen? Ich denke schon, dass du das kannst«, widersprach er. »Und das hast du, glaube ich, auch getan. Ich glaube, du warst nur noch einen Schritt entfernt davon ...«

»Ich kann nicht die Kontrolle verlieren!«

Er trat einen Schritt näher. »Genau das ist es doch, Lucinda. Das ist es, was zwei Menschen tun, wenn sie ihre Körper miteinander teilen. Sie tauschen Kontrolle gegen Gefühle ein. Sie fühlen, anstatt zu denken. Sie vertrauen, und wenn auch vielleicht nur für diesen kurzen Augenblick. Sie vertrauen einander ganz und gar. Das weißt du doch, nicht wahr?«

Sie wusste so gut wie gar nichts über die körperliche Liebe, bis auf das, was Jackson sie gelehrt hatte, oder vielmehr, was er versucht hatte, sie zu lehren. Wenn sie ihm die Wahrheit sagte, wenn er wüsste, dass sie, weil sie selbst in Gefahr war, womöglich auch ihn in Gefahr gebracht hatte, würde er sie vielleicht noch heute Nacht vor die Tür setzen. Sie konnte Sebastian nicht zurücklassen. Noch nicht. Und wenn sie Jacksons Fluch nicht brach, könnte sie Sebastian erst recht nicht hier zurücklassen, wurde ihr nun plötzlich klar. Nicht bei einem Mann, von dem sie nicht vollkommen sicher wusste, dass sie ihm vertrauen konnte.

»Unsere Abmachung beinhaltete keine intimen Zärtlichkeiten«, erinnerte sie ihn. »Von dir genauso wenig wie von mir.«

»Das mag ja sein, aber bisher hast du dich auch nicht an deinen Teil der Abmachung gehalten«, sagte er mit angespannter, ärgerlicher Stimme. Dann ging er zu dem Tisch und schlug so heftig mit der Faust darauf, dass Lucinda zusammenfuhr. »Verdammt, Lucinda! Ich kann dich nicht töten, und ich kann dich nicht ... verführen. Ich werde langsam äußerst unzufrieden mit meinen eigenen Möglichkeiten, den Fluch zu brechen, und du tust nichts, um mir zu helfen!«

Lucindas Herz sank. »Ist es das, worum es ging? Worum es von Anfang gegangen ist? Um meine Kapitulation?«

Er fuhr auf dem Absatz herum und wandte ihr den Rücken zu. »Es geht um das Rätsel meines Vorfahren. Du sagtest, ich müsste einen anderen Weg finden, meinen Feind zu schlagen. Ich suche nur nach diesem Weg, mehr nicht.«

Bittere Galle stieg in ihrer Kehle auf. Er hatte sie nie schön und begehrenswert gefunden. Für ihn war es von Anfang an immer nur um ihn selbst gegangen, um ihn und sein schon fast fieberhaftes Streben danach, den Familienfluch zu brechen. Er hatte sie benutzt. Hatte sein gutes Aussehen und seine sinnliche Ausstrahlung gegen sie benutzt. Sie kam sich plötzlich wie die größte Närrin vor. Ihr Herz hatte begonnen, ihm gegenüber nachgiebiger zu werden. Was für ein schwerwiegender Fehler!

»Ich hasse dich«, sagte sie, bevor sie aus dem Zimmer stürmte.

Jackson wusste, dass er Lucinda hätte folgen müssen. Er war einfach nur wütend gewesen, als er diese verletzenden Worte zu ihr gesagt hatte. Wütend und frustriert. *Ich hasse dich.* Das hatte noch keine Frau zu ihm gesagt. Aber er verdiente es, weil er Verführung zu etwas Kaltem, Berechnendem gemacht hatte, auch wenn sie das für ihn noch nie gewesen war. In Wahrheit war er gar kein so bemerkenswerter Liebhaber. Er hatte sich einfach nur nie besonders große Mühe geben müssen. Zum einen suchte er sich stets die Art von Frauen aus, die ihn in einer Stunde erfreuten und in der nächsten dann schon einen anderen Mann. Und was sein Geld ihm nicht erkaufen konnte, erlangte er mit Leichtigkeit durch seinen ganz speziellen Duft.

Er ging zu einem Sessel und setzte sich hinein. Auch bei Lady Anne Baldwin hatte er seine Sache nicht besonders gut gemacht. Weil sie Zeit mit ihm verbracht hatte, über seine Scherze gelacht und immer aufrichtig erfreut gewirkt hatte, ihn zu sehen, wenn er ihr bei gesellschaftlichen Veranstaltungen begegnete und den Hof machte, hatte er geglaubt, sie sei in ihn verliebt. Aber stattdessen war er es gewesen, der ihrem Zauber erlegen war. Sie war so sanft, so schön und wohlerzogen. So völlig anders als die Prostituierten, mit denen er sich viel zu häufig abgab. Er hatte schon fast genügend Mut gesammelt, um sie um ihre Hand zu bitten, als sie ihm eines Abends sehr behutsam zu verstehen gab, für sie sei er der Bruder, den sie nie gehabt hatte. Es hatte ihm das Herz gebrochen, aber das hatte er ihr natürlich nie gesagt.

Nun hatte er mit noch viel schmerzlicheren Worten einem Menschen wehgetan. Nicht, dass Lucinda ihm etwa ihr Herz geschenkt hätte, aber sie verdiente Besseres, als er heute Abend getan und gesagt hatte. Und wenn er schon so ehrlich zu sich selbst war, musste er auch zugeben, dass Lucinda für ihn nicht nur ein Mittel zum Zweck war. Anfangs mochte sie es gewesen sein, aber heute sah er sie ganz anders. Und begehrte sie. So sehr, dass er noch immer fast schmerzhaft hart war vor Verlangen nach ihr. Sie war seine Frau, auch wenn niemand wusste, für wie lange, und er hatte sie schlechter behandelt als die Huren, zu denen er sich früher viel zu oft begeben hatte. Wegen des Gefühls der Zugehörigkeit, das diese Frauen ihm vermittelten und das für ihn wie eine Droge war.

Lucinda war wie er, auch wenn Welten zwischen ihnen lagen. Vielleicht hatte sie ausnahmsweise auch einmal dazugehören wollen. Zu diesem Haus und dieser Gesellschaft, die sie früher nicht einmal eines zweiten Blickes gewürdigt hatte. Jackson fuhr sich mit der Hand durchs Haar. Sollte er zu ihr gehen und sich entschuldigen? Aber könnte er das überhaupt, ohne sie wieder küssen zu wollen? Sie wieder berühren, streicheln und sich aufs Zärtlichste mit ihr vereinigen zu wollen? Nicht heute Nacht, beschloss er. Er hatte noch immer ihren Geschmack und ihren Duft an sich, und so sehr er sich auch bemühte, sein Verlangen nach ihr zu unterdrücken, es gelang ihm einfach nicht. Und deshalb würde der grandiose Liebhaber zu Bett gehen. Allein. Schon wieder mal.

17. Kapitel

Lucinda hätte sich während des Frühstücks am liebsten in ihrem Zimmer verkrochen, aber das erlaubte sie sich nicht. Das wäre die Handlungsweise eines Feiglings, und feige war sie nie gewesen. Sie war unangenehm berührt und auch zutiefst beschämt darüber, dass sie Jackson gestern Abend erlaubt hatte, so weit zu gehen, als er versucht hatte, sie zu verführen. Hätte sie ihn jetzt mit einem Fluch belegen können, hätte sie es zweifelsohne getan. Mit einem Fluch, der diesen beeindruckenden Körperteil von ihm, den er so gern mit aller Welt zu teilen schien, zu einem so winzigen Stummel zusammenschrumpfen lassen würde, dass er nicht einmal mehr einem Floh den Rücken damit kratzen könnte. Aber da das leider nicht in ihrer Macht stand, würde sie sich mit anderen Bestrafungsmaßnahmen zufrieden geben müssen.

Jackson stand höflich auf, als sie den Speiseraum betrat. Lucinda kämpfte gegen ihr Erröten an, als sie den Tisch sah und warf Jackson, der einen Stuhl für sie heranzog, einen bösen Blick zu, als sie Platz nahm. Hawkins eilte geschäftig hin und her, um das Frühstück zu servieren, und weder Lucinda noch Jackson wechselten ein Wort miteinander, bis Hawkins fertig war und ging.

»Das mit gestern Abend«, begann Jackson sofort. »Ich ...«

»Was ist damit?«, fiel Lucinda ihm ins Wort.

»Ich wollte mich bei dir entschuldigen«, sagte er.

»Ich erinnere mich kaum noch an den Abend«, erwiderte sie kühl. »Und ich möchte auch nicht darüber reden.«

»Aber ich fühle mich dazu verpflichtet«, widersprach er.

»Und ich habe dir gesagt, ich möchte nicht darüber reden«,

beharrte sie. »Sprechen wir lieber über deine Unzufriedenheit mit mir, was meinen Teil der Abmachung angeht. Mir ist da etwas eingefallen. Ich dachte, du wärst vielleicht dagegen, aber da du ja offenbar nichts zu abscheulich findest, solange du nur glaubst, es könnte dich von dem Fluch befreien, habe ich beschlossen, dass wir meine Idee vielleicht einmal ausprobieren sollten. Das Ganze schließt allerdings eine Peitsche und sehr viel Schmerz mit ein. Fühlst du dich dem gewachsen, Jackson?«

Er sah ihr prüfend in die Augen, und sein Gesichtsausdruck war frei von jeglicher Belustigung. »Meinst du das wirklich ernst, oder bist du nur auf Rache aus?«

»Sowohl als auch«, erwiderte sie ehrlich. »Es ist ein Exorzismus, der schon seit Jahrhunderten bekannt ist. Man vertreibt den Dämon durch Auspeitschen und Schmerz.«

Jacksons Gesichtsausdruck veränderte sich nicht einmal um eine Nuance. »Und sollte es nicht wirken, wird sich zumindest einer von uns beiden danach besser fühlen.«

Lucinda lächelte. »Genau.«

»Hm.« Jackson griff nach seinem hohen Kragen und lockerte ihn ein wenig. Lucinda versuchte, nicht seine Hände anzusehen. Er war viel zu geschickt mit ihnen. »Als letzte Möglichkeit vielleicht«, stimmte er dann nach kurzer Überlegung zu.

Lucinda schürzte die Lippen. »Ich dachte, wir könnten es nach dem Frühstück vielleicht einmal versuchen. Es ist ein ausgezeichneter Tag für eine kleine, blutige Strafmaßnahme.«

Jackson legte seinen Kopf ein wenig schief. »Wo hast du nur diese Ausdrucksweise her? Du hörst dich an wie ein echter Snob.«

»Von der Herzogin«, informierte sie ihn. Und da fiel ihr ein, dass sie der alten Dame ja versprochen hatte, mit Jackson über den Ball zu sprechen. Sie hatte ihm eigentlich sagen wollen, sie habe nicht die Absicht, hinzugehen, und er solle die Einladung doch bitte ablehnen, damit Ihre Gnaden sie in Ruhe ließ. Aber nun überlegte Lucinda es sich anders. Jackson hatte sie gestern Nacht gedemütigt. Vielleicht konnte sie sich dafür revanchieren, indem sie ihn nun ihrerseits beschämte. Vielleicht würde sie ihre Zähne schwärzen und mit einem Kessel voller gekochter Krötenköpfe zu dem Ball gehen.

»Ihre Gnaden möchte, dass wir sie am kommenden Wochenende zu einer gesellschaftlichen Veranstaltung begleiten«, sagte Lucinda. »Ich habe ihr versprochen, dich zu fragen.«

»Zu einer gesellschaftlichen Veranstaltung?« Jackson lachte. »Wir beide?«

Lucinda verengte ihre Augen. »Ich würde gerne hingehen.«

Das schien ihn zu ernüchtern. »Ehrlich? Oder willst du mich nur noch mehr bestrafen?«

»Sowohl als auch«, erwiderte sie auch diesmal ehrlich.

Seufzend schob er seinen Stuhl zurück. »Ich werde die Einladung nicht eher annehmen, als bis du bereit bist, dir meine Entschuldigung anzuhören.«

Aber für Lucinda waren die Wunden, die er ihr gestern zugefügt hatte, noch zu frisch, um das Thema anzusprechen. »Du kannst dich bei mir entschuldigen, wenn unser Abkommen beendet ist«, erklärte sie. »Bis dahin möchte ich absolut kein Wort mehr von dir hören.«

»Aber …«

»Von diesem Augenblick an«, fügte sie scharf hinzu, nahm ihre Gabel – die richtige, wie Jackson sah – und begann sich mit ihrem Frühstück zu beschäftigen.

Lucinda war offensichtlich keine Frau, die man verärgern durfte. Aber das wusste Jackson ja bereits von ihr. Sie sah entzückend aus, ihre Lippen waren noch geschwollen von seinen Küssen gestern Nacht und ihre Wangen rot vor Ärger. Er hätte sie am liebsten gleich wieder geküsst … und nicht nur das.

Aber stattdessen nahm auch er seine Gabel und begann mit seinem Frühstück. Wahrscheinlich brauchte er ohnehin noch etwas länger, um zu überlegen, wie er die Entscheidung, seine Verführungskünste zu benutzen, um sie zu bezwingen, vor ihr rechtfertigen sollte. Er bereute keineswegs, was gestern Nacht zwischen ihnen vorgefallen war, aber es tat ihm leid, sie so verletzt zu haben. Vielleicht wurde das Tier in ihm dominanter. Oder vielleicht war es das schon immer gewesen, weil er es zugelassen hatte, ohne sich dagegen zu wehren.

Und vielleicht, aber auch nur vielleicht, war er wirklich der egoistische, nur mit sich selbst beschäftigte Hurenbock, für den ihn alle hielten. Zumindest war er kein Trinker mehr. Aber er war auch nicht mehr zufrieden mit dem Leben, das er sich geschaffen hatte.

»Lucinda«, begann er.

Sie erhob ihre Gabel. »Kein Wort, oder ich spieße dich auf! Und zwar nicht auf die Art, wie du den Ausdruck wahrscheinlich gestern Nacht für das benutzen wolltest, was du mit mir vorhattest, bevor du dich für das etwas freundlicher klingende ›verführen‹ entschieden hast.«

Jackson schloss den Mund.

Lucindas Knie zitterten unter ihrem Kleid. Sie wünschte, sie hätte Jackson nicht dazu gedrängt, einen Ball mit der Herzoginwitwe zu besuchen. Sie sehnte sich jetzt zurück ins Stadthaus zu Sebastian, wo sie ihm etwas vorsingen und mit ihm spielen könnte. Ihr Magen war vollkommen verkrampft vor Aufregung.

»Ich bin gleich fertig, Mylady.« Abigail, die Zofe Ihrer Gnaden, frisierte Lucindas Haar. Sie saß völlig reglos da und hielt geduldig still, während die Frau ihr Haar mit heißen Eisen bearbeitete und es zu einer duftigen Lockenfrisur aufsteckte. Ihr

Kleid lag auf dem Bett bereit, sodass sie nach dem Frisieren nur noch hineinzuschlüpfen brauchte.

Die Herzoginwitwe hatte ihre Kutsche etwas früher geschickt, um Lucinda abholen zu lassen, da sie mit Jackson vereinbart hatten, dass er erst am frühen Abend kommen sollte, um sie zu dem Ball zu begleiten. Lucindas ganzer mühevoller Unterricht schien schlagartig aus ihrem Kopf verschwunden zu sein. Wann immer sie versuchte, sich an die korrekte Form der Ansprache zu erinnern, wann geknickst wurde und wann nicht, worüber man sich unterhalten durfte und worüber nicht, dann dröhnte ihr der Kopf.

Lucinda wusste instinktiv, dass es ein Fehler war, zu diesem Ball zu gehen. Es stand ihr nicht zu, sich als Dame ausgeben zu wollen. Sie war keine Dame, sondern ein Mädchen aus dem Volk. Eine Hexe aus einem kleinen Dorf, die ihr Leben lang von Menschen verspottet worden war, die selbst von weitaus niedrigerer Herkunft waren als die Gesellschaft, mit der sie heute Abend in Berührung kommen würde. Sie hatte Jackson bestrafen wollen mit ihrem Beharren darauf, an dieser Gesellschaft teilzunehmen. Wie hatte sie nur so dumm sein können.

Jackson kannte sich mit diesen Leuten aus. Er mochte zwar von ihnen gemieden werden, aber er war immerhin so aufgewachsen und erzogen worden, dass er sich in ihren Kreisen bewegen konnte, ohne unangenehm aufzufallen. Sie selbst dagegen würde nie in diese Kreise passen.

»So, Mylady, jetzt wird es Zeit, Euch anzukleiden.«

Lucinda drehte sich der Magen um, als sie sich von der Zofe aus dem Sessel helfen ließ. Und das mulmige Gefühl in ihrem Magen verstärkte sich noch mehr, als die Frau die Bänder von Lucindas Korsett so fest anzog, dass sie kaum noch Luft bekam, bevor sie ihr half, in das Kleid zu schlüpfen. Es war eine wundervolle Kreation aus smaragdgrüner, mit Goldfäden durchwirkter

Seide. Das eng anliegende Oberteil brachte Lucindas schlanke Taille zur Geltung, die jetzt durch das Korsett noch schmaler wirkte, und war gerade so tief ausgeschnitten, dass es viel von ihrer makellosen Haut frei ließ, aber auch wieder nicht so viel, dass es vulgär gewirkt hätte. Der Rock war so weit, dass sie drei gestärkte, an der Taille ansetzende Unterröcke darunter tragen musste. Die kurzen, bauschigen Ärmel bedeckten gerade eben ihre Schultern, und ein Paar lange weiße Abendhandschuhe vervollständigten die Eleganz des Abendkleides.

Die Herzogin kam herein, als die Zofe gerade die letzten Knöpfe am Rücken von Lucindas Kleid schloss. Die alte Dame sog scharf den Atem ein, als sie ihren Schützling sah.

»Oh, mein liebes Kind, du bist eine Vision!«

Lucindas Angespanntheit ließ ein wenig nach, als sie sich lächelnd für das Kompliment bedankte. »Glaubt Ihr, dass ich bestehen werde?«

»Du wirst weit mehr als nur bestehen«, versicherte ihr die Herzogin. Sie trat noch näher in das Zimmer, und erst jetzt bemerkte Lucinda das schwarze Kästchen in ihrer Hand. »Jackson ist schon unten. Er hat mir das hier für dich mitgegeben und meinte, du würdest den Schmuck vielleicht gern tragen wollen.«

Als das Kästchen geöffnet wurde, war es Lucinda, die verblüfft nach Luft schnappte. Auf schwarzem Samt lagen ein wunderschönes Diamantkollier und dazu passende Ohrringe.

»Ich kenne den Schmuck«, bemerkte die Herzogin leise. »Er gehörte Jacksons lieber Mutter. Wie aufmerksam von ihm, ihn dir zu überlassen, damit du ihn heute Abend tragen kannst.«

Der Schmuck, so schön er auch war, erinnerte Lucinda einmal mehr daran, wie verschieden Jacksons und ihr eigenes Leben gewesen waren. Lucindas Mutter hatte in ihrem ganzen Leben keinen Schmuck besessen, und schon gar nicht Diamanten. Mit zitternden Händen nahm Lucinda das kostbare Kollier aus dem Samtkästchen. Die Herzogin half ihr, die Kette zu schließen, und dann befestigte Lucinda die langen Ohrringe an ihren Ohren.

»Perfekt«, erklärte die Herzogin. »Du bist schön wie eine Märchenprinzessin, Lucinda. Ich kann es kaum erwarten, Jacksons Gesicht zu sehen, wenn du die Treppe hinuntergehst. Lass mich vorangehen«, flüsterte sie aufgeregt wie ein junges Mädchen. »Lass mir einen Moment Zeit, und komm erst dann hinunter. Geoffrey hält unsere Mäntel an der Tür bereit.«

Die Herzogin, die selbst sehr elegant aussah in ihrem rosafarbenen Brokat, eilte aus dem Zimmer. Lucinda trat vor den bodenlangen Spiegel und erkannte die Frau fast nicht, die sie darin erblickte. Ihr Haar war zu einer duftigen Lockenfrisur aufgesteckt. Diamanten glitzerten um ihren Nacken und lenkten den Blick auf die lange, schlanke Biegung ihres Halses.

Lucinda atmete so tief ein, wie das enge Korsett es ihr erlaubte, und griff nach einem seidenen, zu ihrem Kleid passenden Abendtäschchen, als sie sich vom Spiegel abwandte und das Zimmer verließ, um zu Jackson und der Herzogin hinunterzugehen.

Jacksons Kragen war ihm jetzt schon lästig. Obwohl er größtenteils wie alle anderen Herren gekleidet war, war er doch schon seit langem nicht mehr so herausgeputzt gewesen. Er trug selbstverständlich eine weiße Fliege und seinen besten, von Weston's auf der Conduit Street maßgeschneiderten schwarzen Seidenrock, aber was die Fußbekleidung anging, war es zwischen ihm und Hawkins fast zum Streit gekommen. Jackson hatte seine kniehohen, auf Hochglanz aufpolierten schwarzen Stiefel tragen wollen, aber Hawkins hatte darauf bestanden, dass er schwarze, spitz zulaufende Halbschuhe mit hohem Absatz sowie die traditionellen weißen Strümpfe trug. Er hasste diese Mode. Sie war viel zu feminin für ihn und entsprach in keinster Weise seinem männlichen Geschmack.

Als er der Herzogin nun einen Blick zuwarf und das Rubinkollier bemerkte, das sie trug, war er froh, dass er daran gedacht hatte, Lucinda die Diamanten seiner Mutter mitzubringen. Sie waren ihm nach ihrem Tod übergeben worden, weil er, wie sie gesagt hatte, als kleiner Junge immer so fasziniert von allem Glitzernden gewesen war.

Jackson zupfte gerade eine nicht vorhandene Fussel von seinem Gehrock, die er sich deshalb nur eingebildet haben konnte, weil Hawkins ihn niemals mit Fusseln auf dem Rock ausgehen lassen würde, als Ihre Gnaden ihn in die Rippen stieß. Er sah die Herzogin an, und sie deutete mit dem Kopf zur Treppe.

Als Jackson aufschaute, verschlug es ihm den Atem. Noch nie in seinem Leben hatte er eine schönere Frau gesehen als die, die auf dem oberen Treppenabsatz stand. Er musste zu dem Geländer gegangen sein, ohne es zu merken, denn plötzlich fühlte er das polierte Holz unter seiner Hand, während er noch immer sprachlos zu Lucinda aufschaute.

Ihr Haar schimmerte wie geschmolzenes Kupfer. Das smaragdgrüne Kleid, das sie trug, brachte ihre fantastische Figur zur Geltung und passte zu der Farbe ihrer Augen. Sie war traumhaft schön. Als sie zögerte und nicht weiterging, streckte er seine Hand nach ihr aus.

Langsam kam sie die Treppe herunter, bis ihre behandschuhte Hand in seine glitt. Er ergriff ihre schlanken Finger und zog sie die letzte Stufe zu sich herab in seine Arme.

»Du bist schöner, als mit Worten zu beschreiben ist«, sagte er leise.

Sie schaute lächelnd zu ihm auf. »Und du bist sogar noch hübscher«, scherzte sie.

»Ihr gebt ein hinreißendes Paar ab«, sagte die Herzogin, was Jackson wieder daran erinnerte, dass sie hinter ihnen stand und sie beobachtete.

Wahrscheinlich war die Anwesenheit der Herzogin ein Segen, denn er fühlte sich versucht, Lucinda einfach aufzuheben, sie hinaufzutragen und all diese Vollkommenheit wieder zunichte zu machen.

»Sollen wir gehen?«, fragte er stattdessen.

Lucinda holte tief Luft, wodurch sich ihre vollen Brüste unter dem Ausschnitt ihres Kleids auf höchst verführerische Weise anhoben. »Ja, das sollten wir wohl.«

»Unsere Mäntel, Geoffrey«, befahl die Herzogin.

18. Kapitel

Lucinda schwirrte der Kopf. Nach der anfänglich ein wenig angespannten Stille, die sich nach ihrer Ankündigung ausgebreitet hatte, schien alles, was darauf folgte, mit geradezu schwindelerregender Geschwindigkeit vor sich zu gehen. Bei den Vorstellungen hoffte Lucinda, dass sie knickste, wenn es nötig war, und die Hand ausstreckte, wenn es angebrachter war; meistens aber folgte sie einfach nur dem Beispiel der Herzoginwitwe. Jackson war nervös. Lucinda kannte ihn inzwischen gut genug, um zu spüren, wie unbehaglich er sich fühlte.

»Wie gefällt es dir bisher, Lucinda?«

Noch viel zu beschäftigt damit, all den Glanz und die Pracht vor ihr in sich aufzunehmen, warf sie ihm nur einen raschen Blick aus ihren Augenwinkeln zu. »Eine vulgärere Zurschaustellung von Reichtum habe ich noch nie gesehen. Wenn ich ehrlich sein soll, macht es mich ein bisschen krank.«

Jackson lachte. »Na ja, es ist wohl auch wirklich ein bisschen viel auf einmal. Selbst für jemanden, der in diese Welt hineingeboren wurde.« Er nahm ihre Hand. »Fühlst du dich unwohl hier, Lucinda?«

Seine Berührung war tröstlich und beunruhigend zugleich. Ein wohliges kleines Kribbeln lief ihren Arm hinauf.

»Längst nicht so sehr, wie ich es sollte«, antwortete sie. »Es ist ja nicht so, als hätte ich überhaupt je irgendwo dazugehört. Auf einem Dorffest würde ich mich genauso unwohl fühlen.«

Jackson öffnete den Mund, um etwas zu erwidern, aber in dem Moment wurden sie unterbrochen.

»Jackson Wulf – bist du das wirklich?«

Beide wandten sich auf die Frage der jungen Dame um. Lucinda wusste nicht, wo sie zuerst hinsehen sollte, auf das Gesicht der schönen jungen Frau, das richtig strahlte, oder auf Jacksons, aus dem alle Farbe wich.

»Lady Anne«, sagte er und ließ Lucindas Hand sinken. »Es ist lange her.«

Das Lächeln der jungen Frau wurde noch strahlender, sofern das möglich war. »Ich habe dich noch nicht gesehen, seit ich nach London zurückgekehrt bin. Du siehst großartig aus.«

Jackson trat vor, nahm die Hand der jungen Frau und hauchte einen galanten Kuss darauf. »Und du bist noch genauso schön, wie ich dich in Erinnerung hatte.«

Lucinda hätte schwören können, dass sie spürte, wie sich die Härchen in ihrem Nacken sträubten. Sie hatte plötzlich das höchst merkwürdige Bedürfnis, ihren Rücken zu krümmen und die schöne junge Frau wie eine Katze anzufauchen.

Die junge Dame blickte nun in ihre Richtung. »Ich habe gehört, dass du geheiratet hast.«

Als erinnerte sich Jackson plötzlich wieder, dass er eine Frau hatte, ließ er die Hand der jungen Dame los und wandte sich Lucinda zu. »Ja, Lady Anne, ich würde dir nun gerne meine Frau Lucinda vorstellen.«

Lucinda, die sich schon darauf eingestellt hatte, die Frau sofort zu hassen, war überrascht, als die junge Dame ihre beiden Hände nahm und sie sehr herzlich drückte. »Ihr seid die glücklichste Frau auf Erden«, sagte Lady Anne. »Und die schönste, die ich je gesehen habe. Ich hätte wissen müssen, dass Jackson eine Frau fürs Leben finden würde, die nicht weniger als absolut vollkommen ist. Wir sind uns sehr nahegekommen, als wir im vergangenen Jahr im Ausland waren«, erklärte sie. »Ich liebe ihn wie verrückt.«

Lucinda hatte nicht den Schimmer einer Ahnung, wie sie darauf reagieren sollte. Lady Anne war selbst eine Schönheit mit ihren sanften braunen Augen, die an die eines Rehs erinnerten. Sie strahlte eine aufrichtige Wärme aus, und ihre Aura war sehr sanft und zart. Da war weder Gift noch Eifersucht, außer vielleicht auf Lucindas Seite.

»Ich werde nicht bleiben und euch stören«, scherzte die junge Frau. »Aber ich musste Jackson begrüßen und konnte es auch kaum erwarten, Euch kennenzulernen, Lucinda.«

»Deine Tante runzelt bereits die Stirn«, sagte Jackson zu der jungen Frau. »Du solltest gehen, bevor sie kommt und dich hier wegschleift.«

Lady Anne verdrehte die Augen. »Sie weiß, dass ich niemals jemanden brüskieren würde. Und sie weiß auch, dass ich mir meine Freunde selbst aussuche. Vielleicht würde deine bezaubernde junge Frau mir ja später einen Tanz mit dir erlauben?« An Lucinda gewandt sagte sie: »Ihr habt ja sicher schon bemerkt, was für ein fabelhafter Tänzer Jackson ist.«

Lucinda wusste nichts dergleichen, und abgesehen davon konnte sie selbst nicht tanzen. Jedenfalls nicht mit diesen höflichen, steifen Bewegungen, die sie heute Abend an den tanzenden Paaren beobachtet hatte. Sie tanzte für den Mond, nach einem einfachen, urtümlichen Rhythmus, der nur in ihrem Kopf zu hören war. Nun kam sie sich nicht nur ungeschickt und völlig fehl am Platze vor, sondern sie begann auch noch eine gänzlich unsinnige Eifersucht auf Lady Anne zu verspüren.

Die junge Frau nahm Lucindas Hand und drückte sie rasch noch einmal, bevor sie Jackson einen Kuss auf die Wange gab und wieder ihrer Wege ging. Aus dem Augenwinkel beobachtete Lucinda, wie Jackson Lady Anne nachstarrte. Für einen kurzen Moment sah Lucinda etwas in seinen Augen aufflackern, das ihr den Verdacht bestätigte, der ihr gekommen war. Es war ein Ausdruck des Schmerzes und der Sehnsucht, was sie da in seinen Augen sah. Und da verstand Lucinda: Diese Lady

Anne war die Frau, die Jackson das Herz gestohlen und den Fluch auf ihn herabgebracht hatte. Die Frau, die Jackson liebte.

Die Erkenntnis traf Lucinda härter, als sie es je für möglich gehalten hätte, auf jeden Fall viel härter, als ihr lieb war. »Sie ist hübsch«, hörte sie sich sagen.

Jackson wandte sich ihr wieder zu. »Ja«, stimmte er ihr zu, was aus irgendeinem Grund die schlechte Laune, die von ihr Besitz ergriffen hatte, noch verstärkte.

»Und sehr liebenswürdig«, fügte er hinzu. »Jede andere Frau würde heute Abend dafür gekreuzigt werden, sich zwei Ausgestoßenen wie uns zu nähern, aber sie nicht, weil es nämlich völlig wider ihre Natur wäre, jemanden zu schneiden. Sie weiß nicht einmal, wie es ist, ein Snob zu sein.«

»Sie ist es, nicht?«, fragte Lucinda.

»Sie *war* es«, berichtigte er sie. »Das ist lange her.«

Lucinda vergaß, dass sie auf einer Gesellschaft waren. Es war, als ob alles und jeder um sie herum verblasste und sich ihre ganze Aufmerksamkeit ausschließlich auf Jackson konzentrierte. »Sie hat gesagt, sie liebe dich wie verrückt.«

Er fuhr sich mit der Hand durch das Haar, welches er zu ihrer Freude heute Abend offen und nicht zu einem Pferdeschwanz gebunden trug. Lucinda mochte es, wenn es ihm bis zu den Schultern reichte. »Das Gleiche hat sie mir vor über einem Jahr auch in Paris gesagt«, erwiderte er ruhig. »Nur hat sie da hinzugefügt, dass sie mich wie den Bruder liebe, den sie niemals hatte.«

Irgendwie bedauerte Lucinda ihn, aber sie konnte zugleich auch spüren, wie ihr Herz vor Freude schneller schlug. Sie legte eine Hand auf seinen Arm. »Das tut mir leid, Jackson.«

Er tat ihre mitfühlenden Worte mit einem Schulterzucken ab. »Das muss es nicht. Ich habe Anne überwunden.« Doch selbst während er das sagte, glitt sein Blick durch den Saal zu der jungen Dame, die sich jetzt mit einer ziemlich sauertöpfisch dreinblickenden Frau unterhielt, die wahrscheinlich die von Jackson erwähnte Tante war.

Und wieder sank Lucindas Herz. Er war noch immer da in seinen Augen, der Kummer, auch wenn Jackson nicht bereit war, sich zu seinen Gefühlen zu bekennen.

»Möchtest du tanzen?«, fragte er Lucinda plötzlich. »Diese Veranstaltungen sind schrecklich langweilig, wenn man nicht selbst irgendetwas tut, um Spaß zu haben.«

»Ich kann nicht tanzen«, gab Lucinda zu. »Und ich will uns nicht beide in Verlegenheit bringen, indem ich ausgerechnet bei einem solchen Anlass versuche, es zu lernen.«

Jackson nickte, eine Zeit lang blieben sie nur schweigend beieinander stehen. Die Herzogin, die sie nie ganz aus den Augen ließ, unterhielt sich ganz in ihrer Nähe mit einer Gruppe älterer Damen.

»Warum forderst du nicht Lady Anne zum Tanzen auf?«, schlug Lucinda schließlich vor, während ihr Stolz mit Eifersucht und sogar noch tieferen Gefühlen kämpfte, die sie im Augenblick lieber nicht genauer untersuchen wollte. »Sie sagte doch, sie wolle mit dir tanzen.«

»Ich möchte deine Gefühle nicht verletzen«, erwiderte Jackson.

Das hatte er längst getan, aber darum ging es hier jetzt nicht. »Das macht mir überhaupt nichts aus«, versicherte sie ihm. »Wenigstens einer von uns sollte sich ein bisschen amüsieren.«

Er sah ihr lange prüfend in die Augen. Vielleicht war es ja auch ihr gelungen, ihn zu kränken? Dann zuckte er die Schultern. »Vielleicht wirst du dich in Gesellschaft der Herzogin ja auch besser unterhalten als mit mir.«

Und damit nahm er auch schon ihren Arm und führte sie zu der Herzogin hinüber. Sobald die alte Dame Lucinda in ihrer kleinen Gruppe aufgenommen hatte, tauchte Jackson in der

Menge unter. Lucinda versuchte, dem langweiligen Gespräch der alten Damen zu lauschen, doch ihr Blick glitt immer wieder durch den Raum und suchte einen großen, blonden, ganz in Schwarz gekleideten Herrn, welcher der mit Abstand bestaussehende Mann an diesem Abend war.

»Entschuldigt uns, meine Damen«, hörte sie die Herzogin sagen. »Ich habe etwas mit meinem Schützling zu besprechen.«

Nachdem die Herzogin Lucindas Arm genommen und sie von der Gruppe weggeführt hatte, beugte sich die alte Dame zu ihr vor und machte ein leises, schnarchendes Geräusch, über das Lucinda lachen musste.

»Sie sind furchtbar langweilig«, gestand die Herzogin. »Wo ist Jackson eigentlich? Ich hoffe, doch wohl nicht am Tisch mit den Drinks.«

»Jackson trinkt nicht mehr«, informierte Lucinda die Herzogin mit einem gewissen Stolz.

»Ich sagte dir doch schon, dass er einen guten Ehemann abgeben würde, wenn eine Frau ihn vom Alkohol und den Bordellen abbrächte«, erwiderte die Herzogin, die sehr erfreut zu sein schien über Lucindas gute Nachrichten.

Aber in dem Moment entdeckte Lucinda Jackson endlich, und ihre gute Laune verließ sie schlagartig wieder. Er tanzte mit Lady Anne und schien sich großartig mit ihr zu unterhalten.

Die Herzogin, die ihn ebenfalls erblickt hatte, seufzte. »Ich hatte so gehofft, dass er sie nicht sehen würde und sie einander vielleicht zufällig verpassen würden.«

»Ihr wisst von Jacksons Gefühlen für sie?«, fragte Lucinda.

Die alte Dame nickte. »Ich fürchte, es war in aller Munde, als Lady Anne nach London zurückkam. Jackson wusste natürlich nichts davon, weil er in diesen Kreisen nicht verkehrt, und Lady Anne ist zu naiv, um zu bemerken, dass hinter ihrem Rücken alle darüber tuschelten, dass Jackson Wulf in sie verliebt war.

Die jüngeren Leute dachten wohl, dass sie es nicht anders verdiene, nachdem sie sich so mit ihm angefreundet hatte. Das Gerede legte sich bald, doch nun wird es erneut beginnen, fürchte ich.«

Würde es das? Lucinda beobachtete die beiden beim Tanzen. Lady Anne hatte nicht nur höflich sein wollen, als sie gesagt hatte, Jackson sei ein fabelhafter Tänzer. Er bewegte sich mit einer Anmut und Geschmeidigkeit, mit der kein anderer Mann auf dem Parkett mithalten konnte. Lady Anne lachte ihn an, als sie vorbeitanzten. Lucinda ertrug es nicht, sie anzusehen. Eine Fülle von ihr bis dahin völlig unbekannten Gefühlen erfasste sie. Sie konnte plötzlich nicht mehr atmen in dem Gedränge überall um sie herum.

»Ich muss an die frische Luft«, sagte sie zu der Herzogin und wandte sich ab, um hinauszueilen. In ihrer Hast stieß sie jedoch mit einem Mann zusammen, und peinlich berührt, weil sie ihn beinahe umgestoßen hatte, blickte sie auf, um sich zu entschuldigen. Aber das Blut gefror ihr in den Adern, und ihr Herz begann wie wild in ihrer Brust zu hämmern.

»Ich war gerade auf dem Weg zu Ihrer Gnaden, um sie zu bitten, mich Euch vorzustellen«, sagte der Mann. »Und vielleicht sogar so kühn zu sein, Euch um einen Tanz zu bitten.«

Lucinda war außerstande, auch nur ein einziges Wort über die Lippen zu bringen.

»Lord Cantley«, sagte die Herzogin gedehnt. »Ich habe Euch seit Jahren nicht in London gesehen. Wie geht es Eurer lieben Frau Gemahlin?«

Der Mann wandte den Blick nicht von Lucinda ab, um der Herzogin zu antworten. »Sie ist mit den Kindern auf dem Land«, sagte er. »Sie zieht dem schnellen Leben Londons während der Saison schon lange den ländlichen Frieden vor.«

»Darf ich Euch Lady Wulf vorstellen?« Die Herzogin tat ihre

Pflicht, auch wenn Lucinda spüren konnte, dass sie es nur äußerst widerstrebend tat.

Mit einer angedeuteten Verbeugung nahm Lord Cantley Lucindas Hand und führte sie an seine Lippen. Sie hätte sie ihm fast entrissen. Sie war noch immer so bestürzt und außer sich, dass es ihre ganze Willenskraft erforderte, ihm diese flüchtige Berührung zu erlauben.

Lord Cantley sah sie prüfend an. »Ihr kommt mir irgendwie bekannt vor, Lady Wulf. Sind wir uns schon einmal irgendwo begegnet?«

»Das bezweifle ich«, mischte sich die Herzogin ein, wofür Lucinda ihr sehr dankbar war, da sie ihre Stimme immer noch nicht wiedergefunden hatte. »Die junge Dame hat fast ihr ganzes Leben auf dem Landsitz ihrer Eltern verbracht. Ich glaube, ihre Heirat mit dem jungen Jackson war schon vor vielen Jahren vereinbart worden.«

Es war eine dreiste Lüge, aber Lucinda war froh, dass die alte Dame sie sich ausgedacht hatte. Spielte Lord Cantley mit ihr? Oder erkannte er sie wirklich nicht in ihrer eleganten Kleidung? Auf jeden Fall hätte er nie damit gerechnet, ihr bei einem solchen Anlass zu begegnen. Lucinda fragte sich, ob er auch nur ihren Namen kennen mochte. Er hatte sie immer nur als ›die rothaarige Hexe‹ bezeichnet.

Sein Blick glitt zu ihrem Dekolleté, und eine Gänsehaut kroch über Lucindas Arme. »Ich muss Euch um Verzeihung bitten, aber ich tanze nicht«, sagte sie, als sie endlich wieder Worte fand, und bemühte sich, so gut sie konnte, ihrer Stimme den richtigen Akzent und das angemessene Maß an Standesdünkel zu verleihen. »Ich war gerade auf dem Weg zu den Tischen mit den Erfrischungen«, setzte sie hinzu, in der Hoffnung, dem Gespräch damit ein Ende zu bereiten.

Aber Cantley ergriff ihren Arm. »Dann erlaubt mir, Euch zu

begleiten. Natürlich nur, wenn Euer Herr Gemahl das nicht als zu aufdringlich empfinden würde. Sagtet Ihr, sein Familienname sei Wulf?«

Noch immer vollkommen benommen, ließ Lucinda sich von Lord Cantley von der Herzogin wegführen. Kannten die Dörfler von Whit Hurch Jacksons Namen? Würde es ein Leichtes für Lord Cantley sein, eins und eins zusammenzuzählen und zu der richtigen Schlussfolgerung zu kommen? Sie musste Jackson fragen – vorausgesetzt, dass er sich lange genug von Lady Anne losreißen konnte, um ihr Gelegenheit dazu zu geben. Wenn sie kein unerwünschtes Aufsehen erregen wollte, blieb Lucinda gar nichts anderes übrig, als Lord Cantley in das Nebenzimmer und zu den Tischen mit den dort bereitstehenden Getränken zu begleiten.

Der Weg durch das Gedränge machte ein Gespräch zwischen ihnen unmöglich, wofür Lucinda mehr als dankbar war. Was sie tun würde, wenn sie den nicht ganz so überfüllten Nebenraum erreichten, wusste sie noch nicht. Vielleicht würde der Graf ja keinen weiteren Gedanken an sie verschwenden, falls es ihr irgendwie gelang, ihm zu entkommen.

Aber ihr war auch klar, dass Lord Cantley, falls er eine Zeit lang hier in London blieb, irgendwann zu der Erkenntnis kommen musste, wer sie war. Es gab genug Gerüchte über sie, die er zweifellos hören würde, wenn er sich nach ihr erkundigte. Im Augenblick jedoch konnte sie nichts anderes tun, als zu versuchen, ihm zu entkommen, und zu hoffen, dass er sie vergessen würde.

Der Raum mit den Getränken war überraschend leer. Nur einige wenige Herren unterhielten sich in einer Ecke in der Nähe des mit Rum vermischten Punsches.

»Würdet Ihr so freundlich sein, Lord Cantley, mir ein Glas Punsch zu holen, während ich mich ein bisschen frisch mache?«, rief Lucinda, die sichergehen wollte, ihm immer einen Schritt voraus zu bleiben, ihm über die Schulter zu.

»Mit dem größten Vergnügen, Mylady«, antwortete er.

»Ich bin in wenigen Minuten wieder da.« Lucinda ging weiter durch den Raum mit den Erfrischungen, an dessen Ende sie einen Durchgang zu finden hoffte, der in den Ballsaal und zu Jackson zurückführte. Allein schon in Cantleys Nähe zu sein drehte ihr schier den Magen um vor Hass und Furcht. Dabei sorgte sie sich nicht einmal so sehr um sich selbst, obwohl sie wirklich nie wieder in Reichweite dieses Mannes kommen wollte, sondern vor allem um Sebastian. Lord Cantley war völlig skrupellos und besaß nicht das geringste Ehrgefühl.

Plötzlich verhielt Lucinda abrupt den Schritt. In ihrer Aufregung hatte sie die falsche Richtung eingeschlagen und schien sich jetzt eher von der Musik zu entfernen, statt sich ihr zu nähern. Als sie sich jedoch umdrehte, um zurückzugehen, verstellte ihr ein Mann den Weg.

»Lord Cantley«, sagte sie erschrocken. »Ich sagte doch, dass ich gleich wieder da sein würde.«

Er lächelte sie an. »Ich bin oft genug auf die Jagd gegangen, um zu wissen, wann eine Beute die Flucht vor mir ergreift. Warum habt Ihr Angst vor mir, Lady Wulf?«

Obwohl sie innerlich zitterte, schob Lucinda das Kinn vor und erwiderte scheinbar völlig ruhig seinen Blick. »Ich habe keine Angst vor Euch. Oder sollte ich vielleicht welche haben?«

Bevor sie es verhindern konnte, streckte Lord Cantley seine Hand nach ihr aus und berührte ihre Wange. Lucinda schrak zusammen und trat einen Schritt zurück.

»Was für eine zarte, weiche Haut. Ich glaube, die habe ich schon einmal berührt. Und sogar ziemlich viel davon ...«

Lucindas Selbstvertrauen geriet nun ganz ins Schwanken, und sie musste ihre ganze Kraft und Beherrschung aufbieten, um Lord Cantley weiter etwas vormachen zu können. »Ich bin eine verheiratete Frau«, sagte sie. »Und Ihr geht zu weit, wenn Ihr mir nachstellt, als ob ich Euch in irgendeiner Form dazu ermutigt hätte.«

Der Mann zuckte nur die Schultern. »Manche Männer brauchen nicht viel Ermutigung«, versetzte er und trat einen Schritt näher. »Sie sehen etwas, das sie haben wollen, und nehmen es sich.«

Oder setzen eine Frau unter Betäubungsmittel, damit sie sich nicht wehren kann, hätte Lucinda am liebsten erwidert. Sie vermutete jedoch, dass Lord Cantley nur darauf wartete, dass sie irgendetwas in der Art erwiderte. Er versuchte sie auszutricksen. Sie schob ihr Kinn noch weiter vor.

»Ihr habt zu viel Zeit auf dem Land verbracht. Ihr habt die Manieren eines brünstigen Hirsches, Mylord. Entschuldigt mich.« Lucinda wollte um ihn herumgehen, aber wieder verstellte Cantley ihr den Weg.

»Ihr erinnert mich an jemanden. Aber natürlich könnte jemand wie sie nicht hierhergekommen sein. Und schon gar nicht als Gattin eines Mannes aus einer reichen, wenn auch, wie wir beide wissen, völlig inakzeptablen Familie. Auch wenn die Frau eine Hexe war und ich selbst am besten weiß, wie mühelos sie einen Mann betören kann.«

Wie Lucinda schon befürchtet hatte, wusste er, wer sie war, aber sie musste auch weiterhin so tun, als wäre sie es nicht. »Ich weiß nicht, von wem Ihr sprecht, aber wenn Ihr mir nicht den Weg freigebt, werde ich den ganzen Saal zusammenschreien, und dann werdet Ihr zur Rechenschaft dafür gezogen werden, dass Ihr eine verheiratete Frau belästigt, die Euch in keinster Weise dazu ermutigt hat.«

Der Graf, der plötzlich nicht mehr ganz so selbstsicher zu sein schien, sah sie aus schmalen Augen prüfend an. »Ich kenne nur eine Frau mit einer solchen Augenfarbe. Wie ist Euer Vorname, Lady Wulf?«

»Lucinda.«

Nicht sie hatte ihm ihren Namen genannt, sondern Jackson, der plötzlich hinter Lord Cantley erschienen war und äußerlich ganz ruhig wirkte. Aber Lucinda, die ihn besser kannte, sah, dass seine Augen bereits einen schwachen bläulichen Schimmer angenommen hatten.

»Jackson!«, sagte sie überrascht.

Lord Cantley wandte sich zu ihrem Ehemann um. »Ich wollte Eure bezaubernde Frau Gemahlin gerade wieder zu dem Ball zurückbegleiten«, sagte er. »Sie hat sich offenbar im Weg geirrt.«

»Ich werde ihr helfen, ihn zu finden«, versicherte Jackson dem Mann.

Beide Männer musterten sich abschätzend und versuchten, sich ein Bild von dem anderen zu machen.

»Die Dame kommt mir irgendwie bekannt vor«, ging der Graf noch einen Schritt weiter. »Ich versuchte nur herauszufinden, warum, und wo wir uns möglicherweise schon einmal begegnet sind.«

Jackson ging um Lord Cantley herum und stellte sich zwischen ihn und Lucinda. »Ich bezweifle, dass Ihr vor heute Abend Gelegenheit hattet, meiner Frau Gemahlin zu begegnen. Wir gehen beide nur sehr selten zu gesellschaftlichen Anlässen. Und wenn Ihr uns jetzt bitte entschuldigen würdet ...«

Doch anstatt zu gehen oder beiseitezutreten, um Jackson und Lucinda vorbeizulassen, rührte Cantley sich nicht von der Stelle und starrte an Jackson vorbei Lucinda an. »Ein Mann vergisst diese Augen nicht«, sagte er. »Oder diese makellose Haut.«

Trotz ihrer begrenzten Erfahrung in diesen Dingen wusste Lucinda, dass Lord Cantley gerade etwas sehr Beleidigendes geäußert hatte. Ein Mann machte vor einem anderen Mann keine Andeutungen über seine intimen Kenntnisse von dessen Ehefrau. Oder zumindest nicht, wenn er kein Duell riskieren wollte.

»Ich bin stark versucht, Euch zum Duell zu fordern«, sagte Jackson da auch schon mit gefährlich leiser Stimme. »Darf ich fragen, woher Ihr kommt?«

»Mein Besitz umfasst sehr ausgedehnte Ländereien in den Midlands; das Herrenhaus befindet sich in der Nähe eines Dorfes namens Whit Hurch. Vielleicht seid Ihr und Eure schöne Frau ja schon einmal in dieser Gegend gewesen.«

Für einen Moment entstand ein unbehagliches Schweigen, eine drückende Stille, in der Lucinda nur zu gut bewusst war, dass Jackson eine Verbindung zwischen ihr und Lord Cantley herstellte.

»Meine Frau ist aus Yorkshire, genau wie ich«, erwiderte Jackson dann gedehnt. »Ich wiederhole also noch einmal, dass Ihr sie gar nicht kennen könnt, und muss darauf bestehen, dass Ihr sie nie wieder belästigt.«

Lord Cantley machte eine angedeutete Verbeugung, und Lucinda dachte, damit sei die Angelegenheit erledigt, auch wenn sie wusste, dass sie Jackson wahrscheinlich noch einiges würde erklären müssen. Der Graf wandte sich ab und entfernte sich ein Stückchen, kam dann aber noch einmal zurück.

»Trotzdem ist es komisch«, sagte er, »dass diese Frau, die ich kannte, und sogar *sehr gut* kannte, versteht Ihr, den gleichen Vornamen hat wie Eure Frau Gemahlin. Das gleiche rote Haar. Die gleichen smaragdgrünen Augen und die gleiche hinreißende Figur. Sie könnten Zwillinge sein, die beiden«, schloss er, bevor er sich endgültig abwandte und ging.

Jackson ließ nach außen hin keine Reaktion erkennen, doch Lucinda sah, wie seine Rückenmuskeln sich versteiften und seine Hände sich zu Fäusten ballten. Lord Cantley war unerhört beleidigend gewesen mit seinen anzüglichen Bemerkungen und hätte eine ordentliche Tracht Prügel dafür verdient, aber Lucinda wollte ein derartiges Spektakel bei ihrem ersten gemeinsamen öffentlichen Auftritt unter allen Umständen vermeiden. Deshalb trat sie vor und legte eine Hand auf Jacksons Schulter.

»Lass es gut sein«, bat sie leise. »Er ist es nicht wert. Und ich auch nicht.«

Jackson wandte sich ihr zu, und sie konnte wieder das blaue Glühen in seinen Augen sehen. »Hast du dich mit ihm fortgeschlichen?«

Lucinda war noch nicht bereit, mit Jackson über Lord Cantley zu reden. Weder über das, was er ihr angetan hatte, noch über die Bedrohung, die er heute für sie darstellte. Oder zumindest doch nicht hier und jetzt. »Ich möchte nach Hause«, sagte sie ausweichend und versuchte, an Jackson vorbeizugehen.

Aber er blieb beim Thema. »Ich habe dich etwas gefragt, Lucinda.«

Nun war sie es, die ungehalten reagierte. »Wenn du nicht anderweitig beschäftigt gewesen wärst, wüsstest du, was ich während deiner Abwesenheit getan habe oder nicht!«, fuhr sie ihn an.

»Ich habe nur getan, was du gesagt hast«, gab er nicht minder ärgerlich zurück.

»Und zwar allzu gern«, murmelte sie, während sie weiterging. »Kennst du das Sprichwort: ›Wer im Glashaus sitzt, sollte nicht mit Steinen werfen‹?«

»Also rächst du dich, indem du mir deine eigenen vergangenen Taktlosigkeiten vor die Füße wirfst?«

Er ging jetzt neben ihr. Lucinda brauchte ihn nicht anzusehen, um zu wissen, dass er noch immer wütend war. »Könnten wir uns an einem ungestörteren Ort mit deinen kleinlichen Eifersüchteleien befassen? Zu Hause beispielsweise?«

Jackson antwortete nicht, aber der Erregung nach zu urteilen, die von ihm ausging, war die Angelegenheit noch lange nicht ausgestanden. Wie viel konnte sie ihm erzählen? Und würde er ihr ihre Geschichte glauben? Lucinda mochte sich zwar einreden, das Ganze ginge ihn nichts an, aber das war eine Lüge. Oder würde eine werden, falls Lord Cantley die Angelegenheit nicht fallen ließ und sie nicht aus seinem Kopf verdrängte – und das würde er ganz gewiss nicht tun, wie ihr Gefühl ihr sagte.

19. Kapitel

Jackson wusste, wie unvernünftig seine Eifersucht war. Er war sogar ziemlich überrascht darüber und bemühte sich, mit diesen ihm völlig fremden Emotionen zurechtzukommen. Lucinda hatte recht. Es war ja nicht so, als ob er sich nicht weitaus mehr Indiskretionen in seiner Vergangenheit geleistet hätte, als sie es jemals könnte. Aber er kannte sie inzwischen, und ungeachtet dessen, was sie ihm über Sebastians Vater gesagt hatte, wusste er, dass ein Mann zuerst ihr Herz würde gewinnen müssen, um sie in sein Bett zu kriegen.

Ihre ersten Küsse waren Beweis genug für ihn gewesen, dass ihre Erfahrungen mit Männern viel geringer waren als seine eigenen Erfahrungen mit Frauen. Sie war nach wie vor erstaunlich unschuldig in ihren Reaktionen, wenn er sie küsste oder sie berührte. Aber warum bereitete es ihm solche Qualen, sie sich mit einem anderen Mann vorzustellen? Sie hatte ein Kind. Selbstverständlich war sie mit anderen Männern zusammengewesen ... oder zumindest doch mit einem.

Je mehr Jackson über Lord Cantley nachdachte, desto mehr begannen sich seine Gedanken mit der Ähnlichkeit zwischen Sebastian und dem Grafen zu befassen. Es war kein gewöhnlicher Bauer, mit dem Lucinda zusammen gewesen war. Oh nein, Jackson hätte wissen müssen, dass sie mit ihrer Schönheit die Aufmerksamkeit eines Mannes von weitaus höherem Stand gewinnen konnte. Die des Gutsherrn. Eines Grafen. Mit weniger hätte sie sich nicht begnügt.

Jackson betrachtete sie verstohlen in der Kutsche. Sie hatten kein Wort mehr miteinander gesprochen, seit sie die Herzoginwitwe nach Hause gebracht hatten. Lucinda hatte so getan, als machte es ihr nichts aus, wenn er mit Lady Anne tanzte. Und genau deswegen hatte er es wahrscheinlich auch getan, aus Wut darüber, dass es Lucinda offenbar nicht kümmerte, was er mit anderen Frauen tat. Doch während er mit Anne getanzt hatte, als er mit ihr gescherzt hatte wie früher und sie zum Lachen gebracht hatte, hatte er nur an Lucinda denken können und sich gefragt, warum er *sie* nicht so bezaubern oder sie zum Lachen bringen konnte.

Weil Lucinda nichts für ihn übrighatte. Oder jedenfalls nicht das Gleiche für ihn empfand wie er plötzlich für sie. Vielleicht würde der Graf sie nun, da er sie in einem schönen Kleid und in der besseren Gesellschaft gesehen hatte, wieder zurückhaben wollen. Lucinda hatte gesagt, Sebastians Vater sei verheiratet. Damals war er vielleicht einfach nicht bereit gewesen, Lucinda zu seiner Mätresse zu machen und für sie und ihr Kind zu sorgen, aber heute Abend könnte er sich eines Besseren besonnen haben.

Die Kutsche kam rumpelnd vor dem Haus zum Stehen. Jackson überließ es dem Diener, die Tür zu öffnen und Lucinda hinauszuhelfen, bevor er selbst ausstieg. Hawkins hielt ihnen bereits die Tür auf und nahm ihre Mäntel, bevor Jackson ihn entließ und Lucinda die Treppe hinauf folgte. Dann wartete er geduldig an der Tür, während sie nach Sebastian sah und sich davon überzeugte, dass der Säugling schlief und alles in bester Ordnung war.

Lucinda blieb viel zu lange vor der großen Wiege stehen und starrte nachdenklich hinein. Jackson fragte sich, ob sie nach dem Wiedersehen mit dem Vater ihres Kindes ihre Entscheidung, so überstürzt vor ihm zu fliehen und sich stattdessen an Jackson Wulf zu binden, nun vielleicht doch bereute.

Der Gedanke versetzte ihm einen Stich ins Herz. Er mochte zwar gewusst haben, dass er sie eines Tages verlieren würde, aber er wäre nie auf die Idee gekommen, dass er auch Sebastian verlieren würde. Und als diese Möglichkeit ihm jetzt so richtig zu Bewusstsein kam, begann er auf einmal zu begreifen, dass er das Kind auf keinen Fall verlieren wollte. Und er wollte auch Lucinda nicht verlieren.

Diese letztere Erkenntnis verblüffte ihn so sehr, dass seine Wut auf sie verblasste. Jackson wandte sich ab, ging in sein eigenes Zimmer und zog die Tür hinter sich zu. Aus alter Gewohnheit ging er zu der Bar hinüber, da es ihn nach einem Drink verlangte, um seine plötzlich ungeheuer strapazierten Nerven zu beruhigen und vielleicht auch seine Sorgen zu ertränken. Als er aufgehört hatte zu trinken, hatte er weder die Flaschen noch die Gläser entfernen lassen. Denn was für eine Kraftprobe wäre es schon gewesen, einer nicht vorhandenen Versuchung zu widerstehen?

Jackson widerstand sowohl dem Drang, sich einen Drink zu nehmen, wie auch dem, in Lucindas Zimmer zu stürmen und Erklärungen von ihr zu fordern. Stattdessen dachte er jetzt wieder an den Fluch. An die Abmachung, die sie getroffen hatten. Sie brauchten nur den Fluch zu brechen, um sich von ihren gegenseitigen Verpflichtungen zu befreien. Natürlich würde er sein Versprechen, was Sebastian anging, halten, sofern Lucinda es sich nicht anders überlegte. Jackson kam plötzlich der Gedanke, dass sie jetzt, wo sie ihren Geliebten wiedergesehen hatte und wusste, dass er noch immer an ihr interessiert war, vielleicht einfach ihr Kind nehmen und sich davonstehlen würde. Aber nein. Jackson kannte sie inzwischen gut genug, um zu wissen, dass sie ihren Teil der Abmachung auf jeden Fall erfüllen würde.

Und dann die Ehe. Er hatte sich darüber nie besonders viel den Kopf zerbrochen. Vielleicht sollte er das jetzt besser nachholen. Wenn er nie mit Lucinda schlief, ließe sich eine Annullierung vielleicht genauso leicht erkaufen wie die Sondergenehmigung für ihre Heirat. Eine Scheidung kam natürlich nicht in

Frage. Lucinda konnte ihren Geliebten nicht heiraten – aber Jackson könnte vielleicht eines Tages wieder heiraten, falls der Fluch für ihn und seine Brüder außer Kraft gesetzt würde. Im Moment war das allerdings kein sehr reizvoller Gedanke für ihn. Er hatte schon eine Ehefrau. Eine Ehefrau, die nicht bei ihm bleiben wollte.

Die Bar zog ihn wieder wie magisch an. Aber auch diesmal widerstand er. Statt der Versuchung nachzugeben, legte er seinen Rock, sein Hemd und seine Fliege ab und warf alles auf einen nahen Sessel. Dann streckte er sich auf dem Bett aus und starrte, die Hände hinter dem Kopf verschränkt, zur Zimmerdecke auf. Was er wirklich wollte, war, zu Lucinda hinüberzugehen, sie in die Arme zu nehmen und sie zu lieben. Ihr klarzumachen, dass seine Gedanken heute Nacht weder bei Lady Anne noch dem Leben waren, das sie vielleicht zusammen hätten haben können, wenn er nicht verflucht wäre, sondern bei Lucinda und der Frage, wie er sie jemals würde überzeugen können, dass ihm nicht nur etwas an ihr lag, weil er sich die Aufhebung des Fluchs von ihr erhoffte.

Lucinda lag wach. Die erwartete Konfrontation mit Jackson hatte nicht stattgefunden. Warum nicht? Dass er scheinbar eifersüchtig auf Lord Cantley war, hatte ihr eine gewisse Genugtuung verschafft … und neue Hoffnungen in ihr geweckt. Denn wenn er sich im Grunde seines Herzens noch immer nach der schönen Lady Anne verzehrte, warum sollte er dann eifersüchtig sein? Allein aus Stolz? Weil er mit Lucinda nicht das Bett teilen konnte und deshalb auch nicht wollte, dass ein anderer Mann es tat? Aber das würde dann doch sein Geständnis, dass er ihr nur nachstellte, weil er glaubte, sie zu verführen könne den Fluch brechen, Lügen strafen?

Sie musste den Fluch brechen, um sich über Jackson Wulfs Absichten in Bezug auf sie klar zu werden. Aber das würde zugleich auch ihre Verbindung zu Sebastian beenden. Lucinda wusste nicht, was sie tun sollte. Sie war hin- und hergerissen zwischen einer Abmachung und der Stimme ihres Herzens. Hin- und hergerissen, wenn sie ehrlich sein sollte, nicht nur ihres Sohnes wegen, sondern auch, weil sie nicht wusste, ob sie bereit war, Jackson aufzugeben. Und wenn sie schon einmal so ehrlich war, konnte sie sich dann nicht auch gleich eingestehen, dass es viele Dinge gab, die sie durchaus liebenswert an ihrem Ehemann fand? Nicht nur sein Gesicht oder seinen schönen Körper. Er hatte sie in dem Gasthof beschützt. Und er hatte eine Situation, die viele Männer seines Standes sich schon längst zunutze gemacht hätten, nicht in vollem Maße ausgenutzt. Er war gut zu Sebastian. Er schien ihren Sohn aufrichtig gern zu haben.

Liebte sie Jackson? Dass sie sich auch nur die Frage stellte, überraschte sie. Liebe, oder zumindest die zwischen einem Mann und einer Frau, war etwas, wovon Lucinda geglaubt hatte, es niemals zu erfahren. Nicht mit ihrer Herkunft. Sie wusste jedoch durch ihre Reaktion, als sie Jackson und Lady Anne zusammen gesehen hatte, dass sie nicht immun gegen Gefühle für ihn war, auch wenn sie sich noch immer nicht ganz dazu überwinden konnte, zuzugeben, dass sie vielleicht sogar in ihn verliebt war.

Da sie sich jedoch nun mal dazu entschlossen hatte, aufrichtig zu sich zu sein, musste sie auch zugeben, dass Jackson und Lady Anne ein auffallend schönes Paar abgaben ... ein sehr viel besser zueinander passendes als sie und Jackson. Würden Lady Annes Gefühle für Jackson vielleicht sogar über die Grenzen schwesterlicher Zuneigung hinauswachsen, wenn Lucinda ihnen nicht mehr im Wege stand? Könnte die junge Dame Sebastian eine gute Mutter sein? Obwohl Lucinda es sich fast nicht vorstellen konnte, ohne in Tränen auszubrechen, wusste sie im Grunde ihres Herzens, dass Lady Anne eine gute Mutter wäre. Diese junge Frau war nichts als Güte, Licht und positive Energie.

Weshalb es für Lucinda fast unmöglich war, sie nicht zu mögen.

Die Tür knarrte, und Lucinda richtete sich erschrocken auf. Es war Jackson, der in der Tür erschien. War er nun doch gekommen, um sie zu Lord Cantley zu befragen? Sie war noch nicht bereit, ihm alles zu erzählen. Aber ihn zu belügen würde nicht nur Sebastian, sondern auch Jackson in Gefahr bringen.

Er trat ans Bett und schaute auf sie hinab. »Diese neue Idee, die du hattest, um den Fluch zu brechen … Was schließt sie außer einer Peitsche und sehr viel Schmerzen noch mit ein?«

Lucinda schaute verwundert zu ihm auf. Das war nicht die Frage, die sie von ihm erwartet hatte. Die Tatsache, dass er diesem Problem Vorrang vor seinem Ärger auf sie gegeben hatte, konnte nur bedeuten, dass auch er wachgelegen und über das Gleiche nachgedacht hatte wie sie. Er hatte sich anscheinend überlegt, was für ihn das Wichtigere war. Vielleicht hatte ihn ja das Wiedersehen mit Lady Anne entschlossener gemacht. Lucinda kämpfte gegen die Verzweiflung an, die sie plötzlich erfasste.

»Du musst beweisen, dass du stärker bist als das Tier in dir«, antwortete sie. »Der Mensch muss ertragen, was das Tier nicht ertragen kann.«

»Du meinst, dass du es aus mir herausprügeln musst, nicht wahr?«

Sie unterdrückte ein Erschaudern. »Ja.«

»Ich werde mich die Woche über darauf vorbereiten, und am kommenden Wochenende wirst du das Ritual vollziehen. Es muss spät sein, wenn niemand mehr auf den Beinen ist.«

Lucinda wünschte plötzlich, sie wäre nie auf die Idee gekommen. Denn so wütend sie auch auf ihn gewesen war, weil er versucht hatte, sie nur seiner eigenen selbstsüchtigen Zwecke wegen zu verführen, konnte sie ihm eine solche Qual wirklich nicht wünschen. »Also gut«, stimmte sie nach kurzem Zögern zu. »Das gibt mir Zeit, die nötigen Salben zuzubereiten, die du für die Heilung deiner Wunden brauchen wirst.«

Die Grauenhaftigkeit des Ganzen hing förmlich zwischen ihnen in der Luft. Lucinda würde die ganze Woche brauchen, um sich geistig auf ein Ritual vorzubereiten, von dem sie nie gedacht hatte, dass sie zu dessen Ausführung überhaupt fähig wäre. Jackson wandte sich zur Tür, und Lucinda dachte, die Unterhaltung sei damit beendet, aber er blieb noch einmal stehen.

»Ich habe noch eine Frage. Der Mann, mit dem ich dich heute Abend gesehen habe – ist er Sebastians Vater?«

Es war keine einfache Frage. Aber Lucindas Antwort war es. »Ja«, erwiderte sie ruhig. »Sein Name ist Lord Cantley. Er ist ein Cousin des Königs.«

Jackson schüttelte den Kopf und lachte leise, aber Lucinda hätte nicht sagen können, ob es aufrichtig belustigt klang. »Und ich dachte, ich hätte ein Unrecht wiedergutgemacht, als ich ihm meinen Namen gab. Und dabei hat er königliches Blut in seinen Adern.«

Und genau das ist der Grund, warum er eine Bedrohung für die Zukunft Englands darstellt, hätte Lucinda gern hinzugefügt. Ihr wurde nun klar, dass sie Jackson alles sagen musste. Ihm ihre Geheimnisse weiter zu verschweigen wäre jetzt ein viel zu gefährliches Spiel. »Ich würde es dir gern erklären.«

Jackson hob die Hand. »Nicht jetzt. Um mich für das bevorstehende Ritual zu wappnen, muss mein Kopf völlig frei sein von Gedanken an dich und ihn. Den Fluch zu brechen muss vor allem anderen Vorrang haben.«

Was er sagte, stimmte. Sein Kopf musste klar sein und sein Körper stark, damit er das Ritual ertragen konnte. Aber würde *sie* eine weitere Woche überstehen können, ohne ihm alles über ihre und Sebastians Situation zu sagen? Würde sie eine weitere Woche damit leben können, dass Jackson etwas völlig Falsches über sie und ihre Beziehung zu Lord Cantley dachte? Vielleicht würde der Graf sie ja in Ruhe lassen. Vielleicht hatte er sie ja schon vergessen. Lucinda hoffte es von ganzem Herzen.

»Du hast recht. Wir werden vorerst nicht darüber reden.«

»Gute Nacht, Lucinda.«

Es war noch nie vorgekommen, dass er in ihrem Zimmer gewesen war, ohne zumindest eine zweideutige Bemerkung zu machen. Sie fand seine plötzliche Kälte ihr gegenüber unerträglich. Und sie war sich auch gar nicht mehr so sicher, ob sie Jackson wirklich verlassen sollte, ohne zu wissen, was ihr bisher in Bezug auf wahre Intimität mit einem Mann entgangen war. Und falls ihr irgendjemand zeigen konnte, wie das war, war es für sie ganz ohne Zweifel dieser Mann.

»Gute Nacht«, sagte sie leise. »Ich hoffe, du denkst nicht allzu schlecht von mir.«

Er zuckte mit den Schultern. »Du hast selbst gesagt, das wäre in etwa so, als würde jemand, der im Glashaus sitzt, mit Steinen werfen.«

Als er plötzlich umkehrte und zum Bett zurückkam, begann ihr Herz wie wild zu pochen.

»Ich habe mich noch nicht für meine harten Worte und mein Verhalten dir gegenüber neulich abends entschuldigt. Ich bitte dich um Verzeihung, Lucinda. Wenn dies alles hinter uns liegt und du ... du fort bist, dann denk bitte auch nicht allzu schlecht von mir.«

Bevor sie etwas erwidern konnte, drehte er sich wieder um, ging hinaus und zog die Tür hinter sich zu. Lucindas Augen füllten sich mit Tränen. Er hatte sie nicht gebeten zu bleiben, sondern akzeptiert, dass sie bald wieder gehen würde. Natürlich hatte auch sie sich von Anfang an damit abgefunden und sich nicht einmal erlaubt, auch nur einen Moment lang etwas anderes zu denken. Aber irgendwo tief in ihrem Innersten hatte sie Hoffnungen gehabt. Und Träume. Sie hätte es wirklich besser wissen sollen.

Lucinda ließ sich wieder auf das Bett zurücksinken und vergrub ihr tränenüberströmtes Gesicht in ihrem Kissen. Sie hatte ein Abkommen mit ihm getroffen. Ihr Wort war alles, was sie ihm zu geben hatte. Ihr Wort, ihr Herz und ihr einziger Sohn. Sie würde Jackson diese eine Woche Zeit lassen, um sich auf das Ritual vorzubereiten. Auch sie würde sich innerlich darauf vorbereiten, und dann musste sie ihm alles sagen und beten, dass er trotzdem noch sein Wort hielt, für Sebastian zu sorgen. Lucinda konnte ihren Sohn nicht so beschützen, wie Jackson es konnte. Und sie konnte auch nicht für Sebastian sorgen. Mit etwas Glück konnte sie vielleicht gerade mal sich selbst durchbringen.

Sie wagte nicht, an das Wochenende zu denken. Sie wagte nicht, daran zu denken, dass sie Jackson die Peitsche geben musste, um das Tier aus ihm auszutreiben, oder an all das, was geschehen würde, falls es ihr gelingen sollte … oder nicht.

20. Kapitel

Zwei Tage verstrichen, ohne dass etwas geschah. Aber Lucinda wagte dennoch kaum zu hoffen, dass die Sache mit Lord Cantley für sie ausgestanden war. Aus Furcht, dass er ihr irgendwie auflauern könnte, verließ sie nicht einmal das Haus. Selbst wenn sie schlief, horchte sie noch mit einem Ohr auf die Geräusche in dem Zimmer nebenan, und beim kleinsten Laut von Sebastian sprang sie auf und eilte in sein Zimmer, um sich zu vergewissern, dass ihrem Liebling nichts geschehen war. Ihre Nerven waren zum Zerreißen angespannt. Und während sie sich so beunruhigte und quälte, bereitete sich Jackson auf das Wochenende vor. Auch jetzt sah sie ihn mit einem Pferd auf der Koppel außerhalb der Ställe arbeiten.

Lucinda saß mit Sebastian auf einer Decke im Schatten der Hecke, die den Besitz vom Nachbargrundstück trennte, dessen verkohlter Boden der einzige Zeuge dafür war, dass dort einmal ein Haus gestanden hatte. Hawkins hatte Lucinda erzählt, dass Rosalind Wulf einst in diesem Haus gelebt hatte und dass sie ihre Stiefmutter und ihren Stiefbruder bei dem Brand verloren hatte. Lucinda hatte ein schlechtes Gefühl bei manchen Orten, und die verbrannte Erde nebenan war einer dieser Orte.

»Verzeiht, Mylady.«

Erschrocken blickte Lucinda auf. Eine hübsche junge Frau kam den Weg vom Haus hinunter. Zuerst hielt Lucinda sie für Lady Anne, aber dann sah sie die wippenden blonden Locken der jungen Frau unter ihrem Hut.

»Verzeiht, dass ich hier so einfach eindringe, aber ich bin Lady Amelia Sinclair, eine Freundin von Rosalind«, stellte sie sich lächelnd vor.

Lucinda nahm Sebastian auf den Arm und erhob sich rasch. Ihre Nervosität nahm zu. Was wollte diese junge Frau?

Lady Amelia, die ein bisschen außer Atem war, als sie Lucinda erreichte, nahm sofort ihren Hut ab und ließ sich auf der Decke nieder. »Es ist furchtbar heiß heute«, beklagte sie sich und fächelte sich das Gesicht mit ihrem Hut. »Ich hörte, dass Ihr und der jüngere Wulf Euch in der Stadt aufhieltet, und ich muss zugeben, dass ich schrecklich neugierig bin. Deshalb beschloss ich, ganz spontan vorbeizukommen und Euch meine Aufwartung zu machen. Ich weiß, dass das sehr unhöflich ist, aber meine Mutter ist nicht sehr angetan von meiner Freundschaft mit Rosalind. Ich kann sie deshalb nur heimlich aufsuchen, wenn sich eine Gelegenheit dazu ergibt.«

Lucinda hatte noch nie jemanden kennengelernt, der so geradeheraus war ... oder, der Etikette nach vielleicht, so ungezogen. »Ich bin Lucinda«, stellte sie sich vor. »Und der Mann dort hinten bei dem Pferd ist Jackson.«

Die junge Frau reckte den Hals und beschattete ihre Augen mit ihrem Hut. »Oh ja, er hat ihr Aussehen, auf jeden Fall«, erklärte sie. »Sie sind schön wie die Sünde, die Brüder Wulf.«

Lucinda kam sich plötzlich albern vor, weil sie noch immer stand, und setzte sich zu Lady Amelia auf die Decke. »Das ist mein Sohn, Sebastian.«

Die junge Frau lächelte den Kleinen an, und für einen Moment wurde ihr Ausdruck weicher. »Er ist ein wunderhübscher kleiner Junge«, sagte sie und legte dann den Kopf ein wenig schräg. »Von den Wulfs scheint er allerdings nicht sehr viel zu haben. Nicht mit diesem dunklen Haar.«

»Nein«, erwiderte Lucinda kurz. »Ihr seid also eine Freundin von Lady Rosalind?«

»Oh ja«, versicherte Amelia. »Wir sind unzertrennlich. Ich vermisse sie sehr und wünschte, sie käme endlich aus ihren Flitterwochen heim. Aber wenn *ich* mit Armond Wulf in den Flitterwochen wäre, hätte ich wohl auch keine Eile, wieder heimzukommen«, erklärte sie mit einem spitzbübischen Lächeln. »Ich dachte, ich sollte mich Euch vorstellen, da Rosalind und ich befreundet sind und ich mir sicher bin, dass wir es auch sein werden.«

Eine Freundin zu haben war noch immer eine etwas merkwürdige Vorstellung für Lucinda. Zu Amelia Sinclair fühlte sie sich jedoch auf Anhieb hingezogen. Die junge Frau schien sehr geradeheraus und völlig unverkrampft zu sein. Das war eine angenehme Abwechslung nach der Borniertheit, die Lucinda bei ihrer ersten gesellschaftlichen Veranstaltung beobachtet hatte. Da sie nicht viel mit der jungen Frau gemeinsam hatte und nicht recht wusste, worüber sie mit ihr reden sollte, erkundigte sich Lucinda, ob sie vielleicht auch auf diesem Ball gewesen sei.

»Oh nein«, antwortete Amelia und verzog ein bisschen das Gesicht. »Da ich verlobt bin und bald heiraten werde, ist meine Anwesenheit bei den meisten Gesellschaften nicht mehr erforderlich. Ich bin nicht mehr ›auf dem Heiratsmarkt‹, wie es so schön heißt, und mein Verlobter hat nichts übrig für das gesellschaftliche Leben hier in London. Er hält sich lieber auf dem Land auf, oder zumindest sagt er das.«

Obwohl Lucinda nur selten über Männer und Frauen und deren Vereinbarkeit nachdachte, spürte sie sofort, dass diese beiden kein gutes Paar abgaben. Amelia Sinclair erschien ihr viel zu fröhlich und lebensfroh, um sich auf ein Leben auf dem Land beschränken zu müssen. Lucinda kannte sich jedoch inzwischen gut genug mit der Etikette aus, um zu wissen, dass das nichts war, worüber sie mit der jungen Dame sprechen konnte. Und so saßen die Frauen eine Zeit lang in einvernehmlichem Schweigen zusammen und beschränkten sich darauf, mit dem kleinen Sebastian zu spielen.

Lucinda dachte, Amelia würde sich verabschieden und gehen, als sie einen Blick zur Koppel warf und Jackson zu ihnen hinüberkommen sah. Er fuhr sich mit dem Ärmel über die Stirn, als schwitzte er. Oh Gott, das verhieß gar nichts Gutes für eine Bekanntmachung mit Amelia Sinclair.

»Kennt Ihr meinen Mann?«, fragte Lucinda. »Seid Ihr ihm vielleicht schon einmal bei Lady Rosalind begegnet?«

Die junge Dame, die Jackson nun ebenfalls bemerkt hatte, war dreist genug, den Blick nicht von ihm abzuwenden, obwohl sie von jemand anderem angesprochen worden war. »Nein, diesem Wulf bin ich noch nie begegnet«, sagte sie. »Armond kenne ich natürlich, und einmal habe ich auch kurz Gabriel in Fleisch und Blut gesehen. Und was für Fleisch das war!«, fügte sie schwärmerisch hinzu.

»Wen haben wir denn da?« Jackson, der geradezu umwerfend gut aussah in seinen engen schwarzen Hosen, den kniehohen Stiefeln und dem offenen, gerüschten Hemd, kam mit seiner angeborenen katzenhaften Anmut langsam auf sie zu.

Lady Amelia erhob sich sogleich, als er sich näherte, und bevor Lucinda sie miteinander bekannt machen konnte, stellte die junge Dame sich schon selbst vor. »Ich bin Lady Amelia Sinclair, eine gute Freundin Eurer Schwägerin«, sagte sie und reichte Jackson lächelnd ihre Hand.

Er nahm sie und hauchte einen Kuss darauf, der die junge Frau trotz der nachmittäglichen Hitze jäh erschauern ließ.

»Ich bin sehr erfreut, Eure Bekanntschaft zu machen, Lady Amelia«, sagte er mit einem überaus charmanten Lächeln, das er sich Lucindas Ansicht nach hätte sparen können, da die junge Dame auch so schon völlig unter seinem Bann stand.

Lucinda nahm Sebastian auf den Arm, stand von der Decke auf und drückte Jackson den Kleinen in die Arme. »Würde es dir etwas ausmachen, Sebastian ins Haus zurückzubringen?«, fragte sie. »Es ist zu warm geworden für ihn hier draußen, und du musst ohnehin hineingehen und dich waschen. *Du bist ganz verschwitzt*«, betonte sie. »Ich glaube, die junge Dame hier wollte sich gerade verabschieden, und ich werde sie zu ihrer Kutsche bringen.«

»Ja, ich bin verschwitzt«, gab Jackson zu, dem es überhaupt nichts auszumachen schien, was er der armen jungen Frau damit antat. »Deshalb habe ich das Training mit dem Pferd auch abgebrochen«, erklärte er Lucinda. »Es war mir ein Vergnügen, Euch kennenzulernen, Lady Amelia.«

Die junge Frau konnte nicht einmal mehr antworten. Sie nickte nur stumm. Jackson zwinkerte Lucinda zu, was diese überhaupt nicht lustig fand, und ging dann mit Sebastian zu dem Haus hinüber. Erst als er schon ziemlich weit von ihnen entfernt war, schien Lady Amelia aus ihrer Verzücktheit zu erwachen.

»Ach, du meine Güte«, flüsterte sie. »Ich glaube, die Hitze war zu viel für mich.« Sie bückte sich, um ihren Hut aufzuheben, und begann sich heftig Luft zuzufächeln.

»Ja, die Hitze«, murmelte Lucinda. »Möchtet Ihr hereinkommen und etwas Kühles trinken?«, fragte sie.

»Nein, danke«, erwiderte Amelia, die noch immer ganz benommen aussah. »Ich sollte lieber heimfahren. Ich muss meinen Kutscher und meine Anstandsdame bestechen, damit sie Schweigen über meine Besuche bewahren, und ich fürchte, je länger ich sie warten lasse, desto mehr wird sich mein Taschengeld vermindern.«

»Ich werde Euch den Weg hinauf begleiten«, erbot sich Lucinda und bückte sich, um die mitgebrachte Decke aufzuheben. Dann nahm sie Amelias Arm und führte sie über den Weg zum Haus und zu der kreisförmigen Einfahrt, in der wahrscheinlich Amelias Kutsche stand und wartete.

»Es war sehr schön, Euch kennenzulernen«, sagte Lucinda pflichtbewusst. »Vielleicht sehen wir uns ja noch einmal wieder, bevor …« Sie beendete den Satz nicht, da sie schlecht sagen konnte, *bevor ich gezwungen bin, zu gehen*.

»Wenn nicht auf einer Gesellschaft, dann auf meiner Hochzeit«, sagte Amelia, die Lucindas Schweigen missverstanden hatte. »Denn ob es Mutter passt oder nicht, ich will, dass alle meine Freunde eingeladen werden. Ich werde dafür sorgen, dass Ihr und Euer Gatte auf die Gästeliste gesetzt werdet.«

Lucinda, die Hexe ohne Familiennamen, eingeladen zu einer Hochzeit der gehobenen Gesellschaftsklasse? Das war fast zu viel, um es begreifen zu können. Sie begleitete die junge Frau zu der Einfahrt, sah zu, wie sie zu ihrer Kutsche eilte und einstieg, und ging dann zu der Eingangstür. Hawkins öffnete sie natürlich wieder, schon bevor Lucinda sie erreichte. Sie lächelte ihn an und ging nach oben, um nachzusehen, ob Jackson Sebastian seiner Amme übergeben hatte.

Er kam gerade aus dem Kinderzimmer. »Du hast dich schlecht benommen bei Lady Amelia«, tadelte sie ihn augenblicklich. »Man sollte dich …«

»Auspeitschen?«, unterbrach er sie mit erhobener Augenbraue. »Keine Sorge, du wirst schon noch Gelegenheit dazu bekommen.«

Lucinda mochte gar nicht daran denken. Ihr gefiel die plötzliche Distanz zwischen ihnen nicht. Und die Lügen. Früher hatte sie sich unwohl gefühlt, wenn Jackson anzügliche Bemerkungen machte oder sie zu verführen versuchte. Heute wünschte sie, er würde sie wieder necken, sie wieder mit Wärme und Verlangen in den Augen ansehen statt mit dieser kühlen Reserviertheit. Sie war vorhin richtig neidisch auf Amelia Sinclair gewesen. Neidisch auf das Gefühl von Jacksons Mund an ihrer Hand und den übermütigen Blick, den er ihr zugeworfen hatte. Lucinda merkte, dass er sich noch nicht gewaschen hatte und ihm immer noch dieser ganz spezielle Duft anhaftete.

»Du solltest dich waschen«, sagte sie.

Er trat näher, und als sie unwillkürlich zurückwich, legte er eine Hand an die Wand neben ihrem Kopf. »Belästige ich dich?«

Lucinda schluckte. Da war es wieder, dieses merkwürdige Flattern in ihrem Bauch, das tief in ihrem Inneren begann und sie mit einer nahezu unerträglichen Hitze erfüllte. Er sah so gut aus. Und er roch so gut. Und sie war so schrecklich abgelenkt von seinem Mund, der dem ihren so nahe war, dass sie nicht mehr denken, nicht mehr sprechen, nicht mehr atmen konnte.

»Ich ...« Das war alles, was sie sagen konnte. Ihr Verstand und ihr Mund gehorchten ihr nicht, aber ihre Hände taten es. Plötzlich berührte sie ihn, ließ ihre Hände über seine Brust zu seinem Nacken gleiten und verschränkte ihre Finger unter seinem Haar. Lucinda zog ihn näher, und da war er endlich, dieser Funke, den sie wollte. Diese Flamme, die in seinen dunklen Augen aufloderte und sie in blaues Feuer verwandelte.

»Hol dich der Teufel«, sagte Jackson mit rauer Stimme, beugte sich zu ihr vor und küsste sie.

Es war ein Kuss, der weder sanft noch grob war, sondern irgendwo dazwischen lag und genau das war, was sie jetzt brauchte. Aber seit wann hatte sie eigentlich solche Bedürfnisse bei einem Mann? Vom ersten Augenblick schon, als sie Jackson gesehen hatte. Als seine Zunge zwischen ihre Lippen glitt, hörte Lucinda auf zu denken und erwiderte den Kuss mit aller Leidenschaft, zu der sie fähig war. Und als er seine Hüften an die ihren presste und sie das ganze Ausmaß seiner männlichen Begierde spüren ließ, bog sie sich ihm verlangend entgegen. Er unterbrach den Kuss und zog sie in das nächstliegende Zimmer, welches das ihre war. Plötzlich waren seine Hände in ihrem Haar und hielten ihren Kopf umfangen, während er sie immer fordernder und heißer küsste. Und dann schob er sie langsam rückwärts auf ihr Bett zu.

Lucinda war sich über seine Absichten im Klaren, und zum ersten Mal empfand sie keine Panik, kein plötzliches Bedürfnis, sich loszureißen und davonzulaufen, sondern akzeptierte die Dinge, wie sie waren und wie sie sein sollten. Er war ein Mann, und sie war eine Frau. Er hatte recht. Was jetzt kam, war unvermeidlich.

Zusammen fielen sie auf das Bett, ohne ihren leidenschaftlichen Kuss zu unterbrechen oder ihren Händen auch nur für einen Moment lang Einhalt zu gebieten. Lucinda zog Jacksons Hemd aus seiner Hose, während er an den Knöpfen ihres Kleides nestelte. Seine Hände zitterten, und seine Finger waren ganz ungewöhnlich ungeschickt in seiner Eile. Seine plötzliche Unbeholfenheit erregte Lucinda mehr als seine früheren, geradezu meisterlichen Verführungskünste. Sie beschloss, ihm zu helfen, weil sie es fast nicht mehr erwarten konnte, seine Hände und seinen Mund auf ihrer nackten Haut zu spüren. Aber plötzlich schlossen sich seine Finger um die ihren, und Jackson unterbrach den Kuss. Für einen Moment legte er schwer atmend seine Stirn an die ihre, dann lehnte er sich zurück und schaute ihr in die Augen.

»Nein«, sagte er. »Nicht so.« Und damit löste er sich von ihr, stand auf und blickte nachdenklich auf sie hinab.

Lucinda hatte selbst Mühe, zu Atem zu kommen. War das eine Zurückweisung? Vielleicht glaubte er ja, sie wolle es noch immer nicht. »Aber ich will doch ...«

»Du begehrst nur meinen Geruch«, unterbrach er sie. »Das ist alles, was du willst.« Seine Augen glühten immer noch vor Leidenschaft, als sein Blick über sie glitt. »Früher war das auch genug für mich. Aber das ist es jetzt nicht mehr.«

Ungläubig sah sie zu, wie er sich abwandte und aus dem Zimmer ging. Sie hörte das Klappern seiner Stiefel auf dem Gang, als er zu seinem Zimmer ging, und kurz darauf das Zufallen seiner Zimmertür.

Lucinda bebte noch vor Verlangen, aber es war Jackson selbst, den sie begehrte und nach dem sie sich verzehrte, und nicht sein Duft. Sie begann sich zu erheben, um ihm nachzugehen. Es waren nicht seine meisterhaften Verführungskünste, die ihren Widerstand gebrochen hatten, sondern der Mann – der Mann, der sie neckte, der Mann, der spätabends noch ihren Sohn in seinen Armen hielt und zärtlich mit ihm flüsterte. Der Mann, der ging, obwohl sie bereit war, sich ihm hinzugeben, weil er offensichtlich mehr wollte als das.

Aber was würde sie schon damit erreichen, wenn sie ihm all das erklärte? Sie war keine Dame wie die, der er sein Herz geschenkt hatte. Und die sein Herz noch immer besaß, soweit Lucinda wusste. Jackson wollte sie, Lucinda, vielleicht in seinem Bett, aber in seinem Leben wollte er sie nicht. Könnte sie sich damit aber auch begnügen?

Vor wenigen Minuten, als die Leidenschaft noch ihren Verstand beherrscht hatte, *hatte* es ihr gereicht. Jetzt war sie sich dessen nicht mehr sicher. Sollte sie nehmen, was Jackson ihr zu geben bereit war, bevor sie ihn verließ? Oder würde ihr das den Abschied von ihm nur noch mehr erschweren? Lucinda wusste es nicht, aber wahrscheinlich musste sie Jackson sogar dankbar dafür sein, dass er ihr Zeit gegeben hatte, sich zu entscheiden. Nur wurde die Zeit leider allmählich knapp, wie ihr nur allzu gut bewusst war.

21. Kapitel

Es war zunächst nur purer Zufall, dass Lucinda die Kutsche bemerkte, die mehr als einmal an dem Stadthaus vorbeifuhr, während sie in Gedanken versunken aus ihrem Fenster schaute. Sie wäre ihr vielleicht überhaupt nicht aufgefallen, wenn das Emblem an der Kutsche nicht gewesen wäre. Sie war sich sicher, es schon einmal irgendwo gesehen zu haben. Ein Drache ... Das war das Wappen der Cantleys. Zufall? Ganz bestimmt nicht. Das glaubte sie keine Sekunde lang.

Sie musste Jackson alles erzählen. Sie durfte ihn nicht weiter in dem Glauben lassen, dass sie irgendetwas anderes als Furcht und Hass für Lord Cantley empfand. Er musste verstehen, dass Sebastian von diesem Mann Gefahr drohte. Dass sie möglicherweise alle in Gefahr waren. Aber ausgerechnet heute war der Tag, auf den Jackson sich schon die ganze Woche vorbereitet hatte, körperlich und seelisch. Der Tag, auf den sich auch Lucinda vorzubereiten versucht hatte.

Jacksons Kopf musste frei von jeder Sorge sein, sein Körper stark. Konnte sie nicht noch einen Tag länger warten, bevor sie ihm alles erzählte? Falls es ihr gelang, das Tier aus Jackson auszutreiben, würde sie sich ohnehin an ihr Versprechen halten müssen, wieder fortzugehen. Falls sie Jackson jedoch erneut enttäuschte, würde sie nicht nur die Bedrohung durch Lord Cantley fürchten müssen, sondern auch die Bedrohung, die Jackson selbst darstellte, wenn der Mond ihn in nur einer Woche abermals beherrschen würde. Er würde sich dann irgendwohin zurückziehen müssen, und sie würde ganz allein und schutzlos mit Sebastian zurückbleiben.

Das Dilemma, vor dem sie stand, machte sie ganz krank vor

Sorge und verkrampfte ihr im Laufe des Tages immer mehr den Magen. Das und die ihr heute noch bevorstehende Tortur ließen Lucinda gegen Abend schon vor ihrem eigenen Schatten zurückschrecken. Es beunruhigte sie auch, Sebastian heute Nacht allein im Haus zurückzulassen, aber sie konnte ihn ja schließlich auch nicht mitnehmen zu dem, was sie und Jackson vorhatten. Deshalb hatte Lucinda einen magischen Kreis um Sebastians Wiege gezogen und die Amme angewiesen, Augen und Ohren offenzuhalten und sehr gut Acht zu geben an diesem Abend. Marthas Augen waren ganz groß geworden vor Erstaunen, aber Lucinda konnte ihr unmöglich die ganze Situation erklären, da sie bislang nicht einmal Jackson informiert hatte.

Die einzige Lösung schien zu sein, den Exorzismus so schnell wie möglich hinter sie zu bringen und, egal, wie es ausging, Jackson danach auf jeden Fall von Lord Cantleys Drohung zu erzählen. Erst dann konnten Entscheidungen getroffen und etwas unternommen werden.

Als die Schatten länger wurden, ertönte ein leises Klopfen an Lucindas Zimmertür.

Sie öffnete die Tür und sah, dass es Jackson war. Einen Moment lang sahen sie sich nur schweigend in die Augen. »Es wird Zeit, Lucinda«, sagte er dann leise, um die Amme und Sebastian nicht zu wecken. »Komm.«

Er reichte ihr seine Hand, und sie nahm sie und fühlte sich ein bisschen getröstet von der Kraft und Wärme, die von ihm auf sie übergingen. Sie schlichen hinunter und huschten wie Diebe durch das Haus, um es durch den Hintereingang zu verlassen. Lucinda war überrascht, als sie dort Hawkins stehen sah. Er sagte nichts, als sie hinausschlüpften, aber er postierte sich mit entschlossener Miene vor der Hintertür.

»Was hast du ihm gesagt?«, fragte Lucinda, sobald sie draußen waren und zu den Stallungen hinübergingen.

»Dass er die Tür bewachen soll«, antwortete Jackson. »Im Übrigen steht es ihm nicht zu, Fragen zu stellen. Wahrscheinlich denkt er, wir planten einen mitternächtlichen Ausritt oder ein romantisches Stelldichein im Freien. Ich wollte die Tür jedoch nicht unbewacht lassen, nicht hier in London, wo nachts Diebe umherstreifen und nach unverschlossenen Türen oder Fenstern suchen.«

Lucinda bezog zumindest einen kleinen Trost daraus, dass Hawkins das Haus bewachen würde. Und nun galt es, sich ganz und gar auf die ihr bevorstehende Aufgabe zu konzentrieren. Ihr Verstand schreckte immer noch davor zurück. Aber Lucinda erlaubte sich nicht zu denken, als Jackson sie durch die Dunkelheit führte. Da seine Augen viel besser dazu geeignet waren, nachts zu sehen, als die ihren, führte er sie zielstrebig zu der kleinen, von einer Mauer umgebenen Koppel, auf der er gewöhnlich mit den Pferden arbeitete.

Die Mauern waren hoch genug, um sie vor neugierigen Blicken zu verbergen, und Lucinda hoffte, dass der Bereich auch weit genug von den Stallungen entfernt war, da sie nicht riskieren wollte, die Stallburschen oder die Pferde aufzuschrecken. Lucinda sog scharf den Atem ein, als sie sah, was Jackson dort auf der Koppel aufgebaut hatte.

Es war ein Gerüst, das oben mit dicken Lederschlaufen vom Durchmesser eines Männerhandgelenks versehen war. Zwei Laternen standen rechts und links davon, und als Jackson sich bückte und sie anzündete, warfen sie ein diffuses, schon fast unheimliches Licht auf die kleine Pferdekoppel. In diesem verschwommenen Licht sah Lucinda die Peitsche, die an einem der Pfosten des Gerüstes lehnte, und spürte, wie ein kalter Schauder sie durchlief.

Jackson hob die Peitsche auf und kam langsam mit ihr auf sie zu. Als Lucinda keine Anstalten machte, sie zu ergreifen, drückte er sie ihr in die Hand. Dann griff er unter sein Hemd und zog eine Pistole unter seinem Hosenbund hervor.

»Kannst du mit solchen Waffen umgehen?«

Oh ja, das hatte ihre Mutter ihr schon in jungen Jahren beigebracht. Lucinda war manchmal für sie auf die Jagd gegangen, wenn das Geld zu knapp gewesen war für Lebensmittel und es niemanden gekümmert hatte, ob die Dorfhexe und ihre Tochter während der Wintermonate verhungern würden.

»Ja«, antwortete sie nur.

»Gut.« Er schob die Pistole in die Tasche ihres Rocks. »Falls das hier nicht gut ausgeht ... falls ich dich angreife ... Dann musst du mich erschießen, hörst du?«

Lucindas Knie versagten ihr fast den Dienst. Ihn erschießen? Wie konnte sie ihn erschießen, wenn ... wenn sie ihn doch schon so sehr ins Herz geschlossen hatte? »Bist du sicher, Jackson?«, fragte sie. »Bist du sicher, dass du nicht warten willst, bis mir vielleicht noch irgendetwas anderes einfällt?«

»Ich bin des Wartens müde«, antwortete er und sah ihr dabei ruhig in die Augen. »Es wird Zeit, dies ein für alle Mal zu beendigen.«

Lucinda fragte sich, ob er damit vielleicht nicht nur den Fluch meinte, der auf ihm lastete. Aber dann begann er sich zu entkleiden, und sie hatte plötzlich Mühe, überhaupt noch klar zu denken. Er zog sein Hemd über den Kopf und warf es auf den Boden. Seine Stiefel folgten; dann griff er nach dem Verschluss an seiner Hose.

»Musst du alles ausziehen?«, fragte Lucinda atemlos.

Er hielt kurz inne. »Du würdest die Kleider ohnehin zerfetzen«, sagte er. »Und falls sich das Tier als Sieger herausstellen sollte, wird auch nichts von ihnen übrig bleiben.«

»Das Tier darf nicht gewinnen!«, beschwor sie ihn. »Das darfst du nicht zulassen, Jackson.«

Er nickte, öffnete aber trotzdem seine Hose und streifte sie über seine langen, muskulösen Beine.

Lucinda versuchte nicht einmal, den Blick von Jackson abzuwenden. Wie konnte sie das auch, wo er doch in jeder Hinsicht so vollkommen war? So schön in dem weichen Laternenlicht, das über seine Haut tanzte und sie vergoldete? Auf bloßen Füßen und splitternackt ging Jackson zu dem Gerüst hinüber. Lucinda sah, wie er die linke Hand in eine der Lederschlaufen schob und die rechte benutzte, um die Handfessel zu schließen.

»Die andere wirst du schließen müssen«, sagte er über seine Schulter.

Voller Widerwillen gegen das, was sie ihm antun musste, legte Lucinda die Peitsche auf den Boden und ging zu Jackson und dem Gerüst hinüber. Da sie nicht so groß war wie er und sich auf die Zehenspitzen stellen musste, um an sein Handgelenk heranzukommen, ließ sich nicht verhindern, dass sie beim Festzurren der Fesseln mehrmals gegen seinen nackten Körper stieß, was ihre Nervosität nur noch verstärkte.

Als er schließlich mit beiden Händen an das Gerüst gefesselt war, trat sie zurück und schaute zu ihm auf. »Bist du dir auch wirklich sicher, Jackson?«, fragte sie erneut.

»Ja.«

»Bestimmt? Denn wir können ...«

»Tu es, Lucinda«, knurrte er. »Ich will endlich frei sein!«

Frei von dem Tier oder frei von ihr? Wahrscheinlich von ihnen beiden. Mit einem tiefen, unsicheren Atemzug wandte Lucinda sich von ihm ab und ging zu der Stelle, wo sie die Peitsche hingelegt hatte. Mit zitternden Händen bückte sie sich und hob das verhasste Folterwerkzeug auf. Sie hatte schon oft gesehen, was eine Peitsche dem Rücken eines Mannes antun konnte. Lord Cantleys Aufseher waren harte, brutale Männer, die oft zur Peitsche griffen, um die Feldarbeiter anzutreiben. Lucinda hatte schon so manchen blutigen, zerfetzten Männerrücken behandeln müssen.

Als sie nun Jacksons glatte, makellose Haut vor Augen hatte, wünschte sie, sie hätte nie aus purer Wut dieses barbarische Ritual erwähnt. Jackson spannte schon seine Muskeln für den Schlag an, und Lucinda senkte die Peitsche und ließ sie sich entrollen wie eine Schlange. Sie konnte sich aber nicht dazu überwinden, sie wieder hochzuheben und zu einem Schlag auszuholen, der diese schöne, vollkommene Haut vor ihr zerfetzen würde.

»Worauf wartest du noch?«, fragte er mit zusammengebissenen Zähnen. »Nun fang schon an!«

»Ich glaube nicht, dass ich das kann«, flüsterte sie.

»Natürlich kannst du«, knurrte er. »Dies ist deine Chance, mich für alles zu bestrafen, was ich dir getan habe.«

Lucinda versuchte, Rachegefühle in sich hervorzurufen, doch egal, wie sehr sie sich bemühte, es gelang ihr einfach nicht. »Du hast mir ein Zuhause und deinen Namen gegeben, Jackson. Du hast mir schöne Kleider geschenkt und meinem Sohn Sicherheit und Fürsorge zuteilwerden lassen.«

»Aber zu Anfang wollte ich dich töten«, erinnerte er sie. »Und in unserer Hochzeitsnacht wären wir durch meine eigene Dummheit beinahe beide umgebracht worden. Und vergiss auch nicht, dass ich versucht habe, dich zu verführen, um dich zu unterwerfen.«

»Du hast mich aber auch vor diesen Männern aus der Taverne beschützt«, widersprach sie. »Und später, als der Brandy mir zu Kopf gestiegen war, hättest du die Situation ausnutzen können. Aber das hast du nicht getan.«

»Ich wollte es aber tun«, gab er zurück. »Ich habe dich entkleidet und die ganze Zeit an nichts anderes gedacht, als dich zu nehmen. Ich kann immer noch an nichts anderes denken. Es ist zu einer Besessenheit geworden. Peitsch es aus mir heraus, Lucinda.«

»Du lügst!«, rief sie. »Du hättest mich schon haben können. Das weißt du so gut wie ich. Aber du bist davongelaufen.«

»Ich bin vor einer läufigen Hündin davongelaufen!«, brüllte er. »Einer Hündin, die brünstig war von meinem Geruch. Um mehr ist es den Frauen bei mir nie gegangen. Es war nie ich selbst, den sie wollten, sondern immer nur dieser Geruch. Und du bist nicht anders.«

Da holte Lucinda aus und ließ die Peitsche durch die Luft sausen, bevor sie an sich halten konnte. Wie konnte er sich unterstehen, ihr zu sagen, sie sei nicht anders! Sie war ihr ganzes Leben lang *anders* gewesen. Sie war immer eine Ausgestoßene gewesen. Sie war hungrig gewesen und durch den Schmutz gezogen worden. Sie war unter Betäubungsmittel gesetzt, missbraucht und geschwängert worden. Geschwängert mit einem Kind, das sein eigener Vater seines Geburtsmals wegen töten wollte.

Die Peitsche schlug mit einem scharfen Knall auf Jacksons Rücken auf. Er fuhr instinktiv zusammen, und ein zischendes Geräusch entrang sich seinen Lippen. Entsetzt über das, was sie getan hatte, stand Lucinda wie versteinert da und starrte den roten Striemen an, der sogleich auf seiner makellosen Haut erschien.

»So ist es schon besser … Hexe!«, fügte er schroff hinzu.

Oh nein, er würde sie nicht noch einmal ködern. Lucinda hatte sein Spiel durchschaut – wenn auch bedauerlicherweise erst einen Schlag zu spät. Sie warf die Peitsche fort, als ob sie ihr die Hand verbrannte, und ging um Jackson herum, um zu ihm aufzuschauen.

»Ich kann das nicht«, erklärte sie. »Ich dachte, ich könnte es, aber Grausamkeiten wie diese, auch wenn ich selbst genug davon in meinem Leben erfahren habe, entsprechen einfach nicht meiner Natur.«

»Lucinda.« Jackson Stimme wurde weicher. »Ich will, dass du dieses Tier aus mir austreibst, damit nur noch der Mann, der ich eigentlich bin, in mir zurückbleibt. Damit ich endlich nur noch dieser Mann sein kann. Und ich will, dass auch meine Brüder von dem Tier befreit werden, damit auch sie einfach nur Männer sein können. Nimm mir diese Chance bitte nicht.«

»Und *sie?*« Lucinda musste einfach fragen. »Willst du dich auch ihretwegen von dem Tier befreien?«

Jackson runzelte die Stirn. »Sie?«

»Lady Anne«, erwiderte Lucinda ungeduldig. »Wenn du nur noch ein Mann bist und ich euch nicht mehr im Wege stehe, kannst du dich um ihre Gunst bemühen und sie umwerben.«

»Wenn mir so viel an ihr läge«, sagte Jackson, »hätte ich schon lange meinen Duft an ihr erproben können. Aber dieses Kapitel meines Lebens ist abgeschlossen.«

Lucindas Herz begann wie wild zu pochen. Sie hatte selten süßere Worte vernommen, aber natürlich hatte er damit noch nicht gesagt, dass er auch für sie Gefühle hegte. Er hatte sie nicht gebeten, bei ihm zu bleiben. Andererseits hatte er ja auch noch immer eine völlig falsche Vorstellung von ihrer Beziehung zu Lord Cantley.

»Es ist nicht so, wie du denkst«, begann Lucinda. »Lord Cantley …«

»Du rufst nach mir, Geliebte?«

Wieder machte ihr Herz einen Satz, wenn auch dieses Mal aus einem völlig anderen Grund. Wohl wissend, dass sie leichenblass geworden sein musste, trat sie neben Jackson und sah Lord Cantley und zwei seiner Handlanger innerhalb der ummauerten Koppel stehen.

»Was für merkwürdige Vorlieben dein Mann doch hat«, bemerkte Cantley gedehnt, während er die groteske Szene vor ihm in sich aufnahm. »Oder war das deine Idee, Lucinda?«, setzte er mit erhobener Augenbraue hinzu.

»Was tut Ihr hier?«, gelang es ihr hervorzubringen, obwohl ihr Herz so hart und laut gegen ihre Rippen schlug, dass sie das Gefühl hatte, es müsse ihr die Brust zerreißen.

»Du weißt, was ich hier tue.« Er drehte sich zu einem seiner Männer um. »Geht zum Haus, und holt das Kind.«

»Nein«, schrie Lucinda und stürzte vor, während sie gleichzeitig in ihre Rocktasche und nach der Waffe griff. Es gelang ihr aber nicht, die Pistole auf Lord Cantley zu richten, bevor er sie erreichte.

Sie stöhnte auf vor Schmerz, als er ihr die Waffe aus der Hand schlug und sie in hohem Bogen auf den Boden fiel. Dann packte Lord Cantley Lucinda und legte ihr die Hände um den Hals.

»Was ist da los?«, brüllte Jackson, der nichts sehen konnte.

Lucinda sah, wie er mit seinen Fesseln kämpfte, es aber nicht schaffte, sie zu lockern, da die Lederriemen viel zu gut befestigt waren. Lord Cantley zog Lucinda um das Gerüst herum, damit Jackson sie sehen konnte.

»Was für ein Spielchen treibt Ihr hier mit der Hexe?«, fragte Lord Cantley. »Bei mir war sie nie zu Spielchen aufgelegt. Wäre sie es gewesen, hätte ich sie nicht mit einem ihrer eigenen Schlafmittel betäuben müssen, um meinen Spaß mit ihr zu haben.«

Jackson hörte plötzlich auf, an seinen Fesseln zu zerren, und starrte Cantley an. »Ihr habt *was* getan?«

»Sie hat Euch nichts davon erzählt?« Lord Cantley zog Lucinda noch fester an sich. »Dann ist es ihr ja vielleicht gar nicht mal so unangenehm gewesen.«

Lucinda wehrte sich mit aller Kraft, aber Cantleys grausame Finger schlossen sich nur noch unerbittlicher um ihre Kehle.

»Nehmt Eure verdammten Hände von ihr!«, brüllte Jackson.

Der Graf lachte. »Die hatte ich schon vorher auf ihr«, entgegnete er mit unverhohlener Belustigung. »Überall auf ihr. Natürlich war sie da bewusstlos, was das Vergnügen ein wenig schmälerte, da sie ja überhaupt nicht reagierte. Ich habe viel darüber nachgedacht und mich gefragt, wie es wohl wäre, sie noch einmal zu besitzen, wenn sie wach und sich dessen voll bewusst wäre, was ich mit ihr tue. Was meinst du, Lucinda? Sollen wir es noch mal probieren?«

Sie trat ihm auf den Fuß, worauf er fluchend seinen Griff ein wenig lockerte. Sie hatte es schon fast geschafft, sich loszureißen, als er sie mit einer Hand an ihrem langen Haar packte und sie zurückzog.

»Ihr seht, warum ich den einfacheren Weg wählte und sie betäubte«, bemerkte er zu Jackson. »Sie ist eine Wildkatze. Das wusste ich zwar schon vorher, aber was ich nicht erwartet hatte, war, dass sie noch Jungfrau war. Das war eine angenehme Überraschung. Das Kind allerdings ... war eine alles andere als angenehme Überraschung.«

»Lasst den Jungen in Ruhe«, stieß Lucinda hervor, die sich immer noch nach Kräften wehrte, obwohl Cantleys Hände ihr wieder die Kehle zudrückten und ihr die Luft abschnürten.

»Er hat mein Muttermal, nicht wahr? Sonst hättest du bestimmt nicht so schnell die Flucht mit ihm ergriffen. Wie hast du es nur geschafft, diesen Mann dazu zu bringen, dich zu heiraten? Ich hoffe, du hast ihm nicht ein Kuckucksei ins Nest gelegt und ihm vorgeschwindelt, *er* hätte das Balg gezeugt.«

Jackson war fuchsteufelswild ... und hilflos. Lucinda hätte ihm die Wahrheit sagen sollen. Aber wieso interessierte sich der Graf so für ihren Jungen? Dann erinnerte sich Jackson an Lucindas Worte, dass Lord Cantley ein Cousin des Königs sei.

Wenn das stimmte, war Sebastian von königlichem Blut. Ein Bastard, der eines Tages Anspruch auf den Thron erheben könnte. Und der ein Geburtsmal hatte, das seine Abstammung bewies. Jetzt ergab so manches einen Sinn. Lucinda hatte gewusst, dass Jackson damals in das Haus im Wald gekommen war, um sie zu töten, aber sie hatte gedacht, er sei einer der Handlanger Lord Cantleys, der sicherstellen wollte, dass das Kind, das er gezeugt hatte, nie das Licht der Welt erblicken würde.

Als Cantley jetzt eine Hand von Lucindas Nacken nahm und ihre Brust begrapschte, sah Jackson rot. Denn nun ergaben auch Lucindas Reaktionen endlich einen Sinn für ihn. Sie war von diesem Mann betäubt und vergewaltigt worden, und auch wenn es so aussah, als erinnerte sie sich nicht an Einzelheiten, war es der Verlust ihrer Kontrolle und der Umstand, dass sie diesem Mann so hilflos ausgeliefert gewesen war, was sie offenbar noch mehr belastete als der Angriff selbst. Er würde Cantley töten, schwor sich Jackson.

Die ledernen Fesseln schnitten in seine Handgelenke, als er wieder mit aller Kraft versuchte, sich von ihnen zu befreien. Er hatte die Fesseln so eng gemacht, damit er nicht entkommen und Lucinda anfallen konnte, falls die Wut des Tieres in ihm hochkommen sollte. Und sie kam jetzt hoch, das spürte er.

»Vielleicht sollten wir Euch geben, was Ihr von der Hexe wolltet«, sagte Cantley. »Oder vielleicht ist es ja auch sie, die Gefallen daran findet. Aber wie dem auch sei, ich sehe keinen Grund, warum Eure oder ihre Wünsche unerfüllt bleiben sollten.«

Der Mann nickte jemandem zu, der hinter Jackson stand. Und plötzlich pfiff die Peitsche durch die Luft und schnitt sich tief in seinen Rücken. Jackson fuhr zusammen, so heftig war der Schmerz.

»Nein«, hörte er Lucinda keuchen. »Bitte tut ihm nicht weh.

Ich habe ihn belogen. Er ist nur der unschuldige Dritte. Macht mit mir, was Ihr wollt, aber lasst ihn in Ruhe. Und tut auch bitte, bitte meinem Kind nichts an.«

»Seht Ihr, wie hübsch sie betteln kann?«, fragte Cantley Jackson. »Ich hätte nicht gedacht, dass sie das in sich hat. Sie ist ein stolzes Frauenzimmer, insbesondere für eine Hexe. Sie hatte immer nur ein Naserümpfen für mich übrig. Aber jetzt ist sie schon nicht mehr so impertinent, nicht wahr?«

Lord Cantley grinste und fuhr mit der Zunge über Lucindas Wange, was Jackson noch viel mehr in Rage brachte. Aber er war froh über die unbändige Wut, die in ihm aufstieg, und tat nichts, um sie zu bremsen. Die Peitsche pfiff wieder, aber diesmal spürte er den Schmerz fast nicht, weil er viel zu beschäftigt mit Lucinda und dem Mann war, der sich erdreistete, sie anzufassen, und es wagte, sowohl die Frau als auch das Kind zu bedrohen, die sich unter Jacksons Schutz befanden. Wieder klatschte die Peitsche auf seinen Rücken und brachte das Tier in ihm noch näher an die Oberfläche.

»Nehmt mich mit«, hörte er Lucinda wieder betteln. »Ich tue alles, was Ihr wollt – was immer Ihr auch verlangt –, wenn Ihr nur ihn und das Kind in Ruhe lasst!«

»Das wirst du sowieso tun!«, höhnte Cantley. »Das Kind darf nicht am Leben bleiben. Das weißt du.« Er wandte sich wieder Jackson zu. »Ich werde sie Euch zurückgeben, wenn ich mit ihr fertig bin – vorausgesetzt, dass dann überhaupt noch etwas von euch beiden übrig ist.«

Je wütender Jackson wurde, desto mehr wuchs seine Kraft. So fest er konnte, zerrte er an den Lederbändern, die in seine Handgelenke schnitten, und schaffte es tatsächlich, eine seiner Hände zu befreien. Der Schmerz wütete nun in seinem Magen und nicht auf seinem Rücken, wo die Peitschenschläge ihm die Haut zerfetzt hatten. Der Geruch seines eigenen Blutes lockte das Tier höchstens noch näher an die Oberfläche. Lord Cantley wurde bleich und zog Lucinda einen Schritt mit sich zurück.

»Was für einen Zauber hast du über ihn verhängt, du Hexe?«

»Einen, der Euer Tod sein wird«, antwortete Jackson mit leiser, rauer Stimme. Er konnte bereits spüren, wie sich die Fänge in seinem Mund verlängerten, und zog die Lippen zurück, um sie in dem unheimlichen Laternenlicht für einen kurzen Moment aufblitzen zu lassen.

»Zieh deine Pistole, Mann!«, schrie Lord Cantley einem seiner Schergen zu. »Zieh sie und erschieß ihn!«

»Ihr könnt ihn nicht töten«, zischte Lucinda. »Das Tier, in das er sich verwandelt, ist unsterblich. Also lauft und flieht, solange Ihr noch könnt!«

Aus Jacksons freier Hand waren Krallen gesprossen, die er nun dazu benutzte, seine Fesseln zu zerfetzen, und obwohl er mit aller Kraft versuchte, sich sein menschliches Denken zu bewahren, konnte er doch spüren, dass das Tier ihn jeden Augenblick übermannen würde. Hinter sich vernahm er das Geräusch sehr schnell davonlaufender Füße.

»Feigling!«, schrie Lord Cantley, und Jackson konnte nur vermuten, dass er den Mann meinte, der die Peitsche geschwungen hatte.

Aber Gedanken zu formen und an ihnen festzuhalten fiel Jackson jetzt zunehmend schwerer. Er hatte schon fast sein zweites Handgelenk befreit, als er spürte, wie das Fell unter seiner Haut hervorspross und seine Knochen sich für die Verwandlung dehnten und zusammenzogen.

»Großer Gott – er ist ein Ungeheuer!«

Das waren die letzten Worte, die sein menschlicher Verstand vernahm.

22. Kapitel

In einer Mischung aus Faszination und Grauen sah Lucinda zu, wie Jackson sich verwandelte. Sie konnte jetzt den kalten Schweiß von Cantleys Angst riechen und atmete erleichtert auf, als er sie von sich wegstieß.

»Dies ist noch nicht das Ende«, schwor er, und feige, wie er war, suchte er sein Heil jetzt in der Flucht.

Für einen Moment lang stand Lucinda völlig reglos da, wie hypnotisiert von Jacksons Anblick, der jetzt halb Mensch, halb Tier war und noch immer kämpfte, um sich von seinen Fesseln zu befreien. Dann erinnerte sie sich an Sebastian und begann mit einem entsetzten Schrei in Richtung Haus zu laufen. Sie stolperte im Dunkeln, schaffte es aber irgendwie, auf dem Weg zu bleiben – bis urplötzlich eine hochgewachsene Gestalt wie aus dem Nichts heraus vor ihr erschien.

»Wie hätte ich auch wissen sollen, dass dieser Kerl die Tür bewachte«, knurrte der Mann. »Er hat mir eins über den Kopf gegeben und mich hinausgeschmissen ... He, Moment mal! Wieso läufst du noch frei herum?«, erinnerte der Mann sich plötzlich.

»Lass mich vorbei«, zischte Lucinda warnend. »Dein feiger Herr hat sich bereits aus dem Staub gemacht. Und wenn du klug bist, tust du das jetzt auch.«

»Lord Cantley hat gesagt, wir sollten dich mitnehmen. Dich und das Kind.« Der Mann trat vor und versuchte, Lucinda zu ergreifen.

Sie stolperte, als sie zurückwich, fiel über einen Stein und landete auf ihrem Rücken. Der Mann lachte über ihre Ungeschicklichkeit und kam wieder drohend auf sie zu.

»Verhalt dich still, und komm jetzt mit«, sagte er. »Glaub ja nicht, dass ich Hemmungen hätte, eine Frau zu schlagen, wenn es sein muss.«

Der Mann beugte sich über sie, doch bevor er sie ergreifen konnte, sprang ein dunkler Schatten aus der Finsternis hinter Lucinda und warf ihren Angreifer zurück. Sie hörte ein Knurren, sah die glühenden blauen Augen des Wolfes und hörte den Mann dann schreien. Seine Schreie endeten sehr schnell in einem Gurgeln, und Lucinda rappelte sich auf und rannte an dem Sterbenden und dem dunklen Schatten vorbei, der dem Mann die Kehle aufriss. So schnell sie konnte, lief sie zum Haus und stieß dort fast mit dem Lauf von Hawkins Pistole zusammen, als sie völlig außer Atem durch die Hintertür hineinstürzte.

»Lady Lucinda!«, sagte Hawkins erschrocken. »Ich dachte, der Eindringling von vorhin wäre zurückgekommen.«

Lucinda schlug die Tür zu und legte mit zitternden Händen schnell die Riegel vor. »Sebastian?«

»Er ist wohlauf, Mylady«, beruhigte sie Hawkins. »Außer diesem Kerl, den ich mit der Pistole niederschlug und dann hinauswarf, war niemand anderes hier im Haus.«

Lucinda versuchte, ihr wild pochendes Herz zu beruhigen und wieder zu Atem zu kommen.

»Und Lord Jackson?«, fragte Hawkins. »Wo ist er?«

Was sollte sie darauf antworten? *Er zerfetzt da draußen jemandem die Kehle?* Lucinda erschauderte. »Er verfolgt die Diebe«, log sie.

»Vielleicht sollte ich dann besser versuchen, ihn zu finden und ihm beizustehen«, meinte Hawkins.

»Nein!«, sagte Lucinda und wünschte, es hätte nicht so scharf geklungen. »Er hat gesagt, Sie sollen hier im Haus bleiben und uns beschützen, bis er wiederkommt.«

Hawkins runzelte die Stirn. »Wie Ihr wünscht, Mylady. Ihr seht blass aus. Darf ich Euch etwas zu essen bringen?«

»Brandy«, sagte sie mit rauer Stimme. »Ein großes Glas guten, starken Brandy.«

Nach einer angedeuteten Verbeugung ging Hawkins, um das Getränk für sie zu holen. Der Hintereingang des Hauses führte direkt in die Küche, und so ging Lucinda zu dem großen Tisch, an dem die Bediensteten ihre Mahlzeiten einnahmen, und setzte sich. Sie zitterte noch immer, als Hawkins mit dem gewünschten Brandy zurückkam. Lucinda setzte das Glas an ihre Lippen und leerte es in einem Zug.

»Und was sollen wir jetzt tun, Mylady?«, fragte Hawkins sorgenvoll.

Sie gab ihm mit einem Nicken zu verstehen, sich zu ihr an den Tisch zu setzen. »Wir warten.«

Hawkins war eingedöst, und auch Lucinda hatte Mühe, die Augen offen zu halten, bis sie schließlich ein leises Klopfen an der Hintertür vernahm. Sie stand auf und ging zur Tür, legte ihr Ohr daran und lauschte. »Jackson?«

»Ja. Lass mich herein«, antwortete er.

Lucinda kämpfte mit den schweren Riegeln und schaffte es, die Tür zu öffnen. Als Jackson hereinkam, trug er dieselben Kleider wie schon früher am Abend, nur waren sie jetzt ganz blutverschmiert und halb zerfetzt.

»Ist alles in Ordnung mit dir?«, flüsterte sie mit wild pochendem Herzen.

Er nickte, aber Lucinda entging nicht der gequälte Blick in seinen Augen.

»Lord Jackson!«, waren Hawkins' erste Worte, als er erwachte. Dann sprang er auf und eilte auf ihn zu. »Ihr blutet ja, Mylord!«

»Das ist nichts Ernstes«, beruhigte Jackson den treuen Butler. »Aber bring mir eine Schüssel sauberes Wasser und Verbandszeug auf mein Zimmer. Lucinda kann mir die Treppe hinaufhelfen.«

Nachdem er seine Anweisungen gegeben hatte, legte Jackson einen Arm um Lucindas Nacken und ließ sich von ihr durch das Haus und die Treppe hinauf helfen. In seinem Zimmer zog er dann sein Hemd aus. Lucinda schnappte entsetzt nach Luft, als sie seinen blutüberströmten Rücken sah. Er hatte vier noch immer blutende Peitschenhiebe und einen dicken Striemen, den sie ihm selbst in einem Moment des Zorns, aber ohne die offenbare Kraft der anderen vier beigebracht hatte.

»Lass mich meine Salben holen«, sagte sie und lief rasch in ihr eigenes Zimmer, um die Mittel zu holen, die sie schon im Voraus für ihn vorbereitet hatte. Als sie zurückkam, war Hawkins mit der Schüssel frischem Wasser und dem Verbandszeug da.

»Darf ich Euch behilflich sein, Lord Jackson?«

»Nein, Hawkins, Lucinda kennt sich besser aus mit diesen Dingen. Geh nur ruhig schon zu Bett. Es war eine lange Nacht.«

»Wollt Ihr nicht, dass ich den Rest der Nacht noch Wache stehe, Mylord?«

»Die Nacht ist fast vorbei«, antwortete Jackson, und Lucinda dachte, dass er sich vermutlich nicht von dem Bett erhob, auf dem er saß, damit Hawkins nicht seinen Rücken sehen konnte. »Diese Kerle kommen nicht zurück. Oder zumindest für den Augenblick nicht. Geh also ruhig zu Bett, Hawkins.«

»Wie Ihr wünscht, Mylord«, sagte der Mann und zog sich dann zurück.

Lucinda ging zu der Waschschüssel und begann einige der sauberen Tücher in dem kühlen Wasser zu befeuchten. Dann setzte sie sich neben Jackson auf das Bett, und er wandte ihr den Rücken zu, damit sie seine Verletzungen versorgen konnte.

Diese hässlichen Wunden auf seiner ansonsten makellosen Haut verursachten ihr Übelkeit. Sie hatte solche Wunden zwar schon oft behandelt, aber bislang immer nur bei Menschen, zu denen sie keine gefühlsmäßige Bindung hatte. Das hier war viel schwieriger. Jackson zuckte jedoch nicht einmal zusammen, als sie die Wunden reinigte. Im Augenblick schwiegen beide, aber Lucinda wusste, dass das Schweigen nicht von Dauer sein würde.

Schließlich sagte er: »Du hast mich belogen.«

Lucinda wählte ihre Antwort mit Bedacht. »Ich habe dir nur nicht die ganze Wahrheit gesagt«, versuchte sie sich zu verteidigen. »Ich dachte, wenn du wüsstest, dass Sebastians Vater ihn töten will und dass dieser Mann auch noch ein Cousin des Königs ist, würdest du uns nicht erlauben, hierzubleiben. Ich hatte Angst, dass du dein Versprechen, dich um Sebastian zu kümmern, dann nicht halten würdest.«

»Indem du mir das verschwiegen hast, hast du uns alle in Gefahr gebracht, Lucinda. Es hätte heute Abend noch erheblich schlimmer kommen können, als es war.«

Lucindas Augen füllten sich mit Tränen. Jackson hatte recht. Sie hätte ihm sofort alles erzählen sollen, als er sie nach Lord Cantley gefragt hatte. »Ich wusste, dass du den Kopf frei haben musstest für das Ritual. Ich war fest entschlossen, es dir nach unserem Versuch zu sagen, was immer auch dabei herausgekommen wäre.«

Er wandte sich ihr zu und hielt ihr seine Hände vors Gesicht. »Es klebt Blut an meinen Händen«, sagte er. »Und der Schmutz unter meinen Fingernägeln ist von der Erde, in der ich die Überreste des Mannes begraben habe, den ich für dich getötet habe.«

Bittere Galle stieg in Lucindas Kehle auf, und sie wandte rasch den Blick von Jackson ab. »Wirst du uns jetzt auf die Straße setzen?«

Jackson stand auf und ging zu der Waschschüssel, um das

Blut von seinen Händen abzuspülen, bevor er ein Stück Seife nahm und sie damit sehr gründlich schrubbte. »Du fragst, ob ich dich und Sebastian im Stich lassen werde, damit ihr für euch selbst sorgt im Kampf gegen einen Mann, der beste Beziehungen zum König hat? Gegen einen Mann, der seinen eigenen Sohn ermorden und die Mutter seines Kinds missbrauchen würde?« Jackson drehte sich zu ihr um und sah sie an. »Du hast lange genug unter einem Dach mit mir gelebt, um mich besser zu kennen, Lucinda«, sagte er kopfschüttelnd. »Dass du es nicht tust, schmerzt mich noch weitaus mehr als diese Peitschenhiebe.«

Sie senkte den Kopf, weil sie diesem Einwand nichts entgegenzusetzen hatte. Sekunden später fühlte sie die sanfte Berührung von Jacksons Fingern unter ihrem Kinn, als er ihr Gesicht ein wenig anhob, damit sie ihn ansehen musste.

»Aber vielleicht habe ich dir ja auch wirklich keinen Grund gegeben, mir zu vertrauen. Vielleicht war es klüger von dir, es nicht zu tun.« Jackson unterbrach sich und schüttelte den Kopf. »Dennoch hättest du mir von Lord Cantley erzählen sollen. Du hättest mir sagen müssen, was er dir angetan hat.«

»Hättest du mir denn geglaubt?«, gab sie zurück. »Als wir uns kennenlernten, hättest du da meinen Worten mehr Glauben geschenkt als ich den deinen? Ich war mein Leben lang als Hure bezeichnet worden, obwohl ich noch unberührt war, als Lord Cantley mich mit einem Mittel betäubte, das ich seiner Frau gebracht hatte, die kurz vor ihrer Niederkunft stand. Warum hätte ich auch nur für einen Augenblick lang glauben sollen, dass ich dir vertrauen könnte und du mich anhören und mir glauben würdest?«

Jackson ließ seine Hand ein wenig höher gleiten und legte sie an ihre Wange. »Schon vom ersten Moment an, als ich dich küsste, wusste ich, dass du keine Hure warst, Lucinda. Eine Hure ist sinnenfroh und wollüstig, aber du verweigertest uns beiden das

Vergnügen, dich in die Freuden der körperlichen Liebe einzuführen.«

»Ich hatte Angst«, gestand sie. »Angst, weil ich spürte, dass ich langsam, aber sicher die Kontrolle über mich verlor. Ich fühlte mich so hilflos dem Verrat meines eigenen Körpers gegenüber. Ich habe keine Erinnerung an das, was Lord Cantley mit mir getan hat, als ich besinnungslos und schutzlos vor ihm lag. Aber mein Kopf gaukelt mir Bilder vor, die höchstwahrscheinlich noch viel schlimmer sind, als es tatsächlich war.«

»Ich hätte ihn heute Abend töten sollen«, sagte Jackson, bevor er sich erhob und zu der Waschschüssel zurückging, neben der ein Krug mit frischem Wasser stand. Mit der vollen Schüssel in der Hand trat er an das Fenster und öffnete es, um das schmutzige Wasser hinauszuschütten. Nachdem er die Schüssel mit einem sauberen Tuch ausgewischt hatte, füllte er sie wieder, um sein Gesicht und seinen Mund zu waschen. Lucinda stand auf und holte ihre Salbe, die sie dann vorsichtig auf Jacksons wunden Rücken auftrug, während er seine Waschungen beendete.

»Und wie soll es nun weitergehen?«, fragte sie. »Mit heute Nacht wird es nicht enden. Ich würde ja gehen, wenn nur ich es wäre, die Lord Cantley will. Aber Sebastian …«

Jackson drehte sich plötzlich um. »Ich verbiete dir, ihn von hier fortzubringen«, erklärte er mit strenger Miene. »Du kannst ihn nicht beschützen, Lucinda. Vor einem solch mächtigen Mann kannst du nicht einmal dich selbst schützen. Keiner von euch wird dieses Haus verlassen, ist das klar?«

Sie nickte angesichts der Leidenschaft, mit der er sprach. »Aber was sollen wir tun? Lord Cantley sagte, es sei noch nicht vorbei. Er wird nicht so leicht aufgeben, Jackson. Er ist ein Mann, der es gewohnt ist zu bekommen, was er will, und zu tun, was ihm gefällt.«

Jackson fuhr sich mit einer Hand durch sein langes Haar und

strich es aus seinem jetzt sehr müden, aber noch immer gut aussehenden Gesicht zurück. »Ich weiß es nicht. Ich werde mir etwas überlegen müssen.«

Lucinda erschrak, als sie die gerötete, zerschundene Haut an seinen Handgelenken sah, die er sich bei seinen Befreiungsversuchen aufgescheuert hatte. Sie gab etwas Salbe auf ihre Finger, nahm eines seiner Handgelenke und begann die heilende Creme behutsam auf die Wunden aufzutragen.

»Der Mann …« Sie hielt inne, um tief durchzuatmen. »Was hast du mit seinem Leichnam getan?«

»Ich habe ihn auf dem Grundstück nebenan begraben«, antwortete er. »Das Tier ließ von mir ab, nachdem es ihn getötet hatte. Als ich wieder zu mir kam, starrte ich in die leeren Augen des Toten und konnte sein Blut auf meiner Zunge schmecken.«

Lucinda erschauderte. »Lord Cantley könnte zum König gehen und ihm von uns erzählen«, sagte sie. »Er könnte uns beide auf den Scheiterhaufen bringen.«

»Aber das wird er nicht tun«, entgegnete Jackson. »Er wird seine schändlichen Taten selbst vollbringen und den Beweis seiner Indiskretion beseitigen wollen, ohne dass jemand davon erfährt.«

»Vielleicht«, stimmte Lucinda zu und begann Jacksons anderes Handgelenk zu behandeln. »Aber wenn nicht, dann musst du sagen, ich hätte dich verhext. Du bist ein vermögender Mann aus einer adligen Familie mit Ländereien und Titeln, Jackson. Ich dagegen bin ein Niemand. Ich …«

Er legte einen Finger an ihre Lippen. »Warum erniedrigst du dich so, Lucinda? Warum kannst du nicht begreifen, dass du etwas ganz Besonderes bist? Du benutzt deine Gaben zu guten und nicht zu bösen Zwecken. Du rettest Leben. Du gibst so viel von dir und erwartest nichts im Gegenzug dafür – bis auf die Einhaltung unserer Abmachung vielleicht.«

Eine wunderbare Wärme durchflutete sie bei seinen Worten, aber sie weckten auch Gewissensbisse in ihr, und deswegen wandte sie den Blick ab. »Ich habe dich heute Nacht enttäuscht«, flüsterte sie. »Ich konnte das Tier nicht aus dir austreiben.«

Jackson drehte ihr Gesicht wieder sanft zu sich herum, damit sie ihn ansehen musste. »Es ist besser, wenn wir den Wolf vorläufig noch behalten. Wir werden ihn vielleicht noch brauchen.«

Lucinda starrte ihn betroffen an. »Du willst unseretwegen verflucht bleiben? Für eine Frau, die dich getäuscht hat, und ein Kind, das nicht von dir ist?«

»Bis wir alles hinter uns haben«, erwiderte er ruhig. »Uns bleibt nicht mehr viel Zeit zum Planen. Ich muss jetzt über sehr viel nachdenken. Und du bist müde. Also geh zu Bett.«

Mit diesen Worten ging Jackson zu seinem eigenen Bett und setzte sich. Als er sich bückte, um seine Stiefel auszuziehen, konnte Lucinda ihm ansehen, wie schmerzhaft die Bewegung für ihn war.

»Ich muss dir noch den Rücken verbinden«, sagte sie. »Bleib so sitzen, bis ich damit fertig bin.«

Sie ging zum Tisch und holte das Verbandszeug, das Hawkins ihnen heraufgebracht hatte. Dann setzte sie sich zu Jackson auf das Bett und begann ihn so behutsam wie nur möglich zu verbinden. Seine Haut war warm und glatt unter ihren Händen, mit Ausnahme seines Rückens, auf dem er für immer die Spuren des heutigen Abends tragen würde. Und das war ihre Schuld. Sie konnte nicht glauben, dass er das Wichtigste in seinem Leben, nämlich den Fluch zu brechen, für sie und Sebastian zurückgestellt hatte.

Jackson glaubte, keine Ehre zu besitzen, aber er besaß mehr davon als alle anderen Männer, die sie kannte. Er hatte ihr gesagt, sie sei etwas Besonderes. Und heute Abend war sie sich in der Tat zum ersten Mal in ihrem Leben ihres eigenen Wertes bewusst geworden. Während sie ihn verarztete, erkannte sie, dass der eigene Fluch, der über ihr hängen mochte, auch als Segen betrachtet werden konnte. Als sie um Jackson herumging, um die Bandagen kreuz und quer über seiner Brust zu befestigen, damit sie nicht verrutschen konnten, spürte sie seinen Blick auf sich und schaute zu ihm auf. Einen Moment lang sahen sie sich in die Augen, aber dann unterbrach er wieder den Blickkontakt und wandte sich von ihr ab.

Lucinda legt eine Hand unter sein Kinn und drehte sein Gesicht zu sich herum. Vielleicht wurde es Zeit, dass sie wieder jemandem vertraute. *Ihm* vertraute. Und deshalb beugte sie sich vor und berührte seine Lippen mit den ihren. Jackson ließ die zärtliche Berührung einen Moment lang zu, bevor er erneut den Kopf abwandte.

»Du schuldest mir nichts, Lucinda«, sagte er.

Wieder drehte sie sein Gesicht sehr sanft zu sich herum. »Oh doch, das tue ich, Jackson. Mehr sogar, als ich dir je vergelten kann. Aber darum geht es jetzt nicht.«

»Und worum geht es dann?«, fragte er.

Es ging um das, was sie für ihn empfand, und darum, dass sie sich diese Gefühle nicht nur eingestehen, sondern sie auch zulassen musste. Aber vor allem ging es darum ... »Dass ich lernen muss, zu vertrauen und die Kontrolle abzugeben«, erwiderte sie leise. »Lehr mich die Freuden des Lebens, damit ich nicht immer nur an all das Schlechte denken muss. Vertreib all diese finsteren Gedanken aus mir, Jackson.«

Wieder wandte er den Blick ab. »Die Ereignisse dieser Nacht haben dich verletzbar und emotional gemacht. Du weißt nicht, was du da sagst.«

»Du hast jetzt überhaupt nichts mehr von diesem Duft an dir«, hielt sie dem entgegen. »Es gibt also keinen anderen Grund für meine Bitte als den einzig wahren: dass ich dich begehre.«

Langsam wandte er sich ihr wieder zu, und als er ihr tief in die Augen schaute, sah sie das erste schwache Aufzüngeln der blauen Flamme. »Du suchst dir einen etwas seltsamen Moment aus, um meine Männlichkeit herauszufordern.«

Lucinda senkte ihren Blick. »Ich meinte nicht heute Nacht. Ich weiß, dass du verletzt bist.« Sie begann sich zu erheben, doch Jackson legte ihr die Hände auf die Schultern und hielt sie fest.

»Es gibt vielleicht kein Morgen mehr für uns«, murmelte er.

Und dann beugte er sich vor und küsste sie.

23. Kapitel

Jacksons Lippen waren fest und warm, sein Atem frisch von der Minze, mit der er seinen Mund gereinigt hatte. Lucinda öffnete hungrig ihre Lippen, um Jacksons Kraft und Stärke in sich aufzunehmen, und überließ sich ganz dem Wunder seines Kusses. Seine Hände glitten zu ihrem Gesicht, und seine Finger verschränkten sich unter ihrem langen Haar, um sie festzuhalten, obwohl das überhaupt nicht nötig war, da Lucinda keineswegs die Absicht hatte, wegzulaufen.

Das Licht der Lampen wurde schwächer, und wieder einmal fragte sich Lucinda, ob Jackson diese intimere Beleuchtung irgendwie veranlasste … oder ob vielleicht sogar sie selbst dieses Talent besaß. Seine Hände glitten jetzt langsam an ihren Schultern hinab, und dann zog er sie sanft auf seine Knie. Sein leichtes Zusammenzucken erinnerte sie jedoch wieder daran, dass er verletzt war, und sie bekam Gewissensbisse, weil sie ihn dazu brachte, sich zu überanstrengen.

»Ich sollte lieber gehen«, flüsterte sie.

»Nein. Bleib bei mir.«

Für einen Moment schloss sie die Augen und tat sich selbst gegenüber so, als spräche er von mehr als nur heute Nacht. Dann setzte sie sich zu ihm auf das Bett, und er streckte sich neben ihr aus und fuhr wieder zusammen, als sein Rücken die Matratze berührte.

»Du hast Angst, die Kontrolle zu verlieren«, sagte er. »Deshalb überlasse ich sie heute Nacht ganz dir, Lucinda. Und ich werde dir in jeder Hinsicht voll und ganz zu Diensten stehen.«

Die passive Rolle zu übernehmen musste für ihn noch eine zusätzliche Qual darstellen, nahm Lucinda an. Dennoch wollte er sich ihr unterwerfen, um ihre Ängste zu zerstreuen ... was vielleicht sogar die wirkungsvollste aller Arten von Verführung war.

Lucinda kroch über das Bett zu ihm. Zuerst beugte sie sich nur über ihn und küsste seinen Nacken. Dann ließ sie ihre Lippen tiefer gleiten und strich mit ihnen über die Haut auf seiner Brust, die nicht von den Verbänden bedeckt war. Ein leiser Laut entrang sich Jacksons Lippen, doch seine Hände blieben still an seinen Seiten liegen.

Sie kehrte zu seinem Mund zurück und neckte und liebkoste ihn mit ihrer Zunge, bis er die Herausforderung annahm. Eine ganze Weile taten sie nichts anderes, als sich zu küssen, bis Lucinda langsam mutiger wurde und anfing, mit den Händen Jacksons Körper zu erforschen. Sie ließ ihre Fingerspitzen über seine bandagierte Brust zu seinem Bauchnabel hinuntergleiten und folgte der schmalen Linie dunklen Haares, die sich nach unten hin verjüngte und dann unter seinem Hosenbund verschwand. Ihre Hand glitt tiefer, über die Vorderseite seiner Hose, wo sie den unverkennbaren Beweis seiner Begierde fand. Lucinda hörte, wie Jackson scharf den Atem einzog, obwohl er sie noch immer nicht berührte.

Von der steifen Härte, die sie unter seiner Hose spürte, kehrte ihre Hand zu seinem Hosenbund zurück, den sie langsam öffnete. Wieder staunte sie über Jacksons beeindruckende Kraft und Größe, als sie seine pulsierende Härte sah und sie mit einer Hand umschloss. Doch obwohl er zusammenzuckte, beherrschte er sich noch immer und zwang sich, sie nicht zu berühren. Ihn dort anzufassen war wie eine Lektion der Gegensätze. Sein Glied war heiß und hart, die Haut darum sehr weich und zart. Und ihn auf diese Weise zu berühren hatte auch einen ganz eigenartigen Effekt auf sie: Sie wollte jetzt unbedingt auch seine Hände auf sich spüren.

Und deshalb unterbrach sie ihre Liebkosungen, stand auf und begann ihr Kleid vorn aufzuknöpfen. Jackson beobachtete sie fasziniert, aber höchstens das schnellere Heben und Senken seiner Brust war ein Anzeichen dafür, dass ihre kleine Vorstellung nicht ohne Wirkung auf ihn blieb. Langsam schob sie das Kleid zu ihrer Taille hinunter und griff nach dem Seidenbändchen, das ihr Hemd zusammenhielt, zog es langsam auf und ließ das Hemd dann über ihre Schultern rutschen.

Jackson starrte sie an, mit Augen, die in dem schwachen Licht wieder blau aufglühten, aber er lag völlig reglos da und fasste sie nicht an – bis sie seine Hände ergriff und sie zu ihren Brüsten führte, die seiner Berührung geradezu entgegenfieberten. Er nahm sie zwischen seine großen Hände und strich mit den Daumen über ihre zarten Spitzen, bis sie sich aufrichteten und verhärteten. Lucinda fuhr ihm mit der Hand durchs Haar und legte sie um seinen Hinterkopf, bevor sie sich über seine Schenkel kniete und seinen Mund an ihre Brüste zog. Jackson nahm eine ihrer harten Knospen zwischen seine Lippen, küsste, leckte und umkreiste sie mit seiner Zunge und strich ganz sachte mit seinen Zähnen darüber. Lucinda legte den Kopf zurück und genoss das wundervolle Gefühl seines warmen Mundes auf ihren Brüsten, während er seine aufreizenden Liebkosungen fortsetzte, bis das Kribbeln zwischen ihren Beinen nahezu unerträglich wurde.

Die Hände immer noch in seinem Haar verschränkt, zog Lucinda seinen Kopf zurück, damit er zu ihr aufsah, und beugte sich vor, um seinen Mund mit Küssen zu bedecken. Dabei ließ sie sich langsam auf ihn hinabsinken, bis sie auf ihm saß und er ganz unwillkürlich die Hüften anhob und sie den Beweis seiner Begierde spüren ließ. Die Reibung war keineswegs unangenehm, ganz im Gegenteil. Während sein Kuss immer intensiver, härter, heißer wurde, machte ihr der Druck seiner pulsierenden

Härte an ihrer empfindsamsten Stelle das Atmen fast unmöglich, und eine hemmungslose Leidenschaft erfasste sie.

»Zieh mich aus«, befahl sie flüsternd.

Und Jackson, der ihr, wie er selbst gesagt hatte, voll und ganz zu Diensten stand, zog sie auf sich herab und nahm ihre Beine zwischen die seinen, um ihr die Kleider herabstreifen zu können, ohne den Kuss zu unterbrechen. Während sie sich diesem ungestümen, wilden Kuss hingaben, strichen seine Hände über ihren nackten Po, aber so leicht und sachte nur, dass sie ein wohliges Erschauern durchlief. Als ihre Empfindungen so übermächtig wurden, dass sie das Warten nicht mehr aushielt, unterbrach sie den Kuss, um aus den Kleidungsstücken herauszuschlüpfen, die sich noch um ihre Hüften bauschten.

Dann zog sie ungeduldig an Jacksons Hose und glitt ein Stück an ihm herab, um sie ihm abstreifen zu können. Als sie an seinen Füßen angelangt war, nahm sie sich einen Moment, um seinen nackten Körper zu betrachten. Seine vollkommene Schönheit raubte ihr beinahe den Atem. In nahezu ehrfürchtiger Bewunderung ließ sie ihre Hände an seinen Beinen hinauf und zu seinen Oberschenkeln gleiten, die ebenso muskulös und leicht gebräunt waren wie der Rest von ihm.

»Ich weiß nicht, was ich als Nächstes tun soll«, sagte sie, weil sie jetzt wirklich nicht mehr weiterwusste.

»Was möchtest du denn tun, Lucinda?«, fragte er mit leiser, rauer Stimme.

»Ich möchte, dass du mich wieder berührst. So wie du es unten im Speisezimmer getan hast.«

»Dann komm zu mir.«

Sie kroch wieder zu ihm hinauf und legte sich neben ihn. Zuerst küsste er sie, so lange und so voller Zärtlichkeit, dass sie schier vor Wonne zu zerfließen glaubte. Und als seine Hand über ihren Bauch und zu dem weichen Haar zwischen ihren

Beinen glitt, war sie schon nach der ersten zarten Berührung seiner Finger verloren. Und er blieb auch weiterhin sehr zärtlich und sehr sanft, bis sie sich mit einem lustvollen kleinen Seufzer seiner Hand verlangend entgegendrängte.

Die Spannung in ihr wuchs ins Unerträgliche, und zwischen atemlosen kleinen Küssen stöhnte sie seinen Namen. Als Jackson sanft mit einem Finger in sie eindrang, bohrte sie ihm fast ihre Fingernägel in die Schultern.

»Du bist so heiß, so eng«, flüsterte er an ihren Lippen, und der raue Tonfall seiner Stimme steigerte noch ihre sinnliche Erregung.

Sie war nahe daran, die Beherrschung zu verlieren, und für einen Moment lang wehrte sie sich dagegen, bis sie sich wieder daran erinnerte, dass dies alles ihre eigene Wahl und ihre eigene Idee gewesen war. Sie konnte ihm vertrauen.

»Ich will mehr«, flüsterte sie. Es war die pulsierende Härte an ihrem Bein, die sie jetzt wollte. Sie wollte ihn in sich spüren. Wie gut ihr Körper doch wusste, was sie brauchte und wonach ihr Verstand nicht mehr fragte. Oder jedenfalls nicht heute Nacht. Nicht jetzt.

»Bist du sicher?«, fragte er.

»Ja«, erwiderte sie ohne Zögern.

Jackson drehte sie auf den Rücken, und dann lag er auch schon auf ihr und spreizte mit den Knien behutsam ihre Beine. Lucinda wappnete sich für den nächsten Schritt, aber Jackson hatte keine Eile, sondern beugte sich nur über sie, um sie erneut zu küssen, ließ seine Hand an ihr hinuntergleiten und fuhr fort, sie auf äußerst aufreizende Weise zu liebkosen und zu erregen. Sie konnte nicht genug bekommen von dem, was er mit seinen geschickten Fingern tat. Sie war so über alle Maßen erregt, dass sie das Zittern ihrer Beine nicht länger unterdrücken konnte und sich ihm immer wieder aufstöhnend entgegenbog. Er brachte sie bis nahezu an den Gipfel, und dann spürte sie ihn plötzlich heiß und hart am Eingang ihrer Weiblichkeit. Aber nicht einmal jetzt nahm er sie schnell und hart, so wie sie es erwartet hatte, sondern er glitt sehr langsam und behutsam in sie hinein, wobei er sich Stück für Stück in sie schob.

Lucinda kannte nicht nur ihren eigenen, sondern den weiblichen Körper allgemein sehr gut, da sie schon in jungen Jahren oftmals gerufen worden war, um Frauen als Geburtshelferin beizustehen. Normalerweise hätte Jackson eine Barriere überwinden müssen, doch die hatte Lord Cantley ihr genommen. Lucindas Augen füllten sich mit Tränen, weil dieser Mann ihr etwas gestohlen hatte, was sie mit gutem Recht selbst hätte geben müssen.

»Tue ich dir weh?«, fragte Jackson besorgt und küsste die einzelne Träne, die ihrem Augenwinkel entschlüpft war.

Sie schüttelte den Kopf. »Nein. Nur sollte dies eigentlich mein erstes Mal sein.«

»Es ist dein erstes Mal«, erklärte er. »Dein erstes Mal mit mir. Und auch mein erstes Mal mit dir.«

Wieder küsste er sie, tief und leidenschaftlich, während er noch tiefer in sie hineinglitt und sie so vollkommen ausfüllte, dass sie an seinem Mund nach Atem rang. Er war so groß, so stark, so hart ... Und dann begann er sich zu bewegen, auf eine Art, die sie noch weitaus mehr erregte, als seine Finger es getan hatten. In lustvoller Verzückung passte sie sich seinem Rhythmus an und bewegte sich in perfekter Harmonie mit ihm. Sein lustvolles Stöhnen war für sie wie ein Aphrodisiakum, das die Flammen ihrer Leidenschaft noch mehr entfachte.

Sie bewegten sich miteinander, küssten sich, unterbrachen den Kuss, um nach Luft zu schnappen, und küssten sich aufs Neue, wenn sie wieder zu Atem kamen. Die Anspannung in Lucinda begann sich wieder aufzubauen, noch stärker als zuvor.

Ihre Körper waren schweißbedeckt. Jacksons ganz spezieller Duft griff auf sie über, und etwas ganz und gar Ursprüngliches stieg in ihr hoch. Sie bog sich ihm noch leidenschaftlicher entgegen und warf in hemmungsloser Lust den Kopf von einer Seite zur anderen, bis Jackson ihr Gesicht zwischen die Hände nahm und sie wieder küsste.

Als sie die Augen aufschlug, um ihn anzusehen, sah sie das blaue Feuer in seinen Augen, und allein der Anblick dieser ungewöhnlichen Augen ließ sie alles um sich herum vergessen und den letzten Rest ihrer Kontrolle über sich verlieren. In einer gewaltigen Flut brachen ihre Gefühle über sie ein, und während sie in wilder Lust erbebte und erschauerte, glaubte sie fast zu sterben, so unerträglich schön war das Gefühl. Sie klammerte sich an Jackson, grub ihm die Nägel in die Schultern und biss ihn in den Nacken. Dann drang er mit einem letzten harten Stoß noch einmal ganz tief in sie ein und schien sekundenlang so zu verharren, bevor er sich urplötzlich aus ihr zurückzog und mit zuckendem Körper und stockendem Atem seinen Samen auf ihrem Bauch ergoss.

Sie drückte ihn an sich, bis ihre eigene Leidenschaft langsam verebbte und er ermattet und atemlos in ihren Armen lag und ihre Herzen fast im gleichen Rhythmus aneinander pochten. Dann berührte sie behutsam seinen Rücken und fühlte das warme Blut an ihren Fingern.

»Dein Rücken!«, sagte sie erschrocken. »Ich habe dich verletzt.«

Er küsste die zarte Haut an ihrem Nacken. »Das ist nichts«, erwiderte er. »Selbst wenn ich jetzt sterben würde, würde ich es nicht bedauern.«

Lucinda lächelte, weil es sich so gut, so richtig anfühlte, in solch inniger Umarmung mit diesem Mann in seinem Bett zu liegen. »Ich werde dir den Rücken neu verbinden«, sagte sie, während sie zärtlich mit den Händen durch sein langes Haar fuhr.

»Es wäre sinnlos, das jetzt schon zu tun.« Jackson richtete sich auf die Ellbogen auf, sah einen Moment lang lächelnd auf sie hinab und küsste sie dann wieder. »Ich reiße mir die Wunden ja doch nur wieder auf.«

»Bist du sicher?«, entgegnete sie mit einem verführerischen Lächeln.

»Absolut«, erwiderte er, ohne eine Miene zu verziehen.

Jackson erwachte von einem starken Brennen an seinem Rücken. Und als er sich zu bewegen versuchte, merkte er, dass eine Frau halb auf ihm lag. Die zweite Entdeckung machte die erste viel erträglicher. Sanft strich er Lucinda die schweren roten Locken aus dem Gesicht. Sie lächelte im Schlaf, und er begann fast augenblicklich wieder ein glühendes Verlangen nach ihr zu verspüren. Dann kam ihm der Gedanke, dass sie sich ihm endlich rückhaltlos geschenkt hatte, und er begann darüber nachzudenken, was sich für ihn damit verändert hatte.

Er fühlte sich nicht anders als am Tag zuvor. Aber das stimmte nicht, musste er sich korrigieren, als er den Blick wieder auf Lucinda richtete. Das Tier lebte zwar noch immer in ihm, aber auch die Gefühle waren noch da, und die Leidenschaft und Zärtlichkeit, die er Lucinda entgegenbrachte, waren heute noch viel stärker, als sie es am Tag zuvor gewesen waren. *Das* war es, was sich verändert hatte. Es hatte viele Frauen in seiner Vergangenheit gegeben, viel zu viele, aber keine war wie sie gewesen.

Keine dieser Frauen hatte je solche Gefühle in ihm geweckt wie Lucinda in der Nacht zuvor. Es war ihm fast so vorgekommen, als wäre er zum ersten Mal mit einer Frau zusammen. Bei Lucinda brauchte er nicht zu trinken, um die Qual seiner Einsamkeit zu betäuben, und brauchte sich auch nicht zu fragen, wenn er wieder nüchtern war, ob sie ihn auch ohne die animalische Anziehung seines Duftes gewollt hätte.

Denn Lucinda hatte nicht seinen Duft gewollt, sondern ihn. Und ohne seine Sinne zuvor mit Alkohol betäuben zu müssen, hatte er sie gewollt, und das mehr als jede andere Frau, die er gekannt hatte, bevor Lucinda in sein Leben getreten war. Nur sie gab ihm wirklich das Gefühl, dazuzugehören. Möglicherweise war es ja auch nur ein Gefühl der Zugehörigkeit zu ihr. Aber es war etwas, das ihm sein Leben lang entgangen war.

»Was denkst du?«

Jackson senkte den Blick, lächelte, als er sah, dass sie zu ihm aufschaute, und strich mit dem Finger über ihre makellose Schulter. »Ich fragte mich gerade, ob mein Rücken wohl sehr protestieren würde, wenn ich dich heute Morgen wieder liebte.«

»Nicht nur dein Rücken würde protestieren«, sagte sie. »Was hast du mit meinem Körper gemacht?« Sie versuchte, sich zu bewegen, und stöhnte auf.

»Nicht annähernd so viel, wie ich es gerne täte«, antwortete er und küsste sie aufs Haar.

»Vielleicht können wir noch einmal darüber reden, wenn ich ein schönes, langes Bad genommen und deinen Rücken versorgt und neu verbunden habe.«

Jackson seufzte. »Na schön. Es gibt ja auch noch genügend andere Dinge, um die wir uns heute Morgen kümmern müssen.«

Einen Moment lang sahen sie sich schweigend in die Augen. Wie er hatte wahrscheinlich auch Lucinda die Gelegenheit begrüßt, nicht über gestern Nacht und ihr gegenwärtiges Dilemma nachdenken zu müssen. Jackson hatte einen Menschen ermordet. Soviel er wusste, seinen ersten. Aber nicht er war es gewesen, der dem Mann die Kehle zerfetzt hatte, sondern das Tier, das in ihm lebte. Aber würde Jackson Wulf, der Mann, anders gehandelt haben, als sich Lucinda in Gefahr befand? Das glaubte er eigentlich nicht.

»Ich muss Sebastian sehen«, flüsterte sie plötzlich. »Ich muss ihn in den Armen halten.«

Jackson schob sie von sich, und obwohl ihre warme, zarte Haut ihn nahezu unwiderstehlich lockte, widerstand er der Versuchung und stand auf. Er ging zu seinem Schrank, um eine saubere Hose herauszuholen, und zog sie an. Lucinda zuliebe versuchte er, nicht bei jeder seiner Bewegungen zusammenzuzucken. Das Hemd überzustreifen war die reinste Folter. Komisch, aber er erinnerte sich nicht, dass sein Rücken gestern Nacht auch nur annähernd so wehgetan hatte wie jetzt.

»Ich hole den Kleinen«, sagte er. »Bleib du ruhig im Bett.«

Lucinda zog die Decken bis unter ihre Arme hoch. Sie sah ungemein verführerisch aus, wie sie da so wartend in seinem Bett saß. Fast zu verführerisch, um ihr zu widerstehen, aber Jackson musste nicht nur auf seine eigenen Verletzungen Rücksicht nehmen, sondern durfte auch nicht vergessen, was er Lucinda gestern Nacht schon alles abverlangt hatte. *Später*, versprach er sich, als er hinausging.

Lucindas Kinderfrau schien immer sehr nervös zu werden, wenn er in das Zimmer kam. Demnächst würden sie sie nicht mehr brauchen. Sebastian wuchs so schnell heran, dass sie ihn vermutlich schon sehr bald auf Brei und Ziegenmilch umstellen konnten.

»Mylady möchte, dass ich ihr ihren Sohn bringe«, sagte Jackson zu Martha. Die Frau nickte nur und hielt sich von ihm fern. Jackson ging zu der Wiege und lächelte den kleinen Jungen an, der die Begrüßung mit einem zahnlosen Grinsen beantwortete.

»Hallo, kleiner Mann«, sagte Jackson und bückte sich, um Sebastian aus der Wiege herauszunehmen. Es überraschte ihn, wie natürlich es ihm jetzt schon vorkam, das Kind zu halten.

Und wie jemand, der noch so klein war, schon derart stark sein Herz berühren konnte. »Deine Mutter würde gerne ein paar Worte mit dir reden, junger Mann«, sagte er zu Sebastian, als er ihn aus dem Kinderzimmer zu seinem eigenen Schlafzimmer hinübertrug.

Lucinda streckte schon die Arme aus, bevor Jackson das Bett erreichte. »Gib ihn mir.«

Sebastian krähte entzückt, als er seine Mutter sah. Jackson konnte den Jungen gut verstehen. Er gab Lucinda Sebastian und sah zu, wie sie den Kleinen an sich drückte und ihn herzte und ihn küsste.

»Ach, wie gern wäre ich auch noch mal so jung«, sagte Jackson und lächelte sie an, als sie den Blick zu ihm erhob.

Lucinda kicherte. Aber Jackson konnte seine düsteren Gedanken nicht länger unterdrücken, und deshalb setzte er sich zu ihr und sah eine Weile zu, wie sie mit ihrem kleinen Jungen spielte, bevor er sagte: »Wir können hier in London nichts gegen Lord Cantley ausrichten. Er genießt hier zu viel Schutz.«

»Du meinst, wir sollten fliehen?«, fragte Lucinda mit einem besorgten Blick auf Jackson.

»Ich würde es nicht fliehen nennen, sondern eher, Cantley von hier fortzulocken.«

»Wohin?«, fragte sie. »Auf den Landsitz deiner Familie?«

Er schüttelte den Kopf. »Ich will Rosalind und Armond nicht in diese Sache mit hineinziehen.«

»Aber er ist dein Bruder«, widersprach Lucinda. »Er könnte uns behilflich sein.«

»Und sie könnten genauso gut auch unseretwegen ums Leben kommen«, erklärte er. »Außerdem überkommt mich bald wieder der Fluch. Armond weiß noch nichts davon. Und es wäre mir auch lieber, wenn er nichts davon erführe, oder zumindest vorläufig noch nicht.«

»Hat das vielleicht etwas mit deinem Stolz zu tun?«, fragte Lucinda.

Das war eine gute Frage, über die Jackson lange und gründlich nachdachte, bevor er antwortete. »Ich trage die Verantwortung für dich und Sebastian, Lucinda. Daher ist es unerlässlich, dass du mir vertraust und dich auf mich verlässt. Denn wie sollte ich mir selbst vertrauen, wenn du mir nicht vertraust?«

Lucinda sah ihren Sohn an. Für Jackson war es ungeheuer wichtig, dass sie ihm vertraute, dass sie an ihn glaubte und sich voll und ganz auf ihn verließ. Aber durfte sie das überhaupt, wenn ihr Leben und das ihres Sohnes in Gefahr waren?

Als sie den Blick wieder auf Jackson richtete, wurden ihre Augen weicher. »Also gut, Jackson, ich werde dir vertrauen. Und zusammen werden wir uns einen Plan ausdenken.«

24. Kapitel

Nach einem ausgedehnten Bad und einem kurzen Nickerchen kehrte Lucinda mit Nadel und Faden zu Jacksons Zimmer zurück. »Während wir uns darüber unterhalten, wie es nun weitergehen soll, werde ich die Wunden auf deinem Rücken vernähen«, sagte sie. »Sonst werden sie nämlich nie verheilen, fürchte ich.«

Sie sah, dass Jacksons Sitzwanne noch immer mitten im Zimmer stand. Sein Haar war feucht, und seine Verbände hatte er anscheinend vor dem Baden abgenommen, denn seine Brust war nackt. Lucindas Herz schlug schneller bei seinem Anblick, und ihre Gedanken waren keineswegs bei seiner Heilung, als sie auf das Bett stieg und einladend auf die Matratze klopfte. »Setz dich hierher zu mir.«

»Wenn du mich wieder ins Bett bekommen willst, brauchst du es nur zu sagen«, scherzte er.

»Ich will jetzt nichts von deinem Unsinn hören«, schalt sie, obwohl sie ein Lächeln nicht verbergen konnte. Aber dieses Lächeln verblasste, als Jackson sich setzte und sie das frische Blut aus den hässlichen Wunden auf seinem Rücken rinnen sah. »Bist du schon einmal genäht worden?«, fragte sie.

»Nicht, dass ich wüsste«, antwortete er. »Aber andererseits gibt es ja so einiges in meinem Leben, woran ich mich seit letztem Jahr nicht mehr erinnere.«

»Es wird wehtun«, warnte sie.

»Es wäre wahrscheinlich besser, wenn du deine Patienten in einer solchen Situation belügen würdest«, meinte er.

Sie lächelte wieder. »Also gut. Du wirst überhaupt nichts davon merken, Jackson.«

»Zu spät«, murmelte er.

Lucinda hatte ihre feinste Nadel herausgesucht, in der Hoffnung, die Narben damit unauffälliger zu machen, obwohl es andererseits natürlich auch mehr Kraft erfordern würde, die Haut mit dieser dünnen Nadel zu durchstechen. Sie holte tief Atem und begann. »Wir sollten jetzt besprechen, was wir unternehmen werden«, schlug sie vor. »Das wird dich ein bisschen davon ablenken, was ich mit dir tue.«

»Mein Plan ist es, Lord Cantley aus London fortzulocken und ihn dann ein für alle Mal aus dem Weg zu räumen«, erwiderte er nüchtern.

Lucinda hatte kein Mitleid mit Lord Cantley, er war ein grausamer Mensch und eine Bedrohung für ihren Sohn, aber sie wünschte, es ließe sich vermeiden, noch mehr Tote auf ihrem Weg zurückzulassen und Jacksons Leben in Gefahr zu bringen. Sie wusste nur nicht wie. Als sie sich damals in dem kleinen Haus im Wald versteckt hatte, hatte sie oft genug versucht, Zaubersprüche über Lord Cantley zu verhängen, damit er sie vergaß. Aber sie hatten alle nicht gewirkt. Lucinda war nicht annähernd so gut darin wie ihre Mutter, auch wenn Lucindas Heilkräfte viel stärker waren.

»Er wird sich nicht von dir allein fortlocken lassen«, gab sie zu bedenken. »Ich werde als Köder mitkommen müssen.«

»Nein«, widersprach Jackson sofort. »Ich will dich und Sebastian irgendwo in Sicherheit wissen, wenn ich Cantley gegenübertrete.«

»Er wird dir nicht folgen, wenn du allein bist«, beharrte sie. »Er ist hinter mir und Sebastian her. Vor allem hinter Sebastian«, fügte sie hinzu. »Den ich aber natürlich nicht in Gefahr bringen werde.«

»Natürlich nicht«, stimmte Jackson zu. »Und so ungern ich es auch zugebe, aber wahrscheinlich hast du recht damit, dass er sich mir allein nicht an die Fersen heften würde.«

Schweigen drohte sich zwischen ihnen auszubreiten, während sie ihre Arbeit tat, und da Lucinda wusste, dass Jackson die Nadel mehr spüren würde, wenn sie ihn nicht ablenkte, nahm sie das Gespräch schnell wieder auf. »Wir müssen ihn irgendwie hinters Licht führen«, sagte sie. »Ihn glauben machen, wir wären alle zusammen unterwegs.«

»Das stimmt. Wir könnten vielleicht so tun, als wollten wir uns auf den Landsitz flüchten«, sagte er. »Anstelle von Sebastian könnten wir eine Puppe mitnehmen und Hawkins und die Amme damit betrauen, ihn an einen sicheren Ort zu bringen. Wahrscheinlich wird Lord Cantley dann einige seiner Handlanger beauftragen, uns auf der Straße zu überfallen. Er wird uns auf seinem eigenen Landsitz oder irgendwo ganz in der Nähe haben wollen, um sich mit uns zu befassen.«

»Ich halte es für keine gute Idee, uns von diesen Kerlen überfallen zu lassen«, wandte Lucinda ein. »Was ist, wenn Lord Cantley ihnen befiehlt, uns einfach umzubringen?«

»Sobald sie merken, dass Sebastian nicht bei uns ist, werden sie zumindest einen von uns foltern müssen, um seinen Aufenthaltsort zu erfahren«, sagte Jackson. »Und das Wahrscheinlichste ist, dass sie sich für dich entscheiden werden.«

»Oder vielleicht auch nicht«, entgegnete sie. »Sie werden sicher davon ausgehen, dass dir weniger an Sebastian liegt.« Lucinda war schon fast mit dem Vernähen fertig. Die Schnitte waren lang, aber nicht so tief, wie sie gedacht hatte. Ihr kam plötzlich der Gedanke, Jackson zu fragen, was sie schon auf dem Ball, den sie mit der Herzogin besucht hatten, beschäftigt hatte.

»Wissen die Leute von Whit Hurch, wer du bist?«, fragte sie. »Hast du dich ihnen je mit Namen vorgestellt?«

»Nicht mit meinem wahren«, antwortete er. »Ich habe versucht, auf diskrete Weise etwas über dich herauszufinden, und dachte, ihnen meinen Namen zu nennen würde nur ihren Verdacht erregen. Meine Familie ist nicht gänzlich unbekannt in diesen kleinen Dörfern. Aber wieso fragst du?«

»Weil ich mir deswegen Sorgen machte, als ich Lord Cantley plötzlich auf dem Ball begegnete«, erwiderte sie. »Ich hatte Angst, dass er, wenn er wüsste, dass du schon einmal in Whit Hurch herumgeschnüffelt hast, eins und eins zusammenzählen und erkennen würde, dass ich tatsächlich die war, für die er mich hielt. Aber das spielt jetzt natürlich keine Rolle mehr. Er weiß nun, wer ich bin und wer du bist.«

»Aber er ist sich noch nicht ganz im Klaren darüber, *was* ich bin«, erklärte Jackson. »Er ist nicht lange genug geblieben, um die vollständige Verwandlung zu sehen.«

»Er hat genug gesehen, um misstrauisch zu werden«, versicherte Lucinda ihm. Da sie mit ihrer Arbeit fertig war, stand sie auf und ging zu dem Tisch, um ihre Heilsalbe und das Verbandszeug, das dort lag, zu holen. »Mir behagt der Gedanke noch immer nicht, uns von Lord Cantley gefangen nehmen zu lassen. Wir haben beide nichts Gutes von ihm zu erwarten.«

»Ich habe nicht vor, mich gefangen nehmen zu lassen«, sagte Jackson. »Und ich würde auf gar keinen Fall erlauben, dass du diesem Mann noch einmal in die Hände fällst, Lucinda.«

Sie erwiderte nichts, sondern öffnete das Töpfchen mit der Salbe, um diese dann vorsichtig auf Jacksons Wunden aufzutragen. Ihre Hände zitterten schon bei der bloßen Vorstellung, Lord Cantley könnte sie noch einmal anfassen. Das durfte nicht geschehen. Schon gar nicht jetzt, nachdem sie wusste, wie es war, mit einem Mann zusammen zu sein, den sie begehrte. Über alles begehrte. Als sie die Salbe auf Jacksons Rücken aufgetragen hatte, begann sie ihn wieder zu verbinden.

»Wann brechen wir auf?«

»Noch heute Nachmittag«, antwortete er. »Wenn wir es nicht so erscheinen lassen, als hätten wir es furchtbar eilig, wird Lord

Cantley das verdächtig finden. Das Beste ist, ihn schnellstens zum Handeln zu zwingen. Pack eine kleine Tasche mit ein paar bequemen Sachen, in denen du gut reiten kannst. Denk daran, dass wir uns wieder in die Wälder flüchten werden.«

»Meine alten Sachen«, beschloss Lucinda, was ihr prompt wieder ihr altes Leben in Erinnerung rief. Denn falls es ihnen gelingen solle, Lord Cantley aus London fortzulocken und seinen Schergen zu entkommen, würde sie in gewisser Weise wieder zu dem Leben zurückkehren, das sie geführt hatte, bevor sie Jackson kennengelernt hatte. Aber sie wollte nicht wieder dorthin zurück. Nie wieder. Leider blieb ihr jetzt aber keine Zeit herauszufinden, ob die vergangene Nacht mehr zwischen ihnen verändert hatte als eine Abmachung, die sie einmal getroffen hatten. Eine Abmachung, die sie nicht eingehalten hatte und die Jackson bis auf Weiteres aufgegeben hatte ... ihr selbst und ihrem Sohn zuliebe.

Nachdem sie Jackson verbunden hatte, wollte sie sich vom Bett erheben, doch er drehte sich um und hielt sie an der Hand zurück. »Wir haben eine unsichere Zukunft vor uns«, sagte er. »Ich möchte dich noch einmal lieben, für den Fall, dass das später nicht mehr möglich sein sollte.«

Sein glutvoller Blick erweichte sie beinahe, aber ihr praktischer Verstand wollte ihre Arbeit nicht zunichte gemacht sehen. »Nicht bevor deine Wunden besser verheilt sind«, sagte sie. »Dies ist kein guter Zeitpunkt für dich, um vor einem Mann zu fliehen, der meinen Sohn umbringen will, oder dir den Rücken wieder aufzureißen, um eine Frau glücklich zu machen, Jackson.«

Er runzelte die Stirn, und sie hielt es schon für Ärger, weil sie sich ihm verweigerte, doch dann sagte er: »Kann er nicht *unser* Sohn sein, Lucinda? Ich habe ihn gleich ins Herz geschlossen, als ich ihn nach seiner Geburt in meinen Armen hielt und seinen ersten Schrei vernahm. Ich habe dir geschworen, mich um ihn zu kümmern, ihn zu ernähren, ihn zu kleiden und ihn zu beschützen. Macht mich das nicht irgendwie zu seinem Vater?«

Lucinda konnte nicht verhindern, dass ihr Tränen in die Augen stiegen. Falls sie Jackson nicht schon vorher geliebt hatte, dann liebte sie ihn jetzt. Und würde ihn auch immer lieben. »Ja«, erwiderte sie bewegt. »Für mich bist du sein Vater.«

Er sah sehr zufrieden aus über ihre Antwort, als er sich zu ihr vorbeugte und sie küsste. Wie überzeugend er doch sein kann, dachte Lucinda kurz darauf, als sein heißer Kuss ihr Blut in Wallung brachte und sie vor Wonne schier zerfließen ließ. Sie musste sich höllisch zusammennehmen, um den Kuss zu unterbrechen und Jackson von sich fortzuschieben.

»Denk an deinen Rücken«, erinnerte sie ihn und lächelte über seinen verdrossenen Blick. »Außerdem haben wir noch viel zu tun, wenn wir schon bald aufbrechen wollen. Bring mich wohlbehalten in die Wälder um Whit Hurch, und dann können wir noch einmal darüber reden.«

»Das klingt ja wie Bestechung«, erwiderte er, noch immer mit gekrauster Stirn. »Aber ich werde dich an dein Versprechen erinnern«, versicherte er ihr.

Die vor ihnen liegende Aufgabe beendete ihr Geplänkel jedoch schnell. Jackson griff nach seinem Hemd und zog es über seine breiten Schultern, bevor er sich erhob. »Du solltest zu der Amme gehen und sie bis zu einem gewissen Grad über alles, was geschehen wird, unterrichten. Ich werde derweil mit Hawkins sprechen.«

Für einen Moment wünschte Lucinda, sie könnten zu ihren Scherzen und Albereien zurückkehren und vergessen, welch große Schwierigkeiten und Gefahren ihnen bevorstanden. Da dies aber nicht möglich war, nickte sie und ging, um Jacksons Anweisungen zu befolgen, obwohl ihr plötzlich richtiggehend schwindlig war vor Sorge. Vielleicht hätte sie auf seine Wunden pfeifen und sich doch noch einmal von ihm lieben lassen sollen. Vielleicht würden sie ja wirklich nie wieder Gelegenheit dazu bekommen. Lucinda schloss die Augen und versuchte, einen Blick in die Zukunft zu tun, aber das Einzige, was sie sah, war Dunkelheit.

Jackson und Lucinda machten im Laufe des Tages ein großes Aufhebens um das Packen und ihre bevorstehende Abreise aus London. Die Kutsche wurde direkt vor dem Haus mit vielen leeren Reisetruhen beladen, damit auch wirklich jeder Vorübergehende sehen konnte, dass jemand aus dem Hause Wulf auf Reisen ging. Drinnen im Haus erteilten Jackson und Lucinda Hawkins und Martha die letzten Anweisungen.

Lucinda drückte Sebastian an sich, küsste den weichen Flaum auf seinem Kopf und sah so aus, als würde sie jeden Augenblick in Tränen ausbrechen. Jackson hasste es, sie von ihrem Sohn trennen zu müssen, aber Sebastians Sicherheit zuliebe blieb ihm gar nichts anderes übrig.

»Hast du verstanden, was du zu tun hast?«, fragte Jackson Hawkins.

Der treue Butler nickte. »Heute Abend werde ich im Schutz der Dunkelheit Martha und den kleinen Sebastian zu ihrer Schwester auf der East Side bringen. Morgen früh beim ersten Tageslicht werde ich eine unauffällige Droschke mieten und uns alle zu dem Landsitz bringen.«

Jackson nahm den Arm des Butlers und führte ihn ein kurzes Stück von den anderen weg. »Und?«, fragte er mit gedämpfter Stimme.

Hawkins weigerte sich, ihn anzusehen. »Und wenn Ihr und Eure Frau Gemahlin nach einer gewissen Zeit nicht auf dem

Landsitz eintrefft, werde ich Lord und Lady Wulf bitten, den Jungen aufzuziehen, als wäre er ihr eigenes Kind.«

»Gut«, sagte Jackson. »Und was ist, wenn Lucinda ohne mich zurückkehrt?«

»Dann soll sie alle Ehren und Privilegien genießen, die ihr als Eurer Ehefrau zustehen. Und als Euer Erstgeborener wird Sebastian Euer Erbe sein.«

»Das wirst du allen klarmachen?«

»Selbstverständlich«, sagte Hawkins.

Jackson klopfte ihm auf die Schulter. »Danke, Hawkins. Du bist ein guter Mann.« Dann wandte er sich wieder den Frauen zu. »Lucinda, es wird Zeit zu gehen.«

Einen Moment lang atmete sie tief ein, um Kraft zu schöpfen, bevor sie Sebastian widerstrebend Martha übergab. »Pass gut auf ihn auf«, bat sie die Frau.

Die Amme nickte.

Ein paar Stunden zuvor hatte Jackson Hawkins in die Innenstadt geschickt, um eine Puppe zu besorgen. Diese Puppe hielt Lucinda jetzt im Arm. In Sebastians Decken eingepackt, konnte sie aus der Ferne leicht für ein kleines Kind gehalten werden. Jackson ging zu der Amme, küsste Sebastian auf die Stirn und nahm dann Lucindas Arm, um sie zur Haustür zu geleiten.

Hawkins folgte ihnen, da es ungewöhnlich gewesen wäre, wenn der Butler nicht mit hinauskäme, um seine Herrschaft zu verabschieden. Jackson blickte zu dem Kutscher auf, der bereits wartend auf dem Bock saß.

»Vergiss nicht meine Anweisungen«, sagte Jackson. »Beim ersten Anzeichen von Ärger hältst du die Kutsche an, steigst ab und bringst dich in Sicherheit, so schnell du kannst.«

Thomas nickte. »Ja, Mylord, aber Ihr wisst, dass ich lieber bleiben und an Eurer Seite kämpfen würde.«

»Darüber haben wir schon gesprochen«, erinnerte ihn Jackson. »Das kommt nicht in Frage.«

Der Diener, der sie begleitete und auch schon seine Anweisungen kannte, öffnete die Kutschentür. Während Jackson Lucinda beim Einsteigen behilflich war, sagte er zu dem jungen Mann: »Halte während der gesamten Fahrt den Blick zurück gerichtet. Du bist zu jung, um eine Kugel in den Rücken zu bekommen.« Dann stieg Jackson zu Lucinda in die Kutsche und überließ es dem Bediensteten, die Tür zu schließen. Sekunden später setzte sich die Kutsche rumpelnd in Bewegung. Gleich nachdem Jackson die Jalousien herabgelassen hatte, zerrte er an seinem hohen Kragen und lockerte seine Krawatte. Dann legte er seinen Rock ab und griff in seine Reisetasche, aus der er zwei Pistolen hervorzog, die er neben sich auf den Sitz der Kutsche legte.

Lucinda folgte seinem Beispiel und öffnete ihre Tasche, um eins der einfachen Kleider herauszunehmen, die sie mit nach London gebracht hatte. Ihr beim Ausziehen zuzusehen war eine große Ablenkung, aber Jackson hielt dennoch seine Ohren offen und lauschte auf das kleinste Anzeichen von Ärger. Er bezweifelte zwar, dass Lord Cantley irgendetwas versuchen würde, bevor sie die Stadt verlassen hatten, aber er wusste, dass er den Mann nicht unterschätzen durfte.

Kurz darauf saß Lucinda Jackson mit offenem Haar und in einem schlichten Kleid gegenüber, das schon bessere Tage gesehen hatte. Sie erinnerte ihn nun wieder an die Hexe, die er vor Monaten gesucht hatte. Sie war schön und hatte etwas sehr Natürliches und Ungekünsteltes an sich, das er ausgesprochen reizvoll fand. Auch ihre sinnenfrohe Natur im Bett gefiel ihm sehr. Sie war eine Frau, derer er niemals überdrüssig werden würde.

»Hör auf, mich so anzusehen«, sagte sie mit einem leisen

Lächeln um die erfreulich vollen Lippen. »Du solltest jetzt wirklich andere Dinge im Kopf haben, Jackson.«

»Ist es so offensichtlich, was ich denke?«, fragte er.

Ihr Blick glitt über ihn und verweilte unterhalb der Gürtellinie. »Ja«, erwiderte sie. »Mehr als offensichtlich.«

Nachdem Lucinda jetzt umgezogen war, zog Jackson die Jalousie an seinem Fenster wieder hoch. Da die Fenster der Sommerkutsche nicht mit Glas versehen waren, damit die Luft besser zirkulieren konnte, streckte er den Kopf hinaus und sah die Stadt hinter ihnen langsam undeutlicher werden. Bald würde es dunkel werden, und Jackson hoffte, dass Lord Cantley, falls er ihnen Männer nachgeschickt hatte oder möglicherweise sogar selbst mitkam, noch vor Einbruch der Nacht zuschlagen würde. Für Jackson, der im Dunkeln ausgezeichnet sehen konnte, wäre es zwar von Vorteil, wenn sie länger warteten, für den Kutscher und den Diener aber wäre es besser, wenn der Überfall bei Tageslicht geschähe.

Er hatte den Gedanken kaum zu Ende gebracht, als eine Kugel an seinem Gesicht vorbeizischte. Schnell zog er den Kopf wieder ein und sah Lucinda an, dann brachte Thomas die Kutsche auch schon abrupt zum Halten.

»Leg dich auf den Boden!«, sagte Jackson zu Lucinda. »Und bedeck deinen Kopf mit deinen Händen.«

Er wartete, bis sie gehorchte; dann ergriff er seine Pistolen, stieß mit einem Fuß die Kutschentür auf und sprang hinaus. Ohne den Schmerz in seinem Rücken zu beachten, rollte er sich über den Boden, kam wieder hoch und richtete die Waffen auf die vier herangaloppierenden Reiter. Er zielte auf den offensichtlichen Anführer der Gruppe, drückte ab und sah ihn aus dem Sattel fallen. Eine Kugel wirbelte den Staub neben Jacksons rechtem Fuß auf. Diesmal feuerte er die zweite Pistole ab, und ein weiterer Reiter stürzte.

Jacksons Chancen schienen sich zu verbessern – bis er das Donnern schnell herannahender Pferdehufe aus der entgegengesetzten Richtung hörte. Verblüfft fuhr er herum. Vier weitere Reiter hielten auf die Kutsche zu. Ohne Thomas auf dem Bock begannen sich die Pferde aufzubäumen und die Kutsche hin und her zu schleudern.

»Lauf, Jackson!«

Er warf einen Blick zur Kutsche. Lucinda war zur Tür gekrochen und sah, was draußen vorging.

»Es sind zu viele!«, schrie sie. »Lauf, solange du noch kannst! Lauf, Jackson, lauf!«

»Ich lasse dich nicht allein!«, schrie er zurück und lud schnell wieder seine Waffen. Als er auf einen der vier Reiter zielte, die sich nun von vorn der Kutsche näherten, gelang es ihm, einen von ihnen auszuschalten.

»Sie werden mich nicht töten«, beschwor Lucinda ihn. »Nicht, wenn ich die Einzige bin, die weiß, wo sie Sebastian finden können! Geh jetzt, Jackson, damit du mir später helfen kannst, zu entkommen. Denn wenn du bleibst, dann wirst du sterben und mir nicht mehr helfen können!«

Eine weitere Kugel zischte vorbei und streifte Jacksons Arm. Der scharfe Schmerz ließ ihn zusammenfahren.

»Jackson!«, schrie Lucinda. »Bitte!«

Er hatte ihr geschworen, das nicht geschehen zu lassen – dass er unter allen Umständen verhindern würde, dass man sie gefangen nahm. Aber Jackson hatte keine Wahl. Wenn er Lucinda mitnahm und sie beide zu fliehen versuchten, könnte sie in das Kreuzfeuer geraten. Sie hatte recht. Sie würden ihr nichts tun. Lord Cantley hatte zweifellos Befehl gegeben, sie zu ihm zu bringen, falls sie gefangen genommen wurde.

»Er wird dich nicht noch einmal anrühren!«, versprach Jackson Lucinda, bevor er sich in die Büsche schlug. Zwei Reiter trennten sich von den anderen, um ihn zu verfolgen, aber die Straßen waren gesäumt von Wäldern, und Jackson kam viel leichter in dem dichten Unterholz voran als ein Pferd und Reiter. Er ließ sich ganz von seinen Instinkten leiten, und er wusste, dass er schneller rannte, als ein normaler Mann sich auch nur vorstellen könnte. Seine Sicht verschärfte sich, und vor sich sah er Pfade, die kein Pferd beschreiten konnte und die ein Normalsterblicher in dem dichten Wald vielleicht nicht einmal erkennen würde. Er folgte diesen Wegen und spürte, als er sich immer weiter von der Kutsche und Lucinda entfernte, wie der Mann in ihm dem Tier wich, das nun Besitz von ihm ergriff, um ihn zu retten.

25. Kapitel

Lucinda saß auf einem umgestürzten Baumstamm neben dem Feuer. Außer ihr befanden sich fünf Männer im Lager, von denen sie keinen einzigen aus Whit Hurch wiedererkannte. Diese Männer hier sahen wie brutale Schläger aus, die Lord Cantley vielleicht an den Londoner Docks angeheuert haben mochte. Sie schienen nicht viel über sie zu wissen, nur dass sie zu Lord Cantley gebracht werden musste. Sie und das Kind, von dem sich inzwischen jedoch bereits herausgestellt hatte, dass es kein Kind war, sondern eine Puppe.

Lucinda lief es kalt über den Rücken, wann immer sie die Blicke dieser Männer auf sich spürte. Welche Dame, die in einer prachtvollen Kutsche reiste, kleidete sich, wie sie gekleidet war? Sie waren neugierig und, was noch schlimmer war, sie waren auch interessiert an ihr als Frau. Sie starrten sie lüstern an, auch wenn bisher noch keiner gewagt hatte, sie anzurühren.

»Was glaubt ihr, was er mit ihr vorhat?«, fragte einer der Männer.

»Das geht uns nichts an«, brummte ein anderer. »Er hat nur gesagt, wir sollten sie und das Kind zu ihm bringen und beide nicht anrühren. Er sagte, wir bekämen den Rest unseres Geldes nicht, wenn wir nicht genau das tun, was er verlangt.«

»Wir haben das Kind aber nicht«, gab ein anderer zu bedenken. »Glaubst du, dass er uns deswegen weniger bezahlen wird?«

»Halt die Klappe«, fuhr ihm der Brummige über den Mund. »Es ist nicht unsere Schuld, dass der Junge nicht in der Kutsche war. Er wird sich mit der Hübschen da zufriedengeben müssen. Wir kriegen unser Geld, denn sonst kriegt er nicht einmal die Frau.«

»Richtig«, warf ein anderer ein. »Wenn er nicht zahlt, dann kriegt er sie auch nicht ... und dann können wir sie haben.«

»Ich verstehe nicht, warum wir sie nicht trotzdem haben können«, nörgelte der Mann, der Lucinda direkt gegenübersaß. »Wenn sie ein Kind hat, ist sie keine Jungfrau mehr. Danach macht es doch keinen Unterschied mehr bei einer Frau, ob sie einen oder hundert Männer hatte. Da ändert sich doch überhaupt nichts.«

»Halt die Klappe«, fauchte der Brummige wieder. »Setz den anderen keine Flöhe in den Kopf. Mit dem Geld, das wir für die da bekommen, können wir hundert von ihrer Sorte haben.«

Der Nörgler stand auf und kam zu Lucinda herüber. »Nicht solche wie die hier«, widersprach er, während er eine Locke ihres Haars befingerte. »Seht euch doch bloß mal diese helle Haut an, diese Augen, die Funken sprühen vor Wut darüber, dass ich gewagt habe, sie anzufassen. Und ihr Haar ist wie die Sonne, wenn sie untergeht.«

Lucinda fuhr zurück, als die schmutzige Hand des Mannes ihrem Gesicht nahe kam. »Ich bin eine Hexe!«, fauchte sie ihn an. »Hat er euch das nicht gesagt?«

Der Mann trat einen Schritt zurück. »Eine Hexe?« Ein bisschen verunsichert sah er den Brummigen an, der anscheinend so etwas wie der Anführer dieses Pöbels war. »Du hast nichts davon gesagt, dass sie eine Hexe ist!«

Der Brummige sprang plötzlich auf, stürmte zu dem Nörgler hinüber, packte ihn am Kragen und stieß ihn weg. »Sie lügt. Wenn sie eine Hexe wäre, würde sie sich ja wohl kaum in dieser Situation befinden, oder? Sie würde uns alle in Kröten verwandeln und lachend ihrer Wege gehen.«

Lucinda wünschte sich in diesem Moment tatsächlich, mit ihren Gaben nicht nur Gutes bewirken zu können. Könnte sie es schaffen, diese Männer zu verzaubern? Sie in Kröten zu verwandeln? Sie schloss für einen Moment die Augen, aber das Einzige, was sie hörte, war die Stimme ihrer Mutter:

In diesem harten Leben wird das Böse dich verlocken. Widersteh der Versuchung, seine Handlangerin zu werden, oder du wirst dich auf der dunklen Seite wiederfinden. Und wenn du erst einmal verloren bist, wirst du nie wieder den Weg ins Licht zurückfinden. Beschreite niemals diesen Weg, Lucinda. Versprich mir, dass du deine Gaben nur für Gutes, für die Liebe und zum Heilen benutzen wirst.

Lucinda hatte es ihr versprochen. Aber wo war Jackson? Er war geflohen; sie hatte es mit eigenen Augen gesehen und war zutiefst erleichtert gewesen, als die beiden Reiter zurückgekehrt waren und berichtet hatten, dass sie ihn in den Wäldern verloren hatten. Er würde schon noch kommen. Sie musste nur geduldig sein.

»Für mich siehst du aber noch immer wie ein Mann aus, auch wenn du eigentlich tatsächlich was von einer Kröte an dir hast«, zog der Anführer den Nörgler auf. »Lass sie ihn Ruhe«, fügte er dann ernster hinzu. »Du willst doch nicht das Essen verderben, indem du in etwas herumrührst, das man besser ruhig stehen lässt.«

Der Nörgler warf Lucinda einen verdrossenen Blick zu, ging aber wieder zu seinem Platz zurück, wo er sich setzte und in das Feuer starrte. Lucinda atmete langsam wieder auf. Für den Augenblick zumindest war sie sicher. Kurz darauf befahl der Anführer, die Decken auszurollen. Ein Mann wurde dazu bestimmt, das Lager zu bewachen, während die anderen schliefen. Lucinda wurde auf eine schmutzige Decke gestoßen, und der Anführer legte sich nicht weit entfernt von ihr auf eine andere.

Sie versuchte, die Augen zu schließen und zu schlafen, aber es war sinnlos. Jackson war irgendwo dort draußen in der Dunkelheit. Ob es ihm wohl schon gelungen war, sie aufzuspüren?

Wann würde er kommen? Bald, sehr bald schon, hoffte sie. Eine Zeit lang lag sie wach und lauschte dem Knistern des Feuers, den nächtlichen Geräuschen und dem leisen Schnarchen der Männer. In der Ferne knackte ein Zweig. Vielleicht war das der Mann, der das Lager bewachen sollte. Lucinda lauschte so angespannt auf das entfernte Geräusch, dass sie die sehr viel nähere Gefahr nicht hörte. Eine Hand bedeckte plötzlich ihren Mund, und der Nörgler kniete über ihr. Grinsend erhob er seine andere Hand, und die Klinge eines Messers blitzte auf.

»Psst«, flüsterte er. »Verhalt dich ruhig, sonst schneide ich dir die Kehle durch.«

Lucindas Herz begann wild in ihrer Brust zu hämmern. Sein Geruch allein verursachte ihr schon Übelkeit, sein Geruch und die schmutzige Hand, die er grob auf ihren Mund presste. Er machte keinen Hehl aus seinen Absichten, als er das Messer weglegte, um ihren Rock bis über ihre Knie hinaufzuschieben. Lucinda wehrte sich, aber mit katzenhafter Schnelligkeit hatte der Mann das Messer wieder in der Hand und drückte es an ihre Wange.

»Wehr dich nicht, dann verletze ich dich auch nicht«, flüsterte er. »Niemand braucht zu wissen, was wir heute Nacht zusammen tun.«

Eine Verletzung zu riskieren erschien Lucinda immer noch erträglicher als das, was er mit ihr im Sinn hatte. Und nachdem sie zu diesem Entschluss gelangt war, bereitete sie sich darauf vor, ihn zu beißen und Zeter und Mordio zu schreien, sobald er seine Hand von ihrem Mund nahm. Sie rüstete sich für den Moment, aber worauf sie *nicht* gefasst war, war das, was urplötzlich aus der Dunkelheit heraus auf den Rücken des Mannes sprang. Der Nörgler warf sich zur Seite und versuchte verzweifelt, das Tier von seinem Rücken abzuschütteln.

Der Lärm weckte den Anführer. »Was zum Teufel...?«, krächzte er verschlafen, als er aufsprang. Ein Blick auf den Mann, der von einem Wolf zerrissen wurde, ließ ihn entsetzt nach seiner Waffe greifen. Lucinda sah das Messer auf dem Boden liegen und bückte sich schnell, um es aufzuheben. Sie dachte nicht nach, als der Mann mit der Pistole zielte, sondern reagierte nur. Mit einem Satz sprang sie vor und stieß das Messer in die Brust des Anführers. Seine Augen weiteten sich; er sah das Messer, das aus seiner Brust herausragte, und taumelte zurück. Dann brach er besinnungslos zusammen.

Nun rappelten sich auch die anderen Männer auf, sichtlich verwirrt von dem, was vor sich ging. Lucinda wusste, wenn sie jetzt nicht gleich die Flucht ergriff, bekam sie später vielleicht keine Chance mehr dazu. Sie war hin- und hergerissen zwischen dem Wunsch, Jackson zu helfen – denn es *war* Jackson, das wusste sie –, und zu fliehen, solange das noch möglich war. Der Nörgler regte sich nicht mehr, und der Wolf ließ von ihm ab und griff den nächsten Mann an. Lucinda musste Jackson vertrauen. Er hatte sie beschworen, ihm zu vertrauen und sich auf ihn zu verlassen.

Mit einem Aufschrei lief sie in den Wald hinein. Sie kam jedoch nicht weit, denn plötzlich stolperte sie und fiel auf einen Mann. Es war der Wachposten. Er starrte mit leeren Augen zu den Sternen auf, und sein Hals war blutig und zerfetzt. Fast hätte Lucinda wieder aufgeschrien, aber stattdessen rappelte sie sich nur hastig auf und rannte weiter. Hinter sich hörte sie einen Schrei. Den Schrei eines Mannes.

Sie rannte, so schnell sie ihre Füße trugen, auch wenn sie keine Ahnung hatte, in welche Richtung sie lief, und obwohl Zweige und Sträucher ihr das Kleid zerrissen und das Gesicht zerkratzten. Sie floh vor den Männer, die sie gefangen genommen hatten, aber tief in ihrem Innersten wusste sie, dass sie auch vor Jackson floh. Er hatte gesagt, er sei nicht mehr Herr seiner Sinne, wenn das Tier ihn übermannte. Aber das Tier hatte dem Geruch der Männer – oder dem ihren – zu folgen gewusst. Und das Tier hatte ausgerechnet den Mann angegriffen, der versucht hatte, sie zu vergewaltigen – oder war das nur Zufall gewesen, weil dieser Mann als Einziger noch auf gewesen war und alle anderen sich still verhalten hatten?

Immer weiter rannte sie. Sie bekam kaum noch Luft, hatte schon Seitenstiche und einen trockenen Mund vor Durst, aber sie wagte es nicht, anzuhalten, wagte nicht, sich auszuruhen. Das erste Licht der Morgendämmerung war ein wohltuender Anblick. Aber erst als der Himmel von trübem Grau zu Blau wechselte, hielt Lucinda an, um zu rasten, und ließ sich auf ein weiches Bett aus Kiefernnadeln fallen. Sie hob die Hand, um sich das Haar aus dem Gesicht zu streichen, und erst da, im hellen Licht des Tages, bemerkte sie das Blut an ihren Händen. Sie rollte sich auf die Seite und erbrach sich. Sie hatte einen Mann getötet. Einen Mann, der Jackson sonst getötet hätte, ermahnte sie sich. Aber großer Gott, was, wenn der Wolf nun wirklich nur ein Wolf gewesen war?

Doch das war Unsinn, und das wusste sie. Kein gewöhnlicher Wolf griff eine Gruppe von Männern an, und schon gar nicht, solange noch ein Feuer in ihrem Lager brannte. Es *war* Jackson gewesen. Er hatte die Macht des Tiers in sich heraufbeschworen, und es war zu ihm gekommen. Wenn sie ihn wiedersah, *falls* sie ihn jemals wiedersah, würde er ihr dann als Mann oder als Tier erscheinen? Würde sie sich freudig in seine Arme werfen oder vor ihm davonlaufen, so schnell sie konnte?

Während sie dasaß und mit ihren Gedanken und Schuldgefühlen rang, weil sie einen Mann getötet hatte, wurde sie auf das Gurgeln eines kleinen Bachs ganz in der Nähe aufmerksam. Lucinda erhob sich müde und ging in die Richtung, aus der die

Geräusche kamen. Es war weiter, als sie gedacht hatte, und sie war schon arg verschwitzt, als sie den munteren kleinen Bach erreichte. Sie kniete sich ans Ufer und wusch zunächst das Blut von ihren Händen ab. Erst als sie sicher war, dass das Blut stromab getragen worden war, bückte sie sich und trank ein wenig Wasser aus der hohlen Hand. Das kühle Wasser war sehr erfrischend, sie begann jetzt beide Hände voll zu füllen, und als sie genug getrunken hatte, wusch sie ihr Gesicht und ihren Nacken.

Aber dann begann ihr Magen zu knurren, und sie wünschte, sie hätte sich nicht so hartnäckig geweigert, etwas zu sich zu nehmen, als die Männer zu Abend gegessen hatten. Wie schnell sie doch vergessen hatte, wie es sich anfühlte, zu hungern, jede Mahlzeit freudig anzunehmen, weil sie nie ganz sicher sein konnte, wo die nächste herkommen würde. Aber so hatte sie einst gelebt, ermahnte sie sich, und sie hatte überlebt. Und deshalb würde sie auch das hier überleben.

Lucinda begann den Wald nach Beeren zu durchstreifen. Wenn es sein musste, konnte sie auch Wurzeln ausgraben. Sie weigerte sich, den düsteren Gedanken, die ihr durch den Kopf schwirrten, Gehör zu schenken. Gedanken an Jackson in dem Lager gestern Nacht und ob er es geschafft hatte, zu überleben. Sie hatte keine Schüsse gehört, als sie weggelaufen war, aber sie vermutete, dass alle diese Männer Messer hatten. Jackson könnte schwer verwundet oder gar getötet worden sein. Nein, in diese Richtung durfte sie nicht denken.

Sie konnte erneut versuchen, einen Blick in die Zukunft zu tun, um zu sehen, ob Jackson sich noch dort befand, aber was, wenn sie auch diesmal wieder nichts als Dunkelheit sah? Diese Dunkelheit hatte sie beunruhigt. War sie möglicherweise gar ein Anzeichen dafür gewesen, dass sie keine Zukunft hatte? Oder hatte die Dunkelheit einfach nur bedeutet, dass ihre Zukunft in jenem Augenblick noch unentschieden gewesen war? Vielleicht bedeutete sie ja auch, dass ihre Zukunft in ihren eigenen Händen lag und ihr nicht vorherbestimmt war.

Nachdem Lucinda zu diesem letzten Schluss gekommen war, hielt sie einen Moment inne, um sich zu orientieren. Sie musste die Straße wiederfinden. Vielleicht fand sie dort sogar eine Kutsche oder einen Karren, auf denen sie ein Stück in Richtung Wulfglen mitfahren könnte. Sie hatte keine Ahnung, was Jacksons Bruder und seine Schwägerin denken würden, wenn sie so, wie sie im Augenblick aussah, dort erschien. Aber das war nicht zu ändern. Nachdem sie einen Moment versucht hatte, den Stand der Sonne abzuschätzen, wandte Lucinda sich nach Westen, wo sie irgendwann wieder auf die Straße zu gelangen hoffte.

Sie war schon bis zum frühen Nachmittag gelaufen, ehe sie es spürte. Eine Präsenz. Als würden Augen sie aus dem Wald beobachten. Lucinda verhielt den Schritt. Ein Zweig knackte hinter ihr, und sie fuhr herum. Zuerst sah sie nichts, doch als sie gründlicher die Schatten absuchte, fiel ihr Blick auf eine hochgewachsene Gestalt. Es war ein Mann. Als er ins Licht trat, fingen sich die Sonnenstrahlen in seinem blonden Haar und umgaben seinen Kopf mit einem goldenen Schein.

»Jackson«, flüsterte Lucinda, lief zu ihm und warf sich in seine Arme.

Er vergrub sein Gesicht in ihrem Haar. »Dem Himmel sei Dank für diesen Duft«, sagte er. »Es war der Geißblattduft, dem ich gefolgt bin.«

Lucinda klammerte sich einen Moment ganz fest an ihn und genoss die Wärme seines starken Körpers an dem ihren. Dann lehnte sie sich ein wenig zurück, um ihn anzusehen. Er trug einfache, grobe Kleidung und einen sackartigen Beutel auf dem Rücken. Sein Haar war feucht, und sie vermutete, dass auch er an dem Bach haltgemacht hatte, um zu rasten und sich zu waschen.

»Ist alles in Ordnung mit dir, Jackson?«, fragte sie, während sie ihn prüfend musterte und nach Schnittwunden oder Schussverletzungen Ausschau hielt.

»Ich bin unverletzt«, versicherte er ihr, aber sie sah, dass seine Augen den gleichen gequälten Ausdruck hatten wie in London, als er einen von Lord Cantleys Schergen getötet hatte.

»Und diese Männer?«

»Sie werden uns nicht mehr suchen«, erwiderte er nur.

Lucinda berührte seine Wange. »Du hast mich nur beschützt, Jackson. Selbst wenn das Tier die Herrschaft über dich gewinnt, scheint es zu wissen, dass ich mich in Gefahr befinde, und steht mir bei.«

»Bist du sicher?« Jackson vermied es, Lucinda anzusehen. »Oder wärst du ihm auch zum Opfer gefallen, wenn du nicht geflohen wärst?«

Das war eine Frage, auf die sie keine Antwort hatte. Sie wusste es wirklich nicht, aber bald war Vollmond, und dann würde Jackson nicht verhindern können, dass das Tier Besitz von ihm ergriff. Und dann würde sie die Antwort wohl erfahren, nahm Lucinda an.

»Wir müssen weiter«, sagte Jackson. »Wir müssen die Straße finden und dich nach London zurückbringen. Es liegt näher als Wulfglen. Ich will dich an einem sicheren Ort und aus dem Weg haben.«

»Dazu haben wir keine Zeit«, erklärte sie. »Wenn wir die Wälder um Whit Hurch bis zum Vollmond hinter uns lassen wollen, können wir uns nicht damit aufhalten, mich nach London zurückzubringen. Du musst mich mitnehmen, Jackson.«

»Verdammt! Ich will dich nicht seiner oder meiner Willkür ausgeliefert sehen!«

Sein Ausbruch erschreckte Lucinda, aber sie gab trotzdem nicht nach. »Wir haben keine andere Wahl. Nicht, wenn du dir diese Gelegenheit nicht entgehen lassen willst. Lord Cantley ist zu seinem Landgut zurückgekehrt. Ich habe gehört, wie diese Männer sagten, dass sie mich zu seiner Jagdhütte dort in den Wäldern bringen sollten.«

Jacksons Kinnmuskeln waren so angespannt, dass Lucinda schon beinahe befürchtete, er werde sich die Zähne brechen. »Du kannst mir nicht vertrauen, Lucinda. Nicht, während die Bestie meinen Kopf beherrscht. Wie soll ich wissen, ob du sicher vor mir bist?«

Sie verschwendeten nur Zeit. Lucinda wusste, dass sie ihm irgendeine Art von Hoffnung geben musste. »Vielleicht fällt mir ja noch ein Zauber ein, eine Formel, die dich wieder wie ein Mann denken lässt, selbst wenn du in Wolfsgestalt bist.«

Seine dunklen Augen glitten prüfend über ihr Gesicht. »Glaubst du, das ist möglich?«

»Ich werde es versuchen«, versprach sie ihm. »Und nun müssen wir weitergehen. Zu Fuß schaffen wir es nie rechtzeitig bis Whit Hurch. Wir müssen die Straße und dort hoffentlich auch ein Beförderungsmittel finden.«

»Mein Geruch hat die Pferde der Männer abgeschreckt, sonst hätten wir schon eins«, murmelte er düster.

Da er sich nicht rührte, begann Lucinda in westlicher Richtung weiterzugehen. »Wir gelangen nirgendwohin, wenn wir hier herumstehen«, sagte sie über ihre Schulter. Nach ein paar Schritten war er neben ihr, und sie warf einen neugierigen Blick auf das Bündel auf seinem Rücken. »Du hast nicht zufällig etwas zu essen dabei? Ich bin kurz vor dem Verhungern, Jackson.«

Er nahm den Beutel von seinem Rücken, griff hinein und zog

einen Laib trockenes Brot heraus, von dem er ein großes Stück abbrach und es Lucinda gab. Als sie hineinbiss, erschien es ihr wie das Köstlichste, was sie seit langer Zeit gegessen hatte.

Sie fanden die Straße vor Einbruch der Nacht. Sie war verlassen, und wieder marschierten sie eine ganze Weile weiter, bevor sie endlich das Klingeln von Pferdegeschirren hörten. Als sie sich umdrehten, sahen sie eine ganze Karawane bunt gestrichener Wagen näherkommen.

»Was sind das für Leute?«, fragte Jackson.

»Zigeuner«, antwortete Lucinda. »Oder eine Truppe fahrender Komödianten. Vielleicht nehmen sie uns ja mit.«

Jackson war dankbar für die schlichte Kleidung, die er und Lucinda trugen. Und er war auch froh, dass Lucinda die Idee gehabt hatte, seine Haut mit Lehm zu beschmieren, bevor die Karawane so nahe herankam, dass die Pferde seinen Geruch wahrnehmen konnten. Er war schmutzig, müde und zutiefst besorgt darüber, Lucinda nach Whit Hurch mitzunehmen, aber wenigstens befanden sie sich jetzt in einem Wagen. Lucinda lag auf einer schmalen Liege, und er saß auf dem Boden neben ihr, da er nicht jemand anderes Schlafstätte mit seinem Schmutz besudeln wollte.

Die Leute, die sie mitgenommen hatten, waren keine Zigeuner, sondern eine Truppe fahrender Komödianten. Sie waren ein äußerst merkwürdig aussehendes Völkchen, aber wer war er, sie zu kritisieren oder sich gar zu beschweren? Später am Abend, wenn die Truppe ihr Nachtlager aufschlug, würde er zwei ihrer Pferde stehlen müssen. Jackson hasste es, das Stehlen und das Töten; ihm war es besser gegangen, als er nur ein Trunkenbold und Frauenheld gewesen war.

Als er dann aber durch den Wagen zu der schlafenden Lucinda hinübersah, musste er sich eingestehen, dass es ihm keineswegs besser gegangen war. Bevor er ihr begegnet war, hatte er keine Ziele gehabt, keinen Ehrgeiz und auch keine Zukunft. Lucinda hatte ihm geholfen, seinem Leben wieder einen Sinn zu geben und seinen Ehrgeiz wiederzugewinnen – aber was war mit der Zukunft? Lucinda hatte nicht darum gebeten, bei ihm bleiben zu dürfen. Nicht ein einziges Mal. Fiel es ihr so leicht, die einst getroffene Abmachung zu akzeptieren, selbst heute noch, nachdem sich alles zwischen ihnen verändert hatte? Oder hatte sich für sie vielleicht gar nichts verändert?

Das Langsamerwerden der Wagen lenkte Jackson von diesen Gedanken ab. Ihr Rumpeln und Schwanken verriet ihm, dass sie von der Straße abgebogen waren. Wahrscheinlich würden sich die Komödianten einen Platz im Wald suchen, um eine Wagenburg zu bilden und in ihrem Schutz die Nacht dort zu verbringen. Der Lehm auf seiner Haut juckte und roch unangenehm. Was hätte er jetzt nicht alles für ein schönes heißes Bad gegeben! Aber er konnte den Schmutz nicht entfernen, wenn er die Pferde nicht scheu machen wollte, und er konnte auch nicht gut zwei dieser Tiere stehlen, wenn er nicht nahe genug an sie herankam, um ihr Zaumzeug zu ergreifen.

Jackson kroch über den Boden zu Lucindas Liege und stieß sie sachte an. »Wach auf, Lucinda. Die Wagen halten an.«

»Jetzt schon?«, fragte sie verschlafen, während sie sich aufsetzte und sich das Haar aus dem Gesicht strich. »Wie lange habe ich geschlafen?«

»Nicht lange genug«, versicherte er ihr. »Wir waren nur etwas über eine Stunde unterwegs. Wir müssen heute Nacht noch weiter, sobald ich zwei ihrer Pferde gestohlen habe.«

»Du willst ihre Pferde stehlen?« Lucinda warf ihm einen ärgerlichen Blick zu. »Das wäre aber gar nicht nett von dir, nachdem sie uns geholfen haben.«

»Es geht nicht anders«, beharrte er. »Ich habe weder Geld noch sonst etwas von Wert bei mir, das ich ihnen für die Pferde geben könnte. Und wir müssen weiter, Lucinda. Uns bleibt nicht mehr viel Zeit.«

Sie streckte die Hand aus und berührte seine Schulter. »Wahrscheinlich hast du recht. Lass mich aber noch einmal deinen Rücken ansehen, solange wir noch Gelegenheit dazu haben.«

»Du kannst sowieso nichts sehen«, erwiderte er. »Die Nähte haben die Verwandlung nicht überlebt. Meine Wunden werden schon von selbst verheilen.«

Plötzlich wurde die Tür geöffnet. Der große Mann mit dem purpurfarbenen Geburtsmal, das sein halbes Gesicht bedeckte, streckte den Kopf zur Tür herein und stellte sich als Philip vor.

»Wir werden gleich ein warmes Feuer und etwas zu essen haben«, sagte er. »Ihr könnt gerne mit uns essen und auch die Nacht bei uns verbringen.«

»Danke«, sagte Jackson. »Ihr seid sehr freundlich.«

»Wir haben auch schon schwere Zeiten durchgemacht«, entgegnete Philip. »Kommt heraus, und setzt euch zu uns. Und bemüht euch bitte, nicht zu gaffen«, fügte er mit einem Lächeln hinzu, das seine weißen Zähne in der Dunkelheit aufblitzen ließ.

Jackson nahm Lucinda an der Hand und half ihr aus dem Wagen. Ein Feuer brannte, und zwei Frauen, eine große, stämmige und eine kleine, zierliche Liliputanerin, die er zuerst für ein Kind gehalten hatte, hatten einen Spieß aus einem Zweig gefertigt. Jackson lief das Wasser im Munde zusammen, als er sah, wie die Frauen Federwild und zwei abgehäutete Kaninchen auf den Spieß steckten.

»Wir haben die Tiere schon heute Morgen erlegt«, erklärte Philip. »Es ist besser, wenn man morgens jagt, damit man abends etwas hat, was sich schnell zubereiten lässt.«

Der Mann hatte eine dröhnende Stimme. Da er den ersten

Wagen der Karawane lenkte, nahm Jackson an, dass er der Leiter der Komödiantentruppe war. »Wir haben dort drüben einen kleinen Bach entdeckt«, sagte der Mann und nickte in die entsprechende Richtung. »Ihr habt noch genügend Zeit, euch frisch zu machen vor dem Essen.«

Jackson entging nicht, dass Philip ein bisschen die Nase rümpfte, als er das lehmverkrustete Gesicht seines Gastes betrachtete. Es war beschämend, so verschmutzt zu sein, aber Jackson hatte den Lehm auf seiner Haut behalten wollen, um seinen speziellen Geruch zu überdecken, wenn er sich den Pferden näherte.

»Danke, wir gehen gleich hinüber, um uns zu waschen«, sagte Lucinda und zog Jackson mit sich.

»Ich wollte den Lehm aber nicht entfernen«, widersprach er, als sie außer Hörweite des Lagers waren. »Er könnte mir das Stehlen der Pferde später sehr erleichtern.«

»Du kannst nicht so verschmutzt zum Essen gehen«, wandte Lucinda ein. »Das wäre sogar in meiner Gesellschaftsschicht unhöflich.«

Er warf ihr einen Blick zu. »Glaubst du wirklich, ich sähe noch gesellschaftliche Unterschiede zwischen uns? Sieh mich doch mal an, Lucinda. Ich habe sogar die Grenzen dessen überschritten, was für mich mal akzeptabel war.«

Sie überraschte ihn, indem sie lachte. »Trotz des schmutzigen Gesichts und deiner groben Kleidung könnte ich mir vorstellen, dass du wahrscheinlich nur Befehle zu erteilen bräuchtest und alle springen würden, ohne auch nur einen Gedanken an dein Aussehen zu verschwenden.«

Sie hatten den Bach erreicht und knieten sich am Ufer davor hin. Jackson zog sein Hemd aus und tauchte seine Hände in das Wasser, um sich den Schmutz von Gesicht und Hals zu waschen. An seiner juckenden Haut fühlte sich das kühle Wasser himmlisch an. Auch Lucinda wusch sich und trat dann hinter ihn, um sich seinen Rücken anzusehen.

»Es könnte schlimmer sein«, erklärte sie. »Aber es ist noch immer kein sehr schöner Anblick.«

Sein Hemd über dem Arm, stand Jackson auf und wandte sich ihr zu, streckte die Hand aus und strich ihr eine ihrer roten Locken aus der Stirn. »Es tut mir leid, Lucinda. Ich hatte geschworen zu verhindern, dass du gefangen genommen würdest, und trotzdem hast du es erleben müssen. Ich trage die Verantwortung für dich, aber ich habe dich enttäuscht.«

Wieder überraschte sie ihn, indem sie ihm den Rücken zuwandte. »Du hast mich aber auch gerettet«, erinnerte sie ihn. »In welcher Form, spielt keine Rolle. Ich weiß, dass du keine Ahnung hattest, als du dich zu unserer Abmachung bereit erklärtest, dass deine Verantwortung mit einschließen würde, dein Leben zu riskieren, um mich und Sebastian vor einem Mann zu retten, der uns töten will. Was ich durchgemacht habe, ist nichts im Vergleich zu dem, was du gezwungen warst zu ertragen.«

Hatte er sie ungewollt gekränkt? Ihre Worte klangen steif, und ihr Rücken war sogar noch steifer. Jackson wollte sie schon fragen, was sie hatte, aber sie entfernte sich bereits von ihm in Richtung Lager.

»Wir sollten zurückgehen«, rief sie ihm über die Schulter zu. »Das mit den Pferden können wir uns später noch überlegen.«

Jackson zog sein Hemd über den Kopf und folgte ihr.

26. Kapitel

Eine Verantwortung, die er zu tragen hatte? War das alles, was sie für Jackson war? Lucinda versuchte ihren Schmerz darüber zu verdrängen, dass seine Gefühle nicht so tiefgehend waren wie die ihren. Er hatte ihr nie etwas anderes versprochen als das, worauf sie sich in ihrer Abmachung geeinigt hatten. Mit ihm zu schlafen war vielleicht ein Fehler gewesen. Irgendwie schien sie den körperlichen Akt wohl nicht von den tieferen Gefühlen trennen zu können, die sie in seine Arme und in sein Bett geführt hatten. Und jetzt schienen diese Gefühle sogar noch stärker als zuvor zu sein.

Sie hatte gewusst, dass es der schwierigste Gang ihres ganzen Lebens werden würde, Sebastian zu verlassen, aber sie hatte nicht damit gerechnet, dass es ihr genauso schwerfallen würde, Jackson zu verlassen.

»Da sind ja unsere Gäste!«, rief Philip, als er sie und Jackson zurückkommen sah. »Kommt und setzt euch zu uns ans Feuer; das Essen wird gleich fertig sein.«

Die anderen Mitglieder der Truppe hatten sich schon um das Feuer herum versammelt. Lucinda betrachtete sie genauso neugierig, wie diese Leute sie zu mustern schienen. Ein Mann mit einem Buckel befand sich unter ihnen, die stämmige Frau, die Lucinda den Fleischspieß hatte vorbereiten sehen, ein älterer Mann, der besser mit ihnen zum Bach hätte gehen sollen, um sich zu waschen, die Liliputanerin von vorhin und nun auch noch ein männlicher Liliputaner und ein junges Mädchen, das auffallend schön war inmitten all dieser Seltsamkeit, die es umgab.

Lucinda setzte sich auf einen Baumstamm, der an das Feuer herangezogen worden war. Der Geruch des über dem Feuer röstenden Fleischs brachte ihren Magen zum Knurren. Jackson setzte sich neben sie, und aller Augen wandten sich ihm zu und schienen auch nicht mehr von ihm abzuweichen. Das junge Mädchen starrte ihn sogar offenen Mundes an. Neugierig warf Lucinda ihm einen Blick zu. Er sah wirklich sehr gut aus, nachdem er sein langes Haar zurückgebunden hatte und seine attraktiven Gesichtszüge wieder frisch und sauber waren.

»Er sieht aus wie Sterling«, flüsterte das junge Mädchen. »Er ist beinahe schon sein Ebenbild.«

Jackson versteifte sich plötzlich neben ihr. »Was sagtest du da gerade?«

»Nimm es uns bitte nicht übel, dass wir dich so anstarren«, entschuldigte sich Philip. »Normalerweise geht es uns umgekehrt so. Aber du siehst ihm wirklich sehr, sehr ähnlich.«

»Hast du ›Sterling‹ gesagt?«, fragte Jackson das Mädchen, während er sich von dem Stamm erhob.

»Ich meinte Sterling, den Tierbändiger«, erklärte das junge Mädchen. »Du siehst ihm ähnlich.«

Jackson setzte sich abrupt wieder hin. Alle Farbe war aus seinem Gesicht gewichen. »Wisst ihr, wo er ist?«

Philip kam zu ihnen herüber. »Im Augenblick nicht. Aber er ist viele Jahre mit uns gereist. Seine Frau Elise steht kurz vor der Niederkunft, und er wollte nicht, dass sie das Kind irgendwo unterwegs bekommt. Wir haben sie in Liverpool zurückgelassen.«

»Er hat eine Frau? Und sie bekommt ein Kind?«

Lucinda erinnerte sich an das Familienporträt im vorderen Salon des Hauses und begann auf einmal zu verstehen. »Dein jüngster Bruder!«, sagte sie.

»Bruder?«, dröhnte Philip. »Nun, das erklärt auf jeden Fall die Ähnlichkeit.«

»Sterling gehört für uns gewissermaßen zur Familie«, sagte

die stämmige Frau. »Er und seine liebe Frau Elise. Das macht euch beide irgendwie auch zu Familienmitgliedern.«

Jackson war sichtlich überwältigt. »Wir wussten nicht einmal, ob er noch lebte«, sagte er, als er wieder Worte fand. »Ich habe ihn seit über zehn Jahren nicht mehr gesehen.«

»Oh, er lebt und ist wohlauf«, versicherte die stämmige Frau Jackson. »Er sagte allerdings, mit seinen Reisen wäre es nun vorbei. Da sie jetzt ein Kind erwarten, wird er wohl beschlossen haben, dass es Zeit wird heimzukehren. Er hat nie viel über seine Vergangenheit gesprochen, wir wissen nicht einmal, wie er mit Familiennamen heißt. Das Kind ist ein Junge, so viel kann ich euch schon sagen. Ich habe nämlich hellseherische Fähigkeiten, wisst ihr.«

Der Mann, der ein Bad hätte gebrauchen können, lachte und beugte sich vor, um der Frau einen Klaps aufs Hinterteil zu geben. »Na, na, Sarah, jetzt spiel hier nicht die Wahrsagerin vor diesen jungen Leuten. Sie gehören ja schon beinahe zur Familie, wie du ganz richtig sagtest.«

Die Frau stemmte die Hände in die Hüften. »Es ist ein Junge, das sag ich euch. Ich hätte ihn nicht klarer vor mir sehen können. Und ein strammer kleiner Bursche ist er auch.«

»Entschuldigt mich.« Jackson stand auf und stolperte aus dem Lager.

Lucinda erhob sich ebenfalls. »Entschuldigt ihn bitte«, sagte sie. »Ich glaube, das war ein großer Schock für ihn.«

Sie eilte Jackson nach und fand ihn unruhig auf und ab gehend nicht weit entfernt vom Lager. »Ich kann es nicht glauben«, sagte er. »Zu erfahren, dass er lebt, dass er wohlauf ist und bald Vater wird, das war ein echter Schock für mich.«

Lucinda ging zu ihm und legte eine Hand an seine Brust, damit er stehen blieb. »Aber ein erfreulicher, sollte man meinen.«

»Ja«, sagte er. »Aber mir Sterling als Ehemann und zukünftigen Vater vorzustellen ... Was ist mit dem Fluch? Ob diese Frau, diese Elise, sein Herz gewonnen hat?«

»Das sind Dinge, die du im Augenblick sowieso nicht in Erfahrung bringen kannst«, versuchte Lucinda ihn zu beruhigen. »Freu dich also einfach, dass dein Bruder lebt und du zumindest eine Ahnung hast, wo du ihn suchen kannst.«

»Ja«, stimmte Jackson zu. »Ich werde Sterling suchen.« Plötzlich streckte er die Arme nach Lucinda aus und zog sie an sich. »Sterling lebt!«

Sie lachte und freute sich mit ihm, und für einen Moment, als er lächelnd auf sie herabsah, sah sie ihn so, wie er gewesen war, bevor der Fluch ihn heimgesucht hatte. Bevor der Alkohol ihn zermürbt hatte. Bevor die Frauen ihm falschen Trost gespendet hatten. Er war so atemberaubend rein und schön in diesem Augenblick, dass sie gar nicht anders konnte, als sich auf die Zehenspitzen zu erheben und ihm einen Kuss zu geben. Für einen Moment berührten sich ihre Münder nur, aber dann glitt er mit der Zungenspitze zwischen ihre Lippen.

Lucinda öffnete sie bereitwillig, ließ ihn in die warme Höhlung ihres Mundes eindringen und sich für einen wonnevollen Moment in eine völlig andere Welt versetzen. Sie überließ sich ganz und gar ihren Empfindungen. Und als diese wie eine heiße Woge in ihr aufstiegen und sie zu überfluten drohten, wehrte sie sich weder gegen sie noch gegen den Verlust ihrer Kontrolle, den sie wieder einmal nahen fühlte.

»Wir sollten zurückgehen und mit ihnen essen«, flüsterte Jackson an ihren Lippen, und es erstaunte sie, dass er diesmal der Vernünftigere war, während sie sich nur in ihm und in der Dunkelheit verlieren wollte.

»Ja, das sollten wir«, stimmte sie ihm völlig außer Atem zu. Er trat von ihr zurück, und sie konnte endlich wieder einen klaren

Gedanken fassen. Dann nahm er ihre Hand, und zusammen gingen sie zum Camp zurück.

Sie wurden von der seltsamen Truppe wie ihresgleichen aufgenommen Während sie beim Essen saßen, unterhielten die verschiedensten Leute sie mit lustigen Geschichten über Sterling, den Dompteur, und Jackson lachte so sehr, dass Lucinda wieder einen Blick auf den Jungen in ihm erhaschen konnte, der er einst gewesen war.

Die Raubkatzen, die früher mit der Truppe gereist waren, waren an einen reichen Kaufmann verkauft worden, der sie zu Haustieren machen wollte, erfuhren Jackson und Lucinda. Ohne Sterling wäre es sinnlos gewesen, sie zu behalten. Jackson quälten wichtigere Fragen zu seinem Bruder, wie Lucinda ihm ansehen konnte, aber er stellte keine. Stattdessen lachten und aßen sie mit den anderen, und als es immer dunkler wurde, begriff Lucinda, dass Jackson jetzt durch nichts mehr von ihren eigenen Zielen und Sorgen abgelenkt werden durfte.

Philip bot an, ihnen seinen Wagen für die Nacht zu überlassen, doch Jackson lehnte ab und sagte, sie würden sich lieber in der Nähe des Feuers hinlegen. Die ihn erwartende Aufgabe belastete ihn jetzt mehr als zuvor, bemerkte Lucinda. Fremde zu bestehlen war eine Sache, aber dies bei Menschen zu tun, die ihn als Familienangehörigen betrachteten, war eine völlig andere. Als die Komödianten sich in ihre Wagen zurückzogen, erhob sich Jackson von seinem Lager am Feuer.

»Bleib hier«, sagte er zu Lucinda, bevor er sich auf den Weg zu Philips Wagen machte.

Jackson konnte diese braven Leute nicht bestehlen. Sein Gewissen erlaubte es ihm nicht, egal, wie wild entschlossen er auch war, der Gefahr ein Ende zu bereiten, die Lucinda und Sebastian durch Lord Cantley drohte. Er würde es mit Ehrlichkeit versuchen müssen.

Leise klopfte er an Philips Wagen. Die Tür öffnete sich, und der Mann mit dem großen Feuermal, das sein halbes Gesicht bedeckte, blickte fragend auf Jackson hinab.

»Ich stehe vor einem Dilemma«, gestand Jackson. »Ich brauche zwei von euren Pferden. Ich bin kein Dieb, aber ich hatte eigentlich vor, sie heute Nacht zu stehlen, wenn sich alle in ihre Wagen zurückgezogen hätten und schliefen.«

Philip kratzte sich am Kinn. »Aber Familienangehörige kannst du jetzt nicht mehr bestehlen?«

»Nein«, gab Jackson zu.

Der Leiter der Truppe stieg von seinem Wagen und klopfte Jackson auf die Schulter. »Ich wusste vom ersten Moment an, als ich Sterling kennenlernte, dass er nicht von geringer Herkunft war. Er hat lange Zeit gebraucht, um zu lernen, was du noch zu lernen hast. Die meisten Menschen haben es gar nicht nötig, andere zu bestehlen. Sie brauchen nur bescheiden genug zu sein, um das zu erbitten, was sie selbst nicht haben.«

Der Mann hatte recht. Die Idee, einfach zu fragen, wäre Jackson nie gekommen, bevor er von der Beziehung seines Bruders zu diesen Menschen erfahren hatte. »Bescheidenheit ist etwas, was ich noch lernen muss«, gestand er.

Philip lachte und klopfte ihm wieder auf den Rücken. »Komm, wir gehen zu Taylor und lassen ihn zwei Pferde für dich und deine hübsche junge Frau aussuchen.«

»Ich weiß nicht, wann ich euch die Tiere wiedergeben kann oder wie ich euch überhaupt je wiederfinden kann. Was ist euer nächstes Reiseziel?«

Der Mann zuckte mit den Schultern. »Wohin der Wind uns trägt. Aber keine Sorge, wir werden uns eines Tages wiedersehen.«

Jackson war noch nie Menschen wie diesen begegnet. Er konnte verstehen, warum sein Bruder so viele Jahre bei ihnen geblieben war. Jackson war selbst schon halb versucht, Sebastian zu holen, Lucinda zu nehmen und sich der bunten Karawane anzuschließen. Es wäre ein einfaches Leben, fern der Gefahr, die ihnen gerade drohte. Aber das war etwas, was der alte Jackson vielleicht getan hätte. Der neue wusste, dass er sich seinen Problemen stellen und sie lösen musste.

»Ihr werdet Nahrung brauchen«, sagte Philip, als sie an den dunklen, stillen Wagen vorbeigingen. »Ich werde euch von Sarah Dobbs ein Proviantpaket zusammenstellen lassen.«

»Du bist sehr freundlich«, sagte Jackson. »Ihr alle.«

Der Mann lachte. »Nicht zu allen. Wir haben auch so unsere Sorgen. Es gibt immer Ärger, scheint es, wenn ein Wulf da ist.«

»Sterling hat dir also doch seinen vollen Namen genannt?«

Philip warf Jackson einen langen Seitenblick zu und lächelte. »Nein.«

27. Kapitel

Lucinda fiel fast aus dem Sattel vor Erschöpfung, als Jackson endlich anhielt, um die Pferde rasten zu lassen. Dank seiner hervorragenden Sehfähigkeit im Dunkeln waren sie gut vorangekommen, indem er Lucindas Pferd am Zügel hinter sich hergeführt hatte. Die Sonne ging gerade auf, als er tief im Wald die Pferde anhielt, und das gurgelnde Geräusch des Bachs, dem sie gefolgt waren, war so einschläfernd gewesen, dass Lucinda kaum noch ihre Augen offen halten konnte.

Jackson saß ab, kam dann zu ihr und half ihr aus dem Sattel. Er sah nicht weniger erschöpft aus als sie selbst.

»Zuerst waschen wir uns und essen etwas, danach schlafen wir ein paar Stunden.«

Lucinda nickte und ging zu dem Bach, während Jackson sich um die Pferde kümmerte. Das Wasser war sehr kalt in diesem Teil des Waldes, da die hohen Bäume nicht viel Sonnenlicht durchließen. Das Wasser belebte und erfrischte sie, als sie ihr Gesicht und ihre Hände wusch, aber trotzdem sehnte sie sich nach einem heißen Bad und ihren parfümierten Seifen.

Wenige Minuten später kam auch Jackson an den Bach. Nachdem er sein Hemd ausgezogen hatte, wusch er sich, so gut er konnte. Die Wunden an seinem Rücken waren verschorft und heilten offenbar viel schneller als normalerweise. Lucinda wusste, dass Tiere oft schneller genasen als Menschen, und fragte sich, ob das Tier in ihm etwas mit dieser Fähigkeit zu tun haben mochte. Kurz danach zog Jackson sein Hemd wieder über den Kopf, stand auf und reichte ihr die Hand, um sie zu ihrem Nachtlager zurückzuführen.

Er hatte Decken auf dem Boden ausgebreitet, die Pferde

abgesattelt und sie an einer mit dichtem Gras bewachsenen Stelle angebunden. Lucinda ließ sich dankbar auf die Decke sinken, griff in den ihnen mitgegebenen Proviantbeutel und nahm ein Stück Brot, Käse und zwei Äpfel heraus.

Jackson ließ sich neben ihr auf der Decke nieder. Er sah so müde aus, dass sie befürchtete, er würde vielleicht gar nicht mehr zum Essen kommen, bevor der Schlaf ihn übermannte.

»Wie weit ist es noch?«, fragte sie, da sie mittlerweile völlig die Orientierung verloren hatte, nachdem er ihr Pferd den größten Teil der Nacht am Zügel geführt hatte und sie im Sattel immer wieder eingedöst war.

»Wir müssen noch eine Nacht durchreiten, glaube ich«, antwortete er. »Vermisst du Whit Hurch?«, fragte er dann ganz unvermittelt.

Was sollte sie ihm sagen? Dass sie nie wieder in dieses Dorf oder ihr früheres Leben zurückkehren wollte? Dass es ein einsames Leben gewesen war und ohne ihn und Sebastian ein sogar noch viel einsameres sein würde? Lucinda wollte nicht, dass Jackson sie aus purem Schuldbewusstsein bat, bei ihm zu bleiben. Was immer sich auch sonst noch zwischen ihnen zugetragen hatte – oder was sich in ihr selbst entwickelt hatte –, sie hatten nach wie vor eine Vereinbarung.

»Na ja, wahrscheinlich könnte ich hierher zurückkehren … wenn Lord Cantley nicht mehr da wäre«, sagte sie. »Wenn nicht, gibt es viele andere solcher Orte, an denen ich mich niederlassen könnte.«

Er beobachtete sie, während er in einen der Äpfel biss. »Und wie willst du deinen Lebensunterhalt bestreiten?«

Sie zuckte mit den Schultern. »Wie ich es immer schon getan habe. Mit dem Geld, das ich mit dem Verkauf von Tränken, Zaubersprüchen und Geburtshilfe verdiene. Von dem, was ich mit meinen eigenen Händen töten oder pflanzen kann.«

»Das klingt nach einem harten Leben.«

Lucinda nahm sich ein Stück Brot, belegte es mit einer dünnen Scheibe Käse und biss hinein. Sie wartete, bis sie gekaut und geschluckt hatte, bevor sie antwortete. »Die meisten Menschen haben ein hartes Leben. Nur wenigen ist das Glück beschieden, in eine reiche Familie hineingeboren zu werden. Das Leben ist schwer, aber manchmal ist es auch sehr einfach. Man kann nicht etwas vermissen, was man nie gekannt hat.« Und deswegen war sie in gewisser Weise jetzt wohl auch verflucht.

»Und was ist mit Sebastian?«

Sie wandte den Blick ab, weil plötzlich Tränen hinter ihren Lidern brannten. »Sebastian wird bei dir und allem, was du ihm bieten kannst, viel besser aufgehoben sein.«

»Die Liebe einer Mutter ist mit Gold nicht aufzuwiegen.«

»Und die meine wird er immer haben«, entgegnete Lucinda leise. »Du musst nur dafür sorgen, dass er das versteht. Ich will nur das Beste für meinen Jungen.«

»Und wenn der Fluch nicht gebrochen werden kann? Bin ich dann immer noch das Beste für ihn, Lucinda?«

»Deine Familienangehörigen ...«

»Sind auch alle von dem Fluch betroffen«, unterbrach er sie. »Es gibt Dinge, die nicht einmal das Wulf'sche Geld erkaufen kann.«

Lucinda wandte sich ihm wieder zu. »Wir werden einen Weg finden, den Fluch zu brechen«, versprach sie ihm, obwohl sie immer noch nicht sicher war, auf welche Weise. »Und wir werden Lord Cantleys Drohungen, egal, mit welchen Mitteln, ein für alle Mal ein Ende setzen. Dann wird Sebastian alles haben, was ich mir für ihn in seinem Leben wünsche. Dann werde ich glücklich und zufrieden sein, ungeachtet dessen, wie mein eigenes Leben danach aussehen mag.«

Jackson sagte nichts, sondern biss nur wieder in seinen Apfel und starrte irgendwohin in die Ferne. Für einen kurzen Moment hatte Lucinda den Eindruck, als würden seine Augen feucht, was aber vermutlich an seiner Erschöpfung liegen mochte, denn auch ihre Augen brannten vom Schlafmangel. Sie beendeten die Mahlzeit schweigend, und dann streckte Jackson sich neben ihr aus und drehte ihr den Rücken zu. Sie hatte das Gefühl, dass er innerhalb weniger Sekunden eingeschlafen war.

Lucinda sammelte das verbliebene Essen ein und verstaute es wieder in dem Proviantbeutel. Jackson hatte die Pistole, die der Leiter der Komödiantentruppe ihm mitgegeben hatte, in unmittelbarer Reichweite von sich auf eine Ecke der Decke gelegt. Lucinda legte sich neben ihn und blickte durch die Bäume zu dem blauen Himmel auf. Wie leicht ihr neuerdings das Lügen fiel. Und nicht nur Jackson, sondern auch sich selbst gegenüber.

Sie wollte wirklich nur das Beste für Sebastian. Aber sie konnte Jackson schließlich nicht gut sagen, dass sie auch das Beste für sich selbst wollte. Wie bei ihrem Sohn zu sein. Oder bei dem Mann zu bleiben, den sie liebte. Er hatte mit ihr geschlafen, aber er hatte ihr nie gesagt, dass er sie liebte. Und sie würde ihn auch nicht zwingen, ihr etwas vorzumachen. Sie hatte sich in sein Leben hineingedrängt und ihm buchstäblich keine andere Wahl gelassen, als sie zu heiraten. Sie würde nicht noch mehr von ihm verlangen, was er ihr nicht aus freien Stücken gab.

Als sie die Augen schloss, dachte sie an Zaubersprüche und Zaubertränke. Es war ein verlockender Gedanke, zu versuchen, einen weiteren Zauberspruch über Jackson zu verhängen. Einen, der ihn dazu bringen würde, sie bis in alle Ewigkeit zu lieben. Einen, der sie für das ganze Leben aneinanderfesseln würde. Aber dennoch wäre es wieder nur ein Zauberspruch. Sie würde nie erfahren, ob er sie wirklich liebte oder ob er sie nur liebte, weil sie es ihm so befohlen hatte. Früher hatte sie solche Wünsche nach Zaubersprüchen oder -tränken für lächerlich gehalten; jetzt aber verstand sie, wie verzweifelt eine Frau sich wünschen konnte, die Liebe eines Mannes zu erringen, der ihre Gefühle nicht erwiderte.

Die leichte Brise und nächtlichen Geräusche wie das Summen der Insekten im Wald lullten Lucinda in den Schlaf. Als sie kurz darauf wieder erwachte, kuschelte sie sich an Jackson und blickte zu ihm auf. Er lag auf dem Rücken, und sie fragte sich, ob das bei seinen noch nicht verheilten Wunden nicht sehr unbequem für ihn sein mochte. Er schlief mit einem Arm über den Augen; der andere lag unter seinem Nacken. Seine Lippen waren leicht geöffnet. Wie verführerisch sie aussahen ...

Lucinda war sich seiner genauso stark bewusst wie der sanften Brise, die an seinen Haaren zupfte. Selbst wenn er schlief, war er sehr sinnlich. Sachte, um ihn nicht zu wecken, strich sie mit der Hand über seine Brust. Jackson bewegte sich und legte den Arm, der sein Gesicht bedeckt hatte, an seine Seite. Seine dichten schwarzen Wimpern waren so lang, dass sie seine hohen Wangenknochen streiften. Lucinda konnte der Versuchung nicht widerstehen, sich über ihn zu beugen und seine Lippen mit den ihren zu berühren.

Seine Augen öffneten sich langsam. Für einen Moment verlor Lucinda sich in ihren dunklen Tiefen; dann senkte sie die Lider und suchte wieder seinen Mund. Eine seiner Hände legte sich um ihren Hinterkopf, während seine Zunge langsam, ja, fast schon widerstrebend in die warme, feuchte Höhle ihres Mundes drang. Widerstrebend? Das konnte gar nicht sein. Lucinda beschloss, dass sie sich seine Reaktion nur eingebildet hatte. Jackson Wulf war kein Mann, dem es *widerstrebte*, eine Frau zu küssen.

Einen Augenblick später merkte sie jedoch, dass *sie* es war, die ihn küsste, und nicht er sie. Sie neckte ihn mit ihrer Zunge und knabberte an seiner Unterlippe, sie legte sich sogar halb auf ihn und rieb ihren Körper an dem seinen, damit er endlich reagierte. Wären seine immer schneller werdenden Atemzüge und die unverkennbare Ausbuchtung seiner Hose nicht gewesen, hätte man ihn sogar für völlig unbeteiligt halten können.

Lucinda unterbrach den Kuss, um mit den Lippen über seinen Nacken zu streichen. Ein leiser Laut entrang sich seiner Kehle, aber es war fast so, als ob er versuchte, ihn zu unterdrücken. Und dann schob er sie plötzlich von sich herab und beugte sich über sie. Lucinda sah, dass seine Augen jetzt wieder dieses leichte blaue Glühen hatten.

Würde er mit ihr schlafen? Hier im Freien? Unter den hohen Bäumen, durch deren Äste die Sonne auf sie hinunterschien? Lucinda hoffte es. Ihr Körper wusste jetzt, was er ihr geben konnte, und begehrte ihn mit einer bisher nie empfundenen Verzweiflung. Jackson starrte einen Moment auf sie hinab, als kämpfte er noch mit sich.

»Wir müssen weiter«, sagte er plötzlich mit leiser, rauer Stimme. »Wir haben schon viel zu lange geschlafen.«

Wie vor den Kopf geschlagen beobachtete Lucinda, wie er aufstand, seine Pistole aufhob und zu den Bäumen hinüberging, an denen er die Pferde angebunden hatte. Einen Moment lang blieb sie einfach liegen. Er hatte ihre Annäherungsversuche abgewehrt. Ihr Gesicht begann vor Scham zu brennen, aber auch vor Wut. War er ihrer bereits überdrüssig? Sie hatten nur eine einzige Nacht zusammen verbracht. Doch wenn man bedachte, mit was für Frauen Jackson sich normalerweise abgab, war eine einzige Nacht vielleicht schon alles, was eine Frau von ihm erwarten konnte.

Lucinda überwand sich dazu, aufzustehen, sich zu bücken und die Decken zusammenzurollen. Ihre Hände zitterten, und sie war froh, dass Jackson mit dem Satteln der Pferde beschäftigt war und nicht sehen konnte, wie sehr er sie gekränkt hatte. Sie konnte ja nicht gut von ihm verlangen, dass er mit ihr schlief ... obwohl er bis auf Weiteres immer noch ihr Ehemann war. Wenn ein Ehemann seine Rechte einfordern konnte, warum dann nicht auch eine Ehefrau? Lucinda musste schließlich lebenslange Erinnerungen an ihn sammeln und hatte nur so schrecklich wenig Zeit dazu. Er hatte ihnen eine perfekte Gelegenheit vorenthalten, sich zu lieben, obwohl die Möglichkeit bestand, dass sie nie wieder zusammen sein würden.

Der Gedanke brach ihr fast das Herz. Aber sie hatte ja gewusst, dass dies geschehen würde, falls sie es ihm jemals schenkte. Zum Teufel mit dem Mann. Warum hatte er ihr Herz nicht unberührt, ihren Körper unerfahren und ihre Meinung von ihm unverändert lassen können? Weil er ein unwiderstehlich guter Verführer war, erinnerte sie sich voller Wut. Sie hatte von Anfang an keine Chance gegen ihn gehabt. Er hatte sie geführt, und sie war ihm gefolgt, damals wie heute, denn er führte nach wie vor, und sie folgte ihm noch immer.

»Beeil dich, Lucinda«, hörte sie ihn rufen. »Sonst verlieren wir das bisschen Licht, das uns noch bleibt.«

In ihrer Scham und Wut hätte sie am liebsten absichtlich getrödelt, um ihn zu ärgern, aber die Lage war zu ernst, um nur ihrer verletzten Gefühle wegen ihre Reise zu verzögern. Sie würde seine Zurückweisung vergessen und sich voll und ganz darauf konzentrieren, die Wälder um Whit Hurch so schnell wie möglich zu durchqueren. Lucinda wollte gar nicht darüber nachdenken, was geschehen würde, wenn sie ihr Ziel erreichten. Und sie wollte auch nicht in eine Zukunft schauen, die nichts als Dunkelheit offenbarte.

Sie nahm die Decken und den Proviant und ging zu Jackson, der gerade mit dem Aufzäumen der Pferde fertig war. Eine zusammengerollte Decke kam hinter seinen Sattel, die andere wurde, zusammen mit dem Proviantbeutel, hinter Lucindas festgebunden. Jackson half ihr aufzusitzen. Als er ihr dabei ganz nahe kam und die Hände um ihre Taille legte, um ihr in den Sattel zu helfen, starrte sie ihn an. Aber er erwiderte ihren Blick nicht. Und als sie eine Hand auf seine Schulter legte, zuckte er zusammen, als hätte sie ihm wehgetan.

Plötzlich glaubte sie zu wissen, was ihn plagte. »Was macht dein Rücken? Glaubst du, du hast Fieber?«, fragte sie und legte prüfend eine Hand an seine Stirn, die aber kühl und trocken war.

»Mir geht es gut«, erwiderte er knapp. »Machen wir uns auf den Weg.«

Er hob sie mit so viel Schwung in ihren Sattel, dass sie auf der anderen Seite fast wieder herunterfiel. Jackson war sich seiner eigenen Kraft oft nicht einmal bewusst. Aber Lucinda fing sich wieder, und er ging und schwang sich auf sein eigenes Pferd. Sie ritten von einem Ort weg, der ganz besondere Erinnerungen für Lucinda hätte bergen können, stattdessen aber nur die bittere Enttäuschung über seine Zurückweisung enthielt.

Als sie hinter ihm herritt, wünschte sie zum ersten Mal, sie verstünde etwas von Verführung. In Täuschungsmanövern und Verstellung war sie gut genug, aber wie brachte man einen Mann dazu, einen zu begehren? Komisch, dass sie an solche Dinge dachte, obwohl sie sich fast ihr ganzes Leben lang bemüht hatte, den Annäherungsversuchen von Männern aus dem Weg zu gehen. Aber dies war immerhin etwas, womit sie sich beschäftigen konnte, da Jackson nicht gewillt schien, sich mit ihr zu unterhalten. Und es war angenehmer, über diese Dinge nachzudenken, als sich zu fragen, was geschehen würde, wenn sie ihr Ziel erreichten.

Jackson spürte immer wieder Lucindas Blick auf seinem Rücken, während sie den Wald durchritten. Er hatte sie verwirrt. Sie war vollkommen perplex gewesen, als er ihren Reizen widerstanden hatte. Er hatte sie aber nicht etwa zurückgewiesen, weil er den Akt nicht hätte vollziehen können – ein einziger Kuss von ihr, und er war fast schmerzhaft stark erregt gewesen. Es war auch nicht so, als hätte er ihr nicht gefällig sein und auch sein eigenes Verlangen nach ihr stillen wollen. Er war nur ihrer früheren Worte wegen so zurückhaltend gewesen.

Sie würde glücklich und zufrieden sein, solange sie nur wusste, dass Sebastian gut versorgt war, hatte sie gesagt. Ihre Aufrichtigkeit hatte ihn verletzt – und ihm das Herz gebrochen. Weil er sie liebte. Weil er sich zum ersten Mal in seinem Leben nichts sehnlicher wünschte, als von einer Frau wiedergeliebt zu werden. Und weil er zum ersten Mal in seinem Leben den Liebesakt als das betrachten wollte, was er wirklich war – ein Akt der Liebe. Seit wann besaß er überhaupt Moralvorstellungen? Seit wann ließ er, wenn eine Frau ihm ihre sexuellen Wünsche kundtat, nicht auf der Stelle seine Hose fallen, um ihr diese Wünsche zu erfüllen?

Seit dem Tag, an dem er Lucinda zum ersten Mal begegnet war ... der tapferen, rothaarigen Hexe, die kämpfte, um ein Kind zur Welt zu bringen, das schon vor seiner Geburt verdammt war. Sie näher kennenzulernen hatte Jacksons Liebe zu ihr gefestigt, aber begonnen hatte sie schon im selben Augenblick, als er ihr zum ersten Mal in die grünen Augen geschaut hatte. Er würde für sie und Sebastian sein Leben geben. War es da zu viel verlangt, zu erwarten – und zu hoffen –, dass sie seine Liebe erwiderte? Sie hatte sich ihm hingegeben, und für den alten Jackson wäre das genug gewesen. Aber er war nicht mehr der Mann, der sich einst auf die Suche nach einer Hexe gemacht hatte.

Er war auch früher schon verliebt gewesen. Auch da hatte es

ihm nichts als Kummer eingebracht, und darüber hinaus noch einen Fluch. Wohin würde es ihn diesmal führen? Auf eine Straße nach Whit Hurch, um dort entweder zu töten oder getötet zu werden? Um eine Abmachung zu erfüllen und nicht mehr? Vielleicht könnte er mit seinem Fluch ja weiterleben, wenn Lucinda dann ihrer kostbaren Vereinbarung wegen bei ihm bliebe. Aber was war mit seinen Brüdern? Durfte er so selbstsüchtig sein, ihr zukünftiges Glück dem seinen zu opfern?

Und würde er auch nur wollen, dass Lucinda allein aus Pflichtgefühl an seiner Seite blieb? Nein. Jackson wollte, dass sie bei ihm blieb, weil sie ihn liebte. Weil sie ihr Leben mit ihm verbringen wollte. Mit ihm, Sebastian und, falls Jackson sich von seinem Fluch befreien konnte, ihren gemeinsamen Kindern. Er durfte nicht egoistisch sein, obwohl ihm sehr wohl bewusst war, dass er es von Natur aus war. Vermutlich glaubte er, verflucht zu sein gäbe ihm das Recht dazu, sich diesen Luxus zu erlauben. Aber dieses Recht hatte er jetzt nicht.

»Werden wir wieder die ganze Nacht durchreiten?«, rief Lucinda ihm zu.

Es war nicht fair von ihm, sie so zu hetzen. Sie war es nicht gewöhnt, große Entfernungen auf dem Pferderücken zurückzulegen. Die Nacht war bereits hereingebrochen, und Jackson war der Ansicht, dass sie gut vorangekommen waren. Er wollte nicht zu lange unterwegs sein, damit Lord Cantley nicht etwa Verdacht schöpfte, seine Männer könnten seine Befehle missachtet haben. Jackson wollte den Überraschungseffekt auf seiner Seite haben.

»Wir werden bald anhalten und ein paar Stunden schlafen«, beantwortete er Lucindas Frage. »Ich will vorher nur noch etwas näher an Whit Hurch herankommen.«

Sie beklagte sich nicht. Jede andere Frau hätte es getan. Aber Lucinda hatte ein schweres Leben hinter sich und war vermutlich sogar besser für das Leben und Reisen im Wald geeignet als er selbst. Oder zumindest als der Mann in ihm. Denn sein Leben mochte zwar verflucht sein, aber es war auch reich gesegnet gewesen. Und deshalb würde er ihr gerne all das geben, was ihr versagt geblieben war. All das, was ihnen beiden versagt geblieben war.

Sie ritten noch eine Zeit lang weiter und hielten immer weiter auf den kleinen Fluss zu, dem sie folgten. So konnten sie sich wenigstens den Staub abwaschen, bevor sie ein paar Stunden schliefen. Morgen früh würde er auf die Jagd gehen, weil sie Fleisch brauchten, wenn sie bei Kräften bleiben wollten. Es war eine warme Nacht, der Himmel war mit Sternen übersät, wo sie ihn durch die Bäume hindurch sehen konnten. Auf der Straße wären sie schneller vorangekommen, doch Jackson wollte das Risiko nicht eingehen. Besonders nicht bei Nacht.

Das gurgelnde Geräusch des Bachs wurde deutlicher, und schließlich brachte Jackson sein Pferd auf einer kleinen Waldwiese zum Halten, auf der die Tiere grasen konnten. Er schwang sich aus dem Sattel und ging zu Lucinda, um ihr beim Absitzen zu helfen. Sie schien im Sattel eingeschlafen zu sein. Als er ihr die Hände um die Taille legte und sie in seine Arme zog, erwachte sie.

»Wir werden hier eine Weile rasten«, sagte er. »Der Bach ist gleich dort drüben.« Er nickte in die Richtung. »Lass uns hinübergehen und uns waschen, bevor wir etwas essen.«

Vom Schlaf noch immer ganz benommen, wandte sie sich in Richtung Bach und stolperte auf das Rauschen des Wassers zu. Jackson versorgte die Pferde, bevor auch er zum Bach hinunterging. Lucinda kniete am Ufer, schöpfte mit den Händen Wasser und wusch sich ihr Gesicht und ihren Nacken.

»Wir hätten Hawkins mitnehmen sollen«, murmelte sie, als Jackson sich zu ihr gesellte. »Er hätte dafür gesorgt, dass wir sogar in dieser Wildnis heiße Bäder und etwas Warmes zu essen hätten.«

Jackson lachte. Sie hatte wahrscheinlich sogar recht. Er zog sein Hemd aus, um es später durchzuwaschen, und war versucht, seinen ganzen Kopf in den Bach zu tauchen, als er mit den Händen Wasser schöpfte, um sich das Gesicht zu waschen. Neben ihm murmelte Lucinda wieder irgendetwas, und plötzlich stand sie auf und begann ihr Kleid vorn aufzuknöpfen.

»Was hast du vor?«, fragte Jackson, bestürzt darüber, wie sein Herz – und andere Teile seines Körpers – auf den Anblick der sich langsam entkleidenden Lucinda reagierten.

»Ich werde ein Bad nehmen«, sagte sie. »Ich will mich überall sauber fühlen.«

»Das kannst du nicht«, entfuhr es ihm, und als sie daraufhin nur eine Augenbraue hochzog, setzte er rasch hinzu: »Es könnte dich jemand sehen.« Vor allem ich, fügte er in Gedanken hinzu.

Lucinda lachte. »Hier draußen? Hier ist niemand außer dir und mir, Jackson. Du kannst ja Wache halten, falls du Angst hast, dass uns jemand überraschen könnte.«

Nachdem sie ihr Kleid aufgeknöpft hatte, streifte sie es langsam über ihre Schultern und Hüften, bis es auf den Boden fiel. Jacksons Erregung wuchs mit jedem Augenblick. Es kostete ihn enorme Überwindung, aber er schaffte es, den Blick von Lucinda abzuwenden, die jetzt nur noch in ihrem Hemd und ihren Strümpfen dastand. Sekunden später verwünschte er sein außergewöhnlich gutes Gehör, als er das Rascheln von Seide und sogar das leise Geräusch der Strümpfe an ihrer Haut vernahm, während sie sie abstreifte. Er schluckte und versuchte, nur ja nicht zu ihr hinzusehen. Wenig später hörte er ein plätscherndes Geräusch.

»Das Wasser ist ein bisschen kalt«, sagte Lucinda. »Aber es ist nicht so schlimm, wie ich dachte.«

Jackson begann seine Zähne zu reinigen, so gut er konnte,

und bemühte sich auch weiterhin, den Blick von Lucinda abgewandt zu halten. Aber dann stieß sie einen lauten Seufzer aus, der ihn veranlasste, zu ihr hinzusehen, obwohl er sich die größte Mühe gab, es nicht zu tun.

»Das Wasser ist sehr erfrischend, wenn man sich erst einmal daran gewöhnt hat«, sagte sie.

Ihr Anblick verschlug ihm den Atem. Sie lag, auf die Ellbogen gestützt, in dem flachen Wasser und hatte den Kopf zurückgelegt, sodass ihr langes Haar wie ein roter Schleier auf dem Wasser trieb. Der Mondschein unterstrich die Konturen ihrer festen Brüste, die leichte Mulde ihres flachen Bauchs, ihre sanft gerundeten Hüften und die schlanke Linie ihrer Schenkel. Sie sah aus wie ein heidnisches Opfer an die Götter.

»Möchtest du mir nicht Gesellschaft leisten?«

Selbst im Dunkeln konnte er das mutwillige Funkeln ihrer Augen sehen. Ihre Frage war keine arglose, unschuldige Einladung gewesen. »Und wer passt dann auf dich auf?«, versetzte er. »Nein, ich bleibe besser hier am Ufer.«

»Wie du willst«, entgegnete sie mit einem Achselzucken, das ihre Brüste auf höchst verführerische Weise in Bewegung setzte. »Aber ich glaube, wir sind hier ganz allein heute Nacht. Ich glaube nicht, dass wir gestört würden.«

Gestört wobei? Er zwang sich, seinen Blick von ihr zu lösen, und kühlte sich mit einer Hand voll Wasser seinen Nacken. »Ich passe trotzdem besser auf dich auf«, murmelte er.

Ihr wohliges Stöhnen und die kleinen Seufzer, die sie von sich gab, während sie badete, trieben Jackson fast zum Wahnsinn. Sicher konnte er sich natürlich nicht sein, aber er hatte das Gefühl, dass sie versuchte, ihn zu verführen. Da er aber sein Leben lang der Verführer und nicht der Verführte gewesen war, wusste Jackson nicht so recht, wie er sich verhalten sollte. Einer Versuchung zu widerstehen war noch nie seine Stärke gewesen.

Aber er lernte schließlich dazu, oder nicht? Er hatte keinen Tropfen Alkohol mehr angerührt, seit er beschlossen hatte, mit dem Trinken aufzuhören. Er war mit keiner anderen Frau zusammen gewesen, seit er Lucinda kannte. Er *konnte* widerstehen. Wenn er es sich vornahm, konnte er alles Mögliche.

»Ich glaube, ich habe nichts zum Abtrocknen mitgebracht«, bemerkte Lucinda plötzlich. »Würdest du mir bitte meine Decke holen?«

Da ihm jeder Vorwand recht war, ihr zu entkommen, sprang er auf und lief zu der Stelle zurück, wo sie ihren Proviant, ihre Decken und Sättel hinterlassen hatten. Mit Lucindas Decke in der Hand ging er zum Bach zurück. Er hatte nicht damit gerechnet, dass sie auf ihn warten würde, aber sie stand nass und nackt am Ufer. Sein ausgezeichnetes Sehvermögen im Dunkeln, das er bis jetzt immer für einen Segen gehalten hatte, war nun ein verdammtes Ärgernis. Seine Hände zitterten, als er schnell die Decke entfaltete und Lucinda ebenso schnell darin einwickelte.

Sie kuschelte sich an seine Wärme. Die Decke glitt ein Stück herab, und Lucindas kühle, nasse Haut berührte seine überhitzte. Das Ergebnis war eine Flutwelle intensivster Empfindungen, die ihn durchströmten. Jackson zog scharf den Atem ein und griff nach der Decke, um sie rasch wieder hinaufzuziehen.

»Ich will nicht, dass du dich erkältest«, murmelte er rau.

»Wieso? Du bist doch sehr schön warm«, versetzte sie und schmiegte sich noch fester an ihn.

Er musste ein Aufstöhnen unterdrücken, als sie sich so an ihn presste. Ihre weiblichen Rundungen waren verlockender, als jede Art von Alkohol es je für ihn gewesen war. Sie war verführerischer als alle Frauen, die er vor ihr gekannt hatte. Aber er wollte mehr als ihren Körper. Er wollte ihr Herz ... ihre Seele, und sie wollte ihm weder das eine noch das andere anvertrauen. Jackson war es leid, sich mit dem zu begnügen, was er haben konnte, statt endlich zu bekommen, was er haben *wollte*. Das hatte er ohnehin schon viel zu lange getan.

Obwohl es ihn enorme Überwindung kostete, trat er von Lucinda zurück und bückte sich nach ihren Kleidern. »Wir sollten jetzt etwas essen und ein bisschen schlafen«, sagte er kurz. Er hatte sich kaum wieder aufgerichtet, als er sie hoch erhobenen Hauptes und, wenn er sich nicht täuschte, wutschäumend davonstürmen sah.

Auf jeden Fall bezweifelte er, dass sie heute Nacht noch einmal versuchen würde, ihn zu verführen. Oder hoffte es zumindest, da seine Entschlossenheit langsam ins Schwanken geriet.

28. Kapitel

Lucinda war auf irgendetwas getreten, und ihr Fuß brannte wie verrückt. Sie war zu den Sätteln gehinkt und hatte Jacksons Decke losgebunden und auf dem Boden ausgebreitet. Nun saß sie dort und versuchte, im Dunkeln ihre Fußsohle zu untersuchen. Jackson, fiel ihr auf, ließ sich reichlich Zeit, um zum Lager zurückzukehren.

»Was ist mit deinem Fuß?«, fragte er, als er endlich erschien und ihre Kleider auf die Decke warf.

»Ich bin auf irgendetwas draufgetreten«, erwiderte sie schärfer als beabsichtigt. Es war ihr doppelt peinlich, dass sie nicht nur versucht hatte, ihn zu verführen und gescheitert war, sondern dass sie sich nun auch noch anmerken ließ, wie verärgert sie darüber war. »Ich kann nicht sehen, was mit meinem Fuß passiert ist.«

Jackson kniete sich vor sie hin. »Aber ich. Lass mich den Fuß mal sehen.«

Allein schon seine warme Hand daran zu spüren brachte ihr Herz zum Rasen. Jackson beugte sich noch weiter vor. »Er blutet nicht. Wahrscheinlich bist du auf einen Stein getreten und hast dir den Fuß geprellt.«

Jackson besah ihn sich noch einen Moment, dann schien sein Blick ihr Bein hinaufzuwandern. Lucinda bemerkte erst jetzt, dass ihr ganzes Bein, bis hinauf zu ihrer Hüfte, unter der Decke hervorschaute. Sie wollte die Decke schon wieder zurechtziehen, aber Jackson sah so hingerissen aus, dass sie ihrem Impuls nicht nachgab. Als hätten seine Hände keine andere Wahl, als seinem Blick zu folgen, bewegten sie sich nach und nach an ihrem Bein hinauf, bis sie über ihre Wade und ihr Knie zu ihrem Oberschenkel gelangten. Lucinda merkte plötzlich, dass sie den Atem anhielt.

Für einen Augenblick schien Jackson sich zusammenzunehmen. Er sah schon fast so aus, als würde er seine Hände wegnehmen, und deshalb ließ Lucinda schnell die Decke los, die sie vor ihrer Brust zusammenhielt. Sein Blick glitt an ihrem Körper hinauf zu ihrem Gesicht. Seine Augen schimmerten nun wieder in diesem merkwürdigen Blau.

»Willst du mich umbringen?«

Wieder etwas mutiger geworden, antwortete sie: »Ich versuche nur, dich zu verführen, was mir aber offensichtlich nicht gelingen will.«

Jackson tat einen unsicheren Atemzug. »Ich will mehr, als du mir gibst.«

Lucinda war verwirrt. »Gibt es noch mehr? Mehr, als wir schon zusammen getan haben, meine ich?«

Er fuhr sich mit der Hand durchs Haar. »Nun ja, natürlich, aber das war nicht ...«

»Was gibt es denn sonst noch?«, unterbrach sie ihn. Lucinda wollte alles mit ihm erleben, bevor ihr die Chance dazu genommen wurde. »Zeig es mir, Jackson.«

Sie glaubte schon, er würde sich weigern, als sie spürte, wie er sich von ihr zurückzog, und sie dachte: *Zum Teufel mit meinem Stolz, ich lasse mich nicht noch mal abweisen!* Er begehrte sie, das konnte sie selbst in der Dunkelheit in seinen Augen sehen. Langsam streckte sie die Hand aus und legte sie um seinen Nacken. Über jedes Schamgefühl hinaus, beugte sie sich vor und berührte seine Lippen mit den ihren. »Weis mich nicht zurück«, flüsterte sie. »Teile mit deiner Ehefrau, was du schon bereitwillig mit so vielen anderen Frauen geteilt hast.«

Jacksons Schultern versteiften sich. Es war nicht das Romantischste, was sie ihm hätte sagen können, aber warum verweigerte er ihr auch, was er den Frauen in seiner Vergangenheit so bereitwillig gegeben hatte? Was hatten diese Frauen, was sie nicht hatte? Als er sie dann plötzlich küsste, hart und alles andere als liebevoll, wusste sie, dass ihre Worte ihn verwundet hatten.

»Du willst, dass ich dich wie eine Hure behandele?«, fragte er nach diesem Kuss mit leiser, spröder Stimme. »Das kannst du gerne haben, Lucinda.«

Sie hätte ihren Worten die Schärfe nehmen können, indem sie zugab, dass sie so viele Erfahrungen wie nur möglich mit ihm sammeln wollte, um sich mit diesen Erinnerungen zu trösten, wenn sie nicht mehr zusammen waren, aber Jackson war offensichtlich fertig mit dem Reden. Er küsste sie aufs Neue, wobei er sie auf die Decke zurückdrückte und sich auf sie legte. Seine Küsse waren nicht mehr hart, das konnte sie nicht sagen … aber sie waren trotzdem anders.

Gefühl … das war es, was seinen Küssen fehlte. Aber er war ein solch meisterhafter Verführer, dass Lucinda keine Chance gegen ihn hatte, obwohl sie sich wirklich Mühe gab, auf etwas, das sich so methodisch und kalkuliert anfühlte, nicht zu reagieren. Statt ihn zurechtzuweisen, erwiderte sie den Kuss mit aller Leidenschaft, zu der sie fähig war, und versuchte die Barriere zu durchbrechen, die er um seine Gefühle errichtet hatte.

Sein leises Stöhnen war für sie das erste Anzeichen, dass es ihr gelungen war, seine Abwehr zu durchbrechen. In der Hoffnung, noch eine weitere Barriere zwischen ihnen zu durchdringen, griff sie nach seinem Hemd, aber er hielt ihre Arme an ihren Seiten fest und glitt an ihr hinab zu ihren Brüsten. Sie wand sich unter ihm, aber er hielt sie unerbittlich fest, während er ihre zarten Knospen mit seiner Zunge und seinen Zähnen reizte, bis sie sich fast schmerzhaft hart versteiften.

Als sie schon glaubte, es nicht mehr aushalten zu können, bewegte er sich noch tiefer an ihr herab und strich mit der

Zunge über ihren flachen Bauch. Das Kitzeln seines weichen Haars und sein warmer, feuchter Mund an ihrer Haut verschärften noch das heiße Kribbeln zwischen ihren Beinen. Sie war nicht mehr so unerfahren, dass sie nicht gewusst hätte, wonach es sie verlangte – aber immer noch unschuldig genug, um schockiert zu sein, als er sogar noch tiefer glitt und sie mit seiner Zunge zu liebkosen begann, wo seine Finger eben noch gewesen waren.

Da er ihre Arme nicht mehr festhielt, griff sie mit beiden Händen in sein langes Haar, um ihn zu einem weiteren Kuss zu sich hinaufzuziehen. Aber er war nicht von seiner Absicht abzubringen, und als seine Zunge ein aufreizendes Spiel an ihrer intimsten Stelle begann, wollte Lucinda es auch gar nicht mehr. Ihr Blut raste, jede Faser ihres Körpers prickelte vor Erregung, und ihr ganzer Körper schien sich zu verflüssigen. Jackson verzauberte und betörte sie, und sie war völlig machtlos gegen ihn. Sie konnte keinen klaren Gedanken mehr fassen, so übermächtig war die sich in ihr aufbauende Spannung.

Jede Berührung steigerte noch das erregende Prickeln zwischen ihren Beinen, bis es von ihrem ganzen Sein Besitz ergriff und sie es kaum noch zu ertragen glaubte. Aber sie wollte auch nicht, dass Jackson aufhörte, und so tat sie das Einzige, was sie konnte ... und überließ sich ganz und gar den in ihr brodelnden Gefühlen.

Die Spannung in ihr wuchs und wuchs, und sie begann ihre Hüften zu bewegen, weil sie die Reaktionen ihres Körpers auf Jacksons geradezu magische Berührungen nicht mehr unter Kontrolle hatte. Und als es intensiv, ja, beinahe schmerzhaft tief in ihrem Inneren zu pulsieren begann, bäumte sie sich stöhnend auf und wisperte unzusammenhängende Worte in moderner und in alter Sprache. Aber noch immer hörte er nicht auf und trieb sie auf solch schwindelerregende Höhen, dass sie vor Lust zu sterben glaubte und an seinem Haar zerrte, um ihn zu sich hinaufzuziehen. Als er sie küsste, schmeckte sie sich selbst auf seinen Lippen – und plötzlich kam ihr zu Bewusstsein, das er noch immer voll bekleidet war und sie völlig nackt und kraftlos unter ihm lag.

Schließlich rollte er sich zur Seite und streifte sein Hemd ab. Während Lucinda zufrieden und benommen dalag, zog er auch den Rest seiner Kleider aus. Da sie wusste, was jetzt kam, war sie nicht überrascht, als er sich wieder auf sie legte und in sie eindrang, sondern höchstens etwas schockiert über die ungewohnte Heftigkeit, mit der er Besitz von ihr ergriff. Ihn so hart und heiß in sich zu spüren verschlug ihr den Atem und riss sie aus ihrer Lethargie. Ihr blieb jedoch kaum Zeit, wieder zu Atem zu kommen, als er sich ganz unvermittelt mit ihr auf den Rücken drehte und sie auf sich zog.

In dieser Stellung glitt er noch tiefer in sie hinein, und wieder schnappte sie nach Luft, als er die Hände auf ihre Hüften legte und ihre Bewegungen den seinen anglich. Er war tiefer in ihr, als sie es für möglich gehalten hätte, und da sie das süße Prickeln der Leidenschaft noch immer spürte, passte sie sich seinem Rhythmus an und spürte, wie das Verlangen wieder stärker wurde und die Spannung in ihr wuchs. Sie liebte ihn mit hemmungsloser Leidenschaft, und irgendwo in einem fernen Winkel ihres Bewusstseins erinnerte sie sich daran, schon einmal so mit ihm zusammen gewesen zu sein. Es war wie in den Bildern, die ihr in jener Nacht durch den Kopf geschossen waren, als sie mit ihm zu den Stallungen gegangen und er wieder bei den Pferden gewesen war. Damals hatte sie einen Blick in ihre Zukunft getan, erkannte sie jetzt plötzlich.

Unter ihr glühten seine Augen wie blaues Feuer. Das Mondlicht, das sein gut aussehendes Gesicht erhellte, verriet ihr, dass er sich nicht so gut unter Kontrolle hatte wie normalerweise. Das verlieh ihr ein geradezu berauschendes Gefühl der Macht, das immer stärker wurde, während sie ihn liebte, als gäbe es kein Morgen mehr, und ihn zwang, sich keinerlei Zurückhaltung mehr aufzuerlegen und sich ganz ihr und diesem unvergleichlichen Moment zu überlassen.

Jackson spürte, dass ihm die Kontrolle entglitt. Er hatte Lucinda einmal gesagt, die Kontrolle aufzugeben sei ein Teil des Liebesakts. Er hatte sie jedoch belogen. Er hatte noch nie in seinem Leben einer Frau die Kontrolle überlassen. Aber jetzt gab er sie auf. Er befand sich jenseits bloßer Lust und gab sich ganz den leidenschaftlichen Gefühlen hin, die ihn höher und höher trugen, bis er alles um sich her vergaß. Noch nie hatte er eine solch schier unerträgliche Lust und eine nicht minder überwältigende Liebe zu einer Frau empfunden. Es war ein Gefühl, das sein Herz und seine Seele anrührte und ihn offener und empfänglicher für seine Emotionen machte. Er war versucht, es ihr zu sagen, ihr zu gestehen, dass er sie liebte, aber der Tumult, der in ihm tobte, wurde so heftig, dass er kein Wort mehr über seine Lippen brachte und ihr nur noch in die undurchsichtigen Tiefen des Himmels und der Hölle folgen konnte.

Er konnte spüren, dass auch sie dem Höhepunkt ihrer Ekstase schon ganz nahe war. Ihre lustvollen kleinen Seufzer und ihr Stöhnen heizten seine Begierde an und raubten ihm beinahe den Verstand. Er konnte nicht mehr passiv bleiben, und so bog er sich ihr in hemmungsloser Lust entgegen und begann sich mit kraftvollen Stößen in ihr zu bewegen, um sie mit sich zusammen auf den Höhepunkt der Lust zu führen. Er spürte, wie sich alles in ihr um ihn zusammenzog, und war verloren. Ihr lustvoller Aufschrei brachte ihn um die letzten Reste seiner Selbstbeherrschung. Er umfasste noch fester ihre Hüften, um den Rhythmus ihrer Bewegungen zu bestimmen, als die ersten Schauer der Ekstase ihn durchliefen. Und dann geschah das Unvorstellbare …

Zusammen mit der Flut schier unbeschreiblich lustvoller Gefühle kam der Schmerz. Er beraubte ihn der Fähigkeit zu denken. Jackson bäumte sich auf und verströmte sich in Lucinda, als eine wahre Sturzflut rauschender Gefühle und der messerscharfe Schmerz des Fluches ihn im selben Moment überkamen. Vielleicht hatte er ihren Namen gerufen; vielleicht hatte er aber auch nur aufgeheult wie ein Wolf. Und irgendwo inmitten dieses Wahnsinns wusste er, dass er von ihr wegmusste … und das so schnell wie möglich!

☆ ☆ ☆

Irgendetwas stimmte nicht. Während Lucinda schier versank in Glück, das ihr durch Jacksons vollkommene Hingabe noch versüßt wurde, kam ihr zu Bewusstsein, dass er sich im Moment höchster Ekstase nicht wie sonst aus ihr zurückzogen hatte, um sie nicht zu schwängern … und dass sein Körper weitaus heftiger erschauerte und erbebte als beim letzten Mal. Im Mondlicht blickte sie auf sein Gesicht hinab, das verzerrt war vor Ekstase, aber offensichtlich auch vor Schmerz. Und sein Aufschrei auf dem Höhepunkt der Lust hatte fast nichts Menschliches gehabt …

»Geh weg von mir«, stieß er hervor. »Die Pistole, Lucinda! Hol dir die Pistole!«

Sie war wie gelähmt, auch wegen der erst langsam nachlassenden Schauer, die sie immer noch durchfluteten. Dann sah sie die Fangzähne. Es war rücksichtslos, nein, grausam vom Schicksal, sie zum Handeln zu zwingen, während ihre Knochen sich so anfühlten, als ob sie sich verflüssigt hätten, und sie sich nur noch ermattet auf ihn sinken lassen wollte. Aber diese Möglichkeit besaß sie nicht. Lucinda löste sich von Jackson, rollte sich zur Seite und wickelte sich wieder in die Decke ein. Dann erhob sie sich auf unsicheren Beinen.

»Die Pistole!«, knurrte Jackson wieder. »Benutz sie, wenn du musst.«

Noch immer wie benebelt, stolperte sie zu ihren Sachen hinüber und suchte und fand die Waffe. Bestürzt starrte sie auf den kalten Stahl in ihrer Hand hinab. Dann blickte sie zum Himmel auf. Der Mond war voll. Die Zeit war abgelaufen, für sie beide und vor allem für Jackson. Nun befand er sich in der Gewalt des Mondes. Und sie sich in der Gewalt des Wolfes.

Lucinda wusste, dass sie fliehen müsste, aber wohin? In den Wald? Die Pferde auf der nahen Wiese begannen nervös zu wiehern. Lucinda lief zu ihnen, um sie loszubinden, bevor der Wolf die Tiere anfallen konnte. Jackson hatte gesagt, er wüsste nicht, was er in Gestalt des Wolfes tat. Lucinda konnte es erst recht nicht wissen. Sie sprach beruhigend auf die Pferde ein und versuchte, ihre Fußfesseln zu lösen, was allerdings so gut wie unmöglich war mit der Pistole in der einen Hand und der Decke, die sie vor ihrer Brust zusammenhielt, in der anderen. Sie hatte keine andere Wahl, als die Pistole wegzulegen. Kaum hatte sie die Tiere losgebunden, stürmten sie auch schon panisch in den Wald hinein. Aber vielleicht war das auch besser so.

Lucinda kroch über den Boden und suchte nach der Waffe. Im Dunkeln war die Pistole schwer zu sehen. Als sie endlich ihren Lauf im Mondschein aufblitzen zu sehen glaubte, kroch sie rasch in diese Richtung. Ein leises Knurren ließ sie jedoch jäh verharren. Und als sie aufschaute, sah sie sich Auge in Auge mit dem Wolf.

Seine Augen glühten blau im Dunkeln. Lucinda schluckte den Kloß in ihrer Kehle hinunter, verhielt sich abgesehen davon aber so ruhig wie möglich. Der Wolf schnüffelte an ihrem Haar, und sie erwartete schon, dass er ihr jeden Moment an die Kehle springen würde. Aber stattdessen setzte er sich auf seine Hinterbeine und blickte sie nur ruhig an.

»Jackson«, flüsterte sie. »Kannst du mich hören?«

Es war nicht so, als erwartete sie von dem Tier, mit ihr zu reden, aber irgendeine Reaktion erwartete sie schon. Der Wolf saß jedoch nur einfach da und hörte nicht auf, sie anzustarren. Ihr Blick glitt zu der Stelle, wo sie die Pistole gesehen zu haben glaubte. Sie war nicht allzu weit entfernt, mit ausgestrecktem Arm konnte sie sie vielleicht erreichen. Vorsichtig rutschte sie näher an die Waffe heran, immer in der Angst, dass der Wolf sie jeden Moment anfallen würde. Aber das Tier blieb, wo es war, und schließlich berührte ihre Hand die Waffe. Langsam zog sie sie zu sich heran und nahm sie fest in beide Hände.

»Geh weg, Jackson«, sagte sie warnend. »Ich bin nicht sicher, ob ich dich erschießen kann, falls du mich angreifst.«

Der Wolf reagierte nicht auf ihre Warnung. Er bewegte sich nicht und knurrte auch nicht, sondern saß einfach nur so da und sah sie an. Lucinda konnte nicht die ganze Nacht lang nackt auf dieser Wiese sitzen. Sie musste zum Lager zurück, um sich dort anzuziehen.

»Ich werde mich jetzt bewegen«, verkündete sie und fragte sich aufs Neue, wieso sie sich überhaupt die Mühe machte, mit dem Tier zu sprechen. Es war offensichtlich, dass der Wolf sie nicht verstand. »Bring mich nicht dazu, dich zu erschießen, Jackson«, warnte sie erneut. »Ich weiß, dass du denkst, mir würde das wahrscheinlich sogar Freude machen, aber da irrst du dich. Denn weißt du was? Ich habe mich in dich verliebt. Ich liebe dich sogar jetzt noch, wo du mit den Augen eines Wolfes vor mir sitzt. Also hab ein bisschen Mitgefühl mit der Närrin, zu der ich geworden bin. Ich vergaß, dass es nur eine Abmachung zwischen uns gibt.«

Bis auf die Tatsache, dass der Wolf den Kopf zur Seite legte, rührte er sich nicht, sondern starrte sie weiter an. Vorsichtig begann Lucinda, sich vom Boden zu erheben. Sie nahm sich einen Moment, um ihr wild pochendes Herz ein wenig zu beruhigen; dann begann sie langsam zu ihrem Lagerplatz zurückzugehen. Der Wolf sah ihr nur ruhig nach, aber trotzdem fragte sie sich bei jedem Schritt, ob er sie nicht plötzlich von hinten anspringen würde. Sie schaffte es jedoch bis in das Lager und kauerte sich zwischen den Sätteln und den Vorratsbeuteln nieder. Ihre Kleider lagen noch auf der Decke, auf der sie und Jackson sich geliebt hatten. Lucinda griff nach einem Ende dieser Decke und zog sie zu sich heran, bis sie nach ihren Sachen greifen konnte.

Einen Augenblick später erschien der Wolf. Wieder war Lucinda wie gelähmt, während er reglos vor ihr stand und sie anstarrte. Aber nach einer Weile begann er im Lager herumzugehen, hielt manchmal an, als lauschte er, und hob witternd den Kopf, bevor er wieder seine Kreise um das Lager drehte. Mit langsamen, gemessenen Bewegungen zog sich Lucinda an. Wieder kauerte sie sich hinter die Sättel, um sie als eine Art Barriere zu benutzen, und lehnte sich mit dem Rücken an einen dicken Baum. Die Pistole hielt sie noch immer in der Hand, aber sie bezweifelte, dass sie sich dazu überwinden könnte, sie gegen den Wolf, der zufälligerweise auch der Mann war, den sie liebte, zu benutzen. Aber oft wusste man nicht einmal, wozu man fähig war, bis es darauf ankam. Sie hoffte nur, dass Jackson sie nicht zwingen würde, das herauszufinden.

Nachdem der Wolf sie gute zwanzig Minuten lang beobachtet hatte, kam Lucinda zu dem Schluss, dass das Tier sie keineswegs bedrohte, sondern sie bewachte. Sie hätte schwören können, dass seine Runden um das Lager, sein Innehalten, um zu lauschen, und sein Wittern das Verhalten eines Tieres war, das nicht die Absicht hatte anzugreifen, sondern zu bewachen, zu beschützen. Sie könnte sogar versuchen, ihre Vermutung zu beweisen. Wenn sie tapfer genug wäre, könnte sie aufstehen und auf den Wolf zugehen. Dann würde sie ja sehen, wie er reagierte. Aber falls er nicht so reagierte, wie sie hoffte, würden entweder sie oder Jackson diese Nacht nicht überleben.

Nein, sie würde das Schicksal lieber nicht herausfordern, beschloss sie, lehnte sich mit der Pistole in ihrer Hand wieder an den Baum und folgte mit ihren Augen dem Wolf bei seinen Runden um das Lager. Sie beobachtete ihn und wartete und hoffte, dass sie nicht vor die Wahl gestellt werden würde, ihr Leben zu retten und Jacksons zu beenden.

29. Kapitel

Jackson beobachtete die schlafende Lucinda. Im Grunde konnte er froh darüber sein, gestern Nacht schon nackt gewesen zu sein, als die Verwandlung stattgefunden hatte, denn sonst hätte er heute Morgen nichts mehr anzuziehen gehabt. Er war allerdings weitaus froher, dass Lucinda noch lebte und scheinbar wohlbehalten war. Sie schlief an einen Baum gelehnt und hielt die Pistole locker in der Hand.

Als er heute Morgen als Mensch erwacht war, hatte er, zusammengerollt und fröstelnd in der morgendlichen Kälte, nicht weit von ihr auf dem Boden gelegen. Wie er sofort bemerkt hatte, waren die Pferde verschwunden. Er würde sich so bald wie möglich auf die Suche nach ihnen machen müssen. Sein Magen knurrte, was ihn daran erinnerte, dass er auch auf die Jagd gehen musste. Sie brauchten Fleisch. Der Fluch hatte ihn jetzt wieder in seiner Gewalt. Lucinda war bei ihm nicht sicher. Auch wenn er sie hier zurückließe, wäre sie nicht sicher. Nicht einmal, wenn er sie über die Straße nach London zurückschicken würde, wäre sie sicher.

Wenn sie sich beeilten, würden sie es vielleicht noch vor Einbruch der Nacht bis Whit Hurch schaffen. Vielleicht könnte sie dort bei einer Freundin bleiben, bis er mit Lord Cantley fertig war. Dann wäre sie sowohl vor ihm als auch vor diesem Schurken sicher. Wenn sie erwachte, würde er mit ihr darüber reden. Um ihr vorher jedoch noch etwas mehr Schlaf zu gönnen, versuchte er, ihr möglichst vorsichtig die Pistole aus der Hand zu nehmen, da er diese zum Jagen brauchte. Aber Lucinda erwachte so urplötzlich, dass sie ihn erschreckte. Sie riss die Waffe nach oben und zielte auf sein Gesicht.

Jackson zog seine Hände zurück. Einen Moment lang starrten sie sich an, bevor Lucinda die Pistole wieder sinken ließ und ihre Augen sich mit Tränen füllten.

»Ich hatte Angst«, flüsterte sie. »Angst, ich würde dich vielleicht erschießen müssen.«

Ihre Worte waren nur eine weitere Erinnerung daran, dass das Leben, welches er ihr bieten konnte, gar kein Leben war. Nicht, solange der Fluch ihn noch beherrschte. Er hatte gedacht, er könnte ihr alles geben, was sie verdiente, aber sie verdiente mehr als *das* – Furcht vor ihm und Furcht vor dem, was sie vielleicht zu tun gezwungen wäre, um sich zu beschützen. Er konnte jetzt verstehen, warum sein Vater sich das Leben genommen hatte. Jackson verspürte die gleiche Furcht, die seinen Vater einst beherrscht haben musste. Die Furcht, jemandem etwas anzutun, den er mehr liebte als sein eigenes Leben.

»Es tut mir leid«, sagte Jackson. »Es war unverantwortlich von mir, was ich dir alles zugemutet habe. Ich hätte dir nie erlauben dürfen mitzukommen. Ich hätte mir einen anderen Plan ausdenken müssen. Meinetwegen bist du in Gefahr, und nicht nur wegen Lord Cantley, sondern auch wegen mir.«

Lucindas Augen, die voller Tränen standen, wurden weicher. Sie streckte die Hand aus und berührte seine Wange. »Du hast mir nichts getan«, sagte sie. »Im Grunde sah es für mich sogar so aus, als wolltest du mich nur beschützen. Erinnerst du dich noch daran?«

Er schüttelte den Kopf. »Nein.«

»Ich glaube nicht, dass du mir etwas antun würdest, nicht einmal, solange du von dem Tier beherrscht wirst. Ich glaube, irgendwie spürt es, wer ich bin.«

»Aber das wissen wir nicht mit Sicherheit«, erwiderte er grimmig. Er hasste es, sie in eine solche Lage gebracht zu haben, hasste mehr denn je den Fluch, der auf ihm lastete. »Du darfst mir nie vertrauen, solange ich in Wolfsgestalt bin. Das musst du mir versprechen.«

Für einen Moment kaute sie an ihrer Unterlippe. »Vielleicht bist ja du es, der sich selbst vertrauen muss, Jackson. In der einen oder anderen Gestalt.«

Er lachte nur, statt etwas zu erwidern, aber es war kein Lachen, das von Herzen kam. »Man kann mir schon als Mann kaum trauen, und als Tier, das von keinem menschlichen Verstand geleitet wird, schon gar nicht. Hast du vergessen, wer ich bin, Lucinda? Hast du vergessen, mit welcher Art von Mann du vor den Traualtar getreten bist?«

Ihre Augen waren noch immer feucht und blickten weich zu ihm auf. »Du bist nicht länger dieser Mann, Jackson. Warum musst du dich selbst für einen Fluch bestrafen, an dem du keine Schuld trägst? Für Sünden, die inzwischen der Vergangenheit angehören? Du musst dir selbst verzeihen, Jackson. Erst wenn du das schaffst, kannst du wachsen und dich entfalten und alles werden, was du sein kannst.«

Sie war eine kluge Frau, aber sein Selbsthass war schon so lange ein Teil von ihm gewesen, dass es nicht leicht war, ihn so einfach aufzugeben. Lucinda zu lieben machte seine Sünden nur noch offensichtlicher und eklatanter. Sie erneuerte alles, aber andererseits ließ sie seine Vergangenheit auch irgendwie noch hässlicher erscheinen. Er würde nie wieder unbefleckt sein können. Lucinda war keine Jungfrau mehr gewesen, aber sie war trotzdem noch unbefleckt gewesen. Was ihr zugestoßen war, war nicht ihre Schuld. Er dagegen war freiwillig, ja, sogar mit Freuden in Verdorbenheit und Lasterhaftigkeit verfallen. Wie oft hatte er sogar mit mehr als einer Frau zu selben Zeit und in demselben Bett geschlafen!

Sein Gesicht und seine Gestalt machten zu einer Farce, was unter seiner Haut lauerte. Was er so angestrengt hinter einer charmanten Maske zu verbergen suchte. Die Bestie hielt sich in ihm versteckt, und er hatte geglaubt, nichts, was er noch werden könnte, könnte schlimmer sein als das. Er hatte sich geirrt.

»Ich muss die Pferde suchen«, sagte er. »Und ich brauche die Pistole. Ich werde etwas für uns erlegen. Es wird ein langer Ritt bis nach Whit Hurch, und wir brauchen etwas Nahrhafteres als nur Brot und Käse.«

Lucinda gab ihm die Pistole, und er erhob sich und steckte sie unter den Bund seiner groben Hose. »Zünde ein kleines Lagerfeuer an. Ich komme bald mit Fleisch zurück.«

☆ ☆ ☆

Lucinda sah ihn gehen. Als sie aufzustehen versuchte, protestierten ihre müden Muskeln. Die ganze Nacht im Sitzen zu verbringen, und das auch noch nach dem leidenschaftlichen Liebesakt mit Jackson, hatte sie steif und wund gemacht. Als Erstes ging sie zu dem Bach hinunter. Sie wollte sich waschen, so gut es ging, bevor sie ein Feuer anzündete. Das Wasser war kalt und sehr belebend. Nach einem kurzen Bad sammelte sie Brennholz für das Feuer, während ihre Gedanken mit Erinnerungen an die Nacht zuvor beschäftigt waren. Mit guten und mit schlechten.

Sie vermied es allerdings, darüber nachzudenken, dass Jackson sich nicht aus ihr zurückgezogen hatte, um sie vor einer Schwangerschaft zu schützen. Es hatte keinen Sinn, sich zusätzliche Sorgen zu machen, da sie doch beide auch schon so mehr als genug hatten. Vielleicht war es nur das helle Tageslicht, was sie so mutig machte, aber Lucinda glaubte, sich darauf verlassen zu können, dass Jackson ihr nichts antun würde, wenn er in Wolfsgestalt war. Sie war überzeugt, dass Mann und Tier auf irgendeiner Ebene noch miteinander verbunden waren, wenn die Verwandlung eintrat.

Sie würde später mit ihm darüber reden. Ihre Zeit war abgelaufen, und jetzt mussten sie tun, was sie konnten, um den bevorstehenden Konflikt zu überleben. Als sie genügend Holz gesammelt hatte, ging sie ins Lager zurück und begann mithilfe der mitgebrachten Feuersteine ein kleines Feuer zu entzünden. In der Ferne hörte sie Schüsse. Das musste Jackson sein, der auf der Jagd war. Zumindest hoffte sie das. Nachdem sie genügend kleine Äste über dem Feuer aufgeschichtet hatte, nahm sie ihre Wasserhäute und ging mit ihnen zum Fluss, um sie zu füllen.

Nach ihrer Rückkehr ins Lager benutzte sie einen dicht benadelten Fichtenzweig, um ihr Haar zu glätten, strich es zurück und band es mit einem abgerissenen Streifen Spitze von ihrem Unterhemd zusammen. Nun konnte sie nichts anderes mehr tun als warten. Sie vermisste Sebastian, und allein der Gedanke, ihn vielleicht nie wiederzusehen, brach ihr das Herz und trieb ihr Tränen in die Augen. Sie hoffte und betete, dass Hawkins ihren Sohn wohlbehalten aus London fortgebracht hatte.

Ein Pferd wieherte leise, und als Lucinda sich umdrehte, sah sie Jackson mit den beiden Pferden an den Zügeln und einem schon abgehäuteten Kaninchen in der Hand auf das Lager zukommen. Er sah aus wie ein junger Bauer, der von den Feldern oder einem Tag auf der Jagd nach Hause kam. Lucinda lächelte trotz ihrer bedrängten Lage. Und irgendwie wurde ihr in diesem Augenblick auch klar, dass es gar nicht mal so sehr ihr altes Leben war, was sie hasste, sondern eigentlich mehr die Tatsache, dass sie allein gewesen war. Eine Ausgestoßene. Wie anders hätte ihr Leben sein können, wenn sie als jemand oder etwas anderes, als sie war, zur Welt gekommen wäre. Und wie anders wäre auch Jacksons Leben gewesen, wenn nicht dieser Familienfluch auf ihm gelastet hätte.

Lucinda erhob sich und ging ihm entgegen, um ihm das Kaninchen abzunehmen, da sie schon einen Spieß vorbereitet hatte, um das versprochene Fleisch daran zu braten. Jackson versorgte die Pferde, während sie das Fleisch über dem Feuer röstete. Schon bald knurrte ihr der Magen von dem köstlichen Geruch.

»Hm, das riecht verlockend.« Jackson setzte sich auf einen langen Stamm, den sie an das Feuer herangezogen hatte.

»Es ist gleich gar«, sagte sie, als sie den Spieß noch einmal umdrehte. »Ich wusste gar nicht, dass du ein Jäger bist.«

Er zuckte mit den Schultern. »Alle Männer der höheren Gesellschaft lernen das Jagen, wenn auch für gewöhnlich nur als Sport. Zufällig bin ich sogar ein exzellenter Schütze, wahrscheinlich wegen meines ungewöhnlich guten Sehvermögens. Wir Wulfs haben da einen großen Vorteil.«

»Du hast nicht nur einen, sondern sogar sehr viele Vorteile«, meinte sie. »Würdest du deine Fähigkeiten auch als einen Fluch betrachten, wenn du denken könntest wie ein Mensch, während dich das Tier beherrscht?«

Jackson legte seine Arme auf die Knie und beugte sich ein wenig vor. »Wahrscheinlich nicht. Außer der Tatsache natürlich, dass ich vom Mond abhänge. Ich würde mein Leben nach dem Mond ausrichten müssen, aber dann wiederum wäre das vielleicht gar nicht mal so schlimm, wenn ich meinen eigenen Verstand benutzen könnte, während ich als Wolf umherstreife.«

Lucinda nahm den Spieß vom Feuer, damit das gebratene Kaninchen ein bisschen abkühlen konnte, bevor sie es aßen. Dann wischte sie sich die Hände an ihrem abgetragenen Kleid ab und setzte sich wieder zu Jackson auf den Baumstamm.

»Ich habe darüber nachgedacht, während du fort warst. Ich glaube, ihr beide seid noch immer irgendwie miteinander verbunden, selbst wenn der Wolf deine Gestalt bestimmt. Bist du sicher, dass du dich an gar nichts mehr erinnerst aus den Nächten, in denen du als Wolf herumgelaufen bist?«

Er saß eine ganze Weile schweigend da, als überlegte er. »Das Geißblatt«, sagte er schließlich.

»Was?«

Er wandte sich ihr zu. »Ich erinnere mich, dass ich gestern Nacht den Gedanken *Geißblatt* hatte. Und ich erinnere mich auch an den Klang von deiner Stimme.«

Lucindas Herz schlug schneller, und sie berührte Jacksons Hand. »Du hast mich gewittert. Du hast den Duft von meinem Haar gerochen. Du wusstest, dass ich es war, Jackson. Ich bin mir dessen völlig sicher.«

»Ich wünschte, ich könnte mir genauso sicher sein«, sagte er. »Es ist ein gefährliches Spiel, das wir mit Lord Cantley treiben. Wenn wir das Dorf erreichen, will ich, dass du bei irgendwelchen Freunden Zuflucht suchst. Und dort wirst du auch bleiben, bis ich komme und dich abhole. Und sollte ich nicht kommen ...«

Sie legte einen Finger an seine Lippen. »Natürlich wirst du kommen. Ich vertraue dir und verlasse mich auf dich.«

Was sie ihm nicht sagte, war, dass sie keine Freunde unter den Dorfbewohnern hatte, bei denen sie Zuflucht hätte suchen können. Es war besser, wenn er glaubte, sie sei in Sicherheit und aus dem Weg. Lucinda war ohnehin nicht der Typ, der sich abseits halten und darauf warten konnte, etwas über den Ausgang des Geschehens und die daraus resultierenden Folgen für ihr Leben und das seine zu erfahren. Vielleicht war das der Grund, warum sie nie versucht hatte, zu weit in ihre Zukunft zu schauen. Weil sie glaubte, dass die Zukunft sich noch ändern ließ. Dass es Wege gab, die zu anderen Resultaten führten.

»Du musst versuchen, dich zu erinnern, was du letzte Nacht gedacht hast. Dass du dich überhaupt noch an irgendetwas aus den Stunden erinnern kannst, in denen du der Wolf warst, ist schon mal ein gutes Zeichen.«

Nachdem das Fleisch ein wenig abgekühlt war, riss sie ein Stück ab und gab es Jackson, bevor sie das restliche Brot und den Käse aus dem Vorratsbeutel nahm. Sie aßen schweigend, wahrscheinlich, weil Jackson tat, was sie ihm geraten hatte, und versuchte, sich mehr als nur den Duft von Geißblatt und den Klang ihrer Stimme in Erinnerung zu rufen. Einen Moment darauf erstickte sie beinahe an ihrem Essen, weil ihr ganz plötzlich wieder einfiel, was sie zu Jackson gesagt hatte, während er in Wolfsgestalt gewesen war. Was sie ihm gestanden hatte. Sie hatte ihm gesagt, sie habe sich in ihn verliebt. Und wenn er sich nun auch *daran* erinnerte?

30. Kapitel

Vor Einbruch der Nacht erreichten sie die Wälder um Whit Hurch. Jackson hatte sie gnadenlos vorangetrieben, aber er wollte Lucinda irgendwo sicher untergebracht haben, bevor die Verwandlung heute Nacht wieder vonstatten gehen würde. Während des Ritts hatte er gründlich über Lucindas Worte nachgedacht. Wenn er lernen könnte, auch in Gestalt des Wolfes seine Gedanken zu beherrschen, könnte er vielleicht auch lernen, mit dem Fluch zu leben. Und wenn er in der Lage wäre, seine Gedanken zu beherrschen, könnten seine Brüder wahrscheinlich auch lernen, dies zu tun.

Es war zwar nicht so gut, wie den Fluch tatsächlich voll und ganz zu brechen, aber es war zumindest schon ein erster Schritt. Jackson konnte Lucinda nicht in das Dorf begleiten, da die Dörfler sich bestimmt an ihn erinnern würden, und deshalb hatte er beschlossen, sie nur bis zu den Randbezirken von Whit Hurch zu bringen. Und er hatte auch schon darüber nachgedacht, wie er am besten bei Lord Cantley vorgehen sollte.

Obwohl Jacksons erster Impuls gewesen war, den Mann ganz einfach umzubringen, weil er es gewagt hatte, Lucinda anzufassen und Sebastian zu bedrohen, wollte er nun doch zuerst versuchen, mit Cantley zu reden. Denn falls der Graf verstand, dass Jackson den Jungen als seinen eigenen Sohn aufziehen würde und niemand je etwas über seine Herkunft zu erfahren brauchte, würde er sie alle vielleicht in Ruhe lassen. Es war einen Versuch wert, auch wenn Jackson in seinem tiefsten Inneren dem Mann am liebsten den Hals umgedreht hätte, weil er Lucinda missbraucht hatte.

»Weiter solltest du nicht reiten, Jackson. Das Dorf liegt gleich da drüben hinter der Kurve in der Straße.«

Jackson zügelte sein Pferd, und Lucinda hielt gleich neben ihm. »Wirst du allein zurechtkommen in dem Dorf? Hast du Freunde, die dich verstecken werden?«

Sie wandte den Blick von ihm ab. »Natürlich«, antwortete sie. »Ich bin dort aufgewachsen und habe mein ganzes Leben mit meiner Mutter dort verbracht, bis sie verstarb.«

»Das Jagdhaus, von dem du sprachst – wo finde ich das?«

Lucinda zeigte in Richtung Osten. »Reite weiter durch den Wald in dieser Richtung, dann wirst du darauf stoßen. Wenn Lord Cantley dort ist, wirst du schon von weitem den Rauch des Feuers riechen. Sei vorsichtig.«

Jackson sah sie an, aber sie starrte immer noch in die Ferne, als könne sie so vor ihm verbergen, dass ihre Augen feucht geworden waren. Wie sehr er sie doch liebte. Vielleicht sollte er es ihr sagen, solange er es noch konnte, für den Fall, dass er nie wieder Gelegenheit dazu bekommen sollte ...

»Lucinda«, begann er.

»Keine Abschiedsworte bitte«, unterbrach sie ihn. »Ich will nicht glauben, dass ich dich vielleicht nie wiedersehen werde.«

»Kannst du einen Blick in meine Zukunft tun?«, fragte er.

Sie wandte sich ihm wieder zu. »Das will ich nicht. Weder in die deine noch die meine. Ich bin der festen Überzeugung, dass wir alle unsere Zukunft selbst gestalten«, sagte sie und stieß ihrem Pferd die Knie in die Flanken.

Mit einem beklommenen Gefühl im Magen sah Jackson ihr nach. Sie davonreiten zu sehen war, wie hilflos zusehen zu müssen, wie sie ihn verließ. Würde sie das tun, wenn diese Sache hier erledigt war? Würde sie ihn ein für alle Mal verlassen? »Komm übermorgen Abend wieder hierher, um mich zu treffen«, rief er ihr nach. »Ich kann nicht in das Dorf kommen, um dich zu suchen.«

Er sah ihr zustimmendes Nicken und beobachtete sie, bis sie um die Biegung der Straße verschwunden war. Wenigstens würde er sich nicht um sie sorgen müssen, wenn sie sich in einem sicheren Versteck im Dorf befand, während er die Sache mit Lord Cantley regelte. Jackson seufzte, als er die Straße überquerte, wieder zwischen den Bäumen untertauchte und sich in Richtung Osten wandte.

Lucinda wartete, bis Jackson im Wald verschwunden war, bevor sie unmittelbar nach der Straßenbiegung auf die andere Seite hinüberritt. Das Dorf lag eigentlich noch etwas weiter vorn, aber sie musste an einer Stelle mit guter Aussicht warten, wo Jackson nicht sehen konnte, dass sie ihm folgte. Die Biegung in der Straße war dazu geradezu perfekt geeignet. Er hätte tausend Einwände vorgebracht, wenn sie darauf bestanden hätte, ihn zu begleiten – und sie hätte ihm gestehen müssen, dass sie in Whit Hurch keine Freunde hatte. Dass sie ihr Leben lang eine Ausgestoßene unter diesen Menschen gewesen war.

Der Kampf, den Jackson führte, war für sie und für Sebastian. Sie konnte ihn nicht allein lassen, auch wenn sie nicht wusste, was sie tun könnte, um ihm zu helfen. Während sie sich vorsichtig durch den Wald voranbewegte, immer sorgfältig darauf bedacht, genügend Abstand zwischen sich und Jackson zu bewahren, damit er sie nicht entdeckte, ging sie in Gedanken die vielen Zaubersprüche durch, die sie kannte. Es musste einen Weg geben, wie sie Jackson helfen konnte, sich seine menschlichen Gedanken zu bewahren, während er sich in der Gestalt des Wolfes befand.

Zwei Zeilen des mit dem Fluch verbundenen Gedichtes kamen ihr wieder in den Sinn: *Ich fand keinen Weg, den Fluch zu brechen, keinen Trank, keinen Spruch und keine Tat.* Was dann? Es musste einen Weg geben. Wenn sie doch nur das Geheimnis lüften könnte, um den Fluch zu brechen. Dann hätte sie ihre

Abmachung erfüllt. Sie liebte Jackson so sehr, und er hatte so viel für sie geopfert. Es musste einen Weg geben. Und sie würde ihn finden.

Als sie zu den Bäumen aufschaute, sah sie, dass es bereits sehr schnell dunkel wurde, und lenkte ihr Pferd auf die kleine Bauernkate zu, in der sie einmal monatelang gelebt hatte. Zu dem Häuschen, in dem sie Jackson Wulf zum ersten Mal begegnet war und in dem ihr Sohn zur Welt gekommen war. Die Dorfbewohner hatten es in jener Nacht in Brand gesteckt, aber vielleicht war ein Teil davon noch unversehrt genug geblieben, um ihr zumindest für die Dauer einer Nacht einen Unterschlupf zu bieten. Aber schon von weitem war der Brandgeruch wahrzunehmen, und Lucinda fand das kleine Haus genau so vor, wie sie es sich bereits gedacht hatte – in Schutt und Asche und vollständig verbrannt.

Wie mochte es Jackson, selbst wenn er in Wolfsgestalt gewesen war, gelungen sein, dem Feuer zu entkommen? Lucinda stieg von ihrem Pferd und band es an einen Baum ganz in der Nähe. Ihre Beine waren steif, da sie fast den ganzen Tag im Sattel gesessen hatte, und sie endlich wieder zu bewegen war schmerzhaft, wenn auch sehr wohltuend. Das kleine Haus war heute kaum mehr als ein Haufen Asche und ein paar herumliegende Balken. Hier würde sie ganz sicher keinen Unterschlupf finden. Sie wollte sich schon abwenden, als ihr gleich neben der Stelle, wo sich einmal eine Wand befunden hatte, ein Loch im Boden auffiel. Auf der einen Seite war es so mit Trümmern zugedeckt, dass es ein hervorragendes Versteck abgeben würde. Und während sie die kleine Mulde in der Erde noch betrachtete, wurde ihr plötzlich klar, wie Jackson aus dem Haus entkommen war. Er hatte sich – als Wolf natürlich – unter der Wand hindurchgegraben.

Weil sie Jackson alle Vorräte mitgegeben hatte, da er sämtlichen Proviant benötigte, den sie hatten, und irrtümlicherweise angenommen hatte, dass ihre Freunde ihr zu essen geben würden, blieb ihr wenig anderes zu tun, als sich zum Schlafen hinzulegen. Lucinda ging zu ihrem Pferd zurück, um es abzusatteln, und band es dann an einer Stelle an, wo das Gras noch grün und nicht versengt war. Mit ihrer Decke kroch sie in das Loch unter den Balken. Dort war nicht viel Platz, aber der Boden war noch warm vom Sonnenschein, und als sie sich in ihre Decke kuschelte, schlief sie schon nach wenigen Augenblicken ein.

Irgendetwas schreckte Lucinda nicht lange danach auf. Für einen Moment bekam sie Platzangst in dem engen Loch und geriet in Panik, weil sie sich wie lebendig begraben vorkam. Sie begann aus dem Loch herauszukriechen, aber der Anblick von zwei glühenden Augen in der Finsternis über ihr ließ sie jäh verharren. Ein leises Knurren ertönte in der Dunkelheit.

»Jackson«, sagte sie leise. »Jackson, ich bin es – Lucinda. Du musst mir zuhören und verstehen, was ich dir sage. Du musst dich an meine Worte erinnern, wenn du morgen wieder ein Mensch bist.« Da der Wolf aufgehört hatte zu knurren, als er ihre Stimme hörte, fügte sie sicherheitshalber noch hinzu: »Und du darfst mir auch nicht böse sein.«

Der Wolf knurrte zwar nicht mehr, aber er ging auch nicht. Lucinda wusste nicht, ob sie aus dem Loch herauskriechen sollte oder nicht. Der Wolf schien zu wollen, dass sie blieb, wo sie war, und sie beschloss, die Gelegenheit zu nutzen und Jackson zu helfen, sich sein menschliches Denkvermögen zu erhalten. Sie hätte es zwar vorgezogen, einen magischen Kreis zu ziehen, Kerzen anzuzünden und den vier Himmelsrichtungen zu huldigen, aber da das leider unmöglich war, schloss sie die Augen und bediente sich des einzigen Mittels, das sie hatte, nämlich ihrer Stimme.

»Hört, was ich zu sagen habe, Mensch und Wolf. Da ihr eins seid, werden euer Verstand, eure Seelen und eure Herzen sich miteinander verbinden. Der Mensch ist der Klügere; lasst seine Gedanken regieren. Der Wolf ist der Stärkere; lasst ihn nur zum Werkzeug werden. Der Mond wird euch nicht länger in seinen Bann ziehen. Denn von heute Nacht an werden Mensch und Tier zusammenleben, in Harmonie und ohne sie entzweiende Konflikte. Der Fluch ist kein Fluch mehr, sondern ein gegenseitiges Geschenk. Lasst es so geschehen, denn ich befehle es im Namen der Alten. Im Namen meiner Mutter, deren Magie so stark ist, und im Namen meiner selbst, deren Magie nur Gutem dienen kann. In meinem Herzen wünsche ich es mir. Meiner Liebe wegen befehle ich, dass es so sei.«

Langsam öffnete Lucinda wieder die Augen und blickte zu dem Wolf auf. »Und nun geh«, sagte sie. »Sieh dir gut an, was du sehen wirst, und erinnere dich morgen früh daran.«

Das Tier blinzelte ein paarmal; dann war es Sekunden später tatsächlich verschwunden. Erschöpft von der langen Reise und der enormen Energie, die es sie gekostet hatte, den Zauberspruch zu verhängen, zog Lucinda ihre Decke um sich und versuchte, noch einmal einzuschlafen. Morgen früh würde sie erfahren, ob ihr Zauber seine Wirkung getan hatte.

Jackson erwachte nackt und fröstelnd. Das war etwas, woran er mittlerweile eigentlich gewöhnt sein hätte müssen, aber er war stets für kurze Zeit völlig desorientiert, wenn er nach einer Nacht erwachte, die er in Wolfsgestalt verbracht hatte. Er richtete sich auf und versuchte, sich zurechtzufinden. Und da bestürmten ihn mit einem Mal Erinnerungen, und die Bilder, die ihm durch den Kopf schossen, brachten ihn dermaßen ins Schwanken, dass er sich mit beiden Händen an einem Baum festhalten musste. In einem Wirbel von verschwommenen Formen und Geräuschen zog die vergangene Nacht an ihm vorbei. Da war plötzlich wieder das faszinierende Gefühl, auf vier Beinen durch den Wald laufen zu können und eines nie zuvor gekannten Einsseins mit der Welt und der Natur.

Sein Herz schlug höher, und zum ersten Mal begann er zu verstehen, dass ein Fluch auch etwas Gutes haben konnte. *Er erinnerte sich*. Großer Gott im Himmel, er erinnerte sich an die Nacht! Sein erster Impuls war, zu Lucinda zu laufen und es ihr zu erzählen. Aber dann fiel ihm ein, dass sie ja in dem Dorf war, und plötzlich sah er sie wieder vor sich, wie sie in dem Loch in der Erde gekauert und mit ihm gesprochen hatte.

Jackson straffte sich abrupt. Hatte er sich nur eingebildet, sie zu sehen und zu hören? Er schloss die Augen und konzentrierte sich. Als er sie kurz darauf wieder öffnete, machte er ein grimmiges Gesicht. »Ich soll dir nicht böse sein? Ha!«, knurrte er. Nachdem er sich kurz umgesehen hatte, wusste er wieder, wo er sich befand und wo er sein Pferd, sein Gepäck und seine Kleider zurückgelassen hatte. Und er wusste auch, wo Lucinda sich versteckte.

Kurz darauf fand er sein Pferd. Nachdem er sich schnell angezogen hatte, steckte er die Pistole in seinen Hosenbund, sattelte sein Pferd und schnallte sein Gepäck am Sattel fest. Dann machte er sich in die Richtung auf, in der er das niedergebrannte Bauernhaus vermutete.

Er brauchte länger, als er gedacht hatte, um die Überreste der Bauernkate zu finden. Alles war still, als er heranritt. Irgendetwas stimmte hier nicht, spürte er sofort. Als er sich umsah, konnte er auch nirgendwo Lucindas Pferd entdecken.

Jackson saß ab und ging zu der Stelle, an der sie sich versteckt hatte, soweit er sich erinnerte. Das Loch in der Erde war leer, aber es war kein Traum gewesen, dass er sie dort gesehen hatte, denn der Duft nach Geißblatt hing noch immer in der Luft. War sie zur Vernunft gekommen und ins Dorf geritten, wie er ihr gestern befohlen hatte? So gut, wie er sie mittlerweile kannte, glaubte er das eigentlich nicht. Sie war sehr eigensinnig. Als er zufällig den Blick senkte, gefror ihm das Blut in seinen Adern. Der Boden war übersät mit Fußspuren, und nicht nur mit Lucindas kleinen. Es waren auch klar und deutlich zwei Paar größere auszumachen …

Lucinda war entführt worden.

31. Kapitel

»Ich frage dich noch einmal höflich; danach werde ich nicht mehr so nett sein. Wo ist das Kind, Hexe?«

Lucinda stand zitternd in dem großen Wohnraum von Lord Cantleys Jagdhaus. Nachdem man sie grob aus dem Schlaf gerissen und aus ihrem Erdloch herausgezerrt hatte, war sie zu dem Jagdhaus gebracht worden. Das Pferd, dachte sie jetzt. Sie hätte das Pferd nicht draußen grasen lassen dürfen. Zwei von Lord Cantleys Schergen hatten offenbar das Tier entdeckt und zwischen den Trümmern herumgeschnüffelt, wo sie die schlafende Lucinda gefunden hatten. Sie hatten Lucinda völlig überrascht.

»Das werde ich Euch nie verraten«, antwortete sie schließlich. »Ihr könnt mich foltern und mich töten, aber aus meinem Munde werdet Ihr nie erfahren, wo der Junge ist.«

Der Graf seufzte. »Das dachte ich mir schon«, erwiderte er knapp. »Was ist mit den Männern passiert, die ich in London angeheuert hatte, um dich und das Kind hierher zu bringen?«

Lucinda senkte ihren Blick. »Sie sind tot«, sagte sie leise. »Alle.«

Wieder seufzte Cantley. »Na ja, das erspart mir Geld, und mein Ziel habe ich zumindest teilweise auch so erreicht. Immerhin habe ich dich.«

Sie wusste, dass zwei Männer den Vordereingang des Jagdhauses bewachten, und vermutete, dass ein weiterer an irgendeinem Hinterausgang postiert war. Sie saß in der Falle.

»Du bist schön.«

Erstaunt über seine sanften Worte, blickte Lucinda zu ihm auf. Er könnte als gut aussehender Mann durchgehen, dachte sie, wenn seine Züge nicht so grausam, kalt und gefühllos wären.

Und sein Herz so finster wie die Hölle, denn ein Mann, der einem unschuldigen kleinen Kind etwas antun würde, konnte gar nichts anderes als ein Teufel sein.

»Ich habe oft an dich gedacht seit jener Nacht, in der ich dich zum ersten Mal hatte, Hexe. Und was ich dachte, war, dass ich dich wieder haben will.«

»Versucht es, und ich verspreche Euch, dass Ihr mich nicht noch einmal so gefügig finden werdet«, warnte sie ihn. »Nur ein elender Feigling betäubt eine Frau, um sie dann zu missbrauchen.«

Er zuckte mit den Schultern und trat einen Schritt näher. »Ich sah eine Gelegenheit, etwas zu bekommen, was ich wollte. Und nahm es mir. Wie es jeder Mann von meinem Stand getan hätte.«

»Wagt es nicht, allen anderen Männern Eures Standes Eure eigenen schändlichen Eigenschaften anzudichten! Es gibt auch anständige und gute Menschen in Eurer Gesellschaftsklasse. Ich dachte früher auch einmal, sie müssten alle so wie Ihr sein, aber ich hatte mich geirrt.«

»Euer Ehemann ist keineswegs wie ich«, erklärte Cantley. »Er gilt nicht einmal als Adliger, obwohl seine Familie reich ist. Er ist ebenso sehr ein Ausgestoßener wie du, daher überrascht es mich auch nicht, dass du so für ihn in die Bresche springst.«

»Seine Herkunft ist mir einerlei«, sagte sie. »Ein Mann sollte nach seinen Taten und seinem Herz und nicht nach seinem Blut beurteilt werden. Eure Taten und Euer Herz sind schwarz und böse. Mein Sohn wird Euch in keinster Weise ähnlich werden.«

»Dein Sohn wird tot sein, sobald ich weiß, wo er sich aufhält, und ich *werde* es wissen, Lucinda. Es ist nur noch eine Frage der Zeit.«

Wut stieg in ihr auf. »Vorher bringe ich Euch um!«, schwor sie.

Lord Cantley trat noch näher. »Siehst du, und genau deswegen kann ich auch dich nicht am Leben lassen«, sagte er. »Obwohl ich dich ganz gern noch eine Weile behalten würde, um mich mit dir zu amüsieren, wird dies hier unser letztes Stelldichein sein.«

Lucinda bemerkte, dass er sich ihr immer mehr näherte, und ihr war auch keineswegs entgangen, dass er die Absicht hatte, sie aufs Neue zu missbrauchen. Aber sie würde eher sterben, als sich noch einmal von ihm anfassen zu lassen. Sie krümmte ihre Finger, und ohne abzuwarten, bis er ihr noch näher kam, stürzte sie sich auf ihn und zog ihm ihre Nägel über das Gesicht, bevor er reagieren konnte. Aber dann schoss seine Hand vor, und er schlug sie so heftig ins Gesicht, dass sie von der Wucht des Schlags zurücktaumelte.

Auch Cantley griff sich ans Gesicht, zog die Hand wieder zurück und betrachtete das Blut an seinen Fingern. »Genau das wollte ich in jener Nacht vermeiden, als ich dich mit deinem eigenen Schlafmittel betäubte. Doch seltsamerweise merke ich jetzt plötzlich, dass dein Widerstand mich sogar stimuliert.«

»Wenn Ihr mich töten wollt, dann tut es jetzt. Ich werde nämlich nicht zulassen, dass Ihr mich noch einmal berührt.« Ihre Wange brannte, wo er sie geschlagen hatte, und sie musste blinzeln, um die Tränen hinter ihren Lidern zu verdrängen, aber sie dachte nicht einmal daran, sich ihm zu beugen. »Lieber sterbe ich, als das noch einmal zu ertragen.«

»Ja«, sagte er, »das glaube ich dir sogar. Aber darüber entscheide ich. Wie ich schon sagte, alles zu seiner Zeit.« Er benutzte ihre eigene Taktik, indem er plötzlich vorstürzte und seine Arme um sie warf.

Lucinda merkte, dass sie sich nicht mehr rühren konnte, da er sie mit beiden Armen fest an seinen Körper presste. Als er versuchte, sie zu küssen, presste sie die Lippen zusammen und trat ihm auf den Fuß. Cantley fluchte, lockerte aber nicht seinen Griff um sie.

»Du Füchsin«, stieß er hervor. »Du zwingst mich, grob zu dir zu sein. Vergiss nicht, dass du dir das selber zuzuschreiben hast.«

»Ihr lasst mir ja keine andere Wahl«, versetzte sie und versuchte verzweifelt, sich aus seiner Umklammerung zu befreien.

»Aber natürlich tue ich das«, widersprach er, während er sie zu einer Chaiselongue hinüberzerrte und sie grob darauf warf. »Sag mir, wo das Kind ist, dann lasse ich dich vielleicht am Leben.«

»Niemals!«, fauchte sie.

Er stand vor ihr und starrte auf sie herab, und Lucinda wusste, dass er sich nun tatsächlich jeden Moment auf sie stürzen würde. Ihre Kraft war seiner nicht gewachsen. Sie konnte den Angriff vielleicht in die Länge ziehen, aber sie würde das Unvermeidliche nicht verhindern können. Ihr blieb keine Zeit, um einen schützenden Kreis um sich zu ziehen. Und sie hatte auch weder die Kerzen noch die nötigen Sakramente bei der Hand. Sie hätte ihn verflucht, wenn sie es gekonnt hätte, aber sie war nie in schwarzer Magie ausgebildet worden. Ihre Mutter hatte dafür gesorgt, dass sie ausschließlich die weiße Magie beherrschte.

Lucinda schloss die Augen und betete zu Gott um himmlisches Eingreifen. Sie kam Sekunden später schon in Form eines aufgeregten Pochens an der Eingangstür.

»Lord Cantley! Ihr habt einen Gast!«

Lucinda öffnete die Augen. Der Graf starrte noch immer mit finsterer Miene auf sie herab. »Herein!«, brüllte er.

Die Tür öffnete sich, und Jackson wurde hineingestoßen. Lucindas Herz begann wie wild zu pochen.

»Kommt einfach hermarschiert und sagt, er wolle Euch sprechen, Mylord«, sagte Cantleys Handlanger. »So ein dämlicher Idiot«, murmelte er lachend.

»Na, Ihr seid eine tapfere Seele – oder aber eine ausgesprochen dumme«, sagte Cantley.

»Ich würde Euch gern sprechen«, sagte Jackson, und sein Blick glitt zu Lucinda, registrierte ihr Aussehen, ihre Haltung auf der Chaiselongue und mit Sicherheit auch die Kratzer in Lord Cantleys Gesicht. Etwas Blaues flackerte vorübergehend in Jacksons Augen auf.

»Das kann ich mir vorstellen, dass Ihr das gern tun würdet«, sagte Cantley. »Aber ich bin nicht dumm genug, Euch eine solche Unterhaltung zu gewähren. Oder jedenfalls nicht, solange Ihr nicht gefesselt seid«, schloss er und nickte seinem Schergen zu.

Der Mann trat vor und warf von hinten die Arme um Jackson – worauf dieser ihm den Ellbogen in den Magen stieß, blitzschnell herumwirbelte und ihm einen so harten Schlag versetzte, dass der Mann gegen die Wand prallte.

»Wachen!«, brüllte Cantley.

Der andere Wachposten kam durch die Tür hereingestürmt; dann erschien ein zweiter Mann aus einem bogenförmigen Durchgang hinter Lucinda. Sie hatte Jackson schon gegen eine größere Überzahl antreten sehen, aber sie beschloss trotzdem zu handeln. Als sie sich nach etwas umsah, das ihr als Waffe dienen konnte, fiel ihr Blick auf einen eisernen Schürhaken neben dem Kamin. Sie rannte darauf zu, wurde aber brutal von Lord Cantleys Hand in ihrem Haar zurückgerissen.

»Oh nein, das tust du nicht, Hexe«, sagte er und stieß sie wieder auf die Chaiselongue zurück.

Lucinda sah, dass zwei der Wachen Jackson auf den Boden drückten, aber mit seiner überlegenen Kraft würde er dort bestimmt nicht lange bleiben. Sie hatte es kaum zu Ende gedacht, als die beiden Männer, die Jackson festzuhalten versuchten, auch schon buchstäblich durch das Zimmer flogen. Im Bruchteil von Sekunden war Jackson wieder auf den Beinen. Eine tödliche Bedrohung stand in seinen Augen, als er Lord Cantley ansah und sich dann langsam auf ihn zubewegte. Der Graf war klug genug, vor ihm zurückzuweichen.

»Ich habe versucht, mit Euch zu reden«, sagte Jackson mit gefährlich leiser Stimme. »Diese Möglichkeit besteht nicht mehr. Ihr werdet dafür sterben, dass Ihr sie wieder berührt habt!«

Lucinda hegte keinen Zweifel, dass Lord Cantley binnen weniger Momente sterben würde. Aber dann sah sie, wie sich einer der Wachposten hinter Jackson aufrappelte. Der Mann hielt eine Pistole in der Hand. Sie hörte ihren eigenen Aufschrei wie aus weiter Ferne, und alles schien mit einem Mal ganz unnatürlich langsam abzulaufen. Jackson begann sich umzudrehen, aber der Mann schlug ihm die Pistole über den Schädel. Blut strömte aus einer Platzwunde an Jacksons Schläfe. Mit ausgestreckten Händen, als wollte er ihn erwürgen, taumelte er auf Lord Cantley zu, aber dann brach er zusammen.

»Jackson!« Lucinda sprang auf, aber wieder streckte Lord Cantley eine Hand aus und stieß sie auf die Chaiselongue zurück.

»Fesselt ihn«, befahl der Graf. »Am liebsten würde ich ihn gleich jetzt töten lassen, aber vorher möchte ich sehen, ob er mir unter der Folter nicht doch die Information gibt, die ich brauche.« Mit diesen Worten ging Lord Cantley zum Kamin, in dem ein kleines Feuer brannte, hob den eisernen Schürhaken auf und legte ihn ins Feuer. Dann wandte er sich um und lächelte Lucinda an. »Danke, dass du mich auf diese Idee gebracht hast.«

Sie musste etwas tun! Lucinda sprang von der Chaiselongue auf und versuchte, Jackson zu erreichen. Aber Lord Cantley packte sie und zog sie zurück. Während er ihr die Arme hinter dem Rücken zusammenhielt, stand sie da und musste hilflos zusehen, wie Cantleys Schergen wieder zu sich kamen. Cantley befahl ihnen, einen Stuhl an den Kamin zu ziehen und Jackson daraufzusetzen. Eine der Wachen ging hinaus, um kurz darauf mit einem langen Seil zurückzukehren. Zusammen fesselten die drei Männer Jackson an den Stuhl.

»Holt einen Eimer kaltes Wasser«, verlangte Lord Cantley. »Wir werden ihn wieder zu sich bringen, damit ich mit der Befragung beginnen kann.« Er stieß Lucinda wieder auf die Chaiselongue zurück. »Und jetzt bleibst du da sitzen, sonst fessele ich dich auch.« Er ließ seine kalten blauen Augen über sie gleiten. »Mit dir befasse ich mich später.«

Die Wache kam mit dem Wasser, und auf Lord Cantleys Nicken hin schüttete der Mann es Jackson ins Gesicht. Jackson zuckte zusammen, schüttelte den Kopf und sah sich um. Lucinda wusste, dass er wieder bei vollem Bewusstsein war, als er an seinen Fesseln zu zerren begann.

»Ihr könnt jetzt gehen«, sagte Lord Cantley zu den Wachen. »Alles Weitere übernehme ich. Geht zurück auf eure Posten.«

Zwei der Wachen verließen das Haus durch den Vordereingang; der andere ging durch den bogenförmigen Gang zum Hintereingang. Lucinda rang die Hände. Sie hasste es, sich so machtlos zu fühlen. Jackson könnte jetzt wahrscheinlich den Wolf in sich hervorrufen, aber ihm einen solchen Rat zu geben könnte Lord Cantley dazu veranlassen, ihn auf der Stelle umzubringen. Als wüsste der Graf, woran sie dachte, drehte er sich um und sah sie an.

»Und misch dich ja nicht ein, du Hexe, oder ich bringe ihn um, bevor du einen deiner Zaubersprüche über ihn verhängen kannst.«

Dann wandte er sich wieder Jackson zu. »Ich werde Euch jetzt ein einziges Mal sehr höflich fragen: Wo ist das Kind?«

»Fahrt zur Hölle«, sagte Jackson.

»Ich dachte mir, dass Ihr das sagen würdet.« Lord Cantley

bückte sich, um den Schürhaken aus dem Feuer zu nehmen, und schwenkte ihn drohend vor Jacksons Gesicht. »Ihr seid nicht sein Vater. Der Junge ist nicht Euer eigen Fleisch und Blut. Sagt mir, wo er ist, dann gibt es keinen Grund, warum Ihr sterben solltet.«

Jackson starrte den Mann an. »Niemand braucht zu wissen, dass er nicht mein eigen Fleisch und Blut ist. Nicht einmal der Junge selbst. Ich nehme das Kind, das Ihr nicht wollt, als das meine an. Ich werde ihn wie mein eigenes Kind aufziehen. Er stellt keinerlei Bedrohung für euch dar.«

»Er hat mein Geburtsmal! Er wird immer eine Bedrohung für mich und die meinen sein. Wenn mein Cousin erfährt, dass ich einen Bastard in die Thronfolge gebracht habe, wird er mich und meine gesamte Blutlinie vernichten lassen. Er wird mir alles nehmen, was er mir einst so großzügig zuteil werden ließ, und das riskiere ich nicht für das illegitime Balg von einer Hexe!« Er hielt den Schürhaken noch näher an Jacksons Gesicht. »Versteht Ihr das?«

»Ich werde Euch nicht sagen, wo der Junge ist«, wiederholte Jackson.

Lord Cantley seufzte, ließ den Schürhaken sinken und legte das Eisen wieder ins Feuer. Lucinda atmete erleichtert auf. Aber dann drehte der Graf sich um und kam zu ihr.

»Nicht einmal für sie?«

Sie versuchte, vor ihm wegzurutschen.

»Lasst sie in Ruhe!«, knurrte Jackson.

Lord Cantley streckte die Hand aus und griff nach einer langen Strähne von Lucindas Haar. »Ihr könnt ihr noch andere Kinder machen«, sagte er mit einem Blick über die Schulter zu Jackson. »Gebt mir nur das eine, und ich werde Euch nicht zwingen zuzusehen, wie ich sie hier direkt vor Euren Augen nehmen werde.«

Jackson warf sich wieder gegen seine Fesseln. Er war stark, aber das Seil war dick. Seine Augen hatten zu glühen begonnen.

Lucinda wusste, dass der Wolf in ihm schon darauf wartete, hervorzukommen. Würde es Lord Cantley genügend ablenken, wenn sie sich ihm hingab, damit Jackson sich unbemerkt verwandeln konnte? Sie glaubte es nicht, andernfalls hätte sie keine Sekunde gezögert, sich sogar dazu zu erniedrigen. Wenn sie doch nicht nur eine Frau wäre. Wenn sie doch nur die schwarze Magie beherrschen würde, die ihr helfen könnte, Jackson und sich selbst zu retten. Lucinda konnte keine Flüche oder bösen Zaubersprüche verhängen ... aber Moment mal, es gab da ja vielleicht doch noch etwas, woran sie bis jetzt nicht gedacht hatte. Sie hatte allerdings bisher auch keinen Grund gehabt, daran zu denken ...

»Tut ihm nicht weh, und ich werde Euch freiwillig zu Willen sein«, sagte sie.

Sowohl Jacksons wie auch Lord Cantleys Kopf fuhren verblüfft zu ihr herum.

»Nein, Lucinda!«, sagte Jackson. »Das wirst du nicht!«

»Tatsächlich?«, fragte Cantley Lucinda mit erhobener Augenbraue. »Du weißt, dass ich mir ohne die geringsten Schwierigkeiten nehmen kann, was immer auch ich von dir will.«

»Warum solltet Ihr Euch etwas nehmen, das ich Euch freiwillig geben werde?«, entgegnete sie. »Ich war noch Jungfrau, als Ihr mich das letzte Mal besessen habt. Seitdem habe ich viel dazugelernt. Ich kann Euch ... glücklich machen.«

»Lucinda!«, knurrte Jackson wieder.

»Das kann ich mir vorstellen.« Lord Cantley überlegte. »Und wahrscheinlich wäre es noch schlimmer für ihn, mitansehen zu müssen, wie du dich mir freiwillig hingibst, als wenn ich dich gegen deinen Willen nehmen würde.«

»Ihr müsst mir aber versprechen, ihn danach gehen zu lassen«, verlangte Lucinda, obwohl ihr nur allzu gut bewusst war, dass jedes Versprechen von Lord Cantley nichts als eine Lüge sein würde.

»Selbstverständlich«, sagte er. »Er nutzt mir ohnehin nichts mehr – es sei denn, er hätte sich eines Besseren besonnen und würde mir nun doch verraten, wo das Kind ist.«

Lucinda musste jetzt ihr ganzes Vertrauen in Jackson setzen. Er hatte keine Ahnung, was sie vorhatte. Er könnte schwankend werden. Aber nein, sie wusste, dass das nicht geschehen würde. Er würde Sebastians Leben niemals in Gefahr bringen. Nicht einmal für sie. Jackson wusste, dass sie ihm das nie verzeihen würde.

»Ich werde es Euch nicht verraten«, sagte Jackson jetzt mit kalter Stimme. »Und falls du das tatsächlich für mich tust, Lucinda, werde ich dir das niemals verzeihen!«

Lord Cantley ließ Lucindas Haar los. »Haben wir jetzt eine Abmachung oder nicht, Hexe?«

Noch eine Abmachung. Aber diese hier war eine, die sie nicht erfüllen würde. Die andere ja. Lucinda hatte jetzt die Antwort. Sie wusste, wie sie Jackson von dem Fluch befreien konnte.

»Ein letzter Kuss«, sagte sie zu Lord Cantley. »Um ihm das, was er jetzt mitansehen muss, ein bisschen zu erleichtern. Das werdet Ihr mir doch erlauben?«

Der Graf lächelte – oder grinste vielmehr schadenfroh. »Ich glaube nicht, dass er den Kuss erwidern wird«, entgegnete er lachend. »Aber ja, sag ihm nur ruhig Lebwohl.«

Lucinda atmete tief ein und ging an Lord Cantley vorbei zu Jackson. Er hielt den Kopf gesenkt. Als er zu ihr aufblickte, stand wieder das auffallende blaue Glühen in seinen Augen.

»Tu das nicht, Lucinda«, sagte er mit rauer Stimme. »Er wird eure Abmachung sowieso nicht einhalten.«

Sie beugte sich zu ihm hinab. »Aber ich werde unsere einhalten«, sagte sie. »Lass mich dich küssen, Jackson.«

Als sie ihre Hände an sein Gesicht legte, versuchte er, sich ihr zu entziehen. »Warum quälst du mich? Ich werde dich nicht küssen und dann mitansehen, wie du dich ihm hingibst. Du tust mir keinen Gefallen damit, Lucinda.«

»Ich nehme dir die Last ab, die dir aufgebürdet wurde.« Sie beugte sich noch weiter vor und streifte seine Lippen mit den ihren. »Ich nehme deine Sünden und die Sünden deiner Vorfahren auf mich. Ich nehme das Tier in dir auf mich.«

Das Blau in seinen Augen wurde greller. »Nein, Lucinda«, sagte er, als er plötzlich zu begreifen schien, was sie ihm sagen wollte. »Nein!«

Aber sie beugte sich noch weiter vor und presste ihren offenen Mund auf Jacksons. Irgendetwas strömte in ihren Mund hinein, eine Präsenz, ein Geist, der aus Jacksons Körper in den ihren überging. Er war heiß wie grelles Licht, und er ging nicht ohne Geschrei und Widerstand. Jacksons Körper zuckte heftig, aber sie hielt sein Gesicht ganz fest umfangen. Sie spürte, wie der Geist Besitz von ihr ergriff, und noch immer strömte er von Jacksons Mund in ihren. Er sang in ihrem Blut und überschwemmte ihren Kopf mit Bildern von Vollmondnächten und dem Gefühl des freien Herumstreunens in Wald und Feldern.

Immer heißer wurde das Licht, das sie erfüllte. Sie spürte, dass Schweißtropfen über ihre Schläfen rannen. Sie spürte, wie das Tier in sie eindrang, wie es sich mit ihr vereinte ... Dann war es schlagartig vorbei, und Jackson sackte in sich zusammen, als ob sie das Leben aus ihm herausgesaugt hätte. Lucinda lehnte sich zurück, um ihn anzusehen, und strich ihm zärtlich über die Wange.

»Jackson«, flüsterte sie. »Du bist frei.«

Lucindas Stimme erreichte Jackson wie aus großer Ferne. Was hatte sie gesagt? *Du bist frei?* Verblüfft schlug er die Augen auf. Sie war da und kniete vor ihm. Ihre Augen waren leuchtend blau.

»Schluss jetzt«, fauchte Lord Cantley hinter ihr. »Komm zu mir, Lucinda. Halte dich an die Abmachung, die wir getroffen haben.«

Ihre Lippen teilten sich, und Jackson sah die Fänge in ihrem Mund. Langsam erhob sie sich, hielt aber den Kopf gesenkt, als sie sich zu Lord Cantley umwandte und zu ihm hinüberging. Jackson sah ihr wie benebelt zu. Der Graf griff nach ihr und zog sie näher, schob seine Hände in ihr langes Haar und riss ihren Kopf nach hinten, damit sie zu ihm aufsehen musste. Dann beugte er sich vor, um sie zu küssen – und erstarrte förmlich. Seine Augen weiteten sich, und er versuchte, Lucinda von sich fortzustoßen. Aber da war es bereits zu spät.

Lucinda stürzte sich auf den Mann. Ihre Fingernägel waren jetzt wie Krallen, ihre Zähne spitz und scharf, als sie sie tief in seinen Nacken grub. Blut spritzte auf. Lord Cantley schrie, aber seine Stimme ertrank in seinem eigenen Blut. Lucinda verfügte jetzt über die gleiche Kraft wie Jackson zuvor. Sie hielt den Grafen unerbittlich fest und zerfetzte ihm die Kehle, bis er schließlich aufhörte, sich zu wehren. Erst dann ließ sie ihn los, und Lord Cantley brach zusammen. Er war tot.

Langsam drehte Lucinda sich zu Jackson um. Ihre Augen glühten noch immer blau, und aus ihren Mundwinkeln tropfte frisches rotes Blut. Sie lief zu ihm und versuchte, ein bisschen unbeholfen ihrer langen Krallen wegen, das Seil, mit dem er gefesselt war, zu lockern.

»Lauf, Lucinda«, sagte Jackson mit einem Blick zur Tür, durch die jeden Moment ein Wachposten hereinstürmen konnte. »Lauf weg – und nimm die Hintertür!«

Aber sie schüttelte den Kopf, sah sich um und nahm den langen, heißen Schürhaken aus dem Kamin. Mit diesem Eisen trat sie hinter Jackson, und Sekunden später konnte er den Geruch der angesengten Fesseln riechen. Fast unmittelbar darauf zerrissen sie. Jackson schüttelte sie ab und erhob sich im selben Moment, als die Eingangstür des Hauses aufgerissen wurde. Der Wachposten warf einen Blick auf Lord Cantley, der leblos auf dem Boden lag, und stürmte auf Jackson zu. Ihm blieb keine Zeit zu überlegen. Er konnte nur noch handeln.

Jackson warf sich vor, ergriff den Kopf des Mannes und brach ihm das Genick. Der zweite Wachposten stürzte herein und zog einen Dolch aus seinem Gürtel, aber Jackson packte die Hand des Mannes, verdrehte sie und stieß den Dolch in die Brust des Wächters.

»Lauf, Lucinda!«, schrie Jackson. Die Eingangstür war jetzt offen und unbewacht. Aus dem hinteren Teil des Hauses kam das Geräusch von schnellen Schritten. Jackson zog dem toten Wachposten das Messer aus der Brust, rannte damit zu der Chaiselongue, sprang darüber und drückte sich an die Wand. Als ein weiterer Wächter vorbeigerannt kam, packte er ihn von hinten und schnitt ihm blitzartig die Kehle durch. Dann stieß er ihn weg und wandte sich wieder zu Lucinda um. Nur war Lucinda nicht mehr da. An ihrer Stelle stand ein Wolf. Ein roter Wolf mit weiblich aussehenden Gesichtszügen.

»Lucinda«, flüsterte Jackson, aber der Wolf lief schon zur Tür und aus dem Haus. Jackson rannte ihm hinterher. »Lucinda!«

32. Kapitel

Lucinda roch den Rauch am nächsten Morgen, als sie am Ufer eines Baches kniete und ihr Bild im Wasser anstarrte. Sie nahm an, dass Jackson das Jagdhaus und die Leichen darin verbrannt hatte. Unfälle kamen vor, das war nichts Neues. In diesen Wäldern war es nicht das erste Feuer, das ein Haus dem Erdboden gleichgemacht hatte. Sie konnte sich an nicht sehr viel erinnern von dem, was passiert war, nachdem Lord Cantley sie so voller Entsetzen angesehen hatte und sie ihm an die Kehle gegangen war, sein Blut geschmeckt und ihn getötet hatte.

Es war notwendig gewesen. Lord Cantley würde ihren Sohn nun nie wieder bedrohen. Und Jackson war nun frei und konnte Sebastian aufziehen, ohne den Fluch fürchten zu müssen, der ihm einst das Leben zur Hölle gemacht hatte. Lucinda hatte ihre Abmachung schließlich doch noch eingehalten. Und weil sie es getan hatte, musste sie Jackson jetzt von seiner Verpflichtung ihr gegenüber entbinden.

Sie spürte den Wolf in sich und wusste nun, was Jackson fast sein Leben lang verspürt hatte. Es war seltsam, sich so zu fühlen, als teilte sie ihr eigenes Ich mit einer anderen Existenz, und doch war es für jemanden wie sie im Grunde gar nicht mal so eigenartig. Sie war eine Hexe, warum sollte sie dann nicht gleich auch noch verwandlungsfähig sein? Lucinda konnte sich vorstellen, dass sie viel besser mit dem Fluch zurechtkommen würde, als Jackson es gekonnt hatte.

Er war nicht in ihrer spirituellen Welt aufgewachsen. Sie ließ Dinge gelten, die er nicht akzeptieren konnte, und verstand Dinge, die er niemals verstehen würde. Alles hatte so geendet, wie es enden musste.

Doch noch während ihr dieser Gedanke durch den Kopf ging, musste sie sich eingestehen, dass längst nicht alles so geendet hatte, wie sie es gehofft hatte. Vorher mochte sie es noch irgendwie geschafft haben, in Jacksons Leben und das ihres Sohns hineinzupassen, aber das hatte sich nun geändert. Jackson und Sebastian hatten jetzt eine Chance, ganz normal zu leben. Die würde sie ihnen nicht verderben. Dazu liebte sie die beiden viel zu sehr.

»Du bist jetzt nicht mehr so leicht aufzuspüren.«

Lucinda wandte sich zu Jackson um, der hinter ihr erschienen war. Sie hatte ihm erlaubt, ihr auf der Spur zu bleiben, weil sie sich noch Lebewohl sagen mussten.

»Geht es dir gut?«, fragte sie. »Hast du Verletzungen, die behandelt werden müssen?«

Er kam langsam auf sie zu. »Nein. Ich bin unverletzt.« Als er sie erreichte, hockte er sich neben sie und sah ihr prüfend in die Augen. »Warum, Lucinda? Warum hast du das getan?«

»Weil es die einzige Möglichkeit war«, antwortete sie. »Ich begriff plötzlich, dass ich, wenn ich deinen Fluch nicht brechen konnte, ihn dir zumindest abnehmen konnte. Lord Cantley hätte uns beide umgebracht, wenn ich nicht getan hätte, was getan werden musste.«

»Du musst ihn mir zurückgeben«, sagte Jackson leise. »Ich will nicht, dass der Fluch nun dich beherrscht. Wir haben geschafft, wozu wir hergekommen waren. Also gib ihn mir zurück, Lucinda.«

Sie schüttelte den Kopf. »Wenn schon einer von uns verflucht sein muss, dann sollte ich es sein. Wir hatten eine Abmachung. Du musst für Sebastian sorgen. Du musst ihm alles geben, was ich ihm niemals geben könnte. Ich will, dass sein Leben anders wird, als das meine gewesen ist. Ich will nur das Beste für euch beide.«

»Zum Preis von einer solchen Selbstaufopferung?«, fragte er, und seine dunklen Augen füllten sich mit Tränen. »Du würdest alles für uns aufgeben? Für Sebastian, das verstehe ich ja, aber für mich? Wieso für mich, Lucinda?«

Sie wollte ihm nicht sagen, dass sie ihn liebte. Das würde ihm nur Gewissensbisse bereiten. Er sollte sein Leben jetzt auf ganz normale Weise weiterführen. Vielleicht könnte er irgendwann sogar Lady Anne heiraten. Er konnte jetzt eigene Söhne als Spielkameraden für Sebastian haben. Jackson konnte endlich wieder die Art von Leben führen, für das er geboren war. Sie würde ihm das nicht verderben oder ihm gar Schuldgefühle verursachen, die es ihm nicht erlauben würden, glücklich zu werden.

»Das habe ich dir doch schon gesagt«, erwiderte sie. »Für Sebastian. Selbst wenn ich nicht verflucht wäre, bin ich trotz alledem noch eine Hexe, Jackson. Ich möchte, dass mein Sohn von einem normalen Elternteil erzogen wird. Von einem guten Vater, und ich weiß, dass du das für ihn sein wirst.«

»Und das ist alles, was du von mir willst? Dass ich deinen Sohn aufziehe?«

Nun wurden auch ihre Augen feucht. »Nein«, antwortete sie. »Ich will, dass du ihn liebst. Dass du *unser* Kind liebst.«

Jackson erhob sich brüsk und wandte ihr den Rücken zu. »Du weißt, dass ich das tun werde«, sagte er ruhig. »Du weißt, dass ich den Jungen jetzt schon liebe.«

»Ja, das weiß ich.«

»Was wirst du denn nun tun, Lucinda? Wo willst du hin? Nach Whit Hurch zurück?«

Sie beschloss, ihm die Wahrheit über ihr Heimatdorf zu sagen. »Nein, ich werde nicht dorthin zurückkehren. Ich habe dort keine Freunde, Jackson. Nicht ein Mensch in diesem Dorf hätte mir einen sicheren Zufluchtsort geboten, wenn ich dorthin gegangen wäre. Ich werde mir ein anderes Dorf suchen. Du brauchst dich nicht um mich zu sorgen.«

»Also ist unsere Abmachung erfüllt, und das war alles zwischen uns?«

So sehr es sie auch schmerzte, sie musste ihn gehen lassen. »Ja.«

»Du willst nicht mehr als das, worum du mich gebeten hast?«

»Ja.«

»Du willst, dass ich jetzt gehe? Dass ich gehe und dich vergesse?«

Lucindas Kehle zog sich zusammen. »Ja«, flüsterte sie nur rau.

»Was ist mit meinen Brüdern? Du hast nur meinen Fluch von mir genommen. Und was ist mit den ihren?«

Lucinda wusste es nicht. »Vielleicht ist es die Aufgabe jedes Bruders, seinen Fluch selbst außer Kraft zu setzen. Du hast einen Weg gefunden. Vielleicht finden ja auch sie einen.«

Sie sah, wie er die Fäuste an den Seiten ballte. »Sie werden es nicht überraschend finden, dass ich eine Frau für mich tun ließ, was keiner von ihnen für sich selbst tun konnte.«

Lucinda brach beinahe das Herz bei diesen Worten. »Nicht, Jackson«, warnte sie. »Unsere Abmachung ist erfüllt. Nimm das Geschenk an, das ich dir gegeben habe, halte, was du mir versprochen hast, und geh jetzt, bitte.«

Jackson unterdrückte den Zorn, den Schmerz, die Unzufriedenheit darüber, wie sein Fluch gebrochen worden war. Dass er ihn auf jemand anderen übertragen könnte, war ihm niemals in den Sinn gekommen. Oder höchstens in der Angst, dass er den Fluch an seine Söhne weitergeben würde, falls er je welche bekam. Während er Lucinda gesucht hatte, war er zu der Überzeugung gekommen, dass sie ihn lieben musste, um zu tun, was sie getan hatte. Um seine Sünden und seine Last auf sich zu nehmen. Aber sie hatte es für Sebastian getan, und auch wenn Jackson sie nach wie vor viel höher schätzte als alle anderen Frauen, die er je gekannt hatte, hatte sie ihm letzten Endes doch das Herz gebrochen.

Er hatte geglaubt, sein Herz sei längst gebrochen, aber nun erkannte er, dass es, als er zum ersten Mal Liebe zu verspüren geglaubt hatte, in Wahrheit nur ein hohles, oberflächliches Gefühl gewesen war. Er hatte nicht einmal gewusst, was Liebe war ... bis jetzt. Lucinda hatte ihn gelehrt zu lieben. Lucinda und Sebastian. Und sie hatte Jackson auch gelehrt, wie schmerzhaft es sein konnte, zu lieben und nicht wiedergeliebt zu werden.

Konnte er so einfach gehen, wie sie es von ihm verlangt hatte? Konnte er sie mit seinem Fluch allein lassen und ihr alles nehmen, was ihr lieb und teuer war? Nein. Das konnte er nicht. Nicht einmal, wenn es ihr ausdrücklicher Wunsch war.

»Du wirst ihn mir zurückgeben«, sagte er.

»Der Fluch ist bedeutungslos für mich«, erwiderte sie hinter ihm. »Er ist nur ein weiterer Punkt, in dem ich mich von allen anderen unterscheide. Geh, wie ich es dir gesagt habe. Ich will, dass du gehst. Du hast mir gegeben, worum ich dich gebeten hatte, und ich dir, was du von mir verlangt hattest. Wir hatten eine schöne Zeit zusammen, aber nun ist es vorbei.«

Zum Teufel mit ihr! Kein Peitschenschlag hätte ihn mehr verletzen können als die Leichtigkeit, mit der sie ihn aus ihrem Leben strich. Er wollte ihr sagen, dass er sie liebte, aber wie konnte er das, wenn sie weiterhin so seinen Stolz verletzte? Wie konnte er *geben*, wenn sie nichts zurückgab? Wie konnte er so selbstlos sein? Aber doch, er konnte es, oh ja, begriff er plötzlich. Denn was war schon Liebe ohne Ehrlichkeit? Er wandte sich ihr wieder zu.

Ihre Blicke begegneten sich.

»Ich liebe dich, Lucinda«, sagte er.

Für einen Moment wich alle Farbe aus ihrem Gesicht. Ihre Augen wurden feucht, aber sie blinzelte, um die Tränen hinter ihren Lidern zu verdrängen. »Das brauchst du nicht zu sagen«, flüsterte sie. »Bitte sag das nicht.«

»Ich muss es sagen, wenn es das ist, was ich fühle«, erwiderte er. »Zum Teufel mit meinem dummen Stolz. Von mir aus kann die ganze Welt zum Teufel gehen. Ich liebe dich, Lucinda.«

Sie wandte ihren Blick von ihm ab. »Es ist nur der Zauber«, sagte sie. »Der Zauber, mit dem ich dich in jener ersten Nacht belegte, als du in das Stadthaus zurückkamst. Er muss letztendlich doch gewirkt haben. Aber er wird schon sehr bald wieder nachlassen«, versicherte sie ihm.

»Ich will nicht, dass es nachlässt«, entgegnete er. Jackson wusste, dass es kein Zauber war, der ihn dazu gebracht hatte, sich in Lucinda zu verlieben. »Ich liebe dich für das, was du bist, Lucinda, und nicht irgendeines Zaubers wegen, mit dem du mich belegt hast. Ich liebe deine Güte. Ich liebe deine Leidenschaftlichkeit. Ich liebe alles an dir.«

Er sah, dass ihre Hände zitterten, als sie sich das Haar aus dem Gesicht strich. »Das darfst du jetzt nicht mehr«, sagte sie. »Es ist zu spät, Jackson.«

Er wusste nicht, ob es nur sein verzweifelter Wunsch war, von ihr zu hören, dass sie ihn liebte, der ihn sich einbilden ließ, dass er diese Worte von ihr gerade in seinem Kopf gehört hatte, oder ob sie sie tatsächlich ausgesprochen hatte. Aber ihre Lippen hatten sich nicht bewegt, sie zitterten höchstens ein bisschen.

Jackson schloss die Augen und hörte wieder ihre Stimme: *Ich habe mich in dich verliebt. Ich liebe dich sogar jetzt, wo du mit den Augen eines Wolfes vor mir sitzt. Also hab ein bisschen Mitgefühl mit der Närrin, zu der ich geworden bin. Ich vergaß, dass es nur eine Abmachung zwischen uns gibt.*

Als er die Augen wieder aufschlug und Lucinda ansah, glühten die ihren in einem sanften Blau.

»Du liebst mich«, sagte er. »Ich erinnere mich jetzt wieder. Ich erinnere mich genau, dass du es mir gesagt hast.«

Sie schüttelte den Kopf, aber er sah jetzt mehr als nur das blaue Glühen in ihren Augen. Er sah die Wahrheit in ihnen.

»Warum kannst du es mir nicht sagen, Lucinda?«

»Das geht jetzt nicht mehr«, sagte sie mit fremd klingender Stimme. »Nicht, wo dein Leben jetzt endlich so ist, wie es sein sollte. Nicht, wo du Sebastian alles geben kannst, was ich mir für ihn wünsche. Ich werde euch das nicht alles verderben. Das tue ich auf keinen Fall!«

»Nein«, stimmte er ihr zu, weil er wusste, was in ihr vorging. Ihre innere Aufgewühltheit hatte den Wolf an die Oberfläche gebracht. Jackson beschloss, ihn wieder zurückzunehmen. »Du wirst nicht alles verderben«, sagte er, während er sich ihr langsam näherte. »Du wirst nicht alles verderben, indem du mir ausgerechnet das verweigerst, was ich mir am meisten wünsche. Dich, Lucinda.«

Er stürzte sich auf sie, bevor sie ihm entkommen konnte. Aber sie wehrte sich, und ihre Kraft verblüffte ihn. »Ich nehme deine Last auf mich«, sagte er. »Ich nehme die Sünden deiner Vergangenheit und die Sünden derer vor dir auf mich.«

»Nein!«, schrie sie, aber er fuhr unerbittlich fort.

»Ich nehme das Tier in dir auf mich!« Und damit presste er seinen Mund auf den ihren und zwang sie, ihn zu öffnen. Die Kraft, die aus ihrem Mund in den seinen floss, ließ ihn zurücktaumeln. Aber sie waren nach wie vor durch das blaue Licht miteinander verbunden, das so hell war, dass Jackson die Augen davor zusammenkneifen musste. Er spürte, wie es von Lucinda in ihn hineinströmte – und, wie es gleich darauf wieder aus ihm entwich. Das Licht wurde heller und heller, und dann kam plötzlich überhaupt kein Licht mehr aus Lucindas Mund. Beide taumelten zurück und stürzten, als hätte eine unsichtbare Macht sie eisern festgehalten und sie dann völlig unerwartet wieder freigegeben.

Das blaue Licht nahm Gestalt an. Es war ein Wolf. Das Tier blickte von einem zum anderen, bevor es kehrtmachte und in den Wald davonschlich.

Einen Moment lang zitterte Jackson am ganzen Körper; dann beruhigte er sich allmählich und begann wieder normal zu atmen. Lucinda lag reglos auf dem Boden. Er kroch zu ihr hinüber und nahm sie in die Arme.

»Lucinda?«

Langsam öffneten sich ihre Augen. Sie waren wieder grün wie der Wald um sie herum.

»Es ist weg«, flüsterte sie. »Es hat sich aus mir zurückgezogen. Und auch aus dir. Ich spüre es nicht mehr in dir.«

Jackson brauchte einen Moment, um sich zu fassen. Das Tier war weg. »Aber warum?«

Lucinda hob eine Hand und berührte seine Wange. »Weil du es nicht mehr brauchst. Weil du wieder ganz bist.«

Er verstand nicht recht. »Ganz?«

»Du hast die Schwächen in dir besiegt, die dich davon abhielten, all das zu sein, was du sein kannst. Du hast deinen eigenen Fluch gebrochen, Jackson.«

Ein Gefühl des Friedens durchflutete ihn plötzlich. Es war seltsam, ohne den Wolf zu sein, aber er verspürte trotzdem keine Leere in sich. Zum ersten Mal in seinem Leben fühlte er sich wieder *ganz*, wie Lucinda es genannt hatte. Nur eins konnte ihn noch glücklicher machen, als er es nun ohnehin schon war – und deshalb beugte er sich vor und küsste sie.

Aber Lucinda entzog sich ihm. »Ich bin noch immer eine Hexe, Jackson«, erinnerte sie ihn.

Er küsste sie erneut. »Damit kann ich leben«, sagte er. »Außerdem bist du keine allzu gute.«

Sie lachte und zog seinen Kopf wieder zu sich heran. Eine ganze Weile blieben sie so liegen, in inniger Umarmung. Dann löste Jackson sich von ihr, setzte sich auf und zog sie mit sich auf die Beine.

»Komm, Lucinda«, sagte er. »Lass uns nach Hause gehen. Lass uns zu unserem Sohn gehen.«

Epilog

Das Landgut war wie Balsam für Lucindas Seele. Sie liebte das große Herrenhaus, die grünen Weiden, auf denen Pferde grasten, deren Fell wie Seide in der Sonne schimmerte. Es war ein Ort, an dem sie Frieden finden konnte, wo sie ihren Sohn aufziehen und die Nächte in den Armen des Mannes verbringen konnte, den sie liebte. Und Jackson, nun endlich frei von dem Familienfluch, hatte seinen älteren Bruder geradezu schockiert mit der Begeisterung, mit der er sich in die Arbeit gestürzt hatte, die ein solch beeindruckender Landsitz und so viele Ställe voller Pferde mit sich brachten.

Er kam herein, als sie Sebastian gerade wickelte, trat hinter sie und rieb seinen von der Arbeit ganz verschwitzten Körper an ihr. »Ich habe dich vermisst, liebe Frau«, sagte er.

Lucinda kicherte. »Es ist gerade mal zwei Stunden her, seit du unser Bett verlassen hast.«

Jacksons Lippen strichen über ihr Ohr, und ein heißes Prickeln durchlief sie. »Zwei Stunden sind eine lange Zeit.«

»Mach mich nicht schmutzig«, warnte sie. »Ich muss gleich zu Rosalind hinuntergehen, damit wir unseren Kräutergarten anlegen können.«

»Ihr zwei versteht euch gut«, bemerkte er, ohne Lucinda jedoch loszulassen. »Ihr klebt ja richtig aneinander.«

Lucinda liebte Rosalind und auch Armond. Sie fragte sich, wann ihre neue Freundin ihrem Mann wohl sagen würde, dass sie ein Kind erwartete. Die Schwangerschaft würde bald zu offensichtlich werden, um sie noch länger geheim zu halten. Da Jackson sie noch immer fest umfangen hielt, bemerkte Lucinda plötzlich, dass er einen Umschlag in der einen Hand hielt.

»Was hast du da?«

»Oh, das hätte ich fast vergessen«, sagte er und ließ die Arme sinken. »Ich habe das Kuvert für dich heraufgebracht. Es enthält unsere erste Einladung zu einer Gesellschaft.«

Er reichte ihr das Kuvert. »An Lord und Lady Jackson Wulf«, las Lucinda. Es war komisch, aber es machte sie noch immer überglücklich, einen Familiennamen zu haben, und insbesondere den seinen. »Ich war gerade dabei, Sebastian zu wickeln«, sagte sie und drückte Jackson den Umschlag wieder in die Hand. »Ich lese das, wenn ich hier fertig bin.«

Jackson trat neben sie und begann Sebastian, der in seiner Wiege lag, zu kitzeln. »Lies es jetzt. Ich wickele den kleinen Mann.«

Lucinda entfernte sich ein paar Schritte und erbrach das Siegel auf dem Umschlag. Dann überflog sie rasch die Einladung darin. »Wir sind zu Lady Amelia Sinclairs Hochzeit eingeladen«, berichtete sie Jackson. »*Dem* gesellschaftlichen Ereignis dieses Jahres, könnte ich mir vorstellen.«

»Werden wir hingehen?«, fragte er mit einem Blick über die Schulter.

Obwohl Lucinda keine Eile hatte, nach London zurückzukehren, nickte sie. »Ja. Sie ist eine Freundin. Außerdem hat Rosalind mir erzählt, dass Amelia den Mann heiratet, dessen Grundbesitz an Wulfglen angrenzt. Ich glaube, er ist ein Freund von dir oder war es jedenfalls einmal.«

»Lord Robert«, warf Jackson lächelnd ein. »Ja, als Knaben waren wir früher viel zusammen, obwohl er mehr aus Armonds und Gabriels Altersgruppe ist.«

Gabriel war zurzeit ein heikles Thema. Lucinda wusste, dass Jackson sich große Sorgen über den Verbleib seines älteren Bruders machte und sich schuldig daran fühlte, dass er vermisst wurde, weil Gabriel auf der Suche nach ihm gewesen war, als er verschwunden war. Armond und Jackson hatten sich bereits vorgenommen, sehr bald nach Liverpool zu fahren, da sie hofften, ihren anderen Bruder Sterling dort zu finden.

Es war viel geschehen im Leben der Brüder Wulf. »Glaubst du, dass Gabriel jetzt von dem Fluch verschont bleibt?«, fragte Lucinda Jackson, während sie zu einem kleinen Sekretär hinüberging, um Amelia Sinclairs Einladung dort abzulegen.

»Das hoffen Armond und ich«, erwiderte Jackson, der noch immer damit beschäftigt war, Sebastian zu wickeln. »Es ist schon komisch, dass sowohl Armond wie auch ich uns von dem Fluch befreien konnten, und zwar beide innerhalb von einer Zeitspanne, die uns vor die Frage stellt, ob der Fluch vielleicht einfach nur an Kraft verloren hat.«

Lucinda glaubte das keinen Augenblick lang, aber falls es Armond und Jackson ein wenig beruhigte, was ihren Bruder Gabriel anging, konnte es gewiss nicht schaden, wenn sie für sich behielt, wie sie darüber dachte. »Wir werden sehen«, war alles, was sie dazu sagte.

»Lucinda, komm her!«

Etwas in seinem Tonfall alarmierte sie. Lucinda eilte an Jacksons Seite und blickte beunruhigt auf den kleinen Sebastian hinab. Aber das Kind sah ganz normal aus, trat munter mit seinen kleinen Beinchen aus und schien es zu genießen, nackt zu sein. Lucinda legte eine Hand an ihr Herz.

»Wie kannst du mich so erschrecken, Jackson«, sagte sie vorwurfsvoll. »Was ist denn los?«

Er warf ihr einen Blick zu, dann griff er in die Wiege und hielt Sebastians kleine Beinchen fest. »Das Geburtsmal. Sieh dir das Geburtsmal an, Lucinda.«

Sie beugte sich über die Wiege, um genauer hinzusehen. Das bisher so auffällige, drachenförmige Geburtsmal an Sebastians Bein hatte seine Form verändert. Es ähnelte überhaupt nicht mehr einem Drachen ... sondern sah jetzt viel mehr wie der Kopf eines Wolfes aus. Verwundert blickte Lucinda wieder zu Jackson auf. »Was bedeutet das?«

Er zog sie an sich. »Es bedeutet«, erwiderte er lächelnd, »dass Sebastian jetzt wirklich und wahrhaftig ein Wulf ist. Und keine Bedrohung mehr für den englischen Thron darstellt«, fügte er hinzu. »Obwohl ich natürlich nichts dagegen hätte, wenn mein Sohn das Land regieren würde.«

Lucinda wurde es jedes Mal ganz warm ums Herz, wenn Jackson Sebastian als seinen Sohn bezeichnete. Sie konnte den beiden nun endlich alles geben, ihr Herz, ihre Seele, alles, was sie besaß. Sie fürchtete sich nicht mehr davor, ihr Innerstes zu öffnen. Weich zu sein und, wenn es sein musste, auch stark zu sein. Sie schlang ihre Arme um Jackson und legte ihren Kopf an seine Schulter.

»Ich liebe dich, Jackson Wulf«, flüsterte sie.

Er senkte den Kopf und küsste sie.

»Das ist alles, was ich brauche, um *ganz* zu sein«, sagte er.

Ende

Lockruf der Finsternis

Die Autorin

Ronda Thompson lebte mit ihrem Mann und ihren beiden Kindern in Texas, USA. In ihrer Heimat war sie mit ihren Büchern sehr erfolgreich, ihre Romane tauchten regelmäßig auf der New York Times Bestsellerliste auf.
Lockruf der Finsternis ist der dritte und letzte Band aus der paranormalen Serie um die charismatischen Brüder Wulf.

RONDA THOMPSON

LOCKRUF DER FINSTERNIS

Roman

Aus dem Amerikanischen von
Ulrike Moreno

Weltbild

Die amerikanische Originalausgabe erschien 2006 unter dem Titel
The Cursed One
bei St. Martin's Press, New York.

Genehmigte Lizenzausgabe für Verlagsgruppe Weltbild GmbH,
Steinerne Furt, 86167 Augsburg

Übersetzung: Ulrike Moreno
Umschlaggestaltung: Johannes Frick, Augsburg
Umschlagmotiv: © Franco Accornero via Thomas Schlück GmbH, Garbsen;
© Brian Jackson
Gesamtherstellung: CPI Moravia Books s.r.o., Pohorelice
Printed in the EU
ISBN 978-3-86800-451-9

2013 2012 2011 2010
Die letzte Jahreszahl gibt die aktuelle Lizenzausgabe an.

Für Marley und Shane.
Ich wünsche euch all die Freude und Liebe,
welche Jahre der Ehe und des Lesens mir
gegeben haben.
Haltet euch an den Händen auf
eurem gemeinsamen Lebensweg.
Seid glücklich.

In Liebe, Mom.

Verdammt sei die Hexe, die mich mit diesem Fluch belegte.
Ich hielt ihr Herz für rein.
Ach, keine Frau fühlt Verpflichtung,
sei es gegenüber Familie, Namen oder Krieg.
Ich fand keinen Weg, den Fluch zu brechen,
keinen Trank, keinen Spruch und keine Tat.
Vom Tag an, da sie den Bann über mich sprach,
wird er sich vererben, von Saat zu Saat.

Verraten von der Liebe, von meiner eigenen falschen Zunge,
hieß sie den Mond, mich zu verwandeln.
Der Familienname, einst mein ganzer Stolz,
steht jetzt für die Bestie, die mich bedrängt.
Und in der Stunde ihres Todes
rief die Hexe nach mir.
Unversöhnlich, ohne Erbarmen,
sprach sie dann, bevor sie starb:

»Suche und finde deinen ärgsten Feind,
sei tapfer und laufe nicht davon.
Liebe ist der Fluch, der dich bezwingt,
doch auch der Schlüssel, der dich befreit.«

Ihr Fluch und Rätsel sind mein Verderben,
ach Hexe, die ich liebte und doch nicht freien konnte.
Schlachten habe ich ausgetragen und gewonnen,
und dennoch hinterlasse ich nur Niederlagen.
Ihr Wulfs, die ihr meine Sünden büßt,

Söhne, die ihr weder Mensch noch Tier sein könnt,
löst das Rätsel, das mir verschlossen blieb,
und werdet erlöst von diesem Fluch.

Ivan Wulf,
Im Jahr des Herrn siebzehnhundertfünfzehn

1. Kapitel

Collingsworth Manor,
England, 1821

Er bringt mich um … mein eigener Ehemann bringt mich um, schoss es Lady Amelia Sinclair-Collingsworth durch den Kopf, als Lord Collingsworth' Hände sich um ihre Kehle schlossen. Nur dass seine für gewöhnlich so gepflegten Hände sich im Dunkeln gar nicht wie Hände, sondern mehr wie … Pranken anfühlten. Es war Amelias Hochzeitsnacht, und ihr normalerweise eher zurückhaltender Ehemann benahm sich auf einmal weder zurückhaltend noch wie der Gentleman, den sie heute Morgen in London geheiratet hatte. Was war nur in ihn gefahren?

»Du tust mir weh, Robert!«, keuchte sie unter ihm auf ihrem Ehebett, in dem sie gewillt gewesen war, ihre Unschuld, aber nicht ihr Leben zu verlieren.

Ihr Bräutigam lachte. Und es klang alles andere als normal, dieses Lachen. Seine Stimme dröhnte tief und merkwürdig verzerrt, als hätte er die ganze Kehle voller Steine. Aber noch viel unheimlicher waren seine klauenartigen Finger, die nun an ihrem Nacken hinunterglitten und das Nachthemd, das sie trug, vom Halsausschnitt bis zu ihrer Taille auseinanderrissen. Amelia schrie und wand sich unter Roberts Körper, der sie auf dem Bett festhielt und erstaunlich schwer war für einen Mann, den ihr Vater einmal als »zerbrechlich aussehend« bezeichnet hatte.

»Robert, bitte!«, sagte sie in flehentlichem Ton. »Du jagst mir Angst ein.«

Da war es wieder, dieses dämonische Lachen, bei dem sich ihr die Nackenhaare sträubten. »Robert ist nicht hier«, schnarrte er.

Was wollte er damit sagen? War dies vielleicht alles nur ein Albtraum, aus dem sie jeden Moment erwachen und sich in ihrem Elternhaus in London wiederfinden würde? Vielleicht hatte sie ja heute Morgen überhaupt nicht in Anwesenheit einer großen Anzahl von Mitgliedern der Londoner Oberschicht geheiratet. Vielleicht hatte sie sich gar nicht zu einem kurzen Honeymoon zu Roberts Landsitz begeben, bevor sie zu ausgedehnteren Flitterwochen ins Ausland reisen würden?

»Ich träume nur und werde gleich erwachen«, flüsterte Amelia, um sich zu beruhigen.

Robert lachte nur kurz auf und rollte sich von ihr herunter, sodass Amelia endlich wieder richtig atmen konnte. Dann hörte sie das Geräusch von zerreißendem Stoff und dachte, Robert zerrte jetzt vielleicht an seinem eigenen Nachthemd herum. Aber Traum oder nicht, das Hämmern von Amelias Herz in ihrer Brust und das Brennen der Kratzer an ihrem Nacken fühlten sich sehr real an. Ihr Instinkt riet ihr, davonzulaufen ... solange sie noch konnte.

Um zumindest einen Fluchtversuch zu wagen, bewegte sie sich ganz langsam zu der Bettkante hinüber. Aber knochige Finger rissen sie zurück, und dann lag Robert wieder auf ihr ... nur war er diesmal nackt ... und seine Haut fühlte sich nicht wie Haut, sondern wie Fell an.

Amelia krümmte ihre Finger zu Krallen und fuhr mit ihren Nägeln über seine Augen. Robert heulte auf wie ein verletztes Tier. Mit aller Kraft stieß sie ihn zurück und krabbelte unter ihm hervor, rollte sich zur Seite und landete mit einem schmerzhaft harten Aufprall auf dem Boden. Trotzdem kroch sie schnell von dem Bett weg. Aus Schamgefühl, von dem Amelia nicht allzu viel besaß, hatte Robert darauf bestanden, die Lampen unangezündet zu lassen. Die Finsternis im Zimmer war erdrückend wie eine über den Kopf gezogene Decke. Wo war bloß die Tür?

»Miststück!«

Das bösartige Fauchen sandte Amelia einen kalten Schauder über ihren Rücken und ließ sie jäh verharren. Sie hatte Angst, sich zu bewegen. Angst, dass er dann merken würde, wo sie war. Als sie vorsichtig im Dunkeln mit der Hand über den Boden glitt, ertastete sie das Bein eines Möbelstücks. Eines Sekretärs, wenn sie sich recht erinnerte, da sie Roberts Zimmer neben dem ihren nur kurz gesehen hatte, als sie vor dem Abendessen zu einem kurzen Nickerchen heraufgekommen war.

Langsam erhob sich Amelia auf die Knie und suchte mit der Hand die Schreibtischoberfläche ab, bis ihre Finger einen kalten, schmalen Gegenstand berührten. Bevor sie jedoch Gelegenheit bekam, ihn näher zu bestimmen, wurde sie brutal zurückgerissen und auf den Fußboden gestoßen.

»Du gehörst jetzt mir.«

Obwohl Amelia Robert in der Dunkelheit nicht sehen konnte, fühlte sie, wie er sich über sie beugte. Sein Atem war übel riechend wie der eines rohes Fleisch fressenden Tiers. Ihr Kopf schmerzte, wo sie auf dem Boden aufgeschlagen war; ihr Nacken brannte von den Kratzwunden an ihrem Hals. Und nun schob Robert auch noch ihr Kleid hinauf und zwang mit dem Knie ihre Beine auseinander. Amelia drehte sich der Magen um, als sie seine glatten, scharfen Krallen an ihren nackten Schenkeln spürte.

Nun würde dieser Mann, dieses *Etwas*, das unmöglich Robert sein konnte, ihr die Unschuld nehmen. Amelias Mutter hatte ihr gesagt, in ihrer Hochzeitsnacht müsse sie sich Robert widerstandslos unterwerfen. Sie müsse alles tun, was er von ihr verlangte. Einen Teufel werde ich tun!, dachte Amelia. Sie nahm den dünnen, kalten Gegenstand noch fester in die Hand, hob ihn hoch und ließ ihn jäh herunterfahren.

Es folgte ein Geräusch, das sie daran erinnerte, wie es sich anhörte, wenn die Köchin ein Messer in rohes Lammfleisch stieß. Robert heulte wieder auf, geriet plötzlich ins Schwanken und fiel von ihr herunter. Noch immer mit wild pochendem Herzen rollte Amelia sich auf den Bauch und kroch davon. Sie rechnete jeden Augenblick damit, dass die klauenähnlichen Hände ihren Fuß ergreifen würden und war sich sicher, dass Robert sie in seinem Schmerz und seiner Wut nun töten würde. Stattdessen aber wurde urplötzlich die Tür zu ihrem angrenzenden Zimmer aufgerissen.

Amelia hatte dort eine Kerze brennen lassen, deren sanfter Schein nun die Silhouette eines Mannes beleuchtete – eines hochgewachsenen Mannes von sehr kräftiger Statur. Das Kerzenlicht fiel auf sein blondes Haar und ließ es fast wie Gold erscheinen. Jetzt wusste Amelia, dass es ein Traum sein musste. Sie hatte schon oft von diesem Mann geträumt.

»Was zum Teufel ist hier los?«, wollte er von ihr wissen.

Komisch. Er hatte in ihren Träumen noch nie etwas gesagt. Und hätte er es getan, dann würde sie ihm die gleiche Stimme angedichtet haben, mit der er jetzt sprach. Leise, tief und geradezu beunruhigend sinnlich. Nur Lord Gabriel Wulf würde eine solche Stimme haben. Nur er würde in ihren Albträumen erscheinen, um sie zu retten. Aber natürlich konnte er gar nicht wirklich hier sein. Dies alles konnte sich nicht wirklich zutragen. Amelia kicherte über ihr eigenes Einbildungsvermögen, aber den hysterischen Ton, der in ihrer Stimme mitschwang, konnte sie nicht ignorieren.

»Wer ist da?«, fragte der Mann, den sie aus ihren Träumen kannte.

Würde er mit ihr sprechen, wenn sie antwortete? Ihr Traum wurde von Minute zu Minute aberwitziger. »Lady Amelia«, antwortete sie. »Collingsworth«, setzte sie mit einem weiteren unterdrückten Kichern hinzu. »Oder zumindest bis vorhin. Ich habe nämlich gerade meinen Mann getötet.«

Ein schockiertes Schweigen folgte ihren Worten. Der hochgewachsene Fremde trat noch weiter in den Raum. Amelia bemerkte die dunklen Umrisse einer Pistole in seiner Hand. Ach du liebe Güte. Würde er sie jetzt erschießen? Würde der Albtraum, in dem Robert sie hatte töten wollen, sich in einen anderen verwandeln, in dem Gabriel Wulf der Mörder war?

»Wo ist Lord Collingsworth?«

Wahrscheinlich war es sogar in einem Traum das Beste, einem Mann zu antworten, der eine Waffe in der Hand hielt. »Dort auf dem Boden neben dem Bett.« Falls sie träumte, und es konnte ja gar nicht anders sein, war dieser Albtraum viel zu lebendig. Sie hätte schwören können, dass sie Blut über ihren Nacken rinnen fühlte. »Robert ... er hat versucht, mir etwas anzutun. Er ist ... nicht er selbst.«

Wieso sie sich überhaupt die Mühe machte, etwas zu erklären, obwohl nichts an ihrem Traum auch nur den kleinsten Sinn ergab, verstand Amelia selbst nicht. Aber vielleicht begriff sie in tiefster Seele ja doch, wieso sie träumte, dass ihr frischgebackener Ehemann zu einem Ungeheuer geworden war und warum Lord Gabriel Wulf in diesem Traum erschien, um sie zu retten. Die Gesellschaft war das wahre Ungeheuer.

Dass sie die Erwartungen, die man in sie gesetzt hatte, zu erfüllen versuchte, blieb offenbar nicht ungestraft. Gabriel Wulf stand für die rebellische Seite ihrer Natur. Er war der Inbegriff der Freiheit.

»Robert ist nicht hier.«

Dass er Roberts Worte exakt wiederholte, verursachte Amelia eine Gänsehaut. Aber nicht nur die Erinnerung an das, was sich vorher abgespielt hatte, ließ sie frösteln. Wenn Robert nicht hier war, wo war er dann?

Ein dunkler Schatten erhob sich plötzlich hinter Amelias blondem Engel. Etwas Silbernes blitzte im Dunkeln auf. Der Gegenstand fuhr in einer stoßenden Bewegung hinunter und bohrte sich in Gabriel Wulfs Schulter. Dann wurden die Geräusche eines Handgemenges laut. Eine Pistole wurde abgefeuert. Amelia schrie auf, schloss die Augen und schlug die Hände vor die Ohren. Als jemand sie berührte, schrie sie wieder gellend auf.

»Habt keine Angst, ich tue Euch nichts.«

Wie konnte jemand eine so gefährlich sinnliche und zugleich tröstliche und beruhigende Stimme haben? Niemand konnte das. Oder höchstens dann, wenn er wirklich nur ein Trugbild ihrer Fantasie war. Amelia griff nach diesem winzigen Rest von Vernunft und klammerte sich daran fest. Das Beste wäre jetzt wohl, zu erwachen. Aus dem Traum zu erwachen, bevor sie sich in die Arme des Mannes warf. Bevor der Trost, den sie aus ihm bezog, zu etwas anderem wurde. Aber sie erwachte nicht, und warf sich auch nicht in Lord Gabriels Arme. Plötzlich öffnete sich die Tür zu Roberts Zimmer einen Spalt, in dem die flackernde Flamme einer kleinen Kerze erschien.

»Mylady?«, rief eine weibliche Stimme. »Ich habe einen Schuss gehört. Was geht hier vor?«

Mit angsterfüllten Augen erschien nun eine schmale Gestalt auf der Schwelle zu dem Zimmer. Amelia konnte sich nicht an den Namen der jungen Bediensteten erinnern, aber sie war die einzige, die sie und Robert bei ihrer Ankunft in Collingsworth Manor begrüßt hatte. Das gertenschlanke Mädchen, das in etwa Amelias Größe hatte, trug ein abgetragenes Kleid, eine Schürze und eine Haube auf dem Kopf, die ihr gesamtes Haar verdeckte. Amelia hatte sie auf etwa fünfzehn Jahre geschätzt, auf jeden Fall viel zu jung, um all die Pflichten zu übernehmen, die sie hier auf Collingsworth Manor hatte.

Robert war zutiefst bestürzt gewesen, als er erfahren hatte, dass alle seine Dienstboten bis auf dieses Mädchen das Anwesen verlassen hatten. Nur ein einzelner Mann kümmerte sich noch um die Stallungen. Robert hatte Amelia vorgeschlagen, hinaufzugehen und sich auszuruhen, während er der Sache auf den Grund gehen wollte. Als das Mädchen dann später jedoch heraufgekommen war, um Amelia zum Abendessen abzuholen, hatte Robert sich völlig anders als vorher verhalten und nichts darüber verlauten lassen wollen, was er in Erfahrung gebracht hatte.

»Mylady?«, rief das Mädchen wieder.

»Bring das Licht hierher!«, wies Gabriel Wulf die junge Magd an. »Schnell!«

Wie aus weiter Ferne sah Amelia die flackernde Flamme der Kerze näher kommen. Sie verbreitete ein unheimliches Licht in dem dunklen Raum, als das Mädchen sich besorgt zu ihr hinunterbeugte. In dem schwachen Licht glitt Amelias Blick sofort zu Gabriel Wulf. Sie hatte ihn einmal mit seinem älteren Bruder, Lord Armond Wulf, durch die Londoner Straßen reiten sehen. Damals hatte sie gedacht, dass Gabriel Wulf der bestaussehende Mann war, der ihr je begegnet war ... und das war er immer noch.

Dass es Gabriel Wulf war, daran bestand nicht der geringste Zweifel. Vermutlich gaffte sie ihn an wie ein Bauerntrampel, doch auch er musterte sie sehr eingehend, vielleicht, um nach Verletzungen zu suchen, oder vielleicht auch nur, um ihre Brüste anzustarren, die zweifellos unter ihrem zerrissenen Nachthemd hervorschauten. Als er sanft ihren Nacken berührte, zuckte Amelia zusammen, und er hob den Blick zu ihr. Im schwachen Kerzenlicht konnte sie sehen, wie seine Augen sich ein wenig weiteten.

»Ihr«, sagte er leise, obwohl Amelia keine Ahnung hatte, was er damit sagen wollte.

In ihrem Kopf begann sich plötzlich alles zu drehen. Ihre Sicht verschwamm, es wurde dunkel um sie, und Gabriel Wulfs Gesicht begann sich immer weiter zu entfernen. Amelia war noch nie in ihrem Leben ohnmächtig geworden, aber ihr war durchaus bewusst, dass es genau das war, was ihr gerade widerfuhr.

Lord Gabriel Wulf nahm die ohnmächtige Frau auf seine Arme und richtete sich mit ihr auf. Hätte das Adrenalin im Augenblick nicht wie verrückt in seinen Adern gebrodelt, wäre er sich der Stichwunde in seiner Schulter und der noch ernsteren Schussverletzung in seinem Oberschenkel wahrscheinlich sehr viel mehr bewusst gewesen. Aber so, wie die Dinge lagen, trug er die Frau in den angrenzenden Raum hinüber und legte sie auf das Bett.

»Wasser«, rief er dem Dienstmädchen über die Schulter zu. »Und bring mir auch saubere Tücher, damit ich das Blut abwischen kann.«

Wieder berührte er vorsichtig den Nacken der jungen Dame. Zwei tiefe Kratzer verunzierten ihre helle Haut. Er sah ihr prüfend ins Gesicht, um sicherzugehen, dass sie wirklich die Frau war, für die er sie hielt. Ihre Haut war makellos wie weißer Marmor. Weiche blonde Locken umrahmten ihr Gesicht, und ihre Augen waren dicht bewimpert und blau wie ein strahlend schöner Sommerhimmel, wenn sie offen waren. Ihr Gesicht war oval, und sie hatte ein entzückendes kleines Grübchen an ihrem Kinn.

Sie war sehr schön, was vermutlich auch der Grund war, warum sie ihm schon vor Monaten auf den Straßen Londons aufgefallen war. Er hatte sie nie persönlich kennengelernt, aber von jenem Tag an oft von ihr geträumt.

»Das Wasser, Mylord.«

Sogar mit einem Krug Wasser in der Hand und Handtüchern unter dem Arm bewegte sich die junge Magd so lautlos, wie die Nacht der Morgendämmerung wich. Sie stellte den Krug zu einer Schüssel auf dem Waschtisch neben dem Bett.

»Wo sind die anderen Bediensteten? Die Haushälterin?«, fragte Gabriel das Mädchen.

»Weg«, flüsterte sie. »Sie haben es alle mit der Angst bekommen und sind geflohen, Mylord.«

Gabriel goss das frische Wasser aus dem Krug in die leere Waschschüssel. »Angst wovor?« Er hatte in seiner Kindheit sehr viel Zeit auf Collingsworth Manor verbracht und niemals das Gefühl gehabt, dass es hier irgendetwas zu befürchten gäbe.

Für einen Moment erwiderte das Mädchen nichts, und Gabriel warf ihr einen ungeduldigen Blick zu. »Ich fürchte, wenn ich es Euch sage, Mylord, werdet Ihr glauben, ich sei verrückt«, antwortete sie schließlich leise.

»Das werden wir dann ja sehen«, erwiderte er trocken. Gabriel bemühte sich mit aller Kraft, den Schmerz in seiner Schulter und in seinem Bein zu ignorieren und nicht darüber nachzudenken, dass er soeben seinen Jugendfreund erschossen hatte.

»Vor den Bestien, Mylord«, flüsterte das Mädchen. »Vor den Bestien in den Wäldern um das Haus. Manchmal sind sie Wölfe, aber manchmal sehen sie auch aus wie Menschen.«

Ein normaler Mann hätte nun wohl tatsächlich geglaubt, das Mädchen sei verrückt. Aber Gabriel war kein normaler Mann. »Hast du diese Kreaturen selbst gesehen, Mädchen?«

Sie nickte mit gesenktem Blick. »Jawohl, Mylord.«

Gabriel nahm die sauberen Tücher, die das Mädchen mitgebracht hatte, und tauchte eins davon in das kühle Wasser. »Und trotzdem bist du geblieben, als alle anderen geflohen sind? Bist du so tapfer?«

Ihr Kopf fuhr hoch, und sie schüttelte ihn heftig. »Nein, Mylord. Ich wusste nur nicht, wo ich hin sollte. Ich habe keine Familie mehr außer meinem Bruder, und der ist Gott weiß wo, um zu arbeiten. Ich war noch neu hier, als auf einmal alles anfing. Niemand von den anderen hat mir angeboten, mitzukommen. Jeder war auf sich gestellt, als sie die Flucht ergriffen.«

Während Gabriel sanft den Nacken der bewusstlosen Lady Collingsworth abtupfte, fragte er: »Warum hast du auf mein Klopfen nicht die Tür geöffnet? Ich habe doch gesehen, dass im Haus noch Lampen brannten.«

»Dieser Tage gehe ich nicht mehr an die Tür«, erklärte sie. »Nicht bei all diesen unheimlichen Vorkommnissen hier.«

Gabriel war noch immer nicht ganz sicher, in was für »Vorkommnisse« er hineingeraten war. Was konnte nur in Robert gefahren sein, dass er seine frischvermählte junge Frau angriff? Und nicht nur sie, sondern auch Gabriel? Er hatte nur wegen der pochenden Wunde in seinem Oberschenkel und seinem lahmenden Pferd in Collingsworth Manor Halt gemacht. In den Stallungen hatte er niemanden finden können, als er sein Pferd dort untergestellt hatte.

Er hatte schon überlegt, ob er nicht einfach eins von Roberts Tieren nehmen und nach Wulfglen, seinem eigenen, an die Ländereien von Collingsworth Manor angrenzenden Familienbesitz weiterreiten sollte. Aber er und Robert waren Jugendfreunde gewesen, und Gabriels Gewissen gebot ihm, Robert wenigstens zu fragen, ob er sich eines seiner Pferde borgen konnte.

Als auf Gabriels Klopfen niemand reagiert hatte, war er schon drauf und dran gewesen, sich tatsächlich eins von Roberts Pferden auszuleihen und sich seine Erklärungen für später aufzuheben. Aber dann hatte er Schreie gehört und es wieder an der Tür versucht, doch sie war von innen fest verriegelt gewesen. Als Gabriel sich an einen Baum erinnerte, über den er und seine Brüder früher oft Roberts Zimmer verlassen hatten, um sich nachts zum Nacktbaden an einen Teich nicht weit vom Haus zu schleichen, war er den Baum hinaufgestiegen, um in das Haus hineinzukommen.

Sobald er drinnen war, hatten ihn die Schreie in dieses Zimmer hier geführt, wo ihm bewusst geworden war, dass sie in Wahrheit aus dem Nebenzimmer kamen ... Die junge Dame stöhnte plötzlich auf, und Gabriel senkte wieder seinen Blick auf sie. Ihr Kleid war vorne arg zerrissen, und obwohl er versuchte, nicht darauf zu achten, war nicht zu übersehen, dass ihre Brüste halb entblößt waren.

»Kümmere dich um Mylady«, sagte er, den Blick von ihr abwendend, zu der jungen Magd und legte das blutige Tuch beiseite. »Und such etwas, womit du sie bedecken kannst.«

Dann erhob er sich, nahm die Kerze und ging in das angrenzende Zimmer. Gabriel rechnete schon fast damit, von Robert wieder angegriffen zu werden, obwohl er sich ziemlich sicher war, dass ein Pistolenschuss aus nächster Nähe ihn auf jeden Fall getötet haben musste. Er konnte immer noch nicht glauben, dass er Robert erschossen hatte oder dass sein einstiger Jugendfreund mit einem Messer auf ihn losgegangen war. Der Robert, den er gekannt hatte, war ein schüchterner, immer etwas schmächtiger junger Mann gewesen.

Ihre Freundschaft hatte schon vor Jahren geendet. Wie alle früheren Freundschaften von Gabriel geendet hatten, sobald bekannt geworden war, dass die Wulfs mit einem Fluch belegt waren.

Obwohl er das zusätzliche Licht nicht brauchte, hielt Gabriel die Kerze etwas näher an den Boden und suchte dann die nähere Umgebung ab. Er sah recht gut im Dunkeln, doch was er sah, verwirrte ihn. Es war nicht Robert Collingsworth, der von einer Schusswunde getötet vor ihm auf dem Boden lag.

»He, Mädchen«, rief Gabriel. »Komm doch bitte einmal her.«

Geräuschlos wie ein Mäuschen erschien die junge Dienstmagd neben ihm.

»Wer ist dieser Mann?«, fragte Gabriel sie.

Das Mädchen schnappte entsetzt nach Luft. »Das ist Vincent, einer der Stallknechte – der einzige übrigens, der geblieben und nicht davongelaufen ist. Aber was hat er hier im Schlafzimmer des Herrn zu suchen?«

Das war eine Frage, auf die auch Gabriel gern eine Antwort gehabt hätte. Was der Mann getan oder versucht hatte zu tun, war offensichtlich, da er fast bis auf die Haut entkleidet war. Aber wo war Robert? Und wieso hatte er so etwas zugelassen?

»Kümmere dich um Mylady«, trug Gabriel dem Mädchen auf. »Ich werde derweil Lord Collingsworth suchen.«

»Geht nicht hinaus«, warnte sie ihn. »Sonst kommt Ihr vielleicht nicht zurück.«

Gabriel hatte das Gefühl, dass die Fantasie des Mädchens mit ihm durchging, obwohl ihm andererseits durchaus bewusst war, dass es Wesen gab, die ihre Gestalt verändern konnten. Gabriels Vater hatte sich vor Jahren einer solchen Verwandlung wegen umgebracht. Infolge des daraus entstandenen Schocks oder Wahnsinns war Gabriels Mutter seinem Vater schon kurz danach ins Grab gefolgt. Da die gesamte Londoner Gesellschaft glaubte, die Wulfs würden vom Wahnsinn heimgesucht, wurden die Brüder seitdem von sämtlichen gesellschaftlichen Veranstaltungen ausgeschlossen. Gabriel hatte immer gefunden, die Narren seien die anderen. Wenn es doch nur ein bloßer Fall von Wahnsinn gewesen wäre.

Gabriel ging zu der Tür, die auf den Gang hinausführte. »Schließ die hier«, sagte er zu der Magd und zeigte auf die Tür daneben, die nach seinem Tritt gefährlich schief in ihren Angeln hing.

»Und … was ist mit ihm?« Das Mädchen zeigte mit dem Kopf auf den Toten auf dem Fußboden.

»Um den kümmere ich mich später«, beruhigte sie Gabriel.

Nachdem er Lord Collingsworth' Schlafzimmer verlassen hatte, löschte er die Kerze in seiner Hand. Er besaß ein außergewöhnlich gutes Sehvermögen in der Dunkelheit. Und auch sein Hörvermögen war geradezu unglaublich gut. Er hatte viele ungewöhnliche Talente. Er beschloss, als Erstes in den oberen Zimmern nachzusehen.

Hier war jedoch nichts Ungewöhnliches zu entdecken. Auf der Treppe, die ins Erdgeschoss hinunterführte, wurde Gabriel sich seiner Verletzungen wieder schmerzhaft bewusst. Seit Monaten war er auf der Suche nach seinem jüngeren Bruder Jackson gewesen. Dieser Dummkopf war in London verschwunden, und Gabriel hatte seinem älteren Bruder Armond versprechen müssen, dass er Jackson finden würde. Aber es war alles andere als leicht gewesen, ihn aufzuspüren.

Irgendwann war Gabriel seinem Bruder bis in ein kleines Dorf namens Whit Hurch gefolgt. Als er in das Dorf geritten war, um zu fragen, ob irgendjemand ihm etwas über Jacksons Aufenthaltsort sagen konnte, war er von wütenden Dorfbewohnern mit Mistgabeln und Musketen angegriffen worden. Die Dörfler hatten ihn offenbar mit Jackson verwechselt. Eine Kugel war in Gabriels Schenkel eingeschlagen, bevor er sein Pferd hatte wenden können, um sich durch die aufgebrachte Menge durchzukämpfen.

Sie hatten ihn jedoch verfolgt, und er hatte fast eine ganze Woche dazu gebraucht, den Pöbel abzuhängen. Dann hatte er den größten Teil einer weiteren Woche für den Heimweg nach Wulfglen benötigt. Und nach all dem Aufwand war sein unvernünftiger jüngerer Bruder vielleicht inzwischen längst wieder zu Hause.

Und nun auch noch das hier.

Auch die Salons und Wohnräume im Erdgeschoss waren leer. Das Arbeitszimmer ebenfalls. In der Küche köchelte ein Eintopf auf dem Herd. Nach einem kurzen Blick darauf humpelte Gabriel zur Speisekammer weiter. Sie war nicht sehr gut gefüllt und enthielt nur die unentbehrlichsten Grundnahrungsmittel. Aber er fand dort immerhin eine Tür, die in den Vorratskeller führte.

Die Stufen ächzten unter seinem Gewicht, und sein Bein pochte wie verrückt bei jedem Schritt. Es war stockfinster in dem Keller, aber Gabriel konnte trotzdem noch gewisse Formen und Konturen ausmachen. Eine vorbeihuschende Maus – Vorräte, die die kühleren Temperaturen hier unten brauchten, um nicht zu verderben. Der Keller roch nach feuchter Erde und nach ... Gabriel blieb stehen, schloss für einen Moment die Augen und atmete tief ein. *Tod. Es roch nach Tod.*

Langsam drang Gabriel noch weiter in den Keller vor, schon beinahe sicher, was er vorfinden würde. Und tatsächlich lag Robert mit leeren, vom Tod verschleierten Augen auf dem feuchten Erdboden, sein Gesicht eine Maske des Entsetzens und eine Hand auf seine Herzgegend gepresst. Er war tot.

2. Kapitel

W*as für ein abscheulicher Geruch!* Amelia kam schlagartig aus der Dunkelheit ins Licht zurück und schlug um sich, um den widerlichen Geruch unter ihrer Nase zu entfernen.

»Regt Euch nicht auf, Mylady. Es ist nur das Riechsalz, um Euch wiederzubeleben.«

Amelia hustete und blickte sich verwundert in dem Zimmer um. Es war nicht ihr Schlafzimmer in London. Der Albtraum kehrte urplötzlich wieder zurück, und eine Gänsehaut kroch über ihre Arme und Beine. Träumte sie noch immer? Sie hoffte bei Gott, dass es so war.

»Kneif mich«, sagte sie zu dem Dienstmädchen. »Kneif mich, damit ich aufwache.«

Die großen Augen des jungen Mädchens wurden weicher. »Ihr träumt nicht, Mylady. Ihr habt nur einen furchtbaren Schreck erlitten.«

Amelia blickte zu der Tür hinüber, welche ihr Zimmer mit dem ihres Bräutigams verband. Die Tür war geschlossen, hing aber völlig schief in ihren Angeln, nachdem Gabriel Wulf sie aufgetreten hatte. Oder zumindest glaubte Amelia, dass es Gabriel Wulf gewesen war.

»Da war ein Mann ...«

»Ich weiß, Mylady«, fiel das Mädchen ihr ins Wort. »Es war einer der Stallknechte, und ich kann mir nicht erklären, wie er in das Haus oder in das Zimmer des jungen Herrn gelangt ist. Aber er lebt nicht mehr. Der andere Mann hat ihn getötet.«

Amelia begann wieder der Kopf zu schwirren. »Was? Von was für einem Stallknecht redest du?«

»Von Vincent«, antwortete das Mädchen. »Das ist der Tote, der im Nebenzimmer liegt. Den anderen Mann kenne ich nicht. Aber er ist breitschultrig und groß und stämmig wie eine Eiche. Ich habe keine Ahnung, wie dieser oder der andere Mann ins Haus gekommen sind. Ich habe die Türen selbst verriegelt.«

»Aber ...« Amelia rieb ihre pochenden Schläfen. »Aber der Mann im Nebenzimmer war Lord Collingsworth. Ich habe ihn im Kerzenlicht gesehen, als er an die Tür klopfte und mich aufforderte, zu ihm zu kommen.«

Die Dienstmagd runzelte die Stirn und schüttelte wieder den Kopf. »Das war nicht Euer Herr Gemahl da drinnen, sondern Vincent aus den Stallungen. Er war es, der versucht hat, Euch etwas anzutun, Mylady. Der andere Mann hat sich auf die Suche nach Lord Collingsworth gemacht.«

Amelia ließ sich auf die Kissen zurücksinken und versuchte zu verarbeiten, was die Dienstmagd ihr gerade gesagt hatte. Es war eindeutig Robert gewesen, der sie aufgefordert hatte, zu ihm ins Ehebett zu kommen. Wie konnte es also wahr sein, was die Magd ihr da erzählte? Aber warum sollte sie Amelia belügen? Und wenn dies alles doch kein Albtraum war, war es dann tatsächlich Gabriel Wulf, der Robert suchte? Und falls ja, wieso war Gabriel Wulf dann überhaupt auf Collingsworth Manor?

Die Tür zu ihrem Zimmer öffnete sich, und ein blonder Hüne von einem Mann trat ein. *Lord Gabriel Wulf.* Er sah zuerst Amelia und dann das junge Mädchen an. »Würdest du uns etwas zu trinken holen? Etwas möglichst Starkes?«

Das Mädchen nickte und wandte sich zur Tür, wo sie jedoch wieder innehielt und sich mit großen, bangen Augen umsah. »Seid Ihr sicher, dass es ungefährlich ist?«

»Völlig sicher«, sagte Wulf. »Außer uns ist niemand im Haus. Davon habe ich mich persönlich überzeugt.«

Widerstrebend ging das Mädchen weiter.

»Bring auch etwas von dem Eintopf mit, der auf dem Herd steht«, rief Wulf ihr nach. »Mylady könnte jetzt bestimmt etwas zu essen brauchen.«

Nicht ganz ohne Misstrauen betrachtete Amelia Gabriel Wulf. Es war eine Nacht, in der Vorsicht angebracht war, falls dies alles nicht doch nur ein Traum war. »Was tut Ihr hier?«

Er schwankte ein bisschen und sah sich suchend in dem Zimmer um. »Diese zierlichen Sessel da würden unter mir zusammenbrechen«, sagte er und zeigte auf zwei Sessel im Queen-Anne-Stil vor Amelias Kamin. »Darf ich mich auf das Bett setzen? Wegen meines Beins natürlich nur.«

Erst jetzt bemerkte Amelia den dunklen Fleck, der sich in Schenkelhöhe auf seiner Reithose befand. »Seid Ihr verletzt?«

Ohne ihre Erlaubnis abzuwarten, kam Gabriel Wulf zum Bett und ließ sich aufatmend auf dem Rand der weichen Matratze nieder. »Diese Verletzung ist der Grund, aus dem ich hergekommen bin. Die Verletzung und mein Pferd, das lahmt. Ich wollte Lord Collingsworth bitten, mir eins der seinen zu leihen, und dann nach Wulfglen weiterreiten, aber ...«

Noch immer leicht benommen, flüsterte Amelia: »Das Mädchen sagte, der Mann im Nebenzimmer sei nicht Robert. Aber ich versichere Euch, dass er es sein muss. Er war es, der an meiner Tür klopfte und mich bat, zu ihm zu kommen.«

Dichte dunkle Wimpern beschatteten Lord Gabriels Augen, bis er den Blick zu ihr erhob. Seine Augen waren nicht braun, nicht blau oder grau, sondern so leuchtend grün wie eine Frühlingswiese. Dunkle Bartstoppeln beschatteten sein markantes Kinn. Sein Haar war dunkelblond, aber mit hellen Strähnen durchsetzt, die im Kerzenlicht fast silbern schimmerten. Für einen so großen Mann hatte er sehr feine, wohlgeformte Gesichtszüge. Eine kurze, gerade Nase, dunkle Brauen, hohe Wangenknochen und einen sehr schön geschnittenen, zum Rest seines Gesichts passenden Mund. Er sah atemberaubend gut aus, dieser Lord Gabriel.

»Lord Collingsworth ist tot«, sagte Wulf mit schonungsloser Offenheit. »Ich habe ihn im Vorratskeller aufgefunden.«

Amelia starrte ihn mit ausdrucksloser Miene an. Irgendwie hatte sie das Gefühl, dass sie noch immer unter Schock stand und seine Worte gar nicht wirklich zu ihr vordrangen. Die Geschehnisse, die zu all dem geführt hatten, *konnten* gar nicht zu ihr vordringen. Auch wenn sie Robert nicht geliebt, sondern ihn nur geheiratet hatte, weil er eine gute Partie war und ihre Eltern ihn gebilligt hatten. Natürlich hätte sie versuchen können, sich einzureden, dass sie vielleicht eines Tages lernen würde, ihn zu lieben, aber sie glaubte nicht an die Liebe. Sie war nichts als ein hübsches Wort, das die Leute anstelle von »Lust« oder »Pflicht« verwendeten.

»Tot«, wiederholte sie wie vor den Kopf geschlagen, obwohl sie vor wenigen Momenten selbst noch überzeugt gewesen war, dass er tot im Nebenzimmer lag. »Aber wie ist er gestorben?«

Wulf fuhr sich mit der Hand über die Wangen. »Soweit ich das beurteilen kann, war es sein Herz. Ich habe nicht einmal einen Kratzer an ihm gefunden.«

Amelia kamen die Tränen, aber sie blinzelte rasch, um sie zu verdrängen. Es spielte keine Rolle, ob sie Robert liebte oder nicht; er war immerhin ihr Mann gewesen, und sie hatte ihm wirklich nicht den Tod gewünscht. Da Amelia ihr Leben lang verwöhnt und verhätschelt worden war, hatte sie von ihrem jungen Ehemann natürlich erwartet, dass er damit fortfahren würde. Doch nun war er angeblich tot. Und der Tote im Nebenzimmer war offensichtlich keinesfalls ihr Ehemann. Das ergab doch alles keinen Sinn?

»Das kann nicht sein«, flüsterte sie. »Ich schwöre Euch, dass es Robert war, der vorhin bei mir im Nebenzimmer war. Da war gar keine Zeit, um einen Austausch vorzunehmen.«

Wulf bewegte sich näher an die Schüssel heran, die auf dem Nachttisch stand, nahm ein feuchtes Tuch und wrang es aus. »Euer Nacken blutet wieder«, sagte er.

Sie spürte das Brennen der Kratzer noch immer und war froh, als Gabriel sie mit dem feuchten Tuch behutsam abtupfte. Dabei war sie geistesgegenwärtig genug, um an sich herabzublicken und erleichtert festzustellen, dass jemand sie mit einer dünnen Decke zugedeckt hatte. Ihr Morgenrock lag neben ihr auf dem Bett.

Ihr Nachthemd war dünn und ein bisschen gewagt für eine frischgebackene junge Ehefrau, aber Amelia war schon immer ein bisschen »gewagt« gewesen. Der dünne Stoff war unter Roberts ... Klauen zerrissen. Sie erschauerte bei der Erinnerung daran.

»Ich werde ein Feuer im Kamin anzünden.« Lord Gabriel verwechselte ihre Reaktion ganz offenbar mit einem Frösteln, denn er legte das Tuch, mit dem er ihren Nacken abgetupft hatte, in die Waschschüssel, stand auf und humpelte zu dem Kamin hinüber.

Kurz darauf betrat wieder das Dienstmädchen das Zimmer. Ein köstlicher Duft entstieg den zwei dampfend heißen Schalen auf dem Tablett, welches die junge Frau in ihren Händen hielt. Amelia hätte geschworen, dass sie in einem Moment wie diesem unmöglich etwas zu sich nehmen könnte, doch ihr Magen widersprach ihr mit einem leisen Knurren.

»Ich habe den Eintopf mitgebracht«, rief das Mädchen Lord Wulf zu. »Und eine Flasche Brandy. Ich dachte mir, vielleicht hilft der, Mylady ein bisschen aufzuwärmen.«

Obwohl das Mädchen noch sehr jung war, schien es für sein

Alter schon recht vernünftig zu sein. Amelia dagegen wusste, dass sie selbst der Hysterie sehr nahe war. Die Ereignisse der Nacht erschienen ihr so unwirklich wie ein Traum – oder vielmehr wie ein Albtraum. Collingsworth Manor hatte ihr gleich ein ungutes Gefühl eingeflößt, schon von dem Augenblick an, als sie und Robert auf dem Landsitz eingetroffen waren.

Das Haus war nicht so groß, wie Amelia erwartet hatte, und aus schon stark zerbröckelndem weißem Stein erbaut. Dornige, kahle Hecken umgaben das Herrenhaus, die ebenso vernachlässigt und tot waren wie all die anderen ungepflegten Pflanzen um das Haus. Es gab einen hübschen Bogengang, der in den Garten führte, doch das bisschen Efeu, das es geschafft hatte, zu überleben, war nur spärlich und sehr unansehnlich. Die Fensterläden brauchten alle dringend einen neuen Anstrich. Das ganze Haus sah aus, als befände es sich kurz vor dem Einsturz. Der Zustand von Roberts Landsitz hatte Amelia überrascht.

Überrascht und auch zutiefst bestürzt, da Robert ihrem Vater versichert hatte, dass er sehr gut für Amelia sorgen würde. Dass sie, wie sie es gewohnt war, von allem nur das Allerbeste haben würde. Ihr Bräutigam hatte nur gelacht, als er bei ihrer Ankunft auf Collingsworth Manor ihren Gesichtsausdruck gesehen hatte, und versprochen, ihr in allem freie Hand zu lassen, um das Haus wieder vorzeigbar zu machen.

Robert hatte sogar rundheraus zugegeben, dass er als Junggeselle weder ein Gespür für solche Dinge noch ein Interesse daran hatte. Sein Hauptinteresse an Collingsworth Manor waren seine Pferde. Die Pferde und das fruchtbare Ackerland ... doch auch die Felder hatten sehr vernachlässigt gewirkt, als sie daran vorbeigefahren waren. Robert hatte nichts dazu bemerkt, aber Amelia wusste, dass er während der ganzen restlichen Fahrt darüber nachgegrübelt hatte. Bei ihrer Ankunft zu erfahren, dass die meisten seiner Dienstboten geflohen waren, hatte Roberts schlechte Laune nur vergrößert.

»Der Kutscher«, erinnerte Amelia sich plötzlich. »Und der Diener! Sie haben uns von London herbegleitet. Sie hätten doch eigentlich im Stall sein müssen.«

Nachdem jetzt ein anheimelndes Feuer im Kamin brannte, humpelte Gabriel Wulf zum Bett zurück. »Im Stall war niemand«, versicherte er ihr. »Ich habe extra laut gerufen, um nicht für einen Pferdedieb gehalten zu werden.«

»Vielleicht haben sie die Flucht ergriffen wie alle anderen«, warf das junge Mädchen leise ein.

Ihr Einwand erinnerte Wulf wieder an ihre Anwesenheit. »Stell das Tablett dort drüben hin«, wies er sie an und zeigte auf eine Truhe mit einem Spiegel darüber. Die Bewegung schmerzte ihn anscheinend, denn er rieb sich seine Schulter. Sein Hemd war inzwischen genauso blutbefleckt wie seine verstaubten Reithosen.

Amelia erinnerte sich nun wieder, dass Robert – oder wer auch immer mit ihr in dem Nebenraum gewesen war – Lord Gabriel einen Messerstich versetzt hatte. Und da machte der Mann ein solches Aufhebens um ein paar Kratzer an ihrem Nacken, während er selbst vielleicht verblutete!

»Lord Gabriel«, rief Amelia scharf. »Bitte kommt und setzt Euch zu mir. Ihr müsst Euch Eure eigenen Verletzungen versorgen lassen.«

Statt ihrer Bitte jedoch nachzukommen, ging er zu der Truhe, füllte zwei Gläser aus einer Karaffe mit Brandy und brachte ihr eins, nachdem er den Inhalt des anderen in einem Zug heruntergestürzt hatte.

»Dafür ist später noch Zeit«, sagte er, als er ihr das Glas reichte. »Trinkt das. Es wird zuerst ein bisschen brennen, aber es wird Euch stärken und beleben.«

Er brauchte seine Bitte nicht zu wiederholen. Amelia nahm das Glas, hob es an ihre Lippen und leerte es, ohne es auch nur einmal abzusetzen. Als sie Wulfs erhobene Augenbraue sah, erklärte sie: »Das ist nicht mein erster Brandy. Tatsächlich war es sogar Eure Schwägerin Lady Wulf, die mich damit bekannt gemacht hat.«

»Rosalind?«

Amelia nickte. »Wir sind die besten Freundinnen.«

Darauf setzte Wulf sich auf den Rand des Betts. »Woher kennt Ihr meinen Namen?«

Wie töricht kam Amelia sich jetzt für all die Stunden vor, die sie damit verbracht hatte, sich Gedanken über Gabriel Wulf zu machen statt über Robert, der ihr wenigstens den Hof gemacht hatte. Sie hatte Lord Gabriel nur ein einziges Mal gesehen und ihn dennoch nie wieder vergessen können. Selbst heute Morgen noch, als sie ihre Gelübde gesprochen hatte, war sein Bild ihr durch den Kopf gegangen.

»Ich habe Euch einmal in London auf der Straße gesehen. Später erkannte ich Euch dann auf einem Porträt, das in der Stadtwohnung Eurer Familie hängt, und Rosalind nannte mir Euren Namen.« Amelia hob ihr leeres Glas. »Könnte ich noch einen haben?«

Wulf warf der Magd einen Blick zu, welche kommentarlos die Karaffe holte. Während das Mädchen einschenkte, versuchte Amelia, ihre Kräfte zu sammeln. Da sie Gabriels Blick auf sich spürte, zwang sie sich dieses Mal, den Alkohol wenigstens Schluck für Schluck zu trinken. »Würdet Ihr bitte wegsehen, während ich meinen Morgenmantel überziehe?«, sagte sie. »Ich möchte aufstehen, und mein Kleid ist ganz zerrissen.«

Für einen winzigen Moment glitt Wulfs Blick an ihr hinunter und wieder hinauf. »Das ist mir nicht entgangen.«

Was für eine komische Bemerkung angesichts all dessen, was hier sonst noch vor sich ging. Er hatte bemerkt, dass ihr Kleid zerrissen war und ihre Brüste sicherlich daraus hervorschauten. Aber so seltsam das auch war – dass es ihm aufgefallen war, löste ein ganz eigenartig warmes Kribbeln in ihr aus. Amelia war nicht halb so prüde, wie ihr frischgebackener Ehemann es gewesen war. Sie hatte Robert oft schockiert, als er sie noch umworben hatte. Und dann hatte er *sie* schockiert. Nur dass es angeblich nicht Robert gewesen war, der sie in seinem Zimmer angegriffen hatte.

»Ihr solltet im Bett bleiben«, meinte Wulf. »Eine so zartfühlende junge Dame wie Ihr würde sicher nur wieder in Ohnmacht fallen, und meine Schulter schmerzt, ehrlich gesagt, so sehr, dass ich nicht weiß, ob ich Euch ein zweites Mal aufheben könnte.«

Seine Antwort überraschte sie ein bisschen. Es war nicht die Reaktion eines Gentlemans, aber dann wiederum wusste Amelia ja auch, dass Gabriel Wulf kein Gentleman war. Wahrscheinlich war es zum Teil sogar gerade das, was sie so faszinierend an ihm fand. »Ich werde schon nicht in Ohnmacht fallen«, entgegnete sie ruhig und hoffte nur, dass das auch stimmte. »Und wenn Ihr nicht wegseht, bleibt mir wohl nichts anderes übrig, als meine Brüste vor Euch zu entblößen.«

Seine Augenbrauen fuhren in die Höhe. Jetzt hatte sie es geschafft, *ihn* zu schockieren. Normalerweise hätte Amelia jetzt vielleicht gelächelt, wenn die gegenwärtigen Umstände sie dieser Fähigkeit nicht beraubt hätten.

»Vielleicht solltet Ihr einen Moment hinausgehen, Mylord, damit ich Mylady in ihren Morgenmantel helfen kann.«

Amelia hatte die Anwesenheit des Dienstmädchens schon fast vergessen.

»Er kann sich kaum auf den Beinen halten, ohne ins Schwanken zu geraten«, verwarf Amelia den Vorschlag. »Und wenn er in Ohnmacht fällt, bezweifle ich, dass wir ihn zusammen aufheben könnten.«

Gabriels Mundwinkel verzogen sich zu dem Anflug eines Lächelns. »Ich glaube, jetzt sind wir gerade beide in unsere Schranken verwiesen worden«, sagte er zu dem Mädchen.

Die Magd lächelte nicht, aber sie trat vor, um Amelia in ihren Morgenrock zu helfen.

»Wie heißt du eigentlich?«, fragte Amelia sie.

»Mora, Mylady.«

»Mora sagt, es schlichen Bestien um das Haus herum. Wölfe, die sich in Menschen verwandeln und umgekehrt. Glaubt Ihr an solche Dinge, Lady Collingsworth?«

Wulf hielt den Blick stur geradeaus gerichtet, während Mora Amelia in ihren dünnen Morgenrock half. Es war ein komisches Gefühl, mit »Lady Collingsworth« angesprochen zu werden. Für einen Tag war sie eine Braut gewesen, und nun war sie schon Witwe. Amelia konnte die Veränderung ihrer Verhältnisse kaum begreifen ... aber sie war deswegen noch lange nicht verrückt.

»Selbstverständlich nicht«, antwortete sie. »Ich möchte Mora nicht beleidigen, aber solche Dinge beruhen nur auf dummen, volkstümlichen Überlieferungen. Geschichten, die erfunden wurden, um kleine Dorfkinder zu verängstigen, damit sie sich nicht in den Wald hineinwagen und sich verirren.«

Während Amelia die Bändchen an ihrem Morgenrock verknotete, sah sie Mora an, um ihr mit ihrem Blick zu verstehen zu geben, dass sie es ihr nicht übel nahm, wenn sie an Dinge glaubte, die es gar nicht gab. Schließlich kamen sie aus sehr verschiedenen Verhältnissen.

Das Mädchen senkte jedoch nur unterwürfig seinen Blick und zog den Kopf ein wenig ein.

»Mora, würdest du bitte alles Nötige holen, damit wir Lord Gabriels Verletzungen versorgen können?«

Mora schlüpfte leise aus dem Raum, und Amelia ging an Wulf vorbei zu der Truhe mit dem Spiegel, von der sie einen Teller Eintopf nahm und ihn Gabriel brachte. Sie hatte noch nie jemanden bedient, außer beim nachmittäglichen Tee vielleicht, unter den gegebenen Umständen jedoch hielt sie es für das Beste, sich nicht allzu affektiert zu geben.

»Ich glaube, Ihr braucht auch etwas zur Stärkung«, sagte sie. »Seid Ihr hungrig?«

Als er den Teller nahm, streiften seine Finger die ihren. Seine Hände waren nicht weich … nicht wie Roberts, aber ihre Berührung löste ein angenehmes Prickeln auf ihrem Arm aus. »Ich erinnere mich nicht einmal mehr, wann ich das letzte Mal etwas Vernünftiges gegessen habe«, gab er zu. »Wenn man auf der Flucht ist, ist das nicht so leicht.«

Amelias Knie fühlten sich plötzlich wieder seltsam kraftlos an unter ihrem zerrissenen Kleid. Aus Angst, vielleicht tatsächlich wieder ohnmächtig zu werden, setzte sie sich neben Gabriel auf das Bett, obwohl sie wusste, dass sich das nicht schickte. »Ihr wart auf der Flucht?«, fragte sie.

Obwohl Wulf vermutlich völlig ausgehungert war, aß er sehr manierlich. Er kaute und schluckte das Essen herunter, bevor er antwortete: »Ich war auf der Suche nach meinem Bruder Jackson. Er verschwand vor ein paar Monaten in London.«

»Lord Jackson?« Amelia blinzelte ihn verwundert an. »Ich habe ihn erst heute Morgen bei meiner Hochzeit gesehen. Euren Bruder und seine hübsche Frau Lady Lucinda.«

Wulf, der den Löffel schon halb wieder zum Mund geführt hatte, ließ ihn verwundert sinken. »Seine *Frau?*«

Da Lord Gabriels verblüffter Miene zu entnehmen war, dass

er nichts von der Heirat seines jüngeren Bruders wusste, fragte Amelia: »Ihr wusstet nicht, dass Euer Bruder geheiratet hat?«

Gabriel hatte nur ein paar Bissen von seinem Eintopf gegessen, aber jetzt stellte er den Teller auf Amelias Nachttisch. »Ich wusste nicht einmal, dass er nach Hause zurückgekehrt ist, geschweige denn, dass er sich eine Frau genommen hat.«

Amelia, die im Moment für jede Ablenkung dankbar war, bemerkte: »Es ist ein ziemlicher Skandal damit verbunden. Man munkelt, dass Lady Lucinda eine Hexe ist, aber ich mag sie. Und das Kind ist ganz entzückend.«

Lord Gabriels Augen, die grün wie das erste zarte Frühlingsgras waren, weiteten sich vor Überraschung. »Ein Kind?«

»Ein Junge«, klärte Amelia ihn auf. »Sein Name ist Sebastian. Er sieht seinem Vater eigentlich gar nicht ähnlich, aber er ist trotzdem ein ausgesprochen hübsches Kind.«

Wulf fuhr sich mit einer Hand durchs Haar und schüttelte den Kopf. »Ich muss nach Hause.«

Auch Amelia verspürte mehr als nur ein bisschen Heimweh. Sie wollte auch nach Hause. Sie wünschte, sie wäre jetzt in ebendiesem Augenblick schon dort bei ihren Eltern und sicher und behütet unter ihrem Dach.

Mora kam mit vollen Armen wieder. Gabriel streckte die Hände aus und nahm dem Mädchen den Krug mit dem Wasser und die Tücher ab. Den Rest der Sachen – Verbandszeug, eine Schere und eine lange, furchteinflößende Pinzette – legte Mora auf das Bett.

»Ich hab alles mitgebracht, was mir eingefallen ist«, sagte sie. »Um den einen oder anderen Kratzer habe ich mich schon mal gekümmert.«

Amelia hatte sich noch nie um irgendetwas anderes als ihre persönliche Hygiene und ihre gesellschaftlichen Veranstaltungen gekümmert. Sie kam sich daher reichlich nutzlos vor und fragte sich, ob sie es auch nur ertragen könnte, sich Gabriels Verwundungen anzusehen, ganz zu schweigen davon, sie zu säubern und zu verbinden.

»Ich werde mir zuerst die Schulter vornehmen«, erklärte das Mädchen. »Aber dazu müsst Ihr Euer Hemd ausziehen, Mylord.«

Gabriel tat es ohne Zögern, zog sein zerrissenes, blutbeflecktes Hemd aus seiner eng anliegenden Hose und streifte es über den Kopf, wobei er wieder scharf zusammenzuckte, weil er seine Schulter dazu bewegen musste. Amelia hatte gedacht, sie würde es nicht ertragen hinzusehen, aber ganz im Gegenteil dazu schien sie den Blick nicht von ihm abwenden zu können.

Seine Brust war glatt und sonnengebräunt, mit flachen, kupferfarbenen Brustwarzen und keinem einzigen Gramm Fett an seinem Bauch. Seine Schultern waren breit und muskulös ... und dann sah Amelia die Wunde und das Blut und konnte nicht mehr hinsehen.

»Die ist nicht allzu tief«, murmelte das Mädchen. »Hätte schlimmer sein können. Ich glaube nicht, dass sie genäht werden muss, damit sie heilt.«

Amelia drehte sich fast der Magen um. Auf unsicheren Beinen ging sie zu der Truhe zurück. Aber der Geruch des Eintopfs, der vorhin noch ihren Magen zum Knurren gebracht hatte, verursachte ihr jetzt Übelkeit. Und so griff sie statt nach ihrem Teller nach der Brandykaraffe.

»Ihr solltet lieber nicht zu viel davon trinken. Es könnte Euch übel davon werden.«

Amelia warf einen Blick über die Schulter und sah, dass Wulf sie beobachtete, während Mora seine Schulter verband. Nun, da die Wunde mit einem sauberen Verband bedeckt war, konnte Amelia ihn wieder ansehen, ohne ein komisches Gefühl im Magen zu bekommen. »Ich vertrage ihn sogar sehr gut«, beschied sie ihn. »Eines Nachmittags habe ich mit Lady Wulf eine ganze Menge davon getrunken und überhaupt nichts Komisches gespürt.«

»Wir müssen einen klaren Kopf bewahren«, warnte Gabriel sie trotz ihrer Behauptung.

Amelia sah ihn düster an. »Falls heute Abend noch mehr Schlimmes passiert, wäre ich lieber sturzbetrunken.«

Wieder lächelte er fast, und sie fragte sich, wie er wohl aussehen mochte, wenn er es tatsächlich tat. Wenn er sprach, konnte sie seine sehr geraden, blendend weißen Zähne sehen. Aber das Dienstmädchen nahm jetzt seine Aufmerksamkeit wieder in Anspruch.

»Und nun das Bein«, sagte sie mit hochrotem Gesicht. »Dazu werdet Ihr aber die Hose ausziehen müssen, Mylord.«

Allein der Gedanke, Gabriel Wulf nackt zu sehen, durchflutete Amelia mit jäher Hitze. Vielleicht ist es ja nur der Alkohol, dachte sie mit einem Blick auf ihren Brandy. Eine Braut in ihrer Hochzeitsnacht sollte sich wirklich nicht solche Gedanken über einen anderen Mann machen. Sie stellte das Glas weg und wandte sich ihm zu.

»Ihr könnt die Decke auf dem Bett benutzen, um Euch zu bedecken«, sagte sie. »Mora und ich werden uns umdrehen, während Ihr Euch entkleidet.«

Er zuckte mit den Schultern. »Das ist mir einerlei«, erwiderte er, während er aufstand, um seine schmutzige, blutbefleckte Hose aufzuknöpfen. Amelia merkte, dass weder sie noch die junge Magd sich von ihm abgewandt hatten, bis er schon beinahe damit fertig war.

»Komm her, Mora«. befahl sie, und das Mädchen trat gehorsam neben sie. Amelia brauchte eine weitere Minute länger, um sich wirklich von Gabriel abzuwenden, der im Begriff war, vor Gott und wer immer auch ihm sonst noch zusah, seine Hose auszuziehen.

Sowohl sie als auch Mora standen vor der Truhe und dem Spiegel. Amelia musste sich die größte Mühe geben, keinen Blick in den Spiegel zu werfen, um Wulf vielleicht doch noch beim Ausziehen zu sehen. Der Alkohol musste ihr doch mehr zugesetzt haben, als sie gedacht hatte, und trotzdem griff sie nach der Karaffe, um sich erneut zu stärken.

»Lasst mir etwas übrig«, bat Mora. »Ich brauche den Brandy, um die Wunde zu reinigen, wenn ich die Kugel entfernt habe.«

Amelia warf ihr einen neugierigen Blick zu. »Hat er dir erzählt, dass er angeschossen wurde?«

Das Mädchen errötete. »Nein. Das brauchte er nicht. Ich habe solche Wunden schon gesehen. Es sind keine besonders guten Verhältnisse, aus denen ich komme, Mylady.«

»Alles klar, ihr könnt euch wieder umdrehen«, rief Gabriel hinter ihnen. »Beeil dich, Mora. Ich habe noch viel zu tun heute Nacht.«

Sie drehten sich um und sahen, dass er auf dem Bett saß, die Decke um seine Taille, aber auf einer Seite zurückgeschlagen, damit Mora sein verletztes Bein versorgen konnte. Amelia hatte noch nie zuvor ein nacktes Männerbein gesehen. Obwohl die derzeitige Herrenmode nur wenig der Fantasie überließ, war es etwas völlig anderes, das nackte Bein eines Mannes statt nur der Umrisse des Beins unter eng anliegenden Hosen oder Strumpfhosen zu sehen.

Und trotz seiner Verletzung war Gabriel Wulfs Bein ein wirklich sehenswerter Anblick. Es war lang und muskulös und mit feinem blondem Haar bedeckt. Amelia starrte es mit großen Augen an, während Mora sich an die Arbeit machte. Tatsächlich verfolgte sie sogar die ganze Prozedur und stand wie betäubt daneben, als das Mädchen mit der Furcht erregend aussehenden Pinzette eine Kugel aus Gabriel Wulfs Oberschenkel zog. Doch obwohl ihm der Schweiß ausbrach und er die Zähne zusammenbiss, hörten sie von ihm kein Wort der Klage.

»Der Brandy, Mylady«, rief Mora Amelia zu. »Würdet Ihr mir bitte die Karaffe holen?«

Froh, etwas tun zu können, holte Amelia die Karaffe und brachte sie zum Bett. Sie trank allerdings schnell noch einen Schluck daraus, bevor sie Mora die Karaffe übergab. Das Mädchen bot auch Gabriel den Brandy an.

»Um Euch zu stärken«, sagte sie. »Denn das hier wird gleich ziemlich brennen.«

Er nickte und trank einen tüchtigen Schluck aus der Karaffe, bevor er sie Mora wiedergab. Ein eigenartiges kleines Prickeln durchlief Amelia bei dem Gedanken, dass Gabriels Mund die gleiche Stelle berührt hatte wie der ihre. Als spürte er, dass sie ihn beobachtete, suchten seinen grüne Augen ihren Blick und hielten ihn fest, während Mora seinen blutigen Oberschenkel mit dem Alkohol beträufelte.

Er zuckte nicht einmal zusammen.

»Jetzt muss ich die Wunde vernähen«, sagte Mora. »Und dann bin ich hier fertig. Wenn Ihr sie sauber haltet, wie Ihr es bisher getan habt, müsste sie ganz gut verheilen.«

Wulf gab ihr keine Antwort, sondern starrte weiter Amelia an, und sie vermutete, dass er das tat, um sich von seinen Schmerzen abzulenken. Doch so forsch sie auch bisweilen war, begann sie sich doch unter seiner intensiven Musterung zunehmend unbehaglicher zu fühlen. Amelia hatte nämlich den Verdacht, dass er durch ihren dünnen Morgenrock nahezu hindurchsehen konnte. Sie war nicht so vornehm-zurückhaltend, wie es sich für eine wohlerzogene junge Frau gehörte. Einmal war sie sogar so kühn gewesen, ihr Kleid bei einer Gesellschaft absichtlich zu durchnässen. Ihre Mutter war fast in Ohnmacht gefallen, als Amelia aus einem der oberen Gästezimmer kam, wo verschiedene andere junge Damen das Gleiche wie sie getan hatten.

Und trotzdem war irgendetwas an der Art, wie Gabriel sie beobachtete – wie ein Fuchs, der ein Kaninchen belauerte –, Amelia nicht ganz geheuer. Und ihr war ohnehin schon unbehaglich genug zumute nach allem, was geschehen war. Sie brauchte etwas zu tun, um sich von den Gedanken daran abzulenken.

»Vielleicht finde ich etwas Sauberes für Euch zum Anziehen«, sagte sie. »Von Robert.« Ihre Kehle wurde eng, und sie brauchte einen Moment, um sich zu sammeln. »Er war zwar nicht annähernd so groß wie Ihr, aber vielleicht finde ich ja etwas, das Euch passt.«

»Macht Euch bitte keine Umstände«, sagte er und löste endlich seinen Blick von ihr, um ihn auf die Verbindungstür zu Roberts Schlafzimmer zu richten. »Ich kann nicht von Euch verlangen, noch einmal in diesen Raum zu gehen.«

In gewisser Hinsicht war es sogar unumgänglich für Amelia, den Toten zu sehen. Und wenn auch nur, um sich mit eigenen Augen davon zu überzeugen, dass der Mann nicht Robert war. Wie konnte sie sich so geirrt haben? Wie hatte es der Mann geschafft, sie so zu täuschen?

»Ich schaffe das schon«, flüsterte sie, nicht sicher, wen sie mehr zu überzeugen versuchte, sich selbst oder Gabriel Wulf.

3. Kapitel

Amelia nahm eine Kerze mit. Sie hatte Angst, dass die nur noch halb in ihren Angeln hängende Tür herunterfallen würde, wenn sie sie öffnete, aber sie hielt. Amelia wollte den Blick am liebsten nicht auf den Boden richten, wo der Tote lag, der sie so hinters Licht geführt hatte. Sie hätte es wirklich nur zu gern vermieden, aber außer um etwas Sauberes für Gabriel Wulf zum Anziehen zu suchen, war sie schließlich dazu hergekommen. Und so holte sie tief Luft und senkte den Blick auf den Boden ... auf dem niemand lag.

Amelia atmete erleichtert auf. Wulf hatte die Leiche anscheinend schon während oder nach seiner Suche nach Robert fortgebracht. Schon ein wenig ruhiger, ging Amelia zu Roberts Kleiderschrank und öffnete die Türen. Sie dachte, dass eins seiner Nachthemden Lord Gabriel als Hemd würde genügen müssen. Was die Hosen anging, konnte sie sich beim besten Willen nicht vorstellen, dass ihm welche von Robert passen würden. Er war erheblich größer, als Robert es gewesen war, und auch seine Beine – oder Schenkel – waren sehr viel stämmiger und muskulöser.

Nachdem sie ein Nachthemd aus dem Schrank genommen hatte, wandte sie sich ab, um die Kerze aufzuheben, die sie beiseite gestellt hatte. Und da bemerkte sie etwas Glänzendes auf dem Fußboden neben dem Bett. Es sah aus wie ein silberner Brieföffner. Die Spitze war mit Blut befleckt. Amelia erschauerte ... und sah plötzlich noch etwas anderes auf dem Boden liegen. Das Nachthemd unter ihrem Arm, bückte sie sich danach und hob es auf. Es sah aus wie die Pfote eines Tiers. Entsetzt ließ sie sie wieder fallen.

Als sie in das Nebenzimmer zurückkam, sah sie, wie Mora sich gerade aus ihrer knienden Haltung neben ihrem Patienten erhob.

»Er ist jetzt gut versorgt, glaube ich«, sagte das Mädchen zu ihr.

Amelia stellte ihre Kerze in den Ständer neben dem Bett und entfaltete das Nachthemd. »Das wird vorerst genügen müssen«, sagte sie.

Wulf nahm ihr das Kleidungsstück ab und schob als Erstes seine muskulösen Arme durch die Ärmel. Amelia starrte ihn wieder an.

»Danke, dass Ihr ... den Mann woanders hingebracht habt. Ich dachte, ich sollte ihn mir ansehen, um mich selbst davon zu überzeugen, dass er nicht Robert ist, aber dann ...«

»Was?« Wulf unterbrach seine Bemühungen, das Nachthemd anzuziehen. »Was sagt Ihr da?«

»Ich sprach von der Leiche, die Ihr fortgebracht habt ... oder nicht?«

Er zog das Nachthemd über den Kopf und war in Sekundenschnelle aus dem Bett. Diesmal überstand die beschädigte Tür es nicht, als Wulf sie aufriss, und rutschte ein ganzes Stück aus ihren Angeln. Amelia schaute ihm nur sprachlos hinterher. Sie hörte ihn im Nebenzimmer fluchen und dann das Geräusch von schnell über den Gang laufenden Füßen.

Aber nein, Moment – es waren keine schnellen Schritte auf dem Gang, was sie da hörte, sondern das Poltern von Pferdehufen draußen bei den Ställen!

Amelia öffnete ihre Tür und warf einen Blick auf den Korridor, wo sie gerade noch das weiße Nachthemd, das Lord Gabriel trug, im Treppenhaus verschwinden sah. Als sie sich rasch in ihrem Zimmer umschaute, bemerkte sie, dass seine Pistole noch dort auf der Truhe lag.

»Bleib hier«, befahl sie Mora, während sie zu der Truhe hinüberlief und die Pistole holte. Die Waffe in der Hand, rannte sie aus dem Zimmer und die Treppe hinunter. Lord Gabriel hatte die Haustür offen gelassen. Wie er es geschafft hatte, alles zu entriegeln und ihr trotz allem noch voraus zu sein, war Amelia ein Rätsel. Die feuchte Luft draußen war mit feinem Staub durchsetzt, der sie zum Husten brachte. Jemand packte sie plötzlich von hinten.

»Was tut Ihr hier draußen?«

Amelia hätte beinahe aufgeschrien; nun aber ließ sie sich erleichtert an Gabriel sinken. »Die Pistole«, keuchte sie. »Ich dachte, Ihr bräuchtet sie vielleicht hier draußen.«

Wulf griff um sie herum und nahm ihr die schwere Waffe aus der Hand. Amelia hätte sich zu gern einfach noch ein bisschen länger so an ihn gelehnt. Er fühlte sich warm, kräftig und stark an und war für sie der Inbegriff von Sicherheit.

»Jemand hat die Pferde fortgetrieben«, berichtete er. »Ich werde zu den Stallungen hinübergehen und herausfinden, wer das war. Geht zurück ins Haus, Mylady, und verriegelt alle Türen.«

Was auch immer heute Nacht noch geschehen mochte, und egal, ob ihr Verstand es akzeptieren würde oder nicht, Lord Gabriel verkörperte für Amelia Sicherheit. Er hatte sie vor einem Betrüger gerettet, der darauf aus gewesen war, sie zu missbrauchen, und sie wollte ihn auf keinen Fall aus ihrer Sichtweite verlieren. »Ich gehe mit«, erklärte sie.

Als er seufzte, streifte sein warmer Atem ihr Ohr, und ein wohliges Erschauern durchlief sie. »Ich habe keine Zeit, auf uns beide aufzupassen«, widersprach er dann. »Also tu, was ich dir sage, Frau.«

Amelia war nicht der Typ, der sich eine solche Ausdrucksweise von einem Mann gefallen ließ. »Frau«? Hatte er sie »Frau«

genannt? »Ich tue nur äußerst selten, was mir von Männern gesagt wird, die mit mir verwandt sind«, informierte sie ihn kühl. »Und von Wildfremden lasse ich mir schon erst recht nichts sagen. Ich möchte wetten, dass es weitaus sicherer für mich ist, mit einem großen, kräftigen Mann wie Euch mitzugehen, als mich mit einem verängstigten kleinen Mädchen im Haus zu verkriechen.«

Sie spürte die Wärme seiner Hände durch ihren dünnen Morgenrock, als er sie nicht besonders sanft zu sich herumdrehte. »Dieses ›kleine Mädchen‹ beweist erheblich mehr Vernunft als Ihr. Sie ist sich ihrer Stellung bewusst und streitet nicht mit ...«

Amelia schaute blinzelnd zu ihm auf. Es war dunkel, aber im Schein des Halbmonds waren Lord Gabriels Züge einigermaßen gut zu erkennen. »Mit wem?«, entgegnete sie scharf. »Mit Höherstehenden? Ist es das, was Ihr gerade sagen wolltet?«

Wulf erwiderte nichts, sondern schüttelte nur den Kopf und murmelte etwas wie: »Gott bewahre uns vor selbstständigen Frauen.« Dann ging er achselzuckend an ihr vorbei. »Tut, was Ihr nicht lassen könnt. Es ist Euer Hals.«

Amelia kamen nun doch Bedenken, nachdem er ihr gestattet hatte, ihn auf seiner möglicherweise sehr riskanten Unternehmung zu begleiten. Etwas unsicher sah sie sich noch einmal nach dem Haus um. Bis auf die Kerze, die in ihrem Zimmer brannte, war drinnen alles dunkel. Hinter einem der Fenster sah sie Mora, die ihr blasses Gesicht an die Glasscheibe presste. Es war kaum anzunehmen, dass das Mädchen in irgendeiner Weise hilfreich sein könnte, falls Amelia wieder angegriffen würde.

Gabriel war schon unterwegs zum Stall. Selbst mit nackten Beinen und nur mit einem Nachthemd bekleidet bot er einen beeindruckenden Anblick. Amelia beschloss, das Risiko einzugehen und auf Gabriel zu vertrauen ...

Lady Amelia war Gabriel ein Rätsel. Er wusste, dass sie ihm gefolgt war. Sie war wie keine andere junge Damen aus der Oberschicht, denen er begegnet war – was weiß Gott nicht viele waren. Sie entsprach in keinster Weise seinen Vorstellungen von einer Dame der Gesellschaft. Vielleicht hatte der Brandy ihr Mut verliehen, denn eigentlich hätte man meinen sollen, dass Hysterie und Ohnmacht wohl eher der Norm entsprochen hätten, nachdem sie in ein und derselben Nacht überfallen worden und Witwe geworden war. Stattdessen aber war diese Frau ihm im Dunkeln nachgegangen, mit nichts als einem dünnen Morgenrock bekleidet, der mehr enthüllte als verbarg.

Gabriels Schulter und Oberschenkel schmerzten, aber er gab sich alle Mühe, sich nur auf die vor ihm liegende Aufgabe zu konzentrieren. Der Duft der Dame lenkte ihn jedoch ab. Die Dame selbst lenkte ihn ab. Alles an Amelia erstaunte und verblüffte ihn; angefangen bei dem Umstand, dass er sie schon vorher gesehen und nicht hatte vergessen können, bis hin zu der Tatsache, dass sie ihm naheging wie keine andere Frau zuvor. Er hatte sich vom ersten Moment an zu ihr hingezogen gefühlt, als er sie dort oben im Haus gesehen hatte, und das auch noch in einer Situation, die jedes andere Gefühl als Sorge um ihre Sicherheit und Mitgefühl wegen ihres Verlustes vollkommen absurd erscheinen ließ.

Er hätte solche Gedanken gar nicht haben dürfen über eine Frau, die kaum verheiratet und schon wieder verwitwet war ... und schon gar nicht über eine Frau, die zudem auch noch mit seinem Jugendfreund verheiratet gewesen war. Aber wenn sie schon so darauf erpicht war, ihm zu folgen, wollte Gabriel zumindest wissen, wo sie war. Deshalb blieb er vor den Stalltoren stehen, die nun, da die Pferde aus ihren Boxen hinausgetrieben worden waren, weit geöffnet waren. Als Lady Collingsworth ihn einholte, legte er einen Finger an die Lippen, um sie zu warnen, still zu sein, und zusammen schlichen sie dann in den Stall. Es brannten keine Laternen, und es war totenstill in dem finsteren Gebäude.

Die Pistole, ohne die er losgerannt war, nun fest in der Hand, blickte Gabriel sich prüfend um. Es war ihm unangenehm, dass er nicht von selbst daran gedacht hatte, die Waffe mitzunehmen, aber andererseits konnte er sich bei den meisten Kämpfen ja schließlich auch sehr gut mit seinen Fäusten helfen. Er hörte das Rascheln von Mäusen auf dem Heuboden – das Ächzen von Leder, als Zaumzeug und Geschirre sich in der Brise aus der offenen Tür bewegten. Eine Kutsche stand im Stall. Sie war ihm schon vorher aufgefallen, als er hineingeritten war, aber er hatte sich nicht viel dabei gedacht.

Wo waren der Kutscher und der Diener? Gabriel konnte sich des Eindrucks nicht erwehren, dass er das schon wusste. »Bleibt hier«, flüsterte er Lady Amelia zu und ging dann zu der Kutsche und öffnete eine der Seitentüren. Zwei Leichen lagen drinnen; beiden Männern war die Kehle durchgeschnitten worden. Gabriel zog die Tür schnell wieder zu und ging zu Lady Collingsworth zurück, nahm ihren Arm und zog sie auf die offenen Stalltüren zu.

»Was ist?«, flüsterte sie. »Was habt Ihr gesehen?«

Gabriel antwortete nicht. Irgendetwas Furchtbares geschah hier auf Collingsworth Manor. Er musste Lady Amelia ins Haus bringen und die Türen wieder fest verriegeln. Sie hatten schon fast das Haus erreicht, als das Geheul begann, und sowohl er wie auch Lady Collingsworth hielten auf der Stelle inne.

Das Geheul kam aus den umliegenden Wäldern. Es war nahe. Viel zu nahe. Wölfe? Soweit Gabriel wusste, gab es schon lange keine Wölfe mehr in England. Und Wölfe öffneten auch keine Ställe und vertrieben Pferde. Sie schlüpften nicht zu einer frisch verheirateten Frau ins Bett und gaben vor, ihr

Ehemann zu sein. Und sie töteten auch keine Menschen ohne guten Grund.

»Es klingt, als wären es Hunderte«, flüsterte Lady Amelia neben ihm.

Geräusche verbreiteten sich schnell in den Wäldern um Collingsworth Manor, wie Gabriel wusste, und daher bezweifelte er, dass es so viele Wölfe waren, wie es sich anhörte. Als er in die verschiedenen Richtungen lauschte, aus denen jedes antwortende Heulen kam, wusste er aber auch, dass sie von den Tieren umzingelt waren.

4. Kapitel

Als Amelia die Augen aufschlug, erwartete sie ein höchst verwirrender Anblick. Sie befand sich nicht in ihrem Bett daheim in London. Auf der anderen Seite des Zimmers stand mit dem Rücken zu ihr ein Mann und starrte aus dem Fenster in die erste graue Morgendämmerung. Er trug ein Nachthemd und schmutzige Reithosen, die in kniehohen Lederstiefeln steckten. Sein Haar, das ihm bis zum Kragen reichte, war bis auf einige hellere Strähnen darin dunkelblond. *Gabriel Wulf*. Amelia Sinclair-Collingsworth war nicht sicher und wohlbehalten im Hause ihrer Eltern, sondern immer noch gefangen in einem Albtraum.

»Habt Ihr überhaupt ein Auge zugetan?«, fragte sie.

Lord Gabriel wandte sich vom Fenster ab, und Amelia gab sich wirklich alle Mühe, nicht den Atem anzuhalten. Aber er sah so unglaublich gut aus, dass eine Frau offenbar mehr als nur total verängstigt sein musste, um das nicht zu bemerken.

»Ich hielt es für das Beste, wach zu bleiben.«

Sie sah sich um. »Wo ist Mora?«

Er kam zum Bett und schaute auf Amelia herab. »Unten. Sie hat gesagt, sie wolle uns ein Frühstück machen. Sie ist eine sehr praktisch veranlagte junge Frau, diese Mora.«

Ganz im Gegensatz zu einer so unpraktischen wie ihr selbst, glaubte Amelia herauszuhören. Sie überging die Bemerkung jedoch kommentarlos. Es gab wichtigere Dinge, um die sie sich sorgen mussten. »Was sollen wir jetzt tun?«, fragte sie Gabriel.

Er strich sich mit den Fingern durch das Haar. »Wir müssen nach Wulfglen.«

»Zu Fuß, meint Ihr?«, entgegnete Amelia stirnrunzelnd. »Die Pferde sind doch alle weg.«

Ohne dazu aufgefordert worden zu sein, setzte er sich auf die Kante ihres Betts. Wahrscheinlich war es gut für ihn, dass sie *nicht* sehr praktisch war, denn Amelia war nur allzu gut bewusst, wie ungehörig es von Gabriel war, sich einfach so zu ihr zu setzen.

»Zu Fuß würden wir mehrere Tage brauchen«, sagte er. »Aber falls wir es bis zur Hauptstraße schaffen, finden wir dort vielleicht jemanden, der uns mitnimmt oder weiterhilft.«

Collingsworth Manor lag ein wenig abseits der befahrenen Wege, das wusste Amelia von ihrer gestrigen Fahrt hierher. Die Felder befanden sich in einiger Entfernung, und die nähere Umgebung des Hauses war dicht bewaldet. »Wir müssten dazu den Wald durchqueren«, sagte sie. »Was ich in Anbetracht unserer Situation für keine gute Idee halte.«

»Wegen der Wölfe?«

Amelia dachte über seine Frage nach. »Wegen was auch immer – oder beziehungsweise *wem* auch immer, der hier Leute tötet. Denn der Kutscher und der Diener sind doch tot, nicht wahr?«

Gabriel wandte seine auffallend grünen Augen von ihr ab. Er antwortete nicht, aber sein Schweigen war beredt genug für Amelia. »Ich glaube nicht, dass die Wölfe, die wir gestern Nacht gehört haben, normale Wölfe sind.«

Amelia erinnerte sich an die Pfoten an ihrem Hals, an den übel riechenden Atem und das Gefühl von rauem Fell an ihrer Haut, und ein Erschauern durchlief sie. Aber sie benahm sich albern und er auch. »Natürlich sind es Wölfe«, sagte sie. »Erzählt mir nicht, das Mädchen hätte nun auch Euch mit seinem Aberglauben Angst gemacht.«

»Und nach allem, was Euch gestern Abend zugestoßen ist, habt *Ihr* keine Angst?«, versetzte er.

Amelia wollte nicht an gestern Abend erinnert werden. Ihr Verstand weigerte sich noch immer, zu begreifen, was ihr widerfahren war. »Gestern Abend war ich ziemlich hysterisch«, wich sie aus. »Ich kann gar nicht gehört und gespürt haben, was ich in dem Zimmer nebenan erlebt zu haben glaubte. Ich kann es mir nur eingebildet haben.«

Gabriel zog eine dunkle Braue hoch. »Und was habt Ihr gehört und gespürt?«

Als ließe sich ihre Erinnerung damit blockieren, schloss Amelia die Augen. Nur war der Albtraum leider bereits da und wartete auf sie, sodass sie sie schnell wieder öffnete. »Ich bin gestern Abend von einem Mann angegriffen worden, der sich als mein Ehemann ausgab. Er muss Robert sehr ähnlich gesehen haben, um mich so zu täuschen.«

Wulf zuckte mit den Schultern. »Er mag zwar ungefähr die gleiche Größe, den gleichen Körperbau und die gleiche Haarfarbe gehabt haben, aber ansonsten ähnelte er Robert nicht. Ich habe ihn schließlich selbst gesehen, nicht?«

Amelia erhob sich von dem Bett und begann im Zimmer auf und ab zu gehen. »Es muss eine logische Erklärung dafür geben«, beharrte sie.

Lord Gabriel erhob sich ebenfalls und kam zu ihr, streckte seine Hand aus und berührte behutsam ihren Nacken. »Und gibt es eine logische Erklärung für diese Kratzer hier? Gibt es eine logische Erklärung dafür, dass ein Mann, den ich erschossen und für tot gehalten habe, irgendwie aus dem Nebenraum entkommen und verschwunden ist? Gibt es eine logische Erklärung dafür, dass Robert tot im Keller liegt und zwei andere tote Männer mit durchschnittener Kehle im Stall liegen?«

Amelias Herz krampfte sich zusammen, und heiße Tränen brannten hinter ihren Lidern. »Robert«, flüsterte sie rau. »Ich kann nicht glauben, dass er nicht mehr lebt. Ich hoffe immer noch, dass dies alles nur ein Albtraum ist und ich jeden Moment erwache und alles wieder so sein wird, wie es vorher war.«

Bei ihren Worten wurden Gabriels Augen weicher. »Verzeiht mir, Lady Amelia. Es war sehr unsensibel von mir, so etwas zu Euch zu sagen. Ihr habt Robert sicher sehr geliebt.«

Hatte sie das? Amelia versuchte sich nicht einmal einzureden, sie habe ihren Ehemann geliebt. Es tat ihr leid, dass er tot war, aber zu viel Aufhebens darum zu machen wäre ihr wie pure Heuchelei vorgekommen. »Ich mochte ihn«, räumte sie ein. »Ich dachte, er würde einen guten Ehemann abgeben. Sein Tod betrübt mich, aber ich werde nicht so tun, als sei er meine große Liebe gewesen.« Sie zögerte einen Moment. »Ich glaube nämlich nicht an Liebe.«

Ein schwaches Lächeln umspielte Wulfs sinnliche Lippen. »Ihr nehmt wirklich kein Blatt vor den Mund, Mylady.«

Amelia schob das Kinn vor. »Wäre es Euch lieber, wenn ich lüge?«

Sein leicht belustigter Gesichtsausdruck verblasste. »Soviel ich weiß, werden in London nur sehr selten Ehen geschlossen, die etwas mit Liebe zu tun haben, aber Ihr hättet ruhig das Gegenteil behaupten können. Robert ist schließlich nicht mehr hier, um etwas anderes zu sagen.«

Amelia dachte nicht daran, sich von ihm zurechtweisen zu lassen. »Wem zuliebe hätte ich denn lügen sollen?«, gab sie scharf zurück. »Euch zuliebe?«

Er trat näher, um dann ganz dicht vor ihr stehen zu bleiben. Er war ziemlich einschüchternd, was seine Größe und Statur anging, und Amelia musste sich zusammenreißen, um nicht einen Schritt zurückzutreten.

»Robert war einmal mein Freund.«

Ein starkes Schuldbewusstsein beschlich sie plötzlich, das sie heiß erröten ließ. »Es tut mir leid«, sagte sie leise. »Ihr müsst mich ja für schrecklich kalt halten.«

Wulf wandte sich ab und ging zurück zum Fenster. »Ich kann nicht sagen, ob ich Euch für schrecklich *was auch immer* halte, Lady Collingsworth. Ich kenne Euch ja kaum.«

Amelia erschrak, als Mora plötzlich den Kopf zur Tür hineinsteckte. »Das Frühstück ist fertig«, verkündete das junge Mädchen. »Ich wusste nicht, ob ich ein Tablett heraufbringen soll oder ob die Herrschaften lieber unten essen würden?«

Amelia konnte nicht behaupten, dass sie nicht froh über die Ablenkung war. Warum kränkte es sie, dass Lord Gabriel Wulf sie und ihre Gefühle mit einer solchen Gleichgültigkeit abgetan hatte? Vielleicht der Träume wegen, die sie einst von ihm gehabt hatte. In gewisser Weise hatte sie tatsächlich das Gefühl, als würde sie ihn bereits kennen. Was natürlich lächerlich war, weil sie ihn so gut wie gar nicht kannte.

»Wir werden unten essen«, entschied Lord Wulf. »Wozu solltest du auch noch Tabletts für uns hinaufschleppen? Du bist doch sicherlich genauso müde wie wir beide.«

Lord Gabriel war ein rücksichtsvollerer Mensch als Amelia, denn *sie* hatte gerade gedacht, dass es doch nett wäre, hier oben zu frühstücken und dann wieder ins Bett zurückzukehren, um der Wirklichkeit noch etwas länger zu entfliehen. Als Wulf sie fragend ansah, blieb ihr allerdings nichts anderes übrig, als zu sagen: »Selbstverständlich. Wenn ihr beide mich jetzt allein lasst, werde ich zu euch hinunterkommen, sobald ich angekleidet bin.«

Mora nickte und eilte wieder hinaus. Wulf ging durch das Zimmer und warf Amelia einen etwas neugierigen Blick zu, bevor er hinausging und die Tür hinter sich schloss. Wahrscheinlich dachte er, sie wäre nicht einmal in der Lage, sich selbst anzukleiden … und Amelia erkannte plötzlich, dass sie das tatsächlich noch nie getan hatte, oder zumindest doch nicht wirklich ganz allein. Schon etwas entmutigter ging sie zu ihrem Schrank, in dem seit gestern Nachmittag ihre Kleider hingen. Der Anblick all der hübschen Kleidungsstücke tröstete sie ein wenig, weil sie sie an ihr altes Leben erinnerten, das Leben, das sie erst gestern noch geführt hatte.

Ein hellblaues Tageskleid mit kurzen, gebauschten Ärmeln erschien ihr ein wenig zu auffallend im Hinblick darauf, dass sie jetzt eine Witwe war. Amelia dachte, dass es wahrscheinlich sogar gefühllos war, sich damit zu trösten, dass sie mit ihrem blonden Haar und ihrem hellen Teint in Schwarz sehr gut aussah. Aber was blieb ihr denn schon anderes übrig? Es war ja schließlich nicht so, als hätte sie damit gerechnet, triste, dunkle Kleider für ihre Flitterwochen zu benötigen. Ihr blieb also gar nichts anderes übrig, als zu tragen, was sie mitgebracht hatte.

Amelia schlüpfte aus ihrem Morgenrock und ihrem zerrissenen Kleid. An ein und demselben Tag zu heiraten und seinen Ehemann zu verlieren, würde zweifelsohne einen Skandal auslösen. Ihre Eltern würden nicht erfreut darüber sein. Sie hatte es in ihrem Leben bisher kaum geschafft, etwas zu tun, das ihnen gefallen hätte, und darum hatte Amelia schon vor Jahren beschlossen, dass sie dann genauso gut auch alles tun konnte, um ihnen zu missfallen. Sie hatte einst der Herzoginwitwe von Brayberry, einer Freundin der berüchtigten Brüder Wulf, versprochen, dass sie eines Tages die schockierendste Frau in England sein würde. Und die jüngsten Geschehnisse schienen einen guten Anfang dafür zu verheißen.

Plötzlich wurde Amelia wütend. Wütend auf Robert, der sie in diese unangenehme Situation gebracht hatte. Ihr Leben hätte sich verbessern sollen durch diese Heirat, aber stattdessen war alles schrecklich schief gegangen. Sie hatte gedacht, sie würde heute Morgen als Frau erwachen und dass ihre vergangenen Fauxpas bei ihren Eltern vergeben und vergessen sein würden. Es war Roberts Aufgabe gewesen, sie glücklich zu machen. Er hatte es ihr fest versprochen. Von Sterben hatte er nie etwas gesagt. Er hatte nie etwas von all dem hier gesagt. Weder davon, was für ein unheimlicher Ort Collingsworth Manor war, noch dass sie hier in Gefahr schwebte.

Und natürlich schon erst recht nicht, dass Wölfe nicht immer das waren, was sie zu sein schienen. Amelia lenkte ihre Gedanken sogleich in eine andere Richtung, denn *darüber* wollte sie nun wirklich nicht nachdenken. Und da sie auch nicht an gestern Abend denken wollte, versuchte sie, sich auf das Ankleiden zu konzentrieren. Ihr Korsett war ein Problem. Amelia versuchte, es von vorn zu schließen, um es später in die richtige Position zu bringen, aber sie hatte es zu eng geschnürt und konnte es nicht an sich herumschieben, wie sie es sich gedacht hatte. Und dann brach sie sich bei dem Versuch auch noch einen Nagel ab, was der sprichwörtliche Tropfen war, der das Fass zum Überlaufen brachte.

Ihre Knie gaben plötzlich nach, und Amelia klappte zusammen. Ein Kloß bildete sich in ihrer Kehle, ihre Augen füllten sich mit Tränen. Sie kniff sie fest zusammen und kämpfte gegen die Verzweiflung an, die sie zu übermannen drohte. Aber es war sinnlos. Zunächst entrang sich ihrer Kehle nur ein leises Schluchzen, dann ein Aufheulen, und schließlich brachen alle Dämme. So sehr Amelia auch wünschte, kaltschnäuzig genug zu sein, um dem Schmerz, der Angst, den Konsequenzen der gestrigen Geschehnisse und der Tatsache, dass Robert tot war, nicht ins Auge sehen zu müssen, es wollte ihr einfach nicht gelingen.

Es war, als ob sich die Emotionen eines ganzen Lebens in diesem einen Moment, in dieser einen dunklen Stunde, gegen sie versammelt und verbündet hätten. Sie brach vollständig zusammen. Wie lange sie weinend und jammernd wie ein im Regen zurückgelassenes Kätzchen auf dem Fußboden gekauert hatte, konnte Amelia nicht sagen. Sie verlor jegliches Zeitgefühl und wurde erst wieder von einer festen Hand auf ihrer Schulter in die Gegenwart zurückgeholt. Fast hätte sie erschrocken aufgeschrien. Ihr Kopf fuhr hoch, und plötzlich sah sie Gabriel Wulfs Gesicht vor sich.

»Ich dachte mir, ich schaue besser nach, was Euch so lange aufhält«, sagte er. »Ich wollte Euch nicht erschrecken.«

Wenn er sie nicht erschrecken wollte, hätte er sich nicht so lautlos an sie heranschleichen sollen. Mit einem Zipfel ihres Unterrocks wischte Amelia sich über das Gesicht. Als Gabriels Blick für einen Moment an ihr hinabglitt, bevor er wieder zu ihrem Gesicht zurückkehrte, wurde ihr bewusst, dass sie nur ihr Hemd, einen Unterrock und ihr rettungslos verheddertes Korsett anhatte.

»Ich konnte mein Korsett nicht richtig drehen«, sagte sie erklärend.

Gabriel zog eine Braue hoch. »All die Aufregung nur wegen Eures Korsetts?«

Amelia schniefte. »Und ich habe mir auch einen Nagel abgebrochen.«

Sein Blick wurde wieder weicher und bewirkte ganz eigenartige Dinge tief in ihrem Innersten. »Ich werde Euch helfen«, sagte er und verzog vor Schmerz das Gesicht, als er sich erhob. Vorsichtig half er Amelia auf die Beine und drehte sie so, dass sie mit dem Rücken zu ihm stand. Mit sicheren, geschickten Fingern löste er die Bändchen ihres Korsetts und brachte es in die richtige Position, bevor er es wieder zu verschnüren begann.

»Ihr scheint Erfahrung mit diesen Dingen zu haben«, bemerkte Amelia kühl.

Wulf lachte leise. »Eigentlich nicht. Aber wahrscheinlich habe ich genügend Frauen aus ihren Kleidern schlüpfen sehen, um zu wissen, wie so ein Korsett geöffnet und geschlossen wird.«

Amelia war nicht sicher, was sie davon hielt. In ihren Träumen von Gabriel Wulf waren andere Frauen nie vorgekommen.

»Wie eng wollt Ihr es haben?«

Nach allem, was geschehen war, war es sicher klüger, es ein bisschen lockerer zu lassen, falls sie gezwungen sein sollte, um ihr Leben zu laufen. »Nicht zu fest«, antwortete sie. »Ich sollte wenigstens noch atmen können, denke ich.«

»Und ich denke, dass Ihr es gar nicht nötig habt, so ein Korsett zu tragen.« Seine Hände lagen um ihre Taille, so fest und nah, dass sie ihre Hitze spüren konnte. »Eure Taille ist auch ohne schmal genug.«

Es war besser, die Richtung zu wechseln, in die ihre Gedanken sich bewegten. Es war nicht richtig, an so etwas zu denken, und schon gar nicht, nachdem sie eben erst zusammengebrochen war und sogar um ihren armen Robert getrauert hatte. Sie mochte in ihren Kreisen als etwas frivol und schockierend gelten, aber sogar sie war sich darüber im Klaren, dass man nicht in einem Moment den eigenen Mann betrauerte und im nächsten schon nach einem anderen verlangte.

»Ich bin froh, dass ich ihn nicht geliebt habe«, flüsterte sie. »Ich glaube nicht, dass ich den Schmerz ertragen könnte. Es ist auch so schon schlimm genug.«

Gabriel drehte sie sanft zu sich herum. »Er verdient zumindest ein paar Tränen von seiner Frau und meinen Respekt für die Freundschaft, die uns einst verband. Vielleicht sollten wir des armen Roberts einen Moment lang still gedenken.«

Amelia nickte und schloss die Augen. Aber eine Sekunde später schon schielte sie unter gesenkten Wimpern nach Gabriel, um zu sehen, ob er auch die seinen geschlossen hatte. Seine Wimpern warfen dunkle Schatten auf seine hohen Wangenknochen, und sie fragte sich, wieso er blond war, aber deutlich dunkleres Gesichtshaar hatte. Es war ein sehr schöner Kontrast, fand sie.

Alles an ihm war schön, zumindest rein äußerlich. Mit seinen breiten Schultern und seiner imponierenden Größe gab er ihr das Gefühl, sehr zart und feingliedrig zu sein. Und während sie das noch dachte, schlug er die Augen auf, und plötzlich starrten sie sich an.

Sie wusste, dass sie eigentlich den Blick abwenden müsste, aber sie war auf einmal wie erstarrt. Und in dem Moment wurde sie sich seines Dufts bewusst. Ihre Nasenflügel bebten ein wenig, als sie den Duft wiederzuerkennen versuchte, aber er war ihr völlig unbekannt. Sie hatte so etwas noch nie zuvor gerochen. Oder doch, Moment ... sie *hatte* diesen Duft schon einmal wahrgenommen. An dem Tag, als sie Lucinda Wulf das erste Mal besucht hatte und Lord Gabriels jüngerem Bruder Jackson begegnet war.

Hitze sammelte sich in Amelias Bauch und begann sich in ihrem ganzen Körper auszubreiten – von ihrer Brust zu ihrem Nacken und Gesicht, an ihren Beinen hinunter und ganz besonders zwischen ihnen, wo diese süße, träge Hitze sich zu bündeln schien. Ihre Brustspitzen richteten sich auf, ihre Lippen öffneten sich, und es fiel ihr plötzlich schwer, normal zu atmen. *Gabriel könnte mit mir machen, was er wollte, und ich würde mich nicht wehren.* Der Gedanke überfiel sie und ließ ihr keine Ruhe, obwohl sie ihn ganz entschieden von sich wies. Aber ihr Körper triumphierte über ihren Verstand, und so trat sie einen Schritt auf Gabriel zu. Er tat einen unsicheren Atemzug, aber sein Blick durchbohrte sie noch immer, und er trat auch nicht zurück.

Sie wollte seine Hände auf sich spüren, seine Hände und auch seinen Mund. Sie wollte mit ihm in diesem Bett dort liegen und sich von ihm nehmen lassen, was keine frisch verheiratete Frau noch haben sollte. Ihre Unschuld. Als könnte Gabriel ihre Gedanken lesen, streckte er die Hand aus und berührte sie. Seine Hand war groß und schwielig von der Arbeit, aber herrlich warm an ihrer Haut. Langsam glitt sie ihren Arm hinauf zu ihrem Hals, dann dahinter, als er sie noch näher zog. Sie schaute ihm noch immer in die Augen, als mit einem Mal ein ganz eigenartiges blaues Glühen darin erschien.

Meine Fantasie geht mit mir durch, dachte Amelia. Oder vielleicht träume ich ja noch. Das musste es sein, denn so stark sie sich auch zu Gabriel Wulf hingezogen fühlte, würde sie doch nach allem, was geschehen war, bestimmt nicht wollen, dass er sie küsste. Aber genau das wollte sie. Sie fieberte geradezu danach.

Er nahm seine Hand von ihrem Nacken, umfasste sanft ihr Kinn und strich mit seinem Daumen die Konturen ihrer Lippen nach. »Wie überaus verführerisch ...«

Seine Lippen waren den ihren jetzt so nahe, dass sie sie schon beinahe zu spüren glaubte ... Amelia schloss die Augen und erhob sich auf die Zehenspitzen.

Es war falsch, völlig falsch, das wusste sie, aber sie hatte sich seit Monaten gefragt, wie es sich wohl anfühlen würde, Gabriel Wulf zu küssen. Warm und fest, war ihr erster Eindruck von seinen Lippen, als sie die ihren streiften. Ihre Atemzüge vermischten sich miteinander, als er wieder seine Hand um ihren Nacken legte und seinen Mund auf Amelias presste. Seine Zunge glitt zwischen ihre Lippen und öffnete diese noch weiter, bevor sie in die warme Höhle ihres Mundes eindrang und sich mit der ihren zu einem aufregenden Tanz vereinte. Er war berauschender als Brandy, dieser Kuss.

Amelia war rettungslos verloren. Verloren in Empfindungen, verloren in dem Duft, dem Gefühl von ihm – der Hitze, die sie jäh durchflutete. Ihr Herz klopfte wie wild; ihr Blut rann heiß und schnell durch ihre Adern. Roberts zarte Küsse waren nichts gewesen im Vergleich zu diesem, hatten nichts in ihr bewirkt, das sich auch nur annähernd mit *dieser* Reaktion vergleichen ließ. Es war, wie in Schokolade zu ertrinken. Es war wie nichts, was ihr jemals widerfahren war.

Gabriel spielte mit ihren Lippen, knabberte an ihnen, zog sie sanft zwischen seine Zähne und vertiefte den Kuss dann wieder, wie ein wahrer Meister der Verführung, obwohl sie nicht den Eindruck hatte, dass er das zu wissen schien. Es war, als wäre er seinen Gefühlen genauso hilflos ausgeliefert wie sie selbst und als wäre er genauso machtlos wie sie selbst, dagegen anzukämpfen.

Amelia lehnte sich an seinen festen, starken Körper, doch Gabriel schob sie zurück, nicht weg von sich, sondern zu dem Bett gleich hinter ihnen. Amelia ließ es mehr als nur bereitwillig geschehen, ohne Zögern oder Zweifel und auch völlig ohne Schuldgefühle.

Sekunden später stieß sie mit den Kniekehlen gegen die Matratze und fiel rücklings auf das Bett. Nachdem sie sich aufgerappelt und auf die Ellbogen gestützt hatte, blickte sie zu Gabriel auf. Seine Augen glühten immer noch so seltsam blau. Seine breite Brust hob und senkte sich unter dem Nachthemd, das einmal ihrem Ehemann gehört hatte. Er begehrte sie; das Verlangen in seinen Augen war nicht zu übersehen, als er langsam seinen Blick über sie gleiten ließ. Er trat einen Schritt auf sie zu, als ob er sich zu ihr auf das Bett legen wollte, aber dann hielt er plötzlich wieder inne.

Als wäre Nacht zu Tag geworden und Dunkelheit zu Licht, blinzelte Gabriel und trat von ihr zurück. »Was in Herrgotts

Namen tue ich hier?«, fragte er mit rauer Stimme und sah sich um, als versuchte er sich zu erinnern, wo er war, wer er war und vielleicht auch, wer Amelia war. Sein Blick glitt zu der ramponierten Tür, die ihr Zimmer mit dem des Hausherrn verband. Für einen Moment schloss Gabriel die Augen, bevor er Amelia wieder ansah.

»Verzeiht mir. Dazu hatte ich kein Recht.« Das war alles, was er sagte, bevor er aus dem Zimmer stürmte und die Tür hinter sich zuzog.

Erschüttert schaute Amelia ihm nach. Großer Gott, was war hier gerade geschehen? Wie hatte sie sich so schamlos aufführen können, während ihr armer Bräutigam noch nicht einmal beerdigt war? Andererseits jedoch ... Amelia war sich durchaus im Klaren darüber, was für ein sinnliches Geschöpf sie war. Sie war weit mehr an der Hochzeitsnacht interessiert gewesen, als der arme Robert es gewesen zu sein schien.

Sie hatte ihren Zukünftigen einmal sehr schockiert, als sie mit ihrer Zunge in seinen Mund geglitten war, nachdem er endlich den Mut aufgebracht hatte, sie zu küssen, aber nicht einmal bei der Gelegenheit hatte sie sich so schamlos aufgeführt wie gerade eben bei Gabriel Wulf.

Amelia bedeckte das Gesicht mit ihren Händen. Vielleicht war sie ja verrückt. Sie konnte sich nicht länger vormachen, es sei alles nur ein Traum gewesen, was seit gestern Nacht geschehen war. Wenn dieses kleine Zwischenspiel mit Gabriel Wulf gerade ein Traum gewesen wäre, hätte er ihr nicht den Rücken zugewandt, sondern wäre zu ihr ins Bett gekommen und hätte sie zu einer Frau gemacht. Was sollte sie jetzt tun? Sie konnte sich schließlich nicht den ganzen Tag hier oben verstecken. Es gab Entscheidungen zu treffen und Tatsachen, denen sie ins Auge sehen musste.

Sie konnte nur noch eines tun: Sich anziehen und hinuntergehen. Das Einzige, was noch schlimmer war, als Gabriel Wulf gegenübertreten zu müssen, war, sich dazu zu zwingen, in den Vorratskeller hinabzusteigen, um sich Roberts Leiche anzusehen. Aber sie musste es tun. Um sich damit abfinden zu können, dass Lord Collingsworth tatsächlich tot war, musste sie mit eigenen Augen seinen Leichnam sehen.

5. Kapitel

Gabriel hatte einen halbherzigen Versuch gemacht, etwas zu essen. Anstandshalber hätte er eigentlich warten müssen, bis Lady Collingsworth erschien, aber Gabriel scherte sich nicht um Dekorum. Er war völlig ausgehungert, da er in der vergangenen Woche auf dem Heimweg kaum etwas Vernünftiges gegessen hatte, und dennoch war es nicht Essen, wonach es ihn verlangte, sondern sie, Amelia, die Frau dort oben. Was zum Teufel war nur mit ihm los? Er war ein Mann, der es gewöhnt war, seine Gefühle unter Kontrolle zu behalten. Seine Gefühle und sein Leben. Aber plötzlich schien er weder über das eine noch das andere die Kontrolle zu haben.

Er nahm ihren Duft wahr, noch bevor sie im Esszimmer erschien. Ihre parfümierten Seifen verdeckten ihn größtenteils, doch unter dem Parfüm roch sie nach dem femininen, moschusartigen Duft einer Frau und nach sinnlichen Verheißungen, die ein Mann nicht ignorieren konnte. Gabriel *musste* sie aber ignorieren.

Mora, das junge Dienstmädchen, saß ihm gegenüber und wirkte am Tisch völlig fehl am Platz. Bis auf ein paar Höflichkeitsfloskeln hatten sie kein Wort miteinander gewechselt. Als Lady Collingsworth das Esszimmer betrat, erhob sich Gabriel, wie man es ihn gelehrt hatte, als Manieren für ihn noch von Belang gewesen waren. Lady Amelia sah bezaubernd aus in ihrem hübsch bedruckten Kleid aus blauem Musselin. Ihr langes Haar hatte sie gebürstet und zu einer modischen Frisur aufgesteckt, auch wenn diese ein bisschen wahllos angeordnet war und sich schon Strähnen daraus lösten und ihr auf den Rücken fielen.

Gabriel konnte sich nicht erklären, was dort oben geschehen

war; warum er sich so benommen hatte und wieso er auch früher schon von dieser Frau geträumt hatte. Warum er bei ihr beinahe die Kontrolle über sich verloren hatte. Warum er dem Impuls gefolgt war, sie zu küssen – die Witwe seines Jugendfreunds, der noch nicht einmal unter der Erde war. Und Gabriel hatte noch viel mehr tun wollen, als sie zu küssen. Sehr viel mehr.

»Tut mir leid, dass ich mich verspätet habe«, sagte Lady Amelia, als sie sich zu ihnen setzte. »Haben wir schon irgendetwas beschlossen?«

Sie verstand es hervorragend, so zu tun, als ob nichts Ungehöriges zwischen ihnen vorgefallen wäre. Sie errötete nicht einmal. Gabriel beschloss, sich ein Beispiel an ihr zu nehmen. »Nein«, antwortete er, als er wieder Platz nahm. »Ich denke immer noch, wir sollten versuchen, irgendwie nach Wulfglen zu gelangen, wo Ihr und Mora sicherer sein werdet.«

»Wir können hier nicht weg«, flüsterte Mora und sah sie beide aus großen, furchtsamen Augen an. »Nicht, solange diese Bestien da draußen in den Wäldern auf uns warten. Sie planen etwas, da bin ich mir sicher!«

Lady Collingsworth breitete eine Serviette auf ihrem Schoß aus und wandte sich dem Mädchen zu. »Wölfe planen nicht«, beschied sie Mora streng. »Ich bin zu dem Entschluss gelangt, dass gestern Abend unsere Fantasie mit uns durchgegangen ist. Heute werden wir unserer Situation mit etwas mehr Vernunft begegnen. Vielleicht wäre es in der Tat das Beste, wenn wir Collingsworth Manor verließen und uns auf den Weg nach Wulfglen machten.«

»Damit wären die da draußen im Vorteil«, sagte Mora leise. »Verzeiht mir meine Offenheit, Mylady, aber ich glaube, wir wären alle sicherer, wenn wir hier blieben. Vielleicht gehen sie nun ja wieder.«

Nach einem prüfenden Blick auf das Mädchen nahm Gabriel seinen Löffel und betrachtete den Haferbrei, der vor ihm stand. »Warum denkst du das, Mora? Wieso sollten sie plötzlich wieder gehen?«

Dem Mädchen war es offensichtlich unangenehm, im Mittelpunkt der Aufmerksamkeit zu stehen. Sie rutschte nervös auf ihrem Stuhl herum und zog ihre Haube noch ein wenig tiefer ins Gesicht. »Wegen Vincent«, flüsterte sie. »Ich glaube nämlich, dass er einer von ihnen war. Da er von Mylady nicht bekommen hat, was immer er auch von ihr wollte, werden sie sich jetzt vielleicht wieder verziehen.«

Gabriel sah Lady Collingsworth an, um ihre Reaktion zu beobachten. Sie war blass geworden, und ihre Hand glitt zu den Kratzspuren an ihrem Nacken. »Was er wollte, war nur zu offensichtlich«, entgegnete sie. »Er wollte, dass ich ihn für Lord Collingsworth hielt, damit ich mich ihm fügte.«

Gabriel beugte sich vor und stützte dabei die Ellbogen auf den Tisch, obwohl er wusste, dass man das nicht tat. »Wenn Ihr aber doch gedacht habt, er sei Robert, warum habt Ihr dann nicht nachgegeben? Ich meine, warum habt Ihr so geschrien und Euch gewehrt?«

Eine heiße Röte stieg in Lady Collingsworth' Gesicht. Sie kann also doch erröten, dachte Gabriel. »Weil der Mann mir wehgetan hat. Und weil er die ganze Zeit gelacht hat ... und seine Stimme überhaupt nicht ... menschlich klang.«

»Ich habe es Euch doch schon gesagt«, warf Mora leise ein. »Ich bin sicher, dass er einer von denen da draußen war.«

Da Mora sich nun auch einmischte, hatte Gabriel ein paar Fragen, auf die er eine Antwort von ihr haben wollte. »Wie ist Vincent in das Haus gekommen? Ich habe die Schlösser selbst überprüft, als ich Lord Collingsworth suchte. Sie waren alle gut verriegelt.«

Das Mädchen zuckte mit den Schultern. »Durch den Vorratskeller, nehme ich an. Es gibt dort eine Tür, die nach draußen führt. Ich hatte nicht daran gedacht, dass dort jemand ins Haus gelangen könnte. Ich muss leider zugeben, dass ich nicht mehr ganz so wachsam gewesen bin, als der junge Herr wieder hier war. Ich war mehr als froh, ihm die Entscheidung zu überlassen, wie er mich und Mylady beschützen würde.«

Was Mora sagte, machte Sinn. Gabriel hatte Robert in dem Vorratskeller aufgefunden. Wahrscheinlich hatte er dort unten etwas gehört und war hinuntergegangen, um nachzusehen. »Hast du Lord Collingsworth gesagt, dass Wölfe, die sich in Menschen verwandeln können, die anderen Bediensteten und Arbeiter vertrieben hätten?«

Plötzlich füllten Moras Augen sich mit Tränen, und sie schüttelte den Kopf. »Ich hatte Angst, er würde mich für verrückt halten und mich hinauswerfen. Ich hätte es ihm auf der Stelle sagen sollen. Ich hätte ihn warnen müssen. Und jetzt ist er tot, weil ich es nicht getan habe.«

Das Mädchen schien durch die Situation völlig aufgewühlt zu sein. Gabriel hatte keine Ahnung, wie er sie beruhigen sollte. Er war es nicht gewöhnt, mit Frauen und ihrer Veranlagung zum Weinen umzugehen. Zu seiner Überraschung war es Lady Collingsworth, die sich von ihrem Stuhl erhob, zu dem jungen Mädchen hinüberging und ihm tröstend eine Hand auf die zitternde Schulter legte.

»Es ist nicht deine Schuld, Mora«, sagte sie. »Das mit Lord Collingsworth ist sehr traurig, aber er hätte dir diese Geschichte genauso wenig geglaubt wie ich. Ich weiß nicht, was hier vorgeht, aber es ist ganz gewiss nicht deine Schuld.«

Das Mädchen berührte schüchtern Lady Amelias Hand. »Es ist lieb von Euch, dass Ihr das sagt, Mylady.« Die junge Dienstmagd schien genauso überrascht von Lady Amelias Liebenswürdigkeit, wie Gabriel es war.

Eine freundliche Geste einer Bediensteten gegenüber hatte er Lady Collingsworth nicht zugetraut. Aber er hatte ja auch nicht mit der Leidenschaft gerechnet, die sie vorhin in ihrem Schlafzimmer hatte erkennen lassen. Sie wurde immer faszinierender für ihn.

Schließlich wandte sie sich von dem Mädchen ab und sah Gabriel an. »Ich muss ihn sehen«, sagte sie leise. »Ich kann nicht glauben, dass Robert tot ist, solange ich ihn nicht gesehen habe.«

Oben im Schlafzimmer hatte sie sich verhalten, als fiele es ihr alles andere als schwer zu glauben, dass Robert nicht mehr lebte, doch das war nicht ihre Schuld gewesen. Der Schuldige war Gabriel. Sein Duft war es gewesen, was Lady Collingsworth so magisch angezogen hatte – und ihr so völlig irrationales Verhalten ihm gegenüber erklärte. Sein jüngerer Bruder Jackson hatte ihm einmal von dieser ganz speziellen »Gabe« erzählt, die alle Brüder Wulf besaßen.

Soweit er sich erinnerte, hatte Gabriel sich dieses Wissen noch nie bei einer Frau zunutze gemacht. Vielleicht hatte er dort oben einfach nicht anders gekonnt. Vielleicht strahlte er auch ganz ohne sein eigenes Zutun diesen Duft aus, wenn eine Frau einen so ungeheuer starken Reiz auf ihn ausübte.

»Ich muss Robert begraben«, sagte er knapp. »Ihn und die anderen beiden Toten im Stall.«

Lady Collingsworth tat einen tiefen, kräftigenden Atemzug. »Robert verdient ein richtiges Begräbnis. Eins, bei dem alle seine Freunde zugegen sind, um sein Ableben zu betrauern. Und wie soll ich erklären … ich meine, falls er ermordet wurde …«

»Es weist absolut nichts darauf hin, dass er ermordet wurde«, wandte Gabriel ein. »Ich sagte Euch doch schon, dass er nicht einmal eine Schramme an seinem Körper hatte. Er sah aus, als ob er buchstäblich zu Tode erschrocken wäre.«

Ein Frösteln durchlief Lady Amelia, und Gabriel merkte, dass er wieder einmal nicht feinfühlig genug gewesen war. Frauen waren Gabriel gewiss nicht fremd, aber er bevorzugte robuste, welterfahrene, die wie er selbst waren. Er hatte keine Ahnung, wie er mit einem zerbrechlichen Schmetterling umgehen sollte, der zwar hübsch anzusehen, aber ansonsten ziemlich nutzlos war, wenn es um die harte Realität des Lebens ging.

»Wir können Robert und die anderen nicht einfach liegen lassen, wo sie sind«, sagte er. »Sie haben ein Recht darauf, begraben zu werden.«

Lady Amelia hatte sich mit einer Hand auf Moras Stuhllehne gestützt und eine tapfere Miene aufgesetzt, aber Gabriel sah das Zittern ihrer Hand. »Ihr habt wahrscheinlich recht«, stimmte sie ihm zu. »Aber bitte setzt Lord Collingsworth zumindest auf dem Familienfriedhof bei. Ich weiß, dass der sich irgendwo in der Nähe des Hauses befinden muss.«

»Er ist nicht weit von hier«, bestätigte Gabriel. Als sie darauf fragend eine Braue hochzog, erklärte er: »Als Kinder haben wir manchmal dort gespielt. Wir haben uns hinter den Grabsteinen versteckt, um dann dahinter hervorzuspringen und einander zu erschrecken.«

Lady Collingsworth nickte nur. »Ich möchte ihn jetzt bitte sehen.«

»Aber Euer Frühstück, Mylady«, wandte Mora ein. »Ihr müsst bei Kräften bleiben.«

Amelia schüttelte den Kopf. »Ich habe gemerkt, dass mir sofort der Appetit vergeht, sobald etwas zu essen vor mir steht. Deshalb würde ich das mit Robert jetzt lieber hinter mich bringen.«

»Dann werde ich Euch begleiten, um Euch beizustehen«, bot sich Mora an.

Lady Collingsworth legte dem Mädchen dankbar eine Hand

auf die Schulter, und Gabriel faltete seine Serviette und erhob sich. Dann blieb er hinter Mora stehen und half ihr, ihren Stuhl zurückzuschieben, was das Dienstmädchen fast ebenso sehr zu überraschen schien wie Lady Collingsworth' beruhigende Geste. Gabriel sagte sich, dass es vermutlich sogar gut war, wenn Lady Collingsworth die Leiche ihres Mannes sah. Sie brauchte so etwas wie einen Schlusspunkt, was die Ereignisse der vergangenen Nacht anging.

Auch wenn Gabriel immer noch nicht sicher war, was auf Collingsworth Manor tatsächlich vorging, konnte er Lady Amelia wenigstens die Möglichkeit geben, um ihren Mann zu trauern. Sein Bein pochte, aber die Wunde war schon längst nicht mehr so schlimm wie in den letzten beiden Wochen. Gabriel versuchte, nicht zu hinken, als er in den Vorratskeller voranging.

Schon der Keller an sich erinnerte Amelia mit seiner dunklen Kühle und dem modrigen Geruch an eine Gruft. Ihre Knie zitterten unter ihrem Kleid, aber sie setzte tapfer einen Fuß vor den anderen und folgte Gabriel Wulf die knarrenden Stufen hinunter. Mora ging gleich hinter ihr, und Amelia war froh darüber, dass sie mitgekommen war. Je mehr sie waren, desto besser. Während sie immer tiefer in den Keller hinunterstieg, versuchte sie sich innerlich für die Aufgabe zu wappnen, sich Roberts leblosen Körper anzusehen.

Sie hatte früher schon an Totenwachen teilgenommen, aber die meisten dieser Toten waren alte Familienangehörige gewesen. Es erschien ihr wie ein Sakrileg, dass ein junger Mensch im besten Mannesalter vom Tod ereilt worden war. Andererseits hatte Robert ja auch wirklich nie wie das blühende Leben ausgesehen. Er hatte nicht einmal gerne getanzt, erinnerte sie sich. Er war danach immer völlig außer Atem gewesen.

»Er liegt hier drüben«, sagte Wulf und hielt eine Laterne hoch, die jedoch nur wenig dazu beitrug, das Dunkel zu erhellen. Amelia wappnete sich innerlich, aber als Lord Gabriel den Lichtschein auf den Boden richtete, war dort nichts zu sehen.

Er runzelte die Stirn, dann ging er durch den Keller und erhellte alle Ecken mit seiner Laterne. Das Einzige, was Amelia jedoch sah, waren ein paar Säcke mit Kartoffeln, ein Korb mit Karotten und einer mit Zwiebeln, aber keine Leiche.

»Er ist nicht mehr da«, sagte Wulf.

»Sie müssen ihn weggebracht haben«, flüsterte Mora.

»Verdammt!«, fluchte Wulf. »Mir ist nie der Gedanke gekommen, dass auch Roberts Leiche verschwinden könnte, aber ich hätte damit rechnen müssen.«

Amelia fröstelte in der feuchten, kalten Luft. »Warum sollte ihn jemand von hier fortbringen?«

Wulf sah alles andere als erfreut über diese Entwicklung aus. »Viel wichtiger ist im Moment die Frage, *wie*.«

Mora ging zu einer dunklen Ecke. »Die Kellertür, Mylord«, erinnerte sie ihn. »Jemand muss ihn dort hinausgetragen haben.«

Lord Gabriel ging dem Mädchen nach und beleuchtete mit der Laterne die ausgetretenen Stufen. »Wir müssen die Tür verbarrikadieren, Mora.«

Die Dienstmagd nickte. »Ja, Mylord, aber das müssten wir von draußen tun. Haltet Ihr es für richtig, den Schutz des Hauses dafür zu verlassen?«

Gabriel überlegte. »Es ist jetzt wenigstens noch hell da draußen«, sagte er schließlich. »Und ich habe eine Pistole. Ich denke, dass wir es lange genug riskieren können, um die Tür da draußen anzusehen.«

Amelia begann sich schon auszumalen, wie sie die untere Kellertür öffneten, nur um sich mit einem Mörder konfrontiert zu sehen, der sie auf der anderen Seite erwartete. »Ich finde, wir sollten wieder nach oben und durch die Haustür hinausgehen.«

Wulf blickte sich zu der wieder im Dunkeln liegenden Treppe um. »Das ist wahrscheinlich eine gute Idee«, stimmte er Amelia zu. »Dann kann ich einen Blick aus den Fenstern werfen, bevor wir hinausgehen, und sehen, ob irgendjemand draußen herumschleicht.«

Sobald er seinen Entschluss gefasst hatte, ging Wulf zu der Treppe voran, die zur Küche hinaufführte, und Amelia und Mora folgten ihm. Nachdem er aus mehreren Fenstern einen prüfenden Blick auf die Umgebung des Hauses geworfen hatte, entriegelte Wulf die Eingangstür und öffnete sie weit. Amelia stand hinter ihm, als er die Pistole aus dem hinteren Hosenbund zog, der unter dem fast bis zu seinen Knien reichenden Nachthemd nicht zu sehen war.

»Ich möchte wetten, dass die Leichen, die in der Kutsche lagen, ebenfalls verschwunden sind«, sagte er. »Wer immer diese Leute sind – und ich bin sicher, dass es mehr sind als nur einer –, sie verwischen ihre Spuren gut.«

»Das sind keine Leute«, flüsterte Mora hinter ihnen. »Oder jedenfalls keine normalen Leute, lasst Euch das gesagt sein.«

Amelia unterdrückte ein weiteres Erschaudern. Es war lächerlich, etwas zu fürchten, das es gar nicht geben konnte. Wölfe waren Wölfe, und Menschen waren Menschen, so einfach war das. Sie versuchte, die Pfote zu vergessen, die sie vom Boden in Roberts Zimmer aufgehoben hatte.

»Ich werde zuerst im Stall nachsehen.« Wulf hielt Mora seine Pistole hin. »Kannst du mit einer Waffe umgehen, Mora?«

Das Mädchen schrak vor ihm zurück. »So etwas rühre ich nicht an«, sagte sie. »Ich weiß nur zu gut aus eigener Erfahrung, was diese Dinger mit einem Menschen anstellen können.«

Gabriels Blick glitt zu Amelia. Er schien die Möglichkeit jedoch schon zu verwerfen, noch bevor er die Frage stellte, was sie sehr verstimmte. »Ich kann sehr gut mit einer Pistole umgehen«, sagte sie spitz. »Ich bin sogar eine ziemlich treffsichere Schützin.«

Ihr vermeintliches Geschick veranlasste Lord Wulf, eine seiner dunklen Brauen zu heben.

Amelia hielt es für das Beste, ihm die Sache zu erklären. »Als ich jünger war, war ich fest entschlossen, meinen Bruder in allem zu beschämen, was allgemein als männliche Beschäftigung betrachtet wird. In erster Linie wohl, um meinen Vater zu verärgern, denke ich«, fügte sie hinzu.

Gabriels Mundwinkel verzogen sich zu der Andeutung eines Lächelns. »Wieso überrascht mich das nicht«, sagte er nur und gab Amelia die Pistole. »Bleibt mit Mora hier auf der Veranda, bis ich wiederkomme.«

Die Pistole wog schwer in ihrer Hand, doch Amelia begrüßte ihr Gewicht, weil es ein gewisses Maß an Sicherheit darstellte. Aber wie sollte Wulf sich verteidigen, wenn er im Stall von jemand angegriffen wurde?, fragte sie sich, als sie ihn weggehen sah. Und da kam ihr plötzlich ein Gedanke.

»Mora«, wandte sie sich an das Mädchen. »Es gibt doch sicher noch andere Waffen hier im Haus. Jagdgewehre oder so etwas?«

»Jetzt nicht mehr«, erwiderte das Mädchen leise. »Die Dienstboten haben alles mitgenommen, was sie finden konnten, als sie flohen. Zu ihrem Schutz.«

»Sie sollten sich schämen, dich hier überhaupt zurückgelassen zu haben, aber dazu auch noch völlig schutzlos, das ist wirklich unverzeihlich«, murmelte Amelia. Die Wahrheit war, dass sie normalerweise wahrscheinlich keinen Gedanken an die Notlage einer Dienstbotin verschwendet hätte, bevor sie in diesen Albtraum hineingerissen worden war. Aber das Mädchen war so jung und sah so hilflos aus, dass Amelia gar nicht anders konnte, als sich ihretwegen aufzuregen.

»Es ist lieb von Euch, dass Ihr Euch um mich sorgt, Mylady«, sagte Mora. »Aber ehrlich gesagt ist hier vorher nie sehr viel passiert. Nicht bis gestern Nacht ... bis *er* gekommen ist.«

Mora nickte zu Gabriels sich entfernender Gestalt hinüber, und Amelia fragte sich plötzlich, wie Wulf gestern wohl in das Haus gekommen war. Sie erinnerte sich nicht, eine Erklärung von ihm dazu gehört zu haben. Aber es wäre absurd von ihr, ihn zu verdächtigen. Lord Gabriel mochte zwar aus einer Familie stammen, die von der Londoner Gesellschaft geächtet wurde und angeblich vom Wahnsinn heimgesucht war, aber ihren Reichtum hatte die Familie sich bewahrt, und Amelias beste Freundin war mit einem der Brüder Wulf verheiratet. Es war absolut nichts Verdächtiges an Gabriel Wulf. Und er hatte ihr gestern Nacht sogar das Leben gerettet.

Einen Augenblick später verschwand Wulf in dem Stall. Und da bemerkte Amelia es zum ersten Mal. »Horch!«, flüsterte sie Mora zu.

Das Mädchen sah sie an. »Ich höre gar nichts, Lady Collingsworth.«

Amelia nahm die Pistole noch fester in die Hand. »Ich weiß. Genau das ist es ja. Es müssten Geräusche zu hören sein. Vogelgezwitscher in den Bäumen oder das Summen von Insekten. Aber es ist totenstill hier draußen.«

Mora rieb sich ihre Arme. »Spürt Ihr auch die Augen, die uns beobachten?«, fragte sie.

Als Amelia ihren Blick über die Bäume gleiten ließ, von denen das Herrenhaus umstanden war, sah sie nichts. Aber Mora hatte Recht. Auch Amelia hatte das Gefühl, beobachtet zu werden. Und wenn Lord Gabriel jetzt nicht jeden Moment aus dem Stall herauskam, würde sie mit Mora in das Haus zurückgehen und wieder alle Türen verriegeln.

Amelia seufzte vor Erleichterung, als Wulf in der Tür des Stalls erschien. Trotz der Entfernung sah sie, dass er die Stirn runzelte; aber selbst mit seiner finsteren Miene sah er so bemerkenswert gut aus, dass sie ihn nur anstarren konnte. Genauso unverhohlen, wie sie es vor einigen Monaten in London getan hatte, bis ihre Anstandsdame ihr schließlich für ihr ungebührliches Verhalten in der Öffentlichkeit eins hinter die Ohren gegeben hatte.

»Die Leichen sind nicht mehr da, wie ich bereits vermutet hatte«, berichtete Gabriel, als er sie erreichte. »Und ich habe keine Anzeichen von Spuren gesehen. Zeig mir, wo die Kellertür ist, Mora.«

Das Mädchen nickte, obwohl ihr anzusehen war, dass sie sich nur äußerst ungern draußen aufhielt. Gabriel nahm Amelia die Pistole aus der Hand. Dabei streiften sich ihre Finger, und wieder schoss ein merkwürdiges Prickeln ihren Arm hinauf. Nach der plötzlichen Anspannung um Gabriels Kinn herum zu urteilen, musste er das Gleiche gespürt haben.

»Hinter dem Haus«, sagte Mora. »Hier entlang.«

Zu dritt entfernten sie sich von der Veranda und gingen seitlich um das Haus herum. Zum Glück erschwerten die dornigen Sträucher, die das Haus umgaben, den Zugang zu den vielen Fenstern im Parterre, stellte Amelia im Vorbeigehen erleichtert fest.

»Früher war das hier ein wahres Blütenmeer aus wilden Rosen«, sagte Wulf zu ihr, als bemerkte er ihr Interesse an den Sträuchern. »Das war, als Roberts Mutter noch lebte. Er hat sie verwelken lassen, nachdem sie gestorben war.«

»Wie seid Ihr eigentlich gestern Nacht in das Haus hereingekommen?«, fragte Amelia, um die Angelegenheit ein für allemal zu klären und sich nicht mehr den Kopf darüber zu zerbrechen.

Lord Gabriel deutete auf eine hohe Eiche, die ihren Schatten über die eine Seite des Hauses warf. »Als Kinder sind wir alle oft mitten in der Nacht diesen Baum hinabgeklettert, um in einem nicht weit von hier entfernten Teich zu schwimmen. Das fiel mir wieder ein, als ich hier ankam, und so stieg ich einfach nur den Baum hinauf. Das Fenster zu Roberts früherem Zimmer war glücklicherweise nicht verriegelt. Wir sollten sichergehen, dass alle Fenster fest verschlossen sind, wenn wir ins Haus zurückkehren.«

»Ja«, stimmte Amelia ihm zu.

»Hier ist es.« Mora blieb vor einer hölzernen Klappe im Boden stehen. »Seht mal«, flüsterte sie und deutete mit dem Kopf auf das alte Holz der Tür.

Es war von tiefen Kratzspuren überzogen, als ob ein Tier versucht hätte, sich einen Weg durch das Holz zu graben. Amelia lief es wieder kalt den Rücken hinunter. Wulf bückte sich und betrachtete die Tür genauer.

»Ich sehe keine Möglichkeit, sie von außen her zu sichern. Aber ich werde alles aus dem Keller hinaufbringen, was du für nötig hältst, Mora, und dann die Tür absichern, die vom Inneren des Hauses in den Keller führt.«

»Das hört sich ja an, als müssten wir das Haus zu einer Festung machen«, bemerkte Amelia.

»So ist es«, stimmte er ihr zu. »Oder zumindest doch so lange, bis wir beschließen, etwas anderes zu tun.«

Amelia kam ein Gedanke, der sie wieder Hoffnung schöpfen ließ. »Irgendjemand wird doch sicher hier vorbeikommen ...«

Gabriel blickte zu ihr auf. Er schien sich seine Worte gut zu überlegen, aber schließlich schüttelte er den Kopf. »Ich will ganz ehrlich zu Euch sein, Mylady. Sowohl Collingsworth Manor wie auch Wulfglen liegen ziemlich abgelegen. Und da Ihr in den Flitterwochen seid, bezweifle ich, dass irgendjemand auf die Idee käme, Euch ausgerechnet jetzt zu stören.«

Der Teufel hole alle rücksichtsvollen Leute, dachte Amelia. »Wir hatten vor, erst in einem Monat nach London zurückzukehren. Mit meinen Eltern war vereinbart, dass wir bei ihnen wohnen würden, bis unser Schiff ablegt. Wir wollten ins Ausland, zu einer ausgedehnten Hochzeitsreise. Vor einem Monat wird uns also ganz bestimmt niemand vermissen.«

»Ich weiß nicht, ob die Vorräte für einen Monat reichen werden«, warf Mora mit besorgter Miene ein. »Die anderen Dienstboten haben die meisten mitgenommen, als sie geflohen sind.«

»Darüber brauchen wir uns jetzt noch keine Gedanken zu machen«, versuchte Wulf das Mädchen zu beruhigen. »Wir sind ja nicht einmal sicher, was genau es ist, das uns bedroht.«

»Natürlich, Mylord«, sagte Mora entschuldigend.

Amelia hatte den Verdacht, dass Wulf versuchte, sie vor der Wahrheit über ihre Situation zu beschützen, auch wenn er gerade noch behauptet hatte, ganz ehrlich zu ihr sein zu wollen. Der Grund dafür war nur zu offensichtlich: Er glaubte nicht, dass sie stark genug war, die Wahrheit zu verkraften. Und trotzdem hatte er sie dort oben in ihrem Schlafzimmer geküsst und sie begehrt. Was ihn in ihren Augen auch nicht besser machte als die meisten Männer, die Frauen immer nur nach Äußerlichkeiten beurteilten. Komischerweise hatte es ihr früher nie etwas ausgemacht, dass Männer sich allein ihres hübschen Gesichts und ihrer guten Figur wegen zu ihr hingezogen fühlten. Aber jetzt störte es sie auf einmal.

Etwas anderes störte sie jedoch sogar noch mehr. Als sie zu den Wäldern hinüberblickte, glaubte sie dort einen Schatten wahrzunehmen, der sich bewegte. Und dann noch einen weiteren …

»Kommt, meine Damen«, befahl Gabriel Wulf, und als sie ihn ansah, wurde Amelia klar, dass er die Schatten auch gesehen hatte. »Wir müssen zum Haus zurück und den restlichen Tag mit unseren Vorbereitungen verbringen.«

Er führte Amelia und Mora schnellen Schritts zur Vorderfront des Hauses. Sie hatten nur eine Waffe und einen nicht allzu großen Lebensmittelvorrat. »Und auf was genau bereiten wir uns vor?«, wollte Amelia wissen.

Gabriel schwieg einen Moment. Dann sagte er: »Auf die Nacht. Und auf was immer sie auch bringen mag.«

6. Kapitel

Amelia hatte die Fenster oben nicht nur ein Mal, sondern sogar mehrfach überprüft, während Mora und Gabriel alles, was sie brauchten, aus dem Vorratskeller geholt hatten und Gabriel die Tür danach verriegelt hatte. Als es nun allmählich Abend wurde, saßen alle im Salon, wo ein anheimelndes Feuer im Kamin prasselte.

Gabriel war eingenickt, nachdem Mora sich seine Wunden angesehen hatte. Amelia konnte sich gut vorstellen, wie erschöpft er sein musste. Auch das junge Mädchen hatte den Kopf zurückgelehnt und die Augen geschlossen. Nur Amelia war noch viel zu aufgedreht, um sich ein wenig auszuruhen. Außerdem musste irgendjemand Wache halten, und es sah ganz so aus, als fiele ihr diese Aufgabe zu.

Bis zu ihrer Heirat mit Lord Robert Collingsworth hatte Amelia so gut wie keine Pflichten in ihrem Leben gekannt, außer der, eine angemessene Partie zu machen natürlich. Sie hatte sich nie fragen müssen, ob sie vielleicht Hunger leiden würde, weil die Vorratskammern nicht gefüllt waren, oder ob sie sogar um ihr Leben würde fürchten müssen. Sie hatte nie Zweifel hegen müssen, was real war und was nicht. Sie hatte nie ins Dunkel geschaut und sich bedroht gefühlt von etwas, das sie sah oder auch nicht sah.

All das hatte sich an ihrem Hochzeitstag geändert. Die Absurdität ihrer Situation machte sie ganz kribbelig. Sie wünschte jetzt, sie hätte sich als junges Mädchen mehr mit ihren Stickereien befasst, statt zu versuchen, ihren jüngeren Bruder in einer männlichen Sportart nach der anderen zu übertrumpfen. Dann könnte sie jetzt vielleicht einfach dasitzen und sticken, um sich mit irgendetwas zu beschäftigen.

Eine Tasse Tee wäre jetzt etwas Wunderbares, und Amelia beugte sich schon fast zu Mora vor, um sie wachzurütteln, damit sie ihr eine aufbrühte. Aber dann hielt sie inne und sagte sich, dass es an der Zeit war, zu lernen, diese Dinge selbst zu tun. Oder doch zumindest, bis sie in Sicherheit und weit, weit weg von Collingsworth Manor waren. Tee zu machen war sicher nicht so furchtbar schwierig. Amelia war überzeugt, dass sie das hinbekommen würde.

Sie verdrängte allerdings die Tatsache, dass sie vorher auch geglaubt hatte, sich ohne Hilfe ankleiden zu können. Es war nicht nur eine demütigende, sondern auch eine von Gedanken an Lord Gabriel durchdrungene Erinnerung. An das Gefühl seiner warmen Hände auf ihrer Haut, an die prickelnde Erregung, von ihm geküsst und von ihm begehrt zu werden. Und wie er schon gesagt hatte – was immer in diesem kurzen Moment der Unvernunft zwischen ihnen vorgefallen war, war falsch. Herrlich, sündig, köstlich falsch.

Amelia erhob sich von dem kleinen Sofa und wandte sich zur Tür, aber dann blieb sie vor Gabriel noch einmal stehen. Im Schlaf, mit entspannten Zügen, ähnelte er viel mehr dem jungen Mann auf dem Porträt, das sie im Salon des Wulfschen Stadthauses gesehen hatte. Eine Haarsträhne hing über seinem einen Auge, und Amelia war versucht, sie ihm aus dem Gesicht zu streichen. Wieso hegte sie solch zärtliche Empfindungen für einen Fremden? Und warum hatte sie das Gleiche nicht auch für den armen Robert fühlen können?

Was sie brauchte, war eine Ablenkung. Du wolltest Tee aufbrühen, erinnerte sie sich und ging durchs Haus zur Küche. Der Herd war noch heiß von dem bescheidenen Abendessen, das Mora darauf zubereitet hatte. Und es stand auch schon ein voller Wasserkessel darauf. Aber als Amelia den Deckel berührte, zog sie erschrocken ihre Hand zurück. Mit dem verbrannten Finger im Mund schaute sie aus dem Fenster und war erstaunt, wie hell der Mond schon schien und wie gut sie im Dunkeln sehen konnte. Da ihr jetzt wieder die Schatten einfielen, die sie vorher gesehen hatte, ließ sie ihren Blick über die in unmittelbarer Nähe des Hauses stehenden Bäume gleiten.

Eine Sekunde später blieb ihr fast das Herz stehen. Dort, im dichten Unterholz, konnte sie die Umrisse eines Mannes erkennen. Einen Augenblick später trat er schwankend aus den Bäumen in den Garten. Im Mondschein konnte sie ihn jetzt ganz deutlich sehen.

»Robert«, wisperte Amelia. »Wulf!«, schrie sie. »Lord Gabriel!«

Im Bruchteil von Sekunden war er an ihrer Seite. »Was ist, Mylady?«

Amelia zeigte auf den vom Mond erhellten Garten. »Seht nur, da ist Robert!«

Robert stolperte weiter, dann fiel er auf die Knie und streckte in einer flehentlichen Geste die Hand nach Amelia aus.

»Bleibt hier«, sagte Lord Gabriel und stürzte auch schon wieder aus der Küche.

Sie sollte hier bleiben? Und wenn es diesmal wirklich Robert war? Amelia hatte seine Leiche nie gesehen. Vielleicht hatte Lord Gabriel sich ja geirrt. Vielleicht war Robert gar nicht tot. Kurzentschlossen eilte Amelia Gabriel nach. Mora, die inzwischen ebenfalls erwacht war, stand mit großen Augen an der Tür.

»Er hat mir befohlen, die Tür hinter ihm zu verriegeln«, sagte sie. »Was ist hier eigentlich los?«

»Bleib hier«, wiederholte Amelia Gabriels Anweisung an sie. »Warte auf unsere Rückkehr, doch solltest du irgendetwas oder irgendjemand anderen sehen, dann verriegelst du die Tür.«

Amelia eilte hinaus. Als sie um das Haus herum lief, sah sie Gabriel mit gezogener Waffe nur wenige Schritte vor dem Mann im Garten stehen.

»Nein!«, schrie sie und rannte zu Gabriel, um eine Hand auf seinen Arm zu legen. »Ich glaube, es ist wirklich Robert. Er braucht unsere Hilfe!«

»Geht sofort ins Haus zurück!«, knurrte Wulf. »Das ist nicht Robert, Amelia. Robert ist tot.«

Wie konnte er sich so sicher sein? Für Amelia sah der Mann wie Robert aus. Dann rief er sie.

»Amelia.«

Die Härchen in ihrem Nacken sträubten sich, als sie die Stimme hörte. Es war dieselbe, die sie im Dunkeln in ihrer Hochzeitsnacht gehört hatte. Amelia trat stolpernd einen Schritt zurück.

Gabriel spannte den Hahn der Waffe. »Wer bist du?«, rief er.

Der Mann mit Roberts Gesicht antwortete nicht, aber seine Augen glitzerten ganz eigenartig in der Dunkelheit. Dann sprach er doch – oder vielmehr bleckte er seine Zähne und stieß ein böses Knurren aus. Sein Rock stand vorne offen, und Amelia sah das Blut auf seinem Hemd. Blut, das vermutlich von der Wunde stammte, wo Gabriel Wulf ihn angeschossen hatte.

Direkt vor Amelias Augen begann sich der Mann zu verändern. Seine Gesichtszüge verwandelten sich in die eines anderen Mannes ... und sie erkannte ihn nun wieder. Er hatte im Stall gearbeitet, als sie und Robert angekommen waren. Während sie ihn noch sprachlos anstarrte, verwandelte er sich in etwas anderes. In etwas, das nicht menschlich war. Seine Zähne wurden länger; aus seinem Körper sprossen Haare. Seine Glieder begannen sich zu verrenken, zu verdrehen und zu schrumpfen. Das war der Moment, in dem Lord Gabriel einen zweiten Schuss auf ihn abgab. Der Mann, das Ding, was immer es auch war, fuhr ruckartig zurück.

Und dann begann das Geheul. Überall um sie herum echote es durch die ansonsten stille Nacht. Wulf fluchte. »Verdammt! Er sollte uns nur aus dem Haus herauslocken. Renn, Amelia! Lauf zum Haus!«

Sie hörte seine Worte und wusste, dass sie um ihr Leben rennen musste, aber sie war wie erstarrt, war wie gelähmt vor Entsetzen und Furcht. Wulf fluchte erneut; dann hob er sie kurzerhand auf seine Arme und rannte mit ihr auf das Haus zu.

Trotz ihres Schocks hörte Amelia das knackende Geräusch zerbrechender Zweige hinter ihnen. Was immer auch dort in den Wäldern war, es war hinter ihr und Gabriel her. Und ihr entging auch nicht, wie erstaunlich schnell Gabriel sich bewegte und wie mühelos er sie trug. Wie konnte ein Mann mit einer Beinverletzung *so* schnell laufen? Wie konnte *irgendein* Mann so schnell laufen?

Sie erreichten die Tür, und Gabriel warf sich mit der Schulter dagegen, wobei er Mora beinahe umstieß. Er rannte hinein und warf Amelia dem überraschten Mädchen praktisch in die Arme. Amelias Knie waren wackelig wie die eines neugeborenen Fohlens, aber sie schaffte es, stehen zu bleiben und war erstaunt, dass Mora überhaupt die Kraft hatte, sie zu stützen.

Das Mädchen sah so aus, als wöge es nicht viel mehr als ein nasses Kätzchen. Wulf hatte die Tür schon fast geschlossen, als irgendetwas dumpf dagegen schlug. Eine Hand griff hinein. Eine Hand, die weder menschlich war noch einem Tier gehörte. Eine mit dichtem Fell bedeckte Hand, aus deren Fingerspitzen lange Krallen hervorstanden.

Amelia schrie. Wulf warf sich mit seinem ganzen Gewicht gegen die Tür, und was auch immer auf der anderen Seite stand, brüllte auf vor Schmerz und zog die Hand zurück. Dann hatte Lord Gabriel die Tür geschlossen und schob die Riegel vor. Danach trat er zurück und richtete seine Pistole auf die Tür.

»Mora, bring Lady Collingsworth in den Salon, und haltet euch von den Fenstern fern!«

Zusammen gingen Mora und Amelia in den vorderen Salon, wo immer noch ein behagliches Feuer im Kamin brannte, das ihren momentanen Albtraum geradezu zur Farce machte. Amelia stand weiterhin unter Schock, das wusste sie, und ihre Hände und Füße waren eisig kalt. Mora half ihr, auf dem Sofa Platz zu nehmen, und kauerte sich dann ängstlich und mit großen Augen neben sie. Durch die Tür sah Amelia, dass Lampen erloschen, und ein paar Minuten später lag das ganze Haus in absoluter Dunkelheit.

Sie hörte nichts, nichts außer dem Pochen ihres eigenen Herzens. Wie lange sie so mit Mora dagesessen hatte, hätte sie nicht sagen können, aber irgendwann kam endlich Gabriel in den Salon.

»Sie sind weg … vorläufig zumindest«, berichtete er, während er sich vor Amelia hinhockte und ihre kalten Hände in die seinen nahm, um sie zu wärmen.

»Woher wollt Ihr wissen, dass sie fort sind, Mylord?«, flüsterte Mora mit angsterfüllter Stimme.

Ja, pflichtete Amelia ihr im Stillen bei, weil ihre Kehle immer noch zu eng zum Sprechen war. Woher will er das wissen?

»Glaubt mir«, erwiderte er ruhig. »Sie haben sich wieder in den Wald verzogen. Ich sehe sie nicht mehr.«

»Es ist dunkel draußen«, wandte Mora ein. »Vielleicht könnt Ihr sie nur nicht erkennen, und sie sind noch immer dort.«

Gabriel wandte sich der jungen Dienstmagd zu und richtete einen strengen Blick auf sie. »Es ist nicht nötig, Mylady noch mehr aufzuregen, Mora. Sie sind weg, und wir sind hier in Sicherheit. Und ich werde dafür sorgen, dass das auch so bleibt. Ist das klar?«

Das Mädchen senkte seinen Kopf und nickte. »Nimm eine Kerze und zünde sie am Feuer an«, fuhr Wulf mit etwas sanfterer Stimme fort. »Und dann gehst du in die Küche und machst Lady Collingsworth eine Tasse Tee.«

Amelias Kehle entspannte sich endlich so weit, dass sie wieder sprechen konnte. »Etwas Stärkeres wäre besser«, flüsterte sie.

»Wir haben den Brandy aufgebraucht«, erwiderte Mora bedauernd.

Gabriel rieb Amelias Hände zwischen den seinen, und sie konnte seine Wärme auf sich übergehen fühlen. »Sieh nach, was du in der Küche sonst noch finden kannst«, sagte er zu Mora. »Selbst ein Kochsherry würde genügen, aber vergiss auch nicht den Tee.«

Das Mädchen erhob sich aus seiner zusammengekauerten Stellung, nahm eine Kerze und zündete sie am Kaminfeuer an, bevor sie lautlos wie ein Mäuschen aus dem Zimmer schlüpfte.

»Was sind das für ... Kreaturen?«, fragte Amelia Lord Gabriel. »Wie bringen sie zustande, was sie tun? Wie können sie zu Wölfen werden? Oder sich in jemand anderen verwandeln?«

Gabriel war nicht sicher, wie er Amelias Frage beantworten sollte. Ob Menschen sich wirklich in Wölfe verwandeln konnten? Dass dies möglich war, das wusste er nur zu gut. Schließlich hatte er mit eigenen Augen gesehen, wie sich sein Vater vor vielen Jahren eines Abends am Essenstisch in einen Wolf verwandelt hatte.

Vor langer Zeit waren die Wulfs von einer Hexe mit einem Fluch belegt worden. Die Verwandlung in einen Wolf hatte etwas mit dem Vollmond und dem Herzen eines Mannes zu tun. Aber Gabriel hatte noch nie von einer Kreatur gehört, welche die äußere Erscheinung eines anderen Menschen annehmen konnte.

»Gabriel?«, beharrte Amelia.

Wie nicht anders zu erwarten, stand ein Ausdruck der Furcht und des Entsetzens in ihren großen blauen Augen. Der gleiche Ausdruck, den er darin sähe, wenn sie wüsste, dass auch Gabriel kein normaler Mensch war. Dass auch er zu dieser Schattenwelt gehörte.

»Ich weiß nicht, was sie sind«, beantwortete er schließlich ihre Frage. »Aber ich weiß sehr wohl, dass Robert tot ist, Amelia. Über diese Tatsache musst du dir voll und ganz im Klaren sein, falls einer von ihnen noch einmal versuchen sollte, dich zu täuschen.«

Ihre fein geschwungenen Brauen furchten sich. »Woher willst du wissen, dass der Mann im Keller Robert war? Vielleicht hatte auch er nur Roberts Aussehen angenommen. Vielleicht lebt Robert noch und ist Hilfe holen gegangen?«

Ihr dies alles zu erklären, würde schwierig sein, aber Gabriel wusste, dass er nicht länger darum herumkam. Amelia musste ein für alle Mal begreifen, dass ihr Ehemann tot war und dass niemand ihnen zu Hilfe kommen würde.

»Alle Menschen haben einen ganz spezifischen Geruch, der sie kennzeichnet«, sagte er. »Und ich habe die etwas ungewöhnliche Fähigkeit, einen Menschen an seinem Geruch zu erkennen. Ich wusste sofort, dass das im Keller Robert war. Als wir noch Knaben waren, hatte sein Geruch immer etwas ... Ungesundes, Kränkliches an sich. Und diesen Geruch hatte er auch als Erwachsener noch.«

Amelia blinzelte ihn verwundert an. »Habe ich auch so einen unverwechselbaren Geruch?«

»Ja«, erwiderte er ohne Zögern und bückte sich, um ihr die Schuhe auszuziehen. Wie er schon vermutet hatte, waren ihre Füße genauso kalt, wie ihre Hände es gewesen waren. Er begann sie sanft zu reiben. »Auch wenn du ihn mit parfümierten Seifen und Duftwässern überdeckst. Dieser Dinge wegen ist es für mich bei Frauen schwieriger, ihren natürlichen Duft auszumachen.«

»Du hast einige ziemlich außergewöhnliche Fähigkeiten«, bemerkte sie. »Ich habe noch nie einen Mann so schnell rennen sehen wie dich vorhin da draußen, und das auch noch mit mir auf deinen Armen.«

Unter den gegebenen Umständen hatte Gabriel sich einfach auf seine außergewöhnlichen Fähigkeiten verlassen müssen, und er fragte sich nun, was Amelia Collingsworth wohl sonst noch über ihn herausfinden würde. »Ich hatte Angst«, wich er aus.

Als Amelia nicht antwortete, schaute er zu ihr auf. Ihre blauen Augen erwiderten prüfend seinen Blick. »Ich glaube nicht, dass du vor irgendetwas Angst hast«, sagte sie.

Bevor er etwas erwidern konnte, kam Mora mit einem Glas herein, in dem eine rote Flüssigkeit schimmerte. »Kochsherry«, erklärte sie und brachte Gabriel das Glas.

»Und jetzt hole ich den Tee«, sagte sie, schon wieder auf dem Weg hinaus.

Gabriel hielt das Glas an Amelias sinnlich volle Lippen. Sie trank den Sherry genauso ungerührt wie schon den Brandy in der Nacht zuvor.

»Brandy mag ich lieber«, meinte sie, als sie das Glas geleert hatte. »Sherry ist mir zu süß.«

Gabriel konnte nicht umhin, sie anzulächeln. Lady Amelia war eine höchst unkonventionelle junge Frau. Je mehr Zeit er mit ihr verbrachte, desto mehr wurde er sich ihrer Einzigartigkeit bewusst. Trotzdem war dies kein Ort für sie. Sie gehörte nach London, in einen Ballsaal, mit einem hübschen Kleid und einem Lächeln, das Männern die Köpfe verdrehte und ihnen die Herzen stahl.

»Du sagtest vorhin, jeder Mensch hätte einen ganz eigenen Geruch«, sagte sie und stellte das Glas beiseite. »Ich glaube, du hast Recht. Ich hatte das bis heute nur vielleicht noch nicht bemerkt.«

Er blickte zu ihr auf. »Warum erst heute und nicht schon gestern?«

Sie befeuchtete ihre Lippen, die voll und sinnlich waren und ihn auf Gedanken brachten, die er besser ignorierte. »Weil du auch einen hast. Einen solch ganz speziellen Duft«, verdeutlichte sie. »Im Schlafzimmer vorhin, als wir … als du hinaufkamst, um nach mir zu sehen, habe ich ihn bemerkt, und … und mir wurde ganz eigen zumute.«

Gabriel senkte den Blick wieder auf ihre hübschen kleinen Füße. Ihr die Wahrheit zu erklären, würde nur Misstrauen ihm gegenüber in ihr wecken, und es war gerade jetzt sehr wichtig, dass sie ihm vertraute. Es war die einzige Möglichkeit, für ihre Sicherheit zu sorgen. »Ich habe gehört, dass Männer zuweilen einen Duft abgeben, von dem sich Frauen angezogen fühlen können. Es ist irgendetwas, das im Schweiß des Mannes ist. Oder jedenfalls hat mein Bruder Jackson mir das einmal so erklärt.«

»Du hast aber nicht geschwitzt dort oben.«

Er blickte wieder zu ihr auf. »Auch so bin ich momentan nicht gerade sauber«, gab er zu bedenken. »Ich habe schon lange kein anständiges Bad mehr gehabt.« Er versuchte die Stimmung etwas aufzulockern, obwohl das unter den gegebenen Umständen so gut wie ausgeschlossen schien. »Das wird wohl der Grund sein, weswegen du dich vorhin von mir angezogen gefühlt hast. Ich bin nämlich eigentlich das hässliche Entlein unserer Familie.«

»Das ist Ansichtssache«, meinte sie. »Und was vorhin dort oben vorgefallen ist, das sollten wir beide wohl besser vergessen.«

Vergessen? Das war nahezu unmöglich, wenn sie sich so nahe waren und er auch noch ihre zarte Haut unter seinen Händen spürte. Ihre Füße waren sehr zierlich, und er hätte zu gerne nachgesehen, ob ihre Beine genauso glatt und weich waren wie der Rest von ihr. Ihre Füße waren inzwischen warm genug, fand er, und streifte ihr wieder die feinen Lederschuhe über.

»Der Tee«, verkündete Mora, als sie mit einem Tablett mit einer Kanne und drei Tassen hereinkam. Sie stellte das Tablett auf einen Tisch und begann einzuschenken. Gabriel erhob sich aus seiner knienden Haltung vor Amelia. Ein jäher Schmerz durchzuckte dabei sein Bein, und er hinkte zu einem Sessel ihr gegenüber und setzte sich aufatmend hinein.

Moras Hände zitterten sichtlich, als sie zuerst Amelia und dann Gabriel eine Tasse Tee anreichte. Er musste dem Mädchen zugestehen, dass es trotz allem erstaunlich ruhig blieb und nicht den Kopf verlor. Selbst Lady Collingsworth, musste er zugeben, war weder ohnmächtig noch hysterisch geworden. Er konnte sich wirklich glücklich schätzen.

»Mora, Lady Collingsworth sprach davon, dass du vermutlich mit volkstümlichen Legenden und Aberglauben aufgewachsen seist. Ist das wahr?«

Das Mädchen setzte sich neben Lady Collingsworth und nippte an seinem Tee. »Ich denke schon«, erwiderte es.

»Hast du je Geschichten über Menschen gehört, die sich in Wölfe verwandeln?«

Mora bewegte sich unbehaglich neben Lady Collingsworth.

»Natürlich, Mylord. Solche Geschichten hat doch jeder schon einmal gehört, nicht wahr?«

»Ja«, stimmte Gabriel ihr zu. »Aber was ist mit Menschen, die eines anderen Menschen Gestalt annehmen können? Hast du auch darüber schon mal etwas gehört?«

Mora starrte in ihre Tasse und schien nachzudenken. »Die Wargs«, antwortete sie schließlich. »Vielleicht könnten die so etwas zustande bringen.«

Gabriel beugte sich auf seinem Sessel vor. »Die *Wargs?*«

»Waldwesen oder Waldläufer«, erläuterte das Mädchen. »Es heißt, dass sie Jahrhunderte lang in den Wäldern Europas gelebt haben. Sie siedeln sich dort an wie andere Waldgeschöpfe. Es heißt auch, dass man nicht bemerkt, wenn einer in der Nähe ist, weil sie so gut mit ihrer Umgebung zu verschmelzen wissen.«

»Und diese Wargs können ihre Gestalt verändern?«

Das Mädchen nickte. »Den Erzählungen nach ja. Wie Mylady schon sagte, benutzen Eltern die Wargs, um ihre Kinder davon abzuhalten, sich in den Wald hineinzuwagen. Einmal hörte ich, dass ein Warg sogar als Mutter oder Vater eines Kindes in Erscheinung treten könnte, um es in den Wald zu locken. Und dann frisst er es natürlich auf.«

Lady Collingsworth setzte klappernd ihre Tasse ab, und Gabriel merkte, dass er Mora nach diesen Dingen besser dann hätte fragen sollen, wenn Amelia nicht dabei war. Sie hatte schon genug zu bewältigen gehabt für eine Nacht.

»Du solltest zu Bett gehen«, sagte er zu Amelia. »Ihr beide«, fügte er mit einer Geste hinzu, die auch Mora mit einschloss. »Ich werde aufbleiben und Wache halten.«

»Ich könnte jetzt sowieso nicht schlafen«, erwiderte Lady Collingsworth. »Und das war schon vor dieser hübschen Gutenachtgeschichte so. Außerdem zittern mir noch immer so die

Knie, dass ich nicht einmal sicher bin, ob ich die Treppe hinaufsteigen könnte.«

Gabriels Bein tat weh, aber er erhob sich, ging zu Amelia hinüber und nahm sie wieder auf die Arme. Sie wog kaum mehr als ein Sack Mehl. Natürlich protestierte sie, was Gabriel jedoch ignorierte. Als er mit ihr die Treppe hinaufstieg, musste er die Zähne zusammenbeißen, um sich den Schmerz in seinem Bein nicht anmerken zu lassen. Oben trug er sie zu ihrem Zimmer und legte sie behutsam auf das Bett.

Ihre Arme lagen noch um seinen Nacken, und er blickte auf ihr reizendes Gesicht herab. Ihre Augen sahen trotz ihrer gegenteiligen Behauptungen müde aus, und Gabriel fragte sich, ob der Sherry vielleicht endlich seine Wirkung tat. Zu seiner Überraschung beugte sie sich jedoch zu ihm vor und brachte ihre Lippen so nahe an die seinen, dass er sie mühelos hätte küssen können. Und genau das wollte er natürlich auch, wurde ihm plötzlich klar. Sie schnupperte an ihm; dann teilten sich ihre vollen Lippen, und sie strich mit ihrer hübschen rosa Zunge über sie.

»Du solltest wirklich ein Bad nehmen«, flüsterte sie. »Du schwitzt schon wieder, glaube ich.«

7. Kapitel

Gabriel hatte seine ganze Willenskraft aufbieten müssen, um Lady Amelia Collingsworth dort oben in ihrem Zimmer nicht zu küssen. Vielleicht war sie ja berauscht gewesen, entweder von dem Sherry oder von dem Duft, den er in ihrer Nähe ausstrahlte. Und deshalb hatte er nur sanft ihre Arme von seinem Nacken herabgenommen und sie allein gelassen, damit sie schlief. Gabriel wünschte nur, er könnte das Gleiche tun.

Er war hundemüde, und seine Wunden schmerzten. Mora hatte ihm angeboten, seine Verbände zu wechseln, aber er hatte ihr gesagt, er täte das schon selbst. Da er jedoch viel zu müde dazu war, setzte er sich im Salon in einen Sessel am Kamin und legte den Kopf zurück ans Polster. Trotz der vielen anderen Dinge, die ihn jetzt hätten beschäftigen müssen, war es zu seiner Überraschung immer wieder das gleiche Bild, das ihm nicht aus dem Kopf gehen wollte.

Es war der Anblick von Amelia in ihrem Zimmer, als er noch einmal hinaufgegangen war, um sicherzugehen, dass beide Frauen sich zur Nachtruhe begeben hatten. Sie hatte ein weiches Baumwollhemd getragen, während Mora ihr langes Haar gebürstet hatte. Amelias Lider waren schwer gewesen, ihre Lippen ein wenig angeschwollen und rosa, vielleicht noch von seinen Küssen an diesem Morgen. Keine der beiden Frauen hatte ihn bemerkt, als er oben herumgeschlichen war, um nachzusehen, ob alles seine Ordnung hatte. Aber als er Lady Collingsworth angesehen hatte, hatte sich in ihm etwas geregt. Lust? Wahrscheinlich, dachte er, denn dies war das Einzige, das er sich je erlaubt hatte, für Frauen zu verspüren.

Gabriel hatte sein Leben lang alle Gefühlsregungen – bis auf die niedrigsten – vermieden. Er hatte sich in die Verwaltung von Wulfglen gestürzt und sich damit zufriedengegeben, in Gesellschaft seiner Pferde sein zu können und hin und wieder eine Frau zu sehen, die sich um seine männlichen Bedürfnisse kümmerte, wenn sie zu erdrückend wurden. Er war nicht wie Armond, der gesellschaftlichen Kontakt mit anderen Menschen brauchte, oder Jackson, der eine Schwäche für Alkohol und Frauen hatte und sich sowohl das eine wie das andere leider viel zu häufig gönnte. Gabriel hielt sich selbst für den vernünftigsten der Brüder.

Was allerdings hier auf Collingsworth Manor vorging, entzog sich jeglicher vernünftigen Erklärung. *Was* waren diese Kreaturen, die das Aussehen anderer Menschen annehmen konnten? Und sich dann genauso mühelos in einen Wolf verwandelten? Was wollten sie von Amelia? Und wie lange würden er, Amelia und Mora sie noch dem Haus fernhalten können? Wären ihre Chancen besser, wenn sie sich in die Wälder unter diese Kreaturen begäben? Könnten sie ihnen dort aus dem Weg gehen und wohlbehalten Wulfglen, das Landgut seiner Familie, erreichen? Gabriel schmerzte der Kopf vom Schlafmangel und all den Fragen, die ihm keine Ruhe ließen.

Er musste sich ein wenig ausruhen, um wieder klar denken zu können. Für eine Weile versuchte er, an gar nichts mehr zu denken, und irgendwie schien er dabei eingenickt zu sein. Zumindest hatte er das Gefühl, dass es so gewesen war, denn er schreckte plötzlich auf, weil er etwas gehört hatte.

Eine geisterhafte Gestalt stand auf der Treppe in der Eingangshalle, die Gabriel von seinem Platz im Salon aus sehr gut überblicken konnte. Sie hatte langes blondes Haar, das sie umwehte wie ein Schleier, als sie die Treppe herunterkam und auf ihn zuging. Das eigentlich sittsame Nachthemd, welches sie trug, war gar nicht mehr so sittsam vor dem Schein des ersterbenden Feuers, das es beinahe durchsichtig erscheinen ließ. Ihre wohlgeformten, langen Beine zeichneten sich deutlich unter ihrem Nachthemd ab, als sie zielstrebigen Schritts zu ihm herüberkam. Fasziniert beobachtete Gabriel sie, bis sie vor ihm stand.

»Amelia?«, sprach er sie leise an. »Was tust du hier unten?«

Sie beugte sich vor und legte ihm einen Finger an die Lippen, als wollte sie ihn ermahnen, still zu sein. Sekunden später ersetzte ihr Mund die sanfte Berührung ihres Fingers. Gabriel war zu überrascht, um zu reagieren. Er saß einfach nur da, betrachtete die dunklen Schatten, die ihre dichten Wimpern auf ihre Wangen warfen, und kostete das Gefühl ihrer weichen Lippen auf den seinen aus. Der süße Duft ihres Parfums hüllte ihn ein und brachte sein Blut in Wallung, und als sie mit der Zunge über seine Lippen strich, öffnete er sie nur zu gern. Und das, obwohl er sich den ganzen Nachmittag Vorwürfe für sein Benehmen ihr gegenüber gemacht hatte und sich geschworen hatte, dass so etwas nie wieder zwischen ihnen vorkommen würde.

Und dennoch zog ihn irgendetwas an ihr heftig an, hatte ihn schon von dem Moment an, als er sie in London gesehen hatte, wie magisch angezogen. Er hob die Hände, verschränkte seine Finger unter ihrem langen Haar und zog sie auf seinen Schoß herab. Das Gefühl ihres festen kleinen Pos, der sich an ihn drückte, setzte eine Flut lustvoller Gefühle in ihm frei. Er mochte einen Moment zuvor noch halb im Schlaf gewesen sein, doch nun wurden seine Sinne vollends wach.

Er erwiderte den Kuss, glitt mit seiner Zunge zwischen ihre Lippen und zwang sie sanft, diese noch weiter zu öffnen. Immer tiefer drang er in die warme Höhle ihres Mundes ein, und er dachte, dass er an einer anderen Stelle auf die gleiche Weise in sie eindringen wollte. Diese »andere Stelle« presste sich noch fester gegen seinen Schoß, und er hob ganz unwillkürlich seine Hüften an. Darauf sog sie scharf den Atem ein, was ihn von dem Bann erlöste, in den sie ihn gezogen hatte, und ihn veranlasste, sich abrupt von ihr zurückzuziehen. Ihre Augen waren nur halb geöffnet, als sie ihn unter ihren langen Wimpern ansah.

»Geh wieder zu Bett, Amelia«, sagte er. »Geh jetzt gleich, solange du noch kannst.«

Sie senkte den Kopf, als schämte sie sich plötzlich, und ihr langes Haar, das über ihre Wangen fiel, verbarg ihren Gesichtsausdruck vor ihm.

»Es ist nicht so, dass ich dich nicht begehre«, erklärte er, was ihm irgendwie komisch vorkam, da er nicht der Typ war, der sich zu rechtfertigen pflegte, geschweige denn sich Sorgen machte, ob er vielleicht jemandes Gefühle verletzte. »Es ist nicht richtig. Du weißt, dass es nicht richtig ist. Also geh wieder zu Bett.«

Mit katzenhafter Anmut erhob sie sich von seinem Schoß und wandte sich von ihm ab. Er sah ihr nach, als sie zur Treppe ging, und die sich vor dem Feuer abzeichnende Silhouette ihres wohlgeformten Körpers trieb ihn fast dazu, etwas zu tun, was sie beide bereuen würden. Er wollte sie aufhalten, sie wieder in die Arme nehmen und beenden, was sie begonnen hatten. Er wollte es so unbedingt, dass er sich erst entspannte, als sie die Treppe wieder ganz hinaufgegangen war. Er hatte noch nie eine Frau wie sie gekannt, zumindest keine, die auch eine Dame war.

Er hatte gedacht, die meisten Damen wären naive, sittsame Geschöpfe, die sich nur für Hüte, Kleider und Schuhe interessierten. Und natürlich auch für reiche Ehemänner. Amelia hingegen war eine sehr sinnliche Frau, die manchmal lustig, manchmal leidenschaftlich war und ihn über alle Maßen faszinierte.

War es das, was seinen Brüdern widerfahren war? Waren sie dem Zauber einer Frau verfallen? Und wohin hatte es sie geführt? Dahin, sich ins Verderben zu stürzen. Zu heiraten. Den Fluch zu vergessen, der auf ihnen lastete. Gabriel konnte es sich nicht erlauben, mit dem Feuer zu spielen. Er hatte im Augenblick alle Hände voll zu tun. Er brauchte einen klaren Kopf, und Amelia Collingsworth beeinträchtigte sein Urteilsvermögen sehr. Selbst jetzt noch drehten seine Gedanken sich um sie, obwohl er eigentlich über einen Plan nachdenken müsste, wie sie unversehrt aus Collingsworth Manor entkommen konnten.

Er erhob sich und ging zu dem erlöschenden Feuer, um es mit einem Schürhaken wieder anzuheizen und Brennholz nachzulegen. Sein Leben lang war er immer nur für sich selbst, die Verwaltung von Wulfglen und die hervorragenden Pferde, die sie züchteten, verantwortlich gewesen. Und nun trug er plötzlich die Verantwortung für zwei Fremde, von denen die eine ein junges Mädchen und die andere eine ungeheuer anziehende Frau war. Wie konnte er diese Bestien, die in den Wäldern lebten, überlisten? Wie konnte er Lady Collingsworth und Mora am besten beschützen? Und – Gott stehe ihm bei – was, wenn er nun versagte?

Amelia brauchte ein Bad, und was immer auch für merkwürdige Dinge auf Collingsworth Manor geschahen, sie war dennoch fest entschlossen, dieses Bad zu nehmen. Mora hatte ihr geholfen, das Feuer im Herd anzuzünden, und große Kessel mit Wasser von der Pumpe innerhalb des Hauses zum Erhitzen daraufgestellt. Sie hatten Gabriel eine Kupferwanne die Treppe hinuntertragen und vor dem Kamin im Salon aufstellen lassen. Für eine bessere Ungestörtheit konnten die Türen des Salons geschlossen werden. Amelia hatte beschlossen, dass sie alle baden würden, insbesondere Gabriel, der diesen eigenartigen Geruch abgab, von dem sie sich so angezogen fühlte.

Den ganzen Morgen hatte er sich ihr gegenüber ausgesprochen merkwürdig verhalten. Er sah sie immer wieder an, als erwartete er irgendeine Reaktion von ihr. Dachte er, sie schämte sich wegen dem, was gestern oben in ihrem Zimmer zwischen ihnen vorgefallen war? Tatsache war, dass Amelia nicht einmal halb so verlegen war, wie sie es vielleicht hätte sein sollen. Genau genommen war sie nicht einmal sicher, ob sie überhaupt verlegen war. Im Grunde hoffte sie sogar wohl eher noch auf eine Wiederholung dieses Zwischenfalls.

Über den anderen beängstigenden Zwischenfall von gestern Nacht wollte sie lieber nicht einmal nachdenken. Denn wenn sie es tat, würde sie hysterisch werden. Deshalb konzentrierte sie sich lieber auf diese eine ganz alltägliche Aufgabe – das Bad –, die ihr wenigstens das Gefühl gab, dass die Welt nicht um sie herum zusammenbrach.

»Würdest du mich nach oben begleiten?«, fragte sie Lord Gabriel. »Ich dachte, wir könnten eine Runde durch die Zimmer machen und etwas Besseres für dich zum Anziehen suchen. Und natürlich auch ein Rasiermesser und einen Streichriemen.«

Er fuhr sich mit einer Hand über die dunklen Bartstoppeln an seinen Wangen. »Dir ist doch sicherlich bewusst, dass wir momentan ganz andere Sorgen haben als unser Aussehen?«

Sie warf ihm einen strengen Blick zu. »Meine Mutter hat immer gesagt: ›Nur weil dein Leben auf dem Kopf steht, ist das noch lange kein Grund, dich gehen zu lassen‹.« Als Gabriel darauf nur die Augen verdrehte, fügte sie hinzu: »Bitte, ich muss das jetzt einfach tun, Gabriel. Ich will weder an gestern Nacht noch an heute Abend oder morgen denken. Ich will jetzt nur ein heißes Bad.«

Seine Augen wurden weicher, und wieder erschien der Blick darin, bei dem es Amelia immer ganz anders wurde. »Na schön«, stimmte er zu. »Mora, du hältst hier unten Wache«, wies er das junge Mädchen an. »Bis jetzt scheinen diese Kreaturen nur bei Nacht aktiv zu werden, aber wir müssen trotzdem weiter auf der Hut sein. Ruf uns, falls du etwas Verdächtiges siehst oder hörst.«

Mora wischte sich mit einem Arm über ihre feuchte Stirn. »Das werde ich, Mylord. Ich glaube, Mylady hat Recht. Es tut gut, sich mit etwas ganz Normalem zu beschäftigen. Und ich habe diese Kreaturen auch noch nie zu einer anderen Zeit als nachts gesehen. Das ist doch immerhin schon mal ein Trost.«

»Aber kein sehr großer«, warnte Gabriel das Mädchen, bevor er sich abwandte und Amelia aus der Küche und die Treppe hinauf folgte. Oben gingen sie zunächst in ihr Zimmer, um ihre Seifen und saubere Sachen zum Wechseln für sie zu holen. Als sie ihre Kleider durchsah, konnte sie sich nicht zwischen einem pinkfarben gestreiften Seidenkleid und einem aus lila Taft entscheiden.

»Weder noch.«

Sie drehte sich zu Gabriel um, der in der Tür lehnte und sie beobachtete. »Wie bitte?«

»Keins der beiden Kleider ist das Richtige«, erklärte er. »Du brauchst etwas Praktischeres. Etwas, in dem du dich bewegen kannst.«

Amelia runzelte die Stirn und blickte wieder in ihren Kleiderschrank. Das Problem war, dass sie gar nichts wirklich »Praktisches« besaß. Nach einigem Suchen entdeckte sie jedoch ein halbwegs schlichtes graues Tageskleid und nahm es aus dem Schrank.

»Das ist gut«, bemerkte Wulf.

»Es ist hässlich«, protestierte sie. »Ich bin mir nicht einmal sicher, ob es mir gehört. Es sieht eher wie etwas aus, was eine meiner Zofen tragen würde.«

»Dann ist es genau das Richtige«, meinte Wulf. »Zweckmäßig und praktisch.«

Amelia hätte ihm gerne widersprochen. Aber vielleicht brauchte sie ja wirklich etwas, in dem sie sich bequem bewegen konnte. Sie war natürlich nicht auf die Idee gekommen, etwas mitzubringen, in dem sie »um ihr Leben rennen« konnte. Vielleicht war es ganz gut, dass dieses Kleid irrtümlicherweise mit den anderen eingepackt worden war.

»Roberts Rasierzeug müsste sich in dem Zimmer nebenan befinden«, sagte sie. »Ich würde es ja für dich holen, aber ich möchte diesen Raum nie mehr betreten.«

»Das kann ich gut verstehen«. sagte Wulf, bevor er sich abwandte und auf dem Korridor verschwand. Kurz darauf hörte sie ihn im Nebenzimmer und nutzte den Moment, um frische Unterwäsche herauszusuchen und sie in ihrem Bündel anderer Sachen zu verstecken.

»Ich habe, was ich brauche.«

Als sie sich umwandte, stand Gabriel wieder in der Tür, mit einer kleinen Tasche in der Hand. Amelia betrachtete seine verschmutzten Kleider. »Ich weiß nicht, ob wir in einem der anderen Zimmer etwas für dich zum Anziehen finden werden. Du bist auf jeden Fall zu groß, um irgendetwas anderes als Roberts Nachthemden zu tragen.«

Wulf zuckte mit den Schultern. »Sein Vater war ungefähr so groß wie ich. Und ich könnte mir vorstellen, dass Robert einige seiner Sachen irgendwo hier aufgehoben hat.«

Amelia ging auf ihn zu. »Dann kanntest du sie also beide? Roberts Eltern, meine ich?«

Er antwortete, nachdem er beiseite getreten war, um sie vorbeizulassen. »Als ich jünger war. Bevor ... sich alles veränderte.«

Gabriel sprach offenbar von dem Fluch, mit dem die Brüder Wulf angeblich geschlagen waren. Von dem Skandal, der dazu geführt hatte, dass ihre einstmals einflussreiche Familie heute von der gesamten Gesellschaft – bis auf einige wenige Ausnahmen ... oder vielmehr einer einzigen, soviel Amelia wusste, und zwar der Herzoginwitwe von Brayberry – geächtet wurde.

»Ich glaube nicht, dass du verflucht bist, weißt du«, sagte Amelia, als sie durch den Gang zu dem ersten Zimmer gingen, in dem sie sich umschauen wollte. »Meiner Meinung nach haben eure Eltern einfach Pech gehabt.«

»Wie beruhigend in Anbetracht unserer Situation.«

Amelia blickte sich über die Schulter nach ihm um. »Ich habe mit deinem ältesten Bruder in aller Öffentlichkeit getanzt«, erklärte sie. »Und ich glaube, dass die Gesellschaft euch schon bald vergeben wird.«

Gabriels Mundwinkel verzogen sich zu einem schwachen Lächeln. »Uns vergeben für was? Verrückt zu sein?«

Amelia trat vor einen Schrank aus dunkler Eiche und öffnete die Türen. »Für was auch immer, denke ich«, antwortete sie.

»Mein Herz überschlägt sich geradezu vor Freude über diese Möglichkeit.«

Sein Sarkasmus entlockte Amelia ein Lächeln. »Na ja, sie sind ein ziemlich ignoranter Haufen, diese Leute«, gab sie zu und stellte fest, dass sich hauptsächlich alte Leintücher und dergleichen in dem Schrank befanden. Sie schloss die Türen wieder und ging an Wulf vorbei zum Flur zurück. »Ich für meinen Teil finde all ihre lächerlichen Regeln und Traditionen sehr ermüdend. Für mich sind skandalöse Menschen weitaus interessanter.«

»Weswegen du auch einen Mann geheiratet hast, den du nicht liebst, um es diesen Leuten recht zu machen.«

Amelia fuhr so scharf herum, dass sie fast mit Wulf zusammenstieß. »Was verstehst du schon von Liebe?«, herrschte sie ihn an. »Wer bist du schon, mich zu kritisieren?«

Das etwas sarkastische Lächeln um seinen Mund verblasste. »Wie dir sehr wohl bewusst ist, bin ich niemand. Und du hast natürlich Recht; ich verstehe nichts von Liebe. Und ich will auch gar nichts davon wissen.«

Obwohl Amelia ihm gegenüber behauptet hatte, sie glaube nicht an die Liebe, tat es trotzdem irgendwie weh, ihre eigenen Worte aus seinem Mund zu hören. In ihren Augen war es vollkommen in Ordnung, wenn ein Mann sie liebte; sie wollte ein solch starkes oder albernes Gefühl bloß nicht erwidern. »Dann sind wir uns ja wenigstens in einer Sache einig«, erklärte sie und ging ins nächste Zimmer weiter. Zusammen durchsuchten sie Kommodenschubladen und den Kleiderschrank. Sie fanden nichts, aber zwei Zimmer weiter den Korridor hinunter hatten sie mehr Glück.

»Und was war das gestern Nacht?«

Sie hatten nicht mehr miteinander gesprochen, seit sie beide ihr Desinteresse an der Liebe zum Ausdruck gebracht hatten. Und nun sahen sie gerade zusammen einen Schrank durch, in dem einige Kleidungsstücke hingen, die so aussahen, als ob sie Gabriel passen könnten.

Amelia warf ihm einen Blick zu. »Gestern Nacht?«

Er verdrehte die Augen. »Tu nicht so, als wäre nichts geschehen.«

Sie spürte, wie ihr Magen sich plötzlich verkrampfte. »Du sprichst von dem Mann … oder was immer er auch war? Bitte tu das nicht; es macht mich ganz krank, auch nur daran zu denken. Ich hatte gehofft, es für eine Weile vergessen zu können.«

Gabriel schüttelte den Kopf. »Das meinte ich nicht. Ich sprach von später, als du zu mir herunterkamst.«

Amelia hatte nur eine sehr vage Erinnerung an die Nacht zuvor. Sie war sich ziemlich sicher, dass Mora ihr etwas in den Tee gegeben hatte, damit sie schlafen konnte. Aber plötzlich glaubte sie zu wissen, was geschehen sein musste. »O Gott, o Gott, erzähl mir jetzt bitte nicht, ich sei wieder geschlafwandelt!«

Gabriel blinzelte. »Pardon?«

Eine heiße Röte schoss in ihre Wangen. »Eine schlechte Angewohnheit, die mich seit meiner Kindheit begleitet. Was habe ich getan? Gesungen? Getanzt? Ein Instrument gespielt? Gott weiß, dass ich deswegen öfter als andere Mädchen eingeladen wurde, über Nacht zu bleiben. Soweit ich hörte, kann ich dann sehr unterhaltsam sein.«

Wieder blinzelte Gabriel. »Das bist du«, versicherte er ihr. »Und du erinnerst dich an nichts?«

Sie versuchte es. »An gar nichts, leider. Was habe ich denn getan?«

Er wandte den Blick ab und fuhr sich mit der Hand durchs Haar. »Nichts. Du bist nur in den Salon heruntergekommen, einen Moment lang vor mir stehen geblieben und dann wieder zu Bett gegangen.«

Amelia seufzte. »Na, Gott sei Dank. Ich bin bekannt dafür, dass ich manchmal sogar richtige Gespräche führe, wenn ich schlafwandle – was ganz schön peinlich sein kann. Ich habe Mora vorgewarnt, als sie mir das Haar gebürstet hat, dass die Ereignisse der letzten beiden Tage so etwas bei mir bewirken könnten. Da wir der Sicherheit wegen das Bett miteinander teilen, hielt ich es für richtiger, sie über all meine schlechten Angewohnheiten aufzuklären.«

Gabriel war es, der darauf bestanden hatte, dass die beiden Frauen im selben Zimmer schliefen. Amelia war das anfangs nicht ganz recht gewesen, aber mittlerweile hatte sie gemerkt, dass sie sich wirklich sicherer fühlte mit jemand anderem in ihrem Zimmer.

»Ich schätze, das erklärt dann dein Verhalten«, antwortete Gabriel schließlich, obwohl er immer noch ziemlich verwirrt aussah. »Ich bin froh, von deinem Schlafwandeln zu wissen. Dann brauche ich mich wenigstens nicht mehr zu fragen, was du tust, falls das noch einmal vorkommen sollte.«

»Was sehr gut möglich ist«, versicherte sie ihm, während sie ihm ein weißes Hemd vorhielt, von dem sie dachte, dass es ihm einigermaßen gut passen könnte. »Ich tue es vermehrt, wenn mich irgendetwas belastet. Das nehme ich jedenfalls an, da die Berichte über meine Eskapaden gewöhnlich in Zusammenhang mit einem Ereignis standen, das mich aufgeregt hatte.«

»Und du bist sicher, dass du dich an nichts erinnerst?«

»Ganz sicher«, erwiderte sie, zu ihm aufschauend. »Aber warum fragst du? Weil ich doch etwas getan habe, an das ich mich erinnern sollte?«

Er starrte sie einen Moment lang an, bevor er den Kopf schüttelte und verneinte.

Amelia zuckte mit den Schultern und legte das Hemd zu den anderen Kleidern über ihrem Arm. »Falls du noch eine passende Hose findest, bring sie mit herunter. Es macht dir doch nichts aus, dass Mora und ich vor dir baden?«

Gabriel blickte an sich herab. »Das ist wahrscheinlich ohnehin das Klügste, da ich der Schmutzigste von uns allen bin. Es ist eine Weile her, seit ich mir den Luxus gestatten konnte, ein Bad zu nehmen. Das Wasser ist mittlerweile sicher heiß genug. In ein paar Minuten komme ich herunter, um die Kessel in den Salon zu tragen.«

»Aber deine Schulter«, sagte Amelia besorgt.

Er winkte ab. »Das ist nur ein Kratzer. Ich habe schon schlimmere gehabt.«

Sie standen sich gegenüber und sahen sich an, bis es für beide schon peinlich wurde. Amelia fragte sich, ob er sich wohl an gestern Morgen erinnerte, als sie allein in ihrem Zimmer gewesen waren. Sie ja. Sie erinnerte sich nur zu gut daran und wünschte, er würde sie wieder küssen, ohne Rücksicht darauf, wie unpassend ihre Gedanken waren. Vielleicht sehnte sie sich auch einfach nur nach Ablenkung. Nach etwas, das sie davon abhielt, über gestern Nacht und ihre Beobachtungen dort draußen nachzudenken.

»Wolltest du noch etwas anderes?«

Gabriels Stimme war so sanft und leise, dass sie schon einen verführerischen Beiklang hatte. Amelia gab sich einen Ruck. »Nein«, antwortete sie. Und da sie nicht wusste, was sie sonst noch sagen sollte, wandte sie sich wortlos ab und ging nach unten.

Nachdem sie die Kleider und die Badeutensilien in den Salon gebracht hatte, ging sie wieder in die Küche, wo schon große Dampfwolken aus den Kesseln auf dem Herd aufstiegen. Verwundert schaute Amelia sich um, da Mora nirgendwo zu sehen war.

Die Tür zum Vorratskeller stand offen, die schweren Gegenstände, mit denen Gabriel die Tür von innen verbarrikadiert hatte, waren aus dem Weg geräumt. Ein kalter Schauder lief Amelia über den Rücken. Warum war die Tür offen? Und wo war Mora?

»Mora?«, rief Amelia an der Tür zur Kellertreppe. »Bist du da unten, Mora?«

Niemand antwortete.

Amelia trat einen Schritt durch die Tür. »Antworte, Mora!«, rief sie wieder.

»Ich bin hier unten, Mylady«, erwiderte das Mädchen endlich. »Ich hole nur ein paar Kartoffeln für einen Eintopf für heute Abend. Ich dachte, ich hätte Lord Gabriel gebeten, welche mit heraufzubringen, aber ich konnte oben keine finden.«

»Du hast da unten nichts zu suchen!«, rief Amelia ärgerlich. »Komm sofort wieder herauf!«

»Ich weiß, dass es nicht richtig ist, hier unten ganz allein zu sein, aber ich wollte den Herrn nicht bitten, schon wieder hier herabzukommen. Seine Wunde wird nicht heilen, wenn er sich weiter so überanstrengt. Und außerdem hat er gesagt, bei Tageslicht wären wir sicher.«

»Was geht hier vor?« Eine dunkle Hose über dem Arm, war Gabriel in der Tür erschienen. »Wieso ist diese Tür hier offen?«

»Das war Mora«, sagte Amelia. »Sie ist hinuntergegangen, um Kartoffeln zu holen.«

»So ein dummes Ding«, schimpfte er und hängte die Hose schnell über eine Stuhllehne, bevor er zu der Kellertür hinüberging. Sekunden später war er durch die Tür verschwunden, und Amelia hörte nur noch seine schnellen Schritte auf der Treppe.

Mit angehaltenem Atem wartete sie, bis Gabriel und Mora kurz darauf wieder erschienen. Mora hatte ein paar Kartoffeln in ihrer vorn zusammengehaltenen Schürze, und Gabriel sah aus, als rauchten ihm vor Wut die Ohren. Er schloss und verriegelte die Tür und begann wieder alle möglichen Gegenstände davor aufzustapeln.

»Du gehst dort nie wieder allein hinunter, hörst du?«, sagte er zu Mora, als er fertig war. »Was hast du dir dabei gedacht? Bist du verrückt geworden?«

Dem Mädchen stiegen die Tränen in die Augen. »Ich wollte nur einen leckeren Eintopf kochen ... und ich wollte nicht, dass Ihr schon wieder Eure Schulter und Euer Bein belastet. Die Wunden werden nicht verheilen, wenn Ihr weiter Sachen durch die Gegend schleppt. Außerdem habt Ihr selbst gesagt, dass diese Kreaturen in den Wäldern sich vor Einbruch der Dunkelheit nicht sehen lassen werden.«

»Und wenn ich mich nun geirrt habe?«, fuhr er das Mädchen an. »Was, wenn eine dieser Kreaturen dich dort unten schon erwartet hätte? Du hast nicht nur dich selbst, sondern auch uns in Gefahr gebracht, indem du die Tür zum Haus offen gelassen hast.«

Tränen rannen über Moras Wangen. »Ich habe eine ganze Weile gelauscht, bevor ich hinuntergegangen bin. Ich wusste, dass da unten niemand war.«

Gabriel öffnete den Mund, wahrscheinlich, um das Mädchen weiter auszuschimpfen, aber diesmal mischte sich Amelia ein. »Lass es gut sein, Gabriel«, bat sie ihn, während sie zu der Dienstmagd ging und ihr einen Arm um die Schultern legte. »Siehst du nicht, wie sehr du die arme Mora aufregst? Sie hat sich nichts Böses dabei gedacht, als sie hinunterging.«

Lord Wulf trat einen Schritt zurück, aber die Wut wich nicht aus seinem gut aussehenden Gesicht. »Mora muss begreifen, wie gefährlich es war, was sie getan hat«, beharrte er. »Verstehst du das jetzt, Mora?«

Das Mädchen nickte. »Es war dumm von mir. Ich bin nur so daran gewöhnt, andere zu bedienen, statt bedient zu werden, dass es für mich völlig normal war, die Kartoffeln selbst zu holen.«

Amelia drückte Moras Schulter. »Wir sind alle in Sicherheit«, sagte sie zu Gabriel. »Mora weiß, dass sie einen Fehler gemacht hat. Und nun bring bitte die Wasserkessel in den Salon und füll die Wanne. Wir lassen Mora als Erste baden, damit sie wieder zur Ruhe kommen kann.«

»Na schön«, stimmte Gabriel schließlich zu, aber erst nachdem er Mora lange genug angestarrt hatte, um das Mädchen wieder in Tränen ausbrechen zu lassen. »Und sobald wir alle gebadet haben, werden wir uns zusammensetzen und besprechen, was wir unternehmen können, um uns aus dieser Lage zu befreien.«

Da Amelia spürte, dass es besser war, Gabriel nicht zu widersprechen, wenn er so gereizt war, nickte sie. Dann führte sie Mora zu einem Tisch und half ihr, ihre Schürze voll Kartoffeln auszuleeren, während Gabriel sich daranmachte, die schweren Wasserkessel in den Salon zu schleppen, um die Wanne dort zu füllen. Amelia sah ihm mit besorgter Miene nach. Sie hatte zwar behauptet, sie befänden sich in Sicherheit, aber im Grunde ihres Herzens wusste sie, dass das nicht stimmte. *Im Moment* waren sie sicher. Aber für wie lange noch?

8. Kapitel

Mora war noch immer leise weinend baden gegangen. Amelia bedauerte das Mädchen und hatte ihm ihre Hilfe angeboten, aber Mora hatte den Kopf geschüttelt und gesagt, sie zöge es vor, allein zu sein. Amelia musste sich eingestehen, dass sie ihr wahrscheinlich ohnehin nur deshalb angeboten hatte, ihr zu helfen, weil sie Mora noch nie ohne diese scheußliche Haube gesehen hatte, die ihr Haar bedeckte. Da Amelia immer die Erste war, die einschlief, und die Letzte, die erwachte, sah sie Mora nie beim An- oder Entkleiden. Sie hatte den Verdacht, dass Mora ihr Parfum probiert hatte, und da sie das dem Mädchen nicht verübeln konnte, hatte sie außerdem ihre Seifen und anderen Toilettenartikel herausgelegt, damit auch Mora sie benutzen konnte.

Während das Mädchen mit seinem Bad beschäftigt war, saß Amelia mit Gabriel am Küchentisch. Sein Gesichtsausdruck war so grimmig, dass auch sie die meiste Zeit nichts sagte. Was Mora getan hatte, war dumm und gefährlich gewesen, aber wie Amelia ihm schon erklärt hatte, war schließlich nichts passiert.

»Du solltest es ihr nachsehen«, sagte sie, als sie das Schweigen nicht mehr aushielt.

Er blickte auf, als ob er vergessen hätte, dass sie ihm gegenübersaß. »Ich verstehe nicht, was für ein Teufel sie geritten hat, etwas derart Törichtes zu tun«, sagte er.

»Sie ist noch jung«, verteidigte Amelia das Dienstmädchen. »Und wie sie schon sagte, ist sie es gewöhnt, für andere zu arbeiten, statt sich selbst helfen zu lassen.«

Aber Gabriels grimmiger Gesichtsausdruck veränderte sich

nicht. »Trotzdem sollte man meinen, sie wäre zu verängstigt, um sich allein aus dem Haus hinauszuwagen.«

Amelia zuckte mit den Schultern. »Sie hat gesagt, sie habe lange an der Tür gelauscht, um sicherzugehen, dass dort unten niemand sei. Und sie sagte auch, sie habe dich deiner Verletzungen wegen nicht überanstrengen wollen. Mora war nur rücksichtsvoll.«

Gabriel grunzte nur statt einer Antwort und sagte nichts weiter dazu. Ein drückendes Schweigen breitete sich wieder zwischen ihnen aus. Die Luft wurde so dick, dass Amelia Mühe hatte zu atmen ... und Gabriels Duft sich wie eine Dunstwolke um ihren Kopf zu legen schien. Sie blickte zur anderen Seite des Tischs hinüber und sah, dass er sie anstarrte. Sie hätte sich verlieren können in seinen bodenlosen grünen Augen ... und tat es auch. Seine Pupillen schienen sich zu weiten, während sie ihn ansah, und wurden größer und mehr schlitzartig als rund. Sein Blick glitt zu ihrem Mund, und Amelia hätte schwören können, dass ihre Lippen prickelten, als wären sie gerade wieder von den seinen berührt worden.

»Verzeiht die Störung, aber ich bin jetzt fertig mit dem Bad.«

Erst als Gabriel wegsah, konnte Amelia das Gleiche tun. Mora sah blitzsauber aus, aber obwohl sie ein frisches Arbeitskleid angezogen hatte, trug sie nach wie vor diese scheußliche Haube auf dem Kopf.

»Ist dir die Haube nicht zu warm im Haus, Mora?«, fragte Amelia. »Bitte denk nicht, du müsstest sie unseretwegen tragen. Ob du wie eine Dienstbotin gekleidet bist oder nicht, ist Lord Gabriel und mir unter den gegebenen Umständen vollkommen egal.«

Das Mädchen senkte den Kopf und errötete. »Meine Religion verbietet mir, mein Haar zu zeigen, Mylady. Es zu tun, wäre ein Zeichen von Stolz, und jeder weiß, dass Stolz eine Sünde ist.«

Amelia warf Gabriel einen Blick über den Tisch zu. Er zog nur eine Augenbraue hoch. Obwohl Amelia schon von einer solchen Religion gehört hatte, hatte sie nie wirklich gedacht, dass Stolz als eine Sünde betrachtet werden sollte. Wenn man auf sein Aussehen nicht stolz sein durfte, auf was dann? Als ihr bewusst wurde, dass das ein reichlich oberflächlicher Gedanke war, erhob Amelia sich vom Tisch.

»Ich werde mich beeilen, damit das Wasser für dich warm bleibt«, sagte sie zu Gabriel. »Sei nett zu ihr«, fügte sie dann nur für seine Ohren bestimmt hinzu.

Sei nett zu ihr? Von seiner Mutter einmal abgesehen, war es Gabriel noch von keiner Frau befohlen worden, nett zu jemandem zu sein. Er sah zu, wie Mora eine Schürze um ihre schmale Taille band und sich daranmachte, die Kartoffeln zu schälen, um derentwegen sie ihrer aller Leben riskiert hatte. Er wollte nicht zu hart zu dem Mädchen sein. Ihre Tränen hatten ihn nicht kalt gelassen, aber sie musste verstehen, dass sie mit ihrem Verhalten nicht nur sich selbst, sondern auch ihn und Amelia in Gefahr gebracht hatte.

»Es tut mir leid, dass ich vorhin so schroff zu dir war, Mora«, sagte er schließlich. »Aber ich war empört, dass du uns alle derart in Gefahr gebracht hast. Ich wollte nur, dass du die Schwere deines Fehlers einsiehst.«

»Das habe ich schon verstanden«, erwiderte sie gedämpft und ohne sich zu ihm umzudrehen. »Was ich getan habe, war falsch, und ich versichere Euch, dass ich so etwas nie wieder tun werde.«

Gabriel versuchte sich zu entspannen. Seit er in die Küche

gekommen war und die offene Kellertür gesehen hatte, war sein ganzer Körper angriffs- und verteidigungsbereit gewesen. Gabriel musste sich eingestehen, dass er gern kämpfte. Früher war es für ihn ein Mittel gewesen, die Anspannung zu lindern, die daherrührte, dass er ein Einsiedlerdasein führte – von seinen seltenen Besuchen bei Frauen und seinen sogar noch selteneren in London einmal abgesehen. Er war im Laufe der Jahre in so manche Wirtshausprügelei verwickelt gewesen, aber er hatte sich noch nie zuvor mit einer Situation wie dieser konfrontiert gesehen. Er war nicht einmal sicher, *womit* er es zu tun hatte.

»Diese Kreaturen, Mora … Du hast gesagt, sie wären kurz nach deiner Einstellung auf Collingsworth Manor erschienen. Was haben sie getan, um alle anderen zu verscheuchen?«

Ohne ihre Haltung zu verändern, führte Mora weiter sehr geschickt ihr kleines Messer beim Kartoffelschälen. »Ich habe sie eigentlich gar nichts *tun* sehen«, gab sie zu. »Aber Constance, die Wäscherin, hat gesagt, einer von ihnen sei eines Nachts als Mann zu ihr gekommen und habe ihr befohlen, alle sollten Collingsworth verlassen. Und dann habe sich der Mann direkt vor ihren Augen in einen Wolf verwandelt.«

Gabriel rieb sich die Bartstoppeln an seinem Kinn. Er konnte es kaum erwarten, sich zu rasieren und zu baden. »Und allein auf ihr Wort hin haben alle die Flucht ergriffen?«

Mora sah ihn an und straffte ihre Schultern. »Die Frau war sehr angesehen bei den anderen Bediensteten. Sie war schon bei den Eltern des jungen Herrn im Dienst gewesen. Niemand dachte, dass sie log.«

»Komisch«, sagte Gabriel mehr zu sich selbst als zu Mora. »Dass es so wenig erfordert hat, die gesamte Dienerschaft in die Flucht zu schlagen.«

»Verzeiht, dass ich Euch da widersprechen muss, Mylord,

aber es ist ja wohl keine Kleinigkeit, die Verwandlung eines Mannes in einen Wolf oder umgekehrt mitanzusehen?«

Die Art, wie sie ihn anstarrte, beunruhigte ihn ein bisschen. Als ob sie sehr viel tiefer blickte und mehr sah, als Gabriel sie sehen lassen wollte. Als ob sie die Wahrheit über ihn und seine Familie wüsste. Aber das war ausgeschlossen. Alle glaubten, dass der Fluch, mit dem die Brüder Wulf geschlagen waren, Wahnsinn war. Niemand kannte die Wahrheit. Oder doch? Er dachte an seine inzwischen verheirateten Brüder. Waren sie dem Fluch entkommen? War es vorbei für sie? Er musste es wissen, doch solange er hier auf Collingsworth Manor festsaß, würde er überhaupt nichts herausfinden.

»Das ist wahrscheinlich ziemlich gruselig«, beantwortete er schließlich Moras Frage. »Wenn man an solche Dinge glaubt, meine ich.«

»Was man sieht, glaubt man auch«, bemerkte sie und wandte sich wieder ihrer Arbeit zu. »Und Ihr und Mylady habt jetzt beide *gesehen*.«

Moras Erwähnung von Amelia bewirkte, dass Gabriels Gedanken wieder zum Salon abschweiften. War sie schon ausgezogen und entspannte sich in ihrem Bad? Obwohl er sich die größte Mühe gab, seinen Geist vor solchen Bildern zu verschließen, konnte Gabriel sich nicht helfen. Es fiel ihm noch immer schwer zu glauben, dass Amelia sich nicht erinnerte, gestern Nacht heruntergekommen zu sein und ihn buchstäblich verführt zu haben. Oder tat sie nur so, als erinnerte sie sich nicht?

»Mora, hat Lady Collingsworth irgendetwas von Schlafwandeln zu dir gesagt?«

Das Mädchen nahm die inzwischen geschälten und zerschnittenen Kartoffeln und gab sie in einen Topf mit heißem Wasser auf dem Herd. »Ja. Sie hat mich gewarnt, dass sie manchmal schlafwandelt, damit ich nicht erschrecke, falls ich sie einmal so sehe. Wo wir doch jetzt im selben Bett schlafen und so. Ich habe noch nie jemanden gesehen, der das tut, aber ich habe schon davon gehört.«

»Hast du sie gestern Nacht aufstehen gehört?«

Mora drehte sich um und sah ihn an. »Nein. Ich habe geschlafen wie eine Tote, so erschöpft war ich. Hat sie das denn gestern Nacht getan?«

Zumindest wusste er nun, dass Amelia ihn nicht belogen hatte. »Ja. Sie ist nach unten gekommen, aber sie erinnert sich nicht mehr daran.«

»Die Arme«, sagte Mora mitfühlend und wandte sich wieder ihren Töpfen zu. »In ihrer Hochzeitsnacht den Ehemann zu verlieren und nun auch noch all das. Sie hält sich jedoch besser, als ich es von so einer zartbesaiteten Blüte der Gesellschaft wie ihr erwartet hätte, meint Ihr nicht, Mylord?«

»Ja, das tut sie«, stimmte er ihr zu.

»Und wie nett sie ist«, fuhr Mora fort. »Ich hatte noch nie für vornehme Leute gearbeitet, bevor ich nach Collingsworth Manor kam, aber ich hatte gehört, dass ich keine Freundlichkeit von ihnen erwarten dürfte. Ich hatte gehört, sie wären alle viel zu sehr mit sich selbst beschäftigt, um sich für jemanden wie eine Dienstbotin zu interessieren – es sei denn, sie sei hübsch und der Herr des Hause wolle ... Na ja, Ihr wisst schon, was ich meine.«

Das wusste Gabriel eigentlich nicht. In seiner Jugend, bevor der Fluch seinen Vater ereilt hatte und ihr Leben die reinste Hölle geworden war, hatten sie weibliche Bedienstete gehabt. Gabriel erinnerte sich nicht, dass sie je von irgendjemandem aus seiner Familie schlecht behandelt worden wären; die Wahrheit war, dass er sich eigentlich so gut wie überhaupt nicht mehr an sie erinnerte. Sie waren im Haus wie gute Geister gewesen, die für einen reibungslosen Ablauf aller Dinge sorgten. Später hatte er dann lernen müssen, für sich selbst zu sorgen. Männer waren interessiert genug an dem Geld, das die Wulfs anboten, um als Stallknechte oder Ähnliches für sie zu arbeiten, aber Frauen nicht.

Wenn die Wulfs ihre Wäsche waschen lassen wollten, brachten sie diese zu einer Frau in einem nahen Dörfchen namens Hempshire. Auch Frauen waren bereit, das Geld der Wulfs zu nehmen, solange sie nicht auf Wulfglen arbeiten mussten.

Gabriel vermisste sein Zuhause und seine Brüder, und plötzlich wusste er, dass er, Amelia und Mora Collingsworth Manor verlassen und es irgendwie zu Fuß nach Wulfglen schaffen mussten. Er würde es Amelia und Mora sagen, sobald er Gelegenheit gehabt hatte zu baden. Er konnte es ihnen bei dem Abendessen sagen, das Mora so eifrig für sie vorbereitete.

Amelia kam nach überraschend kurzer Zeit von ihrem Bad zurück, und obwohl sie ganz entzückend aussah, schien sie sich der Schlichtheit ihres Kleids zu schämen. »Das Bad gehört jetzt dir«, sagte sie zu Gabriel. »Aber ich fürchte, der Seifen wegen, die wir benutzt haben, wirst du danach wie Mora und ich riechen.«

»Das ist auf jeden Fall besser, als so wie ich im Augenblick zu riechen.« Er erhob sich von seinem Platz am Tisch und spürte wieder das Ziehen in seinem Schenkel, aus dem Mora die Kugel entfernt und wo sie ihn dann wieder zusammengeflickt hatte. Seine Schulter schmerzte ebenfalls, aber falls Mora auch nur auf die Idee kam, es ginge nicht voran mit seiner Heilung, war gar nicht auszudenken, was für Aufgaben sie vielleicht als Nächstes auf sich nehmen würde. Und deswegen tat er sein Bestes, um sein Hinken zu verbergen, als er aus der Küche ging.

Im Salon war es angenehm warm und dunstig. Gabriel schloss für einen Moment die Augen und atmete den Duft von parfümierter Seife ein. Den Duft von Amelia ... und jetzt auch von Mora, nahm er an. Froh, sich endlich von der blutbefleckten Reithose trennen zu können, begann Gabriel sich hastig auszuziehen. Nachdem er die Verbände von seinen Wunden entfernt hatte, stieg er in das warme Wasser. Ein Seufzer der Zufriedenheit entrang sich seinen Lippen, als er sich in der Wanne zurücklegte, um sich zu entspannen und ein wirklich ausgedehntes Bad zu nehmen. Da niemand mehr darauf wartete, die Wanne nach ihm zu benutzen, ließ er sich dabei alle Zeit der Welt.

»Meinst du, es geht ihm gut da drinnen?«, fragte Amelia Mora. Gabriel schien erstaunlich lange für sein Bad zu brauchen.

Mora, die in dem auf dem Herd köchelnden Eintopf rührte, zuckte mit den Schultern. »Wahrscheinlich ist er froh, sich einmal richtig durchweichen zu lassen. Aber Ihr könnt natürlich nach ihm sehen, falls Ihr Euch Sorgen um ihn macht.«

Mora musste wissen, dass dies ein äußerst unpassender Vorschlag war, aber andererseits wusste sie es als Angehörige der Unterschicht vielleicht tatsächlich nicht. Wenn Amelia einer *ihrer* Zofen eine solche Frage gestellt hätte, wäre diese unverzüglich davongeeilt, um nachzusehen. Amelia vermisste ihre Dienerschaft in London, aber Robert hatte ihr versichert, dass jemand von seinem Personal qualifiziert genug sein würde, um die Stellung einer Zofe zu übernehmen.

Aber natürlich war bei ihrer Ankunft überhaupt kein Personal auf Collingsworth Manor gewesen. Wahrscheinlich hätte sie Mora erklären sollen, dass es sich für eine Dame wie Amelia nicht schickte, selbst nach Gabriel zu sehen, weil sie Gefahr lief, ihn womöglich unbekleidet anzutreffen – aber wozu sich überhaupt die Mühe machen in dieser Situation?

Außerdem war es ein reizvoller Gedanke, Gabriel Wulf nackt zu sehen. Amelia hatte ihn schon von der Taille aufwärts nackt gesehen, und sie hatte auch sein Bein gesehen … Sie konnte sich gar nicht vorstellen, wie beeindruckend er splitterfasernackt sein würde. Na ja, vorstellen konnte sie es sich schon, wenn sie es versuchte – aber das würde sie nicht tun.

»Kann ich dir helfen?«, fragte sie Mora, um sich von ihren schamlosen Gedanken abzulenken.

»Ihr könnt die Teller schon einmal bereitstellen«, schlug Mora vor. »Der Eintopf wird bald fertig sein. Es war leider nicht viel da, was ich hineingeben konnte. Auf jeden Fall kein Fleisch, befürchte ich. Ich habe allerdings noch einen halben Laib Brot und ein Stückchen Käse. Damit werden wir uns zufriedengeben müssen.«

Für Amelia klang es wundervoll. Ihr ganzes Leben hatte sie nur das feinste, von den besten Köchen zubereitete Essen vorgesetzt bekommen, und nun half sie plötzlich sogar der Küchenmagd, den Tisch zu decken. Und freute sich auf ein Essen, über das sie früher vielleicht nur ihre verwöhnte kleine Nase gerümpft hätte. Wie drastisch sich ihr Leben innerhalb eines einzigen Tages verändert hatte. Sie hätte nie geglaubt, dass so etwas passieren könnte. Und schon gar nicht ihr. Aus irgendeinem Grund hatte sie immer geglaubt, reich und privilegiert zu sein, sei auch mit einem gewissen Grad an Sicherheit verbunden.

Ihr Leben lang war sie behütet und verhätschelt worden und hatte von allem immer nur das Beste erhalten. Nur selten hatte sie irgendetwas getan oder war irgendwohin gegangen, ohne von jemandem begleitet zu werden, was sie in gewisser Weise als ziemlich einengend empfunden hatte. Vielleicht war das der Grund, warum sie so oft rebelliert hatte. Und nun hätte sie weiß Gott was dafür gegeben, von Bediensteten und ihrer Familie umgeben zu sein.

Mora hatte auf dem Waschtisch neben der Pumpe schon Teller und Besteck bereitgestellt. Amelia brauchte nur noch alles zu dem Tisch zu tragen. Das Decken dauerte nicht lange. Sie rückte gerade den letzten Teller zurecht, als Gabriel von seinem Bad zurückkam. Sein Anblick verschlug ihr fast den Atem.

Er trug ein weites, kragenloses weißes Hemd und eine schwarze, schon fast unanständig eng sitzende Hose, die seine muskulösen Oberschenkel hervorragend zur Geltung brachte. Sein Haar war nass und straff aus seinem fein geschnittenen Gesicht zurückgekämmt, das jetzt so glatt war wie ein Kinderpopo.

»Ach, du meine Güte«, konnte sie nicht umhin zu flüstern, worauf er ihr ein Lächeln schenkte, das ihr weiche Knie bescherte.

Gabriel ging zu dem Tisch und wurde wieder ernst. »Ich habe einen Plan gefasst, während ich in der Wanne lag, und würde ihn nun gern mit euch besprechen.«

Mora stellte die Kasserolle mit dem Eintopf auf den Tisch, wo sie zunächst eine kleine Portion auf Amelias und ihren Teller und anschließend eine beträchtlich größere auf Gabriels ausschöpfte. Dann holte sie Brot und Käse. Gabriel rückte beiden Frauen den Stuhl zurecht, bevor er sich auf seinem eigenen niederließ.

»Wir müssen von hier weg«, begann er. »Wir sind viel zu angreifbar, so wie wir hier in diesem Haus gefangen sind.«

Mora sog scharf den Atem ein. »Aber wären wir da draußen unter ihnen nicht in noch größerer Gefahr?«, hielt sie dagegen. »Hier haben wir zumindest Mauern, die uns Schutz bieten und sie draußen halten.«

Gabriel schüttelte den Kopf. »Es wäre ein Leichtes für sie, uns aus dem Haus zu treiben. Sie könnten warten, bis wir nichts mehr zu essen haben und zu geschwächt sind, um uns gegen sie zur Wehr zu setzen. Oder unser Wasser verunreinigen. Und das sind nur zwei von vielen Möglichkeiten.«

Amelia lief es kalt den Rücken hinunter. Sie hatte an keines dieser Szenarios gedacht und fragte sich, ob die Kreaturen nicht in ebendiesem Augenblick schon etwas Übles für sie planten.

»Er hat Recht, Mora«, sagte sie. »Wenn wir bei Tageslicht aufbrechen und genügend Vorräte mitnehmen, haben wir vielleicht eine Chance.«

»Ich würde lieber verhungern, als mich von einem von denen auffressen zu lassen«, murmelte Mora.

»Wir haben unseren Entschluss gefasst«, sagte Gabriel zu dem Mädchen. »Du musst mit uns kommen, Mora. Ich kann dich nicht guten Gewissens hier zurücklassen.«

Amelia wurde es ganz warm vor Freude über seine Ritterlichkeit, auch wenn sie gleich darauf ein kalter Schauer der Angst vor dem durchlief, was sie beschlossen hatten. Aber zumindest planten sie jetzt eine Flucht. Pläne zu schmieden war besser, als nichts zu tun. Amelia spürte allerdings, dass Mora noch nicht überzeugt war, und griff deshalb über den Tisch und tätschelte dem Mädchen beruhigend die Hand.

»Wir werden nach dem Essen weiterplanen. Ich werde dich brauchen, Mora, damit du mir beim Einpacken der Lebensmittel hilfst. Du weißt besser als ich, was wir als Proviant mitnehmen sollten ...«

»Meine Damen!«, unterbrach Gabriel sie abrupt.

Amelia blickte über den Tisch zu ihm hinüber. Er saß völlig reglos da, nur seine Nasenflügel bebten leicht. »Für Pläne bleibt uns keine Zeit mehr«, sagte er düster. »Sie haben das Haus in Brand gesteckt.«

Das kann nur ein Scherz sein, dachte Amelia – aber natürlich wusste sie, dass er über so etwas ganz sicher keine Scherze machen würde. Sie konnte jedoch keinen Rauch wahrnehmen. Oder doch, ja, da war ein Hauch von Rauch ... Und dann blieb ihr keine Zeit zum Denken mehr, denn Gabriel begann zu handeln.

Gabriel stand auf, blickte sich in der Küche um und sah den Rauch, der unter der Kellertür hereindrang. Verdammt. Sie würden das Haus von Grund auf abbrennen. Mit einer Hand griff er nach Moras Arm und zog sie auf die Beine, froh, dass Amelia so vernünftig war, von selber aufzuspringen.

»Kommt«, sagte er zu den Frauen. »Wir müssen auf der Stelle los.«

»Aber ... sollten wir nicht wenigstens versuchen, das Feuer zu löschen?«, fragte Mora mit erstickter Stimme. »Und was ist mit Vorräten, Kleidung, Decken? Wir können doch nicht einfach ohne alles in die Nacht hinauslaufen!«

»Wir müssen auf der Stelle los!«, wiederholte Gabriel. »Sie werden denken, wir nähmen uns die Zeit, um einzupacken, was wir können. Unsere beste Chance ist, jetzt gleich, in ebendiesem Augenblick, zu fliehen.«

»Die Pistole!«, sagte Amelia. »Hast du sie?«

Statt einer Antwort zog er sie aus seinem Hosenbund. »Wir gehen vorne raus!«

Amelia schloss sich ihm widerspruchslos an, doch Mora sträubte sich, sodass Gabriel sie mitziehen musste. Da er in der einen Hand die Pistole hatte und in der anderen Moras Arm, lief Amelia voran und begann die schweren Riegel zurückzuziehen. Sekunden später hatte sie die Tür geöffnet ... hinter der sie ein Mann erwartete, dessen Augen glitzerten und der böse knurrend seine langen, spitzen Fänge fletschte.

Gabriel hob die Pistole und erschoss den Mann. Mora

schrie, Gabriel zog sie hinter sich und stieg mit ihr zusammen über den toten Mann hinweg. Dann ließ er Mora lange genug los, um den Frauen zuzuschreien: »Lauft zu den Bäumen!«

Das Mädchen war wie erstarrt. Amelia packte sie am Arm und zog sie mit sich, als sie losrannte. Gabriel folgte ihnen mit gezogener und entsicherter Pistole, blickte vor sie, hinter sie und überallhin, woher die Bedrohung kommen konnte. Er war erstaunt, dass sie nicht bereits verfolgt wurden. Das war es schließlich, was die Kreaturen gewollt hatten – sie aus dem Haus zu locken, um sie angreifen zu können.

Wie Gabriel sich schon gedacht hatte, hatten sie wahrscheinlich geglaubt, dass er und die Frauen das Haus nicht kampflos aufgeben oder doch zumindest versuchen würden, mitzunehmen, was sie konnten. Im Moment war Gabriel also im Vorteil, und den gedachte er nicht zu verschwenden.

Die Pistole fest in der Hand, rannte er den Frauen hinterher. Trotz seiner Beinverletzung hatte er keine Mühe, Amelia und Mora einzuholen. Das Mädchen stolperte über einen Baumstamm, was ihm bewusst machte, dass er Vorteile besaß, über die die Frauen leider nicht verfügten: Im Gegensatz zu ihnen sah er völlig klar in der anbrechenden Dunkelheit. Er nahm Amelias kalte Hand in die seine und wies sie an, Mora nicht loszulassen. Dann führte er sie, so schnell er sie anzutreiben wagte, durch den Wald, hinein in die gespenstische Dunkelheit der dicht an dicht stehenden Bäume und in die noch viel grausigere Gefahr, die sie, wie er spürte, dort von allen Seiten umgab.

Gabriel kannte eine Abkürzung nach Wulfglen. Als junge Burschen hatten er und seine Brüder sie oft benutzt, um Robert zu besuchen. Zu Pferd brauchte man nur ein paar Stunden für den Weg; zu Fuß, und wenn man dazu auch noch verfolgt wurde, konnte es Tage dauern, um nach Wulfglen zu gelangen. Er blieb einen Moment stehen, um sich zu orientieren und Amelia und Mora wieder zu Atem kommen zu lassen; aber dann drängte er sie unerbittlich weiter. Gabriel erinnerte sich jetzt an einen Ort, an dem sie vielleicht einigermaßen sicher die Nacht verbringen konnten. Es war so etwas wie ein großer Fuchsbau, den er und seine Brüder entdeckt hatten, als sie die Umgebung des Teichs erforscht hatten, in dem sie heimlich badeten. Gabriel und die Frauen brauchten Wasser, und auch das würde der Teich ihnen geben. Obwohl das Wasser nicht das sauberste war, würde es genügen.

»Hier entlang«, befahl er ihnen.

9. Kapitel

Der Sommer war fast vorüber, und Amelia fröstelte in der schon merklich kühleren Nachtluft. Gabriel hatte endlich haltgemacht und ihnen eine Verschnaufpause gegönnt. Das Mondlicht spiegelte sich in einem kleinen Teich, und es war viel leichter, hier draußen im Freien zu sehen, aber um sie herum waren absolut keine nächtlichen Geräusche zu vernehmen. Es herrschte eine solch unheimliche Stille, dass Amelia sich die Arme rieb und tief die kalte Luft in ihre Lungen sog. Ihre Kehle war wie ausgetrocknet, entweder aus Angst oder von ihrer kräftezehrenden Flucht durch den Wald.

Sie sah zu Gabriel hinüber, der völlig reglos dastand, als lauschte er – oder besser gesagt, als witterte er. Aber das tut er doch gewiss nicht, sagte Amelia sich. Er atmet nur. Einige wenige Momente später schien er sich wieder zu entspannen.

»Trinkt aus dem Teich«, riet er den beiden Frauen. »Das Wasser ist nicht gerade das sauberste, aber ich glaube nicht, dass es uns umbringen wird.«

Mora zögerte nicht. Sie ging rasch zum Rand des Teichs, bückte sich und begann zu trinken. Amelia versuchte, mit der Zunge ihre Lippen zu befeuchten, aber selbst dazu war ihr Mund bereits zu trocken. Gabriel hatte sich inzwischen neben Mora in das Gras gekniet und trank aus seinen hohlen Händen. Amelia zwang sich, zu ihnen hinüberzugehen und sich zu Gabriel herabzubeugen.

»Wie schmeckt es?«, fragte sie ihn.

»Nach Fisch«, erwiderte er.

Amelia, die Fisch verabscheute, erschauderte.

»Es ist gar nicht so schlimm«, sagte Mora, während sie sich mit dem Ärmel ihres Kleides den Mund abwischte. »Aber wahrscheinlich ist es gut, dass es dunkel ist und wir das Wasser nicht sehen können. Ich würde jede Wette eingehen, dass es grünlich ist.«

Amelia drehte sich der Magen um bei dem Gedanken. »Ich glaube, ich warte doch lieber, bis wir irgendwo saubereres Wasser finden.«

Gabriel hob den Kopf und sah sie an. »Es gibt tatsächlich einen kleinen Bach, der durch die Wälder fließt«, gab er zu. »Aber es könnte zwei Tage dauern, bis wir ihn erreichen. Trink also bitte hier etwas.«

Sein Ton war so gebieterisch, dass Amelia versucht war, sich zu weigern; aber sie war auch furchtbar durstig und wollte etwas trinken. Nachdem sie einen tiefen Atemzug getan hatte, tauchte sie ihre hohlen Hände in das kalte Wasser. Schon der erste Schluck brachte sie zum Würgen. Gabriel hatte nicht übertrieben, das Wasser schmeckte in der Tat nach Fisch. Trotzdem zwang sie sich, noch mehr davon zu trinken, obwohl sie es wirklich scheußlich fand.

»Und was werden wir jetzt tun?«, fragte Mora.

Das Mondlicht beschien Gabriels Haar und ließ die silberblonden Strähnen darin aufleuchten. »Ich kenne einen Ort, wo wir die Nacht verbringen können«, antwortete er. »Er ist gleich dort drüben.«

Alle erhoben sich vom Teichufer, und Gabriel führte sie zu etwas, das wie ein großes Loch im Boden aussah. »Ihr werdet dort hinunterklettern müssen«, sagte er zu den Frauen. »Ich gehe zuerst, und ihr kommt nach.«

»In dieses Loch?« Amelia rümpfte die Nase. »Das sieht aber sehr schmutzig aus.«

Gabriel seufzte. »Es befindet sich im Boden; natürlich ist es schmutzig. Willst du lieber hier draußen bleiben und riskieren, unseren Verfolgern zu begegnen?«

Das wollte Amelia ganz gewiss nicht, aber sie hasste kleine, enge Räume. »Es sieht schrecklich dunkel aus da unten«, bemerkte sie.

Nun trat Mora vor. »Ich gehe mit Lord Gabriel«, erklärte sie. »Obwohl auch ich keine engen Räume mag«, brummte sie, und Amelia hätte sie küssen können, weil sie auch nicht klaglos mitging.

Gabriel ließ sich in das enge Loch hinab. Seiner Größe wegen war das nicht leicht, und allein ihm zuzusehen ließ Amelia den Atem stocken. Aber Sekunden später war er schon verschwunden.

Mora stieß Amelia an. »Ich frage mich, ob noch irgendetwas anderes da unten ist«, sagte sie. »Wenn man so ein Loch im Boden findet, gibt es gewöhnlich auch ein Tier, das dazugehört.«

Bei dem Gedanken richteten sich die feinen Härchen an Amelias Armen auf. »Du bist nicht sehr hilfreich, Mora«, sagte sie. »Das einzig Beruhigende, falls es ein Tier dort unten gibt, ist, dass es Lord Gabriel zuerst angreifen wird.«

Mora überraschte sie mit einem Kichern. Amelia hatte das Mädchen noch nie lachen gehört. Es lockerte ein wenig die Anspannung, die sie ergriffen hatte, seit sie wusste, dass sie in dieses Loch hinunterklettern musste.

»Alles in Ordnung, komm du als Erste, Mora!«, rief Gabriel von unten. »Aber beeilt euch; wir müssen in Deckung gehen.«

Das ernüchterte das Mädchen schnell wieder. Mora tat einen tiefen Atemzug und begann in das Loch hinabzuklettern. Amelia konnte nicht zusehen, ohne zu spüren, wie Angst und Panik ihr die Kehle zuschnürten. Sie blickte sich um. Da stand sie hier im Dunkeln, mitten in den Wäldern und mit zwei ihr buchstäblich wildfremden Menschen. Ihr Kleid war mit Flecken übersät und schmutzig. Sie hatte einen widerlichen Fischgeschmack im Mund, und vielleicht wurde sie sogar in ebendiesem Augenblick von irgendeiner Kreatur beobachtet, die sich jederzeit in einen Menschen oder einen Wolf verwandeln konnte.

Ein Geruch erregte ihre Aufmerksamkeit. Wilde Minze? Während Mora noch mit ihrem Abstieg in das Loch beschäftigt war, suchte Amelia nach dem Ursprung dieses Dufts. Sie fand das Büschel ungefähr zur gleichen Zeit, als Gabriel nach ihr rief. Rasch pflückte sie eine Hand voll, stopfte die Kräuter in ihre Tasche und eilte zu dem Loch zurück. Denn so sehr Amelia sich auch vor dunklen, geschlossenen Orten fürchtete, hatte Gabriel doch Recht. Sie würde sich lieber mit den anderen zusammen dem stellen, was dort unten sein mochte, als hier oben zu bleiben und sich mit weiß Gott was für Gefahren konfrontiert zu sehen.

Amelia atmete tief durch und begann hinabzuklettern. Erde bröckelte um sie herum, als sie so schnell wie möglich in das Loch hinunterstieg. Die Höhle darunter war größer, als sie gedacht hatte; so viel zumindest konnte sie in dem durch die Öffnung hereinfallenden Mondlicht sehen. Gabriel streckte die Hände nach ihr aus und zog sie an sich, und alle drei kauerten sich auf dem nackten Erdboden dicht zusammen. Und dieser unmittelbaren Nähe wegen teilte Amelia auch nur zu gern ihre Minzblätter mit ihnen.

Nachdem sie sich eng aneinandergekuschelt hatten, um sich zu wärmen, forderte Gabriel die Frauen auf zu schlafen. Nur konnte Amelia nicht schlafen. Sie lag ganz dicht an Gabriel, und sein harter, starker Körper gab kein gutes Kissen ab. Er strahlte allerdings eine sehr wohltuende Wärme aus, und allein aus diesem Grund schon war sie nicht einmal versucht, sich eine etwas bequemere Stellung zu suchen. Sie lag auf der einen Seite von ihm und Mora auf der anderen. Nicht lange, und sie konnte Moras leises Schnarchen hören und beneidete das Mädchen um seine Fähigkeit, sogar in ihrer derzeitigen Lage so problemlos Schlaf zu finden.

»Wir werden sie morgen mit ihrem Schnarchen aufziehen müssen.«

Amelia erschrak. Sie hatte gedacht, auch Gabriel sei eingeschlafen. »Ein Pfund darauf, dass sie nicht mal das Gesicht verziehen wird«, flüsterte Amelia. »Mora hat nicht viel Sinn für Humor.«

Gabriel drehte sich so, dass er sie ansehen konnte. »Ich bin überrascht von deinem«, sagte er. »Als ich dich in London sah, war das nichts, was ich mit dir in Beziehung gebracht hätte.«

Amelia richtete sich auf einen Ellbogen auf. »Dann erinnerst du dich also noch an mich?« Der Gedanke erfreute sie mehr, als er es hätte tun dürfen. Sie vergaß immer wieder, dass sie noch in Trauer war. Es half auch nicht, dass sie Roberts Leiche nie gesehen hatte. Es war, als weigerte sich ihr Verstand, seinen Tod zu akzeptieren, obwohl Gabriel ihr gesagt hatte, dass sie genau das tun musste.

»Ja«, gab er nach kurzem Schweigen schließlich zu. »Aus irgendeinem Grund bist du mir im Gedächtnis geblieben.«

Obwohl sie wusste, dass sie das eigentlich nicht zugeben dürfte, sagte sie: »Und du mir.«

»Aber wohl nicht allzu lange«, scherzte er. »Du hast schließlich kurz danach geheiratet.«

Amelia fragte sich, was sie denn sonst hätte tun sollen? Auf ihn warten? Versuchen, eine zufällige Begegnung mithilfe ihrer Freundin Rosalind zu arrangieren? Sie um eine Einladung nach Wulfglen bitten, um in Gabriels Nähe sein zu können? »Ich habe getan, was von mir erwartet wurde«, erwiderte sie knapp. »Du bist ein Mann und hast ja keine Ahnung, was für ein Druck vonseiten der Gesellschaft und der Eltern auf ein Mädchen ausgeübt wird, die richtige Partie zu machen. Ich wollte ein eigenes Leben haben, und zu heiraten war die einzige Möglichkeit für mich, das zu erreichen.«

Gabriel beugte sich vor und strich ihr sanft eine lose Haarsträhne aus der Stirn. »Und nun? Was wirst du tun, wenn das alles vorbei ist?«

Amelia unterdrückte ein freudiges Erröten über seine Berührung, aber auch die in ihr aufsteigende Panik. Sie hatte noch keine Zeit gehabt, sich mit der Frage zu beschäftigen, wie es weitergehen sollte. In den letzten vierundzwanzig Stunden war zu viel geschehen, um an etwas anderes als das Hier und Jetzt zu denken.

»Ich weiß es nicht«, antwortete sie ehrlich. »Wahrscheinlich werde ich wieder bei meinen Eltern leben, obwohl das bestimmt nicht einfach werden wird. Ich meine, schließlich bin ich jetzt eine Witwe, die aber noch nie eine Ehefrau gewesen ist.«

Wulf schwieg einen Moment, dann sagte er: »Junge Witwen sind auf dem Heiratsmarkt wahrscheinlich ebenso gefragt wie junge Debütantinnen, könnte ich mir vorstellen.«

Amelia dachte, dass das vermutlich stimmte, aber diese Erkenntnis war kein allzu großer Trost. Sie hatte die obligatorische Jagd nach einem Ehemann schon hinter sich und war nicht gerade erpicht darauf, das Ganze noch einmal zu wiederholen.

»Sag mir, was du über meine Brüder und ihre Ehefrauen weißt«, bat er. »Ist alles in Ordnung mit ihnen? Als ich das letzte Mal auf der Suche nach Jackson in London war, hatte Armond Schwierigkeiten mit dem Stiefbruder seiner Frau. Ich weiß nicht, was nach meiner Abreise geschehen ist. Wurde die Angelegenheit geregelt?«

Bei der Erwähnung von Rosalinds Stiefbruder durchrieselte es Amelia kalt. Er war ein ziemlich gut aussehender Mann gewesen, von dem aber etwas Übles, Böses ausgegangen war, das Amelia immer eine Gänsehaut verursacht hatte. »Der Stiefbruder ist tot«, antwortete sie. »Er kam bei einem Brand in seinem Haus ums Leben, bei dem auch seine Mutter starb.«

Wulfs Augen glitzerten in der Dunkelheit, aber das konnte auch an dem Mondlicht liegen, das von oben in die Höhle drang. »Das mit der Stiefmutter bedaure ich«, bemerkte er. »Aber was ist mit Rosalind und Armond? Hattest du den Eindruck, dass sie glücklich miteinander sind?«

»O ja«, versicherte Amelia ihm. »Wenn ich an die Liebe glaubte, würde ich sagen, dass die beiden sie gefunden haben. Und Jackson und Lucinda auch. Rosalind erwartet ein Kind«, unterrichtete sie ihn. »Sie hat noch nichts gesagt, aber es ist schon ziemlich offensichtlich, auch wenn sie Kleider trägt, die ihre fülligere Figur sehr gut verbergen.«

»Ein Kind? Und Jackson hat schon einen Sohn?«

Amelia wusste nicht, ob sie ihre Meinung – und die vieler anderer – zu Jacksons Sohn zum Ausdruck bringen sollte. Aber warum eigentlich nicht?, beschloss sie dann. Wer wusste schon, ob sie morgen überhaupt noch leben würden? »Ich glaube nicht, dass das Kind von deinem Bruder ist«, gestand sie. »Es sieht ihm überhaupt nicht ähnlich, aber dein Bruder scheint das Kind zu lieben, als wäre es sein eigenes, was wahrscheinlich auch das Wichtigste ist, denke ich.«

Gabriel schnaubte. »Ich kann ihn mir nicht in dieser Rolle vorstellen. Wenn Jackson so wie ich hier zwischen zwei Frauen läge, würde er nicht nur schlafen.«

Amelia wusste, sie hätte sich von seiner Anspielung schockiert geben müssen, aber dazu war sie viel zu müde. Und so sagte sie nur, was sie dachte. »Wenn eine Frau nicht von einer Hexe mit einem Fluch belegt werden will, wird sie Jackson Wulf heutzutage wohl keinen zweiten Blick mehr gönnen.«

»Glaubst du an solche Dinge, Amelia? An Hexen, Flüche und dergleichen?«

Amelia überlegte kurz, bevor sie antwortete. »Vor zwei Tagen hätte ich das noch verneint. Aber jetzt bin ich mir nicht mehr so sicher.«

Er beugte sich noch weiter vor. »Beängstigen dich solche Dinge?«

Wieder war sie zu müde, um etwas anderes als aufrichtig zu sein. »Ja.«

Er kam sogar noch näher, und seine Lippen streiften jetzt schon fast die ihren. »Mache *ich* dir Angst?«

Während sie ihn unter halb gesenkten Lidern musterte, überlegte sie, ob irgendetwas von dem, was sie im Moment verspürte, etwas mit Angst zu tun haben könnte. Ihr Herz schlug schneller als gewöhnlich, aber diese Reaktion war sicher nicht auf Furcht zurückzuführen.

»Warum sollte ich Angst vor dir haben?«, fragte sie. »Du bist doch mein Beschützer, oder nicht? Und meine beste Freundin ist mit deinem Bruder verheiratet. Ich könnte tot sein oder Schlimmeres, wenn du nicht wärst. Wieso fragst du mich also, ob du mir Angst machst?«

»Weil ich, einmal abgesehen von den anderen Dingen, die du erwähnt hast, ein Fremder für dich bin.«

Wie konnte sie ihm gestehen, dass er kein Fremder war? Dass sie sich seine Gesichtszüge eingeprägt hatte? Dass er ihr in ihren Träumen erschienen war? Dass sie schon daran gedacht hatte, ihn zu küssen, lange bevor sich eine Gelegenheit dazu ergeben hatte? Dass sie weitaus mehr hatte tun wollen, als ihn zu küssen? Das alles konnte sie ihm unmöglich gestehen.

»Wahrscheinlich hast du recht«, räumte sie ein. »Aber im Moment bist du alles, was ich habe, und das Einzige, was noch zwischen mir und diesen grauenvollen Kreaturen steht.«

Gabriel legte sich wieder zurück und starrte zu dem durch das Loch hereinfallenden Mondlicht auf. »Sei ehrlich.«

Sie kicherte über seinen launigen Ton und schmiegte sich an ihn, um sich aufzuwärmen. Danach sprachen sie nicht mehr, und ohne die Ablenkung durch ein Gespräch wurde Amelia sich seiner ganz erstaunlich stark bewusst. Seiner Nähe, seines leisen Atmens, des Gefühls seines harten Körpers so dicht an dem ihren. Und natürlich seines ganz speziellen Dufts. Sie bemerkte ihn nicht immer, aber nun nahm sie ihn wahr und versuchte herauszufinden, woran er sie erinnerte.

An Gewürze. An nichts so Starkes wie Nelken und auch an nichts so Süßes wie Zimt, aber an etwas irgendwo dazwischen. Der Duft begann sie einzuhüllen, und sie ertappte sich bei der Frage, wie es sich wohl anfühlen würde, Gabriel zu küssen, wenn seine Wangen glatt rasiert statt bärtig waren? Würde es sich anders anfühlen, seinen harten Körper an sich zu spüren, wenn sie lagen, statt zu stehen?

»Du hast mich geküsst, als du im Schlaf durchs Haus gewandelt bist.«

Er überraschte sie schon wieder. Und, o Gott, es war fast so, als wüsste er, dass sie gerade ans Küssen dachte. »Wie bitte?«, fragte sie.

Gabriel drehte sich wieder auf die Seite. »Ich wollte es dir eigentlich nicht sagen, aber du bist zu mir heruntergekommen und hast mich geküsst.«

Amelia war froh, dass es dunkel war, denn plötzlich glühten ihre Wangen. »Du lügst mich doch nicht etwa an? Ich schwöre, dass ich mich an nichts dergleichen zwischen uns erinnere.«

»Ich lüge nicht«, versicherte er ihr. »Aber es war anders als bei jenem ersten Mal, als du mich oben in deinem Zimmer geküsst hast.«

Seine veränderte Stellung brachte sie einander näher, oder besser gesagt, brachte ihre Körper in eine Linie. Und zwar auf eine sehr beunruhigende Weise, weil jetzt gewisse Körperteile an gewissen Körperteilen lagen. »Ich denke, *du* warst es, der mich in meinem Zimmer geküsst hat«, berichtigte sie ihn. »Und wieso war es da anders?«

Sein Schweigen bedeutete wohl, dass er darüber nachdachte. »Es fehlte dir in jener Nacht ... an Leidenschaft«, erwiderte er schließlich. »Es war fast so, als machtest du nur die entsprechenden Bewegungen.«

Es war schon unhöflich genug, den Vorfall zu erwähnen, sollte er denn tatsächlich stattgefunden haben, aber dann auch noch ihre Kusstechnik zu kritisieren, war sogar noch schlimmer. »Ich *schlafwandelte*«, erinnerte sie ihn spitz. »Und war ganz offenbar nicht inspiriert genug, um zu erwachen.«

Seine Zähne blitzten vorübergehend im Dunkeln auf, als er sie anlächelte. »Ich habe nicht gesagt, dass es nicht schön war. Ich fand nur, dass es ganz anders war.«

»Und es ist taktlos von dir, die Sache auch nur zu erwähnen«, entgegnete sie scharf. Amelia war zutiefst beschämt darüber, dass sie im Schlaf zu ihm gegangen war und ihn geküsst hatte. Ein solches Verhalten sprach von einem unbewussten Wunsch, mit ihm intim zu sein, und er war klug genug, um das auch zu erkennen.

»Ist dir warm genug?«

Ihr war weitaus wärmer, als es ihr eben noch gewesen war, nachdem sie vor Scham so heiß errötet war. »Warm genug«, antwortete sie.

»Dann sollten wir versuchen, ein bisschen zu schlafen. Wir haben morgen einen langen Weg vor uns.«

Das Gespräch hatte sie zumindest vorübergehend von ihrer derzeitigen Lage abgelenkt. Amelia war nicht bereit, zu dem Albtraum zurückzukehren, zu dem ihr Leben geworden war. Sie bezweifelte, dass sie auch nur ein Auge zutun würde, wenn all die Sorgen sie wieder zu quälen begannen. Sie wusste eigentlich gar nichts über Gabriel Wulf. Nur dass er groß war, einen fabelhaften Körperbau besaß und schon fast sündhaft gut aussah. Und dass er eine Frau mit einem Kuss und allein seinem Duft verführen konnte.

Und ritterlich war er vermutlich auch. Ein anderer Mann hätte angesichts der Situation auf Collingsworth Manor vielleicht sofort die Flucht ergriffen und sie und die arme Mora ihrem Schicksal überlassen. Aber er war geblieben und hatte sie verteidigt, ihnen Schutz geboten und sie in Sicherheit gebracht, als das Haus in Brand gesteckt wurde. Sie hatten weder Rauch noch Flammen aus der Ferne gesehen. Gabriel hatte bemerkt, dass es wahrscheinlich nur eine Einschüchterungstaktik gewesen war, um sie aus dem Haus zu locken. Und das hatte ja auch funktioniert.

Mora schnarchte noch immer leise vor sich hin. Amelia wünschte, das Geräusch würde sie einschläfern, aber sie lag nur da und starrte zu dem Mond über ihnen hinauf. Die Kälte kroch ihr wieder in die Knochen, und sie fröstelte. Als Gabriel sie näher zog, wehrte sie sich nicht, sondern kuschelte sich an ihn und legte ihren Kopf an seine Brust. Sie hörte das gleichmäßige Pochen seines Herzens unter ihrem Ohr und fühlte seinen langen, harten Körper an dem ihren.

Und plötzlich begann er ihr das Haar zu streicheln. Sie hatte sich nach dem Bad darauf beschränkt, es im Nacken zusammenzubinden, und war sicher, dass der größte Teil sich schon wieder gelöst hatte. Es war tröstlich und beunruhigend zugleich, seine streichelnden Finger in ihrem Haar zu spüren. Und auch sein seltsamer Duft begann sie wieder einzuhüllen. Sie versuchte ihn von sich fernzuhalten, indem sie den Atem anhielt, was aber nur dazu führte, dass sie ihn noch stärker wahrnahm, sobald sie wieder Atem holen musste.

Langsam bewegte sich Gabriels Hand von ihrem Haar zu

ihrem Rücken. Wollte er, dass sie einschlief? Falls er glaubte, das mit seinem Streicheln zu erreichen, so war das genaue Gegenteil der Fall.

Amelia war sich seiner warmen Hand am Ansatz ihres Rückens nur zu gut bewusst. Und diese warme Hand glitt immer tiefer und drückte sie an ihn. Amelia schluckte, als sich plötzlich ein heißer Kloß in ihrer Kehle formte. Sie lagen Hüfte an Hüfte, und sie konnte die unverkennbare Ausbuchtung in Gabriels Hose spüren.

Er stöhnte kurz darauf auf, zog die Hand von ihr zurück und rollte sich auf den Rücken. Amelia sah ihn unter halb gesenkten Lidern an. Er starrte zu dem Mond am Himmel auf. Sie lag ganz still und wartete, ob er sie wieder berühren würde, aber er tat es nicht mehr. Es war fast so, als ob er die Kontrolle zurückgewonnen hätte über das, was ihn ursprünglich dazu gebracht hatte, sie zu berühren. Schade, dachte Amelia.

Im Grunde ihres schamlosen Herzens hoffte sie noch immer, dass er sie wieder küssen würde. Vielleicht, weil sie hoffte, ihm beweisen zu können, dass es ihr keineswegs an Leidenschaft fehlte. Sie musste sich allerdings auch fragen – da sie geschlafwandelt war und keinerlei Erinnerung an ihre Begegnung hatte –, inwieweit Gabriel die Situation wohl ausgenutzt hatte. Es wäre ein Jammer, wenn er ihr die Unschuld genommen hätte und sie sich nicht einmal daran erinnerte. Aber sie war nahezu sicher, dass das nicht geschehen war.

Es hätte Anzeichen dafür gegeben, und außerdem hätte er es ihr sicher nicht verschwiegen, wenn es zu mehr als einem Kuss zwischen ihnen gekommen wäre. Und plötzlich wurde Amelia bewusst, dass sie eigentlich gar keinen Grund mehr hatte, an ihrer kostbaren Unschuld festzuhalten. Sie war eine verheiratete Frau ... jetzt sogar eine Witwe. Niemand würde Enthaltsamkeit von ihr erwarten. Oder doch?

Und würde sie, da die Ehe zwischen ihr und Robert nicht vollzogen worden war, trotzdem noch Anspruch auf seine Besitzungen erheben können? Von denen ein Großteil jetzt die Mitgift war, die ihr Vater ihr überlassen hatte. Robert hatte keine lebenden Verwandten mehr, das wusste sie. Er hatte einmal die Bemerkung fallen lassen, dass die Männer in seiner Familie nie ein hohes Alter zu erreichen schienen. Und auch der arme Robert war nicht alt geworden.

Plötzlich verzehrte Amelia sich fast vor Schuldgefühlen. Da lag sie hier neben einem anderen Mann und wünschte, er möge sie küssen, obwohl Robert noch nicht einmal unter der Erde war. Und obwohl sie ihren Ehemann, den sie nur für einen Tag gehabt hatte, nicht liebte, musste sie ihm doch wenigstens den nötigen Respekt erweisen.

Und das würde sie, beschloss Amelia. Sie würde sich keine sündigen Gedanken über Gabriel Wulf mehr machen, bis ihre Trauerzeit vorüber war. Aber die betrug ein ganzes Jahr, und Amelia wusste nicht einmal, ob sie den morgigen Tag noch erleben würde ... Der Gedanke, als Jungfrau ins Grab zu gehen, ärgerte sie sehr. Oder vielmehr der Gedanke, überhaupt zu sterben, machte ihr schwer zu schaffen. Womöglich würde sie Robert gar kein ganzes Jahr betrauern müssen ... unter gewissen Umständen würden vielleicht auch nur ein oder zwei Tage ausreichen.

Erschöpft von all diesen verwirrenden Gedanken, kuschelte Amelia sich an Gabriel, was ihm ein weiteres leises Aufstöhnen entlockte, und versuchte einzuschlafen.

10. Kapitel

Gabriel rüttelte Amelia wach. »Wir müssen weiter.«

Sie stöhnte, und dann stöhnte sie erneut, als Gabriel sich aufsetzte und seine wundervolle Körperwärme mit sich nahm. Mora war schon aufgestanden und blickte zu dem Erdloch über ihnen auf.

»Wie sollen wir da hinaufkommen?«, fragte sie.

»Ich hebe dich hoch«, antwortete Gabriel. »Siehst du diese Wurzeln, die dort aus der Erde hervorstehen? Halt dich an ihnen fest und zieh dich den Rest des Wegs hinauf.«

Amelia war froh, dass Mora als Erste an der Reihe war. Sie musste sie genau beobachten und sehen, wie sie es anstellte, dort hinaufzukommen. Das Mädchen nickte und ließ sich von Gabriel hochheben. Ein Glück, dass wir beide nicht viel wiegen, dachte Amelia, sonst wäre die Anstrengung vielleicht zu groß für Gabriel. Sie wusste, dass seine Schulter noch arg schmerzen musste, da die Wunde noch keine Zeit gehabt hatte zu verheilen.

Als kostete es ihn nicht die geringste Mühe, hob er Mora hoch. Unter den Ärmeln seines schon wieder schmutzigen Hemds konnte Amelia das Spiel seiner ausgeprägten Muskeln sehen. Er hatte sehr schöne, starke Arme, erinnerte sie sich. Und auch alles andere an ihm war sehr schön ... Mora streckte sich, um die aus der Erde herausragenden Wurzeln zu erreichen.

»Zieh zuerst einmal vorsichtig daran«, warnte Gabriel. »Vergewissere dich, dass sie stark genug sind, um dein Gewicht zu halten.«

Das Mädchen tat, wie ihm geheißen. Als sie eine Wurzel zu

fassen bekam, die stark genug zu sein schien, um ihr Gewicht zu tragen, klammerte sie sich daran fest und zog sich nach und nach hinauf. Kurz darauf schon kroch das Mädchen aus dem Loch, und dann erschien ihr Kopf in der Öffnung, als sie zu ihnen hinunterschaute.

»Ich möchte, dass du Amelia hilfst, wenn sie schon nahe an der Oberfläche ist«, rief Gabriel Mora zu.

Amelia war sich ziemlich sicher, dass sie ebenso mühelos hinausgelangen konnte wie das Dienstmädchen. Dass Gabriel da anderer Ansicht zu sein schien, verletzte ihren Stolz. Sie war schließlich kein hilfloses kleines Dummerchen, Herrgott noch mal! Aber sie wollte aus diesem Loch heraus, und Gabriel auf seinen Irrtum hinzuweisen, würde ihr momentanes Unbehagen höchstens noch verlängern.

»Jetzt du, Amelia«, sagte er.

Sie kroch zu der Stelle, wo er kniete, und er legte seine Hände um ihre Taille und hob sie hoch. Am Ausschnitt ihres Kleides spürte Amelia seinen warmen Atem auf der Haut. Sein Gesicht war nun auf gleicher Höhe mit ihren Brüsten, deren Spitzen sich sofort verhärteten. Amelia fand es beschämend, wie heftig sie auf seine Nähe reagierte, und fragte sich, ob es allen Frauen mit Gabriel so erging. Mora jedenfalls schien davon nicht betroffen zu sein, aber Mora war ja auch nur ein Mädchen. Vielleicht waren ihre weiblichen Instinkte noch nicht voll entwickelt. Amelia wünschte, die ihren wären es auch noch nicht.

»Streck die Hand aus«, sagte Gabriel, und sie merkte, dass seine Stimme etwas rauer als gewöhnlich klang.

Amelia versuchte es, aber es gelang ihr nicht, eine der Wurzeln zu erreichen. Gabriels Hände glitten tiefer, zu ihren Hüften, und er hob sie noch ein wenig höher. Endlich schaffte sie es, zwei der dicken, aus dem Boden herausragenden Wurzeln zu ergreifen.

Mora streckte ihre Arme durch das Loch, und Amelia merkte, dass sie sich noch höher hinaufziehen musste, um an die Hände der Magd heranzukommen. Sie fragte sich, ob Mora überhaupt stark genug war, um ihr aus dem Loch hinauszuhelfen.

Der Versuch, sich mit ihren Füßen an der feuchten Wand des Höhleneingangs abzustützen, löste plötzlich einen Erdrutsch aus. Von allen Seiten fiel abbröckelnde Erde auf sie herab, und das Loch über Amelia begann einzubrechen und zu verschwinden. Mora schrie auf und zog ihre Arme schnell zurück. Dann fiel Amelia …

Aber Gabriel fing sie auf und rollte sich mit ihr in einem Gewirr von Armen und Beinen noch tiefer in die Höhle. Da er auf ihr lag, bekam Amelia fast keine Luft mehr, aber andererseits konnte sie ohnehin kaum atmen, bei all dem Staub, der in der Höhle aufgewirbelt war. Und es war dunkel. Dunkler noch als Mitternacht.

Gabriel mochte sie zwar fast zerquetschen, aber Amelia war klar, dass sein schwerer Körper sie auch beschützte. Vom Eingang der Höhle fiel noch immer Erde herab, dicke Brocken, die auf Gabriel statt auf Amelia herunterprasselten. Sie hatte Angst, lebendig begraben zu werden, während sie ihr Gesicht an seinen Nacken drückte und die Augen fest zusammenkniff. Sie wusste nicht, wie lange sie sich schon so an ihn klammerte, aber es kam ihr wie eine kleine Ewigkeit vor, bis das Poltern der auf Gabriel herabfallenden Erdklumpen nicht mehr zu hören war.

»Alles in Ordnung mit dir?«, fragte er ganz dicht an ihrem Ohr.

»Ich glaube schon«, erwiderte sie flüsternd. »Und was ist mit dir?«

»Alles bestens. Wir müssen nur ganz still liegen, bis wir sicher sein können, dass nichts anderes mehr auf uns herunterkommt.«

Oben hörten sie Mora nach ihnen rufen. »Nicht antworten«, warnte Gabriel Amelia leise. »Das könnte einen weiteren Erdrutsch auslösen.«

Amelia hasste es, die Rufe des Mädchens nicht beantworten zu können, aber was blieb ihr anderes übrig? Und was konnten sie jetzt tun? Sie hatte den Verdacht, dass nicht viel Luft mit ihnen in der kleinen Höhle eingeschlossen war. Allein der Gedanke erfüllte sie erneut mit Panik.

»Du musst dich entspannen, Amelia«, flüsterte Gabriel ihr zu. »Atme ganz tief und langsam durch.«

Vermutlich spürte er, wie schnell und flach sie atmete, und konnte hören, wie wild ihr Herz pochte. Sie musste sich beruhigen, nur wusste sie unter den gegebenen Umständen nicht, wie. »Ich werde es versuchen«, sagte sie. »Aber leider habe ich ein Problem mit kleinen, dunklen Orten. Mein Bruder hat mich einmal für Stunden in einem dunklen Schrank eingeschlossen.«

Gabriel schwieg einen Moment, aber dann gewann seine Neugierde anscheinend die Oberhand. »Warum hat er das getan?«

Amelia achtete nicht auf die Wahl ihrer Worte. »Weil er ein verfluchter kleiner Mistkerl war, der uns allen die denkbar schlimmsten Streiche spielte. Wir spielten damals gerade Verstecken, als er mich in diesem Schrank einschloss.«

Gabriel überraschte sie mit einem leisen Lachen.

Sie versteifte sich unter ihm. »Ich glaube nicht, dass irgendetwas an unserer derzeitigen Lage lustig ist!«, fauchte sie ihn an.

Als er aufgehört hatte zu lachen, sagte er: »Nein. Aber ich habe noch nie eine Lady gekannt, die trank und fluchte und beides so gut konnte.«

Ein Erröten wäre jetzt sicher angebracht gewesen, aber

Amelia versuchte gar nicht erst, eins aufzubringen. Wulf könnte es ohnehin nicht sehen. »Heute ist mein Bruder nicht mehr so gemein«, sagte sie nur. »Und ich habe mir natürlich auch den einen oder anderen guten Streich geleistet.«

»Du?«, entgegnete er trocken. »Wo du doch wie ein richtiger Engel aussiehst?«

Amelia war kein Engel; ganz im Gegenteil sogar. Sie konnten beide jeden Moment sterben, und trotzdem machte sie sich noch immer äußerst unanständige Gedanken über Gabriel Wulf. Und fragte sich Dinge, die sie sich nicht fragen durfte. Wie es sich anfühlen würde, wenn sie jetzt beide völlig nackt wären, beispielsweise.

»Wie kommen wir hier heraus?«, fragte sie, denn das war es, woran sie denken musste.

Langsam rollte Gabriel sich von ihr herab und setzte sich, obwohl das Dach der Höhle kaum noch hoch genug dazu war. »Indem ich uns wieder ausgrabe«, erwiderte er schlicht.

Gabriel wusste, dass nicht mehr viel Luft in der Höhle war, und ihm war auch bewusst, dass Amelia der Panik nahe war. Er musste schnell, aber vorsichtig vorgehen, da er nicht sicher war, wie lange die Erde über ihnen noch halten würde, bevor sie völlig einbrach und auf sie herunterstürzte. Langsam kroch er über die feuchte Erde des ausgehöhlten Tierbaus zu der Stelle, wo der Erdrutsch stattgefunden hatte und die Höhlenöffnung eingebrochen war. Oben sah er ein wenig Licht, obwohl die Öffnung jetzt viel kleiner war als bei ihrem Einstieg gestern Nacht.

Da es nichts gab, was er als Schaufel hätte benutzen können, machte er sich mit bloßen Händen an die Arbeit. Amelias zunehmende Panik war eine unsichtbare, aber deutlich spürbare Kraft in dieser kleinen Höhle. Da sie keinerlei Ablenkungsmöglichkeiten hatte, erwachten in ihr wieder ihre Kindheitsängste, auf engem Raum eingeschlossen zu sein und nicht hinaus zu können. Gabriel hielt es für vernünftiger, sie mit einer Unterhaltung abzulenken, obwohl er normalerweise nicht gerade sehr gesprächig war.

»Erzähl mir etwas mehr über deine Familie«, forderte er Amelia auf.

Er dachte schon, sie würde nicht antworten, dass ihre Furcht sie übermannt und dieser Fähigkeit beraubt hatte, aber dann sagte sie leise: »Sie sind eine ganz normale, typische Familie. Vater und Mutter haben geheiratet, weil sie gut zueinander passten. Und sie scheinen auch ziemlich glücklich und zufrieden miteinander zu sein. Mein Bruder ist drei Jahre jünger als ich. Sie fehlen mir alle sehr.«

Gabriel schaute sich nach Amelia um. Sie sah sehr jung und verängstigt aus, fast wie ein kleines Mädchen, obwohl er mit Bestimmtheit wusste, dass sie das nicht war, denn dazu war er sich ihrer körperlich viel zu stark bewusst.

»Ich vermisse meine Brüder auch«, gestand er. »Wir stehen uns näher als die meisten Geschwister, vielleicht, weil wir seit langer Zeit schon niemand anderen mehr hatten.«

Verdammt. Er hatte noch nie mit einer Frau über etwas so Persönliches gesprochen. Dass er es nun doch tat, lag wahrscheinlich an der Situation, in der sie sich befanden. Er musste ein Gespräch aufrechterhalten, um zu verhindern, dass Amelia in Panik geriet und sie womöglich in noch größere Gefahr brachte.

»Nun, ich fand es schon immer sehr ungerecht, dass die Gesellschaft deine Familie für etwas verurteilt, was deine Eltern getan haben«, sagte sie. »Und dass sie immer gleich das Schlimmste annehmen. Wie damals, als diese junge Frau tot in den Ställen Eures Stadthauses aufgefunden wurde. Und alle wie selbstverständlich annahmen, dass Lord Wulf die Schuld an ihrem Tod trug.«

Ohne in seinem Graben innezuhalten, sagte Gabriel: »Man mag uns vieles nachsagen, aber wir sind keine Mörder.« Doch noch während er es sagte, erinnerte er sich, dass er und Armond sich damals beide Sorgen gemacht hatten, Jackson könne in irgendeiner Weise in den Tod der Frau verwickelt sein. Und das nur, weil Jackson zum Zeitpunkt des Mordes in London gewesen war und später, als ein weiterer Mord geschah, sich auch da wieder in London aufgehalten hatte. Gabriel war klar, wie grundverkehrt es gewesen war, auch nur für einen Moment lang in Betracht zu ziehen, dass Jackson einer Frau etwas zuleide tun könnte. Sein Bruder liebte die Frauen, und sie liebten ihn.

»Bist du verbittert?«

Amelias Frage überraschte ihn. Und sie verwirrte ihn auch ein bisschen. »Verbittert worüber?«

»Dass euch das Recht auf den Umgang mit Leuten eures Standes abgesprochen wird? Dass ihr buchstäblich gezwungen seid, im Schatten der Gesellschaft zu leben? Ich glaube, ich wäre es, wenn ich an eurer Stelle wäre.«

Gabriel grub weiter. War er verbittert? »Ich war nie erpicht darauf, zur sogenannten vornehmen Gesellschaft zu gehören. Die meisten dieser Leute sind dumm und seicht. Faul und eingebildet. Ich bin keineswegs verbittert.«

Amelia reagierte sichtlich ungehalten. »Aber du steckst voller Vorurteile! Du kannst doch nicht jeden nach der Handlungsweise und den Ansichten einiger weniger beurteilen.«

Gabriel sah sich über die Schulter nach ihr um. »Natürlich kann ich das«, versetzte er. »Vor allem, wenn die Gesellschaft, die du verteidigst, wie eine Herde Schafe ist. Sie sind nicht in der Lage, sich eine eigene Meinung zu bilden; sie müssen erst gesagt bekommen, was sie zu glauben haben und welche Meinung sie zu jeder Angelegenheit und jedem Mensch vertreten sollten.«

»Das ist nicht wahr«, widersprach Amelia. »Ich zum Beispiel halte mich für eine selbstständige, erwachsene Frau, der es freisteht, sich ihre eigenen Meinungen zu bilden. Und sie auch zu äußern«, fügte sie hinzu. »Wenn du alle nur nach dem beurteilst, was du über einige wenige weißt, dann kann man auch dir vorwerfen, ein ebensolcher Snob zu sein.«

Sie war rechthaberisch und eigensinnig, was Gabriel aber beides ziemlich reizvoll an ihr fand. Und wahrscheinlich hatte sie auch Recht, und er steckte tatsächlich voller Vorurteile. Vielleicht war er auch ein bisschen übersättigt. Er hatte Amelia in die gleiche Kategorie einordnen wollen, zu denen er die meisten Damen ihres Standes zählte, aber sie war eine Kategorie für sich. Und wenn er ehrlich sein wollte, konnte er sich ohnehin kein richtiges Urteil über die Damen ihres »Standes« erlauben, da er nie viel Kontakt mit ihnen gehabt hatte. Er war ein Heuchler – denn nichts von dem, was er zu sein vorgab, war schlimmer als das, was er tatsächlich war. Verdammt. Verwünscht. Verflucht in alle Ewigkeit.

Er hatte sich inzwischen zu dem Höhlenausgang vorgearbeitet, den er durch die eingestürzte Erde sogar müheloser hatte erreichen können, als es normalerweise der Fall gewesen wäre. Nun begann er vorsichtig das Loch zu erweitern, bis die Öffnung schließlich groß genug war, um hindurchzuklettern. Oben streckte er den Kopf heraus und sah sich um. Mora war nirgendwo zu sehen, und Gabriel war froh, auch keine unerwünschten Besucher zu erblicken.

»Amelia, ich krieche jetzt hinaus. Du kommst erst nach mir hoch, für den Fall, dass ich dir helfen muss.«

Wahrscheinlich wäre es besser, sie vorangehen zu lassen,

aber Gabriel wusste, dass es einen weiteren Erdrutsch auslösen könnte, falls er gezwungen sein sollte, jetzt noch einmal zu Amelia hinabzusteigen.

»Ich habe Angst«, flüsterte sie. »Was ist, wenn die Erde wieder nachgibt? Dann säße ich ganz allein hier unten fest.«

»Das wird nicht passieren«, versicherte er ihr und konnte nur hoffen, dass er Recht behielt. »Sei nur sehr vorsichtig beim Hinaussteigen. Lass dir Zeit und versuch, die Ruhe zu bewahren.«

»Was immer nötig ist, um hier herauszukommen«, murmelte sie, und Gabriel war froh über den Mut und die Entschlossenheit, die sie trotz ihrer Furcht bewies.

Vorsichtig zog er sich aus dem Loch. Es war herrlich, endlich wieder frische Luft zu atmen, die nicht voller Staub und Erde war. Der Boden um den Höhleneingang war locker und nicht mehr sehr stabil, weswegen Gabriel sich auf den Bauch legte, um in das Loch hinabzublicken.

»Komm jetzt rauf, Amelia«, rief er ihr leise zu. »Aber schön langsam bitte.«

Er sah, wie sie unter ihm erschien. Ihr Gesicht war nur ein heller Fleck im Dunkeln, als sie zu ihm aufschaute.

»Leg dich jetzt auf den Bauch und kriech heraus«, wies er sie an. »Aber beweg dich nur ganz langsam und sehr vorsichtig.«

Sie begann den Aufstieg, wie er es ihr geraten hatte, aber dann, als ob ihre Furcht die Oberhand über ihre Vernunft gewonnen hätte, kroch sie so schnell nach oben, dass die Erde um sie herum wieder zu zerfallen begann. Gabriel warf sich vor und packte sie am Arm; dann zog er sie heraus und rollte sich schnell mit ihr von dem unter ihnen nachgebenden Boden weg. Sekunden später brach die Höhle völlig ein.

Amelia rang schwer nach Atem neben ihm. Beide setzten sich und starrten auf die Stelle, die zu ihrem Grab hätte werden können. Sie waren von Kopf bis Fuß mit Schmutz bedeckt, aber sie lebten noch.

»Du hast mir das Leben gerettet«, flüsterte Amelia. »Schon wieder.«

Gabriel wischte ihr lächelnd einen Schmutzfleck von der Wange. »Lass uns Mora suchen gehen«, sagte er, während er eine Hand ausstreckte, um ihr aufzuhelfen.

Es war komisch, aber jedes Mal, wenn sie sich berührten, durchflutete ihn ein ganz seltsames warmes Kribbeln. Er half Amelia auf die Beine, und zusammen gingen sie zu dem Teich hinüber. Einen Augenblick darauf entdeckten sie Mora, die am Rand des Wassers saß.

Sie schaute auf, als sie sich näherten; ihre Augen weiteten sich vor Überraschung, und sie legte eine Hand an ihre Brust. »Ich dachte, Ihr wärt tot«, stammelte sie. »Ich wusste nicht, was ich tun sollte. Ich konnte ja nicht nach Collingsworth Manor zurück.«

»Es geht uns gut«, beruhigte Amelia das Mädchen und klopfte sich den Schmutz von den Röcken ihres Kleids. »Wir konnten uns nicht bemerkbar machen, weil wir befürchteten, damit vielleicht noch einen weiteren Erdrutsch auszulösen.«

Mora machte ein betretenes Gesicht. »Ich hatte Angst zu bleiben, weil ich dachte, ich würde vielleicht auch noch in das Loch hinunterfallen. Ich wünschte, ich wäre mutiger gewesen«, sagte sie beschämt.

Gabriel hockte sich neben das Mädchen und wusch sich seine schmutzigen Hände in dem Teich. »Du hättest leicht einen noch schlimmeren Erdeinbruch bewirken können«, versicherte er ihr. »Es war ganz richtig von dir, dass du nicht geblieben bist.«

Das Mädchen deutete mit dem Kopf in Richtung Teich. »Während ich hier saß und überlegte, was zu tun sei, fiel mir dieses kleine Loch dort auf, in dem ein paar Fische schwimmen, die offenbar nicht mehr herauskönnen. Ich hatte mir schon überlegt, einen zu fangen und ihn zu essen.«

Gabriel fand es merkwürdig, dass Mora an Essen gedacht hatte, wo sie doch angeblich so besorgt um sie gewesen war. Als käme auch ihr plötzlich dieser Gedanke, errötete sie heftig.

»Ich musste an mich selbst denken«, sagte sie verteidigend. »Und mir überlegen, wie ich hier draußen ohne Euch und Lady Amelia überleben sollte.«

Amelia hockte sich neben Gabriel. Zuerst rümpfte sie die Nase über das trübe, grünliche Wasser, aber dann tauchte sie ihre Hände hinein, um sich zu waschen. »Ich denke, du warst nur praktisch«, sagte sie zu dem Mädchen. »Und du bist vernünftiger als die meisten jungen Mädchen, Mora. Es war ja schließlich nicht so, als ob du Hilfe hättest holen können.«

Mora schüttelte den Kopf. »Nein, das konnte ich leider wirklich nicht, Mylady. Ich hatte Angst, allein in den Wald zurückzukehren.«

»Es ist ja noch mal gut gegangen«, beruhigte Amelia das Mädchen. »Aber sag mir mal, wie hättest du den Fisch essen wollen, wenn du einen gefangen hättest?«, fragte sie.

Mora grinste und zog ihr Kartoffelschälmesser aus der Tasche. »Damit könnte ich ihn ausnehmen. Aber essen müsste ich ihn natürlich roh.«

Gabriel sah, wie Amelia erblasste. »Ich hasse schon gegarten Fisch«, sagte sie angewidert. »Ihn roh zu essen wäre für mich unvorstellbar.«

»Probier es doch einfach mal«, schlug Gabriel mit einem kleinen Lächeln vor, bevor er ging, um einen Fisch zu holen.

11. Kapitel

Gabriel hob die Hand zum Zeichen für Amelia und Mora, stehen zu bleiben. Dann lauschte er angestrengt, und sein Blick glitt über die sie umgebenden Bäume, während er das Geräusch genauer zu bestimmen versuchte. Da war es wieder! Es hörte sich wie ein Knarren an. Von Wagenrädern? Offenbar kam irgendein Gefährt die nicht weit zu ihrer Linken liegende Straße hinunter. Er hatte eigentlich beschlossen, dass sie die Straße nicht benutzen würden. Denn sollten sie verfolgt werden, und er war überzeugt davon, dass es so war, dann wäre es das Selbstverständlichste, sie dort zu suchen.

»Warum halten wir?«, flüsterte Amelia hinter ihm.

»Weil jemand kommt«, antwortete er. »Wir werden ein bisschen näher an die Straße herangehen und sehen, wer es ist.«

»Ich kann nichts hören«, sagte sie nach kurzem Lauschen.

Er warf ihr einen Blick zu, der normalerweise jeden zum Schweigen brachte, der ihm mit seinem Gerede auf die Nerven ging. Aber wie er schon vermutet hatte, funktionierte es bei ihr nicht.

»Ich höre aber wirklich nichts«, wiederholte sie ein bisschen eingeschnappt.

Gabriel gab den Frauen ein Zeichen, weiterzugehen. Die Vegetation wurde noch dichter, als sie sich der Straße näherten, und die Sträucher und Äste verfingen sich in ihren Kleidern und in ihrem Haar. Oder zumindest doch in seinem und Amelias Haar. Es war sehr vernünftig von Mora, dass sie noch immer ihre Haube trug. Gabriel rechnete fest damit, dass Amelia sich beklagen würde, aber sie tat es nicht, obwohl ihr nur allzu deutlich ins Gesicht geschrieben stand, wie schlecht gelaunt sie war.

Ihr Magen knurrte, und Gabriel bereute jetzt, sie heute Morgen nicht dazu gezwungen zu haben, den rohen Fisch zu essen. Aber ihr war tatsächlich derart schlecht geworden, dass er am Ende nachgegeben hatte. Sie musste völlig ausgehungert sein. Selbst er hatte schon wieder großen Hunger, obwohl er sich dazu überwunden hatte, etwas von dem rohen Fisch zu essen.

Als die Straße in Sicht kam, suchte Gabriel einen Platz, wo sie sich hinkauern und verstecken konnten. Er glaubte nicht, dass sie das Glück haben würden, dass es zufällig einer seiner erst kürzlich aus London zurückgekehrten Brüder war, der dort die Straße herunterkam.

»Wo sind sie?«, flüsterte Amelia neben ihm. »Ich kann die ganze Straße überblicken und sehe niemanden.«

Gabriels Gehör war sehr viel besser als das ihre. Aber wie hätte er ihr das erklären sollen, ohne in ihr die gleiche Furcht vor *ihm* zu wecken, die sie vor den Kreaturen hatte, die hinter ihnen her waren.

»Geduld ist eine Tugend«, sagte er deshalb nur.

»Tugend? Ich pfeife auf Tugenden«, versetzte sie. »Ich will nichts als eine Mitfahrgelegenheit nach Wulfglen, ein schönes heißes Bad, saubere Kleider und einen vollen Magen.«

Dem konnte er natürlich nichts entgegensetzen. Ihre Patzigkeit entlockte ihm jedoch ein Lächeln, und Gabriel war es nicht gewöhnt, dass jemand ihn so leicht zum Lachen bringen konnte. Und auch allein schon ihre Nähe weckte sinnliche Empfindungen in ihm. Er hatte sie zweimal geküsst und wünschte sich nichts mehr, als es erneut zu tun. Doch anstatt sich auszumalen, was er gern mit Lady Collingsworth täte, konzentrierte er sich jetzt wohl besser auf ihre Situation und die Frage, wie er die beiden Frauen am Leben erhalten und in Sicherheit bringen konnte.

Während sie schweigend dasaßen, knurrte auch Moras Magen, und Gabriel zerbrach sich den Kopf darüber, wie sie das Problem mit dem Essen lösen konnten. Natürlich könnte er ein Kaninchen oder ein anderes Tier fangen, aber es wäre äußerst dumm von ihnen, ein Feuer anzuzünden. Es würde ihre Verfolger direkt zu ihnen führen. Er hatte die Frauen wohlbehalten bis hierher gebracht, aber wie viel länger würde er sie ohne Unterkunft und Nahrung noch beschützen können?

Schließlich kamen zwei Männer in Sicht, von denen einer einen Karren zog. Beide Männer sahen aus wie Bauern. Einer ging am Stock; an einem Stock, der mehr so etwas wie ein Knüppel war. Keiner der beiden Männer war besonders groß, und Gabriel sah auch keine sichtbaren Anzeichen von Waffen an ihnen, was aber nichts bedeuten musste, wie er sehr wohl wusste. Sie sahen ziemlich harmlos aus ... aber Aussehen konnte täuschen.

»Da sind sie«, flüsterte Amelia, die erst jetzt den Karren und die beiden Männer sehen konnte. »Glaubst du, dass sie uns vielleicht helfen werden?«

»Sie haben keine Pferde«, erwiderte Gabriel enttäuscht. »Und ich bezweifle, dass sie irgendetwas bei sich haben, das sie entbehren können. Ich wüsste nicht, wie sie uns helfen könnten. Es wäre besser, sie vorbeigehen zu lassen.«

»Sie vorbeigehen lassen?«, wiederholte Amelia mit großen Augen. »Warum sollten sie uns nicht helfen können? Drei Männer sind besser als nur einer, wenn man Schutz benötigt. Wir könnten ihnen anbieten, sie gut zu bezahlen, wenn sie bereit wären, uns nach Wulfglen zu begleiten.«

Sie hatte einen Zweig im Haar, den Gabriel für sie entfernte. »Dazu müssten wir ihnen sagen, wovor wir auf der Flucht sind«, gab er zu bedenken. »Und dann würden sie uns wohl alle für komplett verrückt halten, meinst du nicht?«

»Falls sie hier aus der Gegend stammen, wären sie vielleicht gar nicht mal so überrascht«, warf Mora ein. »Und dass sie Bauern sind, ist offensichtlich. Sie sind wahrscheinlich mit den gleichen Geschichten aufgewachsen wie ich und glauben wohl auch eher an seltsame Geschichten als die meisten anderen Leute.«

»Vielleicht haben sie wenigstens etwas zu essen dabei, das sie uns überlassen könnten«, meinte Amelia. »Was auch immer es sein mag. Ich verspreche, mich nicht darüber zu beklagen.«

Die Hoffnung, die Gabriel in ihren Augen sah, entschied die Angelegenheit für ihn. Sie war hungrig, Mora war hungrig, und Gabriel fühlte sich außerstande, anständig für sie zu sorgen. Er hatte bisher noch für niemand außer seinem jüngeren Bruder sorgen müssen. Und schon gar nicht für zwei Frauen. Gabriel hatte noch ein paar Geldstücke in der Börse in seiner Tasche. Als er sich auf die Suche nach Jackson gemacht hatte, war er nicht darauf gefasst gewesen, dass diese Reise so lang und kostspielig werden würde.

»Also gut«, stimmte er zu. »Aber ich gehe allein zu den Männern. Ihr beide versteckt euch hier im Unterholz und rührt euch nicht vom Fleck. Habt ihr das verstanden?«

Die beiden Frauen nickten, und er erhob sich aus seiner kauernden Stellung und versuchte, nicht auf den Schmerz in seinem Bein zu achten, das nach all den nächtlichen und heutigen Anstrengungen nun wieder höllisch schmerzte. Die von Mora vernähte Wunde war wieder aufgerissen, aber Gabriel hatte nicht vor, ihr das zu sagen. Sie hatten größere Sorgen im Moment.

Gabriel trat auf die Straße hinaus und begann auf die Männer zuzugehen. Sie blieben stehen, als sie ihn sahen, und blickten ihm misstrauisch entgegen, als er näher kam. Er ließ die Arme hängen, damit sie sehen konnten, dass er nicht bewaffnet war, obwohl die Pistole natürlich noch immer unter seinem Hemd verborgen in seinem Hosenbund steckte.

»Guten Tag«, rief er ihnen freundlich zu.

Keiner der Männer erwiderte den Gruß, aber da sie auch nicht plötzlich eine Waffe zogen, ging Gabriel ruhig weiter auf sie zu.

»Mir ist ein Missgeschick passiert«, rief er. »Mein Pferd hat mich abgeworfen, und ich bin nun schon seit zwei Tagen zu Fuß unterwegs. Ich wollte fragen, ob ihr vielleicht etwas zu essen für mich habt?«

Die beiden Männer sahen sich an. »Kannst du dafür bezahlen?«, rief der eine.

»Ich habe ein bisschen Geld, aber nicht viel«, antwortete Gabriel. Er hatte wahrscheinlich mehr dabei, als diese beiden in einem ganzen Jahr verdienten, aber nur ein Narr hätte ihnen das verraten. Es war nicht so, dass Gabriel fürchtete, nicht mit beiden Männern fertig zu werden, sollten sie auf dumme Ideen kommen, aber er wollte es vor den Frauen nicht zu einem Kampf kommen lassen, solange es sich vermeiden ließ.

»Wie viel hast du?«, wollte einer der Männer wissen, als Gabriel noch näher kam.

»Das hängt davon ab, was ihr für mich erübrigen könnt«, antwortete Gabriel.

Beide Männer gingen zur Rückseite des Karrens. »Wir haben Vorräte für unsere Familien eingekauft«, sagte einer. »Sonst hätten wir nicht viel dabei. Aber wenn du Geld hast, um zu bezahlen, was du mitnimmst, können wir es wahrscheinlich leicht wieder ersetzen.«

Gabriel hätte nun eigentlich erleichtert sein können, aber er hatte nicht vor, in seiner Wachsamkeit nachzulassen, bis ein Austausch stattgefunden hatte und die Männer außer Sicht waren. Sie schlugen ein zerfleddertes Segeltuch zurück und zeigten ihm ihre Vorräte. Es war mehr auf dem Karren, als Gabriel vermutet hatte.

»Wir haben große Familien«, brummte einer der Männer. »Und müssen uns zu Tode schuften, um alle satt zu kriegen.«

Das Meiste, was er sah, konnte Gabriel nicht gebrauchen. Mehl, Zucker und Backzutaten waren Dinge, die ihnen nicht viel nützen würden. »Ich brauche etwas, um mich über Wasser zu halten, bis ich nach Hause komme«, erklärte er. »Habt ihr gedörrtes Fleisch? Brot? Apfelwein?«

»Und wo bist du zu Hause?«, fragte einer der Männer neugierig.

Gabriel dachte nicht im Traum daran, es ihnen zu verraten. Es gab kaum jemanden, der noch nicht von den Brüdern Wulf gehört hatte. Und falls der mit dem Namen verbundene Skandal die Männer nicht abschreckte, würde der ebenfalls mit dem Namen verbundene Reichtum ihre Habgier wecken.

»Drei oder vier Tagesmärsche weit entfernt«, war alles, was er sagte. »Ich bin den Weg noch nie zu Fuß gegangen und weiß daher auch nicht genau, wie weit es noch von hier aus ist.«

»Und du bist ganz alleine unterwegs?«, fragte einer der Männer, während er seinen Blick über die nähere Umgebung schweifen ließ.

Gabriels Wachsamkeit erhöhte sich. »Ja«, antwortete er.

»Das ist nicht gut«, sagte der andere Mann und lächelte ihn an. »Diese Straßen sind nämlich sehr gefährlich für einen allein reisenden Mann.«

»Besonders für einen, der so gut gekleidet ist wie du«, fügte der andere hinzu. »Dass du nicht zu der arbeitenden Bevölkerung gehörst, sieht man sofort. Einem Londoner Dandy könnte es sogar noch schlimmer ergehen als anderen, so ganz allein auf dieser Straße.«

Beide Männer lachten, aber Gabriel lächelte sie immer noch sehr freundlich an. Sollten sie ihn doch ruhig für einen Dandy halten. Er senkte den Blick wieder auf die Vorräte auf dem Karren. Er war sich beinahe sicher, dass die beiden Männer etwas versuchen würden, während er damit beschäftigt war, sich die Lebensmittel anzusehen. Denn trotz seiner Größe gab er in ihren Augen zweifellos ein leichtes Opfer ab. Sie rechneten bestimmt nicht damit, dass er sich zu wehren wissen würde. Aber da würden sie sich wundern.

»Gabriel! Pass auf!«

Er hob abrupt den Kopf und sah Amelia auf der Straße stehen. Dadurch abgelenkt, war er auf den Schlag nicht vorbereitet, als er kam. Der Mann mit dem Stock, der anscheinend auf seinen Kopf gezielt hatte, traf Gabriel zum Glück nur oberhalb der Schultern. Trotzdem brachte ihn der Schlag ins Taumeln. Sein Angreifer mochte zwar nicht sehr groß sein, aber er war stark.

»Na so was! Du hast uns ja gar nicht erzählt, dass du in Gesellschaft bist«, verspottete der andere Mann Gabriel. »Und sie ist auch noch ein wahrer Augenschmaus, die Kleine da.«

»Ein hübsches Ding, oh ja«, pflichtete der Mann mit dem Stock ihm bei und holte wieder aus.

Gabriel wich dem Schlag aus, der wieder gegen seinen Kopf gerichtet war. Er hatte seinem Bruder Armond einmal gesagt, dass die gesellschaftlichen Regeln nicht mehr galten für eine Familie, die von der Oberschicht gemieden wurde. Manieren waren etwas, das Gabriel schon lange abgelegt hatte, und dennoch störte es ihn, sich vor Amelia zu prügeln. Kavaliere setzten vornehme junge Damen nicht solchen Geschmacklosigkeiten aus, oder zumindest hatte man ihn das einst so gelehrt.

»He, da ist ja noch eine! Eine für dich und eine für mich«, rief der Mann mit dem Stock erfreut.

Mora musste Amelia auf die Straße nachgegangen sein. Gabriel nutzte die Ablenkung durch die Frauen und trat schnell vor, um dem Mann den Stock zu entwinden. Ohne das geringste Zögern holte er damit aus und schlug ihn dem Mann so hart ins

Gesicht, dass er ihm die Nase brach und ein Schwall Blut daraus hervorschoss.

»He!«, brüllte der andere Mann.

Gabriel trat vor und versetzte ihm einen Fausthieb, der ihn zurücktaumeln ließ. Der Mann mit dem blutigen Gesicht stürzte sich auf Gabriel, und zusammen landeten sie im Staub der Straße. Gabriel kämpfte nicht nach Oxford-Regeln, sondern rollte sich blitzschnell zur Seite, sprang wieder auf die Beine und trat den Mann in die Rippen. Der Mann grunzte und zog die Knie an die Brust. Gabriel hielt nur kurz inne, um sich das Haar aus dem Gesicht zu streichen und sich mit dem Ärmel das Blut von der Lippe abzuwischen – doch plötzlich wurde er von hinten angegriffen.

Der andere Mann hatte den Stock seines Freundes gepackt, um Gabriel damit vollständig außer Gefecht zu setzen. Der erste Schlag traf ihn am Rücken, der zweite landete so hart auf seiner verletzten Schulter, dass er ein Aufstöhnen unterdrücken musste.

Trotz allem jedoch fuhr Gabriel zu seinem Angreifer herum und war wie vom Donner gerührt, als er Amelia von hinten auf den Mann springen sah. Der Mann brüllte wütend auf und schüttelte sie wie eine lästige Fliege ab. Dann versetzte er ihr einen Stoß, der sie hart auf dem Boden aufschlagen – und Gabriel rot sehen ließ.

In wilder Rage stürzte er sich auf den Mann und entrang ihm seinen Stock. So wütend, dass er sich fast nicht mehr unter Kontrolle hatte, brach Gabriel den dicken Knüppel in der Mitte durch. Seinem Angreifer traten fast die Augen aus dem Kopf vor Schreck.

»Wir schlagen keine Frauen«, sagte Gabriel so leise, dass es fast schon wie ein Knurren klang. »Haben dir deine Eltern das nicht beigebracht?«

Statt zu antworten, fuhr der Mann herum, gab Fersengeld und flüchtete in die entgegengesetzte Richtung.

»Warte!«, schrie der andere und rappelte sich auf, um seinem Partner hinterherzurennen.

Gabriel lief zu Amelia und half ihr aufzustehen. »Bist du verletzt?«, fragte er.

Sie schüttelte den Kopf. »Es hat mir nur für einen Moment den Atem verschlagen.«

Gabriel seufzte vor Erleichterung; aber dann wurde er ärgerlich. »Was hast du dir dabei gedacht? Ich habe dir doch gesagt, ihr beide solltet bleiben, wo ihr wart.«

Amelias Haar hatte sich aus dem Zopf gelöst, den Mora ihr geflochten hatte, bevor sie heute Morgen aufgebrochen waren. Wirre blonde Locken umrahmten ihr schmutziges Gesicht, und dennoch schaffte sie es immer noch, wie eine Prinzessin auszusehen.

»Ich dachte, du bräuchtest Hilfe«, sagte sie, die Hände in die Hüften stemmend. Dann fiel ihr Blick plötzlich auf den in der Mitte durchgebrochenen Knüppel auf dem Boden. »Aber da habe ich mich wohl getäuscht.« Sie schaute aus großen blauen Augen zu ihm auf. »Wie hast du *den* zerbrechen können? So etwas habe ich noch keinen Mann zustande bringen sehen.«

Gabriel hatte seine Wut mit sich durchgehen lassen, und das war etwas, das er sich vor normalen Menschen wie Amelia nicht erlauben durfte. Deshalb erwiderte er auch nichts, sondern schaute sich zu Mora um, die etwas weiter unten auf der Straße stand. »Komm her, Mora, und such etwas zum Mitnehmen für uns aus«, rief er. »Du weißt am besten, was wir brauchen.«

Das Mädchen begann zu ihnen herüberzukommen.

»Du hast mir nicht geantwortet«, erinnerte ihn Amelia. »Wie kannst du einen so dicken Stock in der Mitte durchbrechen, als wäre er nichts weiter als ein Zweig?«

Er konnte ihr seine ungewöhnliche Kraft genauso wenig erklären wie seine ungewöhnlich scharfen Augen oder sein überlegenes Gehör. Aber Gabriel wusste, dass er ihr irgendeine Erklärung geben musste. »Hast du vorher schon mal Männer kämpfen sehen, Amelia?«

Sie blickte stirnrunzelnd zu ihm auf. »Nein, eigentlich noch nie, aber trotzdem ...«

Gabriel ging mit Mora zum hinteren Teil des Karrens. »Wut kann einem Mann Kräfte verleihen, die er sonst vielleicht nicht hätte. Dieser Narr hat Glück gehabt, dass ich ihm nicht ebenso mühelos das Genick gebrochen habe, wie ich diesen Stock zerbrochen habe. Er hätte dich nicht anrühren sollen.«

»Auf jeden Fall habt Ihr die beiden mühelos in die Flucht geschlagen«, bemerkte Mora. »Und dabei dachte ich immer, vornehme Männer kämpften auch mit vornehmen Manieren.« Mora warf ihm unter halb gesenkten Lidern einen merkwürdigen Blick zu, worauf Gabriel es für das Beste hielt, die Aufmerksamkeit der Frauen auf etwas anderes zu lenken als seine kämpferischen Fähigkeiten.

»Was brauchen wir von diesen Sachen hier?«, fragte er das Mädchen.

Mora hatte schon einige Dinge herausgesucht. »Dörrfleisch, weil man es nicht zu kochen braucht«, sagte sie. »Dann sollten wir noch zwei Brote und etwas Käse mitnehmen. Und ein paar Äpfel und eine Flasche Apfelwein, für den Fall, dass wir kein Wasser finden sollten.«

Gabriel zog die zerfledderte Plane von dem Karren und legte sie auf den Boden, um die Vorräte darin einzupacken. Amelia betrachtete ihn noch immer argwöhnisch, und um sie von sich abzulenken, warf er ihr einen Apfel zu. Und das funktionierte, hungrig, wie sie war. Als sie hatten, was sie brauchten, verschnürte er die Plane zu einem Bündel und warf es sich über die Schulter. Dann griff er in seine Börse, nahm ein paar Geldstücke heraus und warf sie auf den Karren.

»Ihr gebt den Kerlen auch noch Geld?«, rief Mora entrüstet. »Nach dem, was sie Euch antun wollten?«

Gabriel hatte einmal eine sehr gute Erziehung genossen und sich wahrscheinlich trotz allem, was seiner Familie später zugestoßen war, seine tief in ihm verwurzelten Wertvorstellungen bewahrt. »Wenn ich nicht bezahle, was ich mir genommen habe, dann macht mich das zu einem Dieb und somit zu nichts Besserem, als diese Männer es sind. Kommt, wir müssen von der Straße weg.«

Seine Schulter brannte, und sein Bein pochte wie verrückt, als er die Frauen von der Straße wieder in den Wald hineinführte. Zumindest hatten sie jetzt etwas zu essen und würden nicht verhungern. Aber wie lange würde es noch dauern, bis ihre Verfolger sie einholen würden? Bisher sah Gabriel keine Anzeichen dafür. Er hatte weder Mensch noch Tier auf ihrem Weg gerochen. Es war geradezu unheimlich und machte ihn nervöser, als wenn sie sich jeden Schritt ihres Wegs hätten erkämpfen müssen. Wie alles andere, was ihm seit seiner Ankunft auf Collingsworth Manor passiert war, ergab auch das hier keinen Sinn.

12. Kapitel

Es begann schon dunkel zu werden, als sie anhielten, um zu rasten. Amelia war fast schon zu müde, um das gedörrte Fleisch zu kauen, das sie aus dem Karren mitgenommen hatten, aber sie bemühte sich und klagte nicht. Während sie kaute, sah sie zu, wie Mora Gabriels Schulter mit von ihrem Unterrock abgerissenen Stoffstreifen verband. Durch den Stockhieb war die Wunde wieder aufgebrochen, aber Mora meinte, es sei zum Glück nicht allzu schlimm.

Amelias Blick glitt über Gabriels breite Brust und die ausgeprägten Muskeln an seinen Armen. Er war stark wie ein Ochse, das konnte jeder sehen, aber war überhaupt irgendein Mann stark genug, um einen dicken Stock in der Mitte durchzubrechen, als wäre er nichts weiter als ein dünner Zweig? Sie hatte Gabriel nicht erst kämpfen sehen müssen, um zu wissen, dass seine Kraft nicht die eines normalen Mannes war.

Und wieso schien er auch immer zu wissen, wann sie anhalten und warten mussten, wann sie weitergehen, wann sie rasten oder wann sie sich beeilen mussten? Sie hatte ihn beobachtet, und es war fast so, als ob er Dinge hörte, die kein anderer hörte, und Dinge sah, die kein anderer sah. Aber wahrscheinlich bildete sie sich das alles nur ein. Vielleicht war es ja wahr, was er gesagt hatte, und ein Mann besaß während eines Kampfes wirklich viel mehr Kraft, als menschenmöglich zu sein schien. Gabriel hatte sich schon als Junge in diesen Wäldern herumgetrieben. Vielleicht war das der Grund, warum er sich in ihnen so gut auszukennen schien. Amelia befürchtete schon fast, unter Verfolgungswahn zu leiden nach allem, was ihr seit ihrer Ankunft auf Collingsworth Manor widerfahren war.

»Und nun das Bein«, riss Moras Stimme Amelia aus ihren Überlegungen. »Das sollte ich mir auch mal ansehen.«

»Dem Bein geht es gut.« Gabriel zog sein Hemd über und griff nach dem Brot, um sich ein Stück abzubrechen. »Wenn ihr beide euch im Bach ein bisschen säubern wollt, dann tut das besser jetzt. Wir werden uns schon bald zum Schlafen hinlegen.«

»Ich bin viel zu müde, um mich noch zu waschen«, sagte Amelia. Und das war sie auch. Sie hatte das Gefühl, dass sie nur die Augen zu schließen brauchte, um auf der Stelle einzuschlafen. Außerdem hatte sie eine gute Vorstellung davon, wie kalt das Wasser war, und konnte es jetzt schon kaum erwarten, neben Gabriel zu liegen und sich von seiner Körperwärme aufwärmen zu lassen. Sie wünschte nur, sie hätten ein gemütliches Feuer, vor dem sie sitzen konnten, aber Gabriel hatte das für zu riskant gehalten.

»Dann gehe ich allein«, sagte Mora. »Ich muss mir wenigstens die Hände waschen.«

»Bleib nicht zu lange«, warnte Gabriel. »Und falls du etwas Verdächtiges siehst oder hörst, dann rufst du mich. Ich werde dich hören.«

Amelias Blick glitt über ihren relativ geschützten Lagerplatz für diese Nacht. Der Bach war nicht sehr weit entfernt und von Bäumen umgeben, die ihnen gute Deckung boten. Falls Mora schrie, würden sie es auf diese kurze Entfernung sicher hören. Trotzdem hätte sie das Mädchen vielleicht doch besser begleiten sollen, aber ihre Beine verweigerten ihr den Gehorsam, und so kaute sie weiter an ihrem zähen Dörrfleisch und schluckte es herunter.

»Und für die Zukunft merk dir eins – sollte ich noch einmal angegriffen werden, hältst du dich versteckt, so wie ich es dir aufgetragen hatte«, sagte Gabriel in ungewöhnlich strengem Ton.

Amelia wandte sich ihm zu. Das Mondlicht tanzte auf seinem Haar und versilberte die hellen Strähnen darin. »Du brauchst mir nicht zu danken«, erwiderte sie spitz. »Wenn ich die Männer nicht abgelenkt hätte, wärst du vielleicht nicht so leicht mit ihnen fertig geworden.«

Gabriel erwiderte ruhig ihren Blick. »Hast du auch nur eine Ahnung, was diese Männer mit dir angestellt hätten, wenn es mir nicht gelungen wäre, sie in die Flucht zu schlagen?«

Diese Möglichkeit hatte sie tatsächlich nicht bedacht. Amelia war davon ausgegangen, dass ein Mann eine Frau nicht schlagen würde; aber das hatte sich natürlich schnell genug als falsch herausgestellt. Sie war auch davon ausgegangen, dass kein Bauer eine Dame von solch offenkundig hohem Stand angreifen würde. Aber auch darin hatte sie sich offenbar geirrt. »Daran habe ich in dem Moment gar nicht gedacht«, gestand sie.

»Ich habe längst erkannt, dass du einen wachen Verstand in deinem hübschen Köpfchen hast. Du solltest ihn aber ruhig öfter mal benutzen. Und von heute Abend an wirst du dich an meine Anweisungen halten und mir in allem Folge leisten, Amelia.«

Was für ein zweifelhaftes Kompliment. Amelia war inzwischen bereits zu dem Schluss gekommen, dass es vielleicht gar nicht mal so schlecht war, verwitwet zu sein. So würde sie wenigstens nach niemands Pfeife mehr tanzen müssen. Und nun verlangte Gabriel von ihr, dass sie seinen Anordnungen Folge leistete.

»Du bist weder mein Ehemann noch mein Vater oder irgendein Verwandter«, erwiderte sie scharf. »Zudem hätte ich nicht einmal vor, irgendeinem der Genannten zu gehorchen, aber das tut hier nichts zur Sache. Als Gentleman bist du verpflichtet, Mora und mich zu beschützen. Als Dame hingegen habe ich keine andere Verpflichtung dir gegenüber, als dir für deine Bemühungen zu danken.«

Gabriel nahm sich ein Stückchen Brot und starrte sie nur schweigend an, während er es langsam kaute. Das entnervte Amelia mehr, als wenn er ärgerlich geworden wäre und sie angeschrien hätte. Sie bewegte sich ein bisschen unbehaglich auf dem Baumstumpf, auf dem sie ihm gegenübersaß.

Nachdem er das Brot heruntergeschluckt hatte, sagte er: »Dies ist kein hübscher kleiner Ausflug, den wir machen, sondern eine Flucht, bei der es um Leben und Tod geht. Und ich bin kein Gentleman, Amelia. Es würde mir die Aufgabe, dich und Mora zu beschützen, sehr erleichtern, wenn ihr auf meine Anweisungen hört und sie befolgt. Aber falls du nicht den Wunsch hast, Wulfglen lebend zu erreichen, ist das natürlich deine eigene Entscheidung, denke ich.«

Amelia blinzelte verwirrt. Sie war so sicher gewesen, dass Gabriel nicht nachgeben würde. »Dann kümmert es dich wohl gar nicht, ob ich lebe oder sterbe?«

Er wischte sich mit dem Handrücken den Mund ab und richtete wieder seinen beunruhigend eindringlichen Blick auf sie. »Wenn es mir egal wäre, würde ich dich nicht bitten, mir zu gehorchen.«

Seine Antwort entschärfte ihren Ärger, und sie kam sich plötzlich sogar richtig dumm vor, überhaupt erst mit ihm diskutiert zu haben. Selbstverständlich kümmerte es ihn, was aus ihr und Mora wurde. Er wäre nicht mehr bei ihnen, wenn dem nicht so wäre. Gabriel hatte ein großes Risiko auf sich genommen, damit sie heute Abend etwas zu essen hatten. Sie sollte ihm wirklich etwas mehr Dankbarkeit zeigen für alles, was er für sie tat.

»Du bist anständiger, als du vielleicht zugeben willst«, erklärte sie. »Es war eine gute Lehre, die du mir und Mora heute über Diebe erteilt hast. Du sagst, du wärst kein Gentleman, aber ich habe noch nie ein Verhalten an dir beobachtet, das mir Anlass gegeben hätte, deiner Behauptung Glauben zu schenken. Für mich ist es nur zu offensichtlich, dass deine Eltern, ungeachtet dessen, was sie später taten, ihren Söhnen eine sehr gute Erziehung angedeihen ließen.«

Gabriel wandte sich ab und ließ seinen Blick über die Bäume am Ufer des Bachs gleiten, als hielte er nach Mora Ausschau. Amelia hatte anscheinend einen wunden Punkt bei ihm getroffen. Und da sie von Natur aus neugierig und noch nie der Typ gewesen war, diese Neugierde zu unterdrücken, fragte sie: »Denkst du oft an deine Eltern?«

»Nein«, erwiderte Gabriel nur knapp.

Sie fand seine Antwort etwas seltsam. »Warum nicht? Du musst doch auch angenehme Erinnerungen an dein früheres Leben haben. Ich meine, bevor deine Eltern ...«

»Ich denke nicht an sie«, unterbrach er Amelia scharf und wandte sich ihr wieder zu. »Und auch nicht an mein früheres Leben. Also lass es gut sein, ja?«

Amelia blieb jedoch beharrlich. »Aber warum ...«

»Weil es wehtut«, fiel er ihr erneut ins Wort und wandte wieder seinen Blick ab, als ob er schon zu viel von sich verraten hätte. Er starrte in die Dunkelheit hinaus, als sähe er dort Dinge, die Amelia nicht einmal erahnen konnte.

Gabriel Wulf mochte ein großer, starker, schöner Mann sein, aber Amelia sah nun auch noch etwas anderes in ihm. Sie sah seine Verwundbarkeit und auch den von den rücksichtslosen Entscheidungen seiner Eltern zutiefst verletzten jungen Mann, der er einmal gewesen sein musste. Sie erhob sich voller Mitgefühl und ging zu ihm hinüber, um sich neben ihn zu knien.

»Es tut mir leid«, sagte sie leise. »Ich wollte keine schmerzlichen Erinnerungen in dir wecken.«

Er blickte auf sie herab und verbarg die Verwundbarkeit, die sie gerade noch an ihm gesehen hatte, hinter einer ausdruckslosen Miene. »Aber das hast du. Weil du eine Frau bist und Frauen das nun einmal tun. Ihr seid nicht eher zufrieden, bis ihr einem Mann irgendein Gefühl abgerungen habt. Ob Zorn oder Lust oder Schmerz, das ist euch vollkommen egal.«

Amelia blickte bestürzt zu ihm auf. Was für eine furchtbare Vorstellung er von Frauen hatte! »Warst du noch nie mit einer Frau befreundet?«, fragte sie. »Mit einer Frau, der du all deine Geheimnisse anvertrauen konntest? All deine Hoffnungen und Träume? Magst du Frauen überhaupt?«

Seine Augen, in denen nun wieder dieser schwache bläuliche Schimmer erkennbar war, musterten sie mit einem vielsagenden Blick. »Frauen dienen ihrem Zweck. Und deshalb hasse ich sie keineswegs.«

Amelia schoss das Blut in die Wangen. Sie hatte seine Andeutung sehr wohl verstanden, und es ärgerte sie, dass er Frauen in diesem wirklich schlechten Licht betrachtete … und sie vielleicht genauso sah. »Wenn du so denkst, magst du Frauen nicht wirklich.«

Er beugte sich ein wenig zu ihr vor. »Ist es das, was du willst, Amelia?« Seine Stimme war so leise, dass eine Gänsehaut über Amelias Arme kroch. »Willst du, dass ich dich mag? Und meine Hoffnungen und meine Träume mit dir teile?«

Sie sah ihm forschend in die Augen und war versucht, das Erste zu erwidern, was ihr in den Sinn kam. *Ja.* Natürlich wollte sie, dass er sie mochte und seine geheimsten Träume und Gedanken mit ihr teilte. Aber das konnte sie unmöglich zugeben. Sie war schließlich gerade erst verwitwet, und er war einmal der Freund ihres verstorbenen Ehemanns gewesen. Nach dem zu urteilen, was er gerade eben gesagt hatte, war er ein Mann, der mit der Liebe einer Frau wahrscheinlich gar nichts anzufangen wüsste, wenn er sie geschenkt bekäme. Und außerdem glaubte Amelia ja auch gar nicht an die Liebe.

»Vielleicht könntest du damit beginnen, mir zu erzählen, warum du eine so hässliche Einstellung zu Frauen entwickelt hast – oder bin nur ich es, auf die du wütend bist?«

Ihre Frage ließ das sinnliche Lächeln auf seinen Lippen verblassen, und er lehnte sich wieder zurück. »Ich bin nicht wütend auf dich. Nur ein bisschen verärgert über dein leichtsinniges Verhalten heute, mit dem du dich in Gefahr gebracht hast, obwohl ich durchaus in der Lage war, die Situation allein zu bewältigen. Und ich bin auch ziemlich verärgert darüber, dass du anscheinend Schwierigkeiten hast, die einfachsten Anweisungen zu befolgen.«

Er wollte also das Kommando führen, entnahm Amelia seinen Worten. Er war der Mann und daher auch der Klügere und Stärkere von ihnen. Es war eine Einstellung, die die meisten Männer teilten, und die sie manchmal furchtbar wütend machte. Amelia tat sich schwer mit Männern, die glaubten, nur weil sie hübsch war, wäre sie auch nur etwas fürs Auge und zu nichts anderem zu gebrauchen als zur Dekoration. Sie wusste, dass ihre Denkweise in ihren gesellschaftlichen Kreisen nicht ohne weiteres akzeptiert wurde. Robert hatte sie zumindest gewähren lassen, indem er so tat, als interessierte er sich für ihre Anschauungen und freimütig geäußerten Ansichten zu beinahe allem.

»Frauen und Kinder sollten zu sehen, aber nicht zu hören sein – ist es das, was du mir sagen willst?«

Gabriel fuhr sich mit einer Hand durchs Haar und schnaubte ärgerlich. »Mir scheint, dass du hier diejenige bist, die sich gern reden hört und mir, wenn du schon einmal dabei bist, auch noch Worte in den Mund legt. Es ist eigentlich ganz einfach. Ich will nichts anderes von dir, als dass du meine Anweisungen befolgst, solange wir hier in diesen Wäldern sind. Sobald ich dich in Sicherheit gebracht habe, ist es mir eigentlich egal, was du dann tust.«

Amelia rechnete sich zu den Menschen, die einen kleinen verbalen Schlagabtausch durchaus zu schätzen wussten, aber was er jetzt gerade sagte, tat ihr weh. Ihn interessierte nur seine Aufgabe – oder das, was er vermutlich dafür hielt. Sie in Sicherheit zu bringen. Als Mensch interessierte sie ihn eigentlich überhaupt nicht. Und das bedeutete, dass er, als er sie geküsst hatte, das nur getan hatte, weil sie etwas völlig anderes als zärtliche Gefühle in ihm wachrief. Es störte sie, dass sie selbst ihm derart zugetan war und er ihr offensichtlich nicht. Und sie befürchtete auch, dass ihr Gesichtsausdruck ihm das verraten könnte.

Deshalb erhob sie sich abrupt. »Ich muss nach Mora sehen«, sagte sie. »Und wenn ich schon einmal dort bin, wasche ich mich besser auch, obwohl ich, wie bereits gesagt, so müde bin, dass ich lieber direkt schlafen gehen würde. Aber selbstverständlich gehe ich nur mit deiner Erlaubnis«, schloss sie spitz.

Gabriels Mundwinkel verzogen sich zu dem Anflug eines Lächelns. »Die hast du«, gab er nicht weniger spöttisch zurück.

Hoch erhobenen Hauptes machte Amelia sich auf den Weg zum Bach, wobei sie spüren konnte, dass Gabriels Blick ihr folgte. Er war ganz und gar nicht der Mann, zu dem sie ihn mithilfe ihrer lächerlichen Tagträume gemacht hatte. In ihrer Fantasie hatte er all seine Geheimnisse und Träume mit ihr geteilt und sie die ihren auch mit ihm. Sie hatte nicht gewusst, dass er so in sich gekehrt und verschlossen war, obwohl es natürlich auch sehr dumm von ihr gewesen war, vorauszusetzen, dass er *nicht* so war. Die Brüder Wulf waren schon immer sehr geheimnisumwittert gewesen. Das hätte sie auf jeden Fall berücksichtigen müssen.

In diesem Moment wurde Amelia klar, dass der Grund,

warum sie Gabriel Wulf früher nicht mit objektiveren Augen betrachtet hatte, schlicht und einfach der war, dass sie in so gut wie gar nichts objektiv gewesen war. Sie hatte sich eingeredet, sie sei anders als ihre langweiligen Debütantinnen-Freundinnen, aber dann hatte sie sich genau wie alle anderen auf den Heiratsmarkt führen lassen wie ein Lamm zur Schlachtbank. Und hatte einen Mann geheiratet, den sie nicht liebte, nur weil er ihren Eltern wie eine gute Wahl erschienen war.

Sie hatte getan, was von ihr erwartet worden war. Sie war weder couragiert noch so schockierend, wie sie glaubte. Die Erkenntnis ernüchterte sie ein wenig. Denn wäre sie mutig genug gewesen, Roberts Heiratsantrag abzulehnen, würde sie sich jetzt nicht in dieser scheußlichen Situation befinden. Dann wäre sie noch in Sicherheit und hätte nicht die bittere Erfahrung machen müssen, dass die Welt nicht so war, wie sie sie einst wahrgenommen hatte.

Sie war so in Gedanken versunken, dass sie völlig verblüfft war, Mora halb nackt und ohne ihre hässliche Haube anzutreffen, ohne die sie die Magd noch nie gesehen hatte.

Das Mondlicht fiel auf Moras hellblondes Haar, das ihr in schimmernden Wellen auf die Hüften fiel. Ihr Kleid und Hemd bis zur Taille herabgezogen, stand sie mit dem Rücken zu Amelia und wusch sich in dem kleinen Bach. Breite Stoffstreifen, die wie Verbände aussahen, lagen auf dem Boden neben ihr.

»Mora?«, rief Amelia, um sie nicht zu erschrecken, was sie aber natürlich dennoch tat, denn das Mädchen sprang wie von der Tarantel gestochen auf und fuhr herum. Dann legte sie schnell ihre gespreizten Hände über ihre Brüste, aber Amelia hatte sie bereits gesehen. Gut genug, um zu erkennen, dass es nicht die Brüste eines jungen Mädchens waren.

»Tut mir leid«, sagte Amelia, wohl wissend, dass sie sich nun abwenden müsste, um die junge Frau nicht weiter in Verlegenheit zu bringen, aber sie konnte gar nicht anders, als sie anzustarren. Dann warf sie einen Blick auf die vermeintlichen Verbände auf dem Boden und wusste plötzlich, was sie waren. »Warum bandagierst du deine Brüste, Mora? Und warum verbirgst du dein schönes Haar unter der Haube?«

Mora starrte sie einen Moment lang trotzig an; dann, als hätte sie sich eines Besseren besonnen, senkte sie den Kopf, sodass ihr schönes Haar ihr über die Schultern fiel und ihr Gesicht verdeckte. »Es war die Idee meines Bruders«, antwortete sie leise. »Er hatte Angst um mich, als ich auf Collingsworth Manor in Stellung ging, weil er glaubte, dass der Herr des Hauses mich vielleicht zu sehr zur Kenntnis nehmen würde. Er sagte, ich solle mir die Brust einschnüren, mein Haar verbergen und mich für jünger ausgeben, als ich bin, um keine Schande über mich zu bringen.«

Amelia trat näher. »Wie alt bist du?«

Mora wandte ihr den Rücken zu, hob die Stoffstreifen vom Boden auf und begann ihre Brüste damit zu umwickeln. »Achtzehn seit dem letzten Herbst.«

Die Magd war also kaum jünger als Amelia, und Amelia betrachtete sich schon lange nicht mehr als ein Kind. »Glaubst du, du müsstest die Anweisungen deines Bruders immer noch befolgen, obwohl du jetzt nicht mehr auf Collingsworth Manor, sondern bei mir und Gabriel bist?«

Mora brauchte noch einen Moment, um ihre Bandagen anzulegen und ihr Hemd und Kleid wieder hinaufzuziehen. »Lord Gabriel ist ein Mann. Ein junger, kraftvoller Mann. Mein Bruder würde bestimmt nicht wollen, dass ich mich ihm zeige, wie ich bin.«

Als Mora sich wieder zu ihr umdrehte, sah Amelia zum ersten Mal, wie hübsch das Mädchen war. Und trotzdem hatte sie ihr Möglichstes getan, um unscheinbar und reizlos zu erscheinen. Wie ein Insekt, das seine Farbe wechselte, um mit einem Ast oder einem Blatt zu verschmelzen, damit niemand es bemerkte.

»Glaubst du wirklich, Gabriel würde deine Situation so schändlich ausnutzen?« Amelia wusste, dass er trotz seiner Behauptungen, kein Gentleman zu sein, im Grunde seines Herzens doch einer war, ob es ihm nun passte oder nicht. »Wie könntest du ihm so misstrauen, nachdem er sein Leben für uns riskiert hat?«

Das Mädchen – Amelia ermahnte sich, dass sie aufhören musste, in dieser Form an sie zu denken – senkte den Blick und biss sich auf die volle Unterlippe. »Ich möchte ihm ja vertrauen«, sagte sie. »Aber ich weiß, dass es ihn nach Euch gelüstet. Was ist, wenn er nun mich zum Gegenstand seiner Gelüste macht, nur weil Ihr eine Dame seid und er sich bei Euch nicht so benehmen kann, wie er es gerne täte?«

Amelia war schockiert über Moras unverblümte Worte. »Lord Gabriel war einmal ein guter Freund meines verstorbenen Mannes«, entgegnete sie streng. »Und ich bin gerade erst verwitwet. So etwas darfst du nicht mal denken, geschweige denn sagen, Mora.«

»Warum nicht?«, fragte die Magd, während sie ihr Haar zu einem Knoten zusammennahm. »Es ist doch wahr. Ich habe gesehen, wie er Euch ansieht und Ihr ihn.«

Eine heiße Röte schoss Amelia in die Wangen. O Gott, war es wirklich so offensichtlich, wie stark sie sich zu Gabriel hingezogen fühlte? In betroffenem Schweigen sah sie zu, wie Mora die hässliche Haube aufsetzte und sich wieder in das unscheinbare Mädchen verwandelte, für das sie sie gehalten hatten.

»Ihr werdet es ihm aber doch nicht verraten, Mylady?«, fragte Mora. »Es wäre mir wirklich unangenehm, wenn er mich als Frau betrachten würde. Ich fühle mich sicherer bei ihm, wenn sein männliches Interesse ausschließlich um Euch kreist, Lady Amelia.«

Amelia war nicht sicher, ob es ihr nicht auch unangenehm wäre, wenn Gabriel Mora als Frau betrachten würde. Aber das war eine eifersüchtige Reaktion, zu der sie absolut kein Recht besaß. Und trotzdem war ihr nicht ganz wohl bei dem Gedanken, Gabriel zu beschwindeln. Von Zweifeln gequält, ging sie zum Rand des Teichs, um sich zu waschen.

»Ich werde es ihm vorläufig noch verschweigen«, beschied sie Mora schließlich. »Aber irgendwann musst du es ihm sagen. Es ist nicht nett, einen Mann zu belügen, der sein Bestes tut, um dich am Leben zu erhalten, Mora.«

Mora hockte sich neben sie. »Ich weiß, Mylady. Und ich werde es ihm schon noch sagen. Aber eigentlich ist es doch wohl ohnehin gar nicht so wichtig, dass er es erfährt?«

Nein, das war es vielleicht wirklich nicht. Mora verheimlichte Gabriel schließlich nicht mehr, als dass sie älter war und sehr viel hübscher, als er glaubte. »Wahrscheinlich nicht«, gab Amelia nach kurzer Überlegung zu. »Aber vergiss nicht, dass du versprochen hast, es ihm irgendwann zu sagen.«

Mora nickte. »Würdet Ihr mir etwas von Eurem Leben in London erzählen?«, bat sie dann beinahe schüchtern. »Wart Ihr dort vielleicht so etwas wie eine Prinzessin?«

London und ihr früheres Leben erschienen ihr jetzt fast wie ein Traum. Amelia zuckte mit den Schultern. »Nein, eine Prinzessin war ich nicht. Aber da mein Vater ein Herzog ist, genieße ich ein relativ hohes Ansehen unter meinesgleichen. Ich habe mich sogar oft darüber beklagt, wie langweilig ich das Leben in London fand. Und jetzt würde ich alles tun, um mich wieder so zu langweilen.«

Mora streckte die Hand aus und klopfte Amelia auf die Schulter. »Ich glaube, Euer Leben muss wirklich wunderbar gewesen sein«, sagte sie. »All die Bälle, auf denen Ihr gewesen sein müsst. Und all die hübschen Kleider, die ganz allein für Euch geschneidert wurden. Und Ihr seid so schön. Ihr hattet sicher sehr viele Verehrer, nicht?«

Im Nachhinein betrachtet, hatte sie all diese Dinge wohl tatsächlich gehabt. Aber Amelia hatte ihnen nie viel Beachtung geschenkt, sondern sie als selbstverständlich angesehen. Sie hatte viel zu viel als selbstverständlich angesehen. Aber daran wollte sie nicht denken. Statt Mora zu antworten, forderte sie sie auf: »Und nun erzähl du mir doch etwas von deinem Leben, Mora. Du hast gesagt, du wärst eine Waise, aber du hast noch einen Bruder, richtig?«

Mora tauchte ihre Hand in das kalte Wasser. »Ja. Er hat sich fast mein Leben lang um mich gekümmert. Dann meinte er, es wäre an der Zeit, mir Arbeit zu suchen und mir meinen Lebensunterhalt selber zu verdienen. Ich war froh, diese Anstellung auf Collingsworth Manor zu bekommen, aber dann lief alles gar nicht gut, wie Ihr ja wisst.«

Das Wasser war nicht halb so erfrischend, wie es kalt war. Aber es war nett, sich mit Mora zu unterhalten. Früher wäre Amelia nie auf die Idee gekommen, sich mit jemandem aus der Arbeiterklasse anzufreunden. Aber warum eigentlich nicht? Alles andere in ihrem Leben hatte sich ja schließlich auch geändert. »Ich hoffe, wir können Freundinnen sein«, sagte sie zu Mora. »Unter den gegebenen Umständen können wir, glaube ich, beide eine brauchen.«

»Dass ich einmal mit einer vornehmen Dame Freundschaft schließen würde, wäre mir niemals in den Sinn gekommen«, erwiderte Mora. »Ich dachte, dass ich Eure Fußböden schrubben und Ihr mich nicht einmal bemerken würdet.«

Und so wäre es vermutlich auch gewesen, musste Amelia zugeben, wenn sich ihr Leben auf Collingsworth Manor nicht unwiderruflich verändert hätte. »Es ist schon komisch, wie das Schicksal manchmal spielt«, sagte sie und dachte, wie komisch es auch war, dass sie in Gabriel Wulfs Gesellschaft war, wo sie doch früher nur von ihm zu träumen gewagt hatte. Und kaum dachte sie an Gabriel, kam ihr zu Bewusstsein, dass sie sich schon viel zu lange aufgehalten hatten. Er würde sich bestimmt auf die Suche nach ihnen machen, wenn sie nicht bald zurückkehrten.

Amelia spülte ihren Mund aus und griff in ihrer Tasche nach einem Blättchen Minze, um einen frischeren Atem zu bekommen. Sie bot auch Mora eins an, und dann erhoben sie sich zusammen und gingen zu dem Lagerplatz zurück, an dem sie die heutige Nacht verbringen würden.

Gabriel hatte inzwischen ein paar alte Decken, die sie auf dem Karren der Männer gefunden und mitgenommen hatten, auf dem Boden ausgebreitet. Doch obwohl er aufgestanden sein musste, um die Decken zurechtzulegen, saß er wieder dort, wo Amelia ihn zuletzt gesehen hatte.

»Wir legen uns auf die eine und decken uns mit der anderen zu«, erklärte er den Frauen. »Das müsste wenigstens ein bisschen wärmer sein.«

Angesichts der geringen Größe der Decken, die sich wie dunkle Schatten vom Boden abhoben, würden sie sehr dicht beieinander liegen müssen, sah Amelia.

Gabriel stand auf. »Ich wasche mich noch schnell, bevor ich mich hinlege«, sagte er.

Mora bückte sich, um die Decken glatt zu streichen, aber Amelia sah ihm nach, als er zum Bach hinüberging. Es gefiel ihr, wie das Mondlicht die helleren Strähnen in seinem Haar hervorhob. Seine hochgewachsene Gestalt warf einen beeindruckenden Schatten auf dem Weg zum Bach. Und dann bemerkte sie etwas, was er offenbar die ganze Zeit vor ihnen zu verbergen versucht hatte. Er hinkte wieder.

Er hatte Mora gesagt, die Wunde an seinem Schenkel verheile gut. Er hatte behauptet, keine Schmerzen zu haben, aber nun fragte Amelia sich, ob das wohl stimmte.

»Das Bett ist fertig«, informierte Mora sie. »Eigentlich gehört es sich ja nicht, dass zwei Frauen mit einem Mann das Lager teilen«, fügte sie in gedämpftem Ton hinzu.

»Es schickt sich für uns *beide* nicht, mit einem Mann das Bett zu teilen«, belehrte Amelia sie. »Aber es ist sicherer, und er verbreitet eine angenehme Wärme. Oder hast du das noch nicht bemerkt?«

Mora schaute lächelnd zu ihr auf. »Das tut er«, bestätigte sie. »Er gibt eine wirklich angenehme Wärme ab. Ein gutes Kissen ist er jedoch leider nicht«, fügte sie hinzu.

Amelia runzelte die Stirn. Dann hatte Mora also auch das bemerkt? Amelia kroch zwischen die Decken. Der Boden war hart, die Decken vermutlich voller Läuse, aber daran wollte sie nicht denken. Es gab viele Dinge, an die sie nicht denken wollte, weil sie Angst hatte, dass sie dann zu schreien beginnen und nicht mehr aufhören würde. Deshalb versuchte sie, sich daran zu erinnern, wie ihr Leben vor drei Tagen noch gewesen war. Und sie versuchte auch, sich an Roberts Gesicht zu erinnern. Mit seiner hellen Haut und seinen dunklen Augen war er ein ziemlich gut aussehender Mann gewesen. Aber wann immer es ihr gelang, sich sein Gesicht in Erinnerung zu rufen, verwandelte er sich in eine Bestie mit Pranken, Reißzähnen und Fell.

Amelia fröstelte. Schon kurz darauf konnte sie Moras leises Schnarchen hören. Amelia hatte noch nie jemanden gekannt, der so schnell Schlaf fand wie die Magd. Aber dann wiederum war Mora es ja wahrscheinlich auch gewöhnt, so völlig erschöpft von ihrem Tagewerk ins Bett zu kriechen, dass sie keine Mühe hatte, einzuschlafen. Amelia jedenfalls blieb wach, bis Gabriel zurückkam. Dann rutschte sie zu Mora hinüber, um ihm Platz zu machen.

In der Stille hörte sie, wie er scharf den Atem einzog, als er sich bückte, um neben ihr unter die Decke zu kriechen.

»Dein Bein macht dir wieder zu schaffen, nicht?«, flüsterte sie. »Es tut mehr weh, als du uns glauben machen willst.«

Er antwortete nicht.

»Vielleicht sollten wir morgen lieber rasten. Damit es ...«

»Schlaf, Amelia«, unterbrach er sie. »Du weißt, dass wir nicht rasten können. Wir dürfen uns keine Ruhe gönnen, bis wir Wulfglen erreicht haben.«

Das wusste sie. Und vermutlich wusste er auch, was das Beste für ihn selbst war. Zumindest hoffte sie das. Ein paar Minuten später begann sie zu frösteln, und Gabriel griff nach ihr und zog sie näher. Amelia kuschelte sich an seinen warmen Körper. Er kam ihr wärmer als gewöhnlich vor. Großer Gott. *Sie waren alle Schwindler.* Mora mimte das unscheinbare kleine Mädchen; Gabriel tat so, als hätte er keine Schmerzen in seinem Bein, und Amelia versuchte so zu tun, als machte seine Nähe ihr nichts aus. Seine Hitze. Sein Duft. Alles an ihm.

»Ich meinte das vorhin nicht so«, sagte er leise. »Dass es mich nicht interessiert, was du tust. Denn das ist nicht wahr. Es kümmert mich sehr wohl, was aus dir wird. Und auch aus Mora. Manchmal ist es eben nur einfacher, sich nicht um alles zu sorgen.«

Amelia stimmte ihm im Stillen zu. Statt vor all diesen Monaten ihren Gefühlen für Gabriel Wulf zu folgen, sich zu weigern, Robert zu heiraten und zu tun, was ihr Herz ihr sagte, als sie Gabriel in London sah, hatte sie den einfacheren Weg gewählt und getan, was man von ihr erwartete.

»Ich bin nicht die, für die ich mich gehalten habe«, gab sie zu. »Und das beängstigt mich vielleicht sogar noch mehr als alles, was mir seit meiner Ankunft auf Collingsworth Manor widerfahren ist.«

Amelia war überrascht, als Gabriel ihr mit einer Hand über das Haar strich. »Es gelingt uns nur selten, das zu werden, was wir im Leben wirklich sein wollen. Du bist auch nicht die, für die ich dich gehalten habe. Du hast eine ganz erstaunliche Kraft bewiesen angesichts all dessen, was dir zugestoßen ist. Ich bewundere dich, Amelia.«

Er bewunderte sie? Nun, das war keine Liebeserklärung – aber andererseits vergaß sie ja auch immer wieder, dass weder er noch sie an die Liebe glaubten. Und was immer es auch war, es genügte jedenfalls, um ihren durchgefrorenen Körper mit jäher Hitze zu durchfluten. Das reichte, um sie durch die Nacht zu bringen, und in ihrer Situation die Nacht zu überstehen war alles, was sie wünschen konnten.

»Gute Nacht, Gabriel«, flüsterte sie, bevor sie sich noch fester an ihn kuschelte und seine Hitze ihren Körper und seine Worte ihr Herz aufwärmen ließ.

13. Kapitel

Gabriel wusste, dass er seinen sich zunehmend verschlechternden Zustand nicht länger vor Amelia und dem Mädchen verbergen konnte. Er war in Schweiß gebadet, als er erwachte. Amelia hatte sich im Schlaf von ihm abgewandt, als hätte sie seiner Hitze entkommen wollen. Gestern Abend am Bach hatte er sich seine Wunde angesehen, die geschwollen und vereitert war. Sie musste aufgeschnitten und ausgebrannt werden, aber er hatte weder Werkzeug noch Feuer, um das zu tun. Sie würden ihre Pläne ändern müssen.

Die Frauen hatten die wenigen Sachen, die sie bei sich trugen, schon zusammengepackt. Amelia hatte klaglos mitgeholfen. Im Augenblick war ihr verwöhntes Leben in London völlig in den Hintergrund ihres Bewusstseins gerückt. Gabriel bewunderte sie dafür, dass sie sich so gut angepasst hatte. Sie war stärker, als er dachte; stärker, als sie selber wusste.

»Es gibt ein Dorf namens Hempshire, das wir vor Einbruch der Nacht vielleicht noch erreichen können, wenn wir uns heute beeilen«, sagte er zu den Frauen. »Ich dachte, unser ursprünglicher Plan, auf direktem Weg nach Wulfglen zu gelangen, sei besser, als die Verzögerung eines Umwegs in das Dorf in Kauf zu nehmen. Aber jetzt ist es wichtig, dass wir das Dorf zuerst erreichen.«

Amelia kam zu ihm herüber und blieb vor ihm stehen. Ihr langes Haar hatte sie am Hinterkopf zu einem Knoten festgesteckt. Sie sah jetzt nicht mehr wie eine vornehme Dame aus, aber Gabriel hätte nicht behaupten können, dass sie nicht mindestens noch genauso reizvoll war, wie wenn sie ihre feinsten Kleider trug. Eigentlich wirkte sie sogar noch reizvoller, zumindest für einen Mann wie Gabriel.

»Dein Bein macht dir wieder zu schaffen, nicht?«, fragte sie ihn wie schon in der Nacht zuvor. »Die Wunde hat sich wohl entzündet.«

»Was?« Jetzt kam auch Mora zu ihnen herübergelaufen. »Ihr habt gesagt, es heilte gut. Ihr habt ...«

»Ich weiß, was ich gesagt habe«, unterbrach er das Mädchen. »Ich dachte, ich könnte bis Wulfglen durchhalten. Aber die Wunde muss geöffnet und ausgebrannt werden. Es gibt einen Schmied dort in dem Dorf, bei dem ich meine Pferde oft beschlagen lasse. Er kann es tun. Und wir können dort auch sicher Nahrungsmittel, Pferde oder vielleicht sogar einen Wagen auftreiben. Wir werden dort sicher sein. Oder zumindest, bis wir wieder aufbrechen.«

»Und Ihr glaubt, wir könnten dieses Dorf noch vor Einbruch der Nacht erreichen?«, fragte Mora.

»Wenn wir uns beeilen«, wiederholte er. »Und unterwegs auf keine Schwierigkeiten stoßen.«

Amelia sah sich um und rieb sich die Arme, weil sie in der morgendlichen Kühle fröstelte. »Warum haben sie uns noch nicht eingeholt? Warum haben wir sie nicht gesehen? Oder wenigstens gehört?«

Das Gleiche hatte Gabriel sich auch schon gefragt. Es war, als ob die Probleme, mit denen sie in Collingsworth Manor konfrontiert worden waren, dort geblieben wären. Warum hatten die Männer, Kreaturen, Bestien oder was immer sie auch waren, sie nicht verfolgt? Er beklagte sich keineswegs darüber, er fand es nur sehr merkwürdig, mehr nicht.

»Ich weiß es nicht«, erwiderte er auf Amelias Frage. »Aber wir sollten uns glücklich preisen und hoffen, dass unser Glück noch weiter anhält. Und nun kommt und lasst uns gehen.«

Als er sich von seinem Platz auf einem Baumstumpf erhob, gab er sich die größte Mühe, nicht vor Schmerz zusammenzufahren. Dass die Wunde in seinem Bein sich wieder entzündet hatte, ärgerte ihn. Er hätte der Stärkste von ihnen sein müssen. Der Vernünftigste, Beherrschteste, der seine Gefühle und seine Lage jederzeit unter Kontrolle hatte. Im Moment jedoch fühlte er sich schwach, und er verabscheute Schwäche, ganz besonders bei sich selbst.

Gabriels Vater war schwach gewesen. Er hatte den leichtesten Weg gewählt, um seine Probleme zu beenden. Und Gabriels Mutter war sogar noch schwächer gewesen. Sie hätte für sie alle stark sein müssen, um ihnen zu helfen, sie zu führen und zu lieben, egal, was für verdorbenes, verfluchtes Blut in ihren Adern floss. Aber sie hatte sie im Stich gelassen, und er und seine Brüder hatten sich allein durchschlagen müssen.

Sterling war schwach gewesen. Er war geflohen, als er kaum mehr als ein Knabe gewesen war, und vor etwas davongelaufen, dem keiner von ihnen entrinnen konnte. Auch Jackson mit seiner Vorliebe für Huren und Alkohol war schwach gewesen. Armond hatte Gabriel am meisten überrascht. Er hatte geglaubt, sie beide wären die Stärksten, oder zumindest doch die willensstärksten von ihnen. Aber auch Armond hatte seine Schwäche gefunden. Eine Frau.

Gabriel musste der Versuchung widerstehen, die Amelia für ihn darstellte. Er hatte ihr jetzt schon Dinge anvertraut, die er noch keinem anderen Menschen anvertraut hatte. Er hatte Empfindungen für sie verspürt, die er noch für niemand anderen verspürt hatte. Aber in ihrer momentanen Situation konnte er es sich nicht leisten, den Kopf zu verlieren – und vor allem durfte er auf gar keinen Fall sein Herz verlieren. Weder an Amelia noch irgendeine andere Frau.

Und gestern Nacht hatte er auch nicht mit ihr über seine Eltern sprechen wollen. Er musste sich eingestehen, dass er ihnen einfach nicht verzeihen konnte, weil sie in seinen Augen viel zu schwach gewesen waren. Und auch wenn er das verdammte Blut seines Vaters teilte, hatte er sich doch geschworen, in keinster Weise so wie er zu werden. Er hatte sich früher nie wirklich ein Urteil über Frauen gebildet, weil er es, außer bei seiner Mutter, nie gemusst hatte. Sie hatte ihn gelehrt, dass Frauen logen. Dass er Frauen sein Herz nicht anvertrauen durfte. Und was Hoffnungen und Träume anbelangte, so hatte er sich auch niemals erlaubt, welche zu haben. Sie erschienen ihm dumm und fruchtlos für einen Mann, der keine Zukunft hatte.

Aber Amelia hatte ihn dazu verleitet, aufgeschlossener für sie zu sein. Und nun brachte er ihr Gefühle entgegen, die er besser unterdrücken sollte.

»Gehen wir?«, fragte sie.

Gabriel merkte plötzlich, dass er sie anstarrte. Mora kicherte, und er schüttelte den Kopf, um Klarheit zu gewinnen, und ging in Richtung Hempshire los. Amelia trug die Decken, Mora die Plane mit ihren Vorräten. Gabriel würde schon genug damit zu tun haben, einen Fuß vor den anderen zu setzen.

Er quälte sich durch den Tag. Es war schlimm genug, dass sein Bein so schmerzte, aber diesen Schmerz auch noch verbergen zu müssen, war sogar noch schlimmer. Er wusste, dass Amelia und Mora darauf bestehen würden anzuhalten, wenn sie merkten, dass das Gehen die reinste Tortur für ihn war. Als die Sonne unterzugehen begann, konnte er sein Hinken nicht länger verbergen. Vor ihnen sah er durch die Bäume Dächer und Rauch, der aus den Schornsteinen der Häuser aufstieg. Da er jedoch wusste, dass seine Begleiterinnen beides noch nicht sehen konnten, sagte er nichts, aber der Anblick ihres Ziels so dicht vor Augen gab ihm immerhin die Kraft zum Weitergehen.

»Sollten wir nicht lieber anhalten und rasten?«, fragte Amelia kurz darauf. »Mir tun die Füße weh.«

»Mir auch«, fügte Mora schnell hinzu.

Gabriel biss die Zähne zusammen und ging weiter. Hinter sich hörte er Amelia seufzen, aber sie sagte wenigstens nichts mehr. Er konnte sich vorstellen, dass ihr die Füße wehtaten, aber er wusste auch, dass sie sich nur ihm zuliebe beklagt hatte. Und obwohl er sich bemühte, es nicht zu tun, fand er das doch ausgesprochen liebenswert von ihr.

»Wartet mal.«

Auf Amelias geflüsterte Bitte hin blieb er stehen und drehte sich zu ihr um. Sie stand mit geschlossenen Augen da und schnupperte. »Ich kann Rauch riechen!«

»Rauch von Küchenfeuern und dergleichen«, sagte er. »Wir sind schon beinahe da.«

Sie öffnete die Augen, und ihr Gesicht hellte sich auf. Wie schön sie ist, dachte Gabriel nicht zum ersten Mal. »Wie lange können wir bleiben?«, fragte sie aufgeregt. »Lange genug, um ein Zimmer und ein Bad zu nehmen?«

Gabriel wusste, dass er Amelia und Mora irgendwo unterbringen musste, während der Schmied sein Bein versorgte. »Ein Bad auf jeden Fall«, stimmte er Amelia lächelnd zu. »In dem Dorf gibt es ein Gasthaus. Ich bin mir ziemlich sicher, dass man dort in einem der oberen Räume auch ein Bad nehmen kann.«

»Das klingt ja himmlisch«, seufzte Amelia hinter ihm entzückt.

»Eine warme Mahlzeit wäre auch nicht schlecht«, ließ Mora sich vernehmen. »Etwas, das ich nicht zwei Tage kauen muss, um es zu schlucken.«

Amelia lachte, und selbst Gabriel fiel es leicht zu lächeln. Er dachte, dass sie einen merkwürdigen Anblick bieten mussten, als sie kurz darauf das Dorf betraten. Es wurde jetzt schon sehr schnell dunkel, und deshalb ging er zuerst mit Amelia und

Mora zu dem Gasthaus. Die Schankstube unten war noch leer. Die Gäste kamen gewöhnlich erst, nachdem sie zu Hause ihr Abendbrot gegessen hatten. Der Wirt, der seine arg verschrammte Theke polierte, runzelte die Stirn, als er Gabriel erkannte.

»Keine Prügeleien«, mahnte er, bevor Gabriel ihn auch nur grüßen konnte. »Ich habe die Wirtsstube nach Eurem letzten Besuch gerade erst wieder in Ordnung bringen lassen, Wulf.«

Gabriel grinste ihn an. »So schlimm war es doch gar nicht, Nate. Außerdem habe ich dir mehr als genug bezahlt, um die zerbrochenen Stühle und Tische zu ersetzen.«

»Das ist wahr«, brummelte der Mann. »Von mir aus könnt Ihr also wieder alles kurz und klein schlagen, solange Ihr mir mehr bezahlt, als es kostet, die Bude wiederherzustellen. Und ich einen hübschen kleinen Profit durch Euch mache.«

Gabriel, der Amelias und Moras neugierige Blicke spürte, kam zum eigentlichen Problem. »Ich habe zwei Damen bei mir, die gern ein heißes Bad und etwas Warmes zu essen hätten.«

»Das können sie beides haben«, meinte Nate. »Es wird das Beste sein, wenn ich mich gleich um die Frauen kümmere und sie hier herausbringe, bevor die Männer auf ein Bier hereinkommen.«

Gabriel fischte ein paar Geldstücke aus seiner Börse und warf sie auf den zerkratzten Tresen. »Ich verlasse mich darauf, dass die Damen bei dir in guten Händen sind. Ich muss zu Bruin.«

»Sie sind hier bestens aufgehoben. Bruin werdet ihr allerdings nicht finden«, sagte Nate. »Er hat vor ein paar Tagen seine Familie genommen und ist von hier verschwunden. Wir haben aber einen neuen Schmied. Kein schlechter Kerl, wie's scheint. Wir haben eine ganze Menge neuer Gesichter hier, seit Ihr das letzte Mal bei uns wart.«

Gabriel wandte sich den Frauen zu. »Ihr werdet hier gut aufgehoben sein, bis ich zurückkomme. Also nehmt euer Bad und esst etwas Vernünftiges.« Dann nahm er Amelia beiseite. »Nur für alle Fälle«, sagte er leise, während er die Pistole aus seinem Hosenbund zog und sie in Amelias Tasche gleiten ließ.

Sie legte besorgt eine Hand auf seinen Arm. »Bist du sicher, dass wir dich nicht doch besser begleiten sollten? Gibt es denn keinen Arzt hier, der nach deinem Bein sehen kann?«

Gabriel schüttelte den Kopf. »Nein, der Schmied ist der Einzige, zu dem ich gehen kann. Und du bleibst mit Mora hier, bis ich euch wieder abhole. Ist das klar, Amelia?«

»Aber ...«

»Du hast gesagt, du würdest meine Anweisungen befolgen«, erinnerte er sie.

Amelia zog eine ihrer schön geschwungenen Brauen hoch, die nur einen Ton dunkler waren als ihr blondes Haar. »Dort *draußen* habe ich gesagt, ich würde dir gehorchen. Aber nicht einmal dort habe ich das ernst gemeint.«

Gabriel hatte Mühe, nicht zu lächeln. »Bleibt hier«, sagte er noch einmal zu beiden Frauen, bevor er aus dem Gasthaus humpelte.

Die Werkstatt des Schmieds befand sich am Ende der Dorfstraße. Auf einer angrenzenden Koppel standen Pferde. Gut, dachte Gabriel. Er hatte nicht mehr viel Geld bei sich, aber vielleicht würde eine kleine Anzahlung auf ein Pferd und einen Wagen genügen. Hätte Bruin noch in Hempshire gelebt, wäre das kein Problem gewesen. Gabriel hatte schon oft Geschäfte mit dem Mann gemacht und ihn sogar gelegentlich in seinem Haus besucht, wenn er ihn nach Wulfglen hatte holen müssen.

Gabriel hatte viele Vorwände gefunden, ins Dorf zu reiten ... und vor allem auch das Gasthaus aufzusuchen. Nicht so sehr des Trinkens wegen. Er teilte nicht die Vorliebe seines jüngeren Bruders für Alkohol, aber sein bloßes Erscheinen in der Taverne genügte normalerweise schon, um einen heftigen Streit vom Zaun zu brechen. Männer waren dumm und unvorsichtig, wenn sie gebechert hatten, und irgendeiner schaffte es immer, das Falsche zu Gabriel zu sagen, bevor die Nacht zu Ende ging.

Sich zu prügeln war für einen Mann ein gutes Mittel, um gewisse Spannungen abzubauen. Etwas anderes wirkte natürlich noch viel besser, aber Gabriel hatte in den vergangenen Jahren versucht, sich mit so wenig weiblicher Gesellschaft wie nur möglich zu begnügen.

Was für eine Ironie des Schicksals, dass er jetzt förmlich an eine gekettet war, oder zumindest doch, bis er sie wohlbehalten nach Wulfglen gebracht hatte. Vorausgesetzt natürlich, dass es ihm gelingen sollte, selbst dorthin zu kommen. Er hörte das Gehämmer des Schmieds schon, bevor er in die Scheune hineinging. Das Feuer, das dort brannte, verursachte eine schier unerträgliche Hitze in der dunstigen, verrauchten Scheune. Gabriel wartete, bis der Schmied sein Hämmern unterbrach, bevor er ihn ansprach.

»Was ist mit Bruin? Als ich vor vier Monaten hier war, hat er nichts von Weggehen gesagt.«

Der neue Schmied war ein großer, bulliger Mann mit muskelbepackten Armen. Sein schweißdurchtränktes Hemd klebte an seinem breiten, gewölbten Brustkorb. Er fuhr sich mit einem seiner kraftstrotzenden Arme über die Stirn, bevor er antwortete. »Keine Ahnung, was aus dem Mann geworden ist, der vor mir hier war. Er und seine Familie sind einfach eines Nachts verschwunden, soviel ich hörte. Ich war selbst nur auf der Durchreise, aber da ich diese Arbeit schon gemacht hatte, war ich damit einverstanden, sie zu übernehmen.« Der Mann trat vor und streckte Gabriel eine verschwitzte Hand hin. »Mullins ist mein Name.«

Gabriel schüttelte dem Mann die Hand. »Lord Gabriel Wulf. Ich bringe meine Pferde oft nach Hempshire, um sie hier beschlagen zu lassen.«

Mullins warf einen Blick aus der offenen Tür. »Habt Ihr sie bei Euch?«

Gabriel verneinte. »Ich bin hier, weil ich ein Problem habe. Eine eiternde Wunde an meinem Schenkel. Ich wollte Bruin bitten, sie aufzuschneiden und auszubrennen.«

Der Mann verzog das Gesicht. »Das wird 'ne hässliche Geschichte. Traut Ihr Euch das zu?«

Gabriel zog herausfordernd eine Braue hoch. »Und du?«

Mullins warf den Kopf zurück und lachte. »Und ob. Also kommt und setzt Euch, dann lege ich schon mal ein Messer in das Feuer.«

Gabriel hinkte zu einer metallenen Bank, auf der er schon oft gesessen und Bruin beim Schmieden der Eisen für seine Pferde zugesehen hatte. Mullins zog ein langes, übel aussehendes Messer aus seinem Stiefel und legte es mit der Klinge in das Feuer.

»Man sollte meinen, dass du so was hier nicht brauchst«, sagte Gabriel mit einer Kopfbewegung zu dem Messer hin.

Mullins zuckte mit den Schultern. »Ich bin noch nicht lange genug hier, um zu wissen, ob ich's brauche oder nicht. Die meisten Leute hier scheinen ganz anständig zu sein. Ich war mit meinen beiden Cousins unterwegs, als wir Rast im Wirtshaus machten. Meine Cousins sind auch im Dorf geblieben. Sie helfen mir bei den Pferden.«

Gabriel sah sich um. Die Scheune war voller Schatten und Eisen.

»Sie sind nicht hier«, sagte Mullins, als wüsste er, dass Gabriel sich nach den Männern umgesehen hatte. »Ich kann sie aber holen, falls Ihr glaubt, wir bräuchten sie, um Euch festzuhalten.«

Gabriel lächelte. »Das ist nicht nötig«, versicherte er dem Mann.

Mullins lachte wieder und holte dann das Messer, dessen Klinge schon rot glühte. »Und nun lasst die Hosen runter, damit wir uns an die Arbeit machen können.«

Gabriel stand auf, knöpfte seine Hose auf und schob sie bis über die Knie hinunter. Er war froh, dass das Hemd, welches er aus Collingsworth Manor mitgenommen hatte, lang genug war, um seine Geschlechtsteile zu bedecken. Nicht, weil er besonders schamhaft war, sondern weil er sich auch so schon verwundbar genug fühlte in Gegenwart eines Fremden, der ein rot glühendes Messer in der Hand hielt.

Mullins pfiff durch die Zähne, als er Gabriels Wunde sah. »Die muss geöffnet werden, da habt Ihr Recht«, sagte er. »Mich erstaunt nur, dass Ihr nicht schon völlig außer Euch vor Fieber seid.«

Gabriel erwiderte nichts darauf. Er war zu sehr damit beschäftigt, sich für den zu erwartenden Schmerz zu wappnen. Er zeigte nur mit einem Kopfnicken auf sein Bein, und der Mann kam mit seinem Schweißgeruch und seinem Messer näher.

»Seid Ihr soweit?«

Wieder nickte Gabriel nur.

Er sah nicht hin, sondern starrte lieber auf das Feuer in dem mächtigen Kamin. Der Mann war schnell. Er hatte die Wunde schon geöffnet, bevor der Schmerz Gabriels Gehirn erreichte. Als er es tat, biss er die Zähne zusammen, um nicht vor Schmerzen aufzuschreien, und senkte den Blick auf seine Wunde. Eiter und Blut quollen heraus und liefen rechts und links an seinem Bein herab.

Mullins zog einen schmutzigen Lappen aus der Hosentasche und hielt ihn Gabriel hin. Aber der dachte nicht einmal im

Traum daran, diesen von Ungeziefer verseuchten Lappen an die Wunde zu drücken, um die Blutung zu stillen. Deshalb nickte er, um nicht unhöflich zu sein, dem Mann nur dankend zu und riss einen Ärmel seines Hemdes ab. Er war nicht viel sauberer, aber es war wenigstens sein eigener Schmutz und Schweiß. Mullins ging zum Feuer zurück und legte die Messerschneide erneut in die Flammen.

»Wetten, dass Ihr diesmal schreit?«, bemerkte er mit einem Grinsen.

Gabriel fand, dass der Kerl sich viel zu sehr auf seine Kosten amüsierte. Sein Bein brannte höllisch, aber er wusste, dass er die Wunde ausdrücken musste, um so viel wie möglich von der Infektion herauszubekommen, bevor Mullins sie durch Ausbrennen wieder verschloss. Er war in Schweiß gebadet, als er es geschafft hatte, die Wunde mehrmals auszudrücken. Sein Ärmel war durchtränkt von Blut und Schlimmerem.

»Seid Ihr soweit?«, rief Mullins wieder.

Gabriel atmete tief ein und nickte.

»Ihr seid stark«, sagte Mullins mit einem Anflug von Respekt in seiner schroffen Stimme, als er zu Gabriel zurückkam. Eine Sekunde später presste er die glühende Messerklinge auf Gabriels Wunde.

Der grauenvolle Schmerz ließ Gabriel zusammenzucken, und ihm wurde beinahe übel von dem Geruch seines eigenen verbrannten Fleischs. Sein Gehirn schrie auf vor Schmerz, aber er presste die Lippen zusammen und gab keinen Laut von sich. Mullins hatte sich neben ihn gehockt und blickte prüfend zu ihm auf.

»Ich hatte schon gehört, dass Ihr das seid.«

Gabriel, der noch ganz benebelt war, verstand nicht, was der Schmied ihm sagen wollte. Aber während er mit dem Schmerz und dem fast unerträglichen Brennen in seinem Schenkel kämpfte, hob der Mann langsam wieder das Messer und richtete die Klinge auf Gabriels Kehle.

»Dass Ihr stark seid«, erklärte Mullins. »Man befahl mir, nach Euch Ausschau zu halten, falls Ihr hier vorbeikämt, und mich dann um Euch zu kümmern.«

Als die Augen des Mannes im Halbdunkel der Scheune zu glitzern begannen, dämmerte es Gabriel plötzlich. Er war einer von *ihnen*. Und Gabriel hatte seine Pistole bei Amelia gelassen.

»Was willst du?«, gelang es ihm trotz der ihn zerreißenden Qual zu fragen. »Und was bist du?«

Mullins grinste, und seine Zähne sahen jetzt schon auffallend spitz und scharf aus. »Wir wollen die Frau«, antwortete er. »Und du wirst sterben. Jeder, der von unseren Plänen weiß, muss sterben. Wir haben lange Zeit gewartet.«

Gabriel hatte sich in eine äußerst angreifbare Situation gebracht, was er nie getan hätte, wenn sein Verstand nicht so benebelt von dem Schmerz in seinem Bein gewesen wäre. Falls es ihm gelang, den Mann, die Kreatur oder was immer dieser Mullins war, lange genug am Reden zu halten, um sich wieder zu fangen, hatte er vielleicht noch eine Chance.

»Was bist du?«, wiederholte er seine Frage.

Mullins hielt das Messer noch dichter an Gabriels Kehle. »Ein Mann, wie du es bist. Ein Mann mit *Gaben*.«

Ob man es als Fluch oder als Gabe sieht, ist wahrscheinlich Ansichtssache, dachte Gabriel. »Wie macht ihr das, euch in jemand anderen zu verwandeln?«

»Das können nicht alle«, antwortete der Mann. »Die dazu Befähigten üben es mehrere Jahre. Aber Schluss mit dem Gerede.«

Reden war genau das, was Gabriel jetzt brauchte, um sich einigermaßen erholen und verteidigen zu können. »Warum hast du meine Wunde geöffnet und sie dann auch noch ausgebrannt, wenn du ohnehin vorhattest, mich zu töten?«

Mullins grinste und ließ Gabriel wieder seine langen, spitzen Zähne sehen. »Um dich noch mehr leiden zu lassen.«

Gabriel sackte in sich zusammen, als ergäbe er sich in sein Schicksal. Er wollte Informationen von dem Mann und brauchte auch noch ein bisschen Zeit, um sich von dem Ausbrennen der Wunde zu erholen. »Wenn du mich sowieso umbringst, wüsste ich gern noch, was eure Pläne sind.«

Mullins schüttelte seinen zotteligen Kopf. »Wozu? Es ist Zeit zu sterben, Wulf. Tut mir leid, aber ich befolge nur Befehle.«

Der Mann machte den Fehler, seine Hand zurückzuziehen, um kraftvoller zustoßen zu können. Gabriel nutzte den Moment, um Mullins mit seinem gesunden Bein ins Gesicht zu treten. Der Mann fiel um, und Gabriel sprang blitzschnell auf. Ein scharfer Schmerz durchfuhr sein Bein, aber er versuchte ihn zu ignorieren und sich voll und ganz auf seine Verteidigung zu konzentrieren. Sein verletztes Bein knickte fast unter ihm weg, als er wieder nach dem Mann trat, diesmal auf das Messer zielend, das er in der Hand hielt. Mullins heulte auf vor Schmerz, rollte sich aber sofort zur Seite und sprang wieder auf.

»Du hast keine Chance gegen mich«, zischte er. »Leg dich besser einfach hin und stirb.«

»Du zuerst«, sagte Gabriel, während er sich vorwarf und dem Mann einen mächtigen Fausthieb ins Gesicht versetzte. Mullins fiel wieder um, aber als er zu Gabriel aufschaute, waren seine Gesichtszüge stark verzerrt. *Er verwandelte sich.* Hatte Gabriel bessere Chancen gegen einen Mann oder gegen ein Tier?

Mullins machte einen Satz nach vorn und ging mit den langen Krallen, die ihm aus den Fingerspitzen wuchsen, auf Gabriel los. Sich mit dem verletzten Bein zu bewegen war schwierig, und deshalb trug Gabriel einen tiefen Kratzer an einem Arm davon, bevor er sich außer Reichweite bringen konnte.

Er brauchte einen Vorteil, aber im Moment waren alle auf Mullins' Seite. Um Kraft zu schöpfen, dachte Gabriel an Amelia und Mora, die Mullins und seinesgleichen ohne ihn hilflos ausgeliefert wären. Und bei dieser Vorstellung gewann Gabriels Zorn die Oberhand über seinen Schmerz. Der Zorn kochte in ihm hoch, und Gabriel begrüßte ihn und versuchte ihn nicht unter Kontrolle zu bringen, wie er es normalerweise tat. Als Mullins böse knurrte, knurrte Gabriel zurück.

Diese Reaktion veranlasste Mullins, sich aufzurichten, oder zumindest nahm Gabriel an, dass dies der Grund war, warum der Mann einfach nur vor ihm stand und ihn anstarrte. Mullins' sich immer mehr verzerrendes Gesicht brachte Gabriel fast aus der Fassung, weil es ihn daran erinnerte, wie sein Vater sich vor Jahren eines Abends in ihrer aller Gegenwart am Tisch verwandelt hatte. Dieser Albtraum hatte Gabriel jahrelang verfolgt.

»Du bist einer von uns«, zischte Mullins mit verzerrter Stimme, aber immer noch deutlich genug, dass Gabriel ihn verstehen konnte.

»Nein«, gab Gabriel kopfschüttelnd zurück. Er hob seine Hand und versuchte, sie zur Faust zu ballen, aber die Krallen, die aus seinen Fingerspitzen wuchsen, ließen das nicht zu. Gabriel starrte einen Moment verblüfft auf seine Hand, weil sein Verstand nicht akzeptieren wollte, was seine Augen ihm verrieten.

Mullins' tiefes Lachen, dessen Verzerrtheit es noch grauenvoller machte, lenkte Gabriels Aufmerksamkeit wieder auf die Gefahr, welche der Mann darstellte, und zwar nicht nur für ihn, sondern auch für Amelia und Mora. Er strich mit der Zunge über seine Zähne. Sie waren schärfer und seine Eckzähne so lang wie ... Reißzähne.

»Ich bin nicht wie ihr«, fauchte er Mullins an und fand gleichzeitig eine Kraft in sich, die er niemals aufgebracht hätte … wenn er nur ein ganz normaler Mann gewesen wäre. Er sprang vor und zog seine Krallen über Mullins' Kehle. Der Mann schnappte nach Luft und umklammerte mit seinen deformierten Händen seinen Hals. Blut lief seinen Nacken hinunter, und seine Beine knickten unter ihm ein. Gabriel stand über Mullins und beobachtete, wie das Leben aus ihm wich. Erst im Tod gewann Mullins seine menschliche Gestalt zurück.

Gabriel sog tief die Luft ein zwischen den Fängen, die sich in seinem Mund gebildet hatten. Er hob erneut seine Hand und versuchte, die Krallen durch pure Willenskraft wieder einzuziehen. Noch nie war er einer vollständigen Verwandlung so nahe gewesen. Wieso dann jetzt? Aber eigentlich glaubte er das schon zu wissen. Wegen Amelia und dem Mädchen. Er musste sie mit allem, was ihm zur Verfügung stand, beschützen, und notfalls auch mit seinem Fluch.

Innerhalb von Minuten verspürte Gabriel den Schmerz der sich wieder zurückziehenden Krallen in seinen Fingerspitzen. Er stöhnte auf und taumelte wieder zu der Bank hinüber. Schwer atmend griff er nach seinem anderen Ärmel und riss auch ihn von seinem Hemd. Dann wickelte er den Stoff um seinen pochenden Schenkel, zog seine Hose wieder an und machte sich, so schnell seine Schmerzen es erlaubten, auf den Weg zur Schenke. Er musste zu Amelia und Mora und die Frauen aus dem Dorf herausbringen.

14. Kapitel

Amelia entspannte sich in der kleinen Wanne und ließ das warme Wasser seine beruhigende Wirkung tun. Es gab hier keine parfümierte Seife, und die scharfe Lauge würde ihr wahrscheinlich die oberste Schicht der Haut abschälen, aber das war ihr im Augenblick egal. Sie war zumindest sauber und in Sicherheit. Und es bestand auch wieder Hoffnung, dass sie Wulfglen lebend erreichen würden.

Mora war so hungrig gewesen, dass sie lieber zuerst essen wollte als zu baden. Amelia hatte sie in der Küche des Wirtshauses vor einer großen Schale Eintopf, frischem Brot und dicken Scheiben Käse sitzen lassen. Amelias Magen knurrte bei dem Gedanken an das Festmahl, das auch sie erwartete, sobald sie die Energie aufbrachte, sich aus dem wohltuend warmen Wasser zu erheben. Der Gedanke, wieder ihre schmutzigen Kleider anzuziehen, war ihr alles andere als angenehm, aber sie sah ein, dass ihr nichts anderes übrig blieb.

Seufzend erhob sie sich aus der Wanne, froh, dass ein Feuer im Kamin brannte und das Zimmer warm war. Um sich abzutrocknen, war ein dünnes Handtuch für sie bereitgelegt worden. Amelia ergriff es rasch und machte sich daran, ihr nasses Haar zu trocknen. Sie hatte gerade erst mit ihrem Körper angefangen, als plötzlich die Tür aufflog. Amelia stieß einen erschrockenen kleinen Schrei aus und hielt das Handtuch vor sich. Es war Gabriel, der im Eingang stand. Er sah völlig wild aus, seine Augen schienen zu glühen, und die Ärmel seines Hemdes fehlten.

»Wir müssen von hier weg«, blaffte er. »Sofort!«

»Was?« Das dünne Handtuch bedeckte Amelia gerade mal vom Brustansatz bis zu den Schenkeln. »Was ist denn los?«

»Zieh dich an. Schnell.« Er kam herein und begann ihre Kleider einzusammeln. Ihre Unterwäsche ließ er einfach auf den Boden fallen. Dann nahm er die Pistole aus der Tasche ihres Kleids, steckte sie unter seinem Hemd in seinen Hosenbund und hielt Amelia schließlich das schon ziemlich ramponierte Kleid hin.

»Zieh das an.«

»Aber meine Unterwäsche!«, protestierte Amelia. »Ich kann doch nicht ohne ...«

»Dazu ist keine Zeit!«, schrie er sie fast an. »Sie sind schon hier.«

Ein Frösteln durchlief Amelia, das jedoch nichts damit zu tun hatte, dass sie noch immer nass und unbekleidet war. Sie verstand, was Gabriel meinte. Er drückte ihr das Kleid in die Hand und wandte sich wieder zu der Tür.

»Ich hole Mora. Wir treffen uns unten. Beeil dich!«

Amelia ließ das Handtuch fallen und schlüpfte in ihr verschmutztes Kleid. Dann lief sie zu ihrer achtlos weggeworfenen Unterwäsche und fand darunter ihre Schuhe. Obwohl auch sie in einem miserablen Zustand waren, zog Amelia sie an und lief nach unten. Schon von weitem hörte sie Gabriel mit dem Besitzer der Taverne streiten.

»Was soll das heißen, sie ist weg? Wohin?«

»Keine Ahnung«, antwortete der Mann. »Ich habe sie in der Küche sitzen lassen, aber als ich sie holen wollte, wie Ihr mich gebeten hattet, war sie nicht mehr da. Und die Hintertür stand offen.«

Amelia trat neben Gabriel. »Wo ist Mora?«, fragte sie ihn leise.

»Weg«, knurrte er. »Vielleicht entführt worden.«

Ihr Herz verkrampfte sich. »Wir müssen sie suchen.«

Aber Gabriel zog sie an der Hand zur Eingangstür. »Dazu haben wir keine Zeit. Wir müssen sofort hier weg.«

Er war stark, und es war nicht leicht für Amelia, sich loszureißen, aber sie schaffte es. »Wir können Mora nicht hier zurücklassen! Wer weiß, was diese Bestien mit ihr machen!«

»Hör auf, dich gegen mich zu wehren«, herrschte Gabriel sie an. »Ich werde Mora später holen, das schwöre ich, aber jetzt muss ich dich erst mal unversehrt hier aus dem Dorf herausbringen.«

Amelia hasste den Gedanken, Mora zurückzulassen. Ihr ganzes Leben lang hatte sie immer nur an sich gedacht. An das, was sie wollte und wie sie es bekommen konnte. Mora war nicht nur eine Bedienstete; sie war ihr eine Freundin geworden. Aber Gabriel hatte Recht. Sie mussten weg, bevor ...

Leise, knurrende Laute aus den Schatten rissen sie aus ihren Überlegungen. Glitzernde Augen beobachteten sie. Amelia unterdrückte nur mit Mühe einen Schrei. Gabriel zog sie zu einem Pferd, das vor dem Wirtshaus angebunden war. Das Tier bäumte sich auf, oder versuchte es jedenfalls, aber da es angebunden war, konnte es kaum mehr tun, als nervös herumzutänzeln.

»Was ist los?«, rief Nate von der Tür der Wirtsstube.

»Geh rein und verriegele alle Türen!«, schrie Gabriel ihm zu. »Es streifen Wölfe im Dorf herum.«

Amelia wurde auf das Pferd heraufgezogen. Das Tier versuchte, sich wieder aufzubäumen, und sie fiel beinahe hinunter.

»Festhalten!«, schrie Gabriel.

Sie schlang ihm die Arme um die Taille, schloss die Augen und drückte ihr Gesicht an seinen breiten Rücken. Das Pferd machte einen Satz nach vorn, und dann galoppierten sie auch schon die Straße hinunter, die sich durch das Dörfchen zog. Amelia wollte sich nicht umdrehen. Sie wollte ihre Augen geschlossen halten und beten, dass ihnen ihre Flucht gelang, ohne dass sie vom Pferd fiel und sich den Hals brach – aber sie drehte sich natürlich trotzdem um.

Mehrere dunkle Schatten jagten ihnen nach. Zwei waren schon ganz dicht hinter ihnen. Amelia fingerte an Gabriels Hemd herum und schob die Hand darunter, um die Pistole aus seinem Hosenbund zu ziehen. Mit einer Hand lud sie sie durch, drehte sich um und gab einen Schuss ab, der den ersten Wolf zur Strecke brachte.

Gabriel bog von der Straße ab und wendete das Pferd so scharf, dass Amelia beinahe hinunterfiel. Bei ihren krampfhaften Bemühungen, sich festzuhalten, ließ sie die Pistole fallen. Sie durchbrachen das Unterholz am Straßenrand und erreichten schnell den Schutz der Bäume. Herabhängende Äste zerrten an Amelias Kleid, und sie senkte den Kopf noch tiefer und drückte ihr Gesicht wieder an Gabriels Rücken.

Sie schienen endlos lange unterwegs zu sein. Amelia fragte sich, wann die Bestien sie einholen würden, wann sie vom Pferd fallen und den Sturz bei der Geschwindigkeit, zu der Gabriel das Tier antrieb, bestimmt nicht überleben würde. Amelia hatte noch nie einen Mann gesehen, der so gut mit einem Pferd umgehen konnte wie Gabriel. Im Zickzackkurs lenkte er das Tier zwischen den Bäumen in den Wald hinein, als könnte er sehen, wohin sie ritten, obwohl die Dunkelheit schon längst hereingebrochen war und Amelia nichts als schwarze Finsternis um sie herum wahrnahm.

Plötzlich brachte Gabriel das heftig schnaubende Pferd zum Stehen, ließ sich von seinem Rücken gleiten und hob dann auch Amelia von ihm herab. Ohne ein Wort zu sagen, schickte er das Tier mit einem Klaps aufs Hinterteil in Richtung Dorf zurück.

Amelia schnappte entsetzt nach Luft. »Warum hast du das getan? Jetzt sind wir wieder zu Fuß unterwegs.«

»Wir brauchen eine Unterkunft. Ich kenne einen Ort, aber das Pferd muss allein zurücklaufen, damit sie hoffentlich seine Spur verfolgen. Die Pistole«, sagte er. »Gib sie mir. Ich brauche sie.«

Amelia wäre am liebsten in Tränen ausgebrochen. »Sie ist mir aus der Hand gefallen«, flüsterte sie. »Das war, als du das Pferd so plötzlich herumgerissen hast und ich mich nur noch festhalten oder herunterfallen konnte.«

Gabriel schwieg einen Moment, und ihm war deutlich anzusehen, wie verärgert er über den Verlust der Waffe war. Schließlich sagte er: »Na schön, dann müssen wir heute Nacht eben unseren Verstand benutzen, um uns zu verteidigen.«

Er nahm ihre Hand, und dann rannten sie auch schon durch das Gestrüpp zwischen den Bäumen. Mehrmals musste Gabriel einen Moment lang innehalten, woran Amelia erkannte, wie sehr sein Bein ihn schmerzte. Die Nacht wurde immer finsterer und noch unheimlicher durch das Wissen, dass sie jeden Moment angegriffen werden konnten.

Schatten und Formen flogen verschwommen an ihnen vorbei. Schließlich stießen sie auf eine kleine Hütte, bevor Amelia diese in der Dunkelheit überhaupt erkennen konnte. Es brannte weder Licht in der Hütte, noch stieg Rauch aus ihrem Schornstein auf. Die Tür knarrte, als Gabriel sie öffnete. Er zog Amelia hinein und schloss sie rasch wieder. Dann blieb er ganz ruhig stehen und lauschte.

Amelia lauschte auch. In der Hütte war es still wie in einem Grab. Die nächtliche Kälte verursachte ihr eine Gänsehaut, und sie fröstelte, aber sie wusste nicht, ob es wegen der Kälte war oder einfach nur aus Angst.

»Hier haben Bruin und seine Familie gelebt. Das Haus ist jetzt verlassen«, sagte Gabriel schließlich mit ruhiger Stimme. »Bleib hier. Ich bin gleich wieder zurück.«

Sein Bein musste ihn stark behindern, denn obwohl seine Bewegungen normalerweise fast lautlos waren, konnte Amelia ihn durch die Hütte schleichen hören. Als er Minuten später zurückkam, drückte er ihr eine raue Decke aus grober Wolle in die Hände.

»Du musst dich bis auf die Haut entkleiden«, forderte er Amelia auf. »Tiere folgen beim Jagen einer Witterung. Ich muss deine Kleider in den Wald bringen und sie irgendwie loswerden.«

Hätte irgendein anderer Mann von ihr verlangt, sich nackt vor ihm auszuziehen, hätte Amelia es für einen Trick gehalten, um sie zu verführen. Aber sie wusste, dass Gabriel so etwas nicht von ihr verlangen würde, wenn nicht ihrer beider Leben auf dem Spiel stünde. Obwohl sie nicht prüde war, war es ein komisches Gefühl, sich in Gegenwart eines Mannes zu entkleiden, der den Geräuschen nach zu urteilen das Gleiche tat. Sobald Amelia aus ihrem abgetragenen Kleid geschlüpft war, hüllte sie sich in die Decke und reichte Gabriel ihr Kleid.

»Ich bin gleich wieder zurück. Bleib hier drinnen und verhalte dich ganz still.«

Er war fort, bevor sie widersprechen konnte. Amelia wollte nicht allein gelassen werden. Ihr Herz klopfte so laut, dass sie das Gefühl hatte, als müsste es jeder innerhalb von einer Meile hören können. Auf unsicheren Beinen ließ sie sich an einer Wand entlang auf den Boden sinken und wartete. Die Decke war unangenehm rau an ihrer Haut. Aber das war die geringste ihrer Sorgen. Sie hatte schon begonnen, nicht mehr an Gabriels Rückkehr zu glauben, als die Tür sich plötzlich wieder öffnete. Fast hätte sie aufgeschrien, aber dann rief er ihr leise zu, dass er es war.

»Ich bin hier«, sagte sie. »Auf dem Boden.«

Leise stöhnend und völlig außer Atem setzte er sich neben

sie. Als sie die Hand ausstreckte, um ihn zu berühren, merkte sie, dass er zudem splitterfasernackt war, und zog die Hand wieder zurück.

»Wo ist deine Decke?«

»Ich konnte nur eine finden«, erwiderte er schwer atmend. »Außerdem wusste ich, dass ich mich leichter bewegen könnte, ohne auch noch eine Decke festhalten zu müssen.« Mit einem weiteren Stöhnen stand er auf, und Amelia hörte ihn ins Nebenzimmer gehen.

Nicht lange danach hörte sie ihn wieder herauskommen und rechts von sich vorbeitappen. Als er sich wieder zu ihr auf den Boden setzte, drückte er ihr ein Stück altbackenes Brot in die Hand.

Hungrig, wie sie war, brach Amelia ein Stück von dem Brot ab und steckte es in den Mund. Es schmeckte köstlich.

»Es ist auch Apfelwein da. Und ein paar Äpfel. Sie hatten es offenbar sehr eilig, als sie aufgebrochen sind. Sie haben überhaupt nichts mitgenommen.«

»Warum?«, fragte Amelia.

»Aus Angst vermutlich«, antwortete Gabriel. »Mullins, der neue Schmied, kam nach Hempshire, um Ausschau nach uns zu halten, falls wir diese Richtung einschlagen würden. Er brauchte einen Grund, im Dorf zu sein, um keinen Verdacht zu wecken. Wahrscheinlich haben er und seine Männer Bruin und seine Familie eines Nachts von hier vertrieben.«

Amelia kam plötzlich ein Gedanke, bei dem sich ihre Nackenhaare sträubten. »Dann ist das also ihr Unterschlupf, meinst du?«

»Nein«, beruhigte Gabriel sie. »Ich rieche sie hier nicht. Sie hätten auch die Lebensmittel gegessen, die Bruin und seine Familie zurückgelassen haben. Ich könnte mir vorstellen, dass sie sich in der Schmiede in dem Dorf aufhalten. Sie wollten bestimmt nicht riskieren, uns zu verpassen, falls wir durch das Dorf kämen.«

»Werden sie hierher kommen?«

Gabriel zögerte einen Moment mit seiner Antwort. »Ich glaube nicht. Sie werden davon ausgehen, dass wir uns so weit wie möglich von Hempshire entfernen wollen. Sie werden uns in den Wäldern suchen.«

Amelia war weit davon entfernt, beruhigt zu sein, aber im Moment hatten sie wenigstens ein Dach über dem Kopf, etwas zu essen und vielleicht sogar ein gewisses Maß an Sicherheit. »Und was ist mit Mora?«, flüsterte sie. »Wir können sie nicht zurücklassen. Nicht bei diesen Bestien. Sie würden sie vielleicht umbringen.«

Gabriel seufzte. »Meine erste Pflicht ist, dich wohlbehalten nach Wulfglen zu bringen, Amelia. Das mit dem Mädchen tut mir leid. Ich will sie auch nicht hier zurücklassen. Sobald ich dich in Sicherheit gebracht habe, werde ich wieder herkommen und versuchen, sie zu finden.«

Früher einmal wäre es Amelia so ganz recht gewesen. Aber heute war das anders. Sie konnte den Gedanken nicht ertragen, dass die arme Mora diesen Bestien ausgeliefert war, die ihr solche Angst machten. »Ich gehe nicht eher, bis wir nicht wenigstens versucht haben, sie zu finden. Wir sitzen alle im selben Boot. Was wäre ich für ein Mensch, wenn ich dir erlaubte, sie zurückzulassen?«

Gabriel überlegte einen Moment. »Sie würde nicht von uns erwarten, dass wir bleiben«, sagte er dann. »Das weißt du.«

»Lass es uns wenigstens versuchen«, beharrte Amelia. »Morgen früh können wir zu dem Dorf gehen und uns dort umsehen. Falls wir sie nicht finden, machen wir uns wieder auf den Weg.«

»Es wäre Wahnsinn, zu dem Dorf zurückzugehen«, widersprach er. »Mora würde nicht wollen, dass du dich ihretwegen in Gefahr begibst. Umgekehrt ist sie auch vernünftig genug, sich nicht für dich in Gefahr zu bringen.«

Amelia erinnerte sich wieder daran, dass Mora sie sich selbst überlassen hatte, als die Höhle über ihr und Gabriel zusammengebrochen war. Vielleicht würde die Magd wirklich nicht von ihnen erwarten, sie zu retten, falls sie gefangen genommen worden war. Amelia wurde das Gefühl nicht los, dass es irgendwie ihre Schuld war, was auf Collingsworth Manor geschehen war. Sie war es, die die Bestien gewollt hatten, und Gabriel und Mora waren beide nur unschuldige Zuschauer in dem ganzen Drama.

»Gib mir einen Tag«, bat Amelia. »Wenn wir sie nicht finden, gehen wir, das verspreche ich dir.«

Gabriel schwieg so lange, dass Amelia sich schon fragte, ob er eingeschlafen war; aber schließlich seufzte er und stimmte zu. »Na schön, ein Tag. Aber ich werde mich allein auf die Suche nach ihr machen. Du bleibst hier.«

Amelia wusste, dass sie riskierte, Gabriel zu verärgern, wenn sie weiter widersprach. Obwohl sie nichts mehr wollte, als der ständigen Bedrohung zu entgehen, in der sie sich befanden, tat es ihr doch gut, zu wissen, dass sie Mora nicht ihrem Schicksal überlassen würden, ohne wenigstens versucht zu haben, sie zu retten.

»Ich kann mich immer noch nicht des Gefühls erwehren, dass dies alles nur ein böser Traum sein kann«, gestand sie leise. »Dass ich jeden Moment im Haus meiner Eltern in London erwachen und es schrecklich komisch finden werde, dass meine Fantasie so mit mir durchgegangen ist.«

Im Dunkeln reichte sie Gabriel ein Stück des harten Brots. »Und wenn es tatsächlich nur ein Traum wäre und du morgen daraus erwachtest, würdest du dann immer noch Robert Collingsworth' Frau werden?«

Amelia war sicher, dass sie das nicht tun würde, weil ihr inzwischen klar geworden war, dass es für eine Hochzeit mit Robert andere Gründe hätte geben sollen, als nur den, ihren Eltern eine Freude zu bereiten. Sie wollte aber zu gern wissen, warum Gabriel ihr diese Frage gestellt hatte. »Würdest du denn wollen, dass ich es tue?«

Es war eine mutige Frage, aber ihre derzeitige Situation erforderte auch Mut. Gabriel schwieg wieder so lange, dass sie schon glaubte, er würde ihre Frage nicht beantworten. Aber dann sagte er leise: »Nein.«

Amelias Herz schlug deutlich schneller, aber nicht aus Furcht diesmal, sondern aus Hoffnung. »Warum nicht?«, wagte sie sich noch einen weiteren Schritt vor.

Warum nicht? Gabriel wusste selbst nicht, warum er Amelias Frage mit einem »Nein« beantwortet hatte. Vom ersten Moment an, als er sie gesehen hatte, war ihm klar gewesen, dass sie für ihn tabu war, und wenn sie ihm noch so sehr den Kopf verdrehte. Was ihm gerade in Hempshire widerfahren war, ließ wenig Zweifel daran offen, was er war und wozu er jeden Moment werden könnte. Er kam für keine Frau als Ehemann in Frage, das war ihm schon seit langem klar. Und deshalb hatte er auch zusammen mit seinen Brüdern einen Schwur getan, niemals eine Ehe einzugehen.

»Weil er dich nicht hätte glücklich machen können«, sagte er. »Es besteht ein Unterschied zwischen dem Gefühl von bloßer Zufriedenheit und dem von wahrem Glück. Warum solltest du dich mit dem einen zufrieden geben, wenn du auch das andere haben kannst?«

Er wusste das besser als jeder andere. Eine Frau wie Amelia sollte sich niemals nur zufriedengeben. Sich zufriedengeben war etwas für die, die keine andere Wahl hatten. Für jemanden wie ihn.

»Ist dir warm genug?«, wechselte er schnell das Thema. Er hatte eine alte Reithose in dem kleinen Schlafzimmer von Bruin und seiner Frau gefunden. Die enge Hose anzuziehen war die reinste Qual gewesen. Er hatte auch die Frauenkleidung durchgesehen, aber die Frau des Schmieds war sehr korpulent, und in allem, was sie hinterlassen hatte, würde Amelia schier verschwinden. Sie hatten allerdings einen strammen, etwa zehnjährigen Sohn gehabt, und notfalls konnte Amelia wahrscheinlich etwas von dem Jungen tragen.

»Die Decke ist besser als nichts, aber ich wäre lieber richtig angezogen.«

Dass sie nichts unter der Decke anhatte, war etwas, das Gabriel nicht so leicht vergessen konnte. Allein schon der Gedanke an ihre helle, zarte Haut unter der Decke quälte ihn. Und ihn quälte auch die Erinnerung an das, was ihm in Hempshire widerfahren war. Warum hatte er so kurz davor gestanden, sich zu verwandeln? Das war bisher noch nie geschehen. War es der Zusammenstoß mit Mullins gewesen, was den Fluch heraufbeschworen hatte? Oder war es Amelia? Gabriel hatte den Ausdruck von Abscheu und Entsetzen auf ihrem Gesicht gesehen, als sie sich von Männern, die ihre Gestalt verändern konnten, bedroht gefühlt hatte. Wie lange hatte er noch Zeit, um nichts anderes als ein Mensch zu sein? Wie lange noch, bis Amelias Vertrauen in ihn schwand?

»Ich habe Kleidung hier im Haus gefunden, die dir passen könnte«, sagte er schließlich anstandshalber.

Amelia antwortete nicht, und als er sich ihr zuwandte, sah er, dass ihre Augen geschlossen waren. Sie war erschöpft. Sie musste es sein, um unter diesen Umständen Schlaf zu finden. Aber sie musste ihm auch vertrauen, um auch nur einen Moment in ihrer Vorsicht nachzulassen, solange sie sich vielleicht noch immer in Gefahr befanden.

Er zog sie an sich, und sie kuschelte sich an ihn. Ihr warmer Atem streichelte die Haut an seinem Nacken, und ihre weichen Rundungen unter der groben Decke waren ungemein verlockend. Als er mit den Fingern durch ihr wirres Haar strich, seufzte sie leise und schmiegte sich noch fester an, bis ihre Lippen schon fast seine Haut berührten. All seine Sinne erwachten, insbesondere die niedrigeren stiegen sehr schnell in ihm hoch. War es das Tier in ihm, das auf Amelia reagierte, oder einfach nur der Mann?

Er schloss die Hand noch ein wenig fester um ihr Haar und zog ihren Kopf zurück, um ihr ins Gesicht sehen zu können. Ihre Lider flatterten, und sie schlug die Augen auf, aber sie wich nicht vor ihm zurück, wie er erwartet hatte. Sie hätte es besser getan, denn als sie ihre Lippen öffnete, konnte er den Blick nicht mehr von ihnen abwenden. Sie waren so überaus verführerisch. Langsam beugte er sich zu ihnen vor, als hätte er nicht länger die Kraft, sich zurückzuhalten …

15. Kapitel

Amelia wusste, dass Gabriel sie küssen würde. Vielleicht war es falsch, aber sie wollte etwas anderes als nur Sorge und Angst, Kälte und Hunger spüren. Der Tag, an dem sie Robert Collingsworth geheiratet hatte, schien schon eine Ewigkeit entfernt zu sein, und das Leben, das sie in London geführt hatte, erschien ihr jetzt so irreal wie ein Traum. Jetzt gab es nur noch Gabriel und sie, und die Dunkelheit, die sie umgab.

»Bist du wach?«, fragte er leise.

Wahrscheinlich konnte er nicht sehen, dass ihre Augen offen waren. Sie konnte die seinen auch nur deshalb sehen, weil sie im Dunkeln glühten.

»Ja«, flüsterte sie.

»Wenn ich dich jetzt küsse, wirst du dich dann morgen früh daran erinnern?«

Sie lächelte über die Erinnerung an ihr Schlafwandeln auf Collingsworth Manor. »Das werde ich«, versprach sie ihm.

Seine Lippen streiften die ihren zunächst nur wie ein leiser, warmer Hauch, bevor er ganz von ihrem Mund Besitz ergriff. Amelia öffnete ihn bereitwillig, und ihr Blut begann zu rasen, als Gabriels Zunge in die warme Höhlung ihres Mundes glitt, um sich mit der ihren zu einem aufregenden erotischen Tanz zu vereinen. Sein Duft umhüllte sie, seine Wärme griff auf ihren durchgefrorenen Körper über. Sie schlang ihm die Arme um den Nacken, ohne sich darum zu scheren, dass die Decke, in die sie sich gehüllt hatte, ihr bis zur Taille herunterfiel. Die erste Berührung ihrer nackten Haut mit Gabriels war wie ein elektrischer Schlag für Amelia, aber dann durchrieselte ein nie gekannter, herrlich warmer Schauer ihren Körper.

Gabriel zog sie sanft auf seinen Schoß, sodass sie mit gespreizten Beinen auf ihm saß. Ihre Brustspitzen verhärteten sich sogleich an seiner glatten, warmen Haut. Die von ihm ausgehende Hitze war unnatürlich stark, und Amelia begann sich wieder Sorgen um sein Bein zu machen. Aber dann glitt seine Hand an ihrem flachen Bauch hinauf, um eine ihrer Brüste zu umfassen, und sie gab das Denken auf und konnte nur noch fühlen. Sein Daumen strich über ihre harte kleine Knospe, worauf sich ihr ein leises, raues Aufstöhnen entrang.

»Ich möchte dich hier küssen«, raunte er, während er langsam mit dem Daumen ihre Brustspitze umkreiste.

Schon die bloße Vorstellung löste ein aufregendes Prickeln in ihr aus. Amelia wusste, dass sie versuchen müsste, die Kontrolle über ihre Emotionen zu bewahren. So »schockierend« sie auch bisweilen war, so weit war sie bisher noch nie mit einem Mann gegangen. Aber Gabriel war ja auch schließlich nicht nur *irgendein* Mann, und selbst wenn sie nach wie vor so tat, als glaubte sie nicht an die Liebe, befürchtete sie, dass die Liebe sie ohnehin bereits gefunden hatte. Vielleicht war Liebe etwas, dem man nicht entrinnen konnte, wenn es der richtige Moment, der richtige Mann und höhere Bestimmung war.

»Und *ich* möchte, dass du es tust«, erwiderte sie entschlossen.

Gabriel beugte sich vor und küsste ihren Nacken, bevor er seinen Mund auf ihre Brüste senkte. Schon die erste flüchtige Liebkosung seiner warmen Lippen brachte ihren Puls zum Rasen, noch bevor er seinen Mund um eine ihrer zarten Knospen schloss. Zuerst umspielte er sie nur mit seiner Zunge, aber dann begann er sanft daran zu zupfen, und eine fast schmerzhafte Anspannung erfasste Amelia, und ein aufregendes Prickeln erwachte zwischen ihren Schenkeln.

Sie vergrub ihre Finger in seinem Haar, als er zuerst ihre

eine Brust und dann die andere mit liebevollen Aufmerksamkeiten überschüttete, sie neckte und liebkoste und seine Zunge um ihre erregten kleinen Knospen kreisen ließ, bis Amelia kaum noch atmen konnte … und sich ihm aufstöhnend entgegenbog. Unter ihr spürte sie den Beweis seiner Begierde, der sich verlangend an sie presste. Was sie da spürte, war beeindruckend und mehr als nur ein bisschen Angst einflößend, aber dann begann sein ganz besonderer Duft sie wieder einzuhüllen, und sie verlor sich in dem Nebel ihres eigenen Begehrens.

»Gabriel«, flüsterte sie rau. »Mach, dass ich heute Nacht etwas anderes als Furcht verspüre. Lass mich vergessen, dass diese Nacht unsere letzte sein könnte.«

Er lehnte sich zurück, um sie anzusehen. Seine Augen waren im Dunkeln wie zwei kleine blaue Feuerbälle. »Du kennst mich nicht, Amelia. Nicht wirklich. Du siehst nur, was ich dich sehen lassen will.«

Sie wollte ihn aber kennen und alles – seine Hoffnungen, Träume und Geheimnisse – über ihn erfahren. Doch heute Abend wollte sie ihn auf eine Art und Weise kennenlernen, wie sie noch nie einen Mann gekannt hatte. »Willst du mir diese eine Nacht mit dir verweigern?«, fragte sie. »Wir wissen beide nicht, was uns die Zukunft bringt.«

Einen Moment lang befürchtete sie, er würde sie abweisen. Er schien mit sich zu kämpfen, was Amelia ziemlich demütigend fand. Sie wusste, dass sie nicht unattraktiv war, und sie wusste auch, dass Gabriel sie – zumindest körperlich – reizvoll fand. Die meisten Männer würden ihr Angebot bestimmt nicht ablehnen, doch dann wiederum war Gabriel ja auch so gar nicht wie die meisten Männer.

Amelia wollte sich schon von seinem Schoß erheben, aber er hielt sie zurück, und sie spürte, wie er zitterte, als er sie berührte. Es war ein berauschendes Gefühl, zu wissen, wie stark er auf sie reagierte. Amelia beugte sich zu ihm hinab und küsste ihn. Seine Lippen waren warm und sehr entgegenkommend, als sie sich mit den ihren in einem Kuss vereinigten, der nicht mehr enden wollte. Unter ihr presste er sich gegen sie und ließ sie das ganze Ausmaß seiner männlichen Erregung spüren. Amelia erwiderte den Druck, worauf sich ihm ein leises Aufstöhnen entrang. Sie achtete darauf, sein verletztes Bein nicht mit ihrem Gewicht zu belasten, aber sie fragte sich, wie lange sie noch in der Lage sein würde zu bedenken, dass er eigentlich nicht in der körperlichen Verfassung war für das, was sie hier taten.

Sein Duft, seine Küsse, seine Berührungen, all das sorgte dafür, dass sie langsam, aber sicher jegliche Vernunft verlor. Es war, als gäbe es nichts anderes mehr als Hände, Münder und Gefühle. Keine Wölfe an der Tür und auch keine Gefahren, die im Dunkeln lauerten. Nur sie, ihn und die Nacht, die sie in ihre samtene Schwärze hüllte.

Die Decke bedeckte noch die untere Hälfte ihres Körpers, aber darunter war sie nackt. Die grobe Hose, die er trug, reizte und stimulierte zugleich ihre zarte Haut. Als er sich wieder vorbeugte, um ihre Brüste erneut zu küssen, warf Amelia verzückt den Kopf zurück. Er rieb sein hartes Glied an ihr, und sie bog sich ihm entgegen und presste sich an ihn, bis die Berührung sie fast in den Wahnsinn trieb.

Als Gabriels Hand von ihrer Brust zu der empfindsamen Stelle zwischen ihren Schenkeln glitt, sog sie scharf den Atem ein und drängte sich seiner Hand entgegen. Ihre Nägel bohrten sich in seine Schultern, als seine geschickten Finger mit ihren aufreizenden Liebkosungen ihre sinnliche Erregung schürten, bis sie sich mit ihm bewegte und alles tat, um diese schon fast schmerzhafte, aber wundervolle Anspannung in ihr zu steigern.

Gabriel wusste, dass er Amelia hätte abweisen müssen. Er hatte ihr etwas vorgemacht. Sie wusste nicht, was er in Wahrheit war. Sie wusste weder etwas von dem Fluch, der auf ihm lastete, noch von dem Tier, das sich in ihm verbarg. Das Tier, das ihn antrieb, das ihm Kraft gab, wenn er längst keine mehr haben dürfte, das sogar den Schmerz in seinem Bein betäubte, sodass das Einzige, was er spürte, sein Verlangen nach ihr war ... oder auch sein Paarungsdrang. Sie sah in ihm ihren Beschützer, aber es gab niemanden, der sie vor ihm beschützte. Nicht einmal er selbst.

Das Angebot, das sie ihm machte, war verlockend – für eine Nacht lang zu vergessen, wer sie war und wer er war und einfach nur zusammen zu sein. Sie war die stärkste aller Versuchungen. Das Gefühl ihrer glatten, weichen Haut, die Feuchte zwischen ihren Beinen, ihr Duft, all das zusammen beraubte ihn der Fähigkeit, ihr standzuhalten. Er konnte sich nicht mehr zurückhalten – und er wollte es auch nicht.

Im Grunde seines Herzens wusste er, dass es mehr war als das Tier in ihm, was ihn drängte, sie zu nehmen. Es war der Mann, der nichts anderes als ein Mann in ihren Augen sein wollte. Und wenn auch nur für eine Nacht. Zum ersten Mal, seit er von dem Fluch, unter dem er stand, erfahren hatte, begrüßte er seine Schwächen – seine mangelnde Kontrolle. Er verwarf sie nur zu gerne für die simple Freude, etwas zu empfinden – für die Versuchung, nur ein Mann zu sein, der mit der Frau schlief, die er mehr begehrte als alle anderen Frauen dieser Welt. Aber noch regierte die Vernunft in ihm ... zumindest noch für den Augenblick.

»Du solltest mich aufhalten, bevor ich nicht mehr vernünftig denken kann«, brachte er mühsam den Willen auf zu sagen.

Aber sie bewegte einladend die Hüften und bog sich ihm entgegen. »Ich will dich nicht aufhalten«, erwiderte sie atemlos. »Hör bitte nicht auf, Gabriel.«

Er streichelte ihre samtene Weichheit, die kleine Knospe, die ihre Leidenschaft regierte. Sein Glied pochte quälend, hungrig danach, sich ganz und gar in ihrer Süße zu verlieren. Der bloße Gedanke daran genügte, um ein heftiges Ziehen in seinen Lenden auszulösen – und ein kaum noch zu bezähmendes Verlangen. Er hielt nur lange genug inne, um seine Hose zu öffnen und sich von ihr zu befreien. Amelias enttäuschtes Aufstöhnen veranlasste ihn jedoch, sogleich zurückzukehren an die Quelle ihrer – und seiner – Frustration …

Amelia glaubte zu sterben, als Gabriel seine aufregenden Liebkosungen unterbrach. Aber dann fühlte sie seine heiße, pulsierende Härte zwischen ihren Schenkeln und schluckte heftig. Sie wollte zwar nicht, dass er aufhörte, aber sie hatte auch ein bisschen Angst vor dem, was kam. Ihre Mutter hatte ihr genüsslich von Blut und Schmerz bei der ersten intimen Begegnung zwischen einem Mann und einer Frau erzählt und es vermutlich schlimmer klingen lassen, als es war, um Amelia davon abzuhalten, sich schon vor der Heirat auf solche Dinge einzulassen. Aber vielleicht hatte ihre Mutter ja doch nicht übertrieben …

Dann berührte Gabriel Amelia wieder, und all ihre Bedenken schwanden. Der Druck, der sich in ihr aufgebaut hatte, war plötzlich wieder da. Sie bewegte sich nicht nur mit ihm und an seinen Fingern, sondern auch an der Länge seines harten Schafts entlang, was ihre eigene sinnliche Erregung schier bis ins Unerträgliche steigerte. Aber sie wollte mehr als das. Sie wollte ihn in sich spüren. Deshalb veränderte sie ein wenig ihre Stellung, sodass die Spitze seines Glieds sich plötzlich am Eingang ihrer Weiblichkeit befand.

Gabriel schob die Hände unter ihr Haar und bog ihren Kopf zurück, damit sie ihm in die Augen sah. »Du treibst mich an die

Grenzen meiner Selbstbeherrschung«, sagte er, und allein schon der Klang seiner tiefen Stimme brachte sie fast an die ihren. »Bist du sicher, dass du das willst, Amelia? Wenn nicht, sagst du es besser jetzt, solange ich mich noch ausreichend unter Kontrolle habe, um zu fragen.«

Es gab kein Zurück für sie. Vielleicht gab es nicht einmal ein Morgen mehr für sie. Gabriel Wulf würde heute Nacht ihr Geliebter sein, zum Teufel mit dem Rest der Welt! Sie hatte so lange gewartet, um zur Frau zu werden, und nun wurde ihr in den tiefsten Winkeln ihres Bewusstseins klar, dass sie die ganze Zeit auf ihn gewartet hatte. Robert hatte für sie nur die Erfüllung einer Pflicht verkörpert, eine weitere Möglichkeit, jemand anderen als sich selbst zufriedenzustellen. Gabriel dagegen hatte die schützende Barriere um ihr Herz durchdrungen und es restlos in Besitz genommen. Sie wollte ihm gehören. Mit Herz und Leib und Seele.

»Ich will dich«, flüsterte sie ihm zu.

Seine Antwort war ein leises Stöhnen, und dann drang er in sie ein, und ein schneller, scharfer Schmerz durchzuckte sie, der ihr ein lautes Aufstöhnen entrang. Gabriel verschränkte die Hände noch fester unter ihrem Haar und legte seine Stirn an ihre.

»Es tut mir leid, dass ich dir wehgetan habe«, sagte er. »Aber ich hielt es für das Beste, das hinter uns zu bringen, damit wir weitermachen können.«

Er ließ ihr keine Zeit zu antworten, bevor er langsam, damit sie sich an ihn gewöhnen konnte, noch tiefer in sie eindrang. Er war so hart und heiß, dass Amelia kaum noch atmen konnte und ihre Entscheidung schon beinahe wieder überdachte … aber nur kurz, bis er seine Hände aus ihrem Haar zurückzog und seine geschickten Finger wieder ihre Magie bewirkten. Das war es, was ihr gefehlt hatte, und während er sie mit den gleichen aufreizend langsamen Bewegungen wie auch vorher schon liebkoste und sogar noch tiefer in sie hineinglitt, baute sich wieder diese wunderbare kribbelnde Spannung in ihr auf.

Sie war sich jeder noch so kleinen Einzelheit an ihm so stark bewusst wie nie zuvor. Seines Dufts, des Gefühls seiner glatten, muskulösen Brust an ihren Brüsten – der Hitze, die von ihm ausging, und des Glühens in seinen Augen, während er sie beobachtete. Wie vollkommen eins er mit ihr wurde, als er sie immer mehr ausfüllte und sich tief in ihr bewegte. Und dann legte er seine Hände um ihre Taille und hob und senkte sie, bis Amelia den Rhythmus verstand und auch zu verstehen begann, dass, wenn sie eine bestimmte Stellung einnahm, die zusätzliche Stimulation durch seine Finger nicht mehr nötig war.

Rechts und links von ihm auf ihre Knie gestützt, hob sie in einem gleichmäßigen Rhythmus ihre Hüften an und ließ sich wieder auf sein langes, schweres Glied herunter, bis er ebenso schnell atmete wie sie und das bläuliche Glühen in seinen Augen sogar noch ausgeprägter wurde.

»Gott!«, stieß er rau hervor und beugte sich zu ihr vor, um sie zu küssen.

Es war dieses zusätzliche Element, seine warmen Lippen, die sich auf die ihren pressten, seine Zunge, die ihren Mund erforschte, so wie er auch ihr tiefstes Innerstes erforschte, was eine schier unerträgliche Spannung in ihr aufbaute, die sie alles um sich herum vergessen ließ und jeden Augenblick außer Kontrolle zu geraten drohte. Ihre Nägel bohrten sich in seine Schultern, und sie begann sich in einem immer schneller werdenden Rhythmus zu bewegen, bis sie ekstatisch erschauerte und ihre Gefühle sich in einer gewaltigen Flut Bahn brachen. Als sie auf dem Höhepunkt erbebte, unterbrach sie den Kuss und biss Gabriel sanft und, wie sie fürchtete, auch weniger sanft, in seinen Nacken. Eine wundervolle Wärme durchflutete sie, und ihr war, als ob ihre Seele ihren Körper verlassen hätte und irgendwo über ihr schwebte. Gabriel bewegte sich noch immer und verlängerte die wonnevollen Empfindungen, die nicht mehr aufhören zu wollen schienen. Doch dann versteifte er sich plötzlich unter ihr, umfasste noch fester ihre Taille und hob sie jäh von sich herab.

Amelia spürte seinen warmen Samen an der Innenseite ihres Schenkels. Sein Körper zuckte und erbebte, wie der ihre es getan hatte, und da wusste sie, dass auch er Befriedigung gefunden hatte. Er zog sie näher, und sie legte, noch immer völlig außer Atem, ihren Kopf an seine Schulter. Sie lauschte, wie er sich anstrengte, seinen eigenen schweren Atem zu beruhigen. Es war das Wundervollste, was Amelia je erlebt hatte.

»Gott!«, sagte Gabriel erneut.

Amelia kuschelte sich noch fester an ihn und seufzte. »Jetzt bin ich eine Frau.«

Er strich ihr sanft über das Haar. »Du warst schon immer eine Frau. Eine ganz außergewöhnliche Frau.«

Ihrer mangelnden Erfahrung wegen fragte Amelia sich, ob das, was sie gerade miteinander erfahren hatten, für ihn genauso wundervoll gewesen war wie für sie. »Habe ich dir ... gefallen?«

Er lachte. »Wenn du mir noch ein bisschen mehr gefallen hättest, weiß ich nicht, ob ich das überlebt hätte.«

Seine anerkennenden Worte wärmten sie fast so sehr wie die von ihm ausgehende Hitze. Als sie dann aber ihr leichtes Wundsein registrierte und sich vergegenwärtige, was sie getan hatten, erinnerte sie sich auch wieder an Gabriels Verletzungen und hob besorgt den Kopf.

»Dein Bein«, flüsterte sie.

Gabriel zog sie näher. »Zum Teufel damit«, sagte er. »Du bist die beste Medizin dafür. Meine Verletzung habe ich schon ganz vergessen.«

Amelia war sich dessen jedoch nicht so sicher, und deswegen glitt sie vorsichtig von ihm herab. Ihre Schenkel waren klebrig von seinem Samen und vermutlich auch von ihrem eigenen Blut. »Was gäbe ich jetzt nicht für ein Bad«, sagte sie, als sie sich neben ihn legte und die Decke über sie zog.

»Das kann ich dir nicht geben, aber ich nehme an, dass draußen eine Pumpe und ein Eimer stehen. Ich werde dir Wasser holen, damit du dich wenigstens ein bisschen waschen kannst.«

Amelia fragte sich, ob er es auch nur schaffen würde, aufzustehen. Sie wollte ihm anbieten, das Wasser selbst zu holen, aber sie wusste, dass Gabriel sie nicht hinauslassen würde. Nicht, solange er nicht überzeugt war, dass sie sich nicht mehr in Gefahr befanden. Außerdem war sie sich nicht sicher, ob ihre zitternden Beine sie überhaupt tragen würden. Sie hatte noch keine Zeit gehabt, zu verarbeiten, was gerade zwischen ihnen geschehen war – und was sie im Grunde sogar selbst herausgefordert hatte. Würde er jetzt weniger von ihr halten? Liebte er sie? Auf jeden Fall hatte er nie gesagt, dass er es tat.

Sie sah, wie er unter der Decke herumhantierte und seine Kleider in Ordnung brachte, bevor er sich erhob. Er stöhnte dabei vor Schmerz, aber er sagte nichts, sondern bückte sich nur und reichte ihr die Hand.

»Im Nebenzimmer ist ein weiches Federbett. Wenn ich einen klaren Gedanken hätte fassen können, hätte ich dir vorgeschlagen, dort hineinzugehen. Der Boden ist hart und bestimmt auch nicht gerade sauber.«

Amelia war froh, dass ihr Erröten in der Dunkelheit nicht zu sehen war. Sie hatte sich auf dem Fußboden einer Bauernkate von Gabriel Wulf beschlafen lassen! Diesmal hatte sie es geschafft, sogar sich selber zu schockieren. *Wenn er einen klaren*

Gedanken hätte fassen können? Hieß das, dass er nicht gewusst hatte, was er tat, als er mit ihr intim gewesen war? Bereute er seine Handlungsweise etwa schon? Und müsste sie die ihre auch bereuen?

Amelia glaubte nicht, dass sie das könnte, selbst wenn sie es wollte. Waren es diese plötzlichen Unsicherheiten und Zweifel, die ihre Mutter ihr hatte ersparen wollen? Diese quälende Furcht in ihr, dass er ihr nicht die gleichen Gefühle entgegenbrachte wie sie ihm?

Da er noch immer vor ihr stand und die Hand nach ihr ausstreckte, legte sie ihre kleinere in die seine. Er zog sie auf die Beine, und sie hüllte sich rasch in die Decke. Dann küsste er sie aufs Haar und drehte sie in Richtung Nebenzimmer.

»Geh schon vor. Ich bin gleich wieder bei dir.«

Das tat sie, und obwohl sie wusste, wie dumm es war, fragte sie sich für einen Moment, ob er je wieder zurückkommen würde, als er die Tür öffnete und draußen in der Dunkelheit verschwand.

Gabriel war nicht so blind vor Gefühl, dass er vergaß, auf der Hut zu sein. Er bewegte sich so leise, wie sein verletztes Bein es ihm erlaubte, und fand die Pumpe, neben der nach altem Brauch ein Eimer stand.

Tausend Emotionen bestürmten ihn. Schuldbewusstsein, Enttäuschung über seine Schwächen, das Verlangen, Amelia erneut zu lieben, und die Sorge, sie allein lassen zu müssen. Doch er konnte sie nicht allein lassen. Sie war nicht sicher ohne ihn ... aber bei ihm war sie es auch nicht.

Er schaute zu dem leuchtend hellen Mond über sich hinauf. Der Wolf war jetzt schon näher, spürte Gabriel. Hatte er sich in Amelia verliebt? In die Witwe eines früheren Freundes, in eine Frau, die so völlig anders war als er? Er hätte sich gern eingeredet, dass er nicht in sie verliebt war, dass sie nicht anders war als die Frauen, bei denen er sich früher sein Vergnügen geholt hatte, aber er wusste, dass das eine Lüge war. Sie *war* anders.

Vielleicht hatte er das tief im Innersten schon gewusst, als er sie in London zum ersten Mal gesehen hatte. Vielleicht war das der Grund, warum er danach sogar von ihr geträumt hatte.

Jetzt, wo seine sinnliche Erregung nachgelassen hatte, tat sein Bein auf einmal wieder höllisch weh. Und keine noch so vernünftige Argumentation der Welt konnte die Tatsache ungeschehen machen, dass er Lady Amelia Sinclair-Collingsworth soeben gerade entjungfert hatte. Dass er sich ein Recht genommen hatte, das ihrem Ehemann hätte vorbehalten bleiben müssen. Oder zumindest einem Mann, der ihr eine Zukunft bieten konnte. Jedenfalls einem Mann, der nur ein Mann war und nichts anderes.

Gabriel verstand nun auch, dass es anders war, mit einer Frau zusammen zu sein, zu der er eine emotionale Bindung hatte. *Er* war anders, wenn er bei Amelia war. Er liebte es, ihr Vergnügen zu bereiten und ihren Gesichtsausdruck dabei zu sehen. Es gefiel ihm viel zu sehr. Und plötzlich wünschte er sich nichts mehr, als das wieder mit ihr zu erleben.

Gabriel pumpte Wasser in den Eimer, und dann, obwohl es ihn fast umbrachte, bückte er sich und hielt den Kopf unter das eisig kalte Wasser, um einen klaren Kopf zu bekommen. Er würde nicht hineingehen und wieder mit Amelia schlafen, diesmal auf der weichen Matratze in dem kleinen Zimmer, das ein anderer Mann einst mit seiner Frau geteilt hatte. Gabriel schwor sich, dass er es nicht tun würde, aber der Wolf in ihm drängte ihn, diesen Schwur zu brechen. Und auch jedes andere Versprechen, das er sich jemals selbst gegeben hatte.

Konnte er noch aufhalten, was mit ihm geschah? Wieder blickte Gabriel zum Mond auf, der fast voll am schwarzen Himmel stand. Für einen Moment starrte er nur fasziniert zu ihm hinauf. Der Mond zog ihn an, verführte ihn so mühelos, wie Amelia ihn verführt hatte. Der Wolf unter seiner Haut kroch dichter an die Oberfläche. Das Tier verlieh ihm Kraft und flüsterte ihm finstere Gedanken ein. Er konnte immer noch Amelias Duft an sich wahrnehmen.

Er schloss die Augen und atmete ihn ein, ließ ihn sein Blut erhitzen und seine Lust nach ihr wieder entfachen. Nach einem Blick auf das dunkle Haus hob er den Eimer auf und ging auf dieses kleine Haus und seine Beute zu.

16. Kapitel

Gabriel hatte wieder den Traum. Den Traum, in dem er sah, wie sein Vater sich beim Abendessen in einen Wolf verwandelte. Nur war es diesmal nicht allein sein Vater, der verwandelt war, denn als Gabriel den Blick senkte, sah er seine deformierten, von Fell bedeckten Hände, aus deren Fingerspitzen lange Krallen hervorstanden. Und dann war Mullins plötzlich da und lachte ihn an. »Du bist einer von uns«, zischte er und lachte wieder, bis sein Hals aufriss und Blut daraus hervorschoss.

Gabriel schreckte aus dem Schlaf hoch. Zuerst hatte er keine Ahnung, wo er war oder warum. Dann sah er Amelia, und die Erinnerung an die Nacht zuvor kam schlagartig zurück. Er war mit der Absicht zu dem Haus zurückgekehrt, Amelia erneut zu nehmen. Als er dann aber in dem kleinen Schlafzimmer vor ihr gestanden und auf ihr schlafendes Gesicht herabgesehen hatte, das schön war wie das eines Engels, hatte der Mensch die Kontrolle über das Tier in ihm gewonnen. Er hatte seine grobe Hose abgestreift, sich gewaschen, so gut er konnte, und war zu ihr ins Bett geschlüpft. Und schließlich hatte er sogar selber Schlaf gefunden.

Jetzt saß Amelia auf der Bettkante und sah ihn an. Sie trug eng anliegende Hosen und ein weißes, am Hals zu verschnürendes Hemd, das sich ihrer Brüste wegen jedoch nicht völlig schließen ließ und ihm einen verführerischen Blick auf ihren Brustansatz erlaubte. Er sah sogar die rosige Farbe ihrer Brustspitzen durch das Hemd. Als er endlich seinen Blick davon abwenden konnte, bemerkte er, dass sie ihr Haar gebürstet und es mit einem schwarzen Band zurückgebunden hatte. Sie sah frisch aus, wie eine reife, süße Frucht.

»Wie ich sehe, hast du die Kleider des Jungen gefunden«, sagte Gabriel. »Ich wusste schon von meiner Suche gestern Nacht, dass die Sachen von Bruins Frau dir ganz gewiss nicht passen würden.«

»Ja«, antwortete sie. »Aber ich wollte sowieso schon immer gern mal Männerhosen tragen.«

»Du siehst allerdings gar nicht wie ein Mann in ihnen aus«, erwiderte er und ließ seinen Blick über ihren verführerischen Körper gleiten.

Er hatte das Gefühl, dass sie errötete, denn sie erhob sich rasch und ging zur Tür. »Ich habe etwas zu essen gefunden. Nicht viel, aber ein paar gedörrte Äpfel und die andere Hälfte von dem Brot, das du mir gestern Abend gegeben hast. Bist du hungrig?«

Kurz darauf kam sie mit ihrer Beute wieder, brachte sie ans Bett und sah Gabriel fragend an.

»Hungrig nach dir«, erwiderte er ehrlich.

Sie errötete wieder, aber diesmal wohl vor Freude, schien es ihm. »Du bist nicht in der Verfassung, um ... na ja, ich meine, ich hätte dich gestern Abend besser nicht verführen sollen«, gab sie zu.

»Bedauerst du es schon?« Gabriel versuchte sich aufzusetzen und fuhr zusammen. Sogleich ließ er sich wieder auf die Kissen sinken und zog die kratzige Decke über seinen Unterleib.

»Ich bedaure gar nichts«, erklärte Amelia, als sie das Essen auf das Bett stellte und sich vorbeugte, um ihre kühle Hand an Gabriels Stirn zu legen. »Du bist unnatürlich warm. Ich glaube, du hast Fieber.«

Gabriel ergriff ihre Hand und führte sie an seine Lippen. »Ich fiebere nach dir«, versicherte er ihr lächelnd.

Amelia zog ihre Hand zurück und stemmte sie auf ihre Hüfte. »Hör auf, mich verführen zu wollen. Du bist nicht in der Verfassung dazu; ich befürchte sogar, dass du nicht einmal in der Verfassung bist, um Mora zu suchen. Vielleicht sollte lieber ich in das Dorf gehen.«

Ihre Worte ernüchterten Gabriel. »Das kommt absolut nicht in Frage«, beschied er sie. »Ich gehe. Und je eher, desto besser, damit ich dich sicher von hier wegbringen kann.«

Amelia schob ihr hübsches Kinn vor. »Ich kann dir helfen«, beharrte sie. »Ich weiß, dass du denkst, ich wäre ziemlich nutzlos, aber …«

»Das denke ich keineswegs«, unterbrach er sie. »Anfangs vielleicht schon, aber da hatte ich dich völlig falsch eingeschätzt.«

Das hatte er in der Tat. Amelia war eine außergewöhnliche Frau – und auch eine außergewöhnliche Geliebte. Sie war mutig und aufmerksam und nichts von all dem, was er auf den ersten Blick von ihr gehalten hatte. Sie war viel zu gut für ihn, daran bestand nicht der geringste Zweifel.

Sie lächelte ihn an, doch dann krauste sie plötzlich die Stirn. »Und in welcher Weise findest du mich nützlich? Ich erinnere mich noch gut, was du zu mir gesagt hast, als wir in den Wäldern waren. Etwas über den Zweck, dem Frauen dienen.«

Verdammt. Als wäre zwischen ihnen nicht auch so schon alles kompliziert genug. Nun musste er auch noch ihr weibliches Feingefühl beschwichtigen. Nie zuvor hatte er sich um solche Dinge geschert. »Das Dorf ist gefährlich, Amelia«, erklärte er. »Ich weiß nicht, wer dort Freund oder Feind ist. Ich kann mich besser darauf konzentrieren, Mora zu finden, wenn ich weiß, dass du hier sicher bist.«

Langsam glättete sich ihre Stirn wieder. »Na ja, wahrscheinlich hast du Recht.« Aber dann füllten ihre schönen blauen Augen sich plötzlich mit Tränen. »Ich hoffe, dass Mora noch am Leben ist. Ich glaube, das ist alles meine Schuld. Wenn wir sie nicht gezwungen hätten mitzukommen …«

»Wäre sie schon tot«, versicherte ihr Gabriel. »Der Mann, der sich als der Schmied ausgab, hat gesagt, sie wollten keine Zeugen hinterlassen. Und dass das für uns alle gelten würde.«

Gabriel wappnete sich gegen den Schmerz, als er sich vorbeugte, um die Hose zu sich heranzuziehen, die Amelia am Fußende des Betts für ihn bereitgelegt hatte. Ein scharfer Stich durchfuhr sein Bein, aber er schaffte es, die Hose zu ergreifen. Er hatte noch nie eine Frau gehabt, die ihn umsorgte. Oder zumindest nicht seit seiner frühen Kindheit. Und er musste zugeben, dass ihm das gut gefiel.

Nachdem er die grobe Decke zurückgeschlagen hatte, schaffte er es, sich aufzurichten. Sich anzuziehen brachte ihn fast um, ganz zu schweigen davon, Amelia zu ignorieren, die ihn dabei ganz ungeniert beobachtete.

Sie war nicht schüchtern, seine Amelia. Augenblicklich berichtigte er sich. Sie war nicht *seine* Amelia. Sie würde nie die seine sein, außer vielleicht so wie gestern Nacht. Falls sie es schafften, Wulfglen lebend zu erreichen, konnte es keine gemeinsame Zukunft für sie geben. Jetzt, nachdem der Fluch auf ihn herabgekommen war, schon gar nicht.

»Das Bein sieht schlimm aus«, bemerkte sie. »Aber der Rest von dir ist wirklich sehr beeindruckend.«

Er zog eine Braue hoch, als er seine Hose schloss. »Woher willst du das wissen? Viele Vergleichsmöglichkeiten hast du doch wohl eher nicht gehabt?«

Sie lächelte, und er fragte sich, ob ihr bewusst war, wie verführerisch dieses Lächeln war. »Ich mag vieles sein, aber ich bin nicht blind. Du bist ein schöner Mann, Gabriel Wulf. Wenn du dich nicht vor so vielen Jahren dazu entschieden hättest, dich auf dem Land zu verstecken, wärst du inzwischen wohl schon ein Experte darin geworden, Verehrerinnen abzuwehren.«

Der Grund, aus dem er sich auf dem Land versteckt hatte, erlaubte ihm nicht, auf Amelias scherzhaftes Geplänkel einzugehen. Je eher er etwas über Moras Verbleib herausfand, desto eher konnten sie sich wieder auf den Weg machen und, so hoffte er, die Sicherheit von Wulfglen erreichen.

Gabriel hatte keine Ahnung, wie lange er dem Wolf in sich noch Einhalt gebieten konnte, aber sein Fluch war auf jeden Fall etwas, von dem er nicht wollte, dass Amelia es jemals über ihn erfuhr. Sollte sie doch ruhig denken, er sei ein schöner Mann; sie konnte alles denken, was sie wollte, nur eben nicht, dass er ein Ungeheuer war.

Gabriel zog seine Stiefel an und schlüpfte in das saubere Hemd, das Amelia für ihn gefunden hatte. Dann begann er nach einem geeigneten Versteck für sie zu suchen, in das sie sich notfalls zurückziehen konnte, solange er nicht da war. Während er von Raum zu Raum ging und den Boden prüfend musterte, folgte Amelia ihm auf Schritt und Tritt.

»Hat der Mann ... diese Kreatur in der Schmiede sonst noch etwas zu dir gesagt?«, fragte sie. »Über die Pläne, die sie haben, und inwiefern ich mit all dem etwas zu tun habe?«

Gabriel schüttelte den Kopf. »Nein, nicht wirklich. Nur dass sie schon sehr lange irgendwelche Pläne hatten.«

»Was suchen wir eigentlich?«, fragte sie ein paar Minuten später.

»Eine Einkerbung oder irgendetwas Ähnliches. Ich wette, dass Bruin ein Versteck unter dem Fußboden hatte, in dem er seine Wertsachen, seinen Alkohol oder seine Lebensmittelvorräte aufbewahrte.«

Statt etwas dazu zu bemerken, begann Amelia nun auch zu suchen. Schon kurze Zeit darauf rief sie: »Hier, Gabriel! Ich habe etwas gefunden.«

Er ging zu ihr in die nicht sehr große Küche, die mit einem

Herd, einem Tisch und Stühlen eingerichtet war. Amelia kniete auf dem Boden unter dem Tisch, nachdem sie einen abgetretenen Teppich von dort weggezogen hatte, um ihm genau das zu zeigen, was er ihr beschrieben hatte.

Gemeinsam schoben Gabriel und Amelia den Tisch beiseite. Es verursachte ihm wieder Schmerzen, sich nach dem kleinen Riegel zu bücken, der den Eingang zum Kellerraum markierte, aber er schaffte es, ihn zu öffnen. Der Geruch von Erde und gelagerten Nahrungsmitteln stieg aus dem Kellerloch zu ihnen auf.

»Gut«, sagte Gabriel zufrieden. »Wir lassen das hier offen. Falls du jemanden kommen hörst, solange ich fort bin, steigst du hinunter und schließt die Tür.«

Amelia nickte. »Bist du sicher, dass du gehen solltest?«, fragte sie. »Ich kann doch sehen, dass dein Bein dich schmerzt. Vielleicht solltest du dich tagsüber lieber ausruhen und erst heute Abend im Schutz der Dunkelheit ins Dorf gehen.«

Ihr Vorschlag war vernünftig, aber Gabriel fand, dass er schon zu lange gewartet hatte, um der armen Mora beizustehen. »Jede Minute kann entscheidend sein«, sagte er. »Das weißt du selbst.«

Sie biss sich auf ihre erfreulich volle Unterlippe. »Ja, ich weiß. Bitte sei vorsichtig, Gabriel.«

Er lächelte sie an und strich ihr sanft über die Wange. Es kam ihm vollkommen natürlich vor, sich zu ihr vorzubeugen und sie zu küssen. Er ließ seine Lippen aber nur einen Moment verweilen, bevor er wieder von Amelia zurücktrat, seine Kräfte sammelte und sich aus seiner knienden Stellung auf dem Fußboden erhob. Nachdem er Amelia angewiesen hatte, die Tür hinter ihm zu verriegeln, verließ Gabriel die verhältnismäßige Sicherheit der Kate, um sich auf die Suche nach der verschwundenen Mora zu begeben.

Vorsichtig schlängelte Gabriel sich zwischen den Bäumen hindurch zurück ins Dorf. Er bewegte sich langsamer, als ihm lieb war, aber das verletzte Bein war ihm sehr hinderlich. Im Schutz des Unterholzes am Rand der Straße blieb er stehen, um einen prüfenden Blick auf das Dorf zu werfen. Hempshire sah verlassen aus. Gabriel überlegte, ob er nicht als Erstes in der Werkstatt des Schmieds nach Mora suchen sollte.

Es schien ihm das Vernünftigste zu sein. Mullins hatte gesagt, er habe zwei Cousins, die ihm bei der Arbeit halfen. Gabriel wäre jede Wette eingegangen, dass diese Cousins die gleichen »Gaben« hatten wie Mullins.

Als er weiterging, versuchte Gabriel, sich so gut wie möglich hinter Bäumen und Sträuchern zu verbergen. Aber sie wurden spärlicher, als er näher an das Dorf herankam. Zum Glück lag die Scheune des Schmieds an dem ihm am nächsten liegenden Rand des Dorfes.

Ein paar Pferde tummelten sich auf der Koppel draußen. Gestern Nacht war es dunkel gewesen, als er eins von ihnen gestohlen hatte und er und Amelia aus dem Dorf davongejagt waren. Aber jetzt im hellen Tageslicht sah er ein Pferd, das er erkannte. Sein eigenes lahmendes Tier, mit dem er nach Collingsworth Manor geritten war. Wieder wäre er jede Wette eingegangen, dass die meisten der Pferde auf der Koppel früher einmal in Roberts Stall gestanden hatten.

Als Gabriel die Scheune erreichte, lehnte er sich dagegen, um sein schmerzendes Bein zu schonen. Seine Stirn war schweißbedeckt, und er fragte sich, ob er tatsächlich Fieber haben mochte. In der Stille konnte er das Gemurmel leiser Stimmen in der Scheune hören.

Seine ganze Kraft zusammennehmend, schlich er an der Scheunenwand vorbei zum hinteren Teil des Gebäudes. In der Nähe des Vordereingangs könnte er von jedem, der das Dorf durchquerte, leicht gesehen werden. Er musste über die Koppel und an den Pferden vorbei, und sie schnaubten und tänzelten nervös. Normalerweise mochten Pferde ihn, zumindest seine eigenen. Das Tier, mit dem er nach Collingsworth Manor geritten war, beäugte ihn nur neugierig, als fragte es sich, wo er gewesen war und was er jetzt gerade wieder trieb. Aber vielleicht reagierten die anderen Pferde ja auch auf seinen besonderen Geruch. Vielleicht war das der Grund, warum das Tier, das er gestern Nacht gestohlen hatte, so schwer zu bändigen gewesen war. Möglicherweise hatte es den Wolf in ihm gerochen.

Eine zweiflügelige Tür ging auf die Koppel und den Stall hinaus. Gabriel blieb stehen und lauschte. Die Stimmen waren jetzt deutlicher zu hören, aber immer noch nicht klar genug, um die Unterhaltung drinnen zu verstehen. Nach einer Weile schlüpfte er leise durch die Tür. Ein paar Pferdeboxen befanden sich am Ende der Scheune. Gabriel warf einen vorsichtigen Blick in jede, an der er vorbeikam, aber sie standen alle leer.

»Wie können sie euch entkommen sein?«, fragte eine Männerstimme. »Sie waren doch nur zu zweit, Herrgott noch mal, und keiner von ihnen hat unsere Talente.«

»Der Mann kann mit einem Pferd umgehen, wie ich es noch nie gesehen habe«, entgegnete ein anderer Mann verteidigend. »Und die Frau hat auf uns geschossen.«

»Wir müssen sie aufhalten, bevor sie sich in Sicherheit bringen können. Wir haben zu lange darauf gewartet, unsere Pläne auszuführen, da können wir nicht zulassen, dass sie uns alles verderben.«

Gabriel hörte ein leises Schnauben in dem darauffolgenden Schweigen. »Wer würde ihnen schon glauben, wenn es ihnen gelänge, sich in Sicherheit zu bringen?«, fragte jemand. »Die beiden werden mit ziemlicher Sicherheit des Mordes an dem Ehemann bezichtigt und für ein Liebespaar gehalten werden.«

»Wulf würde vielleicht nicht ernst genommen werden. Seine Familie hat keinen gesellschaftlichen Einfluss mehr. Aber was die Frau angeht – ihr wisst doch, was wir mit ihr vorhaben.«

»So war das aber nicht gedacht«, widersprach ein Mann. »Du kennst die schon vor langer Zeit aufgestellten Regeln. Die Frau ist weder schwach noch leidend. Was wir mit ihr vorhaben, grenzt an Mord.«

Gabriel sträubten sich die Nackenhaare. Niemand würde Amelia etwas zuleide tun! Ob Mensch oder Tier, er würde jeden umbringen, der es auch nur versuchte.

»Vor kurzer Zeit hätten wir sie noch weiterleben lassen können. Sie hätte uns nützlich sein können, aber all das hat sich jetzt geändert. Der ganze Plan hat sich geändert, wie ihr alle sehr wohl wisst.«

»Miss Hochnäsig im Gasthaus glaubt, sie würden zurückkommen, um sie zu holen«, verkündete eine höhnische Stimme. »Ich habe ihr gesagt, dass sie nur eine Dienstmagd war und zu große Hoffnungen in zwei Höhergestellte gesetzt hat. Aber sie beharrt darauf, dass sie sie holen werden. Sie behauptet, sie wären nicht so wie die anderen ihres Standes.«

»Sie wird doch gut bewacht, nicht wahr?«

»Ja, wir haben fünf Männer bei ihr im Gasthaus postiert, die die Augen aufhalten, für den Fall, dass sie doch Recht haben sollte. Wir werden noch ein paar Tage warten, um zu sehen, ob wir den größeren Fisch mit einem kleinen ködern können; dann werden wir sie verschwinden lassen müssen.«

Gabriels Herz schlug höher. Mora lebte also Gott sei Dank noch. Er war nicht zu spät gekommen, aber sie stand unter Bewachung, da die, die sie gefangen genommen hatten, offensichtlich hofften, dass er tat, was er getan hatte, und kam, um sie zu retten. Doch wie sollte er sie aus der Taverne herausbekommen, ohne selbst getötet oder gefangen genommen zu werden? Er brauchte einen Plan, aber sein Bein pochte wie verrückt, und er fühlte sich schon ganz benebelt von dem Schmerz. Aber zumindest wusste er nun, dass Mora noch für ein paar Tage sicher war, solange die Kreaturen abwarteten, ob er in das Dorf zurückkam, um sie dort herauszuholen.

»Dieser Wulf, der ist gefährlich. Er hat Mullins umgebracht, und wie er das geschafft hat, das würde ich wirklich gerne wissen.«

»Er hat ihm die Kehle durchgeschnitten, wie wir alle gesehen haben«, warf ein weiterer Mann ein.

»Aber wie konnte er schneller sein als Mullins?«, beharrte der andere Mann. »Ihr wisst, wie schwer Mullins zu überrumpeln war.«

»Keine Ahnung, aber Wulf wird dafür bezahlen, dass er einen der unseren getötet hat. Auge um Auge, Zahn um Zahn. Wir brauchen kein schlechtes Gewissen zu haben, wenn wir diesen Kerl umbringen. Er hat schon zu viele von uns ausgelöscht.«

Wie viele gibt es denn von diesen Kreaturen?, fragte Gabriel sich. Von diesen Subjekten, die irgendeinen ihm noch unbekannten Plan verfolgten. Er hatte zwar noch immer keine Ahnung, worin dieser bestehen mochte, aber nun wusste er immerhin, dass sie nicht die Absicht hatten, ihn oder Amelia am Leben zu lassen. So leise, wie sein heftig schmerzendes Bein es ihm erlaubte, schlich Gabriel wieder zum Ausgang der Scheune zurück. Er verspürte plötzlich das dringende Bedürfnis, Amelia zu sehen, sie zu berühren und sich mit eigenen Augen davon zu überzeugen, dass ihr nichts geschehen war.

☆ ☆ ☆

Amelia kam sich schrecklich nutzlos vor. In dem dunklen Kellerloch unter dem Tisch befanden sich noch ein paar Vorräte. Es gab einen Herd im Haus und draußen vermutlich auch Holz, um ihn zu befeuern, aber sie hatte keine Ahnung, wie man ein Feuer anzündete, geschweige denn, wie man ein anständiges Essen zubereitete. Gabriel brauchte bessere Nahrung als die, die er in letzter Zeit bekommen hatte. Er musste Kraft gewinnen, um die Entzündung zu bekämpfen, die er zweifelsohne schon im Körper hatte. Und was sie gestern Nacht getan hatten, konnte seinen Zustand auch nicht gerade verbessert haben.

Wahrscheinlich hätte sie jetzt irgendwelche Schuldgefühle empfinden oder sich zumindest schämen müssen, ihre Unschuld einem Mann geschenkt zu haben, der nicht ihr Ehemann war. Aber sie vermochte keins dieser Gefühle aufzubringen, denn viel zu viele andere bewegten sie.

Jede Sekunde ohne Gabriel an ihrer Seite war die reinste Qual. Amelia machte sich Sorgen um ihn. Und sie sorgte sich auch um Mora und ihr Schicksal. Was, wenn Gabriel nicht zurückkam? Wenn sie ihn nicht mehr lebend wiedersah? Solche und ähnliche Gedanken schnürten ihr die Brust zusammen und machten ihr das Atmen schwer. Sie brachen ihr das Herz. Gabriel war so gar nicht wie die anderen Männer, die sie kannte. Er war anständig, stark und mitfühlend, auch wenn er wünschte, er wäre es nicht. Er war vielleicht nicht der Märchenprinz, für den sie ihn in ihren Träumen einst gehalten hatte, aber er war noch viel, viel besser, denn er war real.

Ein leises Klopfen an der Tür ließ Amelia zusammenfahren. Sie lief zu der verriegelten Tür und lauschte. Eine Sekunde später rief Gabriel leise nach ihr. Erleichtert zog sie den Riegel zurück und öffnete die Tür. Er humpelte herein und ging sofort zum nächsten Stuhl, um sich mit einem tief empfundenen

Seufzer darauffallen zu lassen. Seine Augen kamen Amelia irgendwie ganz eigenartig vor, als sie ihn prüfend ansah.

»Du brauchst einen Arzt, Gabriel«, sagte sie besorgt.

»Das wird warten müssen, bis Mora wieder bei uns ist«, erwiderte er und lächelte sie an.

Amelias Herz schlug schneller. »Dann lebt sie also noch?«

Gabriel nickte. »Sie wird unter schwerer Bewachung in dem Wirtshaus festgehalten. Diese Kreaturen denken, wir kämen vielleicht zurück, um sie zu retten, und benutzen sie als Köder.«

Amelia zog sich einen Stuhl heran und setzte sich zu Gabriel, weil ihre Knie plötzlich ganz schwach waren vor Erleichterung. »Und wie holen wir sie dort heraus?«

Gabriel zog eine seiner dunklen Brauen hoch. »Wie *ich* sie da heraushole, meinst du wohl. Denn du wirst dich nicht einmal in die Nähe dieses Dorfs begeben.«

Früher hätte diese Regelung Amelia sehr gut gepasst, aber heute sah sie das ganz anders. Sie wusste, dass Gabriel nicht in der Verfassung war, um Mora allein beizustehen, dass sie und er ihre Freundin aber vielleicht gemeinsam würden befreien können.

»Ich bin durchaus in der Lage, dir zu helfen«, entgegnete sie deshalb in strengem Ton.

Gabriel seufzte. »Ich weiß, wie couragiert du bist, Amelia. Ich kenne dich jetzt sehr viel besser als zu Anfang, und du bist stärker, als ich dachte. Wenn nichts von all dem geschehen wäre, wenn Lord Robert Collingsworth nicht gestorben wäre und du dein gewohntes Leben mit ihm fortgesetzt hättest, wäre ihm diese Stärke, glaube ich, nicht mal aufgefallen. Und das tut mir leid für ihn. Dass er keine Gelegenheit bekam, zu sehen, was für eine wirklich außergewöhnliche Frau du bist.«

Amelia wurde es ganz warm ums Herz bei seinen Worten. Gabriel hatte damit zwar nicht direkt gesagt, dass er sie liebte, war diesem Eingeständnis gerade aber doch schon ziemlich nahe gekommen. Vielleicht war ihm das nicht einmal bewusst. Amelia hoffte nur, dass ihnen noch genügend Zeit blieb, damit es ihm bewusst werden konnte. Aber für die arme Mora wurde die Zeit allmählich knapp.

»Wann wirst du hingehen?«, fragte Amelia.

Gabriel wischte sich mit dem Ärmel über die Stirn. »Heute Nacht, im Schutz der Dunkelheit, wie du heute Morgen vorgeschlagen hast. Und du musst dafür sorgen, dass du aufbruchbereit bist, wenn wir zurückkommen. Sieh nach, was du an Proviant finden kannst, und pack es ein. Vielleicht findest du auch noch eine solche Hose, wie du sie trägst, für Mora. Sie wird sich in Männerhosen schneller bewegen können.«

Amelia stellte ihm einen Teller mit gedörrten Äpfeln, Brot und einem kleinen Stück Käse auf den Schoß. »Du musst etwas essen, Gabriel. Und dann musst du dich ausruhen. Aber abgesehen davon bin ich immer noch der Meinung, dass es besser wäre, wenn ich dich begleiten und dir helfen würde.«

Sie sah, wie er in dem Essen stocherte. Dass er keinen Appetit zu haben schien, war kein gutes Zeichen. »Du wirst mir vertrauen müssen, Amelia«, sagte er nach kurzem Schweigen. »Kannst du das?«

Wenn nicht ihm, wem dann? Er hatte sie bis jetzt am Leben erhalten, und sie war sicher, dass er es auch weiterhin tun würde. Zumindest, solange er körperlich dazu in der Lage war. »Natürlich vertraue ich dir«, erwiderte sie, und da er ohnehin nichts aß, nahm sie den Teller von seinem Schoß und stellte ihn auf den Tisch. »Und jetzt ab mit dir ins Bett.«

Seine wohlgeformten Lippen verzogen sich zu einem leisen Lächeln. »Ist das eine Einladung?«

Trotz seiner glasigen Augen und seines nicht zu übersehenden Ausdrucks von Erschöpfung und Schmerzen fand Amelia ihn unwiderstehlich. Aber sie unterdrückte die sinnlichen Empfindungen, die er in ihr weckte, und versuchte, eine strenge Miene aufzusetzen. »Ganz sicher nicht«, sagte sie. »Oder zumindest nicht, bis es dir wieder besser geht.«

»Ich kann dir beweisen, dass ich noch viel besser sein kann, wenn du das willst«, erwiderte er mit einem verschmitzten kleinen Lächeln um die Lippen.

Amelias Herz begann fast schmerzhaft hart zu pochen. Wie konnte er noch besser sein, als er es gestern Nacht gewesen war? Der Gedanke erregte ihr Interesse und hätte sie unter anderen Umständen sogar noch sehr viel neugieriger gemacht.

»Und ich dachte, du wärst kein Schwerenöter.« Sie erwiderte sein schiefes Lächeln, während sie ihm beim Aufstehen behilflich war, und schob ihn dann auf das kleine Schlafzimmer und die weiche Matratze auf dem Bett dort zu.

Als er auf dem Bettrand saß, half sie ihm, die Stiefel auszuziehen. Sie hatte sich heute Morgen mit dem Wasser aus dem Eimer gewaschen, den Gabriel gestern Nacht hereingeholt hatte. Das Blut auf ihren Schenkeln war ein ziemlich schockierender Anblick gewesen – der eindeutige Beweis dafür, dass sie jetzt keine Jungfrau mehr war. Amelia ging wieder zu dem Eimer, goss ein wenig Wasser in eine Waschschüssel und nahm ein Tuch von einem daneben liegenden kleinen Stapel.

Nachdem sie das Tuch befeuchtet und ausgewrungen hatte, ging sie zum Bett zurück. Gabriel hatte sich bereits daraufgelegt. »Zieh dein Hemd aus«, befahl sie ihm. »Das kühle Wasser wird dein Fieber senken.«

»Woher weißt du so viel über Krankenpflege?«, fragte er, während er sich das Hemd über den Kopf zog.

»Von Mora«, erwiderte Amelia. »Sie versteht anscheinend sehr viel von solchen Dingen. Während du uns durch den Wald geführt hast und dich auf alles andere um uns herum konzentriert hast, haben wir uns unterhalten. Ich machte mir Sorgen um dein Bein, und da erzählte sie mir ein bisschen über Heilkräuter und wie man Fieber senken kann, und ich erzählte ihr von meinem Leben in London.«

»Dafür, dass sie noch so jung ist, scheint Mora schon reichlich Lebenserfahrung zu haben.«

Amelia strich mit dem feuchten Tuch über seine Stirn. »Ich sollte dir vielleicht etwas über Mora erzählen«, sagte sie. »Ich hatte ihr zwar versprochen, es dir nicht zu sagen, aber ich finde doch, dass du es wissen solltest.«

Gabriels Augen waren geschlossen, aber jetzt öffnete er sie wieder. »Was ist mit Mora?«

»Sie ist gar nicht so jung, wie wir dachten«, antwortete Amelia, während sie seine Brust mit dem feuchten Tuch abkühlte. »Vielleicht höchstens ein Jahr jünger als ich. Sie wollte es vor uns verbergen, indem sie ihre Brüste bandagierte und diese scheußliche Haube trug, um möglichst unscheinbar zu wirken. Sie dachte, sie müsste sich verkleiden, um vor Nachstellungen sicher zu sein, wenn sie bei jemandem aus der Oberschicht in Stellung ging. Ihr Bruder hatte ihr gesagt, sie liefe sonst Gefahr, missbraucht zu werden.«

Gabriels Augen verengten sich. »Wann hat sie dir das erzählt?«

Amelia zuckte mit den Schultern. »Sie hat es mir nicht von sich aus gesagt, sondern nur, weil ich sie zufällig eines Abends ohne ihre Haube und die Brustbinden am Bach antraf. Sie versprach mir, es dir auch zu sagen, aber sie war immer noch nicht sicher, ob sie dir vertrauen konnte. Sie dachte, es verlangte dich nach mir, und hatte Angst, dass du, da du eine Dame meines Standes ja nicht gut verführen könntest, womöglich ihr nachstellen würdest.«

Gabriels dunkle Brustwarzen verhärteten sich, als Amelia

mit dem feuchten Tuch darüberfuhr. Sie starrte sie an und wunderte sich, dass seine Brustwarzen sich ebenso versteifen konnten wie die ihren.

»Sie hatte Recht damit, dass ich dich begehrte.« Als Amelia zu ihm aufblickte, setzte er hinzu: »Ich begehre dich noch immer.«

Amelia hoffte, dass es nicht nur Lust war, was er für sie verspürte, auch wenn sie einst geglaubt hatte, dass Lust das Gleiche sei wie Liebe. Aber heute wusste sie, dass das so nicht stimmte. Sie mochte sich zwar schon vom ersten Moment an, als sie Gabriel Wulf gesehen hatte, zu ihm hingezogen gefühlt haben, ja, sie hatte sich sogar ziemlich frivole Gedanken über ihn gemacht, aber erst nachdem sie ihn kennengelernt hatte, war sie seinem Zauber wirklich erlegen.

»Dann war es vielleicht gar nicht mal so dumm von ihr, ihr wahres Aussehen zu verbergen«, erwiderte Amelia und ließ das feuchte Tuch über die harten Muskeln an seinem Bauch gleiten.

Gabriel legte seine Hand auf die ihre. »Sie braucht keine Angst vor mir zu haben«, sagte er. »Man hat mich dazu erzogen, auch Dienstmädchen den nötigen Respekt zu zollen und mich nicht an ihnen zu vergreifen. Und ich habe erst kürzlich entdeckt, dass ich, wenn ich eine Frau will, nur diese eine und keine andere will.«

Amelia schluckte. Das hörte sich so an, als versuchte er, sie zu verführen. Und es wirkte auch – was absurd war angesichts des Zustandes, in dem er sich befand. Dennoch schien sein berauschender Duft plötzlich noch stärker als zuvor zu sein. Amelia hatte Mühe, klar zu denken, und schüttelte den Kopf, um ihre Fassung wiederzugewinnen. »Ich muss mir dein Bein ansehen. Vielleicht lässt das Fieber nach, wenn ich ein kühles Tuch auf deine Wunde lege.«

»Nur zu«, sagte er, wieder mit diesem spitzbübischen Lächeln um seine Lippen und einem eindringlichen Blick auf sie.

Falls er sie durcheinanderbringen wollte, dann gelang es ihm. Amelia versuchte, an nichts anderes als ihre Aufgabe zu denken, und sagte sich, dass sie sehr wohl imstande war, ihn zu pflegen, ohne sich dabei von ihm verführen zu lassen. Sie legte das Tuch beiseite und griff nach den Verschnürungen seiner Hose. Hätte sie nicht heute Morgen schon herausfinden müssen, wie Männerhosen geschlossen wurden, dann hätte sie jetzt nicht gewusst, wie sie das anstellen sollte. Sobald sie die Hose geöffnet hatte, zog sie sie vorsichtig über Gabriels schmale Hüften.

Amelias Augen weiteten sich, als sie den Beweis seiner männlichen Begierde sah, der lang und hart und beeindruckend genug war, um sie in die Flucht zu schlagen, wenn sie noch unberührt gewesen wäre. Stattdessen aber durchflutete der Anblick sie mit einer brennenden Hitze, die sich zwischen ihren Schenkeln zu bündeln schien und das geradezu unkontrollierbare Bedürfnis in ihr weckte, ihn dort anzufassen, ihre Finger um seinen harten Schaft zu legen und zu sehen, wie er sich anfühlte.

»Nur zu«, sagte er wieder leise, als hätte er erraten, was sie dachte.

Erschrocken zwang sie sich, ihre Augen von diesem wirklich sehr bemerkenswerten Anblick abzuwenden. Amelia ging davon aus, dass Gabriel ihre Gedanken nicht gelesen hatte, sondern sie lediglich wieder an ihre Aufgabe hatte erinnern wollen. Wieder ergriff sie mit beiden Händen seine Hose und zog sie über seine Beine, wobei sie sich bemühte, sein verletztes Bein so wenig wie nur möglich zu berühren. Dann nahm sie wieder das Tuch, ging zu dem Eimer und der Schüssel zurück und spülte das Tuch aus.

Gabriel besaß nicht das geringste Schamgefühl. Er hatte nicht einmal die Decke über seinen Unterleib gezogen, während sie ihm den Rücken zukehrte. Amelia beschloss, einfach so zu tun, als bemerkte sie nicht, dass er völlig nackt ausgestreckt vor ihr in den Kissen lag. Mit seiner schönen goldbraunen Haut, seinen ansehnlichen Muskeln und natürlich auch der hässlichen Wunde an seinem Oberschenkel. Die Stelle, an der die Wunde wieder geöffnet und ausgebrannt worden war, war rot und stark geschwollen. Amelia setzte sich auf den Rand des Betts und drückte das feuchte Tuch sehr vorsichtig an Gabriels Schenkel.

»Ich hoffe, dass das hilft, das Fieber zu senken«, bemerkte sie.

»Ich liege splitterfasernackt im Bett und bin dir völlig ausgeliefert, meine Liebe. Es gibt nur eins, was das Fieber, das jetzt in mir tobt, herunterbringen könnte.«

Amelia blickte auf und war augenblicklich wie gebannt von seinem merkwürdigen Blick. Ihre Lippen fühlten sich wie ausgetrocknet an, und sie befeuchtete sie ganz unbewusst. Er war doch sicher noch nicht ausgeruht genug, um das zu tun, was seine Augen anzudeuten schienen. Und sie durfte ihn nicht auch noch ermuntern.

Amelia zwang sich, den Blick von seinen Augen abzuwenden und sich voll und ganz darauf zu konzentrieren, ihn zu waschen und seine fieberheiße Haut zu kühlen. Als sie mit dem Tuch über seine glatte Haut fuhr, kamen ihre Fingerspitzen jedoch manchmal auch in Kontakt mit seinem heißen Fleisch, und am liebsten hätte sie das Tuch beiseitegelegt, um ihn mit ihren bloßen Händen zu berühren. Sie wollte diesen harten, muskulösen Körper an dem ihren spüren.

Die vergangene Nacht war wundervoll gewesen, auch wenn sie ziemlich sicher war, dass die meisten Männer und Frauen den Beischlaf bestimmt nicht auf dem Boden vollzogen – während der Mann mit dem Rücken an einer Tür lehnte und die Frau auf seinem Schoß saß. Trotz aller guten Vorsätze konnte sie es jedoch nicht vermeiden, seine intimsten Körperteile zu berühren. Und sie konnte auch nicht die beständige Erinnerung daran vergessen, wie erregt er war und dass er sich offenbar mit Dingen beschäftigen wollte, zu denen er im Augenblick wahrscheinlich nicht einmal die Kraft besaß.

Gabriel sog scharf den Atem ein, als sie seinen harten Schaft mit dem kühlen Tuch berührte. Sie wusch ihn, konnte aber die ganze Zeit über nicht das drängende Verlangen unterdrücken, das feuchte Tuch durch ihre Finger zu ersetzen. Nach einer Weile nahm Gabriel es ihr ab, und Amelia erhob den Blick zu ihm. Die Glut, die sie in seinen Augen sah, wunderte sie nicht, aber es überraschte sie ein wenig, dass diese Glut offenbar nichts mit seinem Fieber zu tun hatte. Er zog ihre Hand zu sich heran, um sie seine Kraft und Leidenschaft spüren zu lassen, und ihre Finger schlossen sich um ihn, als ob sie keinerlei Kontrolle über sie besäße. Er war unglaublich heiß und hart.

Als sie noch ein wenig fester zufasste und er leise aufstöhnend die Augen schloss, zog sie ihre Hand zurück, aus Angst, ihm wehgetan zu haben.

»Hör nicht auf«, sagte er leise. »Ich liebe es, deine Hände auf mir zu spüren.«

»Wir sollten das nicht tun«, flüsterte sie. »Dein Zustand erlaubt das nicht …«

Plötzlich streckte er die Hand nach ihr aus und zog sie auf sich herab. »Ich denke, ich kann besser beurteilen als du, wozu ich in der Lage bin oder nicht. Ich möchte dich wieder lieben, Amelia. Ich möchte dich unter mir fühlen und deine nackte Haut an meiner spüren. Und ich möchte dir auf eine Art und Weise Vergnügen schenken, die du dir wahrscheinlich nicht einmal in deinen kühnsten Träumen auszumalen gewagt hast.«

Sie hätte ihm widerstehen sollen, nicht, weil sie es wollte, sondern weil es nicht richtig war, ihrem Verlangen nachzugeben. Nicht in Gabriels Zustand und bei seinem Fieber. Sie war nicht so selbstsüchtig, dass sie für ein paar Stunden sinnlichen Vergnügens seiner Gesundheit schaden wollte. Aber sein unwiderstehlicher Duft begann sie wieder einzuhüllen und ihre Willenskraft zu schwächen. Gabriel war einfach zu verführerisch. Als er eine Hand um ihren Nacken legte und ihr Gesicht zu sich herunterzog, war sie nicht mehr in der Lage, ihm zu widerstehen.

Gabriel wusste, dass er von purer, unverfälschter Lust getrieben war. Nicht von normaler Sinnenlust, wie er sie früher empfunden hatte, sondern von einem animalischen Instinkt, sich mit Amelia zu paaren. Er hatte alle anderen Wahrnehmungen völlig ausgeschaltet – bis auf das Pochen seines Glieds und das drängende Bedürfnis, in sie einzudringen und sie in Besitz zu nehmen. Und dennoch wollte der Mann in ihm mehr als eine schnelle Paarung oder die bloße Befriedigung seiner eigenen Gelüste. Der Mann in ihm wollte ein ausgedehntes Liebesspiel und in ihr die gleiche Lust und Leidenschaft entfachen, die ihn selbst beherrschte. Der Mann wollte die Schönheit ihres Gesichts sehen, wenn sie den Höhepunkt der Lust erreichte.

Und deshalb küsste er sie, verführte sie mit den aufreizenden Liebkosungen seiner Zunge, weil er wusste, dass sie vernünftiger war als er selbst. Gabriel aber wollte, dass sie an nichts anderes mehr dachte als an das Vergnügen, das er ihr bereiten konnte. Für eine Weile sollte für sie alles andere in den Hintergrund treten. Er wollte, dass es nur noch sie und ihn gab, nur noch ihr gegenseitiges Geben und Nehmen und nichts, was sie in irgendeiner Weise dabei stören könnte.

Er streckte die Hand nach dem Saum ihres Hemdes aus und zog es herauf, wobei er den Kuss nur gerade lange genug unterbrach, um es ihr über den Kopf zu streifen. Ihre weichen Brüste pressten sich jetzt an seinen Oberkörper, ihre Haut war kühl und glatt wie Glas an der heißeren, etwas raueren Beschaffenheit der seinen. Sie war von vollkommener Schönheit, diese Frau. Langsam glitt seine Hand über ihren schlanken Rücken, um sie herum und zwischen ihre Körper, um die Männerhose, die sie trug, zu öffnen. Sie hatte ihre alten, abgetragenen Schuhe angehabt, als er zurückgekommen war, und nun hörte er, wie sie sie abstreifte und sie polternd einer nach dem anderen auf dem Boden landeten.

Mit Amelias Hilfe befreite Gabriel sie von ihren wenigen restlichen Kleidungsstücken und drehte sie sanft auf den Rücken. Als sie ihn zu streicheln begann, tat er das Gleiche, legte die Hände um ihre Brüste und senkte seinen Mund darauf, um ihre zarten Spitzen eine nach der anderen zu liebkosen, und schließlich ließ er eine Hand über ihren flachen Bauch zu dem weichen Haar zwischen ihren Schenkeln gleiten. Sie spreizte sie bereitwillig für ihn und war so gar nicht mehr das scheue Mädchen, das sie bei ihrem ersten Zusammensein mit einem Mann gewesen war.

Allerdings war sie auch vorher nicht wirklich scheu gewesen, erinnerte er sich. Es gefiel ihm sehr an ihr, dass sie jetzt so gut wie keine Hemmungen mehr ihm gegenüber erkennen ließ. Die meisten Männer zogen es vor, eine eher zurückhaltende Frau im Ehebett zu haben und sich eine sinnenfrohere Mätresse nebenbei zu halten. Bei Amelia würde ein Mann jedoch keine Mätresse brauchen. Als sie wieder die Hand um seine heiße Härte legte, war er nahe daran, die Kontrolle zu verlieren. Er war es nicht gewohnt, sich im Bett in Zaum zu halten. Die Frauen, die er früher hin und wieder aufgesucht hatte, waren nichts als ein Ventil für seine männlichen Bedürfnisse gewesen. Er hatte nie wirklich mit einer von ihnen den Liebesakt vollziehen wollen – was ausgesprochen rücksichtslos von ihm gewesen war, wie ihm nun klar wurde. Aber da er Angst hatte, mehr für eine Frau zu empfinden, als er sollte, war es auch ein Schutz für ihn gewesen. Doch da es dazu jetzt zu spät war, ließ er all seine Barrieren fallen und erlaubte sich die wahre Freude, mit einer Frau – mit dieser einen Frau – zusammen zu sein. Nachdem er sanft Amelias Hand von sich gelöst hatte, senkte er den Kopf auf ihre seidenglatte Haut und beschrieb einen aufreizenden Pfad mit seiner Zunge ihren flachen Bauch hinab. Immer tiefer glitt er, bis sein Kopf zwischen ihren Beinen lag und er sie mit seiner Zunge auf die gleiche Weise liebkosen konnte, wie er es mit seinen Fingern getan hatte.

Amelia hielt den Atem an und versteifte sich für einen Moment, was Gabriel mit großer Genugtuung erfüllte, da es ihm offenbar gelungen war, eine Frau zu schockieren, die, an normalen Maßstäben gemessen, selbst ziemlich schockierend war. Dann begann er sie mit seinem Mund zu lieben, und er konnte spüren, wie ihr Körper sich nach und nach entspannte und nachgiebiger wurde. Schließlich verschränkte sie mit einem wohligen kleinen Seufzer ihre Hände unter seinem Haar und zog seinen Kopf noch fester an sich. Gabriel war ganz berauscht von ihrer Süße, die er kostete, und ihrem femininen Duft, der sein heißes Blut noch mehr in Wallung brachte.

Er war unglaublich hart und heiß. Sein animalischer Instinkt, sie in Besitz zu nehmen, wuchs. Er brachte sie bis kurz vor den Gipfel der Ekstase, dann glitt er wieder an ihr hinauf, presste seine Lippen auf die ihren und drang in ihre enge, heiße Feuchte ein. Es war Himmel und Hölle zugleich, in ihr zu sein. Er wollte sich gehen lassen, die Kontrolle aufgeben und sich in ihr verströmen, aber er hielt sich zurück und begann sich langsam in ihr zu bewegen, wobei er sich so positionierte, dass er sie auf die gleiche Weise stimulieren konnte wie vorher mit seiner Zunge. Sie atmete immer schneller und passte sich bereitwillig seinen Bewegungen und seinem Rhythmus an. Ihre Nägel gruben sich in seinen Rücken, und noch immer trieb er sie mit tiefen, harten Stößen auf den Gipfel zu. Immer schneller bewegten sie sich miteinander, bis beide schweißbedeckt waren und schwer nach Atem rangen.

Als er sie wild unter sich erschauern spürte und sich alles in ihr zusammenzog, verlor er die Kontrolle. Mit einem letzten kraftvollen Stoß brachte er sie in schwindelerregende Höhen, und als sie die Beine um ihn schlang und ihm ihre Nägel noch tiefer in den Rücken krallte, während sie heiser seinen Namen stöhnte, wusste er, dass er sich jetzt aus ihr zurückziehen musste, weil er selbst am Rande der Ekstase war. Aber er konnte es nicht. Das Tier in ihm wollte seinen Samen in ihr hinterlassen, weil nur das der Grund war, aus dem ein Tier sich paarte. Um den Fortbestand seiner Spezies zu sichern.

Die Lust überwältigte ihn, bevor er wieder wie ein Mensch denken konnte, und mit einem letzten Stoß glitt er noch einmal tief in sie hinein und verströmte seinen Samen. Das hatte er noch nie bei einer Frau getan. Er war immer verantwortungsbewusst gewesen und hatte sich rechtzeitig zurückgezogen. Nicht nur den Frauen zuliebe, mit denen er schlief, sondern auch des Kindes wegen, das zu zeugen er riskierte. Gabriel stützte sich auf die Ellbogen, um Amelia nicht mit seinem ganzen Gewicht zu belasten, und sie war so schön, als sie aus großen Augen zu ihm aufblickte, dass es schon beinahe schmerzhaft für ihn war, sie anzusehen.

Ein zufriedenes Lächeln spielte um ihre von seinen Küssen geschwollenen Lippen, und obwohl er von der Heftigkeit seines Höhepunktes noch immer am ganzen Körper bebte, beugte er sich vor und küsste sie sehr liebevoll. Dann rollte er sich zur Seite und zog sie mit sich, ohne ihre intime Vereinigung zu unterbrechen. Amelia schmiegte sich an ihn, und gemeinsam begannen sie, die Rückkehr aus dem Paradies zur Erde anzutreten.

Nach und nach atmeten sie ruhiger, und schließlich löste Gabriel sich von ihr, ohne sie jedoch aus seinen Armen zu entlassen. Er liebte das Gefühl, sie in den Armen zu halten. Er mochte alles an ihr viel zu sehr. Und er belog sich selbst, wenn er einen so harmlosen Begriff wie »mögen« für seine Gefühle in Bezug auf sie verwendete. Seine Gefühle zu verleugnen nützte offensichtlich gar nichts, was den Fluch betraf.

Er spielte mit ihrem langen Haar, und nach einer Weile schlummerte sie ein. Auch Gabriel hätte schlafen müssen, was ihm der jetzt wieder zurückkehrende Schmerz in seinem Bein nur allzu gut bewusst machte. Dieser war so stark, dass er bittere Galle in seiner Kehle aufsteigen ließ. Einen Augenblick später durchzuckte ihn der erste scharfe Schmerz im Magen. Auch er war so heftig, dass er ihm den Atem raubte und ihn zusammenfahren ließ.

»Was ist?«, murmelte Amelia verschlafen.

»Nichts«, erwiderte er mit erstickter Stimme. »Ich muss nur für einen Moment nach draußen.«

Sie protestierte nicht, als er sich aus ihren Armen löste. Trotz des Schmerzes in seinem Bein und der immer stärker werdenden Übelkeit in seinem Magen schaffte Gabriel es, seine Hose wieder anzuziehen, ergriff seine Stiefel und hinkte durch das Haus zur Tür. Er hatte gedacht, die kühlere Luft draußen würde ihm vielleicht guttun, aber er schaffte es kaum hinaus, bevor er sich vor einem weiteren scharfen Schmerz in seinem Magen krümmte. Da er sich übergeben zu müssen glaubte, ließ er seine

Stiefel fallen und entfernte sich auf bloßen Füßen ein Stück weiter von der Tür.

Kraftlos ließ er sich dort auf alle Viere nieder und wartete auf das Erbrechen. Und dabei fiel sein Blick auf seine Hände. Sie waren mit Fell bedeckt, und aus seinen Fingerspitzen traten Krallen hervor. Kalter Schweiß trat Gabriel auf die Stirn, und er schüttelte den Kopf und blinzelte, in der Hoffnung, dass er nicht mehr sehen würde, was er zu sehen geglaubt hatte, wenn er ein zweites Mal hinsah. Aber er sah es doch.

Ein weiterer heftiger Krampf warf ihn zu Boden, und er krümmte sich und zog die Beine an die Brust. Selbst seine Knochen taten weh. Er schaute zum Himmel und dem vollen Mond auf, der die Landschaft in sein silbrig helles Licht tauchte. Es war so weit. Die Verwandlung hatte begonnen. So gern er es auch verleugnet hätte, war ihm doch mit allen seinen Sinnen klar, dass es zu spät für ihn war.

Möge Gott ihm beistehen. Möge er vor allem Amelia beistehen. Sie hatte sich gerade einem Ungeheuer hingegeben. Und jetzt war wirklich nicht der passende Moment, verdammt! Aber für ihn würde es ohnehin niemals den richtigen Zeitpunkt geben. Als Krämpfe seinen Körper schüttelten und er sich zu verbiegen begann und seine Gestalt veränderte, heulte Gabriel auf vor Schmerz und Frustration.

O Gott, was würde er Amelia nun antun? Mit aller Kraft versuchte er, sich an menschlichen Gedanken festzuhalten. Hatte er die Tür hinter sich geschlossen? Ja, er war sicher, dass er das getan hatte. Würde er dennoch in das Haus hineinkommen? Was geschah mit ihm? Oder schlimmer noch, was würde *ihr* geschehen?

17. Kapitel

Amelia riskierte einen Blick aus dem Fenster des kleinen Hauses. Es war nur eins der vielen Risiken, die sie seit der ersten Morgendämmerung eingegangen war. Sie war mitten in der Nacht erwacht und hatte festgestellt, dass Gabriel verschwunden war. Obwohl sie wusste, dass er Mora im Schutz der Dunkelheit hatte befreien wollen, konnte Amelia sich nicht erklären, warum er sie nicht geweckt hatte, bevor er losgegangen war. Er hatte sie angewiesen, Kleider für Mora herauszusuchen und so viele Nahrungsmittel, wie sie konnte, einzupacken, und beides hatte sie getan – aber was war, wenn Gabriel und Mora längst zurückgekehrt waren und schnell wieder weggemusst hatten, während sie noch fest geschlafen hatte?

Nein, das ergab nun wirklich keinen Sinn. Natürlich war sie hundemüde gewesen, nicht nur von dem Liebesakt mit einem Mann, der sich gar nicht so hätte überanstrengen dürfen, sondern auch, weil sie ununterbrochen auf der Flucht gewesen waren, seit sie Collingsworth Manor verlassen hatten. Dennoch fiel es Amelia schwer zu glauben, dass Gabriel sie nicht geweckt hatte, um sie daran zu erinnern, aufbruchbereit zu sein, falls Mora und er schon kurze Zeit darauf zurückkommen würden. Amelia fragte sich, ob sie vielleicht im Schlaf mit ihm gesprochen und ihm das Gefühl gegeben hatte, wach zu sein, obwohl sie es nicht war. Aber wie auch immer, die Tatsache, dass weder Gabriel noch Mora zurückgekehrt waren, machte Amelia ganz krank vor Sorge.

War er gefasst worden? Getötet? Nein, das konnte sie nicht glauben, aber trotzdem ließ die Möglichkeit ihr keine Ruhe. Sie hatte schon beinahe eine Spur im Fußboden hinterlassen, während sie in diesen langen letzten Stunden nervös im Haus herumgelaufen war. Einmal hatte sie in der Ferne einen Wolf heulen gehört und war sicher gewesen, dass die Kreaturen sich schon auf dem Weg zu ihr befanden. Aus Angst hatte sie sich über eine Stunde in dem Erdloch unter dem Fußboden versteckt, aber weder Wölfe waren gekommen, noch Männer, die die Tür aufbrachen. Wo war Gabriel? Und wie lange sollte sie noch auf ihn warten, bevor sie handelte und selbst herauszufinden versuchte, warum er nicht zurückgekommen war?

Amelia konnte nicht länger tatenlos ausharren. Es war besser, etwas Nützliches zu tun, als sich weiter mit Gedanken krank zu machen, was Gabriel passiert sein könnte oder nicht. Falls er gefangen genommen worden war, musste sie ihm zur Flucht verhelfen. Wie, das war ihr selbst nicht klar. Es gab keine Waffen in dem Haus. Sowohl sie als auch Gabriel hatten das mehrfach gründlich überprüft. Der Schmied und seine Familie hatten sogar die Küchenmesser mitgenommen, obwohl sie offenbar nahezu alles andere zurückgelassen hatten.

Vielleicht konnte sie sich auf dem Weg ins Dorf einen Plan zurechtlegen, überlegte Amelia, als sie schnell zur Tür ging, sie entriegelte und ins Freie trat. Das Erste, was sie sah, waren Gabriels Stiefel. Sie lagen direkt neben der Tür, an einer Stelle, die sie vom Fenster aus nicht hatte sehen können. Bei ihrem Anblick richteten sich die feinen Härchen auf Amelias Armen auf.

Sie sah keine Anzeichen eines Kampfes; wäre es anders gewesen, hätte sie vielleicht geglaubt, er wäre beim Hinausgehen überwältigt und gefangen genommen worden. Doch wenn es so gewesen wäre, hätten die Kreaturen sich Zutritt zu dem Haus verschafft und sie wahrscheinlich noch im Schlaf getötet. Hundert mögliche Szenarios schossen ihr durch den Kopf, als sie sich vorsichtig von dem verhältnismäßig sicheren Haus entfernte. Sie war noch nicht weit gekommen, als sie Gabriel nackt und unkontrolliert zitternd auf dem Boden liegen sah.

Ein erschrockener Schrei entrang sich ihr. Sie lief zu ihm hinüber, bückte sich und legte prüfend eine Hand an seine Stirn. Sie war glühend heiß. Tränen schossen Amelia in die Augen und rannen ihr über die Wangen. »Gabriel«, flüsterte sie mit erstickter Stimme.

Sie wusste nicht, was sie tun sollte, als er sich nicht rührte. Dass sie ihn ins Haus bringen musste, war ihr klar, aber wie sollte sie das anstellen? Er war mindestens doppelt so schwer wie sie. Hilflos setzte sie sich neben ihn und bettete seinen Kopf auf ihren Schoß.

»Gabriel, kannst du mich hören?«

Er stöhnte leise, aber er antwortete nicht.

Sie versuchte es erneut. »Gabriel, mach die Augen auf und sieh mich an.«

Seine langen Wimpern flatterten, und endlich öffnete er die Augen, die blutunterlaufen und seltsam glasig waren. »Amelia?«

Sie schluchzte vor Erleichterung, als sie seine Stimme hörte. »Wir müssen dich ins Haus bringen.«

»Was ist passiert?«

Amelia schüttelte den Kopf. »Ich weiß es nicht. Du warst heute Morgen auf einmal nicht mehr da. Kannst du dich erinnern, gestern Nacht hinausgegangen zu sein?«

Er runzelte seine schweißbedeckte Stirn. »Nein … oder doch, ja.« Als er wieder zu ihr aufschaute, sah sie außer Verwirrung auch noch nackte Angst in seinen Augen.

»Du musst sofort hier weg«, flüsterte er. »Bei mir bist du nicht sicher. Und auch hier bist du nicht sicher.«

Amelia ignorierte seine Einwände. Wie könnte sie ihn einfach so im Stich lassen? Er war krank, vielleicht sogar dem

Tode nahe. »Ich werde gehen«, log sie. »Aber erst nachdem wir dich ins Haus und ins Bett gebracht haben.«

»Du musst jetzt gleich gehen«, beschwor er sie mit schon kräftigerer Stimme. »Sofort, Amelia, hörst du?«

»Nein«, widersprach sie. »Erst wenn ich weiß, dass du im Haus in Sicherheit bist, Gabriel. Dann werde ich gehen, das verspreche ich dir.«

Er zitterte noch immer am ganzen Körper, aber zumindest regte er sich schon, als wolle er versuchen aufzustehen und ins Haus zurückzugehen. Amelia packte ihn unter den Armen, und mit vereinten Kräften schafften sie es, ihn aufzurichten. Dann legte Amelia seinen Arm um ihre Schulter.

»Stütz dich auf mich«, forderte sie ihn auf. »Ich werde dir beim Gehen helfen.«

Er tat es, aber nicht mit seinem ganzen Gewicht, wie sie bemerkte. Wahrscheinlich wäre sie auch gar nicht in der Lage gewesen, seinem Gewicht standzuhalten, aber ihr Versprechen, dass sie gehen würde, verlieh ihm offensichtlich eine Kraft, die er im Grunde nicht mehr hätte haben dürfen. Sie kamen nur langsam voran, aber zum Glück hatte er sich nicht allzu weit von dem Haus entfernt, bevor er gestern Nacht zusammengebrochen war.

Sie schafften es zum Haus, dann durch die Tür und in das Schlafzimmer. Amelia half ihm auf das Bett und breitete die kratzige alte Decke über ihn.

»Und jetzt geh«, sagte er rau.

Sie hatte ihn, wo sie ihn haben wollte, und brauchte nicht mehr so zu tun, als würde sie ihn einfach so seinem Schicksal überlassen. »Ich lasse dich nicht im Stich«, sagte sie. »Nicht in diesem Zustand. Und auch sonst nicht«, fügte sie sanft hinzu. »Ich liebe dich, Gabriel.«

Für einen Moment glaubte sie zu sehen, wie seine Augen

sich mit Tränen füllten, aber sie konnte sich nicht sicher sein, weil er blinzelte und schnell den Blick abwandte. »Das tust du nicht«, sagte er. »Das kannst du nicht. Ich bin nicht der, für den du mich hältst. Bitte geh jetzt, Amelia. Ich möchte, dass du sicher bist. Und ich will, dass du die Zukunft hast, die du verdienst. Geh in Richtung Osten und halte dich in den Wäldern. Dann müsstest du Wulfglen in höchstens zwei Tagen erreichen. Dort bist du in Sicherheit.«

Sie wusste nicht, ob sie eine Zukunft hatte, aber wenn ja, dann wollte sie, dass Gabriel Wulf ein Teil von dieser Zukunft war. »Schließ die Augen und ruh dich aus«, versuchte sie ihn zu überreden. »Du wirst dich besser fühlen, wenn du ein bisschen geschlafen hast.« Mit diesen Worten stand sie auf, um Wasser und ein sauberes Tuch zu holen. Als sie jedoch versuchte, Gabriels Gesicht zu kühlen, ergriff er ihr Handgelenk mit einer Kraft, die erstaunlich war für einen Mann, der dem Tode nahe war.

»Ich werde mich nicht besser fühlen!«, knurrte er. »Nicht eher, bis ich weiß, dass du hier weg bist! Du kannst nicht bei mir bleiben. Es wäre Selbstmord.«

Er war offensichtlich völlig durchgedreht. Sie konnte ihm nicht helfen, aber er brauchte jemanden, der es konnte. »Na schön«, sagte sie. »Dann gehe ich. Jetzt gleich.«

Gabriel ließ ihr Handgelenk los und sah aus, als wäre alle Kraft aus ihm gewichen. Sie musste in das Dorf. Sie musste Mora befreien, und zusammen mussten sie jemanden finden, der Gabriel helfen konnte. Amelia begann sich zu erheben und beugte sich dann über ihn. »Liebst du mich, Gabriel?«

Er öffnete die Augen, aber sie sah, welch große Mühe es ihn kostete. Zuerst dachte sie, er würde nicht antworten, vielleicht nicht einmal die Kraft dazu aufbringen, aber dann sagte er: »Es sieht so aus, als bliebe mir nichts anderes übrig.«

Dann schloss er die Augen wieder, und Amelia wusste, dass er ohnmächtig geworden war. Sie konnte nicht weiter denken, als dass sie ihn retten musste, ihn und Mora, während sie schnell zum Kleiderschrank hinüberging und die Männersachen durchsah, die dort hingen. Sie fand einen weiten, dreiviertellangen Herrenmantel und eine Kappe. Die Stiefel, die sie entdeckte, waren zu groß, zum Glück fand sie aber ein Paar dicke Wollsocken, die das Problem beheben würden. Ohne sich noch einmal umzusehen, lief sie durch das Haus und zur Tür hinaus.

Sie wusste, welche Richtung sie nach Hempshire einschlagen musste, und hielt sich im Schutz der Bäume, bis das nicht mehr möglich war. Dann bückte sie sich und rieb zuerst ihre Hände und dann ihr Gesicht mit Erde ein. Mit einer Hand nahm sie ihr langes Haar zusammen und verbarg es unter der Kappe, die sie in dem Kleiderschrank gefunden hatte. Sie war ihr viel zu groß, was jedoch gut war, da sie den größten Teil ihres Gesichts verdeckte.

Ihr Herz pochte so laut, dass sie es in ihren eigenen Ohren hörte, aber sie würde nicht wieder zurückgehen. Sie hatte fast ihr ganzes Leben immer nur an sich gedacht. Jetzt brauchten Gabriel und Mora sie, und sie würde die beiden nicht enttäuschen. Nur eine Frau, die stark war wie er selbst, würde Gabriel Wulf glücklich machen. Und sie war fest entschlossen, diese Frau zu sein.

Das Dorf war wie ausgestorben, bis auf ein paar herumstehende Männer, die Amelia bemerkte, und die so aussahen, als ob sie nicht zu der normalen Landbevölkerung gehörten. Sie beobachteten und warteten, aber sie warteten auf einen großen blonden Mann und eine Frau. Amelia hielt den Kopf gesenkt, als sie über die Straße nach Hempshire hineinging. Sie hoffte, einer verwahrlosten Waise zu ähneln, was in England kein ungewöhnlicher Anblick war. Ihr Herz begann zu rasen, als sie auf das Wirtshaus zuging, vor dem zwei Männer herumstanden. Amelia senkte den Kopf noch tiefer, als sie an ihnen vorbeiging.

»He, Kleiner«, rief ihr einer der Männer zu. »Was machst du hier in Hempshire?«

Ihr wild pochendes Herz stieg ihr jetzt fast bis in die Kehle. Amelia hielt aber stur den Kopf gesenkt und versuchte, sich an die vielen Mundarten der Londoner Bevölkerung zu erinnern, die sie ihr Leben lang von den niedrigeren Bediensteten ihrer Eltern gehört hatte.

»Gar nix, Sir«, erwiderte sie und versuchte, ihrer Stimme einen möglichst ungeschliffenen Tonfall zu verleihen. »Bin bloß auf der Durchreise. Gibt's in der Taverne Reste, die ich kriegen könnte?«

Vorsichtig warf sie den Männern unter halb gesenkten Wimpern einen Blick zu. Sie waren ziemlich hart aussehende Burschen. Einer zuckte mit den Schultern. »Geh um das Haus herum und in die Küche. Ich glaube, es ist noch was von unserem Frühstück da.«

Amelia nickte und beeilte sich zu tun, was er gesagt hatte. Was für ein Glück, so leicht in die Taverne hineinzukommen! Sie war überzeugt, dass drinnen Wachen waren, und hatte keine Ahnung, wie sie an ihnen vorbeikommen sollte, um Mora zu suchen. Ein Schritt nach dem anderen, sagte sie sich, auch wenn sie wusste, dass Zeit von größter Wichtigkeit war, da sie es nicht wagte, Gabriel in seinem Zustand zu lange allein zu lassen.

Die Hintertür der Taverne stand offen, vielleicht, um die Hitze des Herdfeuers herauszulassen, dachte Amelia, als sie hineinging. Wasser brodelte in großen Kesseln auf dem Herd, und auf einem groben Tisch befanden sich die Überreste des besagten Frühstücks. Amelia nahm sich ein schon etwas hartes

Brötchen und stopfte es in den Mund. Aber dann kam ein stämmiger Mann herein, und sie erstickte fast an ihrem Brot.

»Was hast du hier zu suchen, Junge?«, verlangte er zu wissen.

Amelia schlang das Brot herunter und senkte rasch den Kopf. »Die Männer draußen sagten, ich könnte die Reste vom Frühstück haben«, antwortete sie. »Ich hab kein Geld und bin hungrig. Bin unterwegs nach London, um mir Arbeit zu suchen.«

Obwohl sie den Mann nicht anzusehen wagte, spürte sie, dass er sie prüfend musterte. »Willst du dir etwas verdienen, bevor du wieder gehst?«

Es würde komisch aussehen, es nicht zu wollen, und deshalb nickte Amelia so eifrig, dass die Kappe fast auf ihrem Kopf verrutschte.

»Dann bring diese Wasserkessel in das erste Zimmer gleich hinter der Treppe und füll die Wanne dort.«

Ihr Glück hielt an! Amelia nahm an, dass sie Mora oben gefangen hielten, und nun hatte sie einen Vorwand, um hinaufzugehen und nach ihr zu suchen. Amelia fragte sich nur, ob sie die schweren Kessel würde hochheben können. Aber sie musste es schaffen; sie hatte keine andere Wahl. Eine weitere Gelegenheit wie diese würde sich ihr nicht noch einmal bieten.

»Nun mach schon«, fuhr der Mann sie an. »Du kannst essen, wenn du fertig bist.«

Während sie sich schon fragte, wie sie Mora aus dem Wirtshaus herausbekommen sollte und sich Sorgen wegen der Wachen machte, die oben postiert sein würden, ging Amelia zu dem Herd. Da sie aus ihrer unangenehmen Erfahrung auf Collingsworth Manor eine Lehre gezogen hatte, nahm sie zuerst ein dickes Handtuch und wickelte es um den Griff des Kessels, bevor sie versuchte, ihn hochzuheben. Er war so groß und schwer, dass sie ihn nur mit beiden Händen tragen konnte. Als sie ihn durch die Schankstube schleppte, sah sie den Mann, der ihr das Geld versprochen hatte, mit zwei anderen Männern reden, die mit einem Krug Bier vor sich an einem der zerschrammten Tische saßen.

»Wie ich sehe, hast du jemanden gefunden, der deine Arbeit tut«, bemerkte einer der Männer zu dem stämmigen, und alle drei lachten.

Mit gesenktem Kopf schlurfte Amelia an ihnen vorbei. Als sie die Treppe erreichte, fragte sie sich, ob sie es mit dem schweren Kessel überhaupt nach oben schaffen würde. Aber sie musste es. Für Gabriel und für Mora. Und so nahm sie all ihre Entschlossenheit zusammen, atmete tief ein, um Kraft zu sammeln, und begann die Treppe hinaufzusteigen. Die Männer in der Schankstube unterhielten sich weiter leise miteinander und beachteten sie kaum. Waren sie überhaupt *Männer?* Amelia musste davon ausgehen, dass sie es nicht waren, und es lief ihr kalt über den Rücken bei dem Gedanken, dass sie sich in Gesellschaft solcher Kreaturen befand. Aber was ihr noch mehr Angst einjagte, war die Frage, wie sie Mora befreien sollte, ohne selbst gefangen genommen zu werden.

Wenn das geschah, würde sie Gabriel nicht mehr helfen können. Und wenn sie sein Schicksal nicht gleich besiegeln wollte, durfte sie diesen Kreaturen auf gar keinen Fall verraten, wie es um ihn stand und wo er sich befand. Die Treppe war gar nicht so steil, stellte sie fest, und trotzdem kam sie ihr fast unüberwindbar vor.

Endlich erreichte sie den oberen Korridor. Es gab fünf Zimmer; das wusste sie von ihrem ersten kurzen Aufenthalt hier. Alle Türen waren geschlossen, bis auf die des Raums, der ihr am nächsten lag und in dem sie die Wanne füllen sollte. Mit dem schweren Wasserkessel kämpfend, näherte Amelia sich dem Zimmer vorsichtig.

Auf den ersten Blick schien sich niemand darin aufzuhalten. Aber als sie eintrat, sah sie vor dem Fenster, das zur Straße hinausging, Mora stehen. Amelia war so überglücklich, sie zu sehen, dass sie vor Freude beinahe aufgeschrien hätte. Aber sie biss sich auf die Lippen und stellte den Kessel auf den Boden.

18. Kapitel

»Füll die Wanne, Junge«, sagte Mora, die mit dem Rücken zu Amelia stand. »Denn dazu werden sie dich ja wohl heraufgeschickt haben.«

Ihr Ton war ein bisschen verwirrend, als wäre es ihr erlaubt, Befehle zu erteilen, aber Amelia war viel zu froh, sie lebend und gesund zu sehen, um groß darüber nachzudenken. Die junge Frau trug ihr wundervolles Haar jetzt offen und dazu ein seidenes Negligee, das sich bei genauerer Betrachtung als Bestandteil von Amelias eigener Aussteuer herausstellte. Woher hatte Mora dieses Kleidungsstück? Wahrscheinlich von den Kreaturen, die Collingsworth Manor bestimmt geplündert hatten, nachdem sie alle in die Flucht geschlagen hatten.

»Mora!«, rief Amelia leise. »Ich bin gekommen, um dich hier herauszuholen.«

Moras Kopf fuhr zu ihr herum, und sie sah fast ein bisschen wie ein Engel aus mit ihrem wehenden langen Haar und im Schein der durch das Fenster hereinfallenden Sonne, die ihr reizendes Gesicht erhellte. »Amelia!«, sagte sie überrascht.

Amelia legte einen Finger an ihre Lippen und bedeutete ihr, still zu sein, wobei sie vielsagend über ihre Schulter blickte. »Drei von ihnen sind unten in der Wirtsstube, und zwei weitere sind draußen vor der Eingangstür postiert. Ich weiß nicht, wie wir es anstellen sollen, an ihnen vorbeizukommen.«

»Wo ist Gabriel?«, wollte Mora mit gedämpfter Stimme wissen.

Amelias Augen füllten sich mit Tränen, aber sie blinzelte, um sie schnell wieder zu verdrängen. Sie musste einen kühlen Kopf bewahren. »Er ist krank. Sehr krank. Er braucht einen Arzt,

Mora. Ich bin hergekommen, um dir bei der Flucht zu helfen, und ich dachte, zusammen könnten wir vielleicht jemanden finden, der Gabriel helfen kann. Ich fürchte, dass er sterben wird, wenn wir das nicht tun. Das Bein ist immer noch entzündet, und jetzt hat er auch noch Fieber.«

»Wo hast du ihn zurückgelassen?«, fragte Mora und kam zu Amelia herüber. »Doch wohl hoffentlich nicht irgendwo, wo er leicht entdeckt werden kann?«

»Natürlich nicht«, beruhigte Amelia sie. »Wir haben uns die Nacht über in einem kleinen Haus nicht weit vom Dorf entfernt versteckt. Der Schmied und seine Familie lebten früher dort.«

»Ihr seid also geblieben, weil Gabriel nicht weiterkonnte?«, fragte Mora.

Dass Mora sie über Gabriel ausfragte, statt mit ihr zu überlegen, wie sie von hier fortkommen sollten, stellte Amelias Geduld auf eine harte Probe. Ihre Nerven waren ohnehin schon überstrapaziert, und so schüttelte sie ein bisschen irritiert den Kopf.

»Nein. Wir hätten weitergehen können, aber ich wollte dich nicht im Stich lassen. Ich habe Gabriel überredet, lange genug zu bleiben, um wenigstens zu sehen, ob er dich finden könnte.«

Mora senkte für einen Moment den Blick. »Ich habe ihnen ja gesagt, ihr würdet meinetwegen bleiben«, sagte sie. »Aber sie meinten, das würdet ihr bestimmt nicht tun. Ich wünschte fast, ich hätte mich geirrt.«

Moras Worte verwirrten Amelia, aber sie beschloss, sie für den Augenblick zu ignorieren. »Wir haben keine Zeit für Diskussionen«, flüsterte sie. »Wir müssen überlegen, wie wir hier herauskommen. Und Hilfe für Gabriel finden.«

Plötzlich ging Mora an ihr vorbei zur Tür, wo sie stehen blieb und Amelia den Weg verstellte. »Ich kann gehen, wann ich will«, sagte sie. »Ihr seid diejenige, die bleiben muss.«

Ein furchtbarer Verdacht begann Amelia zu beschleichen,

und sie trat erschrocken einen Schritt zurück. »Was redest du da, Mora?«

Die junge Frau antwortete nicht, aber ein seltsames Glitzern trat in ihre Augen. Amelia schnappte entsetzt nach Luft und wich noch weiter vor der Frau zurück. »O Gott«, flüsterte sie. »Du bist eine von ihnen!«

Mora zuckte zusammen, als kränkte sie Amelias Furcht vor ihr. »Seht mich nicht so an«, fauchte sie. »Als wäre ich kein Mensch. Als ekeltet Ihr Euch vor mir.«

Amelia konnte nur fassungslos den Kopf schütteln. Damit hatte sie nun wirklich nicht gerechnet. »Warum?«, gelang es ihr zu fragen. »Warum hast du uns so getäuscht?«

Moras seltsam glitzernde Augen verhärteten sich jetzt. »Weil es meine Pflicht war«, antwortete sie bitter. »Die Aufgabe, von der ich schon als Kind wusste, dass sie eines Tages mir zufallen würde. Ich bin Teil des Plans, eines Plans für die Verbesserung der Lebensbedingungen meines Volkes. In meinem Leben ging es nie darum, was ich vielleicht selbst wollte, sondern immer nur um das, was man von mir erwartete.«

Amelia, der noch immer ganz schwindlig war durch den Schock, von Mora derart hinters Licht geführt worden zu sein, brachte ihr nicht das geringste Mitgefühl entgegen. »Und du übernimmst also die Aufgabe, die Menschen, die dir ihre Freundschaft geschenkt haben, hinters Licht zu führen und zu ermorden?«

Wieder fuhr Mora zusammen. »Mord gehörte nicht zu unserem Plan«, erwiderte sie verteidigend. »Oder jedenfalls nicht, bis Gabriel Wulf sich einmischte. Und um fair zu sein, auch nicht, bis Vincent seine Rolle nicht so spielen konnte, wie es ihm aufgetragen worden war. Bei einigen ist das Tier eben stärker als der Mensch. Vincent beherrschte es nicht, sondern das Tier beherrschte ihn.«

Nun, da der erste Schock ein wenig nachgelassen hatte, verfiel Amelia in blinde Wut. »Und wie war das mit Robert?«, herrschte sie ihre einstige Dienstmagd an. »Ihr habt ihn kaltblütig ermordet!«

Mora straffte sich und ging zum Bett hinüber. »Lord Collingsworth hätte sowieso nicht mehr lange gelebt. Um unseren Plan zu fördern, arbeitet einer der unseren als Arzt in London. Euer verstorbener Ehemann suchte ihn noch kurz vor Eurer Heirat auf. Robert hatte ein schwaches Herz, Amelia. Die Krankheit lag in der Familie. Wir bezweifelten, dass er auch nur seine eigene Hochzeitsnacht überleben würde, und deswegen nahmen wir schon einmal unsere Plätze ein. Wir beschafften uns Stellungen in Lord Collingsworth' Diensten und warteten darauf, dass er zu seiner Hochzeitsnacht zurückkehrte. Wir sollten abwarten, bis er eines natürlichen Todes starb, aber Vincent konnte nicht warten. Er wollte Euch besitzen und nahm die Sache selbst in die Hand.«

Amelia wurde es ganz übel bei der Vorstellung, dass Robert vor Angst und Entsetzen gestorben war. »Wie kannst du dich mit diesen Kreaturen zusammentun, Mora? Mit diesen Mördern?«

Das Glitzern kehrte nun wieder in die Augen der Frau zurück. »Ihr habt ein sehr verwöhntes und oberflächliches Leben geführt, *Mylady*. Ihr wisst nicht, wie es ist, nur so zum Spaß gejagt zu werden. Zu verhungern, weil der Wald seine Leute nicht mehr ernähren kann. Früher haben sich die Wargs damit zufriedengegeben, sich zu verstecken und ihr Leben unter anderen Waldgeschöpfen zu verbringen, aber heute können wir im Verborgenen nicht mehr überleben. Und darum nutzen wir nun unsere Fähigkeiten, um in eure oberste Gesellschaftsschicht einzudringen und uns dort unterzumischen. Um Macht für unsere Spezies zu gewinnen. Und eines Tages werden wir die Welt regieren.«

Amelia erschauerte. War es möglich, dass diese Kreaturen erreichen würden, was sie planten? Vincent hatte seine Gestalt verändert, um wie Robert auszusehen. Wenn diese Kreaturen dazu in der Lage waren, konnten sie vermutlich das Leben jedes Menschen übernehmen. Mora, erkannte Amelia nun, war wie ein Chamäleon gewesen. Die junge Frau sprach jetzt sogar ganz anders. Sie war gebildet und verstand sich auch so auszudrücken. So viele Dinge waren jetzt klar erkennbar, die es vorher nicht gewesen waren.

»Du warst der Grund, warum sie uns nicht in den Wäldern angegriffen haben«, erkannte Amelia nun. »Das hatten sie gar nicht nötig, weil eine der Ihren bei uns war. Weil du dafür sorgen würdest, dass es uns nie gelingen würde, uns in Sicherheit zu bringen.«

Wie eine Königin ließ Mora sich auf dem Fußende des Bettes nieder und öffnete einen Koffer, den Amelia als einen der ihren wiedererkannte. »Ich habe ihnen gesagt, ich müsste mehr Zeit mit Euch verbringen«, erklärte sie. »Zeit, um Eure Angewohnheiten, Euer Mienenspiel und Eure Ausdrucksweise zu erlernen. Es gehörte nie zu unserem Plan, dass ich Euren Platz einnehmen sollte. Nicht, wenn Vincent seine Pflicht getan hätte. Doch da er das leider nicht getan hat, wurde sehr schnell etwas anderes entschieden. Es war an jenem Tag in dem Vorratskeller, als man es mir sagte.«

»Aber wie kannst du uns sogar jetzt noch hintergehen?«, flüsterte Amelia. »Ich dachte, wir wären Freundinnen geworden.«

Mora zuckte die Schultern. »Ich habe meine Pflicht, so wie Ihr einst die Eure in Eurer Gesellschaft hattet. Ihr nennt mich Freundin, aber wenn wir einen sicheren Ort erreicht hätten, dann hättet Ihr die freundschaftlichen Bande zwischen uns sehr schnell vergessen. Ich wäre in Euren Augen wieder nichts als eine Bedienstete gewesen.«

Traf das zu? Früher wäre es vielleicht so gewesen, aber Amelia hatte sich verändert. »Du kennst mich überhaupt nicht«, sagte sie zu Mora. »Ich kannte mich ja selber nicht, bevor ich diese Reise antrat. Es verletzt dich, wenn ich dich als Tier bezeichne, und trotzdem benimmst du dich wie eins. Hat man dir denn nie etwas über Liebe beigebracht? Oder über Mitgefühl? Denn ohne diese beiden Eigenschaften wirst du niemals menschlich sein können.«

Amelia sah, wie Mora über und über errötete. »Man hat mir alles beigebracht, was ich zum Überleben brauche«, stieß sie ärgerlich hervor. »Ich kenne meine Pflichten. Unsere gemeinsame Sache hat Vorrang vor den Bedürfnissen des einzelnen. Und es geht darum, um jeden Preis zu siegen.«

»Und nun ist es deine Pflicht, mich zu töten und meinen Platz in der Gesellschaft einzunehmen«, stellte Amelia bitter fest. »Aber wer mich kennt und liebt, wird sich von dir nicht hinters Licht führen lassen.«

Mora zog eine Braue hoch. »Kennt Gabriel Wulf Euch?«, konterte sie spöttisch. »Liebt er Euch? Ich habe ihn schon einmal getäuscht, solltet Ihr wissen. Das war auf Collingsworth Manor.«

Es dauerte nur einen Moment, bis Amelia begriff, wie und wo Mora Gabriel getäuscht hatte. »Ich bin also gar nicht geschlafwandelt«, sagte sie. »Aber damals kannte Gabriel mich kaum. Und trotzdem sagte er, der Kuss, den ich ihm während meines Schlafwandelns gegeben hätte, sei anders gewesen als der, den wir uns ein paar Stunden früher an jenem Tag gegeben hatten.« Als zusätzliche Beleidigung für Mora fügte sie noch hinzu: »Gabriel sagte, es fehlte dir an Leidenschaft. Du könntest ihm jetzt nichts mehr vormachen.«

Das selbstgefällige Lächeln um Moras Lippen verblasste. »Ach nein? Falls er noch am Leben ist, werde ich das ja sehen, und wenn auch nur, um mich selbst davon zu überzeugen, dass es mir gelingt.«

»Was habt ihr mit ihm vor?«, fragte Amelia besorgt.

Mora erhob sich von dem Bett und trat zu ihr. »Gar nichts, hoffe ich. Das Beste wäre, wenn er an seiner Entzündung sterben würde. Das wäre leichter für uns alle.«

»Ein Mord weniger, den ihr vertuschen müsstet«, entgegnete Amelia verächtlich.

Mora zuckte nur die Schultern und öffnete die Tür. »Der Kutscher und der Diener auf Collingsworth Manor werden nie gefunden werden. Und der junge Herr ruht jetzt friedlich auf den Feldern, wo er ganz offenbar an einem Herzanfall gestorben ist. Völlig durcheinander und verängstigt, als er nicht zu mir zurückkam, habe ich ein Pferd genommen und versucht, Wulfglen zu erreichen, wo sich, wie ich wusste, meine Freundin Rosalind und ihr Mann gerade aufhielten. Was Gabriel Wulf angeht, so werde ich natürlich sehr betroffen sein, wenn ich erfahre, dass er in diesem kleinen Dorf so dicht bei seinem Zuhause an einem Fieber starb. Aber da ich dem Mann nie begegnet bin, werde ich ihn natürlich auch nicht allzu sehr betrauern müssen.«

Es erschien Amelia zu bizarr, zu leicht, dass Mora so einfach ihren Platz einnehmen und ihr ihr Leben stehlen könnte. »Damit wirst du niemals durchkommen«, versicherte sie ihr.

Wieder zog Mora spöttisch eine Augenbraue hoch. »Ach nein?«

Vor Amelias Augen begann die Frau sich plötzlich zu verwandeln. Ihre Gesichtszüge veränderten sich, und Amelia sah sich auf einmal ihrem eigenen Spiegelbild gegenüber. Moras blondes Haar und ihre blauen Augen verschafften ihr einen enormen Vorteil, wenn es darum ging, sich in Amelia zu verwandeln.

»Glaubt Ihr immer noch, ich könnte niemanden täuschen?«

Mora hatte sogar gelernt, Amelias Stimme zu imitieren. Befand sie sich noch immer in einem Albtraum? Diese Möglichkeit erschien ihr glaubwürdiger als die Wirklichkeit, die sie vor Augen hatte.

Die falsche Dienstmagd lächelte. »Ich bin ziemlich gut im Nachahmen, Amelia. Aber dennoch weiß ich immer noch nicht genug über Euch, um in aller Ruhe Euren Platz in der Gesellschaft einzunehmen. Und deshalb werden sie Euch noch etwas länger leben lassen«, fügte sie hinzu. »Sobald ich gesehen habe, ob Gabriel noch lebt oder zumindest so weit bei Bewusstsein ist, um mich für Euch zu halten, werde ich zurückkommen, um Euch noch mehr Fragen zu stellen.«

»Dann verschwendet Ihr nur Euren Atem«, versicherte Amelia ihr.

Aber Mora ignorierte sie. »Habt Ihr noch ein letztes Wort für ihn, um ihm das Sterben zu erleichtern?«

Amelias schwelender Zorn hatte sich zu rasender Wut gesteigert. Sie ertrug den Gedanken nicht, dass Mora Gabriel schon wieder täuschen würde. Dass sie ihm Dinge sagen würde, die Amelia ihm sagen wollte. Dass sie ihn berühren, ihn vielleicht sogar küssen würde ...

Amelia, die unwillkürlich die Fäuste geballt hatte, streckte jetzt die Finger aus wie Krallen, stürzte sich auf Mora und schaffte es auch, ihr das Gesicht zu zerkratzen, bevor die Frau begriff, wie ihr geschah. Aber dann packte sie Amelias Handgelenke mit einer Kraft, die weit über die einer normalen Frau hinausging, und schleuderte sie quer durch das Zimmer zu dem Bett hinüber.

Nachdem Mora sich binnen Sekunden wieder in sich selbst verwandelt hatte, stolzierte sie zur Tür. »Männer!«, schrie sie. »Der Junge ist die Frau, auf die wir gewartet haben, ihr Idioten! Also kommt herauf und gebt gefälligst auf sie acht!«

Amelia fühlte sich hundeelend. Sie hatte es nicht nur geschafft, sich gefangen nehmen zu lassen, sondern Mora auch noch Gabriels Aufenthaltsort preisgegeben. Und nun würden sie ihn sterben lassen oder ihn womöglich sogar töten … und alles nur durch meine Schuld, dachte Amelia. Was sollte sie tun? Wie konnte sie ihn retten?

Gabriel wusste, dass er etwas tun musste, er konnte sich bloß nicht mehr erinnern, was. Nur äußerst langsam tauchte er aus dem angenehmen Dunkel seiner Bewusstlosigkeit wieder auf. Sie war so friedlich, diese Dunkelheit, dass er sich ihr nur allzu gerne überlassen hätte, aber irgendetwas ließ ihm keine Ruhe, drängte ihn, zu erwachen, und warnte ihn, dass er etwas Wichtiges zu tun hatte. Dann spürte er eine kühle Hand auf seiner fieberheißen Stirn. Amelia war bei ihm … aber nein, Moment, er hatte ihr doch gesagt, sie solle gehen, oder nicht?

Mühsam öffnete er die Augen. Für einen Moment war seine Sicht verschwommen, doch dann erschien ein schon etwas klarer zu erkennendes Gesicht vor ihm. Amelias Gesicht. Er hatte sie fortgeschickt, das wusste er noch, aber er erinnerte sich nicht mehr, aus welchem Grund. Und der war wichtig. Er erinnerte sich daran, dass er mit ihr geschlafen hatte, wusste noch, wie sie sich danach an ihn gekuschelt hatte. Und dann erinnerte er sich auch schlagartig wieder an den Schmerz, der ihn aus dem Haus getrieben hatte. Und dann waren seine Hände plötzlich so missgebildet gewesen wie in seinen Albträumen, mit einem dichten Fell darauf und langen, spitzen Krallen, die aus seinen Fingerspitzen hervorgestanden hatten.

Danach erinnerte er sich an nichts mehr, bis zum Morgen, als Amelia ihn geweckt hatte. Er hatte draußen auf dem Boden gelegen, splitterfasernackt und frierend, obwohl er geglüht hatte vor Fieber. Sie hatte ihm ins Haus geholfen, und er hatte ihr befohlen, ihn unverzüglich zu verlassen. Obwohl er sich nicht daran erinnern konnte, vermutete er, dass schließlich doch der Wolf in ihm hervorgekommen war. Der Fluch hatte ihn eingeholt, und Amelia war bei ihm jetzt nicht mehr sicher.

»Ich hatte dir doch gesagt, du solltest gehen«, sagte er mit einer selbst für ihn ganz fremden Stimme.

»Ich konnte dich in deinem Zustand nicht allein lassen«, erwiderte Amelia. »Du müsstest mich doch besser kennen, als zu glauben, dass ich das tun würde, Gabriel?«

Er hatte sie kennengelernt, wie er früher nie geglaubt hätte, eine Frau je kennenzulernen oder es auch nur zu wollen. »Du bist hier nicht mehr sicher.«

Sie strich ihm das Haar aus der Stirn. »Diese Kreaturen wissen nicht, wo wir sind. Sie werden in der Nähe des Dorfes bleiben, für den Fall, dass wir zurückkehren sollten, um Mora zu holen. Ich werde hier noch eine Zeit lang sicher sein.«

Amelia verstand anscheinend nicht, dass er möglicherweise eine ebenso große Bedrohung für sie darstellte wie die Kreaturen, die auf der Jagd nach ihnen waren. Gabriel war sich nicht sicher. Was würde er tun, während er in Wolfsgestalt war? Wie würde er sich verhalten? Wie eine zähnefletschende Bestie, die Amelia zerfleischen würde? Oder würde er nur die Sichtweise eines Tieres haben? Eines Tieres, das gefährlich werden konnte, wenn es sich bedroht fühlte, aber ansonsten froh war, wenn man es in Ruhe ließ? Falls Amelia blieb und seine Entzündung ihn nicht vorher umbrachte, würde sie es sehen. Es sehen und es wissen. Und zutiefst entsetzt und angewidert sein.

»Du musst jetzt gehen«, sagte er, nur mühsam seine Panik unterdrückend. »Du kannst Wulfglen in zwei Tagen erreichen, wenn du dich beeilst und nicht einmal zum Schlafen anhältst. Du kannst dorthin gehen und Hilfe für mich holen.«

Wieder spürte er ihre kühle Hand an seiner Stirn. »Du wirst tot sein, bevor ich zurückkomme«, sagte sie. »Ich gehe nicht, und du hast nicht die Kraft, um mich dazu zu zwingen.« Ihre Hand glitt zu seinem Nacken, und sie hob seinen Kopf an und hielt ihm einen Becher an die Lippen. »Trink ein bisschen Wasser, Gabriel.«

Er war tatsächlich ungeheuer durstig. Seine Kehle war so trocken, dass jedes Wort ihn schmerzte, und deshalb trank er, um sie überreden zu können zu gehen. Das kühle Wasser schmeckte himmlisch, und er hätte den ganzen Becher geleert, wenn sie ihn ihm nicht plötzlich wieder weggenommen hätte.

»Nicht zu viel«, warnte sie, »sonst kommt dir alles wieder hoch.«

Woher wusste Lady Amelia Sinclair-Collingsworth so etwas? Sie hatte gesagt, sie habe sich mit Mora über Krankenpflege unterhalten, aber sie hatten doch bestimmt nur darüber gesprochen, was sie für sein Bein tun könnten. Mora! Plötzlich fiel ihm wieder ein, was er sonst noch Wichtiges zu erledigen hatte.

»Mora«, sagte er mit rauer Stimme.

Für einen Moment sah Amelia regelrecht erschrocken aus. »Was?«

»Mora«, wiederholte er. »Ich muss sie retten. Sie haben gesagt, sie würden nur zwei Tage warten, bevor sie sie verschwinden lassen.«

Amelias angespannte Züge glätteten sich wieder. »Du bist nicht in der Verfassung, Mora beizustehen. Am besten denkst du jetzt nur an dich selbst. Das Mädchen wird allein zusehen müssen, wie es fertig wird.«

Warum benahm Amelia sich auf einmal so? Als er ihr das erste Mal auf Collingsworth Manor begegnet war, wäre er über eine solche Einstellung nicht weiter überrascht gewesen. Aber so war sie überhaupt nicht, war ihm mittlerweile klar geworden. In der Nacht, als sie aus der Taverne entkommen waren, hatte sie Mora auf keinen Fall zurücklassen wollen, und sie würde sie auch jetzt nicht ihrem Schicksal überlassen wollen.

»Was ist los mit dir?«, fragte er. Ein kalter Schauer lief ihm über den Rücken, und einen Moment lang fröstelte er so unkontrollierbar, dass Amelias Gesicht vor ihm verschwamm. Als er wieder sprechen konnte, sagte er: »Du würdest Mora niemals ihrem Schicksal überlassen. Dazu hast du sie schon viel zu gern.«

Ein schwer zu definierender Ausdruck huschte über ihre schönen Züge. Schuldbewusstsein? »Du bist mir wichtiger. Ich liebe dich.«

Gabriel erinnerte sich, dass sie ihm schon einmal gesagt hatte, sie liebte ihn. Er erinnerte sich auch, wie sein Herz vor Freude höher geschlagen hatte, bevor es ihm bis in die Zehen herabgesunken war. Und natürlich wusste er auch noch, was er erwidert hatte, als sie ihn gefragt hatte, ob auch er sie liebte. Es war nicht das gewesen, was sie zu hören verdiente, aber andererseits verdiente sie es ja auch nicht, von ihm getäuscht zu werden, wie er sie von Anfang an getäuscht hatte. Er liebte sie so, wie er sich geschworen hatte, niemals eine Frau zu lieben. Er war schwach gewesen, als er hätte stark sein müssen, und jetzt war er zudem geschwächt von dem Fieber, das in ihm tobte, und machtlos gegen einen vor Jahrhunderten über seine Familie verhängten Fluch.

»Du solltest mich nicht lieben«, sagte er. »Ich verdiene deine Liebe nicht.«

Amelia betrachtete ihn neugierig. »Und warum nicht?«, fragte sie. »Deiner Familie und der Gerüchte wegen, dass auch du eines Tages vom Wahnsinn ereilt werden wirst? Weil du ein Freund von Lord Collingsworth warst und ich für einen Tag lang seine Braut? Warum verdienst du es nicht, von mir geliebt zu werden?«

Ihr Gesicht über ihm verschwamm und wurde wieder schärfer. Sie hatte einen Kratzer an der Wange, den Gabriel noch nicht an ihr gesehen hatte, soweit er sich erinnern konnte. Er versuchte, seine Hand zu heben, um sie zu berühren, doch er hatte nicht die Kraft dazu. Plötzlich dachte er an die Krallen, die ihm letzte Nacht gewachsen waren, und fragte sich, ob sie noch dagewesen waren, als Amelia ihn bewusstlos aufgefunden hatte.

»Was ist mit deinem Gesicht passiert?«, fragte er matt. »Woher hast du diesen Kratzer?«

»Ich weiß es nicht«, erwiderte sie errötend. »Aber ein kleiner Kratzer ist ja wohl kaum ein Grund zur Sorge, während du hier im Sterben liegst.«

Es war durchaus möglich, dass er starb, aber das würde Amelia niemals zugeben. Weil es das Gleiche wäre, wie eine Niederlage anzuerkennen. Nein, Amelia würde versuchen, ihn zu überzeugen, dass er *nicht* im Sterben lag. Sie würde versuchen, ihm Hoffnung zu vermitteln – und die Kraft zu kämpfen. Aber jetzt verhielt sie sich, als erwartete sie, dass er aufgeben würde. Was würde heute Nacht geschehen, wenn der Mond aufging? Würde er sich trotz seines Fiebers und seines geschwächten Zustandes verwandeln? Und würde er krank oder stark sein in Gestalt des Wolfs?

»Wie spät ist es?«

»Ziemlich spät«, antwortete sie. »Schon beinahe dunkel.«

Sie berührte seine Wange, und da bemerkte er zum ersten Mal, dass ihre Hände rauer waren, als er sie in Erinnerung hatte. Natürlich waren sie seit Beginn ihrer Flucht durch die Wälder rauer geworden, aber trotzdem hatten sie sich immer noch sehr zart an seiner Haut angefühlt, als sie sich geliebt hatten.

»Schließ die Augen«, versuchte sie ihn zu überreden. »Begib dich an einen Ort, wo es keinen Schmerz mehr gibt. Und keine Sorgen. Geh zu einem Ort, wo dein Leiden ein Ende finden wird.«

Gabriel packte sie am Handgelenk, worauf sie erschrocken zusammenfuhr, und zog sie, erstaunt, dass er überhaupt noch die Kraft dazu besaß, ganz dicht zu sich heran. »Wer bist du?«, herrschte er sie an.

Für eine Sekunde wurde sie kreidebleich und befeuchtete sich nervös die Lippen. Aber dann erwiderte sie ruhig: »Du weißt, wer ich bin. Das Fieber hat dir den Verstand verwirrt.«

Stimmte das? Unterlag er nur einer Sinnestäuschung? Nein, er hätte Amelia, ihren Duft und ihre Berührung überall erkannt. Diese Frau war nicht Amelia. »Ich weiß nicht, wer du bist, aber ich weiß, dass du nicht Amelia bist.« Seine Nasenflügel bebten. »Du trägst ihr Parfum, aber sie hatte kein Parfum bei sich. Und dein eigener, darunter liegender Duft ist nicht der gleiche wie der ihre. Aber ich weiß jetzt, zu wem dieser Duft gehört. Du hast uns in mehr als einer Hinsicht etwas vorgemacht, Mora.«

Ihr sanftes Lächeln verblasste, und in den blauen Augen, die auf ihn herabstarrten, erschien ein harter Blick. »Lass mich los!«, fauchte sie und entwand ihm mit erstaunlicher Kraft ihren Arm. Dann erhob sie sich vom Bett und rieb sich ärgerlich ihr Handgelenk. »Welcher normale Mann besitzt die Fähigkeit, Menschen nach ihrem Geruch zu unterscheiden? Es kam mir schon auf Collingsworth Manor sehr komisch vor, und ich finde es noch immer äußerst merkwürdig. Niemand anderer wäre in der Lage zu erkennen, dass ich nicht Lady Amelia Sinclair-Collingsworth bin. Und der Einzige, der es kann, wird schon bald tot sein.«

Gabriels plötzliche Angst um Amelia war gewaltiger als das

Fieber, das in ihm tobte. »Was hast du ihr angetan? Wenn du ihr etwas zuleide getan hast, werde ich ...«

»Wirst du was?«, unterbrach Mora ihn spöttisch. »Du bist nicht in der Verfassung, mir zu drohen. Doch falls es dir den Tod erleichtert, kann ich dir versichern, dass deine teure Amelia noch lebt. Vorläufig zumindest, weil ich sie noch brauche. Ich muss mehr über ihr Leben und ihre Vergangenheit erfahren, damit ich ihren Platz in der Gesellschaft einnehmen kann.«

Während Gabriel verzweifelt versuchte, sich aufzurichten, fragte er: »Aber warum denn nur, um Himmels willen?« Plötzlich wurde ihm fast schwarz vor Augen, und er ließ sich wieder auf die Kissen fallen und kämpfte gegen seinen Schwindel und die Übelkeit an. »Worin besteht denn dieser großartige Plan von dir?«

Mora, die sich klugerweise aus seiner Reichweite begeben hatte, zuckte mit den Schultern. »Es ist nicht mein Plan«, sagte sie, »sondern der der Wargs. Ich bin nur ein Werkzeug, das sie benutzen, so wie sie alle anderen von uns benutzen, die die Fähigkeit besitzen, das Aussehen anderer Menschen anzunehmen. Wir sind Verwandlungskünstler. Und unsere Pflicht im Leben ist es, zu dienen. Von den Fähigkeiten einiger weniger werden einmal viele profitieren.«

Gabriel ertrug es nicht mehr, Mora mit Amelias Gesicht zu sehen. »Zeig dich mir«, verlangte er. »Bevor ich ins Grab gehe, will ich wenigstens das Gesicht meiner Mörderin sehen. Falls ich überhaupt noch Zweifel daran hege, was du wirklich bist.«

Für einen winzigen Moment lang sah sie traurig aus. »Ich bin nicht deine Mörderin. Die Verwundung an deinem Bein, das Fieber, all das wird dich umbringen, Gabriel. Ich brauche mir nicht die Hände zu beschmutzen. Und zu deiner Frage, was ich bin, kann ich dir nur sagen, dass ich überwiegend menschlich bin. Es heißt, die Wargs wären von den alten Göttern sehr begünstigt worden. Sie haben uns einst die Fähigkeiten verliehen, die wir haben, um die Menschheit zu beschützen ... aber die Menschheit wandte sich gegen uns. Wir wurden zu Gejagten, Ausgestoßenen und mussten schon bald lernen, uns im Schatten zu halten, um zu überleben.«

»Warum bleibt ihr dann nicht einfach dort?«, gab Gabriel zurück. »Du sagst, du würdest mich nicht töten, aber du wirst Amelia töten, sobald du ihr die Informationen abgerungen hast, die du noch von ihr benötigst. Und sie – sie wollte deinetwegen nicht die Flucht fortsetzen und sich retten. Wie kannst du nur mit deinem schändlichen Verrat leben?«

Mora wandte ihm den Rücken zu. »Ich bedaure, dass sie sich für mich opfern muss, obwohl ich nicht einmal das tun dürfte, weil unser Überleben wichtiger ist. Du fragst, warum wir uns nicht mehr versteckt halten. Die Antwort ist, dass wir in den Wäldern einfach nicht mehr überleben können. Es ist nicht mehr genug Wild vorhanden, um uns alle zu ernähren. Und wir sind es leid geworden, gejagt zu werden und zu hören, wie des Nachts am Feuer über uns getuschelt wird. Wir sind stärker als die Menschheit. Wir sind Günstlinge der Götter. Es ist nur recht, dass wir die Welt regieren sollten.«

Seines geschwächten Zustands wegen hatte Gabriel Mühe, alles zu verstehen, was sie sagte. Manche Dinge ergaben für ihn überhaupt keinen Sinn. »Warum hast du deine Leute auf Collingsworth Manor dann nicht einfach hereingelassen? Wozu der ganze Aufwand?«

Als Mora sich zu ihm umwandte, sah sie nicht mehr wie Amelia aus. Aber auch nicht mehr wie die Mora, die er kannte. Wie sie es geschafft hatte, sich ein so unscheinbares Äußeres zu geben, musste schon für sich allein ein Trick gewesen sein.

Ihr Haar, das ihr bis zur Taille reichte, war lang und dicht und vom gleichen hellen Blond wie Amelias. Sie trug auch die Kleider, die Amelia getragen hatte, als er sie das letzte Mal gesehen hatte. Mora hatte fast die gleiche Größe und den gleichen Körperbau. Ihre Augen waren blau, wenn auch vielleicht ein wenig dunkler als Amelias.

»Das hätte ich tun können«, gab sie zu. »Aber ich musste Amelias Vertrauen gewinnen, bevor sie gefangen genommen wurde. Ich brauchte noch Zeit, um sie zu beobachten, sie besser kennenzulernen. Deshalb machte ich meinen Leuten klar, dass es günstiger für uns wäre, wenn sie uns fliehen ließen. Es verschaffte mir die Zeit, die ich benötigte, auch wenn es nach wie vor noch ziemlich viel gibt, was ich nicht über sie weiß.«

»Und jetzt verstehe ich auch, dass du zumindest in einigen Dingen der Person ähneln musst, deren Stelle du einnehmen willst«, sagte Gabriel.

»Ja«, gab Mora zu und seufzte dann. »Aber jetzt haben wir genug geredet. Solltest du nicht langsam sterben, Gabriel?«

Nun, da Mora ihn darauf aufmerksam machte, wurde Gabriel bewusst, dass er sich gar nicht mehr so schwach fühlte wie vorher. Er hatte noch immer Fieber, aber er glühte wenigstens nicht mehr. Verlieh ihm das Aufsteigen des Wolfs in ihm mehr Kraft? Es musste so sein, weil er fähig gewesen war, Amelia zu lieben, obwohl er eigentlich viel zu schwach dazu hätte sein müssen. Was konnte der Wolf darüber hinaus noch für ihn tun?

»Es gibt eins, was deine Spezies nicht voraussehen konnte«, sagte er zu Mora.

In einer hochmütigen Geste, die ihr in der Gesellschaft sehr zugute kommen würde, zog sie wieder eine Braue hoch.

»Einige von uns werden sich nämlich nicht nur einfach hinlegen und sterben.« Der inzwischen schon vertraute Schmerz war bereits ganz nahe, und Gabriel erlaubte ihm zu kommen. Als Mann konnte er Amelia nicht helfen … aber als etwas anderes als ein Mensch hatte er vielleicht noch eine Chance, sie zu retten.

19. Kapitel

Amelia saß in der Falle. Die Männer, die sie für einen Jungen gehalten hatten, waren von Mora zur Rechenschaft gezogen worden, und nun waren zwei vor Amelias Tür postiert, einer unten in der Wirtsstube und zwei weitere draußen vor der Eingangstür. Sie würden dafür sorgen, dass Amelia keine Möglichkeit zur Flucht erhielt. Mora hatte sie gezwungen, ihr ihre Kleider zu übergeben, und ihr dann erstaunlicherweise angeboten, das heiße Bad zu nehmen, welches sie für sich selbst hatte bereiten lassen. Und sie hatte auch etwas zu essen für Amelia hinaufbringen lassen, sodass diese sich fast wie eine Gans vorkam, die für das Weihnachtsessen gemästet wurde.

Das Bad hatte sie genommen, vor allem deshalb, weil sie kein richtiges mehr gehabt hatte, seit sie mit Gabriel geschlafen hatte, aber auch, weil sie Zeit brauchte, um über ihre Lage nachzudenken und darüber, wie sie sich daraus befreien konnte. In ihrem Koffer hatte Amelia Kleidung gefunden. Ihre eigene Kleidung, ihr Parfum und was immer sonst Mora vielleicht noch benötigen mochte, um die Herren und Damen auf Wulfglen zu überzeugen, dass sie die arme, völlig aufgelöste Lady Collingsworth war.

Würde Rosalind Moras Scharade durchschauen? War Amelia inzwischen gut genug mit Armonds Frau befreundet, dass diese erkennen würde, dass die Frau, die sich als Amelia vorstellte, in Wahrheit eine Hochstaplerin war?

Und warum, fragte Amelia sich, erlaubte sie sich auch nur daran zu denken, dass es so weit kommen würde? Wenn Gabriel nicht krank, vielleicht sogar sterbenskrank gewesen wäre, hätte sie nie die Hoffnung aufgegeben, doch noch gerettet zu werden. Aber er war es, und die Vorstellung, dass er Mora hilflos ausgeliefert war, machte Amelia verrückt vor Sorge und vor Wut. Nachdem er alles getan hatte, um sie zu beschützen, ja, selbst eine Frau beschützt hatte, die das überhaupt nicht nötig hatte, kam Amelia sich nun, wo er sie brauchte und sie für ihn stark sein musste, schrecklich nutzlos vor. Nichts in ihrem Leben hatte sie darauf vorbereitet, was in ihrer Hochzeitsnacht auf Collingsworth Manor – und seitdem beinahe jeden Tag – geschehen war.

Trotzdem hatte Amelia überlebt. Sie hatte getan, was nötig war, und die meiste Zeit auch das, was Gabriel ihr befohlen hatte. Und dabei hatte sie Dinge über sich herausgefunden, die ihr bis dahin völlig unbekannt gewesen waren. Sie hatte Angst vor den Männern, die sie bewachten, weil sie wusste, dass sie nicht nur Männer waren. Aber ihre Angst um Gabriel war noch sehr viel größer. Mora hatte gesagt, seine Entzündung würde ihn umbringen, aber was, wenn Mora nun nicht geduldig genug war, darauf zu warten, dass Gabriel eines natürlichen Todes starb? Amelia musste etwas unternehmen; sie wusste nur nicht, was.

Sie sah sich in dem Zimmer um und suchte nach etwas, das ihr als Waffe dienen könnte. Das Zimmer war nur spärlich eingerichtet. Die Wanne, deren Wasser mittlerweile kalt war, stand mitten im Raum. Daneben standen eine Waschschüssel und eine Kanne, um frisches Wasser nachzugießen. Auf einem Nachttisch stand ein Kerzenleuchter. Amelia ging hinüber und hob ihn auf. Er war nicht schwer genug, um einen Mann niederzuschlagen.

Amelias Blick glitt wieder zu ihrem Reisekoffer. Sie hatte vorhin ein Kleid herausgenommen, um es nach ihrem Bad anzuziehen. Aber eigentlich hatte sie sich in den Männerkleidern wohler gefühlt, weil es einfacher gewesen war, sich darin zu bewegen. Zum ersten Mal seit ihrer Flucht aus diesem Gasthaus trug sie wieder Unterwäsche. Die robusten Männerstiefel hatte sie behalten, weil sie wusste, dass sie ihr bessere Dienste leisten würden als eins der zwei Paar feinen Lederschuhe in dem Koffer, falls sich eine Gelegenheit zur Flucht ergab.

Sie nahm ihr Parfum heraus, entkorkte die kleine Flasche und schnupperte daran. Es kam ihr stärker vor, als sie es in Erinnerung hatte, und ihre Augen tränten sogar von seinem Geruch. Offenbar hatte sie sich daran gewöhnt, ohne Parfum auszukommen. Sie hatte das Fläschchen gerade wieder zurückgelegt, als ihr ein Gedanke kam. Nachdenklich blickte sie sich nach der schweren Wasserkanne und der Schüssel um. Das Parfum wieder in der Hand, ging sie auf die beiden Teile zu. Die Kanne war gefüllt mit Wasser. Amelia goss ein wenig davon in die Schüssel, dann öffnete sie das Parfumfläschchen und leerte seinen ganzen Inhalt in die Wasserschüssel. Der Duft war so stark, dass ihre Augen wieder zu tränen begannen.

Sie trug die Kanne zu der Wanne und leerte das restliche Wasser darin aus. Aber was nun? Sie musste irgendwie erreichen, dass die vor der Tür postierten Männer in das Zimmer kamen. Aus einem plötzlichen Einfall heraus hob sie die leere Parfumflasche wieder auf und schleuderte sie mit aller Kraft gegen die Tür. Das Glas zerbrach, und Amelia lief zur Tür und hob eine große Scherbe auf. Sie hatte es kaum wieder bis zum Waschtisch und der Waschschüssel zurück geschafft, als die Tür auch schon geöffnet wurde.

Einer der Männer kam herein und warf einen erstaunten Blick auf das Glas, das unter seinen Stiefeln knirschte. »Was treibt Ihr hier?«

Die scharfe Glasscherbe in ihrer Hand, erwiderte Amelia: »Ich werde nicht mitmachen bei euren Plänen. Eher bringe ich mich vorher um.«

Der Mann machte große Augen und brüllte nach dem anderen, bevor er auf sie zustürzte. Amelia ließ die Glasscherbe fallen, ergriff die Wasserschüssel und schüttete dem Mann ihren Inhalt ins Gesicht. Der andere Mann griff bereits nach ihr, und sie holte mit der Schüssel aus und schlug ihm damit heftig ins Gesicht. Er taumelte zurück und stürzte auf den Boden. Der Mann, dem sie das Wasser ins Gesicht geschüttet hatte, presste beide Hände auf seine Augen und rieb sie wie verrückt.

»Verdammt, das brennt!«, schrie er, und Amelia wusste, dass sie nur Sekunden hatte, bevor die beiden Männer sich wieder fangen würden. Sie sprang über den Mann, der auf dem Boden lag, und stürzte aus der Tür auf den Gang hinaus und die Treppe hinunter. Sie konnte nicht leise sein, nicht mit den groben Stiefeln, die sie trug. Der in der Wirtsstube postierte Mann blickte mit verblüffter Miene von dem Tisch auf, an dem er saß.

»He!«, schrie er und sprang schnell auf.

Aber Amelia war ihm gegenüber im Vorteil. Sie war schon in Bewegung und traf blitzschnell die Entscheidung, es an der Hintertür zu versuchen. Sie war offen und unbewacht gewesen, als sie hergekommen war, und sie betete, dass sie das noch immer war. In der Küche war es unerträglich heiß. Ein Topf stand brodelnd auf dem Feuer, wahrscheinlich mit dem Abendessen für ihre Bewacher. Sie hob ihn auf, und diesmal war es ihr völlig egal, ob sie sich die Hände daran verbrannte. Sobald der Mann, der unten Wache gehalten hatte, durch den Kücheneingang kam, schüttete sie ihm den Inhalt des Topfes ins Gesicht. Er heulte auf vor Schmerz, und sicherheitshalber warf sie auch noch den Topf nach ihm. Dann war sie an der Hintertür, die in der Tat noch immer offen stand. Eine Sekunde später war Amelia draußen und rannte um ihr Leben – und um das von Gabriel.

Der Schmerz übermannte Gabriel ganz plötzlich. Er kam so schnell, dass ihm keine Zeit blieb, sich dagegen zu wappnen. Er schlug die Hände vor den Bauch und krümmte sich. Als er keuchend vor Schmerz aufblickte, stand Mora noch immer vor ihm und beobachtete ihn. Er sah keine Siegessicherheit in ihren Augen, sondern eher Trauer und Resignation. Sie dachte offenbar, er starb.

»Wehr dich nicht dagegen«, sagte sie leise. »Je weniger du dich dagegen auflehnst, desto leichter wird der Tod für dich.«

Würde die Verwandlung schneller einsetzen, wenn er tat, was sie ihm riet? Wenn er aufgab, statt zu kämpfen? Gabriel schloss die Augen und versuchte, den Wolf mit bloßer Willenskraft in sich hervorzubringen. Der Fluch, der auf ihm lastete und sein Leben bestimmte, hatte ihm einst seine Träume und seine Zukunft gestohlen. Wie sehr er das Tier hasste, das er unter seiner Haut schon spürte! Aber dieses eine Mal musste er nachgeben und sich der Bestie in ihm beugen. Sein Stolz sträubte sich gegen die Vorstellung, weil sie von den Schwächen zeugte, die er in anderen so verabscheute. Genauso wie die Schwächen in ihm selbst.

Seine Eckzähne verlängerten sich in seinem Mund, er konnte sie schon mit der Zunge spüren. Während er Mora durch den Nebel des ihn fast zerreißenden Schmerzes anstarrte, sah er ganz genau, in welchem Moment sie erkannte, dass er nicht im Sterben lag, sondern sich verwandelte. Ihre Augen weiteten sich, und sie trat ganz unwillkürlich einen Schritt zurück.

Gabriels Augen brannten in seinem Schädel, Krallen brachen durch die Haut an seinen Fingerspitzen, und er schrie fast auf vor Schmerz. Aber er unterdrückte den Schrei und hob stattdessen die Hände hoch, damit Mora sie sehen konnte.

»Damit hattet ihr wohl nicht gerechnet, was?«, fragte er mit rauer, merkwürdig verzerrter Stimme.

»Du bist einer von uns«, flüsterte sie schockiert.

»Von wegen«, knurrte er. »Ich bin verflucht, verdammt, verwünscht! Ich suche es mir keineswegs aus, mich in diese Bestie zu verwandeln. Aber für Amelia und für ihr Leben nehme ich das gern in Kauf.«

Der Schmerz war kaum noch zu ertragen, doch Gabriel konzentrierte sich auf Mora und die Frage, wie sie sich verhalten würde, nun, da ihr klar war, dass sie es nicht mit einem Sterbenden zu tun hatte, sondern mit einem Geschöpf, das gar nicht so viel anders war als sie.

Aber Mora reagierte nicht so, wie Gabriel erwartet hatte. Sie wechselte nicht ihre Gestalt und verwandelte sich in ein Tier, sondern ergriff die Flucht vor ihm. Der Schmerz in seinem Bein war nichts im Vergleich zu dem Schmerz der Verwandlung, aber Gabriel zwang sich aufzustehen. Er musste Amelia retten, und wenn es das Letzte war, was er in seinem Leben tat.

Amelia rannte. Sie musste zu Gabriel und ihn vor Mora beschützen, falls es nicht bereits zu spät war. Die Vorstellung, dass er Mora in seinem kranken, stark geschwächten Zustand hilflos ausgeliefert war, trieb Amelia mit einer Geschwindigkeit, von der sie früher nie vermutet hätte, dass sie sie besaß, auf den Waldrand und das Haus zu.

Schreie erschallten hinter ihr. Jemand hatte Alarm geschlagen. Amelia raffte ihre Röcke und lief noch schneller. In den Stiefeln war das Laufen nicht so einfach wie in ihren feinen Lederschuhen; sie waren nicht nur schwerer, sondern ihr auch viel zu groß. Trotzdem tat sie, was sie konnte, und trieb sich gnadenlos voran. Ihr war klar, dass die Kreaturen inzwischen wussten, dass es das Haus des Schmieds war, in dem Gabriel und sie sich verborgen hatten, aber sie musste Gabriel retten.

Wie sie das ganz ohne irgendeine Waffe und gegen eine Frau, die keine gewöhnliche Frau war, erreichen sollte, wusste sie nicht; sie wusste nur, dass sie es versuchen musste.

Während sie sich durch den Wald kämpfte, stieß Amelia fast mit einer dunklen Gestalt zusammen. Sie konnte es gerade noch vermeiden, mit dem Wolf zusammenzuprallen. Das Tier blieb stehen und drehte sich zu ihr um, und Amelia schlug das Herz bis in die Kehle. Der Wolf bleckte seine Zähne und knurrte leise. Früher, als sie in diesen Dingen noch erfreulich unwissend gewesen war, hätte Amelia vielleicht gedacht, dass es ein ganz normaler Wolf war, den sie vor sich hatte. Aber heute wusste sie es besser. Und sie hatte auch das Gefühl, dass sie sehr gut wusste, wer dieser Wolf war.

»Mora?«, fragte sie mit erstickter Stimme.

Der Wolf sprang sie an und warf sie um. Und dann war er auch schon auf ihr und knurrte sie böse an. Amelia war nahezu sicher, dass das Tier sie töten würde. Sein Atem roch nicht nach rohem Fleisch, wie der von dem Mann, der Amelia in Collingsworth Manor angegriffen hatte, aber seltsamerweise roch das ganze Tier nach dem Parfum, das Amelia früher einmal selbst benutzt hatte. Ihrem Verstand fiel es noch immer schwer zu begreifen, dass ein Mensch seine Gestalt verändern und zu jemand oder etwas anderem werden konnte.

Konnte Mora auch in Wolfsgestalt denken wie ein Mensch? Wenn sie sich so mühelos verwandeln und wieder zurückverwandeln konnte, musste Amelia davon ausgehen, dass Mora auch dann noch vernünftig denken konnte, wenn sie die Gestalt eines Wolfes angenommen hatte. Als Amelia in die glühenden Augen des Tiers blickte, begriff sie, dass sie nur noch eins tun konnte: Sie musste an den Menschen appellieren, den sie einmal als Mora gekannt hatte.

»Lass mich zu ihm gehen«, bat sie. »Bitte, Mora. Ich weiß,

dass du im Grunde keinem von uns etwas antun willst. Was immer du auch sonst sein magst, du bist noch immer ein Mensch.«

Der Wolf knurrte wieder und senkte den Kopf, wodurch seine Fänge Amelias Hals gefährlich nahe kamen. Sie konnte seinen Atem und die Wärme des Speichels spüren, der ihm aus dem Maul tropfte. Amelia war fasziniert von dem Glitzern in den Augen des Wolfs. In Moras Augen, berichtigte sie sich.

»Wir waren Freundinnen«, flüsterte Amelia. »Ich mochte dich. Und ich habe dir vertraut.«

Sie hatte keine Ahnung, ob der Wolf sie verstand, doch sie war nahezu sicher, dass Mora zumindest ihre Angst sehr wohl erkannte. Selbst ein Tier spürte so etwas bei einem Menschen. Der Wolf starrte sie noch einen Moment an; dann stieg er von ihr herunter und blieb vor ihr stehen. Trotzdem hatte Amelia Angst, sich zu bewegen; Angst, dass Mora es sich anders überlegen würde. Der Wolf hob abrupt den Kopf und blickte auf; dann war er plötzlich weg, wie von der Dunkelheit verschluckt.

Amelia rappelte sich auf. Eine Hand gegen ihr wild pochendes Herz gepresst, drehte sie sich um und begann wieder in Richtung Haus zu laufen. Aber sie war kaum drei Schritte weit gekommen, als sie abrupt innehielt und aufschrie. Ein großer, dunkler Schatten stand zwischen den Bäumen.

»Amelia?«

»Gabriel«, sagte sie mit einem Seufzer der Erleichterung. Ihr erster Impuls war, auf ihn zuzulaufen und sich in seine Arme zu werfen. Sie war in ihrem ganzen Leben noch nie so glücklich gewesen, jemanden zu sehen.

»Nein«, sagte er, als sie einen Schritt in seine Richtung tat. »Lauf weg, Amelia. Und hör nicht auf zu laufen, was immer du auch sehen oder hören magst.«

Seine Stimme klang sehr eigenartig. Überhaupt nicht wie

die seine. Und wie hatte er es nur geschafft, aus dem Bett aufzustehen, geschweige denn, in den Wald hinauszugehen? Amelia hatte befürchtet, er läge schon im Sterben, als sie ihn allein gelassen hatte.

»Wie …«

»Geh!«

»Nicht ohne dich«, widersprach sie.

»Ich komme nach«, sagte er. »Wir sind wieder in den Wäldern, also tu, was ich dir sage.«

Amelia wollte sich nicht so leicht geschlagen geben. Sie hatte nicht getan, was sie getan hatte, um ihn hier zurückzulassen. Aber sie durften keine Zeit verschwenden; das wusste sie so gut wie er. Die anderen würden jeden Moment da sein, entweder als Männer oder auch als Wölfe.

»Versprich mir, dass du nachkommst«, sagte sie.

»Geh!«

Es klang fast wie ein Knurren, dieses Wort. Amelia zog den Saum ihres Rocks herauf, band ihn um ihre Taille fest und rannte los. Ihr war klar, dass sie nicht zu dem Haus zurückkehren konnte, weil sie dort jetzt nicht mehr sicher waren. Sie hoffte nur, dass sie die richtige Richtung eingeschlagen hatte und nach Osten lief. Als sie einen Blick über ihre Schulter warf, sah sie, dass der hochgewachsene Schatten ihr folgte. Zumindest darin hatte Gabriel nicht gelogen. Dass er überhaupt in der Lage war, ihr zu folgen, war etwas, was sie immer noch nicht ganz verstand. Aber jetzt war nicht der richtige Moment, darüber nachzudenken. Sie konnte nur noch weiterrennen. Es war dunkel, aber der volle Mond am Himmel erhellte ihr den Weg, auch wenn die Bäume tiefe Schatten warfen und sie nach wie vor sehr vorsichtig sein musste.

Hinter sich hörte sie das Geheul von Wölfen. Sie waren schon ganz nahe. Viel zu nahe. Ängstlich blickte Amelia sich wieder um. Sie konnte Gabriel nicht sehen. War sie zu schnell für ihn gerannt? Hatte sein Bein ihm den Dienst versagt? Sie blieb stehen und rang nach Atem. Plötzlich zerrissen die Geräusche kämpfender Tiere die Stille. Zumindest glaubte sie, dass es miteinander kämpfende Tiere waren, was sie hörte. Vielleicht hatten die Wölfe aber auch Gabriel angegriffen. Amelia ließ sich auf die Knie fallen und sah sich verzweifelt nach irgendeiner Art von Waffe um. Das Einzige, was sie jedoch finden konnte, war ein langer Stock. Ihn fest mit einer Hand umklammernd, begann sie denselben Weg zurückzugehen, den sie gekommen war.

Ein Wolf erschien plötzlich auf dem Pfad hinter ihr. Ein großer Wolf. Amelias Überlebenstrieb gewann die Oberhand über alles andere, und sie rannte los. Sie bezweifelte, dass der Stock das Tier abschrecken würde. Und sie bezweifelte auch, dass sie dem Wolf entkommen konnte, doch getrieben von ihrer Furcht rannte sie weiter, obwohl ihre Beine und ihre Lungen normalerweise schon längst aufgegeben hätten.

Während sie um ihr Leben rannte, rechnete sie jeden Moment damit, von der Bestie hinter ihr angesprungen und niedergestreckt zu werden wie ein Beutetier. Ein Blick über ihre Schulter verriet ihr, dass der Wolf noch immer da war. Doch er schien sie nicht zu jagen, sondern ihr einfach nur zu folgen. Und er hinkte. Amelia rannte weiter, sprang über umgestürzte Bäume und stolperte einmal, als sie in einen Kaninchenbau trat, wo sie sich aber hastig wieder aufrappelte und weiterlief.

Nicht lange danach bekam sie Seitenstiche und begann so schwer zu atmen, dass sie kaum noch weiterkonnte. Ihre Beine waren schon ganz schwach und zitterten. Sie musste anhalten, um wieder zu Atem zu kommen, aber sie hatte zu viel Angst davor. Wo konnte sie hin, wo ein Wolf sie nicht erreichen könnte? Und falls sie tatsächlich irgendwo ein Versteck fand, würde der Wolf sich dann nicht vielleicht einfach in einen Menschen verwandeln und ihr nachkommen? Wo war Gabriel? Doch wo immer er auch war, zwischen ihm und ihr befand sich ein Wolf. Sie musste wenigstens lange genug anhalten, damit Gabriel sie einholen konnte. Zusammen konnten sie einander vielleicht vor der Bestie beschützen, die ihr auf den Fersen war.

Es war Jahre her, dass Amelia als junges Mädchen auf einen Baum geklettert war, um ihrem Vater zu imponieren und ihrem jüngeren Bruder dessen Zuneigung zu stehlen. Sie hatte gedacht, wenn sie ebenso gut wie ein Junge schießen, reiten und auf Bäume klettern könnte, würde ihr Vater sie vielleicht seiner heiß ersehnten Aufmerksamkeit würdigen. Natürlich hatte sie in späteren Jahren eingesehen, dass er sie liebte, ja, sie eigentlich sogar vergötterte; er war eben bloß ein Mann, der sehr beschäftigt war.

Er hatte seine Verpflichtungen, und ihre Mutter hatte ihre Verpflichtungen, und beide hatten von Amelia erwartet, dass sie auch die ihren wahrnahm. »Verpflichtungen« war jedoch manchmal ein sehr kaltes, mitleidloses Wort. Liebe dagegen war warm und real, und falls sie diese Reise überlebte, würden ihre Eltern alles andere als erfreut sein über ihre Bindung an Gabriel Wulf. Und Amelia war fest entschlossen, eine Bindung an Gabriel zu haben. Eine sehr, sehr lange, hoffte sie.

Dass sie überhaupt solche Gedanken hegte, ließ stark vermuten, dass sie den Verstand verloren hatte, seit sie geheiratet hatte und noch am selben Tag Witwe geworden war. Vielleicht brauchte ihr Kopf einfach nur eine Erholungspause von der unaufhörlichen Belastung, ständig auf der Flucht zu sein.

In ihrem noch immer vorn zusammengebundenen Kleid und froh über die robusten, wenn auch viel zu großen Stiefel, suchte Amelia sich einen hohen Baum und begann an ihm hinaufzuklettern. Sie war noch nicht weit gekommen, als der Wolf unter dem Baum erschien. Jähe Furcht erfasste sie und verscheuchte jeden anderen Gedanken. So schnell sie konnte, stieg sie höher und hockte sich auf einen Ast, von dem aus sie zu dem Wolf hinunterstarrte und darauf wartete, dass er seine Gestalt verändern und ihr hinterherklettern würde.

Aber das Tier saß nur da und schaute zu ihr herauf. Weit entfernt davon, sich sicher zu fühlen, erwiderte sie seinen Blick und begann sich zu fragen, ob es eine gute Idee gewesen war, auf den Baum zu klettern. Irgendwann würde sie wieder heruntersteigen müssen. Mit zusammengekniffenen Augen nutzte sie den Vorteil ihres höheren Aussichtspunkts, um den Wald hinter sich abzusuchen. Von Gabriel war nirgendwo etwas zu sehen. War er von seiner Schwäche wieder übermannt worden? Oder gar gefangen genommen worden? Sie wollte zurückgehen und versuchen, es herauszufinden, aber sie befand sich selbst in einer äußerst heiklen Lage.

Nachdem der Wolf eine Zeit lang zu ihr heraufgestarrt hatte, erhob er sich und humpelte davon. Doch selbst als er nicht mehr zu sehen war, wagte Amelia noch nicht aufzuatmen. Sie fühlte sich nicht sicher und fragte sich, ob sie sich überhaupt je wieder sicher fühlen würde. Müde lehnte sie sich mit dem Rücken an den dicken Stamm des Baums und ließ ihre Beine rechts und links von dem Ast, auf dem sie saß, herunterbaumeln. Für einen Moment schloss sie die Augen. Nur für einen Moment, bis sie den Mut aufbrachte, von dem Baum hinabzusteigen und sich auf die Suche nach Gabriel zu machen …

20. Kapitel

Amelia schreckte aus dem Schlaf auf und versuchte, sich gerade hinzusetzen, aber der Boden unter ihr sah erschreckend weit entfernt aus. Sie wäre gefallen, wenn sie nicht instinktiv nach einem dicken Ast gegriffen hätte, um sich festzuhalten. Ein neuer Tag brach an, und wieder einmal war sie überrascht, ihn überhaupt noch zu erleben. Von ihrem Ast aus suchte sie den Boden unter dem Baum ab, und zu ihrer großen Erleichterung war nirgendwo ein Wolf zu sehen. Als sie sich bewegte, protestierten ihre Muskeln. Ihre Glieder waren steif und wund vom Schlafen in einem Baum, doch es hätte alles schlimmer sein können. Natürlich hätte es aber auch besser sein können. Gabriel hätte bei ihr sein können, und dass er es nicht war, war das Einzige, was sie dazu veranlasste, von dem Baum herabzusteigen und sich der Welt wieder zu stellen – oder vielmehr *der* Welt, die sie erst in den letzten Tagen kennengelernt hatte.

Als sie den Baum hinuntergeklettert und wieder auf dem Boden war, blieb sie ganz still stehen und lauschte, wie Gabriel es so oft auf ihrem Marsch nach Wulfglen getan hatte. Amelia begann sich langsam zu fragen, ob ein solcher Ort überhaupt existierte. Ob eine Welt außerhalb des Waldes existierte, in der ganz normale Menschen ihrem Leben nachgingen, ohne zu wissen, dass es Männer und Frauen gab, die sich in Tiere und sogar in andere Menschen verwandeln konnten. Amelia wurde plötzlich klar, dass sie nie wieder zu dieser normalen Welt zurückkehren könnte und auch nie wieder derselbe Mensch sein würde, der sie einmal gewesen war. Nicht nach allem, was sie heute wusste.

Zu ihrer Linken hörte sie das Knacken eines Zweigs und

wandte ihren Kopf in diese Richtung. Ihre Nasenflügel bebten leicht, fast wie bei einem Tier, das den Geruch von Gefahr zu wittern versuchte. Sie war schon bereit zu fliehen, als plötzlich Gabriel durch das dichte Blattwerk trat. Amelias ohnehin schon schwachen Knie gaben fast unter ihr nach. Er hinkte auf sie zu, und seine Augen waren so grün, dass sie sich mit dem Grün des Waldes vermischten. Er brauchte eine Rasur, und seine Kleider waren an mehreren Stellen zerrissen, und trotzdem schaffte er es, wie der Prinz aus ihren Träumen auszusehen.

»Gabriel«, wisperte Amelia und rannte auf ihn zu.

Er hinkte schneller, und als sie sich erreichten, warf sie sich in seine Arme. »Ich dachte, du wärst gefangen genommen worden oder Schlimmeres«, flüsterte sie und konnte die Tränen plötzlich nicht mehr zurückhalten.

Seine starken Arme legten sich um sie, und er zog sie an sich. »Gott sei Dank ist dir nichts zugestoßen.«

Amelia klammerte sich an ihn. »Und wie ist es dir ergangen?«, fragte sie. »Wo bist du hingegangen? Ich dachte, du wärst hinter mir, aber dann konnte ich dich auf einmal nicht mehr sehen, und ein Wolf war plötzlich da. Ich bin auf einen Baum geklettert, um ihm zu entkommen.«

Gabriel strich ihr zärtlich übers Haar. »Hat der Wolf versucht, dir etwas anzutun?«

Amelia lehnte sich zurück, um ihn anzusehen. »Nein. Und das war wirklich komisch. Er starrte mich nur eine Zeit lang an, und dann humpelte er davon und verschwand im Dunkeln.«

»Wir müssen weiter«, sagte er. »Sie sind noch immer hinter uns. Wir sind nicht mehr allzu weit entfernt von Wulfglen, und sie wissen, dass sie uns aufhalten müssen, bevor wir den Landsitz erreichen.«

Amelia wollte jedoch noch einen Moment in seinen Armen

bleiben, ihn einen Moment lang einfach nur ganz fest an sich spüren und sich über die Gewissheit freuen, dass er lebte und bei ihr war. Sie konnte mit allem fertig werden, solange er nur bei ihr war. Aber er schob sie sanft zurück.

»Wir müssen weiter, Amelia«, wiederholte er. »Sofort.«

Ihr Augenblick im Himmel war vorbei. Nun hatten sie die Hölle vor sich, aber auch das konnte Amelia ertragen, solange Gabriel bei ihr war. Er nahm ihre Hand in die seine, und zusammen brachen sie in Richtung Osten auf. Sie gingen so schnell, wie seine Beinverletzung es erlaubte, aber es schien ihm schon viel besser zu gehen. Auf jeden Fall glühte er nicht mehr vor Fieber. Es musste irgendwann vergangen sein.

»Ist Mora zu dir gekommen?«, fragte Amelia. »Hat sie versucht, dich umzubringen?«

»Weißt du, was sie ist?«

»Ja«, antwortete Amelia leise. »Sie ist eine von ihnen. Sie ist der Grund, warum wir nicht schon früher angegriffen wurden. Sie wollte Zeit mit mir verbringen, um mehr über mich, mein Leben und meine Gewohnheiten zu erfahren. Sie hat vor, meinen Platz in der Gesellschaft einzunehmen.«

Gabriel runzelte die Stirn. »Nun, da sie jetzt nicht mehr bei uns ist, werden diese Kreaturen sich nicht länger zurückhalten. Falls wir ihnen plötzlich gegenüberstehen sollten, will ich, dass du losrennst, ohne dich noch einmal umzusehen.«

Amelia drückte seine Hand. »Ich weiß, dass ich deine Anweisungen befolgen soll, wenn wir in den Wäldern sind, aber ich lasse dich nicht noch einmal allein. Das hätte ich schon gestern Nacht nicht tun sollen. Ich wäre gestorben, wenn dir etwas zugestoßen wäre.«

Gabriel blieb stehen, um Amelia anzusehen. »Du wärst gestorben, wenn du nicht getan hättest, was du getan hast. Ich weiß, wie mutig du bist, Amelia. Und ich weiß auch, wie klug du bist. Ich will nicht, dass du dein Leben an mich verschwendest.«

Wie konnte er so etwas sagen! Für einen Moment war Amelia wie vor den Kopf geschlagen. »Du würdest auch dein Leben ›an mich verschwenden‹.«

»Mein Leben *ist* bereits vertan.«

Was redete er da? Hatte er denn nicht die gleichen Träume und Hoffnungen wie sie? Wünschte er sich nicht, dass es ihnen gelingen würde, sich in Sicherheit zu bringen, und dass sie dann den Rest ihres Lebens zusammen sein würden, klüger als die meisten nach allem, was ihnen widerfahren war, aber auch viel stärker?

Aber dann verstand sie plötzlich. »Du liebst mich nicht.« Dass sie ihn liebte, hieß noch lange nicht, dass er ihre Liebe erwidern musste. Und vielleicht war es genau das, was ihre Mutter ihr hatte ersparen wollen. Diesen scharfen Schmerz, der urplötzlich ihr Herz durchfuhr.

»Jetzt ist nicht der richtige Moment«, erwiderte Gabriel knapp und zog sie mit sich weiter.

Aber Amelia sträubte sich und entzog ihm ihre Hand. »Und wann *ist* der richtige Moment, Gabriel? Wir wissen nicht einmal, ob wir den morgigen Tag noch sehen werden. Wenn jetzt nicht der Moment ist, wann denn dann?«

Sekundenlang wurden seine Augen weicher, und er schluckte. Dann wandte er den Blick ab und machte ein grimmiges Gesicht. »Komm. Ich hoffe, dass wir Wulfglen noch vor dem Dunkelwerden erreichen können.«

Amelia wusste, dass jeder weitere Widerspruch ihm nur vor Augen führen würde, wie dumm und verwöhnt sie nach wie vor sein konnte. Und deshalb folgte sie ihm, ohne ihm allerdings zu erlauben, ihre Hand zu halten. Was, wenn sie es wirklich schafften, Wulfglen zu erreichen? Was erwartete er dann von ihr? Dass sie nach London, nach Hause und in die Gesellschaft zurückkehren und so tun würde, als wären sie nie miteinander intim gewesen? Als hätten sie nie miteinander dieses Abenteuer durchgestanden? Sie konnte nicht zu diesem Leben zurückkehren. Sie wollte bei ihm bleiben, wollte Männerhosen und Stiefel tragen und seine Pferde mit ihm reiten. Sie wollte ihn besser kennenlernen, denn plötzlich wurde ihr bewusst, dass sie im Grunde gar nichts von ihm wusste.

»Erzähl mir von deinen Hoffnungen und Träumen«, bat sie, denn falls sie sterben musste, wollte sie zumindest das über ihn wissen.

Gabriel seufzte. »Amelia, wir kommen schneller voran, wenn wir nicht unsere Energie damit verschwenden, uns zu unterhalten.«

»Ich muss diese Dinge wissen«, beharrte sie. »Was kann es dir schon ausmachen, mir ...«

»Ich habe weder das eine noch das andere«, unterbrach er sie. »Also lass es gut sein, ja?«

Aber sie ließ es nicht gut sein. »Warum hast du keine Hoffnungen und Träume? Die hat doch jeder.«

Wieder blieb Gabriel stehen und drehte sich zu ihr um. »Ich nicht. Ich habe keine, weil ich mir nie erlaubt habe, welche zu haben. Sie sind bloß ein alberner Zeitvertreib für Leute, die nichts Besseres zu tun haben. Für die, die ihr Leben nicht so akzeptieren können, wie es ist. Für die, die sich selbst nicht so akzeptieren können, wie sie sind.«

Amelia war wie vor den Kopf geschlagen von seinen harten Worten. »Sprich dich ruhig aus«, erwiderte sie in dem gleichen spöttischen Ton, in dem er selbst oft sprach. »Dass du so denkst, ist nicht normal«, fügte sie hinzu. »Das weißt du doch wohl, oder nicht?«

Er warf ihr einen Blick über die Schulter zu. »Es gibt so einiges an mir, was nicht normal ist. Das weißt du doch wohl, oder nicht?«

Ja, das wusste sie. Abgesehen von der Tatsache, dass seine Familie von der Gesellschaft gemieden wurde – und er sich auf einem Landsitz verkroch, was ihn von allen anderen Männern unterschied, die Amelia kannte –, besaß er auch höchst merkwürdige Fähigkeiten. Sie wusste, dass er manchmal Dinge hören oder sehen konnte, die sie selbst nicht wahrnahm. Dass er sogar Dinge riechen konnte, die für sie gar nicht vorhanden waren. Und er hatte diesen berauschenden Duft an sich, der sie wie magisch anzog ... und fast jede Frau wie magisch anziehen würde, nahm sie an.

Seine Augen sahen auch nicht immer ganz normal aus, insbesondere abends nicht. Aber keine dieser etwas merkwürdigen Eigenschaften war Amelias Ansicht nach ein Grund, ihn nicht zu lieben. Oder ein Grund für ihn, sich vom Rest der Gesellschaft abzukapseln und keine Träume und Hoffnungen mehr zu haben.

»Ich habe dir ja schon gesagt, dass ich Leute mag, die nicht wie alle anderen sind«, erklärte sie. »Aber Träume und Hoffnungen sollte jeder haben, um die harten Zeiten im Leben überstehen zu können.«

Gabriel warf ihr wieder einen Blick über die Schulter zu und zog eine Augenbraue hoch. »Hast du vor all dem hier schon viele harte Zeiten in deinem Leben gehabt, Amelia?«

Er war wirklich schwierig heute. Sie fragte sich, ob sein Bein wohl wieder schmerzte. Aber sie bewegten sich trotz seines Hinkens ziemlich schnell voran. »Nicht viele«, gab sie zu.

»Und Robert hast du wohl geheiratet, weil er so anders war?« Er gab ein schnaubendes Geräusch von sich. »Er war einer der stinknormalsten Männer, die mir in meinem Leben je begegnet sind.«

Das stimmte. Es war absolut nichts Bemerkenswertes oder Interessantes an Robert gewesen. Aber trotzdem war es unhöflich, schlecht von den Toten zu reden, und er war immerhin ihr Ehemann gewesen … wenn auch nur für einen Tag. »Vincent hat ihn umgebracht«, sagte Amelia. »Es gibt einen Arzt unter diesen Kreaturen, der in London tätig ist. Er wusste, dass Robert ein schwaches Herz hatte. Sie haben seine Leiche auf den Feldern liegen gelassen, um die Geschichte zu untermauern, die Mora erzählen wollte, wenn sie, völlig verstört über das Verschwinden ihres Ehemanns, auf Wulfglen aufgetaucht wäre. Sie haben sich alles genauestens zurechtgelegt, Gabriel.«

Wieder blieb er vor ihr stehen und nahm sich einen Moment, um sich mit den Händen durch das Haar zu fahren, bevor er sich zu ihr umwandte. »Es tut mir leid«, sagte er. »Ich hätte das nicht über Robert sagen sollen. Er war ein netter Mann. Zumindest war er früher mal ein guter Freund. Und was ich über dich gesagt habe, hätte ich auch nicht sagen sollen. Du bist seit deiner Hochzeitsnacht mehr Belastungen ausgesetzt gewesen, als selbst die meisten Männer ertragen könnten. Und du hast dich auch besser gehalten, als die meisten es gekonnt hätten. Du bist wirklich einmalig, Amelia, und deshalb solltest du nicht hier sein. Du solltest in irgendeinem Londoner Salon sitzen und alle Anwesenden bezaubern, wie du mich bezauberst.«

Er fand sie bezaubernd? Das war immerhin schon etwas. Natürlich wäre es ihr lieber gewesen, wenn er sie geliebt hätte, aber vielleicht musste sie sich endlich damit abfinden, dass sie nicht immer alles haben konnte, was sie wollte.

»Wir müssen weiter«, drängte Gabriel und nahm wieder ihre Hand. Diesmal erlaubte Amelia es ihm und genoss das Gefühl ihrer kleineren Hand in seiner großen, starken.

Vielleicht gab es ja Dinge an Gabriel Wulf, die sie hinterfragen sollte, und sie hatte weiß Gott noch sehr viel mehr, was sie mit ihm besprechen wollte. Etwa die Frage, wie es möglich war, dass er gestern noch im Sterben gelegen hatte und heute mit ihr durch die Wälder rannte? Wo war er gestern Nacht gewesen? Wieso waren seine Kleider zerrissen? Und wie war er Mora entkommen? All diese Fragen wollte und musste Amelia ihm stellen, falls sie Wulfglen tatsächlich erreichten.

Aber was das Hier und Jetzt betraf, so hatte Gabriel recht. Sie brachte kaum noch die Energie auf, einen Fuß vor den anderen zu setzen und so schnell zu gehen, wie er es von ihr verlangte. Jeder Versuch, Gabriel noch mehr Auskünfte zu entlocken, während er nur ein Ziel im Kopf hatte, würde sie bloß noch mehr ermüden.

Gabriel wusste, dass Amelia Fragen hatte; er hatte nur leider keine Antworten darauf. Oder jedenfalls keine, die er mit ihr teilen wollte. Das Einzige, worauf er sich im Moment konzentrieren konnte, war, sie so schnell wie möglich nach Wulfglen zu bringen. Zu seiner Familie und in Sicherheit. Danach würde er sich mit seinen eigenen Problemen befassen. Seinem Bein ging es erstaunlich besser. Sein Fieber musste irgendwann gefallen sein, vielleicht, als die Verwandlung stattgefunden hatte.

Er hatte sich gegen den Schmerz gewehrt, als er Amelia gestern durch den Wald gefolgt war; aber dann war mit einem Mal alles ganz dunkel und nebelhaft geworden. Er hatte keine Ahnung, was danach geschehen war, bis er heute Morgen wieder nackt und zitternd vor Kälte draußen im Freien aufgewacht war. Er war zurückgegangen und hatte seine Kleider gefunden, die zerrissen waren, aber zum Glück nicht allzu weit entfernt von dem Pfad gelegen hatten, dem Amelia seines Wissens nach gefolgt war.

Als er sich angezogen und langsam wieder einen klaren Kopf

bekommen hatte, war ihm bewusst geworden, dass er Amelia hätte verletzen können. Gabriel fürchtete nichts so sehr wie die Möglichkeit, dass er ihr in Wolfsgestalt etwas antun könnte. Und trotzdem wusste er, dass er, wenn auch vielleicht nicht ihren Körper, so doch auf jeden Fall ihre Gefühle verletzen würde. Das musste er, ihr selbst zuliebe. Er hatte ihr schon nichts zu bieten gehabt, bevor der Fluch über ihn hereingebrochen war, und jetzt hatte er ihr erst recht keine Zukunft mehr zu bieten. Wenn er sich selbst gegenüber völlig ehrlich war, musste er zugeben, dass das, was ihm widerfahren war, ihn mehr aufwühlte als alles andere.

Er hatte sein ganzes Leben hart daran gearbeitet, sich stark zu machen. Er hatte seine Gefühle abgeschaltet und sich von der Gesellschaft ferngehalten. Und trotzdem war er nicht stark genug, um der Liebe zu widerstehen und das Tier in sich zu bezwingen. Beide hatten ihn besiegt. Er war Amelia nicht böse; er konnte ihr einfach nur nicht widerstehen. Wenn er böse war, dann höchstens auf sich selbst.

Nun wappnete er sich für ihre Trennung, die unvermeidlich war, falls sie Wulfglen je lebend erreichen sollten. Er wollte unter allen Umständen vermeiden, dass Amelia die Wahrheit über ihn erfuhr. Sie liebte ihn, oder zumindest behauptete sie das. Warum sie das tun sollte, war ihm allerdings völlig unbegreiflich. Er war so gar nicht wie die Dandys, die sie in London zweifellos umschwärmt hatten. Er war wie niemand anderer, den sie kannte. Bis auf Mora – und jetzt verabscheute Amelia das Mädchen, das sie einmal gemocht und unter ihre Fittiche genommen hatte. So wie sie auch Gabriel Wulf verabscheuen würde, falls sie die Wahrheit über ihn erfuhr.

»Warte.« Amelia blieb plötzlich stehen.

»Was ist?«

»Ich glaube, ich habe aus dem Augenwinkel etwas vorbeihuschen gesehen«, flüsterte sie. »Schatten, die sich von Baum zu Baum bewegen.«

Gabriel zog sie hinter sich. Er war so in Gedanken versunken gewesen, dass er in seiner Wachsamkeit nachgelassen hatte. Auch das sah ihm so gar nicht ähnlich. Er lauschte angestrengt, aber im Wald war alles still. Zu still. Sein Blick glitt prüfend über die nähere Umgebung. Nichts bewegte sich. Gabriel schloss die Augen und konzentrierte sich auf den Geruch der Luft. Zuerst roch er nichts Ungewöhnliches; dann trug die leichte Brise einen Duft zu ihm herüber. Amelias Parfum.

Gabriel öffnete die Augen, wandte sich Amelia zu und sagte: »Lauf!«

Er wartete ihre Reaktion erst gar nicht ab, sondern griff nach ihrer Hand und zog sie mit sich, als er losrannte. Vielleicht hätte sie sein Tempo gar nicht durchhalten können, aber obschon der Zustand seines Beins sich deutlich verbessert hatte, war es immer noch nicht ganz verheilt. Sie konnten jetzt schon das Poltern von Stiefeln hinter sich hören und die Stimmen von zwei Männern, die sich etwas zuschrien. Aus was immer auch für einem Grund verfolgten die Kreaturen sie nicht in Gestalt von Wölfen, sondern als ganz normale Männer. Gabriel fragte sich, ob ihre Verwandlungen genauso von der Nacht oder dem Mond bestimmt wurden wie bei ihm.

Er erkannte die Falle erst, als es zu spät war: die Männer in den Bäumen über ihnen. Zwei große Netze fielen plötzlich vom Himmel. Gabriel war gezwungen, Amelias Hand loszulassen, um so vielleicht verhindern zu können, dass er sich in dem für ihn gedachten Netz verfing, aber es war sehr schwer und gut geknüpft. Neben ihm kämpfte Amelia mit ihrem eigenen Netz. Ihr Gesicht war aschfahl, ihre Augen groß vor Angst. Verdammt. Er hatte es schon wieder nicht geschafft, sie zu beschützen. Sie waren Gefangene der Kreaturen.

21. Kapitel

Das Lager, in das sie gebracht wurden, war nicht sehr weit entfernt, worüber Gabriel ironischerweise froh war, da die Netze ihnen schwer zu schaffen machten und Amelia schon mehrmals gestolpert und einmal sogar beinahe hingefallen war. Ihre Füße waren frei, aber wegen der fest um sie zusammengezogenen Netze konnten sie nur kleine Schritte machen. Die Männer, deren Gefangene sie waren, hatten dafür gesorgt, dass sie ihnen nicht wieder entkommen würden. Gabriel hatte ein sehr ungutes Gefühl in seiner Magengrube. Er hatte geschworen, Amelia zu beschützen, und sich eingeredet, das bisher auch gut gemacht zu haben, nur um schließlich zu erfahren, dass sie Moras wegen nie wirklich gejagt worden waren ... bis jetzt.

Warum sie Amelia und ihn nicht einfach umbrachten, war Gabriel ein Rätsel. Die Männer, die sie gefangen genommen hatten und nun zu dem Lager trieben, hatten Waffen. Hätte Gabriel seine Arme bewegen können, hätte er mindestens einem Mann die Waffe entrissen und versucht, Amelia und sich den Fluchtweg freizuschießen.

Auf einer Lichtung war ein Zelt errichtet worden. Es war ein seltsamer Anblick vor dem dunklen, undurchdringlichen Hintergrund des Waldes. Ein paar Männer liefen draußen hin und her, blieben aber stehen, um sie anzustarren, als sie näher kamen. Gabriel warf einen prüfenden Blick auf die Gesichter dieser Männer. Sie sahen aus wie ganz normale Menschen. Wahrscheinlich hätte er das äußerst merkwürdig gefunden, wenn er nicht selbst wie ein ganz normaler Mensch ausgesehen hätte.

Einer der Männer trat vor. »Sie wollen zuerst mit ihm reden«, sagte er zu den anderen. »Die Frau bleibt draußen.«

Gabriel gefiel es gar nicht, von Amelia getrennt zu werden. Und noch weniger gefiel ihm, dass sie mit diesen Männern allein sein würde, gefesselt durch das Netz um sie und außerstande, sich zu verteidigen. Der Gedanke machte ihn so wütend, dass er wieder versuchte, seine Hände hochzureißen und sich von dem Netz zu befreien. Aber zwei der Männer waren sofort bei ihm und hielten seine Arme an den Seiten fest.

»Du brauchst dich nicht zu wehren«, sagte eine weibliche Stimme. »Das ist zwecklos, Gabriel.«

Er warf einen Blick zu dem Zelt hinüber. Mora stand dort vor dem Eingang, in einem Kleid, von dem er nur annehmen konnte, dass es eins von Amelias war, das nach ihrer Flucht von Collingsworth Manor gestohlen worden war. Mora sah überhaupt nicht mehr wie eine Bedienstete aus, sondern ganz und gar wie eine Dame, die sich bestens in die feine Londoner Gesellschaft einfügen würde, selbst wenn sie nicht Amelia Sinclair-Collingsworth' Gestalt annahm. Bis auf ihre Augen, in denen eine Wildheit lag, die sich durch nichts verbergen ließ.

»Amelia wird nichts geschehen«, sagte Mora. »Zumindest vorläufig noch nicht. Komm also friedlich mit, wenn du nicht willst, dass sich das ändert.«

Das Schlimmste an der ganzen Sache war, dass er und Amelia zusammen gefangen genommen worden waren. Gabriel wusste, dass sie Amelia gegen ihn benutzen würden, falls sie etwas von ihm wollten, und das taten sie ganz offensichtlich, denn sonst wären er und Amelia wohl schon bei ihrer Gefangennahme getötet worden. Das Einzige, was er im Augenblick tun konnte, war, hineinzugehen und zu sehen, was Mora wollte. Er versuchte, Amelia einen beruhigenden Blick zuzuwerfen, obwohl er selbst alles andere als ruhig war.

»Nehmt ihr das Netz ab«, verlangte er. »Sie ist kein Tier, verdammt noch mal!«

Mora erwiderte seinen Blick und zog spöttisch eine fein gezeichnete Augenbraue hoch, während ihre Lippen sich zu einem schwachen Lächeln über seine Anspielung verzogen. »Fesselt ihr die Hände«, wies sie die Männer an. »Gebt ihr frisches Wasser und sucht einen bequemen Platz für sie, wo sie sich ausruhen kann.«

Obwohl Mora mit Befehlen um sich warf wie eine Königin, nahmen einige der Männer ihr ihre Autorität und ihre Anweisungen sichtlich übel. Keiner erhob jedoch Widerspruch, und Gabriel wurde nach vorn geschubst und in das Zelt getrieben. Auf dem Boden lagen Kissen, daneben stand ein kleiner Tisch mit Wein und Essen. Und es war noch ein Mann in dem Zelt. Er war kein Wachtposten, erkannte Gabriel schnell, denn dazu war er viel zu gut gekleidet.

»Ihr habt uns ganz schön hinter Euch herjagen lassen, Lord Gabriel«, sagte der Mann und zeigte einladend auf eins der Kissen auf dem Boden. »Bitte setzt Euch doch zu uns.«

Gabriel blieb auch gar nichts anderes übrig, denn eine der Wachen war mit ihm hereingekommen und stieß ihn auf den Boden. »Was wollt ihr?«, fragte Gabriel, um gleich zum Punkt zu kommen.

Der gut gekleidete Mann hob ein Glas Wein an seine Lippen und trank einen Schluck daraus. »Ich glaube, meine Schwester hat Euch bereits über unsere Pläne aufgeklärt«, erwiderte er trocken und warf Mora einen vorwurfsvollen Blick zu. »Manchmal ist sie sich ihrer Sache einfach zu sicher.«

Gabriel richtete seinen Blick auf Mora, die über den Tadel leicht errötete.

»Und obschon sie über große Fähigkeiten verfügt, ist Mora bedauerlicherweise keine besonders gute Menschenkennerin.« Von der anderen Seite des niedrigen Tischs mit dem Essen und den Getränken musterte der Mann Gabriel prüfend. »Sie hätte gleich erkennen müssen, dass Ihr einer von uns seid. Sie hätte es spüren müssen, aber sie war viel zu beschäftigt damit, Lady Collingsworth und ihre Eigenarten zu studieren, wie ihr aufgetragen worden war, um sich über Eure merkwürdigen Fähigkeiten Gedanken zu machen.«

»Komm zur Sache, Raef«, unterbrach ihn Mora. »Ich bin genug gescholten worden für mein Versäumnis.«

Raef, der offensichtlich Moras Bruder war, sah ihr überhaupt nicht ähnlich. Während Mora blond und hellhäutig war, war das Haar ihres Bruders so schwarz, dass es fast schon einen blauen Schimmer hatte. Und auch seine Haut war dunkler. Das Einzige, was bei ihnen gleich war, war die Farbe ihrer Augen.

Der Mann trank noch einen weiteren Schluck Wein. »Mora hat mir klar gemacht, dass Ihr uns lebend möglicherweise mehr von Nutzen sein könntet als tot.«

»Ich wüsste nicht, wie«, entgegnete Gabriel scharf.

Als Moras Bruder lächelte, blitzten blendend weiße Zähne vor seiner olivfarbenen Haut auf. »Ich glaube schon, dass Ihr das wisst.«

Natürlich wusste Gabriel, was sie wollten. Sie wollten ihn benutzen, so wie sie auch jeden anderen zu ihrem eigenen Vorteil benutzen wollten. »Ich bin kein angesehenes Mitglied der Gesellschaft«, sagte er geradeheraus. »Das müsste euch doch eigentlich bekannt sein.«

»Im Moment vielleicht noch nicht«, stimmte der Mann ihm zu. Dann warf er einen vielsagenden Blick auf Mora. »Aber mit Lady Collingsworth als Eurer Gattin könnte sich das ändern.«

Gabriel lachte. »Glaubst du etwa, ich würde deine Schwester heiraten? Wenn sie sich als Amelia oder als was auch immer ausgibt?« Er sah Mora an und verengte seine Augen. »Eher würde ich mit einer Schlange das Lager teilen. Der Schlange würde ich mehr vertrauen.«

Er hatte gehofft, Mora mit dieser Beleidigung zu verärgern, aber stattdessen sah sie seltsamerweise nur sehr gekränkt darüber aus. Was erwartete sie denn von ihm? Er hatte sich um sie gekümmert, als sie auf der Flucht gewesen waren. Er hatte geglaubt, sie zu beschützen. Und wenn er ehrlich sein sollte, war er ganz schön wütend auf sich selbst, weil er ihre Hinterlist nicht gleich durchschaut hatte. Und das, obwohl er zu Anfang verständlicherweise misstrauisch ihr gegenüber gewesen war. Er hätte seinem ersten Eindruck und seinem Instinkt vertrauen sollen.

»Mora tut, was man sie zu tun gelehrt hat und was man ihr befiehlt«, sagte Raef und sah nun gar nicht mehr so belustigt aus über die Situation. »Ihr seid einer von uns, ob Ihr es zugeben wollt oder nicht. Warum schließt Ihr Euch uns nicht an?«

»Ich bin keiner von euch!«, knurrte Gabriel. »Ich bin verflucht. Ich bekenne mich nicht zu dem, was ich geworden bin, sondern bin im Gegenteil sogar zutiefst beschämt darüber.«

Raef stellte seinen Wein beiseite und baute sich so schnell vor Gabriel auf, dass dieser völlig überrumpelt war. »Wenn Euch in Eurem verfluchten Leben nichts anderes gegeben worden wäre, wenn Ihre Eure Familie hungern und Eure Brüder wie Tiere gejagt sehen würdet, würdet Ihr ganz anders denken, lasst Euch das gesagt sein!«

»Was habt ihr mit Amelia vor?«, fragte Gabriel, ohne auf Raefs scharfe Worte einzugehen.

Der Mann seufzte und ging zu seinem Platz zurück. »Die schöne Amelia wird sterben. Das tut mir leid, aber es lässt sich nicht vermeiden. Unserer Sache wegen.«

»So wie ihr auch Amelias Ehemann eurer Sache wegen ermordet habt?«, versetzte Gabriel. »So wie Ihr jeden ermorden werdet, der euch im Weg ist, und wie ihr bei jedem behaupten werdet, es sei nur eurer Sache wegen?«

Raef fuhr sich mit einer Hand über seine gut aussehenden, markanten Züge, und dann starrte er Gabriel eine ganze Weile an, als überlegte er, was er erwidern sollte. Schließlich sagte er: »Soviel ich hörte, war es wohl auch besser für Euch, dass der Ehemann schon tot war. Außerdem hat er Lady Amelia nie geliebt. Er hat sie nur ihrer beträchtlichen Mitgift wegen geheiratet. Jeder Bedienstete auf Collingsworth Manor wusste das. Ihr habt sein Haus gesehen. Es zerfiel an allen Ecken. Er hatte kaum das Geld, um seine Felder zu bestellen. Er wusste, dass er seine heiß geliebten Pferde verkaufen müsste, wenn er keine reiche Frau fand, und zwar schnell. Und er hatte ein schwaches Herz. Wir haben sein Ableben höchstens ein bisschen vorverlegt.«

Gabriel fragte sich, ob der Mann die Wahrheit sagen mochte. Hatte Robert Amelia wirklich nur ihrer Mitgift wegen geheiratet? Wie traurig, falls das stimmte. Robert war ein Idiot, wenn das die Wahrheit war. »Sag ihr das nicht«, bat Gabriel leise.

Der Mann zog eine seiner schwarzen Augenbrauen hoch. »Ihr seid verliebt in sie. Das beeinträchtigt Euer Urteilsvermögen. Ihr solltet jetzt lieber daran denken, Eure eigene Haut zu retten.«

»Meine eigene Haut ist mir gleichgültig«, sagte Gabriel. »Aber nicht, was mit Amelia geschieht.«

Mora kam wieder in Sicht und stellte sich hinter ihren Bruder. »Weiß Lady Collingsworth, was Ihr seid?«

Gabriel konnte Mora nicht in die Augen sehen.

»Sie wird Euch verabscheuen«, versicherte sie ihm. »So wie sie mich verabscheut. Ich verlange nicht von Euch, mich zu lieben – oder auch nur zu mögen, Gabriel. Aber zusammen könnten wir sehr viel für unsere Leute tun.«

Gabriel schüttelte den Kopf. »*Unsere* Leute? Ich habe euch doch schon gesagt, dass ich nicht einer der Euren bin. Was immer ihr verdammt noch mal auch sein mögt.«

»Ihr seid aber auch nicht wie Eure Liebste«, warf Raef ein. »Das scheint Ihr immer wieder zu vergessen. Ich denke, sie sollte mit eigenen Augen sehen, was Ihr seid. Mora glaubt, dass es der Mond ist, der Eure Verwandlungen bestimmt. Sogar auf uns, die wir gelernt haben, uns nach Belieben zu verändern, hat der Mond noch immer eine Wirkung. Das macht es schwieriger für uns, die animalische Seite unserer Natur zu kontrollieren. Wir werden Amelia Euch heute Nacht bei Eurer Verwandlung zusehen lassen. Morgen früh könnt Ihr uns dann sagen, wie Ihr Euch entschieden habt.«

Es gab nichts Schlimmeres für Gabriel als den Gedanken, dass Amelia sehen könnte, wie er sich vor ihren Augen in ein Tier verwandelte. Zu wissen, dass sie dann begreifen würde, dass er sie die ganze Zeit belogen und getäuscht hatte. Dass er mit ihr intim geworden war, ohne ihr vorher zu sagen, was er war. Dass sie ihm vertraut hatte, obwohl er sie schon von dem Moment an, als sie sich zum ersten Mal begegnet waren, belogen hatte. Er war nicht besser als Mora, die ihnen beiden etwas vorgemacht hatte.

»Ich würde es vorziehen, dass ihr mich gleich auf der Stelle umbringt«, sagte er.

Raef schenkte ihm ein Lächeln, auch wenn es ein eher trauriges war.

Amelia war wie gelähmt vor Angst. Nach Tagen der Flucht vor diesen Kreaturen befand sie sich nun in ihrer Gewalt, und Gabriel war ihnen genauso hilflos ausgeliefert wie sie selbst. Die Kreaturen – oder Wargs, wie sie sich selbst bezeichneten – hatten sie den ganzen Tag voneinander getrennt gehalten. Sie hatte Wasser zu trinken bekommen, und ihr war sogar etwas zu essen angeboten worden, das sie jedoch abgelehnt hatte, weil sie wusste, dass sie es nicht im Magen behalten würde, so übel, wie ihr ohnehin schon war. Sie saß aber wenigstens im Schatten, und am Leben war sie auch noch. Obschon ihr sehr wohl bewusst war, dass das nicht mehr sehr lange der Fall sein würde.

Gabriel befand sich auf der anderen Seite des Lagers. Ihm hatten sie das Netz nicht abgenommen, wie sie es bei ihr getan hatten. Ihr blonder Engel sah ganz ungewöhnlich resigniert und mutlos aus. Amelia hoffte, dass es nur ein Täuschungsmanöver von ihm war und Gabriel, während er so in dumpfem Brüten dasaß, über Wege nachsann, sie aus dieser Notlage herauszubringen. Auch sie hatte sich schon das Hirn zermartert, wie sie sich befreien könnten. Aber sie wurden gut bewacht, sie waren gefesselt, und sie hatten keine Waffen. Es war ein wirklich sehr, sehr düsteres Szenario.

Sie hatte sogar schon daran gedacht, an Moras Mitgefühl zu appellieren und sie um ihr eigenes und Gabriels Leben anzuflehen, aber ihr war klar, dass das nichts nützen würde. Mora war ihrer Sache verpflichtet. Sie hatte bereits bewiesen, dass ihr diese »Sache« wichtiger war als das Leben zweier Menschen, die sie einst als Freundin gesehen und beschützt hatten. Und dennoch hatte Mora Amelia in jener Nacht, als sie aus der Taverne geflohen war, verschont. Es hätte für sie noch eine winzige Hoffnung gegeben zu überleben, wenn ihr Schicksal ausschließlich in Moras Hände gelegen hätte. Aber offensichtlich gab es noch andere wichtige Leute unter diesen Kreaturen.

Amelia hatte einen hochgewachsenen, dunkelhaarigen Mann in dem Zelt ein- und ausgehen sehen. Die Männer, die sie bewachten, schienen Haltung anzunehmen, wann immer er erschien, als ob er so etwas wie ein König unter ihnen wäre. Unter anderen Umständen hätte Amelia ihn wahrscheinlich sogar als gut aussehend bezeichnet. Der Mann hatte sie jedoch kaum eines Blickes gewürdigt, so als ob sie völlig nebensächlich für ihn wäre. Ein Mittel zum Zweck nur, weiter nichts.

Zweimal hatte man Amelia ihre Fesseln abgenommen und ihr erlaubt, ihren persönlichen Bedürfnissen nachzugehen, aber auch das nur in Begleitung eines Wachpostens, der in beschämend kurzer Entfernung zu ihr stehen geblieben war. Hätte sie die Kraft, einem der Männer seine Waffe abzunehmen? Könnte sie die Kreaturen abhängen, wenn sie losrannte? Aber dann müsste sie Gabriel zurücklassen, und das brächte sie nicht über sich. Besser wäre es, an eine Waffe heranzukommen und eine Geisel zu nehmen. Jemanden, den sie ohne Weiteres gegen Gabriel austauschen würden. Wie Mora beispielsweise …

Amelia ließ sich die Idee durch den Kopf gehen, während es langsam Abend wurde. Aufmerksam beobachtete sie zwei Männer, die im Laufe des Tages aus dicken, mit Seilen zusammengebundenen Ästen ein sehr merkwürdiges Gefüge aufgebaut hatten. Erst als sie endlich damit fertig waren, erkannte Amelia, dass es ein Käfig war. Ein Käfig, der groß genug war für einen erwachsenen Mann. Unwillkürlich glitt ihr Blick zu Gabriel. Auch er betrachtete den Käfig, und sein Gesichtsausdruck war dabei so finster und bedrohlich, dass sie sich vor ihm gefürchtet hätte, wenn sie ihn nicht so gut gekannt hätte.

Mora und der dunkelhaarige Mann traten aus dem Zelt, und Amelia war mehr als verärgert darüber, dass Mora in ihren Kleidern sogar noch besser aussah als sie selbst. Ein paar abgehäutete Kaninchen brieten an Spießen über dem Lagerfeuer, und der Geruch des gegrillten Fleischs ließ Amelias Magen knurren. Kissen wurden aus dem Zelt herbeigebracht und auf den Boden um das Feuer gelegt. Mora nickte dem Mann zu, der Amelia bewachte. Dieser streckte die Hand aus, zog sie auf die Beine und stieß sie auf Mora und den dunkelhaarigen Mann zu, welche sich inzwischen auf den Kissen niedergelassen hatten.

»Setzt Euch«, befahl Mora.

Amelia hätte sich geweigert zu gehorchen, wenn sie eine Wahl gehabt hätte. Aber der Wachposten stieß sie grob auf eins der freien Kissen.

Mora drehte sich zu Gabriel um. »Bringt ihn jetzt in den Käfig«, forderte sie die Wachen auf.

Amelia brach es das Herz, als sie sah, wie drei stämmige Männer Gabriel auf die Beine rissen und ihren sich heftig wehrenden Gefangenen zu dem Käfig hinüberschleiften. Einer zückte sein Messer, um das Netz um Gabriel zu zerschneiden, bevor er ihn in den Käfig hineinstieß und die Klappe an dem einen Ende sicherte, damit er nicht entkommen konnte. Gabriel funkelte Mora und den Mann neben ihr böse an, und Amelia konnte in der zunehmenden Abenddämmerung wieder sehr deutlich das blaue Glühen in seinen Augen sehen.

»Möchtet Ihr etwas essen, Amelia?«, wandte Mora sich an sie.

Amelia konnte jetzt nichts essen, auch wenn der köstliche Geruch des gebratenen Fleischs die reinste Qual war. »Du brauchst gar nicht so zivilisiert zu tun«, sagte sie in hochmütigem Ton zu Mora. »Ich weiß, dass du es nicht bist, auch wenn du plötzlich gern so tust, als wärst du es.«

Der Dunkelhaarige lächelte, als belustigten ihn Amelias gewagte Worte. »Sie hat recht, Schwester. Du brauchst dem Feind keine Annehmlichkeiten zu bieten.«

»Du kennst unsere Regeln, Raef«, widersprach Mora dem Mann. »So wenig Leiden wie nur möglich. Wir sollten es ihr so bequem wie möglich machen, bis sie …«

Das darauffolgende Schweigen hätte in der Stille der Nacht auch so etwas wie das Läuten einer Totenglocke sein können. »Was ist mit Gabriel?«, fragte Amelia. »Ich habe nicht gesehen, dass ihr es ihm heute in irgendeiner Form bequemer gemacht habt. Und warum habt ihr ihn in einen Käfig gesteckt?«

»Wir mussten ihn irgendwo ausbruchssicher unterbringen«, antwortete der dunkelhaarige Mann anstelle von Mora, während er sich vorbeugte und ein Stück saftiges Fleisch von einem der Kaninchenspieße abriss. »Wir dachten, ihn so zu sehen würde Euch vielleicht die Zunge lösen. Wir könnten ihn natürlich auch foltern, wenn Ihr Mora nicht die Informationen gebt, die sie hinsichtlich Eurer Herkunft braucht.«

Vielleicht war das der Grund, warum sie Gabriel nicht gleich getötet hatten, dachte Amelia. Weil sie ihn benutzen wollten, um sie dazu zu zwingen, Informationen preiszugeben. Sie hatte sich geschworen, nicht zu reden, aber nun musste sie ihren Entschluss noch einmal überdenken. Und sie musste auch der Tatsache ins Auge sehen, dass diese Kreaturen sie nicht mehr lebend brauchen würden, wenn sie erst einmal von ihr erfahren hatten, was sie wissen wollten. Aber wie sie Mora schon einmal gesagt hatte, würde sie es ihnen ganz bestimmt nicht leicht machen.

»Ich habe eine Schwester und zwei Brüder«, log sie. »Der Name meiner Schwester ist Florence, und meine Brüder heißen Michael und ...«

»Wir sind über Eure Familie im Bilde und wissen, wer sie sind«, unterbrach der Mann namens Raef sie trocken. »Bitte seid so freundlich und gesteht uns zu, intelligent genug zu sein, um diese Einzelheiten schnell herauszufinden. Wir brauchen viel persönlichere Auskünfte. Was ist Eure Lieblingsfarbe?«

»Rosa natürlich.« Ihre Lieblingsfarbe war Blau.

»Und in welcher Beziehung steht Ihr zu der Herzoginwitwe von Brayberry?«, fragte der Mann als Nächstes.

Die Frage überraschte Amelia. Diese Kreaturen wussten mehr über die vornehme Gesellschaft, als sie ihnen zugetraut hatte. »Wir sind Bekannte«, gab sie zu. »Obwohl Ihre Gnaden mich eigentlich gar nicht ausstehen kann. Sie findet, dass ich viel zu unverblümt bin.« Amelia bezweifelte, dass es eine unverblümtere Frau auf dieser Welt gab als die Herzogin. Und sie förderte und unterstützte diese Angewohnheit auch bei denjenigen, die sie zu ihren Freunden zählte.

»Was für ein Verhältnis habt Ihr zu Euren Eltern?«, fragte Mora nun.

Es war plötzlich zu viel für Amelia, sich bewusst zu machen, dass diese Frau versuchen würde, ihren Eltern vorzumachen, sie sei ihre Tochter. Ihr kamen die Tränen, und ihre Kehle wurde so eng, dass sie nicht mehr in der Lage war zu antworten.

»Normalerweise versuchen wir, Leute zu finden, die keine direkten Familienangehörigen mehr haben«, sagte Mora leise. »Das ist ein weiterer Grund, warum wir uns für Lord Collingsworth entschieden hatten.«

»Sei still, Mora«, fauchte Raef sie an. »Du hast ihr schon zu viel erzählt. Du vergisst anscheinend sehr leicht, was man uns beigebracht hat. Man streichelt das Lamm nicht, bevor man es zur Schlachtbank führt. Nichts, was du sagst, wird ihre Meinung über dich ändern. Über niemanden von uns.«

Amelia dachte, dass es vermutlich gar nicht so schlimm war, für eine Sache zu sterben, nur eben nicht für die von jemand anderem. Mittlerweile war es so dunkel geworden, dass sie Gabriel in seinem Käfig kaum noch sehen konnte. Das Einzige, was sie sah, waren seine glühenden Augen, die unverwandt auf sie gerichtet waren. Sie erwiderte seinen Blick, in der Hoffnung, Gabriel mit ihren Augen eine Botschaft übermitteln zu können. Er sollte wissen, dass sie ihn wirklich liebte und es ihr gar nicht so viel ausmachen würde zu sterben, falls sie nach dem Tod wieder vereint sein würden. Aber natürlich würde sie lieber leben, ihre Tage und Nächte mit ihm verbringen und ihm hübsche, blonde kleine Jungen schenken. Diese Möglichkeit erschien ihr allerdings sehr weit hergeholt unter den gegenwärtigen Bedingungen.

Das Abendessen wurde von den Spießen entfernt und portionsweise innerhalb der Gruppe ausgeteilt. Amelia saß schweigend da, während jemand noch mehr Holz in das lodernde Feuer vor ihr legte. Sie war froh, dass sie Gabriel in dem orangefarbenen Licht der Flammen nun wieder besser sehen konnte. Sie fühlte sich stärker, wenn sie ihn sehen konnte. Amelia wusste, dass sie ihm helfen musste, und deshalb war es sehr dumm von ihr gewesen, das Essen abzulehnen, da sie es vielleicht zu ihrem Vorteil nutzen könnte.

»Ich merke plötzlich, dass ich doch sehr hungrig bin«, sagte sie mit einem Blick auf Mora. »Aber ich kann nicht essen, solange meine Hände vor dem Leib gefesselt sind. Und ich will auch nicht noch mehr gedemütigt werden, indem ich mich von jemand füttern lasse. Ihr könnt mir wenigstens meine Würde lassen.«

Mora sah ihren Bruder fragend an. »Sie ist uns anderen wohl kaum gewachsen«, sagte sie. »Sollen wir ihr nicht die Fesseln abnehmen, damit sie essen kann?«

Raef schüttelte den Kopf. »Sie ist uns schon einmal entwischt. Du unterschätzt sie, Mora. Aus diesem Fehler hättest du etwas lernen sollen.«

Darauf senkte Mora unterwürfig den Kopf, und Amelia fluchte innerlich, weil der Bruder nicht so leichtgläubig und höflich war wie seine Schwester. Wie sollte sie jemandem eine Waffe entreißen, solange ihre Hände noch gefesselt waren? Vielleicht hatte Gabriel einen Plan. Sie hoffte inständig, dass es so war.

»Darf ich wenigstens mit Gabriel sprechen?«, fragte sie.

»Ihm etwas zu essen und Wasser bringen? Ihr habt gesagt, eure Regeln beinhalteten keine Folter, aber was ihr mit ihm getan habt, sieht mir doch wirklich sehr nach Folter aus.«

»Die Regeln beziehen sich nur auf die Behandlung Eurer Spezies«, sagte Raef, und Amelia wunderte sich über das vielsagende Lächeln, das dabei um seine Lippen spielte.

Was soll das denn heißen?, fragte sich Amelia. Dass Frauen mit Respekt zu behandeln waren, aber Männer nicht? »Es ist eine Qual für mich, nicht mit ihm sprechen zu können. Ihm nicht sagen zu können, was meiner Meinung nach noch gesagt werden muss, wenn wir schon bald zur Schlachtbank geführt werden sollen.«

Sie rechnete ganz fest damit, dass ihre Bitte wieder abgewiesen würde, aber Raef schaute zum Himmel auf, warf einen Blick zu dem Käfig hinüber und zuckte schließlich mit den Schultern. »Vielleicht wäre es wirklich nicht das Schlechteste, Euch von ihm zu verabschieden. Also geht und seht ihn Euch genauer an. Du da«, sagte er zu einem der in der Nähe stehenden Wachen. »Bring sie rüber.«

Der Mann bückte sich, packte Amelia am Arm und zog sie auf die Beine. Dann führte er sie zu der Stelle, wo der Käfig stand. Gabriel saß mit dem Rücken zu ihr auf dem Boden. Amelia hockte sich vor ihn hin und sprach ihn leise an.

»Gabriel«, sagte sie gedämpft. »Sie haben mir erlaubt, dich für einen Moment zu sprechen.«

Er drehte sich nicht zu ihr um. Gab er sich etwa die Schuld an ihrer Gefangennahme? Er hatte getan, was er konnte; das wusste sie. Amelia sah sich nach ihrem Bewacher um. »Könntest du uns bitte einen Moment allein lassen?«, fragte sie.

Der Mann trat ein paar Schritte zurück, aber nicht so weit, wie Amelia es sich gewünscht hätte. »Gabriel«, versuchte sie es noch einmal mit leiser Stimme. »Sprich mit mir.«

»Können sie uns hören?«, fragte er genauso leise.

Amelia warf dem Posten wieder einen Blick zu. Er machte einen wachsamen Eindruck, schien aber nicht besonders interessiert zu sein an dem, was sie sich sagten. »Nicht, wenn wir ganz leise sprechen«, antwortete sie. »Hast du einen Plan, Gabriel?«

»Ja.«

Sie seufzte vor Erleichterung, obwohl sie sich noch immer fragte, warum er sich nicht umdrehte und sie ansah. Aber dann bemerkte sie, dass er am ganzen Körper zitterte. »Bist du wieder krank?«, flüsterte sie.

»Das ist unwichtig«, sagte er und griff hinter sich, um ihr irgendetwas zuzustecken. Zum Glück warf der Käfig so tiefe Schatten, dass Amelia unbemerkt nach dem Gegenstand greifen konnte. Es war ein Messer.

Sie fragte sich, wie Gabriel daran gekommen war; dann erinnerte sie sich, dass der Wachtposten ein Messer benutzt hatte, um das Netz zu zerschneiden, bevor sie Gabriel in den Käfig gestoßen hatten. Irgendwie musste er es dem Mann entwendet haben, der die Waffe anscheinend noch nicht vermisst hatte.

»Trenn deine Fesseln damit durch«, forderte Gabriel sie leise auf.

Amelia war nicht sicher, ob sie das mit gefesselten Handgelenken konnte. »Vielleicht musst du es tun«, erwiderte sie flüsternd.

Er schüttelte den Kopf. »Ich zittere zu stark und könnte dich verletzen. Benutze deine Knie. Steck das Messer zwischen sie, um es festzuhalten; dann kannst du das Seil zwischen deinen Handgelenken leicht durchschneiden.«

Obwohl Amelia sich fragte, was sie tun sollte, sobald sie die Hände frei hatte, tat sie, was er ihr gesagt hatte. Sie war jetzt froh, dass sie keine Männerhosen trug und ihre Hände und das

Messer zwischen den Falten ihres Kleides nicht zu sehen waren. Das Messer war scharf, und sie brauchte nur einen kurzen Augenblick, um ihre Hände zu befreien.

»Und was nun?«

»Jetzt tust du so, als versuchtest du, mich besser zu sehen, und bewegst dich dabei auf das Ende dieses Käfigs zu«, wies er sie an. »Dann zerschneidest du das Seil, mit dem die Käfigtür am Fußboden befestigt ist. Es muss so locker sein, dass ich die Tür auftreten kann. Und fleh mich lautstark an, dich anzusehen, bevor du wieder an deinen eigentlichen Platz zurückkehrst.«

Deshalb blieb er also mit dem Rücken zu ihr sitzen. Wie raffiniert von ihm. »Gabriel, warum siehst du mich nicht an?«, rief Amelia mit wie im Schmerz erhobener Stimme. »Warum lässt du mich dich nicht sehen?« Nun würde es nur wie eine ganz natürliche Reaktion erscheinen, um den Käfig herumzurutschen, um ihn besser sehen zu können.

Sobald sie in der richtigen Stellung war, ließ Amelia sich auf die Knie nieder, um zu verbergen, dass ihre Hände frei waren und nach den Seilen griffen, die den Käfig an einem Ende zusammenhielten.

»Was ist dein Plan? Wie werden wir von hier entkommen?«, flüsterte sie.

Für einen Moment verschlimmerte sich Gabriels Zittern. »Ich werde für ein Ablenkungsmanöver sorgen«, sagte er schließlich, und sie hatte plötzlich das Gefühl, dass seine Stimme irgendwie ganz anders klang als sonst. »Und dann musst du augenblicklich loslaufen und um dein Leben rennen, Amelia. Ich werde sie zurückhalten, solange ich kann.«

Sein Plan gefiel ihr nicht. Kein bisschen. »Nein«, flüsterte sie. »Wir fliehen zusammen.«

Er schüttelte den Kopf. »Das wird nicht gehen, Amelia. Sie

würden uns schnappen, noch bevor wir den Lagerplatz verlassen hätten. Wir haben eine bessere Chance zu fliehen, wenn du tust, was ich dir sage.«

Ich vielleicht, war Amelia versucht zu widersprechen, denn für sie hörte es sich so an, als ob Gabriel überhaupt keine Chance hätte. »Ich habe die Seile durchtrennt«, flüsterte sie. »Bitte sieh mich jetzt an.«

Statt zu tun, worum sie bat, sagte er: »Steck das Messer in deinen Stiefel, Amelia. Kannst du es benutzen, wenn du dich dazu gezwungen siehst? Wenn es dein Leben auf Kosten eines anderen bedeutet?«

Mora, dachte sie. Er fragte sie, ob sie die Waffe gegen Mora richten könnte, falls es nötig war. Amelia war sich nicht ganz sicher. Zur Selbstverteidigung konnte sie es vielleicht schon. Sie würde das jedoch nicht eher wissen, bis es soweit war. Aber das war nicht das, was Gabriel jetzt hören musste.

»Ja«, antwortete sie fest.

»Versprich es mir.«

»Sieh mich an«, beharrte sie.

»Versprich es mir zuerst.«

»Ich verspreche es«, sagte sie, obwohl sie nicht sicher war, ob sie ihn nicht belog, und das wollte sie wirklich nicht. Menschen, die man liebte, sollte man nicht belügen. Nicht ohne guten Grund. Aber dann wiederum fand Amelia, dass sie im Augenblick *allen* Grund hatte, zu tun, was immer nötig war.

Gabriel saß noch einen Moment lang zitternd da, dann drehte er sich langsam in dem engen Käfig um.

Ein gellender Schrei entrang sich ihren Lippen, als sie ihn von vorne sah.

22. Kapitel

Amelia wich entsetzt vor Gabriel zurück. Seine Augen glühten leuchtend blau, und seine Gesichtszüge sahen so verzerrt aus in dem orangefarbenen Licht des Feuers, als wäre sein Gesicht dabei, sich völlig zu verändern. Als er den Mund öffnete, sah Amelia weiße Fänge in der Dunkelheit aufblitzen. Wie in einer flehentlichen Bitte streckte er eine Hand nach ihr aus, aber seine Finger waren deformiert, und lange Krallen ragten aus seinen Fingerspitzen hervor. Das konnte nicht wahr sein. Das war doch nur wieder ein Traum. Ein weiterer Albtraum.

»Amelia.« Auch seine Stimme klang verzerrt. »Verzeih mir.«

Das Einzige, was sie tun konnte, war, ablehnend den Kopf zu schütteln.

»Na, was denkt Ihr jetzt von Eurem Held?« Als Amelia aufblickte, sah sie, dass Mora neben sie getreten war. »Er hat Euch genauso hinters Licht geführt wie ich. Seht ihn Euch gut an und sagt mir, dass Ihr ihn trotzdem noch liebt.«

Amelia konnte nicht hinsehen. Und sie wollte es auch nicht. Sie wollte bestreiten, was sie sah, verleugnen, was die Wahrheit war, nicht wahrhaben, dass irgendetwas von all dem ihr widerfuhr … ihr und auch Gabriel. Hatten diese Kreaturen ihm etwas angetan? Konnten sie mit einem Menschen etwas anstellen, was ihn zu dem machte, was sie waren? Könnten sie das Gleiche auch mit ihr machen?

»Was habt ihr ihm angetan?«, schrie sie Mora an.

Die junge Frau beugte sich zu ihr herab. »Wir haben ihm nichts angetan. Was du siehst, das ist sein Fluch. Davon hat er dir wohl nichts erzählt, als er dich umgarnte und dir den Kopf verdrehte, um dich ins Bett zu kriegen? Als er dir das Herz gestohlen hat? Nur zu, geh hin und sag ihm, dass du ihn liebst, auch wenn er eine Bestie ist. Und obwohl er dich belogen und betrogen hat.«

Amelia sah zu Gabriel hinüber, der merkwürdigerweise zuzuhören schien und auf ihre Antwort wartete, obwohl er bereits seine Gestalt veränderte. Aber zu viele Empfindungen durchströmten sie, und sie konnte sich jetzt nur auf eines konzentrieren: Sie musste hier weg.

Mit einem markerschütternden Gebrüll trat Gabriel plötzlich das Gatter seines Käfigs ein. Im Bruchteil von Sekunden war er draußen – doch genauso schnell stürzten sich zwei der in der Nähe stehenden Posten auf ihn. Er schlug um sich wie ein Verrückter und kämpfte wie ein Tier. Und da dämmerte es Amelia plötzlich, dass er für sie kämpfte, dass dies das Ablenkungsmanöver war, das ihr die Flucht ermöglichen sollte.

Mora stand noch immer neben ihr, aber Amelia sah, dass sie völlig abgelenkt von dem Getümmel war. Amelia warf einen schnellen Blick durchs Lager. Selbst Moras Bruder hatte sich von seinem Kissen erhoben und hielt sich bereit, um sich ebenfalls in den Kampf zu stürzen, falls die Wachen nicht mit Gabriel fertig würden. Amelia schob das Messer in ihren Stiefel; dann begann sie langsam, Zentimeter um Zentimeter, zurückzurutschen, um keine Aufmerksamkeit zu erregen. Doch obwohl ihr einziger Gedanke Flucht war, konnte sie den Blick nicht von Gabriel abwenden.

Seine Fänge waren jetzt ausgeprägter, seine Nase länger, sein Körper verkrümmt und verformt, und dennoch kämpfte er tapfer weiter. Amelia hatte schon fast den Rand des Lagers erreicht, als er sich auf alle Viere niederließ. Die anderen Männer wichen stolpernd vor ihm zurück, und Amelia sah, wie er an seinen Kleidern zerrte.

Die Dauer der Verwandlung kam Amelia wie eine kleine Ewigkeit vor, obwohl sie wusste, dass nur wenige Sekunden verstrichen waren, als Gabriel sich vom Boden erhob und kein Mensch mehr war, sondern ein Wolf. Sein Fell war hell, und er war so groß, dass ihr nun klar wurde, dass er der Wolf gewesen war, welcher ihr in jener Nacht gefolgt war, in der sie aus der Taverne geflohen war. Der Wolf, der unter ihr gesessen und zu ihr heraufgestarrt hatte, als sie sich auf einem Baum in Sicherheit gebracht hatte. Der Wolf, der so auffällig gehinkt hatte.

Gabriel, oder vielmehr der Wolf, der einmal Gabriel gewesen war, rannte nun in die entgegengesetzte Richtung von Amelia. Überall im Lager begannen die Augen der Männer zu glitzern, und lange Reißzähne formten sich in ihren Mündern. Sie würden Gabriel in Wolfsgestalt jagen, damit er ihnen gegenüber nicht im Vorteil war. Und jeden Augenblick würde jemand bemerken, dass Amelia nicht mehr an ihrem Platz war. Sie rappelte sich hastig auf, und obwohl ihre Knie zitterten, rannte sie in den Wald hinein. Sie rannte, wie sie noch nie in ihrem Leben gerannt war, nun mit einer verbesserten Ausdauer, die sie durch die Flucht von Collingsworth Manor und ihren Marsch durch die Wälder gewonnen hatte.

Ihre Gedanken wollten immer wieder zu Gabriel abschweifen und dem, was ihm soeben widerfahren war, aber Amelia ließ es nicht zu. Zu groß war die Gefahr, dass sie völlig außer sich geraten würde, falls sie sich erlaubte, jetzt darüber nachzudenken. Und so konzentrierte sie sich einzig und allein darauf, zu rennen und ihren Vorsprung vor den Kreaturen zu bewahren, da ihr nur zu gut bewusst war, dass sie ihr schon sehr bald auf den Fersen sein würden, falls sie es nicht bereits waren. Ein Chor von markerschütterndem Geheul erhob sich hinter ihr im Wald. Amelia unterdrückte einen Schrei und rannte weiter.

Es gab hier in den Wäldern keine Sicherheit für sie. Keinen

Ort, an dem ein Wolf sie nicht aufspüren könnte. Keine Chance, ihren Verfolgern zu entkommen, falls sie ihre Spur schon aufgenommen hatten. Diese Erkenntnis überwältigte sie fast. Sie wollte anhalten und Atem schöpfen. Ein Teil von ihr wollte sogar schon aufgeben. Aber dann nahm sie plötzlich einen leichten Rauchgeruch in der Luft wahr. Könnte er von einem der nächtlichen Kaminfeuer auf Wulfglen stammen? War sie schon so nahe? Oder roch sie nur das Lagerfeuer, das sie erst vor kurzem hinter sich zurückgelassen hatte?

Amelia blieb stehen, um wieder zu Atem zu kommen; dann versuchte sie herauszufinden, aus welcher Richtung der Wind wehte. In ihre Richtung, merkte sie, was bedeutete, dass der Rauch, den sie wahrnahm, nicht von hinten, sondern von vor ihr kam. Aber falls sie es schaffte, Wulfglen zu erreichen, würde es dann auch wirklich der sichere Zufluchtsort sein, für den sie es einmal gehalten hatte? Mora hatte gesagt, was mit Gabriel geschehen war, sei auf den Fluch, der auf ihm lastete, zurückzuführen. Alle anderen Brüder Wulf waren angeblich auch verflucht – oder mit Wahnsinn geschlagen, wie alle dachten.

Konnte es sein, dass Armond und Jackson so wie Gabriel waren? Und wenn ja, wusste ihre Freundin Rosalind das über ihren Mann? Wusste Lucinda es? Oder hatten die Brüder Wulf ihre Geheimnisse für sich behalten, so wie auch Gabriel das seine vor Amelia verheimlicht hatte? Würden sie sie nicht töten wollen, weil sie im Bilde war, so wie auch diese Kreaturen sie deswegen aus dem Weg räumen wollten? Plötzlich wurde Amelia bewusst, dass es niemanden mehr gab, dem sie vertrauen konnte. Niemanden, der sie nicht belogen und hintergangen hatte.

Aber andererseits stimmte das vielleicht gar nicht. Sie war verwirrt. Gabriel hatte sie belogen und getäuscht, aber er hatte sie auch beschützt. Selbst heute Nacht noch war er bereit gewesen, sich für sie zu opfern. Sie hatte geglaubt, sie liebte Gabriel. Konnte sie einen Mann lieben, der mit einem solchen Fluch geschlagen war wie er?

Sie musste eine Entscheidung treffen. Sie konnte nicht die ganze Nacht hier herumstehen und versuchen, ihre Gedanken und Gefühle zu durchleuchten. Die einzigen Gedanken und Gefühle, die sie sich momentan erlauben durfte, waren die, wie sie die Nacht am besten überlebte. Sie musste riskieren, sich nach Wulfglen durchzuschlagen. Selbst wenn dort niemand zu Hause wäre, waren doch sicher Dienstboten im Haus? Zumindest die, die sich um die Pferde kümmerten. Nachdem sie ihren Entschluss gefasst hatte, lief Amelia in die Richtung, aus der sie noch immer einen leichten Rauchgeruch wahrnahm. Sie kam allerdings nicht weit, bevor sie angegriffen wurde.

Der Wolf sprang sie aus dem Dunkeln an und warf sie zu Boden. Amelia rollte sich schnell herum und rappelte sich wieder auf. Sie erkannte den Wolf jetzt. Es war Mora, die sich in seiner Gestalt verbarg. Sie musste als Erste bemerkt haben, dass Amelia entkommen war. Und natürlich war sie auch die Erste gewesen, die sich darangemacht hatte, sie zu verfolgen.

»Ich werde dich töten«, sagte sie zu dem Tier. »Wenn du mir keine andere Wahl lässt, werde ich mich verteidigen.«

Der Wolf bleckte die Zähne und knurrte sie an. Amelia war beinahe froh, dass Mora sie nicht als Mensch, sondern in Gestalt eines Tieres angegriffen hatte. Denn falls sie ihre Drohung wahr machen musste, würde es so leichter für sie sein. Trotzdem gab es etwas, was diese Kreaturen nicht verändern konnten, und das waren ihre Augen. Es waren Moras Augen, die zu Amelia aufblickten, und nicht die Augen eines Tiers.

»Lass mich doch einfach gehen«, appellierte sie an Mora. »Niemand würde mir glauben, wenn ich von dir und deinen Leuten erzählen würde. Sie würden denken, ich sei verrückt geworden. Ich gebe das Leben nicht auf, das du mir stehlen willst. Und ich werde kämpfen bis zum letzten Atemzug, um es zu behalten.«

Der Wolf kam langsam näher. Amelia hob das Messer und umklammerte ganz fest den kurzen Griff, um mit aller Kraft zustoßen zu können. Das Tier duckte sich, als machte es sich bereit zum Angriff, aber im selben Moment sprang ein größerer Wolf Mora aus dem Dunkel an und stieß sie fort. Amelia erkannte auch diesen Wolf. Es war Gabriel.

Nun stand Wolf gegen Wolf. Knurrend und mit gesträubtem Fell umkreisten sie einander. Amelia kroch von ihnen weg, bis sie einen Baum erreichte, an den sie sich lehnen konnte, und hielt das Messer noch immer angriffsbereit vor sich. Die Tiere prallten zusammen. Für Amelias menschliche Augen verschwammen die Wölfe zu einem, aber den Geräuschen nach zu urteilen, war es ein Kampf auf Leben und Tod. In einem Kampf zwischen zwei Tieren war Gabriel eindeutig im Vorteil. Er war fast doppelt so groß wie Mora und hatte sie schnell bezwungen und unter sich gebracht. Amelia hörte den kleineren Wolf aufjaulen; dann kroch er mit einer blutenden Wunde an der Schulter langsam fort.

Amelia hatte gedacht, Gabriel würde Mora töten, doch stattdessen fuhr sein großer Kopf zu ihr herum, und er kam langsam auf sie zu. Sie schluckte heftig und hielt das Messer wieder vor sich.

»Bleib von mir weg, Gabriel«, flüsterte sie. »Ich will dich nicht verletzen, aber ich werde es tun.«

Der Wolf blieb stehen und betrachtete sie. Amelia hatte keine Ahnung, ob Gabriel sie, wenn er in Wolfsgestalt war, verstehen konnte, wie sie es von Mora und ihrer Spezies vermutete. Mora hatte gesagt, er sei nicht so wie sie, er sei verflucht. Und in dem Moment erinnerte sie sich wieder an die Fragen, die er ihr gestellt hatte. Als er gefragt hatte, ob sie sich für fähig hielte zu töten, um sich zu verteidigen, hatte er nicht nur gemeint, ob sie es bei Mora oder einem ihrer Leute könnte. Er hatte auch sich selbst damit gemeint.

Könnte sie ihn töten, falls der Wolf in ihm sie angriff? Seine Augen waren die des Mannes, den sie liebte, oder zumindest doch zu lieben geglaubt hatte. Unabhängig davon, ob er ihre Worte verstehen konnte, ob ihm bewusst war, wer sie war, oder auch nicht, unter diesem Fell und trotz der langen Fänge war er doch immer noch ihr Gabriel, oder nicht? Mora bewegte sich, und der größere Wolf wandte den Kopf und knurrte sie an, worauf sie augenblicklich wieder liegen blieb.

Gabriel wollte nicht, dass Mora ihr zu nahe kam, erkannte Amelia. Selbst als Wolf beschützte er sie noch. Sie ließ das Messer sinken. Was immer Gabriel Wulf auch war, er würde ihr nichts zuleide tun. Das wusste Amelia plötzlich mit einer Sicherheit, die sie noch nie zuvor in Bezug auf irgendetwas oder irgendjemanden empfunden hatte. Er hatte sie belogen und sie irregeführt, doch sie konnte ihm immer noch ihr Leben anvertrauen. Aber galt das Gleiche auch für ihr Herz?

Ihre Erschöpfung übermannte sie, und sie lehnte den Kopf an den Stamm des Baums und schloss die Augen. Im Moment würde Gabriel dafür sorgen, dass ihr nichts geschah. Im Moment war sie in Sicherheit.

Es war schrecklich, so zu erwachen; nackt, frierend, verwirrt und ohne zu wissen, was mit ihm geschehen war und wo er sich befand. Gabriel straffte sich, und seine Muskeln protestierten, als ob er von innen nach außen gekehrt worden wäre. Nur sein Bein fühlte sich besser an. Entweder das, oder dem Rest von ihm ging es so schlecht, dass der Schmerz in seinem Bein dagegen völlig unerheblich war. Er streckte sich in dem kühlen Licht des frühen Morgens. Und dann erinnerte er sich wieder.

Amelia! O Gott, wo war sie? War sie entkommen? Merkwürdigerweise erinnerte er sich verschwommen, sie im Wald gesehen zu haben … mit einem Messer in der Hand. Und sogar noch merkwürdiger war, dass er sich auch an das erinnerte, was sie zu ihm gesagt hatte. Sie hatte gesagt, sie würde ihn verletzen, wenn ihr keine andere Wahl blieb. Und da er nicht tot war, blieb eigentlich nur noch die furchtbare Möglichkeit, dass sie es vielleicht war.

Nackt, wie er war, erhob sich Gabriel vom Waldboden. Dann entdeckte er sie ein paar Schritte weit entfernt. Sie schlief. Er stieß einen Seufzer der Erleichterung aus – aber dann entdeckte er noch jemand anderen.

Mora lag ebenfalls ganz in der Nähe auf dem Boden, in menschlicher Gestalt und mit geschlossenen Augen. Laub bedeckte sie wie eine Decke. Gabriel dachte, dass man sie mit einer Märchenprinzessin verwechseln könnte, wenn man es nicht besser wusste. Die Klinge des Messers, das Amelia noch immer fest umklammert hielt, blinkte auf, als ein heller Sonnenstrahl durch das dichte Laubwerk über ihnen fiel. Gabriel ging zu ihr, bückte sich und nahm ihr vorsichtig das Messer aus der Hand.

Amelia schlug die Augen auf. Für einen wonnevollen Moment lang lächelte sie ihn an. Aber dann, als ihre Erinnerung zurückkehrte, verblasste das Lächeln, und sie wich ängstlich vor ihm zurück und presste sich noch fester mit dem Rücken an den Baum. Doch Gabriel blieb keine Zeit, sie zu beruhigen, dass er wieder völlig klar im Kopf war und sie keinen Anlass hatte, sich vor ihm zu fürchten.

Er musste ein für allemal die Gefahr beseitigen, die Mora für sie darstellte. Gabriel hatte noch nie einer Frau etwas zuleide getan, aber Mora würde Amelia umbringen, falls sie noch einmal Gelegenheit dazu bekam. Und da er nicht zulassen konnte, dass sie eine weitere Chance dazu bekam, ging er zu Mora hinüber, bückte sich und hielt ihr das Messer an die Kehle. Sie öffnete die Augen, und für einen Moment sah sie genauso benommen aus, wie auch er sich beim Erwachen gefühlt hatte. Ihre Augen weiteten sich, als sie ihn nackt und mit einem Messer an ihrer Kehle über sich gebeugt dastehen sah. Sie versuchte sich zu bewegen, wobei sich ihr ein lautes Stöhnen entrang, und als das Laub von ihren Schultern fiel, sah Gabriel die hässliche Bisswunde und das schon geronnene Blut.

»Du bist meine Feindin, Mora«, sagte er zu ihr. »Und eine Gefahr für Amelia. Es wird Zeit, dass ich der Gefahr, die du darstellst, ein Ende setze.«

Er hatte vor, ihr mit einem sauberen, schnellen Schnitt die Kehle durchzuschneiden, weil er trotz allem, was sie ihm und Amelia angetan hatte, nicht wollte, dass sie litt. Aber plötzlich spürte er eine Hand auf seiner Schulter.

»Bitte nicht, Gabriel«, flüsterte Amelia.

Er blickte zu ihr auf. Das Sonnenlicht umtanzte ihren blonden Kopf wie ein Ring aus Licht, und das Mitgefühl, das er in ihren Augen sah, zerriss ihm fast das Herz.

»Sie hätte mich zweimal töten können und hat es nicht getan. Ich glaube nicht, dass ihre Aufgabe so einfach ist, wie man sie glauben machen wollte.«

Gabriel blickte auf die Frau hinab, die von seinem Messer festgehalten auf dem Boden lag. Mora schaute zu Amelia auf. »Sie haben uns beigebracht, wie man spricht, wie man geht, wie man sich an jede Umgebung anpasst, sei es als Dienstbote oder in höherrangiger Stellung. Was sie uns nicht gesagt haben, ist, dass wir Gefühle entwickeln könnten. Und sie haben uns auch nicht beigebracht, skrupellos und gewissenlos zu töten. Ich bin mir nicht mehr sicher, ob wir schon bereit sind, die Welt zu übernehmen.«

Mora hatte sie auch vorher schon getäuscht. Gabriel war ihr gegenüber nicht so mitfühlend wie Amelia. Auf jeden Fall traute er ihr absolut nicht. Und er hatte Amelia noch nicht wohlbehalten nach Wulfglen gebracht. Er musste eine Entscheidung treffen, die ihm ungeachtet Moras böswilliger Täuschung gar nicht leichtfiel. Schließlich hatte auch er Amelia getäuscht. Und Mora und ihre Spezies versuchten nur zu überleben. Dafür müsste er Verständnis haben, und das hätte er vielleicht auch, wenn sie sich an ihre eigenen Regeln hielten.

»Du sprichst von Regeln, nach denen deine Leute leben, missachtest sie aber, sobald die Dinge nicht so laufen wie geplant«, sagte er zu Mora. »Ihr habt Schurken unter euch, wie diesen Vincent, der Amelia lieber missbrauchen wollte, statt sie zu umwerben, wie er es hätte tun sollen. Ihr seid manchmal mehr Tier als Mensch. Ihr könnt in der zivilisierten Gesellschaft gar nicht überleben.«

»Vielleicht sollten wir uns darüber tatsächlich mal Gedanken machen.«

Gabriel drehte sich um und sah, dass Raef nicht weit entfernt hinter ihm stand und mit einer Pistole auf ihn zielte.

»Und nun geht von meiner Schwester runter.«

Raef war nicht allein. Seine Männer standen hinter ihm. Gabriel hätte der Gefahr durch Mora mit einer einzigen Bewegung seines Messers ein Ende setzen können, aber dann wären immer noch die anderen da, mit denen er fertig werden müsste.

»Ich bin bereit, ihr Leben gegen Amelias zu tauschen«, sagte Gabriel. »Lasst Amelia gehen. Mit mir könnt ihr dann machen, was ihr wollt.«

»Ritterlich bis in den Tod«, sagte Raef mit seinem üblichen

Sarkasmus in der Stimme. »Das ist etwas, was einem bedauerlicherweise nicht vermittelt werden kann. Ich bin froh, dass nur wenige Männer Eures Standes diese Eigenschaft besitzen.«

»Raef«, rief Mora ihn leise. »Tu, was er sagt. Lass Amelia gehen. Ich konnte diesen Mann nicht täuschen, als ich ihre Gestalt annahm; deshalb bezweifle ich, ob ich anderen Menschen etwas vormachen könnte, die Amelia gut kennen. Sie zu töten wäre sinnlos und barbarisch. Sie hat mir Mitgefühl gezeigt, und ich muss das Gleiche tun.«

Moras Bruder runzelte die Stirn, aber er senkte nicht die Waffe. »Sie werden anderen von uns erzählen.«

»Bist du dir da sicher?«, widersprach Mora. Sie versuchte sich aufzusetzen, erinnerte sich dann aber ihrer Nacktheit und blieb liegen, wo sie war. »Und selbst wenn sie es tun, wird man sie für verrückt halten. Über Wulfs Familie geht ohnehin schon das Gerücht um, dass sie vom Wahnsinn befallen sei. Und warum sollte er es jemandem erzählen? Er ist nicht besser als wir. Es wäre nur zu seinem Vorteil, wenn die Gesellschaft nichts davon erfährt.«

Raef schien immer noch nicht ganz überzeugt zu sein. Gabriel drückte das Messer wieder an Moras Kehle, um ihm die Entscheidung zu erleichtern. Wenn er nur mit einem Mann hätte fertig werden müssen, wäre Gabriel nie auf die Idee gekommen, eine Frau als Druckmittel zu benutzen, aber Amelias Sicherheit zuliebe musste er es tun. Raef schien Gabriels Entschlossenheit zu spüren, denn nach kurzer Überlegung ließ er die Pistole sinken.

»Also gut, Wulf. Ich werde das Leben meiner Schwester gegen das Eurer Liebsten eintauschen. Was Euch betrifft, so haben wir keine Verwendung für einen Mann, der nicht die gleichen Ziele verfolgt wie wir. Tretet zurück von Mora. Sowohl Euch wie auch der Frau steht es jetzt frei zu gehen.«

Gabriel war noch immer misstrauisch. Diese Leute hatten sie tagelang verfolgt. Sie waren ihrer Sache verschworen und hatten bewiesen, dass sie dafür töten würden. Es fiel ihm schwer, zu glauben, dass Moras Leute ihn und Amelia so einfach gehen lassen würden.

»Er wird Wort halten«, sagte Mora, als spürte sie Gabriels Zögern. »Mein Bruder und ich fühlen uns den Wargs moralisch verpflichtet, aber wir sind nicht immer mit ihren Methoden einverstanden. Es ist an der Zeit für uns, uns wieder in die Dunkelheit zurückzuziehen. Um über diese Erfahrung nachzudenken und sie auszuwerten. Und für Euch ist es an der Zeit, nach Hause zurückzukehren.«

Nach Hause. Würde oder konnte das jetzt noch das Gleiche sein für Gabriel? Er war verflucht. Er hatte die Frau, die er liebte, belogen und getäuscht. Was blieb ihm noch? Das nackte Überleben? Aber würde ihm das heute noch genügen?

Er fühlte wieder Amelias Hand auf seiner Schulter. »Lass sie in Ruhe, Gabriel. Es ist vorbei.«

Langsam zog er das Messer von Moras Kehle zurück. »Ich will dich nie wieder sehen«, sagte er zu ihr.

Das Lächeln, das über ihre Lippen huschte, wirkte kühl und zugleich auch traurig. »Das werdet Ihr. Aber Ihr werdet dann nicht wissen, dass ich es bin.«

Raef, der seine Pistole inzwischen in den Hosenbund gesteckt hatte, trat vor, warf Amelias Koffer auf den Boden und schnippte mit den Fingern. Einer seiner Männer kam mit einer Garnitur grober Kleidungsstücke und einem Paar robuster Stiefel. Schweigend legte er die Sachen auf den Boden vor dem Koffer. Während Gabriel sich beeilte, die Hose anzuziehen, reichte der Mann Raef eine Decke. Moras Bruder hockte sich neben seine Schwester, und kurz darauf erhob er sich wieder mit der in die Decke gehüllten Mora auf den Armen.

Vor Gabriel blieb er noch einmal stehen. »Diesmal habe ich meiner Schwester mein Wort gegeben«, sagte Raef. »Falls unsere Wege sich jedoch noch einmal kreuzen sollten, werde ich nicht mehr so zuvorkommend sein.«

»Ich auch nicht«, versicherte Gabriel dem Mann.

Einen Moment lang blickten sie sich in einer stummen Herausforderung in die Augen. Aber schließlich wandte Raef sich ab und schritt, hocherhobenen Hauptes und majestätisch wie ein Prinz, mit seiner Schwester in den Wald hinein. Noch immer voller Misstrauen, beobachtete Gabriel, wie Raef und seine Männer außer Sicht verschwanden. Sekunden später hatte der Wald sie verschluckt, als wären sie nie dagewesen. Gabriel stand mit schmalen Augen da und starrte in den dunklen Wald hinein, bis er sicher war, dass sie wirklich fort waren. Erst dann drehte er sich langsam um, um sich der Frau zu stellen, der er die furchtbare Wahrheit über sich verschwiegen hatte.

23. Kapitel

Eine Flut von Emotionen durchströmte Amelia. Erleichterung darüber, dass Raef und seine Männer fort waren, dass sie sicher war und dass dieser Albtraum endlich geendet hatte. Doch endgültig vorbei war es noch nicht, denn vor ihr stand der Mann, den sie liebte, von dem sie aber gnadenlos getäuscht und belogen worden war. Er war nicht das, wofür sie ihn gehalten hatte. Was sollte sie nach all dem jetzt noch denken? Wie sollte sie ihr Leben wiederaufnehmen, wenn nichts an ihrem Leben mehr wie früher einmal war?

Gabriel starrte sie an und wartete darauf, dass sie etwas sagte, aber was konnte sie schon sagen? Wie könnte sie etwas verstehen, das er ihr nie erklärt hatte?

»Du hast mir etwas vorgemacht«, sagte sie schließlich.

Gabriel, der ihren durchdringenden Blick nicht länger ertrug, sah weg, senkte den Kopf und starrte auf den Boden. »Ja«, erwiderte er leise. »Das habe ich getan.«

»Was ist das für ein Fluch, der auf deiner Familie lastet?«, fragte sie. »Warum hast du mir nicht von Anfang an die Wahrheit gesagt?«

Er blickte mit seinen schönen grünen Augen wieder zu ihr auf. »Du hättest dich vor mir gefürchtet, wenn ich dir gleich zu Anfang die Wahrheit gesagt hätte. Du hättest dir nicht von mir helfen lassen. Du hättest mir nicht vertraut, Amelia.«

Das stimmte. Wenn Gabriel ihr nach dem, was ihr auf Collingsworth Manor widerfahren war, gesagt hätte, dass er anders war, dass er seine Gestalt verändern konnte wie die anderen, hätte sie große Angst vor ihm gehabt. Und dennoch …

»Du hättest es mir wenigstens später sagen können«, versetzte sie. »Später hättest du es mir sagen *müssen*.«

Wieder wandte er seinen Blick von ihr ab. »Ich weiß«, war alles, was er sagte.

Amelia war seine Geheimnisse leid und wollte sie jetzt alle wissen. Das zumindest schuldete er ihr. »Erzähl mir von dem Fluch. Sind deine Brüder auch davon betroffen? Wissen ihre Frauen davon, oder verheimlichen deine Brüder es ihnen genauso, wie du es mir verheimlicht hast?«

Gabriel bückte sich nach dem Hemd, das für ihn auf dem Boden lag, und zog es über. »Jeder, der zu unserem Geschlecht gehört, ist davon betroffen«, antwortete er. »Einer unserer Vorfahren wurde vor langer Zeit von einer Hexe mit diesem Fluch belegt. Aber der Fluch muss erst entfesselt werden. Ich habe keine Ahnung, ob Armond leidet, wie ich jetzt leide, oder ob es Jackson auch so ergeht, obwohl ich zugeben muss, dass ich bei ihm schon einen gewissen Verdacht vor seinem Verschwinden hatte.«

Neugierig trat Amelia näher an ihn heran. »Du sagst, der Fluch muss erst entfesselt werden? Durch was wird er entfesselt?«

Gabriel antwortete nicht, sondern zog die Stiefel an, die neben ihrem Koffer standen, und strich die groben Kleider glatt, die er jetzt trug.

»Durch was, Gabriel?«, beharrte sie.

Schließlich blickte er wieder auf und sah sie an. »Durch die Schwächen eines Mannes.«

Seine Antwort verwirrte Amelia. »Du meinst, durch eine Krankheit? Ist es passiert, weil sich dein Bein entzündet hatte?«

Er schüttelte den Kopf. »Nein, ich meine andere Schwächen. Charakterschwächen – wie zum Beispiel die Unfähigkeit, Dingen zu widerstehen, denen ein stärkerer Mann widerstehen könnte. Ich hatte in meiner Wachsamkeit nachgelassen, was den Fluch anging, und nun hat er Besitz von mir ergriffen.«

Wenn der Fluch nur an die Schwächen eines Mannes gebunden war, fragte Amelia sich, wieso er ihn nicht vorher schon befallen hatte. Schwächen hatten doch wahrscheinlich alle Männer. »Hat der Fluch dich gerade jetzt erst heimgesucht? Oder hast du schon immer die Fähigkeit gehabt, dich zu verwandeln?«

Gabriel ging zu einem umgestürzten Baum und setzte sich. Er hinkte noch immer ein wenig, sah Amelia. »Nein, er hat mich erst bei diesem Vollmond heimgesucht, und ich habe auch nicht die Fähigkeit, mich nach Belieben zu verwandeln. Ich kann bloß nichts dagegen tun. Aber ich weiß schon sehr, sehr lange von dem Fluch. Ich wusste, dass ich anders war als andere Männer.«

Dass er anders war, das hatte auch Amelia gewusst. Doch bei all den Gefahren, die ihr gedroht hatten, hatte sie ihn nie für eine weitere gehalten. Und zu Recht, dachte sie jetzt. Er war nie eine Gefahr für sie gewesen, nicht einmal, als der Mond ihn in einen Wolf verwandelt hatte. Er war trotzdem immer noch ihr Beschützer gewesen.

»Und wie geht es jetzt weiter?«, fragte sie.

Gabriel erhob sich von dem Stamm, kam zu ihr herüber und hob ihren Koffer auf. »Jetzt bringe ich dich nach Wulfglen. Du lebst dein Leben weiter, und ich versuche herauszufinden, wie ich das meine weiterleben kann.«

Seine Worte prallten an Amelia ab. Sollte sie etwa vergessen, was mit ihr und ihm geschehen war? Was ihnen widerfahren war? Dass sie ihn liebte? Oder stimmte das vielleicht gar nicht? Er war nicht ein Prinz, sondern ein Mann, der mit einem Fluch geschlagen war. Ein Mann, der sie getäuscht und ihr etwas vorgemacht hatte, egal, wie richtig ihm das zu dem Zeitpunkt auch erschienen sein mochte. Und trotzdem wollte sie noch immer an ihre Träume von einem gemeinsamen Leben mit ihm glauben. Trotz allem, was geschehen war, machte sie sich noch immer Hoffnungen. Plötzlich verstand sie, warum Gabriel keine Hoffnungen und Träume hatte.

»Das ist es, was deinem Vater widerfahren ist, nicht wahr?«, fragte sie leise.

Gabriel ging weiter. »Ja. Er war schwach, und meine Mutter war es auch. Der Fluch hat sie und ihn vernichtet.«

Und wahrscheinlich irgendwie auch ihre Kinder, dachte Amelia. Aber jemand wie sie, der sein Leben lang verhätschelt und verwöhnt worden war, konnte wahrscheinlich nicht einmal ahnen, was der Selbstmord seines Vaters Gabriel angetan hatte. Auch der Tod seiner Mutter so kurz darauf musste ein grauenhafter Schock für ihn gewesen sein. Danach waren die Söhne ganz allein zurückgeblieben mit der fest in ihnen verankerten Furcht, dass ihr Leben einmal in einer ähnlichen Tragödie enden könnte.

»Du brauchst nicht in ihre Fußstapfen zu treten«, sagte Amelia. »Du musst dich nicht davon zerstören lassen.«

Er straffte die Schultern und wandte sich ihr wieder zu. »Falls du denkst, ich hätte vor, eine Pistole zu nehmen und mir eine Kugel in den Kopf zu jagen, irrst du dich«, erwiderte er. »Und falls du denkst, ich könnte jetzt ein ganz normales Leben wie ein ganz normaler Mann führen, irrst du dich schon wieder. Komm, Amelia«, fügte er ungeduldig hinzu. »Man sollte eigentlich meinen, du könntest es kaum erwarten, zu dem Leben zurückzukehren, das du für so viele Tage hinter dir zurücklassen musstest. In zwei Wochen wirst du vergessen haben, dass das alles überhaupt geschehen ist.«

Amelia war vollkommen fassungslos, dass er so etwas zu ihr sagte. Als er den Koffer wieder nahm und losging, schloss sie sich ihm nicht an. »Denkst du immer noch so schlecht von mir?«, fragte sie empört. »Hältst du mich immer noch für derart seicht und oberflächlich? Glaubst du, dass ich je vergessen könnte, was mit mir und dir – mit *uns* geschehen ist?«

Er blieb vor ihr stehen und senkte für einen Augenblick den Kopf, als beschämten ihre Fragen ihn. Und das war der Moment, in dem Amelia erkannte, dass er ihr nicht vertraute – dass Gabriel Wulf noch nie jemandem vertraut hatte. Vielleicht nicht einmal sich selbst.

»Du wirst mir nichts zuleide tun, wenn du in Wolfsgestalt bist«, sagte sie. »Du hast mich gestern Nacht sogar vor Mora beschützt.«

»Davon weiß ich aber nichts«, erwiderte er bitter. »Ich kann mich nicht erinnern, was ich gedacht oder getan habe, während der Mond und die Nacht ihre Herrschaft über mich ausübten. Ich kann nicht mit Sicherheit wissen, dass ich dir nichts antun würde. Und ich könnte nicht mehr mit mir leben, wenn ich es täte.«

Seine Worte stimmten Amelia ihm gegenüber milder, und in dem Moment wurde ihr klar, dass sich an ihrer Liebe zu ihm nichts geändert hatte. Sie hatte früher einmal geglaubt, sie sei zu oberflächlich, um zu lieben, oder sie hätte zu große Angst davor, aber nun wusste sie, dass das nicht stimmte. Ihre Liebe war auf die größte aller Proben gestellt worden. Und auch Gabriel war einer sehr großen Prüfung unterzogen worden.

»Du musst lernen zu vertrauen, Gabriel«, sagte sie. »Und wenn schon nicht auf andere, dann doch zumindest auf dich selbst. Was du für Schwächen hältst, sind vielleicht einfach nur menschliche Gefühle.«

Er durchbohrte sie förmlich mit seinem Blick und trat einen Schritt näher auf sie zu. »Widere ich dich jetzt an? Hast du Angst vor mir? Wünschst du, du hättest dich mir niemals hingegeben?«

Sie fühlte sich weder angewidert von ihm, noch hatte sie Angst vor ihm. Und um nichts auf dieser Welt würde sie die Liebe zurücknehmen wollen, die sie ihm geschenkt hatte. Oder die lustvollen Momente, die sie einander bereitet hatten, ungeschehen machen wollen. Aber würden bloße Worte einen Mann überzeugen, der der Welt und offenbar auch all ihren Bewohnern ein solches Misstrauen entgegenbrachte?

Amelia überbrückte die kurze Entfernung zwischen ihnen, und als sie vor ihm stand, schlang sie ihm die Arme um den Nacken und küsste ihn.

Gabriel hatte Ausreden von Amelia erwartet, vielleicht sogar Lügen, um seine Gefühle nicht zu verletzen, aber womit er absolut nicht gerechnet hatte, war, dass Amelia ihn küssen würde. Er atmete ihren angenehmen Duft ein und genoss das Gefühl ihrer weichen Lippen auf den seinen. Warum empfand sie keinen Abscheu vor ihm? Warum hatte sie keine Angst vor ihm? Warum hatte sie nicht so reagiert, wie er erwartet hatte, dass sie es täte, falls sie je die Wahrheit über ihn herausfand? Oder spielte sie ihm nur etwas vor? Hatte sie Angst, er würde ihr nicht helfen, Wulfglen wohlbehalten zu erreichen, wenn sie ihm ihre wahren Gefühle für ihn gestand? Und wie weit würde sie gehen mit dieser Heuchelei?

Gabriel legte eine Hand um ihren Hinterkopf und presste seine Lippen auf die ihren. Sie teilte sie bereitwillig, und er glitt mit seiner Zunge zwischen sie und begann die warme Höhlung ihres Mundes zu erforschen, weil er befürchtete, dass er nie wieder Gelegenheit dazu bekommen würde. Ihr Körper schmiegte sich an den seinen, ihre weichen Rundungen pressten sich an seine harten Muskeln. Sekunden später loderte sein Verlangen nach ihr lichterloh und drohte ihn zu überwältigen. Vielleicht beherrschte ihn das Tier in ihm selbst dann, wenn es nicht dunkel und der Mond nicht voll war, aber vielleicht war es auch nur der Mann, der ihr nicht widerstehen konnte. Der Mann, der sie liebte, ihr aber keine Zukunft bieten konnte, selbst wenn sie bereit wäre, sein verfluchtes Leben mit ihm zu teilen.

Nur mit sehr viel Überwindung gelang es Gabriel, den Kuss zu beenden, Amelia freizugeben und zurückzutreten. »Du brauchst dich mir nicht wie eine Hure anzubieten«, sagte er schroff. »Ich werde schon dafür sorgen, dass du Wulfglen unversehrt erreichst. Das Tier beherrscht mich nur des Nachts.«

Und da tat Amelia noch etwas anderes, das Gabriel überraschte – sie ohrfeigte ihn, und ihr Gesicht färbte sich scharlachrot vor Wut. »Ach ja? Da wäre ich mir aber nicht so sicher!«, fauchte sie. »Du führst dich nämlich gerade auf wie eins.« Und damit ging sie an ihm vorbei und marschierte weiter. »Vielleicht bist du ja noch gar nicht auf die Idee gekommen, dass ich deine Hilfe nicht brauche, um Wulfglen zu erreichen. Man muss nicht besonders schlau sein, um sich auszurechnen, in welcher Richtung es nach Osten geht.«

Für einen Moment lang zu verblüfft, um etwas zu erwidern, starrte Gabriel ihr nach; dann musste er auf einmal lachen. Sie drehte sich zu ihm um, stemmte die Hände in die Hüften und fragte ärgerlich: »Und was findest du so lustig?«

»Dich«, erwiderte er ehrlich. »Du müsstest zittern in diesen grauenhaften Stiefeln, die du trägst; stattdessen küsst du mich, dann schlägst du mich und verweist mich in meine Schranken. Kein Wunder, dass ich dich liebe. Ich habe noch nie jemanden wie dich gekannt.«

Erst als Gabriel sah, wie ihr verärgerter Gesichtsausdruck verblasste und ihre Augen sich mit Tränen füllten, wurde ihm bewusst, was er ihr gerade eingestanden hatte. Er wollte die Worte zurücknehmen, aber gleichzeitig war er froh, sie endlich ausgesprochen zu haben. Es endlich, sogar sich selbst gegenüber, zuzugeben.

Amelia kam zu ihm zurück und hob die Hand, um zärtlich seine Wange zu berühren. »Warum ist es so schwer für dich, es auszusprechen?«, fragte sie. »Warum betrachtest du deine Gefühle für mich als eine Schwäche?«

»Liebe ist der Fluch«, erwiderte er geistesabwesend.

Sie schaute verwundert blinzelnd zu ihm auf. »Was?«

Er hatte ihr schon mehr gesagt, als er beabsichtigt hatte. »Nichts. Lass uns gehen.«

Amelia griff nach seinem Arm, als er weitergehen wollte. »Was hast du damit gemeint, als du sagtest: ›Liebe ist der Fluch‹?«

Er konnte ihrem grimmigen Gesichtsausdruck entnehmen, dass sie sich nicht eher von der Stelle rühren würde, bis er ihr eine Erklärung gab. Und vielleicht verdiente sie es, zur Abwechslung auch einmal die Wahrheit zu erfahren. »›Liebe ist der Fluch, der dich bezwingt, aber sie ist auch der Schlüssel.‹ Das ist ein Zitat aus dem Gedicht, welches von dem ersten Wulf geschrieben wurde, den der Fluch ereilte.« Gabriel hatte gerade diesen Satz des Rätsels nie verstanden. Wie konnte Liebe ein Fluch und gleichzeitig ein Schlüssel sein? Ein Schlüssel zu was?

»Ich bin der Grund dafür, dass du jetzt von dem Fluch heimgesucht wirst. Ist es das, was du mir sagen willst?«

Gabriel wollte nicht, dass sie sich schuldig fühlte. Und schon gar nicht, dass sie sich ihm gegenüber verpflichtet fühlte. Oder, möge der Himmel es verhüten, dass sie gar Mitleid mit ihm hatte. Er konnte nahezu alles bis auf das ertragen. Während er genauso zärtlich, wie sie es getan hatte, ihre Wange berührte, versicherte er ihr: »Es ist nicht deine Schuld, Amelia, sondern meine eigene. Ich war mir der Konsequenzen bewusst, und trotzdem habe ich mir gestattet, schwach zu sein und mein Herz zu verschenken, obwohl ich wusste, dass ich das nicht durfte. Ich habe alles riskiert für die Chance, in deinen Augen nichts anderes als ein Mann zu sein. Und wenn auch nur für eine Nacht.«

Als eine Träne über ihre Wange rann, wischte er sie sanft mit seinem Daumen ab. »Ich will nicht, dass du weinst«, sagte er, da ihre Tränen nur noch mehr Schuldgefühle in ihm weckten. »Ich will, dass du glücklich bist. Ich will, dass du das alles hinter dir lässt und ...«

»Ich habe dir einmal gesagt, dass ich nicht an Liebe glaube«, unterbrach sie ihn mit bewegter Stimme. »Ich dachte, Liebe sei nur ein taktvolleres Wort für sinnliche Begierde oder Pflicht. Aber was ich für dich empfinde, ist weit mehr als sinnliche Begierde, und ich habe keine Verpflichtungen dir gegenüber. Als ich das erkannt habe, ist mir klar geworden, dass ich doch an Liebe glaube und dass ich dich liebe, Gabriel. Ich muss wissen, dass ich mehr als nur eine *Konsequenz* für dich bin. Und du musst lernen zu verstehen, dass zu lieben einen stärkeren Menschen erfordert, als einen, der sein Herz vor Gott und jedermann verschließt. Du musst verstehen, dass Mitgefühl nicht das Gleiche ist wie Mitleid. Wenn du diese Dinge gelernt hast, dann komm und such mich auf.«

Und damit trat sie von ihm zurück, hob den Koffer auf, den er abgesetzt hatte, und begann sich mit entschlossenen Schritten von ihm zu entfernen. Gabriel wollte ihr nachgehen, um sie aufzuhalten, sie in die Arme nehmen und sie küssen, bis sie nicht mehr in der Lage wäre zu denken. Aber er konnte es nicht. Sie verstand nicht das ganze Ausmaß dessen, was sie zu ertragen gezwungen wäre, wenn sie bei ihm bliebe. Ein Leben in ständiger Einsamkeit für Amelia Sinclair-Collingsworth? Das konnte und wollte er sich nicht vorstellen.

Sie könnten niemals Kinder haben. Er würde sich zurückziehen, sich von ihr entfernen müssen, wenn der Fluch ihn heimsuchte. Er würde sie allein lassen müssen. Mit der Zeit würde sie ihn womöglich hassen. Oder ihn sogar verlassen. Es war besser, sie jetzt gehen zu lassen, obwohl es ihm das Herz zerriss, es zuzulassen. Er wusste, dass er sie mit jedem Tag noch mehr lieben würde und dass der Schmerz, sie zu verlieren, unerträglich sein würde. Wie der Schmerz, seine Eltern zu verlieren. Oder der Schmerz der Gewissheit, dass sein Leben durch den Fluch zerstört war. Der Schmerz, all seine Träume und Hoffnungen zu begraben, wie damals in jener Nacht vor zehn Jahren, als sein Vater sich abends am Esstisch vor den Augen seiner Familie in einen Wolf verwandelt hatte.

Aber für Amelia konnte er Opfer bringen. Das konnte er doch, oder nicht? Gabriel sah ihr nach, als sie sich mehr und mehr von ihm entfernte. Er würde sie nicht aufhalten. Er würde ihr nur den ganzen Weg bis Wulfglen folgen, um dafür zu sorgen, dass sie den Landsitz unversehrt erreichte; dann würde er in den Wäldern bleiben, bis sie wieder abgereist war.

24. Kapitel

Gabriel starrte sehnsüchtig zu den Lichtern in den Fenstern des Wulfschen Familiensitzes Wulfglen hinüber. Amelia war inzwischen sicher schon im Haus, umringt, so hoffte er, von seinen Brüdern, die zweifellos alle gespannt ihrer Erzählung lauschten, wie sie hergekommen war. Wie gern wäre er jetzt auch bei ihr gewesen. Wie sehnlichst wünschte er, er wäre nur ein ganz normaler Mann, der nur ein geradezu unglaubliches Abenteuer erlebt hatte. Aber natürlich war er nicht normal, und er war es auch noch nie gewesen.

In ebendiesem Augenblick, als die Dunkelheit hereinfiel, fühlte er den Wolf in sich erwachen. Und deshalb würde er nicht in dem warmen Haus bei Amelia und seinen Brüdern sitzen, sondern als Tier in den heimatlichen Wäldern umherstreifen. Für wie lange? Wann würde er endlich wieder heimkehren können?

»Erzähl mir von deinen Hoffnungen und Träumen.«

Erstaunt sah er sich zu Amelia um, die nicht weit von ihm entfernt in der zunehmenden Abenddämmerung stand. »Ich dachte, du wärst zum Haus weitergegangen. Was tust du noch hier draußen?«

Sie zog die Schultern hoch, und für einen Moment sah sie mit dem auf dem Boden neben ihr stehenden Koffer wie ein verirrtes kleines Mädchen aus. »Es ist komisch, tagelang unterwegs zu sein, um dein Leben zu fürchten und schließlich feststellen zu müssen, dass du, wenn du dein Ziel endlich vor Augen hast, nicht den Mut hast hinzugehen.«

Gabriel war verwirrt und mehr als nur besorgt darüber, dass das Tier jeden Moment von ihm Besitz ergreifen würde und

Amelia sich noch nicht in Sicherheit gebracht hatte. »Natürlich kannst du hingehen«, sagte er. »Es ist gleich da vorn.« Er deutete mit einer Kopfbewegung auf das Haus. »Jemand ist zu Hause, sonst würden nicht so viele Lichter brennen. Ich habe das Haus seit Jahren nicht mehr so hell erleuchtet gesehen.«

»Komm mit«, bat sie leise.

Nichts hätte er lieber getan, aber er konnte es nicht. »Du weißt, dass ich nicht kann«, sagte er. »Nicht jetzt. Nicht so kurz vor Einbruch der Dunkelheit. Du dürftest gar nicht hier sein. Ich habe Angst, dass ich dir wehtun könnte, Amelia.«

»Das hast du schon«, erwiderte sie. »Aber ich habe keine Angst vor dir, wenn du zum Wolf wirst. Ich habe dir doch schon gesagt, dass du mir dann nichts tust. Außerdem haben deine Brüder vielleicht schon einen Weg gefunden, den Fluch zu brechen, da sie alle glücklich verheiratet sind.«

»Das weiß ich nicht«, sagte Gabriel. »Aber was ich weiß, ist, dass ich nicht bereit bin, mich darauf zu verlassen, dass ich dich vielleicht nicht verletzen werde. Und das solltest du auch nicht tun.«

Sie trat einen Schritt auf ihn zu. »Siehst du, das ist der Unterschied zwischen uns. Ich bin bereit, es darauf ankommen zu lassen und dir zu vertrauen, Gabriel.«

Ihre Starrköpfigkeit war eine Eigenschaft, die er unter anderen Umständen vielleicht sogar sehr liebenswert gefunden hätte. »Ich will dich hier nicht haben«, sagte er barscher als beabsichtigt. Er musste ihr begreiflich machen, dass sie gehen musste. Auch wenn ein kleiner Teil von ihm nicht wollte, dass sie ging. Nie wieder.

Sie senkte den Kopf, und er hasste es, dass er so schroff zu ihr sein musste. Amelia Sinclair-Collingsworth konnte ihn mit einem Schmollen oder einer Träne um den kleinen Finger wickeln. Das wusste er, und er wünschte sich nichts sehnlicher, als den Rest seines Lebens damit verbringen zu können, sie zu verwöhnen. Sie zu lieben, zu umsorgen und das Bett mit ihr zu teilen.

»Ich habe Angst«, flüsterte sie.

Angst? Sie musste jetzt, außer vor ihm, vor gar nichts mehr Angst haben. Mora und Raef hatten Wort gehalten. Roberts Tod würde als Unfall betrachtet werden, sobald Amelia ihn als vermisst meldete und seine Leiche in den Feldern aufgefunden werden würde. Sie würde eine junge Witwe sein, reich dank ihrer eigenen Mitgift, die zu verschleudern Robert keine Zeit geblieben war. Collingsworth Manor würde ihr gehören, da Robert keine lebenden Verwandten mehr hatte und Amelia seine Frau gewesen war, wenn auch nur für einen Tag. Gabriel hatte dafür gesorgt, dass der Vollzug der Ehe nicht angezweifelt werden konnte. Was hatte sie also jetzt noch zu befürchten?

Obwohl er Abstand zwischen ihnen wahren wollte, fühlte er sich unwiderstehlich zu ihr hingezogen, als er sie wie ein vom Weg abgekommenes Kind in der zunehmenden Dunkelheit stehen sah. Er ging zu ihr hinüber, streckte die Hand aus und hob ihr Kinn zu sich empor.

»Wovor hast du Angst, Amelia?«

Ihre Augen schimmerten vor Tränen, als sie zu ihm aufschaute. »Ich will nicht ohne dich in meine Welt zurückkehren. Vorher würde ich lieber hier in der deinen bleiben.«

Es konnte ihr nicht ernst sein mit dem, was sie sagte. Wie könnte sie ihr einst so glanzvolles Leben gegen eines im Dunkeln eintauschen? Warum sollte sie das wollen? Gabriel wünschte sich das ganz gewiss nicht für sie; nicht einmal in seinen selbstsüchtigsten Träumen könnte er ihr all das, was sie in diesem Leben verdiente, vorenthalten. Und im selben Moment, als er das erkannte, wurde ihm auch klar, dass er auf einmal wieder Hoffnungen und Träume hatte. Amelia hatte sie ihm zurückgegeben.

»Ich werde dir sagen, was ich mir erträume und erhoffe«, sagte er, während er sanft die Hände auf ihre Schultern legte und sie näher zog. »Ich hoffe, dass du glücklich wirst. Ich hoffe, dass du die schockierendste Frau in London wirst, weil du dein Leben führen wirst, wie es dir gefällt, und nicht, wie andere es sich wünschen. Ich hoffe, dass du jeden Tag genießen wirst, weil du heute weißt, wie es ist, wenn du befürchten musst, dass jeder Tag dein letzter sein könnte. Und ganz gleich, was auch mit mir geschieht, ich werde von dir träumen. Ich werde dich in meinen Träumen in einem Londoner Ballsaal tanzen sehen oder dich in Männerhosen und -stiefeln reiten sehen, und es wird mich glücklich machen, Amelia. Es wird mir helfen zu überstehen, was auch immer mich erwarten mag.«

Sie lächelte ihn zärtlich an. »Hast du denn gar keine Träume und Hoffnungen für dich selbst?«

Er dachte kurz darüber nach und erkannte, dass er wirklich welche hatte. »So tapfer zu sein, wie du es bist. So stark zu sein, wie du es bist. Zu lieben, wie du liebst, und zu vertrauen, wie du vertraust. Mitgefühl zu empfinden und zu wissen, dass es nichts ist, dessen man sich schämen muss. Zu verstehen, dass es meine Schwächen sind, was mich menschlich macht, und an ihnen festzuhalten.«

Ihre Augen waren unglaublich blau in der immer weiter vorrückenden Dunkelheit. »Oh, Gabriel«, flüsterte sie. »Ich liebe dich so sehr.«

Er konnte nicht widerstehen, als Amelia sich auf die Zehenspitzen erhob und ihn küsste. Und irgendwo in seinem abgestumpften Herz keimte der Glaube in ihm auf, dass sie ihn wirklich liebte. Dass keiner von ihnen diese schicksalhafte Begegnung hätte vermeiden können, ganz gleich, wie unterschiedlich ihre Leben vorher auch gewesen waren. Als er sie vor Monaten auf den Londoner Straßen gesehen hatte, hatte er vom ersten Moment an gewusst, dass diese Frau etwas Besonderes war.

»Ich liebe dich auch, Amelia«, flüsterte er an ihren Lippen. »Und kein Fluch wird mich jemals davon abbringen, dich zu lieben.«

Sie lehnte sich zurück, um ihn anzusehen. »Lass mich diese Nacht bei dir bleiben. Hier draußen im Dunkeln, und wenn es Morgen wird, dann gehen wir zusammen zum Haus.«

Sofort befielen Gabriel wieder Zweifel. Er sollte Amelia erlauben, bei ihm zu bleiben? Während der Fluch ihn übermannte? Während er zu einem Tier wurde, um durch die Nacht zu streunen? Konnte er tun, was sie verlangte, und auf sich selbst vertrauen? Wie könnte er das, wo er doch schon bald nicht mehr er selbst sein würde? Und trotzdem ... als er ihr in die Augen schaute, dachte er, dass er alles für sie tun könnte.

»Bitte«, sagte sie flehentlich. »Vertrau mir und vertrau dir selbst. Vertrau auf unsere Liebe.«

Konnte er das wagen? Gott, er wünschte sich nichts sehnlicher, als die dunkle Wolke loszuwerden, die seit zehn Jahren über ihm hing. Mit Amelia an seiner Seite im Sonnenschein zu gehen. Sich vollständig zu fühlen. Sich geliebt zu fühlen. Allen Widrigkeiten zum Trotz glücklich sein zu können. Jeden Moment mit ihr zu leben, als wenn es sein letzter wäre. Ihre Augen sagten ihm, dass er das konnte ... dass seine Hoffnungen und Träume erfüllbar waren. Brauchte er wirklich nur die Hand nach ihnen auszustrecken?

»Also gut, Amelia«, sagte er. »Ich werde auf mich selbst und meine Liebe zu dir vertrauen. Und beten, dass dies zu tun kein Fehler ist.«

Er wollte sich vorbeugen und sie noch einmal küssen, bevor

die Dunkelheit Besitz von ihm ergriff, aber der Schmerz in seinem Magen kam so schnell, dass er ihn jäh zusammenfahren ließ. Sich krümmend, taumelte er von ihr zurück und ließ sich auf die Knie fallen.

»Es ist soweit, Amelia«, stieß er zwischen zusammengebissenen Zähnen hervor.

Sie hockte sich neben ihn. »Ich bin bei dir«, sagte sie. »Ich habe keine Angst.«

Er schon. Nicht um sich selbst, aber um sie. Doch wenn Amelia dem Tier mit Mut begegnen konnte, dann konnte er es auch. Es erforderte all seine Kraft und seinen Willen, zu tun, worum sie ihn gebeten hatte, und zu vertrauen. Er ließ das Tier in sich hochkommen. Forderte es heraus, ihm seine Träume und seine Hoffnungen zu stehlen. Schrie auf, als der Schmerz ihn völlig übermannte. Aber Amelia war noch da; er fühlte ihre kühle Hand auf seiner Stirn.

Seine Sicht begann schon zu verschwimmen, aber er hielt seinen Blick auf ihr schönes Gesicht gerichtet. »Ich liebe dich, Amelia«, sagte er.

»Und ich liebe dich«, antwortete sie.

Irgendetwas kochte hoch in ihm. Da er glaubte, er müsse sich erbrechen, drehte er sich auf den Bauch und würgte sich die Seele aus dem Leib. Aber es war keine Galle, was aus seiner Kehle kam, sondern ein ganz merkwürdiges blaues Licht. Weiter und weiter öffnete sich sein Mund, bis Gabriel das Gefühl hatte, als ob sein Kiefer jeden Augenblick zerspringen müsse. Amelia wich vor ihm zurück, aber sie lief nicht weg. Er sah sie wie durch einen Dunstschleier, während er sich wie am Boden festgenagelt fühlte und außerstande war, etwas anderes zu tun, als seinen Mund noch weiter diesem blauen Licht zu öffnen. Es schien nicht enden zu wollen und selbst sein Innerstes mit sich herauszunehmen, als es in dünnen blauen Schwaden in die Luft aufstieg. Und während er beobachtete, wie es sich über ihm verdichtete, begann das Licht die Gestalt eines Wolfes anzunehmen.

Das Tier stand jetzt auf seiner Brust, und der Druck seines Gewichts zerbrach ihm fast die Knochen. Der Wolf senkte den Kopf und sah ihm in die Augen. Gabriel hielt den Atem an – und dann erschien Amelia über ihm. Ihr Gesicht war leichenblass.

»Geh sofort von ihm herunter!«, schrie sie.

Der Wolf hob den Kopf und sah sie an.

»Hinweg mit dir!«

Hilflos und außerstande, etwas anderes zu tun, als liegen zu bleiben, weil er sich wie grün und blau geschlagen fühlte, sah Gabriel, wie das Tier bei Amelias Worten zusammenzuckte; dann stieg es von ihm herab und schlich in die Nacht davon. Gabriel ließ den angehaltenen Atem aus und rang nach Luft.

Amelia kniete sich wieder neben ihn. »Gabriel!« Ihre Augen standen voller Tränen. »Gabriel, sprich mit mir! Sag mir, dass alles in Ordnung mit dir ist!«

Er brauchte noch einen Moment, um wieder zu Atem zu kommen. Einen kurzen Moment, um die Kraft zu finden, die Arme nach Amelia auszustrecken und sie zu sich herabzuziehen. Er hielt sie fest umschlungen und spürte ihre Tränen an seinem Nacken. Und dann wurde ihm mit einem Mal die Ungeheuerlichkeit des Geschehenen bewusst. Das Tier hatte ihn verlassen. Er konnte spüren, dass es nicht mehr in ihm war. In der immer dunkler werdenden Nacht hatte er Mühe, die Bäume über sich zu erkennen. Und er konnte auch nichts anderes mehr hören als die normalen nächtlichen Geräusche um ihn.

»Er ist weg«, sagte er.

Amelia hob den Kopf, um Gabriel anzusehen. »Was meinst du?«

»Der Fluch, Amelia. Er ist gebrochen.«

Ihre schönen Augen weiteten sich. »Bist du sicher, Gabriel?«

Das war er. Und zum ersten Mal seit zehn Jahren fühlte er sich wieder frei. Wirklich frei. Er zog Amelia wieder zu sich herab, um sie zu küssen. »›Liebe ist der Fluch, doch auch der Schlüssel.‹«

Als ihre Lippen sich zu einem liebevollen Kuss vereinten, durchschaute er das Rätsel. Er verstand, dass sein Feind in ihm selbst gewesen war. In seiner Unfähigkeit zu vertrauen. Amelias Liebe hatte ihm die Kraft gegeben, seinen größten Feind zu bezwingen. Und nun stand es ihm frei, sie zu lieben. Sie zu heiraten. Ein anderes Leben zu führen als das einsiedlerische, für das er sich entschieden hatte. Es war das größte Glück, das er je erfahren hatte, wieder träumen zu können. Wieder hoffen zu dürfen.

Während ihre Lippen noch miteinander verbunden waren, fühlte Gabriel seine Kraft zurückkehren. Und genauso schnell kehrte auch seine Leidenschaft zurück. Am liebsten hätte er Amelia gleich hier auf dem Boden in Besitz genommen. Um sie in dem wundervollen Wissen, dass er ihr nichts vormachte, zu lieben. Nie wieder würde er ihr etwas vormachen.

»Meinst du nicht, wir sollten jetzt nach Hause gehen?«, fragte sie zwischen zwei Küssen. »Ich hätte gern ein heißes Bad und ein weiches Bett. Und dich in beiden bei mir.«

Gabriel lachte. »Du schockierst mich, Amelia Sinclair-Collingsworth ... und demnächst Lady Wulf.«

Wieder lehnte sie sich zurück und lächelte auf ihn herab. »Nicht demnächst. Ich muss wenigstens das Trauerjahr einhalten.«

Bei dem Gedanken stöhnte Gabriel auf. »Ein Jahr? Ich bezweifle, dass die Gesellschaft es gutheißen wird, wenn ich bis zu unserer Heirat jede Nacht in deinem Bett verbringe. Und ich habe keineswegs die Absicht, etwas anderes zu tun.«

Amelia lachte. »Ich werde plötzlich eine große Vorliebe für ausgedehnte Aufenthalte auf dem Landsitz meiner Freundin Rosalind entwickeln. Ich kann nicht nach Collingsworth Manor zurück, Gabriel. Wenn wir verheiratet sind, reißen wir es ab und nutzen das Land als Weidefläche für die Pferde.«

Das war ein guter Plan. Ein Traum, eine Hoffnung, die er nie mehr aufgeben würde. Gabriel schob Amelia sanft von sich herab, stand auf und reichte ihr seine Hand. »Ich vermisse meine Brüder. Ich muss ihnen erzählen, was mit mir geschehen ist. Wenn ich den Fluch brechen kann, dann können sie es auch.«

Amelia nahm seine Hand, und er half ihr aufzustehen, bevor er ihren Koffer nahm und sie zusammen auf die Lichter von Wulfglen zugingen. Gabriel fragte sich plötzlich, was seine Brüder von ihm denken würden, wenn er mit einer Frau auftauchte, an deren Hochzeit sie erst vor einer Woche teilgenommen hatten, und lächelte im Stillen über die zu erwartende Verwirrung.

25. Kapitel

Gabriel hätte nicht überraschter sein können, als Hawkins auf sein Klopfen hin die Haustür öffnete. Der Butler suchte den Landsitz nur sehr selten auf und kümmerte sich hauptsächlich um das Haus in London, wenn die Wulfs sich nicht in der Stadt aufhielten. Der wie immer kühle Hawkins verzog keine Miene, als er Gabriel in grober Kleidung und mit einer Frau in Männerstiefeln und einem zerrissenen, verschmutzten Kleid dort plötzlich vor der Tür stehen sah.

»Lord Gabriel«, sagte er nur höflich. »Willkommen daheim.«

Dann glitt der Blick des Mannes zu Amelia. »Lady Collingsworth«, sagte er steif und verbeugte sich, bevor er sich wieder straffte und die Tür noch weiter öffnete. Gabriel führte Amelia ins Haus. Drinnen hörte er Stimmen aus dem vorderen Salon. Ein ihm unbekannter Mann kam mit einer Flasche Brandy in der Hand den Korridor hinunter. Beide blieben stehen und starrten sich verwundert an.

»Wer seid Ihr?«, fragte Gabriel ihn.

»Merrick«, antwortete der Mann. »Und Ihr?«

Plötzlich fiel Gabriel auf, dass der Mann, der ihm in der Eingangshalle gegenüberstand, seinem Bruder Jackson wie aus dem Gesicht geschnitten war, nur dass er schwarzes Haar hatte.

»Merrick, wo bleibst du mit dem Brandy?« Ein Mann trat in die Halle. Auch ihn erkannte Gabriel nicht … oder zumindest nicht im ersten Augenblick. Doch als er es tat, füllten seine Augen sich mit Tränen.

»Sterling!«, sagte er in fassungslosem Ton.

Sterling Wulf, sein jüngster Bruder, den Gabriel seit zehn

Jahren nicht gesehen hatte, starrte ihn mit der gleichen Überraschung an. »Gabriel!«, rief er. »Wir machten schon gerade Pläne, dich zu suchen, und fragten uns, wo zum Teufel du wohl abgeblieben wärst.«

Gabriel stellte den Koffer ab, ließ Amelias Hand los und trat vor, um seinen Bruder zu umarmen. Sterling war an dem Tag, als ihre Mutter gestorben war, davongelaufen. Seither hatte ihn keiner von ihnen mehr gesehen. Sie hatten schon befürchtet, er sei tot.

»Großer Gott, wo hast du nur gesteckt?«, fragte Gabriel, während er seinen lang vermissten Bruder an sich drückte.

»Ich bin mit einer Zirkustruppe herumgereist«, antwortete Sterling. »Oder zumindest, bis mein Sohn geboren wurde. Danach hielt ich es für das Beste, ihn nach Hause zu bringen.«

»Dein Sohn?« Gabriel fand es schon verblüffend genug, nur Sterling wieder daheim zu haben.

Sterling grinste, warf einen Blick auf den hinter ihnen stehenden Mann und fragte: »Hast du schon unseren Halbbruder Merrick kennengelernt?«

Gabriel konnte nur sprachlos nicken.

»Wo ist der Brandy?« Armond betrat die Halle. Als er Gabriel erblickte, stieß er einen Seufzer der Erleichterung aus. »Gabriel! Na, Gott sei Dank, dass du endlich heimgekommen bist. Wir waren schon kurz davor, einen Suchtrupp nach dir loszuschicken.«

Armond trat vor und klopfte Gabriel auf die Schulter.

Der Nächste, der in die Eingangshalle kam, war Jackson. »Wo zum Teufel seid ihr alle hin? Lasst mich da drinnen allein mit all den Damen, wogegen ich grundsätzlich nichts habe, aber Lucinda und ich wollten gerne Tee, und ich dachte, ich sage Hawkins …« Er verstummte, als er Gabriel bemerkte. »Das wurde aber auch langsam Zeit, dass du nach Hause kommst,

Bruder«, knurrte er. »Sogar ich hatte schon angefangen, mich um dich zu sorgen.«

Gabriel lächelte und zog Jackson an sich. Alle Brüder, mit Ausnahme von Merrick, der sich im Hintergrund hielt und zusah, umarmten sich. Dann sah Gabriel, wie Armonds Augen schmaler wurden, als sein Blick durch das Halbdunkel der Halle glitt.

»Lady Collingsworth? Was tut Ihr denn hier?«

Gabriel entfernte sich von seinen Brüdern und nahm Amelias Hand, um sie ins Licht zu ziehen. »Das ist eine lange Geschichte«, sagte er.

Armond blickte zwischen Gabriel und Amelia hin und her. »Hawkins! Bring uns noch mehr Brandy!«, brüllte er.

»Und Tee!«, fügte Jackson nicht minder laut hinzu.

Eine Stunde später nahm Amelia oben im ersten Stock ein ausgedehntes Bad. Gabriel war nicht zu ihr heraufgekommen, wie sie es ursprünglich vorgehabt hatten. Stattdessen war Amelia umringt von Frauen: Rosalind und Lucinda, die mit Armond und Jackson verheiratet waren; Lady Anne Wulf, geborene Baldwin, und Elise, die Merricks und Sterlings Ehefrauen waren. Den beiden letzteren Männern war Amelia noch nie zuvor begegnet.

Nach Tagen der Abgeschiedenheit, in denen sie ständig auf der Flucht gewesen waren, erschien Amelia das Zimmer oben viel zu hell und viel zu voll. Sie wusste, dass die Männer sich unten in das Arbeitszimmer zurückgezogen hatten, und war sicher, dass Gabriel ihnen sowohl von ihrem außergewöhnlichen gemeinsamen Abenteuer als auch von seinem persönlichen erzählen würde. Sie dagegen wusste nicht einmal, wie sie beginnen sollte, den Damen zu erklären, was ihr auf Collingsworth Manor widerfahren war.

Rosalind half ihr, ihr langes Haar zu waschen. Amelia empfand die Anwesenheit ihrer Freundin als Trost, doch Gabriels Gegenwart wäre ihr jetzt eine noch viel größere Beruhigung gewesen. Es war komisch, aber tagelang hatte Amelia gehofft, aus einem Albtraum zu erwachen, und nun hatte sie plötzlich sogar Angst, sie könne in ihrem Zimmer in London aufwachen und feststellen, dass sie alles nur geträumt hatte. Dass Gabriel sie nicht einmal kannte und nie mit ihr intim gewesen war. Dass sie sich nie geschworen hatten, in einem Jahr zu heiraten, sobald ihre Trauerzeit beendet wäre.

»Wenn du über das Geschehene reden möchtest, bin ich für dich da«, sagte Rosalind leise. »Wir sind alle für dich da«, fügte sie mit einem Blick auf die Frauen hinzu, die sich wie eine kleine Armee in dem Zimmer aufgestellt hatten. »Wir alle haben Dinge gesehen, die kein normaler Mensch gesehen hat. Wir werden verstehen, was niemand anderer verstehen würde oder könnte.«

Amelias Kehle wurde ganz eng vor Ergriffenheit. »Ist der Fluch denn nun gebrochen?«, fragte sie leise. »Bei allen Brüdern Wulf?«

Rosalind lächelte, wenn auch ein bisschen traurig. »Vorläufig ja«, antwortete sie und legte eine Hand an die schon gut sichtbare Wölbung unter ihrem Kleid. »Wer weiß schon, was die Zukunft bringen wird? Aber gemeinsam werden wir stark sein, uns mit vereinten Kräften dem Bösen entgegenstellen und unser Glück und unsere Freuden miteinander teilen.«

Als Amelia ihr Bad beendet hatte, sah sie sich nach einem Handtuch um. Rosalind nahm ein flauschiges von der Kommode neben ihr und breitete es aus. Amelia erhob sich aus der Wanne und wurde sogleich in den weichen Stoff gehüllt. Dann führte Rosalind sie zu einer Frisierkommode, wo sie sie bat, sich hinzusetzen, damit sie ihr das nasse Haar auskämmen konnte.

»Nun sag mir, liebe Freundin«, fragte Rosalind, »glaubst du immer noch nicht an die Liebe?«

Amelia suchte Rosalinds Blick in dem Spiegel über der Kommode und lächelte sie an. »Was denkst du?«

Rosalind lachte, wie auch die anderen Frauen in dem Zimmer. »Ich denke, dass du von einem Wulf gefangen genommen worden bist«, sagte Rosalind. »Wir sind alle Gefangene – sehr willige Gefangene«, fügte sie hinzu.

»Ein Wort zur Warnung«, scherzte Lady Anne. »Die Brüder Wulf scheinen ungeheuer fortpflanzungsfähig zu sein. Es gibt keine Frau in diesem Raum, die nicht schon guter Hoffnung oder bereits Mutter ist. Bis auf Euch natürlich«, fügte sie hinzu. »Also bereitet Euch darauf vor, eine nahezu ständig schwangere Gefangene zu sein.«

Dies war kein unangenehmer, sondern eigentlich sogar ein höchst erfreulicher Gedanke, fand Amelia. Teil ihrer Träume war es, kleine Jungen an ihren Rockzipfeln zu haben, die ihrem gut aussehenden Vater ähnelten.

»Ich hoffe, dass das nicht passieren wird, bevor ich nächstes Jahr Gabriels Frau werden kann«, sagte sie und erkannte zu spät, was sie gerade gebeichtet hatte. Für einen Moment errötete sie, aber sie sah keine Kritik in den warmen Blicken, die auf sie gerichtet waren. Im Gegenteil. Lucinda, Jacksons Frau, eine schöne Rothaarige, von der gemunkelt wurde, sie sei eine Hexe, kam sogar zu Amelia herüber und legte eine Hand auf ihren Bauch.

Neugierig starrte Amelia die Frau an, als sie die Augen schloss und für einen Moment lang wie in Trance verloren schien. Dann schlug sie die Augen wieder auf und lächelte Amelia an. »Euer Wunsch wird Euch nicht gewährt werden«, sagte sie leise.

Amelia hoffte, dass ihr nicht die Kinnlade herunterfiel. Lucinda konnte doch wohl nicht wissen, was nicht einmal Amelia selbst wissen konnte, bis mehr Zeit vergangen war? Trotzdem konnte sie sich des Eindrucks nicht erwehren, dass Lucinda Recht hatte. Allein bei dem Gedanken daran durchrieselte Amelia ein wohliger kleiner Schauer.

»Du hast doch immer gesagt, du wolltest die schockierendste Frau in London sein«, erinnerte Rosalind sie und legte dann beruhigend eine Hand auf ihre Schulter. »Also sei vorsichtig mit dem, was du dir wünschst, Amelia.«

Gabriel hatte seinen Brüdern die Geschichte erzählt, die ihn und Amelia nach Wulfglen zurückgeführt hatte. Es war ihm ein bisschen unangenehm, all diese Dinge in Merricks Gegenwart zu besprechen, von dessen Existenz er bisher nicht einmal etwas geahnt hatte, aber der Mann war eindeutig einer der Ihren, und Gabriel wusste, dass er ihn genauso akzeptieren musste, wie seine Brüder es getan hatten. Fünf Männer, die alle verflucht gewesen waren, aber nun von diesem Fluch befreit waren. Und alle nur der Liebe wegen.

»Mora und Raef«, sagte Armond und schwenkte nachdenklich den Brandy in seinem Glas. »Glaubst du, dass sie erneut versuchen werden, ihre Pläne zu verwirklichen?«

Gabriel war sich dessen sogar sicher. Er wusste nur nicht, wann und wo sie es wieder versuchen würden. Oder was er und seine Brüder dagegen unternehmen könnten, wenn sie es taten. »Der Fluch, der auf uns lastete, ist gebrochen, aber zusammen mit ihm haben wir auch unsere besonderen Fähigkeiten verloren«, sagte er. »Wir hätten sie gut nutzen können, wenn wir es eines Tages für nötig halten sollten, diese Kreaturen aufzuspüren. Falls sie sich nicht an ihre Regeln halten, meine ich.«

»Das stimmt«, sagte Jackson. »Seit der Fluch gebrochen ist, sind wir wie alle anderen ganz normalen Menschen.«

Es amüsierte Gabriel ein wenig, Jackson Tee trinken zu

sehen, obwohl alle anderen Männer im Zimmer ein Glas Brandy vor sich stehen hatten. Aber er war stolz auf seinen Bruder. Er hatte seine Dämonen offenbar bezwungen, und seine Frau mochte vielleicht eine Hexe sein, aber sie war die hübscheste, die Gabriel je gesehen hatte. Ihr kleiner Junge, Sebastian, war Gabriel auch schon vorgestellt worden, bevor Lucinda ihn ins Bett gebracht hatte, und obwohl Amelia recht hatte und der Junge Jackson überhaupt nicht ähnlich sah, war es klar ersichtlich für Gabriel, dass sein jüngerer Bruder das Kind vergötterte.

Sein Neffe Trenton war ein großer, strammer Säugling mit blonden Locken und grünen Augen, der mehr Gabriel ähnelte als Sterling, weshalb er den Kleinen auch augenblicklich in sein Herz geschlossen hatte. Es war ziemlich überwältigend, das einst so stille, einsame Wulfglen so voller Leben vorzufinden. Sie hatten sogar eine Haushälterin eingestellt, die Mary hieß und einmal für Rosalinds Stiefmutter gearbeitet hatte. Hawkins, der immer kühle, distanzierte Butler, schien Gefühle für Martha, Sebastians Amme, entwickelt zu haben, und Jackson prophezeite, dass die Frau nicht wieder gehen würde, auch wenn das Kind alt genug wäre, um ihre umfangreichen Brüste nicht mehr zu benötigen.

»Pardon, aber ich konnte nicht umhin, einen Teil eures Gesprächs mitanzuhören«, entschuldigte sich Lucinda, Jacksons Frau, als sie in das Arbeitszimmer trat.

Gabriel war sofort beeindruckt von ihrer Schönheit und der Wärme in ihren Augen, als sie ihren Ehemann ansah. Sie vergötterte den Wüstling offensichtlich, und es war nicht zu übersehen, dass auch Jackson sie über alles liebte. Komisch, aber Gabriel erinnerte sich, Gerüchte gehört zu haben, als Jackson vor einem Jahr aus dem Ausland zurückgekehrt war, dass er einer gewissen Lady Anne Baldwin durch ganz Europa nachgereist sei. Und nun war dieselbe Dame hier im Haus und verheiratet mit einem Mann, der Jacksons Bruder war.

Da es jedoch keine Spannungen zwischen den beiden Paaren gab, nahm Gabriel an, dass die Vergangenheit kein Thema zwischen ihnen war.

Lucinda ging zu ihrem Mann hinüber, und Jackson, dreist wie immer, zog sie spielerisch auf seinen Schoß.

»Was beschäftigt dich denn, liebste Ehefrau?«, fragte er. »Außer, wann ich ins Bett komme, natürlich.«

Lucinda errötete und gab Jackson einen halbherzigen Stups in die Rippen. »Benimm dich«, sagte sie. »Gabriel, ich habe zufällig deine besorgte Bemerkung über den Verlust eurer besonderen Fähigkeiten gehört, die mit dem Fluch einhergingen. Da ist etwas, was du wissen solltest, und das ich bisher nicht einmal Jackson gesagt habe.«

»Du sagst mir doch immer alles«, widersprach Jackson und setzte eine gekränkte Miene auf.

»Es ist etwas Ernstes«, sagte sie, und sofort wich alles Spielerische aus Jacksons Gesichtsausdruck.

Lucinda erhob sich vom Schoß ihres Mannes und ging zu einem hohen Fenster, das auf die vorderen Rasenflächen von Wulfglen hinausging. »Es wäre schön, wenn ihr alle kurz einmal hier herüberkommen könntet.«

Gabriel blieb nichts anderes übrig, als es seinen Brüdern nachzutun, als sie sich erhoben und zu Lucinda gingen. Er war hundemüde und wollte nur noch hinaufgehen und zu Amelia ins Bett kriechen. Aber höflich, wie er war, folgte er den anderen ans Fenster.

»Schaut zum Waldrand hinüber, wo die Bäume beginnen«, forderte Lucinda die Männer auf.

In diesem Moment erkannte Gabriel, dass er seine Fähigkeit, im Dunkeln zu sehen, tatsächlich verloren hatte. Mit zusammengekniffenen Augen starrte er in die angegebene Richtung und sah nichts … zuerst. Doch dann konnte er fünf glühende Augenpaare in der Dunkelheit ausmachen und versteifte sich erschrocken.

»Diese Kreaturen haben gelogen. Sie sind da draußen.« Sein erster Gedanke war, Waffen zu holen, damit sie sich beschützen konnten, aber Lucinda hielt ihn auf.

»Nein, das sind nicht diese Kreaturen, von denen du vorhin sprachst. Was ihr da seht, sind die Geister der Wölfe, die früher in euch lebten.«

»Warum sind sie da?«, fragte Jackson seine Frau verwundert. »Worauf warten sie?«

Sie sah jeden der Brüder nacheinander an. »Darauf, dass ihr sie zurückruft.«

»Sie zurückrufen?«, wiederholte Armond. »Warum in Herrgotts Namen sollten wir das tun? Warum sollten wir den Fluch wieder auf uns herabholen wollen?«

Lucinda schüttelte den Kopf. »Nein, nicht den Fluch, denn diesmal wäre es eure eigene Entscheidung. Sie sind nur da für den Fall, dass ihr sie braucht.«

Gabriel war verwirrt. »Aber wie könnten sie uns helfen? Als der Wolf Besitz von mir ergriff, konnte ich mich nicht erinnern, was ich tat oder wohin ich ging. Die Gabe ist keine Gabe, wenn sie sich nicht beherrschen lässt.«

»Aber sie lässt sich beherrschen«, informierte Jackson ihn. »Lucinda hat mir beigebracht, selbst in Gestalt des Wolfes wie ein Mensch zu denken. Falls nötig, kann sie das bestimmt auch euch beibringen.«

Gabriel war noch nicht lange genug befreit, um zu wissen, ob er die mit dem Fluch verbundenen besonderen Fähigkeiten vermissen würde. »Falls nötig«, stimmte er zu. »Bis dahin sollen sie bleiben, wo sie sind, und uns in Ruhe lassen.«

Er war der späten Stunde nicht mehr gewachsen, merkte er. Er war müde und wollte bei Amelia sein, trotz seiner Freude, wieder daheim zu sein und alle seine Brüder, sogar einen, von dem er nicht einmal etwas gewusst hatte, um sich zu haben. Gabriel ging zum Getränkeschrank und nahm die fast geleerte Flasche Brandy und zwei Gläser.

»Ich ziehe mich für heute zurück«, sagte er zu allen. »Wir sehen uns ja morgen, dann können wir uns den Rest erzählen.«

Ihm entging nicht, dass seine Brüder die Augenbrauen hochzogen, als sie das zweite Glas in seiner Hand bemerkten. Aber Gabriel lächelte sie nur an und ging auf die Tür zu, die aus dem Arbeitszimmer in die Halle führte.

»An deiner Stelle würde ich den Brandy nicht mit Lady Collingsworth teilen«, sagte Lucinda hinter ihm. »Tee wäre besser für das Kleine.«

Gabriel war so verblüfft, dass er die Flasche fallen ließ. Langsam wandte er sich zu der schönen Hexe um. »Was hast du da gerade gesagt, Lucinda?«

»Hör besser auf sie«, mischte sich Jackson ein und grinste wie ein Idiot. »Sie kennt sich aus mit diesen Dingen. Unser eigenes Kind ist unterwegs, und sie wusste es schon lange, bevor ihre erste Regel ausblieb.«

»Gott, das ist ja wie eine Epidemie«, bemerkte Armond trocken, und die Brüder begannen einer nach dem anderen zu lachen.

Gabriel, stets der Ernstere, Vernünftigere, stimmte nicht mit ein, zumindest nicht im ersten Augenblick. Er hatte nie gewagt, von Kindern oder auch nur einer Ehefrau zu träumen. Aber Amelia hatte ihn gelehrt, wieder zu träumen, wieder zu lachen und wieder Hoffnungen zu haben. Wie konnte ein Mann, der so lange verflucht gewesen war, plötzlich so vom Glück gesegnet sein? Es war genauso einfach, wie die Liebe zu finden und sich ihr völlig auszuliefern.

Epilog

London, zwei Jahre später

Der Junge war seinem Vater wie aus dem Gesicht geschnitten, daran bestand nicht der geringste Zweifel. Eines Tages würde er viele Herzen brechen, aber nicht das seiner Mutter, darin war Amelia sich völlig sicher. Sein Name war Treville, und die gesamte Gesellschaft wusste, dass das Kind nicht von Amelias verstorbenem Ehemann war. Es verursachte natürlich viel Gerede, aber Amelia störte sich nicht an Gerede.

Wenn es ihr etwas ausgemacht hätte, dann hätte sie jetzt nicht in ebendiesem Augenblick mit Männerhosen und -stiefeln bekleidet im Hyde Park gestanden. Sie und Gabriel waren vorhin die Rotten Row entlanggeritten. Ihre Bekleidung hatte großes Aufsehen erregt, aber Amelia war es gewohnt, Aufsehen zu erregen. Gabriel fand das alles äußerst amüsant. Voller Liebe und Stolz, dass er ihr gehörte und sie ihm, beobachtete sie ihn. Er sprach mit ihren Eltern, die auf einer Decke auf dem Rasen saßen und den kleinen Treville bei sich hatten. Sie vergötterten das Kind, und mittlerweile drückten sie auch endlich beide Augen zu, wenn Amelia, was nicht selten vorkam, in ihren Augen etwas falsch machte.

Alle Wulfs befanden sich im Augenblick in London. Die Saison hatte begonnen, und die Herzoginwitwe von Brayberry konnte es kaum erwarten, ihren ersten Ball für die Wulfs zu geben. Dieses Ereignis würde sich niemand entgehen lassen, und wenn auch vielleicht nur aus Neugierde. Amelia überlegte schon, ob sie Männerhosen und Stiefel zu dem Ball anziehen sollte. Das würde die feine Londoner Gesellschaft ungemein schockieren, und die alte Herzogin würde sich diebisch freuen.

»Du siehst ganz bezaubernd aus in diesen Hosen, liebe Gemahlin«, zog Gabriel sie auf, als er zu ihr zurückkam. »Ich bin sicher, dass es morgen der letzte Schrei sein wird, dass Frauen Männerkleidung tragen.«

»Na ja, vielleicht nicht morgen, aber eines Tages ganz bestimmt«, erwiderte Amelia und beugte sich zu Gabriel vor, um ihm einen raschen Kuss zu geben. »Bist du ein bisschen nervös vor deinem ersten gesellschaftlichen Ereignis seit so vielen Jahren?«

»Lieber wäre ich in Wulfglen«, gab er zu.

Erstaunlicherweise wäre auch Amelia lieber dort geblieben.

»Deine Eltern werden diesen Jungen schrecklich verwöhnen«, sagte er, was Amelias Blick wieder auf ihren Vater lenkte, der den kleinen Treville in die Luft warf, bis er vor Entzücken quietschte. Amelia lächelte, als sie ihnen zusah. Doch gleich darauf verblasste ihr Lächeln wieder.

»Er wird doch hoffentlich nicht auch unter dem Fluch zu leiden haben?«, fragte sie leise.

Gabriel legte ihr einen Arm um die Schulter und zog sie an sich. »Bestimmt nicht, weil wir dafür sorgen werden, dass es nicht so ist. Und falls Treville wirklich anders ist, dann werden wir ihm sagen, warum, und ihm klar machen, dass sein Leben deswegen noch lange nicht verflucht ist. Dass er durchaus Träume und Hoffnungen haben kann und ein Leben so wie jeder andere auch.«

Amelia fühlte sich beruhigt durch Gabriels Worte. Wenn er sagte, dass alles gut würde, dann wusste sie, dass es so sein würde. Armond und Rosalind hatten ebenfalls einen Sohn. Einen sehr hübschen kleinen Jungen. Und Jacksons pausbackiger kleiner Junge würde all die Herzen stehlen, die sein älterer Bruder Sebastian nicht für sich beanspruchte. Merrick und Anne hatten eine Tochter. Sie war schon jetzt eine Schönheit und genauso sanftmütig wie ihre Mutter. Sterlings Sohn schien, obwohl er noch ein Kleinkind war, schon besonders gut mit Tieren umgehen zu können, genau wie Sterling selbst.

Der Fluch, der ihnen ihr Leben gestohlen hatte, hatte es ihnen schließlich zehnfach zurückgegeben. Vielleicht war dies das Abschiedsgeschenk der Hexe an Ivan Wulf gewesen, nur dass er nie erkannt hatte, dass sich in dem Fluch auch ein Geschenk verbergen könnte. Was Amelia wieder an die glitzernden Augen erinnerte, die sie jede Nacht dort draußen in den Schatten sah. Die Geister der Wölfe, die darauf warteten, zurückgerufen zu werden.

»Du glaubst doch nicht, dass wir Mora oder Raef in dieser Saison begegnen werden, oder?«, fragte sie.

Gabriels Gesicht verfinsterte sich, als er zu ihr hinabblickte. »Ich glaube nicht, dass wir sie erkennen würden, wenn wir sie sähen.«

»Werden du und deine Brüder sie jagen?«

Es war ein Thema, das sie meistens zu vermeiden versuchten, aber Amelia wollte jetzt die Pläne ihres Mannes wissen.

»Nur, wenn sie uns einen Anlass dazu geben«, antwortete er. »Sie zwingen uns bereits dazu, uns wieder in die Gesellschaft zu begeben, ob wir wollen oder nicht. Jemand muss ja unsere Spezies vor der ihren schützen.« Er deutete mit einer Kopfbewegung auf Amelias Eltern, die den kleinen Treville anlachten. »Wer sonst wird die beschützen, die keine Ahnung haben, was im Dunkeln lebt?«

Amelia wusste, dass er Recht hatte. Sie mochte einst gewünscht haben, nichts von all diesen Dingen jemals zu erfahren. Aber heute nicht mehr. Nur die Starken vermochten die Schwachen zu beschützen, und nur eine starke Frau konnte tapfer an der Seite eines solchen Hüters stehen. Sie war diese Frau. Gabriels Frau. Seine Frau, seine Geliebte und Partnerin.

»Lass uns noch ein Stückchen weiter reiten, solange Mutter und Vater sich um Treville kümmern. Ich möchte unsere Pferde vorführen, damit alle zu uns nach Wulfglen eilen, um eines unserer wunderbaren Tiere zu erwerben.«

»Vielleicht können wir ja eine geschützte Stelle finden, wo ich dir einen anständigen Kuss stehlen kann«, flüsterte Gabriel ihr ins Ohr.

Amelia kicherte. »Ich bin sicher, dass du mir mehr als das stehlen wirst, falls sich ein solches Fleckchen finden lässt.«

»Du bist schockierend«, sagte er und lächelte sie an.

»Ich tue mein Bestes«, entgegnete sie lachend, und dann nahm sie seine Hand und führte ihn zu ihren wartenden Pferden. Niemand, der sie sah, wäre auf die Idee gekommen, dass sie nicht einfach nur ein ganz normales Paar waren, das sich einen schönen Tag im Park machte. Aber wenn das tatsächlich so gewesen wäre, hätte sich Amelia keine Sorgen machen müssen, dass ihr Mann sich eines Tages gezwungen sehen würde, den Geist des Wolfes wieder anzunehmen und das Land vor einer Invasion zu schützen.

Lucinda hatte ihr anvertraut, dass diese Art von Spionage eigentlich von anderen Männern betrieben werden müsste. Von Männern, die nicht die Verantwortung für Kinder trugen und die keine Ehefrauen hatten, die sich um sie sorgten. Männer, die einen Fluch bereitwillig als Gabe annehmen und kämpfen würden für die, die glücklicherweise noch keine Ahnung von der Bedrohung der menschlichen Gesellschaft hatten. Und wenn Lucinda etwas voraussagte, traf es für gewöhnlich auch so ein.

– ENDE –